徐鉉集校注

The Collation and Annotation of Xu Xuan's Complete Works

上 册

李振中 校注

圖書在版編目(CIP)數據

徐鉉集校注/李振中校注. —北京:中華書局,2016.10
(國家社科基金後期資助項目)
ISBN 978-7-101-12144-5

Ⅰ.徐… Ⅱ.李… Ⅲ.中國文學-古典文學-作品綜合集-北宋 Ⅳ.I214.412

中國版本圖書館 CIP 數據核字(2016)第 225375 號

書　　名	徐鉉集校注(全二册)
校 注 者	李振中
叢 書 名	國家社科基金後期資助項目
責任編輯	許慶江
出版發行	中華書局
	(北京市豐臺區太平橋西里 38 號　100073)
	http://www.zhbc.com.cn
	E-mail:zhbc@zhbc.com.cn
印　　刷	北京天來印務有限公司
版　　次	2016 年 10 月北京第 1 版
	2016 年 10 月北京第 1 次印刷
規　　格	開本/710×1000 毫米　1/16
	印張 63¼　插頁 4　字數 900 千字
印　　數	1-1000 册
國際書號	ISBN 978-7-101-12144-5
定　　價	268.00 元

國家社科基金後期資助項目
出版説明

後期資助項目是國家社科基金設立的一類重要項目，旨在鼓勵廣大社科研究者潛心治學，支持基礎研究多出優秀成果。它是經過嚴格評審，從接近完成的科研成果中遴選立項的。爲擴大後期資助項目的影響，更好地推動學術發展，促進成果轉化，全國哲學社會科學規劃辦公室按照"統一設計、統一標識、統一版式、形成系列"的總體要求，組織出版國家社科基金後期資助項目成果。

全國哲學社會科學規劃辦公室

目　録

卷二　詩

卷三　詩

卷四　詩

卷六　制誥

卷七　制誥

卷八 制誥 祭告

卷九　册文　謚議

卷一四　記　頌　贊　銘　哀　册文

卷一五　墓誌

卷一六　墓誌

卷一七　墓誌

卷二二　詩

卷二三　序

卷二四　序　連珠　贊

卷二五　碑銘

卷二六　碑銘

卷二七　碑銘

卷二八　記

卷二九 墓誌

卷三〇 墓誌

補遺一

補遺二

附　徐鍇集

詩

文

附録一　碑誌傳記

附録二　序跋

附録三　著録

前　言

一　徐鉉生平及著述

徐鉉(九一七—九九二),字鼎臣,其先爲東海郯人,祖籍會稽(今浙江紹興),生於廣陵(今江蘇揚州)。徐氏祖先起兵反對周穆王,失敗後被迫南遷會稽,以後便"積慶所鍾,令嗣蕃衍"(胡克順宋金紫光禄大夫左散騎常侍上柱國東海開國縣伯食邑七百户責受静難軍節度行軍司馬徐公年七十六行狀,以下簡稱徐公行狀)。曾祖源,祖徽,皆不仕。父延休,仕吴衛尉卿,才高道直,有名於時(李昉大宋故静難軍節度行軍司馬檢校工部尚書東海徐公墓誌銘,以下簡稱徐公墓誌銘)。官至光禄卿、江都少尹,遂家廣陵(陸游南唐書卷五徐鍇傳)。鉉弟鍇,字楚金,亦有名於江南,時號"二徐"(宋史卷四四一徐鉉傳附)。

徐鉉十六歲仕吴,起家校書郎。李昪建立南唐,官至秘書省秘書郎。元宗即位,拜祠部員外郎、知制誥(徐公行狀)。保大七年(九四九)三月,徐鉉兄弟指責殷崇義(入宋改名湯悦)起草軍書援引不當,被宋齊丘誣爲洩露軍事機密。徐鉉因此被貶泰州司户掾,徐鍇貶烏江尉(宋史徐鉉傳)。保大九年春,徐鉉被召歸京。十一年秋，奉命出使楚州、常州，察訪屯田事宜，將侵擾百姓的官吏斬首，被馮延巳、李德明等誣陷爲藐視皇權，擅作威福。元宗偏信讒言，十二月，長流徐鉉於舒州，貶徐鍇校書郎、分司東都（資治通鑑卷二九一，以下簡稱通鑑）。十四年三月，徐鉉量移饒州，不久回京。次年，授太子左諭德，復知制誥，拜中書舍人，通署中書省事（徐公行狀）。北宋建國，元宗遷都豫章以避其鋒，徐鉉扈從南巡。元宗殂，徐鉉又護喪歸金陵（十國春秋卷一六）。後主繼位，奉命出使嶺南（本書卷一四劍池頌）。開寶二年（九六二）徙爲尚書左丞，逾月而罷。拜爲工部侍郎、知制誥、翰林學士。六年，任御史大夫。七年，拜兵部尚書、修文館學士承旨。曹彬大軍壓境，南唐危在旦夕。八年九月，徐鉉與周惟簡奉使入宋，請求緩師。據理力争，不失使節（徐公行狀）。

開寶七年十一月，後主出降，徐鉉隨之歸宋，任太子率更令。宋太宗即位，徐鉉任太子率更令、直翰林學士院。太平興國四年（九七九）春，隨征太原。師還，以功遷給事中，直翰林學士院如故（徐公墓誌銘）。七年九月，參編文苑英華（王應麟玉海卷五四）。八年，改右散騎常侍、判尚書都省（徐公墓誌銘）。雍熙三年（九八六），與句中正、葛湍、王惟恭等校定説文解字（續資治通鑑長編卷二七，以下簡稱續長編）。端拱元年（九八八）改左散騎常侍、判尚書都省如故（徐公墓誌銘）。淳化二年（九九一）九月，爲廬州女僧道安誣𧃒，貶邠州，爲静難軍行軍司馬（宋史徐鉉傳）。因冷疾卒於貶所。

徐鉉是南唐至宋初重要的文臣，堪稱一代文宗。一生著述頗豐。主要有：徐公文集（亦稱徐騎省集、騎省集、徐常侍集、徐鉉集）三十卷，稽神録六卷（郡齋讀書志卷一三），質論一卷（宋史卷二〇五藝文志），篆書千文一卷（郡齋讀書志附志），古鉦銘碑一卷（翟耆年籀史），射書五卷（補五代史藝文志），棊圖義例一卷

（宋史卷二〇七藝文志），棊勢一卷（補五代史藝文志），金谷園九局圖一卷（通志略藝文志），雜古文賦一卷（宋史卷二〇九藝文志），草木蟲魚圖（六家詩名物疏引用書目載），江南畫録拾遺（圖畫見聞志卷一），元宗皇帝實録（本書卷二〇謝詔撰元宗實録表）。合著的有：江南録十卷（與湯悦合著，宋史卷二〇四藝文志），吴録二十卷（與喬匡舜、潘佑合著，宋史卷二〇四藝文志），翰林酬唱集一卷（與王溥、李昉、湯悦合著，見通志略藝文志）。另外，與句中正等合修説文解字，參編太平廣記、太平御覽（續長編卷二七）、文苑英華（王應麟玉海卷五四）等大型典籍，校定中庸（清倪濤六藝之一録卷一六九），補正三家老子音義（王應麟玉海卷五三），讎校三洞瓊綱（馬端臨文獻通考卷二二四）。遺憾的是，徐鉉獨著的作品，僅有徐公文集（其中有晁錯論、伊尹論、出處論，宋文鑑卷九三録其君臣論、持權論、師臣論，或是質論部分篇章）及稽神録傳世，其它均佚。

二　徐鉉的人格與操守

徐鉉爲官居中守正，不結黨營私。南唐元宗時期，黨争激烈，而徐鉉不列其中（馬令南唐書卷二〇）。徐鉉心性率直，毫無矯飾。李至等祭文稱其“天然渾成，不加雕琢”，“其馨如蘭，其直如矢”，東都事略卷三八徐鉉傳云：“鉉恬淡無矯僞。”

徐鉉十分注重獎掖後進。其答林正字書云：“振天下之公議，舉天下之公器，推轂後進，心無適莫，庶幾不下於昔賢。”在舉薦或知貢舉時，以德行優先，精鑒無私。徐公行狀云：“其知舉也，不獨考其文章，必先察其德行。”徐公墓誌銘云：“其掌貢舉也，至公取人，不受私謁。先策問而後詞賦，進德行而黜浮華。當時舉場號爲得士。”“故江表後進力學未至者，聞‘二徐’爲春官，多望風引退。"

徐鉉廉潔節儉。徐公行狀云:"自幼至老,惡其聚斂貪冒,未嘗微寘於懷。俸禄所入,不問多少,隨時供億而已。居處求安,不務顯敞,但聊以蔽其風雨。"

徐鉉嫉恶如仇。與常夢錫、蕭儼之爲莫逆之交,同力嫉惡宋齊丘一黨。及宋黨敗,常夢錫已卒,蕭儼之時貶吉州,徐鉉適時規諷後主:"夢錫先卒,不見齊丘之敗,嗣主已追贈矣。唯臣與蕭儼之目覩朝典,況臣塵忝,官列八座矣。獨蕭儼之往爲理官,以赦前失入,貶黜吉州,以老告退。願以臣今所居官授儼之,旌其先見。"後主由是召蕭儼之至建業,特授工部尚書,給俸禄終身。(徐公行狀)

徐鉉盡忠生前,褒美身後。出使北宋,公而忘私,臨危不懼。徐公墓誌銘云:"初,大軍已圍建業,後主思命於交兵之間,左右咸有難色。公欣然請行,後主謂之曰:'爾既往,即當止上江救兵,勿令東下。'公曰:'是行非全策,今城中所恃者救兵,奈何以臣此行止之?'後主曰:'比以和解爲請,復用決戰,即是自相矛楯,於爾得不危乎?'公曰:'今豈以一介之微,而忘社稷之重?但置臣於度外耳。'後主撫之泣下,曰:'時危見節,汝有之矣!'"面對宋太祖責問,徐鉉據理力争,太祖亦深爲敬佩。徐公墓誌銘云:"公因慷慨鋪陳自古成敗之道,表明後主忠孝之節。太祖亦爲之動容。"徐公行狀云:"王師之弔伐金陵也,公急病讓夷,請使於天朝,以釋後主之前事。辯疑分謗,且服罪降名。以鄺人爲請,庶不隳奕世之國祀。……及覲太祖,敷奏忠慤,執議誠信。雖不得請,太祖亦甚嘉歎,美其秉節無撓。"

徐鉉不辱使命,歷來爲人所推重。李至曾寫五君詠,其一爲左散騎常侍東海徐公:"徐公真丈夫,不獨文章伯。江南兵未解,主憂臣慘戚。公願紓其難,苦求使上國。庶獲一言伸,少息苞茅責。其君驚且歎,執手涕沾臆。謂言知爾晚,何此忠義激。天子叱在庭,誚讓雷霆赫。公亦從容對,曾不渝神色。仁者必有勇,斯亦古遺直。書大略其小,我有春秋癖。所以此詩中,不言公翰墨。庶驚事君心,勉旃希令德。”李至此詩專爲徐鉉使宋而寫,概括出其勇置生死於度外、欲挽狂瀾之既倒的無畏氣節。雖然未紓國難,但辭色不撓,從容應對,爲全一邦之命作了最大努力。陳彭年故散騎常侍東海徐公文集序云:“及樓船南伐,青蓋東來,遂於艱虞之辰,克盡始終之節。”蘇轍上洪州孔大夫論徐常侍墳書云:“及王師南討,李氏危在旦夕,公受命兵間,不爲身計,義動中國。”

徐鉉奉命撰吴王神道碑與江南録,於其中不忘故主之恩,思存君臣之義,尤受人推重。魏泰東軒筆録卷一云:“太平興國中,吴王李煜薨,太宗詔侍臣撰吴王神道碑。時有與徐鉉争名而欲中傷之者,面奏曰:‘知吴王事迹莫若徐鉉爲詳。’太宗未悟,遂詔徐鉉撰碑。遽請對而泣曰:‘臣舊事李煜,陛下容臣存故主之義,乃敢奉詔。’太宗始悟讓者之義,許之。故鉉之爲碑,但推言歷數有盡,天命有歸而已。……又有偃王之比,太宗覽讀稱歎。異日復得鉉所撰吴王挽詞三首,尤加歎賞,每對宰臣稱鉉之忠義。”四庫館臣騎省集提要云:“太平興國中,李煜薨,詔侍臣撰神道碑。……後吕祖謙編文鑒多不取儷偶之詞,而特録此碑,蓋亦賞其立言有體。……然則鉉之見重於世,又不徒以詞章也。”指出徐鉉見重於世,不徒以辭章之妙,亦因其人格之美。

三　徐鉉的儒道思想

徐鉉是五代至宋初的儒學大家,其儒家思想主要包括君臣觀念、濟世與兼善思想、文教思想等。

君臣是封建綱常最重要的組成部分,君臣觀也是儒家最重要的思想。徐鉉的名與字中就體現了儒家思想中君臣觀念。説文解字云:“鉉,舉鼎也。易謂之鉉,禮謂之鼏。”易經衷論卷下“鼎”條云:“鼎之爲器,豈不重哉!……大臣任天下,國家之責如鼎受物之重。……古稱公輔爲鼎臣,有以哉!”

徐公行狀云:“著質論十四篇,極行政之要,盡君臣之際,並傳於世。”質論已佚。徐鉉有鼂錯論、伊尹論、出處論以及君臣論、持權論、師臣論(宋文鑒卷九三),或是質論中的部分篇章,從中可以看出儒家對其影響之深。

在上述文章中,徐鉉認爲,君臣是天地萬物最重要的組成部分。君臣同體,相互推心,則政因此而和,事以是而濟。君臣共事中,君臣是否同體共心,則取決於君之賢否。徐鉉指出,君臣相合,猶如天地相交;君臣相失,則似天地並行。而天地是否相交,君臣是否一體,人君起到至關重要的作用。因爲人君居於上,招致賢臣較易;臣子居於下,遇明君甚難。故而賢君當屈己下士,推誠接物。如其不然,則君臣相失。然臣失君,只喪其富貴,而君失臣,則亡其國家。君臣如何能用心一體,徐鉉提出了較爲行之有效的辦法,即作爲人君應當師臣、友臣。人君爲天下表率,當注重威儀、氣量,以法治國,明辨是非。人君能招徠賢臣與否,關鍵在於慎用權力,賞罰分明,而賞罰應出於公,不出於己。徐鉉認爲,作爲臣子,要有君君觀念。其連珠詞二云:“道不可以權行,終則道喪;情不可以苟合,久則情疏。是以兵諫愛君,君安而忠敬已失;同舟濟險,險夷而取捨自殊。”從君君理念出發,反對臣子兵諫;在出處論中指出,君子或出或隱,當因時、因事而論。當出則出,當隱則隱,有迫不得已者,然而君臣大節,則不可失。以臣伐君,其惡爲大。

徐鉉有十分濃厚的忠君、戀君思想。詠梅子真送郭先輩云:

“忠臣本愛君，仁人本愛民。”劍池頌云：“忘身徇國，忠臣之節也。”貶官泰州出城作云：“唯有戀恩終不改。”送劉山陽云：“所嗟吾道薄，豈是主恩輕。”

儒家的“窮則獨善其身，達則兼濟天下”思想，在徐鉉詩文中體現得非常鮮明。濟世與獨善，始終是其行動指南：“士君子達則兼濟天下，窮則獨善其身。”（喬公亭記）“道之泰也，賢人振衣而濟物；時之否也，君子括囊以獨善。”（大宋故處士贈太子少師李公墓誌銘）行道濟物，立身揚名，是徐鉉一生的目標追求：“至於行道濟物，立身揚名，報國士之知，成天下之務，竊不自揆，頗嘗有心。故膺耳目之寄，當津要之路，侃然受任，不以爲憂。”（復方訥書）

禮樂文教，是儒家治理國家的重要方法。徐鉉雖處易代之際，文教思想却始終如一。他非常重視教育，先後爲宣州、泗州、舒州等地文廟作記或作序，又爲洪州奉新胡氏兄弟所創辦的華林書堂撰記，集中體現了他的文教思想。宣州涇縣文宣王廟記歷述儒家教化之興衰：仲尼祖述堯舜，憲章文武，輔國濟民。然斯教衰於戰國，廢於嬴政，漢魏以降，續而復絶。其後興於武德，盛於貞觀，極於開元。舒州新建文宣王廟碑序一文中同樣追慕貞觀文教措施及其所取得的成就。徐鉉認爲，應當依儒家“聖人”思想立教。楊府新建崇道宫碑銘云：“有天地然後有萬物，有萬物然後有君臣，有君臣然後有教化。”上承天地萬物、下啓萬民教化的主要是君臣，而中國自古君師一體，所以聖人也包括那些有能力承接“堯、舜、禹、湯、文、武、周公、孔、孟”道統的才德之士。泗州重修文宣王廟記云：“昔我先聖，有周公之才，無文王之時，故憲章其道，以垂萬世。……夫聖人之教也，與天地常在，將陰陽並運，恍惚玄應，昧者不知。”洪州華山胡氏書堂記云：“士君子承積善之慶，服聖人之道。……教被於俗，仁之周也。”如此等等，均强調憲章聖人之道，教化則易見其效。

徐鉉一生不僅受儒家思想影響，還受道家思想影響。徐公行狀云："公業隆儒行，奉五常而不隳；志嚮道風，稟三寶而無玷。"徐公墓誌銘："祖丘軻兮宗老莊，奉三寶兮師五常。"正是由於徐鉉爲"好道之徒"以及對道教及其著作的熟習，官方常令其刊正或校讎道教經典。端拱二年（九八九）或稍後，徐鉉與王禹偁、孔承恭奉太宗之命校正寫本道藏經以及讎校三洞瓊綱，補正三家老子音義。徐鉉詩文中，有很多與道士往來或爲道觀題詩、撰文之作。其清心練氣、保精嗇神、追求升仙等等思想，都是道教信仰的核心内容。

鬼神信仰是道教的思想淵源之一。徐鉉好神仙鬼神，宋史卷四四一本傳言其"不喜釋氏而好神怪，有以此獻者，所求必如其請"。續長編卷八云："唐主事佛甚謹。……當時大臣亦多蔬食持戒以奉佛，中書舍人徐鉉獨否，然絶好鬼神之説。"他所作志怪小説稽神録，其中有很多怪異故事。之外，劍池頌、龍山泉銘、廬山九天使者廟張靈官記、祖先生墓誌序等文章中也記有怪異之事。這些都體現了徐鉉的鬼神信仰。

四　徐鉉的文學思想與詩歌風格

在詩學思想上，徐鉉首先是力主教化。在成氏詩集序云："詩之旨遠矣，詩之用大矣。先王所以通政教、察風俗，故有采詩之官、陳詩之職。物情上達，王澤下流。"這裏所説的"詩之用"，就是通政教、察風俗，即指詩歌的政治功能及道德功能；"物情上達，王澤下流"，即毛詩序中"上以風化下，下以風刺上"之意。文獻太子詩集序又云："鼓天下之動者在乎風，通天下之情者存乎言。形於風，可以言者，其惟詩乎？……取譬小而其指大，故禽魚草木無所遺;連類近而及物遠,故容貌俯仰無所隱。怨懟可戒,贊美不誣,斯實仁者之愛人,智士之博物。王室光啓,人文化成。……賞物華而頌王澤,覽稼事而勸農功,樂清夜而宴嘉賓,感邊塵而閔行役。……理必造於玄微,詞必關於教化。或寓言而取適,終持正於攸歸。"徐鉉强調詩之用是使王澤下流和使物情上達。在强調主教化的同時,又强調要用"美刺"的方法,即寫詩要以物譬喻,以小見大,不怨刺、不虛美,注重含蓄委婉,從而達到"寓言而取適,終持正於攸歸"的效果。這樣才能"厚君臣之情,敦風化之本"(送贊善大夫陳翊致仕還鄉詩序)。這與毛詩序所言"主文而譎諫"及屈原用香草美人表達情感的方法一脈相承。

在文學的表現形式與内容方面,徐鉉把内容放在首位。在故兵部侍郎王公集序中强調説:"至於格高氣逸,詞約義微,音韻調暢,華采繁縟,皆其餘力也。"闡述了内容與形式的關係:先内容後形式,作爲修飾之"文"要服務於"道";同時也重視外在形式的"文",即講究氣格、措辭、音韻等。這種觀念類似於中唐梁肅、柳冕、韓愈、柳宗元等人關於文的理論主張。只不過韓、柳等人强調以文載道而徐鉉以詩載道罷了。徐鉉遥承這一理論主張,也是針對晚唐以來文風漸趨浮豔綺靡的背景。

其次主張吟詠情性。即注重個人的情感抒發,屬於個體心理特徵。其成氏詩集序:"及斯道之不行也,猶足以吟詠情性,黼藻其身,非苟而已矣。"在徐鉉看來,詩的教化功能是第一位的,如斯道不行,則退而求其次。這裏的黼藻其身,就是以詩陶冶内心,使之臻於完美。鄧生詩序中:"古人云:詩者,志之所之也。故君子有志於道,無位於時,不得伸於事業,乃發而爲詩詠。"這裏的"發爲詩詠"與韓愈所提倡的"不平則鳴"不同,而是以詩作爲排遣内心抑鬱的一種手段,從而達到調節心理狀態、維持心理平衡的客觀效果。以詩自娛自適,成爲徐鉉詩歌創作的主要源泉與動力。

第三是追求嘉言麗句,音韻天成。成氏詩集序云:"若夫嘉言麗句,音韻天成,非徒積學所能,蓋有神助者也。羅君章、謝康樂、江文通、丘希範,皆有影響,發於夢寐。"

徐鉉的文論思想,首先是崇尚遒文麗句。他是五代宋初的駢文大家,其所撰制、册、表、奏、序、記、碑、銘等,都能體現這一追求。故兵部侍郎王公集序云:"琅邪王公,負英俊之才,禀耿介之氣,世濟其美,爲時而生。遒文麗句,冠縉紳而傑出;純誠直道,歷險夷而安貞。"徐鉉對王祐文章的遒文麗句給予了熱情推重:"觀其麗而有氣,富而體要,學深而不僻,調律而不浮,尋既返覆,如'四子'復生矣。"所謂麗而有氣,即遒文麗句之意。四庫全書總目提要稱徐鉉文章"沿溯'燕許'"。其中,沿溯"燕許",不僅僅就體格而言,更是從氣格上祖襲。蘇頲、張説繼"四傑"之後,爲文注重氣格雄健宏麗。姚鉉唐文粹序云:"洎張燕公以輔相之才,專撰述之任,雄辭逸氣,聳動群聽;蘇許公繼以宏麗,丕變習俗。"徐鉉提倡爲文剛勁有力,正是氣格方面與二人一脈相承。徐鉉爲求遒勁有力,作文還有一套方法和道理,那就是爲文敏速,嘗云:"速則意壯敏,緩則體勢疏慢。"(徐公墓誌銘)

在文論思想上,徐鉉還注重實用。通觀徐鉉的文章創作,以制誥章奏、傳狀碑誌等應用文體爲主,體物抒情的極少。例如"賦"這種文體,最能顯示個人才學,楊吴與南唐有很多以賦而聞名,尤以江文蔚、高越兩人名氣最大,時稱"江高"。以徐鉉之多才,這種文體却很少,也是他爲文崇尚實用的明證之一。

徐鉉作爲當時文學的"冠冕"與"文宗",其詩作有"貞元元和之風"(陳彭年江南别録)、"元和風律"(吴之振宋詩鈔卷二徐騎省集鈔序)。元方回送羅壽可詩序云:"宋剗五代舊習,詩有'白體'、'昆體'、'晚唐體'。'白體'如李文正(昉)、徐常侍昆仲(鉉、鍇)、王元之(禹偁)、王漢謀(奇)……"此後,人們便以"白體"來評價徐鉉詩的風格。"白體"内涵也主要指白居易詩淺切易曉、不重典故的詩風。通觀白居易詩歌,就連琵琶行、長恨歌等相對典雅的詩歌也不用典故,因有"童子解吟長恨曲,胡兒能唱琵琶篇"(唐宣宗:弔白居易)的説法,其他詩歌更是老嫗能解。白詩用典幾率很小,有時幾卷詩中也找不到一首。然而徐鉉詩好用典故,甚至用典生僻。例如,卷二寄歙州吕判官"任公郡占好山川"中的任公典:

任公:指吕判官。任姓之國有吕國。左傳隱公十一年:"寡人若朝於薛,不敢與諸任齒。"楊伯峻注:"諸任,謂任姓十國。正義引世本姓氏篇,任姓之國有十,謝、章、薛、舒、吕、祝、終、泉、畢、過。"又,此處兼以任昉比吕判官。元和郡縣圖志卷二八江南道四載:歙州,隋開皇十二年置,古屬新安郡。梁書卷一四任昉傳載:任昉曾任新安太守,爲政清省,吏民便之。同上書卷三徐摛傳:"(高祖)乃召摛曰:'新安大好山水,任昉等並經爲之,卿爲我卧治此郡。'"

又如,卷三得浙西郝判官書未及報聞燕王移鎮京口因寄此詩問方判官田書記消息"曾得劉公一紙書"中的"劉公書"典:

三國志卷一五魏書一五劉馥傳:"嘉平六年薨。……謚曰景侯。子熙嗣。"裴松之注引晉陽秋曰:"劉弘字叔和,熙之弟也。……其在江、漢,值王室多難,得專命一方,盡其器能。推誠群下,厲以公義,簡刑獄,務農桑。每有興發,手書郡國,丁寧款密,故莫不感悦,顛倒奔赴。咸曰:'得劉公一紙書,賢於十部從事也。'"

此借以頌美郝判官。所用事典,僅舉兩例,不及其餘;至於語典,讀本書所作箋注,便覺寓目皆是。徐鉉詩歌以學問爲根柢,注重用典而思深語近,屬對精工而清新自然,其詩風,似與白詩不同。關於徐詩風格,真有進一步研究、辨正的必要。

五　徐鉉的影響

徐鉉是易代之際文學演變環節中的重要鏈條,這主要取決於他的文學地位和創作實績。徐鉉向來有一代"文宗"的稱譽(見陳彭年江南别録、歐陽修徐鉉雙溪院記、王士禛香祖筆記卷五)。入宋之後,徐鉉的儒雅風采及文學才能依然爲中朝士人所傾慕。徐公墓誌銘云:"故相太子太師王公溥,一見如舊相識,每有經史異義,多質疑於公。繇是琴罇嘯歌,筆硯酬唱,無有虚日,相得甚歡,故工部尚書李公穆有清識,嘗語人曰:'吾觀江表冠蓋,若中立有道之士,惟徐公近之耳。'兵部侍郎王公祐,負才尚氣,未嘗輕許人,及見公,常言於朝曰:'文質彬彬,學問無窮,惟徐公耳。'……今吏部侍郎李公至、翰林學士承旨蘇公易簡,皆當世英俊,奉公以師友之禮。"李至更是"手寫鉉及其弟鍇集置於几案"(宋史卷二六六李至傳)。徐鉉的博雅風采與文學才能獲得了當時南北文人的普遍贊賞與尊重。在唱和中,其詩歌的思想内容、藝術風格、表現技法、結構方式、審美意識和審美情趣等都可能給對方以影響,進而影響文學群體、文學潮流、文學流派等。

徐鉉的文學影響,主要還通過其弟子及再傳弟子的文學基因傳承表現出來。徐鉉弟子入宋較爲著名的有吴淑、鄭文寶、陳彭年、杜鎬、胡克順等人。前四人在興趣愛好、主要的學術及文學成就方面,與徐鉉都十分相似,可知他們在師承中,受徐鉉影響很深。四庫全書總目卷一三五事類賦提要云:"淑本徐鉉女婿,學有淵源。"正指出了二人的傳承關係;陳彭年"性敏給,博聞强記,慕唐'四子'爲文"等特點,與徐鉉更有驚人相似之處。

徐鉉的文學基因，通過幾代師徒依次傳承，對後世文學産生了深遠影響。宋初百年文學演進中，成就較大的代表人物先後有王禹偁、楊億、晏殊、范仲淹、歐陽修、王安石等，最爲巧合的是，他們幾人除王禹偁爲北方人外，其他均爲南方人，在地域上同屬原來南唐轄區，而且又有一定的傳承關係：陳彭年爲徐鉉弟子，同時又是晏殊的老師。晏殊"幼能文，李虚己知滁州，一見奇之，許妻以女。因薦於楊大年，大年以聞。年十三，真宗面試詩賦，疑其宿成，明日再試，文采益美。上大奇之，即除秘書省正字，令於龍圖閣讀書，師陳彭年"（司馬光涑水紀聞附録二温公日記）。陳彭年與曾致堯唱和，並將作詩之法傳授給了晏殊（陸游老學庵筆記卷五）。歐陽修、范仲淹、王安石爲晏殊門生。晏殊知貢舉時，擢歐陽修爲第一。歐陽修年譜云："翰林學士晏公知貢舉，公復爲第一。"（歐陽修全集附）王偁東都事略卷五六云晏殊"當世賢士大夫如范仲淹、孔道輔、歐陽修等皆出其門"。葉夢得石林燕語卷九："范文正公以晏元獻薦入館，終身以門生事之，後雖名位相亞，亦不敢少變。"歐陽修晏公神道碑銘："公爲人剛簡，遇人必以誠。……得一善，稱之如己出，當世知名之士如范仲淹、孔道輔等，皆出其門。及爲相，益務進賢材。當公居相府時，范仲淹、韓琦、富弼皆進用，至於臺閣，多一時之賢。"宋史卷三一一晏殊傳："殊平居好賢，當世知名之士，如范仲淹、孔道輔皆出其門。"王安石以第四名及第，曾往謝晏殊（夏承燾二晏年譜）。

上述師承可簡化爲：徐鉉——→陳彭年——→晏殊——→范仲淹、歐陽修、王安石。以上所列，只有王禹偁、楊億與徐鉉没有明顯的師承關係。然而，王禹偁曾與徐鉉同朝爲官，又因道安一案而爲徐鉉雪誣，以致獲罪，貶官商州。王禹偁詩歌内容、風格流易方面等與徐鉉有較多相似，應當屬於受徐鉉影響的後進之一。至於楊億，正如沈松勤先生從南北對峙到南北融合——宋初百年文壇演變歷程所云:"李虚己、陳彭年也是習聲律、尚文藝之士。李虚己與楊億同鄉,少從江南先達學作詩,後與南豐曾致堯唱和,並將其詩法授晏殊。……晏殊與其前輩楊億均以神童舉薦入朝,故李虚己將晏殊納爲乘龍快婿後,薦於楊億。楊億……對晏殊關愛有加,贊美之至。"意即李虚己與楊億有共同師承:李把詩法傳於晏殊,又把晏殊推薦給楊億,楊與晏又有唱和往來。换言之,楊億與晏殊也有共同師承,又唱和往來,因而在文學觀念、文學創作上也有共同旨趣。

徐鉉以學問爲詩的做法,開啓了宋人以學問爲詩的門徑。

徐鉉文章的承傳對於後世文學的影響,前人早已指出:"文至六代而衰,唐始復振。……文盛於'韓柳',而權德輿等羽翼之。至宋而徐鉉、王禹偁稍變五代之格,歐、曾、王、三蘇大振其緒。梅堯臣、蔡襄、黄庭堅、晁説之、晁補之、秦觀、陳師道、陳與義、陸游、楊萬里、范成大等先後繼起,亦稱一時作者。今並録其集,用以考見源委。"乾隆(御製詩集四集卷六五四庫全書薈要聯句"員周方折皆規矩"句下注)把文章承傳的源委説得十分明白,即徐鉉、王禹偁遠承"韓柳"等人對宋初文章進行變革,歐、曾、王、三蘇在此基礎上"大振其緒",使得宋文最終取得了輝煌的成就。

六　關於徐鉉集的版本及校注的説明

徐公文集(又名徐騎省集、騎省集、徐常侍集、徐鉉集)三十卷,北宋天禧元年(一〇一七)由胡克順首刻,南宋紹興十九年(一一四九)徐琛明州再刻。明有刻本,但均亡佚。至清代,鈔本甚夥,亦有少量刻本和影宋本。

現存的刻本主要有:日本大倉文化財團藏宋紹興十九年明州

公庫刊本(徐公文集三十卷,附録一卷)、臺灣商務印書館影印文淵閣四庫全書本(騎省集三十卷)、黟南李宗煝光緒十六年刻本(徐騎省集三十卷)。

清鈔本主要有:翁栻鈔本、鮑廷博鈔本、盧文弨鈔本、貝墉校鈔本、陸心源藏古寫校宋本、陸香圃鈔本(徐騎省集)、朱彝尊校鈔本(徐常侍集)、邵恩多校本、黄丕烈校宋本、馮雲濠鈔本、楊蒲藪傳鈔黄丕烈校刻本。

民國影刻本及鉛印本:徐乃昌影宋明州重刊本、四部叢刊影印清黄丕烈校宋本、四部備要排印宋明州重刊本。

以下是這次整理徐鉉集凡例的説明。

(一) 徐公文集三十卷,前二十卷南唐時作,爲作者自編;後十卷入宋後作,爲吴淑等人編次。今仍其編次,稱之爲徐鉉集。

(二)校注以徐乃昌影宋明州重刊本(徐公文集三十卷)爲底本,參校四部叢刊影印清黄丕烈校宋本(徐公文集三十卷,簡稱黄校本)、臺灣商務印書館影印文淵閣四庫全書本(騎省集三十卷,簡稱四庫本)、黟南李宗煝光緒十六年刻本(徐騎省集三十卷,簡稱李刊本)、四部備要排印宋明州重刊本(徐公文集三十卷,簡稱備要本)等。

(三) 底本避諱字徑改;底本異體字一般不予更改。徐鉉集補遺部分,不出校記。李宗煝、徐乃昌、全唐詩等所出校記,則注明"李校"、"徐校"、"全唐詩校",羅列於各自對應的字詞之後。

(四) 徐公文集中凡爲他人詩竄入者,如表弟包穎見寄、再次前韻代梅答、貢院鎖宿聞吕員外使高麗贈送等,予以箋注,但以"附"字注明,並説明原委。收録的他人詩歌,則不予校注,附於與徐鉉所唱和詩之後,題目字體稍小,以示區别。

(五) 完整的徐鍇集已佚,今將其僅存的詩文附於徐鉉集後。

(六) 關於徐鉉的碑誌傳記、文集序跋、著録、年譜附録於後。

（七）年譜中所列編年詩文，箋注中不能繫於具體年月者，爲方便起見，姑置於某年之下。

本書校注緣起，得力於朱玉麒老師的贊成及督促之功。校注過程中，薛天緯老師、方勇老師、張明非老師、李定廣老師的熱情鼓勵與無私幫助，是我矻矻以求、寒暑不輟的動力。中華書局古典文學編輯室俞國林主任、劉彦捷老師、許慶江老師以及其他同志對書稿提出了許多寶貴的意見。對上述老師及同志的辛勤付出致以誠摯的感謝！妻子韓娟幫助校對文稿，也付出了很多心力。

筆者學殖淺薄，鈍學累功，千慮一得。校注中不免錯誤及疏漏之處，懇請方家批評指正。

李振中

二〇一四年五月

徐鉉集校注卷一　賦詩

頌德賦 東宫生日獻〔一〕

惟先王之建國,體皇極而垂制〔二〕。仰則觀於辰象〔三〕,俯則察於地義〔四〕。前星爲帝座之輔〔五〕,蒼震乃少陽之位〔六〕。非明德與茂親〔七〕,不足膺兹主器〔八〕。故萬邦以貞,而本枝百世〔九〕。是必天錫嘉祉〔一〇〕,神輸百祥〔一一〕。山河資其正氣,日月分其融光。膺期運以載誕①〔一二〕,配乾坤而永昌者也。惟我儲后〔一三〕,昭明俊德,黄裳元吉〔一四〕,沉潛剛克。鉤深致遠〔一五〕,曾莫揖其津涯②;問安視膳〔一六〕,每或形於顔色。在昔沖讓〔一七〕,高追太伯〔一八〕。乃剖麟符〔一九〕,保釐東宅〔二〇〕。受道師傅,稽疑典册〔二一〕。化自誠心,風行邦國。乃擁干旌③〔二二〕,南徐之城〔二三〕,左撫句吴〔二四〕,前對敬亭④〔二五〕。京師河潤,盛德日新。其畏如夏,其惠如春。謝傅圍棋,静一方之沴氣〔二六〕;條侯高卧,息萬里之驚塵〔二七〕。令問孔昭〔二八〕,元功莫二〔二九〕。人情不可以久鬱,皇統不可以終避,乃畏天命,允兹儲貳〔三〇〕。鳴玉軑以徐來〔三一〕,與春郊而揔至⑤。龍樓霧廓〔三二〕,雞戟風生〔三三〕。珍符疊委〔三四〕,

和氣交迎。百度以之而式序,多壘以之而載清〔三五〕,史書有年,衢傳頌聲。豈人事之協贊〔三六〕,信宗祊之降靈〔三七〕。於是玄圃凝陰〔三八〕,瑶山密雪〔三九〕。宣猷之緹幕半下〔四〇〕,濛汜之曾冰乍結〔四一〕。爰書慶誕之日,始過嘉平之節⑥〔四二〕。麗正晨啓,重明夙設〔四三〕。調護之客、娱侍之臣〔四四〕,峩冠煒燁〔四五〕,佩玉璘玢〔四六〕,咸稽首而再拜〔四七〕,獻多福於萬春。有宫坊之下吏,乃捧觴而進稱曰:自古聖賢,率由輔導。伊徇名與課實⑦〔四八〕,故成敗之異效。粤若成王,史佚周召〔四九〕。左右前後,惟仁與孝。靡過不舉,無善不告。兹君臣之一體,故風聲之克劭〔五〇〕。降及後代,亦慎厥初,實聘四老〔五一〕,復延"二疏"〔五二〕,咸由古道,以佑皇儲。若乃征和戾園,有思臺、博望之盛〔五三〕;貞觀承乾,有玄齡、魏徵之重〔五四〕。或有其禮而無人,或有其人而不用。何擇禍之忘輕,信非賢而罔共。英英副君,鑒古知今。百揆在乎手〔五五〕,萬務經其心。朝廷之所寄者重,蒼生之所望者深。既賞興王之諫,亦訪百官之箴。故曰生民在勤〔五六〕,好問則裕〔五七〕。不躬不親,人將孰信〔五八〕?一游一豫,樂有常度〔五九〕。節八音以導其和平〔六〇〕,調五味以適其喜怒。情義兼於家國,故知無不爲;愛敬極於君親,故惟道是諭。儉以足用〔六一〕,而施舍不可不行;仁以接物〔六二〕,而刑罰不可不具。冗官宜省,而才不可遺;疆事漸寧,而備不可去。居安思危〔六三〕,覩災而懼。上分一人之憂,以成天下之務。俾中外之禔福〔六四〕,與宗祧而永固〔六五〕。伊下臣之不佞〔六六〕,蒙國士之殊遇〔六七〕,實含和而吐頌〔六八〕,豈登高之能賦〔六九〕?願降鑒於芻蕘〔七〇〕,庶效誠於塵露〔七一〕。

【校記】

①膺:李刊本作"應"。

②揖:全唐文、黄校本、李刊本作"挹"。徐校:"揖"當作"挹"。今按:二字通。

③干：原作“千”，據四庫本、全唐文、李刊本改。

④對：原作“封”，據四庫本、全唐文、李刊本、徐校改。

⑤揔：四庫本作“德”。

⑥過：全唐文作“遇”。

⑦徇：四庫本作“循”。

【箋注】

〔一〕作於後周顯德五年（九五八）十二月初。此爲李弘冀生日而作。弘冀，元宗長子。保大十四年（九五六）三月，周師陷廣陵，吴越侵常州，弘冀大敗吴越兵。元宗以之有功，交泰元年（即顯德五年）三月立爲太子，次年即卒。見陸游南唐書卷二元宗本紀及卷一六弘冀傳。據文“爰書誕慶之日，始過嘉平之節”，按：秦人以十二月爲嘉平節，見葛洪神仙傳卷五。故繫於此。　頌德：歌頌功德。漢書卷二五上郊祀志上：“而遂除車道，上自泰山陽。至顛，立石頌德，明其得封也。”　東宫：太子所居之宫；亦指太子。詩經衛風碩人：“東宫之妹，邢侯之姨。”毛傳：“東宫，齊太子也。”孔穎達疏：“太子居東宫，因以東宫表太子。”

〔二〕皇極：尚書正義卷一二洪範：“五，皇極，皇建其有極。”孔穎達疏：“皇，大也；極，中也。施政教，治下民，當使大得其中，無有邪僻。”

〔三〕辰象：文選卷五九沈約齊故安陸昭王碑文：“公含辰象之秀德，體河嶽之上靈。”吕向注：“辰象，日、月、星也。”

〔四〕地義：左傳昭公二十五年：“夫禮，天之經也，地之義也。……爲君臣上下，以則地義。”杜預注：“經者道之常，義者利之宜。”“君臣有尊卑，法地有高下。”

〔五〕前星：指太子。漢書卷二七下之下五行志下之下：“心，大星，天王也。其前星，太子；後星，庶子也。”　帝座：古星名。甘德石申星經卷下帝座：“帝座一星在市中，神農所貴，色明潤。”

〔六〕蒼震：謂長子。周易正義卷九説卦：“震爲雷，爲龍爲玄黄，爲旉爲大塗，爲長子，爲躁爲蒼筤竹。”　少陽：文選卷四六顔延之三月三日曲水詩序：“正體毓德於少陽。”李善注：“少陽，東宫也。”

〔七〕明德：詩經大雅皇矣：“帝遷明德，串夷載路。”　茂親：丘遲與陳伯之書:"中軍臨川殿下,明德茂親,總兹戎重。"

〔八〕主器:周易正義卷九説卦:"主器者莫若長子。"

〔九〕本枝百世:詩經大雅文王:"文王孫子,本支百世。"毛傳:"本,本宗也;支,支子也。"鄭玄箋:"其子孫適爲天子,庶爲諸侯,皆百世。"枝,通"支"。

〔一〇〕嘉祉:國語卷三周語下:"皇天嘉之,祚以天下,賜姓曰姒,氏曰有夏,謂其能以嘉祉殷富生物也。"韋昭注:"祉,福也。……以其能以善福殷富天下,生育萬物。"

〔一一〕百祥:尚書正義卷八伊訓:"作善,降之百祥;作不善,降之百殃。"

〔一二〕期運:猶機運。漢蔡邕陳太丘碑:"含元精之和,膺期運之數。"

〔一三〕儲后:儲君,太子。宋書卷一四禮志一:"今儲後崇聘,禮先訓遠,皮玉之美,宜盡暉備。"

〔一四〕黄裳元吉:周易正義卷一坤:"六五:黄裳,元吉。"王弼注:"黄,中之色也;裳,下之飾也。坤爲臣道,美盡於下……垂黄裳以獲元吉。"孔穎達疏:"能以中和通於物理,居於臣職,故云黄裳元吉。元,大也。以其德能如此,故得大吉也。"

〔一五〕鉤深致遠:周易正義卷七繫辭上:"探賾索隱,鉤深致遠。"孔穎達疏:"物在深處,能鉤取之;物在遠方,能招致之。"

〔一六〕問安視膳:禮記正義卷二〇文王世子:"文王之爲世子,朝於王季,日三。雞初鳴而衣服,至於寢門外,問内豎之御者曰:'今日安否何如?'内豎曰:'安。'文王乃喜。乃日中又至,亦如之;及莫又至,亦如之。其有不安節,則内豎以告文王。文王色憂,行不能正履,王季復膳,然後亦復初。食上,必在視寒煖之節;食下,問所膳。"

〔一七〕沖讓:謙讓。三國志卷六一吴書一六陸凱傳:"願陛下留意。"裴松之注引虞溥江表傳:"當此之時,寇鈔懾威,不犯我境,師徒奔北,且西阻岷漢,南州無事,尚猶沖讓,未肯築宫。"

〔一八〕太伯:姓姬吴氏,名泰伯。商末岐山(在今陝西境内)周部落首領周太王長子。太王欲傳位季歷及其子昌(周文王),太伯乃與仲雍讓位三弟季歷,出逃至荆蠻,號勾吴。見史記卷三一吴太伯世家。按:元宗嗣位,以李景遂爲儲副,立爲皇太弟。封弘冀爲燕王,避儲副之位,留守東都。故云。見馬令南唐書卷七景遂傳、弘冀傳。

〔一九〕麟符：新唐書卷二四車服志："皇太子監國，給雙龍符，左右皆十。兩京、北都留守給麟符，左二十，右十九。"弘冀爲東都留守，故給麟符。

〔二〇〕保釐東宅：謂治理東都，使之安定。尚書正義卷一九畢命："越三日壬申，王朝步自宗周，至於豐，以成周之衆，命畢公保釐東郊。"孔安國傳："用成周之民衆，命畢公使安理治正成周東郊，令得所。"

〔二一〕稽疑：考察疑事。管子卷一一君臣下："故正名稽疑，刑殺亟近，則内定矣。"

〔二二〕干旄：詩經鄘風干旄："孑孑干旄，在浚之城。"朱熹集傳："析羽爲旄。干旄，蓋析翟羽於旗幹之首也。"

〔二三〕南徐：東晉僑置徐州於京口城，南朝宋改稱南徐（今江蘇鎮江市），隋開皇年間廢。宋書卷三五州郡志一："武帝永初二年，加徐州曰南徐，而淮北但曰徐。文帝元嘉八年，更以江北爲南兗州，江南爲南徐州，治京口。"按：保大八年（九五〇），弘冀鎮潤州（京口）。見馬令南唐書卷七弘冀傳。

〔二四〕句吴：史記卷三一吴太伯世家："太伯之犇荆蠻，自號句吴。"司馬貞索隱："顔師古注漢書，以吴言'句'者，夷語之發聲，猶言'於越'耳。"

〔二五〕敬亭：即敬亭山。太平寰宇記卷一〇三江南西道一宣州宣城縣："敬亭山，郡國志及宋永記初山川云：'宛陵北有敬亭山。山有神祠，即謝朓賽雨賦詩之所。'"按：弘冀亦爲宣州大都督，十國春秋卷一六元宗本紀："（保大八年）二月，清淮軍將士訛傳漢將大舉南侵，詔燕王弘冀爲潤、宣二州大都督，鎮潤州。"

〔二六〕"謝傅"句：謝傅指謝安。卒后追贈太傅，世稱謝太傅或謝傅。其於大戰前夕，心態平和，與人下棋，捷報至而不形于顔色。見晉書卷七九謝安傳。

〔二七〕"條侯"句：條侯爲周亞夫封號。史記卷五七絳侯周勃世家："文帝擇絳侯勃子賢者河内守亞夫，封爲條侯，續絳侯後。"息萬里驚塵指周亞夫駐軍細柳以備匈奴。此比李弘冀鎮潤、宣以威懾後漢軍。

〔二八〕令問孔昭：謂名聲美好，十分顯著。令問：王符潛夫論卷一贊學："夫此四子者，耳目聰明，忠信廉勇，未必無儔也，而及其成名立績，德音令問不已，而有所以然，夫何故哉？”孔昭：詩經小雅鹿鳴：“我有嘉賓，德音孔昭。”鄭玄箋：“孔，甚；昭，明也。”

〔二九〕元功：史記卷一三〇太史公自序：“維高祖元功，輔臣股肱，剖符而爵，澤流苗裔，忘其昭穆，或殺身隕國。”

〔三〇〕儲貳：即太子。葛洪抱朴子内篇卷二釋滯：“昔子晉舍視膳之役，棄儲貳之重，而靈王不責之以不孝。”

〔三一〕玉軑：楚辭章句卷一離騷：“屯余車其千乘兮，齊玉軑而並馳。”王逸注：“軑，錮也，車轄也。”此指華麗的車。

〔三二〕龍樓：漢書卷一〇成帝紀：“上嘗急召，太子出龍樓門，不敢絶馳道，西至直城門，得絶乃度，還入作室門。”

〔三三〕雞戟：玉海卷一五一漢雞戟晉雞戟：“考工記冶氏注：戈，今句孑戟也，或謂之鷄鳴，或謂之擁頸。疏曰：據漢法而言，漢時見胡横之句孑戟云，或謂之雞鳴者，以其胡似雞鳴故也，或謂之擁頸者，以其胡曲。方言：戟其曲者謂之鉤孑鏝胡。郭璞注曰：即今鷄鳴句孑戟也。匈奴傳：莽賜單于戲戟十。張敞晉東宫舊事：東列崇福門，門各羌楯十幡，雞鳴戟十張。”李舒隱太子廟樂章凱安：“雞戟遂崇義，龍樓期好善。”

〔三四〕珍符：史記卷一一七司馬相如列傳：“或謂且天爲質闇，珍符固不可辭；若然辭之，是泰山靡記而梁父靡幾也。”裴駰集解引漢書音義：“言天道質昧，以符瑞見意，不可辭讓也。”

〔三五〕“多壘”句：指吴越攻常州，弘冀大破之，使越人不敢西向者二十年。見馬令南唐書卷七弘冀傳。

〔三六〕協贊：協助；輔佐。三國志卷四二蜀書一二來敏傳：“（來忠）與尚書向充等並能協贊大將軍姜維。”

〔三七〕宗祊：國語卷二周語中：“今將大泯其宗祊，而蔑殺其民人，宜吾不敢服也。”韋昭注：“廟門謂之祊。宗祊，猶宗廟也。”

〔三八〕玄圃：文選卷三張衡東京賦：“左瞰陽谷，右睨玄圃。”李善注：“淮南子曰：‘……懸圃在崑崙閶闔之中。’‘玄’與‘懸’，古字通。”

〔三九〕瑶山：梁簡文帝南郊頌序：“宛若千仞，狀懸流之仙館；焕如五彩，同瑶山之帝壇。”

〔四〇〕宣猷：即宣猶。詩經大雅桑柔："維此惠君，民之所瞻。秉心宣猶，考慎其相。"郑玄箋："宣，徧；猶，謀……乃執正心，舉事徧謀於衆。"

〔四一〕濛汜：文選卷二張衡西京賦："日月於是乎出入，象扶桑與濛汜。"薛綜注引楚辭："出自陽谷，入於濛汜。"按："玄圃"以下至此，状西京金陵之冬景。　曾：通"層"。

〔四二〕嘉平之節：史記卷六秦始皇本紀："三十一年十二月，更名臘曰'嘉平'。"此指農曆十二月。

〔四三〕麗正晨啓，重明夙設：周易正義卷三離："日月麗乎天，百穀草木麗乎土，重明以麗乎正，乃化成天下。"

〔四四〕調護：史記卷五五留侯世家："上曰：'煩公幸卒調護太子。'"裴駰集解引如淳曰："調護，猶營護也。"

〔四五〕峩冠煒燁：謂達官貴人很多。峩冠：即高冠。煒燁：同'煒曄'。文選卷三五張協七命："斯人神之所歆羡，觀聽之所煒曄也。"郭璞注："煒曄，盛貌。"

〔四六〕璘玢：光彩繽紛貌。元稹代曲江老人百韻："酹金光照耀，奠璧彩璘玢。"

〔四七〕稽首：一種跪拜禮，叩頭至地。

〔四八〕徇名與課實：徇名即"循名"，句謂以名求實，使名實相符。劉勰文心雕龍卷五章表："章以造闕，風矩應明；表以致禁，骨采宜耀：循名課實，以章爲本也。"

〔四九〕成王、周召：周成王時，共同輔政的周公旦和召公奭，兩人分陝而治，皆有美政。見史記卷四周本紀。禮記正義卷三九樂記："武亂皆坐，周召之治也。"

〔五〇〕風聲之克劭：謂教化、名聲完善美好。

〔五一〕四老：指秦末隱居商山的四位老者：東園公、甪里先生、綺里季、夏黄公。漢高祖召之，不應。後高祖欲廢太子，吕后用張良計，迎四皓，使輔太子。高祖乃不廢太子。見史記卷五五留侯世家。

〔五二〕二疏：指漢宣帝時名臣疏廣與兄子疏受。廣爲太傅，受爲少傅，二人同時致仕。見漢書卷七一疏廣傳。

〔五三〕“若乃”二句:漢武帝子劉據被立爲太子,爲其開博望苑以通賓客。征和年間,在巫蠱之亂中被姦臣迫害,舉兵反抗,兵敗逃亡,後來自殺。武帝得知太子冤情後,悔恨不已。在湖縣建思子宫和望思臺,以湖閿鄉邪里聚爲戾園。見漢書卷六三戾太子劉據傳。

〔五四〕“貞觀”二句:唐太宗即位,立長子承乾爲太子,倚重名臣魏徵、房玄齡。見舊唐書卷二太宗本紀及卷七六恒山王承乾傳。

〔五五〕百揆:指各種政務。後漢書卷五九張衡傳:“百揆允當,庶績咸熙。”

〔五六〕生民在勤:謂養民在於勤政。

〔五七〕好問則裕:遇到疑難向人請教,學識則淵博精深。尚書正義卷八仲虺之誥:“好問則裕,自用則小。”

〔五八〕“不躬不親”二句:詩經小雅節南山:“弗躬弗親,庶民弗信。”

〔五九〕“一游一豫”二句:孟子卷二梁惠王下:“夏諺曰:‘吾王不游,吾何以休?吾王不豫,吾何以助?一游一豫,爲諸侯度。’”

〔六〇〕八音:尚書正義卷三舜典:“三載,四海遏密八音。”孔安國傳:“八音:金、石、絲、竹、匏、土、革、木。”

〔六一〕儉以足用:毛詩正義卷二〇魯頌序:“駉,頌僖公也。僖公能遵伯禽之法,儉以足用,寬以愛民。”

〔六二〕仁以接物:常璩華陽國志卷一一後賢志:“湘東汎愛,仁以接物。”

〔六三〕居安思危:左傳襄公十一年:“書曰:‘居安思危。’思則有備,有備無患。”

〔六四〕禔福:漢書卷五七下司馬相如傳下:“遐邇一體,中外禔福,不亦康乎?”顔師古注:“禔,安也。”

〔六五〕宗祧:宗廟。左傳襄公二十三年:“紇不佞,失守宗祧,敢告不弔。紇之罪,不及不祀。”杜預注:“遠祖廟爲祧。”

〔六六〕下臣:臣對君的自稱。儀禮注疏卷七士相見禮:“凡自稱於君,士大夫則曰下臣。”

〔六七〕國士:國中優秀者。左傳成公十六年:“皆曰:國士在,且厚,不可當也。”

〔六八〕含和：文子卷上精誠："故大人與天地合德……懷天心，抱地氣，執沖含和，不下堂而行四海。"

〔六九〕登高作賦：韓詩外傳卷七："孔子曰：'君子登高必作賦。'"

〔七〇〕降鑒：俯察。詩經王風黍離："悠悠蒼天。"毛傳："自上降鑒，則稱上天；據遠視之蒼蒼然，則稱蒼天。"　芻蕘：詩經大雅板："先民有言，詢於芻蕘。"毛傳："芻蕘，薪采者。"

〔七一〕塵露：微塵滴露。曹植求自試表："冀以塵露之微，補益山海；螢燭末光，增輝日月。"

木蘭賦〔一〕并序

頃歲，鉉左宦江陵〔二〕，官舍數畝，委之而去，庭樹木蘭因移植於宗兄之家。及鉉徵還，席不遑暖，又竄于舒庸〔三〕。吾兄感春物之載華，擬古詩而見寄。吟翫感歎，謹賦以和焉。雖不足繼體物之作，庶幾申騷客之情爾。

伊庭中之奇樹，有木蘭之可悦。外爛爛以凝紫，内英英而積雪。芬芬兮謝客之囊①〔四〕，旖旎兮仙童之節仙人有紫旎節〔五〕。許蒲萆之竊比〔六〕，聽蘭芽之並列。於是辭下土之卑濕，歷上京之繁華。耻衒價於豪門，乃託根於貧家此樹木自歷陽移植於庭中〔七〕。資幽人之賞豫〔八〕，有好事之稱嗟。一旦逐客程遠，君門路賒，削閨籍與印組②〔九〕，豈獨留乎此花。噫！人屢遐棄，花猶得地。分兔苑之餘蔭〔一〇〕，向藩房而吐媚〔一一〕。授簡多暇〔一二〕，攀條屬思〔一三〕。持香草以予比，效騷辭而我寄。感此生之百憂，何斯物之足貴。悲夫！客館長吟，山城夕陰。想馨香之不改，歎懽宴之難尋。憑歸夢於飛翼〔一四〕，寫商歌於素琴〔一五〕。歌曰：光景兮愁暮，别離兮易久。真宰兮無黨〔一六〕，貞心兮不朽③〔一七〕。誠知異日，重滋田氏之荆〔一八〕；但恐相逢，共歎桓公之柳〔一九〕。

【校記】

①芬芬：四庫本、全唐文作"芬芳"。

②組：李刊本作"綬"。

③杇：全唐文、四庫本作"改"。

【箋注】

〔一〕作於保大十二年（九五四）春天舒州貶所。

〔二〕江陵：應是海陵（今江蘇泰州海陵區）。徐公行狀："後覩受命草詔者無所經據，不根事實，繇是駁議忤旨，左遷泰州幕職。"徐鉉有貶官泰州出城作、泰州道中却寄東京故人等詩。亞元舍人不替深知猥貽佳三篇清絶作不敢輕酬因爲長歌聊以爲報未竟復得子喬校書示問故兼寄陳君庶資一笑耳詩云："海陵城裏春三月，海畔朝陽照殘雪。"

〔三〕"及鉉徵還"至"竄于舒庸"數句：指徐鉉謫居泰州三年後被徵還，奉命察訪常州、楚州屯田，坐專殺而長流舒州。見徐公行狀。徐鉉於保大九年（九五一）三月自泰州歸京，保大十一年（九五三）十二月流舒州。前後時間很短。　席不遑暖：淮南子卷一九修務訓："孔子無黔突，墨子無煖席。"　舒州：春秋時爲舒庸國，爲群舒的一支，亦是楚國的附庸。曾叛楚，後爲楚所滅。左傳文公十二年："群舒叛楚，夏，子孔執舒子平及宗子，遂圍巢。"左傳成公十七年："舒庸人以楚師之敗也，道吴人圍巢，伐駕，圍釐、虺，遂恃吴而不設備。楚公子橐師襲舒庸，滅之。"　十國春秋卷一一一南唐地理表：舒州，領縣五：懷寧、宿松、望江、太湖、桐城。即今安徽安慶市轄域。

〔四〕謝客之囊：鍾嶸詩品卷上："錢塘杜明師夜夢東南有人來入館，是夕，謝靈運生於會稽。旬日而謝玄亡。其家以子孫難得，送靈運於杜治養之，十五方還都，故名客兒。"晉書卷七九謝安傳附謝玄傳："玄少好佩紫羅香囊，安患之，而不欲傷其意，因戲賭取，即焚之，於此遂止。"按：謝玄爲靈運祖父，徐鉉將兩人事並爲一談。

〔五〕旖旎：文選卷七揚雄甘泉賦："夫何旟旐郅偈之旖旎也。"李善注引服虔曰："旖旎，從風柔弱貌。"此處爲迎風飄揚而宛轉柔順貌。　紫旄節：真誥卷二："東卿大君昨四更初來見降，侍從七人。入户，一人執紫旄節，一人執華幡，一名十絶靈幡，一人帶緑章囊。"

〔六〕蒲茸：即蒲絨。謝靈運于南山往北山經湖中瞻眺："初篁苞緑籜，新蒲含紫茸。"

〔七〕歷陽:和州屬縣。見十國春秋卷一一一南唐地理表。今安徽和縣。

〔八〕幽人:幽隱之人。周易正義卷二履:"履道坦坦,幽人貞吉。" 賞豫:賞鑒娱樂。世説新語卷上文學:"郭景純詩云:'林無静樹,川無停流'"劉孝標注引郭璞别傳:"璞奇博多通,文藻粲麗,才學賞豫,足參上流。"

〔九〕閨籍:即金閨籍,記載朝廷諸官姓名的簿籍。李白效古二首其一:"謬題金閨籍,得與銀臺通。"李商隱爲濮陽公陳情表:"纔通閨籍,又處藩條。" 印組:官印之綬帶。

〔一〇〕兔苑:即兔園或梁園。漢梁孝王劉武所築,爲游賞與延賓之所。西京雜記卷二:"梁孝王好營宫室苑囿之樂,作曜華之宫,築兔園。"元和郡縣圖志卷七河南道三宋州宋城縣:"兔園,在縣東南十里,漢梁孝王園。"即今河南商丘市睢陽區内,遺址多不存。

〔一一〕藩房:文選卷四〇謝朓拜中軍記室辭隋王箋:"清切藩房,寂寥舊蓽。"李善注:"藩房,王府。"

〔一二〕授簡:謂囑人寫作。

〔一三〕屬思:構思;寫作。宋書卷九五索虜傳:"疲疾稍增,志隨時往,屬思之功,與事而廢。"

〔一四〕飛翼:阮瑀爲曹公作書與孫權:"濯鱗清流,飛翼天衢。"

〔一五〕商歌:淮南子卷一二道應訓:"寧戚飯牛車下,望見桓公而悲,擊牛角而疾商歌。桓公聞之,撫其僕之手曰:'異哉,歌者非常人也。'命後車載之。"

〔一六〕真宰:莊子内篇齊物論:"若有真宰,而特不得其眹。"此指君主。

〔一七〕貞心:逸周書卷六謚法:"貞心大度曰匡。"孔晁注:"心正而明察也。"

〔一八〕田氏荆:吴均續齊諧記:"京兆田真兄弟三人共議分財,生貲皆平均,惟堂前一株紫荆樹,共議欲破三片。明日就截之,其樹即枯死,狀如火然。真往見之,大驚,謂諸弟曰:'樹本同株,聞將分斫,所以顦顇,是人不如木也。'因悲不自勝,不復解樹,樹應聲榮茂。兄弟相感,合財寶,遂爲孝門。"

〔一九〕桓公柳:世説新語卷上言語:"桓公北征,經金城,見前爲琅邪時種柳,皆已十圍。慨然曰:'樹猶如此,人何以堪。'攀枝執條,泫然流淚。"

新月賦 庚午歲宿直作〔一〕

五月五日，繁陰乍晴，倬彼新月〔二〕，麗于太清〔三〕。映玉繩而絢彩〔四〕，揜銀漢以騰精〔五〕。對鳷鵲西南之影〔六〕，步明光東北之楹〔七〕。歷歷遲漏，悠悠我情。雖萬古之不易，感一年而始生。乃有騃女癡男，朱顔稚齒。欣春物之駘蕩，登春臺之靡迤〔八〕。雜佩璀錯〔九〕，輕裾颯纚〔一〇〕。紛乎拜祝，怡然宴喜。人歲歲以潛換，景年年而若此。昔我當年，胡云不然？世路多故，流光暗遷。易壯心於大觀〔一一〕，變玄髪於華顛。顧一毛之無濟〔一二〕，愧兩綬之徒懸〔一三〕。況乎萬象虚明〔一四〕，九門奥秘〔一五〕。對宣室以方罷〔一六〕，閲通宵而不寐。憂心似醉，既慷慨於君恩；急景如馳，更凄涼於往事。想愬月以長歌，遂抽毫而見意。

【箋注】

〔一〕作於宋開寶三年（九七〇）五月五日。庚午即開寶三年。　宿直：夜間值班。

〔二〕倬彼新月：新月明亮。倬：詩經大雅桑柔："倬彼昊天，寧不我矜？"鄭玄箋："倬，明大貌。"

〔三〕太清：天空。鶡冠子卷中度萬："唯聖人能正其音，調其聲，故其德上及太清，下及太寧，中及萬靈。"陸佃解："太清，天也。"

〔四〕玉繩：星名。文選卷二張衡西京賦："上飛闥而仰眺，正睹瑶光與玉繩。"李善注引春秋元命苞曰："玉衡北兩星爲玉繩。"此泛指群星。

〔五〕騰精：月亮射出光芒。劉禹錫奉和中書崔舍人八月十五日夜翫月二十韻："騰精浮碧海，分照接虞淵。"

〔六〕鳷鵲：漢宫觀名，在甘泉宫附近。見史記卷一一七司馬相如列傳裴駰集解。

〔七〕明光：即明光殿。漢宫殿名，在桂宫中。見三輔黄圖卷二引關輔記。按：鳷鵲、明光皆爲借用。

〔八〕春臺：老子卷上："荒兮其未央，衆人熙熙，如享太牢，如登春臺。"靡迆：文選卷三〇謝靈運田南樹園激流植援："靡迆趨下田，迢遞瞰高峰。"張銑注："靡迆，細走貌。"

〔九〕雜佩：詩經鄭風女曰雞鳴："知子之來之，雜佩以贈之。"毛傳："雜佩者，珩、璜、琚、瑀、衝牙之類。"

〔一〇〕輕裾：謂衣服質地很輕。裾：衣服的前後襟。　颯纚：文選卷一班固西都賦："紅羅颯纚，綺組繽紛。"吕向注："颯纚，長袖皃也。"

〔一一〕大觀：宏遠的觀察。賈誼鵩鳥賦："小智自私兮，賤彼貴我；達人大觀兮，物無不可。"

〔一二〕一毛：比喻細微的事物。韓非子卷一九顯學："不以天下大利易其脛一毛。"

〔一三〕兩綬：兩個系官印的綬帶。按：徐鉉開寶三年任工部侍郎、翰林學士。見徐公行狀。故云"兩綬"。

〔一四〕虚明：清澈明亮。陶淵明辛丑歲七月赴假還江陵夜行塗口："涼風起將夕，夜景湛虚明。"

〔一五〕九門：天子設九門。禮記正義卷一五月令："（季春之月）田獵、罝罘、羅罔、畢翳、餧獸之藥，毋出九門。"

〔一六〕宣室：宣室，漢宫殿名。漢書卷四八賈誼傳："文帝思誼，徵之。至，入見，上方受釐，坐宣室。"蘇林注："宣室，未央前正室。"

早春左省寓直〔一〕

旭景鸞臺上〔二〕，微雲象闕間〔三〕。時清政事少，日永直官閑〔四〕。遠籟飛簫管①〔五〕，零冰響珮環〔六〕。終軍年二十〔七〕，默坐叩玄關〔八〕。

【校記】

①簫：原作"蕭"，據四庫本、黄校本、全唐詩、李刊本、備要本、徐校改。

【箋注】

〔一〕作於南唐昇元二年（九三八）早春。徐公行狀云："先主即位，以本官直門下省。”詩寫早春景色，故繫於此。　左省：唐中央官署名，門下省别稱。門下省在殿廡之左，故稱。　寓直：夜間於官署值班。

〔二〕鸞臺：唐時門下省别名。新唐書卷四七百官志二：“垂拱元年改門下省曰鸞臺。”

〔三〕象闕：周禮注疏卷二太宰：“正月之吉，始和，布治於邦國都鄙，乃縣治象之灋于象魏，使萬民觀治象，挾日而斂之。”鄭玄注引鄭司農曰：“象魏，闕也。”賈公彦疏：“鄭司農云‘象魏，闕也’者，周公謂之象魏，雉門之外，兩觀闕高魏魏然，孔子謂之觀。”

〔四〕直官：當直的官員，這裏作者自指。

〔五〕籟：古代一種竹製管樂器。淮南子卷一六説山訓：“物莫不因其所有，而用其所無，以爲不信，視籟與竽。”高誘注：“籟，三孔籥也。”

〔六〕佩環：玉質佩飾物。柳宗元小石潭記：“隔篁竹聞水聲，如鳴佩環，心樂之。”

〔七〕終軍：漢書卷六四下終軍傳：“終軍字子雲，濟南人也。……南越與漢和親，乃遣軍使南越説其王，欲令入朝，比内諸侯。軍自請：‘願受長纓，必羈南越王而致之闕下。’軍遂往説越王，越王聽許，請舉國内屬。天子大説，賜南越大臣印綬，一用漢法，以新改其俗，令使者留填撫之。越相吕嘉不欲内屬，發兵攻殺其王及漢使者，皆死。語在南越傳。軍死時年二十餘，故世謂之終童。”

〔八〕玄關：門户。岑參丘中春卧寄王子：“田中開白室，林下閉玄關。”

寒食宿陳公塘上〔一〕

垂楊界官道，茅屋倚高坡。月下春塘水，風中牧豎歌〔二〕。折花閑立久，對酒遠情多。今夜孤亭夢，悠揚奈爾何！

【箋注】

〔一〕作於吴睿帝大和三年（九三二）至吴天祚三年（九三七）之間某一年寒食日。按：徐鉉年十六仕吴，見李昉徐公墓誌銘。吴建都揚州，陳公塘在揚州。江南通志卷六二揚州府：“陳公塘，在府西域儀征縣接界，周回九十餘里。”

〔二〕牧豎:牧奴,牧童。漢書卷三六劉向傳:"自古至今,葬未有盛如始皇者也,數年之間,外被項籍之災,内離牧豎之禍,豈不哀哉!"

將去廣陵别史員外南齋〔一〕

家聲曾與金張輩〔二〕,官署今居何宋間①〔三〕。起得高齋臨静曲〔四〕,種成奇樹學他山。鴛鸞終日同醒醉〔五〕,蘿薜常時共往還〔六〕。賤子今朝獨南去〔七〕,不堪迴首望清閑。

【校記】

①今:黄校本作"去"。

【箋注】

〔一〕作於吴天祚三年(九三七)十月金陵任職之前。李昪於是年十月即位,建都金陵。　廣陵:揚州别稱,即今江蘇揚州市。太平寰宇記卷一二三淮南道一揚州:"天寶元年,改爲廣陵郡,依舊大都督府,乾元元年,復爲揚州。"史員外:名未詳。

〔二〕金張:金日磾七世任内侍,張湯後代任侍中、中常侍者十餘人,分别見漢書卷六八、卷五九本傳。後因以詠勛臣世家之典。晉左思詠史:"金張籍舊業,七葉珥漢貂。"

〔三〕何宋:當指何遜、宋之問。何遜,南朝梁人,能文章,有詩名,曾任記室、尚書水部郎中等職。見梁書卷四九何遜傳。宋之問,唐初詩人,曾任户部員外郎、考功員外郎等職。見舊唐書卷一九〇中宋之問傳。鄭谷右省補闕張茂樞同在諫垣鄰居光德迭和篇什未嘗閒時忽見貽謂谷將來履歷必在文昌與何水部宋考公爲儔谷雖賦於風雅實用兢惶因抒酬寄:"何宋清名動粉闈,不才今日偶陳詩。"

〔四〕静曲:僻静幽深。張籍寄故人:"静曲閑房病客居,蟬聲滿樹槿花疏。"

〔五〕鴛鸞:比喻朝官、同僚。包何和苗員外寓直中書:"每憐雙闕下,雁序入鴛鸞。"

〔六〕蘿薜:兩種野生的植物,即女蘿和薜荔。借指隱者或高士的住所。吴均與顧章書:"僕去月謝病,還覓薜蘿。"

〔七〕賤子:漢書卷九二樓護傳:"時請召賓客,邑居樽下,稱'賤子上壽'。"

將過江題白沙館〔一〕

少長在維楊〔二〕,依然認故鄉。金陵佳麗地〔三〕,不道少風光。稍望吴臺遠〔四〕,行登楚塞長。殷勤語江嶺,歸夢莫相妨。

【箋注】

〔一〕作於吴天祚三年(九三七)十月往金陵途中。　白沙館:館驛名。江都府永貞縣有白沙鎮,白沙館當在其地。見十國春秋卷一二南唐地理表。

〔二〕維楊:揚州别稱,即今江蘇揚州市。尚書正義卷六禹貢:"淮海惟揚州。"惟,通"維",後因截取二字以爲名。庾信哀江南賦:"淮海維揚,三千餘里。"

〔三〕金陵:古邑名。楚威王七年滅越後於清涼山設金陵邑。後爲南京别稱。謝朓鼓吹曲入朝曲:"江南佳麗地,金陵帝王州。"

〔四〕吴臺:指吴王闔閭(一説夫差)所築之姑蘇臺(在今江蘇蘇州吴中區西南)。

登甘露寺北望〔一〕

京口潮來曲岸平〔二〕,海門風起浪花生〔三〕。人行沙上見日影,舟過江中聞櫓聲。芳草遠迷楊子渡〔四〕,宿煙深映廣陵城〔五〕。游人鄉思應如橘,相望須含兩地情〔六〕。

【箋注】

〔一〕作於南唐昇元二年(九三八)至昇元四年(九四〇)某年春宦游京口時期,詳本卷稍下京口江際弄水作年考。　甘露寺:寺名。在今江蘇鎮江北固山上,相傳三國吴甘露年間建。太平寰宇記卷八九江南東道一潤州丹徒縣:“甘露寺,在城東角土山上。下臨大江,晴明,軒檻上見揚州歷歷,詩人多留題。”

〔二〕京口:古城名,即今江蘇鎮江市。元和郡縣圖志卷二五江南道一潤州:“建安十四年,孫權自吴理丹徒,號曰京城。”“城前浦口,即是京口。”

〔三〕海門:新唐書卷三六五行志:“潤州有黑氣如隄,自海門山横亘江中與北固山相峙。”王昌齡宿京江口期劉昚虚不至:“殘月生海門。”唐盧肇題甘露寺:“地從京口斷,山到海門回。”

〔四〕楊子渡:又稱揚州津,古津渡名,在今江蘇揚州市江都區南。

〔五〕廣陵城:見本卷將去廣陵别史員外南齋注〔一〕。

〔六〕“游人”句:以橘比喻思鄉之情。淮南子卷一七説林訓:“橘柚有鄉。”譚用之秋宿湘江遇雨:“鄉思不堪悲橘柚,旅游誰肯重王孫。”

山路花〔一〕

不共垂楊映綺寮〔二〕,倚山臨路自嬌饒①〔三〕。游人過去知香遠,谷鳥飛來見影摇。半隔煙嵐遥隱隱,可堪風雨暮蕭蕭。城中春色還如此,幾處笙歌案舞腰。

【校記】

①嬌饒:四庫本、李刊本作“嬌嬈”。李校:諸本多作“嬌饒”。英元案:錢遵王讀書敏求記卷一“毛晃增修禮部韻略”條記云:“宋子侯董嬌饒詩出玉臺新詠,少陵引用之,初非‘嬌嬈’字。按玉篇:‘嬈’音‘奴了’切,苛也,又擾戲弄也;廣韻‘上聲三十六小’,‘嬈’音‘而沼’切,亂也。從無‘饒’音作平聲也。毛晃取此字增入宵韻,反引杜詩‘佳人屢出董嬌嬈’句爲證。歷考古人所用‘嬌嬈’,並是‘食’旁,無有從‘女’者。藝文樂府及宋本杜集皆然。不知毛晃何據妄增,韻會遂承其謬。後人惘惘,並改‘嬌’爲‘妖’。舉世襲用已久,‘嬌饒’字竟亡矣。書此以正歷來之謬。”錢氏之説如是。今案:“嬌嬈”本字如是,杜公詩及宋本亦作“嬌饒”。今徐公集用此二字,舊本亦作“嬌饒”。錢氏所

論,已無疑義。究竟"饒"字玉篇、廣韻均作上聲,杜公詩用作平聲,今徐公詩亦作平聲用,二公用字則是,用韻則謬矣。杜公精於用古,徐公又精通小學,不應一悮再悮。意杜公必有所本,故徐公相承用之。譬如漢書霍去病傳爲票姚校尉,顔師古注:"'票'音'頻妙'反,'姚'音'羊召'反。"是二字皆應作去聲用也。而唐人王右丞及杜公詩用"霍票姚",均作平聲"飄遥"音用,亦以二字古音,本有平聲用者,服虔之注可證也。"嬌饒"二字,得毋類是? 附字所疑,俟詳考古書以明之。　今按:"小"韻在"上聲三十"。

【箋注】

〔一〕作於南唐昇元二年(九三八)至昇元四年(九四〇)某年春宦游京口時期。詳見下京口江際弄水作年考。詩雖詠物,有隨遇自足、不與人争寵之寓意。

〔二〕綺寮:左思魏都賦:"雷雨窈冥而未半,皦日籠光於綺寮。"吕向注:"寮,窗也。"

〔三〕嬌饒,同"嬌嬈",柔美嫵媚。張説傷妓人董氏:"董氏嬌嬈性,多爲窈窕名。"

京口江際弄水〔一〕

退公求静獨臨川〔二〕,楊子江南二月天〔三〕。百尺翠屏甘露閣〔四〕,數帆晴日海門船〔五〕。波澄瀨石寒如玉,草接汀蘋緑似煙。安得乘槎更東去〔六〕,十洲風外弄潺湲〔七〕。

【箋注】

〔一〕作於南唐昇元二年(九三八)至昇元四年(九四〇)某年春宦游京口時期。按:本卷從駕東幸呈諸公云:"宦游京口無高興,習隱鍾山限俗塵。"卷二送郝郎中爲浙西判官云:"恐君到即忘歸日,憶我游曾歷二年。"知徐鉉曾宦游京口,史書闕載。以上登甘露寺北望、山路花、京口江際弄水均作於宦游京口時期,時間在昇元二年(九三八)至昇元四年(九四〇)。　京口:見本卷登甘露寺北望注〔二〕。

〔二〕退公：指公餘休息。李白趙公西候新亭頌：“退公之暇，清眺原隰。”

〔三〕楊子江：即揚子江。長江在今儀徵、揚州一帶，古稱“揚子江”，因揚子津而得名。揚子津，見本卷登甘露寺北望注〔四〕。

〔四〕甘露閣：即甘露寺閣。甘露寺，見本卷登甘露寺北望注〔一〕。

〔五〕海門：見本卷登甘露寺北望注〔三〕。

〔六〕乘槎：張華博物志卷一〇：“舊説云，天河與海通，近世有人居海渚者，年年八月有浮槎去來，不失期。人有奇志，立飛閣於槎上，多齎糧，乘槎而去。”

〔七〕十洲：海内十洲記：“漢武帝既聞王母説八方巨海之中有祖洲、瀛洲、玄洲、炎洲、長洲、元洲、流洲、生洲、鳳麟洲、聚窟洲。有此十洲，乃人迹所稀絶處。”

早春旬假獨直寄江舍人〔一〕

省署皆歸沐，西垣公事稀〔二〕。詠詩前砌立，聽漏向申歸〔三〕。遠思風醒酒，餘寒雨濕衣。春光已堪探，芝蓋共誰飛〔四〕？

【箋注】

〔一〕約作於南唐昇元二年（九三八）早春。詩編於昇元初期，且置於從駕東幸呈諸公、重游木蘭亭之前，姑繫於此。　旬假：唐官員十日一休假，稱“旬假”。唐會要卷八二休假：“永徽三年二月十一日，上以天下無虞，每至旬假，許不視事，以與百僚休沐。”通鑑卷二四四載：唐文宗太和五年，“是日，旬休。”胡三省注：“一月三旬，遇旬則下直而休沐，謂之旬休，今謂之旬假是也。”　江舍人：指江文蔚，元宗文臣。陸游南唐書卷一〇本傳：“江文蔚，字君章，建安人。……烈祖輔吴，用爲宣州觀察巡官，歷比部員外郎、知制誥。國初改主客郎中，拜中書舍人。”卷一八浮屠契丹高麗列傳：“烈祖昇元二年，契丹主耶律德光及其弟東丹王各遣使以羊馬入貢。……於是翰林院進二丹入貢圖，詔中書舍人江文蔚作贊。”知是昇元二年，江文蔚已爲中書舍人。

〔二〕西垣：唐宋時中書省的别稱。因設于宫中西掖，故稱。

〔三〕向申歸:即申時散直回家。申時,相當於現在十五點到十七點。

〔四〕芝蓋:指車盖或伞盖。張衡西京賦:"驪駕四鹿,芝蓋九葩。"薛综注:"以芝爲蓋,蓋有九葩之采也。"庾信三月三日華林園馬射賦:"落花與芝蓋同飛,楊柳共春旗一色。"

從駕東幸呈諸公〔一〕

吴公臺下舊京城〔二〕,曾揜衡門過十春〔三〕。别後不知新景象,信來空問故交親〔四〕。宦游京口無高興〔五〕,習隱鍾山限俗塵〔六〕。今日喜爲華表鶴〔七〕,況陪鵷鷺免迷津〔八〕。

【箋注】

〔一〕作於南唐昇元四年(九四〇)十月乙巳(十三日)或稍後日。陸游南唐書卷一載:昇元四年冬十月乙巳,"詔幸東都,命齊王璟監國","十二月丙申,至自東都"。按:南唐建國,以建康爲西都,廣陵爲東都。見馬令南唐書卷一先主紀。

〔二〕吴公臺:太平寰宇記卷一二三淮南道一揚州江都縣:"吴宫臺,在縣西北四里。沈慶之攻竟陵王誕所築弩臺也。後陳將吴明徹圍北齊,東廣州刺史敬子猷增築之,以射城内,號吴公臺。"

〔三〕"衡門"句:謂自己於揚州度過十年青少年時期。徐公墓誌銘:"奉太夫人慈訓,不妄游,下帷著書,雖親族罕見其面。" 衡門:簡陋的房屋。詩經陳風衡門:"衡門之下,可以棲遲。"朱熹集傳:"衡門,横木爲門也。門之深者,有阿塾堂宇,此惟横木爲之。"漢書卷七三韋玄成傳:"聖王貴以禮讓爲國,宜優養玄成,勿枉其志,使得自安衡門之下。"顔師古注:"衡門,謂横一木於門上,貧者之所居也。"

〔四〕交親:荀子卷二不苟:"交親而不比。"

〔五〕京口:見本卷登甘露寺北望注〔二〕。

〔六〕習隱:習學隱遁。莊子内篇齊物論:"南郭子綦隱机而坐,仰天而嘘,荅焉似喪其耦。"孔稚珪北山移文:"學遁東魯,習隱南郭。" 鍾山:元和郡縣圖志卷二五江南道一潤州上元縣:"鍾山,在縣東北一十八里。按輿地志,古金陵山也,邑縣之名,皆由此而立。吴大帝時,蔣子文發神異於此,封之爲蔣侯,改山曰蔣山。宋復名鍾山。梁武帝於西麓置愛敬寺,江表上巳常游於此,爲衆山之傑。"

〔七〕華表鶴:舊題陶潛搜神後記卷一:"丁令威,本遼東人,學道於靈墟山。後化鶴歸遼,集城門華表柱。"此處以喻重回揚州故鄉。

〔八〕鵷鷺:比喻有才德者。北齊書卷四五文苑傳序:"於是辭人才子,波駭雲屬,振鵷鷺之羽儀,縱雕龍之符采。"顔師古奉和正日臨朝:"肅肅皆鵷鷺,濟濟盛簪紳。"

重游木蘭亭〔一〕

繚繞長隄带碧潯,昔年游此尚青衿〔二〕。蘭橈破浪城陰直〔三〕,玉勒穿花苑樹深〔四〕。宦路塵埃成久别,仙家風景有誰尋。那知年長多情後,重凭欄干一獨吟。

【箋注】

〔一〕作於南唐昇元四年(九四〇)十二月五日(丙申)之後不久。陸游南唐書卷一:"(昇元四年)十二月丙申,帝至自東都。"　木蘭亭:江南通志卷三三輿地志古迹揚州府:"九曲池在甘泉縣。隋煬帝欲幸江都,命樂人撰水調九曲,建木蘭亭於池上,按節歌之,因名九曲池。"

〔二〕青衿:詩經鄭風子衿:"青青子衿,悠悠我心。"毛傳:"青衿,青領也。學子之所服。"此指青少年。徐鉉於揚州度過青少年時期,故云。

〔三〕蘭橈:小舟美稱。

〔四〕玉勒:玉飾的馬銜,借指馬。

賦得綵鷰〔一〕

縷綵成飛鷰,迎和啓蟄時〔二〕。翠翹生玉指〔三〕,繡羽拂文楣〔四〕。

詎費銜泥力，無勞剪爪期。化工今在此，翻怪社來遲〔五〕。

【箋注】

〔一〕作年未詳。該詩緊置從駕東幸呈諸公詩後，當爲早期作品。　綵鷰：宗懔荆楚歲時記："立春之日悉剪綵爲鷰戴之，貼'宜春'二字。"

〔二〕啓蟄：驚蟄，節氣名。左傳桓公五年："凡祀，啓蟄而郊。"孔穎達疏："夏小正曰：'正月啓蟄。'其傳曰：'言始發蟄也。'"

〔三〕翠翹：翠鳥尾上的長羽。楚辭章句卷九招魂："砥室翠翹，絓曲瓊些。"王逸注："翠，鳥名也；翹，羽也。"此處指所剪鷰羽。

〔四〕繡羽：指所剪綵鷰美麗的羽毛。鮑照芙蓉賦："戲錦鱗而夕映，曜繡羽以晨過。"　文楣：雕飾的門楣。句謂所剪之鷰栩栩如生，若飛掠門楣之真鷰。

〔五〕社：春社。古時於立春前清明後前祭祀土神，以祈豐收，謂之春社。相傳鷰子春社日北來。

送魏舍人仲甫爲蘄州判官〔一〕

從事蘄春興自長，蘄人應識紫微郎〔二〕。山資足後抛名路〔三〕，蒓菜秋來憶故鄉〔四〕。以道卷舒猶自適，臨戎談笑固無妨〔五〕。如聞郡閣吹横笛，時望青谿憶野王〔六〕。

【箋注】

〔一〕約作於南唐保大二年（九四四）秋。　魏仲甫：宋高僧傳卷三〇唐洪州開元寺棲隱傳："（棲隱）同光二年與洪井巨鹿魏仲甫邂逅，以文道相善。後唐天成中卒，時弟子應之攜隱之詩計百許首，投仲甫爲集序，今所行者號桂峰集是也。"此魏仲甫或是同一人。餘未詳。　蘄州：十國春秋卷一一一南唐地理表：蘄州，領縣四：蘄春、黄梅、蘄水、廣濟。轄域約今湖北蘄春、黄梅、武穴等縣市。

〔二〕紫微郎：唐中書侍郎别稱。舊唐書卷四三職官二："開元元年，改中書省爲紫微省，五年復舊。"

〔三〕山資：隱居時所需費用。南齊書卷二七王秀之傳："出爲晉平太守，至郡期年，謂人曰：'此邦豐壤，禄俸常充。吾山資已足，豈可久留以妨賢路。'"　名路：謀取功名之路。

〔四〕"蓴菜"句：世説新語卷中識鑒："張季鷹辟齊王東曹掾，在洛見秋風起，因思吴中菰菜羹、鱸魚膾，曰：'人生貴得適意爾，何能羈宦數千里以要名爵！'遂命駕便歸。"

〔五〕臨戎：親臨戰陣。

〔六〕"如聞"二句：用桓伊典。晉書卷八一桓伊傳："善音樂，盡一時之妙，爲江左第一。有蔡邕柯亭笛，常自吹之。王徽之赴召京師，泊舟青谿側。素不與徽之相識，伊於岸上過，船中客稱伊小字曰：'此桓野王也。'徽之便令人謂伊曰：'聞君善吹笛，試爲我一奏。'伊是時已貴顯，素聞徽之名，便下車，踞胡床，爲作三調，弄畢，便上車去，客主不交一言。"　青谿，太平寰宇記卷九〇江南道二昇州江寧縣："清谿，在縣北六里。闊五尺，深八尺，以洩玄武湖水，南入秦淮。"明一統志卷六應天府山川："青谿，在府治。吴鑿東渠，名青谿。谿有九曲，連綿數十里，通潮溝，以洩玄武湖水。發源鍾山，接於秦淮。"

題殷舍人宅木芙蓉〔一〕

憐君庭下木芙蓉，嫋嫋纖枝淡淡紅。曉吐芳心零宿露，晚摇嬌影媚清風。似含情態愁秋雨，暗減馨香借菊叢。默飲數杯應未稱，不知歌管與誰同〔二〕。

【箋注】

〔一〕作於南唐保大元年秋。殷舍人即殷崇義，字德川，池州青陽（今安徽青陽縣）人。入宋後爲避諱改名湯悦。馬令南唐書卷二三、十國春秋卷一七有傳。按，南唐建國，殷崇義即任中書舍人；元宗即位，仍未遷職，詩寫其不得志情狀。又，明年崇義升翰林學士，見卷二賀殷游二舍人入翰林江給事拜中丞注〔一〕。詩寫秋景，故繫于此。　木芙蓉：落葉灌木或小喬木。

〔二〕歌管：唱歌奏樂。鮑照送别王宣城："舉爵自惆悵，歌管爲誰清？"

送史館高員外使嶺南〔一〕

東觀時閑暇〔二〕,還修喻蜀書〔三〕。雙旌馳縣道〔四〕,百越從軺車〔五〕。桂蠹晨飧罷〔六〕,貪泉訪古初①〔七〕。春江多好景,莫使醉吟疏。

【校記】

①初:全唐詩校:一作"餘"。

【箋注】

〔一〕作於南唐昇元元年(九三七)十月二十一日之後不久。高員外當是高越。十國春秋卷二八本傳云:"及烈祖受禪,遷水部員外郎,改祠部、浙西營田判官。"此稱員外當是水部員外郎。徐鉉又有浙西判官高越可檢校水部郎中賜紫制、浙西判官高越可水部郎中制。後文云:"某官高越,早踐朝序,嘗爲史臣,當官有聲,聚學不倦。"據此,知越曾任職史館。詩所云"貪泉",在南漢境内。據此,知越此行出使南漢。陸游南唐書卷一烈祖本紀載:昇元元年十月庚子,"遣使如漢、閩、吴越、荆南,告即位。"烈祖或即遣越出使南漢等國。據陳垣二十史朔閏表,推知是年十月庚子爲十月二十一日。 嶺南:此指南漢政權,五代時十國之一,轄域相當於今廣東、廣西、海南一帶。都城興王府(今廣東廣州市)。

〔二〕東觀:東漢洛陽南宫内觀名。漢明帝詔班固等修撰漢記於此,書成名爲東觀漢記。章帝、和帝時爲皇宫藏書之府。後因以稱國史修撰之所。

〔三〕喻蜀書:漢書卷五七下司馬相如傳:"相如爲郎數歲,會唐蒙使略通夜郎、僰中,發巴蜀吏卒千人,郡又多爲發轉漕萬餘人,用軍興法誅其渠率。巴蜀民大驚恐。上聞之,乃遣相如責唐蒙等,因諭告巴蜀民以非上意。"

〔四〕雙旌:唐節度領刺史者出行時儀仗。此指高越出使之儀仗。新唐書卷四九下百官志四下:"節度使掌總軍旅,顓誅殺。初授,具帑抹兵仗詣兵部辭見,觀察使亦如之。辭日,賜雙旌雙節。"

〔五〕百越:史記卷六秦始皇本紀:"南取百越之地,以爲桂林、象郡。"裴駰集解引韋昭曰:“越有百邑。”文獻通考卷三二三:“自嶺而南,當唐虞三代爲蠻夷之國,是百越之地。”　軺車:使節所用之車稱軺。丘遲與陳伯之書:“乘軺建節,奉疆埸之任。”劉良注:“軺,使車也。”

〔六〕桂蠹:漢書卷九五南粤傳:“謹北面因使者獻白璧一雙,翠鳥千,犀角十,紫貝五百,桂蠹一器,生翠四十雙,孔雀二雙。”顔師古注:“應劭曰:‘桂樹中蝎蟲也。’蘇林曰:‘漢舊常以獻陵廟,載以赤轂小車。此蟲食桂,故味辛,而漬之以蜜食之也。”　晨飧:文選卷一九束晳補亡詩南陔:“馨爾夕膳,絜爾晨飧。”李善注:“馨,芬香也,絜,鮮静也。教其朝晚供養之方。”

〔七〕貪泉:晉書卷九〇吴隱之傳:“隆安中,以隱之爲龍驤將軍、廣州刺史、假節領平越中郎將。未至州二十里,地名石門,有水曰貪泉,飲者懷無厭之欲。隱之既至,語其親人曰:‘不見可欲,使心不亂。越嶺喪清,吾知之矣。’乃至泉所,酌而飲之,因賦詩曰:‘古人云此水,一歃懷千金。試使夷齊飲,終當不易心。’及在州,清操踰厲。

春日紫巖山期客不至〔一〕

郊外春華好,人家帶碧谿。淺莎藏鴨戲,輕靄隔雞啼。掩映紅桃谷,夤緣翠柳堤〔二〕。王孫竟不至,芳草自萋萋〔三〕。

【箋注】

〔一〕作於南唐保大二年(九四四)或上年春三月。詩與宿蔣帝廟明日游山南諸寺依次編排,當爲同一次出游之作。　紫巖山:景定建康志卷一七山川志引舊志:“紫巖山,在城南一十五里,高三十八丈。”

〔二〕夤緣:李白愁陽春賦:“演漾兮夤緣,窺青苔之生泉。”王琦注引韻會:“夤緣,連絡也。”

〔三〕“王孫”二句:楚辭卷八招隱士:“王孫游兮不歸,春草生兮萋萋。”王夫之通釋:“王孫,隱士也。秦、漢以上,士皆王侯之裔,故稱王孫。”

宿蔣帝廟明日游山南諸寺〔一〕

便返城闉尚未甘〔二〕,更從山北到山南。花枝似雪春雖半,桂魄如眉日始三①〔三〕。松蓋遮門寒黯黯，柳絲妨路翠毵毵〔四〕。登臨莫怪偏留戀，游宦多年事事諳。

【校記】

①日：李刊本作“月”。

【箋注】

〔一〕作於南唐保大二年（九四四）或稍前仲春。 蔣帝廟：三國蔣歆，字子文，漢末爲秣陵尉，追逐强盜至鍾山腳下，戰死。孫權爲立廟堂，並將鍾山改名蔣山。南唐元宗追謚莊武，其廟爲蔣莊武帝廟。徐鉉另有文蔣莊武帝新廟碑銘、蔣莊武帝册。景定建康志卷四四祠祀志一：“蔣帝廟，在蔣山之西北，去城一十二里。”

〔二〕城闉：城内重門。

〔三〕桂魄：指月。初學記卷一引晉虞喜安天論：“俗傳月中仙人桂樹，今視其初生，仙見人之足，漸已成形，桂樹後生。”

〔四〕毵毵：垂拂紛披貌。

賦得有所思〔一〕

所思何在杳難尋，路遠山長水復深。衰草滿庭空佇立①，清風吹袂更長吟。忘情好醉青田酒②〔二〕，寄恨宜調緑綺琴〔三〕。落日鮮雲偏聚散〔四〕，可能知我獨傷心。

【校記】

①佇：四庫本作“獨”。

②醉：全唐詩校：一作“酹”。

【箋注】

〔一〕作年未詳。

〔二〕青田酒：美酒代稱。崔豹古今注草木：“烏孫國有青田核，莫測其樹實之形，至中國者，但得其核耳。得清水則有酒味出，如醇美好酒。核大如六升瓠,空之以盛水,俄而成酒。……名曰青田酒。"

〔三〕緑綺琴:傅玄琴賦序:"司馬相如有琴曰緑綺。"張載擬四愁詩:"佳人遺我緑綺琴,何以贈之雙南金。"

〔四〕鮮雲:輕雲。陸機悲哉行:"和風飛清響,鮮雲垂薄陰。"

贈王貞素先生〔一〕

先生嘗已佩真形,紺髮朱顔骨氣清〔二〕。道秘未傳鴻寶術〔三〕,院深時聽步虚聲〔四〕。遼東幾度悲城郭〔五〕,吴市終應變姓名〔六〕。三十六天皆有籍〔七〕,他年何處問歸程。

【箋注】

〔一〕作於南唐保大十年(九五二)四月中旬左右。卷一二唐故道門威儀玄博大師貞素先生王君之碑云:"君諱棲霞,字玄隱。……保大壬子歲夏四月甲寅隱化于玄貞觀。"卷一三復三茅禁山記云:"天祐丁丑歲,貞素先生王君棲霞,始來此山。……先生以保大壬子歲夏四月,悉書夫屋之數,疆畔所經,請命于京師,申禁於郡縣,以授茅山都監鄧君棲一。能事既畢,數日而化。"據此,知保大十年(壬子)四月貞素請命京師,據墓誌云"又加貞素先生之號。既而玉棺有命,紫素告期",知是時即加貞素之號,歸時,徐鉉贈以詩,歸去數日即卒。按,其卒日爲甲寅(二十九日)。故繫於此。　王貞素:即王棲霞,法號貞素。

〔二〕紺髮:佛教如來紺琉璃色頭髮。楊衒之洛陽伽藍記序:"陽門飾豪眉之像,夜臺圖紺髮之形。"亦指道教得道者之髮。

〔三〕鴻寶:道教修仙煉丹之書。漢書卷三六劉向傳:"上復興神仙方術之事,而淮南有枕中鴻寶苑秘書。"

〔四〕步虚:劉敬叔異苑:"陳思王游山,忽聞空里誦經聲。清遠遒亮,解音者則而寫之,爲神仙聲。道士效之,作步虚聲。"吴兢樂府古體要解:"步虚詞,道觀所唱,備言衆仙縹緲輕舉之美。"

〔五〕"遼東"句:搜神後記卷一:"丁令威,本遼東人,學道於靈墟山。後化鶴歸遼,集城門華表柱。時有少年舉弓欲射之,鶴乃飛,徘徊空中而言曰:'有烏有烏丁令威,去家千年今始歸,城郭如故人民非,何不學仙冢累累!'遂高上沖天。"

〔六〕"吴市"句:謂王貞素終能得道成仙。漢書卷六七梅福傳:"福一朝棄妻子,去九江,至今傳以爲仙。其後,人有見福於會稽者,變姓名,爲吴市門卒。"

〔七〕三十六天:雲笈七籤卷二一載:道教稱神仙居住的天界有欲界六天、色界十八天、無色界四天、四梵天、三清天、大罗天,共三十六重。

春夜月〔一〕

幽人春望本多情,況是花繁月正明。竟夕無言亦無寐,繞階芳草影隨行。

【箋注】

〔一〕作年未詳。

愛敬寺有老僧嘗游長安言秦雍間事歷歷可聽因贈此詩兼示同行客〔一〕

白首棲禪者①〔二〕,嘗談灞、滻游〔三〕。能令過江客,偏起失鄉愁。室倚桃花崦〔四〕,門臨杜若洲〔五〕。城中無此景,將子剩淹留。

【校記】

①棲:原作"柳",據四庫本、全唐詩、李刊本改。

【箋注】

〔一〕約作於南唐保大二年(九四四)或稍前春三月。愛敬寺距蔣山很近,該詩與游蔣山題辛夷花寄陳奉禮依次排列,當爲同一次出游時作。 愛敬寺:元和郡縣圖志卷二五江南道一潤州上元縣:"鍾山,在縣東北一十八里。……吴大帝時,蔣子文發神異於此,封之爲蔣侯,改山曰蔣山。宋復名鍾山。梁武帝於西麓置愛敬寺,江表上巳多游於此,爲衆山之傑。" 秦雍:古秦地。今陜西西安市一帶。

〔二〕棲禪：猶坐禪。魏書卷一一四釋老志："昔如來闡教，多依山林，今此僧徒，戀著城邑。豈湫隘是經行所宜，浮諠必棲禪之宅，當由利引其心，莫能自止。"

〔三〕灞、滻：灞水和滻水的合稱，二水均流經今陝西西安市東北。此代指秦、雍之地。

〔四〕桃花崦：至大金陵新志卷五上山川志："在小茅峰北，林壑幽邃，春時華卉紛敷，不異武陵源也。"

〔五〕杜若洲：其地未詳。當在桃花崦附近。徐堅棹歌行："影入桃花浪，香飄杜若洲。"

游蔣山題辛夷花寄陳奉禮　本約陳同游不至〔一〕

今歲游山已恨遲，山中仍喜見辛夷。簪纓且免全爲累，桃李猶堪別作期。晴後日高偏照灼〔二〕，晚來風急漸離披〔三〕。山郎不作同行伴〔四〕，折得何由寄所思〔五〕。

【箋注】

〔一〕約作於南唐保大二年（九四四）或稍前春三月。當與宿蔣帝廟明日游山南諸寺同時作。　蔣山：即鍾山。見本卷從駕東幸呈諸公注〔六〕。　辛夷花：一名木筆花。花初開如筆頭；及開，似蓮花，有紅黄兩色，人又呼爲玉蘭。　陳奉禮：即陳喬，南唐文臣。馬令南唐書卷一七、陸游南唐書卷一四、十國春秋卷二七有傳。以上諸書所傳略同，惟無錫縣志卷三上載："南唐陳喬，字子喬。世居廬陵，後徙居無錫，喬遂爲無錫人。仕南唐爲觀察判官。烈祖頗器重之，遷尚書郎，拜中書舍人。"謂陳喬徙居無錫及嘗作觀察判官，它書未載。徐鉉亞元舍人不替深知猥貽佳作三篇清絶不敢輕酬因爲長歌聊以爲報未竟復得子喬校書示問故兼寄陳君庶資一笑耳："珍重芸香陳子喬，亦解貽書遠相問。"陳子喬即陳喬。

〔二〕照灼：光芒四射貌。謝靈運擬魏太子鄴中集詩魏太子："照灼爛霄漢,遥裔起長津。”

〔三〕離披:衰殘凋敝貌。蕭子暉冬草賦:“對離披之苦節,反蕤葳而有情。”

〔四〕山郎:漢書卷六六楊惲傳:“郎官故事,令郎出錢市財用,給文書,乃得出,名曰‘山郎’。”張晏注:“山,財用之所出,故取名焉。”此代指陳喬。

〔五〕“折得”句:化用“折梅”典。陸凱贈范曄詩:“折花逢驛使,寄與隴頭人。江南無所有,聊寄一枝春。”

徐鉉集校注卷二　詩

和殷舍人蕭員外春雪〔一〕

萬里春陰乍履端〔二〕，廣庭風起玉塵乾〔三〕。梅花嶺上連天白〔四〕，蕙草階前特地寒〔五〕。晴去便爲經歲别，興來何惜徹宵看〔六〕。此時鴛侣皆閑暇〔七〕，贈答詩成禁漏殘。

【箋注】

〔一〕作於保大二年之前，具體未詳。　殷舍人：即殷崇義，見卷一題殷舍人宅木芙蓉注〔一〕。　蕭員外：疑是蕭彧。見本卷稍下秋日雨中與蕭贊善訪殷舍人於翰林座中作注〔一〕。

〔二〕履端：指正月朔日。左傳文公元年："先王之正時也，履端於始，舉正於中，歸餘於終。"杜預注："步曆之始，以爲術之端首。"

〔三〕玉塵：比喻雪。何遜和司馬博士詠雪詩："若逐微風起，誰言非玉塵？"

〔四〕梅花嶺：清一統志卷六六揚州府："梅花嶺，在甘泉縣廣儲門外。"按：疑蕭員外時在揚州。詳詩意，接句言"蕙草階"關聯殷舍人，此梅花嶺則關涉蕭員外。

〔五〕蕙草階：兩邊栽種蕙草的路階。蕙草：香草名。又名熏草、零陵香。

宋玉風賦:"故其清涼雄風,則飄舉升降。…… 獵蕙草,離秦衡。"此處猶紅藥階,指中書省。見本卷稍下秋日雨中與蕭贊善訪殷舍人於翰林座中作注〔四〕。

〔六〕蓋用王之猷雪夜訪戴之典,見世説新語卷下任誕。

〔七〕鴛侶:即鴛鷺。見卷一將去廣陵别史員外南齋注〔五〕。

寄蘄州高郎中〔一〕

賈傅栖遲楚澤東〔二〕,蘭皋三度换秋風〔三〕。紛紛世事來無盡,黯黯離魂去不通。直道未能勝社鼠〔四〕,孤飛徒自歎冥鴻〔五〕。知君多少思鄉恨,併在山城一笛中①。

【校記】

①山城:四庫本作"斜陽"。

【箋注】

〔一〕作於南唐保大六年(九四八)秋。通鑑卷二八五載:開運三年(九四六)正月,"水部郎中高越上書指延巳兄弟過惡,唐主怒,貶越蘄州司士。"開運三年爲南唐保大四年,據詩句"蘭皋三度换秋風",故繫於此。　蘄州:見卷一送魏舍人仲甫爲蘄州判官注〔一〕。　高郎中:指高越。陸游南唐書本傳:"烈祖受禪,遷水部員外郎,改祠部、浙西營田判官。"卷八有浙西判官高越可檢校水部郎中賜紫制、浙西判官高越可水部郎中制。

〔二〕賈傅:指賈誼。賈誼年少有才,爲時所忌,貶長沙王太傅,見史記卷八四本傳。此代指高越。　栖遲:滯留。後漢書卷五八下馮衍傳:"久棲遲於小官,不得舒其所懷。"　楚澤:古楚地有雲夢等七澤,後指楚地或楚地湖澤。蘄州近楚而東,故云。

〔三〕蘭皋:楚辭集注卷一離騷:"步余馬於蘭皋。"朱熹集注:"澤曲曰皋,其中有蘭,故曰蘭皋。"　三度换秋風:謂高貶官已經三年。

〔四〕社鼠:比喻有所依恃的小人。晏子春秋卷三問上九:"景公問於晏子曰:'治國何患?'晏子對曰:'患夫社鼠。'公曰:'何謂也?'對曰:'夫社,束木而塗之,鼠因往託焉。熏之則恐燒其木,灌之則恐敗其塗。此鼠所以不可得殺者,以社故也。夫國亦有社鼠,人主左右是也。'"

〔五〕冥鴻:比喻避世隱居之士。揚雄揚子法言卷五問明篇:"鴻飛冥冥,弋人何篡焉。"李軌注:"君子潛神重玄之域,世網不能制御之。"

寄和州韓舍人〔一〕

急景駸駸度〔二〕,遥懷處處生。風頭乍寒暖,天色半陰晴。久别魂空斷,終年道不行。殷勤雲上雁〔三〕,爲過歷陽城〔四〕。

【箋注】

〔一〕作於南唐保大六年(九四八)秋。按全唐文卷八七七有韓熙載真風觀碑,末署云:"保大五年歲次丁未八月壬午朔二十八日己酉,虞部郎中韓熙載記。"保大五年八月尚稱虞部郎中,則其貶和州當在五年九月或稍後。詩寫秋景,又與寄蘄州高郎中依次編排,當爲同時作。　和州:十國春秋卷一一一南唐地理表:和州,領縣三:歷陽、烏江、含山。約今安徽含山、和縣及皖、蘇交界一帶。　韓舍人:即韓熙載,字叔言,北海(今山東昌樂縣)人。歷秘書郎、吏部員外郎、史館修撰、中書舍人、户部侍郎、兵部尚書、勤政殿學士承旨等職。博學善文,與徐鉉齊名,人稱"韓徐"。馬令南唐書卷一三、陸游南唐書卷一二、十國春秋卷二八有傳。通鑑卷二八六載:天福十二年(九四七)五月,"韓熙載屢言宋齊丘黨與必爲禍亂,齊丘奏熙載嗜酒猖狂,貶和州司士參軍。"

〔二〕急景:時光疾逝。謝靈運答謝咨議詩:"急景西弛,奔浪赴沂。"　駸駸:馬行疾速貌,以喻時光疾逝。詩經小雅四牡:"載驟駸駸。"

〔三〕"殷勤"句:謂以雁寄書,帶去問候。鴻雁傳書事,漢書卷五四蘇武傳:"漢求武等,匈奴詭言武死。後漢使復至匈奴,常惠請其守者與俱,得夜見漢使,具自陳道。教使者謂單于,言天子射上林中,得雁,足有繫帛書,言武等在某澤中。"

〔四〕歷陽:和州屬縣。見十國春秋卷一一一南唐地理表。即今安徽和縣。歷陽時爲和州治所。

從兄龍武將軍没於邊戍過舊營宅作〔一〕

前年都尉没邊城,帳下何人領舊兵?徼外瘴煙沉鼓角〔二〕,山前秋日照銘旌〔三〕。笙歌却返烏衣巷〔四〕,部曲皆還細柳營①〔五〕。今日園林過寒食,馬蹄猶擬入門行。

【校記】

①還:李刊本作"歸"。李校:諸本作"還"。英元案:"還"字佳,尤合音節。

【箋注】

〔一〕作於南唐保大五年(九四七)寒食日。詩寫前年徼外瘴煙,當是對閩用兵。南唐自保大三年二月始用兵於閩。見馬令南唐書卷二嗣主書。　龍武將軍:人未詳。

〔二〕徼外:塞外,邊外。史記卷一二五佞幸列傳:"人有告鄧通盜出徼外鑄錢。"　鼓角:戰鼓和號角。軍隊亦用以報時、警衆或發出號令。後漢書卷七三公孫瓚傳:"袁氏之攻,狀若鬼神,梯衝舞吾樓上,鼓角鳴於地中。"

〔三〕銘旌:豎在靈柩前標誌死者官職和姓名的旗幡。周禮注疏卷二七御史:"大喪,共銘旌。"

〔四〕笙歌:禮記正義卷六檀弓上:"孔子既祥,五日彈琴而不成聲,十日而成笙歌。"此指軍隊上層追求享樂的靡靡之音。　烏衣巷:地名,在今南京市秦淮河南。三國吴時在此置烏衣營,以士兵著烏衣而得名。東晉時王謝等望族居此,後因指貴族居住之地。

〔五〕部曲:古代軍隊編制單位。史記卷一一七司馬相如列傳:"睨部曲之進退,覽將帥之變態。"此指龍武將軍部屬。　細柳營:在今陝西咸陽市西南渭河北岸。史記卷五七絳侯周勃世家:"以河内守亞夫爲將軍,軍細柳以備胡。"張守節正義:"括地志云:細柳倉在雍州咸陽縣西南二十里也。"元和郡縣圖志卷一京兆府咸陽縣:"細柳倉,在縣西南二十里,漢舊倉也。周亞夫軍次細柳,即此是也。"

景陽臺懷古〔一〕 六言

後主亡家不悔〔二〕，江南異代長春。今日景陽臺上，閑人何用傷神！

【箋注】

〔一〕作年未詳。　景陽臺：景定建康志卷二一城闕志二："景陽樓，今法寶寺西南精鋭中軍寨内。遺址尚存，里俗稱爲景陽臺。"

〔二〕後主：指南朝陳後主叔寶，在位期間，刑政不树，荒淫無度，狎昵群小，至於亡國。見陳書卷六後主紀、南史卷一〇後主紀。

春分日〔一〕

仲春初四日，春色正中分。緑野裴回月，晴天斷續雲。鷰飛猶箇箇，花落已紛紛。思婦高樓晚，歌聲不可聞〔二〕。

【箋注】

〔一〕作年未詳。

〔二〕"思婦"句：似化用曹植怨詩行："明月照高樓，流光正徘徊。上有愁思婦，悲歎有餘哀。……我欲竟此曲，此曲悲且長。"

寄駕部郎中 瞻〔一〕

賤子乖慵性〔二〕，頻爲省直牽〔三〕。交親每相見①〔四〕，多在相門前。君獨疏名路，爲郎過十年。炎風久成別〔五〕，南望思悠然。

【校記】

①親：黄校本作"情"。

【箋注】

〔一〕作於南唐保大五年(九四七)或下年夏。卷一八御製春雪詩序:"七言四韻,宣示群臣。乃命太弟太傅建勳……駕部郎中李瞻等,或賡元首之歌,或和陽春之曲。"據此,知駕部郎中爲李瞻。詩云"爲郎十年",知李瞻疏於仕進。其爲郎官,當在烈祖禪吴之時(九三七)。至今未遷職。詳末句,李瞻夏天或遠官南方。五年元日大雪宴集,李瞻尚預會,是年或稍後即離京。　駕部郎中:官職名。隸兵部。舊唐書卷四三職官二:"駕部郎中一員,員外郎一人。……郎中、員外郎之職,掌邦國輿輦、車乘、傳驛、廄牧、官私馬牛雜畜簿籍,辨其出入,司其名數。"十國春秋卷一一四南唐百官表"兵部"有駕部郎中。

〔二〕乖慵:疏懶,不合時宜。韓愈東都遇春:"乖慵遭傲僻,漸染生弊性。"

〔三〕省直:省署當值、上班。

〔四〕交親:見卷一從駕東幸呈諸公注〔四〕。

〔五〕炎風:夏風,熱風。蕭統錦帶書十二月啓蕤賓五月:"炎風以扇户,暑氣於是盈樓。"

和王庶子寄題兄長建州廉使新亭〔一〕

謝守高齋結構新〔二〕,一方風景萬家情。群賢詎減山陰會〔三〕,遠俗初聞正始聲〔四〕。水檻片雲長不去,訟庭纖草轉應生。阿連詩句偏多思,遥想池塘晝夢成〔五〕。

【箋注】

〔一〕作年未詳。王庶子,卷一九游衛氏林亭序:"庶子王君、諭德蕭君、贊善孫君與上臺僚嘗游焉。"本卷又有陪王庶子游後湖涵虚閣詩,徐鉉送鍾員外詩序後附有王沂賦風詩。據此,王庶子當爲王沂。　建州:十國春秋卷一一二閩地理表:建州,領縣七:建安、邵武、浦城、建陽、松源、歸化、建寧。初屬閩,後歸南唐。轄域約今福建省建甌市、邵武市、建陽市、浦城縣、松谿縣等地。

〔二〕謝守:謝靈運曾爲永嘉太守,故稱。此借指王庶子兄長。

〔三〕山陰會:晉書卷八〇王羲之傳:"會稽有佳山水,名士多居之。……

嘗與同志宴集於會稽山陰之蘭亭，羲之自爲之序以申其志。”

〔四〕正始聲：正始爲三國魏曹芳年號。當時玄風漸興，士大夫唯老莊是宗，競尚清談，世稱正始之風。

〔五〕“阿連”二句：南史卷一九謝惠連傳：“惠連年十歲能屬文，族兄靈運加賞之，云：‘每有篇章，對惠連輒得佳語。’嘗於永嘉西堂思詩，竟日不就，忽夢見惠連，即得‘池塘生春草’，大以爲工。嘗云：‘此語有神功，非吾語也。’”

謝文静墓下作① 時閩嶺用師，契丹陷梁宋〔一〕

越徼稽天討〔二〕，周京亂虜塵②〔三〕。蒼生何可奈〔四〕，江表更無人！豈憚尋荒壟，猶思認後身〔五〕。春風白楊裏〔六〕，獨步淚霑巾。

【校記】

①静：全唐詩作“靖”。

②亂虜塵：四庫本作“起戰塵”。

【箋注】

〔一〕作於南唐保大五年（九四七）三月。陸游南唐書卷二載：保大五年（九四七）正月，契丹以滅晉來告捷，請盟於境上，辭不赴。三月，吴越救福州兵至，南唐與戰，敗績。詩寫春景，當作於是年三月。　謝文静：謝安謚文靖。“文静”蓋即“文靖”之訛。

〔二〕“越徼”句：越即吴越。錢氏所建政權，都杭州。　稽天：至於天際，形容勢大。莊子内篇逍遥游：“大浸稽天而不溺。”成玄英疏：“稽，至也。”開運二年（九四五）八月，南唐克建州。明年八月，陳覺發兵攻福州，敗績。十月，福州求救於吴越，吴越兵三萬，與南唐軍戰於福州外城。見通鑑卷二八五。

〔三〕“周京”句：周京指汴州（今河南開封）。開運三年（九四六）十一月，契丹兵大舉南下，十二月，晉帝出降，晉國亡。見通鑑卷二八五。

〔四〕“江表”句：世説新語卷下排調：“诸人每相與言：‘安石不肯出，將如蒼生何！’”

〔五〕後身：佛教“三世”之説，謂轉世之身爲“後身”。太平御覽卷三六〇引裴子語林:"張衡之初死,蔡邕母始孕。此二人才貌相類,時人云邕是衡之後身。"

〔六〕春風白楊:指墓地,古代墓地多植白楊。古詩十九首驅車上東門:"驅車上東門,遥望郭北墓。白楊何蕭蕭,松柏夾廣路。"

觀人讀春秋〔一〕

日覺儒風薄〔二〕,誰將霸道羞〔三〕？亂臣無所懼,何用讀春秋!

【箋注】

〔一〕作年未詳。　春秋:編年體史書名,相傳孔子據魯史修訂而成。孟子卷六滕文公下:"孔子作春秋而亂臣賊子懼。"

〔二〕儒風:儒家的傳统與風尚。劉勰文心雕龍卷九時序:"華實所附,斟酌經辭,蓋歷政講聚,故漸靡儒風者也。"

〔三〕霸道:以武力、刑法、權勢等進行統治一種方法,與"王道"相對。荀子卷五王制:"故明其不並之行,信其友敵之道,天下無王霸主,則常勝矣。是知霸道者也。"

秋日雨中與蕭贊善訪殷舍人於翰林座中作①〔一〕

野出西垣步步遲②〔二〕,秋光如水雨如絲。銅龍樓下逢閑客〔三〕,紅藥階前訪舊知〔四〕。亂點乍滋承露處〔五〕,碎聲因想滴蓬時③〔六〕。銀臺鑰入須歸去〔七〕,不惜餘歡盡酒巵。

【校記】

①中:四庫本作"上"。

②野:四庫本作"晚"。

③因:四庫本作"應"。

【箋注】

〔一〕作於南唐保大三年(九四五)或下年秋。殷舍人即殷崇義,其於保大二年冬入翰林，見本卷賀殷游二舍人入翰林江給事拜中丞注〔一〕。　蕭贊善：疑是蕭彧。徐鉉送鍾員外序："太弟諭德蕭君洎諸客餞於石頭城。"後有蕭彧賦月奉送德林少尹員外詩。諭德、贊善均是東宫官屬。　翰林座中：指翰林院，隸中書省。唐初設置，初時爲供職具有藝能人士的機構，後逐漸演變成專門起草機密詔制的重要機構。

〔二〕西垣：唐宋時中書省的别稱。因設於宫中西掖，故稱。

〔三〕銅龍樓：指太子宫室。漢書卷一〇成帝紀："上嘗急召太子出龍樓門。"張晏注："門樓上有銅龍，若白鶴、飛廉之爲名也。"參卷一頌德賦注〔三二〕。

〔四〕紅藥階：此指中書省。謝朓直中書省："紅藥當階翻，蒼苔依砌上。"殷崇義入翰林院，本卷稍下有賀殷游二舍人入翰林江給事拜中丞詩。

〔五〕承露：幘巾，頭巾。揚雄方言卷四："覆結謂之幘巾，或謂之承露，或謂之覆髮，皆趙、魏之間通語也。"句言雨濕幘巾。

〔六〕滴蓬：即滴篷。元稹雨聲："曾向西江船上宿，慣聞寒夜滴篷聲。"

〔七〕銀臺：宫門名，即銀臺門。唐時翰林院在銀臺門内，後因指代翰林院。洪遵翰苑群書卷四引韋執誼翰林院故事："翰林院者，在銀臺門内麟德殿西，重廊之後。"

送和州張員外爲江都令〔一〕

經年相望隔重湖，一旦相逢在上都〔二〕。塞詔官班聊慰否〔三〕，埋輪意氣尚存無①〔四〕？由來聖代憐才子，始覺清風激懦夫②〔五〕！若向西岡尋勝賞〔六〕，舊題名處爲躊躕。

【校記】

①意：四庫本作"志"。

②清風：四庫本作"風清"。

【箋注】

〔一〕作年未詳。　和州：見本卷寄和州韓舍人注〔一〕。　張員外：疑是張緯,元宗文臣。卷八有虞部員外郎史館修撰張緯可句容令制。卷一八御製春雪詩序中徐鉉稱其膳部員外郎,卷二〇與中書官員祭江學士文中稱清海張緯。　江都:十國春秋卷一一一南唐地理表:"東都江都府,領縣四:江都、廣陵、永貞、高郵。"即今江蘇揚州市江都區。

〔二〕上都:古代對京都的通稱。文選卷一班固西都賦:"寔用西遷,作我上都。"張銑注:"上都,西京也。"此指金陵。

〔三〕塞詔:塞責敷衍詔書。漢書卷三二刑法志:"有司無仲山父將明之材,不能因時廣宣主恩,建立明制,爲一代之法,而徒鉤摭微細,毛舉數事,以塞詔而已。"　官班:官職的等级位次。

〔四〕埋輪:張綱奉命察訪民情,於洛陽都亭埋其車輪,上書彈劾權貴尸位素餐,陷害忠良。京師爲之震驚。見後漢書卷五六張綱傳。

〔五〕清風:高潔的品格。劉勰文心雕龍卷三誄碑:"標序盛德,必見清風之華。"

〔六〕西岡:當在江都縣内。具體未詳。

和明道人宿山寺〔一〕

聞道經行處,山前與水陽。磬聲深小院〔二〕,燈影迴高房。落宿依樓角〔三〕,歸雲擁殿廊〔四〕。羡師閑未得,早起逐班行〔五〕。

【箋注】

〔一〕作年未詳。　明道人:名未詳。卷四有和明上人除夜見寄、卷五有明道人歸西林求題院額作此送之詩。明道人、明上人或爲一人。道人:指得道之人。佛教徒、道教徒均可稱道人。此指佛教徒。

〔二〕磬聲:擊磬之聲。禮記正義卷三九樂記:"君子聽磬聲,則思死封疆之臣。"

〔三〕落宿:漸落之星。文選卷三一劉鑠擬明月何皎皎:"落宿半遥城,浮雲藹層闕。"吕向注:"宿,謂星也。"

〔四〕歸雲:行雲。漢書卷二二禮樂志:"流星隕,感惟風,籋歸雲,撫懷心。”

〔五〕班行:朝班的行列。此自指列位上朝。

晚歸〔一〕

暑服道情出〔二〕,煙街薄暮還。風清飄短袂,馬健弄連環〔三〕。水静聞歸櫓,霞明見遠山。過從本無事,從此涉旬閒。

【箋注】

〔一〕作年未詳。

〔二〕暑服:白居易白孔六帖卷八“絺綌”:“暑服,月令:‘孟夏,天子初衣暑服’。注云絺綌”。此指夏季服飾。　道情:道家情思。張籍春日李舍人宅見兩省諸公唱和因書情即事:“官閑人事少,年長道情多。”

〔三〕連環:連結成串的玉環。莊子雜篇天下:“今日適越而昔來,連環可解也。”

月真歌〔一〕 廣陵妓人①,翰林殷舍人所録,攜之垂訪,筵上贈此。

楊州勝地多麗人〔二〕,其間麗者名月真。月真初年十四五,能彈琵琶善歌舞。風前弱柳一枝春,花裏嬌鶯百般語②。楊州帝京多名賢〔三〕,其間賢者殷德川③〔四〕。德川初秉綸闈筆〔五〕,職近名高常罕出。花前月下或游從,一見月真如舊識。閑庭深院資賢宅④〔六〕,宅門嚴峻無凡客。垂簾偶坐唯月真,調弄琵琶郎爲拍。殷郎一旦過江去,鏡中懶作孤鸞舞〔七〕。朝雲暮雨鎮相隨〔八〕,石頭城下還相遇〔九〕。二月三月江南春,滿城濛濛起香塵〔一○〕。隔牆試聽歌一曲,乃是資賢宅裏人。緑牕繡幌天將曉,殘燭依依香裊裊。離腸却恨苦多情,軟障熏籠空悄悄〔一一〕。殷郎去冬入翰林〔一二〕,九霄官署轉深沉。人間想望不可見,唯向月真存舊心。

我慙闒茸何爲者〔一三〕,長感餘光每相假〔一四〕。陋巷蕭條正掩扉,相攜訪我衡茅下。我本山人愚且貞,歌筵飲席常無情⑤。自從一見月真後,至今贏得顛狂名。殷郎月真聽我語,少壯光陰能幾許!良辰美景數追隨,莫教長説相思苦。

【校記】

①廣陵妓人:全唐詩作"月真,廣陵妓女"。

②裏:四庫本作"底"。

③賢者:四庫本作"名賢"。

④閑:黄校本作"闈"。

⑤飲席:四庫本作"飲食"。

【箋注】

〔一〕作於南唐保大三年(九四五)三月。殷崇義於保大二年冬入翰林,見本卷賀殷游二舍人入翰林江給事拜仲丞注〔一〕,詩云"殷郎去冬入翰林",又云"二月三月江南春",故繫於此。 月真:廣陵妓人,與殷崇義相好。餘未詳。

〔二〕楊州:今江蘇揚州市。

〔三〕帝京:楊吴時揚州爲都城,南唐時爲東都,故云。漢武故事:"上幸河東,忻言中流,與群臣飲宴,顧視帝京,乃自作秋風辭。"

〔四〕殷德川:殷崇義字德川。見卷一題殷舍人宅木芙蓉注〔一〕。

〔五〕綸闈:猶綸閣。中書省代稱。初學記卷一一:"又中書職掌綸誥,前代詞人,因謂綸閣。"白居易曲江感秋:"又秉綸闈筆。"

〔六〕資賢宅:史記卷一六秦楚之際月表:"然王迹之興,起於閭巷,合從討伐,軼於三代,鄉秦之禁,適足以資賢者爲驅除難耳。"司馬貞索隱:"謂秦前時之禁兵及不封樹諸侯,適足以資後之賢者,即高帝也。"

〔七〕"鏡中"句:藝文類聚卷九〇引范泰鸞鳥詩序:"昔罽賓王結罝峻郊之山,獲一鸞鳥。王甚愛之。欲其鳴而不致也,乃飾以金樊,饗以珍羞。對之愈戚,三年不鳴。其夫人曰:'嘗聞鳥見其類而後鳴,何不懸鏡以映之。'王從其意,鸞覩形悲鳴,哀響沖霄,一奮而絶。"此比月真、德川不願分離。

〔八〕朝雲暮雨:宋玉高唐賦:"昔者先王嘗游高唐,怠而晝寢,夢見一婦人曰:‘妾巫山之女也,爲高唐之客。聞君游高唐,願薦枕席。’王因幸之,去而辭曰:‘妾在巫山之陽,高丘之阻;旦爲朝雲,暮爲行雨,朝朝暮暮,陽臺之下。’”

〔九〕石頭城:元和郡縣圖志卷二五江南道一潤州上元縣:“石頭城,在縣西四里。即楚之金陵城也,吴改爲石頭城。”今江蘇南京市。

〔一〇〕香塵:芳香之塵。王嘉拾遺記卷九晉時事:“(石崇)又屑沉水之香如塵末,布象牀上,使所愛者踐之。”沈佺期洛陽道:“行樂歸恒晚,香塵朴地遥。”此指殘花委地成塵。

〔一一〕輭障:即軟障。指幛子,作畫軸用。太平廣記卷二八六録聞奇録畫工:“唐進士趙顔於畫工處得一軟障,圖婦人甚麗。”　熏籠:一種覆蓋於火爐上供熏香、烘物和取暖用的器物。太平御覽卷七一一引東宫舊事:“太子納妃,有漆畫手巾熏籠二,條被熏籠三。”王昌齡長信秋詞:“熏籠玉枕無顔色,卧聽南宫清漏長。”

〔一二〕“殷郎”句:元宗嗣位之明年即保大二年(九四四),殷崇義入翰林院。殷崇義入翰林與江文蔚拜中丞同時,卷二有賀殷游二舍人入翰林江給事拜中丞詩。卷一五唐故諫議大夫翰林學士江君墓誌銘:“今上嗣位……明年,拜御史中丞。”

〔一三〕闒茸:庸碌低劣。賈誼弔屈原賦:“闒茸尊顯兮,讒諛得志。”

〔一四〕餘光:他人給予的恩惠福澤。史記卷七一甘茂列傳:“臣聞貧人女與富人女會績,貧人女曰:‘我無以買燭,而子之燭光幸有餘,子可分我餘光,無損子明而得一斯便焉。’今臣困而君方使秦而當路矣。茂之妻子在焉,願君以餘光振之。”

走筆送義興令趙宣輔〔一〕

聞君孤棹汎荆谿〔二〕,隴首雲隨别恨飛〔三〕。杜牧舊居憑買取〔四〕,他年藜杖願同歸。

【箋注】

〔一〕作於南唐保大三年(九四五)秋冬。　義興:常州屬縣。見十國春秋卷一一一南唐地理表。今江蘇宜興市。　趙宣輔:卷一五唐故奉化軍節度判官通判吉州軍州事朝議大夫檢校尚書主客郎中驍騎尉賜紫金魚袋趙君墓誌銘:"君諱宣輔,字仲申。……元宗嗣服之初,精心庶獄。權要舉不附己者,因中傷之,君坐黜爲饒州司士參軍。明年,王師伐閩,護軍查公表君才可煩,使以本官判軍司事。時頓兵深入,自冬涉秋。經束馬懸車之途,督飛芻挽粟之役。事集師克,君有力焉。師還,加朝散大夫,行常州義興令。"按:保大三年八月,南唐滅閩,師還,趙宣輔爲義興令,故繫於此。

〔二〕荆谿:元和郡縣圖志卷二五江南道一潤州義興縣:"本漢陽羡縣,故城在荆谿南。""荆谿,是周處斬蛟處。"

〔三〕隴首雲飛:柳惲擣衣詩:"亭皋木葉下,隴首秋雲飛。"

〔四〕杜牧舊居:當在義興市内,具體未詳。義興古称陽羡。杜牧有李侍郎於陽羡里富有泉石牧亦有於陽羡粗有薄産叙舊述懷因獻长句四韵詩,見樊川文集卷二

天闕山絶句〔一〕

散誕愛山客〔二〕,凄涼懷古心。寒風天闕晚,盡日倚軒吟。

【箋注】

〔一〕約作於南唐保大三年(九四五)冬。　天闕山:元和郡縣圖志卷二五江南道一潤州上元縣:"牛頭山,在縣南四十里,山有二峰,東西相對,名爲雙闕。晉氏初過江,無闕,王導指山鑿兩峰,即此名天闕山。"

〔二〕散誕:放誕不羈。陶弘景題所居壁:"夷甫任散誕。"

除夜〔一〕

寒燈耿耿漏遲遲,送故迎新了不欺。往事併隨殘曆日,春風寧識舊容儀。預慙歲酒難先飲〔二〕,更對鄉儺羨小兒〔三〕。吟罷明朝贈知己,便須題作去年詩。

【箋注】

〔一〕作於南唐保大二年（九四四）除夕。本卷有除夜、寄鍾謨、正初答鍾郎中見招、聞雁寄故人、寒食日作等詩，依次排列，時間綫索很清晰，作時當相距不遠。據下寄鍾謨、正初答鍾郎中見招二詩作年，姑繫於此。

〔二〕歲酒：新歲之酒。盧照鄰元日述懷：“人歌小歲酒，花舞大唐春。”元日飲椒柏酒，年少者先飲，見徐堅初學記卷四引四民月令。句謂今己年老而“難先飲”。

〔三〕鄉儺：論語鄉黨：“鄉人儺，朝服而立於阼階。”何晏集解：“儺，驅逐疫鬼。”

正初答鍾郎中見招〔一〕

高齋遲景雪初晴，風拂喬枝待早鶯。南省郎官名籍籍〔二〕，東隣妓女字英英〔三〕。流年倏忽成陳事，春物依稀有舊情。新歲相思自過訪，不煩虛左遠相迎〔四〕。

【箋注】

〔一〕作於南唐保大三年（九四五）正月。本卷寄撫州鍾郎中詩云：“去載分襟後，尋聞在建安。”作於保大四年（九四六）八月，詳見其詩作年考。而此詩寫初春景色，應在二人未分襟之前，姑繫於此。　鍾郎中：即鍾謨：龍衮江南野史卷五本傳：“鍾謨，會稽人，徙居建安。博學，善爲文章。嗣主愛之，遷自末品，寵任異常，轉至吏部侍郎。”

〔二〕南省：尚書省的别稱。唐中書、門下、尚書三省均在大内之南，而尚書省更在中書、門下二省之南，故稱南省。鍾謨時任吏部侍郎，故稱南省郎官。　籍籍：聲名盛大。袁淑效曹子建白馬篇詩：“籍籍關外來，車徒傾國鄽。”

〔三〕東隣：宋玉登徒子好色賦：“楚國之麗者，莫若臣里，臣里之美者，莫若臣東家之子。”　妓女：女歌舞藝人。後漢書卷四二濟南安王劉康傳：“錯爲太子時，愛康鼓吹妓女宋閏，使醫張尊招之，不得。”

〔四〕虛左：古代車位以左爲尊，預留左邊位置以待賓客，稱虛左。史記卷七七魏公子列傳:"公子從車騎,虚左,自迎夷門侯生。"

附:

招徐鼎臣〔一〕

鍾謨

看看潘鬢二毛生〔二〕,昨日林梢又轉鶯。欲對春風忘世慮,敢言罇酒召時英〔三〕。假中西閣應無事〔四〕,筵上南威幸有情〔五〕。不得車公終不樂〔六〕,已教紅袖出門迎①。

【校記】

①已:四庫本作"乞"。

【箋注】

〔一〕作於南唐保大三年(九四五)正月。該詩徐公文集題作寄鍾謨。陳尚君全唐詩補編下作鍾謨詩,題擬招徐鼎臣。並按:"徐公文集此詩題作寄鍾謨,其次爲正初答鍾郎中見寄。二詩皆用'鶯'、'英'、'情'、'迎'四韻。詳詩意,前詩爲春初招人過訪之作,後詩爲答前詩之作。因此,前詩應爲鍾謨作,後詩爲徐鉉作。全唐詩二詩皆歸徐鉉,未允,今爲移正。以上參文史二十五期曹汛先生文。"今按:陳説是,故附於此。

〔二〕潘鬢:謂鬢髮初白。潘岳秋興賦序:"晉十有四年,余春秋三十有二,始見二毛。"秋興賦:"斑鬢髟以承弁兮,素髮颯以垂領。"

〔三〕時英:當世英才。北齊書卷二四陳元康傳:"元康識超往哲,才極時英。"

〔四〕西閣:晉書卷三六衛玠傳:"(玠)辟命屢至,皆不就。久之,爲太傅西閣祭酒,拜太子洗馬。"此指徐鉉任職門下省。

〔五〕南威:美女代稱。戰國策卷二三魏策二:"晉文公得南之威,三日不聽朝,遂推南之威而遠之,曰:'後世必有以色亡其國者。'"曹植與楊德祖書:"蓋有南威之容,乃可以論其淑媛。"

〔六〕車公:世説新語卷中識鑒:"(車)胤長,又爲桓宣武所知。清通於多士之世，官至選曹尚書。”劉孝標注引續晉陽秋：“胤既博學多聞，善於激賞。當時每有盛坐，胤必同之，皆云：‘無車公不樂。’”徐鉉博學，故鍾謨以車公比之。

聞雁寄故人〔一〕

久作他鄉客，深慙薄宦非〔二〕。不知雲上雁，何得每年歸。夜静聲彌怨，天空影更微。往年離别淚，今夕重霑衣。

【箋注】

〔一〕作於南唐保大三年（九四五）春。

〔二〕薄宦：官職卑微。陶淵明尚長禽慶贊：“尚子昔薄宦，妻孥共早晚。”

江舍人宅筵上有妓唱和州韓舍人歌辭因以寄①〔一〕

良宵絲竹偶成歡，中有佳人俯翠鬟〔二〕。白雪飄飖傳樂府〔三〕，阮郎憔悴在人間〔四〕。清風朗月長相憶，佩蕙紉蘭早晚還〔五〕。深夜酒空筵欲散，向隅惆悵鬢堪班。

【校記】

①寄：李刊本作“寄之”。

【箋注】

〔一〕作於南唐保大六年（九四八）四月稍後。韓熙載於保大五年五月彈劾宋齊丘、馮延巳，九月被貶和州司士參軍。見通鑑卷二八六；約於保大七年移宣州節度使推官，見傅璇琮、賈晉華唐五代文學編年史。詩稱和州韓舍人，知在未移職前。江文蔚被征還在保大六年四月後。見陸游南唐書卷一〇本傳。　江舍人：即江文蔚。見卷一早春旬假獨直寄江舍人注〔一〕。　韓舍人：即韓熙載，見本卷寄和州韓舍人注〔一〕。

〔二〕翠鬟：婦女環形的髮式。高蟾華清宫：“何事金輿不再游，翠鬟丹臉豈勝愁？”

〔三〕白雪:謂韓熙載詩高雅,廣爲傳唱。宋玉對楚王問:“其爲陽阿、薤露,國中屬而和者數百人;其爲陽春、白雪,國中屬而和者不過數十人而已。”李周翰注:“陽春、白雪,高曲名也。”

〔四〕阮郎:晉書卷四九阮咸傳載:阮咸爲人放誕,不拘禮法,精通音律。此比韓熙載。卷一六昌黎韓公墓銘:“公少而放曠,不拒小節,及年位俱高,彌自縱逸。擁妓女,奏清商。”“審音妙舞,能書善畫。”此貶和州,故云憔悴。

〔五〕佩蕙紉蘭:屈原離騷:“紉秋蘭以爲佩。”

寒食日作〔一〕

厨冷煙初禁,門閑日更斜。東風不好事,吹落滿庭花。過社紛紛鷰〔二〕,新晴淡淡霞。京都盛游觀,誰訪子雲家〔三〕。

【箋注】

〔一〕作於南唐保大三年(九四五)寒食日。

〔二〕“過社”句:鷰子春社時來,秋社時去,故有“社鷰”之稱。羊士諤郡樓晴望:“天晴社鷰飛。”

〔三〕子雲:揚雄字子雲。在長安時,仕宦不得意。左思詠史:“寂寂揚子雲,門無卿相與。”此處作者自況。

賀殷游二舍人入翰林江給事拜中丞〔一〕

清晨待漏獨徘徊〔二〕,霄漢懸心不易裁。閣老深嚴歸翰苑〔三〕,夕郎威望拜霜臺〔四〕。青綾對覆蓬壺晚〔五〕,赤棒前驅道路開〔六〕。猶有西垣廳記在〔七〕,莫忘同草紫泥來〔八〕。

【箋注】

〔一〕作於南唐保大二年(九四四)冬。殷、游指殷崇義和游簡言。卷一五唐故諫議大夫翰林學士江君墓誌銘云:“今上嗣位,大禮聿修,徙公爲給事中。……明年拜御史中丞。”今上指元宗,即位改元保大,次年即拜江爲御史中丞。故繫於此。

〔二〕待漏：東觀漢記卷一一樊梵傳："每當直事，常晨駐馬待漏。"文選卷五九沈約齊故安陸昭王碑文："奉待漏之書，銜如絲之旨。"李周翰注："奉事上書，皆晨起駐車待其漏刻。"

〔三〕閣老：指殷、游二人。　翰苑：翰林院代稱。

〔四〕夕郎：黄門侍郎別稱。應劭漢官儀卷上："黄門侍郎，每日暮，向青瑣門拜，謂之夕郎。"　霜臺：御史臺別稱。御史職司彈劾，爲風霜之任。盧照鄰樂府雜詩序："樂府者，侍御史賈君之所作也。……霜臺有暇，文律動於京師；繡服無私，錦字飛於天下。"

〔五〕青綾：繫有青綾綬帶的官印，此代指二人官位清高。　對覆：朝廷對答、問答。舊唐書卷四三職官志二："勾官審之，連署封印，附計帳，使納于都省。常以六月一日，都事集諸司令史對覆。若有隐漏不同，皆附于考課焉。"　蓬壺：古代傳説中的海中仙山。王嘉拾遺記卷一高辛："三壺則海中三山也。一曰方壺，則方丈也；二曰蓬壺，則蓬萊也；三曰瀛壺，則瀛洲也。形如壺器。"此代指朝廷。

〔六〕赤棒：高官出行，前導儀仗中兵器之一，棒赤色。北齊書卷一二琅邪王儼傳："魏氏舊制：中丞出，清道，與皇太子分路行，王公皆遥住車，去牛，頓軛於地，以待中丞過，其或遲違，則赤棒棒之。"

〔七〕西垣：見卷一早春旬假獨直寄江舍人注〔二〕。

〔八〕紫泥：皇帝詔書用紫泥。後漢書卷一上光武帝紀上："奉高皇帝璽綬。"李賢注引蔡邕獨斷："皇帝六璽，皆玉螭虎紐。……皆以武都紫泥封之。"

歐陽大監雨中視決堤因墮水明日見於省中因戲之〔一〕

聞道張晨蓋〔二〕，徘徊石首東〔三〕。濬川非伯禹〔四〕，落水異三公〔五〕。衣濕仍愁雨，冠欹更怯風。今朝復相見，疑是葛仙翁〔六〕。

【箋注】

〔一〕約作於南唐保大元年（九四三）秋。通鑑卷二八三天福八年（保大元年）條載："是歲，春夏旱，秋冬水，蝗大起，東自海壖，西距隴坻，南逾江淮，北抵幽冀。"知是年秋水、蝗災害範圍之廣。徐鉉稽神録卷三周潔："霍邱令周潔甲辰歲罷任，客游淮上，時民大饑，逆旅殆絶，投宿無所。"全唐文卷八八三録徐鉉廬山九天使者廟張靈官記："頃甲辰歲，大饑。"亦證水、蝗災過後甲辰歲（九四四）淮上饑荒。歐陽大監當是保大元年秋雨中視堤落水，鉉因戲之。姑繫於此。　歐陽大監：名未詳。本卷又有送歐陽大監游廬山詩，大監當爲同一人。此稱大監，當是秘書監與"少監"相對。徐鉉詩中另有和鍾大監汎舟同游見示代書寄宋州錢大監。亦應同此。　省中：當爲秘書省，徐鉉時任秘書郎。

〔二〕晨蓋：指雨傘。陶弘景真誥卷四四月十四日紫微夫人作："飄飖八霞嶺，徘徊飛晨蓋。"

〔三〕石首：即石頭城。景定建康志卷一七山川志："丹陽記：'石頭城，吴時悉土塢，義熙初始加磚累甓，因山以爲城，因江以爲池，地形險固，尤有奇勢，亦謂之石首城。'"

〔四〕濬川：疏通河道。尚書正義卷三舜典："封十有二山，濬川。"孔安國傳："有流川，則深之使通利。"　伯禹：即夏禹。尚書正義卷三舜典："伯禹作司空。"孔穎達疏引賈逵曰："伯，爵也。禹代鯀爲崇伯，入爲天子司空，以其伯爵，故稱伯禹。"

〔五〕三公：唐宋沿東漢之制，以太尉、司徒、司空爲三公。

〔六〕葛仙翁：葛洪，字稚川，自號抱朴子。三國方士葛玄之侄孫，世稱小仙翁，句容（今江蘇句容市）人。東晉道教學者、著名煉丹家、醫藥學家。曾受封爲關内侯，後隱居羅浮山煉丹。著神仙傳、抱朴子、肘後備急方、西京雜記等。

送吴郎中爲宣州推官知涇縣〔一〕

征虜亭邊月①〔二〕，雞鳴伴客行。可憐何水部〔三〕，今事謝宣城〔四〕。風物聊供賞，班資莫繫情〔五〕。同心不同載，留滯爲浮名。

【校記】

①征虜亭邊：四庫本作"文脊山頭"。

【箋注】

〔一〕作於南唐保大四年（九四六）。吴郎中當是吴光輔。卷一三宣州涇縣文宣王廟記："太歲丙午，重熙在運，宣城雄鎮，帝之叔父在焉。故幕府之選殊重，尚書郎吴君光輔，奉詔佐廉部，兼理於涇。"按：帝之叔父即徐知證，時爲寧國軍節度使，鎮宣州，見全唐文卷八七〇徐知證廬山太一真人廟記。丙午即保大四年。　宣州：十國春秋卷一一一南唐地理表：宣州，領縣七：宣城、涇、太平、旌德、南陵、綏安、寧國。即今安徽宣城市。　推官：十國春秋卷一一四南唐百官表節度使下有推官。

〔二〕征虜亭：景定建康志卷二二城闕志三："征虜亭在石頭塢東，晉太元中創。考證：世説注丹陽記曰：'太元中，征虜將軍謝安止此亭，因以爲名。'"此指送别之地。南史卷七六陶弘景傳："永明十年，脱朝服挂神武門，上表辭禄，詔許之。……及發，公卿祖之征虜亭，供帳甚盛，車馬填咽，咸云宋、齊以來未有斯事。"范廣淵有征虜亭餞王少傅詩、孔法生有征虜亭祖王少傅詩，張正見、徐陵各有征虜亭送新安王應令詩。卷一九送謝仲宣員外使北蕃序："征虜亭下，南朝送别之場。"

〔三〕何水部：何遜，字仲言，東海郯（今山東蒼山縣）人，南朝梁詩人。官至尚書水部郎，人稱何水部。梁書卷四九有傳。

〔四〕謝宣城：謝朓，字玄暉，陳郡陽夏（今河南太康縣）人。南朝齊著名山水詩人，與謝靈運同族，世稱小謝。官宣城太守，終尚書吏部郎，又稱謝宣城、謝吏部。南齊書卷四七有傳。

〔五〕班資：官階和資格。韓愈進學解："商財賄之有亡，計班資之崇庳。"

寄舒州杜員外〔一〕

信到得君書，知君已下車〔二〕。粉闈情在否〔三〕，蓮幕興何如〔四〕？人望徵賢入，余思從子居。灊山真隱地〔五〕，憑爲卜茅廬。

【箋注】

〔一〕作年未詳。　舒州：十國春秋卷一一一南唐地理表："舒州，領縣五：

懷寧、宿松、望江、太湖、桐城。"即今安徽安慶市。　杜員外:當是杜昌鄴。宋史卷二九六杜鎬傳:"杜鎬字文周,常州無錫人。父昌鄴,南唐虞部員外郎。"卷七有杜昌鄴江州制。

〔二〕下車:稱官吏到任。禮記正義卷三九樂記:"武王克殷,反商,未及下車,而封黄帝之後於薊。"此指杜員外初任舒州。

〔三〕粉闈:唐宋時由尚書省舉行的試進士的考場。闈,舊稱試院。司空圖省試:"粉闈深鎖唱同人,正是終南雪霽春。"杜昌鄴子杜鎬爲徐鉉門生,故云。徐公墓誌銘:"愛婿國子博士吴淑、門生殿中丞杜鎬,時皆典治中秘書,遂以公兇訃聞。"

〔四〕蓮幕:即幕府。南史卷四九庾杲之傳:"(王儉)用杲之爲衛將軍長史。安陸侯蕭緬與儉書曰:'盛府元僚,實難其選。庾景行汎渌水,依芙蓉,何其麗也。'時人以入儉府爲蓮花池,故緬書美之。"

〔五〕灊山:太平寰宇記卷一二五淮南道三舒州懷寧縣:"灊山,在縣西北二十里。其山有三峰:一天柱山,一灊山,一皖山,三山峰巒相去隔越天柱,即同立洞府,九天司命真君所主。魏時左慈居灊山,有鍊丹房、金丹竈基存。"

九月十一日寄陳郎中〔一〕

我多吏事君多病,寂絶過從又幾旬。前日龍山煙景好〔二〕,風前落帽是何人〔三〕?

【箋注】

〔一〕作於南唐保大二年(九四四)九月十一日。據下首詩注,陳彦爲司門郎中,而此職僅一員。見舊唐書卷四三職官二。南唐制當相同。按:通鑑卷二八三載:天福八年(九四三)春,"司門郎中判大理寺蕭儼表稱陳覺奸回亂政,唐主感悟,未及去,會疽發背。"知蕭儼於昇元七年(九四三)正月已在司門郎中任上。其去此職,當在次年正月因諷元宗作景陽樓而貶舒州時,見通鑑卷二八三"開運元年(九四四)正月"條。則陳彦任司門郎中,當在蕭儼之後,時間當在是年正月或稍後。又據下首陳彦詩"不見仙郎向五旬",仙郎,爲對尚書省各部郎中、員外郎之慣稱。徐鉉約於保大元年至二年拜祠部員外郎。據其詩"我多吏事君多病",當在徐鉉任祠部員外郎伊始。　陳郎中:據下詩,知陳彦爲司門郎中。餘未詳。

〔二〕龍山:元和郡縣圖志卷二八江南道四宣州當塗縣:"龍山,在縣東南十二里。桓温嘗與僚佐九月九日登此山宴集。"

〔三〕落帽:晉書卷九八孟嘉傳:"後爲征西桓温參軍,温甚重之。九月九日,温燕龍山,僚佐畢集。時佐吏並著戎服,有風至,吹嘉帽墮落,嘉不之覺。温使左右勿言,欲觀其舉止。嘉良久如厠,温令取還之,命孫盛作文嘲嘉,著嘉坐處。嘉還見,即答之,其文甚美,四坐嗟歎。"

附:

和徐員外〔一〕

司門郎中　陳　彦

衡門寂寂逢迎少,不見仙郎向五旬〔二〕。莫問龍山前日事,菊花開却爲閑人!

【箋注】

〔一〕作於南唐保大二年(九四四)九月十一日。該詩全唐詩重收,卷七五二作徐鉉詩,題爲和司門郎中陳彦,卷七五七作陳彦詩,題爲和徐舍人九月十一日見寄。詩前小傳云:"陳彦,司門郎中。"今按:詳詩意及用韻,該詩爲陳彦和作,故附於此。題目爲筆者所擬。

〔二〕仙郎:唐人對尚書省各部郎中、員外郎的慣稱。綦毋潛題沈東美員外山池:"仙郎偏好道,鑿沼象瀛洲。"李白江夏使君叔席上贈史郎中:"仙郎久爲别,客舍問何如。"徐鉉時任祠部員外郎,故稱。

賦得擣衣〔一〕

江上多離别,居人夜擣衣。拂砧知露滴,促杵恐霜飛。漏轉聲頻斷,愁多力自微。裁縫依夢見,腰带定應非〔二〕。

【箋注】

〔一〕作於南唐保大二年(九四四)九月前後。本卷依次排列九月十一日寄陳郎中、賦得擣衣、九月三十夜雨寄故人諸詩,時間綫索清晰,且日子很近,作時當相距不遠。故繫於此。

〔二〕"腰帶"句:古詩十九首行行重行行:"相去日已遠,衣帶日已緩。"

九月三十夜雨寄故人〔一〕

獨聽空階雨,方知秋事悲。寂寥旬假日〔二〕,蕭颯夜長時〔三〕。别念紛紛起,寒更故故遲〔四〕。情人如不醉〔五〕,定是兩相思。

【箋注】

〔一〕作於南唐保大二年(九四四)九月三十日。詳見上詩注〔一〕。

〔二〕旬假:見卷一早春旬假獨直寄江舍人注〔一〕。

〔三〕蕭颯:形容風雨吹打草木的聲音。李白塞下曲六首其四:"梧桐葉蕭颯。"

〔四〕故故:故意,特意。唐時方言。白居易題東樓前李使君所種櫻桃花:"唯留花向樓前著,故故拋愁與後人。"

〔五〕情人:情深意厚的友人。鮑照翫月城西門廨中:"迴軒駐輕蓋,留酌待情人。"

寄撫州鍾郎中〔一〕 時王師敗績於閩中,謫在建州〔二〕

去載分襟後〔三〕,尋聞在建安①。封疆正多事〔四〕,罇俎君爲歡②〔五〕。都護空遺鏃〔六〕,明君欲舞干〔七〕。繞朝時不用〔八〕,非是殺身難。

【校記】

①聞:四庫本作"知"。

②君：四庫本、黄校本、全唐詩、李刊本作"若"。

【箋注】

〔一〕作於南唐保大四年(九四六)八月前后。開運二年即保大三年南唐滅閩。見通鑑二八五。據詩意，鍾謨去載離京，故繫於此。　撫州：十國春秋卷一一一南唐地理表："撫州，領縣四：臨川、南城、崇仁、南豐。"即今江西撫州市。　鍾郎中：即鍾謨，見本卷正初答鍾郎中見招注〔一〕。

〔二〕題注：保大四年(九四六)八月，陳覺擅發福州兵，敗績閩中。見通鑑二八五。　建州：見本卷和王庶子寄題兄長建州廉使新亭注〔一〕。通鑑卷二八五："開運二年八月……遂克建州，閩主延政降。"

〔三〕分襟：離别。駱賓王送費六還蜀："岐路分襟易，風雲促膝難。"

〔四〕封疆：指邊疆。左傳哀公十一年："居封疆之間。"杜預注："封疆，竟内近郊地。"

〔五〕罇俎：盛酒食的器皿。罇以盛酒，俎以置肉。劉向説苑卷一九修文："若夫置罇俎，列籩豆，此有司之事也。"

〔六〕遺鏃：損折箭矢。賈誼過秦論上："秦無亡矢遺鏃之費，而天下諸侯已困矣。"

〔七〕舞干：指文德教化。尚書正義卷四大禹謨："帝乃誕敷文德，舞干羽於兩階，七旬，有苗格。"

〔八〕繞朝：秦大夫。左傳文公十三年："晉人患秦之用士會也，……乃使魏壽餘僞以魏叛者，以誘士會。執其帑于晉，使夜逸。請自歸于秦，秦伯許之。履士會之足於朝。秦伯師于河西，魏人在東，壽餘曰：'請東人之能與夫二三有司言者，吾與之先。'使士會。士會辭曰：'晉人，虎狼也。若背其言，臣死，妻子爲戮，無益於君，不可悔也'。秦伯曰：'若背其言，所不歸爾帑者，有如河！'乃行。繞朝贈之以策，曰：'子無謂秦無人，吾謀適不用也。'"楊伯峻注："據傳，則繞朝曾識破晉人之計，阻止士會之東，而秦康公不用之。"徐鉉反對用兵，故比繞朝。

送歐陽大監游廬山〔一〕

家家門外廬山路，唯有夫君乞假游〔二〕。案牘乍拋公署晚〔三〕，林泉已近暑天秋〔四〕。海潮盡處逢陶石〔五〕,江月圓時上庾樓〔六〕。此去蕭然好長往〔七〕,人間何事不悠悠。

【箋注】

〔一〕作於南唐保大年間,具體未詳。　歐陽大監:見本卷歐陽大監雨中視決堤因墮水明日見於省中因戲之注〔一〕。　廬山:元和郡縣圖志卷二八江南道四江州潯陽縣:"廬山,在縣東三十二里。本名鄣山,昔匡俗字子孝隱淪潛景,廬於此山。漢武帝拜爲大明公,俗號廬君,故山取號。周環五百餘里。"今在江西九江市。

〔二〕夫君:友人。謝脁和江丞北戍琅邪城:"夫君良自勉,歲暮忽淹留。"

〔三〕公署:官員辦公之處。孫逖山陰縣西樓:"山月夜從公署出,江雲晚對訟庭還。"

〔四〕林泉:梁書卷四四忠壯世子方等傳:"尤長巧思,性愛林泉,特好散逸。"

〔五〕陶石:指廬山之陶公醉石,陶淵明常沉醉於此。太平寰宇記卷一一一江南西道九江州德化縣:栗里原,在山南當澗,有陶公醉石。

〔六〕庾樓:即庾公樓、庾亮樓。世説新語卷下容止:"庾太尉在武昌,秋夜氣佳景清,使吏殷浩、王胡之之徒登南樓理詠,音調始遒,聞函道中有屐聲甚厲,定是庾公。俄而率左右十許人步來,諸賢欲起避之。公徐云:'諸君少住,老子於此處興復不淺。'因便據胡牀與諸人詠謔,竟坐,甚得任樂。"陸游入蜀記卷二:"五日,郡集於庾樓,樓正對廬山之雙劍峰,北臨大江,氣象雄麗。自京口以西,登覽之地多矣,無出庾樓右者。樓不甚高,而覺江山煙雲皆在几席間,真絶景也。庾亮嘗爲江、荆、豫州刺史,其實則治武昌,若武昌南樓名庾樓猶有理,今江州治所,在晉特柴桑縣之湓口關耳。此樓附會甚明。然白樂天詩固已云'潯陽欲到思無窮,庾亮樓南湓口東',則承誤亦久矣。張芸叟南遷録云庾亮鎮潯陽經始此樓,其誤尤甚。"樓究竟在何處,其説歧異如是。徐鉉似祖白居易詩。

〔七〕蕭然:蕭灑悠閑。葛洪抱朴子外篇卷三刺驕:"高蹈獨往,蕭然自得。"

立秋後一日與朱舍人同直〔一〕

一宿秋風未覺凉〔二〕,數聲宫漏日猶長。林泉無計消殘暑,虚向華池費稻粱①〔三〕。

【校記】

①華:黄校本作"瑶"。

【箋注】

〔一〕作年未詳。　朱舍人:疑是朱鞏。卷四有和印先輩及第後獻座主朱舍人郊居之作。朱鞏爲元宗文臣、後主樞密使,見江表志卷中、卷下。　同直:共同當值。南齊書卷三七劉悛傳:"轉桂陽王征北中兵參軍,與世祖同直殿内。"

〔二〕"一宿"句:逸周書卷六時訓:"立秋之日,涼風至;又五日,白露降;又五日,寒蟬鳴。"

〔三〕華池:指口。太平御覽卷三六七引養生經:"口爲華池。"史記卷二三禮書:"稻粱五味,所以養口也。"

賦得霍將軍辭第〔一〕

漢將承恩久,圖勳肯顧私?匈奴猶未滅,安用以家爲〔二〕?郢匠雖聞詔〔三〕,衡門竟不移。寧煩張老頌〔四〕,無待晏嬰辭〔五〕。甲乙人徒費〔六〕,親鄰我自持。悠悠千載下,長作帥臣師。

【箋注】

〔一〕作年未詳。　辭第:杜甫奉和嚴中丞西城晚眺十韻:"辭第輸高義,觀圖憶古人。"仇兆鼇注:"辭第,言不顧身家。"

〔二〕"匈奴"句:霍去病辭去皇帝所賜宅第。漢書卷五五霍去病傳:"上爲治第,令視之。對曰:'匈奴不滅,無以家爲也。'"　匈奴:我國古代北方民族之一。

〔三〕郢匠:莊子雜篇徐無鬼:"莊子送葬,過惠子之墓,顧謂從者曰:'郢人堊漫其鼻端若蠅翼,使匠石斵之,匠石運斤成風,聽而斵之,盡堊而鼻不傷,郢人立不失容。'宋元君聞之,召匠石曰:'嘗試爲寡人爲之。'匠石曰:'臣則嘗能斵之,雖然,臣之質死久矣!'自夫子之死也,吾無以爲質矣,吾無與言之矣!"

〔四〕張老:春秋晉大夫張孟之别稱。獻文子築室成,張老因其華侈,歌以諷之。禮記正義卷一〇檀弓下:"晉獻文子成室,晉大夫發焉。張老曰:'美哉輪焉!美哉奂焉!歌於斯,哭於斯,聚族於斯!'"

〔五〕無待晏嬰辭:即無需晏嬰諷諫。晏嬰崇尚節儉,故云。史記卷六二晏嬰列傳:"事齊靈公、莊公、景公,以節儉力行重於齊。既相齊,食不重肉,妾不衣帛。"

〔六〕甲乙:稱誉,贊揚。句謂無需他人稱譽。

和元帥書記蕭郎中觀習水師〔一〕

元帥樓船出治兵,落星山外火旗明〔二〕。千帆日助江陵勢①,萬里風馳下瀨聲〔三〕。殺氣曉嚴波上鷁〔四〕,凱歌遥駭海邊鯨。仲宣一作從軍詠〔五〕,迴顧儒衣自不平②〔六〕。

【校記】

①江陵:玉壺清話作"陰山"。

②自:原空闕,據四庫本、全唐詩、李刊本補。

【箋注】

〔一〕作於南唐保大二年(九四四)夏。陸游南唐書卷二:"夏五月,閩將朱文進弑其君曦,自稱閩王,遣使來告。帝囚其使,將討之。議者謂閩亂由王延政,當先討。"詩所寫當是進討前之演習。　蕭郎中:當是蕭彧,元帥爲李景遂。蕭彧多年跟隨景遂任職。景遂於保大元年(九四三)七月爲諸道兵馬元帥,保大五年(九四七)封爲太弟,去諸道兵馬元帥職,保大十五年(九五七)封晉王,爲江南西道兵馬元帥,鎮洪州。見十國春秋卷一六。

〔二〕落星山：太平寰宇記卷九〇江南道二昇州上元縣："落星山，在縣東北三十五里，周迴六里。東接臨沂山，西接攝山，北臨大江。按南徐州記：'臨沂縣前有落星山。吴大帝時，山西江上置三層高樓，以此爲名。'"　火旗：紅旗。杜甫奉送卿二翁統節度鎮軍還江陵："火旗還錦纜，白馬出江城。"仇兆鼇注："朱旗，紅旗也，諸侯所建。考工記：'龍旂九斿，以象大火。鳥旟七斿，以象鶉火。'"

〔三〕下瀨：指水軍。李嶠軍師凱旋自邕州順流舟中作："尚想江陵陣，猶疑下瀨師。"

〔四〕波上鷁：水上鷁舟，即船头畫有鷁鳥圖像的船。晉書卷五五張協傳："乘鷁舟兮爲水嬉，臨芳洲兮拔靈芝。"句謂軍事演習時，禁止一切船隻通行。

〔五〕仲宣：王粲字仲宣，山陽高平（今山東微山）人。三國時期曹魏名臣，著名文学家，"建安七子"之一。三國志卷二一魏書二一有傳。　從軍詠：三國志卷一魏書一武帝紀載：興平二十年三月，曹操征張魯。"十二月，公自南鄭還，留夏侯淵屯漢中。"裴松之注："是行也，侍中王粲作五言詩以美其事曰：'從軍有苦樂，但問所從誰。……歌舞入鄴城，所願獲無違。"即從軍詩五首其一。

〔六〕儒衣：指儒生。皇甫曾送裴秀才貢舉："儒衣羞此别，去抵漢公卿。"

秋日盧龍村舍〔一〕

置却人間事，閑從野老游。樹聲村店晚，草色古城秋。獨鳥飛天外，閑雲度隴頭。姓名君莫問，山木與虚舟〔二〕。

【箋注】

〔一〕作年未詳。　盧龍村：疑在盧龍山附近，具體未詳。景定建康志卷一七山川志山阜引舊志："盧龍山在城西北二十五里。周迴一十二里，高三十六丈，東有水下注平陸，西臨大江，今張陣湖、北崗隴，北接靖安，皆此山也。"

〔二〕山木、虚舟：莊子外篇山木："方舟而濟於河，有虚船來觸舟，雖有惼心之人不怒。"此借以表達洗心寡欲、虚己游世之情懷。

和蕭郎中小雪日作〔一〕

征西府裏日西斜〔二〕,獨試新爐自煮茶。籬菊盡來低覆水,塞鴻飛去遠連霞。寂寥小雪閑中過,班駮輕霜鬢上加〔三〕。筭得流年無奈處,莫將詩句祝蒼華〔四〕。

【箋注】

〔一〕作於後周顯德五年(九五八)或六年十月小雪節日。通鑑卷二九四載:顯德五年三月,"唐主乃立景遂爲晉王,加天策上將軍、江南西道兵馬元帥、洪州大都督、太尉、尚書令。"按:徐鉉於建隆三年(九六二)奉使嶺南,有詩文彧少卿文山郎中交好深至二紀已餘……慷慨悲歎留題此詩,文彧當是蕭彧字。建隆三年蕭彧已卒數年,則其任晉王幕不久即卒。又,詩云兩鬢輕霜,于時徐鉉剛過四十歲。故繫於此。　蕭郎中:當是蕭彧,見本卷和元帥書記蕭郎中觀習水師和元帥書記蕭郎中觀習水師注〔一〕。

〔二〕征西府:當指晉王李景遂幕府。

〔三〕班駮:楚辭章句卷一六惜賢:"同駑鸁與乘駔兮,雜班駮與闒茸。"王逸注:"班駮,雜色也。"

〔四〕蒼華:髮神名。白居易和祝蒼華:"蒼華何用祝,苦辭亦休吐。"

中書相公谿亭閑宴依韻 李建勳〔一〕

雨霽秋光晚,亭虚野興迴①。沙鷗掠岸去,谿水上階來。客傲風欹幘②〔二〕,筵香菊在盃。東山長許醉〔三〕,何事憶天台〔四〕。

【校記】

①虚:黄校本作"空"。

②欹:黄校本作"欺"。

【箋注】

〔一〕作於南唐昇元六年(九四二)秋,詳注〔四〕。　相公:對宰相的敬稱。

文選卷二七王粲從軍詩五首其一:"相公征關右,赫怒震天威。"李善注:"曹操爲丞相,故曰相公也。"　李建勳:烈祖元宗時宰相,見江表志卷上、卷中。馬令南唐書卷九李德成傳附、陸游南唐書卷六李德成傳附、十國春秋卷二一有傳。十國春秋卷一五載:昇元元年,以"吴門下侍郎張居詠、中書侍郎李建勳皆爲同平章事。"卷一六載:保大元年,"夏四月,中書侍郎、同平章事李建勳罷爲昭武軍節度使,鎮撫州。"

〔二〕風欹幘:用孟嘉落帽典。見本卷九月十一日寄陳郎中注〔三〕。

〔三〕東山:隱居或游憩之地。謝安曾辭官隱居會稽之東山,經朝廷屢次徵聘,方從東山復出。又,臨安、金陵亦有東山,謝安亦曾游憩。見晉書卷七九謝安傳。

〔四〕天台:山名,今在浙江天台縣。

寄饒州王郎中效李白體〔一〕

珍重王光嗣,交情尚在不。蕪城連宅住〔二〕,楚塞並車游。别後官三改,年來歲六周。銀鉤無一字〔三〕,何以緩離愁①。

【校記】

①緩:翁鈔本作"慰"。

【箋注】

〔一〕作於南唐保大元年(九四三)十月。徐鉉仕吴爲校書郎,李昪登基,仍之;昇元六年徐鉉已改任秘書郎;元宗初,徐鉉拜祠部員外郎。自南唐建立與王郎中别後至此,徐鉉歷任校書郎、秘書郎、祠部員外郎,即所謂"官三改";自昇元元年(九三七)十月至保大元年十月,即所謂"年來歲六周"。　饒州:十國春秋卷一一一南唐地理表:"饒州,領縣五:番昜、樂平、德興、餘干、浮梁。"約今江西上饒市。　王郎中:據詩知爲王光嗣,餘未詳。　李白體:指李白詩歌的風格特征。楊萬里誠齋詩話:"問余何事棲碧山,笑而不答心自閑。……此'李太白體'也。"嚴羽滄浪詩話:"以人而論,則有'太白體'。"

〔二〕蕪城:古城名,即廣陵城,故址在今江蘇省揚州市江都區境内。西漢吴王濞建都於此,築廣陵城,南朝宋竟陵王劉誕據反,兵敗而死,城遂荒蕪,鮑照作蕪城賦以諷之,因得名。李商隱隋宫:"紫泉宫殿鎖煙霞,欲取蕪城作帝家。"

〔三〕銀鉤:比喻遒媚剛勁的書法。晉書卷六〇索靖傳:"蓋草書之爲狀也,婉若銀鉤,漂若驚鸞。"此指書信。皇甫冉送邵州判官往南:"早晚裁書寄,銀鉤佇八行。"

寄歙州吕判官〔一〕

任公郡占好山川〔二〕,谿水縈迴路屈盤。南國自來推勝境,故人此地作郎官〔三〕。風光適意須留戀,禄秩資貧且喜歡〔四〕。莫憶班行重迴首〔五〕,是非多處是長安〔六〕。

【箋注】

〔一〕作年未詳。　歙州:十國春秋卷一一一南唐地理表:"歙州,領縣六:歙縣、休寧、績谿、黟縣、祈門、婺源。"即今安徽南部、新安江上游,所轄地域爲今黄山市、績谿縣及江西婺源縣一帶。　吕判官:名未詳。

〔二〕任公:指吕判官。任姓之國有吕國。左傳隱公十一年:"寡人若朝於薛,不敢與諸任齒。"楊伯峻注:"諸任,謂任姓十國。正義引世本姓氏篇,任姓之國有十,謝、章、薛、舒、吕、祝、終、泉、畢、過。"又,此處兼以任昉比吕判官。元和郡縣圖志卷二八江南道四載:歙州,隋開皇十二年置,古屬新安郡。梁書卷一四任昉傳載:任昉曾任新安太守,爲政清省,吏民便之。同上書卷三〇徐摛傳:"(高祖)乃召摛曰:'新安大好山水,任昉等並經爲之,卿爲我卧治此郡。'"

〔三〕郎官:謂侍郎、郎中、員外郎等職。吕判官或由郎官兼判官。

〔四〕禄秩:俸禄。

〔五〕班行:見本卷和明道人宿山寺注〔五〕。

〔六〕長安:此代京城,即金陵。

宣威苗將軍貶官後重經故宅〔一〕

蔣山南望近西坊〔二〕，亭館依然鏁院牆。天子未嘗過細柳〔三〕，將軍尋已戍燉煌史萬歲嘗謫戍燉煌〔四〕。欹傾怪石山無色，零落圓荷水不香①。爲將爲儒皆寂寞〔五〕，門前愁殺馬中郎〔六〕。

【校記】

①圓荷：四庫本作“荒池”。

【箋注】

〔一〕約作於南唐保大九年（九五一）秋。宣威苗將軍：當是苗延禄，字世功。烈祖時即任宣威裨將，元宗嗣位，爲千牛衛將軍。保大八年，李弘冀鎮潤宣州時，從藩宣州。次年十月病逝任上。見徐公文集卷一六唐故檢校司徒行右千牛衛將軍苗公墓誌銘史書無傳。卷一六唐故檢校司徒行右千牛衛將軍苗公墓誌銘。苗延禄自正三品千牛衛京官從軍幕府，應是貶官。

〔二〕蔣山：見卷一游蔣山題辛夷花寄陳奉禮注〔一〕。

〔三〕細柳：見本卷從兄龍武將軍没於邊戍過舊營宅作注〔五〕。

〔四〕燉煌：元和郡縣圖志卷四〇隴右道下沙洲燉煌縣：“本漢舊縣，屬敦煌郡。周武帝改爲鳴沙縣，以界有鳴沙山，因以爲名。隋大業二年復爲敦煌。敦，大也。以其開廣西域，故以盛名。” 史萬歲：隋書卷五三史萬歲傳：“史萬歲，京兆杜陵人。……以功拜大將軍。尒朱勣以謀反伏誅，萬歲頗相關涉，坐除名，配敦煌爲戍卒。”

〔五〕寂寞：指不得志。

〔六〕馬中郎：當爲司馬相如，曾拜中郎將持節使蜀。見史記卷一一七本傳。保大九年春徐鉉已自泰州貶所回京，八月即任兵部員外郎，見徐公行狀。

附池州薛郎中書因寄歙州張員外〔一〕

新安從事舊臺郎〔二〕，直氣多才不可忘〔三〕。一旦江山馳别夢，幾年簪紱共周行〔四〕。歧分出處何方是,情共窮通此義長。因附鄰州寄消息,接輿今日信爲狂〔五〕。

【箋注】

〔一〕作於南唐保大二年至三年(九四四—九四五)間。 張員外當是張易。陸游南唐書卷三本傳:"張易……以昇元二年南歸,授校書郎、大理評事。……元宗立,以水部員外郎通判歙州。……太弟景遂初立,高選宫僚,召爲贊善大夫。"按:景遂封太弟,在保大三年。見馬令南唐書卷七弘冀傳。南唐官員任職多爲三年。故繫於此。 池州:十國春秋卷一一一南唐地理表:"池州,領縣三:貴池、石埭、建德。"即今安徽池州市。 薛郎中:名未詳,卷四另有奉使九華山中塗遇青陽薛郎中。薛郎中當爲同一人。 歙州:見本卷寄歙州吕判官注〔一〕。

〔二〕新安:歙州舊縣。元和郡縣圖志卷二五江南道一睦州:"秦屬丹陽郡,爲歙縣。……吴大帝……分歙爲始新、新安、黎陽、休陽四縣。與歙、黟凡六縣,立新都郡,理始新縣。晉武帝太康元年,改新都爲新安郡,新定縣爲遂安縣。隋平陳,廢新安郡,析新安縣置睦州,後又改爲遂安郡。" 臺郎:孔融薦禰衡表:"近日路粹、嚴象,亦用異才,擢拜臺郎。衡宜與爲比。"吕延濟注:"皆以高才擢拜尚書郎。"

〔三〕"直氣"句:謂張易尚氣多才。陸游南唐書卷三本傳:"易性豪舉尚氣,少讀書於長白山,又徙王屋山及嵩山,苦學自勵。"

〔四〕簪紱:冠簪和纓帶,古代官員服飾。陸機晋平西將軍孝侯周處碑:"簪、紱揚名,臺閣摽著。" 周行:詩經周南卷耳:"嗟我懷人,寘彼周行。"毛傳:"行,列也。思君子,官賢人,置周之列位。"此指朝官。

〔五〕接輿:論語微子:"楚狂接輿歌而過孔子曰:'鳳兮鳳兮!何德之衰?往者不可諫,來者猶可追。已而已而!今之從政者殆而!'"

寄江都路員外〔一〕

吾兄失意在東都,聞説襟懷任所如。已縱乖慵爲傲吏〔二〕,有何關鍵制豪胥〔三〕？縣齋曉閉多移病，南畝秋荒憶遂初〔四〕。知道故人相憶否？嵇康不得懶修書〔五〕。

【箋注】

〔一〕作年未詳。　江都：南唐東都江都府之屬縣。見十國春秋卷一一一十國地理表上。今江蘇揚州江都區。　路員外：名未詳。

〔二〕乖慵：疲憊懶散。韓愈東都遇春："乖慵遭傲僻，漸染生弊性。"　傲吏：文選卷二一郭景純游仙詩七首其一："漆園有傲吏，萊氏有逸妻。"李善注引史記曰："莊子者，蒙人也，名周，嘗爲蒙漆園吏。楚威王聞莊周賢，使使厚幣迎，許以爲相。莊周笑謂楚使者曰：'亟去，無污我。'"按：見史記卷六三老子列傳附莊周傳。

〔三〕關鍵：比喻禁約。魏書卷五九蕭寶夤傳："如不限以關鍵，肆其傍通，則蔓草難除，涓流遂積。"　豪胥：權豪與姦吏。李商隱今月二日不自量度："鋭卒魚懸餌，豪胥鳥在籠。"

〔四〕南畝：謂農田。詩經小雅大田："俶載南畝，播厥百穀。"　遂初：古文苑卷五序劉歆遂初賦云：歆好左氏春秋，欲立於學官。時諸儒不聽，歆乃移書太常博士，責讓深切，爲朝廷大臣非嫉，求出補吏，爲河内太守。又以宗室不宜典三河，徙五原太守。是時朝政已多失矣，歆以論議見排擯，志意不得。之官經歷故晉之域，感今思古，遂作斯賦，以歎往事而寄己意。後謂去官隱居，遂其初願。晉書卷五六孫綽傳："少與高陽許詢俱有高尚之志。居於會稽，游放山水，十有餘年，乃作遂初賦以致其意。"

〔五〕嵇康：字叔夜，魏國譙郡銍縣（今安徽宿州市西）人。官曹魏中散大夫，世稱嵇中散，"竹林七賢"之一。嵇康曠達狂放，自由懶散。晉書卷四九有傳。此比路員外。

張員外好茅山風景求爲句容令作此送①〔一〕

句曲山前縣，依依數舍程。還同適勾漏〔二〕，非是厭承明〔三〕。柳谷供詩景〔四〕，華陽契道情〔五〕。金門容傲吏〔六〕，官滿且還城。

【校記】

①送:翁鈔本、四庫本、李刊本作"送之"。

【箋注】

〔一〕作於南唐保大元年(九四三)三月。　張員外:當是張緯。卷八有虞部員外郎史館修撰張緯可句容令制,作於保大元年三月元宗即位時;而該詩寫春景,當作於同時。　茅山:元和郡縣圖志卷二五江南道一潤州延陵縣:"茅山,在縣西南三十五里。三茅得道之所,事具仙經。"同上卷潤州句容縣:"縣有茅山,本名句曲,以山形似'己'字,故名句曲,有所容,故號句容。""茅山在縣東南六十里。"太平寰宇記卷九〇江南東道二昇州句容縣:"茅山在縣南五十里。本句曲山,其山形如'句'字三曲,晉茅君得道於此山,後人遂名爲茅山。其山接句容、金壇、延陵三縣界。"　句容:江寧府屬縣。見十國春秋卷一一一十國地理表上。今江蘇句容縣。

〔二〕勾漏:山名,明一統志卷八四梧州府:"勾漏山,在北流縣東北一十五里,石峰千百,皆矗立特起,其巖穴勾曲穿漏,故名。山有寶圭洞,即道書第二十二洞天也。洞有三石室,相傳葛洪嘗於此修煉。"

〔三〕承明:即承明廬,漢承明殿旁屋,侍臣值宿所居。漢書卷六四上嚴助傳:"君厭承明之廬,勞侍從之事,懷故土,出爲郡吏。"顔師古注引張晏曰:"承明廬在石梁閣外,直宿所止曰廬。"應璩百一詩:"問我何功德?三入承明廬。"張銑注:"承明,謂天子待制處也。"入承明廬謂入朝或在朝爲官。

〔四〕柳谷:即柳谷泉。景定建康志卷一七山川志一:"伏龍山,在柳汧之間,柳汧即柳谷泉,與中茅峰相近,狀如龍。"景定建康志卷一九山川志井泉三引舊志:"田公泉在茅山玉晨觀東南一里,亦呼柳谷泉。"

〔五〕華陽:洞名。太平寰宇記卷八九江南東道一潤州延陵縣句曲山:"南徐州記云:'洞天三十六所,句曲爲第八。名金壇華陽之洞。'茅盈之祖曰濛,先於此清身厲行,許爲東卿,後天皇來授司命策書,乃登羽車,仗紫旌之節,驂駕龍虎,浮雲而去。"卷九〇江南東道二昇州句容縣:"華陽洞,去縣四十里。"

〔六〕金門:即金馬門。史記卷一二六東方朔傳:"金馬門者,宦者署門也。門傍有銅馬,故謂之曰金馬門。"此爲朝廷官署代稱。　傲吏:見上詩寄江都路員外注〔二〕。

送應之道人歸江西〔一〕

曾騎竹馬傍洪涯〔二〕，二十餘年變物華。客夢等閑過驛閣①〔三〕，歸帆遥羨指龍沙〔四〕。名題小篆矜垂露〔五〕，詩作吴吟對綺霞〔六〕。歲暮定知迴未得，信來憑爲寄梅花〔七〕。

【校記】

①驛閣：李校：一本作“馹路”。

【箋注】

〔一〕當作於南唐保大年間，僧應之受元宗賜紫而得名於保大中（馬令南唐書卷二六本傳）以及徐鉉自稱二十多年前爲“騎竹馬之年”（即今三十多歲），故繫於此。　應之道人：即僧應之，本姓王，能文章，以擅長柳公權書法而名冠江左。見馬令南唐書卷二六本傳。宋高僧傳卷三〇唐洪州開元寺棲隱傳：“（棲隱）同光二年與洪井巨鹿魏仲甫邂逅，以文道相善。後唐天成中卒，時弟子應之擕隱之詩計百許首，投仲甫爲集序，今所行者號桂峯集是也。”此應之或即應之道人。　江西：指洪州，即南唐南昌府所轄之地。

〔二〕“曾騎竹馬”二句：“竹馬”謂自己“騎竹馬之年”，即年幼時。“洪涯”喻指僧應之。句謂自己小時候就曾伴隨過您，而今一晃二十多年過去，世事已有很大變化。洪涯：亦作洪崖或洪厓，爲傳説中黄帝樂官伶倫的仙號。曾隱居於豫章郡境内的西山，又稱伏龍山。因洪崖先生曾居此，故又稱洪崖山。參太平御覽卷四八地部十三洪崖山、太平寰宇記卷一〇七江南西道五饒州德興縣。張衡西京賦：“洪涯立而指麾，被毛羽之襳襹。”蔡邕郭有道林宗碑：“將蹈洪崖之遐迹，紹巢許之絶軌。”郭璞游仙詩：“左挹浮丘袖，右拍洪崖肩。”

〔三〕驛閣：驛站，古時供傳遞文書、官員來往及運輸等中途暫息、住宿的地方。

〔四〕龍沙：酈道元水經注卷三九贛水：“贛水又北逕龍沙西，沙甚潔白，高峻而陁，有龍形。”太平寰宇記卷一〇六江南西道四洪州南昌縣：“龍沙在州北七里。一帶江沙甚白而高峻，左右居人時見龍迹。按雷次宗豫章記云：‘北有龍沙,堆阜逶迤,潔白高峻而似龍形,連亘五六里,舊俗九月九日登高之處。'"江西通志卷七山川一南昌府:"龍沙,在府城北帶江。酈道元云:'沙甚潔白高峻,而陁有龍形,連亘五里中。舊俗九月九日升高處也。'"

〔五〕小篆:秦改大篆而成的一种字體,亦稱秦篆。　垂露:書法術語。書寫直畫收筆處如下垂露珠,垂而不落,故名。具有藏鋒的筆勢,不同於"懸針"。庾信謝明皇帝賜絲布等啓:"垂露懸針,書恩不盡。"孫過庭書譜:"觀夫懸針垂露之異。"

〔六〕吴吟:戰國策卷四楚絶齊齊舉兵伐楚:"王獨不聞吴人之游楚者乎?楚王甚愛之,病,故使人問之,曰:'誠病乎?意亦思乎?'左右曰:'臣不知其思與不思,誠思則將吴吟。'今軫將爲王吴吟。"

〔七〕寄梅花:陸凱贈范曄詩:"折花逢驛使,寄與隴頭人。江南無所有,聊贈一枝春。"

送元帥書記高郎中出爲婺源建威軍使〔一〕

寒風蕭瑟楚江南①,記室戎裝挂錦帆〔二〕。倚馬未曾妨笑傲〔三〕,斬牲先要厲威嚴〔四〕。危言昔日嘗無隱〔五〕,壯節今來信不凡。唯有盃盤思上國〔六〕,酒醪甜淡菜蔬芡②〔七〕。

【校記】

①瑟:李校:一本作"颯"。

②芡:四庫本作"芟";黄校本、全唐詩、李刊本作"甘"。

【箋注】

〔一〕作年未詳。　高郎中:當是高弼。江表志卷上、江南餘載卷上載爲烈祖文臣。按:圖畫見聞志:"僞吴時,遣内客省使高弼聘於蜀。"四庫全書總目卷一四二宋黄休復茆亭客話:"吴王客省使高弼,以王羲之石本蘭亭一軸獻僞蜀。"所言高弼當爲一人。然江表志卷中元宗將帥又有高弼。通鑑卷二九二載:顯德三年,"戊辰,廬、壽、光、黄巡檢使司超奏,敗唐兵三千余人於盛唐,擒都監高弼等,獲戰艦四十餘艘。"言高弼爲都監;而宋史卷二七一解暉傳:"從世宗征淮南，率所部下黄州，禽刺史高弼。”言高弼爲黄州刺史；同上書卷二七二司超傳：“爲廬、壽、光、黄等州巡檢使，大敗淮人三千余衆於盛唐縣，獲棹船四十餘艘，禽其監軍高弼。”又改稱監軍，或弼爲刺史又兼監軍。舊五代史卷一一六世宗紀三：顯德三年二月，“戊辰，廬、壽巡檢使司超奏，破淮賊三千於盛唐，獲都監僞吉州刺史高弼以獻，詔釋之。”則又云吉州刺史。按舊唐書卷四〇地理志三載，盛唐縣原爲霍山縣，在壽州，距吉州甚遠，云弼爲吉州刺史，疑誤。要之，高弼若非文武全才，則非一人。元帥爲李景遂。卷八左司郎中高弼可元帥府書記制云：“而朕前委愛弟，實司邦政，今命爾弼，使典軍書。”“愛弟”即李景遂，則制文作於元宗時；又言愛弟“實司邦政”，指景遂於保大元年七月任諸道兵馬元帥、太尉、中書令，見十國春秋卷一六。　婺源建威軍：當爲駐軍之號。

〔二〕記室：即元帥書記。後漢書志第二四百官志一令史及御屬：“記室令史，主上表章，報書記。”

〔三〕倚馬：形容才思敏捷。世説新語卷上文學：“桓宣武北征，袁虎時從，被責免官。會須露布文，唤袁倚馬前令作。手不輟筆，俄得七紙，殊可觀。”笑傲：詩經邶風終風：“謔浪笑敖，中心是悼。”毛傳：“言戲謔不敬。”

〔四〕斬牲：閲兵儀式。周禮注疏卷二九大司馬：“群吏聽誓於陳前，斬牲，以左右徇陳，曰：‘不用命者，斬之！’”

〔五〕危言：直言。逸周書卷三武順：“危言不干德曰正。”漢書卷六四賈捐之傳：“臣幸得遭明盛之朝，蒙危言之策，無忌諱之患。”顔師古注：“危言，直言也。言出而身危，故曰危言。”

〔六〕上國：即京師，此指京城金陵。

〔七〕酒醪：史記卷一〇五扁鵲倉公列傳：“其在腸胃，酒醪之所及也。”漢書卷四文帝紀：“爲酒醪以靡穀者多。”顔師古注：“醪，汁滓酒也。”

游方山宿李道士房〔一〕

從來未面李先生，借我西牕卧月明。二十三家同願識〔二〕，素騾何日暫還城①。

【校記】

①騾:李校:一本作"驢"。

【箋注】

〔一〕約作於南唐保大七年(九四九)三月。卷三貶官泰州出城作云:"滿朝權貴皆曾忤,繞郭林泉已遍游。"游方山宿李道士房、題畫石山、臨石步港置於泰州詩前,況寫春景,似貶官前繞郭林泉之游時作。　方山:元和郡縣圖志卷二五江南道一潤州上元縣:"方山,在縣東南七十里。秦鑿金陵以斷其勢,方石山埦,是所斷之處也。"　李道士:名未詳。

〔二〕"二十三家"二句:頌美李道士爲神仙之屬,人人愿識。神仙傳卷七載:薊子訓有起死回生、白髮轉黑之術,京師諸貴人欲見之。求之太學生與子訓比居者,定以日期。期至,諸貴人絶客灑掃而待子訓者凡二十三家,而各家同時皆有一子訓論説答問。衆知而更異之,冠蓋塞道詣門,但見子訓乘青騾經東陌而去。

題畫石山〔一〕

彼美巉巖石,誰施黼藻功〔二〕?回巖明照地,絶壁爛臨空。錦緞鮮須濯,羅屏展易窮。不因秋蘚緑,非假晚霞紅。羽客藏書洞〔三〕,樵人取箭風。靈蹤理難問,仙路去何通。返駕歸塵裹,留情向此中。迴瞻畫圖畔,遥羨面山翁〔四〕。

【箋注】

〔一〕作年未詳。　畫石山:景定建康志卷一七山川志:"(攝山)東連畫石山,南接落星山。"

〔二〕黼藻:尚書正義卷五益稷:"藻火粉米,黼黻絺繡。"孔安國傳:"藻,水草有文者,……黼,若斧形。"指花紋、雕刻、彩畫之屬。

〔三〕羽客:指神仙或方士。庾信邛竹杖賦:"和輪人之不重,待羽客以相貽。"倪璠注:"羽客,羽人。"楚辭章句卷五遠游:"仍羽人於丹丘兮。"王逸注引山海經:"言有羽人之國,不死之民,或曰人得道,身生羽毛也。"

〔四〕面山翁:謂山中修行之人。

臨石步港〔一〕

碕岸縈帶〔二〕,微風起細漣。緑陰三月後,倒影亂峰前。吹浪游鱗小,黏苔碎石圓。會將腰下組〔三〕,換取釣魚船。

【箋注】

〔一〕作年未詳。　石步港:景定建康志卷一九山川志:"石步港,在上元縣長寧鄉,去縣四十里。"

〔二〕縈帶:比喻谿水蜿蜒曲折,宛如帶子。陸機贈交阯公真:"高山安足淩,巨海猶縈帶。"

〔三〕腰下組:組,佩官印的綬帶,此代官位。去官稱解組。

病題二首〔一〕

性靈慵懶百無能〔二〕,唯被朝參遣夙興。聖主優容恩未答〔三〕,丹經疏闊病相陵〔四〕。脾傷對客偏愁酒①,眼暗看書每愧燈。進與時乖不知退,可憐身計謾騰騰。

人間多事本難論,況是人間懶慢人〔五〕。不解養生何怪病,已能知命敢辭貧?向空咄咄煩書字②〔六〕,與世滔滔莫問津③〔七〕。金馬門前君識否〔八〕?東方曼倩是前身〔九〕。

【校記】

①傷:原作"膓",據四庫本、黄校本、全唐詩、李刊本改。

②煩:玉壺清話作"頻"。

③與:全唐詩作"舉"。

【箋注】

〔一〕約作於南唐保大七年(九四九)三月。詳詩意,似指被宋齊丘彈劾事,詩置於泰州貶官詩前,當作於被誣陷而未貶官前。

〔二〕性靈:性情。梁書卷八昭明太子傳:"吟詠性靈,豈惟薄伎。"

〔三〕優容:寬待;寬容。

〔四〕丹經:講述煉丹術的專書。葛洪抱朴子内篇卷一金丹:"凡受太清丹經三卷,及九鼎丹經一卷,金液丹經一卷。"江淹從冠軍建平王登廬山香爐峰:"廣成愛神鼎,淮南好丹經。"　疏闊:迂闊,不切實際。漢書卷二九溝洫志:"御史大夫尹忠對方略疏闊,上切責之。"

〔五〕懶慢:懶惰散漫。嵇康與山巨源絶交書:"又縱逸來久,情意傲散,簡與禮相背,懶與慢相成。"

〔六〕咄咄:感歎聲。陸機東宫:"冉冉逝將老,咄咄奈老何!"又,晉書卷七七殷浩傳:"浩雖被黜放,口無怨言,夷神委命,談詠不輟。雖家人亦不見其有流放之感,但終日書空,作'咄咄怪事'四字而已。"世説新語卷下黜免所載稍異而簡。

〔七〕滔滔:見論語微子。長沮耦耕孔子使子路津,長沮曰:"滔滔者天下皆是也,而誰以易之?"

〔八〕金馬門:見本卷張員外好茅山風景求爲句容令作此送注〔六〕。

〔九〕東方曼倩:東方朔,字曼倩。其直言切諫,避世金馬門。見史記卷一二六滑稽列傳。此徐鉉自況。

寄江州蕭給事〔一〕

夕郎憂國不憂身〔二〕,今向天涯作逐臣。魂夢暗馳龍闕曙,嘯吟閑繞虎谿春〔三〕。朝車載酒過山寺〔四〕,諫紙題詩寄野人〔五〕。惆悵儒夫何足道,自離群後已同塵。

【箋注】

〔一〕約作於南唐保大七年(九四九)三月。詳詩意,似作於被宋齊丘誣陷後遍游城郭林泉之時。　江州:十國春秋卷一一一南唐地理表:"江州,領縣六:德化、德安、瑞昌、湖口、彭澤、東流。"今江西九江市。　蕭給事:卷二〇爲蕭給事與楚王書:"儼早被恩私,今通信問,欣躍之極,倍萬常情。"據此知蕭給事爲蕭儼。馬令南唐書本傳:"蕭儼,廬陵人。……烈祖山陵儼與韓熙載、江文蔚同定禮儀謚法,遷大理卿兼給事中。因斷獄失入,用事者欲誅之,賴宰相馮延巳固争,以謂赦前失入,罪不當死,遂貶南昌令。"按:儼貶江州,史書闕載。

〔二〕夕郎:見本卷賀殷游二舍人入翰林江給事拜中丞注〔四〕。

〔三〕虎谿:谿名,在廬山東林寺前。相傳晉慧遠法師居此,送客不過谿,過此,虎輒號鳴,故名虎谿。高僧傳卷六慧遠傳:"遠卜居廬阜三十餘年,影不出山,迹不入俗。每送客,游履常以虎谿爲界焉。"

〔四〕朝車:君臣行朝夕禮及宴飲時出入用車。禮記正義卷二九玉藻:"君羔幦虎犆;大夫齊車,鹿幦豹犆,朝車;士齊車,鹿幦豹犆。"鄭玄注:"臣之朝車與齊車同飾。"

〔五〕諫紙:書寫諫章的稿紙。白居易初授拾遺:"諫紙忽盈箱,對之終自愧。"蕭儼正直敢言,卷七水部郎中判刑部蕭儼可祠部郎中賜紫制:"定法察情,克舉攸職,切言直氣,屢聞於朝。"　野人:作者自指。

和江州江中丞見寄〔一〕

賈傅南遷久〔二〕,江關道路遥〔三〕。北來空見雁〔四〕,西去不如潮〔五〕。
鼠穴依城社〔六〕,鴻飛在泬寥〔七〕。高低各有處,不擬更相招。

【箋注】

〔一〕作於南唐保大六年(九四八)二、三月間。江中丞即江文蔚,因保大五年四月對仗彈劾馮延巳、魏岑,被貶江州司士參軍。陸游南唐書本傳云:"逾年,召還。"則文蔚被征還當在保大五年四月後。詩云"北來空見雁",知作於春天,故繫於此。　江州:見本卷寄江州蕭給事注〔一〕。

〔二〕賈傅:即賈誼。見本卷寄蘄州高郎中注〔二〕。

〔三〕江關:後漢書卷一三公孫述傳:"六年,述遣戎與將軍任滿出江關。"李賢注:"華陽國志曰:'巴楚相功,故置江關。舊在赤甲城,後移江州南岸。'"

〔四〕"北來"句:用鴻雁傳書典,見本卷寄和州韓舍人注〔三〕。

〔五〕"西去"句:謂潮水漲落有定時,而友人却貶官,不得如潮而還。李益江南曲:"嫁得瞿塘賈,朝朝誤妾期。早知潮有信,嫁與弄潮兒。"

〔六〕"鼠穴"句:見本卷寄蘄州高郎中注〔四〕。

〔七〕泬寥:楚辭章句卷八九辯:"泬寥兮天高而氣清。"王逸注:"泬寥,曠蕩而虚静也。或曰泬寥猶蕭條。蕭條者,無雲貌。"此指晴朗的天空。

和鍾郎中送朱先輩還京垂寄〔一〕

分司洗馬無人問〔二〕,辭客殷勤輟棹過①。蒼蘚滿庭行徑小,高梧臨檻雨聲多。春愁盡付千盃酒,鄉思遥聞一曲歌。且共勝游消永日,西岡風物近如何〔三〕。

【校記】

①過:黄校本、全唐詩作"歌"。

【箋注】

〔一〕作於南唐保大十五年(九五七)春。分司洗馬,指徐鉉任太子左諭德一職,徐公行狀於述徐鉉避難歸京後,接云:"明年,授太子左諭德。"徐鉉保大十四年春歸京,其分司洗馬在十五年。詩寫春景兼寫失意心情,故繫於此。鍾郎中:當是鍾謨,見本卷正初答鍾郎中見招注〔一〕。　朱先輩:卷四另有送朱先輩尉廬陵、廬陵别朱觀先輩詩,據此,朱先輩亦當爲朱觀,其餘未詳。先輩:對及第者的稱謂,清阮葵生茶餘客話卷二:"唐時舉人,呼已第者爲先輩。"

〔二〕分司洗馬:洗馬,爲東宫官屬,太子出則爲前導。此指徐鉉於九五七年任太子左諭德一職。

〔三〕西岡:當在廬陵境内,具體未詳。

送郝郎中爲浙西判官〔一〕

大藩從事本優賢〔二〕,幕府仍當北固前〔三〕。花繞樓臺山倚郭,寺臨江海水連天。恐君到即忘歸日，憶我游曾歷二年〔四〕。若許他時作閑伴，殷勤爲買釣魚船。

【箋注】

〔一〕作於南唐保大七年（九四九）前後。卷八洪州判官袁特可浙西判官制云："朕以關輔之大，控制要津。出保傅之重鎮之，以屏王室；擇賓從之賢佐之，以齊政經。"保傅指太子太保、太傅之官。按：陸游南唐書卷二元宗本紀載：保大元年，"十二月，以太保、中書令宋齊丘爲鎮海軍節度使。"鎮海軍鎮潤州，見十國春秋卷一一三南唐藩鎮表，浙西治所即在潤州京口。據此，知保大元年十二月，宋齊丘爲鎮南軍節度使，袁特授浙西判官。卷三又有得浙西郝判官書未及報聞燕王移鎮京口因寄此詩問方判官田書記消息詩，據通鑑卷二八九載：保大八年（九五〇）二月，"唐主以東都留守、燕王弘冀爲潤、宣二州大都督，鎮潤州。"徐鉉於保大七年三月貶官泰州，據"秋風海上久離居"句，詩寫秋景，徐鉉得知此消息已是秋天。則此詩作於保大八年秋。據此，知郝判官保大八年已在浙西判官任上。按新唐書卷四九下百官志四下，節度使判官一人，南唐繼唐後，制當相同；又，南唐官吏任期一般三年。綜上，郝郎中任浙西判官始於保大七年（九四九）前後。　郝郎中：名未詳。　浙西判官：即浙西節度使判官。浙西節度使鎮潤州，治所在京口。

〔二〕大藩：指比較重要的州郡一級的行政區，潤州爲南唐重鎮，故云。優賢：優待、禮遇賢者。袁宏後漢紀卷二二桓帝紀下："尚宗其道德，極談乃退。其優賢表善皆類此也。"

〔三〕北固：即北固山。元和郡縣圖志卷二五江南道一潤州丹徒縣："北固山，在縣北一里。下臨長江，其勢險固，因以爲名。"

〔四〕"憶我"句：昇元二年至四年，徐鉉曾宦游京口。見卷一京口江際弄水注〔一〕。

翰林游舍人清明日入院中塗見過余明日亦入西省上直因寄游君〔一〕

榆柳開新焰，梨花發故枝。輜軿隘城市〔二〕，圭組坐曹司〔三〕。獨對芝泥檢〔四〕,遥憐白馬兒。禁林還視草〔五〕,氣味兩相知。

【箋注】

〔一〕作年未詳。 游舍人:即游簡言,見本卷賀殷游二舍人入翰林江給事拜中丞注〔一〕。 上直:上班,當值。

〔二〕輜軿:輜車和軿車的並稱。此指有遮罩的車子。漢書卷七六張敞傳:"禮,君母出門則乘輜軿。"顔師古注:"輜軿,衣車也。"通鑑卷一〇六晉孝武帝太元十一年:"秦主登立世祖神主於軍中,載以輜軿。"胡三省注:"車四面有遮罩者曰輜軿。"

〔三〕圭組:即珪組印綬,借指官爵。晉書卷八六傳論:"綰累葉之珪組。"

〔五〕芝泥:緘封書劄所用封泥。庾信漢武帝聚書贊:"芝泥印上,玉匣封來。"

〔六〕禁林:翰林院的别稱。元稹寄浙西李大夫:"禁林同直話交情,無夜無曾不到明。" 視草:詞臣奉旨修正詔諭一類公文,稱"視草"。漢書卷四四淮南王劉安傳:"每爲報書及賜,常召司馬相如等視草乃遣。"

陪王庶子游後湖涵虚閣 東宫園〔一〕

懸圃清虚乍過秋〔二〕,看山尋水上兹樓。輕鷗的的飛難没〔三〕,紅葉紛紛晚更稠。風卷微雲分遠岫,浪摇晴日照中洲①〔四〕。躋攀况有承華客〔五〕,如在南皮奉勝游〔六〕。

【校記】

①洲:黄校本、李刊本作"州"。

【箋注】

〔一〕作年未詳。 王庶子:即王沂。見本卷和王庶子寄題兄長建州廉使新亭注〔一〕。 涵虚閣:景定建康志卷二一城闕志二:"涵虚閣,南唐後湖東宫園内,見徐鉉文集。"清一統志卷五一江寧府二:"涵虚閣,在上元縣北。通志:'南唐建於後湖,即憑虚閣,金陵四十景,曰憑空聽雨。'"

〔二〕懸圃:亦稱玄圃,傳説在崑崙山頂,有金臺、玉樓,爲神仙所居。比喻仙境。楚辭章句卷三天問:“崑崙懸圃,其凥安在?”王逸注:“崑崙,山名也,其巔曰縣圃,乃上通於天也。”

〔三〕的的:分明貌。劉向新序卷二雜事二:“昭王用樂毅以勝,惠王逐之而敗。此的的然若白黑。”

〔四〕中洲:楚辭章句卷二九歌雲中君:“君不行兮夷猶,蹇誰留兮中洲。”王逸注:“中洲,洲中也。水中可居者曰洲。”

〔五〕承華客:美稱太子屬官。承華,原指太子宫門,此代指太子。文選卷二四陸機贈馮文羆遷斥丘令:“閶闔既闢,承華再建。”李善注引洛陽記:“太子宫在太宫東薄室門外,中有承華門。”

〔六〕南皮勝游:比喻朋友歡聚宴游。曹丕與吴質書:“每念昔日南皮之游,誠不可忘。既妙思六經,逍遥百氏。彈棋間設,終以博奕。高談娱心,哀箏順耳。馳騖北場,旅食南館。浮甘瓜於清泉,沈朱李於寒水。皦日既没,繼以朗月,同乘並載,以游後園。”南皮縣,唐屬景州。見元和郡縣圖志卷一七河北道三。今屬河北滄州市。

柳枝辭十二首〔一〕

把酒憑君唱柳枝,也從絲管遞相隨〔二〕。逢春只合朝朝醉,記取秋風落葉時。

南園日暮起春風,吹散楊花雪滿空。不惜楊花飛也得,愁君老盡臉邊紅。

陌上朱門柳映花,簾鈎半卷緑陰斜。憑郎暫駐青驄馬,此是錢塘小小家〔三〕。

夾岸朱欄柳映樓,緑波平幔带花流①〔四〕。歌聲不出長條密,忽地風迴見綵舟。

老大逢春揔恨春,緑楊陰裏最愁人。舊游一别無因見,嫩葉如眉處處新。

濛濛堤畔柳含煙,疑是陽和二月天〔五〕。醉裏不知時節改,漫隨兒女打鞦韆[六]。

水閣春來乍減寒,曉粧初罷倚欄干。長條亂拂春波動,不許佳人照影看。

柳岸煙昏醉裏歸,不知深處有芳菲。重來已見花飄盡,唯有黄鶯囀樹飛。

此去仙源不是遥,垂楊深處有朱橋[七]。共君同過朱橋去,密映垂楊聽洞簫②[八]。

暫别楊州十度春,不知光景屬何人。一帆歸客千條柳,腸斷東風楊子津[九]。

仙樂春來案舞腰,清聲偏似傍嬌饒③[一〇]。應緣鶯舌多情賴,長向雙成説翠條[一一]。

鳳笙臨檻不能吹[一二],舞袖當筵亦自疑。唯有美人多意緒,解衣芳態畫雙眉④。

【校記】

①幔:四庫本、李刊本作"漫"。

②密:全唐詩作"索"。

③嬌饒:四庫本、李刊本作"嬌嬈"。

④衣:全唐詩作"依"。

【箋注】

〔一〕作於南唐保大五年(九四七)春。徐鉉生長揚州,自昇元元年十月仕南唐於金陵。該組詩均寫春景,據詩句"暫别揚州十度春",知作於保大五年春。　柳枝辭:又名楊柳枝、楊柳、柳枝,唐教坊曲名。唐樂有楊柳枝詞,樂府瑟調曲有折楊柳行,樂府横吹曲有折楊柳歌辭、折楊柳,清商曲有月節折楊柳歌。多用以詠柳技。單調,二十八字,四句三平韻。

〔二〕絲管:弦樂器與管樂器,此借指音樂。楊衒之洛陽伽藍記高陽王寺:"入則歌姬舞女,擊竹吹笙,絲管迭奏,連宵盡日。"

〔三〕錢塘小小:即蘇小小。樂府廣題:"蘇小小,錢塘名娼也,蓋南齊時人。"古樂府卷一〇蘇小小歌:"我乘油壁車,郎騎青驄馬。何處結同心,西陵松柏下。"

〔四〕平幔:即平漫。平坦廣遠。宋書卷一八禮志五:"地域平漫,迷於東西,造立此車,使常知南北。"

〔五〕陽和:春天。

〔六〕鞦韆:我國民間傳統的體育活動。杜甫清明:"十年蹴踘將雛遠,萬里鞦韆習俗同。"仇兆鼇注:"宗懔歲時記:寒食有打毬、鞦韆、施鉤之戲。古今藝術圖:以綵繩懸木立架,士女坐立其上,推引之。謂之鞦韆。一云當作千秋,本出漢宫祝壽詞,後人倒讀,又易其字爲鞦韆耳。"

〔七〕朱橋:即揚州紅橋。見范成大吴郡志卷一七橋梁。

〔八〕洞簫:管樂器。漢書卷九元帝紀贊:"元帝多材藝,善史書,鼓琴瑟,吹洞簫。"顔師古注引如淳曰:"簫之無底者。"

〔九〕楊子津:見卷一登甘露寺北望注〔四〕。

〔一〇〕嬌饒:指美女。宋子侯董嬌饒詩:"洛陽城東路,桃李生路旁。……不知誰家子,提籠行採桑。"杜甫春日戲題惱郝使君兄:"細馬時鳴金騕褭,佳人屢出董嬌饒。"

〔一一〕雙成:神話中西王母侍女,名董雙成。舊題班固漢武帝内傳:"王母乃命諸侍女、王子登彈八琅之璈,又命侍女董雙成吹雲和之笙。"後多用指美女。

〔一二〕鳳笙:應劭風俗通義卷六聲音笙:"世本:'隨作笙。'長四寸、十二簧、像鳳之身,正月之音也。"後因稱笙爲"鳳笙"。水經注卷一五洛水:"昔王子晉好吹鳳笙,招延道士與浮丘同游伊、洛之浦。"

徐鉉集校注卷三　詩

貶官泰州出城作〔一〕

浮名浮利信悠悠，四海干戈痛主憂〔二〕。三諫不從爲逐客〔三〕，一身無累似虚舟〔四〕。滿朝權貴皆曾忤〔五〕，繞郭林泉已徧游。唯有戀恩終不改①，半程猶自望城樓。

【校記】

①終：全唐詩校：一作"心"。

【箋注】

〔一〕作於南唐保大七年（九四九）三月。徐公行狀："後覩受命草詔者無所經據，不根事實，繇是駁議忤逆旨，左遷泰州幕職。……謫居三年，嗣主知其無罪，征復本官，仍知制誥。"據此，知徐鉉貶官泰州三年。卷一三攝山棲霞寺新路之記云："辛亥歲……八月兵部侍郎、知制誥徐鉉記。"知徐鉉辛亥歲（九五一）八月已回京任新職。綜上，徐鉉貶官在保大七年。又，本卷亞元舍人不替深知……庶資一笑耳詩云："一朝削迹爲遷客，旦暮青雲千里隔。……盧龍渡口問迷津，瓜步山前送春暮。"原注："去年三月三十日瓜步阻風。"可知在三月貶官。　泰州：十國春秋卷一一一南唐地理表："泰州，領縣五：海陵、興化、鹽城、泰興、如皋。"今江蘇泰州市。宋史卷四四一徐鉉傳："與宰相宋齊丘不協。時有得軍中書檄者,鉉及弟鍇評其援引不當。檄乃湯悦所作。悦與齊丘誣鉉、鍇洩機事,鉉坐貶泰州司户掾,鍇貶爲烏江尉。"

〔二〕"四海"句:南唐自保大二年(九四四)十二月至保大五年(九四七)斷續與閩、吴越發生戰爭。見徐公行狀及通鑑卷二八四、卷二八六。

〔四〕三諫:史記卷三八宋微子世家:"微子曰:'父子有骨肉,而臣主以義屬。故父有過,子三諫不聽,則隨而號之;人臣三諫不聽,則其義可以去矣。'"

〔四〕虚舟:莊子外篇山木:"方舟而濟於河,有虚船來觸舟,雖有惼心之人不怒。"此以任其漂流之船喻人事飄忽,播遷無定。

〔五〕"滿朝"句:滿朝權貴指宋齊丘、馮延巳、馮延魯、陳覺、魏岑、查文徽等六人,後五人被稱作"五鬼"。爲韓熙載、徐鉉所彈劾。宋齊丘等先後誣奏韓、徐等人,致使貶官。見通鑑卷二八三、十國春秋卷二六。

過江〔一〕

別路知何極,離腸有所思。登艫望城遠①,摇擄過江遲。斷岸煙中失〔二〕,長天水際垂。此心非橘柚,不爲兩鄉移〔三〕。

【校記】

①艫:黄校本作"樓"。

【箋注】

〔一〕作於南唐保大七年(九四九)三月貶官途中。

〔二〕斷岸:江邊絶壁。鮑照蕪城賦:"崪若斷岸,矗似長雲。"

〔三〕"此心"二句:以橘比喻思鄉之情。見卷一登甘露寺北望注〔六〕。

經東都太子橋〔一〕

綸闈放逐知何道〔二〕,桂苑風流且暫歸〔三〕。莫問升遷橋上客①〔四〕,身謀疏拙舊心違〔五〕。

【校記】

①遷:四庫本作“僊”。

【箋注】

〔一〕作於南唐保大七年(九四九)三月貶官途中。　東都:即廣陵(揚州)。吴天祚三年十月,李昪受吴主禪,改元昇元,以建康爲西都,廣陵爲東都。見馬令南唐書卷一先主書。

〔二〕綸闈:見卷二月真歌注〔五〕。

〔三〕桂苑:指金陵。左思吴都賦:“數軍實乎桂林之苑,饗戎旅乎落星之樓。”劉淵林注:“吴有桂林苑、落星樓,樓在建鄴東北十里。”

〔四〕升遷橋:史記卷一一七司馬相如列傳:“至蜀,蜀太守以下郊迎,縣令負弩矢先驅,蜀人以爲寵。”司馬貞索隱引華陽國志云:“蜀大城北十里有升仙橋,有送客觀也。相如初入長安,題其門云‘不乘赤車駟馬,不過汝下’也。”元和郡縣圖志卷三一劍南道上成都府成都縣:“昇仙橋,在縣北九里。相如初入長安,題其門:‘不乘高車駟馬,不過汝下’”徐鉉官職不升反貶,故云“莫問”。“遷”字當從四庫本作“僊”

〔五〕身謀:爲自身謀慮。新唐書卷一六二許季同傳:“且忠臣事君,不以私害公,設有才,雖親舊當白用。避嫌不用,乃臣下身謀,非天子用人意。”　疏拙:粗疏笨拙。韓非子卷一六難四:“事以微巧成,以疏拙敗。”

贈維楊故人〔一〕

東京少長認維桑〔二〕,書劍誰教入帝鄉〔三〕。一事無成空放逐,故人相見重凄凉。樓臺寂寞官河晚,人物稀疏驛路長。莫怪臨風惆悵久,十年春色憶維楊〔四〕。

【箋注】

〔一〕作於南唐保大七年(九四九)三月貶官途中。　維楊:見卷一將過江題白沙館注〔二〕。

〔二〕東京:指東都廣陵(揚州)。　維桑:指故鄉。詩經小雅小弁:“維桑與梓,必恭敬止。”毛傳:“父之所樹,己尚不敢不恭敬。”

〔三〕書劍:謂從軍立功封侯。史記卷七項羽本紀:“項籍少時,學書不成,去學劍,又不成,項梁怒之。”孟浩然自洛之越:“遑遑三十載,書劍兩無成。”帝鄉:指京城。莊子外篇天地:“千歲厭世,去而上仙;乘彼白雲,至於帝鄉。”王勃臨高臺:“高臺四望同,帝鄉佳氣鬱葱葱。”

〔四〕“十年”句:謂自己離開揚州已有十年。

泰州道中却寄東京故人〔一〕

風緊雨凄凄,川迴岸漸低。吴州林外近①〔二〕,隋苑霧中迷〔三〕。聚散紛如此,悲歡豈易齊。料君殘酒醒,還聽子規啼〔四〕。

【校記】

①州:四庫本作“洲”。

【箋注】

〔一〕作於南唐保大七年(九四九)三月貶官途中。　泰州:見本卷貶官泰州出城作注〔一〕。　東京:即東都廣陵,即揚州。

〔二〕吴州:吴地之州。

〔三〕隋苑:隋煬帝所建。清一統志卷六七揚州府:“隋苑,在甘泉縣西北七里。舊志:‘大儀鄉有上林苑,亦名西苑。’稱隋苑爲西苑,或沿長安之名,相傳苑三里。”杜牧寄題甘露寺北軒:“天接海門秋水色,煙籠隋苑暮鐘聲。”

〔四〕子規:即杜鵑鳥。傳説爲蜀帝魂化杜宇。常夜鳴,聲音凄切,故詩人多借以抒悲苦哀怨及思鄉之情。埤雅卷九釋鳥:“杜鵑,一名子規。”

得浙西郝判官書未及報聞燕王移鎮京口因寄此詩問方判官田書記消息〔一〕

秋風海上久離居〔二〕,曾得劉公一紙書〔三〕。淡水心情長若此〔四〕,

銀鈎蹤迹更無如〔五〕。嘗憂座側飛鵩鳥〔六〕，未暇江中覓鯉魚〔七〕。今日京吴建朱邸〔八〕，問君誰共曳長裾〔九〕。

【箋注】

〔一〕作於南唐保大八年（九五〇）秋。通鑑卷二八九載：保大八年二月，"唐主以東都留守、燕王弘冀爲潤、宣二州大都督，鎮潤州。"徐鉉於上年三月貶官泰州，據"秋風海上久離居"句，詩寫秋景，故繫於是年秋。　浙西、郝判官：見上卷送郝郎中爲浙西判官注〔一〕。　燕王：即李弘冀。　京口：見卷一京口江際弄水注〔一〕。　方判官：即方訥。卷一五唐故金紫光禄大夫檢校司徒行少府監方公墓誌銘："明年，王移任宣、潤二州大都督，復以公爲浙西營田副使，通判軍府。"　田書記：疑是田霖，江表志卷中及卷下文臣中有田霖。卷八秘書郎田霖可東都留守巡官制："朕在儲貳，則嘗知霖，文藝直心，綽有餘裕。累參載筆之任，近登秘笈之司，列於王官，頗叶時望。"宋史卷二〇八藝文七録田霖四六一卷。

〔二〕離居：楚辭章句卷二九歌湘夫人："折疏麻兮瑶華，將以遺兮離居。"王逸注："離居，謂隱者也。"徐鉉被貶泰州，閉門却掃，故云。

〔三〕劉公書：三國志卷一五魏書一五劉馥傳："嘉平六年薨。……謚曰景侯。子熙嗣。"裴松之注引晉陽秋曰："劉弘字叔和，熙之弟也。……其在江、漢，值王室多難，得專命一方，盡其器能。推誠群下，厲以公義，簡刑獄，務農桑。每有興發，手書郡國，丁寧款密，故莫不感悦，顛倒奔赴，咸曰：'得劉公一紙書，賢於十部從事也。'"此借以頌美郝判官。

〔四〕淡水心情：即君子之交。莊子外篇山木："君子之交淡若水。"

〔五〕銀鈎：見卷二寄饒州王郎中效李白體注〔三〕。

〔六〕"嘗憂"句：史記卷八四賈誼傳："賈生爲長沙王太傅，三年，有鵩飛入賈生舍，止於坐隅。楚人命鵩曰'服'。賈生既以適居長沙，長沙卑溼，自以爲壽不得長，傷悼之，乃爲賦以自廣。"

〔七〕"未暇"句：以"鯉魚"代稱書信。蔡邕飲馬長城窟行："客從遠方來，遺我雙鯉魚。呼兒烹鯉魚，中有尺素書。"

〔八〕京吴：即京口，今江蘇鎮江市。元和郡縣圖志卷二五江南道一潤州："後漢獻帝建安十四年，孫權自吴理丹徒，號曰'京城'。""城前浦口，即是京口。" 朱邸:漢諸侯王第宅,以朱紅漆門,故稱。後泛指貴官府第。文選卷四〇謝朓拜中軍記室辭隨王箋:"朱邸方開,效蓬心於秋實。"李善注引史記:"諸侯朝天子,於天子之所立舍曰邸,諸侯朱户,故曰朱邸。"

〔九〕曳長裾:亦稱"曳裾",比喻廁身王侯權貴門下。漢書卷五一鄒陽傳:"今臣盡智畢議,易精極慮,則無國不可姦;飾固陋之心,則何王之門不可曳長裾乎?"

贈陶使君求梨〔一〕

昨宵宴罷醉如泥,惟憶張公大谷梨〔二〕。白玉花繁曾綴處,黄金色嫩乍成時。冷侵肺腑醒偏早,香惹衣襟歇倍遲。今旦中山方酒渴〔三〕,唯應此物最相宜。

【箋注】

〔一〕作於南唐保大七年(九四九)秋。陶使君即陶敬宣,字文褒,合肥人。仕南唐歷工部尚書、棣州刺史守海陵郡、泰州刺史,見卷一五唐故泰州刺史陶公墓誌銘。按,求梨當在秋季,據其墓誌云"保大八年夏四月十有八日卒於位上",則詩至早作於前一年秋。徐鉉保大七年春貶官泰州,故繫於此。

〔二〕張公大谷梨:大谷,地名。後漢書卷七二董卓傳:"卓遣將李傕詣堅求和,堅拒絶不受,進軍大谷,距洛九十里。"李賢注:"大谷口在故嵩陽西北三十五里,北出對洛陽故城。張衡東京賦云'盟津達其後,大谷通其前'是也。"其地以産梨著名。文選卷一六潘岳閑居賦:"張公大谷之梨,梁侯烏椑之柿。"劉良注:"張公居大谷,有夏梨,海内唯此一樹。"李嶠梨:"色對瑶池紫,甘依大谷紅。"

〔三〕中山:美酒代稱。周禮注疏卷五天官酒正:"三曰清酒。"鄭玄注:"清酒,今中山冬釀接夏而成。"張華博物志卷五:"劉玄石於中山酒家酤酒,酒家與'千日酒'飲之,忘言其節度。歸至家大醉,不醒數日,而家人不知,以爲死也,具棺殮葬之。酒家計千日滿,乃憶玄石前來酤酒,醉當醒矣。往視之,云:'玄石亡來三年,已葬。'於是開棺,醉始醒。"謝靈運擬魏太子鄴中集詩平原侯植:

“中山不知醉,飲德方覺飽。”

陳覺放還至泰州以詩見寄作此答之〔一〕

朱雲曾爲漢家憂〔二〕,不怕交親作世讎〔三〕。壯氣未平空咄咄〔四〕,狂言無驗信悠悠〔五〕。今朝我作傷弓鳥〔六〕,却羨君爲不繫舟〔七〕。勞寄新詩平宿憾,此生心氣貫清秋。

【箋注】

〔一〕作於南唐保大七年(九四九)秋。陸游南唐書卷二元宗本紀載:保大五年,陳覺因兵敗福州而被流蘄州。卷九陳覺傳云:“於是裁貶蘄州,逾年復起任事。”徐鉉於保大七年三月貶官泰州,此言逾年起復,詩寫秋景,故繫於此。泰州:見本卷貶官泰州出城作注〔一〕。

〔二〕朱雲:漢成帝時,丞相故安昌侯張禹以帝師位特進。朱雲認爲:張禹爲人奸佞,尸位素餐,當衆公卿之面,請求斬之。成帝大怒,令人拉朱雲下殿,朱雲攀殿檻,至於檻折。見漢書卷六七朱雲傳。此徐鉉自比朱雲。陳覺兵敗,徐鉉曾上書指斥。徐公行狀:“及江淮之平建州也,而福州與越人據命不服,使陳覺、馮延魯招撫之。……衆敗績而退,乃歸罪二使。……公與韓公議,……遂同上疏極言其罪。”

〔三〕交親:見卷一從駕東幸呈諸公注〔四〕。

〔四〕咄咄:見卷二病題二首注〔六〕。

〔五〕狂言:狂直之言。蔡邕上封事陳政七事:“郎中張文,前獨盡狂言,聖聽納受,以責三司,臣子曠然,衆庶解悦。”此指徐鉉與韓熙載彈劾陳覺等人。

〔六〕傷弓鳥:戰國策卷一七楚策四:“更羸與魏王處京臺之下,仰見飛鳥。更羸謂魏王曰:‘臣爲王引弓虚發而下鳥。’魏王曰:‘然則射可至此乎?’……對曰:‘其飛徐而鳴悲。飛徐者,故瘡痛也;鳴悲者,久失群也。故瘡未息,而驚心未去也。聞弦音,引而高飛,故瘡隕也。’”鳥曾受箭傷,聞弓弦聲而驚墮。比喻受過驚嚇而遇事惶惶之人。

〔七〕不繫舟:莊子雜篇列御寇:“巧者勞而知者憂,無能者無所求,飽食而遨游,汎若不繫之舟。"此謂陳覺一身輕松,逍遥自在。

王三十七自京垂訪作此送之〔一〕

失鄉遷客在天涯,門揜苔垣向水斜。只就鱗鴻求遠信〔二〕,敢言車馬訪貧家〔三〕? 煙生柳岸將垂縷,雪壓梅園半是花。惆悵明朝罇酒散,夢魂相送到京華〔四〕。

【箋注】

〔一〕作於南唐保大八年(九五〇)春。徐鉉自保大七年貶官,九年春回京。詩寫春景。故繫於此。　王三十七:其排行三十七,名未詳。

〔二〕"只就"句:鱗鴻傳信,即以鯉魚和鴻雁傳書。鯉魚傳書,見本卷得浙西郝判官書未及報聞燕王移鎮京口因寄此詩問方判官田書記消息注〔七〕;鴻雁傳書,見卷二寄和州韓舍人注〔三〕。

〔三〕"敢言"句:漢書卷八七下揚雄傳:"雄以病免,復召爲大夫。家素貧,耆酒,人希至其門。"

〔四〕京華:京城美稱,此指金陵。郭璞游仙詩:"京華游俠窟,山林隱遯棲。"

陶使君挽歌二首〔一〕

太守今何在〔二〕,行春去不歸〔三〕。筵空收管吹,郊迥儼驂騑〔四〕。
營外星纔落〔五〕,園中露已晞〔六〕。傷心梁上鷰,猶解向人飛〔七〕。

始憶花前宴,笙歌醉夕陽。那堪城外送,哀挽逐歸艎〔八〕。鈴閣朝猶閉〔九〕,風亭日已荒①〔一〇〕。唯餘遷客淚,霑灑後池傍。

【校記】

①荒:四庫本作"狂"。

【箋注】

〔一〕作於南唐保大九年(九五一)初春。陶使君即陶敬宣。卷一五唐故泰州刺史陶公墓誌銘云:"春秋五十有二,保大八年夏四月十有八日卒於位。……即以其年月日權窆于東都,明年月日葬于江都府縣里。"按:徐鉉於保大九年春被召回京,故繫於此。　挽歌:哀悼死者的喪歌。晉書卷二〇禮志中:"漢魏故事,大喪及大臣之喪,執紼者挽歌。新禮以爲挽歌出於漢武帝役人之勞歌,聲哀切,遂以爲送終之禮。"

〔二〕太守:秦置郡守,漢景帝時改名太守,爲一郡最高長官。此指陶使君,因其曾兼楝州刺史,守海陵郡,故稱。

〔三〕行春:謂官吏春日出巡。後漢書卷三三鄭弘傳:"弘少爲鄉嗇夫,太守第五倫行春,見而深奇之,召署督郵,與孝廉。"李賢注:"太守常以春行所主縣,勸人農桑,振救乏絶。"行春去不歸,謂物故。

〔四〕驂騑:駕在服馬兩側的馬。詩經鄘風干旄:"良馬五之。"孔穎達疏引三國魏王肅曰:"古者一轅之車駕三馬則五轡。其大夫皆一轅車,夏后氏駕兩謂之麗,殷益一騑謂之驂,周人又益一騑謂之駟。"墨子卷一七患:"徹驂騑,塗不芸。"蔡邕協和婚賦:"車服照路,驂騑如舞。"

〔五〕"營外"句:星落,古人以爲人間英傑皆上應天星,故以"星亡"謂重臣或賢人死亡。庾信崔訦神道碑銘:"諸侯地裂,邊將星亡。"倪璠注:"星亡,謂崔訦之薨也。"竇牟故秘監丹陽郡公延陵包公挽歌:"天上文星落,林端玉樹凋。"

〔六〕"園中"句:朝露易干,比喻人死亡。漢樂府古辭薤露:"薤上露,何易晞。露晞明朝更復落,人死一去何時歸?"

〔七〕"傷心"二句:樂府古辭豔歌行:"翩翩堂前鷰,冬藏夏來見。"

〔八〕歸艎:猶歸舟。文選卷四〇謝朓拜中軍記室辭隨王箋:"唯待青江可望,候歸艎於春渚。"李周翰注:"艎,舟名,王乘也。"

〔九〕鈴閣:州郡長官辦公之處。晉書卷三四羊祜傳:"在軍常輕裘緩帶,身不披甲,鈴閤之下,侍衛者不過十數人。"

〔一〇〕風亭:宋書卷七一徐湛之傳:"湛之更起風亭、月觀、吹臺、琴室。"此指陶使君經常宴游之亭子。

雪中作〔一〕

賦分多情客,經年去國心。疏鍾寒郭晚,密雪水亭深。影迴鴻投渚,聲愁雀噪林。他鄉一罇酒,獨坐不成斟。

【箋注】

〔一〕作於南唐保大八年(九五〇)初春。徐鉉上年三月貶官,而詩云"經年",兼寫初春景色,故繫於此。

賦得風光草際浮①〔一〕

宿露依芳草,春郊古陌旁。風輕不盡偃,日早未晞陽〔二〕。耿耿依平遠〔三〕,離離入望長〔四〕。映空無定彩,飄逕有餘光。颭若荷珠亂,紛如爝火颺〔五〕。詩人多感物,凝思繞池塘。

【校記】

①風:李校:一本作"春"。

【箋注】

〔一〕作於南唐保大八年(九五〇)春。詩置於雪中作和寒食成判官垂訪因贈之間,且寫春景,當爲同時期作。

〔二〕晞陽:樂府古辭長歌行:"青青園中葵,朝露待日晞。"

〔三〕耿耿:遠貌。賈至巴陵早秋寄荆州崔司馬吏部閻功曹舍人:"耿耿雲陽臺,迢迢王粲樓。"

〔四〕入望:進入視野。張九齡奉和吏部崔尚書雨後大明朝堂望南山:"詭容紛入望,霽色宛成妍。"

〔五〕爝火:莊子内篇逍遥游:"日月出矣,而爝火不息;其於光也,不亦難乎!"成玄英疏:"爝火,猶炬火也,亦小火也。"後漢書卷七七周紆傳:"爝火雖微,卒能燎野。" 颺:被風吹起。

寒食成判官垂訪因贈〔一〕

常年寒食在京華,今歲清明在海涯。遠巷蹋歌深夜月〔二〕,隔牆吹管數枝花〔三〕。鴛鸞得路音塵闊〔四〕，鴻雁分飛道里賒〔五〕。不是多情成二十〔六〕，斷無人解訪貧家〔七〕。

【箋注】

〔一〕作於南唐保大八年（九五〇）寒食日。徐鉉於保大七年三月被貶泰州，據詩句"當年寒食在京華，今歲清明在海涯"，故繫於此。　成判官：疑是成彦雄。卷一八有成氏詩集序。晁公武郡齋讀書志卷一八："成彦雄梅頂集一卷，右僞唐成彦雄，江南進士。有徐鉉序。"蓋指此序。成彦雄，或字文幹。宋史卷二〇八藝文志七："成文幹詩集五卷。"通志卷七〇藝文略八："僞唐成文幹梅嶺集五卷。"全唐詩卷七五九成彦雄小傳："成彦雄，字文幹，南唐進士。梅嶺集五卷，今編詩一卷。"知其詩集尚有異名。崇文總目卷五："成文幹梅嶺集五卷。"後注云："舊本'嶺'訛'頂'，今校改。"

〔二〕踏歌：通鑑卷二〇六唐則天后聖曆元年："默啜使閻知微招諭趙州，知微與虜連手踏萬歲樂於城下。將軍陳令英在城上謂曰：'尚書位任非輕，乃爲虜蹋歌，獨無慚乎？'"胡三省注："蹋歌者，連手而歌，蹋地以爲節。"

〔三〕吹管：吹奏簫、笛之類管樂器。後漢書卷三四梁冀傳："（冀壽）游觀第内，多從倡伎，鳴鐘吹管。"

〔四〕鴛鸞：見卷一將去廣陵别史員外南齋注〔五〕。　音塵：音信。文選卷一三謝莊月賦："美人邁兮音塵闕。"張銑注："音信復闕。"

〔五〕鴻雁：比喻兄弟。杜甫舍弟觀赴藍田取妻子到江陵喜寄："鴻雁影來連峽内，鶺鴒飛急到沙頭。"仇兆鼇注："禮記：'雁行'比先後有序，毛詩'鶺鴒'比急難相須，故以二鳥喻兄弟。"

〔六〕成二十：即成判官，其排行二十。

〔七〕訪貧家：用揚雄典，見本卷王三十七自京垂訪作此送之注〔三〕。

送客至城西望圖山因寄浙西府中〔一〕

枚叟鄒生笑語同①〔二〕，莫嗟江上聽秋風。君看逐客思鄉處，猶在圖山更向東。

【校記】

①枚:原作“牧”,據四庫本、黄校本、李刊本、備要本改。

【箋注】

〔一〕作於南唐保大八年(九五〇)秋。徐鉉泰州詩按其年春天、秋天,次年春天、秋天等時間先後編排較爲有序,送客至城西望圖山因寄浙西府中、送寫真成處士入京、九日雨中、寄外甥苗武仲、寄從兄憲兼示二弟詩依次排列,緊置寒食成判官垂訪因贈之後,而況明年三月徐鉉既已回京。據此,以上諸詩當作於保大八年秋。　圖山:據詩意,當在泰州西,具體未詳。　浙西:見卷二送郝郎中爲浙西判官注〔一〕。

〔二〕枚叟鄒生:指枚乘和鄒陽,漢梁孝王幕賓。謝惠連雪賦:“梁王不悦,游於兔園。乃置旨酒,命賓友,召鄒生,延枚叟。”後用作詠幕賓文士之典。

送寫真成處士入京〔一〕

傳神蹤迹本來高,澤畔形容愧彩毫〔二〕。京邑功臣多佇望,淩煙閣上莫辭勞〔三〕。

【箋注】

〔一〕作於南唐保大八年(九五〇)秋。詳見送客至城西望圖山因寄浙西府中注〔一〕。　成處士:名未詳。處士:指未做過官的士人。孟子卷六滕文公下:“聖王不作,諸侯放恣,處士横議,楊朱、墨翟之言盈天下。”

〔二〕澤畔形容:史記卷八四屈原列傳:“屈原至於江濱,披髮行吟澤畔。顔色憔悴,形容枯槁。”徐鉉貶官泰州,故自比屈原。

〔三〕淩煙閣:唐太宗爲表彰功臣而建淩煙閣,内有功臣繪像。舊唐書卷三太宗本紀下:“(貞觀十七年)戊申,詔圖畫司徒、趙國公無忌等勳臣二十四人於淩煙閣。”

九日雨中〔一〕

茱萸房重雨霏微〔二〕,去國逢秋此恨稀。目極暫登臺上望,心遥長向夢中歸。荃蘼路遠愁霜早〔三〕,兄弟鄉遥羨雁飛〔四〕。唯有多情一枝菊,滿盃顔色自依依。

【箋注】

〔一〕作於南唐保大八年(九五〇)秋。詳見送客至城西望圖山因寄浙西府中注〔一〕。　九日:指徐鉉被貶泰州的第一個重陽節。

〔二〕茱萸:植物名。古俗重陽節佩茱萸能袪邪辟惡。西京雜記卷三:"九月九日,佩茱萸,食蓬餌,飲菊華酒,令人長壽。"

〔三〕荃蘼:一種香草。洞冥記卷一:"波祇國亦名波弋國獻神精香草,亦名荃蘼,一名春蕪。一根百條,其間如竹節,柔軟。其皮如絲,可爲布,所謂春蕪布,亦名香荃布,堅密如紈冰也。握一片滿室皆香,婦人帶之,彌月芬馥。"

〔四〕"兄弟"句:以鴻雁比喻兄弟。見本卷寒食成判官垂訪因贈注〔五〕。

寄外甥苗武仲〔一〕

放逐今來漲海邊,親情多在鳳臺前〔二〕。且將聚散爲閑事,須信華枯是偶然。蟬噪疏林村倚郭,鳥飛殘照水連天。此中唯欠韓康伯〔三〕,共對秋風詠數篇。

【箋注】

〔一〕作於南唐保大八年(九五〇)秋。詳見送客至城西望圖山因寄浙西府中注〔一〕。　苗武仲:人未詳。

〔二〕鳳臺:華美的樓臺。張正見門有車馬客行:"舞袖飄金谷,歌聲遶鳳臺。"

〔三〕韓康伯:韓伯字康伯。世説新語卷下黜免"殷中軍"條注引續晉陽秋曰:"浩(按即殷中軍名)雖廢黜,夷神委命,雅詠不輟,雖家人不見其有流放之戚。外甥韓伯始隨至徙所,周年還都。浩素愛之,送至水側,乃詠曹顔遠詩曰:'富貴它人合,貧賤親戚離。'因泣下。"徐鉉外甥苗武仲未隨至徙所,故有"唯欠韓康伯"語。

寄從兄憲兼示二弟〔一〕

別路吴將楚，離憂弟與兄。斷雲驚晚吹〔二〕，秋色滿孤城。信遠鴻初下〔三〕，鄉遥月共明①。一枝棲未穩，迴首望三京②〔四〕。

【校記】

①月共明：翁鈔本作"共月明"。

②三：四庫本作"神"。

【箋注】

〔一〕作於南唐保大八年（九五〇）秋。詳見送客至城西望圖山因寄浙西府中注〔一〕。　從兄憲：徐憲，人未詳。　二弟：當是徐鍇。

〔二〕斷雲：片云。梁簡文帝薄晚逐涼北樓迴望："斷雲留去日，長山減半天。"　晚吹：晚風。王勃爲人與蜀城父老書："輕蟬送夏，驚晚吹於風園。"

〔三〕"信遠"句：用鴻雁傳書兼喻弟兄之典，見卷一寄和州韓舍人注〔三〕及本卷寒食成判官垂訪因贈注〔五〕。

〔四〕"回首"句：王粲七哀詩三首其一："南登霸陵岸，回首望長安。"　三京：此指金陵。

附書與鍾郎中因寄京妓越賓〔一〕

暮春橋下手封書海陵橋名①〔二〕，寄向南江問越姑②。不道諸郎少歡笑，經年相別憶儂無。

【校記】

①海陵橋名：全唐詩作"暮春，海陵橋名"。

②南江：全唐詩作"江南"。

【箋注】

〔一〕作於南唐保大八年（九五〇）春。徐鉉上年三月貶泰州，詩云"經年”,知作於是年春。　鍾郎中:當是鍾謨。見卷二正初答鍾郎中見招注〔一〕。　越賓:金陵歌妓,餘未詳。

〔二〕暮春橋:海陵橋名。江南通志卷二六輿地志揚州府泰州縣:“豐利橋,城南水關上,舊名暮春橋。”

附:

鍾代答〔一〕

鍾　謨

一幅輕綃寄海濱,越姑長感昔時恩。欲知别後情多少,點點憑君看淚痕。

【箋注】

〔一〕全唐詩卷七五三徐鉉下題作代鍾答,卷七五七鍾謨下題作代京妓越賓答徐鉉。今按:應爲鍾謨詩,全宋詩徐鉉下已删是詩。

亞元舍人不替深知猥貽佳作三篇清絶不敢輕酬因爲長歌聊以爲報未竟復得子喬校書示問故兼寄陳君庶資一笑耳①〔一〕

海陵城裏春正月〔二〕,海畔朝陽照殘雪。城中有客獨登樓,遥望天邊白銀闕天帝以黄金白銀爲宫闕〔三〕。白銀闕下何英英〔四〕,雕鞍繡轂趨承明〔五〕。閶門曉闢旌旗影,玉墀風細佩環聲〔六〕。此處追飛皆俊彦②〔七〕,當年何事容疵賤〔八〕? 懷鉛書坐紫微宫〔九〕,焚香夜直明光殿〔一〇〕。王言簡静官司閑〔一一〕,朋好殷勤多往還。新亭風景如東洛③〔一二〕,邙嶺林泉似北山〔一三〕。光陰暗度盃盂裏,職業未妨談笑間。有時邀賓復携妓,造門不問都非是。酣歌叫笑驚四鄰,賦筆縱横動千字。任他銀箭轉更籌〔一四〕,不怕金吾司夜吏〔一五〕。

可憐諸貴賢且才，時情物望兩無猜〔一六〕。伊余獨稟狂狷性〔一七〕，褊量多言仍薄命。吞舟可漏豈無恩〔一八〕？負乘自貽非不幸〔一九〕。一朝削迹爲遷客〔二〇〕，旦暮青雲千里隔〔二一〕。離鴻别雁各分飛〔二二〕，折柳攀花兩無色。盧龍渡口問迷津〔二三〕，瓜步山前送暮春〔二四〕去年三月三十日，瓜步阻風。白沙江上曾行路，青林花落何紛紛。漢皇昔幸回中道〔二五〕昇元中巵駕東游之路，極目牛羊卧芳草。舊宅重游盡隙荒，故人相見多衰老。禪智寺④，山光橋〔二六〕，風瑟瑟兮雨蕭蕭⑤。行盃已醒殘夢斷，征途未極離魂消。海陵郡中陶太守〔二七〕，相逢本是隨行舊。乍申拜起已開眉，却問辛勤還執手。精廬水榭最清幽⑥，一税征車聊駐留〔二八〕。閉門思過謝來客，知恩省分寬離憂。郡齋勝境有後池，山亭菌閣互參差。有時虚左來相召⑦〔二九〕，舉白飛觴任所爲。多才太守能撾鼓，醉送金船間歌舞。酒酣耳熱眼生花，暫似京華歡會處。歸來旅館還端居，清風朗月夜牕虚⑧。騤騤流景歲云暮〔三〇〕，天涯望斷故人書。春來憑檻方歎息，仰頭忽見南來翼〔三一〕。足繫紅牋墮我前，引頸長鳴如有言。開緘試讀相思字，乃是多情喬亞元。短韻三篇皆麗絶⑨，小梅寄意情偏切亞元詩云："借問小梅應得信，春風新自海邊來。"此篇尤嘉⑩。金蘭投分一何堅〔三二〕，銀鈎置袖終難滅〔三三〕。醉後狂言何足奇，感君知己不相遺。長卿曾作美人賦〔三四〕，玄成今有責躬詩〔三五〕鉉去春醉中贈醉妓長歌〔三六〕，酷爲喬君所賞，來篇所引，故以謝之。報章欲託還京信，筆拙紙窮情未盡。珍重芸香陳子喬〔三七〕，亦解貽書遠相問。寧須買藥療羈愁，只恨無書消鄙吝子喬問藥物所要，又問置新書，故有此句。游處當時靡不同，歡娱今日兩成空。天子尚應憐賈誼〔三八〕，時人未要嘲揚雄〔三九〕。曲終筆閣緘封已，翩翩驛騎行塵起。寄向中朝謝故人，爲説相思意如此。

【校記】

①三:四庫本作“二”。

②飛:全唐詩作“隨”。

③洛:全唐詩作“海”。

④李校:一本“寺”下有“及”字。

⑤蕭蕭:全唐詩作“瀟瀟”。李校:瑟瑟,一本作“颯颯”。

⑥水榭:全唐詩作“外樹”。

⑦左:原作“佐”,據四庫本、黄校本、全唐詩、李刊本改。

⑧朗:黄校本作“明”。

⑨三:四庫本作“二”。

⑩自:黄校本作“月”。　嘉:黄校本作“佳”。

【箋注】

〔一〕作於南唐保大八年(九五〇)正月。詩云“瓜步山前送春暮”,後自注:“去年三月三十日,瓜步阻風。”按徐鉉上年三月貶泰州,而詩云“海陵城裏春正月”,故繫於此。　亞元:即喬匡舜。卷一六喬公墓誌銘:“公諱匡舜,字亞元,廣陵高郵人也。”陸游南唐書卷八、十國春秋卷二五有傳。　子喬:陳喬字子喬。見卷一游蔣山題辛夷花寄陳奉禮注〔一〕。

〔二〕海陵:泰州屬縣。見十國春秋卷一一一南唐地理表。泰州治所在海陵城。今江蘇泰州市海陵區。

〔三〕白銀闕:此指京城金陵。

〔四〕英英:俊美而有才華之人。潘岳夏侯常侍誄:“英英夫子,灼灼其雋。”

〔五〕承明:即承明殿。漢書卷七五翼奉傳:“(未央宫)獨有前殿、曲臺、漸臺、宣室、承明耳。”參卷二張員外好茅山風景求爲句容令作此送注〔三〕。

〔六〕“閶門”二句:閶門、玉墀均借指朝廷。二句寫早朝時旌旗掩映、官員服飾環佩作聲之情狀。

〔七〕俊彦:才智出衆之人。尚書正義卷八太甲上:“旁求俊彦,啓迪後人。”孔安國傳:“美士曰彦。”

〔八〕疵賤:作者謙指。

〔九〕懷鉛:謂從事著述。沈約到著作省謝表:“臣藝不博古,學謝專家,乏懷鉛之志，慙夢腸之術。" 紫微宫：中書省别稱，舊唐書卷四三職官二："開元元年改中書省爲紫微省，五年復舊。"

〔一〇〕明光殿：見卷一新月賦注〔七〕。

〔一一〕王言：君王的言語、詔誥。句言任制誥之職簡静清閑。

〔一二〕新亭：太平寰宇記卷九〇江南東道二昇州上元縣臨滄觀："在勞山。山上有亭七間，名曰新亭，吴所築，宋改爲新亭。中間名臨滄觀。晉周顗與王導等當春日登之會宴，顗曰：'風景不殊，舉目有江山之異。'" 東洛：指洛陽。漢唐以洛陽爲東都，故稱。

〔一三〕邙嶺：即北邙山，在洛陽東北。 北山：即鍾山。文選卷四三孔稚珪北山移文吕向題解："鍾山在都北。其先周彦倫隱於此山，後應詔出爲海鹽縣令。今欲却過此山，孔生乃假山靈之意移之，使不許得至，故云'北山移文'。"該句與上句謂金陵風景堪比洛陽。

〔一四〕銀箭：銀飾的標記時刻的漏箭，用以計時。江總雜曲之三："鯨燈落花殊未盡，虯水銀箭莫相催。" 更籌：夜間報更用的計時竹簽。庾肩吾奉和春夜應令："燒香知夜漏，刻燭驗更籌。"

〔一五〕金吾：指負責警衛、儀仗以及徼循京師、掌管治安的武職官員。

〔一六〕時情物望：指人的輿論，众望。

〔一七〕狂狷：狂妄褊急。漢書卷七七劉輔傳："臣聞明王垂寬容之聽，崇諫争之官，廣開忠直之路，不罪狂狷之言。"

〔一八〕"吞舟"句：謂並非君主無恩，而是自己智小謀大。 吞舟：莊子雜篇庚桑楚："吞舟之魚，碭而失水，則蟻能苦之。"

〔一九〕"負乘"句：謂自己居非其位，才不稱職，結果招致禍患。 負乘：即"負乘致寇"之意。周易正義卷四解："六三：負且乘，致寇至，貞吝。象曰：'負且乘，亦可醜也。自我致戎，又誰咎也。'"孔穎達疏："乘者，君子之器也；負者，小人之事也。施之於人，即在車騎之上而負於物也，故寇盗知其非己所有，於是競欲奪之。"

〔二〇〕削迹：絶迹，謂不被任用。莊子外篇天運："伐樹於宋，削迹於衛，窮於商周，是非其夢邪？"

〔二一〕青雲：杜甫寄李十二白二十韻："白日來深殿，青雲滿後塵。"仇兆鼈注:“青雲,指文士之追隨者。”

〔二二〕“離鴻”句:鴻雁比喻兄弟,見本卷寒食成判官垂訪因贈注〔五〕。

〔二三〕盧龍渡:地未詳。

〔二四〕瓜步山:太平寰宇記卷一二三揚州六合縣:“瓜步山,在六合縣東南二十里。東臨大江。”

〔二五〕“漢皇”句:指李昪幸東都,徐鉉從駕,見卷一從駕東幸呈諸公注〔一〕。

〔二六〕禪智寺:太平寰宇記卷一二三淮南道一揚州江都縣蜀岡:“圖經云:‘今枕禪智寺,即隋之故宫。”山光橋:沈括夢谿筆談卷下:“揚州在唐時最爲富盛,……可紀者有二十四橋:……自驛橋北,河流東出,有參佐橋;次東水門東出,有山光橋。”

〔二七〕陶太守:即陶敬宣。見本卷陶使君挽歌二首注〔一〕。

〔二八〕征車:遠行人乘的車。李世民賜房玄齡:“未曉征車度,雞鳴關早開。”

〔二九〕虚左:見卷二正初答鍾郎中見招注〔四〕。

〔三〇〕駸駸:見卷二寄和州韓舍人注〔二〕。

〔三一〕“仰頭”句:用鴻雁傳書之典。見卷二寄和州韓舍人注〔三〕。

〔三二〕金蘭:指契合的友情。葛洪抱朴子外篇卷二交際:“易美金蘭,詩詠百朋,雖有兄弟,不如友生。”

〔三三〕銀鈎:指書信。見卷二寄饒州王郎中效李白體注〔三〕。

〔三四〕長卿:司馬相如字。美人賦爲其作品。

〔三五〕玄成:韋玄成字少翁,丞相韋賢子。亦以明經歷位至丞相。漢書卷七三韋賢傳:“數歲,玄成徵爲未央衛尉,遷太常。坐與故平通侯楊惲厚善,惲誅,黨友皆免官。後以列侯侍祀孝惠廟,當晨入廟,天雨淖,不駕駟馬車而騎至廟下。有司劾奏,等輩數人皆削爵爲關内侯。玄成自傷貶黜父爵,歎曰:‘吾何面目以奉祭祀!’作詩自劾責,曰:‘赫矣我祖,侯于豕韋……。’”責躬,即反躬自責。

〔三六〕贈妓長歌:即卷二月真歌。

〔三七〕芸香:初學記卷一二引魚豢典略:“芸臺香辟紙魚蠹,故藏書臺稱芸臺。"古代以芸香置於藏書處以防蟲蠹,秘書省爲藏書之地,漢稱芸臺,唐稱芸閣,而稱秘書省官員爲芸香吏。據詩題,陳子喬爲校書郎,故稱芸香。

〔三八〕"天子"句:賈誼年少有才,頗受孝文帝賞識,官位超遷,一歲中官至太中大夫。見史記卷八四賈誼傳。

〔三九〕"時人"句:揚雄不汲汲於富貴,不戚戚於貧賤,甘於寂寞,家貧,其家人迹罕至。見漢書卷八七上、下揚雄傳。此徐鉉自況。

送蒯司録歸京①〔一〕

早年聞有蒯先生,二十餘年道不行。抵掌曾論天下事〔二〕,折腰猶忤俗人情②〔三〕。老還上國歡娱少〔四〕,貧聚歸資結束輕③〔五〕。遷客臨流倍惆悵,冷風黄葉滿山城。

【校記】

①題目:全唐詩後注有"亮"字。

②忤:原作"悟",據李校改。

③聚:全唐詩校、李校:一作"裹"。　資:全唐詩校、李校:一本作"裝"。

【箋注】

〔一〕作於南唐保大八年(九五〇)秋。置於依次排列作於是年之泰州詩後、下年春回京詩前,詩寫秋景,故繫於此。　蒯司録:即蒯亮。卷二一送蒯員外東游舊治、卷二二和李宗諤秀才贈蒯員外詩,蒯員外亦當爲蒯亮。徐公墓誌銘:"有布衣蒯亮者,老而多誕,游公之門僅五十稔。年九十,猶矍鑠不衰。每從江南來詣公,公置之道院,日與之碁,未嘗語及佗事,而待之如初。"曾鞏隆平集卷一三徐鉉傳:"布衣蒯亮事誇誕,年逾九十,鉉延至門下,稽神録之事,多亮之言也。"郡齋讀書志卷一三:"稽神録六卷,南唐徐鉉撰。記神怪之事,序稱自乙未至乙卯,凡二十年,僅百五十事。楊大年云:'江東布衣蒯亮好大言夸誕,鉉喜之,館於門下。稽神録中事,多亮所言。'"江南餘載卷下:"徐鉉爲人忠厚,不以位驕人。在海州(今按:海陵)時,蒯亮爲録事參軍,鉉與往還如僚友。亮授代,鉉以詩送之曰……"即是詩。

〔二〕抵掌：擊掌以示奮激。後漢書卷一三隗囂傳："而王之將吏，群居穴處之徒，人人抵掌，欲爲不善之計。"

〔三〕折腰：屈身事人。晉書卷九四陶淵明傳："吾不能爲五斗米折腰，拳拳事鄉裏小人邪！"

〔四〕上國：指京師。江淹四時賦："憶上國之綺樹，想金陵之蕙枝。"

〔五〕結束：杜甫陪王使君晦日泛江就黄家亭子："結束多紅粉，歡娱恨白頭。"仇兆鼇注："結束，衣裳裝束也。"

聞查建州陷賊寄鍾郎中〔一〕　謨即查從事也

聞道將軍輕壯圖，螺江城下委犀渠〔二〕。旌旗零落沉荒服〔三〕，簪履蕭條返故居〔四〕。皓首應全蘇武節〔五〕，故人誰得李陵書〔六〕？自憐放逐無長策，空使盧諶淚滿裾〔七〕。

【箋注】

〔一〕作年未詳。　查建州：即查文徽。時爲建州節度使，故稱查建州。馬令南唐書本傳："俄克建州，執王延政歸於建康。……遂以文徽爲撫州刺史，入爲諫議大夫，拜建州節度使。"　建州：見和王庶子寄題兄長建州廉使新亭注〔一〕。　鍾郎中：即鍾謨，見卷二正初寄鍾郎中見招注〔一〕。

〔二〕螺江：太平寰宇記卷一〇〇江南東道一二福州侯官縣："螺江，在州西北二十五里。搜神記云：'閩人謝端少孤，於此釣得一螺，大如斗，置之甕中，每日見盤饌甚豐。後歸，忽見一少女美麗，燃竈之次，女曰："我是白水素女，天帝哀君少孤，遣妾與君具膳。今既已知，妾當化去，留殼與君。"其米常滿。端得其米，資其子孫，因曰'釣螺江'。"　犀渠：文選卷三一鮑照擬古："解佩襲犀渠，卷衺奉盧弓。"李周翰注："佩，文服也；犀渠，甲也。"此借指戰事或戎事。

〔三〕荒服：指邊遠地區。尚書正義卷六禹貢："五百里荒服。"孔安國傳："要服外之五百里，言荒又簡略。"史記卷四周本紀："夷蠻要服，戎翟荒服。"

〔四〕簪履：同"簪屨"，以喻卑微舊臣。魏書卷三一于忠傳："皇太后聖善臨朝，衽席不遺，簪屨弗棄。"舊唐書卷六五高士廉傳："臣亡舅士廉知將不救，顧謂臣曰:‘至尊覆載恩隆,不遺簪履,亡歿之後,或致親臨。’”此徐鉉自指。

〔五〕蘇武節:稱美秉持氣節。單于拘禁蘇武,又徙之於北海無人處。“武既至海上,……杖漢節牧羊,卧起操持,節旄盡落。”見漢書卷五四蘇建傳附蘇武傳。

〔六〕李陵書:李陵答蘇武書:“自從初降,以至今日,身之窮困,獨坐愁苦。……人絶路殊,生爲别世之人,死爲異域之鬼,長於足下生死辭矣。”徐鉉用以表達忍辱偷生之苦、被貶别離之情。

〔七〕盧諶:盧諶清敏有理思,好老莊,善屬文,才高行潔。見晉書卷四四盧諶傳。盧諶以博藝著名,善書法,魏初重崔、盧之書。見魏書卷二四崔玄伯。徐鉉與盧諶有很多相似處,故用以自比。

還過東都留守周公筵上贈座客〔一〕

賈生三載在長沙〔二〕,故友相思道路賒。已分終年甘寂寞,豈知今日返京華。麟符上相恩偏厚①〔三〕,隋苑留歡日欲斜〔四〕。明旦江頭倍惆悵,遠山芳草映殘霞。

【校記】

①相:四庫本作“將”。

【箋注】

〔一〕作於南唐保大九年(九五一)春。徐鉉是年自泰州回京,詩寫春景,故繫於此。　東都:見本卷過東都太子橋注〔一〕。　周公:即周宗。馬令南唐書卷一一、陸游南唐書卷五、十國春秋卷二一有傳。十國春秋本傳載:保大八年二月,“詔燕王弘冀爲潤、宣二州大都督,鎮潤州;周宗爲東都留守。”

〔二〕賈生:即賈誼,見寄蘄州高郎中注〔一〕。

〔三〕麟符:朝廷頒發的麟形符節。見卷一頌德賦注〔一九〕。周宗爲東都留守,頒麟符。

〔四〕隋苑:見本卷泰州道中却寄東京故人注〔三〕。

送楊郎中唐員外奉使湖南〔一〕

江邊微雨柳條新，握節含香二使臣〔二〕。兩綬對懸雲夢日①〔三〕，方舟齊汎洞庭春〔四〕。今朝草木逢新律〔五〕，昨日山川滿戰塵〔六〕。同是多情懷古客，不妨爲賦弔靈均〔七〕。

【校記】

①綬：四庫本作"袖"。

【箋注】

〔一〕作於南唐保大十年（九五二）春。南唐平定湖南在保大九年冬，見十國春秋卷一六。詩寫春景及戰爭結束情狀，當在湖南被平定之後。　楊郎中：疑是楊彦伯。江表志卷上載爲烈祖時文臣；十國春秋卷九有傳。　唐員外：當是唐鎬。江表志卷中載其元宗時爲樞密使。　湖南：馬殷據湖南之地，後梁封爲楚王，都長沙，疆域曾達今廣西東北部。保大九年（九五一）爲南唐所滅。見新五代史卷六六楚世家。

〔二〕握節：左傳文公八年："司馬握節以死，故書以官。"杜預注："握之以死，示不廢命。"　含香：古代尚書郎奏事答對時，口含雞舌香以去穢，故常用指侍奉君王。應劭漢官儀卷上："尚書郎含雞舌香伏其下奏事。"通典卷二二職官四："尚書郎口含鷄舌香，以其奏事答對，欲使氣息芬芳也。"

〔三〕兩綬：謂楊、唐二人同時佩印綬。　雲夢：即雲夢澤。元和郡縣圖志卷二七江南道三鄂州安陸縣："雲夢澤，在縣南五十里。史記司馬相如傳曰：'楚有七澤，其小者名雲夢，方九百里。'"此借指楚地。

〔四〕方舟：莊子外篇山木："方舟而濟於河，有虚船來觸舟，雖有惼心之人，不怒。"成玄英疏："兩舟相並曰方舟。"　洞庭：元和郡縣圖志卷二七江南道三岳州巴陵縣："洞庭湖，在縣西南一里五十步。周迴二百六十里。"此借指楚地。

〔五〕新律：即新的律管，亦作律琯。律管爲古代用作測候季節變化的器具。沈括夢谿筆談卷七象數一引晉司馬彪續漢書："候氣之法，於密室中，以木爲案,置十二律琯,各如其方,實以葭灰,覆以緹轂,氣至則一律飛灰。"句言湖湘歸附,萬象更新。

〔六〕"昨日"句:指南唐邊鎬討平楚亂。十國春秋卷一六元宗本紀:"(保大九年)九月,楚將徐威等廢其君希萼。命邊鎬出萍鄉以討楚亂。"

〔七〕靈均:屈原字。屈原流放楚地,投汨羅而死。賈誼曾作弔屈原賦。

和表弟包潁見寄①〔一〕

平生中表最情親②〔二〕,浮世那堪聚散頻。謝脁却吟歸省閣〔三〕,劉楨猶自卧漳濱〔四〕。舊游半似前生事,要路多逢後進人。且喜新吟報强健,明年相望杏園春〔五〕。

【校記】

①徐公文集題目作"和",今題據全宋詩擬。前原有表弟包潁見寄,爲包潁詩,見下附。

②親:四庫本作"深"。

【箋注】

〔一〕作於南唐保大十四年(九五六)三月稍後。　包潁:徐鉉表弟。潁父謂爲鉉長舅。據下首包潁詩"常思帝里奉交親"、"荆枝猶寄楚江濱"、"蘭佩却歸綸閣下",知徐鉉在金陵,而其是年三月歸京。潁詩寫春景,故繫於此。

〔二〕中表:指姑舅或姨表兄弟。

〔三〕"謝脁"句:南齊書卷四七本傳:"謝脁字玄暉,陳郡陽夏人也。……子隆在荆州,好辭賦,數集僚友,脁以文才,尤被賞愛,流連晤對,不捨日夕。長史王秀之以脁年少相動,密以啓聞。世祖敕曰:'侍讀虞雲自宜恒應侍接。脁可還都。'脁道中爲詩寄西府曰:'常恐鷹隼擊,秋菊委嚴霜。寄言罻羅者,寥廓已高翔。'"謝脁後掌中書詔誥,轉中書郎。徐鉉因被誣貶官,适才歸京仍任職中書省,故自比謝脁;然因懼禍緘口不言,故云"却吟"。

〔四〕"劉楨"句:寫包潁染疾,徐公文集收録包潁詩,注云:"此子侍親在饒州,累年卧疾。"　漳濱:即清漳之濱。清漳,水名。指漳河上流。源出於今山西平定縣南大黽谷。山海經卷三北山經:"又東北百二十里,曰少山,其上有金玉,其下有銅。清漳之水出焉,東流於濁漳之水。"劉楨贈五官中郎將:"余嬰沉痾疾,竄身清漳濱。"

〔五〕杏園:園名。故址在今陝西省西安市郊大雁塔南。唐代新科進士賜宴之地。王定保唐摭言卷三慈恩寺題名游賞賦詠雜記:"神龍已來,杏園宴後,皆於慈恩寺塔下題名。同年中推一善書者紀之。"此借以頌祝包潁明年及第。

附:

表弟包潁見寄〔一〕 此子侍親在饒州,累年卧疾

包　潁

常思帝里奉交親,别後光陰屈指頻。蘭佩却歸綸閣下①〔二〕,荆枝猶寄楚江濱〔三〕。十程山水勞幽夢,滿院煙花醉别人。料得此生强健在,會須重賞昔年春。

【校記】

①歸綸:黄校本作"綸歸"。

【箋注】

〔一〕作於南唐保大十四年(九五六)三月稍後。是詩爲包潁詩,全唐詩誤收鉉下。全宋詩删其詩,全唐詩補編亦移正之。

〔二〕綸閣:中書省代稱。初學記卷一一:"又中書職掌綸誥,前代詞人,因謂綸閣。"此指徐鉉歸京後仍任職中書省。

〔三〕荆枝:藝文類聚卷八九引周景式孝子傳:"古有兄弟,忽欲分異,出門見三荆同株,接葉連陰,歎曰:'木猶欣聚,况我而殊哉?'還爲雍和。"後因用作詠兄弟之典。此包潁自指寄身饒州。

寄蕭給事〔一〕 蕭江西致仕

危言危行古時人〔二〕,歸向西山卧白雲〔三〕。買宅尚尋徐處士〔四〕,

飱霞終訪許真君〔五〕。容顔别後應如故，詩詠年來更不聞。今日城中春又至，落梅愁緒共紛紛。

【箋注】

〔一〕作於南唐保大十年(九五二)三月。蕭給事即蕭儼。陸游南唐書卷一一："延巳晚稍自厲爲平恕。蕭儼嘗廷斥其罪，及爲大理卿，斷軍使李甲妻獄失入，坐死，議者皆以爲當死。延巳獨揚言曰：'儼爲正卿，誤殺一婦人即當以死，君等今議殺正卿，他日孰任其責？'乃建議：'儼素有直聲，今所坐已更赦宥，宜加弘貸。'儼遂免。"蕭儼於此時致仕。通鑑卷二九〇記此事於保大十年三月。詩寫春景，故繫於此。

〔二〕危言危行：論語憲問："邦有道，危言危行；邦無道，危行言遜。"何晏集解引包咸曰："危，厲也。"危言：直言。漢書卷六四下賈捐之傳："臣幸得遭明盛之朝，蒙危言之策，無忌諱之患。"顔師古注："危言，直言也。言出而身危，故曰危言。"

〔三〕西山：太平寰宇記卷一〇六江南西道四洪州南昌縣風雨池："在州西北七十七里。雷次宗豫章記：'洪井北有風雨池，在西山最高頂。'"今在江西南昌市境内。　卧白雲：即隱居。陶弘景詔問山中何所有賦詩以答："山中何所有，嶺上多白雲。只可自怡悦，不堪持寄君。"

〔四〕徐處士：指徐穉。後漢書卷五三本傳："徐穉字孺子，豫章南昌人也。家貧，常自耕稼，非其力不食。恭儉義讓，所居服其德。屢辟公府，不起。……延熹二年，尚書令陳蕃、僕射胡廣等上書薦穉等曰：'……伏見處士豫章徐穉、彭城姜肱、汝南袁閎、京兆韋著、潁川李曇，德行純備，著于人聽。若使擢登三事，協亮天工，必能翼宣盛美，增光日月矣。'"

〔五〕飱霞：指修仙學道。漢書卷五七下司馬相如傳下："呼吸沆瀣兮飱朝霞。"顔師古注引應劭曰："列仙傳：陵陽子言食朝霞。朝霞者，日始欲出赤黄氣也。夏食沆瀣，沆瀣，北方夜半氣也。並天地玄黄之氣爲六氣。"　許真君：太平廣記卷一四許真君引十二真君傳："許真君名遜，字敬之，本汝南人也。……真君以東晉孝武太康二年八月一日，於洪州西山，舉家四十二口，拔宅上升而去。"

賦石奉送德林少尹員外〔一〕 并序

歲辛亥冬十月，天子命吾友德林爲東府亞尹，太弟諭德蕭君洎諸客餞于石頭城〔二〕。雲日蒼茫，園林摇落，罇酒將竭，征帆欲飛，處者眷眷而不能迴，行者遲遲而不忍去。煙生景夕，風静江平。君子曰："公足以滅私，子當促棹；詩所以言志，我當分題。"故以風、月、松、竹、山、石寄情於贈别云爾。兵部員外郎、知制誥徐鉉序。

我愛他山石〔三〕，中含絶代珍。煙披寒落落〔四〕，沙淺静磷磷〔五〕。
翠色辭文陛〔六〕，清聲出泗濱〔七〕。扁舟載歸去，知是汎槎人〔八〕。

【箋注】

〔一〕作於南唐保大九年（九五一）十月。據詩序所署年月而繫。原序有題爲送鍾員外詩序，下有徐鉉賦石奉送德林少尹員外及蕭彧、孫岘、謝仲宣、王沂、鍾蒨詩。鉉序與詩題從全唐詩合並之，諸人詩附後。　德林：鍾蒨字德林，十國春秋卷二七有傳。卷一七唐故鍾氏太夫人太原縣太君王氏墓銘："夫人太原祁人也。……保大年詔封太原縣太君，從子貴也。二子……次曰蒨，以屬詞敦行，從事戚藩，累登臺郎，爲集賢殿學士。"　東府亞尹：即東都少尹。唐六典卷三〇京兆河南太原三府官吏："少尹二人，從四品下。"南唐制當同。十國春秋卷一一四南唐百官表有"江都少尹"。東都即揚州。

〔二〕太弟諭德蕭君：即蕭彧。見卷二秋日雨中與蕭贊善訪殷舍人於翰林座中作注〔一〕。太弟，以弟爲皇位繼承人的儲位封號。新五代史卷六二南唐世家李景："五年，以景遂爲太弟。"（馬令南唐書卷七弘冀傳云三年封太弟）諭德，官名，掌侍從贊諭，職比常侍。

〔三〕他山石：詩經小雅鶴鳴："它山之石，可以爲錯。"毛傳："錯，石也，可以琢玉。舉賢用滯，則可以治國。"此借比蕭彧尹東都。

〔四〕落落：晶瑩清澈。陶淵明讀山海經："亭亭明玕照，落落清瑶流。"

〔五〕磷磷：玉石色彩鮮明貌。漢書卷五七上司馬相如傳上："蜀石黄碝，水玉磊砢。磷磷爛爛，采色澔汗，叢積乎其中。"

〔六〕文陛：沈約齊故安陸昭王碑文："升降文陛，逶迤魏闕。"張銑注："文陛,天子殿階也,以文石砌之。"此喻鍾蒨離開京城。

〔七〕"清聲"句:泗水之濱的石頭,可以作磬。尚書正義卷六禹貢:"嶧陽孤桐,泗濱浮磬。"孔安國傳:"泗水涯水中見石,可以爲磬。"

〔八〕汎槎人:見卷一京口江際弄水注〔六〕。

附:

賦月

蕭　彧

麗漢金波滿,當筵玉斝傾。因思頻聚散,幾復换虧盈。光徹離襟冷,聲符别管清。那堪還目此,兩地倚樓情。

賦竹

孫　峴

萬物中蕭灑,脩篁獨逸群。貞姿曾冒雪,高節欲淩雲。細韻風初發,濃煙日正曛。因題偏惜别,不可暫無君。

賦松

謝仲宣

送人多折柳,唯我獨吟松。若保歲寒在,何妨霜雪重。森梢逢静境,廓落見孤峰。還似君高節,亭亭尠繼蹤。

賦風

王　沂

静追蘋末興,况復值蕭條。猛勢資新雁,寒聲伴暮潮。過山雲散亂,經樹葉飄颻。今日煙江上,征帆望望遥。

賦山别諸知己

鍾　蒨

暮景江亭上,雲山日望多。只愁辭輦轂,長恨隔嵯峨。有意圖功業,無心憶薜蘿。親朋將遠别,且共醉笙歌。

贈泰州掾令狐克己 文公曾孫〔一〕

念子才多命且奇,亂中抛擲少年時。深藏七澤衣如雪〔二〕,却見中朝鬢似絲〔三〕。舊德在人終遠大〔四〕,扁舟爲吏莫推辭。孤芳自愛凌霜處,詠取文公白菊詩〔五〕。

【箋注】

〔一〕約作於南唐保大九年(九五一)秋。詩置於徐鉉自泰州回京秋所作賦石奉送德林少尹員外詩後、奉使浙西詩前,姑繫於此。　泰州掾:當是泰州司户掾,掾,爲佐助之官。十國春秋卷一一四南唐百官表州官下有司士掾。徐鉉曾貶爲泰州司户掾。　令狐克己:令狐楚曾孫,餘未詳。令狐楚謚文,稱文公。

〔二〕七澤:相傳古時楚有七處沼澤,此指楚地。句謂令狐克己成長於楚地,家境貧寒。

〔三〕中朝:朝廷。三國志卷一六魏書一六杜畿傳:"中朝苟乏人,兼才者勢不獨多。"

〔四〕舊德:謂先人的德澤。左傳成公十三年:"穆公不忘舊德,俾我惠公用能奉祀於晉。"

〔五〕文公白菊詩:令狐楚白菊詩,今佚。劉禹錫和令狐相公九日對黄白二菊花見懷、酬令狐相公庭前白菊花謝偶書所懷見寄、和令狐相公翫白菊等,當是與楚唱和之詩。

送荻栽與秀才朱觀[①][一]

羡子清吟處，茅齋面碧流[二]。解憎蓮艷俗，唯欠荻花幽。鷺立低枝晚，風驚折葉秋。贈君須種取[②]，不必樹忘憂[三]。

【校記】

①栽：黄校本作"柴"。

②取：四庫本作"此"。

【箋注】

〔一〕約作於南唐保大九年（九五一）秋。詩置於徐鉉自泰州回京秋所作賦石奉送德林少尹員外詩後、奉使浙西詩前，姑繫於此。　荻：長在水邊的多年生草本植物。　朱觀：見卷二和鍾郎中送朱先輩還京見寄注〔一〕。

〔二〕茅齋：以茅草蓋的書齋。孟浩然西山尋辛諤："竹嶼見垂釣，茅齋聞讀書。"

〔三〕忘憂：即忘憂草，萱草的别名。説文卷一下艸部："藼，令人忘憂艸也。"太平御覽卷九九六引任昉述異記："萱草，一名紫萱，又呼曰忘憂草，吴中書生呼爲療愁花。"

使浙西先寄獻燕王侍中[一]

京江風静喜乘流[二]，極目遥瞻萬歲樓[三]。喜氣蘢葱甘露晚[四]，水煙波淡海門秋[五]。五年不見鸞臺長[六]，明日將陪兔苑游[七]。欲問平臺門下吏[八]，相君還許吐茵不[①][九]。

【校記】

①君：四庫本作"公"。

【箋注】

〔一〕作於南唐保大十一年（九五三）七月。徐鉉使浙西事，徐公行狀云：

“時江南久興屯田，楚州、常州尤甚。聚斂掊克之輩，侵奪射利，民不聊生。言事者累諫不聽。洎國老宋公上疏，主者堅執不易。於是命公往察訪，一如親行，可興可廢，悉以便宜從事後奏。”保大十一年十二月，徐鉉查訪屯田獲罪，長流舒州，見通鑑二九一。詩寫秋景，故繫於此。　浙西：見卷二送郝郎中爲浙西判官注〔一〕。　燕王侍中：即李弘冀。陸游南唐書卷一六本傳：“元宗嗣位……出弘冀留守東都，及景遂爲太弟，又徙鎮潤州，封燕王。”

〔二〕京江：指長江流經今江蘇鎮江市北的一段。因鎮江古名京口而得名。杜牧杜秋娘詩：“京江水清滑，生女白如脂。”

〔三〕萬歲樓：在潤州京口。元和郡縣圖志卷二五江南道一潤州：“後漢獻帝建安十四年，孫權自吴理丹徒，號曰‘京城’。……其城吴初筑也，晉王恭爲刺史，改創西南樓名萬歲樓，西北樓爲芙蓉樓。”

〔四〕甘露：即甘露寺，見卷一登甘露寺北望注〔一〕。

〔五〕海門：見卷一登甘露寺北望注〔三〕。

〔六〕鸞臺長：即侍中。鸞臺：唐時門下省别名。新唐書卷四七百官志二：“垂拱元年改門下省曰鸞臺。”按：五年不見者，指徐鉉保大七年（九四九）貶官至今即保大十一（九五三）年，前後共五年。

〔七〕兔苑：見卷一木蘭賦注〔一〇〕。

〔八〕平臺：古臺名。遺址在今河南商丘市睢陽區。漢梁孝王劉武所築，並曾與鄒陽枚乘等游此。南朝齊蕭子隆山居序：“西園多士，平臺盛賓。”李白梁園吟：“天長水闊厭遠涉，訪古始及平臺間。平臺爲客憂思多，對酒遂作梁園歌。”

〔九〕吐茵：漢書卷七四丙吉傳：“吉馭吏耆酒，數逋蕩，嘗從吉出，醉歐丞相車上。西曹主吏白欲斥之。吉曰：‘以醉飽之失去士，使此人將復何所容？西曹地忍之，此不過汙丞相車茵耳。’”許吐茵意對下屬寬容。

常州驛中喜雨〔一〕

颯颯旱天雨〔二〕，涼風一夕迴。遠尋南畝去〔三〕，細入驛亭來。蓑唱牛初牧①，漁歌棹正開。盈庭頓無事〔四〕，歸思酌金罍〔五〕。

【校記】

①蓑:四庫本作"樵"。

【箋注】

〔一〕作於南唐保大十一年(九五三)秋。徐鉉查訪屯田,先至楚州,後至常州,詩則作於其後。據詩句"盈庭頓無事,歸思酌金罍",知常州察訪屯田之事將畢,已動歸思。故繫於此。　常州:十國春秋卷一一一南唐地理表:常州,領縣四:武進、義興、無錫、晉陵。約今江蘇常州市。　驛中:驛站中。古時供傳遞文書、官員來往及運輸等中途暫息、住宿的地方叫驛站。

〔二〕颯颯:象聲詞。楚辭九歌山鬼:"風颯颯兮木蕭蕭,思公子兮徒離憂。"

〔三〕南畝:見卷二寄江都路員外注〔四〕。

〔四〕盈庭:詩經小雅小旻:"發言盈庭,誰敢執其咎?"楚辭章句卷一〇大招:"室家盈庭,爵禄盛只。"王逸注:"盈滿朝廷。"王夫之通釋:"盈庭,皆列位於朝廷。"此指官署。

〔五〕金罍:詩經周南卷耳:"我姑酌彼金罍,維以不永懷。"朱熹集傳:"罍,酒器。刻爲雲雷之象,以黄金飾之。"此指酒盞。

驛中七夕〔一〕

七夕雨初霽,行人正憶家。江天望河漢①,水館折蓮花。獨坐涼何甚,微吟月易斜。今年不乞巧〔二〕,鈍拙轉堪嗟〔三〕。

【校記】

①河:原作"江",據四庫本、黄校本、全唐詩、李刊本改。

【箋注】

〔一〕作於南唐保大十一年(九五三)七月七日。　七夕:農曆七月初七之夕。民間傳説,牛郎織女每年此日在天河相會。

〔二〕乞巧:舊俗婦女於是夜在庭院中進行乞巧活動。見宗懔荆楚歲時記。

〔三〕鈍拙:遲鈍笨拙。顔之推顔氏家訓卷上名實:"有一士族,讀書不過二三百卷,天才鈍拙,而家世殷厚。"

贈浙西顧推官〔一〕

盛府賓寮八十餘〔二〕，閉門高卧興無如。梁王苑裏相逢早〔三〕，潤浦城中得信疏〔四〕。狼藉杯盤重會面，風流才調一如初。願君百歲猶强健〔五〕，他日相尋隱士廬。

【箋注】

〔一〕作於南唐保大十一年（九五三）秋。　浙西：見卷二送郝郎中爲浙西判官注〔一〕。　顧推官：即顧彦回。卷八有潤州丹徒令顧彦回可浙西推官制。推官：十國春秋卷一一四南唐百官表節度使下有此官職。

〔二〕盛府：地方軍政長官衙署的尊稱。南史卷四九庾杲之傳：“（王儉）用杲之爲衛將軍長史。安陸侯蕭緬與儉書曰：‘盛府元僚，實難其選。庾景行汎淥水，依芙蓉，何其麗也。’”

〔三〕梁王苑：即梁園、兔園。見卷一木蘭賦注〔一〇〕。

〔四〕潤浦城：指潤州治所。元和郡縣圖志卷二五江南道一潤州：“（隋開皇九年）廢南徐州，改爲延陵鎮。十五年罷鎮，置潤州，城東有潤浦口，因以爲名。”

〔五〕“願君”句：頌祝顧彦回健康長壽。顧于時年事已高，卷八潤州丹徒令顧彦回可浙西推官制：“某官顧彦回，以清節士風，嘗參王府；以耆年篤行，出字齊民。”

贈浙西妓亞仙〔一〕 筵上作

翠黛嚬如怨〔二〕，朱顔醉更春。占將南國貌，惱殺别家人。粉汗沾巡盞，花鈿逐舞茵〔三〕。明朝綺牕下〔四〕，離恨兩殷勤。

【箋注】

〔一〕作於南唐保大十一年（九五三）秋。　浙西：見卷二送郝郎中爲浙西判官注〔一〕。　亞仙：人未詳。

〔二〕翠黛:眉的别稱。杜甫陪諸公子丈八溝攜妓納涼:"越女紅裙濕,燕姬翠黛愁。"

〔三〕舞茵:跳舞時所踏的茵席或墊子。權德輿奉和聖製中春麟德殿會百寮觀新樂:"玉俎映朝服,金鈿明舞茵。"

〔四〕綺牕:文選卷四左思蜀都賦:"開高軒以臨山,列綺牕而瞰江。"吕向注:"綺牕,彫畫若綺也。"

迴至瓜洲獻侍中〔一〕

紫微垣裏舊賓從〔二〕,來向吴門謁府公〔三〕。奉使謬持嚴助節〔四〕,登門初識魯王宫〔五〕。笙歌隱隱違離後,煙水茫茫悵望中。日暮瓜洲江北岸,兩行清淚滴西風。

【箋注】

〔一〕作於南唐保大十一年(九五三)深秋。詩寫秋景,又是出巡而歸,故繫於此。　瓜洲:江南通志卷二六輿地志揚州府江都縣:"瓜洲渡,在縣南四十五里瓜洲鎮。"　侍中:即燕王李弘冀。

〔二〕紫微垣:指中書省。舊唐書卷四三職官二:"開元元年改中書省爲紫微省,五年復舊。"徐鉉長期任職中書省。

〔三〕吴門:蘇州舊爲吴郡治所,稱吴門。此代潤州。　府公:六朝時王府僚屬稱其主爲府公,唐五代時,官府幕僚沿舊習,稱節度使、觀察使爲府公。劉禹錫送王司馬之陝州:"府公既有朝中舊,司馬應容醉後狂。"

〔四〕嚴助:嚴助在漢武帝時任中大夫,曾出使南越。見漢書卷六四上嚴助傳。後因用作詠使臣之典。

〔五〕魯王宫:唐玄宗經鄒魯祭孔子而歎之:"地猶鄹氏邑,宅即魯王宫。"

邵伯埭下寄高郵陳郎中〔一〕

故人相别動經年,候館相逢倍慘然〔二〕。顧我飲冰難輟棹〔三〕,感君扶病爲開筵〔四〕。河灣水淺翹愁鷺，柳岸風微噪暮蟬。欲識酒醒魂斷處，謝公祠畔客亭前〔五〕。

【箋注】

〔一〕作於南唐保大十一年（九五三）深秋。詳詩意，爲察訪揚州屯田，得知朝廷詔歸問罪時所寫。　邵伯埭即召伯埭，在廣陵（揚州），謝安築，以利民之灌田。晉書卷七九謝安傳載：謝安出鎮廣陵，"至新城，築埭於城北，後人追思之，名爲召伯埭。"太平寰宇記卷一二三淮南道一揚州廣陵縣："邵伯埭，有斗門，縣東北四十里，臨合瀆渠。有小渠，闊六步五尺，東去七里八艾陵湖。按晉書：'太元十一年，太傅謝安鎮廣陵，于城東北二十里築壘，名曰新城。城北二十里築堰，名邵伯埭。'蓋安新築，即後人追思安德，比于邵伯，因以立名。"　高郵：東都江都府屬縣。見十國春秋卷一一一南唐地理表。今江蘇高郵市。陳郎中：疑是陳彦。見卷二九月十一日寄陳郎中注〔一〕。

〔二〕候館：泛指接待過往官員的驛館。

〔三〕飲冰：謂從政受命、爲國憂心之情。莊子内篇人間世："今吾朝受命而夕飲冰，我其内熱與！"成玄英疏："晨朝受詔，暮夕飲冰，足明怖懼憂愁，内心熏灼，詢道情切，達照此懷也。"

〔四〕扶病：支撑病體。禮記正義卷五六問喪："身病體羸，以杖扶病也。"開筵：設宴。晉書卷八三車胤傳："謝安游集之日，輒開筵待之。"

〔五〕謝公祠：當在邵伯埭附近。　客亭：猶驛亭。通鑑卷二八八後漢高祖乾祐元年："癸酉，至長安，永興節度副使安友規、巡檢喬守温出迎王益，置酒於客亭。"胡三省注："諸州鎮皆有客亭，以爲迎送、宴餞之所。"

謫居舒州累得韓高二舍人書作此寄之①〔一〕

三峰煙靄碧臨谿，中有騷人理釣絲。會友少於分袂日，謫居多却在朝時。丹心歷歷吾終信，俗慮悠悠爾不知〔二〕。珍重韓君與高子，殷勤書札寄相思舒人以潛、皖、天柱爲三峰②。

【校記】

①舒:原作“館”,據四庫本、全唐詩、李刊本改。

②晥:原作“曉”,據徐校改。

【箋注】

〔一〕作於南唐保大十二年(九五四)。徐鉉於上年十二月流舒州,韓、高寄詩慰勉,當在貶官後不久。姑繫於此。　謫居:被貶官到邊遠外地居住。高適送李少府貶峽中王少府貶長沙:“嗟君此别意何如?駐馬銜杯問謫居。”　舒州:見卷一木蘭賦注〔三〕。　韓高二舍人:即韓熙載和高越。見卷一送史館高員外使嶺南注〔一〕、卷二寄和州韓舍人注〔一〕。保大十一(九五三)年,徐鉉察訪屯田,或譖其擅作威福,元宗怒,十二月,流之舒州。見徐公行狀。

〔二〕俗慮悠悠:謂世俗的想法庸俗、荒謬。

和張先輩見寄二首〔一〕

去國離群擲歲華,病容憔悴愧丹沙〔二〕。谿連舍下衣長潤,山带城邊日易斜。幾處垂鈎依野岸,有時披褐到鄰家①。故人書札頻相慰,誰道西京道路賒〔三〕。

清時淪放在山州,邛杖紗巾處處游②〔四〕。野日蒼茫悲鵩舍〔五〕,水風陰濕弊貂裘〔六〕。雞鳴候旦寧辭晦〔七〕,松節凌霜幾换秋。兩首新詩千里道,感君情分獨知丘〔八〕。

【校記】

①鄰:黄校本作“鄉”。

②杖:全唐詩、黄校本作“竹”。

【箋注】

〔一〕作於南唐保大十三年(九五五)冬。徐鉉自保大十一年十二月流舒州,十四年春回京,共三年,詩言“幾换秋”,兼寫冬景,故繫於此。　張先輩:即張佖,或作張泌。後主文臣,見江表志卷下、江南餘載卷上。徐鉉有送張佖郭賁二先輩序。　先輩：見卷二和鍾郎中送朱先輩還京垂寄注〔一〕。按：徐鉉於保大十一年（九五三）夏諫復貢舉，見通鑑卷二九一。其行貢舉當在次年，張佖當在其時及第。

〔二〕丹沙：即丹砂，此指丹砂煉成的丹藥。江淹蓮花賦："味靈丹沙，氣驗青臒。"

〔三〕西京：金陵。李昪以金陵爲西都，廣陵爲東都。見馬令南唐書卷一先主書。

〔四〕邛杖：史記卷一二三大宛列傳："騫曰：'臣在大夏時，見邛竹杖。'"張守節正義："邛都邛山出此竹，因名'邛竹'。節高實中，或寄生，可爲杖。"

〔五〕悲鵩舍：賈誼既貶長沙，有鵩鳥臨舍，爲賦傷悼。見史記卷八四賈誼傳。

〔六〕弊貂裘：戰國策秦策一蘇秦始將連横："説秦王書十上而説不行，黑貂之裘弊。"句謂徐鉉謫居時的困窘。

〔七〕雞鳴候旦：同"雞鳴戒旦"。怕失曉而耽誤正事，天没亮就起身。詩經齊風雞鳴序："雞鳴，思賢妃也。哀公荒淫怠慢，故陳賢妃貞女夙夜警戒相成之道焉。"晉書卷九二趙至傳："雞鳴戒旦，則飄爾晨征；日薄西山，則馬首靡託。"

〔八〕知丘：孟子卷六滕文公下："孔子曰：'知我者其惟春秋乎！罪我者其惟春秋乎！'"此謂張先輩對自己深爲理解。

印秀才至舒州見尋別後寄詩依韻和①〔一〕

羈游白社身雖屈〔二〕，高步辭場道不卑。投分共爲知我者〔三〕，相尋多愧謫居時。離懷耿耿年來夢〔四〕，厚意勤勤別後詩。今日谿邊正相憶，雪晴山秀柳絲垂。

【校記】

①和：李刊本作"和之"。

【箋注】

〔一〕作於南唐保大十二年（九五四）初春。　印秀才：當是印崇粲、印崇禮、印崇簡其中一人。卷一六唐故印府君墓誌:"君諱某,字某。……保大丙寅夏四月日考命終。……子崇禮、崇粲,舉進士;崇簡明經及第,爲舒州司法參軍。秀茂之業,聞於場中。"按:保大無丙寅年,當爲丙辰之誤。丙辰爲保大十四年(九五六)。據墓誌銘,其父卒時,二子已舉進士。據詩意,則于時尚未及第。當爲徐鉉被貶舒州不久,印即造訪之。姑繫於此。　秀才,唐、宋間對應舉者的通稱。

〔二〕羈游:羈旅無定。王勃有羈游餞别詩。杜甫哭臺州鄭司户蘇少監:"羈游萬里闊,凶問一年俱。"　白社:借指隱居之處。蕭統錦帶書十二月啓林鐘六月:"但某白社狂人,青緗末學。"白居易長安送柳大東歸:"白社羈游伴,青門遠别離。"

〔三〕投分:意氣相合。東觀漢記卷一五王丹傳:"昱道遇丹,拜於車下,丹答之。昱曰:'家君欲與君投分,何以拜子孫也?'"

〔四〕耿耿:煩躁不安,心事重重。詩經邶風柏舟:"耿耿不寐,如有隱憂。"

行園樹〔一〕

松節凌霜久,蓬根逐吹頻。群生各有性〔二〕,桃李但争春。

【箋注】

〔一〕作於南唐保大十一年(九五三)十二月至十三年三月間。詩置於舒州詩中,以松自況,與世無争。當是在舒州游覽吟詠之作,姑繫於此。

〔二〕群生:一切生物。莊子外篇在宥:"今我願合六氣之精,以育群生。"

題雷公井〔一〕

擠靄愚公谷〔二〕,蕭寥羽客家〔三〕。俗人知處所,應爲有桃花〔四〕。

【箋注】

〔一〕作於南唐保大十一年(九五三)十二月至保大十三年三月間。　雷公井:雷公井有多處,所寫當在舒州境内。

〔二〕愚公谷：愚公谷有多處，所寫當在舒州境内。

〔三〕羽客：見卷二題畫石山注〔三〕。

〔四〕"俗人"二句：典出陶淵明桃花源記，文中叙寫一漁郎順隨桃花發現與世隔絶的桃花源。

送彭秀才〔一〕

賈生去國已三年〔二〕，短褐閑行皖水邊〔三〕。盡日野雲生舍下，有時京信到門前。無人與和投湘賦〔四〕，愧子來浮訪戴船〔五〕。滿袖新詩好迴去，莫隨騷客醉林泉。

【箋注】

〔一〕作於南唐保大十三年（九五五）春末。徐鉉保大十一年十二月流舒州，保大十四年三月量移饒州。其移饒州别周使君詩云"四年去國身將老"，而此詩云"三年"，又云著"短褐"，故繫於是年春末。　彭秀才：當爲徐鉉門生彭汭。詩話總龜卷二六"寄贈門"引詩史："徐鉉謫居舒州，贈彭芮云：'賈生去國已三年……莫隨騷客賦林泉。'"即是詩。又，徐鉉祖先生墓誌序："門生彭汭，江夏人。"芮，通"汭"。

〔二〕賈生：即賈誼。見卷二寄蘄州高郎中注〔二〕。

〔三〕皖水：太平寰宇記卷一二五淮南道三舒州懷寧縣："皖水，在縣西北。自壽州霍山縣流入，經縣北二里，又東南流二百四八十里入大江，謂之皖口。"

〔四〕投湘賦：史記卷八四屈原列傳："自屈原沈汨羅後百有餘年，漢有賈生，爲長沙王太傅，過湘水，投書以弔屈原。"同卷賈生列傳："賈生既辭往行，聞長沙卑濕，自以壽不得長，又以適去，意不自得。及渡湘水，爲賦以弔屈原。"杜牧李甘詩："題此涕滋筆，以代投湘賦。"

〔五〕訪戴船：世説新語卷下任誕："王子猷居山陰，夜大雪，眠覺，開室命酌酒，四望皎然。因起彷徨，詠左思招隱詩。忽憶戴安道，時戴在剡，即便夜乘小船就之。經宿方至，造門不前而返。人問其故，王曰：'吾本乘興而行，興盡而返，何必見戴！'"

移饒州别周使君〔一〕

正憐東道感賢侯〔二〕，何幸南冠脱楚囚①〔三〕。皖伯臺前收别宴〔四〕，喬公亭下艤行舟〔五〕。四年去國身將老〔六〕，百郡徵兵主尚憂〔七〕。更向鄱陽湖上去〔八〕，青衫憔悴淚交流〔九〕。

【校記】

①南：黄校本作"高"。

【箋注】

〔一〕作於南唐保大十四年（九五六）三月。徐公行狀云："及量移饒州，未登途而周世宗之師過淮，取舒、蘄。公遽攜家，由皖口歸昇州。"周世宗南侵在保大十四年三月。故繫於此。　饒州：見卷二寄饒州王郎中效李白體注〔一〕。周使君：即周弘祚，或作周宏祚。十國春秋卷二七本傳："周弘祚，吴德勝節度使本之少子也。……保大時累官舒州刺史。周師大舉南侵，陷舒州，是時泰、蘄、光諸州文武，相繼奔降。弘祚獨慷慨不屈，赴水死，時人比之嵇紹死晉云。"

〔二〕東道：即東道主。左傳僖公三十年："若舍鄭以爲東道主，行李之往來，共其乏困，君亦無所害。"時周弘祚爲舒州刺史，故云東道。　賢侯：對有德位者的敬稱。邯鄲淳贈吴處玄詩："見養賢侯，於今四祀。"此稱周弘祚。

〔三〕南冠、楚囚：左傳成公九年："晉侯觀於軍府，見鍾儀，問之曰：'南冠而縶者誰也？'有司對曰：'鄭人所獻楚囚也。'"徐鉉貶官舒州，用以自指。

〔四〕皖伯臺：清一統志卷七六安慶府懷寧縣："皖伯臺，在潛山縣。明一統志：'在舊太平寺前，以周大夫封皖伯而名。'"

〔五〕喬公亭：在同安城北。卷一四喬公亭記："同安城北有雙谿禪院焉，皖水經其南，求塘出其左。……聞諸耆耋，喬公之舊居也。"明一統志卷一四安慶府："同安城，在桐城縣東。隋大業間置郡於此。"

〔六〕四年去國：徐鉉於保大十一（九五三）年十二月流舒州，至保大十四（九五六）年三月量移饒州，前後共四年。

〔七〕百郡徵兵：十國春秋卷一六元宗本紀：“（保大十四年正月）丁巳，周徵宋、亳、陳、潁、徐、宿、許、蔡等州丁夫十萬，以攻壽州，晝夜不息。”

〔八〕鄱陽湖：清一統志卷二三八南昌府：“在新建縣東北。跨南昌、饒州、南康、九江四府之境，長三百里，澗四十里，即古彭蠡也，一名宫亭湖。隋時以接鄱陽山，故名鄱陽。寰宇記：‘宫亭湖，在州北，水路二百四十三里圓，經鄱陽湖，東至饒州府餘干縣，西至新建縣之荷陂里，南至進賢縣之北山，北至南康府都昌縣，其南歸南昌界者，則爲官亭湖。’縣志：‘鄱陽湖，在縣東北一百五十里，謂之東鄱湖、官亭湖，亦作郪亭湖；在縣北一百八十里謂之西鄱湖，寔一湖也。’”

〔九〕青衫：唐制，文官八品、九品服以青。白居易琵琶行：“座中泣下誰最多？江州司馬青衫濕！”後因借指失意的官員。

避難東歸依韻和黄秀才見寄〔一〕

慼慼逢人問所之〔二〕，東流相送向京畿。自甘逐客紉蘭佩〔三〕，不料平民著戰衣〔四〕。樹帶荒村春冷落，江澄霽色霧霏微①。時危道喪無才術，空手徘徊不忍歸。

【校記】

①霧：四庫本作“雨”。

【箋注】

〔一〕作於南唐保大十四年（九五六）三月。詳見上首注〔一〕。　黄秀才：疑是黄載，字元吉，其先江夏人。弱冠就學廬山，一舉不中第，遂無心進取。見馬令南唐書卷二三本傳。本卷有送黄秀才姑熟辟命詩。黄秀才亦當是黄載。馬令南唐書本傳又云：“會母卒，廬於墓側，哀毁過禮。服闋，出游湘、潭，州將辟致庠序，講説之際未嘗敷演。”

〔二〕慼慼：即戚戚。憂懼、憂傷貌。論語述而：“君子坦蕩蕩，小人長戚戚。”何晏集解引鄭玄曰：“長戚戚，多憂懼。”

〔三〕紉蘭佩：楚辭卷一離騷：“紉秋蘭以爲佩。”

〔四〕"不料"句:謂官方抓丁夫以補兵。

酬郭先輩〔一〕

太原郭夫子〔二〕,行高文炳蔚〔三〕。弱齡負世譽〔四〕,一舉游月窟〔五〕。仙籍第三人〔六〕,時人故稱屈。昔余吏西省〔七〕,傾蓋名籍籍〔八〕。及我竄群舒,向風心鬱鬱。歸來暮江上,雲霧一披拂〔九〕。雷雨不下施,猶作池中物〔一〇〕。念君介然氣〔一一〕,感時思奮發〔一二〕。示我數篇文,與古争馳突〔一三〕。綵縟粲英華〔一四〕,理深刮肌骨。古詩尤精奧,史論皆宏拔〔一五〕。舉此措諸民①,何憂民不活。吁嗟吾道薄,與世長迂闊〔一六〕。顧我徒有心,數奇身正絀〔一七〕。論兵屬少年,經國須儒術。夫子無自輕,蒼生正愁疾。

【校記】

①諸:翁鈔本作"之"。

【箋注】

〔一〕作於南唐保大十四年(九五六)三月。詳詩意,當作於自舒州貶官回京賦閑時期。 郭先輩:當是郭賁。卷一九有送張佖郭賁二先輩序。宋史卷二〇八藝文志録郭賁體物集一卷。按:徐鉉於保大十一年(九五三)夏諫復貢舉,見通鑑卷二九一。其行貢舉當在次年,郭賁當在其時及第。

〔二〕太原:太原府屬縣(今山西太原市)。見十國春秋卷一一二北漢地理表。太原當是其籍貫。

〔三〕炳蔚:形容文采鮮明華美。周易正義卷五革:"大人虎變,其文炳也。……君子豹變,其文蔚也。"葛洪抱朴子外篇卷四廣譬:"泥龍雖藻繪炳蔚,而不堪慶雲之招。"

〔四〕弱齡:指弱冠之年。任昉王文憲集序:"時司徒袁粲,有高世之度,脱落塵俗,見公弱齡,便望風推服,歎曰:'衣冠禮樂在是矣!'時粲位亞臺司,公年始弱冠。" 世譽:當世的聲譽。崔瑗座右銘:"世譽不足慕,唯仁爲紀綱。"岑參送薛播擢第歸河東:"弟兄負世譽,詞賦超人群。"

〔五〕游月窟：即蟾宫折桂意。按：郭貢以無聲樂賦及第。見徐公行狀。

〔六〕仙籍：古代稱及第者的資格與名姓籍貫爲仙籍。徐凝回施先輩見寄新詩二首其一："料得仙宫列仙籍，如君進士出身稀。"

〔七〕西省：中書省的别稱。南史卷二四王韶之傳："晉帝自孝武以來，常居内殿，武官主書於中通呈，以省官一人管詔誥，住西省，因謂之西省郎。"

〔八〕傾蓋：史記卷八三魯仲連鄒陽列傳："諺曰：'白頭如新，傾蓋如故。'何則？知與不知也。"司馬貞索隱引志林曰："傾蓋者，道行相遇，軿車對語，兩蓋相切，小欹之，故曰傾。"車蓋靠在一起，喻交情深厚或初次相逢。　籍籍：聲名盛大貌。杜甫贈蜀僧閭丘師兄："大師銅梁秀，籍籍名家孫。"仇兆鼇注："籍籍，聲名之盛也。"

〔九〕披拂：撥開。謝靈運石壁精舍還湖中作："披拂趨南徑，愉悦偃東扉。"

〔一〇〕池中物：三國志卷五四吴書九周瑜傳："劉備以梟雄之姿，而有關羽、張飛熊虎之將。……恐蛟龍得雲雨，終非池中物也。"此徐鉉自比。

〔一一〕介然：意志專一，堅正不移。荀子卷一修身："善在身，介然必以自好也。"

〔一二〕奮發：振作，振奮。三國志卷一五魏書一五司馬朗傳："董卓悖逆，爲天下所讎，此忠臣義士奮發之時也。"

〔一三〕馳突：快跑猛冲，此爲一争高下之意。

〔一四〕英華：精英華彩。禮記正義卷三八樂記："和順積中，而英華發外。"此言郭貢文采華美。

〔一五〕宏拔：謂氣勢宏偉出衆。隋書卷四八楊素傳："素嘗以五言詩七百字贈番州刺史薛道衡，詞氣宏拔，風韻秀上，亦爲一時盛作。"

〔一六〕迂闊：不切合實際。漢書卷七二王吉傳："上以其言迂闊，不甚寵異也。"

〔一七〕數奇：命運不好。漢書卷五四李廣傳："大將軍陰受上指，以爲李廣數奇，毋令當單于，恐不得所欲。"顔師古注："言廣命隻不耦合也。"

和集賢鍾郎中〔一〕

石渠册府神仙署〔二〕，當用明朝第一人〔三〕。腰下别懸新印綬〔四〕，座中皆是故交親①〔五〕。龍池樹色供清景〔六〕，浴殿香風接近鄰〔七〕。從此翻飛應更遠，徧尋三十六天春〔八〕。

【校記】

①座：黄校本作"堂"。

【箋注】

〔一〕作於南唐保大十四年（九五六）九月十七日稍前。陸游南唐書卷二元宗本紀載：保大十四年，"七月，復東都、舒、蘄、光、和、滁州。"東都光復，南唐任鍾蒨爲東都尹，卷四有送德林郎中學士赴東府詩序，序署時間爲九月十七日。則該詩作於九月十七日稍前。送德林郎中學士赴東府詩序云："德林始以才術優贍，入參近司。旋以地望清雅，寵登書殿。"唐故鍾氏太夫人太原縣太君王氏墓銘："次子蒨，以屬詞敦行，從事戚藩，累登臺郎，爲集賢殿學士。"所謂"寵登書殿"，即授集賢殿學士職，書殿即指集賢院；"累登臺郎"，即爲郎中一職。

〔二〕石渠：即石渠閣。西漢皇室藏書之處。三輔黄圖卷六閣："石渠閣，蕭何造。其下礱石爲渠以導水，若今御溝，因爲閣名。所藏入關所得秦之圖籍。至於成帝，又於此藏秘書焉。"此代指集賢殿書院。

〔三〕明朝：詩文中常稱本朝爲"明朝"，意爲盛明之朝。

〔四〕印綬：繫官印的綬帶，佩帶在身。舊唐書卷一七〇裴度傳："帶丞相之印綬，所以尊其名。"

〔五〕交親：見卷一從駕東幸呈諸公注〔四〕。

〔六〕龍池：指中書省，集賢殿書院隸屬中書省，故云。陳子昂爲陳舍人讓官表："司言鳳綍，揮翰龍池。"

〔七〕浴殿：皇宫内的浴室。張籍華清宫："温泉流入漢離宫，宫樹行行浴殿空。"

〔八〕三十六天：見卷一贈王貞素先生注〔七〕。此言鍾蒨任職集賢殿書院，猶如仙界。

送劉山陽〔一〕

舊族知名士，朱衣宰楚城〔二〕。所嗟吾道薄，豈是主恩輕。戰鼓何時息〔三〕,儒冠獨自行〔四〕。此心多感激〔五〕,相送若爲情。

【箋注】

〔一〕作於南唐保大十四年(九五六)夏秋。詳詩意,劉山陽宰楚城,似不樂意;寫戰亂及徐鉉戚戚之心,似自舒州歸京不久;又緊置自舒州歸京詩後。故繫於此。　劉山陽:名未詳。山陽爲楚州屬縣。見十國春秋卷一一一南唐地理表。今江蘇淮安市楚州區。據詩意,山陽當是其任職之地。

〔二〕朱衣:唐宋四、五品官員著緋服。杜甫至日遣興奉寄北省舊閣老兩院故人二首其一:"玉几由來天北極,朱衣只在殿中間。"

〔三〕"戰鼓"句:指周世宗南侵南唐。

〔四〕儒冠:儒生。史記卷九七酈生列傳:"沛公不好儒,諸客冠儒冠來者,沛公輒解其冠,溲溺其中。與人言,常大駡。未可以儒生説也。"

〔五〕感激:感奮激發。劉向説苑卷一九修文:"感激憔悴之音作,而民思憂。"

題伏龜山北隅〔一〕

兹山信岑寂〔二〕,陰崖積蒼翠。水石何必多,宛有千巖意。孰知近人境,且暮含佳氣。池影摇輕風,林光澹新霽。支頤藉芳草〔三〕,自足忘世事。未得歸去來〔四〕,聊爲宴居地〔五〕。

【箋注】

〔一〕作於南唐保大十四年(九五六)四月。詩寫春夏景色及自足隱逸之情,又緊置舒州歸京詩後,當作於歸京尚未授職之時。　伏龜山:説郛卷一一八上録宋陳達叟采異記伏龜山鐵銘云:"江南保大中秋八月,伏龜山圮得一石函,長三丈,闊八寸,中有鐵銘文。"山當在金陵附近,具體未詳。

〔二〕岑寂:文選卷一四鮑照舞鶴賦:"去帝鄉之岑寂,歸人寰之喧卑。"李善注:"岑寂,猶高静也。"

〔三〕支頤:以手托下頷。王維贈裴十迪:"澹然望遠空,如意方支頤。"

〔四〕歸去來:晉書卷九四陶淵明傳:"執事者聞之,以爲彭澤令。……郡遣督郵至縣,吏白應束帶見之。潛歎曰:'吾不能爲五斗米折腰,拳拳事鄉里小人邪!'義熙二年,解印去縣,乃賦歸去來。"

〔五〕宴居:閑居。國語卷一七楚語上:"臨事有瞽史之導,宴居有師工之誦。"

送黄梅江明府〔一〕

江前爲江夏令,有善政,今更宰小邑,賦詩留别,作此和之。

封疆多難正經綸〔二〕,臺閣如何不用君〔三〕? 江上又勞爲小邑,篋中徒自有雄文〔四〕。書生膽氣人誰信,遠俗歌謡主不聞〔五〕。一首新詩無限意,再三吟味向秋雲①。

【校記】

①味:四庫本、黄校本、李刊本作"詠"。 雲:宋詩鈔作"旻"。李校:一本作"風"。

【箋注】

〔一〕作於南唐保大十四年(九五六)秋。詩寫戰亂,當指淮南用兵。詩置於自舒州歸京詩後,又寫秋景,故繫於此。 黄梅:蘄州屬縣。見十國春秋卷一一一南唐地理表。今湖北黄梅縣。 江明府:名未詳。黄梅當是其籍貫。明府,唐對縣令的尊稱。 江夏:鄂州屬縣。見十國春秋卷一一一南唐地理表。今湖北武漢江夏區。

〔二〕封疆:指邊疆。左傳哀公十一年:"居封疆之間。"杜預注:"封疆,竟内近郊地。"封疆多難,指周世宗南侵南唐。 經綸:指籌畫治理國家大事。周易正義卷一屯:"雲雷屯,君子以經綸。"孔穎達疏:"經謂經緯,綸謂綱綸,言君子法此屯象有爲之時,以經綸天下,約束於物。"

〔三〕臺閣:漢時指尚書臺。後漢書卷四九仲長統傳:"光武皇帝愠數世之失權,忿彊臣之竊命,矯枉過直,政不任下,雖置三公,事歸臺閣。"李賢注:"臺閣,謂尚書也。"此指中央政府機構。

〔四〕雄文:内容精深、氣勢雄偉的詩文。李逢吉送令狐秀才赴舉:"子有雄文藻思繁,齠年射策向金門。”

〔五〕歌謡:觀風俗、察政事的民歌。漢書卷三〇藝文志:“自孝武立樂府而采歌謡,於是有代、趙之謳,秦、楚之風,皆感於哀樂,緣事而發,亦可以觀風俗,知薄厚云。”

詠梅子真送郭先輩〔一〕

忠臣本愛君,仁人本愛民。寧知貴與賤,豈計名與身?梅生爲一尉,獻疏來君門。君門深萬里,金虎重千鈞〔二〕。向永且不用①劉向谷永〔三〕,況復論子真?拂衣遂長往,高節邈無鄰。至今仙籍中〔四〕,謂之梅真人。郭生負逸氣〔五〕,百代繼遺塵〔六〕。進退生自知,得喪吾不陳。斯民苟有幸,期子一朝伸。

【校記】

①用:四庫本作“可”。

【箋注】

〔一〕作於南唐保大十五年(九五七)春。郭先輩即郭賁,見本卷注酬郭先輩注〔一〕。卷一九送張佖郭賁二先輩序云:“句容仙鄉,廣陵勝地,多難將弭,春物將華,琴棋詩酒,足以爲適。”所謂“多難將弭”,當指收復廣陵。廣陵于上年七月收復,是年十二月復失,見陸游南唐書卷二元宗本紀。序云郭賁爲廣陵尉,則在收復之後。序又云“詞場堙廢五十年矣”,天祐四年(九〇七)唐亡,至保大十五年恰五十年。則序文作於是年春。據詩意,郭賁似不得志,有梅福之高情。詩爲送郭賁尉廣陵,與序文當同時作。故繫於此。　梅子真:梅福字子真,曾任南昌尉,正直敢言,不滿王莽專政,弃家隱遁,傳以爲仙。見漢書卷六七梅福傳。後因用作詠縣尉之典。

〔二〕金虎:指君門上虎形金屬裝飾。

〔三〕向永:即劉向與谷永。漢元帝時,劉向因屢次上書稱引災異,彈劾宦官外戚專權而下獄,後免爲庶人;漢成帝親幸小人,谷永切諫,觸怒皇帝。分别見漢書卷三六劉向傳、卷八五谷永傳。

〔四〕仙籍：仙人名籍。李商隱重過聖女祠："玉郎會此通仙籍，憶向天階問紫芝。"

〔五〕逸氣：氣度超脱世俗。曹丕與吴質書："公幹有逸氣，但未遒耳。"

〔六〕遺塵：前人所留的影響。後漢書卷六七黨錮傳序："蓋前哲之遺塵，有足求者。"

和蕭郎中午日見寄〔一〕

細雨輕風采藥時〔二〕，褰簾隱几更何爲〔三〕？豈知澤畔紉蘭客〔四〕，來赴城中角黍期〔五〕？多罪静思如剉蘗〔六〕，赦書纔聽似含飴〔七〕。謝公制勝常閑暇〔八〕，願接西州敵手棋〔九〕。

【箋注】

〔一〕作於南唐保大十四年（九五六）五月五日。"澤畔紉蘭客"，指徐鉉自舒州歸京。"角黍"，即端午節所吃之粽子。　蕭郎中：當是蕭彧，見卷二秋日雨中與蕭贊善訪殷舍人於翰林座中作注〔一〕。　午日：端午節，農曆五月五日。

〔二〕采藥：指隱居避世，徐鉉自舒州歸京，有一段賦閑時期，故云。

〔三〕褰簾：揭起簾子。　隱几亦作"隱机"。靠着几案，伏在几案上。孟子卷四公孫丑下："有欲爲王留行者，坐而言，不應，隱几而卧。"莊子内篇齊物論："南郭子綦隱机而坐，仰天而嘘。"成玄英疏："隱，凴也。子綦凴几坐忘，凝神遐想。"

〔四〕澤畔紉蘭：史記卷八四屈原列傳："屈原至於江濱，披髪行吟澤畔。"又，屈原離騷："紉秋蘭以爲佩。"徐鉉被放逐舒州，故自比屈原。

〔五〕角黍：即粽子，以箬葉或蘆葦葉等裹米蒸煮使熟。狀如三角，古用黏黍，故稱。端午有吃粽子習俗。藝文類聚卷四歲時部中"五月五日"引風土記："仲夏端五烹鶩，角黍端始也，謂五月初五日也，又以菰葉裹粘米煮熟，謂之角黍。"

〔六〕剉蘗：剉，同"銼"，一種摩擦或打磨的工具。蘗，同"檗"，木名。即黄欒,也稱黄柏。落葉喬木,木材堅硬。鮑照擬行路難:"剉蘗染黄絲,黄絲歷亂不可治。"用銼磋磨黄欒,需要慢工細活,徐鉉用以喻罪過很多,需要慢慢檢討。

〔七〕赦書:頒布赦令的文告。趙昇朝野類要卷四文書:"赦書,常制恕刑之命也。"　飴:飴糖。詩經大雅緜:"周原膴膴,堇荼如飴。"

〔八〕"謝公"句:謝安於大戰前夕,心態平和,與人下棋,捷報至而不形於顔色。見晉書卷七九謝安傳。此頌美蕭彧。

〔九〕西州敵手棋:西州:古城名。東晉置,爲揚州刺史治所。故址在今江蘇南京市。謝安死後,羊曇醉至西州門,慟哭而去,即此處。事見晉書卷七九謝安傳。温庭筠和友人題壁:"西州未有看棋暇,澗户何由得掩扉。"

送黄秀才姑熟辟命〔一〕

世亂離情苦,家貧色養難〔二〕。水雲孤棹去〔三〕,風雨暮春寒。幕府才方急,騷人淚未乾。何時王道泰〔四〕,萬里看鵬摶①〔五〕。

【校記】

①看:四庫本作"共"。

【箋注】

〔一〕作於南唐保大十四年(九五六)暮春。詩寫暮春景色,作於歸京途中。　黄秀才:當是黄載。見本卷避難東歸依韻和黄秀才見寄注〔一〕。　姑熟:即姑孰,太平寰宇記卷一〇五江南西道三太平州當塗縣:"金陵記云:'姑孰之南,淮曲之陽,置南豫州。六代英雄迭居于此,以斯地爲上游,廣屯兵甲,建築牆壘,基址猶存。'至隋平陳,改南豫州爲宣州,因廢于湖縣,徙當塗于姑孰。大業二年以姑孰隸蔣州,至三年廢蔣州,屬丹陽。武德七年,趙郡王孝恭平輔公祏之後,百姓凋殘,萬中無一。至八年四月,以當塗縣仍舊屬宣州。"即今安徽當塗縣。

〔二〕色養:和顔悦色奉養父母或承順父母顔色。論語爲政:"子游問孝,子曰:'今之孝者,是謂能養。'……子夏問孝,子曰:'色難。'"何晏集解引包咸曰:"色難者,謂承順父母顔色乃爲難也。"

〔三〕水雲：水和雲相接之處。戎昱湘南曲："虞帝南游不復還，翠蛾幽怨水雲間。"李煜玉樓春："鳳簫吹斷水雲間，重按霓裳歌遍徹。"

〔四〕王道：儒家提出的一種仁政主張，與"霸道"相對。尚書正義卷一二洪範："無偏無黨，王道蕩蕩。"史記卷一四十二諸侯年表："孔子明王道，干七十餘君，莫能用。"

〔五〕鵬摶：莊子内篇逍遥游："鵬之徙於南冥也，水擊三千里，摶扶摇而上者九萬里。"鵬展翅盤旋而上，比喻人之奮發有爲。

送王四十五歸東都〔一〕

海内兵方起〔二〕，離筵淚易垂①。憐君負米去〔三〕，惜此落花時。想憶看來信②，相寬指後期。殷勤手中柳〔四〕，此是向南枝〔五〕。

【校記】

①垂：四庫本作"滋"。

②想：四庫本作"相"。

【箋注】

〔一〕作於南唐保大十四年（九五六）四月。周世宗於上年十一月下詔南侵；是年正月，下詔親征。三月，徐鉉避兵池州，返京當在是年三月底、四月初。按徐鉉五月初被赦免，是詩寫落花時節，當作於歸京後賦閑時期。　王四十五：排行四十五，名未詳。　東都：即廣陵（揚州）。

〔二〕"海内"句：周世宗於保大十四（九五六）年正月，下詔親征。見通鑑卷二九二。

〔三〕負米：求取錢財以孝養父母。孔子家語卷二致思："子路見於孔子曰：'負重涉遠，不擇地而休；家貧親老，不擇禄而仕。昔由也，事二親之時，常食藜藿之實，爲親負米百里之外。'"

〔四〕手中柳：古人折柳送行，"柳"與"留"諧音，即不忍分别之意。三輔黄圖卷六橋："霸橋在長安東，跨水作橋。漢人送客至此橋，折柳贈别。"

〔五〕南枝：古詩十九首行行重行行："胡馬依北風，越鳥巢南枝。"因以指故土或故國。周書卷三九杜杲傳:"王褒、庾信之徒既羈旅關中,亦當有南枝之思耳。"廣陵爲徐鉉故鄉,故用是典。

和太常蕭少卿近郊馬上偶吟〔一〕

田園經雨緑分畦,飛蓋閑行九里堤〔二〕。拂袖清風塵不起,滿川芳草路如迷。林開始覺晴天迥,潮上初驚浦岸齊。恠得仙郎詩句好〔三〕,斷霞殘照遠山西。

【箋注】

〔一〕約作於南唐保大十五年(九五七)春。詩緊置於舒州歸京詩後,又寫春景,姑繫於此。　蕭少卿:疑是蕭彧。卷四另有和蕭少卿見慶新居、送陳先生之洪井寄蕭少卿、和江西蕭少卿見寄詩。卷一八蕭庶子詩序:"今晉王殿下,樹藩作相,樂善愛才,幕府初開,君實首冠。"晉王當是李景遂。通鑑卷二九四載:是年三月,"唐主乃立景遂爲晉王,加天策上將軍、江南西道兵馬元帥、洪州大都督、太尉、尚書令。"據此,知蕭彧隨景遂幕下。然未詳蕭彧何時任太常少卿。舊唐書卷四四職官三:"太常寺,少卿二人,正四品。"南唐制當相同。

〔二〕飛蓋:指車。陸機挽歌詩:"素驂佇輀軒,玄駟騖飛蓋。"陳書卷二六徐陵傳:"高軒繼路,飛蓋相隨。"

〔三〕仙郎:見卷二附陳彦詩和徐員外注〔一〕。

又和〔一〕

抱甕何人灌藥畦〔二〕,金銜爲爾駐平堤〔三〕。村橋野店景無限①,緑水晴天思欲迷。横笛乍隨輕吹斷,歸帆疑與遠山齊。鳳城迴望真堪畫〔四〕,萬户千門蔣嶠西〔五〕。

【校記】

①橋:四庫本作"樓"。

【箋注】

〔一〕約作於南唐保大十五年(九五七)春。

〔二〕"抱甕"句:莊子外篇天地:"子貢南游于楚,反于晉,過漢陰。見一丈人將爲圃畦,鑿隧而入井,抱甕而出灌,搰搰然用力甚多而見功寡。子貢曰:'有械於此,一日浸百畦,用力甚寡而見功多,夫子不欲乎?'爲圃者仰而視之曰:'奈何?'曰:'鑿木爲機,後重前輕,挈水若抽,數如泆湯,其名爲槔。'爲圃者忿然作色而笑曰:'吾聞之吾師,有機械者必有機事,有機事者必有機心。機心存於胸中,則純白不備。純白不備則神生不定,神生不定者,道之所不載也。吾非不知,羞而不爲也。'"

〔三〕金銜:金屬的馬勒口。此借指馬。白居易對酒吟:"金銜嘶五馬,鈿帶舞雙姝。"

〔四〕鳳城:京都美稱。杜甫夜:"步簷倚杖看牛斗,銀漢遥應接鳳城。"仇兆鼇注引趙次公曰:"秦穆公女吹簫,鳳降其城,因號丹鳳城。其後言京城曰鳳城。"

〔五〕蔣嶠:嶠,爾雅釋山:"(山)鋭而高,嶠。"邢昺疏:"言山形纖峻而高者名嶠。"卷一八北苑侍宴詩序:"望蔣嶠之嶔崟,祝爲聖壽。"據此,則蔣嶠當是蔣山,即鍾山。元和郡縣圖志卷二五江南道一潤州上元縣:"鍾山,在縣東北十八里,按輿地志,古金陵山也,邑縣之名,皆由此而立。吴大帝時,蔣子文發神異於此,封之爲蔣侯,改山曰蔣山。"

抛毬樂辭二首〔一〕

歌舞送飛毬,金觥碧玉籌。管弦桃李月,簾幕鳳凰樓〔二〕。一笑千場醉,浮生任白頭。

灼灼傳花枝〔三〕,紛紛度畫旍〔四〕。不知紅燭下,照見彩毬飛。借勢因期剋〔五〕,巫山暮雨歸〔六〕。

【箋注】

〔一〕作年未詳。抛毬樂:任半塘唐聲詩(上)第五章舞蹈"抛打":"抛打,乃唐人酒令之一法。""香毬,應即拋毬樂所拋之毬類物品也。因未得歌辭,未能列入聲詩格調。""拋毬樂一曲,唐五代最爲流行。唐音癸籤云:'拋毬樂,酒筵中拋毬爲令,其所唱之辭也。'李宣古詩:'争奈夜深拋打令,舞來挼去使人勞。'又嘲崔雲娘詩'瘦拳拋令急',拋之動作,於此可見一斑。惟其所拋之物,不限爲毬:據皇甫松辭,則所拋者乃紅綃腰帶;據徐鉉辭,則花枝、畫旗,與彩毬齊飛;據白居易辭,柳條或亦可充拋接之物。"

〔二〕鳳凰樓:即鳳樓,指婦女的居處。江淹征怨:"蕩子從征久,鳳樓簫管閑。"

〔三〕灼灼:鮮明貌。詩經周南桃夭:"桃之夭夭,灼灼其華。"

〔四〕畫旂:即畫旗。王維三月三日曲江侍宴應制:"畫旗摇浦溆,春服滿汀洲。"

〔五〕期尅:即期剋,謂嚴格規定期限。後漢書卷八三周黨傳:"後讀春秋,聞復讎之義,便輟講而還,與鄉佐相聞,期剋鬬日。"

〔六〕巫山暮雨:見卷二月真歌注〔八〕。

離歌辭五首〔一〕

莫折紅芳樹,但(原注:平)知盡意看。狂風幸無意,那忍折教殘。

朝日城南路,旌旗照綠蕪〔二〕。使君何處去,桑下覓羅敷〔三〕。

事與年俱往,情將分共深。莫驚容鬢改①,只是舊時心。

暫別勞相送,佳期願莫違。朱顔不須老,留取待郎歸。

拂匣收珠佩,迴燈拭薄粧。莫嫌春夜短,匹似楚襄王〔四〕。

【校記】

①容:四庫本、黄校本作"客"。

【箋注】

〔一〕作年未詳。離歌辭:任半塘唐聲詩上第十章待訂資料晚唐及其他三十條:"離歌辭,徐鉉作,五絶五首,曰'歌辭'者應非偶然。普通送別之詠並不歌者,於文人筆下亦每每曰'離歌',但無綴此'辭'字之必要。此等'辭'字,乃對‘曲’字而發,其有曲可知。徐集内於歌辭概作‘辭’,不作‘詞’。”

〔二〕緑蕪:叢生的緑草。

〔三〕“使君”二句:崔豹古今注卷中音樂:“陌上桑,出秦氏女子。秦氏,邯鄲人,有女名羅敷,爲邑人千乘王仁妻。王仁後爲越王家令,羅敷出採桑於陌上,趙王登臺見而悦之,因飲酒欲奪焉。羅敷乃彈箏,乃作陌上歌以自明焉。”陌上桑爲漢樂府詩,最早見於沈約宋書卷一九樂志,題爲豔歌羅敷行。徐陵玉臺新詠亦收之,題爲日出東南隅行。郭茂倩樂府詩集將其收入相和歌辭。

〔四〕楚襄王:宋玉神女賦序:“楚襄王與宋玉游於雲夢之浦,使玉賦高唐之事。其夜王寢,夢與神女遇,其狀甚麗。”餘見卷二月真歌注〔八〕“朝雲暮雨”。

夢游三首〔一〕

魂夢悠揚不奈何,夜來還在故人家。香濛蠟燭時時暗①,户映屏風故故斜〔二〕。檀的慢調銀字管〔三〕,雲鬟低綴折枝花。天明又作人間别,洞口春深道路賒〔四〕。

繡幌銀屏杳靄間,若非魂夢到應難。牕前人静偏宜夜,户内春濃不識寒。蘸甲遞觴纖似玉〔五〕,含詞忍笑膩於檀〔六〕。錦書若要知名字〔七〕,滿縣花開不姓潘〔八〕。

南國佳人字玉兒,芙蓉雙臉遠山眉。仙郎有約長相憶〔九〕,阿母無猜不得知②〔一〇〕。夢裏行雲還倏忽〔一一〕,暗中攜手乍疑遲。因思别後閑牕下,織得迴文幾首詩〔一二〕。

【校記】

①濛:李校:一本作“濃”。

②無:全唐詩作“何”。

【箋注】

〔一〕作年未詳。

〔二〕故故：屢屢，常常。杜甫月："時時開暗室，故故滿青天。"仇兆鼇注："故故，猶云屢屢。"

〔三〕檀的：古代婦女用紅色點於面部的裝飾。此借指美女。杜牧寄澧州張舍人笛："檀的染時痕半月，落梅飄處響穿雲。"　銀字管：亦作"銀字"。笙笛類管樂器上用銀作字，以表示音調高低。此借指樂器。白居易南園試小樂："高調管色吹銀字，慢拽歌詞唱渭城。"

〔四〕"天明"二句：用劉晨、阮肇入天台山豔遇仙女之典。見太平御覽卷四一引劉義慶幽明録；同時似兼用巫山雲雨之典，見月真歌注〔八〕。

〔五〕醮甲：酒斟滿，捧觴醮指甲。表示暢飲。劉禹錫和樂天以鏡換酒："醮甲須歡便到來。"

〔六〕檀：猶檀注，指胭脂、唇膏一類的化妝品。句謂佳人臉色紅潤。

〔七〕錦書：世説新語卷上文學："孫興公云：'潘文爛若文錦，無處不善。'"亦見鍾嶸詩品卷上晉黄門侍郎潘岳。

〔八〕潘縣花：庾信庾子山集卷一枯樹賦："若非金谷滿園樹，即是河陽一縣花。"白居易白孔六帖卷二一："潘岳爲河陽令，樹桃李花，人號曰'河陽一縣花'。"

〔九〕仙郎：俊美的青年男子，多用於愛情關係。戴叔倫相思曲："高樓重重閉明月，腸斷仙郎隔年別。……妾身願作巫山雲，飛入仙郎夢魂里。"

〔一〇〕阿母：指鴇母。薛宜僚别青州妓段東美："阿母桃花方似錦，王孫草色正如煙。"

〔一一〕夢里行雲：用巫山雲雨之典。見卷二月真歌注〔八〕。

〔一二〕迴文詩：指前秦蘇蕙寄給丈夫的織錦迴文詩。晉書卷九六竇滔妻蘇氏傳："竇滔妻蘇氏，始平人也，名蕙，字若蘭。善屬文。滔，苻堅時爲秦州刺史，被徙流沙，蘇氏思之，織錦爲迴文旋圖詩以贈滔。宛轉循環以讀之，詞甚悽惋。"

徐鉉集校注卷四　詩

和蕭少卿見慶新居〔一〕

湘浦懷沙已不疑〔二〕,京城賜第豈前期。鼓聲到晚知坊遠,山色來多與静宜。簪屨尚應憐故物①〔三〕,稻粱空自愧華池〔四〕。新詩問我偏饒思,還念鷦鷯得一枝〔五〕。

【校記】

①屨:全唐詩校、李校:一作"履"。

【箋注】

〔一〕作於南唐保大十四年(九五六)五月或稍後。徐鉉是年五月被赦免,其獲賜新居當在同時,詩寫夏景。故繫於此。　蕭少卿:當是蕭彧。見卷二秋日雨中與蕭贊善訪殷舍人於翰林座中作注〔一〕。

〔二〕湘浦懷沙:史記卷八四屈原列傳:"於是懷石,自沈汨羅以死。"

〔三〕簪屨:同簪履,見卷三聞查建州陷賊寄鍾郎中注〔四〕。

〔四〕"稻粱"句:見卷二立秋後一日與朱舍人同直注〔三〕。

〔五〕"還念"句:莊子内篇逍遥游:"鷦鷯巢於深林,不過一枝。"

又和〔一〕

驚蓬偶駐知多幸〔二〕，斷雁重聯愜素期〔三〕。當户小山如舊識，上牆幽蘚最相宜。清風不去因栽竹，隙地無多也鑿池〔四〕。更喜良鄰有嘉樹，緑陰分得近南枝〔五〕。

【箋注】

〔一〕作於南唐保大十四年（九五六）五月或稍後。

〔二〕驚蓬。比喻行蹤飄泊不定。鮑照舞鶴賦："驚身蓬集矯翅雪飛。"王勃冬日羈游汾陰送韋少府入洛序："岐路風塵，即斷驚蓬之思。"

〔三〕斷雁重聯：比喻兄弟重逢。方干别從兄郜："已呼斷雁歸行里，全勝枯鱗在轍中。"

〔四〕"隙地"句：世説新語卷下任誕："山季倫爲荆州，時出酣暢，人爲之歌曰：'山公時一醉，徑造高陽池。'"劉孝標注引襄陽記曰："漢侍中習郁於峴山南，依范蠡養魚法，作魚池，池邊有高堤，種竹及長楸，芙蓉菱芡覆水，是游宴名處也。山簡每臨此池，未嘗不大醉而還，曰：'此是我高陽池也。'"

〔五〕南枝：見卷三送王四十五歸東都注〔五〕。

送勳道人之建安〔一〕

下國兵方起〔二〕，君家義獨聞。若爲輕世利〔三〕，歸去卧溪雲。挂席衝嵐翠〔四〕，攜筇破蘚紋。離情似霜葉，江上正紛紛。

【箋注】

〔一〕作於南唐保大十三年（九五五）十一月。十國春秋卷一六載：保大十三年，"十一月乙未朔，周下詔南侵。"據詩句"下國兵放起"、"離情似霜葉"，故繫於此。　勳道人：名未詳。　建安：建州屬縣。見十國春秋卷一一二閩地理表。今福建建甌市。

〔二〕下國:小國,對中原大國而言。禰衡鸚鵡賦:"背蠻夷之下國,侍君子之光儀。"温庭筠經五丈原:"下國卧龍空寤主,中原得鹿不由人。"此指南唐。

〔三〕世利:世間的利禄。晉書卷五五潘岳傳:"岳性輕躁,趨世利,與石崇等諂事賈謐。"

〔四〕嵐翠:蒼翠色的山霧。杜甫大曆二年九月三十日:"草敵虚嵐翠,花禁冷蘂紅。"

送許郎中歙州判官兼黟縣〔一〕

嘗聞黟縣似桃源,況是優游冠玳筵〔二〕。遺愛非遥應卧理許嘗宰涇縣,祖風猶在好尋仙許宣平,黟人,得道。朝衣舊識薰香史①〔三〕,禄米初營種秫田〔四〕。大底宦游須自適,莫辭離别二三年。

【校記】

①史:李刊本作"吏"。

【箋注】

〔一〕作年未詳。　許郎中:名未詳。　歙州:見卷二寄歙州吕判官注〔一〕。

〔二〕優游:悠閑自得。詩經大雅卷阿:"伴奂爾游矣,優游爾休矣。"　玳筵:玳瑁筵,豪華的筵席。玳瑁,爬行動物,形似龜。甲殼可做裝飾品。江總今日樂相樂:"綺殿文雅遒,玳筵歡趣密。"

〔三〕薰香史:藝文類聚卷七〇引襄陽記:"劉季和性愛香,嘗上廁還,過香爐上,主薄張坦曰:'人名公作俗人,不虚也。'季和曰:'荀令君至人家,坐處三日香,爲我如何令君,而惡我愛好也。'"(太平御覽卷七〇三所引略同此)。荀令:即荀彧,漢末官至尚書令,因稱荀令。見三國志卷一〇魏書一〇荀彧傳。徐陵烏棲曲二首其一:"風流荀令好兒郎,偏能傅粉復熏香。"

〔四〕禄米:用作俸給的粟米。韓非子卷一三外儲説右上:"倉無陳粟,府無餘財,官婦不御者出嫁之,七十受禄米。"　秫田:種植黏粟之田。李端晚春過夏侯校書值其沉醉戲贈:"阮籍供琴韻,陶潛餘秫田。"

送彭秀才南游〔一〕

問君孤棹去何之,玉笥春風楚水西〔二〕。山上斷雲分翠靄,林間晴雪入澄溪。琴心酒趣神相會①〔三〕,道士仙童手共攜〔四〕。他日時清更隨計〔五〕,莫如劉阮洞中迷〔六〕。

【校記】

①心:四庫本作"聲"。

【箋注】

〔一〕約作於南唐保大十四年(九五六)或下年春。據"他日時清"句,姑繫於此。　彭秀才:即彭汭,徐鉉門生。見卷三送彭秀才注〔一〕。

〔二〕玉笥:即玉笥山。太平寰宇記卷一〇九江南西道七吉州新淦縣:"玉笥山,在縣南六十里。道書云:'玉笥山,福地山也。'"方輿勝覽卷二一臨江軍:"玉笥山,在新淦縣,上有群玉峰、九仙臺、金牛坡、白龍巖、棲霞谷,山中有蕭子雲宅。"

〔三〕琴心:史記卷一一七司馬相如列傳:"是時卓王孫有女文君新寡,好音,故相如繆與令相重,而以琴心挑之。"此處比喻知音。

〔四〕仙童:即仙僮,仙人前執役的童子。曹丕折楊柳行:"西山一何高,高高殊無極。上有兩仙僮,不飲亦不食。"

〔五〕隨計:與"計諧"同義。史記卷一二一儒林列傳序:"郡國縣道邑有好文學,敬長上,肅政教,順鄉里,出入不悖所聞者,令相長丞上屬所二千石,二千石謹察可者,當與計偕,詣太常,得受業如弟子。"司馬貞索隱:"計,計吏也。偕,俱也。謂令與計吏俱詣太常也。"後用以稱舉人赴京會試。

〔六〕劉阮洞中迷:用劉晨、阮肇共入天台山采藥遇仙女之典,見太平御覽卷四一引幽明録。句謂彭秀才要積極入世,不要迷戀山中美景。

和明上人除夜見寄〔一〕

酌酒圍爐久①,愁襟默自增。長年逢歲暮,多病見兵興。夜色開庭燎〔二〕，寒威入硯冰〔三〕。湯師無别念〔四〕，吟坐一燈凝。

【校記】

①久：四庫本作“坐”。

【箋注】

〔一〕作於南唐保大十三年（九五五）除夕。詩云：“長年逢歲暮，多病見兵興。”按：周世宗是年十一月下詔南侵，十二月敗唐兵於壽州；次年正月，周又敗唐兵於上窑；壬寅，周主率師南侵，見十國春秋卷一六元宗本紀。徐鉉下年三月即回金陵，則詩作於是年除夕。　明上人：卷二有和明道人宿山寺、卷五有明道人歸西林求題院額作此送之，明上人與明道人或即同一人。上人：釋氏要覽稱謂引古師云：“内有德智，外有勝行，在人之上，名上人。”南朝宋以後，多作對和尚的尊稱。

〔二〕庭燎：詩經小雅庭燎：“夜如何其，夜未央，庭燎之光。”周禮注疏卷三六秋官司烜氏：“凡邦之大事，共墳燭庭燎。”鄭玄注：“墳，大也。樹於門外曰大燭，於門内曰庭燎，皆所以照衆爲明。”

〔三〕寒威：方干歲晚言事寄鄉中親友：“寒威半入龍蛇窟，暖氣全歸草樹根。”

〔四〕湯師：南朝宋詩僧惠休，俗姓湯，與鮑照交好，鮑照鮑氏集卷八有秋日示休上人、答休上人詩。後因作詠詩僧之典。此比明上人。

正初和鄂州邊郎中見寄〔一〕

潦倒含香客〔二〕，淒涼賦鵩人〔三〕。未能全卷舌〔四〕，終擬學垂綸〔五〕。故友睽離久〔六〕，音書問訊頻。相思俱老大，又見一年新。

【箋注】

〔一〕作於南唐保大十四年（九五六）正月。據詩句“潦倒含香客，淒涼賦鵩人”，知在舒州貶所，詩與和明上人除夜見寄（作于上年除夕）依次排列，作時當相距不久，故繫於此。　鄂州：十國春秋卷一一一南唐地理表：“鄂州，領縣十一：江夏、永興、唐年、漢陽、武昌、蒲圻、汉川、嘉魚、永安、通山、大冶。”轄域約今湖北武漢、鄂州、黄石、咸寧等地。　邊郎中：當是邊鎬。馬令南唐書卷一一、陸游南唐書卷五、十國春秋卷二二有傳。保大十二年（九五四），邊鎬平湖南，見十國春秋卷一六元宗本紀。

〔二〕含香：見卷三送楊郎中唐員外奉使湖南注〔二〕。

〔三〕賦鵩：見卷三得浙西郝判官書未及報聞燕王移鎮京口因寄此詩問方判官田書記消息注〔六〕及卷三和張先輩見寄二首注〔五〕。

〔四〕卷舌：即捲舌，閉口不言。文選卷四五揚雄解嘲："是以欲談者捲舌而同聲，欲步者擬足而投迹。"李善注："言不敢奇異也。故欲談者捲舌而不言，待彼發而同其聲。"

〔五〕垂綸：吕尚未出仕時曾隱居渭濱垂釣，見史記卷三二齊太公世家。故以之比喻隱居或退隱。葛洪抱朴子外篇卷一嘉遯："蓋禄厚者責重，爵尊者神勞。故漆園垂綸而不顧卿相之貴，柏成操耜而不屑諸侯之高。"

〔六〕暌離：分離；離散。世説新語卷上文學："自頃世故暌離，心事淪藴。明公啓晨光於積晦，澄百流以一源。"

送劉司直出宰〔一〕

之子有雄文，風標秀不群〔二〕。低飛從墨綬〔三〕，逸志在青雲。柳色臨流動，春光到縣分。賢人多静理〔四〕，未爽醉醺醺。

【箋注】

〔一〕作年未詳。　劉司直：名未詳。　出宰：由京官外出任縣官。後漢書卷二孝明帝紀："郎官上應列宿，出宰百里，有非其人，則民受其殃。"

〔二〕風標：世説新語卷中賞譽："王丞相云：'刁玄亮之察察，戴若思之巖巖。'"劉孝標注引虞預晉書："戴儼字若思，廣陵人。才義辯濟，有風標鋒穎。"

〔三〕墨綬：結在印鈕上的黑色絲帶，縣官及其職權的象徵。漢書卷一九上百官公卿表上："縣令、長，皆秦官，掌治其縣。萬户以上爲令，秩千石至六百石；減萬户爲長，秩五百石至三百石；……秩比六百石以上，皆銅印黑綬。"

〔四〕静理：以清净之道治理百姓，與繁苛相對。白居易故鞏縣令白府君事狀:“自鹿邑至鞏縣,皆以清直静理,聞於一時。”

送從兄赴臨川幕〔一〕

梁王籍寵就東藩〔二〕,還召鄒枚坐兔園〔三〕。今日好論天下事①,昔年同受主人恩。石頭城下春潮滿〔四〕,金柅亭邊緑樹繁②〔五〕。唯有音書慰離别,一杯相送别無言。

【校記】

①事:翁鈔本作“士”。

②全唐詩校:方輿勝覽:“臨川郡舊有金柅園,園中瀛洲亭,景物爲一州冠。”

【箋注】

〔一〕作於南唐交泰元年(九五八)三月。是年三月,李景達爲撫州大都督、臨川牧,見通鑑卷二九四。據詩意,徐鉉從兄當入景達幕府,詩寫春景,故繫於此。　從兄:當是徐憲。卷三有寄從兄憲兼示二弟詩。　臨川:撫州屬縣,南唐昭武軍治所。今江西撫州市臨川區。十國春秋卷一一三南唐藩鎮表昭武軍:“撫州,九域志云:‘吴置昭武軍於撫州,治臨川。’”

〔二〕梁王籍寵:史記卷五八梁孝王世家:“明年,漢立太子,其後梁最親,有功,又爲大國,居天下膏腴地。地北界泰山,西至高陽,四十餘城,皆多大縣。孝王,竇太后少子也,愛之,賞賜不可勝道。於是孝王築東苑,方三百餘里,廣睢陽城七十里,大治宫室,爲複道,自宫連屬於平臺三十餘里,得賜天子旌旗,出從千乘萬騎。東西馳獵,擬於天子。出言趕,入言警。招延四方豪傑,自山以東游説之士莫不畢至。”此以比李景達。

〔三〕鄒、枚:即鄒陽、枚乘。梁孝王幕賓。徐鉉從兄徐憲入景達幕府,故比之。　兔園:見卷一木蘭賦注〔一〇〕。

〔四〕石頭城:見卷二月真歌注〔九〕。

〔五〕金柅亭:在撫州臨川境内。吴曾能改齋漫録卷六事實:“金柅園,臨川郡圃舊名金柅,今則没其名。徐鉉鼎臣送從兄赴臨川幕詩云:‘石頭城下春潮滿,金梞亭邊緑柳繁。'謂此也。荆公集句送吴顯道詩亦云'臨川樓上梞園中'。"江西通志卷一五七藝文録宋樂雷發撫州偶題:"金梞亭邊柳拂城,春風繫馬酒家吟。"

送龔員外赴江州幕〔一〕

煩君更上築金臺〔二〕,世難民勞藉俊才。自有聲名馳羽檄〔三〕,不妨談笑奉罇罍。元規樓迴清風滿〔四〕,匡俗山春畫障開①〔五〕。莫忘故人離别恨,海潮迴處寄書來。

【校記】

①山:原作"仙"。據四庫本、全唐詩、李刊本改。

【箋注】

〔一〕作於後周顯德五年(九五八)五月。詩置於徐鉉自舒州歸京詩後,據詩句"煩君更上築金臺,世難民勞藉俊才",當作於周師南侵時。據十國春秋卷一一三南唐藩鎮表,知江州爲奉化軍治所。交泰元年五月,唐去帝號,奉周正朔,稱顯德五年。擢孫漢威爲奉化軍節度使。見十國春秋卷一六元宗本紀。龔員外或即此時入江州幕,姑繫於此。　龔員外:疑是龔慎儀或其從子龔穎。慎儀,十國春秋卷三〇有傳。江表志卷三後主文臣有龔穎;福建通志卷四八:"穎字同秀,慎儀從子。隨李煜歸宋,除御史。"　江州:見卷二寄江州蕭給事注〔一〕。

〔二〕筑金臺:戰國策卷二九燕策一:"燕昭王收破燕後即位,卑身厚幣以招賢者,欲將以報讎。故往見郭隗先生,曰:'齊因孤國之亂,而襲破燕。孤極知燕小力少,不足以報。然得賢士與共國,以雪先王之恥,孤之願也。敢問以國報讎者奈何?'郭隗先生對曰:'……今王誠欲致士,先從隗始;隗且見事,況賢於隗者乎?豈遠千里哉?'於是昭王爲隗築宫而師之。樂毅自魏往,鄒衍自齊往,劇辛自趙往,士爭湊燕。"

〔三〕羽檄:軍事文書,插鳥羽以示緊急。史記卷九三韓信盧綰列傳:"陳豨反,邯鄲以北皆豨有,吾以羽檄徵天下兵,未有至者,今唯獨邯鄲中兵耳。"裴駰集解:"魏武帝奏事曰:'今邊有小警,輒露檄插羽,飛羽檄之意也。'推其言,則以鳥羽插檄書,謂之羽檄,取其急速若飛鳥也。"

〔四〕元規樓:晉庾亮字元規,元規樓即庾公樓或庾亮樓,見卷二送歐陽大監游廬山注〔六〕。

〔五〕匡俗山:當在江州境内。陳書卷三四張正見傳:"梁元帝立,拜通直散騎侍郎,遷彭澤令,屬梁季喪亂,避地於匡俗山。"江西通志卷一〇五九江府引潯陽記:"匡俗字子孝,一曰子希。師老聃,得久視之道。結茅虎谿,修煉七百年。定王問太史伯陽神仙之在世者,伯陽舉五嶽諸仙以對,先生其一也。因召之,不應。又二百年,威烈王以安車迎之,使未至,先二日白日輕舉,使者至,惟得其草廬焉。人因呼爲匡山又曰匡阜。"

送朱先輩尉廬陵〔一〕

我重朱夫子,依然見古人。成名無愧色,得禄及慈親。莫歎官資屈〔二〕,寧論活計貧〔三〕。平生心氣在,終在静邊塵①〔四〕。

【校記】

①在:全唐詩作"任"。李校:一本作"倚"。

【箋注】

〔一〕作於南唐交泰元年(九五八)三月。詩云"邊塵",當指周師入侵。按周師南侵在保大十三年(九五五)十一月至交泰元年三月。南唐地方官任期一般三年左右,廬陵别朱觀先輩作於建隆二年(九六一)冬前後,見其年其詩作年考,則該詩當作於交泰元年;又,詩與送從兄赴臨川幕、送龔員外赴江州幕依次排列,當作於同一時期。姑繫於此。　朱先輩:即朱觀。見卷二和鍾郎中送朱先輩還京垂寄注〔一〕。　廬陵:吉州屬縣。見十國春秋卷一一一南唐地理表。今江西吉安市。

〔二〕官資:官吏的資歷職位。徐陵在吏部尚書答諸求官人書:"雖高官資,殊屈若斯人者,其例甚多。"

〔三〕活計:生活費用。牟融游報本寺:"不留活計存囊底,贏得詩名滿世間。”

〔四〕邊塵:邊境戰事。三國志卷三魏書三明帝紀:“新城太守孟達反,詔驃騎將軍司馬宣王討之。”裴松之注引魏魚豢魏略:“今者海内清定。萬里一統,三垂無邊塵之警,中夏無狗吠之虞。”江淹征怨詩:“何日邊塵静,庭前征馬還。”

送德林郎中學士赴東府得酒〔一〕 并序

德林始以才術優贍,入參近司,旋以地望清雅,寵登書殿〔二〕。會東畿克復〔三〕,上以君有遺愛於淮海之都①〔四〕,故輟侍從之班,攝尹正之任〔五〕。吾一二親友,共餞行舟,鉉也不才,請以言贈:理大國若烹小鮮〔六〕,言不可撓之也,況亂後乎?德林當本仁守信,體寬務斷。大兵之後,民各思乂,聽其自理,任其自營,爲之上者,導其蒙,遏其淫而已。示之以聰明,則民益迷;拘之以禁令,則民重困。棄仁則吏暴,失信則衆惑;急則民傷,不斷則民懈。慎此四者,何往而不臧。噫嘻!吾黨皆忘形者也,平生以來,胥會者幾何?思當雞犬相聞,舟輿不接〔七〕,開口而笑,攜手而游,在吾輩勉之而已。忘身徇國,急病讓夷〔八〕,德林此行,宜減離戀②,盍各賦一物以爲贈乎?九月十七日序。

酌此杯中物,茱萸滿把秋〔九〕。今朝將送别,他日是忘憂。世亂方多事,年加易得愁。政成頻一醉,亦未減風流。

【校記】

①君:李校:一本作“德林”。

②宜:四庫本作“理”。

【箋注】

〔一〕作於南唐保大十四年(九五六)九月十七日。保大十四年七月,復東都。見十國春秋卷一六元宗本紀。此詩爲送德林爲東都尹而作。原序題爲送德林郎中學士赴東府詩序,下依次列喬舜、徐鉉、蕭彧、徐鍇、陳元裕、鍾蒨分詠江、酒、菊、遠山、水、新鴻詩。鉉詩題得酒。諸人詩附後,序、題從全唐詩合併之。　德林:鍾蒨字。見卷三賦石奉送德林少尹員外注〔一〕。

〔二〕寵登書殿:即授鍾蒨集賢殿學士職,書殿即指集賢院。卷一七唐故鍾氏太夫人太原縣太君王氏墓銘："次子蒨，以屬詞敦行，從事戚藩，累登臺郎，爲集賢殿學士。"

〔三〕東畿克復：保大十四年（九五六）七月，復東都、舒、蘄、光、和、滁州。見十國春秋卷一六元宗本紀。

〔四〕"有遺愛"句：指鍾蒨於保大九年（九五一）任東都少尹之職。淮海之都，即揚州。見卷一將去廣陵别史員外南齋注〔一〕。

〔五〕攝尹正之職：即任東都尹。

〔六〕理大國若烹小鮮：老子下篇治大國："治大國，若烹小鮮。"

〔七〕雞犬相聞，舟輿不接：老子下篇小國寡民："雖有舟輿無所乘之，雖有甲兵無所陳之，使人復結繩而用之。甘其食，美其服，安其居，樂其俗。鄰國相望，雞犬之聲相聞，民至老死不相往來。"

〔八〕急病讓夷：將困難留給自己，將方便讓給别人。國語卷四魯語上："賢者急病而讓夷。"

〔九〕茱萸：見卷三九日雨中注〔二〕。

附：

得江奉送德林郎中學士

喬　舜

摻袂向江頭，朝宗勢未休。何人乘桂楫，之子過楊州。颯颯翹沙雁，漂漂逐浪鷗。欲知離别恨，半是淚和流。

得菊

蕭　彧

離情折楊柳，此别異春哉。含露東籬豔，汎香南浦杯。惜持行次贈，留插醉中迴。暮齒如能制，玉山甘判頹。

得遠山

徐　鍇

瓜步妖氛滅，崑崗草樹清。終朝空極望，今日送君行。報政秋雲静，微吟曉月生。樓中長可見，持用減離情。

得水

陳元裕

上善湛然秋，恩波洽帝猷。謾言生險浪，豈爽見安流。汎去星槎遠，澄來月練浮。滔滔對離酌，入洛稱仙舟。

得新鴻別諸同志

鍾　蒨

隨陽來萬里，點點度遥空。影落長江水，聲悲半夜風。殘秋辭絶漠，無定似驚蓬。我有離群恨，飄飄類此鴻。

送陳先生之洪井寄蕭少卿①〔一〕

聞君仙袂指洪涯〔二〕，我憶情人別路賒。知有歡娱游楚澤，更無書札到京華。雲開驛閣連江静②，春滿西山倚漢斜〔三〕。此處相逢應見問，爲言搔首望龍沙〔四〕。

【校記】

①井：原作"并"，據四庫本、黄校本、全唐詩改。

②開：原作“間”，據四庫本、全唐詩、李刊本、徐校改。

【箋注】

〔一〕約作於後周顯德五年（九五八）或稍後。蕭少卿即蕭彧，見卷二秋日雨中與蕭贊善訪殷舍人於翰林座中作注〔一〕。李景遂是年三月爲江南西道兵馬元帥、洪州大都督，見十國春秋卷一六元宗本紀。蕭彧隨至洪州，兩年之内即卒。參卷二和蕭郎中小雪日作作年考。是詩當作於其後。姑繫於此。　陳先生：當是陳貺。江南野史卷六本傳：“處士陳貺者，閩中人。少孤貧好學，游廬山，刻苦進修，詩書蓄數千卷，有詩名。……嗣主聞之，以幣帛徵之，乃襆巾絛帶，布裘鹿鞾，引見宴語。因授以官，貺苦辭不受。嗣主見其言語朴野，翔集疏遠，不却其志，因錫以粟帛放還舊居。又十餘年而卒，時及七十矣。”　洪井：北魏酈道元水經注卷三九贛水：“西行二十里曰厭原山。……西北五六晨有洪井，飛流懸注，其深無底，舊説洪崖先生之井也。北五六里有風雨池，言山高瀨激，激著樹木，霏散遠灑若雨。”江西通志卷三八古迹一南昌府：“洪井，豫章記：‘厭原山西北余倂村五六里有洪井。’志云：‘洪崖先生之井。’荆州記：‘洪州厭原山有風雨池，言山高水深，流激著樹，灑如風雨。云是洪崖之井。’按此洪井即今西山風雨池。”

〔二〕洪涯：見卷二送應之道人歸江西注〔二〕。

〔三〕西山：見卷三寄蕭給事注〔三〕。

〔四〕龍沙：見卷二送應之道人歸江西注〔四〕。

送龔明府九江歸寧〔一〕

茂宰隳官去〔二〕，扁舟著綵衣〔三〕。湓城春酒熟〔四〕，匡阜野花稀①〔五〕。解纜垂楊緑，開帆宿鷺飛。一朝吾道泰，還逐落潮歸。

【校記】

①匡：四庫本作“瓜”。

【箋注】

〔一〕作年未詳。　龔明府：卷一九有送武進龔明府之官序，龔明府當爲同一人。據徐鉉序文,知其曾作武進令。其餘未詳。唐代稱縣令爲明府。 九江:屬江州。此沿隋唐舊稱。今江西九江市。

〔二〕茂宰:對縣官的敬稱。謝朓和伏武昌登孫權故城:"雄圖悵若兹,茂宰深遐睠。"杜甫送趙十七明府之縣:"連城爲寶重,茂宰得才新。"

〔三〕綵衣:太平御覽卷四一三引南朝宋師覺授孝子傳:"老萊子者,楚人。行年七十,父母俱存。至孝烝烝,嘗著斑斕之衣,爲親取飲上堂,脚跌,恐傷父母之心,因僕地爲嬰兒啼。"藝文類聚卷二〇引列女傳:"老萊子孝養二親,行年七十,嬰兒自娱。著五色采衣,嘗取漿上堂,跌仆,因卧地爲小兒啼。或弄烏鳥於親側。"後因以"綵衣"作孝養父母之典。龔明府此行爲省親,故云。

〔四〕湓城:唐屬江州。元和郡縣圖志卷二八江南道四洪州:"東晉元帝時,江州自豫章移理武昌郡,自後或理湓城,或理潯陽,或理半洲,並在湓城側近。"太平寰宇記卷一一一江南西道九江州:"唐武德四年平林士弘,置江州,領湓城、潯陽、彭澤三縣。五年置總管,管江、鄂、智、浩四州,並管昌、洪四総管府。又分湓城置楚城縣,分彭澤置都昌縣。八年廢浩州及樂城縣入彭澤縣,又廢湓城入潯陽。"此或用舊稱。

〔五〕匡阜:見本卷送龔員外赴江州幕注〔五〕。

和江西蕭少卿見寄二首〔一〕

亡羊岐路愧司南〔二〕,二紀窮通聚散三〔三〕。老去何妨從笑傲,病來看欲懶朝參。離腸似綫常憂斷,世態如湯不可探。珍重加飡省思慮,時時斟酒壓山嵐。

身遥上國三千里〔四〕,名在朝中二十春。金印不須辭入幕〔五〕,麻衣曾此歎迷津〔六〕。卷舒由我真齊物〔七〕,憂喜忘心即養神。世路風波自翻覆,虚舟無計得沉淪〔八〕。

【箋注】

〔一〕作於南唐交泰元年(九五八)三月稍後。蕭少卿即蕭彧。通鑑卷二九四載:李景遂是年三月爲江南西道兵馬元帥、洪州大都督。蕭彧隨景遂幕下,已見本卷送陳先生之洪井寄蕭少卿作年考。又,本卷稍下文或少卿文山郎中交好深至二紀已餘睽别數年二子長逝奉使嶺表途次南康弔孫氏之孤於家覩文或手書於僧室慷慨悲歎留題此詩作於建隆三年(九六二),言蕭彧已卒數年,知其任景遂幕不久即卒。故繫於此。

〔二〕亡羊歧路:列子卷八説符:"揚子之鄰人亡羊,既率其黨,又請揚子之豎追之。揚子曰:'嘻!亡一羊何追者之衆?'鄰人曰:'多歧路。'既反,問:'獲羊乎?'曰:'亡之矣。'曰:'奚亡之?'曰:'歧路之中又有歧焉,吾不知所之,所以反也。'"　司南:我國古代辨别方向用的一種儀器,類似於現在的指南針。

〔三〕二紀:一紀一般爲十二年,此當爲約數。

〔四〕上國:指京城。參卷二送元帥書記高郎中出爲婺源建威軍使注〔六〕。

〔五〕金印:指官職。杜甫陪李王蘇李四使君登惠義寺:"誰能解金印,瀟灑自安禪。"

〔六〕麻衣:古代官員家居時穿的常服。詩經曹風蜉蝣:"蜉蝣掘閲,麻衣如雪。"鄭玄箋:"麻衣,深衣。諸侯之朝,朝服;朝夕則深衣也。"

〔七〕齊物:莊子内篇齊物論中所闡述的一種哲學思想,認爲宇宙間一切事物如生死壽夭、是非得失、物我有無,都應當同等看待。晉劉琨答盧諶詩一首並書:"遠慕老莊之齊物,近嘉阮生之放曠。"

〔八〕虚舟:見卷二秋日盧龍村舍注〔二〕。

送薛少卿赴青陽〔一〕

我愛陶静節〔二〕,吏隱從弦歌〔三〕。我愛費徵君〔四〕,高卧歸九華〔五〕。清風激頽波,來者無以加①。我志兩不遂,漂淪浩無涯。數奇時且亂〔六〕,此圖今愈賒②。賢哉薛夫子,高舉凌晨霞。安民即是道〔七〕,投足皆爲家。功名與權位,悠悠何用誇。攜朋出遠郊,酌酒藉平沙。雲收遠天静,江闊片帆斜。離懷與企羡〔八〕,南望長咨嗟。

【校記】

①無:黄校本作“何”。

②圖:四庫本作“途”。

【箋注】

〔一〕作於南唐保大十四(九五六)年四月。詩言漂淪、數奇、時亂等,當作於自舒州歸京賦閑時期。 薛少卿:名未詳。 青陽:十國春秋卷一一一南唐地理表:“池州,舊有青陽、銅陵二縣。”即今安徽青陽縣。

〔二〕陶静節:陶淵明卒後好友私謚靖節。蓋于時避南朝宋諱(劉裕祖名靖)改爲静節,徐鉉沿用之。

〔三〕吏隱:不以利禄縈心,雖居官而猶如隱者。宋之問藍田山莊:“宦游非吏隱,心事好幽偏。” 弦歌:論語陽貨記孔子學生子游任武城宰,以弦歌爲教民之具。後用作出任邑令之典。晉書卷九四陶淵明傳:“謂親朋曰:‘聊欲弦歌,以爲三徑之資,可乎?’執事者聞之,以爲彭澤令。”

〔四〕費徵君:即費冠卿,字子軍,青陽(今安徽青陽縣)人。元和二年(八〇七)及第進士後,驚悉母病危,不及告假,星夜馳歸。於母墓旁結廬,守孝三年。嗣後隱居九華山少微峰下十餘年。長慶二年(八二二),御史李仁修上疏朝廷推薦,穆宗徵召之。費曰:“得禄養親耳,喪親何以禄爲?”婉辭不就。時人尊爲費徵君。事見唐摭言卷八、唐詩紀事卷六〇。

〔五〕九華:即九華山。今在安徽青陽縣。太平寰宇記卷一〇五江南西道三池州青陽縣:“九華山,在縣二十里。舊名九子山。李白以有九峰如蓮花削成,改爲九華山,因有詩云:‘天河溢緑水,秀出九芙蓉。’”李白改九子山爲九華山聯句並序:“青陽縣南有九子山,山高數十丈。上有九峰如蓮花,……予乃削其舊號,加以九華之目。”

〔六〕數奇:見卷三酬郭先輩注〔一七〕。

〔七〕安民:尚書正義卷四皋陶謨:“在知人,在安民。”孔穎達疏:“在於能安下民。”陸機五等諸侯論:“修己安民,良士之所希及。”

〔八〕企羨:仰慕。北史卷四七陽休之傳:“休之始爲行臺郎,便坦然投分,文酒會同,相得甚款,鄉曲人士,莫不企羨焉。”

送高起居之涇縣〔一〕

右史罷朝歸〔二〕，之官句水湄〔三〕。别我行千里，送君傾一巵。酒罷長歎息，此歎君應悲。亂中吾道薄，卿族舊人稀。胡爲佩銅墨〔四〕，去此白玉墀①〔五〕。吏事豈所堪，民病何可醫。藏用清其心〔六〕，此外慎勿爲。縣郭有佳境，千峰谿水西。雲樹沓迴合，巖巒互蔽虧。彈琴坐其中〔七〕，世事吾不知。時時寄書札，以慰長相思。

【校記】

①去此：翁鈔本作"此去"。

【箋注】

〔一〕作於後周顯德六年（九五九）前後。詩寫時亂民病，應是淮南用兵後不久。　高起居：疑是高越，見卷一送史館高員外使嶺南注〔一〕。　涇縣：宣州屬縣。見十國春秋卷一一一南唐地理表。今安徽涇縣。

〔二〕右史：起居舍人的别稱。

〔三〕句水：即句谿，在宣城東五里，見祝穆方輿勝覽卷一五。

〔四〕銅墨：縣令佩銅墨，因代指縣令。漢書卷一九上百官公卿表上："縣令、長，皆秦官，掌治其縣。萬户以上爲令，秩千石至六百石。""秩比六百石以上，皆銅印黑綬。"王融永明十一年策秀才文："頃深汰珪符，妙簡銅墨。"吕延濟注："銅墨，謂縣令。"

〔五〕白玉墀：宫殿前的玉石臺階，此借指朝堂。元稹酬樂天："顧我何爲者，翻侍白玉墀。"

〔六〕藏用：周易正義卷七繫辭上："顯諸仁，藏諸用，鼓萬物而不與聖人同憂。"孔穎達疏："藏諸用者，潛藏功用，不使物知。"

〔七〕"彈琴"句：用宓子賤鳴琴而治之典。吕氏春秋卷二一開春論："宓子賤治單父，彈鳴琴，身不下堂而單父治。"

宿茅山寄舍弟〔一〕

茅許禀靈氣〔二〕，一家同上賓。仙山空有廟，舉世更無人。獨往誠違俗〔三〕，浮名亦累真。當年各自勉，雲洞鎮長春。

【箋注】

〔一〕作於宋建隆元年（九六〇）夏。本卷宿茅山寄舍弟、晚憩白鶴廟寄句容張少府、題紫陽觀、題奚道士、題碧岩亭贈孫尊師、題白鶴廟、步虛詞五首、留題等詩當是徐鉉游茅山時同時所作。卷一二有茅山紫陽觀碑銘，據茅山志録金石第十一上卷一二云："茅山紫陽觀碑銘序，朝議郎、守太子右諭德、武騎尉、賜紫金魚袋臣徐鉉奉制撰……歲己未十二月一日建。"知紫陽觀建成在九五九（己未）年，則其游茅山當在此後。據晚憩白鶴廟寄句容張少府："山空暑更寒。"知爲夏景。故繫於此。　茅山：梁書卷五一陶弘景傳："（弘景）於是止於句容之句曲山。恒曰：'此山下第八洞宫，名金壇華陽之天，周回一百五十里。昔漢有咸陽三茅君得道，來掌此山，故謂之茅山。'"元和郡縣圖志卷二五江南道一潤州延陵縣："茅山，在縣西南三十五里。三茅得道之所。"同上卷句容縣："縣有茅山。……在縣東南六十里。"　舍弟：即徐鍇。

〔二〕茅許：即茅盈與許邁。茅盈，大茅君盈南至句曲之山，天皇大帝拜盈爲東岳上卿司命真君太元真人。見太平廣記卷一一大茅君引集仙傳。許邁字叔玄，一名映，又改名玄，字遠游，丹陽句容（今江蘇句容縣）人。放絶世務，往来茅嶺之洞室，莫測所終，皆謂羽化。見晉書卷八〇本傳。

〔三〕違俗：漢書卷八六何武王嘉師丹傳贊："依世則廢道，違俗則危殆，此古人所以難受爵位者也。"

晚憩白鶴廟寄句容張少府〔一〕

日入林初静，山空暑更寒。泉鳴細巖竇，鶴唳眇雲端。拂榻安棋局，焚香戴道冠。望君殊不見，終夕凭欄干。

【箋注】

〔一〕作於宋建隆元年(九六〇)夏。詳見上宿茅山寄舍弟注〔一〕。　白鶴廟:景定建康志卷四五祠祀志二:"昇元觀在中茅峰西。考證:'本名白鶴廟,劉至孝三遇仙桃之所也。'"至大金陵新志卷一一上"白鶴廟在溧陽州朝山下"條下注云:"按:茅山昇元觀有白鶴廟寺,州志:'舊經云,昔仙人釣魚于此,雙鶴來朝集廟屋上,因名。'"　句容:西都江寧府屬縣。見十國春秋卷一一一南唐地理表。今江蘇句容縣。　張少府:當是張佖,亦作張泌,江表志卷下、江南餘載卷上載爲後主文臣。十國春秋卷二五本傳:"張泌,事元宗父子,官句容縣尉。"唐稱縣令爲明府,縣尉乃縣之佐,稱少府。

題紫陽觀〔一〕

南朝名士富仙才〔二〕,追步東卿遂不迴①〔三〕。丹井自深桐暗老〔四〕,祠宫長在鶴頻來。巖邊桂樹攀仍倚,洞口桃花落復開。惆悵霓裳太平事,一函真迹鏁昭臺〔五〕。

【校記】

①卿:原作"鄉",據全唐詩改。

【箋注】

〔一〕作於宋建隆元年(九六〇)夏。詳見本卷宿茅山寄舍弟注〔一〕。紫陽觀:在茅山。卷一二有茅山紫陽觀碑銘。景定建康志卷四五祠祀志二玉晨觀:"世人稱爲茅山第一福地。考證:'高辛時展上公、周時郭真人巴陵侯、漢時杜廣平、東晉楊真人、許長史父子、唐李玄静、南唐王貞素,並在此得道,梁時陶隱居於此精修爲朱陽館,唐太宗時爲華陽觀,玄宗時爲紫陽觀,皇朝大中祥符元年九月奉敕改爲玉晨觀。'"

〔二〕南朝名士:指東晉楊真人、許長史父子等在此得道之人。

〔三〕東卿:雲笈七籤卷一一〇洞仙傳茅濛:"茅濛字初成,咸陽南關人也。即東卿司命君盈之高祖。"茅盈被天皇大帝拜爲東岳上卿司命真君太元真人,簡稱東卿。陸龜蒙送潤卿還華陽:"殷勤爲向東卿薦,灑掃含真雪後臺。"和襲美寄廣文:“峰前北帝三元會,石上東卿九錫文。”羅隱送程尊師東游有寄:“絳簡便應朝右弼,紫旄兼合見東卿。”

〔四〕丹井:即許長史井。卷一四有許真人井銘。景定建康志卷一九引舊志:“許長史井在茅山玉晨觀内,今有碑碣存。事蹟:陶隱居云:‘舊在許長史宅。’歲久堙没,後得井於觀中,其泉色白而甘。有井銘,乃徐鉉所作。”許長史,即許謐,一名穆,字思玄,本汝南平輿(今河南平輿縣)人。世居丹陽句容(今江蘇句容市)東晉簡文帝時,歷護軍長史、散騎常侍等職,後歸隱茅山,於宅南鑿井。卒後被封爲上清真人。見陶弘景許長史舊館壇碑。

〔五〕“惆悵”二句:感歎今非昔比。紫陽觀名,乃唐玄宗時所改,而今世易時移,盛世不再。霓裳:即霓裳羽衣曲。唐著名法曲,開元中河西節度使楊敬忠所獻。初名婆羅門曲,經唐玄宗潤色並制歌詞,改名。　昭臺:即昭臺宫。漢代宫名。漢書卷九七上孝宣霍皇后:“霍后立五年,廢處昭臺宫。”顔師古注:“在上林中。”此比唐宫殿。

贈奚道士〔一〕 含象

先生曾有洞天期①〔二〕,猶傍天壇摘紫芝〔三〕。處世自能心混沌,全真誰見德支離〔四〕。玉霄塵閉人長在②〔五〕,金鼎功成俗未知〔六〕。他日飆輪謁茅許〔七〕,願同雞犬去相隨〔八〕。

【校記】

①先:四庫本、李刊本作“奚”。

②塵閉:四庫本作“宫遠”。

【箋注】

〔一〕作於宋建隆元年(九六〇)夏。詳見本卷宿茅山寄舍弟注〔一〕。奚道士:含象或爲其名,其餘未詳。

〔二〕洞天:道教稱神仙的居處,意謂洞中别有天地。此指風景勝地。

〔三〕天壇:王屋山的絶頂,相傳爲黄帝禮天處。杜甫昔游:“王喬下天壇,微月映皓鶴。”仇兆鼇注:“王屋山絶頂曰天壇。”　紫芝:一種真菌,也稱木芝,似靈芝。古人以爲瑞草,道教以爲仙草。四皓爲避秦暴政,隱居藍田山作歌,謂紫芝可以療飢,自述隱居之志。見晉皇甫謐高士傳卷中。後因作詠隱居之典。

〔四〕德支離:謂德有所殘缺。莊子内篇人間世:"夫支離其形者,猶足以養其身,終其天年,又況支離其德者乎!"

〔五〕玉霄:即天界。常建古意:"玉霄九重閉,金鎖夜不開。"

〔六〕金鼎:道士煉丹之鼎爐,此指煉丹。江淹别賦:"鍊金鼎而方堅。"李白避地司空原言懷:"傾家事金鼎,年貌可長新。"金鼎功成即修煉成功。

〔七〕飈輪:御風而行的神車。　茅許:見本卷宿茅山寄舍弟注〔二〕。

〔八〕雞犬相隨:王充論衡卷七道虚:"淮南王學道,招會天下有道之人,傾一國之尊,下道術之士。是以道術之士並會淮南,奇方異術,莫不争出。王遂得道,舉家升天,畜產皆仙,犬吠於天上,雞鳴於雲中。此言仙藥有餘,犬雞食之,並隨王而升天也。"

題碧巖亭贈孫尊師〔一〕

絶境何人識,高亭萬象含。凭軒臨樹杪,逆目極天南①〔二〕。積靄生泉洞,歸雲鏁石龕〔三〕。丹霞披翠巘〔四〕,白鳥带晴嵐。仙去留虚室,龍歸漲碧潭。幽巖君獨愛,玄味我曾耽〔五〕。世上愁何限,人間事久諳。終須脱羈鞅②〔六〕,來此會空談。

【校記】

①逆:全唐詩、李刊本作"送"。

②鞅:四庫本作"靮"。

【箋注】

〔一〕作於宋建隆元年(九六〇)夏。詳見本卷宿茅山寄舍弟注〔一〕。碧巖亭:地未詳。　孫尊師:名未詳。

〔二〕逆目:即目逆。以目光相迎。左傳桓公元年:"宋華父督見孔父之妻于路,目逆而送之。"孔穎達疏:"未至則目逆,既過則目送。俱是目也,故以目冠之。"

〔三〕石龕:供奉神像或神主的小石閣。

〔四〕翠巘:青翠的山峰。杜甫贈王二十四侍御契四十韻:"名園當翠巘,野棹没青蘋。"

〔五〕玄味:指老莊之道。雲笈七籤卷四:"余少耽玄味,志愛經書。"

〔六〕羈鞅:羈爲馬絡頭,鞅爲牛韁繩,比喻束縛。王維謁璿上人:"浮名寄纓珮,空性無羈鞅。"

題白鶴廟〔一〕

平生心事向玄關〔二〕,一入仙鄉似舊山〔三〕。白鶴唳空晴眇眇〔四〕,丹砂流澗暮潺潺〔五〕。嘗嗟多病嫌中藥〔六〕,擬問真經乞小還〔七〕。滿洞煙霞互陵亂,何峰臺榭是蕭閑〔八〕。

【箋注】

〔一〕作於宋建隆元年(九六〇)夏。詳見本卷宿茅山寄舍弟注〔一〕。

〔二〕玄關:佛教稱入道的法門,此自指心儀道家。

〔三〕仙鄉:仙人所居處,仙界。此指道教聖地茅山。

〔四〕"白鶴"句:至大金陵新志卷一一上"白鶴廟在溧陽州朝山下"條下引州志:"舊經云,昔仙人釣魚于此,雙鶴來朝集廟屋上,因名。"

〔五〕丹砂。謂以丹砂煉成丹藥。江淹蓮花賦:"味靈丹沙,氣驗青臒。"

〔六〕中藥:平和的藥物。嵇康養生論:"故神農曰'上藥養命,中藥養性'者,誠知性命之理,因輔養以通也。"張華博物志卷七:"中藥養性,謂合歡蠲忿,萱草忘憂。"

〔七〕小還:即太乙小還丹。以水銀、石硫黄等煉制的道教所謂的長生藥。見蘇元明太清石壁記。韓翃贈别華陰道士:"恥論方士小還丹,好飲仙人太玄酪。"

〔八〕蕭閑:即蕭閑宫或蕭閑堂。陶弘景真誥卷一二稽神樞第二:"又有童初、蕭閑堂二宫,以處男子之學也。"同上卷一三稽神樞第三游集:"寢宴含真館,高會蕭閑宫。”方輿勝覽卷三鎮江府:“蕭閑堂,在鐵甕門西,接茅山洞中。”

步虚詞五首〔一〕

氣爲還元正〔二〕,心由抱一靈〔三〕。凝神歸罔象〔四〕,飛步入青冥〔五〕。整服乘三素〔六〕,旋綱躡九星①〔七〕。瓊章開後學〔八〕,稽首奉真經〔九〕。

天帝黄金闕,真人紫錦書〔一〇〕。霓裳紛蔽景〔一一〕,羽服迴陵虚②〔一二〕。白鶴能爲使〔一三〕,班麟解駕車〔一四〕。靈符終願借〔一五〕,轉共世情疏。

聖主過幽谷,虚皇在蘂宫〔一六〕。五千宗物母〔一七〕,七字秘神童。世上金壺遠〔一八〕,人間玉籥空〔一九〕。唯餘養身法,修此與天通。

何處求玄解〔二〇〕,人間有洞天。勤行皆是道,謫下尚爲仙。蔽景乘朱鳳〔二一〕,排虚駕紫煙〔二二〕。不嫌園吏傲〔二三〕,願在玉宸前〔二四〕

三素霏霏遠,盟威凛凛寒。火鈴空滅没〔二五〕,星斗曉闌干③〔二六〕。佩響流虚殿,爐煙在醮壇〔二七〕。蕭寥不可極④,驂駕上雲端。

【校記】

①綱:四庫本作“罡”。

②陵:黄校本作“臨”。

③曉:李校:一本作“繞”。

④廖:四庫本作“條”。

【箋注】

〔一〕作於宋建隆元年(九六〇)夏。詳見本卷宿茅山寄舍弟注〔一〕。步虚詞:樂府古體要解:“步虚詞,道觀所唱,備言衆仙縹緲輕舉之美。”任半塘唐聲詩(下)第十三七言四句:“步虚詞,傳始見於北周,隋唐因之。‘步虚’猶言‘飛昇’,道家謂神仙縹緲輕舉。别名步虚、步虚歌、步虚子。七言、四句,二十八字,三平或三仄韻。平韻如七絶,首句以仄起。亦有拗格。平韻者較多,爲常體;仄韻者爲别體。”

〔二〕還元:恢復、滋養元氣。

〔三〕一靈:心靈,靈魂。韓偓贈僧:“三接舊承前席遇,一靈今用戒香燻。”

〔四〕罔象:文選卷一七王褒洞簫賦:“薄索合遝,罔象相求。”李善注:“罔象,虚無罔象然也。”

〔五〕青冥:指仙境。李白夢游天姥吟留别:“青冥浩蕩不見底,日月照耀金銀臺。”

〔六〕三素:黄庭内景經隱影:“四氣所含列宿分,紫煙上下三素雲。”注云:“三素者,紫素、白素、黄素也,此三元妙氣。”

〔七〕九星:逸周書卷三小開武:“三極:一維天九星,二維地九州,三維人四左。”孔晁注:“九星,四方及五星也。”

〔八〕瓊章:對人詩文的美稱。王光庭奉和聖制送張説巡邊:“瓊章九霄發,錫宴五衢通。”

〔九〕稽首:道士舉一手向人行禮。

〔一〇〕紫錦書:即紫書,指道經。班固漢武帝内傳:“地真素訣,長生紫書。”

〔一一〕霓裳:相傳神仙以雲霓爲裳。楚辭卷二九歌東君:“青雲衣兮白霓裳,舉長矢兮射天狼。”

〔一二〕羽服:仙人或道士的衣服。黄庭内景經隱影:“羽服一整八風驅,控駕三素乘晨霞。”梁丘子注:“上清寶文仙人有五色羽衣。”沈約郊居賦:“飡嘉食而却老,振羽服於清都。”

〔一三〕“白鶴”句:舊題劉向列仙傳卷上王子喬:“王子喬者,周靈王太子晉也。好吹笙作鳳凰鳴。游伊洛之間,道士浮丘公接以上嵩高山。三十餘年後,求之於山上。見桓良曰:‘告我家,七月七日待我於緱氏山巔。’至時果乘白鶴駐山頭。望之不得到,舉手謝時人,數日而去。”

〔一四〕“班麟”句:王勃七夕賦:“駐麟駕,披鸞幕。”蔣清翊注引神仙傳:“蔡經曰:‘王君出城,唯乘一黄麟,將十數侍人。’”

〔一五〕靈符:道教的符籙。岑參送許子擢第歸江寧拜親因寄王大昌齡:“玄元告靈符,丹洞獲其銘。”

〔一六〕蘂宫:即蘂珠宫,道家所説的神仙宫闕。黄庭内景經:“太上大道玉晨君,閑居蘂珠作七言。”蔣國祚注:“蘂珠者,天上宫名。”

〔一七〕物母:萬物的本源。張賈天道運行成歲賦:“節乃歲經,在一寒而一暑;氣爲物母,自無名而有名。”

〔一八〕金壺:代指酒。韓翃田倉曹東亭夏夜飲得春字:“玉佩迎初夜,金壺醉老春。”

〔一九〕玉籥:玉飾的管樂器,此爲笙歌。

〔二〇〕玄解:指深奥難解的道理。劉勰文心雕龍卷六神思:“積學以儲寶,酌理以富才,研閲以窮照,馴致以懌辭,然後使玄解之宰,尋聲律而定墨。”陸龜蒙和襲美寄懷南陽潤卿:“才情未擬湯從事,玄解猶嫌竺道人。”

〔二一〕朱鳳:朱雀,傳説中的祥瑞動物。三輔黄圖卷三未央宫:“蒼龍、白虎、朱雀、玄武,天之四靈,以正四方,王者制宫闕殿閣取法焉。”庾信齊王進赤雀表:“獲一赤雀,光同朱鳳,色類丹烏。”

〔二二〕紫煙:紫色瑞雲。郭璞游仙詩:“赤松臨上游,駕鴻乘紫煙。”

〔二三〕園吏傲:見卷二寄江都路員外注〔二〕。

〔二四〕玉宸:指天帝。

〔二五〕火鈴:道士所用的法器。皮日休入林屋洞:“腰下佩金獸,手中持火鈴。”

〔二六〕闌干:横斜貌。曹植善哉行:“月没參横,北斗闌干。”

〔二七〕醮壇:道士祭神的壇場。白居易贈朱道士:“醮壇北向宵占斗,寢室東開早納陽。”

留題①〔一〕

瑶壇醮罷晚雲開〔二〕,羽客分飛俗士迴②〔三〕。爲報移文不須勒〔四〕,未曾游處待重來。

【校記】

①留題:全唐詩、李刊本作“留題仙觀”。

②分:四庫本作“紛”。

【箋注】

〔一〕作於宋建隆元年(九六〇)夏。詳見本卷宿茅山寄舍弟注〔一〕。

〔二〕瑶壇:祭壇的美稱。楊炯少室山少姨廟碑:"洛水瑶壇,旁臨虙妃之館。"

〔三〕羽客:見卷二題畫石山注〔三〕。

〔四〕移文:孔稚珪北山移文:"請回俗士駕,爲君謝逋客。"

和陳洗馬山莊新泉①〔一〕

已開山館待抽簪〔二〕,更要巖泉欲洗心〔三〕。常被松聲迷細韻,急流花片落高岑〔四〕。便疏淺瀨穿莎徑,始有清光映竹林。何日煎茶醖香酒,沙邊同聽暝猿吟。

【校記】

①四庫本題下注:新泉乃古迹,洗馬所重修也。

【箋注】

〔一〕作於南唐交泰元年(九五八)三月。陳洗馬即陳翊。本卷稍下有和陳贊善致仕還京口詩、卷一九有送贊善大夫陳翊致仕還鄉詩序文。序文云:"太子洗馬陳翊,江浙炳靈,……時方多難,寄切司聰。……及少海告符,摇山表慶。天下之本既正,四郊之壘亦罷。於是詠遂初之賦,決高謝之懷。……副君執手流涕,似宜都之别宏景。"詳文意,知周師罷兵,陳翊以贊善大夫致仕還鄉,太子弘冀與徐鉉等送行。按:南唐割地,奉周正朔,在交泰元年五月,見十國春秋卷一六元宗本紀。而此詩云"待抽簪",則即將致仕。詩寫落花,當爲春景,故繫於是年三月。 洗馬:見卷三和鍾郎中送朱先輩還京垂寄注〔二〕。

〔二〕抽簪:古時官員用簪連冠於髮,故稱棄官引退爲抽簪。沈約應詔樂游苑餞吕僧珍詩:"將陪告成禮,待此未抽簪。"文選卷二一張協詠史:"抽簪解朝衣,散髮歸海隅。"李善注均引鍾會遺榮賦:"散髮抽簪,永縱一壑。"

〔三〕洗心:除去雜念。周易正義卷七繫辭上:"聖人以此洗心。"藝文類聚卷三〇引董仲舒士不遇賦:"退洗心而内訟,固亦未知其所從。"

〔四〕高岑：文選卷一一王粲登樓賦："平原遠而極目兮，蔽荆山之高岑。"李善注："山小而高曰岑。"

奉和七夕應令〔一〕

今宵星漢共晶光，應笑羅敷嫁侍郎〔二〕。斗柄易傾離恨促，河流不盡後期長。静聞天籟疑鳴佩〔三〕，醉折荷花想豔粧。誰見宣猷堂上宴〔四〕，一篇清韻振金鐺〔五〕。

【箋注】

〔一〕作於後周顯德五年（九五八）或六年七月七日。該詩與下首又和八日均爲應李弘冀令而作。弘冀於交泰元年三月立爲太子，顯德六年（九五九）七月屬疾，九月卒，見十國春秋卷一六元宗本紀。　應令：魏晉以來應皇太子之命而作的詩文。趙殿成箋注王維從岐王過楊氏別業應教："魏晉以來，人臣於文字間，有屬和於天子，曰應詔；於太子，曰應令；於諸王，曰應教。"

〔二〕羅敷：見卷三離歌辭五首注〔三〕。

〔三〕鳴佩：行走時腰間所帶玉佩發出的聲音。

〔四〕宣猷堂：東宫殿堂名。梁書卷三武帝本紀下："皇太子、宣城王亦於東宫宣猷堂及揚州廨開講，於是四方郡國，趨學向風，雲集於京師矣。"

〔五〕"一篇"句：梁書卷三五蕭子顯傳附蕭愷傳："太宗在東宫，早引接之。時中庶子謝嘏出守建安，於宣猷堂宴餞，並召時才賦詩。同用十五劇韻，愷詩先就，其辭又美。"

又和八日〔一〕

微雲疏雨淡新秋，曉夢依俙十二樓〔二〕。故作别離應有以，擬延更漏共無由。那教人世長多恨，未必天仙不解愁。博望苑中殘酒醒〔三〕，香風佳氣獨遲留。

【箋注】

〔一〕作於後周顯德五年（九五八）或六年七月八日。

〔二〕十二樓：史記卷二八封禪書："方士有言'黄帝時爲五城十二樓，以候神人於執期，命曰迎年'。上許作之如方，命曰明年。"漢書卷二五下郊祀志下："五城十二樓。"顔師古注引應劭曰："昆侖玄圃五城十二樓，仙人之所常居。"七夕爲牛女仙人相會之時，次日和詩，故云"曉夢"。

〔三〕博望苑：太子接待賓客之所。漢書卷六三戾太子劉據傳："及冠就宫，上爲立博望苑，使通賓客。"三辅黄圖卷四苑囿："博望苑，武帝立子據爲太子，爲太子開博望苑以通賓客。漢書曰：'武帝年二十九乃得太子，甚喜。太子冠，爲立博望苑，使之通賓客從其所好。'又云'博望苑在長安城南，杜門外五里有遺址。"

和印先輩及第後獻座主朱舍人郊居之作〔一〕

成名郊外掩柴扉，樹影蟬聲共息機〔二〕。積雨暗封青蘚徑，好風輕透白疏衣①〔三〕。嘉魚始賦人争誦〔四〕，荆玉頻收國自肥〔五〕。獨坐公廳正煩暑，喜吟新詠見玄微〔六〕印以南有嘉魚賦及第。

【校記】

①疏：全唐詩作"練"，並注："所於"切。李校："練"諸本多悮作"疎"，英元案：全唐詩校：練，"所於"切。案説文新附：練，布屬，从糸，束聲，"所葅"切。

【箋注】

〔一〕作於南唐保大十二（九五四）夏。印先輩，當是印崇粲或印崇禮。見卷三印秀才至舒州見尋别後寄詩依韻和注〔一〕。朱舍人當是朱鞏。其於保大十二年二月知貢舉，見陸游南唐書卷二嗣主書。則印氏及第當在是年。又，卷一六唐故印府君墓誌云："君諱某，字某。……保大丙寅（按：保大無丙寅年，當是丙辰之誤）歲夏四月日考命終。……子崇禮、崇粲，舉進士。"言丙辰年（九五六）四月，印氏兄弟已及第，亦可旁證。詩寫夏景，故繫於此。

〔二〕息機：息滅機心。語本莊子外篇天地中所記灌圃老者之言："吾聞之吾師,有機械者必有機事,有機事者必有機心。機心存於胸中,則純白不備。純白不備則神生不定,神生不定者,道之所不載也。吾非不知,羞而不爲也。"楞嚴經卷六:"息機歸寂然,諸幻成無性。"杜甫將赴成都草堂途中有作先寄嚴鄭公:"側身天地更懷古,回首風塵甘息機。"

〔三〕疏衣:麻衣。指印先輩及第前所穿衣服。

〔四〕"嘉魚"句:後注:"印以南有嘉魚賦及第。"

〔五〕荆玉:荆山之玉,即和氏璧。此喻賢才。藝文類聚卷四七引孫綽賀司空修(循)像贊:"質與荆玉參貞,鑒與南金等照。"

〔六〕玄微:深奥的義理。李景亮李章武傳:"以章武精敏,每訪辨論,皆洞達玄微,研究原本,時人比晉之張華。"

和致仕張尚書新創道院〔一〕

梓澤成新致〔二〕,金丹有舊情〔三〕。挂冠朝睡足〔四〕,隱几暮江清〔五〕。藥圃分輕緑,松牕起細聲。養高寧厭病〔六〕,默坐對諸生尚書時有瘖疾。

【箋注】

〔一〕作年未詳。　致仕:公羊傳宣公元年:"退而致仕。"何休注:"致仕,還禄位於君。"　張尚書:即張義方。南唐近事:"諫議大夫張義方,命道士陳友合還丹于牛頭山,頻年未就。會義方遘疾將卒,恨不成九轉之功。一旦命子弟發丹竈,竈下有巨虺,火吻錦鱗,蜿蜒其間,若爲神物護持。乃取丹自餌一粒,瘖瘂而終。"尚書,當致仕贈官。

〔二〕梓澤:石崇别墅金谷園的别稱。此代指新創道院。

〔三〕金丹:葛洪抱朴子内篇卷一金丹:"夫金丹之爲物,燒之愈久,變化愈妙;黄金入火,百鍊不消,埋之,畢天不朽。服此二物,鍊人身體,故能令人不老不死。"

〔四〕挂冠:棄官、辭官。袁宏後漢紀卷五光武帝紀五:"(逢萌)聞王莽居攝,子宇諫,莽殺之。萌會友人曰:'三綱絶矣,禍將及人。'即解衣冠,掛東都城門,將家屬客於遼東。"

〔五〕隱几:見卷三和蕭郎中午日見寄注〔三〕。

〔六〕養高:謂退隱。三國志卷二四魏書二四高柔傳:"今公輔之臣,皆國之棟梁,民所具瞻,而置之三事,不使知政,遂各偃息養高,鮮有進納。"

和尉遲贊善秋暮僻居〔一〕

登高節物最堪憐,小嶺疏林對檻前。輕吹斷時雲縹緲,夕陽明處水澄鮮。江城秋早催寒事,望苑朝稀足晏眠〔二〕。庭有菊花罇有酒,若方陶令愧猶賢①〔三〕。

【校記】

①猶:全唐詩、李刊本作"前"。

【箋注】

〔一〕作於後周顯德五年(九五八)重陽節或稍後。詩寫望苑,知贊善爲太子屬官,徐鉉自上年至下年(九五七—九五九)任太子左諭德,與尉遲同僚,故有詩唱和。詩置於奉和七夕應令、又和八日與和陳贊善致仕還京口之間,時間綫索十分清晰,知爲同年而作。詩寫登高習俗,故繫於此。　尉遲贊善:名未詳。本卷又有和尉遲贊善病中見寄詩,尉遲當爲同一人。

〔二〕望苑:即博望苑,見本卷又和八日注〔三〕。

〔三〕陶令:陶淵明,曾作彭澤縣令,故稱。

和陳贊善致仕還京口〔一〕

海門山下一漁舟〔二〕,中有高人未白頭。已駕安車歸故里〔三〕,尚通閨籍在龍樓〔四〕。泉聲漱玉隴前落〔五〕,江色和煙檻外流。今日君臣厚終始,不須辛苦畫雙牛〔六〕。

【箋注】

〔一〕作於後周顯德五年(九五八)六月。詳見本卷和陳洗馬山莊山泉注

〔一〕。　陳贊善:即陳翊,贊善爲東宫屬官。　京口:見卷一京口江際弄水注〔一〕。

〔二〕海門山:見卷一登甘露寺北望注〔三〕。

〔三〕安車:周禮注疏卷二七春官巾車:"安車,彫面鷖總,皆有容蓋。"鄭玄注:"安車,坐乘車。凡婦人車皆坐乘。"漢書卷八一張禹傳:"爲相六歲,鴻嘉元年,以老病乞骸骨,上加優再三乃聽許。賜安車駟馬,黄金百斤,罷就第。"

〔四〕閨籍:即金閨籍。見卷一木蘭賦注〔九〕。　龍樓:見卷一頌德賦注〔三二〕。

〔五〕漱玉:泉流漱石,聲若擊玉。陸機招隱詩:"山溜何泠泠,飛泉漱鳴玉。"劉長卿戲贈干越尼子歌:"却對香爐閑誦經,春泉漱玉寒泠泠。"

〔六〕"不須"句:謂陳贊善已盡臣子之節,今致仕,不再有徵用之憂煩。畫雙牛:南史卷七六陶弘景傳:"帝手敕招之,錫以鹿皮巾。後屢加禮聘,並不出,唯畫作兩牛,一牛散放水草之間,一牛著金籠頭,有人執,以杖驅之。武帝笑曰:'此人無所不作,欲斅曳尾之龜,豈有可致之理?'"

京使迴自臨川得從兄書寄詩依韻和〔一〕

珍重還京使,殷勤話故人。别離長挂夢,寵禄不關身。趣向今成道〔二〕,聲華舊絶塵〔三〕。莫嗟容鬢老,詩句逐時新。

【箋注】

〔一〕作於後周顯德五年(九五八)三月之後。從兄即徐憲,見本卷送從兄赴臨川幕注〔一〕。該詩當作於徐憲至臨川後不久。　臨川:見本卷送從兄赴臨川幕注〔一〕。

〔二〕成道:猶達到一定境界。後漢書卷三〇下襄楷傳:"天神遺以好女,浮屠曰:'此但革囊盛血。'遂不眄之。其守一如此,乃能成道。"

〔三〕聲華:聲譽榮耀。淮南子卷二俶真訓:"今夫積惠重厚,累愛襲恩,以聲華嘔符嫗掩萬民百姓,使知之訢訢然人樂其性者,仁也。"　絶塵:文選卷五〇范曄逸民傳論:"蓋録其絶塵不反,同夫作者。"劉良注:"絶塵謂超塵離俗,往而不反者。"

陪鄭王相公賦簷前垂冰應教依韻〔一〕

牕外虚明雪乍晴,簷前垂霤盡成冰〔二〕。長廊瓦疊行行密,晚院風高寸寸增。玉指乍拈簪尚愧,金階時墜磬難勝。晨飡堪醒曹参酒〔三〕,自恨空腸病不能。

【箋注】

〔一〕作年未詳。　鄭王:爲李從善。徐鉉有詩薔薇詩一首十八韻呈東海侍郎,署名爲“太尉中書令鄭王從善”。宋史卷四七八南唐世家:“從善字子師,僞封鄭王,累遷太尉、中書令。”又,鄭王亦或爲李煜。宋史卷四七八南唐世家:“煜字重光,景第六子也。……初封安定郡公,累遷諸衛大將軍副元帥,封鄭王。”　應教:應諸王之命而和的詩文,見本卷奉和七夕應令注〔一〕。

〔二〕垂霤:流下的屋簷水。霤:文選卷一九束皙補亡詩華黍:“弈弈玄霄,濛濛甘霤。”李善注:“凡水下流曰霤。”

〔三〕曹参酒:史記卷五四曹相國世家:“參代何爲漢相國,舉事無所變更,一遵蕭何約束。擇郡國吏木詘於文辭重厚長者,即召除爲丞相史。吏之言文刻深,欲務聲名者,輒斥去之。日夜飲醇酒。卿大夫已下吏及賓客見參不事事,來者皆欲有言。至者,參輒飲以醇酒。間之,欲有所言,復飲之,醉而後去,終莫得開説,以爲常。”

送禮部潘尚書致仕還建安〔一〕

名遂功成累復輕,鱸魚因起舊鄉情〔二〕。履聲初下金華省〔三〕,帆影看離石首城〔四〕。化劍津頭尋故老〔五〕,同亭會上問仙卿①〔六〕。冥鴻高舉真難事〔七〕,相送何須淚滿纓。

【校記】

①同亭:全唐詩校:“幔亭”號“同亭”。

【箋注】

〔一〕作於宋建隆元年(九六〇)前後。馬令南唐書卷五後主書載:建隆三年七月,“禮部尚書潘承祐卒。”其致仕後歸建安,卒洪州西山,故繫於此。　潘尚書:爲潘承祐,馬令南唐書卷一〇載:承祐始事閩,後歸南唐,爲衛尉少卿,遷鴻臚卿,以禮部尚書致仕。卒於洪州西山。馬令南唐書、十國春秋、明一統志卷七六、萬姓統譜卷二五均載承祐以禮部尚書致仕,是;宋史卷二九六本傳載以刑部尚書致仕,誤。　建安:見本卷送勳道士之建安注〔一〕。

〔二〕“鱸魚”句:見卷二送魏舍人仲甫爲蘄州判官注〔四〕。

〔三〕金華省:喻宫中官署。漢書卷一〇〇上叙傳上:“大將軍王鳳薦伯宜勸學,召見晏昵殿,容貌甚麗,誦説有法,拜爲中常侍。時上方鄉學,鄭寬中、張禹朝夕入説尚書、論語於金華殿中,詔伯受焉。”顔師古注:“金華殿在未央宫。”劉孝綽歸沐呈任中丞昉:“步出金華省,遥望承明廬。”

〔四〕石首城:見卷二歐陽大監雨中視決堤因墮水明日見於省中因戲之注〔三〕。

〔五〕化劍津:即延平津,在建安(今福建建甌市)。太平寰宇記卷一〇〇江南東道十二南劍州:“按晉書云:‘延平津,昔寶劍化龍之地。’吴永安三年立爲南平縣,屬建安郡。”晉書卷三六張華傳:“華誅,失劍所在。焕卒,子華爲州從事,持劍行經延平津,劍忽於腰間躍出墮水。使人没水取之,不見劍,但見兩龍各長數丈,蟠縈有文章,没者懼而反。須臾光彩照水,波浪驚沸,於是失劍。”

〔六〕同亭會:全唐詩校:“幔亭號同亭。”雲笈七籤卷九六:“武夷君,地官也,相傳每於八月十五日大會村人於武夷山上,置幔亭,化虹橋通山下。”方輿勝覽卷一一建寧府:“幔亭峰,古記云,秦始皇二年八月十五日,武夷君致酒殽會鄉人於幔亭峰上。初召男女二千餘人,如期而往,乃見山徑平坦,虹梁架空,體輕心喜,不覺其倦。至山頂有縵亭綵屋,玲瓏映隱,前後左右可數百間。就幔亭北壁中間,設一寶床,謂之太姥玉皇座;北壁西廈設一寶床,謂之太姥魏真人座;北壁東廈設一寶床,謂之武夷君座。悉施紅雲裀紫霞褥。……乃下山,則風雨暴至,回顧山頂,無復一物,但蔥翠峭拔如初耳。鄉人感幸,因相與立祠,其山號同亭云。”　仙卿:仙界的貴官。

〔七〕冥鴻:見卷二寄蘄州高郎中注〔五〕。

和尉遲贊善病中見寄〔一〕

仙郎移病暑天過〔二〕,却似冥鴻避罻羅〔三〕。晝夢乍驚風動竹,夜吟時覺露霑莎。情親稍喜貧居近,性懶猶嫌上直多〔四〕。望苑恩深期勿藥〔五〕,青雲岐路未蹉跎。

【箋注】

〔一〕作於後周顯德五年(九五八)或六年秋。本卷又有和尉遲贊善秋暮僻居,二詩作年當相距不久。　尉遲贊善:名未詳。

〔二〕仙郎:唐人對尚書省各部郎中、員外郎的慣稱。綦毋潛題沈東美員外山池:"仙郎偏好道,鑿沼象瀛洲。"李白江夏使君叔席上贈史郎中:"仙郎久爲別,客舍問何如。"

〔三〕冥鴻:見卷二寄蘄州高郎中注〔五〕。　罻羅:捕鳥的網。禮記正義卷一二王制:"鳩化爲鷹,然後設罻羅。"鄭玄注:"罻,小網也。"楚辭章句卷四九章惜誦:"矰弋機而在上兮,罻羅張而在下。"王逸注:"罻羅,鳥網也。"

〔四〕上直:上班,當值。見卷二翰林游舍人清明日入院中塗見過余明日亦入西省上直因寄游君注〔一〕。

〔五〕望苑:即博望苑,見本卷又和八日注〔三〕。　勿藥:周易正義卷三無妄:"無妄之疾,勿藥有喜。"孔穎達疏:"疾當自損,勿須藥療而有喜也。"此指病癒。舊唐書卷一七〇裴度傳:"果聞勿藥之喜,更俟調鼎之功,而體力未和,音容兩阻。"

池州陳使君見示游齊山詩因寄〔一〕

往歲曾游弄水亭〔二〕,齊峰濃翠暮軒横①。哀猿出檻心雖喜,傷鳥聞弦勢易驚〔三〕。病後簪纓殊寡興,老來泉石倍關情〔四〕。今朝池口風波静〔五〕,遥賀山前有頌聲。

【校記】

①軒:四庫本作“煙”。

【箋注】

〔一〕作於後周顯德五年(九五八)五月後。卷一二池州重建紫極宫碑銘云:“戊午歲,太守陳公始臨此郡。”戊午爲九五八年,陳公爲陳德成。該詩尾聯寫戰事結束,兼頌其戰功。按,南唐與周弭兵修好在顯德五年五月。　池州:見卷二附池州薛郎中書因寄歙州張員外注〔一〕。　陳使君:即陳德成,史書或作陳德誠。江南野史卷五陳誨傳附、馬令南唐書卷一二、陸游南唐書卷一二、十國春秋卷二四有傳。德成時爲池州刺史。十國春秋卷二四本傳:“德誠少好學,才兼文武,有能詩名。”使君爲州郡長官尊稱。　齊山:太平寰宇記卷一〇五江南西道三池州貴池縣:“齊山,在縣東南六里。有齊山祠,復有九頂山洞。”

〔二〕弄水亭:江南通志卷三四輿地志池州府:“弄水亭,在府治通遠門外、舊橋之西。杜牧建,取李白‘欲弄水中月’句爲名。”按:杜牧有春末題池州弄水亭詩。方輿勝覽卷一六弄水亭下舉杜牧詩。

〔三〕“傷鳥”句:用驚弓之鳥典。見卷三陳覺放還至泰州以詩見寄作此答之注〔六〕。哀猿出檻指自舒州貶所蒙恩回京,傷鳥聞弦指周世宗南侵,攻陷舒州,而己避兵池陽。

〔四〕泉石:指山水。梁書卷三〇徐摛傳:“(朱异)遂承間白高祖曰:‘摛年老,又愛泉石,意在一郡,以自怡養。’高祖謂摛欲之,乃召摛曰:‘新安大好山水,任昉等並經爲之,卿爲我卧治此郡。’”

〔五〕池口:江南通志卷一六輿地志池州府:“池口河在府西五里,即貴池水也。唐以此名州古稱貴口。”此代池州。南唐與周弭兵修好,爲周顯德五年(九五八)五月。卷一六陳公墓誌銘:“值淮上兵起……群帥失道,公全軍而還。……數月,爲和州刺史,又爲左天威將軍廂虞候。明年,改池州刺史。是時疆埸俯定……輕裘緩帶,常爲峴首之游,賦詩紀頌,粲然可述。”卷一二池州重建紫極宫碑銘:“戊午歲,太守陳公始臨此郡。”戊午爲南唐交泰元年(九五八),即周顯德五年。

再領制誥和王明府見賀〔一〕

蹇步還依列宿邊〔二〕，拱辰重認舊雲天①〔三〕。自嗟多難飄零困，不似當年膽氣全。雞樹晚花疏向日〔四〕，龍池輕浪細含煙〔五〕。從來不解爲身計，一葉悠悠任大川。

【校記】

①辰：李校：一本作"宸"，一本作"衣"。

【箋注】

〔一〕作於南唐保大十五年（九五七）春或稍後。再領制誥，指徐鉉復知制誥之職。徐公行狀述其避難歸京後，接云："明年，授太子左諭德。未幾，復知制誥，拜中書舍人，通署中書省事。"故繫於此。　制誥：皇帝的詔令。元稹制誥序："制誥本於書，書之誥命、訓誓，皆一時之約束也。"　王明府：本卷稍下另有詩和王明府見寄及奉命南使經彭澤（題後注云："值王明府不在，留此。"），王明府當爲同一人，似任彭澤令，其餘未詳，明府：唐代對縣令的稱呼。

〔二〕蹇步：謂步履艱難。謝瞻張子房："四達雖平直，蹇步愧無良。"徐鉉時年僅四十一歲，所以云者，因剛歸京復職，深感宦海浮沉。　列宿：衆星宿，特指二十八宿。此喻皇上近臣。楚辭章句卷一六九歎離世："指列宿以白情兮，訴五帝以置詞。"王逸注："言己願後指語二十八宿，以列己清白之情。"

〔三〕拱辰：比喻拱衛君王。論語爲政："爲政以德，譬如北辰居其所而衆星共（拱）之。"

〔四〕雞樹：指中書省。三國志卷一四魏書一四劉放傳："帝獨召爽與放。"裴松之注引晉郭頒世語："放（劉放）、資（孫資）久典機任，獻（夏侯獻）、肇（曹肇）心内不平。殿中有雞棲樹，二人相謂：'此亦久矣，其能復幾？'"北史卷八八崔賾傳："漢則馬遷、蕭望，晉則裴楷、張華，雞樹騰聲，鵷池播美。"　向日：比喻心向皇帝。

〔五〕龍池：猶鳳池，指中書省。陳子昂爲陳舍人讓官表："司言鳳綍，揮翰龍池。"

送高舍人使嶺南〔一〕

西掖官曹近〔二〕,南溟道路遥〔三〕。使星將渡漢〔四〕,仙棹乍乘潮〔五〕。柳映靈和折①〔六〕,梅依大庾飄〔七〕。江帆風淅淅,山館雨蕭蕭。陸賈真迂闊〔八〕,終童久寂寥②〔九〕。送君何限意,把酒一長謡。

【校記】

①映:全唐詩校、李校:一作"暎"。

②童:李刊本作"軍"。

【箋注】

〔一〕作於南唐保大九年(九五一)春。王禹偁孟水部詩集序:"水部諱賓于……是時江左士大夫若昌黎韓熙載、東海徐鉉甚重之。會高越以江南命使回嶺表,訪所居,同舟而出,强起爲豐城令。"龍袞江南野史卷八:"及江南攻下湘湖,賓于隨馬氏歸朝,嗣主授以豐城簿。"按:南唐平湖南在保大九年(九五一)十月,見馬令南唐書卷三嗣主書。孟賓于于時當授豐城令,則高越出使嶺南亦在此前不久。徐鉉是年春自泰州貶所回京。故繫於此。 高舍人:即高越。見卷一送史館高員外使嶺南注〔一〕。高越時任中書舍人。十國春秋卷二八本傳:"保大初……黜爲蘄州司士參軍,就遷軍事判官。……久之,仍移廣陵令,還判吏部銓,歷侍御史知雜、元帥府掌書記,起居郎、中書舍人。"

〔二〕西掖:中書省的别稱。應劭漢官儀卷上:"左右曹受尚書事,前世文士,以中書在右,因謂中書爲右曹。又稱西掖。"張九齡酬周判官兼呈耿廣州:"既起南宫草,復掌西掖制。"

〔三〕南溟:即南冥。南方大海。莊子内篇逍遥游:"是鳥也,海運則將徙於南冥。南冥者,天池也。"此代嶺南。

〔四〕使星:指使者。後漢書卷八二上李郃傳:"和帝即位,分遣使者,皆微服單行,各至州縣,觀採風謡。使者二人當到益部,投郃候舍。時夏夕露坐,郃因仰觀,問曰:'二君發京師時,寧知朝廷遣二使邪?'二人默然,驚相視曰:'不聞也。'問何以知之。郃指星示云:'有二使星向益州分野,故知之耳。'" 漢:雙關語,謂使星渡過銀河,實指出使當時南漢政權。

〔五〕仙棹:比喻奉命出使。張騫奉命出使西域等探尋河源,乘槎經月,至一城市,見一女子在室内織布,又見一男子牽牛飲河。見宗懍荆楚歲時記。

〔六〕靈和:即靈和殿。南史卷三一張裕傳附張緒傳:"緒吐納風流,聽者皆忘飢疲,見者肅然如在宗廟。雖終日與居,莫能測焉。劉悛之爲益州,獻蜀柳數株,枝條甚長,狀若絲縷。時舊宫芳林苑始成,武帝以植於太昌靈和殿前,常賞玩咨嗟,曰:'此楊柳風流可愛,似張緒當年時。'"此比喻高越風流倜儻,見賞於元宗。

〔七〕大庾:即大庾嶺,因嶺上多梅,又稱梅嶺。

〔八〕陸賈:楚人,漢辯士,常使諸侯。漢高祖及漢文帝時,兩度出使南越,先後完成賜封趙他及使去帝制的使命。見史記卷九七陸賈列傳。 迂闊:不切合實際。漢書卷七二王吉傳:"上以其言迂闊,不甚寵異也。"葛洪抱朴子外篇卷三安貧:"張魚網於峻極之巔,施釣緡於修木之末,雖自以爲得所,猶未免乎迂闊也。"

〔九〕終童:即終軍。漢書卷六四下終軍傳:"南越與漢和親,乃遣軍使南越説其王,欲令入朝,比内諸侯。軍自請:'願受長纓,必羈南越王而致之闕下。'軍遂往説越王,越王聽許,請舉國内屬。……軍死時年二十餘,故世謂之'終童'。" 寂寥:指死亡。費昶華光省中夜聞城外擣衣:"揚雲已寂寥,今君復弦直。"按:于時南唐新平湖南,志在拓土。高越此行當是勸漢去帝制,歸附南唐。徐鉉認爲此舉不切實際,終軍已亡,即不具備漢時之人、事條件。

和王明府見寄〔一〕

時情世難消吾道①〔二〕,薄宦流年厄此身②〔三〕。莫歎京華同寂寞,曾經兵革共漂淪〔四〕。對山開户唯求静,貰酒留賓不道貧〔五〕。善政空多尚淹屈〔六〕,不知誰是解憂民。

【校記】

①吾:黄校本作“我”。

②厄:全唐詩作“危”。

【箋注】

〔一〕作於南唐保大十五年(九五七)春。詩云“時情世難”、“兵革漂淪”,當作於周師南侵之後。詳詩意,似作於徐鉉未領制誥之前。　王明府:見本卷再領制誥和王明府注〔一〕。

〔二〕時情:世情。魏書卷九四封津:“津少長官闈,給事左右,善候時情,號爲機悟。”

〔三〕薄宦:官職卑微。陶淵明尚長禽慶贊:“尚子昔薄宦,妻孥共早晚。”逯欽立注:“薄宦,作下吏。”何遜發石頭城:“薄宦忝師表,屬辭慙愈疾。”

〔四〕曾經兵革:指周世宗南侵,徐鉉舉家避難。徐公行狀:“周世宗之師過淮取舒、蘄,公遽攜家榜小舟,由皖口歸昇州。”　漂淪:漂泊流落。張説兵部尚書國公贈少保郭公行状:“那知中路遭棄捐,零落漂淪古獄邊。”

〔五〕貰酒:賒酒。史記卷八高祖本紀:“常從王媪、武負貰酒。”裴駰集解引韋昭曰:“貰,賒也。”

〔六〕淹屈:屈居下位。弁融寄永平友人:“直道未容淹屈久,暫勞蹤迹寄天涯。”

和方泰州見寄〔一〕

逐客恓恓重入京①〔二〕,舊愁新恨兩難勝。雲收楚塞千山雪〔三〕,風結秦淮一尺冰〔四〕。置醴筵空情豈盡②〔五〕,投湘文就思如凝〔六〕。更殘月落知孤坐,遥望船牕一點星。

【校記】

①恓恓:李刊本作“栖栖”。

②醴:原作“禮”,據四庫本改。　空:李刊本作“開”。

【箋注】

〔一〕作於南唐保大十四年(九五六)春歸京途中。是年二月,周師陷泰州,方訥棄城回金陵,被除名。見十國春秋卷一六元宗本紀。詩云"舊愁新恨兩難勝",言己昔日被貶,方訥今日除名。詩寫春景。故繫於此。　方泰州:即方訥,時任泰州刺史。與徐鉉過從甚密。卷八有水部郎中方訥可主客郎中東都留守判官制、卷一五有方公墓誌銘、卷二〇有復方訥書。

〔二〕"逐客"句:謂徐鉉由舒州貶地歸京。　恓恓:惶惶不安;淒涼。王充論衡卷一七指瑞:"聖人恓恓憂世,鳳皇、騏驎亦宜率教。"

〔三〕楚塞:此指舒州之地。此以天晴融雪喻蒙恩歸京。

〔四〕秦淮:即秦淮河。相傳楚威王東巡金陵,凿方山以疏淮水,以斷其王氣。後人以爲秦時所開,故稱秦淮。江南通志卷六十二河渠志水利江寧府:"秦淮河,在府治南。發源黄堰壩,抵句容、溧水,來繞府城,經流甚長,城内外交資其利。"此代金陵。此以風結層冰喻心境淒涼。

〔五〕置醴筵空:喻王恩不再。漢書卷三六楚元王劉交傳:"初,元王敬禮申公等,穆生不耆酒,元王每置酒,常爲穆生設醴。及王戊即位,常設,後忘設焉。穆生退曰:'可以逝矣!醴酒不設,王之意怠。不去,楚人將鉗我於市。"

〔六〕投湘文:即投湘賦。見卷三送彭秀才注〔四〕。

文獻太子挽歌詞五首〔一〕

國有承祧重〔二〕,人知秉哲尊〔三〕。清風來望苑〔四〕,遺烈在東藩〔五〕。此日升緱嶺①〔六〕,何因到寢門〔七〕。天高不可問〔八〕,煙靄共昏昏。

夏啓吾君子②〔九〕,周儲上帝賓〔一〇〕。音容一飄忽〔一一〕,功業自紛綸〔一二〕。露泣承華月〔一三〕,風驚麗正塵〔一四〕。空餘商嶺客〔一五〕,行哭下宜春③〔一六〕。

出處成交讓〔一七〕,經綸有大功。淚碑瓜步北〔一八〕,棠樹蒜山東〔一九〕。百揆方時叙〔二〇〕,重离遂不融〔二一〕。故臣偏感咽,曾是歎三窮〔二二〕。

甲觀光陰促〔二三〕,園陵天地長。簫笳咽無韻,賓御哭相將〔二四〕。盛烈傳彝鼎〔二五〕,遺文被樂章〔二六〕。君臣知己分,零淚亂無行。

綵仗清晨出〔二七〕,非同齒胄時〔二八〕。愁煙鏁平甸〔二九〕,朔吹繞寒枝。楚客來何補〔三〇〕，緱山去莫追〔三一〕。迴瞻飛蓋處，揜袂不勝悲。

【校記】

①緱：四庫本作“丹”。

②吾：黄校本作“我”。李校：一本作“共”。

③哭：全唐詩作“淚”。

【箋注】

〔一〕作於後周顯德六年（九五九）十二月。據卷一四文獻太子哀册文可知，是年十二月十三日安葬文獻太子於文園。　文獻太子：即李弘冀，元宗長子。顯德五年被立爲太子，次年卒，謚文獻。見馬令南唐書卷七本傳。卷一八有文獻太子詩集序、卷一四有文獻太子哀册文、卷二〇有祭文獻太子文。　挽歌：哀悼死者的喪歌。晉書卷二〇禮志中：“漢魏故事，大喪及大臣之喪，執紼者挽歌。新禮以爲挽歌出於漢武帝役人之勞歌，聲哀切，遂以爲送終之禮。”

〔二〕承祧：指承繼爲後嗣，以祭祀祖先宗廟。沈約立太子詔：“自昔哲後，降及近代，莫不立儲樹嫡，守器承祧。”

〔三〕秉哲：文心雕龍卷九時序：“逮明帝秉哲，雅好文會。”范文瀾注：“世説新語夙惠篇載明帝數歲對長安與日遠近，睿知天成，故云秉哲。”

〔四〕望苑：即博望苑。見本卷又和八日注〔三〕。

〔五〕遺烈：遺留的業迹。史記卷四一越王勾踐世家論：“句踐可不謂賢哉！蓋有禹之遺烈焉。”　東藩：指東方州郡。弘冀曾任東都留守，又鎮潤州。弘冀鎮潤州時，大破吴越犯常州之兵，越人不敢西向者二十年。見馬令南唐書卷五及十國春秋卷一九弘冀傳。

〔六〕緱嶺：即緱氏山，在今河南偃師縣。舊題劉向列仙傳卷上王子喬：“王子喬者，周靈王太子晉也。好吹笙，作鳳凰鳴。游伊洛之間，道士浮丘公接以上嵩高山。三十餘年後，求之於山上，見桓良曰：‘告我家，七月七日待我於緱氏山巔。’至時，果乘白鶴駐山頭，望之不得到，舉手謝時人，數日而去。”此比弘冀仙逝。

〔七〕寢門：最内之門曰寢門，即路門。儀禮注疏卷三五士喪禮：“君使人弔，徹帷，主人迎于寢門外，見賓不哭。”鄭玄注：“寢門，内門也。”漢書卷九八元后傳:“兄弟宗族所蒙不測,當殺身靡骨死輦轂下,不當以無益之故有離寢門之心。”

〔八〕“天高”句:屈原有天問。杜甫暮春江陵送馬大卿公恩命追赴闕下:“天意高難問,人情老易悲。”

〔九〕夏啓:亦稱夏后啓,禹之子。後人神化夏啓爲仙。郭璞山海經卷七海外西經:“大樂之野,夏后啓於此儛九代,乘兩龍,雲蓋三層,左手操翳,右手操環,佩玉璜,在大運山北。”此句言文獻太子殯天。

〔一〇〕周儲:周室的儲君。文選卷二〇顔延之皇太子釋奠會作:“伊昔周儲,聿光往記。思皇世哲,體元作嗣。”李周翰注:“周儲,謂文王爲太子時。”此句亦言太子升天。

〔一一〕飄忽:陸機歎逝賦:“時飄忽其不再,老晼晚其將及。”此言文獻英年早逝,生命短暫。

〔一二〕紛綸:巨大,衆多。史記卷一一七司馬相如列傳:“紛綸威蕤,堙滅而不稱者,不可勝數也。”

〔一三〕華月:皎潔的月亮。江淹效劉楨感遇:“華月照方池,列坐金殿側。”又,喻盛時。文選卷三一劉鑠擬行行重行行:“芳年有華月,佳人無還期。”劉良注:“芳年、華月,喻盛時也。”徐鉉兼用兩義。

〔一四〕麗正:附着於正道。周易正義卷三離:“日月麗乎天,百穀草木麗乎土,重明以麗乎正,乃化成天下。”梁書卷五元帝紀:“麗正居貞,大横固祉。”

〔一五〕商嶺:即商雒山。漢書卷七二王貢兩龔鮑傳序:“漢興,有東園公、綺里季、夏黄公、甪里先生,此四人者,當秦之世,避而入商雒深山,以待天下之定也。自高祖聞而召之,不至。其後吕后用留侯計,使皇太子卑辭束帛致禮,安車迎而致之。四人既至,從太子見,高祖客而敬焉。太子得以爲重,遂用自安。”四皓曾輔助太子,而徐鉉時任太子左諭德之職,故比之商嶺客。

〔一六〕宜春:唐開元二年置宜春院,在京城東面東宫内,見通鑑卷二一一。此指太子宫殿。

〔一七〕交讓:相互謙讓。晏子春秋卷五:“諸侯相見,交讓,争處其卑,禮之文也。”按:弘冀爲元宗長子,本應處儲君之位,而遜讓其叔父景遂。馬令南唐書卷七弘冀傳:“元宗即位,徙南昌王,避儲副之位,留守東都。保大三年,立景遂爲太弟，以冀爲燕王，依前東都留守。”

〔一八〕淚碑：指羊祜碑。比喻惠政。晉書卷三四羊祜傳：“襄陽百姓於峴山祜生平游憩之所建碑立廟，歲時饗祭焉。望其碑者莫不流涕，杜預因名爲‘墮淚碑’。”　瓜步山：江南通志卷一一輿地志江寧府：“瓜步山在六合縣東南二十里。”

〔一九〕棠樹：比喻惠政。詩經召南甘棠：“蔽芾甘棠，勿翦勿伐，召伯所茇。蔽芾甘棠，勿翦勿敗，召伯所憩。蔽芾甘棠，勿翦勿拜，召伯所説。”史記卷三四燕召公世家：“召公巡行鄉邑，有棠樹，決獄政事其下，自侯伯至庶人各得其所，無失職者。召公卒，而民人思召公之政，懷棠樹不敢伐，哥詠之，作甘棠之詩。”　蒜山：元和郡縣圖志卷二五江南道一潤州丹徒縣：“蒜山，在縣西九里。”按：“淚碑”二句，爲頌美弘冀在潤州之政。瓜步、蒜山，南唐屬潤州。

〔二〇〕百揆：指各种政务。後漢書卷五九張衡傳：“百揆允當，庶績咸熙。”通鑑卷二二三唐代宗永泰元年：“長安城中白晝椎剽，吏不敢詰，官亂職廢，將墮卒暴，百揆隳刺，如沸粥紛麻。”胡三省注：“唐虞有百揆之官。孔安國曰：揆，度也。度百事，總百官。此所謂百揆，蓋言百官之事也。”

〔二一〕重離：周易正義卷三離：“明兩作離，大人以繼明照于四方。”孔穎達疏：“明兩作離者，離爲日，日爲明。”古以帝王喻日，因本易離之義，又指太子。沈約謝立皇太子賜絹表：“重離在天，八紘之所共仰；明兩作貳，萬國所以咸寧。”　不融：不長久。蔡邕郭有道碑文：“稟命不融，享年四十有二。”李善注：“毛萇詩傳曰：融，長也。”三國志卷三四蜀書四先主甘后傳：“大行皇帝昔在上將，嬪妃作合，載育聖躬，大命不融。”

〔二二〕三窮：謂鳥穷、獸窮、人窮。荀子卷二〇哀公篇：“鳥窮則啄，獸窮則攫，人窮則詐。”此言太子惠政不再，將有三窮之憂。

〔二三〕甲觀：指太子宫。漢書卷一〇成帝紀：“元帝在太子宫生甲觀畫堂，爲世嫡皇孫。”顔師古注：“如淳曰：‘甲觀，觀名。畫堂，堂名。三輔黄圖云太子宫有甲觀。’”

〔二四〕賓御：文選卷二八鮑照東門行：“離聲斷客情，賓御皆涕零。”張銑注：“賓，謂送别之人；御，御車者。”

〔二五〕盛烈：豐功偉績。顔延之赭白馬賦：“惟宋二十有二載，盛烈光乎重葉。” 彝鼎:祭祀用的鼎、尊、罍等禮器。禮記正義卷四九祭統:“對揚以辟之,勤大命,施於烝彝鼎。”鄭玄注:“彝,尊也。”此言其功業彪炳千秋,世代祭祀。

〔二六〕“遺文”句:謂其詩文將譜以樂章,廣爲流傳。弘冀有文獻太子詩集,徐鉉爲序。按:據序文,詩集當爲弘冀生前結集,徐鉉序亦是當時所寫。詩集名稱爲徐公文集結集時所改,于時弘冀已卒多年。

〔二七〕綵仗:彩飾的儀仗。此指送葬時的車隊。

〔二八〕齒胄:指太子入學與公卿之子依年齡爲序。文選卷四六王融三月三日曲水詩序:“出龍樓而問豎,入虎闈而齒胄。”李周翰注:“公卿之子爲胄子。言太子入學,以年大小爲次,不以天子之子爲上,故云齒胄。齒,年也。”此言儀仗與太子齒胄時迥然不同。

〔二九〕平甸:廣平的郊野。陸倕思田賦:“臨九曲之迴江,對千里之平甸。”

〔三〇〕楚客:屈原身遭放逐,流落他鄉,故稱楚客。曾賦招魂詩(詩作者問題,此從司馬遷)。此言太子已逝,縱屈原招魂,亦於事無補。

〔三一〕“緱山”句:用周靈王太子晉仙去之典。見本卷步虚詞五首注〔一三〕。

送王員外宰德安〔一〕

家世朱門貴,官資粉署優〔二〕。今爲百里長〔三〕,應好五峰游〔四〕。柳影連彭澤〔五〕,湖光接庾樓〔六〕。承明須再入〔七〕,官滿莫淹留。

【箋注】

〔一〕作年未詳。 王員外:名未詳。 德安:江州屬縣。見十國春秋卷一一一南唐地理表。今江西德安縣。

〔二〕官資:見本卷送朱先輩尉廬陵注〔二〕。 粉署:即粉省,尚書省的别稱。杜甫秋日夔府詠懷奉寄鄭監李賓客一百韻:“霧雨銀章澀,馨香粉署妍。”按:王員外當爲尚書省某部員外郎。

〔三〕百里長:縣令的代稱。漢書卷一九上百官公卿表上:“縣大率方百里。”後漢書卷七六仇覽傳:“涣(王涣)謝遣曰:‘枳棘非鸞鳳所棲,百里豈大賢之路。’”李賢注:“時涣爲縣令,故自稱百里也。”

〔四〕五峰:方輿勝覽卷一七南康軍形勝引彭圖南致霖亭記:“負康廬,面彭蠡,其西五峰。”

〔五〕彭澤:即鄱陽湖,在今江西北部,又名彭湖、彭蠡。韓詩外傳卷三:“左洞庭之波,右彭澤之水。”又,陶淵明爲彭澤令,號五柳先生。

〔六〕庾樓:見卷二送歐陽大監游廬山注〔六〕。

〔七〕承明:即承明廬。見卷二張員外好茅山風景求爲句容令作此送注〔三〕。此頌祝對方届滿回京爲官。唐代官職重京輕外,故云。

以端谿硯酬張員外水精珠兼和來篇〔一〕

請以端谿潤,疇君水玉明。方圓雖異器,功用信俱呈。自得山川秀,能分日月精。巾箱各珍重〔二〕,所貴在交情。

【箋注】

〔一〕作年未詳。　端谿:谿名。在今廣東高要縣東南。産硯石。成品稱端谿硯或端硯,爲硯中上品。後以“端谿”稱硯臺。　張員外:疑是張緯,見卷二張員外好茅山風景求爲句容令作此送注〔一〕。　水精:即水晶,無色透明的結晶石英,是一種貴重礦石。

〔二〕巾箱:放置頭巾、書卷、筆硯等物品的小箱子。太平御覽卷七一一引漢武内傳:“武帝見西王母巾箱中有一卷書。”葛洪西京雜記序:“後洪家遭火,書籍都盡,此兩卷在洪巾箱中,常以自隨,故得猶在。”

奉使九華山中塗遇青陽薛郎中〔一〕

故人相别動相思,此地相逢豈素期。九子峰前閑未得〔二〕,五谿橋上坐多時①〔三〕。甘泉從幸余知忝②〔四〕,宣室徵還子未遲〔五〕。且飲一杯消别恨，野花風起漸離披③。

【校記】

①橋：四庫本作“樓”。

②余：黄校本作“予”。

③漸：李刊本作“便”。

【箋注】

〔一〕作於宋建隆二年（九六一）十一月秋。按：徐鉉是年秋奉命出使嶺南。卷一四劍池頌：“歲次辛酉，月躔仲冬，王人徐鉉揚旌銅柱之鄉，税駕劍池之廟。”一路有詩：奉使九華山中塗遇青陽薛郎中、奉命南使經彭澤、南都遇前嘉魚劉令言游閩嶺作此與之、閤皂山、留題、廬陵别朱觀先輩、文彧少卿文山郎中交好深至二紀已餘睽别數年二子長逝奉使嶺表塗次南康弔孫氏之孤於其家睹文彧手書於僧室慷慨悲歎留題此詩、朱處士相與有山水之願見送至南康作此以别之、清明日清遠峽作、迴至南康題紫極宫裒道士房。途經池州九華、彭澤、南昌筠州閤皂山、吉州、廬陵、南康等地。九華山：見本卷送薛少卿赴青陽注〔五〕。　薛郎中：名未詳。卷二有附池州薛郎中書因寄歙州張員外，薛當爲同一人。

〔二〕九子峰：即九華山。太平寰宇記卷一〇五江南西道三池州青陽縣：“九華山，在縣南二十里，舊名九子山。”參本卷送薛少卿赴青陽注〔五〕。

〔三〕五谿橋：江南通志卷一六輿地志池州府：“五谿河，在青陽縣西二十里。源出九華山，一曰漂谿，二曰澗谿，三曰雙谿，四曰曹谿，五曰瀾谿，會于六泉口，經五谿橋至梅根河入江。”

〔四〕“甘泉”句：謙言自己受到皇帝謬賞。漢書卷八七上揚雄傳上：“孝成帝時，客有薦雄文似相如者，上方郊祠甘泉泰畤、汾陰后土，以求繼嗣，召雄待詔承明之庭，正月，從上甘泉。”

〔五〕“宣室”句：謂薛當受到皇上召見。　宣室：見卷一新月賦注〔一六〕。

奉命南使經彭澤〔一〕　值王明府不在留此〔二〕

遠使程途未一分，離心常要醉醺醺①〔三〕。那堪彭澤門前立，黄菊蕭疏不見君。

【校記】

①要:四庫本作“在”。

【箋注】

〔一〕作於宋建隆二年(九六一)十一月秋。見上奉使九華山中塗遇青陽薛郎中注〔一〕。　彭澤:江州屬縣。見十國春秋卷一一一南唐地理表。今江西彭澤縣。

〔二〕王明府:見本卷再領制誥和王明府見賀注〔一〕。

〔三〕離心:别離之情。楊素贈薛播州:“離心多苦調,詎假雍門琴。”

南都遇前嘉魚劉令言游閩嶺作此與之〔一〕

我持使節經韶石〔二〕,君作閑游過武夷〔三〕。兩地山光成獨賞,隔年鄉思暗相知①。洪涯壇上長岑寂〔四〕,孺子亭前自别離〔五〕。珍重分歧一杯酒〔六〕,强加飡飯數吟詩。

【校記】

①思:李校:諸本作“夢”。　知:李校:諸本作“思”。

【箋注】

〔一〕作於宋建隆三年(九六二)春。詳詩意,徐鉉奉使嶺南曾至韶州;後有迴至南康題紫極宫衷道士房詩,當自韶州等地返回。其於上年夏秋自金陵出發使嶺南,是年春返回。據詩句“兩地山光成獨賞,來年鄉思暗相知”,故繫於是年春。　南都:即南昌府。今江西南昌市。通鑑卷二九四“顯德六年七月”條:“唐主以金陵去周境才隔一水,洪州險固居上游,集群臣議徙都之。”十一月,“唐更命洪州曰南昌府,建南都。”十國春秋卷一一一南唐地理表南都南昌府:“洪州,南唐交泰二年十一月改州爲南昌府,建南都,領縣七。”按:南唐無交泰二年,時已奉周正朔,稱顯德六年。　嘉魚:鄂州屬縣。見十國春秋卷一一一南唐地理表。今湖北嘉魚縣。　劉令言:人未詳。　閩嶺:今福建北部的山嶺。

〔二〕使節：周禮注疏卷一五掌節："凡邦國之節：山國用虎節，土國用人節，澤國用龍節。"鄭玄注："使節，使卿大夫聘於天子諸侯，行道所執之信也。"韶石：山巖名。舊屬韶州，今屬廣東韶關市曲江區。傳説舜游登此石，奏韶樂，因名。酈道元水經注卷三八溱水："其高百仞，廣圓五里，兩石對峙，相去一里，小大略均，似雙闕，名曰韶石。"按：五代時，韶石當在南唐虔州境内；否則徐鉉無由至焉。元和郡縣圖志卷三四嶺南道一韶州："隋開皇元年平陳，改東衡州爲韶州，取州東北韶石爲名。"韶州東北即與南唐虔州接壤。

〔三〕武夷：即武夷山。今在福建武夷山市。太平寰宇記卷一〇一江南東道十三建州建陽縣："武夷山，在縣北一百二十八里。蕭子開建安記云：'武夷山，其高五百仞，崖石悉紅紫二色，望之若朝霞。有石壁，峭拔數百仞于煙嵐之中，其間有木碓磨、簸箕、籮箸，什器等物，靡不有之。顧野王謂之地仙之宅。半巖有懸棺數千。'傳云昔有神人武夷君居此，故得名。"

〔四〕洪涯壇：太平御覽卷四八地部十三洪崖山："列仙傳云：'洪崖山者，山之陽有洪唐山寺，中有洪崖壇，每亢旱禱此。'"太平寰宇記卷一〇七江南西道五饒州德興縣："洪崖山，按舊經云：'古老相傳，昔有洪崖先生居此山上。'列仙傳云：'洪崖子也，山之陽有洪崖寺，山中有洪崖壇，每旱祈於此焉。"所記文字稍異，未詳孰是。

〔五〕孺子亭：即徐孺亭。卷一四有重修徐孺亭記。江南通志卷一〇八祠廟南昌府："水經云：'南昌東湖之上有孺子宅，高橋之南有孺子亭，先生之祠像存焉。'唐宣宗時塘東有三亭：曰孺子，曰涵虚，曰碧波。"徐孺子，即東漢徐穉，字孺子，豫章南昌（今江西南昌）人。陳蕃爲太守，以禮請署功曹，既謁而退。蕃在郡不接賓客，唯穉來特設一榻，去則懸之。見後漢書卷五三徐穉傳。

〔六〕分歧：離别。魏書卷一九下南安王楨傳："高祖餞楨於華林都亭。詔曰：'從祖南安，既之蕃任，將曠違千里，豫懷惘戀。然今者之集，雖曰分歧，實爲曲宴，並可賦申意。"

閤皂山〔一〕

殿影高低雲擀映，松陰繚繞步徘徊。從今莫厭簪裾累〔二〕，不是乘軺不得來〔三〕。

【箋注】

〔一〕作於宋建隆二年（九六一）十一月。閣皂山、玉笥山在臨江府，距豐城很近，爲徐鉉奉使經行之地。按劍池頌作於冬十一月，劍池在豐城，當爲同時作。　閣皂山：在今江西樟樹市，亦稱葛領。方輿勝覽卷二一臨江軍："閣皂山，在新淦縣北六十里，淦山南一里，爲神仙之攸館。臨江志云：'山形如閣，山色如皂，故以名。'道書云：'第二十福地，即漢張道陵、丁令威、葛孝先修煉之地。'"

〔二〕簪裾：南史卷三一張裕傳："渭川之甿，佇簪裾而竦歎。"庾信奉和永豐殿下言志："星橋擁冠蓋，錦水照簪裾。"此借指官爵。

〔三〕乘軺：即乘軺車。史記卷一〇〇季布欒布列傳："朱家迺乘軺車之洛陽，見汝陰侯滕公。"司馬貞索隱："謂輕車，一馬車也。"

玉笥山留題〔一〕

仙鄉會應遠，王事知何極〔二〕。征傳莫辭勞〔三〕，玉峰聊一息〔四〕。形骸已銷散，心想都凝寂。真氣自清虛〔五〕，非關好松石。九仙皆積學〔六〕，洞壑多遺迹。游子歸去來，胡爲但征役〔七〕。

【箋注】

〔一〕作於宋建隆二年（九六一）十一月。詳上首注〔一〕。　玉笥山：今在江西吉安市峽江縣北，贛江東岸。參見卷四送彭秀才南游注〔二〕。

〔二〕王事：王命差遣的公事。詩經國風鴇羽："王事靡盬，不能蓺黍稷。"

〔三〕征傳：遠行人所乘的驛車。蘇味道始背洛城秋郊矚目奉懷臺中諸侍御："帝城猶鬱鬱，征傳幾駸駸。"

〔四〕玉峰：即玉笥山上之群玉峰。江西通志卷九山川臨江府："玉笥山在峽江縣東南四十里。道書：'第十七洞天曰大秀法樂之天，郁木坑爲第八福地，舊名群玉峰，漢武帝時嘗降玉笥於山，故名。'"

〔五〕清虛：清净虛無。文子卷下自然："老子曰：'清虛者天之明也，無爲者治之常也。'"阮籍首陽山賦:"且清虚以守神兮,豈慷慨而言之。"

〔六〕九仙:九類仙人。梁武帝登名山行:"采藥逢三島,尋真遇九仙。"雲笈七籤卷三:"九仙者,第一上仙,二高仙,三火仙,四玄仙,五天仙,六真仙,七神仙,八靈仙,九至仙。"

〔七〕行役:詩經魏風陟岵:"嗟!予子行役,夙夜無已。"

廬陵别朱觀先輩〔一〕

桂籍知名有幾人〔二〕,翻飛相續上青雲。解憐才子寧唯我,遠作卑官尚見君。嶺外獨持嚴助節〔三〕,宫中誰薦長卿文〔四〕。新詩試爲重高詠,朝漢臺前不可聞〔五〕。

【箋注】

〔一〕作於宋建隆二年(九六一)十一月或稍後。詩置於奉命出使嶺南詩中,當作於同時;徐鉉依次經行南昌、豐城、閣皂山,然後至廬陵,當在是年十一月或稍後。　廬陵:吉州屬縣。見十國春秋卷一一一南唐地理表。即今江西吉安市。　朱觀:見卷二和鍾郎中送朱先輩還京垂寄注〔一〕。

〔二〕桂籍:科舉登第人員的名籍。

〔三〕嚴助節:見卷三迴至瓜洲獻侍中注〔四〕。

〔四〕"宫中"句:史記卷一一七司馬相如列傳:"蜀人楊得意爲狗監侍上。上讀子虚賦而善之,曰:'朕獨不得與此人同時哉!'得意曰:'臣邑人司馬相如自言爲此賦。'上驚,乃召相如。"

〔五〕朝漢臺:臺名,又稱朝臺。在今廣東南海縣東北。漢文帝遣陸賈出使南越,説其王趙他稱臣。他因岡作臺,北面朝漢,朔望升拜。見酈道元水經注卷三七泿水。

文彧少卿文山郎中交好深至二紀已餘睽别數年二子長逝奉使嶺表塗次南康弔孫氏之孤於其家覩文彧手書於僧室慷慨悲歎留題此詩〔一〕

孫家虚座弔諸孤,張叟僧房見手書〔二〕。二紀歡游今若此,滿衣零淚欲何如。腰間金印從如斗，鏡裏霜華已滿梳。珍重遠公應笑我〔三〕，塵心唯此未能除。

【箋注】

〔一〕作於宋建隆三年（九六二）年初。南康距南昌、豐城甚遠，徐鉉在豐城詩文作於上年十一月，中途又在筠州、吉州等地逗留，至南康當在次年初。文彧：當是蕭彧字。見卷二秋日雨中與蕭贊善訪殷舍人於翰林座中作注〔一〕。　文山郎中、孫氏：名均未詳。　南康：虔州屬縣。見十國春秋卷一一一南唐地理表。今江西贛州市。

〔二〕張叟：名未詳。

〔三〕遠公：即慧遠。晉高僧，居廬山東林寺，世稱遠公。

朱處士相與有山水之願見送至南康作此以別之〔一〕

憐君送我至南康，更憶梅花庾嶺芳〔二〕。多少仙山共游在，願君百歲尚康强。

【箋注】

〔一〕作於宋建隆三年（九六二）年初。詳上首注〔一〕。　朱處士：名未詳。處士，有才德而隱居不仕者。孟子卷六滕文公下："聖王不作，諸侯放恣，處士橫議，楊朱、墨翟之言盈天下。"　南康：見上首注〔一〕。

〔二〕庾嶺：即大庾嶺。因嶺上多梅，又稱梅嶺。

清明日清遠峽作〔一〕

嶺外春過半，塗中火又新。殷勤清遠峽〔二〕，留戀北歸人。

【箋注】

〔一〕作於宋建隆三年（九六二）清明日。徐鉉自上年夏秋至是年春奉使嶺南，據詩題，故繫於此。　清遠峽：或即北江中宿峽。在今廣東清遠縣境。

太平寰宇記卷一五七廣州清遠縣:"觀亭山,一名觀硤山,一名中宿峽,在東三十五里。"

〔二〕殷勤:懇切叮哼。章碣春别:"殷勤莫厭貂裘重,恐犯三邊五月寒。"

迴至南康題紫極宫裹道士房①〔一〕

王事信靡盬〔二〕,飲冰安足辭〔三〕。胡爲擁征傳〔四〕,乃至天南陲。天南非我鄉,留滯忽踰時。還經羽人家〔五〕,豁若雲霧披。何以寬吾懷②,老莊有微詞。達士無不可,至人豈偏爲〔六〕。客愁勿復道,爲君吟此詩。

【校記】

①裹:四庫本、全唐詩作"裏"。

②吾:黄校本、李刊本作"我"。

【箋注】

〔一〕作於宋建隆三年(九六二)春。徐鉉自上年夏秋至是年春奉使嶺南,據詩題及詩云滯留逾時等,知作於是年春。　紫極宫:道教稱天上仙人居所爲紫極。葛洪抱朴子内篇卷一微旨:"但彼人之道成,則蹈青霄而游紫極。"封演封氏聞見記卷一道教:"國朝以李氏出自老君,故崇道教。……高宗乾封元年,還自岱嶽,過真源縣,詣老君廟,追尊爲玄元皇帝。玄宗開元二十一年,親注老子道德經,令學者習之。二十九年,兩京及諸州各置玄元皇帝廟,京師號玄元宫,諸州號紫極宫。"南唐爲唐續,例當同之。　裹道士:名未詳。

〔二〕"王事"句:謂公事永無休止。詩經唐風鴇羽:"王事靡盬,不能蓺黍稷。"王引之經義述聞毛詩上:"盬者,息也。"

〔三〕飲冰:見卷三邵伯埭下寄高郵陳郎中注〔三〕。

〔四〕征傳:見本卷玉笥山留題注〔三〕。

〔五〕羽人:即羽客。見卷二題畫石山注〔三〕。

〔六〕至人:道家指達到無我境界的人。莊子内篇齊物論:"至人神矣!大澤焚而不能熱,河漢沍而不能寒,疾雷破山風振海而不能驚。"

和歙州陳使君見寄〔一〕

新安風景好〔二〕，時令肅轅門〔三〕。身貴心彌下，功多口不言①。韜鈐家法在〔四〕，儒雅素風存〔五〕。簪履陪游盛②〔六〕，鄉閭俗化敦〔七〕。臨牕山色秀，繞郭水聲喧。纖絡文章麗③〔八〕，矜嚴道義尊〔九〕。樓臺秋月静，京庾晚雲屯〔一〇〕。曉吹傳衙鼓，晴陽展信旛〔一一〕。一篇貽友好，千里倍心論。未見歸驂動，空能役夢魂④。

【校記】

①多：四庫本作"名"。

②陪：四庫本作"偕"。

③纖：全唐詩作"織"。

④能：李校：一本作"勞"。

【箋注】

〔一〕作於宋建隆三年（九六二）七月稍後。卷一六陳公墓誌銘云："公諱德成，字仲德。……今上嗣服，屢表乞還，征爲右天德軍都虞候。……及丁憂制，哀毁過禮。扶護靈柩，歸於建安。詔起爲歙州刺史、本州團練使，視事三載，其理如初。"今上指後主。按陸游南唐書卷九載，其父陳誨卒於建隆三年七月，則德成爲歙州刺史當在此後不久。　歙州：見卷二寄歙州吕判官注〔一〕。　陳使君：即陳德誠。見本卷池州陳使君見示游齊山詩因寄注〔一〕。

〔二〕新安：歙州古稱。元和郡縣圖志卷二八江南道四歙州歙縣："本秦舊縣也。縣南有歙浦，因以爲名。晉後屬新都郡，或屬新安郡，或屬新寧郡。"清張駒賢考證云："新都郡，吴置，晉改新安郡，梁析置新寧郡。"轄域相當於今安徽黄山市、績谿縣及江西婺源縣等地。

〔三〕轅門：六韜卷六犬韜分合："大將設營而陳，立表轅門。"史記卷七項羽本紀："於是已破秦軍，項羽召見諸侯將入轅門，無不膝行而前，莫敢仰視。"

〔四〕韜鈐：古代兵書六韜、玉鈐篇的並稱。此借指用兵謀略。張説將赴朔方軍應制："禮樂逢明主，韜鈐用老臣。"　家法：指家庭傳承的用兵方法。德誠父誨爲閩名將，極富謀略，後歸南唐，屢立戰功。見馬令南唐書卷一二、十國春秋卷二四本傳。

〔五〕儒雅：北齊書卷二一封隆之傳附子繡傳："子繡外貌儒雅，而俠氣難忤。"十國春秋卷二四德誠傳："德誠少好學，才兼文武，有能詩名。"陳公墓誌銘："輕裘緩帶，常爲峴首之游，賦詩紀頌，粲然可述。"

〔六〕簪履：同"簪屨"，喻卑微舊臣，此指德誠屬下。參卷三聞查建州陷賊寄鍾郎中注〔四〕。

〔七〕鄉間：古以二十五家爲間，一萬二千五百家爲鄉，因以指鄉間或民間。管子卷三幼官："閑男女之畜，修鄉間之什伍。"南齊書卷九禮志上："郡縣有學，鄉間立教。"

〔八〕纖絡：連綴，組織。指屬文時的謀篇佈局。

〔九〕矜嚴：莊重威嚴。

〔一〇〕京庾：大糧倉。何晏景福殿賦："京庾之儲，無物不有。"左思魏都賦："囹圄寂寥，京庾流衍。"李周翰注："京，大；庾，倉也。"

〔一一〕信播：即信旛，亦作信幡。題表官號、用爲符信的旗幟。東觀漢記卷一九梁諷傳："匈奴畏感，奔馳來降，諷輒爲信旛遣還營，前後萬餘人，相屬於道。"新唐書卷二三下儀衛志下："親王鹵簿。……次告止旛四，傳教旛四，信旛八。"

和賈員外戩見贈玉蘂花栽〔一〕

瓊瑶一簇带花來，便斸蒼苔手自栽。喜見唐昌舊顔色〔二〕，爲君判病酌金罍。

【箋注】

〔一〕作年未詳。　賈戩：人未詳。　玉蘂花：即瓊花，又稱聚八仙、蝴蝶花。春末夏初開花，花大如盤，潔白如玉。

〔二〕唐昌舊顔色：白居易白牡丹："唐昌玉蘂花，攀翫衆所争。"劉禹錫和嚴給事聞唐昌觀玉蘂花下有游仙二絶其一："玉女來看玉蘂花，異香先引七香車。"程大昌雍録卷一〇玉蘂名鄭花:"唐昌觀玉蘂花,長安惟有一株,或詩之曰'一樹瓏鬆玉刻成',則其葩蘂形似略可想矣。春花盛時,傾城來賞,至謂有仙女降焉。元白皆賦詩以實其事,則爲時貴重可知矣。"御定月令輯要卷四雜記:"玉蘂花,增劇談録:'上都安業坊唐昌觀舊有玉蘂花甚繁,每發若瑶林瓊樹。元和中,春物方盛,車馬尋玩者相繼。忽一日,有女子年可十七八,乘馬,容色婉約,迥出於衆。下馬以白角扇障面,直造花所。異香芬馥,聞於數十步之外。佇立良久,令小僕取花數枝而出。須臾,望之已在半天,餘香不散者經月餘日。"

光穆皇后挽歌三首〔一〕

仙馭期難改〔二〕,坤儀道自光〔三〕。閟宫新表德〔四〕,沙麓舊膺祥〔五〕。素帟堯門掩〔六〕,凝笳畢陌長〔七〕。東風慘陵樹,無復見親桑〔八〕。

永樂留虚位〔九〕,長陵啓夕扉〔一〇〕。返虞嚴吉仗①〔一一〕,復土掩空衣〔一二〕。功業投三母〔一三〕,光靈極四妃〔一四〕。唯應彤史在〔一五〕,不與露花晞〔一六〕。

隱隱閶門路〔一七〕,煙雲曉更愁。空瞻金輅出〔一八〕,非是濯龍游〔一九〕。德感人倫正,風行内職修。還隨偶物化〔二〇〕,同此畏軒丘②〔二一〕。

【校記】

①吉:李刊本作"甲"。

②畏:全唐詩作"思"。

【箋注】

〔一〕作於宋乾德三年(九六五)十月。是年九月光穆皇后殂,冬十月,葬於順陵,謚號光穆,見十國春秋卷一七後主本紀及卷一八本傳。挽歌爲安葬時所唱之歌,故繫於此。　光穆皇后:姓鍾氏,元宗即位,立爲皇后;後主嗣位,爲太后。因其父名泰章而改稱圣尊后,卒謚光穆。見馬令南唐書卷六、陸游南唐書卷一六、十國春秋卷一八本傳。　挽歌:見本卷文獻太子挽歌詞五首注〔一〕。

〔二〕仙馭:婉辭,古諱人死爲駕鶴仙游,故云。武元衡昭德皇后輓歌詞:

"珮環仙馭遠,星月夜臺新。"

〔三〕坤儀:猶母儀。魏書卷一三孝文昭皇后:"德協坤儀,美符文姒。"

〔四〕閟宫:詩經魯頌閟宫:"閟宫有侐,實實枚枚。"毛傳:"閟,閉也。先妣姜嫄之廟在周,常閉而無事,孟仲子曰:是禖宫也。"鄭玄箋:"閟,神也。姜嫄神所依,故廟曰神宫。"

〔五〕沙麓:亦作沙鹿。春秋僖公十四年:"秋,八月辛卯,沙鹿崩。"杜預注:"沙鹿,山名。平陽元城縣東有土山。"漢書卷九八元后傳:"昔春秋沙麓崩,晉史卜之曰:'陰爲陽雄,土火相乘,故有沙麓崩。後六百四十五年,宜有聖女興。'其齊田乎? 今王翁孺徙,正直其地,日月當之。元城郭東有五鹿之虚,即沙鹿地也。後八十年,當有貴女興天下。"因以"沙鹿"作爲頌揚皇太后、皇后之詞。白居易昭德皇后輓歌詞:"陰靈何處感? 沙麓月無光。"

〔六〕素帟:白色挽幛。　堯門:疑是堯母門。當是元宗降生之宫,時或作光穆停靈之所。史記卷四九外戚世家"鉤弋夫人":"張守節正義引括地志云:'鉤弋宫在長安城中,門名堯母門也。'"漢書卷九七上孝武鉤弋趙倢伃:"(昭帝)任身十四月乃生,上曰:'聞昔堯十四月而生,今鉤弋亦然。'乃命其所生門曰堯母門。"又,堯門或爲"高門"之義。

〔七〕凝笳:謝朓鼓吹曲:"凝笳翼高蓋,疊鼓送華輈。"李善注:"徐引聲謂之凝。"張銑注:"凝笳,其聲凝咽也。"此指送葬時的哀樂。

〔八〕親桑:指皇后親自參加蠶事的典禮。禮記正義卷一五月令:"(季春之月)親東鄉躬桑。"淮南子卷五時則訓:"後妃齋戒,東鄉親桑。"

〔九〕永樂:宫殿名,即永安宫。後漢書卷九獻帝紀:"遷皇太后於永安宫。"按:安禄山叛後,唐惡聞"安"字。此或諱言而改永樂宫。

〔一〇〕長陵:漢高祖、北魏孝文帝陵墓均名長陵,此代陵墓。

〔一一〕返虞:即反虞。送葬返回時舉行虞祭,稱反虞。孔子家語卷一〇曲禮:"於是封之,崇四尺。孔子先反虞,門人後。雨甚至,墓崩,修之而歸。"

〔一二〕復土:周禮注疏卷一一小師徒:"大喪,帥邦役,治其政教。"鄭玄注:"喪役,正棺引窆復土。"賈公彦疏:"復土者,掘坎之時,掘土向外,下棺之後,反復此土,以爲丘陵,故云復土。"

〔一三〕三母:周代三位賢母。列女傳卷一周室三母:"三母者,太姜、太任、太姒。”後漢書卷一〇上皇后紀和熹鄧皇后：“有虞二妃，周室三母，修行佐德，思不踰閾。”李賢注：“三母謂后稷母姜嫄，文王母大任，武王母大姒。”

〔一四〕光靈：德化，恩澤。東觀漢記卷七東平憲王蒼傳：“今魯國孔氏尚有仲尼車與冠履，明德盛者，光靈遠也。”　四妃：黄帝四妃：累祖、女節、夷鼓、嫫母。見史記卷一五帝本紀“嫘祖爲黄帝正妃”之司馬貞索隱。（高承事物紀原帝王後妃謂四妃爲嫘祖、嫫姆、彤魚氏、方雷氏。）又，帝嚳四妃：姜嫄、簡狄、慶都、常儀。見史記卷一五帝本紀“帝嚳娶陳鋒氏女”之張守節正義引帝王紀。

〔一五〕彤史：記載宫闈生活的宫史。晉書卷三一后妃傳序：“永言彤史，大練之範逾微；緬視青蒲，脱珥之猷替矣。”沈佺期章懷太子靖妃挽詞：“彤史佳聲載，青宫懿範留。”

〔一六〕露花：露水，比喻短暂。

〔一七〕阊門：城門名。在今江蘇蘇州市城西。古時閶門高樓閣道，雄偉壯麗，十分繁華，往往是迎來送往之地。此借指京城繁華之地。

〔一八〕金輅：亦作金路。帝王家乘用的飾金之車。周禮注疏卷二七巾車：“金路，鉤樊纓九就，建大旂，以賓，同姓以封。”鄭玄注：“金路，以金飾諸末。”新唐書卷二四車服志：“凡天子之車：曰玉路者，祭祀、納后所乘也，青質，玉飾末；金路者，饗、射、祀還，飲至所乘也，赤質，金飾末。”

〔一九〕濯龍：漢宫苑名。在洛陽西南角。此借指皇室。武元衡昭德皇后挽歌詞：“國門車馬會，多是濯龍親。”

〔二〇〕物化：莊子外篇刻意：“聖人之生也天行，其死也物化。”文選卷二九古詩十九首回車駕言邁：“奄忽隨物化，榮名以爲寶。”李善注：“化，謂變化而死也，不忍斥言其死，故言隨物而化也。”

〔二一〕軒丘：古代傳説中的土山名。山海經卷二西山經：“又西四百八十里，曰軒轅之丘，無草木。”史記卷一五帝本紀：“黄帝居軒轅之丘，而娶於西陵之女，是爲嫘祖。”淮南子卷四墬形訓：“軒轅丘在西方。”

嚴相公宅牡丹〔一〕

但是豪家重牡丹，争如丞相閣前看。鳳樓日暖開偏早〔二〕，雞樹陰濃謝更難〔三〕。數朵已應迷國豔,一枝何幸上塵冠〔四〕。不知更許憑欄否,爛熳春光未肯殘。

【箋注】

〔一〕作於南唐保大十五年(九五七)春。嚴相公即嚴續,其於保大十三年二月以中書侍郎、知尚書省拜爲門下侍郎、平章事;南唐割地後,罷爲少傅。元宗南遷,拜左僕射,輔太子留守。後主繼位,改司空、同平章事,見十國春秋卷一六元宗本紀及卷二三本傳。據詩所用雞樹典故,當爲嚴續以"爲門下侍郎、平章事"之任期。按徐鉉保大十四(九五六)三月末自舒州回京,而交泰元年(九五八)三月割地後嚴續被罷爲少傅,不再掛職中書省,詩當作於保大十五年(九五七)春。　嚴相公:即嚴續,字興宗,同州(隋唐時爲馮翊郡。轄域約今陝西大荔、韓城、白水、合陽、澄城等縣市)人。元宗和後主時宰相。見馬令南唐書卷一〇、陸游南唐書卷一三、十國春秋卷二三本傳。

〔二〕鳳樓:指宫内的樓閣。鮑照代陳思王京洛篇:"鳳樓十二重,四户八綺牕。"

〔三〕雞樹:指中書省。見本卷再領制誥和王明府見賀注〔四〕。嚴續於保大十三年(九五五)二月以中書侍郎、知尚書省拜爲門下侍郎、平章事。見十國春秋卷一六元宗本紀。

〔四〕塵冠:世俗之冠。吕温病中自户部員外郎轉司封:"遣兒迎賀客,無力拂塵冠。"

侍宴賦得歸雁〔一〕

夜静群動息,翩翩一雁歸。清音天際遠,寒影月中微。何處雲同宿,長空雪共飛。陽和常借便〔二〕,免與素心違。

【箋注】

〔一〕作年未詳。

〔二〕陽和:陽氣。葛洪抱朴子内篇卷一至理:"接煞氣則彫瘁於凝霜,值陽和則鬱藹而條秀。"方干除夜:"煦育誠非遠,陽和又欲昇。"

又賦早春書事〔一〕

苑裏芳華早，皇家勝事多。弓聲達春氣〔二〕，奕思養天和〔三〕。煖酒紅爐火，浮舟緑水波。雪晴農事起，擊壤聽賡歌〔四〕。

【箋注】

〔一〕作年未詳。

〔二〕弓聲：習射之聲。

〔三〕天和：人體之元氣。葛洪抱朴子内篇卷二道意："精靈困於煩擾，榮衛消於役用。煎熬形氣，刻削天和。"

〔四〕擊壤：藝文類聚卷一一引皇甫謐帝王世紀："（帝堯之世）天下大和，百姓無事，有五十老人擊壤於道。"後因以頌太平盛世之典。謝靈運初去郡："即是羲唐化，獲我擊壤情。"　賡歌：酬唱和詩。張説開元正曆握乾符頌："百寮賡歌以美時，六合鼓舞以頌德。"

依韻和令公大王薔薇詩①〔一〕

緑樹成陰後，群芳稍歇時。誰將新濯錦〔二〕，挂向最長枝。卷箔香先入，凭欄影任移。賞頻嫌酒渴〔三〕，吟苦怕霜髭。架迥籠雲幄〔四〕，庭虚展繡帷。有情縈舞袖，無力罥游絲。嫩蘂鶯偷采，柔條柳伴垂。荀池波自照〔五〕，梁苑客嘗窺〔六〕。玉李尋皆謝，金桃亦暗衰。花中應獨貴，庭下故開遲。委豔粧苔砌，分華借槿籬。低昂匀灼爍〔七〕，濃淡疊參差。幸植王宫裏，仍逢宰府知②。芳心向誰許，醉態不能支。芍藥天教避〔八〕，玫瑰衆共嗤③〔九〕。光明烘晝景，潤膩裛輕霏。麗似期神女〔一〇〕，珍如重衛姬④〔一一〕。君王偏屬詠，七子盡搜奇〔一二〕。

【校記】

①詩前有李從善薔薇詩一首十八韻呈東海侍郎,今附後。

②府:四庫本作“相”。

③玟環:四庫本、全唐詩、李刊本作“玫瑰”。

④如:原作“加”,據四庫本、全唐詩、李刊本、徐校改。

【箋注】

〔一〕作於宋開寶二年(九六九)或三年春。此爲和李從善薔薇一首十八韻呈東海侍郎詩。從善稱徐鉉爲侍郎,爲工部侍郎,其拜是職在開寶二年(九六九)春。從善使宋朝貢時間,在開寶三年。卷二九大宋故尚書兵部員外郎江君墓誌銘云:“君諱直木……庚午歲,府公奉使天朝,留鎮兗海,授君泰寧節度判官、檢校金部員外郎。”按:府公即指從善,庚午歲爲九七〇年,從善從此被留汴京。則詩當作於開寶二年或三年春。　令公大人:即李從善。見本卷陪鄭王相公賦簷前垂冰應教依韻注〔一〕。

〔二〕濯錦:成都一帶所産的織錦,以華美著稱。元稹感石榴二十韻:“暗虹走繳繞,濯錦莫周遮。”此喻薔薇花。

〔三〕酒渴:謂邊賞花邊喝酒,酒後口渴。

〔四〕雲幄:輕柔飄灑似雲霧的帷幄。西京雜記卷一:“成帝設雲帳、雲幄、雲幕於甘泉紫殿,世謂三雲殿。”

〔五〕荀池:晉書卷三九荀勖傳:“勖久在中書,專管機事。及失之,甚罔罔悵恨。或有賀之者,勖曰:‘奪我鳳皇池,諸君賀我邪!’”魏晉南北朝時設中書省於禁苑,掌管機要,接近皇帝,故稱中書省爲“鳳凰池”。通典卷二一:“魏晉以來,中書監、令掌贊詔命,記會時事,典作文書。以其地在樞近,多承寵任,是以人固其位,謂之‘鳳凰池’焉。”李從善時任中書令,故云。

〔六〕梁苑:即梁園或兔園。見卷一木蘭賦注〔一〇〕。

〔七〕灼爍:宋玉舞賦:“珠翠灼爍而照曜兮,華袿飛髾而雜纖羅。”章樵注:“灼爍,鮮明貌。”

〔八〕芍藥:多年生草本植物。五月开花,花大而美丽,有紫紅、粉紅、白等多种顔色,供觀赏。根可入药。

〔九〕玟環:美玉。

〔一〇〕神女:即巫山神女。見宋玉高唐賦序及神女賦序。

〔一一〕衛姬:即齊桓公夫人,衛侯之女。其人忠款誠信,治内有則。

〔一二〕七子:指漢末"建安七子":孔融、陳琳、王粲、徐幹、阮瑀、應瑒、劉楨。

附:

薔薇詩一首十八韻呈東海侍郎

太尉中書令鄭王從善

緑影覆幽池,芳菲四月時。管絃朝夕興,組繡百千枝。盛引牆看遍,高煩架屢移。露輕濡綵筆,蜂誤拂吟髭。日照玲瓏幔,風摇翡翠帷。早紅飄蘚地,狂蔓掛蛛絲。嫩刺牽衣細,新條窣草垂。晚香難暫捨,嬌態自相窺。深淺分前後,榮華互盛衰。罇前留客久,月下欲歸遲。何處繁臨砌,誰家密映籬。絳羅房燦爛,碧玉葉参差。分得殷勤種,開來遠近知。晶熒歌袖袂,柔弱舞腰支。膏麝誰將比,庭萱自合嗤。匀粧低水鑑,泣淚滴煙霏。畫擬憑梁廣,名宜亞楚姬。寄君十八韻,思拙愧新奇。

和門下殷侍郎新茶二十韻〔一〕

暖吹入春園,新芽競粲然〔二〕。才教鷹觜拆①,未放雪花妍。荷杖青林下,攜筐旭景前採茶須在日未出前。孕靈資雨露,鍾秀自山川。碾後香彌遠,烹來色更鮮。名隨土地貴,味逐水泉遷。力籍流黄暖〔三〕,形模紫筍圓〔四〕茶之美者,有圓捲紫筍。正當鑽柳火〔五〕,遥想湧金泉陽羨茶山有金涉泉②,修貢時出。任道時新物,須依古法煎。輕甌浮緑乳③,孤竈散餘煙。甘薺非予匹〔六〕,宫槐讓我先槐牙亦可爲茶。竹孤空冉冉,荷弱謾田田。解渴消殘酒,清神減夜眠④。十漿何足饋,百榼盡堪捐。采擷唯憂晚,營求不計錢。任公因焙顯〔七〕,陸氏有經傳〔八〕。愛甚真成僻⑤,嘗多合得仙。亭臺虚静處,風月艷陽天。自可臨泉石,何妨雜管絃。東山似蒙頂〔九〕,願得從諸賢。

【校記】

①拆:四庫本、黄校本作"折"。

②金涉泉:四庫本作"金沙泉"。

③乳:原作"孔",據四庫本、黄校本、全唐詩、李刊本改。

④減:原作"感",據黄校本、李刊本改。

⑤僻:全唐詩、李刊本作"癖"。

【箋注】

〔一〕作於宋開寶元年(九六八)三月。續長編卷九載:開寶元年三月"唐主以樞密使、右僕射湯悦爲左僕射兼門下侍郎、平章事"。卷一〇載:開寶二年正月,"唐樞密使、左僕射、平章事湯悦罷爲鎮海節度使。悦不樂居藩,上章求解,於是改授太子太傅、監修國史,仍領鎮海節度使。"按,九六八年十一月改元開寶;下年殷崇義(湯悦)即罷門下侍郎等職。詩寫春景,故繫於此。

〔二〕粲然:明白貌;明亮貌。荀子卷三非相:"欲觀聖王之迹,則於其粲然者矣,後王是也。"楊倞注:"粲然,明白之貌。"

〔三〕流黄:即硫黄。文選卷四張衡南都賦:"赭堊流黄。"李善注引本草經:"石流黄生東海牧陽山谷中。"當是煎茶的方法:加些許硫黄,以使其色味更佳。

〔四〕紫筍:一種名茶。新唐書卷四一地理志載,湖州土貢有紫筍茶。白居易白孔六帖卷一五"茶":"紫筍,國史補:'茶名。湖州有顧渚紫筍。'"白居易題周皓大夫新亭子二十二韻:"茶香飄紫筍,膾縷落紅鱗。"

〔五〕柳火:指榆柳之火,上古炊爨先要鑽木取火。周禮注疏卷三〇司爟:"四時變國火"鄭玄注:"鄹子曰:'春取榆柳之火。'"

〔六〕甘薺:詩經邶風谷風:"誰謂荼苦?其甘如薺。"

〔七〕任公:任瞻字育長。世説新語卷下紕漏:"任育長年少時,甚有令名。……自過江,便失志。王丞相請先度時賢共至石頭迎之,猶作疇日相待,一見便覺有異。坐席竟，下飲，便問人云：'此爲茶爲茗？'覺有異色，乃自申明云：'向問飲爲熱爲冷耳。'"

〔八〕陸氏：即唐代陸羽，復州竟陵（今湖北天門）人，著茶經三卷。新唐書卷一九六陸羽傳："陸羽字鴻漸，一名疾，字季疵，復州竟陵人。……羽嗜茶，著經三篇，言茶之原、之法、之具尤備，天下益知茶矣。"

〔九〕東山：見卷二中書相公谿亭閑宴依韻注〔四〕。　蒙頂：毛晃禹貢指南卷二蔡蒙旅平："蒙山，在蜀郡青衣縣。其上出茶，俗呼蒙頂茶。"

徐鉉集校注卷五　詩

春雪應制[一]

繁陰連曙景,瑞雪灑芳辰。勢密猶疑臘[二],風和始覺春。縈林開玉蘂,飄座裛香塵。欲識宸心悦[三],雲謡慰兆人[四]。

【箋注】

〔一〕作年未詳。　應制:指應皇帝之命寫作詩文。又名應詔。

〔二〕臘:祭祖先爲"臘"。禮記正義卷一七月令:"(孟冬之月)天子乃祈來年於天宗,大割祠於公社及門閭,臘先祖五祀,勞農以休息之。"孔穎達疏:"臘,獵也。謂獵取禽獸以祭先祖五祀也。"此指歲末臘祭祀之月,即農曆十二月。

〔三〕宸心:帝王的心意。李嶠奉和幸長安故城未央宫應制:"宸心千載合,睿律九韻開。"

〔四〕雲謡:指頌歌。穆天子傳卷三:"乙丑,天子觴西王母於瑶池之上,西王母爲天子謡。"首句爲"白雲在天,山陵自出。"後人編録詩集題之曰白雲謡,省稱雲謡。

進雪詩[一]

欲使新正識有年,故飄輕絮伴春還。近看瓊樹籠銀闕[二],遠想瑶池带玉關〔三〕。潤逐麰麳鋪緑野〔四〕,暖隨杯酒上朱顔。朝來花萼樓中宴〔五〕,數曲賡歌雅頌間〔六〕。

【箋注】

〔一〕作於南唐保大五年(九四七)元日。是年元日大雪,元宗詔群臣賦詩。見江表志卷中、江南餘載卷下、圖畫見聞志卷六、十國春秋卷一六等。與會者有李建勳、朱鞏、常夢錫、殷崇義、游簡言、徐景運、徐景逿、張義方、潘處常、魏岑、喬匡舜、徐鉉、張緯、徐景遼、徐景游、徐景道、李弘茂、李贍等。見卷一八御製春雪詩序。

〔二〕銀闕:梁元帝揚州梁安寺碑:"銀闕金宫,出瀛州之下。"此言京城宫闕爲雪所妝點,一片銀白。

〔三〕瑶池:傳説中崑崙山上西王母所居的池名。史記卷一二三大宛列傳論:"崑崙其高二千五百餘里,日月所相避隱爲光明也,其上有醴泉、瑶池。"穆天子傳卷三:"乙丑,天子觴西王母於瑶池之上。" 玉關:指宫門。許玫題雁塔:"寶輪金地壓人寰,獨坐蒼冥啓玉關。"

〔四〕麰麳:麥子的統稱。舊五代史卷九四晉書二〇高漢筠傳:"在襄陽,有孽吏常課外獻白金二十鎰。漢筠曰:'非多納麰麳,則刻削闤闠,吾有正俸,此何用焉!'"此指麥苗。

〔五〕花萼樓:唐玄宗於興慶宫西南建花萼相輝之樓,簡稱花萼樓。見舊唐書卷九五讓皇帝憲傳。若非用典,則南唐金陵似亦有花萼樓。

〔六〕賡歌:見卷四又賦早春書事注〔四〕。 雅頌:詩經内容和樂曲分類的名稱。雅爲朝廷的樂曲,頌爲宗廟祭祀的樂曲。此指頌歌。

自題山亭三首〔一〕

簪組非無累〔二〕,園林未是歸。世喧長不到,何必故山薇〔三〕。

小舫行乘月〔四〕,高齋卧看山。退公聊自足〔五〕,争敢望長閑。

跂石仍臨水〔六〕,披襟復挂冠。機心忘未得〔七〕,棋局與魚竿。

【箋注】

〔一〕作年未詳。

〔二〕簪組：冠簪和冠帶。王勃秋日宴洛陽序："簪組盛而車馬喧，庭宇虚而管絃亮。"王維留别丘爲："親勞簪組送，欲趁鶯花還。"此指官爵。

〔三〕故山薇：指歸隱。史記卷六一伯夷列傳："周武王已平殷亂，天下宗周，而伯夷、叔齊恥之，義不食周粟，隱於首陽山，采薇而食之。"

〔四〕舫：並連起來的船隻。戰國策卷一四楚策一："舫船載卒，一舫載五十人。"鮑彪注："舫，併船也。"此指小船。

〔五〕退公：指公餘休息。參見卷一京口江際弄水注〔二〕。

〔六〕跂石：垂足而坐於石上。庾信詠畫屏風詩："下橋先勸酒，跂石始調琴。"

〔七〕機心：機巧功利之心。莊子外篇天地："吾聞之吾師，有機械者必有機事，有機事者必有機心。機心存於胸中，則純白不備。"成玄英疏："有機動之務者，必有機變之心。"

和陳表用員外求酒〔一〕

暑天頻雨亦頻晴，簾外閑雲重復輕。珍重一壺酬絶唱，向風遥想醉吟聲。

【箋注】

〔一〕陳表用：當是陳致雍字。宋史卷二〇三藝文志三著録有陳致雍曲臺奏議集。徐鍇曲臺奏議集序："潁川陳表用，今爲晉安人也。……知余直筆，訪余爲序。"十國春秋卷九七陳致雍傳："陳致雍，莆田人也。……好事者復編其議禮諸論爲曲臺奏議二十卷。"本卷又有奉酬度支陳員外。陳員外或爲陳表用。

奉和右省僕射西亭高卧作〔一〕

院静蒼苔積，庭幽怪石攲。蟬聲當檻急，虹影向簷垂。晝漏猶憐永,叢蘭未覺衰。疏篁巢翡翠〔二〕,折葦覆鸕鷀〔三〕。對酒襟懷曠,圍棋旨趣遲。景皆隨所尚,物各遂其宜。道與時相會,才非世所羈。賦詩貽座客,秋事爾何悲〔四〕。

【箋注】

〔一〕作於宋乾德三年(九六五)秋。右省僕射即殷崇義(入宋改名湯悦)。李煜嗣位,以右僕射嚴續爲司空、同平章事;以殷崇義爲右僕射、樞密使,見續長編卷二。乾德三年五月,嚴續罷爲鎮海軍節度使,見十國春秋卷一七。詳詩意,或是殷崇義因嚴續罷職而憂己仕途未卜,姑繫於此。

〔二〕翡翠:鳥名。楚辭章句卷九招魂:"翡翠珠被,爛齊光些。"王逸注:"雄曰翡,雌曰翠。"洪興祖補注:"翡,赤羽雀;翠,青羽雀。異物志云:'翠鳥形如燕,赤而雄曰翡,青而雌曰翠。'"

〔三〕鸕鷀:水鳥名。俗叫魚鷹、水老鴉。漁人常馴養之以捕魚。

〔四〕自"對酒"句至末句:爲徐鉉寬慰殷崇義語。云西亭高卧、秋事生悲,當是殷崇義對於所任官職不甚滿意。詳見本卷稍下右省僕射後湖亭閑宴鉉以宿直先歸賦詩留獻注〔二〕。

憶新淦觴池寄孟賓于員外〔一〕

往年淦水駐行軒〔二〕,引得清流似月圓。自有谿光還碧甃〔三〕,不勞人力遞金船〔四〕。潤滋苔蘚欺茵席〔五〕,聲入杉松當管絃。珍重詩人頻管領〔六〕,莫教塵土咽潺潺①。

【校記】

①潺潺:四庫本、李刊本作"潺湲"。

【箋注】

〔一〕作於宋開寶六年(九七三)前後。詩云"往年淦水駐行軒",指徐鉉建隆二年(九六一)奉使嶺南途徑新淦。詩當作於孟賓于還新淦後。詳見本卷稍下送孟賓于員外還新淦注〔一〕。　新淦:吉州屬縣。見十國春秋卷一一一南唐地理表。今江西新干縣。　觴池:古代習俗,每逢農曆三月上巳日,人們於水邊相聚宴飲,以祓除不祥。後人仿之,於環曲水流旁宴集,上流放置酒杯,任其順流而下,杯停誰面前,誰就取飲,稱爲"流觴曲水"。王羲之蘭亭集序:"又有清流激湍,映帶左右,引以爲流觴曲水。"　孟賓于:字國儀,連州(今廣東連州市)人,先仕湖南馬氏,後歸南唐。見馬令南唐書卷二三、唐才子傳卷一〇、十國春秋卷七五本傳。

〔二〕淦水:在新淦縣境内。元和郡縣圖志卷二八江南道四吉州新淦縣:"本漢舊縣,豫章南部都尉所居,縣有淦水,因以爲名。"　行軒:指所乘之車。張説送蘇合宫頲:"别曲鸞初下,行軒雉尚過。"徐鉉曾奉使嶺南,途經新淦,故云。

〔三〕碧甃:指井。盧照鄰樂府雜詩序:"碧甃銅池,俯銀津而横衆壑。"

〔四〕金船:一種金質的盛酒器。庾信北園新齋成應趙王教:"玉節調笙管,金船代酒巵。"倪璠注:"八王故事曰:'陳思有神思,爲鴨頭杓,浮於九曲酒池。王意有所勸,鴨頭則迴向之。又爲鵲尾杓,柄長而直。王意有所到處,於罇上鏇之,鵲則指之。'……按:金船即鴨頭杓之遺,陳思王所制也。後李白詩云:'却放酒船回。'李商隱詩云:'雨送酒船香。'皆云酒巵,蓋本此也。"

〔五〕茵席:褥墊;草席。韓非子卷三十過:"茵席雕文。"傅毅舞賦:"陳茵席而設坐兮,溢金罍而列玉觴。"

〔六〕管領:領受。白居易題小橋前新竹招客:"管領好風煙,輕欺凡草木。"

右省僕射後湖亭閑宴鉉以宿直先歸賦詩留獻〔一〕

湖上一陽生〔二〕,虚亭啓高宴。楓林煙際出,白鳥波心見。主人忘貴達,座客容疵賤。獨慙殘照催,歸宿明光殿〔三〕。

【箋注】

〔一〕作於宋乾德五年(九六七)秋。十國春秋卷一七:"乾德五年春,命兩省侍郎、諫議、給事中、中書舍人、集賢勤政殿學士更直光政殿,召對咨訪,率至夜分。"詩題云宿直當指此。　明光殿:山堂肆考卷四五"臣職中書舍人"條:

"漢置中書舍人、尚書郎,直宿建禮門,奏事明光殿。"徐鉉或用以指光政殿。右省僕射即殷崇義(湯悦)。按,殷崇義下年三月改左僕射,見續長編卷九。詩寫秋景。故繫於此。　後湖:景定建康志卷一八山川志二江湖引舊志:"玄武湖,亦名蔣陵湖、秣陵湖、後湖,在城北二里。周迴四十里,東西有溝,流入秦淮,深七尺,灌田一百頃。"　宿直:卷一新月賦注〔一〕。

〔二〕陽生:指楊朱。吕氏春秋卷一七不二:"陳駢貴齊,陽生貴己。"高誘注:"輕天下而貴己。孟子曰:'陽子拔體一毛以利天下,弗爲也。'"畢沅輯校:"李善注文選謝靈運述祖德詩引作楊朱。陽、楊,古多通用。"此以陽生即楊朱比殷崇義。楊朱主張貴己、取我,其實是一種潔身自好的出世、隱遁思想。殷崇義自李煜嗣位之後,官職屢有變動,至於不樂居藩而上章求解,後改授太子太傅(見續長編卷一〇"開寶二年正月"條)。於是而生出世、隱遁思想。徐鉉屢有勸慰:奉和右省僕射西亭高卧作:"賦詩貽座客,秋事爾何悲。"奉和宫傅相公懷舊見寄四十韻:"從容自保君臣契,何必扁舟始是賢。"相公垂覽和詩復貽長句輒次來韻:"開晴便作東山約,共賞煙霞放曠心。"

〔三〕明光殿:見卷三見卷一新月賦注〔七〕。

送孟賓于員外還新淦〔一〕

暫來城闕不從容〔二〕,却佩銀魚隱玉峰〔三〕。雙澗水邊欹醉石〔四〕,九仙臺下聽風松①〔五〕。題詩翠壁稱逋客〔六〕,采藥春畦狎老農。野鶴乘軒雲出岫〔七〕,不知何日再相逢。

【校記】

①風松:四庫本作"松風"。

【箋注】

〔一〕作於宋開寶六年(九七三)前後春。孟賓于碧雲集序署云:"癸酉年八月五日序"、"朝議郎守尚書水部郎中武騎尉賜紫金魚袋孟賓于。"癸酉即開寶六年。據江南野史卷八云:"後主見詩貸之,復其官。俄致仕。"則其授官後不久即致仕,詩寫春景,故繫於此。　孟賓于、新淦:俱見本卷憶新淦觴池寄孟賓于員外注〔一〕。

〔二〕“暫來城闕”句：指孟賓于初歸南唐時遭遇的挫折。江南野史卷八：“及江南攻下湘湖，賓于隨馬氏歸朝，嗣主授以豐城簿。尋遷淦陽令。因黷貨以贓罪當死。會昉還翰林學士，聞其縲絏，以詩寄賓于云：‘幼攜書劍别湘潭，金榜標名第十三。昔日聲塵喧洛下，近年詩價滿江南。長爲邑宰情終屈，縱處曹郎志未干。莫學馮唐便歸去，明君晚事未爲慚。’後主見詩貸之，復其官。俄致仕，隱於玉笥山，自號群玉峰叟。”

〔三〕銀魚：銀質的魚符。唐代授予官員的佩帶，用以表示品級身分。亦作發兵、出入宫門或城門之符信。舊唐書卷四五輿服志：“高祖武德元年九月，改銀菟符爲銀魚符。高宗永徽二年五月，開府儀同三司及京官文武職事四品、五品並給隨身魚。咸亨三年五月，五品已上賜新魚袋並飾以銀。”　玉峰：即玉笥山上之群玉峰。見卷四玉笥山留題注〔四〕。

〔四〕雙澗水：當在群玉峰附近。江西通志卷九山川臨江府：“玉笥山在峽江縣東南四十里。……舊名群玉峰，漢武帝時嘗降玉笥於山，故名。”按：臨江府有雙澗寺，當以雙澗水而命名。江西通志卷一一一寺觀一臨江府：“雙澗寺，在峽江縣西鄉暮膳，已廢。”

〔五〕九仙臺：明一統志卷五五臨江府：“九仙臺，在玉笥山。”

〔六〕逋客：隱士。宋之問答田徵君：“何當遂遠游，物色候逋客。”

〔七〕野鶴乘軒：左傳閔公二年：“衛懿公好鶴，鶴有乘軒者。”後以乘轩鹤喻特立獨行之人。韓愈醉贈張秘書：“張籍學古淡，軒鶴避雞群。”　雲出岫：陶淵明歸去來兮辭：“雲無心而出岫，鳥倦飛而知還。”

孟君别後相續寄書作此酬之〔一〕

多病怯煩暑，短才憂近職。跂足北牕風〔二〕，遥懷浩無極。故人易成别，詩句空相憶。尺素寄天涯〔三〕，淦江秋水色〔四〕。

【箋注】

〔一〕作於宋開寶六年（九七三）前後夏秋。　孟君：即孟賓于，見本卷憶新淦觴池寄孟賓于員外注〔一〕及送孟賓于員外還新淦注〔二〕。

〔二〕跂足:詩經衛風河廣:"跂予望之。"鄭玄箋:"跂足則可以望見之。"

〔三〕尺素:文選卷二七古樂府飲馬長城窟行:"客從遠方來,遺我雙鯉魚。呼兒烹鯉魚,中有尺素書。"吕向注:"尺素,絹也。古人爲書,多書於絹。"此指書信。周書卷四一王褒傳:"猶冀蒼雁頩鯉,時傳尺素;清風朗月,俱寄相思。"

〔四〕淦江:當在新淦縣。江西通志卷一五七藝文志録楊萬里自金陵西歸至豫章發南浦亭宿黄家渡:"過了重湖雪浪堆,章江欲盡淦江來。"

納后夕侍宴〔一〕

天上軒星正〔二〕,雲間湛露垂①〔三〕。禮容過渭水〔四〕,宴喜勝瑶池〔五〕。彩霧籠花燭〔六〕,升龍肅羽儀〔七〕。君臣歡樂日,文物盛明時〔八〕。簾捲銀河轉,香凝玉漏遲〔九〕。華封傾祝意〔一〇〕,觴酒與聲詩②〔一一〕。

【校記】

①間:黄校本作"開"。

②聲:四庫本作"吟"。

【箋注】

〔一〕作於宋開寶元年(九六八)十一月。納后,指立小周后。續長編卷九載:開寶元年(九六八)十一月,"唐主納周氏,昭惠后之妹也。"陸游南唐書卷三後主本紀載:開寶元年,"十一月,立國后周氏。"

〔二〕軒星:同軒宫,軒轅之宫,星名。文選卷一三謝莊月賦:"增華臺室,揚采軒宫。"李善注:"軒宫,軒轅之宫。……淮南子曰:'軒轅者,帝妃之舍。'高誘曰:'軒轅,星名。'"此比周后。

〔三〕湛露:詩經小雅湛露叙貴族舉行宫廟落成之禮,宴請賓客,作詩以表達對主人的感恩之情。左傳文公四年:"昔諸侯朝正於王,王宴樂之,於是乎賦湛露。則天子當陽,諸侯用命也。"後因喻君主之恩澤。陳子昂爲建安王獻食表:"策勳飲至,頻承湛露之恩。"舊唐書卷五一后妃傳上太宗賢妃徐氏:"願陛下布澤流人,矜弊恤乏,減行役之煩,增湛露之惠。”

〔四〕“禮容”句:周文王成婚時,曾並船爲橋,納聘於渭水。詳見下又三絶注〔六〕。

〔五〕瑶池:穆天子傳卷三:“乙丑,天子觴西王母於瑶池之上。”

〔六〕花燭:猶彩燭。多用於新婚房中,上面多用龍鳳圖案等做裝飾。梁簡文帝詠人棄妾:“昔時嬌玉步,含羞花燭邊。”封演封氏聞見記卷五花燭:“近代婚嫁有障車、下壻、却扇及觀花燭之事。……上自皇室,下至士庶,莫不皆然。”

〔七〕升龍:文選卷二張衡西京賦:“想升龍於鼎湖,豈時俗之足慕。”李善注:“史記曰:‘齊人公孫卿曰:黄帝采首山銅,鑄鼎於荆山下,鼎既成,龍垂胡髯,下迎黄帝。黄帝騎龍,乃上去。’”陸機折楊柳:“升龍悲絶處,葛藟變條枝。”　羽儀:周易卷九漸:“鴻漸於陸,其羽可用爲儀。”孔穎達疏:“處高而能不以位自累,則其羽可用爲物之儀表,可貴可法也。”後因以“羽儀”喻居高位而有才德,被人尊重或堪爲楷模。漢書卷一〇〇上叙傳上:“皇十紀而鴻漸兮,有羽儀於上京。”顔師古注引張晏曰:“成帝時,班況女爲倢伃,父子並在京師爲朝臣也。”

〔八〕文物:指禮樂制度。左傳桓公二年:“夫德,儉而有度,登降有數,文物以紀之,聲明以發之,以臨百官。”

〔九〕玉漏:計時漏壺的美稱。蘇味道正月十五夜:“金吾不禁夜,玉漏莫相催。”

〔一〇〕華封:即“華封三祝”,祝頌之辭。堯視察華州,華州守疆人祝頌“使聖人壽”、“使聖人富”、“使聖人多男子”。見莊子外篇天地。

〔一一〕觴酒:韓非子卷三十過:“酣戰之時,司馬子反渴而求飲,豎穀陽操觴酒而進之。”　聲詩:樂歌。禮記正義卷三八樂記:“樂師辨乎聲詩,故北面而弦。”

又三絶〔一〕

時平物茂歲功成,重翟排雲到玉京〔二〕。四海未知春色至,今宵先入九重城〔三〕。

銀燭金爐禁漏移〔四〕,月輪初照萬年枝〔五〕。造舟已似文王事〔六〕,卜世應同八百期〔七〕。

漢主承乾帝道光〔八〕,天家花燭宴昭陽〔九〕。六衣盛禮如金屋〔一〇〕,彩筆分題似柏梁〔一一〕。

【箋注】

〔一〕作於宋開寶元年(九六八)十一月。

〔二〕重翟:王后祭祀時乘坐的車子。周禮注疏卷二七巾車:"王后之五路(輅),重翟,錫面朱總。"鄭玄注:"重翟,重翟雉之羽也。……后從王祭祀所乘。"賈公彥疏:"凡言翟者,皆謂翟鳥之羽,以爲兩旁之蔽。言重翟者,皆二重爲之。"隋書卷一〇禮儀志五:"皇后之車亦十二等,一曰重翟,以從皇帝祀郊禖、享先皇、朝皇太后。"舊唐書卷一八九下祝欽明傳:"重翟者,后從王祭先王、先公所乘也。" 玉京:天帝所居之處。葛洪枕中書引真記:"元都玉京,七寶山,週迴九萬里,在大羅之上。"此把皇帝比作天地,京城比作天庭。

〔三〕九重城:天子之居有門九重,故稱。楚辭章句卷八九辯:"君之門以九重。"

〔四〕金爐:香爐之美稱。江淹别賦:"同瓊珮之晨照,共金爐之夕香。" 禁漏:宫中計時漏刻。陸暢宿陝府北樓奉酬崔大夫:"人定軍州禁漏傳,不妨秋月城頭過。"

〔五〕萬年枝:指年代悠久的大樹。韓偓鵲:"莫怪天涯棲不穩,託身須是萬年枝。"

〔六〕造舟:指帝王成婚。周文王成婚時,曾並船爲橋,納聘於渭水。詩經大雅大明:"文王嘉止,大邦有子。大邦有子,俔天之妹。文定厥祥,親迎於渭。造舟爲梁,不顯其光。"晉書卷三一后妃傳序:"是以哲王垂憲,尤重造舟之禮;詩人立言,先獎葛覃之訓。"

〔七〕卜世:占卜預測傳國的世數、年數。左傳宣公三年:"成王定鼎於郟鄏,世三十,年七百,天所命也。"此言八百,言國運更爲長久。

〔八〕漢主:即唐主。唐人往往以漢比之。 承乾:猶承天命。 道光:高尚的道德、正確的主張得到發揚和傳頌。晉書卷五九汝南王亮等傳論:"分茅錫瑞,道光恒典。"

〔九〕天家：指帝王家。後漢書卷七八曹節傳："盜取御水以作魚釣，車馬服玩擬於天家。"晉書卷五七胡奮傳："歷觀前代，與天家婚，未有不滅門者，但早晚事耳。"　昭陽：原爲漢宫殿名。三輔黄圖卷三未央宫："武帝時，後宫八區，有昭陽……等殿。"後泛指后妃所住的宫殿。王昌齡長信秋詞："玉顔不及寒鴉色，猶帶昭陽日影來。"

〔一〇〕六衣：指王后的六種禮服。謝朓齊敬皇后哀策文："俎徹三獻，筵卷六衣。"　金屋：漢武故事："帝以乙酉年七月七日生於猗蘭殿。年四歲，立爲膠東王。數歲，長公主嫖抱置膝上，問曰：'兒欲得婦不？'膠東王曰：'欲得婦。'長主指左右長御百餘人，皆云不用。末指其女問曰：'阿嬌好不？'於是乃笑對曰：'好！若得阿嬌作婦，當作金屋貯之也。'"

〔一一〕彩筆：南史卷五九江淹傳："淹少以文章顯，晚節才思微退。……嘗宿於冶亭，夢一丈夫自稱郭璞謂淹曰：'吾有筆在卿處多年，可以見還。'淹乃探懷中得五色筆一以授之。爾後爲詩，絶無美句。時人謂之才盡。"此指詞藻富麗的文筆。　分體似柏梁：指納后時的應制詩。柏梁：相傳漢武帝在柏梁臺上和群臣共賦七言詩，人各一句，每句用韻，後人謂此體爲"柏梁體"。

北苑侍宴雜詠詩〔一〕

竹

勁節生宫苑，虚心奉豫游〔二〕。自然名價重，不羨渭川侯〔三〕。

松

細韻風中遠，寒青雪後濃。繁陰堪避雨，效用待東封〔四〕。

水

碧草垂低岸，東風起細波。横汾從游宴〔五〕，何謝到天河〔六〕。

風

昨朝纔解凍,今日又開花。帝力無人識,誰知玩物華。

菊

細麗披金彩,氛氳散遠馨。汎杯頻奉賜,緣解制頽齡。

【箋注】

〔一〕作於宋開寶二年(九六九)仲春。徐鉉北苑侍宴詩序云:"歲躔己巳,月屬仲春。"己巳即是年。故繫於此。　北苑:景定建康志卷二二城闕志三園苑:"南唐北苑,徐鉉、湯悅、徐鍇有北苑侍宴賦詠。序云:'望蔣嶠之嶔岑,祝爲聖壽;泛潮溝之清淺,流作恩波。'其地在城北。"

〔二〕豫游:猶游樂。庾信象戲賦:"況乃豫游仁壽,行樂徽音;水影摇日,花光照林。"魏徵諫太宗十思疏:"君臣無事,可以盡豫游之樂,可以養松喬之壽。"

〔三〕渭川侯:史記卷一二九貨殖列傳:"安邑千樹棗,燕秦千樹栗,……渭川千畝竹,及名國萬家之城,帶郭千畝畝鍾之田,若千畝卮茜,千畦薑韭:此其人皆與千户侯等。"

〔四〕東封:司馬相如卒前作封禪文,盛頌漢德宏大,請武帝東封泰山、禪梁父,以彰功業。相如卒後八年,武帝從其言,行封禪事。見史記卷一一七司馬相如列傳。封禪需大興土木,故云"效用待東封"。

〔五〕横汾:漢武故事載,漢武帝嘗巡幸河東郡,在汾水樓船上與群臣宴飲,自作秋風辭,中有"泛樓舡兮濟汾河,横中流兮揚素波"句。張説奉和聖制暇日與兄弟同游興慶宫作應制:"漢武横汾日,周王宴鎬年。"此以"横汾"典稱頌皇帝對臣僚的賜宴。

〔六〕"何謝"句:用乘槎典。見卷一京口江際弄水注〔六〕。徐彦伯上巳日祓禊渭濱應制:"皆言侍蹕横汾宴,暫似乘槎天漢游。"

柳枝詞十首〔一〕　座中應制

金馬辭臣賦小詩〔二〕,梨園弟子唱新詞〔三〕。君恩還似東風意,先入靈和蜀柳枝〔四〕。

百草千花共待春，緑楊顔色最驚人。天邊雨露年年在，上苑芳華歲歲新〔五〕。

長愛龍池二月時〔六〕，毿毿金綫弄春姿〔七〕。假饒葉落枝空後，更有梨園笛裏吹〔八〕。

緑水成文柳帶摇，東風初到不鳴條〔九〕。龍舟欲過偏留戀，萬縷輕絲拂御橋。

百尺長條婉麴塵①〔一〇〕，詩題不盡畫難真②。憑君折向人間種，還似君恩處處春。

風暖雲開晚照明，翠條深映鳳凰城〔一一〕。人間欲識靈和態〔一二〕，聽取新詞玉管聲〔一三〕。

醉折垂楊唱柳枝，金城三月走金羈〔一四〕。年年爲愛新條好，不覺蒼華也似絲〔一五〕。

新春花柳競芳姿，偏愛垂楊拂地枝。天子偏教詞客賦，宫中要唱洞簫詞〔一六〕。

凝碧池頭蘸翠漣〔一七〕，鳳凰樓畔簇晴煙〔一八〕。新詞欲詠知難詠，説與雙成入管絃〔一九〕。

侍從甘泉與未央〔二〇〕，移舟偏要近垂楊。櫻桃未綻梅花老③，折得柔條百尺長。

【校記】

①婉：四庫本作“涴”；全唐詩校：“宛”；李刊本作“踠”。

②詩題：四庫本作“題詩”。

③花：黄校本作“先”。

【箋注】

〔一〕作於宋開寶二年（九六九）春天。　柳枝詞：即柳枝辭，見卷二柳枝辭十二首注〔一〕。

〔二〕金馬：借指翰林院。徐鉉於開寶二年（九六九）春已拜翰林學士。見傅璇琮、賈晉華唐五代文學編年史(五代卷)“開寶二年徐鉉條”。

〔三〕梨園弟子:新唐書卷二二禮樂志一二:“玄宗既知音律,又酷愛法曲,選坐部伎子弟三百教於梨園,聲有誤音,帝必覺而正之,號‘皇帝梨園弟子’。宫女數百,亦爲梨園弟子,居宜春北院。”此指宫廷歌舞藝人。

〔四〕靈和蜀柳枝:見卷四送高舍人使嶺南注〔六〕。

〔五〕上苑:皇家園林。徐君倩落日看還:“妖姬競早春,上苑逐名辰。”

〔六〕龍池:當在上苑中。

〔七〕毰毸:垂拂紛披貌。詩經陳風宛丘:“值其鷺羽。”陸璣疏:“白鷺,大小如鴟,青腳高尺七八寸,尾如鷹尾,喙長三寸許,頭上有毛十數枚,長尺餘,毰毸然與衆毛異。”

〔八〕梨園笛裏吹:指楊柳枝詞,樂府近代曲名。本爲漢樂府横吹曲辭折楊柳,唐易名楊柳枝,開元時已入教坊曲。白居易依舊曲作辭,翻爲新聲。其楊柳枝詞之一云:“古歌舊曲君休聽,聽取新翻楊柳枝。”詩人用此曲詠柳抒懷。七言四句,類似竹枝詞。

〔九〕鳴條:風吹樹枝發聲。古文苑卷一一引董仲舒雨雹對:“太平之世,則風不鳴條,開甲散萌而已。”成公綏嘯賦:“動商則秋霖春降,奏角則穀風鳴條。”

〔一〇〕麴塵:亦作麯塵。酒麴上所生菌,色淡黄如塵。因嫩柳葉色鵝黄,故以“麴塵”或“麴塵絲”借指柳樹、柳條。劉禹錫楊柳枝詞:“鳳闕輕遮翡翠幃,龍池遥望麴塵絲。”

〔一一〕鳳凰城:京城。杜甫復愁:“由來貔虎士,不滿鳳凰城。”仇兆鼇注:“鳳凰城,指長安。”此指金陵。

〔一二〕靈和:見卷四送高舍人使嶺南注〔六〕。

〔一三〕玉管:指管樂器。庾信賦得鸞臺:“九成吹玉琯,百尺上瑶臺。”

〔一四〕金城:京城。文選卷二一張協詠史:“朱軒曜金城,供帳臨長衢。”劉良注:“金城,長安城也。”此指金陵。　金羈:金飾的馬絡頭。曹植白馬篇:“白馬飾金羈。”此借指馬。李白秋日魯郡堯祠宴别:“魯酒白玉壺,送行駐金羈。”

〔一五〕蒼華:頭髮,見卷二和蕭郎中小雪日作注〔四〕。

〔一六〕洞簫詞:指把詞譜成曲子,以洞簫伴奏。洞簫,管樂器,簡稱簫。

〔一七〕凝碧池:唐禁苑中池名,在長安城中。南唐金陵當亦有之,池邊應多柳樹。

〔一八〕鳳凰樓:即鳳樓,指宫内的樓閣。鮑照代陳思王京洛篇:"鳳樓十二重,四户八綺牕。"　晴煙:柳枝濃密,遠望如煙。岑參送揚子:"梨花千樹雪,楊葉萬條煙。"

〔一九〕雙成:見卷二柳枝辭十二首注〔一一〕。

〔二〇〕"侍從"句:漢書卷八七上揚雄傳上:"孝成帝時,客有薦雄文似相如者,上方郊祠甘泉泰畤、汾陰后土,以求繼嗣,召雄待詔承明之庭,正月,從上甘泉。""因回軫還衡,背阿房,反未央。"

奉和宫傅相公懷舊見寄四十韻①〔一〕

謝傅功成德望全〔二〕,鸞臺初下正蕭然〔三〕。摶風乍息三千里〔四〕,感舊重懷四十年。西掖新官同賈馬〔五〕,南朝興運似開天〔六〕。文辭職業分工拙〔七〕,流輩班資讓後先〔八〕。每愧陋容勞刻畫,長慙頑石費彫鐫〔九〕。晨趨綸掖吟春永〔一〇〕,夕會精廬待月圓〔一一〕。立馬有時同草詔〔一二〕,聯鑣幾處共成篇〔一三〕。閑歌柳葉翻新曲〔一四〕,醉詠桃花促綺筵〔一五〕。少壯況逢時世好,經過寧慮歲華遷〔一六〕。雲龍得路須騰躍〔一七〕,社櫟非材合棄捐②〔一八〕。再謫湘江猶是幸,兩還宣室竟何緣〔一九〕。已知瑕玷勞磨瑩〔二〇〕,又得官司重接連。聽漏分宵趨建禮〔二一〕,從游同召赴甘泉〔二二〕。雲開閶闔分臺殿〔二三〕,風過華林度管絃〔二四〕。行止不離宫仗影,衣裾嘗惹御爐煙〔二五〕。師資稷契論中禮〔二六〕,依止山公典小銓〔二七〕。多謝天波垂赤管〔二八〕,敢教晨景過華塼〔二九〕。翾飛附驥方經遠〔三〇〕,巨楫乘風遂濟川③〔三一〕。玉燭調時鈞軸正〔三二〕,臺階平處德星懸〔三三〕。巖廊禮絶威容肅〔三四〕,布素情深友好偏〔三五〕。長擬營巢安大厦〔三六〕,忽驚操鉞領中權④〔三七〕。吴門日麗龍銜節,京口沙晴鷁畫船〔三八〕。蓋代名高方赫赫〔三九〕,戀恩心切更乾乾〔四〇〕。袁安辭氣忠仍懇〔四一〕,吴漢精誠直且專〔四二〕。却許丘明師紀傳〔四三〕,更容疏廣奉周旋〔四四〕。朱門自得施行馬〔四五〕,厚禄何妨食萬錢〔四六〕。密疏尚應勞獻替〔四七〕,清談唯見論空玄〔四八〕。東山妓樂供閑步〔四九〕,北牖風凉足晏眠〔五〇〕。玄武湖邊林隱見〔五一〕,五城橋下棹洄沿〔五二〕。曾移苑樹開紅藥〔五三〕,新鑿家池種白蓮〔五四〕。不遣前騶妨野逸〔五五〕,别尋逋客互招延〔五六〕。棋枰寂静陳虚閣,詩筆沉吟劈彩牋。往事偶來春夢裏,閑愁因動落花前。青雲舊侣嗟誰在,白首親情倍見憐。盡日凝思殊悵望,一章追叙信精研。韶顔莫與年争競,世慮須憑道節宣〔五七〕。幸喜書生爲將相,定由陰德致神仙。羊公剩有登臨興〔五八〕,尚子都無嫁娶牽〔五九〕。退象天山鎮浮競〔六〇〕,起爲霖雨潤原田。從容自保君臣契,何必扁舟始是賢。

【校記】

①懷舊見寄:四庫本作"見寄懷舊"。

②社:原作"杜",據四庫本、全唐詩、李刊本、備要本改。

③乘:原作"垂",據李刊本改。翁鈔本、四庫本作"迎"。

④驚:黄校本作"經"。

【箋注】

〔一〕作於宋開寶二年(九六九)暮春。宫傅相公指殷崇義(湯悦)。宫傅爲太子太傅簡稱,太子居東宫,故稱。據詩句"謝傅功成德望全,鸞臺初下正蕭然",知在崇義改任太子太傅職。續長編卷一〇載:開寶二年正月,"唐樞密使、左僕射、平章事湯悦罷爲鎮海節度使。悦不樂居藩,上章求解,於是改授太子太傅、監修國史,仍領鎮海節度使。"據下首相公垂覽和詩復貽長句輒次來韻云"西園春歸道思深",知作於暮春。

〔二〕謝傅:指謝安,官至宰相,位列三公,卒贈太傅。見晉書卷七九謝安傳。常比喻文武兼備的將相之才。此比殷崇義。

〔三〕鸞臺:門下省别名。見卷一早春左省寓直注〔二〕。續長編卷九載:開寶元年三月"唐主以樞密使、右僕射湯悦爲左僕射兼門下侍郎、平章事"。此指殷崇義被罷門下侍郎職,故云"鸞臺初下"。

〔四〕摶風:莊子内篇逍遥游:"摶扶摇而上者九萬里。"後因稱乘風捷上爲"摶風"。此言殷崇義卸任宰相,故云"乍息"。

〔五〕西掖:中書或中書省的别稱。應劭漢官儀卷上:"左右曹受尚書事,前世文士,以中書在右,因謂中書爲右曹。又稱西掖。"張九齡酬周判官兼呈耿廣州:"既起南宫草,復掌西掖制。"西掖新官,即掌管中書省。十國春秋卷二八殷崇義傳:"開寶二年五月,罷爲潤州節度使,仍同平章事;已而改官名,以司空知左右内史事。"按:同上書卷一七後主本紀:"開寶五年春二月,下令貶損儀制,改詔爲教,中書、門下省爲左右内史府。"　賈馬:賈誼、司馬相如二人均以辭賦著名,故並稱"賈馬"。晉書卷九二文苑傳序:"自時已降,軌躅同趨,西都賈馬耀靈蛇於掌握,東漢班張發雕龍於綈槧,俱標稱首,咸推雄伯。"蕭統文選序:"古詩之體,今則全取賦名,荀宋表之於前,賈馬繼之於末。"

〔六〕南朝:指南唐,因建都金陵,故稱。　開天:指唐開元天寶盛世時期。

〔七〕文辭職業:指文章與事業。

〔八〕流輩:同輩,同一流的人。沈約奏彈王源:"而託姻結好,唯利是求,玷辱流輩,莫斯爲甚。"杜甫魏將軍歌:"平生流輩徒蠢蠢,長安少年氣欲盡。"　班資:官階和資格。

〔九〕"每愧"二句:似言殷擅畫人物。然史書不載。

〔一〇〕綸掖:猶綸閣,即中書省的别稱。參卷二月真歌注〔五〕。

〔一一〕精廬:學舍,讀書講學之所。後漢書卷五三姜肱傳:"盜聞而感悔,後乃就精廬,求見徵君。"李賢注:"精廬,即精舍也。"

〔一二〕立馬:即倚馬。見卷二送元帥書記高郎中出爲婺源建威軍使注〔三〕。

〔一三〕聯鑣:猶聯鞭。權德輿酬崔千牛四郎早秋見寄:"聯鑣長安道,接武承明宫。"

〔一四〕"閑歌"句:吟唱新翻的楊柳枝詞。參本卷柳枝詞十首注〔八〕。

〔一五〕綺筵：高貴豐盛的筵席。陳子昂春夜别友人：“銀燭吐青煙，金樽對綺筵。”

〔一六〕歲華：年華。沈約却東西門行：“歲華委徂貌，年霜移暮髮。”

〔一七〕雲龍：比喻君臣風雲際會。周易正義卷一乾：“雲從龍，風從虎，聖人作而萬物睹。”孔穎達疏：“龍是水畜，雲是水氣，故龍吟則景雲出，是雲從龍也。”

〔一八〕社櫟：指無用之物。莊子内篇人間世：“匠石之齊，至乎曲轅，見櫟社樹，其大蔽牛，絜之百圍。……(曰：)散木也，以爲舟則沈，以爲棺槨則速腐，以爲器則速毁，以爲門户則液樠，以爲柱則蠹，是不材之木也，無所可用，故能若是之壽。”

〔一九〕再謫湘江、兩還宣室：用屈原流放湘江、賈誼召還宣室之典。徐鉉兩度遭貶，兩度召還，故比之。

〔二〇〕瑕玷：玉的斑點或裂痕，此指隔閡、嫌隙。保大七年(九四九)三月，徐鉉兄弟指責殷崇義起草軍書援引不當，被宋齊丘誣陷洩露軍機。爲此，徐鉉被貶泰州司户掾，鍇被貶烏江尉。見徐公行狀。　磨瑩：本爲磨治光亮。此消弭隔閡。

〔二一〕建禮：漢宫門名，尚書郎值勤之處。文選卷三〇沈約和謝宣城詩：“晨趨朝建禮，晚沐卧郊園。”李善注引漢書典職：“尚書郎晝夜更直於建禮門内。”庾信哀江南賦：“始含香於建禮，仍矯翼於崇賢。”

〔二二〕甘泉：見本卷柳枝詞十首注〔二〇〕。

〔二三〕閶闔：指宫殿。費昶華觀省中夜聞城外擣衣：“閶闔下重關，丹墀吐明月。”杜甫八哀詩故秘書少監武功蘇公源明：“晨趨閶闔内，足踏宿昔趼。”仇兆鼇注：“天上有閶闔殿，故人間帝殿，亦名閶闔。”

〔二四〕華林：宫苑名，即華林園。三國吴建。故址在今南京市雞鳴山南古臺城内。宋元嘉時擴建，築華光殿、景陽樓、竹林堂諸勝。齊、梁諸帝，常宴集於此。

〔二五〕“衣裾”句：新唐書卷二三上儀衛志上：“朝日，殿上設黼扆、躡席、熏爐、香案。”杜甫奉和賈至舍人早朝大明宫：“朝罷香煙攜滿袖。”

〔二六〕師資：從師，效法。魏書卷一〇九樂志：“且燧人不師資而習火，延壽不束修以變律。”張彦遠歷代名畫記卷二叙師資傳授南北時代：“若不知師資傳授，則未可議乎畫。”　稷契：稷和契的並稱。唐虞時賢臣。王逸九思守志：“配稷契兮恢唐功，嗟英俊兮未爲雙。”蔡邕再讓高陽侯印綬符策表：“臣聞稷契之儔，以德受命，功德靡堪。”　中禮：適中、合度的禮儀。周禮注疏卷一八春官大宗伯：“以天産作陰德，以中禮防之；以地産作陽德，以和樂防之。”賈公彦疏：“禮言中者，凡人奢則僭上，儉則逼下，禮所以制中，使不奢不逼，故以禮爲中也。”

〔二七〕山公：晉書卷四三山濤傳：“濤再居選職十有餘年，每一官缺，輒啓擬數人，詔旨有所向，然後顯奏，隨帝意所欲爲先。……濤所奏甄拔人物，各爲題目，時稱‘山公啓事’。”　小銓：舊唐書卷四三職官志二：“郎中一人掌小銓，亦分爲九品，通謂之行署。以其在九流之外，故謂之流外銓，亦謂之小選。”新唐書卷四五選舉志下：“至於銓選，其制不一，凡流外，兵部、禮部舉人，郎官得自主之，謂之‘小選’。”此言二人爲國選拔人才不拘一格。

〔二八〕天波：喻皇帝恩澤。陸機謝平原内史表：“則塵洗天波，謗絶衆口。”南史卷二六袁湛傳：“天波既洗，雲油遽沐。”王維謝除太子中允表：“今聖澤含弘，天波昭洗。”　赤管：詩經邶風静女：“静女其孌，貽我彤管。”毛傳：“古者后夫人必有女史彤管之法，史不記過，其罪殺之。”鄭玄箋：“彤管，筆赤管也。”後漢書卷一〇上皇后紀序：“女史彤管，記功書過。”李賢注：“彤管，赤管筆也。”此徐鉉自指被委任中書舍人、知制誥之職，起草王言。

〔二九〕華塼：即花甎、花磚、花塼。唐時内閣北廳前階有花磚道，冬季日至五磚，爲學士入值之候。元稹櫻桃花：“花塼曾立摘花人，窣破羅裙紅似火。”白居易待漏入閣書事奉贈元九學士閣老：“彩筆停書命，花甎趁立班。”

〔三〇〕附驥：史記卷六一伯夷列傳：“顔淵雖篤學，附驥尾而行益顯。”司馬貞索隱：“按：蒼蠅附驥尾而致千里，以譬顔回因孔子而名彰也。”此徐鉉謙言依附殷崇義而成名。

〔三一〕巨楫：指大船。李咸用依韻修睦上人山居：“兼濟直饒同巨楫，自由何似學孤雲。”　濟川：尚書正義卷一〇説命上：“爰立作相，王置諸其左右。命之曰：‘朝夕納誨，以輔台德。若金，用汝作礪；若濟巨川，用汝作舟楫。’”此喻輔佐君王。

〔三二〕玉燭:四時之氣和暢。尸子卷上:“四氣和,正光照,此之謂玉燭。”爾雅注疏卷五釋天:“四氣和謂之玉燭。”郭璞注:“道光照。”邢昺疏:“道光照者,道,言也;言四時和氣,温潤明照,故曰玉燭。”葛洪抱朴子内篇卷二明本:“玉燭表昇平之徵,澄醴彰德洽之符。” 鈞軸:鈞以制陶,軸以轉車。比喻重任。韓愈酒中留上襄陽李相公:“知公不久歸鈞軸,應許閑官寄病身。”

〔三三〕德星:史記卷一二孝武本紀:“望氣王朔言:‘候獨見其星出如瓠,食頃復入焉。’有司言曰:‘陛下建漢家封禪,天其報德星云。’”司馬貞索隱:“今按:此紀唯言德星,則德星,歲星也。歲星所在有福,故曰德星也。”認爲國有道有福或有賢人出現,則德星現。此言殷崇義爲賢人。

〔三四〕巖廊:指朝廷。桓寬鹽鐵論卷三憂邊:“今九州同域,天下一統,陛下優游巖廊,覽群臣極言。”

〔三五〕布素:布衣素服。宋書卷一五禮志二:“皇后終除之日,不宜還著重服,直當釋除布素而已。”此指平民。

〔三六〕營巢:築巢。陸機寒蟬賦:“不銜子以穢身,不勤身以營巢。”

〔三七〕操鉞:即掌權。鉞,古兵器。 中權:指任將帥之職。庾信周車騎大將軍賀婁公神道碑:“以君智略,入佐中權。”此指殷崇義任鎮海軍節度使。

〔三八〕“吴門”二句:吴門、京口,均代潤州。分别參卷三迴至瓜洲獻侍中注〔三〕、卷一京口江際弄水注〔一〕。 鷁畫船:即鷁舟,船頭畫有鷁鳥圖像的船。

〔三九〕蓋代:蓋世。爲避李世民諱。 赫赫:顯著貌。詩經小雅節南山:“赫赫師尹,民具爾瞻。”

〔四〇〕乾乾:敬慎貌。文選張衡東都賦:“勤屢省,懋乾乾。”薛綜注:“乾乾,敬也。”

〔四一〕袁安辭氣:袁安,字邵公,汝南汝陽(今河南商水縣西南)人。東漢大臣。節行素高,守正不移,不畏權貴,多次直言上書。後漢書卷四五袁安傳:“每朝會進見,及與公卿言國家事,未嘗不噫嗚流涕,自天子及大臣皆恃賴之。”此言殷崇義品行高尚,於國忠心耿耿。

〔四二〕吴漢精誠:吴漢,字子顔,南陽宛(今河南南陽市)人。東漢中興名將、良臣。忠於劉秀,深受倚重。臨戰沉穩有謀,屢立戰功。見後漢書卷一八吴漢傳。

〔四三〕丘明師紀傳：指殷崇義任監修國史一職。

〔四四〕疏廣：字仲翁，祖籍東海蘭陵，其曾祖遷於泰山郡鉅平（今山東泰安市磁窰鎮）。西漢名臣，官至太子太傅。見漢書卷七一疏廣傳。此比殷崇義。

〔四五〕行馬：攔阻人馬通行的路障。俗稱鹿角，古謂梐枑。周禮注疏卷六天官掌舍："掌舍，掌王之會同之舍，設梐枑再重。"鄭玄注："梐枑謂行馬，行馬再重者，以周衛有外内列。"

〔四六〕食萬錢：晉書卷三三何曾傳："每燕見，不食太官所設，帝輒命取其食。蒸餅上不拆作十字不食。食日萬錢，猶曰無下箸處。"

〔四七〕獻替：即獻可替否。左傳昭公二十年："君所謂可而有否焉，臣獻其否以成其可；君所謂否而有可焉，臣獻其可以去其否。"後漢書卷四四胡廣傳："君以兼覽博照爲德，臣以獻可替否爲忠。"

〔四八〕清談：魏晉時期崇尚老莊，空談玄理，亦稱玄談。應璩與侍郎曹長思書："幸有袁生，時步玉趾，樵蘇不爨，清談而已。"晉書卷九四魯褒傳："京邑衣冠，疲勞講肄；厭聞清談，對之睡寐。"

〔四九〕東山妓樂：世説新語卷中識鑒："謝公在東山畜妓，簡文曰：'安石必出，既與人同樂，亦不得不與人同憂。'"劉孝標注："宋明帝文章志曰：'安縱心事外，疏略常節，每畜女妓，攜持游肆也。'"

〔五〇〕北牖：禮記正義卷二五郊特牲："薄社北牖，使陰明也。"陶淵明與子儼等疏："常言五六月中，北窗下卧，遇涼風暫至，自謂是羲皇上人。"王粲涼風至賦："北牖閑眠，西園夜宴。"

〔五一〕玄武湖：元和郡縣圖志卷二五江南道一潤州上元縣："玄武湖，在縣北十里。周迴二十五里。"

〔五二〕五城橋：景定建康志卷一六疆域志："五城橋，唐景雲中造，以渡淮。廣明元年廢於火。南唐保大十年重造，國朝開寶八年又廢。"

〔五三〕苑樹：即雞樹，指中書省。見卷四再領制誥和王明府見賀注〔四〕。紅藥：芍藥花。謝朓直中書省："紅藥當階翻，蒼苔依砌上。"

〔五四〕鑿池種白蓮：釋志磐佛祖統紀："謝靈運爲鑿東西二池，種白蓮，因名白蓮社。”

〔五五〕前騶：官吏出行時在前邊開路的侍役。王讜唐語林卷六補遺：“新昌李相紳性暴不禮士，鎮宣武。有士人遇於中道，不避，乃爲前騶所拘。” 野逸：指追求隱逸的生活。

〔五六〕通客：見本卷送孟賓于員外還新淦注〔六〕。 招延：招請，延請。史記卷五八梁孝王世家：“招延四方豪桀，自山以東游説之士，莫不畢至。”

〔五七〕節宣：或裁抑或調節。左傳昭公元年：“君子有四時：……於是乎節宣其氣，勿使有所壅閉湫底，以露其體。”

〔五八〕“羊公”句：晉書卷三四羊祜傳：“祜樂山水，每風景，必造峴山，置酒言詠，終日不倦。”

〔五九〕“尚子”句：文選卷二六謝靈運初去郡：“畢娶類尚子。”李賢注：“嵇康高士傳曰：‘尚長，字子平，河内人。隱避不仕，爲子嫁娶畢，敕家事斷之，勿復相關，當如我死矣。’”

〔六〇〕浮競：争名奪利。晉書卷四〇賈謐傳：“貴游豪戚及浮競之徒，莫不盡禮事之。”

相公垂覽和詩復貽長句輒次來韻①〔一〕

西院春歸道思深〔二〕，披衣閑聽暝猿吟。鋪陳政事留黄閣〔三〕，偃息神機在素琴〔四〕。玉柄暫時疏末座〔五〕，瑶華頻復惠清音〔六〕。開晴便作東山約，共賞煙霞放曠心。

【校記】

①相公：全唐詩作“右省僕射相公”。

【箋注】

〔一〕作於宋開寶二年（九六九）暮春，詳見上首注〔一〕。 相公：即殷崇義（湯悦）。

〔二〕西院：即西垣，中書省代稱。見卷一早春旬假獨直寄江舍人注〔二〕。徐鉉時爲知制誥、翰林學士，隸屬中書省。

〔三〕黄閤:衛宏漢官舊儀卷上:"(丞相)聽事閤曰黄閤。"宋書卷一五禮志二:"三公黄閤,前史無其義。……三公之與天子,禮秩相亞,故黄其閤,以示謙不敢斥天子,蓋是漢來制也。"後因以指宰相官署。韓翃奉送王相公赴幽州巡邊:"黄閣開帷幄,丹墀侍冕旒。"

〔四〕偃息:斂藏,退息。後漢書卷六七李膺傳:"願怡神無事,偃息衡門,任其飛沈,與時抑揚。"　神機:謂心神。劉禹錫酬湖州崔郎中見寄:"豈非山水鄉,蕩漾神機清。"　素琴:不加裝飾的琴。禮記正義卷六三喪服:"祥之日,鼓素琴,告民有終也,以節制者也。"

〔五〕玉柄:古代文士談論時,常執拂塵,因以指文士。温庭筠謝公墅歌:"四座無喧梧竹静,金蟬玉柄俱支頤。"　末座:即末坐,座次的末位。此自稱。章碣陪浙西王侍郎夜宴:"小儒末座頻傾耳,衹怕城頭畫角催。"該句意爲文士們近來與自己寡於酬唱。

〔六〕瑶華:比喻詩文珍美。儲光羲酬李處士山中見贈:"引領遲芳信,果枉瑶華篇。"岑參敬酬杜華淇上見贈:"賴蒙瑶華贈,諷詠慰懷抱。"　清音:左思招隱詩:"非必有絲竹,山水有清音。"

九日落星山登高〔一〕

秋暮天高稻穟成,落星山上會諸賓。黄花汎酒依流俗〔二〕,白髮滿頭思古人。巖影晚看雲出岫〔三〕,湖光逢見客垂綸①。風煙不改年長度,終待林泉老此身。

【校記】

①逢:全唐詩、黄校本、李刊本、徐校作"遥"。

【箋注】

〔一〕作於宋開寶三年(九七〇)九月九日重陽節,與下首十日和張少監爲前後日作。十日和張少監詩云"且喜清時屢行樂",而開寶四年、五年乃至以後,爲多事之秋,非謂"清時"。二詩與御筵送鄧王依次而排,當作於同一年。　落星山:見卷二和元帥書記蕭郎中觀習水師注〔二〕。

〔二〕“黄花”句:重陽節有登高、賞菊、喝菊花酒等習俗。

〔三〕雲出岫:陶淵明歸去來兮辭:“雲無心而出岫,鳥倦飛而知還。”

十日和張少監〔一〕

重陽高會古平臺〔二〕,吟徧秋光始下來。黄菊後期香未減,新詩捧得眼還開。每因佳節知身老,却憶前歡似夢迴。且喜清時屢行樂,是非名利盡悠哉。

【箋注】

〔一〕作於宋開寶三年(九七〇)九月十日。詳見上首注〔一〕。 張少監:疑是張佖或張洎。本卷又有和張少監晚菊、和張少監舟中望蔣山,張少監當爲同一人。

〔二〕平臺:露天臺榭。杜甫重過何氏:“落日平臺上,春風啜茗時。”

御筵送鄧王〔一〕

禁裏秋光似水清①〔二〕,林煙池影共離情。暫移黄閣只三載〔三〕,却望紫垣都數程〔四〕。滿座清風天子送,隨車甘雨郡人迎〔五〕。綺霞閣上詩題在〔六〕,從此還應有頌聲。

【校記】

①秋:全唐詩校:一作“花”。

【箋注】

〔一〕作於宋開寶三年(九七〇)八月。按全唐文卷一二八録李煜送鄧王二十六弟牧宣城序云:“方今涼秋八月,鳴根長川。愛君此行,高興可盡。況彼敬亭谿山,暢乎遐覽,正此時也。”續長編卷一〇“開寶二年(九六九)正月條”注云:“按後主集,三年秋送鄧王牧宣城。”據此,知鄧王出牧事在是年八月。又,全唐文卷八八二録徐鉉和送鄧王二十六弟牧宣城詩序。 御筵:皇帝命設的酒席。　鄧王:即李從鎰,史書或作李從益,李煜弟。見馬令南唐書卷七、陸游南唐書卷一六、十國春秋卷一九本傳。

〔二〕禁裏:即禁中,指帝王所居的宫内。王維酬郭給事:"禁裏疎鐘官舍晚,省中啼鳥吏人稀。"

〔三〕黄閣:見本卷相公垂覽和詩復貽長句輒次來韻注〔三〕。

〔四〕紫垣:星座名。常借指皇宫。竇牟元日喜聞大禮寄上翰林四學士中書六舍人二十韻:"道風黄閣静,祥景紫垣陰。"

〔五〕隨車甘雨:比喻德政廣被。後漢書卷三三鄭弘傳:"鄭弘字巨君,會稽山陰人也。……拜爲騶令,政有仁惠,民稱蘇息。遷淮陽太守。"李賢注引謝承後漢書曰:"弘消息繇賦,政不煩苛。行春天旱,隨車致雨。"太平御覽卷一〇引謝承後漢書:"百里嵩字景山,爲徐州刺史。境旱,嵩出巡處,遽甘雨輒澍。東海、祝其、合鄉等三縣父老訴曰:'人等是公百姓,獨不迂降。'迴赴,雨隨車而下。"

〔六〕綺霞閣:景定建康志卷二一城闕志二百尺樓:"南唐宫中有百尺樓、綺霞閣。"馬令南唐書卷七李從益傳:"開寶初,出鎮宣州,後主率近臣餞綺霞閣,自爲序以送之。"

和張少監晚菊〔一〕

憶共庭蘭倚砌栽,柔條輕吹獨依隈。自知佳節終堪賞,爲惜流光未忍開。采擷也須盈掌握〔二〕,馨香還解滿罇罍。今朝旬假猶無事〔三〕,更好登臨汎一杯。

【箋注】

〔一〕作於宋開寶三年(九七〇)深秋。十日和張少監作於是年九月,已見上考。和張少監晚菊、和張少監舟中望蔣山當作於此後不久。

〔二〕盈掌握:即盈把,盈握。爲采菊之典。藝文類聚卷八一引檀道鸞續晉陽秋:"陶淵明無酒,坐宅邊菊叢中,採摘盈把,望見王弘遣送酒,即便就酌。"

〔三〕旬假:見卷一早春旬假獨直寄江舍人注〔一〕。

送馮侍郎①〔一〕

聞君竹馬戲毗陵〔二〕,誰道觀風自六卿〔三〕。今日聲明光舊物②〔四〕,共看旌旆擁書生〔五〕。斬蛟橋下谿煙碧〔六〕,射虎亭邊草路清〔七〕。應念筵中倍離恨,老來偏重十年兄。

【校記】

①郎:黄校本作“御”。

②明:李刊本作“名”。

【箋注】

〔一〕作於宋開寶四年(九七一)前後。馮侍郎即馮延魯,其字叔文,一名謐,廣陵(今江蘇揚州市)人。元宗文臣。見馬令南唐書卷二一、陸游南唐書卷一一、十國春秋卷二六本傳。見陸游南唐書卷一一本傳云,馮延魯從李從善朝宋,宋太祖留之汴京,授官,後主復遣入謝,病不能朝,太祖放還金陵。宋史卷四七八南唐世家馮謐傳云,馮延魯最後改常州觀察使而卒。王禹偁小畜集卷二〇馮氏家集前序云,馮延魯自宋歸國,後主授之中書侍郎,歷吏部尚書,遂有毘陵之拜。詳参注〔二〕。按,李從善朝宋在開寶三年,馮延魯復被遣,病不能朝宋,很可能被放還金陵不久即卒。徐鉉該詩中又有“老來偏重十年兄”之句,知作於南唐後期。綜上,其拜官毘陵即改常州觀察使在是年前後。

〔二〕竹馬:後漢書卷三一郭伋傳:“伋前在并州,素結恩德,及後入界,所到縣邑,老幼相攜,逢迎道路。所過問民疾苦,聘求耆德雄俊,設几杖之禮,朝夕與參政事。始至行部,到西河美稷,有童兒數百,各騎竹馬,道次迎拜。伋問:‘兒曹何自遠來?’對曰:‘聞使君到,喜,故來奉迎。’伋辭謝之。” 毗陵:亦作毘陵,即今江蘇常州市。陸游老學庵筆記卷一〇:“今人謂……常州爲毗陵。”王禹偁小畜集卷二〇馮氏家集前序:“馮氏家集者,故江南常州觀察使始平馮公之詩也。公諱謐。……既歸故國,慨然有掛冠之意。李氏待之益厚,不得已,復授中書侍郎,歷吏部尚書,遂有毘陵之拜。”宋史卷四七八南唐世家馮謐傳:“本名延魯,字叔文,其先彭城人。……建隆三年,煜遣來貢,因表求舒州田宅，詔賜之。後改常州觀察使而卒。”

〔三〕觀風：謂觀察民情。禮記正義卷一一王制：“命大師陳詩以觀民風。”顔延之應詔觀北湖田收：“觀風久有作，陳詩愧未妍。”　六卿：指六官，泛稱朝廷重臣。尚書正義卷一八周官：“六卿分職，各率其屬，以倡九牧，阜成兆民。”漢書卷一九上百官公卿表上：“夏殷亡聞焉，周官則備矣。天官冢宰，地官司徒，春官宗伯，夏官司馬，秋官司寇，冬官司空，是爲六卿，各有徒屬職分，用於百事。”

〔四〕聲明：左傳桓公二年：“鍚鸞和鈴，昭其聲也；三辰旂旗，昭其明也。夫德，儉而有度，登降有數，文物以紀之，聲明以發之，以臨照百官。”原謂聲音與光彩，後以喻聲教文明。謝朓和伏武昌登孫權故城：“文物共葳蕤，聲明且葱蒨。”

〔五〕旌旆：猶尊駕、大駕。賈島送周判官元範赴越：“已曾幾遍隨旌旆，去謁荒郊大禹祠。”

〔六〕斬蛟橋：當在荆谿上，元和郡縣圖志卷二五江南道一常州義興縣：“荆谿，是周處斬蛟處。”周處斬蛟事見世説新語卷下自新。

〔七〕射虎亭：江南通志卷三二輿地志常州府：“射虎亭在荆谿縣南五里。晉周處射南山白額虎於此，後人爲之立亭。”

又絶句寄題毗陵驛〔一〕

曾持使節駐毗陵〔二〕，長與州人有舊情。爲向驛橋風月道，舍人髭鬢白千莖。

【箋注】

〔一〕作於宋開寶四年（九七一）前後。

〔二〕“曾持使節”句：指保大十一年（九五三）秋季徐鉉奉命出使常州察訪屯田事宜。見卷三使浙西先寄獻燕王侍中注〔一〕。

陳侍郎宅觀花燭〔一〕

今夜銀河萬里秋，人言織女嫁牽牛〔二〕。珮聲寥亮和金奏〔三〕，燭影熒煌映玉鉤〔四〕。座客亦從天子賜,更籌須爲主人留〔五〕。世間盛事君知否,朝下鸞臺夕鳳樓〔六〕。

【箋注】

〔一〕作於宋開寶五年(九七二)前後七夕。陳侍郎即陳喬,見卷一游蔣山題辛夷花寄陳奉禮注〔一〕。馬令南唐書卷一七陳喬傳:"後主即位,遷吏部侍郎、翰林學士承旨、門下侍郎兼樞密使,遂總軍國事,政由己出。"十國春秋卷二七本傳:"貶損制度,改爲右内史侍郎,兼光政院使,輔政。"詩云"朝下鸞臺夕鳳樓"为世間盛事,知在陳喬輔政時。按:後主貶損制度在開寶五年春二月,詩寫七夕夜景,姑繫於是年前後七夕。

〔二〕織女嫁牽牛:月令廣義七月令引殷芸小説:"天河之東有織女,天帝之子也。年年機杼勞役,織成雲錦天衣,容貌不暇整。帝憐其獨處,許嫁河西牽牛郎。"

〔三〕佩聲:禮記正義卷五〇經解:"行步則有環佩之聲,升車則有鸞和之音。"鄭玄注:"環佩,佩環、佩玉也。"史記卷四七孔子世家:"夫人自帷中再拜,環珮玉聲璆然。"

〔四〕玉鉤:新月。鮑照翫月城西門廨中:"蛾眉蔽珠櫳,玉鉤隔瑣窗。"李白掛席江上待月有懷:"倏忽城西郭,青天懸玉鉤。"

〔五〕更籌:夜間報更用的計時竹簽。庾肩吾奉和春夜應令:"燒香知夜漏,刻燭驗更籌。"此借指時間。

〔六〕鸞臺:指門下省。見卷一早春左省寓直注〔二〕。陳喬時以門下侍郎兼樞密使,故云。　鳳樓:指婦女的居處。江淹征怨:"蕩子從征久,鳳樓簫管閑。"江總簫史曲:"來時兔月滿,去後鳳樓空。"此指婚房。

送蕭尚書致仕歸廬陵〔一〕

江海分飛二十春〔二〕,重論前事不堪聞。主憂臣辱誰非我〔三〕,曲突徙薪唯有君〔四〕。金紫滿身皆外物〔五〕,雪霜垂領更離群。鶴歸華表望不盡〔六〕,玉笥山頭多白雲〔七〕。

【箋注】

〔一〕作於宋開寶五年(九七二)前後。蕭尚書即蕭儼,見卷二寄江州蕭給事注〔一〕。其致仕歸廬陵事,徐公行狀云:"後主由是召蕭儼至建業,以公所陳列慰勞,特授工部尚書,以年過懸車,致仕,居吉州,給俸禄終身焉。"懸車爲七十歲,典見班固白虎通義卷上致仕。蕭儼上次江西致仕在保大十年(九五二)春,見其年寄蕭給事考。詩云"江海分飛二十春",蕭儼因年邁而再致仕,當在是年前後。　廬陵:吉州屬縣。見十國春秋卷一一一南唐地理表。今江西吉安市。

〔二〕"江海"句:指蕭儼上次江西致仕在保大十年(九五二)春,至徐鉉建言徵召蕭儼及其因年邁而致仕(九七二年),時隔二十年。

〔三〕主憂臣辱:指宋齊丘黨與之禍及蕭儼貶黜吉州等事。

〔四〕曲突徙薪:指事先採取措施,防患於未然。藝文類聚卷八〇引漢桓譚新論:"淳於髡至鄰家,見其竈突之直而積薪在傍,謂曰:'此且有火',使爲曲突而徙薪。鄰家不聽,後果焚其屋,鄰家救火,乃滅。烹羊具酒謝救火者,不肯呼髡。智士譏之曰:'曲突徙薪無恩澤,燋頭爛額爲上客。'蓋傷其賤本而貴末也。"

〔五〕金紫:即金印紫綬,代指高官顯爵。漢書卷一九上百官公卿表上:"相國、丞相皆秦官,金印紫綬。"李白駕去温泉宫後贈楊山人:"王公大人借顔色,金章紫綬來相趨。"

〔六〕鶴歸華表:回歸故鄉。見卷一從駕東幸呈諸公注〔七〕。蕭儼爲廬陵人,此致仕歸家,故云。

〔七〕玉笥山:見卷三送彭秀才南游注〔二〕。　白雲:陶弘景詔問山中何所有賦詩以答:"山中何所有,嶺上多白雲。只可自怡悦,不堪持寄君。"

賦得秋江晚照〔一〕

落日照平流,晴空萬里秋。輕明動楓葉,點的亂沙鷗〔二〕。罾網魚梁静,簹篷稻穗收〔三〕。不教行樂倦,冉冉下城樓。

【箋注】

〔一〕作年未詳。

〔二〕點的:白色小點。

〔三〕簦簦:擋雨遮陽的用具。簦,笠的一種;簦,長柄的笠,猶今之傘。

奉和子龍大監與舍弟贈答之什〔一〕

石渠東觀兩優賢〔二〕,明主知臣豈偶然。鴛鷺分行皆接武〔三〕,金蘭同好共忘年〔四〕。懷恩未遂林泉約,竊位空慙組綬懸〔五〕。多少深情知不盡,好音相慰强成篇。

【箋注】

〔一〕作年未詳。　子龍大監:人未詳。據詩意,其爲秘書監。

〔二〕石渠:即石渠閣。西漢皇室藏書之處,在長安未央宫殿北。三輔黄圖卷六:"石渠閣,蕭何造。其下礱石爲渠以導水,若今御溝,因爲閣名。所藏入關所得秦之圖籍。至於成帝,又於此藏秘書焉。"漢書卷八八施讎傳:"甘露中與五經諸儒雜論同異於石渠閣。"舊唐書卷四三職官志二:"秘書省,隸中書之下。漢代藏書之所,有延閣、廣内、石渠之藏。"此指子龍任秘書監之職。　東觀:東漢洛陽南宫内觀名。明帝詔班固等修撰漢記於此,書成名爲東觀漢記。章、和二帝時爲皇宫藏書之府。後因以稱國史修撰之所。此指徐鍇任職集賢殿書院。徐鍇自保大十四年(九五六)年已爲集賢殿學士。全唐文卷八八八徐鍇曲臺奏議集序:"保大丙辰歲六月一日於集賢序之。"至卒時,一直任是職。

〔三〕鴛鷺分行:即鴛鷺行。鵷和鷺止有班,立有序,故稱。比喻朝官的行列。杜甫暮春題瀼西新賃草屋:"不息豺狼鬬,空慚鴛鷺行。"白居易翰林院中感秋懷王質夫:"寄迹鴛鷺行,歸心鷗鶴群。"　接武:步履相接。禮記正義卷二曲禮上:"堂上接武,堂下布武。"鄭玄注:"武,迹也。迹相接,謂每移足半躡之。"此形容親近。權德輿户部王曹長楊考功崔刑部二院長並同鍾陵使府之舊因以寄贈:"外庭時接武,廣陌更連鑣。"

〔四〕金蘭:指友情深厚。周易正義卷七繫辭上:"二人同心,其利斷金;同心之言，其臭如蘭。”葛洪抱朴子外篇卷二交際：“易美金蘭，詩詠百朋，雖有兄弟，不如友生。”文選卷五六劉孝標廣絶交論：“自昔把臂之英，金蘭之友。”吕延濟注：“金蘭，喻交道，其堅如金，其芳如蘭。”

〔五〕組綬：禮記正義卷三〇玉藻：“天子佩白玉而玄組綬，公侯佩山玄玉而朱組綬，大夫佩水蒼玉而純組綬，世子佩瑜玉而綦組綬，士佩瓀玟而緼組綬。”鄭玄注：“綬者，所以貫佩玉相承受者也。”此指官爵。

史館庭梅見其毫末歷載三十今已半枯嘗僚諸公唯相公與鉉在耳覩物興感率成短篇謹書獻上伏惟垂覽[①]〔一〕

東觀婆娑樹〔二〕，曾憐甲坼時〔三〕。繁英共攀折，芳歲幾推移。往事皆陳迹，清香亦暗衰。相看宜自喜，雙鬢合垂絲。

【校記】

①嘗：黄校本、李刊本作“同”。李校、徐校：一本作“時同”。

【箋注】

〔一〕作於宋開寶三年（九七〇）春。相公即殷崇義。其稱徐鉉爲學士，即翰林學士，則在開寶二年春或稍後。按，徐公行狀云：“後主以尚書省綱條弛紊，官司怠棄，積習已久，思公正之人以糾劾提振之，徙公爲尚書左丞，逾月而罷。以尚書右僕射判六司，拜公爲工部侍郎、知制誥、翰林學士。”續長編卷一〇載：開寶二年三月，“唐右僕射判省事游簡言躬親簿領，督責稽緩。……是月，命簡言兼門下侍郎、平章事”。五月，“唐右僕射兼門下侍郎、平章事游簡言卒”。據此，游簡言判六司在開寶二年三月，徐鉉進翰林學士當在是時。徐鉉稱殷崇義爲太傅相公，則在開寶二年正月至開寶四年十二月間。按，開寶二年崇義改授太子太傅，開寶四年十二月，改司空，分别見續長編卷一〇“開寶二年正月”條和卷一二“開寶四年十二月”條；然殷崇義鼎臣學士侍郎楚金舍人學士以再傷……因成四十字陳謝詩稱徐鍇爲舍人，亦知在開寶二年五月後。徐鍇進中書舍人，屢爲游簡言所阻，而簡言於開寶二年五月卒，見續長編卷一〇，則徐鍇拜中書舍人,在簡言卒後。又據崇義詩句“餘栐雖無取,殘芳尚獲知”,知作於春季。

〔二〕東觀:見本卷奉和子龍大監與舍弟贈答之什注〔二〕。 婆娑:扶疏、紛披貌。世説新語卷下黜免:“殷因月朔,與衆在廳,視槐良久,嘆曰:‘槐樹婆娑,無復生意。’”

〔三〕甲坼:周易正義卷四解:“天地解而雷雨作,雷雨作而百果草木皆甲坼。”孔穎達疏:“雷雨既作,百果草木皆孚甲開坼,莫不解散也。”杜甫種萵苣:“兩旬不甲坼,空惜埋泥滓。”

附:

鼎臣學士侍郎以東館庭梅昔翰苑之毫末今復半枯向時同僚零落都盡素髮垂領兹唯二人感舊傷懷發於吟詠惠然好我不能無言輒次來韻攀和

湯 悦

憶見萌芽日,還憐合抱時。舊歡如夢想,物態暗還移。素鬢今無幾,朱顔亦自衰。樹將人共老,何暇更悲絲。

附:

再次前韻代梅答〔一〕

湯 悦

託植經多稔〔二〕,頃筐向盛時。枝條雖已改①,情分不曾移。莫訝階前老②,還同鏡裏衰。更應憐墮葉,殘吹掛蟲絲。

【校記】

①改:全唐詩、黄校本作“故”。

②訝:全唐詩作“向”。

【箋注】

〔一〕作於宋開寶三年(九七〇)春。該詩全唐詩重收於徐鉉與湯悦名下。今按:湯悦前有次來韻攀和詩,此云"再次前韻",徐鉉下詩云"太傅相公深感庭梅再成絶唱",爲湯悦作無疑。全宋詩已從徐鉉詩中删除。今從之。

〔二〕託植:托根。李德裕牡丹賦序:"予觀前賢之賦草木者多矣,靡不言託植之幽深,採斸之莫致,風景之妍麗,追賞之歡愉,至於體物,良有未盡。"多稔:多年。國語卷一四晉語八:"國無道而年穀龢熟,鮮不五稔。"韋昭注:"稔,年也。"

太傅相公深感庭梅再成絶唱曲垂借示倍認知憐謹用舊韻攀和〔一〕

禁省繁華地〔二〕,含芳自一時。雪英開復落,紅藥植還移〔三〕謂嘗爲翰林又爲史館。静想分今昔,頻吟歎盛衰。多情共如此,争免鬢成絲。

【箋注】

〔一〕作於宋開寶三年(九七〇)春。

〔二〕禁省:皇宫稱禁中,史館屬中書省,故云。後漢書卷三七桓榮傳:"父子給事禁省,更歷四世。"文選卷一〇潘岳西征賦:"禁省鞠爲茂草,金狄遷於灞川。"李善注引如淳漢書注:"本名禁中,漢儀注:'孝元皇后父名禁,避之,故曰省。'"　攀和:和人詩詞的謙詞,猶奉和。

〔三〕紅藥:謝朓直中書省:"紅藥當階翻,蒼苔依砌上。"紅藥階此指中書省。参卷二和殷舍人蕭員外春雪注〔五〕"蕙草階"。

附:

太傅相公以東觀庭梅西垣舊植昔陪盛賞今獨家兄唱和之餘俾令攀和輒依本韻伏愧斐然

徐　鍇

静對含章樹漢有含章簷下樹,閑思共賞時。香隨荀令在,根異武昌移。物性雖摇落,人心豈變衰。唱酬勝笛曲,來往韻朱絲。

鼎臣學士侍郎楚金舍人學士以再傷庭梅詩同垂寵和清絶感歎情致俱深因成四十字陳謝

湯 悦

人物同遷謝,重成念舊悲。連華得瓊玖,合奏發塤篪。餘枿雖無取,殘芳尚獲知。問君何所似,珍重杜秋詩。

太傅相公以庭梅二篇許舍弟同賦再迂藻思曲有虚稱謹依韻奉和庶申感謝〔一〕

舊眷終無替,流光自足悲。攀條感花萼,和曲許塤箎〔二〕。前會成春夢,何人更已知。緣情聊借喻,争敢道言詩。

【箋注】

〔一〕作於宋開寶三年(九七〇)春。

〔二〕塤箎:亦作壎篪、壎箎、塤篪、塤箎。塤、篪皆爲樂器,二者合奏時聲音相應和,故因以比喻兄弟親密和睦。詩經小雅何人斯:"伯氏吹壎,仲氏吹篪。"毛傳:"土曰壎,竹曰篪。"鄭玄箋:"伯仲,喻兄弟也。我與女恩如兄弟,其相應和如壎篪,以言俱爲王臣,宜相親愛。"孔穎達疏:"其恩亦當如伯仲之爲兄弟,其情志亦當如壎篪之相應和。"

附:

太傅相公與家兄梅花酬唱許綴末篇再賜新詩俯光拙句謹奉清韻用感鈞私伏惟采覽

徐 鍇

重歎梅花落,非關塞笛悲。論文叨接萼,末曲愧吹篪毛詩云仲氏吹籩。枝逐清風動，香因白雪知。陶鈞敷友悌，更賦邵公詩。

和鍾大監汎舟同游見示〔一〕

潮溝横趣北山阿〔二〕，一月三游未是多。老去交親難暫捨〔三〕，閑中滋味更無過。谿橋樹映行人渡，村徑風飄牧豎歌。孤櫂亂流偏有興，滿川晴日弄微波。

【箋注】

〔一〕作於宋開寶三年（九七〇）秋冬。詩与和游光睦院、和張少監舟中望蔣山依次排列，當爲同一次出游而作。　鍾大監：據詩句“老去交親”，疑是鍾蒨。見卷三賦石奉送德林少尹員外注〔一〕。然史傳不載其任大監一職。

〔二〕潮溝：景定建康志卷一九山川志河港：“潮溝，吴大帝所開，以引江潮，接青谿，抵秦淮西，通運瀆，北連後湖。”

〔三〕交親：見卷一從駕東幸呈諸公注〔四〕。

又和游光睦院〔一〕

寺門山水際，清淺照孱顔〔二〕。客櫂晚維岸〔三〕，僧房猶揜關。日華穿竹静，雲影過階閑。箕踞一長嘯〔四〕，忘懷物我間〔五〕。

【箋注】

〔一〕作於宋開寶三年（九七〇）秋冬。　光睦院：據詩意，爲寺院名。當在金陵附近，具體未詳。據詩題，當與和鍾大監汎舟同游爲同一次游賞而作。

〔二〕孱顔：漢書卷五七下司馬相如傳下：“沛艾赳螑仡以佁儗兮，放散畔岸驤以孱顔。”顔師古注：“孱顔，不齊也。”此指參差不齊的山峰。

〔三〕維岸：泊舟岸邊。

〔四〕箕踞：一種輕慢、不拘禮節的坐姿。張開兩腿而坐，形似簸箕。莊子外篇至樂：“莊子妻死，惠子弔之，莊子則方箕踞鼓盆而歌。”成玄英疏：“箕踞者，垂兩腳如簸箕形也。"史記卷八九張耳陳餘列傳："高祖箕踞罵。"司馬貞索隱引崔浩曰："屈膝坐，其形如箕。"

〔五〕物我：彼此，外物與己身。列子卷七楊朱："君臣皆安，物我兼利，古之道也。"江淹效張綽雜述："物我俱忘懷，可以狎鷗鳥。"

和張少監舟中望蔣山〔一〕

谿路向還背，前山高復重。紛披紅葉樹，間鬬白雲峰②。盡日慵移櫂，何年醉倚松。自知閑未得，不敢笑周顒〔二〕。

【校記】

①鬬：全唐詩作"斷"。

【箋注】

〔一〕作於宋開寶三年（九七〇）秋冬。詳見本卷和張少監晚菊注〔一〕。張少監：見本卷十日和張少監注〔一〕。 蔣山：見卷一游蔣山題辛夷花寄陳奉禮注〔一〕。

〔二〕周顒：南齊書卷四一本傳："周顒字彦倫，汝南安城人。……顒於鍾山西立隱舍，休沐則居之。王儉謂顒曰：'卿山中何所食？'顒曰：'赤米白鹽，綠葵紫蓼。'文惠太子問顒：'菜食何味最勝？'答曰：'春初早韭，秋末晚崧。'"

茱萸詩①〔一〕

新酒初熟，偶與鄭王諸公開嘗於清晏堂廡之間〔二〕，既覽秋物，復矚霜牋〔三〕，因賦茱萸一題，以遣此時之興。卿鴻才敏思，不可獨醒，宜應急徵，同賦前旨。鉉因進詩云②。

萬物慶西成〔四〕，茱萸獨擅名。房排紅結小，香透夾衣輕。宿露霑猶重，朝陽照更明。長和菊花酒〔五〕，高宴奉西清〔六〕。

【校記】

①原序諸本均題爲御札，下接是詩，題爲茱萸詩。今從全唐詩合併之。

②鉉因進詩云：原御札無此五字，據全唐詩補。

【箋注】

〔一〕作於宋開寶二年（九六九）秋。原題爲茱萸詩，後署名"翰林學士徐鉉進"，按，徐鉉進是職在開寶二年春，見上史館庭梅……伏惟垂覽詩考。據御札云與鄭王諸公宴會，鄭王爲李從善，開寶三年朝宋被留。據此，該詩當作於是年秋。　御札：帝王的書札；手詔。舊五代史卷三三唐書九莊宗紀七："出御札示中書門下。"宋史卷一六一職官志一："凡命令之體有七……曰御札，布告登封、郊祀、宗祀及大號令，則用之。"　茱萸：見卷三九日雨中注〔二〕。

〔二〕鄭王：即李從善。見卷四陪鄭王相公賦簷前垂冰應教依韻注〔一〕。

〔三〕霜牋：猶霜札，即素書。

〔四〕西成：謂秋天莊稼已熟，農事告成。尚書正義卷二堯典："平秩西成。"孔穎達疏："秋位在西，於時萬物成熟。"

〔五〕菊花酒：西京雜記卷三："九月九日佩茱萸，食蓬餌，飲菊華酒，令人長壽。菊華舒時，並採莖葉，雜黍米釀之。至來年九月九日始熟，就飲焉，故謂之菊華酒。"宗懍荆楚歲時記："九月九日宴會，未知起于何代，……今北人亦重此節，佩茱萸，食餌，飲菊花酒，云令人長壽。"

〔六〕西清：西廂清浄之處。文選卷八司馬相如上林賦："青龍蚴蟉於東葙，象輿婉僤於西清。"郭璞注引張揖曰："西清者，葙中清浄處也。"此指王宫内游宴之處。

奉和御製茱萸〔一〕

臺畔西風御果新，芳香精彩麗蕭辰〔二〕。柔條細葉粧治好，紫蔕紅芳點綴勻。幾朵得陪天上宴，千株長作洞中春。今朝聖藻偏流詠〔三〕，黄菊無由更敢鄰。

【箋注】

〔一〕作於宋開寶二年（九六九）秋。

〔二〕蕭辰：秋季。岑參暮秋山行："千念集暮節，萬籟悲蕭辰。"

〔三〕聖藻:帝王的文辭。顧況樂府:"文房開聖藻,武衛宿天營。"

蒙恩賜酒奉旨令醉進詩以謝〔一〕

明光殿裏夜迢迢〔二〕,多病逢秋自寂寥臣以病戒酒多時。蠟炬乍傳丹鳳詔〔三〕,御題初認白雲謡〔四〕。今宵幸識衢罇味〔五〕,明日知停入閤朝。爲感君恩判一醉,不煩辛苦解金貂〔六〕。

【箋注】

〔一〕作於宋開寶二年(九六九)秋。與上兩首詩依次排列,當爲同時所作。詩云:"御題初認白雲謡",當指上詩詩序所云後主御札。"多病"句後自注"臣以病戒酒多時",後主令醉亦即"不可獨醒"之意,故繫於此。

〔二〕明光殿:見卷一新月賦注〔七〕。

〔三〕蠟炬:指用蠟封裹的書信。　丹鳳詔:晉書卷一〇六石季龍傳上:"季龍常以女騎一千爲鹵簿,皆著紫綸巾、熟錦袴、金銀鏤帶、五文織成鞾,游于戲馬觀。觀上安詔書五色紙,在木鳳之口,鹿盧迴轉,狀若飛翔焉。"後因以"丹鳳詔"泛稱帝王詔書。戴叔倫贈司空拾遺:"望闕未承丹鳳詔,開門空對楚人家。"錢起縣中池竹言懷:"却愁丹鳳詔,來訪漆園人。"

〔四〕白雲謡:見本卷春雪應制注〔四〕。

〔五〕衢罇:亦作衢尊、衢樽。淮南子卷一〇繆稱訓:"聖人之道,猶中衢而致尊邪:過者斟酌,多少不同,各得所宜;是故得一人,所以得百人也。"高誘注:"道,六通謂之衢。尊,酒器也。"後遂以"衢尊"爲喻仁政之典。晉書卷三〇刑法志:"念室後刑,衢樽先惠,將以屏除災害,引導休和,擬陽秋之成化,若堯舜之爲心也。"徐陵陳文皇帝哀册文:"我皇誕聖,應此家慶。道主衢罇,神凝懸鏡。"

〔六〕金貂:皇帝左右侍臣的冠飾。漢書卷八五谷永傳:"戴金貂之飾、執常伯之職者,皆使學先王之道。"

秋日汎舟賦蘋花〔一〕

素豔擁行舟〔二〕,清香覆碧流。遠煙分的的〔三〕,輕浪汎悠悠。雨歇平湖滿，風凉運瀆秋。今朝流詠處，即是白蘋洲〔四〕。

【箋注】

〔一〕約作於宋開寶二年（九六九）秋。　蘋：詩經召南采蘋："於以采蘋？南澗之濱。"毛傳："蘋，大蓱也。"

〔二〕素豔：指白色的花。李群玉人日梅花病中作："玉鱗寂寂飛斜月，素艷亭亭對夕陽。"

〔三〕的的：分明貌。

〔四〕白蘋洲：太平寰宇記卷九四江南東道六湖州烏程縣："白蘋洲，在雪谿之東南，去州一里。洲上有魯公顔真卿芳亭，内有梁太守柳惲詩云：'汀洲採白蘋，日晚江南春。'因以爲名。"

題梁王舊園〔一〕

梁王舊館枕潮溝，共引垂藤繫小舟。樹倚荒臺風淅淅，草埋欹石雨脩脩。門前不見鄒枚醉〔二〕，池上時聞雁鶩愁。節士逢秋多感激〔三〕，不須頻向此中游。

【箋注】

〔一〕作於宋開寶八年（九七五）九月。徐鉉於是年九月使宋，見續長編卷一六是年九月條。詩爲途經宋城而作，詩寫秋景，故繫於此。　梁王：即漢梁孝王劉武。　舊園：即梁園，又名梁苑、兔園、睢園、修竹園，俗名竹園，爲漢梁孝王劉武所營建游賞延賓之所，故址在今河南商丘市（古爲睢陽縣）東南。史記卷五八梁孝王世家："於是孝王築東苑，方三百餘里，廣睢陽城七十里。大治宫室，爲復道，自宫連屬於平臺三十餘里。……招延四方豪傑，自山以東游説之士，莫不畢至。"張守節史記正義引括地志："兔園在宋州宋城縣東南十里。"此爲徐鉉出使北宋經梁園而作。

〔二〕鄒枚：即梁孝王幕賓鄒陽、枚乘。

〔三〕節士：有節操的人。韓詩外傳卷一〇："吾聞之，節士不以辱生，遂奔敵殺七十人而死。"

奉酬度支陳員外〔一〕

古來賢達士,馳騖唯群書〔二〕。非禮誓弗習,違道無與居。儒家苦迂闊〔三〕,遂將世情疏。吾友嗣世德,古風藹有餘。幸遇漢文皇〔四〕,握蘭佩金魚〔五〕。俯視長沙賦〔六〕,恓恓將焉如①〔七〕。

【校記】

①恓恓:全唐詩作"棲棲"。

【箋注】

〔一〕作年未詳。　陳員外:本卷又有和陳表用員外求酒。陳員外或爲陳表用。度支員外郎屬户部,從六品上。見舊唐書卷四三職官志二。

〔二〕馳騖:縱横自如,並有所建樹。史記卷一一七司馬相如列傳:"故馳騖乎相容並包,而勤思乎參天貳地。"劉知幾史通卷七探賾:"按史之於書也,有其事則記,無其事則闕,馬遷之馳騖今古,上下數千載,春秋已往,得其遺事者,蓋唯首陽之二子而已。"

〔三〕迂闊:見卷四送高舍人使嶺南注〔八〕。

〔四〕漢文皇:即漢文帝。在位期間勵精圖治,使漢朝進入强盛安定時期。與其子漢景帝統治時期被合稱爲"文景之治"。史記卷一〇、漢書卷四有紀。

〔五〕握蘭:應劭漢官儀卷上:"(尚書郎)握蘭含香,趨走丹墀奏事。"蘭,香草。後以"握蘭"指皇帝近臣。　金魚:即金魚符。唐親王及三品以上官員佩帶。開元初,從五品亦佩帶,用以表示品級身分。見新唐書卷二四車服志。南唐制當相類。

〔六〕長沙賦:指賈誼弔屈原賦。

〔七〕恓恓:見卷四和方泰州見寄注〔二〕。

明道人歸西林求題院額作此送之〔一〕

昔從岐陽狩①〔二〕,簪纓滿翠微〔三〕。十年勞我夢,今日送師歸。曳尾龜應樂〔四〕，乘軒鶴謾肥〔五〕。含情題小篆〔六〕，將去挂巖扉〔七〕。

【校記】

①狩：四庫本作"路"。

【箋注】

〔一〕作年未詳。　明道人：見卷二和明道人宿山寺注〔一〕。　西林：即西林寺。方輿勝覽卷二二江州："西林寺，晉太和中，建水石之美，亞於東林。"白居易宿西林寺："心知不及柴桑令，一宿西林却復回。"

〔二〕岐陽狩：左傳昭公四年："成有岐陽之蒐。"杜預注："周成王歸自奄，大蒐於岐山之陽。"楊伯峻注："晉語八：'昔成王盟諸侯于岐陽。'岐陽即今陝西岐山縣治。"

〔三〕翠微：指青翠掩映的山腰幽深處。爾雅注疏卷七釋山："未及上，翠微。"郭璞注："近上旁陂。"邢昺疏："謂未及頂上，在旁陂陀之處名翠微。一説山氣青縹色，故名翠微也。"

〔四〕"曳尾"句：莊子外篇秋水："莊子持竿不顧，曰：'吾聞楚有神龜，死已三千歲矣，王巾笥而藏之廟堂之上。此龜者寧其死爲留骨而貴乎？寧其生而曳尾於塗中乎？'二大夫曰：'寧生而曳尾塗中。'"比喻與其顯身揚名於廟堂之上而毁身滅性，不如過貧賤的隱居生活而得逍遥全身。此比明道人。

〔五〕乘軒鶴：左傳閔公二年："狄人伐衛。衛懿公好鶴，鶴有乘軒者。將戰，國人受甲者皆曰：'使鶴，鶴實有禄位，余焉能戰！'"以喻無功而受禄。此徐鉉自比。

〔六〕小篆：秦代通行的一種字體，省改大篆而成，亦稱秦篆。許慎説文解字序："秦始皇帝初兼天下，丞相李斯乃奏同之，罷其不與秦文合者。斯作倉頡篇，中車府令趙高作爰歷篇，太史令胡毋敬作博學篇，皆取史籀大篆，或頗省改，所謂小篆者也。"

〔七〕巖扉：巖洞門，借指隱士的住處。孟浩然夜歸鹿門歌："巖扉松徑長寂寥，惟有幽人自來去。"

送宣州丘判官〔一〕

憲署游從阻〔二〕，平臺道路賒〔三〕。喜君馳後乘〔四〕，於此會仙槎〔五〕。緩酌遲飛蓋〔六〕,微吟望綺霞。相迎在春渚,暫別莫咨嗟。

【箋注】

〔一〕作年未詳。　宣州:見卷二送吴郎中爲宣州推官知涇縣注〔一〕。丘判官:名未詳。

〔二〕憲署:猶憲臺。指御史之類的衙門。

〔三〕平臺:見本卷十日和張少監注〔二〕。

〔四〕後乘:從臣的車馬。徐安貞奉和聖制早度蒲津關:"後乘猶臨水,前旌欲换山。"皮日休陪江西裴公游襄州延慶寺:"不署前驅驚野鳥,唯將後乘載詩人。"

〔五〕仙槎:見卷一京口江際弄水注〔六〕。

〔六〕飛蓋:指車,見卷三和太常蕭少卿近郊馬上偶吟注〔二〕。

北使還襄邑道中作〔一〕 九月三十日

九月三十日,獨行梁宋道〔二〕。河流激似飛,林葉翻如掃。程遥苦晝短,野迥知寒早。還家亦不閑,要且還家了。

【箋注】

〔一〕作於宋開寶八年(九七五)九月三十日。　北使:徐鉉於開寶八年(九七五)九月、十一月兩度出使北宋謀求緩師。見續長編卷一六。　襄邑:秦統一實行郡縣制後,在此設襄邑縣,即今河南商丘市睢縣。

〔二〕梁宋:今開封(古汴梁)、商丘(古宋國)所轄區域,古稱梁宋,此指襄邑道中。

禁中新月〔一〕

今夕拜新月,沉沉禁署中。玉繩疏間彩〔二〕,金掌静無風〔三〕。節换知身老,時平見歲功〔四〕。吟看北墀暝〔五〕,蘭燼墜微紅〔六〕。

【箋注】

〔一〕作年未詳。　禁中：同"禁裏"。見本卷御筵送鄧王注〔二〕。

〔二〕玉繩：星名。文選卷二張衡西京賦："上飛闥而仰眺，正睹瑶光與玉繩。"李善注引春秋元命苞曰："玉衡北兩星爲玉繩。"

〔三〕金掌：指宫殿。漢書卷二五上郊祀志上："又作……承露仙人掌之屬矣。"蘇林注："仙人以手掌擎盤承甘露。"顏師古注："三輔故事云：'建章宫承露盤高二十丈，大七圍，以銅爲之，上有仙人掌承露，和玉屑飲之。'"

〔四〕歲功：一年的時序。漢書卷二一律曆志上："權者，銖、兩、斤、鈞、石也……四萬六千八十銖者，萬一千五百二十物曆四時之象也。而歲功成就，五權謹矣。"沈約憫國賦："時難紛其未已，歲功迫其將徂。"

〔五〕墀：文選卷一班固西都賦："於是玄墀釦砌，玉階彤庭。"張銑注："墀，階也。"

〔六〕蘭燼：李賀惱公："蠟淚垂蘭燼，秋蕪掃綺櫳。"王琦匯解："蘭燼，謂燭之餘燼狀似蘭心也。"

觀吉王花燭①〔一〕

王門嘉禮萬人觀〔二〕，況是新承置醴歡〔三〕。花燭喧闐丞相府，星辰摇動遠游冠。歌聲暫闋聞宫漏，雲影初開見露盤〔四〕。帝里佳期頻賦頌，長留故事在金鑾〔五〕。

【校記】

①"吉王"下：全唐詩有"從謙"二字。

【箋注】

〔一〕作年未詳。　吉王：據全唐詩卷七五六觀吉王從謙花燭，知爲李從謙。江南野史卷三、馬令南唐書卷七、陸游南唐書卷一六、宋史卷四七八、十國春秋卷一九有傳。十國春秋卷一九本傳："歷封鄂國公、宜春王，進吉王，出鎮江州。及貶制度，仍降鄂國公。"　花燭：見本卷納后夕侍宴注〔六〕。

〔二〕嘉禮：周禮注疏卷一八春官大宗伯："以嘉禮，親萬民：以飲食之禮，親宗族兄弟;以昏冠之禮,親成男女;以賓射之禮,親故舊朋友;以饗燕之禮,親四方之賓客;以脤膰之禮,親兄弟之國;以賀慶之禮,親異姓之國。”鄭玄注:“嘉,善也。所以因人心所善者而爲之制。嘉禮之别有六。”此指婚禮。

〔三〕置醴:見卷四和方泰州見寄注〔五〕。

〔四〕露盤:即承露盤,漢武帝時建于建章宫。參上一首禁中新月注〔三〕“金掌”注。

〔五〕金鑾:即金鑾殿。唐朝宫殿名,文人學士待詔之所。沈括夢谿筆談卷一故事一:“唐翰林院在禁中,乃人主燕居之所,玉堂、承明、金鑾殿皆在其間。”

棋賭賦詩輸劉起居〔一〕 奐

刻燭知無取〔二〕,争先素未精①。本圖忘物我〔三〕,何必計輸赢。賭墅終規利〔四〕,焚囊亦近名〔五〕。不如相視笑,高詠兩三聲。

【校記】

①素:李刊本作“業”。

【箋注】

〔一〕作年未詳。　劉起居:據自注,知爲劉奐。江南餘載卷上:“劉奐自言:生時五星,雖在吉地,然俱隱不見,吾必不得爲權勢官矣。後奐官終起居舍人。”馬令南唐書卷一〇嚴續傳云:“壽春人劉奐,有學識,性方言直,動多忤物。續薦之爲監察御史、起居舍人,時論善之。”

〔二〕刻燭:刻度數於燭,燒以計時。庾肩吾奉和春夜應令:“燒香知夜漏,刻燭驗更籌。”

〔三〕物我:見本卷又和游光睦院注〔五〕。

〔四〕規利:謀求利益。舊唐書卷四八食貨志上:“裴肅爲常州刺史,乃鬻貨薪炭、按牘,百賈之上,皆規利焉。”

〔五〕焚囊:晉書卷七九謝玄傳:“玄少好佩紫羅香囊,安患之而不欲傷其意,因戲賭取,即焚之,於此遂止。”

春盡日游後湖贈劉起居〔一〕 劉時方燒藥

今朝湖上送春歸，萬頃澄波照白髭。笑折殘花勸君酒，金丹成熟是何時〔二〕？

【箋注】

〔一〕作年未詳。　後湖：景定建康志卷一八山川志二江湖引舊志："玄武湖亦名蔣陵湖、秣陵湖、後湖，在城北二里。周迴四十里，東西有溝流入秦淮。"　劉起居：見本卷棋賭賦詩輸劉起居注〔一〕。

〔二〕金丹：見卷四和致仕張尚書新創道院注〔三〕。

送察院李侍御使廬陵因寄孟員外〔一〕

繡衣乘馹急如星①〔二〕，山水何妨寄野情〔三〕。肯向九仙臺下歇〔四〕，閑聽孟叟醉吟聲？

【校記】

①馹：四庫本、全唐詩作"驛"。

【箋注】

〔一〕作於宋開寶六年（九七三）。按：徐鉉是年拜御史大夫，下年即拜兵部尚書，其所送察院李侍御當是其爲御史大夫時下屬，故繫於此。　李侍御：卷一二袁州宜春縣重造紫微觀碑文："監察御史李君思義奉使宜春，税駕斯館，睹厥成功，嘉其秉心，碑而揭之，以文求我。"據此，知李侍御或爲李思義。其餘未詳。　廬陵：吉州屬縣。今江西吉安市。　孟員外：即孟賓于。見本卷憶新淦觴池寄孟賓于員外注〔一〕。

〔二〕繡衣：即繡衣御史。漢書卷九八元后傳："文景間，安孫遂字伯紀，處東平陵，生賀，字翁孺，爲武帝繡衣御史。"　乘馹：左傳文公十六年："楚子乘馹，會師於臨品。"杜預注："馹，傳車也。"

〔三〕野情:不受拘束的閑散心情。庾信奉和永豐殿下言志十首其十:"野情風月曠,山心人事疏。"

〔四〕九仙臺:明一統志卷五五臨江府:"九仙臺,在玉笥山。"

後湖訪古各賦一題得西邸〔一〕

南朝藩閫地〔二〕,八友舊招尋〔三〕。事往山光在,春晴草色深①。曲池魚自樂〔四〕,叢桂鳥頻吟②。今日中興運〔五〕,猶懷翰墨林〔六〕。

【校記】

①深:翁鈔本作"新"。

②鳥:四庫本作"客"。

【箋注】

〔一〕作年未詳。 後湖:見本卷春盡日游後湖贈劉起居注〔一〕。 西邸:官舍名。後漢書卷八靈帝紀:"光和元年,初開西邸賣官,自關内侯、虎賁、羽林,入錢各有差。"

〔二〕南朝:宋、齊、梁、陳四朝總稱,此指梁。 藩閫:猶藩垣。比喻藩國、藩鎮。王讜唐語林卷五補遺:"今之藩鎮,即古之諸侯;在其地,則於衙門;及罷,守藩閫,雖爵位崇高,亦不許列於私第。"

〔三〕八友:梁書卷一武帝紀上:"竟陵王子良開西邸,招文學,高祖與沈約、謝朓、王融、蕭琛、范雲、任昉、陸倕等並游焉,號曰八友。"

〔四〕魚自樂:莊子外篇秋水:"莊子與惠子游於濠梁之上。莊子曰:'鯈魚出游從容,是魚樂也。'惠子曰:'子非魚,安知魚之樂?'莊子曰:'子非我,安知我不知魚之樂?'"

〔五〕中興:南唐繼唐之後,重新建立政權。故云。

〔六〕翰墨林:喻文章彙集之處。張協雜詩:"游思竹素園,寄辭翰墨林。"

送德邁道人之豫章〔一〕

禪靈橋畔落殘花〔二〕,橋上離情對日斜。顧我乘軒慙組綬〔三〕,羨師飛錫指煙霞〔四〕。樓中西嶺真君宅〔五〕，門外南州處士家〔六〕。莫道空談便無事，碧雲詩思更無涯〔七〕。

【箋注】

〔一〕作年未詳。　德邁道人：人未詳。　豫章：漢郡名。唐改爲洪州，南唐改爲南昌府。即今江西南昌市。

〔二〕禪靈橋：至大金陵新志卷四下疆域志二："禪靈橋，齊禪靈寺在運瀆西岸，由興嚴寺前西出大路，度此橋。"

〔三〕乘軒：乘軒鶴，喻無功而受禄。見本卷明道人歸西林求題院額作此送之注〔五〕。　組綬：見本卷奉和子龍大監與舍弟贈答之什注〔五〕。

〔四〕飛錫：謂僧人等執錫杖飛空。釋氏要覽卷下："今僧游行，嘉稱飛錫。此因高僧隱峰游五臺，出淮西，擲錫飛空而往也。若西天得道僧，往來多是飛錫。"文選卷一一孫綽游天台山賦："應真飛錫以躡虚。"李周翰注："應真，得真道之人，執錫杖而行於虚空，故云飛也。"

〔五〕西嶺：即西山。見卷三寄蕭給事注〔三〕　真君：即許遜，舉家從豫章西山飛升成仙。見卷三寄蕭給事注〔五〕。

〔六〕南州處士：指豫章徐穉。後漢書卷五三徐穉傳："徐穉字孺子，豫章南昌人也。……及林宗有母憂，穉往弔之，置生芻一束於廬前而去。衆怪。不知其故。林宗曰：'此必南州高士徐孺子也。'"

〔七〕碧雲詩思：比喻遠方或天邊。用以表達離情别緒。江淹休上人别怨："日暮碧雲合，佳人殊未來。"張祜高閑上人："道心黄葉老，詩思碧雲秋。"

送陳秘監歸泉州〔一〕

風滿潮溝木葉飛〔二〕，水邊行客駐驂騑〔三〕。三朝恩澤馮唐老〔四〕，萬里鄉關賀監歸①〔五〕。世路窮通前事遠，半生談笑此心違。離歌不識高堂慶〔六〕，特地令人淚滿衣。

【校記】

①鄉：玉壺清話作"江"。

【箋注】

〔一〕作於宋開寶六年(九七三)前後秋。 陳秘監:即陳致雍。十國春秋卷九七本傳:"陳致雍,莆田人也。博洽善文辭,憲章典故,尤所諳練。仕景宗爲太常卿。入南唐以通禮及第,除秘書監。未幾,致仕還家,陳洪進辟掌書記。"參本卷和陳表用員外求酒注〔一〕。 泉州:十國春秋卷一一二閩地理表:"領縣九,復入南唐。"即今福建泉州市。

〔二〕潮溝:見本卷和鍾大監汎舟同游見示注〔二〕。

〔三〕驂騑。見卷三陶使君挽歌二首注〔四〕。

〔四〕三朝恩澤:指陳致雍先後仕閩景宗、南唐元宗及後主。 馮唐:曾事漢文帝、景帝、武帝,見史記卷一〇二馮唐列傳。

〔五〕鄉關:猶故鄉。周書卷四一庾信傳:"雖位望通顯,常有鄉關之思,乃作哀江南賦以致其意。"陳書卷二六徐陵傳:"蕭軒靡御,王舫誰持?瞻望鄉關,何心天地?" 賀監:即賀知章,字季真,越州永興(今浙江蕭山市)人。嘗官秘書監,晚年自號秘書外監,故稱賀監。天寶初,還鄉里,既行,玄宗賜詩,太子及百官餞送。見新唐書卷一九六本傳。

〔六〕高堂:指朝廷。漢書卷四八賈誼傳:"人主之尊譬如堂,群臣如陛,衆庶如地。故陛九級上,廉遠地,則堂高。"

又聽霓裳羽衣曲送陳君〔一〕

清商一曲遠人行〔二〕,桃葉津頭月正明〔三〕。此是開元太平曲〔四〕,莫教偏作別離聲。

【箋注】

〔一〕作於宋開寶六年(九七三)前後秋。 霓裳羽衣曲:唐著名法曲。爲開元中河西節度使楊敬忠所獻。初名婆羅門曲。經唐玄宗潤色並制歌詞,後改用今名。按:此曲爲大周后據殘譜重譜。陸游南唐書卷一六昭惠國后傳:"唐盛時霓裳羽衣最爲大曲,亂離之後絶不復傳。后得殘譜,以琵琶奏之,於是開元、天寶之遺音復傳於世。" 陳君:即陳致雍。見本卷和陳表用員外求酒注

〔一〕及送陳秘監歸泉州注〔一〕。

〔二〕清商：商聲，古代五音之一。古謂其調淒清悲涼，故稱。韓非子卷三十過："公曰：'清商固最悲乎？'師曠曰：'不如清徵。'"杜甫秋笛："清商欲盡奏，奏苦血霑衣。"

〔三〕桃葉津：即桃葉渡，一名南浦渡，在秦淮口。見方輿勝覽卷一四。

〔四〕開元：唐玄宗年號（七一三—七四一），計二十九年。

又題白鷺洲江鷗送陳君〔一〕

白鷺洲邊江路斜，輕鷗接翼滿平沙〔二〕。吾徒來送遠行客，停舟爲爾長歎息。酒旗漁艇兩無猜，月影蘆花鎮相得。離筵一曲怨復清，滿座銷魂鳥不驚。人生不及水禽樂，安用虛名上麟閣〔三〕。同心攜手今如此，金鼎丹砂何寂寞〔四〕。天涯後會眇難期，從此又應添白髭。願君不忘分飛處，長保翩翩潔白姿〔五〕。

【箋注】

〔一〕作於宋開寶六年（九七三）前後秋。　白鷺洲：太平寰宇記卷九〇江南東道二昇州江寧縣："白鷺洲，在縣西三里。隔江中心，南邊新林浦。白鷺洲在大江中，多聚白鷺，因名。"清一統志卷五〇江寧府："白鷺洲，在江寧縣西南。唐李白詩'朝別朱雀門，暮宿白鷺洲'，又'二水中分白鷺洲'。宋史：'曹彬伐南唐，破其兵於白鷺洲。'寰宇記：'洲在縣西三里大江中心。'通志："在府西三里，與新林浦相對。"　陳君：即陳致雍。見本卷和陳表用員外求酒注〔一〕及送陳秘監歸泉州注〔一〕。

〔二〕接翼：翅膀挨着翅膀。枚乘梁王菟園賦："翺翔群熙，交頸接翼。"

〔三〕麟閣：即麒麟閣。漢代閣名。在未央宫中。漢宣帝時曾圖霍光等十一功臣像於閣上，以旌其功。三輔黄圖卷六閣："麒麟閣，蕭何造，以藏秘書，處賢才也。"此指宫殿。

〔四〕金鼎：道士煉丹之鼎爐。鮑照代淮南王："琉璃作盌牙作盤，金鼎玉匕合神丹。"　丹砂：即朱砂。古代道教徒用以化汞煉丹。

〔五〕翩翩：史記卷七六平原君虞卿列傳論："平原君，翩翩濁世之佳公子也。"文選卷四二曹丕與吴質書："元瑜書記翩翩，致足樂也。"劉良注："翩翩，美貌。"

徐鉉集校注卷六　制誥

保寧王制[一]

門下：昔先王聰明時憲[二]，文質載周，親親之義，莫之或改。乃知封建之重[三]，宗社攸賴[四]；友愛之美，風教攸先①[五]。寅奉舊章，敢忘循舉？二十弟某，稟質沖粹，慎德孝恭，出言有章，好學不倦。故我文考，慈訓備隆，而能踐修嘉猷，惠迪前哲，卓爾令器，時惟老成。粤予眇沖[六]，肇當纘服[七]，賴貽謀之啓後，仰垂鑒之在天。尚念多艱，懼弗克荷。是用睦懿親以佑涼德[八]，班宗彝以懷萬邦[九]。錫爾以山川，表爾以車服。師長之任，申而寵之，敦叙之恩，於是乎在。於戲②！苴茅侯社[一〇]，禮莫縟焉；連華棣萼[一一]，親莫昵焉。履信思順，可以無悔；尊師重道，事以多聞③。盡愛敬以奉親顔，極惠和以厚宗室④。勿恌勿墮⑤，有初有終。服我訓詞，永光懿烈。可。

【校記】

①攸先：全唐文作“代宣”。

②於戲：全唐文作“吁”。

③事：全唐文、李刊本作“可”。

④惠:黄校本作“慈”。

⑤恌:四庫本、全唐文作“佻”。

【箋注】

〔一〕作於南唐保大元年(九四三)八月九日。保寧王爲李景遏,烈祖子。馬令南唐書卷七、陸游南唐書卷一六、十國春秋卷一九有傳。卷九封保寧王册云:“維保大元年八月丁未朔某日。……今使某官持節册爾爲保寧王,食邑二千户。”通鑑卷二八三載:是年“八月乙卯,唐主立弟景遏爲保寧王。”八月乙卯即八月九日。

〔二〕聰明時憲:謂以天爲法建立法制。尚書正義卷一〇説命中:“惟天聰明,惟聖時憲。”孔安國傳:“憲,法也。言聖王法天以立教。”

〔三〕封建:封邦建國。古代帝王把爵位、土地分賜親戚或功臣,使之在各該區域内建立邦國。

〔四〕宗社:宗廟和社稷的合稱。蔡邕獨斷卷上:“天子之宗社曰泰社,天子所爲群姓立社也。”

〔五〕風教:詩大序:“風,風也,教也。風以動之,教以化之。”

〔六〕眇沖:幼小的人。帝王自稱之詞。

〔七〕纘服:繼承職事。陸贄告謝肅宗廟文:“上天悔禍,群孽就誅;非臣寡昧,所能纘服。”

〔八〕懿親:至親。左傳僖公二十四年:“如是則兄弟雖有小忿,不廢懿親。”　涼德:薄德,缺少仁義。左傳莊公三十二年:“虢多涼德,其何土之能得!”後世多用爲王侯的自謙之詞。徐陵爲貞陽侯重與王太尉書:“豈在餘涼德,書不盡言。”唐玄宗早登太行山中言志:“涼德慚先哲,徽猷慕昔皇。”

〔九〕宗彝:尚書正義卷一二洪範:“武王既勝殷,邦諸侯,班宗彝。”孔安國傳:“賦宗廟彝器酒罇賜諸侯。”孔穎達疏:“盛鬯者爲彝,盛酒者爲尊,皆祭宗廟之酒器也。”

〔一〇〕苴茅:帝王分封諸侯,用該方泥土,覆以黄土,包以白茅,授予受封者,作爲分封土地的象徵。尚書正義卷六禹貢:“厥貢惟土五色。”孔安國傳:“王者封五色土爲社。建諸侯則各割其方色土與之,使立社。燾以黄土,苴以白茅。茅取其潔,黄取王者覆四方。”　侯社:諸侯爲己所立的祀社神之所。禮記正義卷四六祭法:"諸侯爲百姓立社曰國社,諸侯自爲立社曰侯社。"孔穎達疏:"其諸侯國社亦在公宫之右,侯社在藉田。"

〔一一〕連華:累世,累代。晉書卷五四陸機陸雲傳論:"然其祖考重光,羽楫吴運,文武奕葉,將相連華。"　棣蕚:即棣華,比喻兄弟。詩經小雅常棣:"常棣之華,鄂不韡韡。凡今之人,莫如兄弟。"

南昌王制〔一〕

門下:昔西周之分陝服〔二〕,則曰風聲所存;南朝之治楊州,則曰本根攸寄〔三〕。非親賢碩望,不足以表東夏〔四〕;非輔相重位,不足以副具瞻。天下爲公,百王不易,肆予敷命,匪敢有私。長子某,敦信厚之風,秉孝恭之德,允迪前烈[①],率由生知。自剖麟符〔五〕,往綏淮甸〔六〕,尊敬師保,奉行詔條。有所問而不干,知爲善之最樂。東楚之俗,向風而安。時以爲能,朕亦自慰。夫陟明賞善,有國大典,苟得其所,雖親何嫌?是用特就留臺,寵開相府,崇貴之數[②],儀制存焉。噫!爲政無他,勤則有繼,舉德甚易,終之實難。無以安佚自居,而忘夙夜之戒;無以驕貴自負,而忽藥石之言。治亂善敗[③],則有先聖之遺經;憲章文物,則有中朝之成式。諮訪佩服,身先行之。敬哉慎哉,無忝多訓!可。

【校記】

①允:全唐文作"凡"。

②數:李刊本作"義"。

③善:李刊本作"盛"。

【箋注】

〔一〕作於南唐保大元年(九四三)七月。　南昌王爲李弘冀,即文獻太子。保大元年三月被立爲南昌王,七月爲江都尹、東都留守。見十國春秋卷一六元宗本紀。據文意,爲其改授江都尹、東都留守制文。

〔二〕西周之分陜服：周成王時，周公、召公分陜而治。史記卷三四燕召公世家："其在成王時，召公爲三公。自陜以西，召公主之；自陜以東，周公主之。"後指朝廷對守土重臣的委任。陜，古地名，今河南三門峽市一帶。

〔三〕"南朝之治楊州，則曰本根攸寄"二句：南朝，指南唐政權，相對於建都長安與洛陽的李唐政權，故云。揚吴建都揚州，李昪即位，改都金陵，以揚州爲東都，故云"本根攸寄"。

〔四〕東夏：尚書正義卷一三微子之命："上帝時歆，下民祗協，庸建爾於上公，尹兹東夏。"孔安國傳："正此東方華夏之國。宋在京師東。"此指江都、揚州等地。因地處南唐東部，故云。

〔五〕麟符：古代朝廷頒發的麟形符節。新唐書卷二四車服志："皇太子監國，給雙龍符，左右皆十。兩京、北都留守給麟符，左二十，右十九。"弘冀爲東都留守，故頒麟符。

〔六〕淮甸：即淮河流域。鮑照潯陽還都道中："登艫眺淮甸，掩泣望荆流。"

張居詠制〔一〕

門下：昔在先王，任賢尚齒。出將入相，所以任賢也；尊師重傅，所以尚齒也。況乎擇藩屏之寄，膺轉導之求。高步承華，誕揚師訓，克堪其選，我有人焉。某負貞幹之材①，稟純厚之德，亟更庶尹，歷事累朝。昇元始基，賴其獻納。故陟鸞臺之位，爰立作相〔二〕；保大踰歲，籍其綏懷，故委龍節之權，受脈于社②〔三〕。懋乃嘉績，叶于朕心，殿邦政成，輯瑞來覲，方圖位著，爰得僉諧。而昔自故相，已嘗爲保，重煩耆德，俾傅東朝〔四〕。尊敬之儀，典章斯在。噫！昔者叔孫、疏廣〔五〕，善於其職。克繼來躅，可不慎哉！勉著嘉猷，以副時望。可。

【校記】

①貞：黄校本作"禎"。

②于社：原作"之杜"，據四庫本、全唐文、李刊本、徐校改。

【箋注】

〔一〕作於南唐保大二年（九四四）正月稍後。　張居詠，烈祖時宰相。陸游南唐書卷二元宗本紀："保大二年春正月……左僕射兼門下侍郎平章事張居詠罷爲鎮海軍節度使。"十國春秋卷二一本傳云："元宗立，罷爲鎮海軍節度使。無何，卒。"故繫於此。

〔二〕"昇元伊始"至"爰立作相"四句：指張居詠仕吴爲門下侍郎，李昪登基，晉昇爲平章事。陸游南唐書卷一烈祖本紀：昇元元年（九三七）十月，"門下侍郎張居詠、中書侍郎李建勳皆爲同平章事。"

〔三〕受脤：古代出兵祭社，祭畢，以社肉頒賜衆人，謂之受脤。左傳閔公二年："帥師者，受命於廟，受脤於社。"杜預注："脤，宜社之肉，盛以脤器也。"後稱受命統軍爲"受脤"。後漢書卷七一皇甫嵩朱俊傳論："皇甫嵩、朱儁並以上將之略，受脤倉卒之時。"此指張居詠爲鎮海軍節度使。

〔四〕東朝：文選卷二〇顔延之應詔讌曲水作詩："帝體麗明，儀辰作貳；君彼東朝，金昭玉粹。"李善注："東朝，東宫也。"據文意，張居詠此次係改授太子太傅一職。十國春秋卷二一本傳云其卒贈守太子太傅，亦是一證。

〔五〕叔孫、疏廣：叔孫通、疏廣曾任太子太傅，恪盡職守。分別見史記卷九九、漢書卷七一本傳。

撫州節度使馬希崇除舒州節度使制〔一〕

門下：姬周同德，曹叔封於王畿〔二〕；炎漢功臣，楊僕恥居關外〔三〕。是知藩翰之重，所寄必同；遠近之差，以斯爲寵。我有成命，爾其敬聽：某識度恢弘，風猷茂遠。家勳蓋世①，不怙貴以驕人；多難荐臻，每忘身而濟物。智能適變②，仁足亢宗。來庭不俟於七旬〔四〕，保境豈徒於五郡〔五〕？劉總舉全燕之地，弘正輸雄魏之邦③〔六〕。故實攸存，懋章何恡？是用加之飫賜，尊以上公，陟負璽之崇資，委建牙於列鎮④。虚襟而見，前席與談，言語有章，威儀可則。既叶跂予之望,且堅戀闕之心。藹爾誠明,形于表疏。愈歎忠勤之操,宜更節制之權。而永泰全軍,舒庸舊國〔七〕,地望無慙於汝水〔八〕,封疆密邇於王城。用諧日近之言,尚資河潤之福。俾迴新命,往受中權。於戲! 大義昭彰,朝恩涣汗。千里之地,可以觀政;三軍之帥,可以圖功。永樹風聲,無忘多訓。可。

【校記】

①家:四庫本作"高",全唐文作"象"。

②適:李校:一本作"通"。

③雄:全唐文作"推"。

④牙:全唐文作"身"。

【箋注】

〔一〕作於南唐保大九年(九五一)十二月。 馬希崇:爲楚恭孝王馬希萼弟。保大九年十月降南唐,十二月,爲永泰軍節度使,鎮舒州。見十國春秋卷一六元宗本紀。撫州:見卷二寄撫州鍾郎中注〔一〕。 舒州:見卷二寄舒州杜員外注〔一〕。

〔二〕"姬周"句:周朝爲姬姓,故云姬周。曹叔即曹叔振鐸,叔爲排行。周文王子,武王弟。武王克殷,曹叔被封於曹。見史記卷三五管蔡世家。

〔三〕"炎漢"句:漢書卷六武帝本紀:"(元鼎)三年冬,徙函谷關於新安。"應劭注云:"時樓船將軍楊僕數有大功,恥爲關外民,上書乞徙東關,以家財給其用度。武帝意其好廣闊,於是徙關於新安。"

〔四〕"來庭"句:尚書正義卷四大禹謨:"帝乃誕敷文德,舞干羽于兩階,七旬有苗格。"孔安國傳:"討而不服,不討自來,明御之者必有道。"此謂馬希崇納土歸降。按:馬希崇保大九年十月壬寅請降,十二月鎮舒州。

〔五〕五郡:楚所轄區域:醴陵(長沙府)、朗州、衡州、桂州、潭州。

〔六〕"劉總"句:中唐藩鎮劉總割據幽州,穆宗時歸附朝廷。見新唐書卷二一二劉總傳;田氏自田承嗣起任魏博節度使,割據魏州。憲宗時田弘正歸附朝廷。見舊唐書卷一四一田弘正傳。

〔七〕舒庸:舒州,春秋時爲舒庸國。見卷一木蘭賦注〔三〕。

〔八〕“地望”句：馬希崇祖籍爲蔡州上蔡（今河南上蔡縣），見三楚新録。汝水流經縣境，見元和郡縣圖志卷九。

太弟太保馮延巳落起復加特進制〔一〕

門下：爵賞之行，憲章斯在，急於務則適其變，終其事則歸於禮。將軍重位①，足以奪孝子之情〔二〕；特進崇班，自昔冠諸侯之上。申爲懋典，允屬公才，具官馮延巳②，儒雅積中，機神應物，風雲夙契，魚水冥符〔三〕。處多士之朝，副具瞻之望。及移相府，出鎮臨川〔四〕，封境綏懷，聲猷茂遠。頃集蓼莪之痛〔五〕，俯從金革之權〔六〕。露冕有誠，輯瑞來覲〔七〕。疇咨舊德，保佑東朝〔八〕。比疏傅之在前〔九〕，允諧擬議；類魯公之拜後〔一〇〕，適就變除。俾進崇階，庶申優寵。於戲！將相之重，資爾以惟聖；儲兩之尊，繄爾以成德。知人則哲〔一一〕，予用弗疑。勉揚令圖，無忝多訓。可落起復冠軍大將軍加特進，餘並如故。

【校記】

①位：全唐文、黄校本作“任”。

②具：四庫本、全唐文作“某”。

【箋注】

〔一〕作於南唐保大九年（九五一）。　馮延巳：馬令南唐書卷二一本傳：“馮延巳，字正中，廣陵人也。……及長，有辭學，多伎藝。烈祖以爲秘書郎，使與元宗游處，累遷駕部郎中、元帥府掌書記。”　太弟太保：相當於太子太傅一職，于時有兄弟相傳之意，未立太子。馬令南唐書卷七弘冀傳：“保大三年，立景遂爲太弟。”　特進：正第二品。文散官。見舊唐書卷四二職官一。

〔二〕“將軍”句：陸游南唐書卷一一馮延巳傳：“頃之，拜撫州節度使，以母憂去鎮，起復冠軍大將軍，召爲太弟太保，領潞州節。”

〔三〕冥符：默契。晉書卷九四郭瑀傳：“（張天錫）遺瑀書曰：‘先生潛光九皋,懷真獨遠,心與至境冥符,志與四時消息。'”

〔四〕出鎮臨川:十國春秋卷一六:“保大六年春正月,以太子少傅馮延巳爲昭武軍節度使。”昭武軍在撫州,臨川爲治所。

〔五〕蓼莪之痛:詩經小雅蓼莪抒發失去父母的悲痛心情。馮延巳母親去世,故云。

〔六〕金革之權:謂馮延巳起復爲大將軍。金革,軍械和軍裝。禮記正義卷五二中庸:“衽金革,死而不厭。”孔穎達疏:“金革,謂軍戎器械也。”

〔七〕輯瑞來覲:全唐文卷八七六馮延巳開先禪院碑記云:“皇上即位之九年,詔以廬山書堂舊基爲寺,寺成,會昭武軍節度使馮延巳肆覲于京師。”

〔八〕東朝:見本卷張居詠制注〔四〕。

〔九〕疏傅:即疏廣,曾任太子太傅。見本卷張居詠制注〔五〕。

〔一〇〕魯公:顔真卿,琅邪臨沂(今山東臨沂市)人,封魯郡公,世稱顔魯公。曾任職太子少傅、太子太師。見舊唐書卷一二八本傳。

〔一一〕知人則哲:謂知人。尚書正義卷四皋陶謨:“知人則哲,能官人。”

林仁肇浙西節度使制〔一〕

門下:建侯树屏,有國之攸先;崇德报功,百王之所共。斯爲令典,予敢忘之?鎮海軍節度、浙江西道觀察等使留後、金紫光禄大夫、检校太傅、濟南縣开國伯、食邑七百户林仁肇,禀此星芒,鬱爲時幹。鼓鼙之氣,指勍敵而愈高;金石之心,因時艱而益壯①。故能灼殊功於南部〔二〕,夷多垒於東門〔三〕。元戎所行,績用昭著。及揔留務于浙之西,成師著無犯之威,察俗有惟清之化。屹爾京口,殷然長城②。予惟汝嘉,俾正藩守,因爾才略,樹之風聲。雄師大邦,所以屏王室;尊官盛典,所以懋官成。惟惠惟和,有嚴有翼,使予無東顧之慮者,繄其賴焉。克堅一心,以永百禄。可依前檢校太傅兼御史大夫,使持節都督潤州諸軍事、潤州刺史③,充鎮海軍節度使、浙江西道管内營田觀察處置等使,功臣散官勳封如故④。

【校記】

①因:黄校本作"固"。

②殷:四庫本作"隱"。

③潤州諸軍事:四庫本、全唐文無此五字。

④故:原作"後",據翁鈔本、全唐文、李刊本改。

【箋注】

〔一〕作於後周顯德五年(九五八)五月。林仁肇,元宗時將帥、後主時使相,見馬令南唐書卷一二、陸游南唐書卷一四、十國春秋卷二四本傳。江南野史卷二:"遂下令去帝號,正朔從顯德。以營屯應援使林仁肇爲潤州節度使。"十國春秋卷一六載:是年五月,"以行營應援使林仁肇爲浙西節度使"。浙西鎮潤州,治所在京口。

〔二〕灼殊功於南部:林仁肇本閩人,事閩爲裨將,與陳鐵齊名,軍中謂之"林虎子"。見十國春秋卷二四本傳。

〔三〕夷多壘於東門:鎮海軍治所在潤州,即京口,在金陵東。

紀國公封鄧王加司空制〔一〕

門下:宗子維城,良臣惟聖,故有王社之數①〔二〕,鼎司之權〔三〕。親親賢賢,古之大訓也。我有成命,時惟至公。第七子某,識度淹通,器質清粹。就傅之歲,威儀不愆;出閤已來,問望所著。向由邦政,入踐中樞,内形將順之規,外盡彌綸之業②〔四〕。人知親附,俗待和平。邦家之基,斯實攸賴。今六騑巡守,萬乘啓行,方資扈蹕之勤,宜有疇庸之典。畫南陽而錫壤〔五〕,掌邦土以命官。併加馭貴之資〔六〕,益峻具瞻之望。於戲!義極君父,愛敬之道兼焉;任綜文武,弛張之政存焉。爾其佩服前訓,諮詢舊德,勿驕勿惰,有初有終,永樹風聲,以保元吉。

【校記】

①數:四庫本作“頒”。

②之:全唐文作“知”。

【箋注】

〔一〕作於宋建隆二年(九六一)二月。鄧王爲李從善,元宗第七子。文曰:“今六騑巡守,萬乘啓行,方資扈蹕之勤,宜有疇庸之典。”據此,知作於元宗遷都南昌將行之時。則鄧王加司空爲元宗臨行前封。按:十國春秋卷一六:“建隆二年春二月,國主遷于南都。……壬午,發行旌麾仗衛六軍百司,凡千餘不絕。”壬午即二月十八日。故繫於此。

〔二〕王社:漢蔡邕獨斷:“天子之社曰王社,一曰帝社。古者有命將行師,必於此社授以政。”

〔三〕鼎司:重臣之職位。文選卷四四陳琳爲袁紹檄豫州:“竊盜鼎司,傾覆重器。”

〔四〕彌綸:經緯,治理。

〔五〕“晝南陽”句:南陽不屬於南唐轄域,因鄧爲南陽古國,從善封鄧王,故云。

〔六〕馭貴:周禮注疏卷二:“以八柄詔王馭群臣,一曰爵,以馭其貴。”

上太后尊號制〔一〕

門下:膺昊穹之眷,荷宗祏之重①〔二〕,何嘗不嚴奉慈訓,聿循孝理。所以化成天下,弘濟多艱,親親尊尊,教之大者也。況沉潛之德,丕顯於國風;輔佐之勤,光昭於王業。今遺恩累洽,靈鑒在天,俾予小子,恭踐大寶。思弘任姒之烈〔三〕,紹恢三五之基〔四〕,彝章盛典,敢忘祇奉?宜上大行國主皇后尊號爲太后。

【校記】

①祏:四庫本、全唐文作“社”。

【箋注】

〔一〕作於宋建隆二年(九六一)七月。太后爲光穆皇后,陸游南唐書卷一六:"光穆皇后鍾氏……元宗即位,立爲皇后。後主即位,爲太后。"按:後主是年七月即位。

〔二〕宗祏:左傳莊公十四年:"(原繁)對曰:'先君桓公,命我先人,典司宗祏。'"杜預注:"宗祏,宗廟中藏主石室。"

〔三〕任姒:周文王母太任與周武王母太姒的合稱。古代認爲二人是賢慧后妃的典範。漢書卷九七下孝成班倢伃:"美皇英之女虞兮,榮任姒之母周。"顏師古注:"任,太任,文王之母;姒,太姒,武王之母也。"

〔四〕三五之基:三皇五帝之基業。

太子少傅徐運授太子太保制〔一〕

門下:崇德尚賢,推恩録舊,茲惟令典,允屬時英。予以眇躬〔二〕,嗣膺丕業①,戚藩之望〔三〕,羽翼之恩,敢忘寵章,用光師道。某清直禀氣,忠厚爲資,實戚里之所宗②,歷累朝而見重。敬慎即保家之主,恭勤無出位之思③〔四〕。爰自京口臨藩,克貞師律;鸞臺作相,足厚時風〔五〕。留侯旋務於退身〔六〕,疏受更聞於稱職〔七〕。純誠益著,雅望攸高。昨者預奉綴衣,導揚末命,忠貞以濟,典禮無違。顧惟沖人〔八〕,懼德弗嗣,當此承祧之日,益堅重傅之懷。是用就改崇資,仍加食賦。於戲!班崇一品,秩視三師,苟非賢臣,孰克臻此?永期納誨,無替令猷。可。

【校記】

①膺:全唐文作"承"。

②宗:全唐文作"榮"。

③勤:全唐文作"儉"。

【箋注】

〔一〕作於宋建隆二年(九六一)七月或稍後。徐運爲徐景運,或因避元宗諱而改今名,曾封毗陵郡公。卷一八御製春雪詩序中記保大五年元日大雪預會者有"吏部尚書、毗陵郡公景運"。卷一四有毗陵郡公南原亭館記文。制文有“嗣膺丕業”、“承祧之日”之語，當作於後主即位伊始。 太子少傅：從第一品，職事官。見舊唐書卷四二職官一。

〔二〕眇躬：帝后自稱之詞。魏書卷二一上北海王詳傳：“祚屬眇躬，言及斯事，臨紙慚恨，惋慨兼深。”

〔三〕戚藩：近親藩王。文選卷五八王儉褚淵碑文：“屬值三季在辰，戚蕃内侮。”李周翰注：“戚蕃，謂諸王也。”

〔四〕出位：越位，超越本分。周易正義卷五艮：“君子以思不出其位。”王弼注：“各止其所，不侵官也。”

〔五〕京口臨藩、鸞臺作相：通鑑卷二九〇載：保大九年（九五一）三月，唐主以“前鎮海節度使徐景運爲中書侍郎，及右僕射孫晟皆同平章事。”鎮海軍在潤州，即京口。

〔六〕留侯：秦末，張良運籌帷幄，佐劉邦平定天下，以功封留侯。曾行少傅事，見史記卷五五留侯世家。此比徐景運。

〔七〕疏受：疏廣弟，字公子。好禮恭謹，宣帝拜爲太子少傅。見漢書卷七一疏廣傳。此比徐景運。

〔八〕沖人：年幼的人。帝王自謙之辭。尚書正義卷九盤庚下：“肆予沖人，非廢厥謀。”孔安國傳：“沖，童。”孔穎達疏：“沖、童，聲相近，皆是幼小之名。自稱童人，言己幼小無知，故爲謙也。”

朱業江州節度使制〔一〕

門下：古者諸侯之賢，入爲卿士；上公之寵，出爲方伯。故中外之任，踐更攸宜。我有勳臣，咸曰名將，藩維宿衛，夾輔沖人〔二〕，肆予仰成，是用伸告。某家傳武略，天賦純誠，名因勇聞，位以材致，周旋數紀，佐佑累朝。由裨將以統元戎，勳勞滋茂；自百城而登連帥，聲政洽聞。寵益盛而若驚，位益高而愈讓。予纂服之始〔三〕，駿奔來朝。且堅戀闕之心，因處周廬之任〔四〕。忠貞彌固，夙夜惟寅，輦下肅清，時乃之力。永言舊德，豈忘予懷？會九江元侯，入奉朝任〔五〕，中流之寄，非賢不居。是用輟蘭錡之權①〔六〕，付金符之重，往分巨屏，更佇殊庸。噫！簡師旅以壯軍聲，明紀律以宣庶政。可畏可愛，富之教之，是汝所長，無替前效。陟明有典，厥惟欽哉！可。

【校記】

①蘭錡：原作“蘭綺”，據四庫本、全唐文、李刊本、徐校改。

【箋注】

〔一〕作於宋建隆三年（九六二）七月。馬令南唐書卷五後主書載：建隆三年七月，“以江州何洙爲左武衛上將軍，封芮國公，以宣州朱業鎮江州。”　朱業：史書或作朱匡業，元宗及後主時使相，見江表志卷中、卷下。

〔二〕沖人：見本卷太子少傅徐運授太子太保制注〔八〕。

〔三〕纂服：繼承職位。

〔四〕周廬：皇宮周圍所設警衛廬舍。史記卷六秦始皇本紀：“衛令曰：‘周廬設卒甚謹，安得賊敢入宮？’”裴駰集解引薛綜曰：“士傅宮外，内爲廬舍，晝則巡行非常，夜則警備不虞。”

〔五〕“九江”二句：指江州何洙爲左武衛上將軍，封芮國公。見注〔一〕。

〔六〕蘭錡：兵器架。南齊書卷五六倖臣專論論：“雲陛天居，亘設蘭錡。”

朱業宣州節度使制〔一〕

門下：車服之寵，所以報功；藩閫之權〔二〕，可以觀政。兹爲令典，允屬信臣。某智勇推高①，忠貞特立。秉武經以致用，服戎政以居多。誠悃洞然，終始一揆。及分符出守〔三〕，持節主留，恩信並行，詔條畢舉②。肅連營而無犯，視赤子以如傷。所臨之方，去思仍在。向鍾多難，入衛京師，憂國忘家，令行禁止。群情自固，戎事以寧，肆予仰成，時乃之力。今疆埸俯静③，蒸黎未康。宣城奥區，國家巨屏。方當謀帥，是用策勳。資果毅以壯先聲，假惠和而蘇疲俗。付爾節鉞,往鎮撫之。惟爾慈儉足以安民,剛正足以行法。必當望風自理,投刃皆虚。宜弘寬大之規,以集中庸之德。勉兹具美,永振嘉猷。可。

【校記】

①推高:李刊本作"克兼"。

②條:四庫本作"書";全唐文作"車"。

③俯:四庫本、全唐文作"甫"。徐校:當作"甫"。"俯"、"甫"本集互用。

【箋注】

〔一〕作於宋建隆三年(九六二)六月。十國春秋卷一七載:建隆三年六月,"以神武統軍朱匡業爲寧國軍節度使。"按:寧國軍鎮宣州,見同書卷一一三南唐藩鎮表。

〔二〕藩閫:猶藩垣,指藩鎮等藩衛國土的封疆大吏。舊唐書卷一七九崔昭緯傳:"内結中人,外連藩閫,屬朝廷微弱,每託援以淩人主。"

〔三〕分符:謂帝王封官授爵,分與符節的一半作爲信物,合則驗命。文選卷三一鮑明遠擬古三首之一:"漢虜方未和,邊城屢翻覆。留我一白羽,將以分符竹。"

泉州節度使劉從效檢校太師制①〔一〕

門下:望高於朝,則享師保之任;惠加於物,則進土田之封。所以啓佑沖人〔二〕,藩屏王室者也②。我有寵數,屬於元侯。某山岳儲精,星芒稟異。挺全才而應用,激大義以致身。而自際會先朝③,奮揚奇策,静一方之多難④,越萬里以來庭〔三〕。故得倚作藩宣,誓之帶礪。而能恩威洽著,紀律修明。戎政有經,理聲日遠。黎獻有不欺之頌〔四〕,朝廷無南顧之憂。茂績忠規,古難其比。粤予眇質〔五〕,嗣德弗明。賴我友邦,越乃賢帥。推誠翼戴,克荷景靈。涣汗之恩〔六〕,唯恐不至。是用增以井賦,崇爲太師。美號峻階,併伸殊渥。噫!乞言之禮[七],可以觀德;殿邦之寄,可以樹勳。勉揚令圖,永錫繁祉。可。

【校記】

①劉:全唐文作“留”。

②藩屏:李校:一本作“屏藩”。

③朝:備要本作“期”。

④一:四庫本、全唐文作“二”。

【箋注】

〔一〕作於南唐保大五年(九四七)。　劉從效:一作留從效,泉州人。始事閩,後歸南唐,授泉州刺史,再授檢校太師。十國春秋卷一六元宗本紀載:保大四年五月,“帝命從效爲泉州刺史”,保大五年三月,“辛丑,從效還泉州……帝不能制,加從效檢校太傅。”

〔二〕沖人:皇帝自謙之辭,見本卷太子少傅徐運授太子太保制注〔八〕。

〔三〕“静一方之多難”二句:朱文進僭立,欲滅王氏,閩亂。元宗發兵討亂,兵圍福州,吴越以援助爲名,占據之。從效又乘機據有,自領漳、泉二州留後。元宗授之清源軍節度使,累授同平章事兼侍中、中書令、封鄂國公、晉江王。見十國春秋卷九三劉從效傳。

〔四〕黎獻:書經集傳卷一益稷:“萬邦黎獻,共惟帝臣。”蔡沈集傳:“黎民之賢者也。”

〔五〕眇質:菲薄的姿質。帝王自謙之辭。

〔六〕涣汗:猶流布。文選卷五四劉孝標辨命論:“星虹樞電,昭聖德之符;夜哭聚雲,鬱興王之瑞。皆兆發於前期,涣汗於後葉。”張銑注:“涣汗,流布之貌。”

〔七〕乞言:禮記正義卷二〇文王世子:“凡祭與養老乞言合語之禮,皆小樂正詔之於東序。”鄭玄注:“養老乞言,養老人之賢者,因從乞善言可行者也。”

右揆嚴續除司空兼門下侍郎平章事制[一]

門下:天作司牧,必生丞弼。非君臣同體,道則不明;非律吕交感,功則不濟。粤予眇質,負荷景靈①,不有時賢,豈戡多難?敬若先意,疇兹舊臣②。某純粹炳靈,惠和成性。襲台鼎之慶,連胇胕之親。歷奉累朝,亟更庶尹。憂國家之事,知無不爲;經夷險之間,中立不倚。言必由於忠信,行必自於誠明。勞而弗矜,謙以自牧。先朝鑒其誠志,任以腹心。須當巡守之初③,俾貳主留之寄〔二〕。盡規竭慮,夜思晝行,京輔以寧④,時乃之力。及奉揚末命,以佑沖人,送往事居,禮無違者。忠勳茂績,人無間然。今二后在天〔三〕,萬物思理,予方乃眷,民亦具瞻。是用命作司空,倚爲左相,兼國史樞機之任,進升階食賦之資。豈曰寵章,是同憂責。嗚呼!受遺作弼,厥惟艱哉!爾其崇遠大之謨,布簡寬之政,詢箴諫之士,塞便佞之言。滿假自賢,則其智益蔽;虚懷接物,則其猷益光。念兹在兹,以底于道。可。

【校記】

①靈:四庫本、全唐文作"重"。

②兹:黄校本作"咨"。　兹舊臣:李校:一本作"咨老成"。

③須:四庫本、全唐文、黄校本、李刊本作"頃"。

④輔:李校:一本作"賴"。

【箋注】

〔一〕作於宋建隆二年(九六一)七月。　嚴續:見卷六嚴相公宅牡丹注〔一〕。十國春秋卷一七載:建隆元年,"六月,元宗晏駕,嗣位於金陵。……以右僕射嚴續爲司空、同平章事。"　右揆:即右丞相。　司空:正第一品,職事官。見舊唐書卷四二職官一。

〔二〕"巡守"二句:陸游南唐書卷三後主本紀:"元宗南巡,太子留金陵監國,以嚴續、殷崇義輔之。"

〔三〕二后:指周文王、周武王。詩經周頌昊天有成命:"昊天有成命,二后受之。"毛傳:"二后,文、武也。"

信王改封江王加中書令制〔一〕

門下:唐堯之聖也〔二〕,既以序九族爲先;漢祖之隆也〔三〕,亦以守四方在念。矧予小子,弗堪多艱,實賴群后,共康蒸民。粤有賢侯,亦在諸父,庸勳表德,敢或愛焉?第二十叔某,天賦機神,生知禮樂。肇開朱邸,則孝敬之道升聞;出建齋壇,則威和之風遠振。況五嶺之際〔四〕,俗雜地雄,吏服其明,民安其教。煦如冬日,隱若長城。孤以不明,祇奉丕構[①]〔五〕,咨乃庶尹,至于友邦。師保之規,既自家而刑國[②]。蓼蕭之澤〔六〕,當由親而及遠。是用正左相之位,崇三司之儀,增賦進封,併伸寵數。於戲!昔我文考,並建懿親,藩屏所繫[③],社稷是衛,燕翼之旨〔七〕,可不勉歟!敬佇嘉猷,以永繁祉。可。

【校記】

①構:四庫本、全唐文作"業"。

②刑:原作"形",據全唐文、李刊本改。

③繫:原作"緊",據四庫本、全唐文、徐校改。

【箋注】

〔一〕作於宋建隆二年(九六一)七月。十國春秋卷一七後主本紀載:建隆元年,"六月,元宗晏駕,嗣位於金陵。……徙信王景遏爲江王。"陸游南唐書卷一六景遏傳:"後主立,進封江王,加兼中書令。"中書令:正第三品,掌軍國政令,緝熙帝載,統和天人。見舊唐書卷四二職官一。

〔二〕唐堯:古帝王堯,帝嚳之子,姓伊祁(亦作伊耆),名放勳。初封於陶,又封於唐,號陶唐氏。後傳位於舜。見史記卷一五帝本紀。

〔三〕漢祖:即漢高祖劉邦。

〔四〕五嶺:即大庾嶺、越城嶺、騎田嶺、萌渚嶺、都龐嶺的總稱,位於今江西、湖南、廣東、廣西四省之間,是長江與珠江流域的分水嶺。漢書卷三二張耳傳作“五領”，顏師古注引鄧德明南康記：“大庾領一也，桂陽騎田領二也，九真都龐領三也，臨賀萌渚領四也，始安越城領五也。”

〔五〕丕構：大業。通鑑卷二二九唐德宗興元元年：“朕嗣服丕構，君臨萬邦，失守宗祧，越在草莽。”胡三省注：“丕，大也。構，立屋也。書大誥曰：‘若考作室，既底法，厥子乃弗肯堂，矧肯構？’丕構之語本諸此。”

〔六〕蓼蕭：指君王的恩澤。詩經小雅蓼蕭序：“蓼蕭，澤及四海也。”左傳襄公二十六年：“國景子相齊侯，賦蓼蕭。”杜預注：“蓼蕭，詩小雅，言太平澤及遠，若露之在蕭，以喻晉君恩澤及諸侯。”

〔七〕燕翼：善爲子孫後代謀劃。詩經大雅文王有聲：“武王豈不仕，詒厥孫謀，以燕翼子。”毛傳：“燕，安；翼，敬也。”孔穎達疏：“思得澤及後人，故遺傳其所以順天下之謀，以安敬事之子孫。”陳奂傳疏：“詒，遺也。……言武王以安敬之謀遺其孫子也。”

謝匡策加特進階增食邑①〔一〕

門下：王者均慶推恩，無遠弗及。矧有舊德，居然將臣。方申求舊之懷，豈愆疇庸之典〔二〕？某素推勇氣，夙負壯圖，立功旗鼓之間，發迹風雲之會。出分符竹〔三〕，入守關防，翼衛天門，董齊蘭錡〔四〕。咸著在公之績，可觀適用之材。享此期頤②〔五〕，保兹優逸。臻富壽之福，全終始之名。比之古人，不可多得。孤以眇質，嗣守慶基，方資無改之規，式重後凋之節。俾升階序，仍進户封。於戲！二品崇資③，三朝貴仕，人臣寵禄，何以過斯！勉荷朝恩，永揚令問。可。

【校記】

①題目：全唐文“邑”下有“制”字。

②享此：李校：一本作“阜政”。

③資：李校：一本作“階”。

【箋注】

〔一〕作於宋建隆二年（九六一）七月或稍後。文云嗣守基業、謝匡策三朝貴仕，知作於後主繼位之後。謝匡策，史書無傳。　特進：正第二品，文散官。見舊唐書卷四二職官一。　食邑：君主賜予臣下作爲世禄的封地。

〔二〕疇庸：謂選賢任用。尚書正義卷二堯典："疇咨若時登庸。"孔安國傳："疇，誰；庸，用也。誰能咸熙庶績，順是事者，將登用之。"

〔三〕符竹：漢書卷四文帝紀："（二年）九月，初與郡守爲銅虎符、竹使符。"顔師古注引應劭曰："銅虎符第一至第五，國家當發兵遣使者，至郡合符，符合乃聽受之。竹使符皆以竹箭五枚，長五寸，鐫刻篆書，第一至第五。"

〔四〕董齊蘭錡：謂統率軍隊。董齊，統率、領導。三國志卷三二蜀書二先主傳："臣等輒依舊典，封備漢中王，拜大司馬，董齊六軍，糾合同盟，掃除凶逆。"蘭錡，兵器架，此代軍隊。

〔五〕期頤：一百歲。禮記正義卷一曲禮上："百年曰期頤。"鄭玄注："期，猶要也；頤，養也。不知衣服食味，孝子要盡養道而已。"

鄭王加元帥江寧尹制〔一〕

門下：睦親尊賢，王者之盛業也；中臺上將，有國之重任也。是必疇咨公議，稽若前經，舉而行之，謂之令典。我有愛弟，時惟宗英，論道經邦，勳德滋茂。肆予有命，允叶厥中〔二〕。某挺命世之才，秉生知之哲，機神穎邁，器宇沖深。自寶玉分封〔三〕，緇衣授職〔四〕，内藴清明之德，外宣寅亮之功①〔五〕。持謙下之資，以親附百姓；體勤儉之節，以表率時風。學問該通，每諮詢而自益；忠誠孝悌，常將順以無違。昔者三后叶心〔六〕，十亂同德，允兹古義，非爾而誰？粤予眇躬，惠迪先訓，獲守大業，汔臻小康，實緊手足之賢，以集股肱之寄。無德不報，雖親何嫌？是用誕舉渥恩，就加名數。夫元帥者，民之司命；中樞者，國之宗臣。尹京所以表則四方，增封所以藩輔王室。毗倚之重，何以加斯！於戲！義兼國家，權揔文武，動静之際，治亂繫焉。所先者在乎弼諧，所慎者在乎聽受〔七〕。清如止水，故是非之説不可欺；平如懸衡〔八〕，故善惡之徵不能惑。有犯無隱，非好異也；不違如愚，非苟合也。唯公是務，惟道是從，所務必老成，所親必端士。服玆多訓，永樹英聲。可。

【校記】

①外：全唐文作“化”。

【箋注】

〔一〕作於宋建隆二年（九六一）七月或稍後。鄭王爲李從善。新五代史卷六二南唐世家二：“煜字重光，初名從嘉，景第六子也。……景卒，煜嗣立於金陵。……封弟從善爲韓王。”四庫全書考證卷二八史部五代史南唐世家對此考證云：“李煜封弟從善韓王。……按徐鼎臣騎省集有太尉中書令鄭王從善詩，又有鄭王加元帥江寧尹制詞。”四庫全書考證卷九八集部全唐詩“目録上”考“韓王從善”云：“按徐騎省集有鄭王從善薔薇詩，即本書所收者；又有鄭王加元帥江寧尹制，其詞曰‘我有愛弟’云云，疑當作鄭王爲正。”按：所言甚是。據制文“粤予眇躬，惠迪先訓，獲守大業”語，知當作於後主繼位時。

〔二〕允叶：同“允協”。確實符合。尚書正義卷一〇説命中：“王忱不艱，允協於先王成德。”後漢書卷八二上謝夷吾傳：“殷周雖有高宗、昌、發之君，猶賴傅説、吕望之策，故能克崇其業，允協大中。”

〔三〕寶玉分封：武王克殷，展九鼎寶玉，分封諸侯，班賜宗彝。見史記卷四周本紀。

〔四〕緇衣：用黑色帛做的朝服。詩經鄭風緇衣：“緇衣之宜兮，敝，予又改爲兮。”毛傳：“緇，黑也，卿士聽朝之正服也。”

〔五〕寅亮：恭敬信奉。尚書正義卷一八周官：“貳公弘化，寅亮天地，弼予一人。”孔安國傳：“敬信天地之教，以輔我一人之治。”

〔六〕三后叶心：古代天子、諸侯皆稱后。尚書正義卷一九畢命：“惟周公克慎厥始，惟君陳克和厥中，惟公（畢公）克成厥終。三后協心，同底於道。”

〔七〕聽受：聽從接受。漢書卷三〇藝文志：“書者，古之號令，號令於衆，其言不立具，則聽受施行者弗曉。”

〔八〕懸衡：秤平。淮南子卷一七説林訓：“循繩而斲則不過，懸衡而量則不差。”

朱業加中書令宣州節度使制〔一〕

門下：予嘗顧藩屏之重，思黎獻之康〔二〕。欲使折衝之威，迭行於封略；惠和之化，普及於方州。既報政之屢聞，乃改轅而敷寵。咨爾賢帥，聽吾話言：某武毅致身，忠厚成性，踐更事任，昭著勳庸，倚若金湯，誓之帶礪。自持使節，出鎮中流，恢簡易之風，立嚴明之令。仁而有斷，吏不敢欺，故使萬井阜安，連營輯睦。藹爾殿邦之績，叶予進律之文，率是通才，何適不可。予以宣城列鎮，甸服奧區〔三〕，久闕元戎，未孚王化，藉爾有成之政，副吾共理之懷①。右相之崇，宰司所重，申爲殊獎，以極朝恩。於戲！有惠於民，有功於國，中台貴位，累鎮劇權，苟非純誠，何以臻此？爾尚守益恭之節，勵匪懈之心，永懋嘉猷，以光時望。

【校記】

①吾：黄校本作“我”。

【箋注】

〔一〕作於宋建隆二年（九六一）六月。陸游南唐書卷八朱業傳：“後主襲位，召拜神武統軍，加中書令。”後主建隆二年六月即位。　中書令：正第三品，掌軍國政令，緝熙帝載，統和天人。見舊唐書卷四二職官一。

〔二〕黎獻：見本卷泉州節度使劉從效檢校太師制注〔四〕。

〔三〕甸服：尚書正義卷六禹貢：“錫土姓，祗臺德先，不距朕行，五百里甸服。”孔安國傳：“規方千里之内謂之甸服，爲天子服治田，去王城面五百里。”

馬在貴加官制〔一〕

門下：盡忠於國者其報深，有勞於事者其澤厚。方切念功之義，仍當均慶之初，不有寵章，孰先懋典①？馬某深沉有勇，質重寡言，少推學劍之能，早識擇君之舉。自策名旗鼓，受任疆埸，履險身先，有功不伐。向分符竹〔二〕，實制要衝。化行於富庶之時，節著於艱難之際。純誠懿績，時論多之。入揔禁營，遂成優秩，富壽之福無闕，敬慎之風愈高。予惟汝嘉，思有以勸。屬此推恩之際，俾升掌武之資〔三〕。噫！忠勳既明，寵禄亦至，終始之義，今古所高②。勉揚令猷，以享元吉。

【校記】

①先：黄校本、李刊本作"光"。

②今古：全唐文作"古今"。

【箋注】

〔一〕作於宋建隆二年（九六一）七月或稍後。　馬在貴：江表志卷中元宗時將帥作馬存貴。據文意，約作於後主即位之後。

〔二〕符竹：見本卷謝匡策加特進階增食邑注〔三〕。

〔三〕掌武：唐代太尉的别稱。孫光憲北夢瑣言卷四："唐吳融侍郎策名後，曾依相國太尉韋公昭度，以文筆求知，每起草先呈，皆不稱旨。吳乃祈掌武親密俾達其誠。"

游簡言左僕射平章事制〔一〕

門下：昔在明王，膺圖嗣統，雖復格天光表，繼文下武，猶曰"實相以濟"，又曰"克艱厥臣"，矧惟寡昧，疇咨庶尹。若乃承弼之重，毗倚之隆，詢於具瞻，敢或輕授①？游某世濟文雅，挺生公器。中興之始，即爲辭臣〔二〕，重熙在運，亟更近署〔三〕。忠爲令德，實浮於名，藹然直聲，允洽時望。先皇帝省方展義，分命群司，藉爾重臣，輔予小子。直躬無避，正辭不諂，翊從行闕，克申其勞。至於受命交兵之間，抗節履危之際〔四〕，繇義以濟，知無不爲。此皆古之所以爲艱，予之所以嘉尚者也②。間歲出於獨斷，命長南宫〔五〕,議者但高其盡公之誠,未許其理劇之用〔六〕。遂能正身而令[③],當官不回。厲風霜之威,以糾其慢;堅夙夜之節,以率其勤。請託不行,紀綱自舉。群議由是咸伏,六職以之孔修。風雨不渝,始終一致,實爲國器,想見古人。而躬親簿領之間,遽成勞勩;從容廟堂之上,未盡謀猷。疇庸之典,予所多愧。是用命作左相,陟兹鸞臺〔七〕,進金紫之崇階,典圖書之秘府,勳爵井賦[④],併示寵名[⑤]。於戲!釋細務足以導節宣之和,參大政足以暢彌綸之業。緊爾致君之效,成我知臣之明[⑥]。往惟欽哉,無假多訓!可。

【校記】

①輕:全唐文作"經"。

②嘉:全唐文作"爲"。

③令:四庫本作"立"。

④井賦:李校:一本作"寵禄"。

⑤寵:李校:一本作"榮"。

⑥臣:黄校本作"人"。

【箋注】

〔一〕作於宋開寶二年(九六九)三月。　游簡言:見卷二賀殷游二舍人入翰林江給事拜仲丞注〔一〕。十國春秋卷一七後主本紀:"開寶二年三月,以游簡言爲左僕射兼門下侍郎、同平章事。夏五月,簡言卒。"　僕射:左右各一員,從第二品。掌統理六官,綱紀庶務,爲尚書令之副。見舊唐書卷四三職官二。

〔二〕"中興"二句:十國春秋卷二一游簡言傳:"起家秘書省正字,以薦入烈祖幕府。烈祖鎮金陵,署户曹參軍,典元帥府書檄。"

〔三〕"重熙"二句:重熙,稱頌君主累世聖明。何晏景福殿賦:"至於帝皇,遂重熙而累盛。"句謂元宗即位,簡言更遷近職。元宗立,簡言晉爲禮部侍郎。見十國春秋卷二一游簡言傳。

〔四〕"受命"二句:淮南交兵,吴越攻常州,元宗遣使詰責,群臣畏懼,而簡言不辭。見十國春秋卷二一游簡言傳。

〔五〕南宫:尚書省的别稱。謂尚書省象列宿之南宫,故稱。十國春秋卷一七後主本紀載:建隆四年(九六三),“秋七月,以兵部尚書游簡言知尚書省。”

〔六〕理劇:治理繁難事務。後漢書卷二六趙憙傳:“荆州牧奏憙才任理劇,詔以爲平林侯相。”

〔七〕鸞臺:見卷一早春左省寓直注〔二〕。

徐鉉集校注卷七　制誥

李匡明御史大夫制①〔一〕

勑:御史所職,實爲紀綱,百官之邪得以糾正②,衆目不理得以舉明。使朝庭凛然,罔懈于位。兹朕之攸賴,而和庶政也。向者治刑不暇,官業靡申,遂用省其訊鞫之煩〔二〕,委以澄清之寄。庶循理本,諒在得人。通議大夫、守吏部尚書、柱國、賜紫金魚袋〔三〕、隴西縣開國子、食邑五百户李匡明,學術優深,德望清重,可副丞相,以鎮時風。中散大夫、守右常侍、判御史臺事、柱國、賜紫金魚袋趙丕〔四〕,自掌憲司,克勤于職。而侍從之列,朝夕論思,期於弼違,宜在專任。今以庶獄,移從理官〔五〕,可歸騎省〔六〕,以備顧問。各踐乃位,允期懋功。匡明可御史大夫,丕可守本官,罷判臺事。

【校記】

①題目:全唐文"大夫"後有"等"字。

②糾:四庫本、全唐文作"歸"。

【箋注】

〔一〕作於南唐昇元元年(九三七)十月。　李匡明:烈祖時文臣,見江表志卷上、江南餘載卷上。據卷八前舒州刺史李匡明可中書侍郎制"先皇器重之,任遇尤重。……舒人既康,執璧來覲,宜加疏等之命,擢爲鳳閣侍郎"之語,知李昪時匡明被任重職。故繫於此。　御使大夫:正三品,掌刑法典章糾正百官之罪惡。見新唐書卷四八百官志二御史臺。

〔二〕訊鞫:亦作"訊鞠"。審訊。史記卷一二二酷吏列傳:"湯掘窟得盜鼠及餘肉,劾鼠掠治,傳爰書,訊鞫論報,並取鼠與肉,具獄磔堂下。"

〔三〕守吏部尚書:舊唐書卷四二職官一:"貞觀令:以職事高者爲守,職事卑者爲行。"　柱國:勳官名。從正二品。見舊唐書卷四二職官一。所謂勳官,指授給有功官員的一種榮譽稱號,没有實職。　金魚袋:唐制,三品以上官員佩金魚袋。舊唐書卷四五輿服志:"恩制賜賞緋紫,例兼魚袋,謂之章服,因之佩魚袋、服朱紫者衆矣。"

〔四〕趙丕:烈祖文臣,餘未詳。

〔五〕理官:治獄之官。後漢書卷四六陳寵傳:"及爲理官,數議疑獄。"

〔六〕騎省:官署名。唐中書、門下兩省皆有散騎常侍,故稱之爲騎省。

宋齊丘知尚書省制〔一〕

勑:兩掖南宫〔二〕,樞機之地也①;元臺上公,股肱之寄也。況親賢在位,中外具瞻,式叙彝倫〔三〕,爰申明命。夫真宰之重②,大政咸歸,出納王言,固當綜録。侍中壽王某,向兼南省〔四〕,未叶舊章,宜罷判尚書省,便領中書、門下兩省事。太保齊丘,雖道在經邦,方資納誨,而事殷會府,兼籍允釐〔五〕,可知尚書省事。大元帥齊王〔六〕,揔納百揆〔七〕,以貞萬邦,凡曰謨猷③,悉關獻替,其三省事,並取齊王參決。朕允思恭己,以荷景靈。用一國之才,敢辭則哲〔八〕? 成天下之務,庶叶無爲。方俟沃心④〔九〕,豈勞多訓。

【校記】

①機:全唐文作"密"。

②重:四庫本作"任"。

③曰:黄校本、李刊本作“百”。

④方俟沃心:全唐文作“方俟以沃心”。

【箋注】

〔一〕作於南唐昇元六年(九四二)二月。通鑑卷二八三載:是年二月,“唐左丞相宋齊丘固求豫政事,唐主聽入中書;又求領尚書省,乃罷侍中壽王景遂判尚書省,更領中書、門下省,以齊丘知尚書省事;其三省事並取齊王璟参決。”宋齊丘:字子嵩,廬陵(今江西吉安縣)人。烈祖及元宗時宰相。見馬令南唐書卷二〇、陸游南唐書卷四、十國春秋卷二〇本傳。

〔二〕兩掖南宫:指中書、門下、尚書省。

〔三〕彝倫:常理;常道。書經集傳卷四洪範:“王乃言曰:‘嗚呼,箕子!惟天陰騭下民,相協厥居,我不知其彝倫攸叙。’”蔡沈集傳:“彝,常也;倫,理也。”

〔四〕南省:尚書省的别稱。唐中書、門下、尚書三省均在大内之南,而尚書省更在中書、門下二省之南,故稱南省。

〔五〕允釐:謂治理得當。尚書正義卷二堯典:“允釐百工,庶績咸熙。”孔安國傳:“允,信;釐,治。”

〔六〕齊王:即李璟。昇元二年十月徙封齊王。見十國春秋卷一五烈祖本紀。

〔七〕百揆:總理國政之官。書經集傳卷一舜典:“納於百揆,百揆時叙。”蔡沈集傳:“百揆者,揆度庶政之官,惟唐虞有之,猶周之冢宰也。”

〔八〕知人則哲:見卷六太弟太保馮延已落起復加特進制注〔一一〕。

〔九〕沃心:謂使内心受啓發。尚書正義卷一〇説命上:“啓乃心,沃朕心。”孔穎達疏:“當開汝心所有,以灌沃我心,欲令以彼所見教已未知故也。”

劉崇俊起復制①〔一〕

勑:匡時啓運功臣、威邊將軍、濠州都團練觀察處置等使、光禄大夫、檢校太傅、使持節濠州諸軍事、守濠州刺史、渦口兩城使兼御史大夫、上柱國、彭城縣開國子、食邑五百户劉崇俊，濠上觀風〔二〕，克昭祖服。光禄大夫、檢校太保、持節常州諸軍事、守常州刺史兼御史大夫、上柱國劉佑〔三〕，晉陵守土，允茂政經。而皆夙練軍聲，習知邊要，方深朝寄，遽屬内艱。永言護塞之權，宜舉墨縗之制〔四〕。俾加寵命，改授階資。勉抑孝心，以從王事。並可起復雲麾將軍，餘如故。

【校記】

①題目：全唐文"崇俊"下有"等"字。

【箋注】

〔一〕作於南唐保大元年（九四三）三月或稍後。　劉崇俊：字德修，楚州山陽（今江蘇淮安市楚州區）人。見十國春秋卷二二本傳。卷一一有劉公神道碑。

〔二〕濠上觀風：謂到濠州察看民情。濠，水名。莊子外篇秋水："莊子與惠子游於濠梁之上。"成玄英疏："濠是水名。在淮南鍾離郡。"在今安徽鳳陽縣東北。

〔三〕劉佑：人未詳。

〔四〕墨縗：黑色喪服。左傳僖公三十三年："遂發命，遽興姜戎。子墨衰絰，梁弘御戎，萊駒爲右。"卷一一劉公神道碑："公銜卹奉詔，墨絰即戎。……初，先太尉公之薨也，西北小驚，戒嚴從便，因詔執事，移清淮軍於壽春。及是，復立定遠軍，即命公爲節度使。"

馮延魯江都少尹制〔一〕

敕：朝議郎、行尚書虞部員外郎、武騎尉、賜緋魚袋馮延魯〔二〕，頃者，尹縣留都，首變田制〔三〕，克勤於事，以利於人。自歸朝行〔四〕，已踰周歲。如聞衆庶，未甚樂成，矧彼浩穰，所宜均一〔五〕。是用假爾亞尹，往畢舊功。其在條理得中，厚薄無橈①，俾乃比屋〔六〕,咸遂所安。止於刑讞之繁②〔七〕,亦以公平爲用。務令稱職,無忝加恩,可以本官判江都少尹公事③。

【校記】

①橈:四庫本、黄校本、全唐文、李刊本作“撓”。

②止:四庫本作“至”。

③以:四庫本作“令”。

【箋注】

〔一〕作於南唐保大十一年(九五三)三月稍後。十國春秋卷一六載:保大十三年十月,“(周)宗以老病,三表乃許,守司徒致仕。以中書舍人馮延魯爲工部侍郎、東都留守。”據此知延魯爲江都少尹應在之前。按鍾蒨保大九年十月授江都少尹,見卷三賦石奉送德林少尹員外注〔一〕。南唐官員三年左右一届,延魯當接替鍾蒨任江都少尹。又,保大十一年十月,徐鉉奉命察訪屯田事宜,十二月即流舒州。則此制文當作於流放之前。據十國春秋卷一六:“保大十一年三月,復以左僕射馮延巳同平章事。”則延魯爲江都少尹或在其兄延巳任是職之後。姑繫於此。　馮延魯:見卷五送馮侍郎注〔一〕。　江都少尹:江都(揚州)副職。按:唐初諸郡皆置司馬,開元元年改爲少尹,是府州的副職。

〔二〕朝議郎:正六品下,文散官。見舊唐書卷四二職官一。　虞部員外郎:從六品上,職事官,屬工部。掌京城街巷種植,山澤苑囿,草木薪炭,供頓田獵之事。見舊唐書卷四三職官二。按,職事卑者爲行。朝議郎高於虞部員外郎,故曰行。　武騎尉:從七品上,勳官。見舊唐書卷四二職官一。

〔三〕首變田制:指楚州、常州等江南一帶大興屯田之事。百姓苦之,元宗命徐鉉察訪。見徐公行狀。

〔四〕朝行:朝列。韓愈盧郎中雲夫寄示送盤谷子詩兩章歌以和之:“我今進退幾時決,十年蠢蠢隨朝行。”

〔五〕“矧彼浩穰”二句:此謂江都政務繁重而朝廷要全面考慮,做到公平。浩穰,衆多、繁多。漢書卷七六張敞傳:“京兆典京師,長安中浩穰,於三輔尤爲劇。”顔師古注:“浩,大也。穰,盛也。言人衆之多也。”

〔六〕比屋:家家户户。徐幹中論譴交:“有策名於朝而稱門生於富貴之家者,比屋有之。”

〔七〕刑讞:議罪定案。

王彦儔加階制〔一〕

敕:王者旌董戎之功,重殿邦之任,疏寵之命,因事有加,所以勸能而佇效也。佐時衛聖功臣、建威將軍、康化軍節度、池州觀察處置等使、起復雲麾將軍、檢校太尉兼侍中、使持節池州諸軍事、池州刺史、上柱國、太原郡開國侯、食邑二千户王彦儔,作鎮方隅,克揚威信。師謀不撓,庶政有常。肅爾先聲,宣我朝命。向者起於哀制,授以崇階,禮適就於變除,寄方隆於藩屏。俾從增邑,式示推恩。勉揚令圖,無替丕績。可光禄大夫加食邑一千户,餘如故。

【箋注】

〔一〕作於南唐保大元年(九四三)三月。據制文所冠職銜與所升之階,知作於元宗即位之時。 王彦儔:陸游南唐書卷八本傳云:"蔡州上蔡人。……烈祖嘉之,嘗升堂拜其父。開國以爲池州節度使。"馬令南唐書卷一先主本紀載:昇元三年(九三九)二月,"池州楊璉卒,以統軍王彦儔爲康化軍節度使。"則彦儔當是昇元三年爲康化軍節度使。十國春秋卷一一三南唐藩鎮表云康化軍鎮池州。

李匡明舒州刺史制〔一〕

敕:通議大夫、守御史大夫、柱國、賜紫金魚袋、隴西縣開國子、食邑五百户李匡明,向緣時望,命長憲臺〔二〕。既歷歲時,亦聞敬慎。方佇茂績,以光大猷〔三〕。遽覩拜章,固辭重位。俾全寵遇,宜輟準繩。尚賴分憂,無忘守節。可檢校司徒兼御史大夫、使持節舒州諸軍事、守舒州刺史、充本州團練使,餘散官賜邑如故〔四〕。

【箋注】

〔一〕作於南唐昇元二年(九三八)十月稍後。文曰"命長憲臺"、"既歷歲時",故繫於此。　李匡明:見卷六李匡明御史大夫制注〔一〕。　舒州:見卷二寄舒州杜員外注〔一〕。　通議大夫:正四品下,文散官。見舊唐書卷四二職官一。

〔二〕命長憲臺:指李匡明曾任御史大夫。　憲臺:指御史臺。後漢改稱漢御史府爲憲臺。見應劭漢官儀憲臺。

〔三〕大猷:詩經小雅巧言:"奕奕寢廟,君子作之;秩秩大猷,聖人莫之。"鄭玄箋:"猷,道也;大道,治國之禮法。"

〔四〕散官:有官名而無固定職事之官。與職事官相對而言。

趙丕御史中丞制〔一〕

勑:朕以御史未理,庶政靡清,思得良臣,副吾慎選①。中散大夫、守右散騎常侍〔二〕、柱國、賜紫金魚袋、天水縣開國子、食邑五百户趙丕,再履憲署〔三〕,欽若攸司,迭爲侍臣,匡予不及。俾授格心之寄〔四〕,宜膺獨坐之權〔五〕。夫才識兼通,然後能得大體;公正無黨,然後能肅百司。糾正失中,則紀綱撓;顧避不言,則職業隳②。爾其欽哉,無辱朕命!可御史中丞,餘官勳賜爵邑如故。

【校記】

①吾:翁鈔本作"我"。

②隳:李刊本作"墮"。

【箋注】

〔一〕作於南唐昇元二年(九三八)十月稍後。　趙丕:本卷李匡明御史大夫制中有其制文。

〔二〕中散大夫:正五品下,文散官。　右散騎常侍:正三品。見舊唐書卷四二職官一。

〔三〕再履憲司:本卷李匡明御史大夫制中有趙丕制文,云罷判御史臺事,此又授御史臺職,故云“再履”。

〔四〕格心:匡正思想。

〔五〕獨坐:後漢書卷二七宣秉傳:“宣秉……建武元年,拜御史中丞。光武詔御史中丞與司隸校尉、尚書令會同並專席而坐,故京師曰‘三獨坐’。”唐遂以“獨坐”爲御史中丞别名。

陳褒制①〔一〕

敕:出身事主,忠之效也;以年致政,古之制也。淳風將振,斯道復行,朕用嘉焉,宜示優寵。宣徽使某官陳褒〔二〕,以敬慎之操,俊乂之才,輔予潛九之初,叶我司聰之寄。出納惟允,佐佑盡規,勤勞王家,數紀於是。永念耆德,方注虚懷,遽從知退之言,亟有懸車之請〔三〕。雖面諭難抑,豈舊功可忘?而司衛列卿,秩崇務簡。俾退辭近侍,猶在立朝。勉迴高尚之心,式厚君臣之義②。可衛尉卿。

【校記】

①題目:全唐文作“陳褒衛尉卿制”。

②厚:四庫本、全唐文作“重”。

【箋注】

〔一〕作於南唐昇元七年(九四三)三月前。據文意,知陳褒制文作於昇元間。文曰“宣徽使某官陳褒”。按:十國春秋卷一五載:昇元五年四月,“以陳覺、常夢錫爲宣徽副使。”陳褒于時或尚任宣徽正使。昇元六年三月,元宗即位,姑繫於此。　陳褒:陸游南唐書卷一七陳褒傳云其十世同居,烈祖表其門閭。　衛尉卿:從三品。屬衛尉寺。掌邦國器械文物之事。見舊唐書卷四四職官三。

〔二〕宣徽使:馬端臨文獻通考卷五八:“唐置宣徽南北院使,有副使。……

南院使資望比北院使稍亹,然事皆通掌。只用南院印,掌總領内諸司及三班内侍之籍、郊祀、朝會、宴饗、供帳之事。……按樞密、宣徽院皆始於唐,然唐史職官志及會要略不言建置本末,蓋因肅、代以後特設此官以處宦者。其初亦無甚司存職業,故史所不載。……宣徽位尊而事簡,故常以樞密院官兼之。”

〔三〕懸車:致仕。懸車爲七十歲,典見班固白虎通義卷上致仕。

杜昌業江州制〔一〕

敕:十連之帥,百城之長,藩屏王室①,其揆一也。隨時省置,何常之有焉?朕祇荷慶基,懋循古訓,迭用舊德,以頒詔條。交修予違,踐更爾位,肆因大慶,式舉朝章。金紫光禄大夫〔二〕、上柱國、京兆縣開國子、食邑五百户杜昌業,始以明敏肅恭,服勞近密,出納惟允,固慎無違。先帝用能,委之邦政。明九伐以恢王略,堅一心以迪大猷〔三〕。六事允諧〔四〕,時乃之用,將圖爾效,且盡其才。朕以中流之寄,九江爲重〔五〕,控五嶺之衝要〔六〕,鎮百蠻之驛騷〔七〕。屬予相臣,入揔樞務,惟爾公望,克嗣其勳。是用輟夏官之崇〔八〕,膺外臺之職。尚虚使節,以便理戎。其往慎乃攸終,遵我成憲。簡易以申令,恩信以即師。惟惠惟忠,無忝朕命。依前檢校太保兼御史大夫、使持節江州諸軍事、江州刺史、本州團練觀察使,散官勳如故。

【校記】

①王:原作“正”,據四庫本、黄校本、全唐文、李刊本、備要本改。

【箋注】

〔一〕作於南唐保大元年(九四三)三月稍後。制文云“朕祇荷慶基”,又云“先帝用能”,則知作於元宗繼位之時。　杜昌業:十國春秋卷二一杜業傳云:“杜業(原注:江表志作杜光鄴,今從南唐近事、唐餘紀傳)……昇元時,以兵部尚書兼樞密使。”通鑑卷二八五載:保大四年(九四六)十一月,“唐主遣信州刺史王建封助攻福州。……不克,唐主以江州觀察使杜昌業爲吏部尚書,判省事。先是,昌業自兵部尚書、判省事出江州。及還,閱簿籍,撫案歎曰:'未數年而所耗者半,其能久乎?'"綜上,杜昌業、杜業、杜光鄴當爲同一人。

〔二〕金紫光禄大夫:正三品,文散官。見舊唐書卷四二職官一。

〔三〕九伐:指對九種罪惡的討伐。周禮注疏卷二九大司馬:"以九伐之灋正邦國:馮弱犯寡則眚之;賊賢害民則伐之;暴内陵外則壇之;野荒民散則削之;負固不服則侵之;賊殺其親則正之;放弑其君則殘之;犯令陵政則杜之;外内亂、鳥獸行則滅之。" 大猷:見本卷李匡明舒州刺史制注〔三〕。

〔四〕六事:指考察地方官吏政績的六項内容:田野闢,户口增,賦役平,盜賊息,軍民和,詞訟簡。

〔五〕九江:即江州。十國春秋卷一一一南唐地理表:"江州,領縣六:德化、德安、瑞昌、湖口、彭澤、東流。"今江西九江市。

〔六〕五嶺:見卷八信王改封江王加中書令制注〔四〕。

〔七〕百蠻:古代南方少數民族的總稱。詩經大雅韓奕:"以先祖受命,因時百蠻。"毛傳:"因時百蠻,長是蠻服之百國也。"

〔八〕夏官:兵部的别稱。唐武則天時,曾改兵部尚書爲夏官,見唐六典卷五尚書兵部。

招討妖賊制〔一〕

朕聞先王之静人也:四夷咸賓①,尚先慎德之誡;一夫不獲,則軫納隍之心〔二〕。是故導以仁聲,浹之惠澤,猶不可化,遂威有刑。昨者領表遺甿②,聚爲寇盜,違其上命,犯彼戰鋒。而敢乘我國哀〔三〕,伺我邊隙,侵軼我封部,誘惑我黔黎,保據谿山,肆爲剽掠。朕以肇膺丕業,先洽德音。矧彼狂徒,皆吾赤子,弗忍盡殺,冀其自新。所以雖命師徒,且令招撫。而凶愚不革,結聚愈繁,暴害吏民,攻圍縣邑。一至於此,其能久乎?國有常刑,吾又何愛?仍聞衆軍致討,累有殺傷,平人無辜,曝骨于野。興言及此,永惻朕心。況常賦及期，三農失業〔四〕，特申矜恤，更示懷來。虔州今年應屬省租税〔五〕，並可放免。仍委諸縣長吏，安存編户，宣示國恩。防護警巡，勿令擾動。妖賊張茂賢，首爲刼盜，罪在難容。若能束身歸降，亦與洗滌收録。如聞命之後，因循未賓，即令招撫諸軍分路進討。如所在百姓及徒黨中，有能擒斬茂賢者，不計有官無官，並賜三品，賞錢一萬貫，莊一區，並已分産業，並永放苗税差役，傳之子孫，此恩不改。若能同心計畫，及數内或擒獲得稱王、稱統軍軍使之屬，並次第首級止於一隊一寨頭領者，即約此例，等降優賞，放免苗税差役。或能自出身歸投，有田畝者各令歸業，仍放三年賦租。無田者委本道録奏，各與逐便，優穩安排，及重加賞賚。如兇惡不迴，爲諸軍擒獲者，不問人數，即便處斬。明申威信，汝自擇焉。諸軍將士，有能斬獲茂賢，殺戮支黨③，官賞之制，並越常規。予不食言，爾宜自勵。朕永惟止殺，許彼悛心。且妖賊等燒毁倉儲，蹂踐禾稼。聚食則資糧立盡，外取則穀實不收。進則大軍扼其前，退則領兵掎其後。況烏合之衆，本不同心，緩則苟避征租，急則各圖恩賞。函首來獻，翹足可期。咨爾群黨等，自保家鄉，共思寧息。與其碎身於鋒刃④，孰若樂業於閭里？咨爾將士等，各奮驍雄⑤，早成功績。與其暴師於境上，孰若受賞於轅門？體我深懷，速清邊徼。布告本道，咸使聞知。

【校記】

①四夷：四庫本作“四裔”。

②領：四庫本、黄校本、全唐文、李刊本作“嶺”。徐校：“領”當作“嶺”。今按：“領”爲“嶺”古字，指五嶺。史記卷一二九貨殖列傳：“領南、沙北固往往出鹽，大體如此矣。”後漢書卷七六南蠻傳：“秦併天下，威服蠻夷，始開領外，置南海、桂林、象郡。”“徙其渠帥三百餘口於零陵，於是領表悉平。”

③支：全唐文作“反”。

④身：翁鈔本作“首”。

⑤雄:黄校本作“勇”。

【箋注】

〔一〕作於南唐保大元年(九四三)十月。陸游南唐書卷二元宗本紀載:保大元年十月,“嶺南妖賊張遇賢犯虔州。……詔遣洪州營屯都虞候嚴恩帥師討之。”　張遇賢:馬令南唐書卷二六妖賊傳:“循州羅縣小吏也。……執遇賢及其副黄伯雄、謀主僧景全,皆斬於建康市。”按:徐鉉文中爲張茂賢。

〔二〕納隍:救民於水火的迫切心情。孟子卷一〇萬章下稱伊尹“思天下之民,匹夫匹婦,有不與被堯　舜之澤者,若己納之溝中。”張衡東京賦:“人或不得其所,若己納之於隍。”

〔三〕乘我國哀:指昇元七年(九四三)正月李昪駕崩事。

〔四〕三農:指居住在平地、山區、水澤三類地區的農民。周禮注疏卷二大宰:“一曰三農,生九穀。”鄭玄注引鄭司農云:“三農,平地、山、澤也。”此泛稱農民。

〔五〕虔州:十國春秋卷一一一南唐地理表:“領縣十一:贛、虔化、南康、雩都、瑞金、信豐、龍南、石城、上猶、大庾、安遠。”轄域約今江西贛州市。

魏王宣州大都督制〔一〕

勑:惟先王體國經野,建邦設都,並立懿親,以蕃王室。當畿服之地〔二〕,則任輔翊之重〔三〕;有戎昭之績〔四〕,乃增督護之威。是以王略恢而諸侯和矣。宣城重鎮〔五〕,陪京之南,制天險之津梁,據三楚之襟帶〔六〕,境環千里,邑聚萬民,我朝以來,戎寄尤切。太師魏王,受鉞先帝,建牙是邦。宣導皇風,董齊師律。生殖茂遂,禮讓興行①。時惟懋功,叶此時論。粤朕小子,懼德弗堪,允乎大猷②〔七〕,其在叔父。雖師保之命,已迪茂章;而刺舉之名,未極公望。宜升大府,式壯中權。於戲!立愛之恩,予不敢怠③;敬保之義,王其謂何?勉啓乃心,以底于道。可升宣州爲大都督府,以魏王爲宣州大都督府長史,餘並如故。仍編入册命宣降。

【校記】

①讓：四庫本作"樂"。

②孚：四庫本作"升"。

③怠：李校：當從一本作"忘"。

【箋注】

〔一〕作於南唐保大元年(九四三)或下年。據制文曰："太師魏王，授鉞先帝。……粵朕小子，懼德弗堪，允孚大猷，其在叔父。……可升宣州爲大都督府，以魏王爲宣州大都督府長史。"知制文爲元宗所頒。又，徐知證保大五年卒於宣州任上，見馬令南唐書卷三。則制文當在元宗繼位不久作。　魏王爲徐知證。馬令南唐書卷八本傳云："魏王徐知證，温第五子也。……烈祖受禪封江王，改王魏。徐氏諸子，知證最爲長年。及元宗之世，尤見優禮。每入宫，元宗輒以家人遇之，親捧觴爲壽，自起舞以祝之，知證亦以叔父自處。"同書卷一載：昇元四年(九四〇)六月，"洪州李德誠卒，以宣州徐玠代，以江州徐知證爲寧國軍節度使。"

〔二〕畿服：指京師附近地區。晉書卷五六江統傳："非我族類，其心必異，戎狄志態，不與華同。而因其衰弊，遷之畿服，士庶翫習，侮其輕弱，使其怨恨之氣毒於骨髓。"通鑑卷八三晉惠帝元康九年引此文，胡三省注："畿服，謂邦畿千里之内。"

〔三〕輔翊：輔佐，輔助。袁宏後漢紀卷二八獻帝紀三："諸袁事漢，四世五公，可謂受恩。今王室衰弱，無輔翊之急。"

〔四〕戎昭：兵戎之事。左傳宣公二年："戎，昭果毅以聽之之謂禮。"

〔五〕宣城：宣州屬縣。見十國春秋卷一一一南唐地理表。今安徽宣城市。

〔六〕三楚：戰國楚地疆域廣闊，秦漢時分爲西楚、東楚、南楚，合稱三楚。

〔七〕大猷：見本卷李匡明舒州刺史制注〔三〕。

王崇文劉仁贍張鈞並本州觀察使制①〔一〕

勑：守邊之要，在乎崇垣翰而重威令也；任能之方，在乎因善政而加寵秩也。懋迪斯道，時惟令猷。金紫光禄大夫、檢校太傅、使持節吉州諸軍事、守吉州刺史兼御史大夫〔二〕、上柱國、太原縣開國男、食邑三百户王崇文，儒雅飾身，威猛宣用，入奉旅賁之列，出申刺舉之能。光禄大夫、檢校太傅、使持節袁州諸軍事〔三〕、守袁州刺史兼御史大夫、上柱國劉仁贍，沉厚有謀，明斷能理，護塞之略，歷任弗遷。光禄大夫、檢校太傅、使持節歙州諸軍事、守歙州刺史兼御史大夫〔四〕、上柱國、清河縣開國子、食邑五百户張鈞，踐履班行，昭著聲問，守土之效，一心靡違。而皆克嗣乃勳②，誕揚我武，協比成績，勤勞王家。朕以眇躬，欽承鴻業，寔賴良將，綏爰四方③。肆於布慶之辰，而有加等之命。就升使職，並駕兼車。仍崇馭貴之封，增立將軍之號。併申寵寄，尚示克終。無懈乃誠，以底于理。陟明有典，予不敢忘。崇文可光禄大夫，依前檢校太傅、使持節吉州諸軍事、守吉州刺史兼御史大夫、充本路都團練觀察處置等使，進封開國子，食邑五百户，仍賜號威勇將軍，散官勳如故。仁贍可依前檢校太傅、使持節袁州諸軍事、袁州刺史兼御史大夫、充本州團練觀察處置等使，封彭城縣開國男，食邑三百户，仍賜號貞威將軍，散官勳如故。鈞可依前檢校太傅、使持節歙州諸軍事、守歙州刺史兼御史大夫、充本州都團練觀察處置等使，進封開國伯，食邑七百户，仍賜號武威將軍，散官勳如故。

【校記】

①贍：原作“瞻”，據四庫本、全唐文、黄校本、李校、徐校改。文中均同。

②嗣：李刊本作“樹”。

③爰：四庫本作“安”。

【箋注】

〔一〕作於南唐保大元年（九四三）三月或稍後。據文云“朕以眇躬，欽承鴻業……肆於布慶之辰，而有加等之命”，知制文作於元宗繼位之時。　王崇文：元宗及後主時使相，見江表志卷中、卷下；馬令南唐書卷一一、陸游南唐書卷一三、十國春秋卷二二有傳。　劉仁贍：元宗時使相，見江表志卷中；舊五代史卷一二九、新五代史卷三二、馬令南唐書卷一六、陸游南唐書卷一三、十國春秋卷二七有傳。　張鈞：未詳其人。

〔二〕吉州：十國春秋卷一一一南唐地理表："領縣六：廬陵、新淦、太和、安福、龍泉、永新。"今江西吉安市。

〔三〕袁州：十國春秋卷一一一南唐地理表："領縣三：宜春、萍鄉、新喻。"今江西宜春市。

〔四〕歙州：見卷二寄歙州吕判官注〔一〕。

高逸休壽州司馬制〔一〕

勑：朝議郎、行袁州司馬〔二〕、賜緋魚袋高逸休，立身謹行，聞于朝廷；負才好謙，老於州縣。先皇獎異，錫以銀章，優秩自居，十數年矣。其子熇，秉乃直筆，爲吾史臣①。適當均慶之初，先有腰金之命〔三〕。而愛敬之切，發於中誠。乞循迴授之文〔四〕，庶遂顯親之義。辭旨懇激，覽之惻然，俾允所陳，且成其美。仍加寵秩，以就懸車〔五〕。噫！望族舊人，唯爾而已。覩本朝之恢復，拖紫綬以優游。孝子克家，耆年致養，玆惟盛事，足慰爾心。可檢校尚書水部員外郎、壽州都督府司馬致仕，賜紫金魚袋。

【校記】

①吾：黄校本作"我"。

【箋注】

〔一〕作於南唐保大元年（九四三）三月或稍後。據文"先皇獎異"、"適當均慶之初"等語，知作於元宗繼位之初。　高逸休：人未詳，有子高熇。

〔二〕朝議郎：正六品下，文散官。職位卑者曰行。　司馬：據州之大小，品階爲六品正上、正下、從上、從下不等。見舊唐書卷四二職官一。

〔三〕腰金：指身居顯要。此係指腰懸金印。

〔四〕迴授：將所得的封贈呈請改授他人。舊唐書卷六二李大亮傳："大亮言於太宗曰：'臣有今日之榮，張弼力也。所有官爵請迴授。'太宗遂遷弼爲中郎將。”按:此係高熉請旨迴授其父高逸休。

〔五〕懸車:見本卷陳褒制注〔三〕。

宣州營田副使兼馬步都指揮使李蕚可節度副使罷軍職①〔一〕

勑:王者官人之旨,必褒賢能而均勞逸也。列辟垂憲,予弗之忘。某官李蕚,夙負壯圖,少爲裨將。餘勇可賈,有勞不矜。泗水剖符〔二〕,邊候寧晏。宣城從帥〔三〕,連營輯和。而將領之權,久煩耆德〔四〕;毗贊之任〔五〕,未極初筵〔六〕。俾援尚齒之文〔七〕,就疏加等之命。勉承朝獎,無替忠誠。可。

【校記】

①題目:職下全唐文有“制”字,以下各首並同。

【箋注】

〔一〕作年未詳。　李蕚:人未詳。　营田副使:諸軍各置使一人,一萬人以上置營田副使一人。見舊唐書卷四三職官二兵部。

〔二〕泗水剖符:古代分封諸侯、功臣時,以竹符爲信證,剖分爲二,君臣各執其一,後因以“剖符”、“剖竹”爲分封、授官之稱。史記卷九三韓信盧綰列傳:“遂與剖符爲韓王,王潁川。”據文意,泗水當在泗州之境,而非今山東泗水縣。

〔三〕宣城:宣州屬縣,見本卷魏王宣州大都督制注〔五〕。

〔四〕耆德:年高德劭、素孚衆望者之稱。尚書正義卷八伊訓:“敢有侮聖言,逆忠直,遠耆德,比頑童,時謂亂風。”

〔五〕毗贊:輔佐;襄助。西京雜記卷四:“其有德任毗贊、佐理陰陽者,處欽賢之館。”

〔六〕初筵:宴飲之始,此指宴飲。詩經小雅賓之初筵:“賓之初筵,左右秩秩。”鄭玄箋:“大射之禮,賓初入門,登堂即席,其趨翔威儀甚審知,言不失禮也。”朱熹集傳:“初筵,初即席也。”

〔七〕尚齒：尊崇年長者。禮記正義卷四八祭義："是故朝廷同爵則尚齒。"鄭玄注："同爵尚齒，老者在上也。"

駕部郎中馮延巳兼起居郎屯田郎中閻居常兼起居舍人〔一〕

敕：朕凝旒端冕，以臨萬邦，而左右史臣，執簡近侍，言動得失，注記無回①。故布政罔不臧，承化罔不若。惟聖攸賴，慎柬難虛。某官馮延巳，君子之儒，多聞爲富②，發之爲直氣，播之爲雄文。某官閻居常，行顧樞機，學臻精博，得廷臣之體，多長者之言。而皆踐彼周行〔二〕，奉予元子〔三〕。或奏記有翽翽之譽〔四〕，或鐏罍多亹亹之談〔五〕。藹然清風③，叶此時望。是宜兼領郎署，咸躋掖垣。於戲！君舉必書，朕敢忘於恭己？無德不報，爾勿怠於懋官！各振公才，副兹多訓。可。

【校記】

①回：黄校本作"違"。

②聞：四庫本、李刊本作"文"。

③清：黄校本作"春"。

【箋注】

〔一〕作於南唐昇元五年（九四一）前後。馬令南唐書卷二一馮延巳傳："烈祖以爲秘書郎，使與元宗游處，累遷駕部郎中、元帥府掌書記。"知延巳遷駕部郎中當在昇元中後期。通鑑卷二八三載：天福八年（九四三）二月，"駕部郎中馮延巳爲齊王元帥府掌書記。"知延巳任齊王元帥府書記在昇元七年二月。于時李璟尚未繼位，制文又當在此前。故繫於此。　閻居常：據卷八給事中閻居常可金紫檢校司空充廬州節度副使制，知其任給事中、廬州節度副使等職。餘未詳。　起居郎：屬門下省，從六品上，掌起居注，録天子之言動法度，以修記事之史。　屯田郎中：屬尚書省工部，從五品上，與員外郎一起，掌天下屯田之政令。　起居舍人：屬中書省，從六品上，掌修記言之史，録天子之制誥德音，記時政得失。均見舊唐書卷四三職官二。

〔二〕周行：指朝官。詩經周南卷耳："嗟我懷人，寘彼周行。"毛傳："行，列也。思君子，官賢人，置周之列位。"

〔三〕元子：指長子李璟。

〔四〕翩翩：形容文采優美。文選卷四二曹丕與吴質書："元瑜書記翩翩，致足樂也。"劉良注："翩翩，美貌。"

〔五〕亹亹：謂談論動人，使人不知疲倦。後漢書卷四○上班固傳論："若固之序事，不激詭，不抑抗，贍而不穢，詳而有體，使讀之者亹亹而不厭，信哉其能成名也。"

侍御史王仲連可起居舍人監察米崇楷可右補闕〔一〕

敕：朕嘗思古先哲王，所以致理區中，垂憲萬祀者，蓋有史臣以記其過，有諫官以弼其違。或面諍于庭，或舉書于册。故政令所及，罔不化成，而怠惰之心，無自入矣。將振斯典，必求其人。某官王仲連，爰籍才能，亟參秩序。正己而率下，盡節而向公。某官米崇楷，早負時名，尋升閨籍〔二〕，佩韋以臨事〔三〕，慎獨以修身〔四〕。而並服豸冠〔五〕，咸司綱憲①，或立朝多案劾之奏②，或典刑有欽恤之心〔六〕。叶我懋章，宜升右掖。勉修官業，以副簡求。直筆正言，無有所諱。可。

【校記】

①咸：原作"或"，據黄校本改。

②案：四庫本、黄校本、全唐文、李刊本、備要本作"按"。今按：二字古通。後漢書卷四八楊終傳："臣竊案春秋水旱之變，皆應暴急，惠不下流。"

【箋注】

〔一〕作於南唐昇元四年（九四○）或稍後。　王仲連：十國春秋卷二三本傳："王仲連，北方人也。仕烈祖爲御史，元宗時改左散騎常侍。"卷二六陳覺傳："昇元四年，烈祖東巡，覺預侍從。先是覺有兄居故里，泰州刺史褚仁規以其犯法笞之，至是覺挾私怨，乘間譖仁規貪殘，御史王仲連主其言，亦上章劾之。"據制文云王仲連"或立朝多按劾之奏",或作於彈劾褚仁規之後。姑繫於此。　米崇楷:江表志卷中:"左散騎常侍王仲連,北土人,事元宗,常謂曰:'自古及今,江北文人不及江南才子多。'仲連對曰:'誠如聖旨,陛下聖祖玄元皇帝降于亳州真元縣,文宣王出於兖州曲阜縣,亦不爲少矣。'嗣主有愧色。"實賓録卷五"南唐保大翰林學士八仙"有王仲連。

〔二〕闈籍:見卷一木蘭賦注〔九〕。

〔三〕佩韋:韓非子卷八觀行:"西門豹之性急,故佩韋以緩;董安於之性緩,故佩弦以自急。"

〔四〕慎獨:獨處謹慎不苟。禮記正義卷六〇大學:"此謂誠於中,形於外,故君子必慎其獨也。"

〔五〕豸冠:獬豸冠。後漢書志第三十法冠:"執法者服之,侍御史、廷尉,正監平也。或謂之獬豸冠。獬豸,神羊,能别曲直,楚王嘗獲之,故以爲冠。"

〔六〕欽恤:謂理獄量刑心存矜恤。尚書正義卷三舜典:"欽哉欽哉,惟刑之恤哉!"

水部員外郎判刑部查文徽可侍御史知雜〔一〕

勑:秦漢以御史掌四方之記,我朝以雜端正百官之邪。其名則同,所職實重,副是慎選,其惟通才。某官查文徽,克負美名,早從交辟,尋陟郎署,升爲王臣。法讞之難,俾其參决,而察情無不當,持議無不平①。俾上絶濫刑②,下知恥格。率是幹用,使持憲綱,在能振舉霜威,肅清朝序。爾其直躬而處衆,正色以當官,糾謬繩愆,無或顧避。陟明有典,可不懋哉! 可。

【校記】

①議:李刊本作"論"。

②上:原作"止",據全唐文、李刊本、徐校改。

【箋注】

〔一〕作於南唐昇元元年(九三七)十月。　查文徽:陸游南唐書卷五本傳云:"烈祖輔政,初入謁,烈祖召與語,偉其論,宋齊丘亦稱薦之。徐知諤領浙西,以文徽爲其判官。……烈祖受禪,入爲監察御史。"故繫於是年十月烈祖受禪時。 水部員外郎:屬尚書省工部,從六品上。與水部郎中一起掌天下川瀆陂池之政令,以導達溝洫,堰決河渠。見舊唐書卷四三職官二。 侍御史知雜:侍御史,從六品下。掌糾舉百寮及入閤承詔,知推彈、雜事。久次者一人知雜事,謂之雜端。見新唐書卷四八百官二。

左常侍張義方可勤政殿學士〔一〕

夫珥金貂直騎省〔二〕,以備顧問,非不重也,而文學之選,宜又加焉。某是號名儒①,久登華貫,臺閣踐歷②,聲實相符,侍極而來③,當官無撓。朕祗奉先烈,勤求大中,諮訪闕疑,籍爾稽古。特加近職,以示開懷。順美弼違〔三〕,無忘讜直〔四〕。

【校記】

①是:四庫本、李刊本作"夙"。

②歷:李校:一本作"履"。

③而:全唐文作"以"。

【箋注】

〔一〕作於南唐保大前期。具體未詳。 張義方:陸游南唐書卷一〇本傳:"張義方,不知其所以進。烈祖代吴,用爲侍御史。……義方始名元達,烈祖方倚以肅正邪慝,取前朝王義方名易之,故義方得盡忠焉。" 左常侍:即左散騎常侍。屬門下省,從三品,掌侍奉規諷,備顧問應對。見舊唐書卷四三職官二。 勤政殿學士:官名,南唐所設,未詳品階。十國春秋卷一一四南唐百官表有此官名,隸中書省。

〔二〕金貂:皇帝左右侍臣的冠飾。漢書卷八五谷永傳:"戴金貂之飾,執常伯之職者皆使學先王之道。"

〔三〕弼違:糾正過失。尚書正義卷五益稷:"予違,汝弼。"孔安國傳:"我違道,汝當以義輔正我。"

〔四〕讜直:正直。魏書卷八肅宗紀:“賢良讜直,以時升進。”

楚州刺史劉彥貞可本州觀察使〔一〕

勑:懋官之旨,非增秩不足以示寵;行邊之任,非進號不足以申威。施之其人,是爲令典。某寬厚得衆,深沉有謀,克荷家聲,累膺朝寄,百城觀政,三郡底寧。而長淮上游,地雄師衆,刺舉之職,未極當官。廉問之權①,實諧僉議,因是敷寵,更佇厥成。噫!千里之長,三軍之帥,任遇斯重,勳庸是圖。爾其敬哉,無隳乃力②!可。

【校記】

①權:全唐文作“楷”。

②隳:李刊本作“墮”。

【箋注】

〔一〕作於南唐昇元五年(九四一)前後。　劉彥貞:陸游南唐書卷九本傳:“劉彥貞,兗州中都人。父信……烈祖受禪,以舊故贈太師。彥貞,信第四子。以父任爲大理評事,遷屯田員外郎。父喪,起復將軍,連刺海、楚二州。”據此,其刺海州,當在昇元初,其刺楚州當在昇元中後期。按彥貞於保大二年(九四四)八月以濠州觀察使代劉崇俊,見通鑑卷二八四。制文中未言嗣位之詞,則彥貞爲楚州觀察使當在昇元五年前後。

外祖母追封某國夫人〔一〕

勑:昔帝欽明〔二〕,義先敦序,九族既睦,萬邦以懷。矧乃推自業之恩①,疏漏泉之澤〔三〕,有光茂典,式表孝心。外祖母李氏,麗德坤儀,垂訓内則。儲慶漸生民之什,顯魂開石窌之田〔四〕。肆予眇躬②〔五〕,弗忘祇稟。而嗣膺鴻業,若涉大川。奉長樂以自寧〔六〕,過濯龍而軫念③〔七〕。追遠之數,宜有加焉。是用進啓大邦,載崇懿號,昭示戚里,知予永懷。可。

【校記】

①業:四庫本、全唐文作"葉"。

②肆:四庫本、全唐文作"庶"。

③濯龍:原作"躍龍",據李刊本、徐校改。

【箋注】

〔一〕作於南唐保大元年(九四三)三月或稍後。文曰"昔帝欽明"、"嗣膺鴻業",又云"追遠以進啓大邦"、"昭示戚里"等,知作於元宗繼位之時。

〔二〕欽明:謹慎而不受蒙蔽。尚書正義卷二堯典:"曰若稽古帝堯,曰放勳,欽明文思安安,允恭克讓。"

〔三〕漏泉之澤:漢書卷六四上吾丘壽王傳:"周德始乎后稷,長於公劉,大於大王,成於文武,顯於周公。德澤上昭,天下漏泉,無所不通。"顏師古注:"漏,言潤澤下霑如屋之漏。"

〔四〕石窌:古邑名。春秋齊地。故址在今山東長清縣東南。左傳成公二年:"齊侯以爲有禮。既而問之,辟司徒之妻也,予之石窌。"此指封地。

〔五〕眇躬:見卷六太子少傅徐運授太子太保制注〔二〕。

〔六〕長樂:長樂宫。西漢高帝時,就秦興樂宫改建而成。惠帝後,爲太后居地。故漢代因以爲天子母親的代稱。駢雅卷三釋名稱:"漢制,帝祖母稱'長信宫',帝母稱'長樂宫'。"今按:徐鉉文爲外祖母,仿漢制,或當爲"長信"。姑存疑。

〔七〕濯龍:漢代宫苑名。在洛陽西南角。後漢書卷一〇上明德馬皇后:"帝幸濯龍中,並召諸才人。"

大理卿判户部刁紹可工部尚書〔一〕

勑:周禮六卿,皆有軍政;漢制尚書,奏事禁中。歷代親重也如是。今予有命,亦屬其才。某官刁紹,始以幹能,屢參繁劇①;向由卿寺②〔二〕,踐歷省垣。制國用而無違,登生齒而有羨。丕顯成績，是爲才臣。今朕祇嗣丕圖，永懷司會[③]，俾率諸吏，表于南宫[〔三〕]。爰陟冬卿[〔四〕]，式申慶澤。爾其欽承彝訓，修舉官司。無忘克終，以忝殊渥。可。

【校記】

①繁：李刊本作"煩"。

②卿寺：原作"卿等"，據四庫本、黄校本、全唐文、李刊本改。

③懷：黄校本作"德"。

【箋注】

〔一〕作於南唐保大元年（九四三）三月或稍後。據文曰"今朕祇嗣丕圖"、"式申慶澤"等，知作於元宗嗣位之初。　刁紹：人未詳。　工部尚書：正三品，與工部侍郎同掌天下百工、屯田、山澤之政令。見舊唐書卷四三職官二。

〔二〕卿寺：九卿的官署。左傳隱公七年："初，戎朝于周，發幣于公卿，凡伯弗賓。"杜預注："如今計獻，詣公府、卿寺。"孔穎達疏："自漢以來，三公所居謂之府，九卿所居謂之寺。"

〔三〕南宫：見卷六游簡言左僕射平章事制注〔五〕。

〔四〕冬卿：周代冬官爲六卿之一，主管百工事務，後代因稱工部爲冬卿。舊唐書卷一七三鄭朗傳："政溢聞聽，念兹徵還，位冠冬卿，職重邦計。"

兵部侍郎張義方可左常侍[〔一〕]

勑：某珥貂服冕，侍從獻替。騎省之任也，必以儒學大僚，端方名士，入膺兹選，允叶茂章[①]。而爾義方可謂能矣。踐歷臺省，抑揚聲實，純誠直道，造次靡忘。今予眇躬[〔二〕]，嗣守丕訓，弗惠厥德，思聞讜言[〔三〕]。乃均慶恩，命爲常侍。從容左右，敬佇嘉猷。爾其念哉，無渝乃節！可。

【校記】

①茂：四庫本、全唐文作"懋"。

【箋注】

〔一〕作於南唐保大元年(九四三)三月或稍後。　張義方:見本卷左常侍張义方可勤政殿学士制注〔一〕。據文"嗣守丕訓……乃均慶恩"等語。知作於元宗嗣位之初。

〔二〕眇躬:見卷六太子少傅徐運授太子太保制注〔二〕。

〔三〕讜言:善言。漢書卷一〇〇上敘傳上:"吾久不見班生,今日復聞讜言!"顔師古注:"讜言,善言也。"

太常少卿李貽業可宗正卿〔一〕

勑:先王睦親也①,必求宗姓之賢者,朝行之名臣,爲之表儀,序其昭穆〔二〕。今我有命,時惟舊章。某官貽業,學以潤身,文以行禮,貞以幹蠱〔三〕,直以事君。有一於此,是可嘉尚。矧備四者,非所謂名賢乎?今朕嗣續丕基,敷遵慶澤,是用選於掌樂,爲我司屬。使吾宗室有信厚之風,非貽業而誰?勉修厥官,無忝多訓。可。

【校記】

①也:全唐文作"九族"。

【箋注】

〔一〕作於南唐保大元年(九四三)三月或稍後。據文"今朕嗣續丕基,敷遵慶澤"之語,知作於元宗嗣位之初。　李貽業:陸游南唐書卷一五本傳:"事烈祖至翰林學士。烈祖晏駕,大臣欲奉宋后臨朝,命中書侍郎孫忌草遺制。貽業獨奮曰:'此奸人所爲也,大行常謂婦人預政,亂之本也,安肯自爲此?若果宣行,貽業當對百官裂之。'會宋后亦不許,於是臨朝之議遂寢。元宗語貽業曰:'疾風知勁草,於卿見之。'保大中,以兵部侍郎卒。"　太常少卿:屬太常寺,正四品。爲太常卿之貳,掌邦國禮樂、郊廟、社稷之事。　宗正卿:屬宗正寺,從三品上。掌九族六親之屬籍,以別昭穆之序,並領崇玄署。見舊唐書卷四四職官三。

〔二〕昭穆：古代宗法制度，宗廟或宗廟中神主的排列次序，始祖居中，以下父子遞爲昭穆，左爲昭，右爲穆。

〔三〕幹蠱：幹練有才能。封演封氏聞見記卷九解紛："熊曜爲臨清尉，以幹蠱聞。"

左司郎中陳繼善可工部侍郎〔一〕

勅：國有六職，百工預其一焉。我朝已來，其選尤重。矧自尚書郎而擢拜者，不其鮮歟？某官陳某，以幹蠱之才〔二〕，克構之美〔三〕，亟更庶尹，遂歷省垣。委之以繁雜之務，而事益明；兼之以榷筦之司①，而利不匱。弘羊心計，亦莫加焉②〔四〕。屬朕出震嗣圖〔五〕，施令布慶，二卿之任，頗難其人。今以繼善爲之，爾其可以稱職。噫！大僚之體，存乎簡易；興利之要，在乎廉平。無渝乃誠③，以撓吾法④。可。

【校記】

①榷：原作"摧"，據四庫本、李刊本改。

②莫：李校：一本作"何"。

③誠：李校：一本作"忱"。

④吾：黄校本作"我"。

【箋注】

〔一〕作於南唐保大元年（九四三）三月或稍後。據文"屬朕出震嗣圖，施令布慶"之語，當作於元宗嗣位之初。　陳繼善：元宗文臣。見江表志卷中、江南餘載卷上。　左司郎中：屬尚書省，從五品上。副左丞所管諸司事，省署鈔目，勘稽失，知省内宿直之事。　工部侍郎：正四品下，與工部尚書同掌天下百工、屯田、山澤之政令。見舊唐書卷四三職官二。

〔二〕幹蠱：見上首左司郎中陳繼善可工部侍郎注〔三〕。

〔三〕克構：謂能完成前輩事業。三國志卷五八吴書一三陸遜傳論："（陸）抗貞亮籌幹，咸有父風，奕世載美，具體而微，可謂克構者哉！"

〔四〕榷筦與弘羊心計：榷筦，對鹽鐵等物實行專管專賣。漢書卷六六車千秋傳："桑弘羊爲御史大夫八年，自以爲國家興榷筦之利。"顔師古注："榷謂專其利使入官也，筦即管字也。"

〔五〕出震：指皇帝登基。八卦中的"震"卦位應東方。出震，即出於東方。徐陵勸進梁元帝表："伏惟陛下出震等於勛華，鳴謙同於旦奭。"

水部郎中判刑部蕭儼可祠部郎中賜紫〔一〕

勑某官蕭儼：夫王者之爲政也，任能舉直，理刑懋功，如斯而已矣。今秋官卿佐皆闕〔二〕，爾儼實專其司，定法察情，克舉攸職，切言直氣，屢聞於朝，靡私厥躬，何其愛朕之深也！方將圖效，適屬均恩，是用就升名曹，仍加命服。俾耀省闥〔三〕，時予寵章。爾其念哉，無易乃心，無回乃行。決獄以寬簡，當官以公平。一心克終，予慎嘉汝。可。

【箋注】

〔一〕作於南唐昪元四年（九四〇）或稍後。　蕭儼：陸游南唐書卷一五本傳："蕭儼，廬陵人。……烈祖受禪，遷大理司直，除刑部郎中。"據文意及傳記，似作於烈祖中後期。　水部郎中：屬尚書省工部，從五品上。與水部員外郎同掌天下川瀆陂池之政令，以導達溝洫，堰決河渠。　祠部郎中：屬禮部，從五品上。掌祠祀、享祭、天文、漏刻、國忌、廟諱、卜筮、醫藥、僧尼之事。見舊唐書卷四三職官二。

〔二〕秋官：掌司刑法的官員。周禮秋官，唐賈公彦題解："鄭目録云，象秋所立之官。寇，害也。秋者，遒也，如秋義殺害收聚斂藏於萬物也。天子立司寇使掌邦刑，刑者，所以驅恥惡，納人於善道也。"武則天曾改刑部爲秋官。

〔三〕省闥：宫中，又稱禁闥。漢書卷八五谷永傳："臣永幸得給事中出入三年，雖執干戈守邊垂，思慕之心常存於省闥。"

屯田郎中李景進可工部郎中〔一〕

勅某官李景進:昔漢館陶公主,爲子求郎而不得〔二〕,何者?非其人也。今汝景進,亦吾外戚,而謹愿儒雅,好學善言,久爲臺郎①,頗副時望。故均慶澤,擢轉名曹,彼漢推公,而吾獎善。兩得其道,不亦宜乎?

【校記】

①郎:全唐文作"閣"。

【箋注】

〔一〕作年未詳。　李景進:人未詳。　屯田郎中:屬尚書省工部,從五品上,與員外郎一起,掌天下屯田之政令。　工部郎中:從五品上。與員外郎同掌經營興造之務。見舊唐書卷四三職官二。

〔二〕"館陶公主"句:後漢書卷二顯宗孝明帝紀:"帝遵奉建武制度,無敢違者,後宮之家,不得封侯與政。館陶公主爲子求郎,不許,而賜錢千萬。謂群臣曰:'郎官上應列宿,出宰百里,有非其人,則民受其殃,是以難之。'"

徐鉉集校注卷八　制誥　祭告

太府卿張援可司農卿兼大理寺事〔一〕

書曰：任官惟人〔二〕。又曰：惟刑之恤〔三〕。朕服斯道，因舉而行。某官張援，爲性端方，處衆和雅，貞亮足以幹事，哀矜足以得情，亟更攸司，弗易時用。因予有慶，期爾盡才，命爲大農，俾掌廷尉。於戲！庶獄之慎，不可忘也；單辭而行，不可爲也。平反伏念，夜思晝行。尚于措刑，體我求理。敬之哉！

【箋注】

〔一〕作於南唐保大元年（九四三）三月或稍後。據文"因予有慶，期爾盡才"之語，姑繫於此。　張援：人未詳。　太府卿：即太府寺卿，從三品。掌邦國財貨，總京師四市、平準、左右藏、常平八署之官屬，舉其綱目，修其職務。司農卿：即司農寺卿，從三品上。掌邦國倉儲委積之事，總上林、太倉、鈎盾、導官四署與諸監之官屬，謹其出納。　大理寺：官屬名，長官爲大理寺卿，掌邦國折獄詳刑之事。均見舊唐書卷四四職官三。

〔二〕任官惟人：尚書正義卷八太甲下："任官惟賢，材在右，惟其人。"

〔三〕惟刑之恤：尚書正義卷三舜典："欽哉欽哉，惟刑之恤哉！"

權知江都令李潯正授〔一〕

敕:四京令之重也〔二〕,其選惟一,是必試可以進之,均慶以寵之。蓋欲慎厥官而安其政也。某官李潯,屢爲長吏,綽有能名。東夏之理〔三〕,不易其操。事簡俗便,予甚多之。爰用加恩,俾從真授。勉欽朝獎,無懈乃心。可。

【箋注】

〔一〕作於南唐昇元元年(九三七)十月。　李潯:徐鉉稽神録卷五康氏:"僞吴楊行密初定揚州,遠方居人稀少,煙火不接。有康氏者……晨出未返,其夕妻生一子……名曰平平。及長,遂爲富人。有李潯者,爲江都令,行縣至新寧鄉見大家,即平平家也。其父老爲李言如此。"雖爲小説,然向以實録見稱,所寫則實有其人。徐鉉云李潯於楊吴時爲江都令,于時當爲"權知","正授"則當在烈祖受禪之時。

〔二〕四京令:唐以長安、洛陽、太原、鳳翔爲四京。南唐以江都(揚州)爲東都,故云四京令。

〔三〕東夏:見卷六南昌王制注〔四〕。

和州司馬潘處常可金部郎中〔一〕

敕:先王之制官刑也,過無所隱;其肆大眚也,善靡有違①。無私之義,於是乎在。某早服時望,亟更臺郎。予在東朝〔二〕,列于賓席,旋貳廷尉,實奉邦刑。偶違伏念之言,遽貽一黜之命。今朕祗嗣丕業,誕敷慶恩。豈以職事之愆,遂忘罇俎之舊〔三〕。是用召自近郡,陟于南宫〔四〕。勉承寵光,以永無咎。可。

【校記】

①違:徐校:王錫元曰當作"遺"。

【箋注】

〔一〕作於南唐保大元年(九四三)三月或稍後。　潘處常:卷一八御製春雪詩序云其曾預保大五年元日大雪宴會,于時任諫議大夫、勤政殿學士。則其任金部郎中,當在之前。據文意,知元宗爲太子時,潘處常嘗任職府中,後因小過,貶和州司馬。據"今朕祇嗣丕業,誕敷慶恩"之語,知當作於元宗嗣位之時。司馬:爲州之官員,位在刺史、别駕、長史之下,據州之大小,官階五品、六品不等。見舊唐書卷四四職官三。　金部郎中:隸户部,從五品上,與員外郎同掌判天下庫藏錢帛出納之事,頒其節制,而司其簿領。見舊唐書卷四三職官二。

〔二〕東朝:即東宫。見卷六張居詠制注〔四〕。

〔三〕罇俎:宴席。劉向新序卷一雜事一:"仲尼聞之曰:'夫不出於樽俎之間,而知千里之外,其晏子之謂也,可謂折衝矣。'"

〔四〕南宫:見卷六游簡言左僕射平章事制注〔五〕。

浙西判官高越可檢校水部郎中賜紫〔一〕

勑:王者之建藩輔也,必命重臣以臨之,又擇賢士以佐之。政成當遷,留而增秩,古之制也。高越以儒學淹雅,見稱于時。頃自南宫〔二〕,直于東觀〔三〕,筆削之言方勵,弓旌之禮是求〔四〕。從事大邦,率多婉晝。有嘉令望,爰屬慶恩。俾假正郎,仍紆紫綬。服我加等之命,無懈盡規之心。

【箋注】

〔一〕作於南唐保大元年(九四三)三月或稍後。　高越:陸游南唐書卷九本傳云:"越字沖遠,幽州人。……烈祖受禪,遷水部員外郎,改祠部、浙西營田判官。"據其履歷及由員外郎至郎中職務,兼文中"爰屬慶恩"之語,當作於元宗即位之後。　浙西:鎮潤州,治所在京口。　檢校水部郎中:水部郎中隸尚書省工部,爲從五品上,與員外郎同掌天下川瀆陂池之政令,以導達溝洫,堰決河渠,總舉舟楫灌溉之利。見舊唐書卷四三職官二。水部郎中爲職事官,但加檢校,則爲散官或加官,不具有職事權。主要是深受恩寵之意。

〔二〕南宫:見卷六游簡言左僕射平章事制注〔五〕。

〔三〕東觀:見卷一送史館高員外使嶺南注〔二〕。

〔四〕弓旌:徵聘之禮,以弓招士,以旌招大夫。左傳昭公二十年:"昔我先君之田也,旃以招大夫,弓以招士。"孟子卷一〇萬章下:"敢問招虞人何以?曰:'以皮冠,庶人以旃,士以旂,大夫以旌。'"古文苑卷一九邯鄲淳後漢鴻臚陳君碑:"初平之元,禁罔蠲除,四府並辭,弓旌交至。"章樵注:"弓旌,所以招聘賢者。"

安陸郡公景逵檢校司空太府少卿〔一〕

敕:夫太上立德〔二〕,其次親親,能兼之者鮮矣。惟是具美,屬于我朝。某孝友資身,貞幹爲質。守樞機而無悔,居富貴而不驕。藹然善聲,成此嘉器。朕肇襲丕業,廣覃慶恩。矧有名臣,近在宗屬。是用假以空土〔三〕,列于亞卿。仍進崇階,併示優寵。於戲!行爲民則,爾其忽忘。愛克厥威,朕不敢尚。服我多訓,永揚令圖。

【箋注】

〔一〕作於南唐保大元年(九四三)三月或稍後。十國春秋卷一五載:昇元元年(九三七)十一月丁巳,封從子景邁晉陵郡公、景遜上饒郡公、景邈桂陽郡公、景逸平陽郡公。據此,景逵亦應爲徐姓,其封安陸郡公亦當在同時。據文"朕肇襲丕業,廣覃慶恩"之語,知作於元宗即位之時。參下保定郡公景迪可朝散大夫檢校左仆射賜紫制注〔一〕。　安陸郡公景逵:人未詳。開國郡公,爵位,正第二品。見舊唐書卷四二職官一。　檢校司空:司空與太尉、司徒並稱三公。正一品。佐天子理陰陽,平邦國。見舊唐書卷四三職官二。司空前加檢校,則爲散官或加官,不具有職事權。主要是深受恩寵之意。　太府少卿:即太府寺少卿,從四品上。與太府卿同掌邦國財貨,總京師四市、平準、左右藏、常平八署之官屬,舉其綱目,修其職務。見舊唐書卷四四職官三。

〔二〕太上立德：左傳襄公二十四年："豹聞之：'太上有立德，其次有立功，其次有立言。'雖久不廢，此之謂不朽。"

〔三〕空土：尚書正義卷一八周官："司空掌邦土，居四民，時地利。"孔安國傳："冬官卿主國空土。"唐因以作司空的别稱。

保定郡公景迪可朝散大夫檢校左僕射賜紫〔一〕

敕：朕歷選列辟，見其睦親。名器之難，必當慎簡。信不可私於其屬也。故我疏寵，務先推公。保定郡公景迪，静惟端方，動必孝敬。佩師友之訓，成信厚之風。宗室之間，問望尤著。屬我嗣服之始，叶于立慶之恩。爾其率循令猷，惠迪前烈。勿驕勿惰，以永乃成。

【箋注】

〔一〕作於南唐保大元年（九四三）三月或稍後。據"屬我嗣服之始，叶于立慶之恩"之語，知封是職在元宗嗣位伊始。　保定郡公景迪：即徐迪，徐知詢之子。卷三〇故唐衛尉卿保定郡公徐公墓誌銘："公諱迪，字昭用，東海人也。……考諱知詢，爲江西節度使。公生於郡廨，方孩而孤。……享年四十有六，開寶八年冬十有一月二十有八日没於難。"　朝散大夫：文散官，從五品下。見舊唐書卷四二職官一。　檢校左僕射：左僕射爲從二品，爲職事官，但加檢校，則爲散官或加官，不具有職事權。主要是深受恩寵之意。

左拾遺鄭延樞可清江縣令賜緋①〔一〕

敕：夫邑令之有聲者，入奉清列；諫官之滿歲者，出宰百里。蓋朝廷憂民立政之意也。某官早歷宦緒②，無廢官常。擢参禁垣，克服彝憲。而南楚大邑〔二〕，長吏尤難。命自周行〔三〕，往宣朝旨。仍加朱紱，以示殊恩。無易乃心，勉修所職。

【校記】

①左:四庫本作"右"。 延:李刊本作"廷"。

②緒:四庫本作"署"。

【箋注】

〔一〕作年未詳。 鄭延樞:人未詳。 左拾遺:屬門下省,從八品上。與左補闕同掌供奉諷諫,扈從乘輿。見舊唐書卷四三職官二。 清江縣:南昌府屬縣。見十國春秋卷一一一南唐地理表。今江西樟樹市。

〔二〕南楚:史記卷一二九貨殖列傳:"衡山、九江、江南、豫章、長沙,是南楚也。"清江屬豫章,故云。

〔三〕周行:見卷二附池州薛郎中書因寄歙州張員外注〔四〕。

浙西判官艾筠可江都少尹〔一〕

勑:天下之大,建親分陝以尹之;東夏之重〔二〕,選能設貳以維之。兹用安民而政舉也。某官艾筠,識量純素,學術通明。奉我東朝〔三〕,周知其善,輟借侯幕,載揚令名。海隅之康,筠有其力。夫以亞尹之難如彼,而有適用之才若此。俾膺慎選,不亦宜乎?勉勵公方,更施勤績。

【箋注】

〔一〕作於南唐保大元年(九四三)七月。 艾筠:人未詳。詳文意,元宗爲太子時,艾筠嘗任職府中,故有"奉我東朝"語。據此,制文當作於元宗嗣位伊始。 浙西:亦稱潤州,治所在京口。十國春秋卷一六載:保大元年七月,"以元子南昌王弘冀爲江都尹、東都留守。"艾筠或即此時作少尹,姑繫於此。

〔二〕東夏:見卷六南昌王制注〔四〕。

〔三〕東朝:即東宮。見卷六張居詠制注〔四〕。

閻度可江寧府參軍〔一〕

勑:鄉貢明經閻度,士子起家而預清級者,蓋亦有之。自非才地兼茂，則不能光朝命而叶時論矣。以爾名父之子，自强不息，學業履行，實浮於名。屬予出震之初〔二〕，成我多士之世。俾掾天府，以漸亨衢。無忘益恭，更揚令問。

【箋注】

〔一〕作於宋建隆二年（九六一）七月或稍後。　閻度：人未詳。據文云其爲名父之子，其父疑是閻居常，卷七有屯田郎中閻居常兼起居舍人制、卷八有給事中閻居常可金紫檢校司空充廬州節度副使制。若然，則其明經及第當後主時期。據"屬予出震之初"語，當作於後主嗣位伊始，姑繫於此。

〔二〕出震：見卷七左司郎中陳繼善可工部侍郎注〔五〕。

馮倜可秘書省正字〔一〕

勑：五品子馮倜，蘭臺圖書之府，起家而預之。自非有才，孰克處此？以爾早服嚴訓，實揚令名，勵學檢身，如恐不及。成爾嘉器，富我士林。俾授初資，以漸清貫。無忘詩禮之學，以益刊正之勤。可。

【箋注】

〔一〕作年未詳。　馮倜：人未詳。　秘書省正字：隸秘書省，正九品下。見舊唐書卷四三職官二。

舒州司馬李景述可虞部郎中〔一〕

勑：王者用士，其要惟公。苟得其才，近親何避？某官李景述，承茂勳之後，秉素士之風，頗有美名，聞于戚里。郡丞之任爲久①，臺郎之位爲宜。俾疏慶恩，改授清級。無忘師友之訓，以奉朝廷之儀。

【校記】

①爲：四庫本作"惟"。

【箋注】

〔一〕作年未詳。　李景述：人未詳。烈祖子景遷、景遂、景達，從子景邁、景遜、景邈、景逸。據文云近親，當爲烈祖從子。　司馬：見本卷和州司馬潘處常可金部郎中注〔一〕。　虞部郎中：隸工部，從五品上。掌京城街巷種植、山澤苑囿、草木薪炭、供頓田獵之事。見舊唐書卷四三職官二。

江州判官趙丕可司農卿〔一〕

勑：王者之正百官也，黜其有過；其肆大眚也，許以自新，則邦典行而朝恩浹矣。某官趙丕，謹行以處衆，克勤以在公，臺省踐更，誠心不替。故先皇獎用，寄以準繩。而靡達官常，自罹常憲。朕纘承鴻業，廣布慶恩。以其久列班行，偶因迷謬，特申渥澤，俾授正卿。勉勵乃心，佇揚令望。

【箋注】

〔一〕作於南唐保大元年（九四三）三月或稍後。　趙丕：卷七有趙丕御史中丞制。據文"先皇獎用，寄以準繩"，即指烈祖時趙丕嘗任御史中丞一職，其後"偶因迷謬"而貶官江州判官。然據"朕纘承鴻業，廣布慶恩"之語，知是時或由江州判官升爲司農卿。當作於元宗繼位伊始。　判官：節度使屬官，見舊唐書卷四三職官二。　司農卿：見本卷太府卿張援可司農卿兼大理寺事注〔一〕。

江西推官成幼文可主客員外郎〔一〕

勑：諸侯之佐，命于朝廷，而治職有勞①，奏課稱最者〔二〕，則當升閨籍〔三〕，補爲省郎，蓋勸能取士之旨也。某從事大鎮，于兹累年，本以誠明，濟之通敏，論不阿諂，政無頗邪。一方允釐〔四〕，爾實有力。今予寵爾以立朝之位，命爾以司藩之官。爾其敬哉，無忝我陟明之典！

【校記】

①職:李校:一本作“績”。

【箋注】

〔一〕作於南唐昇元五年(九四一)前後。　成幼文:烈祖文臣。見江表志卷上、江南餘載卷上。詞綜卷三“成幼文”條云:“江南人,仕南唐,官大理卿。謁金門:‘風乍起,吹皺一池春水。……’陳質齊云:世言‘風乍起’爲馮延巳作,或云成幼文也,今陽春集無有,當是幼文作。”江淮異人録卷五洪州書生中云“成幼文爲洪州録事參軍”。則其爲推官,當在昇元初期。據制文“某從事大鎮,于兹累年”之語,當作於昇元中後期。姑繫於此。　推官:節度使屬官。見新唐書卷四九下百官四下。　主客員外郎:當隸禮部。

〔二〕奏課:對官吏的考核。任昉王文憲集序:“爲義興太守,風化之美,奏課爲最。”

〔三〕閨籍:見卷一木蘭賦注〔九〕。

〔四〕允釐:見卷七宋齊丘知尚書省制注〔五〕。

洪州判官袁特可浙西判官〔一〕

勑袁特:朕以關輔之大,控制要津。出保傅之重鎮之,以屏王室;擇賓從之賢佐之,以齊政經。而特尹縣神州,理甚簡便。運籌盛府,言必端詳。叶于柬求①,宜授斯任。夫潤之民,固與洪無異〔二〕,而爾之操,當與初不渝。則官業允釐〔三〕,而朝獎無替矣。敬服斯訓,往勵乃司。可。

【校記】

①柬:李校:一本作“簡”。

【箋注】

〔一〕作於南唐保大元年(九四三)十二月。　袁特:人未詳。制文中保傅指太子太保宋齊丘。十國春秋卷一六元宗本紀載:保大元年,“十二月,以太保、中書令宋齊丘爲鎮海軍節度使。”鎮海軍鎮潤州,浙西治所在潤州京口,見十國春秋卷一一三南唐藩鎮表。據此,知袁特于時隨宋齊丘授浙西判官。之前,宋齊丘爲鎮南軍節度使,鎮洪州,于時袁特任洪州判官,故制文云"夫潤之民,固與洪無異"。故繫於此。

〔二〕潤、洪:指潤州、洪州。

〔三〕允釐:見卷七宋齊丘知尚書省制注〔五〕。

洪州掌書記喬匡舜可浙西掌書記賜紫制〔一〕

勅喬匡舜:朕以師傅之重,敬而不違,式遂便安,俾臨關輔。而軍旅之事,不可無佐;奏記之任,不可非才。聞匡舜以高文受知,以直道從事,歷歲斯久,弘益居多。故因其賓席之資,加以紫綬之貴,改轅東適,從吾上公。無替初心,以忝朝命。

【箋注】

〔一〕作於南唐保大元年(九四三)十二月。　喬匡舜:陸游南唐書卷八本傳:"喬匡舜,字亞元,高郵人。……開國,宋齊丘辟置幕中十餘年。"十國春秋卷一六元宗本紀載:保大元年,"十二月,以太保、中書令宋齊丘爲鎮海軍節度使。"按昇元六年(九四二)五月,齊丘爲鎮南軍節度使,鎮洪州,見通鑑卷二八三。于時匡舜即任職幕府。此次齊丘鎮潤州,匡舜又隨其任。　掌書記:新唐書卷四九下百官志四下云:"節度使、副大使知節度使、行軍司馬、副使、判官、支使、掌書記、推官、巡官、衙推各一。"南唐繼唐後,以李氏正宗自居,制當相同。

知雜御史查文徽可起居郎樞密副使〔一〕

勅:秉記言之筆,以侍左右,受司聰之寄,以典出納。並居二職,其可非才?某官查文徽,儒雅表文,忠厚成質,早踐華貫,時爲名臣。以南宮清望之資〔二〕,當憲府雄極之任〔三〕。提綱有序,而衆目以理;正身自處,而周行以清〔四〕。物論與之,予用嘉尚①。居

中理極，不亦可乎？噫！爲朕腹心，注人耳目。執節一懈，悔咎隨之。爾其慎之，無忝吾命。可

【校記】

①用：四庫本作“固”。

【箋注】

〔一〕作於南唐保大元年（九四三）十月。昇元元年十月，查文徽授知雜御史。見卷七水部員外郎判刑部查文徽可侍御史知雜制注〔一〕。新五代史卷六二載：保大元年十月，以“陳覺爲樞密使，魏岑、查文徽爲副使”。　侍御史知雜：見卷七水部員外郎判刑部查文徽可侍御史知雜制注〔一〕。　起居郎：見卷七駕部郎中馮延巳兼起居郎屯田郎中閻居常兼起居舍人注〔一〕。　樞密副使：爲樞密使之貳。樞密使一職始置於唐代宗永泰中，以宦官充任，五代時改由士人充任，後又逐漸被武臣所掌握，權侔於宰相。

〔二〕南宫：見卷六游簡言左僕射平章事制注〔五〕。

〔三〕憲府：御史臺。舊唐書卷一七七楊收傳：“俄而假自浙西觀察判官入爲監察御史，收亦自四川入爲監察。兄弟並居憲府，特爲新例。”杜甫哭長孫侍御：“禮闈曾擢桂，憲府屢乘驄。”仇兆鼇注：“御史所居之署，漢謂之御史府，亦謂憲臺。”

〔四〕周行：見卷二附池州薛郎中書因寄歙州張員外注〔四〕。

潤州丹徒令顧彦回可浙西推官〔一〕

敕：長人之吏，親職爲勞；觀風之佐，坐籌爲異。均其所任，是曰優恩。某官顧彦回，以清節士風，嘗參王府；以耆年篤行，出字齊民。課績尤異，自當優寵。驅馳州縣，非爲所宜。俾陟賓階，奉我元老。優游盛府，足以光華。

【箋注】

〔一〕作於南唐保大元年（九四三）十二月。據制文“奉我元老”之語，當指宋齊丘。十國春秋卷一六元宗本紀載：保大元年，“十二月，以太保、中書令宋

齊丘爲鎮海軍節度使。”于時袁特爲判官,喬匡舜爲掌書記,顧彦回爲推官。

撫州刺史周弘祚可池州刺史〔一〕

朕以將復淳風,務先理道,思得良二千石〔二〕,以安吾民①。倘副簡求,迭授大郡,斯蓋布政懋官之旨也。某官周弘祚,勳臣之子,雅有父風。自服佩恩華,踐更事任,訓齊武力,能得士心。綏懷邊戎②,克壯兵略。俗阜秩滿,序勞當遷。朕觀其才,可謂良矣。青陽名郡〔三〕,控制中流。前所任者,咸屬重望。今以授爾,爾其欽哉!進爵升階,式示兼寵。苟勤節弗易,池人來蘇。考績策勳,吾有彝典。

【校記】

①吾:黄校本作“我”。

②戎:四庫本作“方”。

【箋注】

〔一〕作於南唐昇元五年(九四一)或稍前。　周弘祚:史書或作周宏祚。十國春秋卷二七本傳:“周弘祚,吴德勝節度使本之少子也。……保大時累官舒州刺史。周師大舉南侵,陷舒州,是時泰、蘄、光諸州文武相繼奔降。弘祚獨慷慨不屈,赴水死,時人比之嵇紹死晉云。”江西通志卷五撫州府:“南唐昇元四年太守周弘祚修而辟之,建十三門,門各有樓,濠深三丈,廣六倍有奇,黄德懋記。”據此,知昇元四年弘祚尚爲撫州刺史。按:嚴續曾爲池州刺史,十國春秋卷二三嚴續傳:“嚴續字興宗。……卒爲黨人所排,夢錫罷宣政院,續亦出爲池州刺史。”據此,知夢錫罷宣政院與嚴續出池州刺史在同一年。全唐文卷八七〇江文蔚劾馮延巳魏岑疏:“陛下初臨大政,常夢錫居封駁之職,正言讜論,首罹遣逐,棄忠拒諫,此其始也。……於是有保大二年正月八日敕公卿庶僚,不得進見。”徐鉉常公行狀:“甲辰歲,諫臣皆貶,公亦罷院事。”甲辰爲保大二年(九四四),據此,知嚴續出爲池州刺史在保大二年。南唐任官一般爲三年,徐鉉詩文中屢見,制文亦云:“俗阜秩滿,序勞當遷。”按昇元四年周弘祚尚刺撫州,其刺池州,當在昇元五年或稍前。

〔二〕二千石:漢制,郡守俸禄爲二千石。因稱郡守爲二千石。史記卷一〇孝文本紀:"臣謹請(與)陰安侯列侯頃王后與瑯玡王、宗室、大臣、列侯、吏二千石議。"漢書卷八九循吏傳序:"庶民所以安其田里而亡歎息愁恨之心者,政平訟理也。與我共此者,其唯良二千石乎!"顔師古注:"謂郡守、諸侯相。"此代刺史。

〔三〕青陽:十國春秋卷一一一南唐地理表:"池州,舊有青陽、銅陵二縣。"即今安徽青陽縣。

吉州判官鮑濤可虔州判官〔一〕

敕:虔之爲鎮,俗雜地廣,化不可一,時生寇攘。萑蒲既平〔二〕,閭井思乂,可以佐吾良帥而寧吾齊民者亡聞。某官鮑濤,久倅列郡,克舉官常,從政以和,理劇無滯。況虔、吉鄰郡,聲績素彰。便道之官,率舊爲用。副兹慎選,誰曰不然?爾其敬承,無忝明訓。

【箋注】

〔一〕作於南唐保大元年(九四三)十月。　鮑濤:人未詳。制文云寇攘已平,指張遇賢兵犯虔州,是年十月平之,以饒州刺史李翶爲百勝軍節度留後,鎮虔州。見十國春秋卷一六。于時鮑濤當授判官。　吉州:見卷七王崇文劉仁瞻張鈞並本州觀察使制注〔二〕。　虔州:見卷七招討妖賊制注〔五〕。

〔二〕萑蒲:蘆類植物。因盗賊常聚集於萑蒲所生之地,故用以指盗賊出没之處。陳書卷三五留異傳:"萑蒲小盗,共肆貪殘。"此指盗賊。

給事中閻居常可金紫檢校司空充廬州節度副使〔一〕

敕:王者推念舊之心,申優賢之旨,官序出處,從其所安,諒不可滯於一方也。某官閻居常,執心沖粹〔二〕,爲學精博,修賢人之業,多長者之言。粤予纂承〔三〕,實重舊德,俾掌駮議,直于瑣闈。而無妄之疾未痊,貞退之請彌切。重違誠願,抑此朝恩。俾佐藩方,式便頤養。金印紫綬,邦土憲司,併申寵光,以示優渥。陟明之典,當俟有瘳。可。

【箋注】

〔一〕作於南唐保大二年(九四四)前後。　閻居常:卷七有駕部郎中馮延巳兼起居郎屯田郎中閻居常兼起居舍人制。餘未詳。據文意,閻居常進給事中當在元宗即位伊始,然因多病,不久即改授外官。姑繫於是年前後。　給事中:隸門下省,正五品上。掌陪侍左右,分判省事,駁正百司奏抄等。見舊唐書卷四三職官二。　金紫:金印紫綬,即黄金印章和繫印的紫色綬帶。古代相國、丞相、太尉、大司空、太傅、太師、太保等所掌。此表品級之服飾。檢校司空:見本卷安陸郡公景逵檢校司空太府少卿制注〔一〕。　廬州節度:爲保信軍,見十國春秋卷一一三南唐藩鎮表。　節度副使:節度使設副使一人,見舊唐書卷四四職官三。十國春秋卷一一四南唐百官表節度使下有副使。

〔二〕沖粹:中和純正。嵇康答難養生論:"令尹之尊,不若德義之貴;三黜之賤,不復沖粹之美。"

〔三〕纂承:繼承。後漢書卷四三樂恢傳:"陛下富於春秋,纂承大業,諸舅不宜幹正王室,以示天下之私。"

虞部員外郎史館修撰韓熙載可太常博士〔一〕

勑:某官韓熙載。朕以因心之感,同軌有期〔二〕,嚴恭禋祀,仍從此始。求所以節豐儉而振廢闕者,屬于禮官,慎選其人,必在時彦。以熙載學問精贍,辭氣亮直,本以通識,濟之奇文,惟名與實,咸副是命。故輟自東觀〔三〕,列于曲臺〔四〕。使代稱禮樂之盛,吾實有望於爾。勉之哉!

【箋注】

〔一〕作於昇元七年暨南唐保大元年（九四三）二月下旬。　韓熙載：見卷二寄和州韓舍人注〔一〕。馬令南唐書卷一三本傳："烈祖山陵，元宗以熙載知禮，遂兼太常博士。"十國春秋卷一六元宗本紀："保大元年春三月己卯朔，烈祖殂已旬日。……是日，即皇帝位，大赦境内，改元保大。太常博士韓熙載上疏曰：'逾年改元，古制也。'據此，知熙載於烈祖殂時即兼太常博士。烈祖殂於二月庚午，則制文當作於是年二月下旬。　虞部員外郎：見卷七馮延魯江都少尹制注〔二〕。　太常博士：隸太常寺。從七品上。掌五禮之儀式，本先王之法制，適變隨時而損益之。見舊唐書卷四四職官三。

〔二〕同軌：禮記正義卷五三中庸："今天下車同軌，書同文，行同倫。"漢書卷七三韋玄成傳："四方同軌，蠻貊貢職。"顔師古注："同軌，言車轍皆同，示法制齊也。"

〔三〕東觀：見卷一送史館高員外使嶺南注〔二〕。

〔四〕曲臺：秦漢宫殿名。漢時作天子射宫，又立爲署，置太常博士弟子，爲著記校書之處。漢書卷八八孟卿傳："倉（后倉）説禮數萬言，號曰后氏曲臺記。"顔師古注引服虔曰："在曲臺校書著記，因以爲名。"

虞部員外郎史館修撰張緯可句容令〔一〕

敕：爲政之要，在乎安民；長人之吏①，在乎慎選。故吾用古道，擇尚書郎而命之。某官張緯，學問該通，辭藝精絶。自東朝載筆〔二〕，石室抽文〔三〕，朝論藹然，以爲名士。矧又洞識理體②，周知物情，是爲通才，何適不可？王畿大邑，既庶而富。籍爾敏惠，爲吾教之。仍假臺郎，以申朝獎。苟聞報政，豈恡加恩。可。

【校記】

①吏：原作"利"，據全唐文、李刊本、徐校改。

②洞：四庫本作"淵"。

【箋注】

〔一〕作於南唐保大元年（九四三）。　張緯：見卷二張員外好茅山風景求为句容令作此送注〔一〕。卷一八御製春雪詩序中保大五年(九四七)稱其官爲膳部員外郎、知制誥。則其爲句容令當在此前,據制文"自東朝載筆,石室抽文,朝論藹然,以爲名士",知元宗爲太子時張緯嘗任職府中,則此制文當作於元宗即位後。　虞部員外郎:見卷七馮延魯江都少尹制注〔二〕。　句容:見卷二張員外好茅山風景求为句容令作此送注〔一〕。

〔二〕東朝:即東宫。見卷六張居詠制注〔四〕。

〔三〕石室:藏圖書檔案的地方。史記卷一三〇太史公自序:"周道廢,秦撥去古文,焚滅詩書,故明堂石室,金匱玉版,圖籍散亂。"

浙西判官高越可水部郎中〔一〕

敇:多士之世,副臺郎之選者,前代謂之賢,乃知三署之屬,例無輕授。某官高越,早踐朝序,嘗爲史臣,當官有聲,聚學不倦。頃屬上將,出臨大藩,輟参入幕之資,備觀理劇之用。府罷赴闕,時名益高,司川之秩〔二〕,俾從真授。無忘職業,以荷朝恩。

【箋注】

〔一〕作於南唐昇元元年(九三七)十月或稍後。　高越:本卷有浙西判官高越可檢校水部郎中賜紫制。陸游南唐書卷九本傳:"越字沖遠,幽州人。……烈祖受禪,遷水部員外郎,改祠部、浙西營田判官。"據此,制文當作於是年十月或稍後。　浙西:鎮潤州,治所在京口。　水部郎中:見本卷浙西判官高越可檢校水部郎中賜紫制注〔一〕。

〔二〕司川:指授水部郎中。

左監門將軍趙仁澤可寧國軍都虞候〔一〕

敇:南藩之寄,宣城爲最,師勁而衆,地近而雄。故朝命列校①,以貳軍事,所以重其威令也。某官趙仁澤,名將之子,頗有父風。在軍積年,武略精練。出寧大邑②,歸預禁營。副予簡求,俾隸宣部。往綏乃績，無替前勞。

【校記】

①校：四庫本、全唐文作“授”。

②寧：四庫本、全唐文作“宰”。

【箋注】

〔一〕約作於南唐保大五年（九四七）正月。　趙仁澤：陸游南唐書卷一七本傳：“趙仁澤，失其鄉里、家世。保大中爲常州團練使，周人來侵，吴越乘間出兵攻常州，仁澤戰敗被執，歸之錢唐。仁澤見吴越王，不拜，責之，曰：‘我烈祖皇帝中興，首與先王結好，質諸天地。王今見利忘義，將何面目入先王廟乎？’吴越王怒，以刀抉其口至耳。丞相元德昭嘉仁澤之忠，以良藥傅瘡，獲愈後不知所終。”　寧國軍鎮宣州，見十國春秋卷一一三南唐藩鎮表。新唐書卷四九下百官四下載中軍都虞候任職於天下兵馬元帥、副元帥麾下。南唐以繼唐自任，制當如之。按十國春秋卷一六元宗本紀載：保大五年正月，“徙燕王景達爲齊王，領諸道兵馬元帥；徙南昌王弘冀爲燕王副元帥。”趙仁澤或于時受封。

左司郎中高弼可元帥府書記〔一〕

勑某官高弼：王者之用師也，必先以文告之命、訓誓之辭，故戎車之往，記室爲重〔二〕。而朕前委愛弟，實司邦政，今命爾弼①，使典軍書。任才責功，其意斯在。矧弼嘗参西掖，尋履南省，所歷之任，籍籍有聲。今能奮雄辭而塞慎選，陟明之典，子豈忘哉！

【校記】

①爾：全唐文作“汝”。

【箋注】

〔一〕作於南唐保大元年（九四三）七月或稍後。　高弼：見卷二送元帥書記高郎中出爲婺源建威軍使注〔一〕。文中“愛弟”云云，當是元宗弟景遂，則制文作於元宗時；又云愛弟“實司邦政”，當指景遂保大元年七月任諸道兵馬元帥、太尉、中書令,見十國春秋卷一六元宗本紀。高弼任職當在景遂任元帥後不久。　左司郎中:見卷七左司郎中陳繼善可工部侍郎注〔一〕。

〔二〕記室:掌章表書記文檄。後漢書志第二四百官志一令史及御屬:"記室令史,主上表章,報書記。"此指元帥府書記。

左領軍將軍孔昌祚可泗州刺史〔一〕

勑左領軍衛將軍、甲仗宫城營造等使孔昌祚:朕以長淮北偏,隔閡戎夏,惟彼泗口〔二〕,實當要衝,凡爲守臣,罔不慎選。而昌祚以貞幹事,以勤懋德。周廬巡徼之政〔三〕,宫禁繁劇之司,董齊典理,靡有違者。歷歲且久,秉心不渝。朕觀其才,可爲邊將,授以符竹〔四〕,付之臨淮〔五〕。爾其揚我武威,修乃郡政,登于考功之籍,以塞任能之恩。可。

【箋注】

〔一〕作於南唐保大五年(九四七)正月至五月間。　孔昌祚:烈祖鎮金陵時,宋齊丘議迎吴讓皇都金陵,昌祚曾任都教練使。見陸游南唐書卷五、十國春秋卷二一周宗傳。據制文"隔閡戎夏"、"揚我武威"等語,當在契丹滅晉、後漢未建之時。按:南唐保大五年正月,契丹以滅晉來告,請會盟境上,元宗辭之,遣張易報聘,欲如長安修奉諸陵,契丹不許;六月,漢已入汴。見十國春秋卷一六元宗本紀。據此,故繫於是年正月至五月間。　左領軍將軍:隸左右領軍衛。從三品,與大將軍同掌朝會左右儀仗等。見舊唐書卷四四職官三。泗州:十國春秋卷一一一南唐地理表:"領縣六:臨淮、宿遷、下邳、漣水、虹、徐城。"轄地約今安徽泗縣、天長、明光和江蘇盱眙、泗洪一帶。

〔二〕泗口:泗水入淮之口,在今江蘇清江市西南。

〔三〕周廬:見卷六朱業江州節度使制注〔四〕。

〔四〕符竹:見卷六謝匡策加特進階增食邑注〔三〕。

〔五〕臨淮:當是泗州治所。

水部郎中方訥可主客郎中東都留守判官〔一〕

敕某官方訥:朕以分陜之任〔二〕,非親賢不可,故迭用子弟以居守;復以佩觿之齒〔三〕,唯訓導是務,故慎選名德以從行。而朕在東朝〔四〕,先皇命爾訥列我賓席,恭慎文雅,抱其風度①;將順規諷,揖其忠誠②。尋又奉予愛子〔五〕,益固是道。今所授任,非訥而誰? 客曹正郎,留臺幕職。往示兼寵,爾其敬哉! 乃心不渝,懋典寧忘?

【校記】

①抱:全唐文作"挹"。

②揖:四庫本作"挹"。

【箋注】

〔一〕作於南唐保大元年(九四三)七月。 方訥:見卷四和方泰州見寄注〔一〕。文中有"朕在東朝,先皇命爾訥列我賓席"之語,知元宗爲太子時,方訥曾與之游處。卷一五方公墓誌銘:"明年,皇孫封南昌王、東都留守,以公爲留守判官,遷主客郎中。"按:南昌王李弘冀爲江都尹、東都留守在保大元年七月。 水部郎中:見本卷浙西判官高越可檢校水部郎中賜紫制注〔一〕。 東都留守:烈祖受禪,以揚州爲東都。見十國春秋卷一五烈祖本紀。十國春秋卷一一四南唐百官表有東都留守院留守。

〔二〕分陜:見卷六南昌王制注〔二〕。

〔三〕佩觿:詩經衛風芄蘭:"芄蘭之支,童子佩觿。"毛傳:"觿所以解結,成人之佩也。"

〔四〕東朝:即東宫。見卷六張居詠制注〔四〕。

〔五〕愛子:指李弘冀。

秘書郎田霖可東都留守巡官〔一〕

敕某官田霖:朕命愛子,表正東夏〔二〕,管記之任,罇俎之間,唯才與行,乃可是選。而朕在儲貳,則嘗知霖,文藝直心,綽有餘裕,累參載筆之任,近登秘籍之司。列于王官①,頗叶時望。故授以留臺之職,副兹託乘之求。爾往敬哉,無忝予命②!

【校記】

①官:四庫本、全唐文作"宫"。

②忝予:李校:一本作"替朕"。

【箋注】

〔一〕作於南唐保大元年(九四三)七月。　田霖:江表志卷中、卷下云爲元宗及後主文臣;元宗時嘗任給事中、後主時任太府卿,見十國春秋卷一六、卷一七。卷三得浙西郝判官書未及報聞燕王移鎮京口因寄此詩問方判官田書記消息中田書記疑是田霖。據文意,知弘冀爲東都留守時,與方訥同時受封,故繫於是年七月。　東都留守巡官:未詳其品階。十國春秋卷一一四南唐百官表節度使下有巡官。

〔二〕東夏:見卷六南昌王制注〔四〕。

前山陽縣尉張師古可秘書省校書郎〔一〕

勑:王者之行慶也,獎能振滯,赦過責功,如斯而已矣。某前爲縣佐,以公事罷免。而聞其立身脩己,有足多者,故從其滌瑕之命,升諸秘籍之司。往服乃官,勿重而悔。

【箋注】

〔一〕作年未詳。　張师古:人未詳。詳文意,張師古曾因事被罷免。　山陽:見卷三送劉山陽注〔一〕。　秘書省校書郎:隸秘書省,正九品上。見舊唐書卷四三職官二。

江州録事參軍王崇昭可江西觀察衙推〔一〕

勑某官王崇昭:西南大藩,庶政繁會。獄訟之理①,欽恤是先。重輕一隳,手足無措。必得朝士以典掌之,而聞崇昭可當斯任。往莅乃職,無忘益恭。

【校記】

①獄訟:李刊本作"訟獄"。

【箋注】

〔一〕作年未詳。　王崇昭:人未詳。　江州:見卷二寄江州蕭給事注〔一〕。　録事參軍:上州爲從七品上,中州爲正八品,下州從八品上。見舊唐書卷四四職官三。　觀察衙推:未詳品階。十國春秋卷一一四南唐百官表節度使下有衙推。

前舒州録事參軍沈翱可大理司直〔一〕

敕:某蔭藉從仕,以儒術資身。蓬閣曳裾〔二〕,早揚聲問。侯藩載筆,亦懋勤勞。向事圭符,實司綱紀①。州縣之職,非其所長。既失儀刑〔三〕,遂從罷秩。今慶賞斯浹,一眚咸矜。復爾名籍,俾參棘寺。吾不記過,爾其自修。

【校記】

①綱:四庫本、全唐文作"經"。

【箋注】

〔一〕作年未詳。　沈翱:人未詳。詳文意,沈翱曾因小過被罷職。　舒州:見卷二寄舒州杜員外注〔一〕。　大理司直:隸大理寺,從六品上。與評事同掌出使推覆。見舊唐書卷四四職官三。

〔二〕曳裾:見卷三得浙西郝判官書未及報聞燕王移鎮京口因寄此詩問方判官田書記消息注〔九〕。

〔三〕儀刑:詩經大雅文王:"儀刑文王,萬邦作孚。"朱熹集傳:"儀,象;刑,法。"

前舒州刺史李匡明可中書侍郎〔一〕

敕:朕以不德,恭承丕基,思聞獻替之言,以自開悟,故以侍從之列①,尤用簡求。矧乃職奉詔命,地參公輔,歷代精選,可虛授乎? 某以風度爽邁,克嗣遺構②,以文章弘雅,累踐清途。先皇器之,任遇尤重。故其冠翰苑,掌天官,長憲臺〔二〕,肅千里。靖恭於位,績用有成。舒人既康,執璧來覲。宜加疏等之命,擢爲鳳閣侍郎〔三〕。敬之哉! 夫出爲諸侯,非不貴也;入首三品,非無位也。持重足以鎮物,納忠足以報我。匡正不逮,予有望焉。

【校記】

①以:全唐文作"於"。

②構:四庫本作"業";全唐文作"允"。

【箋注】

〔一〕作於南唐保大元年(九四三)三月。卷七李匡明舒州刺史制作於南唐昇元二年(九三八)十月稍後。據"先皇器之,任遇尤重"、"朕以不德,恭承丕基"之語,知作於元宗繼位之時。　舒州:見卷二寄舒州杜員外注〔一〕。中書侍郎:正三品。參議邦國庶務,朝廷大政。見舊唐書卷四三職官二。

〔二〕翰苑　天官　憲臺:分别指翰林院、吏部尚書、御史大夫。按:李匡明任職翰林院及吏部,文獻不載。

〔三〕鳳閣侍郎:即中書侍郎。武則天光宅元年(六八四)改中書省爲鳳閣。見唐會要卷五四省號上。

歙州觀察推官翟延祚可水部員外郎〔一〕

敕:某以外諸侯吏,入爲尚書郎者,非推恩酬勞,何以臻此? 聞爾宰百里、佐廉車〔二〕,皆有政能,宜當選任。往祗乃事,無忝予恩。

【箋注】

〔一〕作年未詳。　翟延祚:人未詳。　歙州:見卷二寄歙州吕判官注〔一〕。　觀察推官:官名,未詳品階,當隸觀察使。唐於諸道置觀察使。　水部員外郎:隸尚書省工部,從六品上,與郎中同掌天下川瀆陂池之政令,以導達溝洫,堰決河渠,總舉舟檝灌溉之利。見舊唐書卷四三職官二。

〔二〕廉車:指觀察使赴任時所乘的車子。此用以代稱觀察使。

大理司直唐顥可監察御史〔一〕

勑某:夫御史之列,皆一時之清選,而貴仕所由漸也。聞爾執心有常①,從事以直,持刑甚平允,當官有勤勞,故升諸朝廷,俾之察視。爾其懋乃才用,脩我紀綱,無傾側糾訐以爲能,無依阿顧避以自守。勿貽爾悔,以忝予恩。

【校記】

①心:四庫本作"義"。

【箋注】

〔一〕作年未詳。　唐顥:人未詳。　大理司直:見本卷前舒州録事參軍沈翺可大理司直注〔一〕。　監察御史:隸御史臺。正八品上。掌分察巡按郡縣、屯田、鑄錢、嶺南選補、知太府、司農出納,監決囚徒。監祭祀及監尚書省有會議、百官宴會、習射等。見舊唐書卷四三職官二。

禮部員外郎馮延魯可中書舍人勤政殿學士〔一〕

勑:侍從庶職,揔同清要。若乃參書殿之列,備切問之重,使如綸之命〔二〕,式光人文,無詢之言,不入吾耳,所寄若是,其選可知。某惟望與才,皆副是任。況東畿亞府〔三〕,有理劇之用〔四〕;南宫禮典〔五〕,多伏奏之勤。俾膺簡求,必叶虚佇。夫前言往行,爾所祗服。正辭讜議①〔六〕,予之嘉聞。無從非彝,以忝多訓。

【校記】

①議:四庫本、全唐文作"論"。

【箋注】

〔一〕作於南唐保大元年(九四三)三月或稍後。 馮延魯:見卷五送馮侍郎注〔一〕。陸游南唐書卷一一本傳云:"元宗立,自禮部員外郎爲中書舍人、勤政殿學士。" 禮部員外郎:隸尚書省禮部,從六品上。與郎中同掌貳尚書、侍郎,舉其儀制,辨其名數。 中書舍人:隸中書省,正五品上。掌侍奉進奏,參議表章,起草敕制、册命等。見舊唐書卷四三職官二。 勤政殿學士:見卷七左常侍張義方可勤政殿學士注〔一〕。

〔二〕如綸:禮記正義卷五五緇衣:"王言如絲,其出如綸;王言如綸,其出如綍。"如綸之命,謂授中書舍人,其職起草王言,故云。

〔三〕東畿亞府:指東都揚州。馮延魯曾任東都少尹。卷七有馮延魯江都少尹制。

〔四〕理劇:見卷六游簡言左僕射平章事制注〔六〕。

〔五〕南宫:見卷六游簡言左僕射平章事制注〔五〕。

〔六〕讜議:直言不諱的議論。晉書卷三四羊祜傳:"其嘉謀讜議,皆焚其草,故世莫聞。"

筠州刺史林廷皓責授制〔一〕

勑:恥過作非,言不顧行,爲臣如此,在法難容。某頃自歸朝,頗推有勇。俾之爲將,所以圖功。及封疆多難之時,車徒四出之際,遂能激揚壯節,指之師旅①,付以圭符;而畏懦屢聞,遁逃不暇,震驚城守,詿誤軍謀。當此之時,已宜行法。予以義深罪己,功在止戈,既屈身以弭兵,乃含垢而務德。復移郡寄,仍綰使權。苟奏課之有聞〔二〕,亦在人而何棄。未終考績,爰掇訟辭。猶且累上表章，屢言構陷。洎遣制使，明徵其辭。乃自滁、楊罷郡已來〔三〕，筠州移郡之後，侵漁公帑，積數且多，干犯詔條，爲罪不一。證據明具，詞理並窮。殊不省非，更爲文過。謂競斯養爲恥②，以對獄官爲羞。欲蓋彌彰，侮我何甚！其武勇也既如彼，其誠心也又如此。儻猶弘恕，何以律人！尚以君臣之間，務全終始，特從薄貶，庶克自新。勉荷寬恩，無重而悔！

【校記】

①指之：四庫本、全唐文作"措之"；李刊本作"指麾"。

②競：李校：一本作"執"。

【箋注】

〔一〕作於宋建隆元年（九六〇）二月或稍前。　林廷皓：人未詳。據文意，知周師南侵之際，廷皓畏懼遁逃，貽誤戰機。而後刺筠州，又爲罪甚多，至於責授。按：元宗弭兵在交泰元年（九五八）三月，五月去帝號，稱顯德五年，于時廷皓移郡；云未終考績者，則制文當作於建隆元年二月元宗南遷前。　筠州：十國春秋卷一一一南唐地理表："領縣四：高安、上高、萬載、清江。"轄境相當今江西高安、宜豐、上高、萬載、樟樹等縣市。　責授：降級授予官職。

〔二〕奏課：見本卷江西推官成幼文可主客員外郎注〔二〕。

〔三〕滁、楊罷郡：指中興元年（九五八）二月前後，滁州、揚州被後周占領。見十國春秋卷一六元宗本紀。

告天地文〔一〕

臣以寡昧，叨嗣慶基，對越上玄〔二〕，申養長樂〔三〕，側身恭己，靡敢荒寧。而聖尊后自夏秋已來〔四〕，寢膳違裕①，醫藥備竭，禱祠必至，數月於是，有加無瘳，憂勞之誠，不知所措。敢陳蠲潔〔五〕，仰告威靈：伏惟精懇上通，玄恩錫祐。哀臣烏鳥之志〔六〕，憫臣欒棘之心〔七〕。使六氣惟和，百祥薦降。冀於旦夕，速就康寧。臣内顧眇躬〔八〕,弗明于道。方深慈訓之益,欲報劬勞之恩〔九〕。烝烝之懷〔一〇〕,區區於是。隳瀝肝膽,以俟鑒臨。

【校記】

①裕:四庫本、全唐文作"豫"。

【箋注】

〔一〕作於宋建隆二年(九六一)冬。文爲後主母親光穆皇后而寫。光穆皇后,見卷四光穆皇后挽歌三首注〔一〕。十國春秋卷一八光穆皇后傳:"淮上兵起,后爲損常膳。"文中云光穆皇后自夏至秋,寢膳違裕,病情數月不減。淮上兵起,更兼元宗晏駕,故病情加重。

〔二〕上玄:文選卷七揚雄甘泉賦:"惟漢十世,將郊上玄。"李善注:"上玄,天也。"

〔三〕長樂:長樂宫。西漢高帝時,就秦興樂宫改建而成。惠帝後,爲太后居地。故漢代因以爲天子母親的代稱。駢雅卷三釋名稱:"漢制,帝祖母稱'長信宫',帝母稱'長樂宫'。"

〔四〕聖尊后:十國春秋卷一七後主本紀:"六月,元宗晏駕,嗣位於金陵。……尊母鍾氏曰聖尊后。"

〔五〕蠲潔:墨子卷三尚同中:"其事鬼神也,酒醴粢盛,不敢不蠲潔。"

〔六〕烏鳥之志。烏鳥反哺,因喻孝親。傅咸申懷賦:"盡烏鳥之至情,竭歡敬於膝下。"

〔七〕欒棘:詩經檜風素冠:"棘人欒欒兮。"毛傳:"棘,急也。欒欒,瘠貌。"謂居父母之喪因哀痛而瘦瘠。後因以形容孝子的哀痛。

〔八〕眇躬:見卷六太子少傅徐運授太子太保制注〔二〕。

〔九〕劬勞:勞苦。詩經小雅蓼莪:"哀哀父母,生我劬勞。"

〔一〇〕烝烝:謂孝德厚美。尚書正義卷二堯典:"父頑,母嚚,象傲,克諧,以孝烝烝,乂不格姦。"王引之經義述聞尚書上:"謂之烝烝者,言孝德之厚美也。"

祭世宗皇帝文〔一〕

稽古靈命,造圖伊始,聖人既生,萬物咸理。玄功格而高謝,令問垂而不已。通玉帛於無外〔二〕,執豆籩而萃止〔三〕。蓋百代之不易,言皇猷之至美。恭惟盛德,乃聖乃神。爰初纘服〔四〕,舊邦惟新。瞻顧函夏〔五〕,實始經綸。三驅示禮〔六〕,四載彌勤〔七〕。濟之以武,守之以文。降鑒迴慮,全國庇民。既戢兵而禁暴,咸服義以歸仁。功成理定,返朴還淳。群賢在位,百度惟貞。方將致宣王之薄伐〔八〕,焚老上之龍庭〔九〕。還師衽席,檢玉云亭〔一〇〕。何祝壽之無感,忽綴衣之在扆〔一一〕。嗚呼哀哉!神祔軒丘〔一二〕,化流南國〔一三〕。率感義以孺慕〔一四〕,共銜哀而腷臆①〔一五〕。日月以之匿曜,煙雲爲之改色。痛輯瑞之長違,恨攀髯而不得〔一六〕。嗚呼哀哉!永惟下國,獲嗣餘基。奉天光而不早,順文告以何遲。仰霆電之震②,以警其失;賴陽春之澤,以赦其迷。既賓禮之加厚,亦恩情之過私。大信有千齡之固,承歡無再稔之期③。覽訃書而慟絶,捧遺賜以漣而。嗚呼哀哉!集同軌於七月〔一七〕,遏八音於四海〔一八〕。喬山之冠劍長掩,灞涘之川源不改④。敢薦忠信,敬陳脯醢。庶有感而必通,願降神而如在。

【校記】

①腷:四庫本作"霑"。

②霆電:李刊本作"電霆"。

③歡:原作"勸",據四庫本、全唐文、黄校本、李刊本、徐校改。　再:四庫本作"存"。

④源:黄校本作"原"。

【箋注】

〔一〕作於後周顯德六年(九五九)六月。　世宗皇帝:即後周皇帝柴榮,廟號世宗,舊五代史卷一一四至一一九、新五代史卷一二有紀。祭文爲徐鉉代元宗而寫。徐公行狀:"及世宗崩,文竇公視草,嗣主賞之。時人傳寫,爲之紙貴。"舊五代史卷一一九本紀載:顯德六年六月,"癸巳,帝崩於萬歲殿,聖壽三十九。……十一月壬寅朔,葬於慶陵。"

〔二〕玉帛:諸侯會盟執玉帛,以示和好。左傳僖公十五年:"上天降災,使我兩君匪以玉帛相見,而以興戎。" 無外:謂帝王以天下爲一家。公羊傳隱公元年:"王者無外,言奔,則有外之辭也。"何休注:"王者以天下爲家,無絶義。"

〔三〕豆籩:祭器。書經集傳卷四武成:"丁未,祀于周廟,邦甸侯衛,駿奔走,執豆籩。"蔡沈集傳:"豆,木豆;籩,竹豆。祭器也。"

〔四〕纘服:繼承職事。陸贄告謝肅宗廟文:"上天悔禍,群孽就誅;非臣寡昧,所能纘服。"

〔五〕函夏:全國。漢書卷八七上揚雄傳上:"以函夏之大漢兮,彼曾何足與比功?"顔師古注引服虔曰:"函夏,函諸夏也。"

〔六〕三驅:漢書卷二七上五行志上:"故行步有佩玉之度,登車有和鸞之節,田獵有三驅之制。"顔師古注:"謂田獵三驅也。三驅之禮一爲乾豆,二爲賓客,三爲充君之庖也。"

〔七〕四載:尚書正義卷五益稷:"予乘四載,隨山刊木。"孔安國傳:"所載者四,謂水乘舟,陸乘車,泥乘輴,山乘樏。"趙曄吴越春秋卷四越王無余外傳:"(禹)案金簡玉字,得通水之理,復返歸嶽,乘四載以行川,始於霍山,徊集五嶽。"

〔八〕宣王薄伐:詩經小雅六月叙寫尹吉甫奉周宣王之命,北伐獫狁,獲致勝利之事。按:此指周世宗顯德六年四月北征之事,見舊五代史卷一一九世宗本紀六。

〔九〕老上之龍庭:老上,爲漢初匈奴單于名號。史記卷一一〇匈奴列傳:"冒頓死,子稽粥立,號曰'老上單于'。"班固封燕然山銘:"躡冒頓之區落,焚老上之龍庭。"

〔一〇〕檢玉云亭:檢玉指封禪。封禪有金策、石函、金泥、玉檢之封。漢書卷六武帝紀"登封泰山"。顔師古注引三國魏孟康曰:"玉者功成治定,告成功於天……刻石紀號,有金策石函,金泥玉檢之封焉。"云亭,云云、亭亭二山之並稱。爲古代帝王封禪處。梁簡文帝和武帝宴詩之一:"車書今已共,願奏云亭儀。"

〔一一〕綴衣:君王臨終所用的帳幄。尚書正義卷一八顧命:"兹既受命還,出綴衣於庭,越翼日乙丑,王崩。"孔安國傳:"綴衣,幄帳。"孔穎達疏:"綴衣是施張於王坐之上,故以爲幄帳也。”此指周世宗臨終之際。

〔一二〕軒丘:相傳爲軒轅黄帝所居之處。參卷四光穆皇后挽歌三首注〔二一〕。

〔一三〕南國:指南唐等割據政權。

〔一四〕孺慕:禮記正義卷九檀弓下:“有子與子游立,見孺子慕者,有子謂子游曰:‘予壹不知夫喪之踴也,予欲去之久矣,情在於斯,其是也夫。’”鄭玄注:“喪之踴,猶孺子之號慕。”此爲懷念、愛戴之意。後漢書卷二六伏湛侯霸等傳贊:“湛霸奮庸,維寧兩邦。淮人孺慕,徐寇要降。”

〔一五〕腷臆:因悲傷而情緒鬱結。曹丕武帝哀策文:“舒皇德而詠思,遂腷臆以蒞事。”

〔一六〕攀髯:傳説黄帝鑄鼎於荆山下,鼎成,有龍下迎,黄帝乘之升天,群臣后宫從上者七十餘人。餘小臣不得上龍身,乃持龍髯,而龍髯拔落,並墮黄帝之弓。百姓遂抱其弓與龍髯而號哭。見史記卷二八封禪書。後用爲哀悼皇帝去世之典。

〔一七〕集同軌於七月:謂諸侯國咸來弔唁。同軌,左傳隱公元年:“天子七月而葬,同軌畢至。”杜預注:“言同軌,以别四夷之國。”班固白虎通義卷下崩薨:“天子七月而葬,同軌必至。”

〔一八〕八音:見卷一頌德賦注〔六〇〕。

徐鉉集校注卷九　册文　謚議

光穆后謚册①〔一〕

維年月日，嗣國主臣某〔二〕，再拜稽首言：臣聞體厚德而母萬物，存乎尊位；騰耿光而蕃百世，繫乎鴻名。繼統廣業，莫斯爲重。顧惟小子，懼忝貽謀，對越祖宗，敢揚公議。伏惟大行聖尊后〔三〕，姜任顯族，皇、英茂德。作合元聖，長發祥符。秉婦禮於儲闈〔四〕，正嬪則於四海。孝心天賦，惠問川流。祚啓重熙〔五〕，尊歸理内②。率循陰教，欽若皇猷。順承利坤元之貞〔六〕，輔佐流周南之化〔七〕。慈撫公族，仁懷六宫。清浄廣於真風，戒慎刑於外戚。用能永錫繁祉，弘濟多難，保佑沖人〔八〕，克荷丕構③。仰繄慈訓④，方恢景福。靈臺告祲，永樂長違〔九〕。罔極之懷，觸緒荒殞。恭惟尊名，節惠之典，載考儒臣，禮官之稱。咸以爲光大孝悌之懿，肅雍賢德之盛，昭映前烈，垂示無窮。列辟承式，弗敢失墜。謹奉玉册、琮寶，上尊謚曰光穆皇后。伏惟威靈如在，鑒兹縟禮。延九廟之積慶〔一〇〕，與二儀而長存〔一一〕。嗚呼哀哉！謹言。

【校記】

①題目:全唐文作“光穆皇后謚册文”。李校:“穆”下一本有“皇”字,“册”下一本有“文”字。

②理:四庫本作“壼”。

③構:全唐文作“緒”。

④仰:全唐文上有“某”字。

【箋注】

〔一〕作於宋乾德三年(九六五)十月。 光穆后:見卷四光穆皇后挽歌三首注〔一〕。光穆后九月殂,冬,葬於順陵,謚號光穆,見十國春秋卷一七後主本紀及卷一八光穆皇后傳。

〔二〕國主:馬令南唐書卷四嗣主書:交泰元年“夏五月,下令去帝號,稱國主,奉周正朔。”

〔三〕聖尊后:十國春秋卷一七後主本紀:“六月,元宗晏駕,嗣位於金陵。……尊母鍾氏曰聖尊后。”

〔四〕儲闈:太子所居之宫。沈約奏彈王源:“父璿,升采儲闈,亦居清顯。”此指太子。

〔五〕重熙:見卷六游簡言左僕射平章事制注〔三〕。

〔六〕坤元:與“乾元”對稱。周易正義卷一坤:“至哉坤元,萬物資生,乃順承天。”孔穎達疏:“至哉坤元者,歎美坤德。”

〔七〕周南:詩經十五“國風”之一。衛宏毛詩序:“關雎,后妃之德也,風之始也。……周南、召南,正始之道,王化之基。”

〔八〕沖人:見卷六太子少傅徐運授太子太保制注〔八〕。

〔九〕永樂長違:按:應爲“長樂永違”。長樂,即長樂宫。見卷七外祖母追封某國夫人注〔六〕。

〔一〇〕九廟:指帝王的宗廟。古時帝王立廟祭祀祖先共七廟,王莽增爲九廟。後歷朝皆沿此制。漢書卷九九下王莽傳下:“取其材瓦,以起九廟。”

〔一一〕二儀:指天地。曹植惟漢行:“太極定二儀,清濁始以形。”

封保寧王册〔一〕

維保大元年八月丁未朔某日，皇帝若曰：稽古夷庚〔二〕，祇叶皇極；建侯樹屏，保乂王家。用能乘運會昌，歷世重光。先哲所以啓後，列辟所以時憲者也。我思立愛，宜有加焉。咨爾二十弟某，中和萃靈，寬裕成德。戲必俎豆之禮〔三〕，學無城闕之游。聰明仁智，仰遵前訓，孝友姻睦，率由生知。昭此玉音〔四〕，應于麟趾〔五〕。朕以不德，凛乎丕承，文武之功，期無獨享，契龜胙土，抑爲舊章。今使使某官某持節，册爾爲保寧王，食邑二千户，敬之哉！昔我文考，對越上帝，敷佑下民，克儉于家，無縱于逸，再造之業，與世無窮。予以爾有邦，膺受繁祉。今爾尚迪遺烈，保終令圖。無從非彝〔六〕，無狎非正。耇老是聽〔七〕，訓典是師。綏寧乃封，以永元吉。

【箋注】

〔一〕作於南唐保大元年（九四三）八月。據册文所署年月而繫。　保宁王：即李景遏。見卷六保寧王制注〔一〕。

〔二〕夷庚：左傳成公十八年："今將崇諸侯之奸，而披其地，以塞夷庚。"杜預注："夷庚，吴晉往來之要道。"孔穎達疏："夷，平也。詩序云：'由庚，萬物得由其道。'是以庚爲道也。……知謂塞吴晉往來之要道也。"

〔三〕俎豆：祭祀、宴饗時盛食物的兩種禮器。此指祭祀，奉祀。

〔四〕玉音：帝王言語。司馬相如長門賦："願賜問而自進兮，得尚君之玉音。"

〔五〕麟趾：比喻有仁德、才智的賢人。詩經周南麟之趾："麟之趾，振振公子。"鄭玄箋："喻今公子亦信厚，與禮相應，有似於麟。"此比李景遏。

〔六〕非彝：不合常規的法度。尚書正義卷一四康誥："勿用非謀非彝。"孔安國傳："勿用非善謀、非常法。"

〔七〕耇老：逸周書卷五皇門："下邑小國，克有耇老。"孔晁注："耇老，賢人也。"

追封許國太妃册〔一〕

維保大三年太歲乙巳七月乙未朔某日,皇帝若曰:昔在徂后,法象天明,旁求淑女,式敷陰教〔二〕,並建内職,以麗外朝。故其先德之舉,顯魂之命,比爰庶尹,無不及焉,蓋敬終貽後之旨也。咨爾故汝南郡君周氏,恭儉執中,明智資性。頃諧法相,入奉先朝。紘綖之勤〔三〕,夙著於彤史;湯沐之寵〔四〕,竟飾於泉扃!粵予纂承[①]〔五〕,祇稟兹訓。家道既正,國風以理。仰蹈成式,永懷舊人。是用釐舉闕遺,追崇名數。昆吾舊宅,太岳全邦。申畫四封,以光懿德[②]。今使使某官某持册封許國太妃。嗚呼!令問不忘,盛典無替。昭昭復魂[③],聞予此言。

【校記】

①纂:李校:一本作"纘"。

②光:原作"先",據四庫本、黄校本、全唐文、李刊本、徐校改。

③魂:全唐文作"魄"。

【箋注】

〔一〕作於南唐保大三年(九四五)七月。據册文所署年月而繫。 許國太妃:姓周,餘未詳。

〔二〕陰教:女子的教化。周禮注疏卷七内宰:"以陰禮教六宫,以陰禮教九嬪。"

〔三〕紘綖:冠冕上裝飾的繩帶。國語卷五魯語下公父文伯之母论劳逸載:公父文伯勸其母勿績,其母教訓文伯應勤職不怠,"王后親織玄紞,公侯之夫人加之以紘綖。……男女效績,愆則有辟,古之制也。"後因以"紘綖"爲貴顯人家婦女具有勤儉美德的典故。庾信周大都督陽林伯長孫瑕夫人羅氏墓誌銘:"蘋藻維敬,紘綖是勤。"

〔四〕湯沐:即湯沐邑。國君、太子、皇后、公主等收取賦税的私邑。後漢書卷四〇上班彪傳:"又舊制,太子食湯沐十縣。"史記卷三〇平準書:"自天子以至於封君湯沐邑，皆各爲私奉養焉。"

〔五〕纂承：見卷八給事中閻居常可金紫檢校司空充廬州節度副使注〔三〕。

蔣莊武帝册〔一〕

維年日月，皇帝若曰：稽古皇極，訓民事神。詔大號以崇正直之威①，垂大名以紀昭明之德。牲幣有數，典禮不愆，政是以和，神降之福，莫不由斯者已。若乃以死勤事，没而不朽，流光儲祉②，蔣帝有焉。惟帝冥符靈氣，孕毓玄造，嘉猷雄略，昭映前人。在昔潛耀大川，躍鱗下邑。著艱難之節，所以事君；彰變化之神，所以顯俗。惟德是輔，感而遂通。建福會昌，以戡時難；豐功厚德，以享帝郊。史臣執簡於無窮，工祝正辭於不絶。顧惟寡昧，祗嗣庬鴻〔二〕，敢忘人謀，以叶靈貺。瞻言神岳，作鎮皇州，興運惟新，禎符丕顯。而位極於炎昊〔三〕，名謝於康惠〔四〕，墜典未舉，予用慊焉。濮陽諸姬〔一五〕，實纂服之舊邦〔六〕；尅亂除害，乃庇人之盛業。合爲縟禮，申告祠庭。今使使某官持節奉册追謚曰蔣武帝③。嗚呼！丹青懿烈，光光如彼，簡册廟貌，昭昭如此。永爲民正，無乏神主之望焉。

【校記】

①威：黄校本作"風"。

②祉：李校：一本作"祚"。

③蔣：全唐文、李刊本作"莊"。

【箋注】

〔一〕作於南唐保大六年（九四八）。　蔣莊武帝：景定建康志卷四四祠祀志一：蔣帝廟，三國蔣歆，字子文，漢末爲秣陵尉，追逐强盜至鍾山腳下，戰死。孫權爲立廟堂，並將鍾山改名蔣山。南唐元宗追謚莊武，其廟爲蔣莊武帝廟。關於蔣子文及其神異之事，詳見搜神記卷五。卷一〇蔣莊武帝新廟碑銘云：

“役不踰時,底定七閩之難。…… 正太弟之尊,大義鴻猷,如今日之盛者也。……旬歲而畢。……適當罷役之初,爰奉屬辭之詔。”按:南唐平閩在保大三年(九四五),景遂封太弟在保大五年,據“旬歲而畢”、“罷役之初”,則此碑銘、册文當作於保大六年。

〔二〕庬鴻:文選卷一五張衡思玄賦:“踰庬鴻於宕冥兮,貫倒景而高厲。”張衡原注:“庬鴻、宕冥皆天之高氣也。”

〔三〕炎昊:炎帝神農氏與太昊伏羲氏的合稱。

〔四〕康惠:指晉康帝與晉惠帝。

〔五〕濮陽諸姬:周文王,姬姓,發迹於濮陽。蔣姓出自姬姓。

〔六〕實纂服之舊邦:濮陽原是唐轄域,南唐以繼唐自居,故云。

追封安王册〔一〕

維年月日,國主若曰:稽古大猷,啓迪來裔。藩翰之寄重事也,不以親屬爲嫌;寳玉之分盛典也,不以死生易節。昔在有魏,蒼舒早世〔二〕,降及我唐,子雲無禄〔三〕。咸用追啓王社,飾于泉扃,垂爲憲章,肆予遵舉。咨爾某,禀信厚之德,持謙下之資,在傅不勤,爲善最樂,烝烝敬孝之性,恂恂友悌之風。及苴茅北藩〔四〕,授任殿省①〔五〕,别六尚之名物〔六〕,參九伐之政令〔七〕。行以正直,持之公平,諸御知方,群校競勸,職修事舉,朕甚多之。爵止極於公封,位未登於六事〔八〕,流光不待,時望慊焉。申予有慟之懷,加爾飾終之禮。冬卿峻秩〔九〕,楚澤全封。丕舉茂章,永光餘烈。今命使某持節册贈工部尚書,封安王。嗚呼!延吴之懷〔一〇〕,予用多愧;間平之德〔一一〕,人其識諸?簡册無虧,丹青不泯,昭昭後魄②,亦克知之。

【校記】

①任:四庫本、全唐文作“仕”。

②魄:四庫本作“魂”。

【箋注】

〔一〕作於宋建隆二年(九六一)。　安王:據文意,當是李姓王子。餘未詳。文稱國主,應在奉周正朔之後。按:李煜即位,追封頗多。追封安王亦當此時。

〔二〕蒼舒早世:曹操子曹沖,字蒼舒,聰慧機智。年十三卒。見三國志卷二〇魏書二〇武文世王公傳。

〔三〕子雲無禄:終軍字子雲,死時年僅二十餘歲,時人稱之終童。參卷一早春左省寓直注〔一〕及卷四送高舍人使嶺南注〔九〕。此比安王。

〔四〕苴茅:見卷六保寧王制注〔一〇〕。

〔五〕殿省:指殿中省。

〔六〕六尚:殿中省有尚食、尚藥、尚衣、尚舍、尚乘、尚輦六局。見舊唐書卷四四職官三。

〔七〕九伐:見卷七杜昌業江州制注〔三〕。

〔八〕六事:尚書正義卷七甘誓:"大戰于甘,乃召六卿。王曰:'嗟!六車之人,予誓告汝。'"孔安國傳:"各有軍事,故曰六事。"後因以指朝中軍事大臣。

〔九〕冬卿:周代冬官爲六卿之一,主管百工事務,後因稱工部爲冬卿。舊唐書卷一七三鄭朗傳:"政溢聞聽,念兹徵還,位冠冬卿,職重邦計。"

〔一〇〕延吴:春秋吴延陵季子和魏東門吴的並稱。兩人皆喪子而曠達無憂。文選卷一〇潘岳西征賦:"夭赤子於新安,坎路側而瘞之。……雖勉勵於延吴,實潛慟乎余慈。"李善注:"禮記曰:'延陵季子適齊,於其反也,其長子死,葬於嬴博之間,其坎深不至於泉。'列子曰:'魏有東門吴者,子死而不憂,其相室曰:公之愛子也,天下無有子死而不憂者,何也?東門吴曰:吾嘗無子之時不憂,今子死,乃與向無子時同,吾奚憂也!'"

〔一一〕間平:西漢河間獻王劉德與後漢東平憲王劉蒼的合稱。兩人皆有賢名。後因以指宗室藩王中之賢者。事分别見漢書卷五三河間王劉德傳、後漢書卷四二東平憲王劉蒼傳。南史卷五二梁宗室傳論:"安成、南平、鄱陽、始興俱以名迹著美,蓋亦有梁之間平也。"舊唐書卷六四荆王元景傳:"望及間平,早稱才藝。"

追封豐王册〔一〕

維年月日,國主若曰:名器之重,典册之崇。不以親疏爲嫌,至公之舉也;不以死生易節①,歸厚之道也。先哲彝訓,我儀行之②。咨爾某,挺岐嶷之姿,禀山河之秀,亦既就傅,時惟老成。迪祖宗之猷,不愆不忘;奉詩禮之學,惟幾惟勤。公室所推,藩屏攸寄。秀而不實,凋此妙齡。天性所鍾,永悼何已!真王異數,護塞雄藩,舉爲寵章,飾彼幽壤。今使使云云。嗚呼!分以寶玉〔二〕,苴以白茅〔三〕,弗及圖功,猶足表德。尚爾不昧,知予此心。

【校記】

①死生:全唐文作"生死"。

②行:李校:一本作"刑"。

【箋注】

〔一〕作於宋建隆二年(九六一)。　豐王:人未詳。文稱國主,應在奉周正朔之後。李煜即位,追封頗多。追封豐王亦當此時。

〔二〕分以寶玉:武王克殷,展九鼎寶玉,分封諸侯,班賜宗彝。見史記卷四周本紀。

〔三〕苴茅:見卷六保寧王制注〔一〇〕。

衛王劉仁贍改封越王册〔一〕

維年月日,國主若曰:忠臣之事君也,殁且不朽;王者之念功也,久而弗忘。故賢哲膺期,風烈所及,千載之下,若旦暮焉。矧先朝舊臣,藩方賢帥,雄名大節,震耀區中。粤予纂承,敢忘褒寵。咨爾故某,命世英傑,奕葉勳庸,便蕃寵遇,茂著聲實。間者輟自離衛〔二〕,鎮于壽春〔三〕,導德申威,罔不率俾。國步中梗,邊烽載驚,介然孤城,横制險地。威略所奮,以戰則靡亢;恩信所加,以守則彌固。社稷是衛,豈惟封疆。嗚呼！壯圖中奪,而英氣動於二國。奇表長謝,而忠規流於百代。肆我文考〔四〕,爰極寵章,崇爲帝師,建以王社,大名備物,無不及焉〔五〕。咨予小子,敬想先正,聞鼙之感斯極,飾壞之禮未行,是用越於彝章,再光贈典。山陰大國,會稽遺墟〔六〕,申畫四封,永旌懿烈。今遣使某官持節改封越王。嗚呼！忘身徇國,其至如彼;慎終追遠,其厚如此。永錫繁祉,子孫保之。

【箋注】

〔一〕作於宋建隆二年(九六一)七月。　劉仁贍:見卷七王崇文劉仁贍張鈞並本州觀察使制注〔一〕。陸游南唐書卷一三本傳載:周師南侵,惟壽州劉仁贍堅守危城,誓以死守。卒後,周世宗遣使弔祭,追封彭城郡王;元宗贈以太師、中書令,謚忠肅,加封衛王。後主立,進封越王。據册文"粤予纂承"語,故繫於是年七月。

〔二〕離衛:左傳昭公元年:"三月甲辰,盟。楚公子圍設服離衛。"杜預注:"設君服,二人執戈陳於前以自衛。離,陳也。"此指禁軍。

〔三〕壽春:壽州屬縣。見十國春秋卷一一一南唐地理表。當爲壽州治所。即今安徽壽縣。

〔四〕文考:周文王死後,武王頌之爲文考。後用爲帝王亡父的尊稱。尚書正義卷一一泰誓上:"皇天震怒,命我文考,肅將天威,大勳未集。"孔安國傳:"言天怒紂之惡,命文王敬行天罰,功業未成而崩。"此指元宗。

〔五〕"崇爲帝師"數句:指元宗贈劉仁贍以太師、中書令,謚忠肅,加封衛王。見陸游南唐書卷一三劉仁贍傳。

〔六〕山陰、會稽:均爲今浙江紹興市的舊縣名。吴越時爲東府越州屬縣,見十國春秋卷一一二吴越地理表。此言劉仁贍改封越王。

慶王進封陳王贈太尉册〔一〕

維年月日,國主若曰:古稱王者之貴,必有先也。豈不以在原之助〔二〕,義切於邦家;陟岡之恩〔三〕,情均於存没。自非贈飾之寵,寧申敦叙之懷?稽迪前經,式揚盛典。咨爾某,受天正氣,爲國宗英。器量川渟,機神秀出。縱横之智,發爲事業;儒雅之度,播爲文辭〔四〕。自錫壤侯藩,訓兵蘭錡①〔五〕,行令惟一,撫下惟仁。周廬不驚〔六〕,宸極甘寢。天覆形於鍾愛,時望極於維城。景命不融,儀表長謝。壯圖大略,嗟時運之難並;遺文餘烈,綿歲序而常在②。粤予小子,祗荷丕構③。奉慈訓於長樂〔六〕,頒分器於懿親〔八〕。友于之恩,追懷何已!是用修嚴縟禮,申告九原。以王有文雅之稱,故改封於陳社;以王有重厚之器,故建號于上公。光昭令猷,永垂不朽。今命使某云云。噫!花蕚之游〔九〕,宛成今昔;寶玉之數④〔一〇〕,遂隔平生。尚想明靈,鑒兹永悼。

【校記】

①訓:四庫本、全唐文、黄校本、李刊本作"調"。

②在:四庫本、全唐文作"存"。

③構:四庫本作"基",全唐文作"緒"。

④數:四庫本作"賜"。

【箋注】

〔一〕作於宋建隆二年(九六一)七月。 慶王:即李弘茂,字子松,元宗第二子。保大九年薨,僅十九歲。追封慶王。見馬令南唐書卷七、陸游南唐書卷一六、十國春秋卷一九本傳。文稱國主,又有"祗荷丕構"之語,故繫於是年七月。

〔二〕在原:指兄弟。詩經小雅常棣:"脊令在原,兄弟急難。"

〔三〕陟岡:指兄弟。詩經魏風陟岵:"陟彼岡兮,瞻望兄兮。"

〔四〕"儒雅之度"句:十國春秋卷一九本傳:"每與賓客朝士燕游,惟以賦詩爲業。"

〔五〕蘭錡:見卷六朱業江州節度使制注〔六〕。

〔六〕周廬:見卷六朱業江州節度使制注〔四〕。

〔七〕長樂:見卷七外祖母追封某國夫人注〔六〕。

〔八〕分器：天子把宗廟所藏的寶器分與諸侯和宗室。左傳定公九年："得寶玉大弓。"杜預注："弓玉，國之分器，得之足以爲榮，失之足以爲辱。"

〔九〕花萼：比喻兄弟和睦友愛的情誼。詩經小雅常棣："常棣之華，鄂不韡韡。凡今之人，莫如兄弟。"

〔一〇〕寶玉之數：見本卷追封豐王册注〔二〕。

追贈留從效父册〔一〕

維年月日，國主若曰：立身揚名，君子所以顯父母也；慎終追遠，王者所以厚風俗也。政之大者，其可忘乎？咨爾清源軍節度使留某父贈鄜州都督彦雄，行當于躬，量韜于世。修誠明而應物，積善慶以流光。實啓高門，誕生賢嗣。建節風雲之會，致身藩翰之權。清寧一方，表率群后。歲勤職貢，恭守朝經。位崇帝師，勳在王府。向非禀訓有自，膺期而生，則功勳所昭，何以及此？雖褒贈之典，已賁於九原；而督護之名，未光於太府①。俾加縟禮，薦洽朝章。今遣使云云持節册贈爾爲潞州大都督。於戲！節鉞之貴，命屈於生前；典册之崇，禮符於不朽。既足以光爾之有後，亦所以表予之推恩。昭昭有靈，知我斯意。

【校記】

①光：四庫本、全唐文作"比"。

【箋注】

〔一〕作於宋建隆二年（九六一）七月。　留從效：見卷六泉州節度使劉從效檢校太師制注〔一〕。其父爲劉彦雄。方輿勝覽卷一二泉州名宦："留從效，……建隆間封鄂公。"據制文中稱國主，知在奉周正朔之後；又稱從效爲清遠軍節度使，知其尚未進封鄂國公。又，建隆三年（九六三），從效即卒，見福建通志卷二。綜上，知其父追贈是職在後主即位之初。

昭惠后謚議①〔一〕

臣聞:廣莫極於坤元〔二〕,則含容光大,擬議著焉;尊莫隆於王后②,則窈窕思賢,詠歌發焉。是以上德無名,而稱謂流於百代;至道無象,而儀刑表於萬方③〔三〕。此固天理,出於自然,聖人所以無避者也。矧惟節惠之禮,百王盛典,述德之議,史臣至公,誕昭耿光,敢揚懿德。伏惟大行國后,生商遺烈,安劉積慶〔四〕,淑質奇相,惠問英才,光映台華,作儷公族,紹隆藩閫,載輯儲闈〔五〕。世子專寢門之禮,孝心不匱;大君以家人之慶,天覆有加。誠由肅雍之德,叶此睦姻之盛,言内則者,以爲美談。及屬運飛天,尊歸配地,嚴恭匪懈,稟母儀於上宫;慈惠積中,率婦道於天下。澣濯是服,而六衣有煒〔六〕;環珮中節,而九御有倫④〔七〕。思脱簪之誡⑤,以成憂勤之政;躬大練之飾,以輔純儉之風。陰教既孚,王化茂遠,方興告變〔八〕,椒風永閟〔九〕。慟結長樂〔一〇〕,哀纏紫宸〔一一〕。龜筮叶從,攢塗將啓〔一二〕,旌德之號,彤管斯存。若乃山河表德,而文之以禮;金玉其相,而守之以恭。垂訓以慈,進賢以哲。至於誦經習詩之敏,審音知樂之明〔一三〕,超然遠識,敻絶終古。勤行孝養,下自從化,故寬裕懷於六宫;天資明惠,學無不通,故遺愛鍾於宸眷。載稽具美,實光前烈。謹案謚法,德禮不愆、容儀恭美皆曰"昭",慈哲遠識、寬裕遺愛皆曰"惠"。仰惟實録,足表鴻猷,謚曰昭惠后。謹議。

【校記】

①昭惠后:全唐文作"昭惠皇后"。

②王:全唐文作"皇"。

③刑:原作"形",據全唐文、李刊本改。

④有:黄校本作"宥"。

⑤誠:李刊本作"誠"。

【箋注】

〔一〕作於宋乾德二年(九六四)十一月至十二月間。　昭惠后:爲後主皇后周氏,小字娥皇。見馬令南唐書卷六、陸游南唐書卷一六、十國春秋卷一八本傳。十國春秋卷一七載:乾德二年,"十一月,國后周氏殂","乾德三年春正月壬午,葬昭惠后於懿陵"。卷一八昭惠后傳云:"殂於瑶光殿之西室,時乾德二年十一月甲戌也。"其擬謚,當在葬前,按:十一月甲戌爲十一月初二日,正月壬午爲正月初十日。故繫於十一月至十二月間。

〔二〕坤元:見本卷光穆后謚册注〔六〕。

〔三〕儀刑:見卷八前舒州録事參軍沈翺可大理司直注〔三〕。

〔四〕生商遺烈、安劉積慶:文王滅商興周;高祖晚年,吕后問丞相人選,高祖云周勃可安劉氏。分别見史記卷四周本紀、卷八高祖本紀。昭惠后姓周氏,故云。

〔五〕儲闈:見本卷光穆后謚册注〔四〕。

〔六〕六衣:指王后的六種禮服。文選卷五八謝朓齊敬皇后哀策文:"俎徹三獻,筵卷六衣。"李善注:"杜預左氏傳注曰:'周禮曰司服掌王后之六服,褘衣,褕狄,闕狄,鞠衣,展衣,褖衣。'"

〔七〕九御:宫中女官,掌女工及侍御之事。周禮注疏卷七内宰:"以陰禮教九嬪,以婦職之法教九御。"鄭玄注:"九御,女御也。九九而御於王,因以號焉。"

〔八〕方輿:文選卷一九束皙補亡詩之五:"漫漫方輿,迴迴洪覆。"李周翰注:"方輿,地也。"

〔九〕椒風:漢宫閣名。漢書卷九三董賢傳:"又召賢女弟以爲昭儀,位次皇后,更名其舍爲椒風,以配椒房云。"顔師古注:"皇后殿稱椒房。欲配其名,故云椒風。"

〔一〇〕長樂:見卷七外祖母追封某國夫人注〔六〕。

〔一一〕紫宸:宫殿名,天子所居。

〔一二〕龜筮叶從、攢塗將啓:謂已占卜好安葬時日,靈車將要發喪。龜筮,占卜。攢,停棺待葬。

〔一三〕"誦經習詩之敏，審音知樂之明"句：周氏通書史，善歌舞，尤工琵琶。安史之亂後，霓裳羽衣絶不復傳。周氏得殘譜，以琵琶奏之，於是開元、天寶之遺音復傳於世。見馬令南唐書卷六、陸游南唐書卷一六、十國春秋卷一八本傳。

徐鉉集校注卷一〇　碑銘

武成王廟碑[一]

下臣伏讀前史，窮探政經，莫不以兵戰爲危事，目干戈爲凶器，異達人之格論，蓋曲士之常談。若乃上考洪荒，遐觀擬象，九疇垂範[二]，何嘗棄從革之功[三]；五緯麗天[四]，詎可淪長庚之耀[五]。春生夏長，非秋無以收成；雷動風行，非霜不能肅殺。先王設教，疇敢渝之①？垂衣裳以正其本，爲弧矢以申其用。坂泉戡難②，所以見軒后之神明[六]；丹浦庇人，所以成帝堯之光宅[七]。七旬來格[八]，本由舞羽之仁[九]；八百同辭，始自葬枯之惠[一〇]。故修文廟堂之上者，武功之始；折衝千里之外者，文德之形。好仁而忘兵③，則西夏、偃王以之而殞[一一]；恃力而棄義，則夫差、嬴政由是而亡[一二]。乃知文德不修，則武功不立；武功不試，則文德不昭。相須而成，其揆一也。故立其教者謂之聖，大其業者謂之賢。聖則應天順人，西伯受代殷之任；賢則開物成務，太師有佐命之功。當其偃息朝歌，盤桓渭水，量恢宇宙，既處困而能通；才冠生民，亦俟時而後動。雲雷之屯已構④，天人之契冥符。曆數有歸，君臣相遇，投釣而起，同車以還。尊爲王者之師，我無慙德；加之百官之上⑤,人絶異言〔一三〕。大矣哉!聖哲膺期,無得而稱已,故能式遏亂略,大拯横流。把白旄而誓師,操黄鉞而助斷,解倒懸之困,釋比屋之誅〔一四〕。大統既集,天保已定,然後軾廬表墓,歸馬放牛⑥,申義風於夷、齊〔一五〕,授成事於旦、奭〔一六〕,宏開四履,高視五侯。及其德澤將衰,風流已遠,猶使紀侯大去,不遺九世之讎〔一七〕;周室既卑,更賴一匡之業〔一八〕。自非道充四表,功濟三才,孰能丕顯烈光,若斯之盛者也?其後聖人既没,真風漸漓,戰國如焚,群生殄瘁。先王利器,舉爲争奪之資;闕里諸生〔一九〕,率用縱横之説。遂使中都憤歎,聿興末學之詞;柱史傷嗟,始發不祥之論〔二〇〕。流遁忘返,積習生常,則我武、護之音〔二一〕,將墜于地。夫至公所以應群動,上德所以綜萬殊。達其旨則左右咸宜,迷其本則弛張兩失。自漢參霸道,魏濟姦雄,藐爾千年,荒哉七德!國家參墟發命,扈水膺圖〔二二〕,群黎興徯后之辭〔二三〕,八表有宅心之地〔二四〕。高祖奉天革政,扇牧野之高風;太宗屈己師臣,躡渭濱之盛軌〔二五〕。施其法則致其報,入其國則思其人。貞觀年中,始於磻谿立廟〔二六〕。玄宗祇若先訓,奮發神謀,平内難於女戎,嗣鴻圖於代邸〔二七〕,永言遺範,重事嚴禋。開元中,詔京師及天下州府並立太公廟,著良辰於上戊,抗縟禮於虞庠,而復歷選前修,式崇配享〔二八〕。得其體者,參入室升堂之列;蹈其迹者,儼樞衣函丈之容。穆矣皇風,焕乎甲令!肅宗來朝走馬,初嚴避敵之師;九五飛龍,遂荷在天之命。澆戈既戮,商奄猶驕,方資戡定之勤,更舉褒崇之詔。禮尊南面,位極真王。取其大告之稱,以定易名之典〔二九〕。歷代之闕文備矣,聖皇之能事烝哉!故得靈鑒孔昭,群臣競勸,諸侯供職,函夏同文〔三〇〕,中興之功,配天齊古。雖復運逢興替,時有安危,造周之德既隆,思漢之人常在。烈祖沉潛剛克⑦〔三一〕,神武有徵。静氛癘於蕭牆,功高庖正;掃攙槍於丹徼,業茂賓門。由是四海樂推,三靈眷命〔三二〕,光復舊物,洪惟至公。大道將行,皇猷累洽。今上允文允武〔三三〕,克長克君。自出震見离〔三四〕,發號施令,雷行天下,豐宜日中,信及豚魚,仁霑行葦〔三五〕。若夫尚齒尊賢之教,宵衣旰食之勤,制禮作樂之文,返朴斲雕之質,固已紛綸。帝籙掩映,瑶編猶復,叶比臧謀,疇咨庶政。以爲五材並用,廢一不可,天下雖平,忘戰必危。是故簡萬乘之人,申九伐之令,六官聯事,百度惟貞。副君以介弟之尊,當撫軍之任,威而不猛,動必以仁;大元帥齊王,明德茂親,由諸王而宿衛;副元帥燕王,敦詩閲禮,以長子而帥師〔三六〕。用能啓迪大中,張皇下武。其餘西京名將〔三七〕,霧集星羅;北府奇兵〔三八〕,飆馳電騖。並列雲臺之像〔三九〕,咸開長水之營。地利人和,思深慮遠。域中無事,則用之於進賢興功;四方有變,則用之於弔民伐罪。故出車甌駱[8],則係以長纓;鞠旅衡湘,則舉爲内地〔四〇〕。皆所以拯其塗炭之患,息其沉鬬之争,非徒夸大兵威,兼并土宇而已。至於篁竹、萑蒲之聚,田、昭、屈、景之宗,或粗舉先聲,或聊分偏校,莫不厥角稽顙,請命即刑〔四一〕。史不絶書,野無遺寇。斯乃聲明文物之外,廟堂帷幄之間,思未半之,功已倍矣[9]。加以爲而不宰,讓德於天。潔粢豐盛,靡違于時事;春蘭秋菊,遠被於無文。乃顧戎韜,式嚴邦政。以爲三王四代之事,罔不從師;前哲令德之人,必將崇祀。列聖盛典,實啓孫謀,乃復舊章,爰作新廟。於是宗伯建位,梓人授規。入端門而右迴,旁太學以西顧。瞰康莊而列屏,因爽塏而營基。他山之石咸移,中伐之材畢萃。成之不日,自比靈臺;揆彼方中,寧慙楚室。崇堂屹以特起,高門豁其洞開。筵有籩豆之區,階有賓主之位。干戈在序,鍾鼓在庭,繟然觀藝之場,藹爾致誠之地。春秋二仲,時和氣清,醴醆交羞,牲牷不疾。鷸冠彇劍[10],展告虔薦信之儀;玉戚朱干,儼象德達神之列。中軍元帥,出建靈旗;六郡良家,來登勇爵。旆旌鐃吹,桓桓推轂之威;金石絲篁，穆穆宴毛之序。觀之者亂臣知懼⑪。比夫漢尊黄老，詎臻清净之源；秦用刑名，徒有刻深之弊⑫。中庸之德，其在兹乎？嗟夫！聖人没而微言絶，王澤竭而頌聲息。奚斯露寢，諸侯之事何觀？吉甫清風，衰世之音孰尚？豈若帝圖光赫，聖祚宏新⑬，人知鼓篋之方，家識止戈之漸。固可著之金石，列在鼎彝。微臣學愧常師，用慙兼備。承明再入，固無經國之才；宣室徵還〔四二〕，幸對受釐之問。將使延州聽樂，長聞雅正之聲〔四三〕；圯上受書，世出帝王之佐〔四四〕。敢揚丕訓，敬勒貞珉。其銘曰：

於惟基命，建用皇極。實有武備，以昭文德。弗惠弗迪，是糾是殛。天地剛柔，惟帝之則。是則是效，文王武王。惟師尚父，時惟鷹揚。匡正天下，綏爰四方。微禹之烈，于湯有光。肅肅牽牲，皇皇表海。簡禮從質，因民不改。難老曰壽，專征爲大。泱泱之風，至今猶在。大道既隱，明王不遭。走鹿争逐，頳魚告勞。泯若四履，紛吾六韜。我思古人，心焉忉忉。天或愛民，物無終否。率此叛國，歸于聖帝。自葛初征〔四五〕，至牧乃誓〔四六〕。君子萬年，本枝百世。鴻圖再造，二聖重光〔四七〕。亦既大賚，寧惟小康。六事允釐〔四八〕，四維孔張⑭。夢寐卜獵，咨嗟釣璜〔四九〕。虎踞之陽，龍藏之涘。爰作新廟，畢崇明祀。設梐交戟，朱門納陛。嵬崋穹崇，重深奥秘。名光大告，禮重真王。侑神祀食，入室升堂。威儀文物，容貌采章。列聖有作，兹焉不忘。膠庠既成，教義既明。三湘即序，百越來庭〔五〇〕。馬無南牧〔五一〕，人怨東征〔五二〕。烈烈政典，洋洋頌聲。商郊車騎〔五三〕，灌壇風雨〔五四〕。績用不泯，威神若覩。鏤金石以表德，薦馨香而受祐。春蘭兮秋菊，無絶兮終古。

【校記】

①疇：四庫本、全唐文作“誰”。

②難：李刊本作“亂”。

③好：四庫本、黄校本、全唐文作“如”。

④構:四庫本作“享”。

⑤官:李刊本作“姓”。李校:諸本作“官”,仲容云:似用書“平章百姓”意,即百官也。

⑥放:四庫本作“牧”。

⑦克:原作“完”,據四庫本、黄校本、全唐文、李刊本改。

⑧甌駱:原作“甌洛”,據四庫本、李校改。

⑨思未半之,功已倍矣:全唐文作“思未半而功已倍矣”。

⑩鶚:四庫本作“雄”。

⑪觀之者亂臣知懼:李校:“觀之者”句,仲容云:有脱誤。徐校:脱一偶句。

⑫刻深:四庫本、全唐文作“深刻”。

⑬祚:原作“作”,據四庫本、全唐文改。

⑭張:李校:一本作“彰”。

【箋注】

〔一〕作於南唐保大十一年(九五三)春夏之間。　武成王:即姜尚。景定建康志卷四四祠祀志一:“武成王廟,在右南廂鎮淮橋之北,御街西。唐開元中,詔京師及天下州府並立太公廟。”文曰“出車甌駱,則係以長纓;鞠旅衡湘,則舉爲内地”,“承明再入,固無經國之才;宣室征還,幸對受釐之問”。十國春秋卷一六載:保大十年(九五二)三月,“南漢初乘楚亂,據桂、宜等州,帝以知全州張巒兼桂州招討使,進圖桂州。夏四月……遣統軍使侯訓帥五千人會巒攻桂州。……十一月,劉言盡據故楚地。”據此,知保大十年四月南唐攻取桂州,十一月滅楚。又,保大九年春徐鉉由泰州回京,十一年夏秋,奉命至楚州等地察訪屯田,十二月長流舒州。算上建廟時日,竣工當在保大十一年春正月、二月間。則碑銘當作於此後不久。

〔二〕九疇:原指傳説中天帝賜給禹治理天下的九類大法,即洛書。見尚書正義卷一二洪範。此指治理天下的大法。

〔三〕從革之功:指戰争功用。尚書正義卷一二洪範:“木曰曲直,金曰從革。”

〔四〕五緯:指金、木、水、火、土五星。周禮正義卷一八大宗伯:“以實柴祀日月星辰。”賈公彦疏:“五緯,即五星:東方歲星,南方熒惑,西方太白,北方辰星,中央鎮星。言緯者,二十八宿隨天左轉爲經,五星右旋爲緯。”

〔五〕長庚:彗星之屬。史記卷二七天官書:“長庚,如一匹布著天。此星見,兵起。”

〔六〕坂泉:即阪泉。古地名。相傳黄帝與炎帝戰於阪泉之野。在今河北涿鹿縣東南。史記卷一五帝本紀:“教熊羆貔貅貙虎,以與炎帝戰於阪泉之野。”張守節正義引括地志:“阪泉,今名黄帝泉,在嬀州懷戎縣東五十六里。出五里至涿鹿東北,與涿水合。又有涿鹿故城,在嬀州東南五十里,本黄帝所都也。晉太康地里志曰:‘涿鹿城東一里有阪泉,上有黄帝祠。’” 軒后:指黄帝軒轅氏。

〔七〕丹浦:丹水之濱。文選卷二一沈約應詔樂游苑餞吕僧珍:“丹浦非樂戰,負重切君臨。”李善注:“六韜曰:‘堯與有苗戰於丹水之浦。’高誘吕氏春秋注曰:‘丹水在南陽。浦,崖也。’”

〔八〕七旬來格:見卷六撫州節度使馬希崇除舒州節度使制注〔四〕。來格,来臨,到來。格,至。尚書正義卷五益稷:“戛擊鳴球,搏拊琴瑟以詠,祖考來格。”

〔九〕舞羽之仁:尚書正義卷四大禹謨:“帝乃誕敷文德,舞干羽于兩階。” 舞羽:一種樂舞。周禮注疏卷二四籥師:“籥師,掌教國子舞羽歈籥。”鄭玄注:“文舞有持羽吹籥者。……詩云:‘左手執籥,右手秉翟。’”

〔一〇〕葬枯之惠:吕氏春秋卷一〇異用:“周文王使人掘池,得死人之骸,吏以聞於文王。文王曰:‘更葬之。’吏曰:‘此無主矣。’文王曰:‘有天下者,天下之主也;有一國者,一國之主也。今我非其主也?’遂令吏以衣棺更葬之。天下聞之曰:‘文王賢矣!澤及髊骨,又況於人乎?”

〔一一〕“好仁而忘兵”句:西夏,我國古代西方的小國,見穆天子傳卷四。逸周書卷八史記:“昔者西夏性仁非兵,城郭不修,武士無位,惠而好賞;財屈而無以賞,唐氏伐之,城郭不守,武士不用,西夏以亡。”偃王,西周時徐國國君。主張仁義不肯備戰,後敗亡。劉向説苑卷一五指武:“王孫厲謂楚文王曰:‘徐偃王好行仁義之道,漢東諸侯三十二國盡服矣。王若不伐,楚必事徐。’王曰:‘若信有道,不可伐也。’對曰:‘大之伐小,强之伐弱,猶大魚之吞小魚也。若虎之食豚也,惡有其不得理?’文王遂興師伐徐,殘之。徐偃王將死,曰:‘吾賴於文德，而不明武備，好行仁義之道，而不知詐人之心，以至於此，夫古之王者，其有備乎？'"

〔一二〕"恃力而棄義"句：夫差，春秋時吴國末代國君，極其好戰，爲越王勾踐所滅，見史記卷三一吴太伯世家。嬴政，秦始皇名嬴政，先後吞滅六國，終因殘暴而亡國。見史記卷六秦始皇本紀。

〔一三〕"西伯受代殷之任"至"人絶其言"數句：述周文王任用姜尚爲太師謀取霸業之事。見史記卷三二齊太公世家。朝歌，古地名。盤庚遷都殷，改爲朝歌。即今河南淇縣。渭水，水名。黄河最大支流，源出甘肅鳥鼠山，流經今陝西省中部，至潼關入黄河。姜尚遇文王之前曾垂釣於此。

〔一四〕比屋：所居屋舍相鄰，此指百姓。

〔一五〕夷、齊：即伯夷、叔齊。抱節守志的典範。事見史記卷六一伯夷列傳。

〔一六〕旦、奭：即周公旦、召公奭。二人共輔周武王。見史記卷四周本紀。

〔一七〕"紀侯大去，不遺九世之讎"句：謂齊襄公九世祖哀公爲紀侯所譖，被烹於周，齊襄公復仇而滅之。史記卷三二齊太公世家："哀公時，紀侯譖之周，周烹哀公。"左傳莊公四年："紀侯不能下齊，以與紀季。夏，紀侯大去其國，違齊難也。"

〔一八〕"周室既卑，更賴一匡之業"句：指周室衰微，齊桓公九合諸侯，一匡天下。見史記卷三二齊太公世家。以上二句謂姜尚影響深遠，因其被封於齊，爲齊國開國之君。

〔一九〕闕里：即孔廟。在今山東曲阜城内闕里街。因有兩石闕，故名。孔子曾在此講學。孔子家語卷九七十二弟子解："顔由，顔回父，字季路，孔子始教學於闕里，而受學。"

〔二〇〕"柱史傷嗟"句：柱史，柱下史的省稱，指老子。後漢書卷五九張衡傳："庶前訓之可鑽，聊朝隱乎柱史。"李賢注引應劭曰："老子爲周柱下史，朝隱終身無患。"不祥之論，老子第三十一章："夫兵者，不祥之器。物或惡之，故有道者不處。……兵者，不祥之器，非君子之器，不得已而用之。"

〔二一〕武護：武爲頌揚周武王戰勝商紂王的樂舞。論語八佾："子謂韶，'盡美矣，又盡善也。'謂武，'盡美矣，未盡善也。'"護爲古樂曲名。墨子卷一三辯:"湯放桀於大水,環天下自立以爲王,事成功立,無大後患,因先王之樂,又自作樂,命曰護。"

〔二二〕扈水膺圖:扈水,水名。在今陝西雒南縣西,源出玄扈山,因注洛水,故又名洛汭。水經注卷一五洛水:"河圖玉版曰:'倉頡爲帝,南巡,登陽虚之山,臨于玄扈洛汭之水。靈龜負書,丹甲青文以授之。'"又,初學記卷三〇:"春秋合誠圖:'黄帝坐玄扈洛水上,與大司馬容光等臨觀,鳳皇銜圖置黄帝前,帝再拜受圖。'"膺圖,承受瑞應之圖。潘岳爲賈謐作贈陸機詩:"子嬰面櫬,漢祖膺圖。"

〔二三〕徯后之辭:尚書正義卷八仲虺之誥:"攸徂之民室家相慶曰:'徯予后,后來其蘇!'"孔安國傳:"湯所往之民皆喜曰:'待我君來,其可蘇息。'"後以"徯后"表示盼望明君到來。

〔二四〕宅心:心悦誠服而歸附。漢書卷一〇〇下叙傳下:"項氏畔换,黜我巴、漢,西土宅心,戰士憤怨。"

〔二五〕"高祖奉天革政"數句:謂李淵興兵滅隋,似武王牧野之滅商紂;太宗禮賢下士,似文王之師姜尚。

〔二六〕"貞觀年中"二句:新唐書卷一五禮樂志:"貞觀中,以太公兵家者流,始令磻溪立廟。"

〔二七〕"玄宗祗若先訓"數句:謂唐玄宗平定太平公主之亂,嗣帝位於藩邸。見舊唐書卷八玄宗本紀上。女戎,猶女禍。國語卷七晉語一:"史蘇告大夫曰:'有男戎必有女戎。'"韋昭注:"戎,兵也。女兵,言其禍由姬也。"此指太平公主。代邸,入嗣帝位的藩王的舊邸。漢高祖之子劉恒封代王,所居曰代邸。陳平、周勃等誅諸吕,廢少帝,迎立代王,是爲文帝。見史記卷九吕太后本紀、卷一〇孝文本紀。

〔二八〕"開元中"數句:舊唐書卷八玄宗本紀上載:開元十九年四月,"丙申,令兩京及天下諸州各置太公尚父廟,以張良配饗,春秋二時仲月上戊日祭之。"

〔二九〕"以定易名之典"句:舊唐書卷一〇肅宗本紀上載:至德三年閏四月,"己卯,以星文變異,上御明鳳門,大赦天下,改乾元爲上元。追封周太公望爲武成王,依文宣王例置廟。"

〔三〇〕函夏:全國。見卷一〇祭世宗皇帝文注〔五〕。

〔三一〕烈祖:李昪卒,廟號烈祖。

〔三二〕三靈:漢書卷八七上揚雄傳上:"方將上獵三靈之流,下決醴泉之滋。"顏師古注引如淳曰:"三靈,日、月、星垂象之應也。"

〔三三〕今上:指南唐中主元宗。

〔三四〕出震:見卷七左司郎中陳繼善可工部侍郎注〔五〕。

〔三五〕行葦:路旁的蘆葦。詩經大雅行葦:"敦彼行葦,牛羊勿踐履。"按:古文毛詩序以爲泛言周王朝先世之忠厚,今文三家詩遺説則以爲專寫公劉仁德。多用於稱頌朝廷仁慈。班彪北征賦:"慕公劉之遺德,及行葦之不傷。"

〔三六〕"副君以介弟之尊"至"以長子而帥師"數句:副君爲李景遂,齊王爲李景達,燕王爲李弘冀。保大五年正月,立景遂爲太弟,景達爲齊王,領諸道兵馬元帥,弘冀爲燕王、副元帥。見十國春秋卷一六元宗本紀。

〔三七〕西京:此指首都金陵。

〔三八〕北府:南唐建都金陵,以廣陵爲東都。此處似用東晉時北府之典。按:東晉建都建康(今江蘇南京市),軍府設在建康之北的廣陵(今江蘇揚州市),故稱軍府曰北府。世説新語卷下排調:"郗司空拜北府。"劉孝標注引南徐州記:"舊徐州都督以東爲稱。晉氏南遷,徐州刺史王舒加北中郎將。北府之號,自此起也。"南徐州即廣陵。

〔三九〕並列雲臺之像:謂在雲臺圖畫名將之像。雲臺,漢宮中高臺名。漢明帝時因追念前世功臣,圖畫名將於南宫雲臺。見後漢書卷二二朱景王杜馬劉傅堅馬傳論。

〔四〇〕"出車甌駱"至"舉爲内地"數句:謂南唐攻取桂州,吞併楚國。見注〔一〕。甌駱,指桂州(今廣西桂林市)等地。史記卷一〇三南越列傳:"越桂林監居翁,諭甌駱屬漢,皆得爲侯。"

〔四一〕"篁竹、萑蒲之聚,田、昭、屈、景之宗"至"請命即刑"句:指南唐平定張茂賢之亂及滅閩、楚之事。萑蒲爲盜寇出没之地,此代張茂賢(史書作張遇賢)。田爲齊國大姓,昭、屈、景爲楚三大姓。此指代閩和楚。按:閩爲王審知所建,王姓出自齊王田和之後,見元和姓纂卷五。故指代閩。

〔四二〕宣室:見卷一新月賦注〔一六〕。

〔四三〕"延州聽樂"句:延州,即延陵季子,其本封延陵,復封州來,故稱"延州"。吴使季札聘於魯,請觀周樂。見史記卷三一吴太伯世家。

〔四四〕"圯上受書"句:張良游下邳圯上,黄石公授以太公兵法,後爲王者之師。見史記卷五五留侯世家。

〔四五〕自葛初征:尚書正義卷八仲虺之誥:"葛伯仇餉,初征自葛。"孔安國傳:"葛伯游行,見農民之餉於田者,殺其人,奪其餉,故謂之仇餉。仇,怨也。湯爲是以不祀之罪伐之,從此後遂征無道。"

〔四六〕至牧乃誓:史記卷四周本紀:"武王朝至於商郊牧野,乃誓。"史記卷三二齊太公世家:"十一年正月甲子,誓於牧野,伐商紂。"

〔四七〕二聖重光:指烈祖與元宗相繼爲君主。

〔四八〕允釐:治理得當。見卷七宋齊丘知尚書省制注〔五〕。

〔四九〕釣璜:喻臣遇明主,君得賢相。孫之騄輯尚書大傳卷二引爾雅疏:"周文王至磻溪,見吕望,文王拜之。尚父云:'望釣得玉璜,刻曰:周受命,吕佐檢德合,於今昌來提。'"

〔五〇〕"三湘即序,百越來庭"句:謂楚歸順南唐。

〔五一〕馬無南牧:賈誼過秦論:"胡人不敢南下而牧馬,士不敢彎弓而抱怨。"

〔五二〕人怨東征:尚書正義卷八仲虺之誥:"葛伯仇餉,初征自葛。東征西夷怨,南征北狄怨。"參注〔四五〕。

〔五三〕商郊車騎:姜尚隨武王伐紂,至商郊牧野而誓。史記卷四周本紀:"誓已,諸侯兵會者車四千乘,陳師牧野。"

〔五四〕灌壇風雨:張華博物志卷七:"太公爲灌壇令,武王夢婦人當道夜哭,問之,曰:'吾是東海神女,嫁於西海神童。今灌壇令當道,廢我行。我行必有大風雨,而太公有德,吾不敢以暴風雨過,是毁君德。'武王明日召太公,三日三夜,果有疾風暴雨從太公邑外過。"後以"灌壇"代指有德行的地方官吏。

蔣莊武帝新廟碑銘〔一〕

臣聞南正司天〔二〕,授宗祝史巫之職;春官掌禮〔三〕,詔犧牲玉帛之儀,皆所以別類人神,統和上下。三時不害,力嗇以之普存;百物阜安,薦信猶其多品。用能舉明德而徼景福,播和樂以致靈祇。三五已還〔四〕,皆是物也。若乃渾元宣氣,山岳成形,雲雨於是乎生,財用於是乎取。故有毳冕之服〔五〕,璋邸之符①〔六〕,或以肆瘞垂文,或以庪懸著法②〔七〕。虞舜,聖帝也,而有"徧于"之祀;周武,明王也,而有"惟爾"之祈。至於祊田高邑之都③,藻茝桑封之秩,稰稌有羡,蘭菊無虧。大典奇篇,論之備矣。後王徂帝,聞斯行諸。金陵山者,作鎮楊都,盤根福地,峙天險之左次,瞰臺城之北隅。陽嶺前瞻,包舉青林之苑;陰崖右轉,經營玄武之池〔八〕。絶巘嶔岑,蔽虧日月;深巖窈窕,吐納風雲。層臺累榭臨其嶺④,湧泉清池湛其下,白鹿麏麃騰其藪,鴛雛孔翠栖其林。豫章杞梓之材,橘柚樝梨之實,赭堊丹青之美,錫銀金碧之饒,固以事異假珍,富兼諸夏,登于軌物〔九〕,掌以虞衡〔一〇〕。矧復奇怪中潛,絪緼上屬。真人來應⑤,瘞雜寶以祈年;智士攸同,指盤龍而建國。亦何必嵩丘發峻,始號降神,岷嶺騰精,獨稱建福。自時厥後,代富靈游。刺史還都,即有栽松之地;諸生肄業,非無講學之場。岫幌雲關,訪徵君於幽谷〔一一〕;鹿巾霞帔,集道侶於中林。斯亦群帝之密都,先王之册府者也。在昔霜鍾細品,猶淹耕父之居;反景微光,尚駐長留之駕。況乎皇州列岳,宅怪儲靈,不有吉神,孰司陰騭?蔣帝孕清明之氣〔一二〕,稟正直之資,寔九德之所生,與五龍而比翼。自西江考績,謝聯事於玄夷。北部申威,輯庶功於黄綬。于時祚終四百,運偶三分〔一三〕。夫懷墜炭之愁⑥,家有剥廬之痛。帝則勤勞徇物,慷慨憂時。既援張敞之桴⑦〔一四〕,即振李崇之鼓〔一五〕。赤丸未盡〔一六〕,執漢節以忘生〔一七〕;青骨難誣,降北山而受享。飛蟲顯俗,生民之舒慘焉依;白馬耀奇,平昔之威容如在。故使中都之印,式報陰功;長水之營,旁旌同氣〔一八〕。廬宫改命,非因介子之焚〔一九〕；廟貌崇壇，詎比愚公之徒？自是光靈茂遠，代祀綿長。或昭德而降祥⑧，或害盈而致罰⑨。黄旗紫蓋，奉五馬之禎符；朱鬣碧蹄，殄高山之巨盜。賢如謝傅，猶繄草木之形〔二〇〕；親若始安，亦假弟兄之助〔二一〕。故得王封錫羡，帝服歸尊。追炎昊以齊稱，躡虞黄而接武〔二二〕。事光典册，惠浹幽遐。任水木之遞遷，顧高深而自改。國家緑圖受祉，黄鉞庇人，分二牧於土中，包九有於宇下〔二三〕。雖十聯百里，亟更守宰之權；而四望五郊，不易宗彝之數。及威儀暫失⑩，龜鼎中遷〔二四〕，瀛海飆迴〔二五〕，坤輿幅裂〔二六〕，而盤礴之際，常奉周正；封域之間，獨爲漢守。衣冠舊族，宛洛遺甿，咸趨懷德之鄉，共免永嘉之亂〔二七〕。終使皇天眷祐，百姓與能，克昌再造之基，奄有六朝之地。烈祖功踰嗣夏，體濬哲而致中興；皇上德邁繼文，懋元良而恢下武。格天光表，慰率土之謳謡；累洽重熙，漸群黎之肌骨。所以珍符揔至，靈命畢陳。極金簇以標年，盡瑶編而紀瑞。襲於六藝，貫彼三墳。矧復聖作無方，神謀不測，殷周損益，文武弛張。制在先機，申於後甲。百吏奉行而不暇，兆民日用而不知。帝典恢弘，天文貞觀，摛華發藻，抉賾披聾。丹浦非好戰之師〔二八〕，兩階有誕敷之舞。坐知千里，廓清五嶺之氛〔二九〕；役不踰時，底定七閩之難〔三〇〕。國風王澤，自北而南，樹立之權，由來尚矣。康無專享，止崇藩屏之封；穆弔不咸，但著急難之詠。未有極至公之舉，正太弟之尊，大義鴻猷，如今日之盛者也。副君膺則哲之寄，有聖人之資，由上德而貞萬邦，用英才而揔百揆〔三一〕。麗正繼明之業，仰奉宸謀；持謙敬客之心，甫懷庶品。則有齊藩上寄，紆盭綬而握兵符；燕邸真王，珥貂冠而掌宫籥。周公則武王之弟，夏啓則吾君之子〔三二〕，故能緝熙帝載，寅亮天工。晏平仲之論和〔三三〕，北宫子之謂禮〔三四〕，自家刑國，草偃風行。上下之際既交，華裔之情如一⑪。黑齒奇肱之俗,款塞來王;碧嵩素滻之濱,除宮望幸。后夔典樂〔三五〕,已播薰絃;司馬進稱,行陳秘檢⑫。功既隆矣,德亦厚矣,尚復往而未止,謙以益尊,政靡不修,思無不及。以爲無文咸秩,訓誥之格言;明祀是崇,春秋之大義。農祥晨正,豐潔四馳,密雲不雨,馨香並薦。載紆睿鑒,爰顧遺祠。詔曰:"蔣帝受命上玄,奠職兹土,力宣往代,澤被中區,所謂有益於人,以死勤事者也。今號位已極,名謚弗彰,闕典未申,朕甚不取。其以勝敵克亂之業,爲民除害之功,因姓開國,追謚莊武。仍令有司修寢廟⑬,備制度焉。"於是即舊謀新,審形面勢,農工告隙,營室方中。或懸水以爲規,或飭材而攻木,摶埴之工麕至⑭,圬墁之伎星羅。徑術常夷,靡薙王孫之草;荊榛舊闢,寧誅宋玉之茅〔三六〕?百堵齊興,旬歲而畢⑮;繚垣十里,重屋四周。樹文玉於庭中,交枝䨥靡;挺開明於闥外,詭狀鬖髿。納陛逶迤,碧疊元州之石;横梁夭矯,雪披後渚之梅。豁朱户之曈曨,陽光不夕;閟深宮之霮䨴,碁靄常霏。堂上布筵,楹間設奠。箎磬鐘鼓羅于下,籩豆簠簋肆于前〔三七〕。再變之音克諧,永貞之祝無愧。神光倏忽,袨服連蜷〔三八〕。孔蓋翠旌,若有來而罔覿;蕙肴蘭籍,若有去而不亡⑯。用是高揖靈玄,永司純嘏〔三九〕。魍魎魑魅,豈煩夏鼎之圖〔四〇〕;風雨雪霜⑰,無待桑林之禱〔四一〕。則知民和而後降福,事理而後不祈,人祇之間,如斯而已者也。粤若先王命祀,神道教人,前哲令德之流,九魁六宗之類,或以公族視秩,或以户邑奉祠。子晉之爲帝賓〔四二〕,真階匪極;傅説之騎龍尾〔四三〕,景耀未融。斯皆地勢本高,升聞易達,詎有權輕五校⑱〔四四〕,壤狹一同,而能比敬軒臺⑲〔四五〕,分光堯日?縱質文之迭改,代奉典章;及聖哲之丕承,更加崇飾。故金簡玉字,興王之統可尋;兩騎五車〔四六〕,受職之期斯在。雖將歷選,安得同年?昔者崑閬窮游,尚紀白雲之什〔四七〕;燕然薄伐,亦陳玄甲之銘〔四八〕。孰與冥貺昭彰,壽宫宏麗?水通懸圃,萃氣色於閶門;路接白楊,焕丹青於坰野⑳。此而莫述,後嗣何觀?微臣潤色無功,討論奚取。思問神於先聖,姑欲事君;苟獲罪於玄穹,曷容媚竈。惟於舊史,想見英風。適當罷役之初,爰奉屬辭之詔。西州作頌㉑,誠慙邑子見稱;南國刊銘,或望至尊所改。庶使千八百國,會執玉於兹峰;七十二家,配泥金於此地〔四九〕。其銘曰:

茫茫玄造,萬物資始。一經神怪,一緯人理。先聖則之,以著綱紀。仰觀俯察,上天下地。高卑既定,品物咸宜。宣氣者山,配地曰衹。三公是擬,九德攸司。天作金陵,蔣帝荒之。巖巖金陵,作鎮上國。陰林巨壑,材生物植。洞穴巖房,逶迤詰屈。隱士無言,仙童不食。洪惟廟貌,奠此名區。位重天孫,權傾陸吾〔五〇〕。薜荔之服,辛夷之車。若自空桑〔五一〕,來游下都。翼翼京楊,馮馮輦轂。運屬多壘,聿祈深福。峻殄竪夷,勛亡景覆。肸蠁玄功,威蕤帝籙㉒。皇唐膺命㉓,和悦人神。崇名則舊,受職惟新。祥圖雜集,祀典紛綸。終全王土,以俟真人。再造延洪,繼文光大㉔。陰陽不測,天地交泰。没羽梯航,雕題冠帶。成民致力,祭神如在。猶防闕典,乃顧遺靈㉕。永懷簡册,欽若昭明。克亂除害,膺兹大名。亦有制度,備于祠庭。式瞻昬定,昬定既正。爰揆農時,農時弗虧。虞衡肅給,般爾交馳。加之礱斲,益以章施。新廟既成,神居既寧。我有常祀,蒸餚薦腥。匪禜匪祈㉖,歆我惟馨。三時不害,大庖不盈。昔在周家,逮于漢室。徒騁驥騄,虚羅甲乙。純嘏弗臻,斯猷愈失。載返真風,爰歸聖日。五衢植木,四照栽花。馳煙驛霧,晦景韜霞。方介十巫,何憂一車。行觀吉玉,願折疏麻㉗。謝傅長逝,王公不作。獨我莊武,先紓睿略。魯壝無棘,遼城有鶴〔五二〕。刻此苕華,永傳嵩霍〔五三〕。

【校記】

①璋邸：原作“璋底”，據四庫本、黄校本、全唐文、李刊本改。

②屐：原作“屣”，據徐校改。

③祊：原作“枋”，據徐校改。

④嶺：全唐文、李刊本作“巔”。

⑤來：原作“未”，據黄校本、李刊本改。

⑥夫：四庫本、全唐文作“人”。　墜：四庫本、黄校本、全唐文、李刊本作“塗”。

⑦桴：原作“俘”，據全唐文、李刊本改。

⑧降：李刊本作“致”。

⑨致：李刊本作“降”。

⑩儀：四庫本、全唐文作“名”。

⑪裔：黄校本、李刊本作“夷”。

⑫檢：黄校本作“典”。

⑬修：全唐文作“修飾”。

⑭摶埴：原作“塼埴”，據徐校改。

⑮旬：四庫本、全唐文作“自”。

⑯亡：黄校本作“忘”。

⑰雪：黄校本作“霜”。

⑱校：四庫本作“技”。

⑲敬：全唐文作“鏡”。

⑳坰：原作“駉”，據四庫本、全唐文、李刊本改。

㉑州：全唐文作“川”。

㉒威：李校：“威”一本作“葳”。

㉓命：李刊本作“運”。

㉔繼：黄校本作“維”。

㉕顧：四庫本、全唐文作“韻”。

㉖禜：原作“榮”，據四庫本、全唐文、李刊本、徐校改。

㉗疏：李校：一本作“桑”。

【箋注】

〔一〕作於南唐保大六年(九四八)。 蔣莊武帝:見卷九蔣莊武帝册注〔一〕。

〔二〕南正:上古時官名。國語卷一八楚語下:"顓頊受之,乃命南正重司天以屬神;命火正黎司地以屬民。"韋昭注:"南,陽位。正,長也。司,主也。屬,會也。所以會群神,使各有分序,不相干亂也。"

〔三〕春官:禮部的别稱。唐光宅年間曾改禮部爲春官。

〔四〕三五:指三皇五帝。楚辭章句卷一六劉向九歎思古:"背三五之典刑兮,絶洪範之辟紀。"王逸注:"言君施行,背三皇五帝之常典。"

〔五〕毳冕:天子祭祀四望山川時所用禮服。周禮注疏卷二一司服:"王之吉服……祀四望山川則毳冕。"鄭玄注引鄭司農曰:"毳,罽衣也。"

〔六〕璋邸之符:當是祭祀山川時君主所佩的玉器。周禮注疏卷二〇典瑞:"璋邸射,以祀山川,以造贈賓客。"鄭玄注:"璋有邸而射,取殺於四望。"周禮注疏卷四一考工記玉人:"璋邸射,素功,以祀山川,以致稍餼。"

〔七〕庪懸:太平御覽卷三八地部三敘山:"祭山曰庪懸。"

〔八〕玄武之池:即玄武湖。

〔九〕軌物:軌範,準則。左傳隱公五年:"君將納民軌物者也。"杜預注:"言器用衆物不入法度,則爲不軌不物。"

〔一〇〕虞衡:周禮注疏卷二太宰:"以九職任萬民……三曰虞衡。"鄭玄注:"虞衡,掌山澤之官,主山澤之民者。"賈公彦疏:"地官掌山澤者謂之虞,掌川林者謂之衡。"虞,衡分職,周漢已然,魏晉以來,概稱虞曹、虞部。隋後虞部屬工部尚書。

〔一一〕徵君:不受朝廷徵聘的隱士。

〔一二〕蔣帝:即蔣子文。見卷九蔣莊武帝册注〔一〕。

〔一三〕祚終四百,運偶三分:指東漢末年,三國分鼎。

〔一四〕張敞之桴:漢張敞任京兆尹,窮治盜賊,由是枹鼓稀鳴,市無偷盜。見漢書卷七六張敞傳。

〔一五〕李崇之鼓:魏書卷六六李崇傳:"以本將軍除兗州刺史。兗土舊多劫盜,崇乃村置一樓,樓懸一鼓,盜發之處,雙槌亂擊。四面諸村始聞者撾鼓一通，次復聞者以二爲節，次後聞者以三爲節，各擊數千槌。諸村聞鼓，皆守要路，是以盜發俄頃之間，聲布百里之内。其中險要，悉有伏人，盜竊始發，便爾擒送。諸州置樓懸鼓自崇始也。”按：蔣子文因除盜賊有功，故用張敞、李崇典。

〔一六〕赤丸：漢書卷九〇尹賞傳：“長安中姦猾浸多，閭里少年群輩殺吏，受賕報仇，相與探丸爲彈，得赤丸者斫武吏，得黑丸者斫文吏，白者主治喪。”此借指盜賊。陳子昂申州司馬王府君墓誌：“黄圖雖寧，赤丸未乂。”

〔一七〕執漢節以忘生：蔣子文殉職時爲漢秣陵尉，故云。

〔一八〕“青骨難誣”至“旁旌同氣”數句：蔣子文爲秣陵尉，戰死鍾山，後爲神，有故吏見其乘白馬，執白羽，侍從如平生。孫權派使者封爲中都侯，次弟子緒爲長水校尉，皆加印綬。爲立廟堂。轉號鍾山爲蔣山，自是災厲止息，百姓遂大事之。見搜神記卷五。因鍾山在金陵東北，故云北山。

〔一九〕“廬宫改命，非因介子之焚”句：謂新改廟堂，爲國家特加優崇，非因燒山所致。介子爲介之推。相傳春秋時介之推隱於綿山。文公燒山逼令出仕。

〔二〇〕“賢如謝傅，猶緊草木之形”句：相傳蔣子文在淝水之戰中曾展現神迹。晉書卷一一四苻堅載紀下：“初，朝廷聞堅入寇，會稽王道子以威儀鼓吹求助於鍾山之神，奉以相國之號。及堅之見草木狀人，若有力焉。”謝傅即謝安，卒贈太傅，故稱謝傅。其事見晉書卷七九謝安傳。

〔二一〕“親若始安，亦假弟兄之助”句：宋書卷七二始安王仁休傳：“尋諸方逆命，休仁都督征討諸軍事，增班劍三十人。出據虎檻，進據赭圻。尋領太子太傅，總統諸軍，隨宜應接。中流平定，休仁之力也。初行，與蘇侯神結爲兄弟，以求神助。及事平，太宗與休仁書曰：‘此段殊得蘇侯兄弟力。’”

〔二二〕“追炎昊以齊稱，躅虞黄而接武”句：炎昊，炎帝神農氏與太昊伏羲氏的合稱。虞，舜有天下之號。黄，黄帝軒轅氏。

〔二三〕九有：詩經商頌玄鳥：“方命厥後，奄有九有。”毛傳：“九有，九州也。”

〔二四〕龜鼎：後漢書卷七八宦者列傳序：“自曹騰説梁冀，竟立昏弱。魏武因之，遂遷龜鼎。”李賢注：“龜鼎，國之守器，以諭帝位也。”

〔二五〕瀛海：大海。王充論衡卷一一談天：“九州之外，更有瀛海。”

〔二六〕坤輿：大地。周易正義卷九説卦："坤爲地……爲大輿。"孔穎達疏："爲大輿，取其能載萬物也。"

〔二七〕"衣冠舊族"至"共免永嘉之亂"數句：永嘉五年（三一一），匈奴劉聰攻破洛陽，縱容部下搶掠，俘虜晉懷帝，殺太子司馬詮、宗室、官員及士兵百姓三萬餘人，並挖掘陵墓和焚毁宫殿，史稱"永嘉之亂"。見晉書卷五孝懷帝紀、卷一〇二劉聰載紀。士人爲躲避戰亂，紛紛南渡。

〔二八〕丹浦：見本卷武成王廟碑注〔七〕。

〔二九〕廓清五嶺之氛：指平定嶺南張遇賢叛亂。見卷七招討妖賊制注〔一〕。

〔三〇〕底定七閩之難：保大三年（九四五）八月，南唐滅閩。見通鑑卷二八五"開運二年"條及十國春秋卷一六元宗本紀。

〔三一〕"正太弟之尊"至"用英才而揔百揆"數句：見本卷武成王廟碑注〔三六〕。

〔三二〕周公、夏啓：分别代指元宗弟李景遂、子李弘冀。

〔三三〕晏平仲：晏嬰字仲，謚平，故稱。

〔三四〕北宫子：淮南子卷九主術訓："故握劍鋒以離北宫子、司馬蒯蕢，不使應敵，操其觚，招其末，則庸人能以制勝。"高誘注："北宫子，齊人，孟子所謂北宫黝也。"

〔三五〕后夔：文選卷三張衡東京賦："伯夷起而相儀，后夔坐而爲工。"薛綜注："后夔，舜臣，掌樂之官。"

〔三六〕誅宋玉之茅：庾信哀江南賦："誅茅宋玉之宅，穿徑臨江之府。"

〔三七〕簠簋：兩種禮器。禮記正義卷三七樂記："簠簋俎豆，制度文章，禮之器也。"

〔三八〕裷服：即衮服。裷，同"衮"。荀子卷六富國："諸侯玄裷衣冕，大夫裨冕，士皮弁服。"楊倞注："裷，與'衮'同。畫龍於衣謂之衮。"

〔三九〕純嘏：大福。詩經小雅賓之初筵："錫爾純嘏，子孫其湛。"朱熹集傳："嘏，福。"

〔四〇〕夏鼎：即禹鼎。夏禹鑄九鼎以象九州。上鏤山精水怪之形，使人以知神奸。見左傳宣公三年。

〔四一〕桑林：古地名。殷湯祈雨之地。淮南子卷九主術訓："湯之時，七年旱，以身禱於桑林之際，而四海之雲湊，千里之雨至。"

〔四二〕子晉：王子喬字子晉。相傳爲周靈王太子，喜吹笙作鳳鳴。參卷四步虚詞五首注〔一三〕。

〔四三〕傳説：殷商時期著名賢臣，相傳相商王武丁。尚書注疏卷九説命上："説築傅巖之野。"孔安國傳："傅氏之巖在虞、虢之界。"　騎龍尾：即騎箕尾。孫子火攻："日者，月在箕、壁、翼、軫也；凡此四宿者，風起之日也。"梅堯臣注："箕，龍尾也。"莊子内篇大宗師："傅説得亡，以相武丁，奄有天下，乘車維，騎箕尾，而比於列星。"

〔四四〕五校：荀悦申鑒卷二時事："掌軍功爵賞，小統於五校，大統於太尉。"黄省曾注："五校者，一曰屯騎，二曰越騎，三曰步兵，四曰長水，五曰射聲。俱掌宿衛兵，所謂大駕，鹵簿、五校在前是也。"

〔四五〕軒臺：即軒轅臺。傳説中的土臺名。山海經卷一六大荒西經："有軒轅之臺，射者不敢西嚮射，畏軒轅之臺。"李白北風行："燕山雪花大如席，片片吹落軒轅臺。"王琦注引直隸名勝志："軒轅臺在保安州西南界之喬山上。"即今河北懷來縣喬山上。

〔四六〕兩騎五車：孫之騄輯尚書大傳卷二周書牧誓引太平御覽："武王伐紂，都洛邑未成。陰寒，大雪深丈餘。甲子旦，不知何五大夫乘馬車，從兩騎，止於門外。王使師尚父謝賓幸臨之，尚父使人持一器粥出，進五車兩騎軍，使者具以告。尚父曰：'五車兩騎，四海之神與河伯雨師耳。'尚父各以其名進之，五神皆驚，相視而嘆。"所引見太平御覽卷一二天部雪，其文稍繁。

〔四七〕"崑閬窮游，尚紀白雲之什"句：崑閬，傳説崑崙山上的閬苑，穆天子與西王母曾游此地，賦白雲篇。穆天子傳卷三："乙丑，天子觴西王母於瑶池之上。西王母爲天子謡曰：'白雲在天，山陵自出。道里悠遠，山川間之。將子無死，尚能復來。'天子答之曰：'予歸東土，和治諸夏。萬民平均，吾顧見汝。比及三年，將復而野。'"

〔四八〕"燕然薄伐，亦陳玄甲之銘"句：東漢永元元年，竇憲領兵出塞，破北匈奴，登燕然山，刻石勒功。見後漢書卷二三竇憲傳。文選卷五六班固封燕然山銘："玄甲耀日，朱旗絳天。"

〔四九〕"七十二家,配泥金於此地"句:史記卷二八封禪書:"古者封泰山禪梁父者七十二家。"此用以表示來祭祀蔣莊武帝者極多。

〔五〇〕"位重天孫,權傾陸吾"句:天孫即織女。陸吾,傳説爲崑崙山神。山海經卷二西山經:"西南四百里,曰崑崙之丘,是實惟帝之下都,神陸吾司之。其神狀虎身而九尾,人面而虎爪;是神也,司天之九部及帝之囿時。"郭璞注:"即肩吾也。莊周曰'肩吾得之,以處大山'也。"

〔五一〕空桑:傳説中的山名。楚辭章句卷二九歌大司命:"君迴翔兮以下,踰空桑兮從女。"王逸注:"空桑,山名,司命所經。"

〔五二〕遼城有鶴:見卷一贈王貞素先生注〔五〕。

〔五三〕嵩霍:嵩山與霍山的並稱。宋書卷七四魯爽傳:"嵩霍咫尺,江河匪遠,夷庚壅塞,隔同天地,痛心疾首,晝慨宵悲。"梁元帝請於州置學校表:"不升嵩霍,豈識乾行之峻;不臨溟渤,安知地載之厚。"

武烈帝廟碑銘①〔一〕

臣聞昊穹凝命,玄化不宰。司契牧民之重,授以聖功;益謙輔德之明,顯諸神道。玉燭景風之瑞,所以報憂勤;天時地物之妖,所以警安逸。是以古之聖人,覩災而懼,因敗而成。撥亂反正之勳②,偃武修文之業,延洪光大,皆有幽贊者焉。故禹奠九州,受蒼水繡衣之命〔二〕;武師牧野,接五車兩騎之神〔三〕。或假靈於五將三門,或取象於長庚北落,奇怪惚恍③,歷代有之。然則潔粢豐盛,崇名紀號,欽若天意,丕顯陰功,元元本本④,政之大者也。玆我后所以側身脩德,允濟時屯⑤;武烈帝所以禦災捍患,光膺帝服。人神合應,豈不偉哉!惟帝才冠生民,道高振古,登賢能於鄉老,論昭穆於本朝。若夫忠孝文武之風,信智言行之懿,提綱案部之績,夷兇靜亂之勤,論道經邦之猷,宫懸錫馬之寵,忘身徇國之節,警愚顯俗之奇⑥,固已炳焕丹青⑦,鏗鏘金石。用能高標明祀,大庇蒸民。犧牲玉帛,數有加於群望;備物典册,禮遂縟於真王。

是知妙極無方，數均不測，告禎符於[⑧]元后，集景命于舊邦，豈徒雪霜風雨、禳祈雩禜而已！我唐之中興也，南司天，北司地，命羲和而治歷〔四〕，法鳲鳩以安民〔五〕，令行而風雨不愆，澤廣而禽魚允若。無文咸秩，墜典由是孔修；有開必先，百神於焉受職。及運鍾下武[⑨]，慶洽重熙〔六〕，二聖相承〔七〕，載光明德，五材並用〔八〕，誕告多功。御名正而泰階平，王澤流而頌聲作。人將登於壽域，時已洽於淳風。數或推移，唐堯有懷襄之患〔九〕；天將警戒，周成有雷雨之災〔一〇〕。丙辰歲，金革爰興，師徒四出，師屯細柳〔一一〕，火照甘泉〔一二〕。蠢兹越人，伺隙稱亂，焚我郊保，軼我封陲，宵災御亭，晨圍武進〔一三〕。天子爲之旰食，東郊於是弗開。于時令儲后以長子帥師〔一四〕，以九命作伯，風行京口，氣懾勾吴，激大義以推心，授成謀而警衆。右武衛將軍柴克宏，見危致命，臨難忘生，總率禁兵，星言赴援。人懷國恥，如報私仇。軍政肅而上下接和，人心感而神祇助順。若昆陽雷電之震耀，淮淝草木之形勝〔一五〕。兵勢飆馳，醜徒冰泮。冥貺彰灼，有如此焉。當是時也，以承平之人，鄰貢獻之國，爟燧卒至，溝隍未嚴，首尾方畏，衆寡非敵，摧堅如拉朽，擒寇如拾遺。崇朝之間，邊鄙克定。匪大君之昭感，豈人力之獨能？雖通幽洞靈，實聖哲之所務；而問神語怪，非典册之攸先。故揚搉而論，蓋史臣之職也。主上以功成弗處，無德不報，增封進號，厥有舊章。乃下詔册贈武烈帝，備名數，禮也。於是正南面之尊，窮大壯之勢，耽耽新廟，奕奕崇堂。雉門兩觀之嚴，左城右平之制。龍旂鑾輅，雲罕軒懸。兼三代之盛儀，抗五郊之殊禮。與夫周人革命，止陳玄牡之祈〔一六〕；晉室主盟，但用朱絲之禱。報功之典，不亦盛乎？常州刺史何重貴，初領前軍，獨當强寇，以忠貞爲甲冑，以恩信爲金湯，首挫賊鋒，力全郡壘。褰帷之任，因以疇庸；坐樹之風，更成德讓。皆足以光昭雅頌，垂示來雲。後之君子,知天命不可以智欺[⑩],大福不可以力勝。幸災怙亂,鬼得而誅;背盟奸好,人將誰與?覆車斯在,殷鑒匪遥。類委土以爲師,樹豐碑而紀事。下臣奉詔,謹勒銘云:

玄功不宰,帝德無爲。化機冥運,群動交馳。必有神道,鑒而董之。董之伊何?惟帝之職。惚恍有象[⑪],陰陽不測。如岳降祥,配天輔德。保我蒸民,莫匪爾極。偉哉間傑!多藝多才。名馳八紘,位重三槐。祀典光啓,王封肇開。人思邵樹[一七],俗畏軒臺[一八]。洪惟我后,積仁累慶。運啓再造,功宣二聖。金鏡在握[⑫],璿璣以正。陰陽既和,人神交應。時災有數,孰克違斯?靈命自天,疇能問之?盗兵竊發,玄貺冥期。風雲鼓蕩,氣厲殲夷[⑬]。蔣侯助順,霍山啓道。卑聽匪遠,誠明則到。上曰欽哉!享兹昭告。帝服加尊,大名紀號。多壘既平,連營既寧。奕奕新廟,崇崇百城。民罔疵癘,年斯順成。庭有備物,時殷頌聲。禍福何常,惟人所擇。棄信毁義,恃衆與力。上帝不蠲,明神是殛。勒石嚴祠,敢告萬國。

【校記】

①題目:全唐文作“册贈武烈帝碑”。

②正:四庫本作“治”。

③惚恍:全唐文、李刊作“恍惚”。

④元元本本:原作“元本元本”,據四庫本、全唐文、李刊本、徐校改。

⑤屯:全唐文作“艱”。

⑥顯:李校、徐校:一本作“駭”。

⑦焕:全唐文作“爛”。

⑧告禎符於:於,全唐文作“以”。以下自“元后”至“力之”,凡三百七十八字,原脱,據全唐文補。

⑨鍾:李刊本作“終”。

⑩欺:全唐文、李刊本作“取”。

⑪惚恍:四庫本、全唐文、李刊本作“恍惚”。

⑫鏡:四庫本作“鑑”。

⑬氣:全唐文作“氛”。

【箋注】

〔一〕作於南唐保大十四年(九五六)三月稍後。赤城志卷三一載:“武烈帝廟在州東南二里靖越門内,祀隋司徒陳果仁,唐乾符二年守封彦卿建。果仁,字世威。初,沈法興據江表,自稱總管大司馬,以果仁爲司徒。隋大業中連平二寇,遂拜大司徒。初廟於常州,唐咸通末,金陵兵曹丁爽繪像,而至夢於守譚洙曰:‘吾願祠此。’譚從之。辟基現靈草,且禱雨隨應,廟遂成。乾符四年封忠烈公,廣明二年進忠烈王,李氏保大十四年加今封。”陸游南唐書卷二元宗本紀載:保大十四年三月,“吴越陷常州。……燕王弘冀遣龍武都虞候柴克宏救常州。壬子,大敗吴越兵於常州。”十國春秋卷二二柴克宏傳載陳杲仁顯靈之事:“會淮南交兵,吴越伺間侵常州,克宏乃請效死行陣。……是時常州有隋將陳杲仁祠,夜夢杲仁見告曰:‘吾帥陰兵助攻。’及戰,有二黑㹀衝突吴越兵,吴越兵輒披靡,克宏乃勒兵繼進,大破之,俘馘甚衆。……克宏奏封杲仁爲武烈帝。”據此,知當是戰事結束不久,即有此封。陳果仁,或作陳果人、陳杲仁。

〔二〕“禹奠九州,受蒼水繡衣之命”句:吴越春秋卷四越王無余外傳:“禹乃東巡,登衡嶽,血白馬以祭,不幸所求。禹乃登山仰天而嘯,因夢見赤繡衣男子,自稱玄夷蒼水使者,聞帝使文命於斯,故來候之。……東顧謂禹曰:‘欲得我山神書者,齋于黄帝巖嶽之下,三月庚子,登山發石,金簡之書存矣。’禹退又齋,三月庚子,登宛委山,發金簡之書。案金簡玉字,得通水之理。”

〔三〕“武師牧野,接五車兩騎之神”句:見本卷蔣莊武帝新廟碑銘注〔四六〕。

〔四〕命羲和而治歷:羲和,羲氏和和氏的合稱。傳説堯曾命羲仲、羲叔、和仲、和叔兩對兄弟分駐四方,以觀天象,並制曆法。尚書正義卷二堯典:“乃命羲和,欽若昊天,歷象日月星辰,敬授人時。”

〔五〕法鳲鳩以安民:比喻君主以仁德待下。鳲鳩即布穀。詩經曹風鳲鳩:“鳲鳩在桑,其子七兮。”毛傳:“鳲鳩,秸鞠也。鳲鳩之養七子,朝從上下,莫從下上,平均如一。”鄭玄注:“興者,喻人君之德當均一於下也。”

〔六〕重熙:稱頌君主累世聖明。何晏景福殿賦:“至於帝皇,遂重熙而累盛。”

〔七〕二聖：指李昪、李璟。

〔八〕五材：五種德性之人。六韜卷三龍韜：“所謂五材者，勇、智、仁、信、忠也。勇則不可犯，智則不可亂，仁則愛人，信則不欺，忠則無二心。”

〔九〕唐堯有懷襄之患：謂堯患洪水之災民。懷襄，即懷山襄陵。謂洪水洶湧奔騰溢上山陵。尚書正義卷二堯典：“湯湯洪水方割，蕩蕩懷山襄陵，浩浩滔天。”

〔一〇〕周成有雷雨之災：尚書正義卷一三金縢：“秋大熟，未穫。天大雷電以風，禾盡偃，大木斯拔。邦人大恐，王與大夫盡弁，以啓金縢之書。”王即周成王。

〔一一〕細柳：見卷二從兄龍武將軍没於邊戍過舊營宅作注〔五〕。

〔一二〕火照甘泉：史記卷一一〇匈奴列傳：“軍臣單于立四歲，匈奴復絶和親，大入上郡、雲中各三萬騎，所殺略甚衆而去。於是漢使三將軍軍屯北地，代屯句注，趙屯飛狐口，緣邊亦各堅守以備胡寇。又置三將軍，軍長安西細柳、渭北棘門、霸上以備胡。胡騎入代句注邊，烽火通於甘泉、長安。”

〔一三〕武進：常州屬縣。見十國春秋卷一一一南唐地理表。今常州市武進區。

〔一四〕令儲后以長子帥師：儲后爲李景遂，保大初封皇太弟，居東宫，交泰元年（九五八）春出東宫，改授他官。長子即李弘冀，于時鎮潤州（治所京口），封燕王。均見十國春秋卷一九本傳。

〔一五〕淮淝草木之形勝：見本卷蔣莊武帝新廟碑銘注〔二〇〕。

〔一六〕玄牡：指古代祭天地用的黑色公牛。尚書正義卷八湯誥：“敢用玄牡，敢昭告於上天神后，請罪有夏。”

〔一七〕邵樹：即邵伯樹。邵伯即周召公奭。因封地在召，故稱召公或召伯，又作邵公、邵伯。史記卷三四燕召公世家：“召公之治西方，甚得兆民和。召公巡行鄉邑，有棠樹，決獄政事其下，自侯伯至庶人各得其所，無失職者。召公卒，而民人思召公之政，懷棠樹不敢伐，哥詠之，作甘棠之詩。”

〔一八〕軒臺：見本卷蔣莊武帝廟碑銘注〔四五〕。

重修筠州祈仙觀記〔一〕

筠州祈仙觀者，東晉黄真君上升之地〔二〕，因爲道館①，綿歷代祀，互有增修。國朝保大中，元宗皇帝奉爲吴讓皇再加營構〔三〕，金石具刻②，此不備書。夫言意假象，故立朝修之所；形器有壞，故資繕完之工。此觀當荆、楚之要津，實郵傳之便道，過賓税駕〔四〕，游子解裝，憧憧往來，罕或虚月。必葺之後③，二紀有餘，閈閎垣墉〔五〕，頹落且半。道士羅自正，總攝真侶，啓焕玄風，以爲道由人弘，德以勤繼④，不飾不美⑤，人其謂何？於是心謀躬行，節用畜力，授其徒之可任者，會其士之好道者，月省歲計，經之營之，即舊謀新，興廢補闕，十有餘歲，其績大成。凡建聖祖殿、黄真君殿各一區。峙瑶壇，範洪鍾，造横橋于通津，植茂樹而蔽野。其修舊整壞者⑥，層樓重廊二十餘間。其取材也時，其擇匠也良。程之以壯，督之以固，瓴甋瑌碱尚其密〔六〕，藻繪丹雘尚其麗〔七〕。帑廩不費，工庸不勞。焕然新宫，峙此靈境。君子是以知其能也。夫神仙之事，史臣不論，豈不以度越常均，非擬議所及故邪？仲尼書日食星隕，皆略其微而著其顯，慮學者之致惑也，又況於希夷恍惚之際乎？然而載籍之間，微旨可得。書云"三后在天"〔八〕，詩云"萬壽無疆"〔九〕，斯皆輕舉長生之明效也。及周漢而降，則事迹彰灼，耳目不誣，天人交感，民信之矣。於是通儒洪筆始著于篇。至如許君、黄君〔一〇〕，通幽洞冥，窮神極妙，逮爾姻族，與夫家人乘景上隮，超然絶俗。故墟舊井，真氣裴回。至其鄉而思其人，仰其道而踐其迹。斯觀之盛，豈徒然哉！鉉頃歲扈從南巡〔一一〕，有事于游帷之觀。二宫相距兩舍而遥⑦，使指有程，瞻望弗及。逮今一紀，無日忘之。會羅君狀其功績，圖其形勝，見託紀述，欣然而書。

開寶七年九月二十四日記。

【校記】

①館:李刊本作“觀”。

②刻:黄校本作“列”。

③必:四庫本作“修”;全唐文、李刊本作“加”。

④繼:四庫本、全唐文作“維”。

⑤不:原作“下”,據全唐文、李刊本改。

⑥整:四庫本、全唐文作“振”。

⑦二宫:李刊本作“唯二宫”。

【箋注】

〔一〕作於宋開寶七年(九七四)九月二十四日。據文末所署日期而繫。筠州:見卷八筠州刺史林廷皓責授制注〔一〕。　祁仙觀:太平寰宇記卷一〇六江南西道四筠州高安縣:“祈仙觀,在縣東北二十五里。晉元康六年,道士黄輔全家上昇之宅。”

〔二〕黄真君:仙苑編珠卷下黄輔龍騎:“黄君名輔,字邕,晉陵人。許君知輔之異,遂以次女妻之,傳付妙道。後爲青州從事。每夜常乘龍歸,春屬伺之,乃一竹杖耳。後乃沖天,宅爲祁仙觀。”

〔三〕吴讓皇:昇元元年(九三七)十月,李昪禪位。尊吴睿帝楊溥爲高尚思玄弘古讓皇帝。見十國春秋卷一五烈祖本紀。

〔四〕税駕:謂休息或歸宿。税,通“挩”、“脱”。史記卷八七李斯列傳:“物極則衰,吾未知所税駕也。”司馬貞索隱:“税駕,猶解駕,言休息也。”

〔五〕閈閎:里巷的大門。左傳襄公三十一年:“高其閈閎,厚其牆垣。”

〔六〕瓴甋:磚。蔡邕弔屈原文:“啄碎琬琰,寶其瓴甋。”　瑌磩:同“碝磩”。似玉的美石。文選卷一班固西都賦:“碝磩綵緻,琳瑉青熒。”李善注:“説文曰:‘碝,石之次玉也。’……磩,碝類也。”

〔七〕丹雘:可供塗飾的紅色顏料。尚書正義卷一四梓材:“若作梓材,既勤樸斲,惟其塗丹雘。”孔穎達疏:“雘是彩色之名,有青色者,有朱色者。”

〔八〕三后在天:言出自尚書,或是徐鉉誤記。詩經大雅下武:“三后在天,王配於京。”

〔九〕萬壽無疆：見詩經豳風七月、詩經小雅天保、詩經小雅南山有臺、詩經小雅楚茨、詩經小雅信南山、詩經小雅甫田。

〔一〇〕許君：即許遜，舉家從豫章西山飛昇成仙。見卷三寄蕭給事注〔五〕。　黄君：即黄輔。

〔一一〕鉉頃歲扈從南巡：指建隆二年（九六一）二月，元宗南遷南昌，徐鉉扈從。見十國春秋卷一六元宗本紀及徐公行狀。

筠州清江縣重修三清觀記〔一〕

元氣既判，天地乃位。氣之清明靈粹者，鍾乎洞天福地、名山大川之間，真聖之所戾也，景福之所興也。然則游居走望，乃建道館焉，通都大邑，往往而在。豫章之地，寔曰奥區。帶豫章之通川，據西山之雄鎮，鬱映磅礴，神異所栖。高真十二，震耀方夏，方靈軌轍①，靡迤蟬聯。保大庚戌歲，詔復高安縣爲筠州，析其北鄙爲清江縣〔二〕。而三清觀負新邑之左，瞰長江之濱②〔三〕，形勝高奇，壇宇嚴浄。聞諸故老云③：昔吴、許二君嘗游兹地〔四〕，夜覩青氣，上屬于天，相與嘆曰："此非凡地，當爲神仙之宅。"及二君登晨之後，邑人追感前言，共構茅茨④，歲時薦獻，衆目爲草堂道院。函關紫氣〔五〕，事往名存⑤；盩厔草樓〔五〕，人非郭是。年世彌遠，增修益崇。開成中〔七〕，始詔賜號三清之觀。自時厥後，又踰十紀，運逢治亂，道有汙隆。中興已還〔八〕，百度咸復，官得其守，人盡其能。道士吴宗元〔九〕，允迪玄風，克堪道任，以爲朝禮之域⑥，飆欻所臨，不飾不美，衆將安仰？於是月考歲計，庀工飭材，補廢扶傾，無所不至。建三清之殿，造虚皇之臺，設待賓之區，敞飯賢之室。範華鍾之鏗訇〔一〇〕，構層樓之苕亭〔一一〕，回廊複道，重深奥秘。於是飾儀衛，備器用，肅然必洽，焕焉可觀。夫其誠至者其禮修⑦，其守固者其事舉。道不遠矣，人焉廋哉！宗元又以雲境昭回，祥符肸鑾〔一二〕,思刻貞石,以貽後人,不遠千里,見訪論譔。嘉尚其意,故爲直書。時甲戌開寶七年十二月十二日記⑧。

【校記】

①方:全唐文作"揚";李刊本作"萬"。

②濱:四庫本作"右"。

③諸:翁鈔本作"之"。

④構:四庫本作"緝以"。

⑤存:李刊本作"留"。

⑥域:李刊本作"城"。

⑦修:全唐文作"備"。

⑧"道"下自"不遠矣"至末五十七字,原脱,據全唐文補。

【箋注】

〔一〕作於宋開寶七年(九七四)十二月十二日。據文末所署日期而繫。筠州:見卷八筠州刺史林廷皓責授制注〔一〕。 清江縣:即今江西樟樹市。

〔二〕"保大庚戌歲"句:庚戌歲即保大八年(九五〇)。然十國春秋卷一一一南唐地理表"筠州"條下注:"南唐保大十年復置筠州於高安縣。"所載時間與徐鉉記異。按:徐鉉記當確。

〔三〕長江:指贛江。

〔四〕吴、許二君:指吴猛、許遜。吴猛,晉書卷九五本傳:"豫章人也。……年四十,邑人丁義始授其神方。因還豫章,江波甚急,猛不假舟楫,以白羽扇畫水而渡,觀者異之。……具棺服,旬日而死,形狀如生。未及大斂,遂失其尸。"仙苑編珠卷下吴猛白鹿:"吴君名猛,字世雲,晉永嘉三年九月十五日乘白鹿,與弟子四人一時昇天。"許遜,見卷三寄蕭給事注〔五〕。

〔五〕函關紫氣:函關即函谷關。史記卷六三老子韓非列傳:"於是老子迺著書上下篇,言道德之意五千言而去,莫知其所終。"司馬貞索隱引劉向列仙傳:"老子西游,關令尹喜望見有紫氣浮關,而老子果乘青牛而過也。"列仙傳卷上關令尹:"關令尹喜者,周大夫也……老子西游,喜先見其氣,知有真人當過,物色而遮之。果得見老子。"

〔六〕盩厔草樓:陝西通志卷二八祠祀一西安府盩厔縣:"樓觀在縣東南三

十里。本尹喜之居,有草樓焉,後人創立道宫名曰樓觀。”玉海卷一〇〇祠宫:“關令尹傳曰:‘尹喜結草爲樓,精思至道,周康王聞之,拜爲大夫。以其樓觀望,故號此宅爲關令草樓觀,即觀之始也。’一云周穆王尚神仙,因尹真人草樓在終南山之陰,召幽逸之人尹軌杜沖,謂之道士,居於草樓之所,號草樓觀。”

〔七〕開成:唐文宗年號(八三六—八四〇)。

〔八〕中興已還:指南唐建國之後,李昪以李唐後裔,即位後仍國號唐,故云中興。

〔九〕吴宗元:人未詳。

〔一〇〕鏗訇:形容聲音洪亮。

〔一一〕苕亭:高峻貌。酈道元水經注卷三七澧水:“嵩梁山高峰孤竦,素壁千尋,望之苕亭,有似香爐。”

〔一二〕肹蠁:散布,彌漫。左思吴都賦:“光色炫晃,芬馥肹蠁。”

徐鉉集校注卷一一　碑銘

舒州周將軍廟碑銘〔一〕

將軍諱瑜,字公瑾,廬江舒人也〔二〕。吴史列傳,功炳乎丹青〔三〕;皖城遺祠,頌闕乎金石。嗚呼!皇天有造物之柄,有愛民之仁,必待聖人而後行;王者有承天之德,有濟世之量,必待聖人而後發。故天人合應,聖賢相須,民之司命,闕一不可。雖復淩雲之構①,非一木之材;千金之裘,非一狐之腋。然其建大號,運長策,揔攬英傑,弘濟艱難,亦一二人而已。故革夏者,九有之師,而伊尹爲阿衡〔四〕;翦商者,三千同德,而吕望爲尚父②〔五〕。秦爲無道,高祖誅之,則酇侯蓋于群后〔六〕;莽據閏位,光武正之,則仲華冠于四七〔七〕。漢宗失御,孫氏奮發,破虜討逆,繼志勤王,而將軍傾蓋於千載之期③,濡足於百六之會〔八〕。策名江左,宣力中朝,殊勳盛烈,曠代齊契,何其偉哉!于時王業始基,群兇方熾,國難荐及,人心屢摇。將軍情發于中,義形於色。履艱危之際,貞節彌堅;率振蕩之衆,伸威方厲。推誠以明大義,故逆折游説之鋒;屈身以表至公,故首定君臣之敬。摧赤壁之陣〔九〕,勢動九州;建漢中之謀〔一〇〕，量包四海。於是强敵慴迹，群生延頸。姦雄之智，無所施焉。漢室之隆，未可量也。嗚呼！天未悔禍，國之不幸。脩塗止於偏帥④，大命殞于巴丘〔一一〕，流慟於當時，遺恨於終古。豈四百之祚〔一二〕，歷數難移；三分之基，疆宇有限？不然，何雄才大略，神授之如彼；短命促齡，天奪之若此⑤？忽乎茫昧，不可得而詳也。夫英聲由於茂實，元功出於全德。威稜所及，非勉强之攸能；績用斯存，豈毁譽之可奪！有吴爲新造之國，柴桑乃觀望之師〔一三〕，大帝非争衡之才，子布有私室之顧。將軍投袂而起，横戈以出〔一四〕。魏、蜀二主，天下英雄，或垂翅而宵奔，或俛首而求救。降兹以往，烏足道哉？至於分財推宅之仁，觀樂審音之妙〔一五〕，知人先覺之哲〔一六〕，存交服物之懷〔一七〕，實天縱其能⑥，亦行有餘力矣。嗟夫！民墜塗炭，真主所以臞瘠；天造草昧，良佐所以驅馳。非君臣同體，不足以濟大業；非帷幄共斷，不足以制横流。將軍能沮幼生之譚⑦，而吴主亦能拒敵國之間；將軍能畫不世之策，而吴主亦能破群疑之心。故得丕顯霸功，若斯之盛。當此時也，如趙士之碌碌，漢相之齪齪，徒使有若林之會，安能施一繩之維？又況於市道之交、署門之客哉！此義夫節士所以感激於風雲，惆悵於時運者也。嗚呼！微管之績〔一八〕，既耀於中區⑧；盛德之祀，遂崇於東夏〔一九〕。歷世逾遠，善慶彌彰，翼子謀孫⑨，徙封移社，而支庶繁衍，故在舒庸〔二〇〕，召樹猶存〔二一〕，魯堂無壞〔二二〕，光靈不泯，實生太尉、中書令、西平恭烈王焉〔二三〕。半千之運，懸符祖德；萬夫之望，允濟時屯。始爲定亂之雄⑩，終爲佐命之老，而仁風所被，多在故鄉。王與嗣子鄴皆節制廬江〔二四〕，今仲子祚復刺舉灊部〔二五〕。過里門而載軾，瞻廟貌而長懷。命梓人以新其堂奥，督里宰以除其徑術，教祝史以潔其籩豆，率宗屬以薦其孝思。肇建豐碑，以永前烈。懿哉！象賢之美，共理之勤，民用接和⑪，歲則大有。戾夫不佞，敢作頌云：

皇天上帝，敷佑下民。既命賢主，亦生賢臣。有若將軍，救時之屯。仗義秉信，資忠輔仁。堂堂定策，謇謇忘身。雄飛夏口，横薦江陵⑫。將軍猶生，漢室不傾。將軍既没，天下三分。盛德之享，嚴祠未隳。壯夫擊節，義士沾巾。猗歟舊國，赫矣雲孫！嗣勳纂服，長戟高門。壽宫有焕，靈貌如存。我紉蘭佩，來挹犧罇。懷賢慷慨，用獻斯文。

【校記】

①構：四庫本作"臺"。

②望：四庫本、全唐文作"尚"。

③期：四庫本作"顯"。

④帥：全唐文作"師"。

⑤若：黄校本作"如"。

⑥天縱其能：原作"天縱其之能"，"之"字衍。

⑦幼：四庫本作"蔣"。

⑧耀：四庫本作"息"。

⑨謀：四庫本作"詒"。

⑩亂：黄校本作"難"。

⑪接：李刊本作"綏"。

⑫薦：李刊本作"厲"。

【箋注】

〔一〕作於南唐保大十三年（九五五）六月。碑銘爲漢末吴周瑜而作。輿地碑記目卷二"安慶府碑記"條云："周將軍廟碑，保大十三年徐騎省記。"寶刻類編卷七名臣十三之八"徐鉉"條云："南郡太守周將軍廟記，撰並篆額，保大十三年六月建。"所載篇名小異，然皆指徐鉉該碑銘。

〔二〕廬江：廬州屬縣。見十國春秋卷一一一南唐地理表。今安徽廬江縣。按：南唐時廬州不隸舒州，此用三國志卷五四吴書九周瑜傳語。

〔三〕"吴史列傳，功炳乎丹青"句：指三國志卷五四吴書九周瑜傳。

〔四〕"故革夏者"至"而伊尹爲阿衡"句：伊尹名阿衡（一説爲官名），輔助湯伐夏興殷。見史記卷三殷本紀。九有,九州。見卷一〇蔣莊武帝廟碑銘注〔二三〕。

〔五〕"翦商者"至"而吕望爲尚父"句:姜尚從其封姓,故曰吕尚。輔助文王、武王伐紂興周,文王云"吾先君太公望之久矣",故號太公望。武王稱師尚父。見史記卷三二齊太公世家。

〔六〕"秦爲無道"至"則酇侯蓋于群后"句:秦末,蕭何輔助劉邦定天下,以功封爲酇侯。見史記卷五三蕭相國世家。

〔七〕"莽據閏位"至"仲華冠于四七"句:鄧禹字仲華,王莽末年,輔助光武帝劉秀建立後漢。見後漢書卷一六鄧禹列傳。冠于四七,謂鄧禹爲光武中興二十八將之首。見後漢書卷二二朱景王杜馬劉傅堅馬列傳論。

〔八〕百六:厄運。漢書卷八五谷永傳:"遭無妄之卦運,直百六之災阸。"文選卷四七袁宏三國名臣序贊:"百六道喪,干戈迭用。"吕延濟注:"四千六百一十七歲爲一元,一百六歲曰陽九之厄。"

〔九〕摧赤壁之陣:指周瑜指揮赤壁之戰,打敗曹軍。見三國志卷四七吴書二吴主傳、卷五四吴書九周瑜傳。

〔一〇〕建漢中之謀:三國志卷五四吴書九周瑜傳:"是時劉璋爲益州牧,外有張魯寇侵。瑜乃詣京見權曰:'今曹操新折衄,方憂在腹心,未能與將軍連兵相事也。乞與奮威俱進取蜀,得蜀而并張魯,因留奮威固守其地,好與馬超結援。瑜還與將軍據襄陽以蹙操,北方可圖也。'權許之。"

〔一一〕大命殞于巴丘:三國志卷五四吴書九周瑜傳述周瑜建漢中之謀後接云:"瑜還江陵,爲行裝,而道於巴丘病卒。"

〔一二〕四百之祚:指劉邦建漢(公元前二〇六年)至漢獻帝延康元年(二二〇)前後四百餘年。

〔一三〕柴桑乃觀望之師:指黄祖將鄧龍將兵入柴桑,周瑜新降之。見三國志卷五四吴書九周瑜傳。

〔一四〕"大帝非争衡之才"句:江表傳曰:曹公新破袁紹,建安七年,下書責權以子爲質。權召群臣會議,張昭、秦松等猶豫不能決。權不欲遣質,乃獨將周瑜詣母前定議。權母以周瑜議五是,遂不送質。見三國志卷五四吴書九周瑜傳"以中護軍與長史張昭共掌衆事"裴松之注引。

〔一五〕觀樂審音之妙:三國志卷五四吴書九周瑜傳:"瑜少精意於音樂,雖三爵之後，其有闕誤，瑜必知之，知之必顧，故時人謡曰：‘曲有誤，周郎顧。’”

〔一六〕知人先覺之哲：指周瑜病危時薦魯肅以自代。見三國志卷五四吴書九魯肅傳。

〔一七〕存交服物之懷：江表傳云：程普與周瑜不睦，後自敬服親近之；蔣幹欲游説周瑜而未果，稱其雅量高致；孫權嘆其爲萬人之英；公瑾卒，人勸其稱帝，孫權云非周公瑾而不帝。見三國志卷五四吴書九周瑜傳“惟與程普不睦”裴松之注引。

〔一八〕微管之績：謂如管仲一樣的功績。春秋時，管仲相齊桓公，霸諸侯，匡天下。孔子曰：“微管仲，吾其被髮左衽矣。”語見論語憲問。

〔一九〕東夏：見卷六南昌王制注〔四〕。

〔二〇〕舒庸：見卷一木蘭賦注〔三〕。

〔二一〕召樹：同“邵樹”。見卷一〇武烈帝廟碑銘注〔一七〕。

〔二二〕魯堂：指孔子殿堂。

〔二三〕太尉、中書令、西平恭烈王：指周本。十國春秋卷七吴八周本傳：“周本，舒州宿松人，漢南郡太守瑜之後。瑜葬宿松，即墓爲祠，子孫居其旁者猶數十家。……後加安西大將軍、太尉、中書令、西平王。……謚曰恭烈。”

〔二四〕嗣子鄴：指周本長子周鄴。見十國春秋卷七吴八周本傳附。

〔二五〕仲子祚復剌舉灊部：指周本次子。十國春秋卷二七周弘祚傳：“周弘祚，吴德勝節度使本之少子也。……保大時累官舒州刺史。周師大舉南侵，陷舒州，是時泰、蘄、光諸州文武，相繼奔降。弘祚獨慷慨不屈，赴水死，時人比之嵇紹死晉云。”參卷三移饒州别周使君注〔一〕。　灊：左傳昭公二十七年：“吴子欲因楚喪而伐之，使公子掩餘、公子燭庸帥師圍灊。”杜預注：“灊，楚邑，在廬江、六縣西南。”今在安徽霍山縣東北。

大唐故匡時啓運功臣清淮軍節度壽州觀察處置等使特進檢校太傅使持節都督壽州諸軍事壽州刺史御史大夫上柱國彭城威侯贈太尉劉公神道碑〔一〕

聞夫郊圻内理〔二〕，牧萬民者，是曰諸侯；夷狄外攘，守四方者,其惟猛士。然則安危異任,文武殊塗。故天下方争,韓、彭、英、吴〔三〕,横雕戈而震耀;群生待理,龔、黄、寇、賈〔四〕,擁皂蓋以從容。及夫昭格寰區,紛綸簡册,其歸一也,代有人焉。若乃揔是全謨,覃于奕葉,流光受社,灊齊累將之家;崇德計功,下視慙卿之族[1]。古難具美,我則兼之。公諱崇俊,字德修,其先彭城人。高祖升,調補山陽淮陰尉〔五〕,遂家焉,即爲縣人也。岳峻洪基,海疏遥派。陽城相土,千齡侯伯之封〔六〕;沛澤中興,兩代帝王之胤〔七〕。懷黄結紫,論鼎甲以旰衡〔八〕;刻像圖形,誓山河而捧袂。國史家諜,披卷可知。頃者,聖運中微,群方暫擾。驪山之北,犬戎興戲水之師〔九〕;踐土之庭,天子屈河陽之召〔一〇〕。公路擁南陽之衆,僭號仲家〔一一〕;隗囂據隴右之圖,坐論西伯〔一二〕。勤王問罪,吴太祖始定楊州〔一三〕;賜脤專征,昭皇帝遂加殊禮〔一四〕。於是揚旌北討,遷寇迹於淮濆;辟土西封,謀守臣於諸將。命我顯祖,作牧鍾離〔一五〕。乃固保障之嚴,載施犬馬之備。軍無粃政,將期十萬之行;師有見糧,即聚九年之蓄。方圖大舉,已仗前殳,永年不登,未幾而歿〔一六〕。長山群盜,舊畏來公[2];西城故營[3],願從班勇。復命烈考,嗣膺使符,不還渭水之兵,誓卒龍門之託。故蓼城之戰,斬獲過當;汝陰之圍,策勳居最。先零委質,闞充國以無由;獫狁驚蒐[4],射郅都而不中[5]。疇庸錫羡,建清淮軍以壯中權;加禮慎終,贈太尉公以光幽穸〔一七〕。既而鼓鼙悽愴,部曲徘徊,家有遺恩,人思世德。帝曰:"崇俊,惟爾恭儉孝友,誠明惠和,任則中軍帥,位則文昌長。誕舉攸職,予惟汝嘉!濠梁之郊,控扼遐裔,惟乃祖金,克懋厥始,乃考仁規,克慎厥中。肆予命爾,克成厥終。往哉汝諧,無廢朕命!"公銜衈奉詔,墨絰即戎,鋪陳政經,討閲軍實。思有以光大前緒,播揚國風。初,二先公之理也,屬洛邑再遷,浚郊作梗。僞新竊據,仍延十五之期〔一八〕;黄武開元,始創三分之業〔一九〕。犬牙之地,蠆尾常摇〔二〇〕,鋒鏑縱横,車徒奔走。摧牙獸困⑥,尚遥匡復之謨;赬尾魚勞〔二一〕,未暇綏懷之術。逮公之理也,寇皆遠遁,民佇息肩。千里風從,四方聳聽。以爲格物必在於立制也,故藝貢賦以息貪暴之端,暢刑章以拯姦宄之極,賞不虚授,罰其必行;以爲富邦必在於務本也,故使民以時,相地之利,持未熟之稻,游墮自還,班再易之田〔二二〕,兼并絶倖;以爲邊寧不可以忘武備也,故遠斥候⑦〔二三〕,浚溝隍,竹與木而靡遺,膏與苫而畢給,亭障屹峙,軍聲隱然⑧;以爲强兵必在於實王畿也,故招懷邊甿,講習戎事,游兵冀馬〔二四〕,俱爲無犯之容,晉勇齊雄,並集選和之下,歲揀精鋭,歸之京師;其餘庶政常經,門見户覩,斯可略而言也。高皇帝禮均元老〔二五〕,寵冠列藩。受禪之初,則進上公之秩;肆類之際,則委廉使之權。言必見從,無再却之奏;君常高枕,忘北顧之憂。皇上欽奉重熙,聿遵無改,毗倚尤重,親敬有加。初,先太尉公之薨也,西北小驚,戒嚴從便,因詔執事,移清淮軍於壽春。及是,復立定遠軍〔二六〕,即命公爲節度使,仍以公少子匡符尚永嘉公主〔二七〕。留侯操印,初躋上將之壇〔二八〕;帝子吹簫,即降王姬之館〔二九〕。禮優伯舅,望重懿親。于時公涖濠梁十有七年矣。米鹽皆序,丞史當才,閉閤罕争,舉烽無警。朝廷以公能光前烈,雅得邊情,清淮之師,遺風仍在。俾盛一家之美,載嚴萬里之城,改壽州刺史,充清淮軍節度使。鄧侯倏去,雞鳴傷父老之心〔三〇〕;長者聿來⑨,虎渡息鄉閭之患〔三一〕。能事畢舉,考功再期。方將建大旆以風驅,指函關而電掃。雲中雞犬,八公之迹徒存〔三二〕;夢裏膏肓,二豎之妖遂作〔三三〕。春秋四十,保大四年夏六月十有六日,薨于壽春公署。皇上翦鬚靡及〔三四〕,穿壁方遥〔三五〕。投緑沈之瓜〔三六〕,悲哀竟日;賜黄銀之帶⑩,慷慨霑襟。廢朝三日,中使護葬。詔兵部侍郎李貽業持節册贈太尉,賜謚曰威。即以其年秋九月十五日,備鹵簿鼓吹,葬于濠州鍾離縣大化里之原,禮也。前夫人李氏,後夫人隴西郡君李氏,皆太師趙忠懿王女也。賴鄉仙李,即開柱史之源〔三七〕;參野飛龍,遂紀宗卿之籍。勳庸六鎮,時高謝氏之門〔三八〕;師範兩朝,室有班姬之訓〔三九〕。荃蘪蘭蕙,映戚里以芬芳;藻荇蘋蘩,播婦儀而昭晢。門内之理,夫人有焉。子八人:二子幼;長子節,早亡⑪;次範,滁州刺史;次簡,次策,次霸,時未仕;次符,秘書郎。或得公之政事,或得公之兵鈐。學禮學詩,惟忠惟孝。皆推酥酪之味,咸有芝蘭之芳。所謂積善餘慶,世濟其美者也。惟公山河龍鳳,凝粹彩於神姿;緯候風雲,集淵謀於靈府。議公家之事,不以身爲;行將軍之令,每由剛克。卒祖禰之成業〔四〇〕,可謂聿脩;膺牧伯之寵章〔四一〕,訖無虚授。所以始終匪玷,福禄攸歸。同族之間,朱輪結軌。季父仁贍〔四二〕,作鎮夏口〔四三〕;弟崇祐⑫、崇信⑬,更典晉陵;其餘將軍、列侯、中郎、校尉。銀黄照爛,光浮通德之門⑭〔四四〕;珩珮陸離,響雜高陽之里。苟非自天攸相,與國無疆,其孰能與於此乎?向使享大年,敷遠略,鴻飛鵬舉,功未可量也。天命不然,能無永悼!昔者荆州從事,猶牽墮淚之悲〔四五〕;大宰舊寮,亦有懷鉛之請〔四六〕。況乎世功不顯,揭日月以高驤;帝念惟隆,會雲龍而下濟。欲垂萬葉,可不務乎?微臣職典絲綸〔四七〕,詞非清潤,持赤管以承詔,拂貞珉而投刃。庶使蚩蚩萌隸,觀迹而長懷⑮;眇眇來雲,披文而盡信。其銘曰:

惟彼陶唐,有此冀方。自天祐之,後嗣其昌。侯遷魯縣,帝隱芒碭。猗那大族,嵩華配長。渢渢彭城,興我遐祚。顯顯山陽,著我高祖。高祖伊何?仁而不遇。慶鍾令孫,聿來用武⑯。皇運中否,諸侯起争。浚郊怙亂⑰,淮壖不庭。吴王奮發,受鉞專征。命我顯祖,守濠之城。濠城嚴峻,濠兵驍勇。顯祖帥之⑱,群兇振恐。將軍下世,邊烽亦聳。乃命象賢,荷時之寵。荷寵伊何?載大其功。蠢蠢梁寇,言言潁墉。是馘是俘,兵無頓鋒。爰有奇略,集于威公〔四八〕。威公嗣侯，不墜其訓。戎事之隙，民功是振。爲之中典，著之令問。泗上風移，京師河潤。帝曰伯舅，予嘉乃勳。扞境則武，安邦則文。乃降王姬，于爾慶門。乃改乘轅，于彼西軍。西軍何在？鎮彼衡霍。威公來思，式遏寇虐。胡馬已遠，將星俄落。百身寧贖，九原誰作？明明天子，惻愴聞鼙。歲云秋止，返旆遲遲。二藩士女，泣涕漣而。賢侯逝矣，吾誰與歸！黯黯塗山，湯湯淮涘〔四九〕。驅馬悲鳴，滕公所閉〔五〇〕。甘棠勿翦，召伯攸憩〔五一〕。是用刊碑，永告來裔。

【校記】

①慙：四庫本作“世”。

②來：全唐文作“萊”。

③城：四庫本、全唐文作“域”。

④蒐：全唐文、李刊本作“魂”。

⑤郅：原作“郢”，據翁鈔本、四庫本、李刊本、徐校改。

⑥牙：四庫本作“身”。

⑦遠：李校：一本作“修”。

⑧然：四庫本作“動”。

⑨聿：原作“負”，據全唐文、李刊本改。

⑩銀：李校：一本作“金”。

⑪亡：黄校本作“卒”。

⑫祜：全唐文作“佑”；李刊本作“怙”，並校：一本作“岵”。

⑬僖：李校：一本作“禧”。

⑭通：四庫本作“道”。

⑮觀：李校：一本作“覩”。

⑯用：全唐文作“繩”。

⑰怙：原作“岾”，據全唐文、李刊本、徐校改。

⑱帥：黄校本作“率”。

【箋注】

〔一〕作於南唐保大四年(九四六)九月。據文中所記葬期而繫。 劉崇俊:見卷七劉崇俊起復制注〔一〕。 清淮軍:治壽州。見十國春秋卷一一三南唐藩鎮表。

〔二〕郊圻:尚書正義卷一九畢命:"申畫郊圻,慎固封守,以康四海。"孔穎達疏:"郊圻,謂邑之境界。"

〔三〕韓、彭、英、吴:分别爲韓信、彭越、英布、吴芮。四人均是楚漢戰争時漢軍名將,西漢開國功臣。見漢書卷三四韓彭英盧吴列傳。韓信與彭越並稱韓彭。

〔四〕龔、黄、寇、賈:分别爲龔遂、黄霸、寇恂、賈復。前二人爲西漢循吏,並稱龔黄。後二人爲東漢人,並稱寇賈。賈復部將殺人,寇恂捕殺之。賈復以爲恥,揚言要殺寇恂。寇恂效藺相如顧大局退讓,後經光武帝調解和好。後以"寇賈"爲顧全大局解除私怨之典。又,寇恂隨光武帝至潁川,盜賊悉降,百姓遮道云願借寇恂一年。後以"借寇"爲地方挽留官吏之典。以上四人詳事分别見漢書卷八九循吏列傳、後漢書卷一六寇恂傳、卷一七賈復傳。

〔五〕山陽、淮陰:均是楚州屬縣。見十國春秋卷一一一南唐地理表。兩地今屬江蘇淮安市。

〔六〕"陽城相土,千齡侯伯之封"句:相土,史記卷三殷本紀:"昭明卒,子相土立。"裴駰集解引宋忠曰:"相土就契封於商。春秋左氏傳曰'閼伯居商丘,相土因之'。"司馬貞索隱:"相土佐夏,功著於商。詩頌云:'相土烈烈,海外有截'是也。左傳曰:'昔陶唐氏火正閼伯居商丘,相土因之。'是始封商也。"按:此比劉崇俊。商丘與沛,古屬同一行政區劃。

〔七〕"沛澤中興,兩代帝王之胤"句:謂劉崇俊爲劉邦後裔。劉邦起於沛縣,建立西漢;劉秀建立東漢。故云"兩代帝王之胤"。

〔八〕鼎甲:豪族大姓。 盱衡:漢書卷九九上王莽傳上:"當此之時,公運獨見之明,奮亡前之威,盱衡厲色,振揚武怒。"顔師古注引孟康曰:"眉上曰衡。盱衡,舉眉揚目也。"

〔九〕"驪山之北,犬戎興戲水之師"句:申侯聯合繒國、犬戎舉兵入攻周,幽王逃至驪山,後被殺。犬戎攻破鎬京,西周遂亡。見史記卷四周本紀。驪山，在今陝西臨潼縣東南。犬戎，古族名。左傳閔公二年："虢公敗犬戎於渭汭。"杜預注："犬戎，西戎别在中國者。"戲水，在今陝西臨潼縣東。源出驪山，北流經古戲亭東，又北入渭。國語卷四魯語上："幽（周幽王）滅於戲。"

〔一〇〕"踐土之庭，天子屈河陽之召"句：史記卷四周本紀："（周襄王）二十年，晉文公召襄王，襄王會之河陽、踐土。諸侯畢朝，書諱曰'天王狩于河陽'。裴駰集解引賈逵曰："河陽，晉之温也。踐土，鄭之地名，在河内。"張守節正義引括地志云："故王宫之鄭州滎澤縣西北十五里王宫城中。左傳云晉文公敗楚于城濮，至于衡雍，作王宫于踐土也。"按：晉文公以臣召君，故曰"屈河陽之召"。以上言唐室衰微，外患内憂接踵而至。

〔一一〕"公路擁南陽之衆，僭號仲家"句：袁術字公路，汝南汝陽（今河南汝陽縣）人。爲南陽太守。建安初僭號，自稱"仲家"。見後漢書卷七五袁術傳。

〔一二〕"隗囂據隴右之圖，坐論西伯"句：隗囂字季孟，天水成紀（今甘肅秦安縣）人，據隴右。光武帝報書有"昔文王三分，猶服事殷"之句。傳論云："囂命會符運，敵非天力，雖坐論西伯，豈多嗤乎！"見後漢書卷一三隗囂傳。

〔一三〕吴太祖始定楊州：指唐末淮南節度使楊行密，割據揚州。其事見新唐書卷一八〇本傳、舊五代史卷一三四本傳、新五代史卷六一吴世家、五國故事卷上、十國春秋卷一太祖世家。

〔一四〕昭皇帝遂加殊禮：指天復二年（九〇二），唐昭宗封楊行密爲吴王。

〔一五〕"命我顯祖，作牧鍾離"句：指劉崇俊祖父劉金。十國春秋卷六有傳。然不載其作牧鍾離事。鍾離，濠州屬縣，見十國春秋卷一一一南唐地理表。治所在今安徽鳳陽縣臨淮鎮東。

〔一六〕"乃固保障之嚴"至"未幾而殁"數句：叙述劉金任鍾離尉時政事。史書不載。

〔一七〕"復命烈考"至"贈太尉公以光幽穸"數句：叙述劉崇俊父劉仁規之事。史書不載。劉仁規，事見十國春秋卷六劉金傳、卷二二劉崇俊傳。

〔一八〕"洛邑再遷"至"仍延十五之期"數句：指後晉滅後唐，都城自洛陽遷至開封。新爲王莽所建國號，此比石氏所建後晉。浚郊，詩經鄘風干旄："在浚之郊。"浚，即浚儀縣（今河南浚縣），在開封附近。劉禹錫汴州刺史廳壁記：

“本朝以浚儀爲汴州刺史治所。”

〔一九〕黄武開元:孫權建吴,國號黄武。此比李氏之建南唐。

〔二〇〕“犬牙之地,蠆尾常摇”句:形容地形複雜,强盗出没。蠆尾,蝎子尾部,有劇毒,以喻盗寇。

〔二一〕赬尾魚勞:形容憂勞、勞苦。詩經周南汝墳:“魴魚赬尾,王室如燬。”毛傳:“赬,赤也,魚勞則尾赤。”

〔二二〕再易之田:謂三年中休耕兩年。周禮注疏卷一〇大司徒:“不易之地,家百畮;一易之地,家二百畮;再易之地,家三百畮。”鄭玄注引鄭司農曰:“再易之地,休二歲乃復種,故家三百畮。”賈公彦疏:“以其地薄,年年佃百畮,廢二百畮,三年再易,乃遍,故云再易也。”

〔二三〕斥候:偵察,候望。史記卷一〇九李將軍列傳:“然亦遠斥候,未嘗遇害。”司馬貞索隱:“許慎注淮南子云:‘斥,度也。候,視也,望也。’”

〔二四〕冀馬:後漢書卷七四下劉表傳贊:“魚儷漢舳,雲屯冀馬。”李賢注引左傳曰:“冀之北土,馬之所生。”

〔二五〕高皇帝:指烈祖李昪。

〔二六〕定遠軍:在濠州。見十國春秋卷一一三南唐藩鎮表。

〔二七〕以公少子匡符尚永嘉公主:此事史書所載與徐鉉所記不同。史書記載劉崇俊少子名節,娶太寧公主;而徐鉉下文云,其長子名節,早亡。馬令南唐書卷一一劉崇俊傳:“其子節尚元宗女太寧公主。”陸游南唐書卷一五、十國春秋卷二二本傳均言尚太寧公主。按:徐鉉文爲應詔而作,更具可靠性。對於太寧公主和永嘉公主,史書幾乎失載。王銍默記:“趙至忠虜部自北廷歸朝,常仕遼中爲翰林學士,修國史,著北廷雜記之類甚多,雜記言聖宗芳儀李氏,江南李景女,初嫁供奉孫某,爲武彊都監,妻女皆爲聖宗所獲,封芳儀,生公主一人。晁補之爲北都教官,因覽此書而悲之,與顔復長道,作芳儀曲云。……予常游廬山,見李主有國時修真風觀,皆宫人施財,刊姓氏於碑,有太寧公主、永嘉公主二人,皆景女,不知芳儀者孰是也。”永嘉公主在古今説海卷一二五中引喍囈集謂爲永禧公主。十國春秋卷一九芳儀傳:“芳儀即永嘉公主。”按:據默記所載芳儀出嫁孫某及徐鉉文所記劉崇俊子匡符娶永嘉公主,知芳儀非永嘉公主。

〔二八〕“留侯操印,初躋上將之壇”句:留侯爲張良,此比劉崇俊。

〔二九〕“帝子吹簫，即降王姬之館”句：謂劉崇俊與元宗締結婚姻。劉向列仙傳卷上蕭史：“蕭史者，秦穆公時人也，善吹簫，能致孔雀、白鶴於庭。穆公有女字弄玉好之，公遂以女妻焉。”

〔三〇〕“鄧侯倏去，雞鳴傷父老之心”句：晉書卷九〇鄧攸傳：“攸在郡刑政清明，百姓歡悦，爲中興良守。後稱疾去職。郡常有送迎錢數百萬，攸去郡，不受一錢。百姓數千人留牽攸船，不得進，攸乃小停，夜中發去。吴人歌之曰：‘紞如打五鼓，雞鳴天欲曙。鄧侯挽不留，謝令推不去。’”此比劉崇俊在濠州政績卓著，百姓擁戴。

〔三一〕“長者聿來，虎渡息鄉閭之患”句：漢書卷七九劉昆傳：“光武聞之，即除爲江陵令。時縣連年火災，昆輒向火叩頭，多能降雨止風。徵拜議郎，稍遷侍中、弘農太守。先是崤、黽驛道多虎災，行旅不通。昆爲政三年，仁化大行，虎皆負子渡河。帝聞而異之。二十二年，徵代杜林爲光禄勳。詔問昆曰：‘前在江陵，反風滅火，後守弘農，虎北渡河，行何德政而致是事？’昆對曰：‘偶然耳。’左右皆笑其質訥。帝歎曰：‘此乃長者之言也。’”此比劉崇俊爲政濠州，仁化大行。

〔三二〕“雲中雞犬，八公之迹徒存”句：淮南王劉安門客有蘇非、李尚、左吴、田由、雷被、毛被、伍被、晉昌八人，稱“八公”。奉劉安之招，和諸儒大山、小山相與論説，著淮南鴻烈。見高誘淮南鴻烈注序。劉安修煉藥成功，雞犬並食，隨其昇天。此言劉崇俊即將去世。

〔三三〕“夢裏膏肓，二豎之妖遂作”句：左傳成公十年：“公夢疾爲二豎子，曰：‘彼良醫也，懼傷我，焉逃之？’其一曰：‘居肓之上，膏之下，若我何？’醫至，曰：‘疾不可爲也。在肓之上，膏之下，攻之不可，達之不及，藥不至焉，不可爲也。’”此稱病魔。

〔三四〕剪鬚：李勣遇暴疾，驗方云鬚灰可以療之，太宗乃自剪鬚爲其和藥。見舊唐書卷六七李勣傳。

〔三五〕穿壁：吕蒙疾發，孫權欲親自探視，又恐勞動吕蒙，常穿壁觀看。見三國志卷五四吴書九吕蒙傳。

〔三六〕投緑沈之瓜：任昉卒，梁武帝方食西苑緑沈瓜，聞之，悲不自勝，投之於盤。見南史卷五九任昉傳。

〔三七〕柱史：見卷一〇武成王廟碑注〔二〇〕。

〔三八〕時高謝氏之門：謝安侄女謝道韞，才智過人，以"未若柳絮因風起"而名高謝氏兄弟。見世説新語卷上言語、晉書卷九六列女傳。後作才女代稱。此比劉崇俊妻李氏。

〔三九〕班姬之訓：班彪之女班昭，博學高才，作女誡七篇，有助内訓。見後漢書卷八四列女傳。此比李氏。

〔四〇〕祖禰：指先祖和先父。蔡邕鼎銘："乃及忠文，克慎明德，以服享祖禰之遺風，悉心臣事，用媚天子。"此指祖父劉金、父劉仁規。

〔四一〕牧伯：指州郡長官。李白送韓準裴政孔巢父還山："出山揖牧伯。"王琦注引尚書正義："曲禮曰：九州之長曰牧。王制曰：千里之外設方伯，八州八伯。然則牧、伯一也。伯者，主一州之長；牧者，言牧養下民。鄭玄曰：殷之州牧曰伯，虞夏及周曰牧。後人稱太守曰牧伯，本此。"

〔四二〕季父仁贍：即劉仁贍。見卷七王崇文劉仁贍張鈞並本州觀察使制注〔一〕。

〔四三〕夏口：夏水（漢水下游的古稱）注入長江處，故稱夏口。即今湖北武漢市漢口。夏口，當是武昌節度使或鄂州節度使治所。馬令南唐書卷一六云拜武昌節度使、陸游南唐書卷一三云拜鄂州節度使。

〔四四〕通德：共同遵循的道德。史記卷一一二平津侯主父列傳："智，仁，勇，此三者天下之通德，所以行之者也。"

〔四五〕"荆州從事，猶牽墮淚之悲"句：羊祜都督荆州諸軍事，駐襄陽。死後其部屬在峴山羊祜生前游息之地建碑立廟。見碑者莫不流淚。杜預因稱此碑爲墮淚碑。見晉書卷三四羊祜傳。

〔四六〕懷鉛：謂從事著述。沈約到著作省謝表："臣藝不博古，學謝專家，乏懷鉛之志，慙夢腸之術。"

〔四七〕微臣職典絲綸：徐鉉于時任知制誥之職，故云。絲綸，禮記正義卷五五緇衣："王言如絲，其出如綸。"孔穎達疏："王言初出，微細如絲，及其出行於外，言更漸大，如似綸也。"後因稱帝王詔書爲絲綸。

〔四八〕威公：劉崇俊卒謚威。

〔四九〕"黯黯塗山，湯湯淮涘"句：塗山、淮涘，均在壽春境内。劉崇俊卒於壽春，故云。左傳哀公七年："禹合諸侯於塗山，執玉帛者萬國。"杜預注："塗山在壽春東北。"

〔五〇〕滕公所閉：滕公爲夏侯嬰，西漢開國功臣。初，嬰爲滕令奉車，故號滕公，見漢書卷四一本傳。西京雜記卷四："滕公駕至東都門，馬鳴跼不肯前，以足刨地久之。滕公使士卒掘馬所刨地，入三尺，所得石槨，滕公以燭照之，有銘焉，乃以水洗，寫其文，文字皆古異，左右莫能知，以問叔孫通，通曰：'科斗書也。'以今文寫之曰：'佳城鬱鬱，三千年見白日，吁嗟，滕公居此室。'滕公曰：'嗟乎天也！吾死，其即安此乎？'死，遂葬焉。"此比劉崇俊去世。

〔五一〕"甘棠勿翦"句：見卷一〇武烈帝廟碑銘注〔一七〕。

唐故德勝軍節度使檢校太保同中書門下平章事扶風馬匡公神道碑銘〔一〕

夫道被萬物，處其中者，是曰賢人；功濟橫流，讓其先者，方稱君子。施之則開物成務，與廣業而同歸；卷之則保族宜家，垂令名於必大。是以長沙吴芮，繁祉邁於三雄；南陽賈復，賁寵隆於四七〔二〕。歷代已降，靡不由之，迄于我朝，則扶風公其人矣。公諱仁裕，字德寬，其先扶風人〔三〕。子孫或從官於徐方，今爲彭城人也〔四〕。粤若萬邦作乂，益有佐禹之功〔五〕；因封受氏①，奢有却秦之績〔六〕。公侯必復，關西靡孟起之威〔七〕；文武未墜，南郡被季長之德〔八〕。存乎譜牒，無俟闡揚。曾祖某、祖某，皆以鹵介之氣②，當屯蒙之運，不履王侯之事，歸全父母之邦。考某，少負雄名，爲武寧軍裨將〔九〕。才高位下，厥用弗昭③，累贈尚書右僕射。傳曰："有明德而不顯當代，後必有興者。"故其餘慶集于我公。惟公克禀粹靈，夙彰奇應。方娠而神貺協夢，既生而異氣充庭〔一〇〕。宗族相驚，里閭交慶④。識者謂之曰："不意英物復鍾此兒，天將啓之，馬氏爲不朽矣。"長而爽邁，輔以博聞，善無常師，器以虚受。

及皇圖中否,赤縣淪災,戰國縱横,争求策士,孔門堂奥,半作家臣。公負先見之明,審擇君之義。舉旗沛澤,即授中涓〔一一〕;定難京城,仍參主簿。而上方從歷試,允懋臣功,經綸草昧,諮訪遺闕。公親侍左右,日奉謨猷。能知四國之爲,且掌賓客之禮。勞無伐善,夙夜不離於公;美則歸君,論議莫闚其際。出入二紀,懋肩一心,車服以庸,寵禄來假。乃升朝序,乃掌禁師,以左領軍將軍兼總丞相之兵衛。申令惟一,任衆惟睦,推以恩信,先之勤勞,周廬既嚴,軍事以簡。考績稱最,帝用嘉之,遷檢校司徒,遥兼宿州刺史。夫千騎之長,可以圖功;百城之權,可以觀政。中外迭處,抑惟舊章⑤,即授楚州刺史、本州團練使。甸服之際,邦賦是繁;長淮之衝,戎寄爲急。公奉揚王略,遵舉詔條,人不易方,計日而治。徵爲右衛大將軍,復領舊兵,以衛相府,董齊之略,有踰於初。明年,改右金吾大將軍,以扶風縣三百户爲封邑。執金之職,歷代雄重⑥,綿祀虚位,公首居之。内訓却非之士,外察苛留之禁。熊羆宣力,輦轂無塵。及上允膺内禪,光啓建業,寺府軍衛,半存舊京。委公留臺右師⑦,俾率東夏〔一二〕,即遷檢校太保,改右天威副統軍⑧,進爵爲伯。陜服從入〔一三〕,公有力焉。及參告類之儀,益光求舊之舉。寵開幕府,遥領徐方,進封郡侯⑨,定食千户。左輔之地,王業所基,藩屏京師,惟公攸賴。乃移使節,往鎮京口。公慈惠著於郡國,威德洽於士心。由是齊人向風,期年報政,加同中書門下平章事、廬州節度觀察等使。自南北分隔,戎華交馳⑩,合淝之郊,常制衝要。故有台階之命,以增外閫之威。公於是謹斥堠〔一四〕,審號令。習組練之士,則聲如飆馳;嚴堡障之備,則勢若山立。虜不敢犯,邊是以寧,而察俗之方,如南徐之理〔一五〕。方當矢謨帷扆,薄伐關河,渡江之誓既陳〔一六〕,泝渭之舟已具⑪〔一七〕。嗚呼!良圖未展,景命不融⑫。春秋六十有三,昇元六年閏三月五日，薨于廬州公署。上省奏震悼，廢朝三日。即用玄甲之數〔一八〕，式擬鐵山之功〔一九〕，給於官司，臨以中使。奉常以視履考祥之義，循貞心大度之美，詳協公論，易名曰匡。即以其年四月七日，備鹵簿儀衛，葬于廬州合淝縣鄉里，禮也。公娶同郡萊氏，封彭城郡君。麗襛李之華，親采蘩之職。理内協鵲巢之詠〔二〇〕，從貴有魚軒之華〔二一〕。某年月日先公而逝。嗣子右弓箭庫使光庭、東頭供奉官光祚、閤門承旨光紹，皆稟義方，無忝遺烈。家承膏粱之後[13]，而恭順克修；職在紈綺之間，而雅素自若。君子謂：扶風公其有後乎？夫碑頌之設，有自來矣。琬琰之細，既垂於苕華〔二二〕；盤盂之微，又參於警戒。若乃道合天眷，忠存王家，累輔翼之功，而鍾鼎之報罔闕[14]；享將相之賞，而帶礪之誓弗渝〔二三〕。時無間言，没有餘位[15]，故其宗廟之紀，金石之銘，昭示來雲，不可誣也。小臣不學，奉旨刊文。庶使計功稱德，代遠而愈信；披文相質，事久而彌芬。峴首之懷靡盡〔二四〕，昆吾之烈長存〔二五〕。嗚呼哀哉！其銘曰：

益作朕虞，實曰元凱〔二六〕。崇基締業，明德攸在。維趙于蕃，封移族改。祚實刊山，源長巨海。因枝别代，硯渭來遷。導德絳帳，勤王跕鳶。流光襲祉，映後昭前。懷黄結紫，著簡成編。誕發材英，肇惟明懿。鼎角膺奇，龜文履異〔二七〕。博容汎愛，入孝出悌。運有屯蒙，器無凝滯。爰初發迹，雲從潛泉。濯纓職幟，拊翼中涓。良驥處服，忘歸在弦。樞機言行，無競維賢。繾綣從君，匪伊履屐。勤毖前殳，周旋陛戟。居國必聞，在身無擇。帝爰允諧，胙乃丕績。惟彼淮泗，疆以獯夷[16]〔二八〕。維此京浙，纘以邦畿。封淮表浙，惟惠惟威。椒蘭在俗，轅轍興思。群舒待理，獫狁孔棘〔二九〕。帝謂侯氏〔三〇〕，纘服新息〔三一〕。式固爾猷，惠此廬國。乃陟台階，俾藩于北。龍旂四牡，鉤膺鏤錫。命服有煒，光聲載揚。獷狄弭耳⑰,蚩甿嚮方。上儀像物,下謚飛蝗。梁木或顛,通川有逝。長城既嚴,哲人永瘁。像著雲臺,風存遐裔。輟舂盡思,瞻山隕淚。信結殊俗,悲深上旻。丹碑既刻,列鼎書勳。祁連不泯〔三二〕,庸器長存。丕顯百代,惟予有臣⑱。

【校記】

①受:李校:一本作"賜"。

②介:四庫本、全唐文作"莽"。

③昭:全唐文作"彰"。

④里閭:四庫本、全唐文作"閭里"。

⑤抑:李校:一本作"仰"。

⑥雄:李校:一本作"推"。

⑦師:李校:一本作"帥"。

⑧副統軍:李校:"副"下一本有"都"字。

⑨郡侯:四庫本、全唐文作"侯郡"。

⑩戎華:四庫本作"輶軒"。

⑪泝:原作"斥",據四庫本、全唐文、徐校改。

⑫景:四庫本、全唐文、黄校本作"早"。

⑬粱:原作"梁",據全唐文、黄校本、李刊本改。

⑭闕:黄校本作"報";全唐文作"間"。

⑮位:李刊本作"慶"。

⑯疆:原作"彊",據四庫本、全唐文、李刊本、徐校改。

⑰獷狄弭耳:四庫本作"疆吏固圉"。

⑱予:原作"子",據黄校本、李校、徐校改。

【箋注】

〔一〕作於南唐昇元六年(九四二)四月初。據誌主葬期而繫。誌主爲馬仁裕,烈祖時使相,見江表志卷上;馬令南唐書卷一一、陸游南唐書卷六、十國春秋卷二一有傳。所傳互有異同,而多有舛誤。馬令不言其移鎮京口,而云卒年三十九;吴任臣不言其移鎮廬州,而云卒年六十。又,徐公文集諸本均作德勝軍,鎮廬州。然十國春秋卷一一三南唐藩鎮表云昭順軍鎮廬州,後改名保信軍,不言德勝軍之名,而有百勝軍鎮虔州。徐鉉文可補史闕。

〔二〕長沙吴芮、南陽賈復:見本卷劉公神道碑注〔三〕及注〔四〕。

〔三〕扶風:馬姓郡望。今陝西扶風縣。

〔四〕彭城:徐州古稱。

〔五〕益有佐禹之功:謂馬氏出自嬴姓,後更爲趙姓。漢書卷二八下地理下:"秦之先曰柏益,出自帝顓頊,堯時助禹治水,爲舜朕虞,養育草木鳥獸,賜姓嬴氏。歷夏、殷爲諸侯,至周有造父,善馭習馬,得華駵、緑耳之乘,幸於穆王,封於趙城,故更爲趙氏。"

〔六〕奢有却秦之績:秦伐韓,趙奢却之於閼與。趙惠文王賜號馬服君。見史記卷八一廉頗藺相如列傳。元和姓纂卷七"馬姓":"嬴姓伯益之後,趙王子奢封馬服君,子孫氏焉。奢孫興,趙滅之徙咸陽。"

〔七〕關西靡孟起之威:馬超字孟起,扶風茂陵人。威震關西。見三國志卷三六蜀書六馬超傳。

〔八〕南郡被季長之德:馬融字季長,扶風茂陵人。桓帝時爲南郡太守。見後漢書卷六〇上馬融傳。

〔九〕武寧軍:唐德宗時始置,大致以徐、泗、濠、宿四州爲範圍,以後或廢或置,治所隨之改變。見新唐書卷六五方鎮表二。陸游南唐書卷六馬仁裕傳:"馬仁裕,字德寬,徐州人。故唐北平王燧裔孫,世爲武寧軍校。"

〔一〇〕"方娠而神貺協夢"句:馬令南唐書卷一一馬仁裕傳:"母方娠,夢人謂曰:'北平來歸。'及生,有紫氣滿庭。"陸游、吴任臣均采此說入傳。按:徐鉉此説,或撰碑套話,以神其人。後世遂以寫入傳,亦未可知。

〔一一〕"舉旗沛澤,即授中涓"句:漢書卷三九曹參傳:"高祖爲沛公也,參以中涓從。"顏師古注:"涓,絜也,言其在内主知絜清灑埽之事,蓋親近左右也。"此謂馬仁裕爲烈祖親信。按:武寧軍鎮徐、泗一帶,馬仁裕世爲武寧軍校。李昪初興,乃隨之。十國春秋卷二一馬仁裕傳:"遇亂南奔,與周宗、曹悰同事烈祖爲牙吏。烈祖領潤州,仁裕監蒜山渡,首聞朱瑾之亂,馳入白之烈祖,即日渡江定亂,以功遷左領軍将軍,歷楚州刺史、右金吾衛大将軍。烈祖以女妻之,是爲興國公主。"

〔一二〕東夏：見卷六南昌王制注〔四〕。

〔一三〕陜服：見卷六南昌王制注〔二〕。

〔一四〕斥堠：見本卷劉公神道碑注〔二三〕。

〔一五〕南徐：東晉僑置徐州於京口城（今江蘇鎮江市），南朝宋改稱南徐，隋開皇年間廢。宋書卷三五州郡志一：“武帝永初二年，加徐州曰南徐，而淮北但曰徐。文帝元嘉八年，更以江北爲南兗州，江南爲南徐州，治京口。”

〔一六〕渡江之誓：晉書卷六二祖逖傳：“帝乃以逖爲奮威將軍、豫州刺史，給千人廪，布三千匹，不給鎧仗，使自招募。仍將本流徙部曲百餘家，渡江中流，擊楫而誓曰：‘祖逖不能清中原而復濟者，有如大江。’辭色壯烈，衆皆慨歎。”

〔一七〕泝渭之舟：宋書卷四五王鎮惡傳：“鎮惡請率水軍自河入渭。……鎮惡所乘皆蒙衝小艦，行船者悉在艦内，羌見艦泝渭而進，艦外不見有乘行船人，北土素無舟檝，莫不驚惋，咸謂爲神。”

〔一八〕玄甲之數：謂用霍去病葬時規格。玄甲，鐵色玄黑，故稱。史記卷一一一衛將軍驃騎列傳：“（霍去病）元狩六年而卒。天子悼之，發屬國玄甲軍，陳自長安至茂陵。”張守節正義：“玄甲，鐵甲也。”

〔一九〕鐵山之功：謂有李靖之功。舊唐書卷二太宗本紀載：貞觀四年二月，“甲辰，李靖及突厥戰於陰山，敗之。通鑑卷一九三“太宗貞觀四年”：“（二月）甲辰，李靖破突厥頡利可汗於陰山。先是，頡利既敗，竄於鐵山，餘衆尚數萬。”胡三省注：“鐵山，蓋在陰山北。”在今内蒙古陰山北。舊唐書卷六七李靖傳：“（貞觀）十一年，改封衛國公，授濮州刺史。……十四年，靖妻卒，有詔墳塋制度依漢衛、霍故事，築闕象突厥内鐵山、吐谷渾内積石山形，以旌殊績。”

〔二〇〕鵲巢：詩經召南篇名。詩經召南鵲巢序：“鵲巢，夫人之德也。國君積行累功，以致爵位。夫人起家而居有之，德如鳲鳩，乃可以配焉。”後以指婦人之德。

〔二一〕魚軒：左傳閔公二年：“歸夫人魚軒。”杜預注：“魚軒，夫人車，以魚皮爲飾。”

〔二二〕琬琰、苕華：此指碑石。

〔二三〕帶礪：同“帶厲”。比喻受皇家恩寵、傳祚無窮。史記卷一八高祖功臣侯者年表:“封爵之誓曰:‘使黄河如帶,泰山若厲。國以永寧,爰及苗裔。’”裴駰集解引應劭曰:“封爵之誓,國家欲使功臣傳祚無窮。帶,衣帶也;厲,砥石也。河當何時如衣帶,山當何時如厲石,言如帶厲,國乃絶耳。”

〔二四〕峴首之懷:峴首,即峴山。晉羊祜任襄陽太守,有政績。後人以其常游峴山,爲立碑紀念,稱“墮淚碑”。見晉書卷三四羊祜傳。

〔二五〕昆吾:顓頊之後,建昆吾國,後爲湯所滅。見史記卷四〇楚世家。蓋爲馬氏先祖。

〔二六〕元凱:“八元八凱”的省稱。傳説高辛氏有才子八人,稱爲八元;高陽氏有才子八人,稱爲八愷。此十六人之後裔,世濟其美,不隕其名。舜舉之於堯,皆以政教稱美。見左傳文公十八年。

〔二七〕鼎角膺奇,龜文履異:鼎角,相術謂額上有日角、月角和伏犀三骨隆起者爲三公貴相。後漢書卷六三李固傳:“固貌狀有奇表,鼎角匿犀,足履龜文。”李賢注:“鼎角者,頂有骨如鼎足也。”“足履龜文者二千石。見相書。”

〔二八〕獯夷:我國古代北方的少數民族,即獫狁、獯鬻(獯粥)。見下注。王融永明十一年策秀才文之五:“所以關洛動南望之懷,獯夷遽北歸之念。”

〔二九〕獫狁孔棘:謂外敵十分猖獗。詩經小雅采薇:“豈不日戒,獫狁孔棘。”獫狁,後漢書卷八九南匈奴傳:“昔獫狁獯粥之敵中國,其所由來尚矣。”李賢注:“周曰獫狁,堯曰葷粥,秦曰匈奴。”

〔三〇〕侯氏:指諸侯個人。儀禮注疏卷二六下覲禮:“至於郊,王使人皮弁用璧勞。侯氏亦皮弁迎於帷門之外。”鄭玄注:“不言諸侯言侯氏者,明國殊舍異,禮不凡之也。”賈公彦疏:“言諸侯則凡之總稱;言侯氏則指一身,不凡之也。而所勞之處或非一國,舍處不同,故不總言諸侯而云侯氏也。”此指馬仁裕。

〔三一〕纘服新息:纘服即繼承職事。新息,東漢伏波將軍馬援以戰功被封爲新息侯。見後漢書卷二四馬援傳。此比馬仁裕進封郡侯。

〔三二〕祁連不泯:漢書卷五五霍去病傳:“去病至祁連山。”顔師古注:“祁連山即天山也,匈奴呼天爲祁連。”此以霍去病比馬仁裕。

徐鉉集校注卷一二　碑銘

茅山紫陽觀碑銘①〔一〕

臣聞太初之氣〔二〕，其生也無始；衆妙之門，其本也無名。積而成形，散而爲器。乾坤運之而兩儀位②，王侯受之而天下貞。是故斷鼇鍊石之功③，絶地通天之業，衣裳軒冕之后，干戈揖讓之君④，雖復遭罹異塗⑤，步驟一致⑥，莫不契協於神明之域⑦，飲和於道德之原。廣無爲之爲，執無象之象，萬物恃生而不有，百姓日用而不知。其迹也，則格天光表⑧，化人而成俗⑨；其本也，則收視返聽，全真而養身⑩。至其玉檢登封，蘿圖啓後，游神象外，脱屣區中。鑄金鼎而乘白雲〔三〕，登寒門而立玄極。閟宫清廟，式嚴觀德之場⑪；玉洞金壇，别啓下都之所。由是靈符總集⑫，真籙歧分。三元八會之文〔四〕，潛通髣髴；七映九華之室，密擬形容。足以徼福應於含生〔五〕，致孝思於時事。聖人繼作⑬，雲構相望⑭。故茅山紫陽觀者，今上敬爲烈祖孝高皇帝⑮、元敬皇后之所重修也⑯〔六〕。爾乃星紀儲精，下爲峻極⑰，河圖著録，懸示禎期。自道氣融明，真科流衍⑱，治化宏開於赤縣，符圖廣秘於名山⑲。而華陽洞天，實群仙之都會；金陵地胏[20]，又三茅之福鄉〔七〕。左憑柳汧[21]，煙霞韜映；右帶陽谷，川原隱轔[22]。伏龍靡迤，鎮以雷平之嶺；鬱岡迴合，浸以護軍之潭。郭真人叩舷之池〔八〕，不遷留岸；許長史鍊丹之井〔九〕，自洌寒泉[23]。白露紫煙，照映其上；飆輪鶴馭，往來其間[24]。高真七人，四處兹地。其後貞白先生以玄德應世[25]〔一〇〕，肇開朱陽之館；以玉書演秘，爰立昭真之臺。堂靖疏基[26]，玄州之蹤可擬[27]；生徒廣業，白龜之迹斯存。金紉鳳羅[28]，代相傳授；龍車虎駕，世有飛升。及玄靖先生以沖氣含和[29]〔一一〕，體庚桑之歲計；玄宗皇帝以尊師重道，屈軒后之順風[30]〔一二〕。由是天眷遐臨，皇心密契。惟新舊館，再易華題。丹鼎洞經，潔修無倦，芝泥龍簡，投奉相望。户邑之民，豈止奉明之縣〔一三〕；樵蘇之禁，寧唯柳下之墳〔一四〕？故得雲物告祥，芝英表瑞。小周王之"瑶水"〔一五〕，徒詠空歌[31]；異漢帝之"猗蘭"〔一六〕，唯陳甲帳。自兹厥後，代有修崇。上士名人，時時解蜕[32]，雲軿羽蓋，往往降靈。皆著於金石，播於謡頌。嗟乎！四時代謝，天道盈虚。雖九氣長存，歷劫以資其融結；而三階有象，隨時因表其晦明。則斯觀也，將世運以汙隆，與皇圖而升降。赤明未啓〔一七〕，猶多闐户之悲；白水方興〔一八〕，始漸高門之慶。孝高皇帝猶龍孕德[33]〔一九〕，指樹垂陰，應樞電之殊祥〔二〇〕，有天中之奇表[34]〔二一〕。甘盤就學〔二二〕，和光於百六之初[35]〔二三〕；庖正分官〔二四〕，利見於九三之際〔二五〕。賓門納揆，有大造於當時；彤矢旅弓[36]〔二六〕，允至公於四海。由是法堯受命，祀夏中興〔二七〕。補西北之不周〔二八〕，應東南之王氣〔二九〕。御明堂而揖群后，輯瑞玉而覲諸侯。既治定而功成，更憂深而思遠。乘奔御朽，不以黄屋爲尊〔三〇〕；旰食宵衣，惟以蒼生是念。知無爲之無敗，體上德之不德。凝神姑射〔三一〕，端拱穆清。政舉其中，事至而應。愛民重法，敦本訓農。偃革消兵，守好戰必危之誡；卑宫菲食，懼以人從欲之譏。故得百寶效靈，三辰薦祉，遠無不届，邇無不安。少康、光武之功〔三二〕，獨高帝籙；貞觀、開元之業，更啓孫謀。今上承績德之基㊲〔三三〕，法自然之道。變化無方之謂聖，神武不殺之謂仁。學洞精微，守謙光而沖用㊳；明昭隱伏㊴，體大度以包荒。動則庇民，不矜功而尚智；静惟修政，恒務嗇而勸分。聞善若驚，每賞秋毫之細㊵；容光必照，寧遺行葦之微〔三四〕？化洽風隨㊶〔三五〕，時和俗厚。常以天下者㊷，烈祖之天下，憲章者，昇元之憲章，垂裕無窮，永懷罔極。衣冠原廟，未足盡思；聲樂娱神，良非至敬。緬慕在天之駕，因嚴訪道之宫。尋屬長樂上仙，躍龍興感〔三六〕，載詠生民之頌㊸〔三七〕，思弘十亂之功〔三八〕。乃眷靈巖，誕敷明詔，發虞衡之吏，集般爾之工。執藝駿奔，飭材麕至。果園之柰，供其礱斲；北邙之土〔三九〕，給其圬墁㊹。乃新秘殿，秘殿孔碩。黯其霮䨴，屹其穹窿。琁題互照以晶熒，珠網交疏而窈窱。震殷雷於滴瀝，拖宛虹於楯軒㊺，忽陰闔而陽開㊻，乍霞駁而雲蔚。儼若虚皇之御〔四〇〕，穆然太上之容〔四一〕。疑馭氣以迴隮，眇淩雲而遐觀。乃立高門，高門有閌。擬金闕之觚稜，洞朱扉而焕照。龍章鳳篆，以之題署；霓旌絳節，兹焉出入。乃建兩序，紛邐迤而重深㊼；乃起層樓，邈苕亭而顯敞。北彌郭阡之路㊽，南亘姜巴之衢。赫光影以燭坤，麗丹青而藻野。速如神運，恍若化工㊾。每至日薄星迴，歲之云暮㊿，桐華萍合，春聿載陽[51]，赤城旋軫之初〔四二〕，白鶴會朝之際[52]〔四三〕，都人士女，舉袂成帷。襲靈風而共洽天和，仰雲構而方知帝力[53]。豈止百年猶畏，獨識軒轅之臺〔四四〕；三壽作朋，永閟姜嫄之廟〔四五〕。大哉至矣，無得稱焉！夫妙本太無，名垂不朽。挺窮神知化之盛，然後顯通幽洞靈之微；立尊道貴德之教，然後致還淳反朴之理。漸於人爲富壽，被於樂爲聲詩，告於太史爲典册，著於豐碑爲銘篆。耿光丕顯[54]，其在兹乎？爰命下臣，敬書令德[55]。其詞曰[56]：

邈矣至道，悠哉妙門！黽黽無物，綿綿若存。是生清濁，爰闢乾坤。乃生之民，乃作之君。德盛惟皇，功高曰帝。訪道峒山[57]〔四六〕，求珠赤水〔四七〕。下或知有[58]，時稱至理。三正循環，鴻圖資始。於惟基命，赫矣皇唐。運啓再造，天垂百祥[59]。玄德升聞，既壽永昌。時乘白雲，至于帝鄉。穆穆嗣君，雄雄下武[60]。禮極配天，教明尊祖[61]。明發盡思，僾然若覩[62]。敬佇仙游，式嚴靈宇。靈宇何在，句金之陵。丹霞夕映，白霧朝凝。重屋四注，崇臺九層。雲生窈窱，日麗觚稜。三秀交陰，五便分徑。丹沙流液，玄洲立靖。柳谷組煙，雷池寫鏡[63]。仿佛九華，依稀七映。至誠則感，有應斯來。含真上客，蕭閑逸才。飆輪倏忽，晨蓋徘徊。浮黎認土，方丈凝臺。昔在聖人，建言敷教。救物以慈，奉先以孝[64]。敬佩真契，恭聞大道。顯妙用於言象，鼓淳風於億兆。薦純嘏於無窮，仰皇猷之克紹[65]。

【校記】

①題目：全唐文"銘"下有"并序"二字。

②位：全唐文作"立"。

③功：四庫本作"技"。

④君：李校：一本作"時"。

⑤塗：四庫本、李刊本作"途"。

⑥一：翁鈔本、全唐文、李刊本作"殊"。

⑦契協：翁鈔本、全唐文作"協契"。

⑧表：李校：一本作"被"。

⑨化：四庫本作"先"。

⑩真：李校：一本作"貞"。

⑪德：翁鈔本作"物"；李刊本作"聽"。

⑫總：翁鈔本作"綜"。

⑬繼：黄校校本作"既"。

⑭雲構：四庫本作"雲龍"；全唐文、李刊本作"靈構"。

⑮皇：原脱，據全唐文、李校、徐校補。

⑯修:黄校本作“建”。

⑰下:四庫本作“先”。

⑱科:四庫本作“精”。

⑲秘:全唐文、李刊本作“袐”。

⑳胏:四庫本作“脈”。

㉑汧:原作“汗”,據四庫本、全唐文、李刊本改。

㉒原:四庫本、全唐文作“源”。

㉓洌:原作“列”,據翁鈔本、四庫本、全唐文、李刊本改。

㉔間:全唐文作“中”。

㉕先生:全唐文作“真人”。

㉖竫:全唐文作“構”。

㉗州:四庫本、全唐文、李刊本作“洲”。

㉘紉:翁鈔本、全唐文、李刊本作“紐”。

㉙玄竫:全唐文作“玄静”。

㉚順:全唐文作“淳”。

㉛歌:四庫本作“臺”。

㉜蜕:四庫本、黄校本作“脱”。

㉝高:原脱,據全唐文、李校補。

㉞有:全唐文作“肖”。　天中:四庫本、全唐文作“中天”。

㉟光:李校:一本作“允”。

㊱彤矢旅弓:四庫本作“旅矢彤弓”。

㊲績:翁鈔本、四庫本、全唐文、李刊本作“積”。

㊳沖:四庫本作“穆”。

㊴明:四庫本作“用”。

㊵賞:全唐文作“察”。

㊶洽:全唐文作“浹”。

㊷常以:全唐文作“嘗以爲”。

㊸載:原作“戴”,據四庫本、黄校本、全唐文、李刊本改。

㊹圬墁:原作“圩墁”,據全唐文、李刊本、徐校改。

㊺棲:原作"循",據四庫本、全唐文、李刊本改。

㊻陰闔:四庫本作"隆門"。　而:李校:一本作"以"。

㊼邐迤:四庫本作"逶迤"。

㊽阡:四庫本作"隣"。

㊾工:原作"宫",據四庫本、全唐文、李刊本改。

㊿之:李刊本作"聿"。

(51)聿:李刊本作"已"。

(52)鶴:全唐文作"鵠"。李校:一本作"鵠",古通用。

(53)雲構:四庫本作"卿雲"。

(54)耿:四庫本作"既"。

(55)令:四庫本作"全"。

(56)詞:李校:一本作"銘"。

(57)峒山:全唐文作"崆峒"。李校:一本作"崆峒"。觀下句"赤水",似"峒山"爲是。

(58)知有:全唐文作"有知"。

(59)垂:李刊本作"降"。

(60)雄雄:四庫本作"雍雍"。

(61)明:翁鈔本、全唐文作"先"。

(62)傻:四庫本作"儼"。

(63)寫:全唐文作"瀉"。

(64)先:四庫本作"身"。

(65)全唐文文末有"歲己未十二月一日建,朝議郎、守尚書祠部郎中、知制誥、武騎尉、賜紫金魚袋徐鉉撰並書",凡三十五字。李刊本出校,並按:"蓋當時立碑石本如是,集本所無也。"

【箋注】

〔一〕作於後周顯德六年(九五九)十一月至十二月初。寶刻叢編卷一五"建康府南唐紫陽觀碑"條引復齋碑録云:"徐鉉撰,楊元鼎書並篆額,王文秉刻,己未歲十二月一日建。"己未即顯德六年。茅山志録金石第十一上卷一二:"茅山紫陽觀碑銘序,朝議郎、守太子右諭德、武騎尉、賜紫金魚袋臣徐鉉奉制撰,朝議郎、守虞部郎中、武騎尉、賜紫金魚袋臣楊元鼎奉制書並篆額。……歲己未十二月一日建。”　茅山:即三茅山的簡稱,在今江蘇句容市。

〔二〕太初:天地未分之前的混沌元气。列子卷一天瑞:“太初者,氣之始也。”

〔三〕鑄金鼎而乘白雲:指黄帝鑄鼎乘龍的傳説。史記卷二八封禪書:“黄帝采首山銅,鑄鼎於荆山下。鼎既成,有龍垂胡髯下迎黄帝。黄帝上騎,群臣後宫從上者七十餘人,龍乃上去。”楚辭卷一離騷:“吾令豐隆乘雲兮,求宓妃之所在。”

〔四〕三元八會之文:道教用語。三元,日、月、星。三元加上木、火、土、金、水五行爲八會。指倉頡造字之前,由三五妙氣凝空而成的“雲篆”、“天書”,爲一切道經之相。雲笈七籤卷七:“道門大論曰:一者陰陽,初分有三元、五德、八會之氣,以成飛天之書。”陶弘景真誥卷一運象一:“秀人民之交,别陰陽之分,則有三元八會、群方飛天之書。”

〔五〕含生:一切有生命者。

〔六〕烈祖孝高皇帝、元敬皇后:李昪謚曰光文肅武孝高皇帝,廟號烈祖。元敬皇后宋氏,元宗母。

〔七〕三茅:道家傳説中的三神仙,即茅盈及其弟茅固、茅衷。據傳爲漢景帝時咸陽人,先後隱句曲山,得道成仙,太上老君分别授爲司命真君、定籙真君、保命仙君。世稱三茅君。見茅山志卷五。

〔八〕郭真人叩舷之池:景定建康志卷四五祠祀志二玉晨觀載周時郭真人在此得道。六朝事蹟編類卷下玉晨觀:“天寶七年爲玄靖先生改紫陽觀,前有郭真人養龍池。”

〔九〕許長史:即許謐,一名穆,字思玄,許邁第五弟,東晉丹陽句容(今江蘇句容市)人。官至散騎常侍,後歸隱茅山。梁高祖爲其别立祠真館,本宅立爲宗陽觀,後改名紫陽觀。見歷世真仙體道通鑑卷二一。

〔一〇〕貞白先生:即陶弘景,字通明,南朝梁丹陽秣陵(今江蘇南京市)人。後隱居茅山,號華陽隱居。卒謚貞白先生。見南史卷六六陶弘景傳。

〔一一〕玄靖先生:即李含光,本名弘,廣陵江都(今江蘇揚州市)人。神龍初爲道士,居茅山。天寶七載(七四八)玄宗賜號玄靖先生。見全唐文卷三四

○顔真卿有唐茅山玄靖先生廣陵李君碑銘并序。

〔一二〕屈軒后之順風：即黄帝軒轅氏。莊子外篇在宥：“廣成子南首而卧，黄帝順下風膝行而進，再拜稽首而問曰：‘聞吾子達於至道，敢問治身奈何而可以長久？’”

〔一三〕“户邑之民，豈止奉明之縣”句：漢書卷八宣帝紀：“（元康元年）夏五月，立皇考廟，益奉明園户爲奉明縣。”

〔二四〕“樵蘇之禁，寧唯柳下之墳”句：戰國策卷一一齊策四：“昔者秦攻齊，令曰：‘有敢去柳下季壟五十步而樵采者，死不赦。’”按：戰國展禽，字季，魯國人。食采柳下。

〔一五〕周王之“瑶水”：指周穆王與西王母歌於瑶池之上。見卷一○蔣莊武帝新廟碑銘注〔四七〕。

〔一六〕漢帝之“猗蘭”：郭憲洞冥記卷一：“漢武帝未誕之時，景帝夢一赤彘從雲中直下，入崇芳閣。帝覺而坐於閣上，果見赤氣如烟霧來，蔽户牖，望上有丹霞蓊鬱而起，乃改崇芳閣爲猗蘭殿。後王夫人誕武帝於此殿。”

〔一七〕赤明：道教指天地開闢以後用來計時的年號之一。隋書卷三五經籍志四：“（道經）以爲天尊之體，常存不滅。每至天地初開，或在玉京之上，或在窮桑之野，授以秘道，謂之開劫度人。然其開劫，非一度矣，故有延康、赤明、龍漢、開皇，是其年號。”

〔一八〕白水：水名。源出今湖北棗陽市東大阜山，相傳漢光武帝舊宅在此。文選卷三張衡東京賦：“乃龍飛白水，鳳翔参墟。”薛綜注：“白水，謂南陽白水縣也，世祖所起之處也。”按：此以光武帝劉秀興漢比烈祖李昪建立南唐。

〔一九〕孝高皇帝：即烈祖李昪。

〔二○〕應樞電之殊祥：史記卷一五帝本紀“黄帝者”，張守節正義：“母曰附寶，之祁野，見大電繞北斗樞星，感而懷孕，二十四月而生黄帝於壽丘。”

〔二一〕天中：晉書卷一一天文志上：“北斗七星在太微北，七政之樞機，陰陽之元本也。故運乎天中，而臨制四方，以建四時，而均五行也。”按，此承上句“電繞樞光”而來，故云“天中奇表”。

〔二二〕甘盤就學：尚書正義卷一○説命下：“王曰：‘來，汝説。台小子舊學于甘盤。’”孔安國傳：“學先王之道，甘盤，殷賢臣，有道德者。”孔穎達疏曰：

"舊學于甘盤,謂爲王子時也。……在武丁時,則有若甘盤。"竹書紀年卷上:"(小乙)六年命世子武丁居于河,學于甘盤。"

〔二三〕百六:厄運。見卷一一舒州周將軍廟碑銘注〔八〕。

〔二四〕庖正分官:左傳哀公元年:有仍氏女"生少康焉,爲仍牧正。惎澆能戒之。澆使椒求之,逃奔有虞,爲之庖正,以除其害。"杜預注:"賴此以得除己害。"此比李昪能趨利避害。李昪爲徐温養子,甚爲其嫡子所忌。

〔二五〕九三:周易正義卷一乾:"九三,君子終日乾乾夕惕,若厲無咎。"

〔二六〕彤矢玈弓:指朱漆箭與黑弓。尚書正義卷二〇文侯之命:"彤弓一,彤矢百。"孔安國傳:"彤,赤;盧,黑也。諸侯有大功,賜弓矢,然後專征伐,彤弓以講德習射,藏示子孫。"左傳僖公二十八年:"策命晉侯爲侯伯,賜之大輅之服、戎輅之服、彤弓一、彤矢百、玈弓矢千。"杜預注:"玈,黑弓。"

〔二七〕"法堯受命、祀夏中興"句:謂李昪禪吴主之位,建立南唐。

〔二八〕補西北之不周:淮南子卷三天文訓:"昔者共工與顓頊争爲帝,怒而觸不周之山,天柱折,地維絶。"此指南唐建立以續李唐。

〔二九〕應東南之王氣:謂南唐建都金陵。太平御覽卷一七〇引金陵圖云:"昔楚威王見此有王氣,因埋金以鎮之,故曰金陵。秦併天下,望氣者言江東有天子氣,鑿地斷連岡,因改金陵爲秣陵。"

〔三〇〕黄屋:帝王專用的黄繒車蓋,借以指帝王之車、宫室或權位。史記卷六秦始皇本紀:"子嬰度次得嗣,冠玉冠,佩華紱,車黄屋。"裴駰集解引蔡邕曰:"黄屋者,蓋以黄爲裏。"

〔三一〕凝神姑射:列子卷二黄帝篇:"列姑射山在海河洲中,山上有神人焉,吸風飲露,不食五穀,心如淵泉,行如處女。不偎不愛,仙聖爲之臣;不畏不怒,愿慤爲之使。不施不惠而物自足,不聚不斂而已無愆。陰陽常調,日月常明。四時常若,風雨常均。字育常時,年穀常豐。而土無札傷,人無夭惡,物無疵厲,鬼無靈響焉。"此爲明君所希望達到的治世景象。全唐文卷四李世民皇德頌:"至人忘己體沖虚,凝神姑射厭宸居。"

〔三二〕少康、光武之功:少康,夏中興之主,帝相之子。寒浞使子澆殺相篡位。少康長大,收集夏舊部,滅浞而立少康。見左傳襄公四年、哀公元年。光武爲劉秀,中興漢朝。李昪建唐,亦曰中興。

〔三三〕今上:指南唐中主李璟。

〔三四〕行輦:見卷一〇武成王廟碑注〔三五〕。

〔三五〕化洽風隨:教化普沾。蔡邕司空文烈侯楊公碑:"功成化洽,景命有傾。帝乃震慟,執書以泣。"

〔三六〕"長樂上仙"二句:長樂上仙,謂元宗母元敬皇后去世。陸游南唐書卷一六元敬皇后傳:"保大三年十月卒。祔葬永陵。"長樂代指母親。見卷七外祖母追封某國夫人注〔六〕。躍龍興感,謂元宗爲其母仙逝而興悲感。躍龍,指皇帝登位。楊炎靈武受命宫頌序:"靈武舊宫,皇帝躍龍之所。"

〔三七〕生民之頌:生民爲詩經大雅首篇,主要是叙寫姜嫄生育后稷的神話故事及后稷的貢獻等。此用以表達對母親的緬懷。

〔三八〕十亂:尚書注疏卷一〇泰誓:"予有亂臣十人,同心同德。"孔安國傳:"我治理之臣雖少而心德同。"孔穎達疏:"釋詁云:'亂,治也。'"。

〔三九〕北邙:即邙山,因在洛陽之北,故名。東漢、魏、晉的王侯公卿多葬於此。此指烈祖墓地永陵。

〔四〇〕虚皇:道教神名。陶弘景許長史舊館壇碑:"結號虚皇,筌法正覺。"

〔四一〕太上:道教最高最尊之神的名前常冠此二字,以示尊崇。

〔四二〕赤城旋軫之初:謂茅濛得道成仙之時。葛洪神仙傳卷五茅君:"茅君者,名盈,字叔申,咸陽人也。高祖父濛,字初成,學道於華山。丹成乘赤龍而昇天。即秦始皇時也。有童謠曰:'神仙得者茅初成,駕龍上天昇太清,時下玄洲戲赤城。'"

〔四三〕白鶴會朝之際:至大金陵新志卷一一上"白鶴廟在溧陽州朝山下"條下注云:"按:茅山昇元觀有白鶴廟寺,州志:'舊經云,昔仙人釣魚于此,雙鶴來朝集廟屋上,因名。'"

〔四四〕軒轅之臺:傳説中的土臺名。在今河北懷來縣喬山上。山海經卷一六大荒西經:"有軒轅之臺,射者不敢西嚮射,畏軒轅之臺。"

〔四五〕姜嫄之廟:在今山西稷山縣清河鎮薛村。姜嫄,爲后稷之母。見史記卷四周本紀。

〔四六〕訪道峒山:相傳黄帝曾於崆峒山問道于廣成子。峒山,即崆峒山。

亦稱空同、空桐。在今甘肅平涼市西。莊子外篇在宥:“黄帝立爲天子,十九年,令行天下,聞廣成子在於空同之上,故往見之。”史記卷一五帝本紀:“(黄帝)西至於空桐,登鷄頭。”

〔四七〕求珠赤水:神話傳説中的水名。莊子外篇天地:“黄帝游乎赤水之北,登乎崑崙之丘而南望,還歸,遺其玄珠。”

池州重建紫極宫碑銘〔一〕

域中之大曰道,百行之先曰孝。故孝心充乎内,必道氣應乎外。於是有聿脩之德,追遠之懷,揚名顯親之善,集靈徼福之舉。用於邦國,則臣節著;施於家庭,則子道光,以之爲政則民從乂,以之薦信則神降福。然則壇館之作①,焉得已乎? 池州紫極宫者,本東晉之普明觀也。浸之以秋浦〔二〕,鎮之以齊山〔三〕。北望陵陽,竇真人飛升之所〔四〕;南瞻九子②,費徵君棲隱之鄉〔五〕。玄風徘徊,精氣交感,代有奇士,居爲殊庭。既奉玄元之御,因崇紫極之號,治亂迭運,隆替不常。戊午歲,太守陳公始臨此郡〔六〕,歷垝垣而歎息,步遺址而顧瞻,役不徒興,義將有屬。公嬀水洪派〔七〕,太丘舊族〔八〕,重世避地,徙居建安〔九〕,祖德門風,冠映圖諜。王師拓境,閩方即叙,撫納歸附,旌訪賢能。惟我嚴君〔一〇〕,首奮奇節,芟夷逋穢,弘濟艱難,偏師所指,無往弗克。故十年之間③,由裨將歷郡守、登上公、建齊壇,功名之盛,近古無匹。及王室多故,邊城不寧,復遣公督舟師,率諸將萬里赴援④,三年轉戰,筭無遺策,兵不頓鋒,威行軍中,勳在王府。舍爵再命,聿來是邦。於是解甲釋兵,頒條布政,事從中興⑤,民用接和⑥,會文賦詩,彬彬然有儒者之風矣。俄而王妣國太夫人凶問至⑦,公孺慕出次,烝烝永懷。以爲柔儀慈訓,寶大吾族⑧;鞠育仁愛,兼倍諸孫。嘗藥弗親,執紼且違,欲報之恩,王事靡盬〔一一〕。思所以薦祉於冥莫⑨,

求神於希夷,非龜山之宫,必易遷之館。然則琳房金闕,瑶壇檜井,迎列真之御,資閬風之游〔一二〕,仙經不誣,勝事可作。於是瞻星揆日,飭用庀徒,散廡下之金,出荆門之絹,人百其力,工薦其能。易其傾頽,化以壯麗,成於心匠,不愆素期。自某年月鳩工,至某年月訖事。凡出錢若干萬,築室若干間。正殿當陽,三尊負扆,享列宿之位于東序,設三官之堂于西廂。嚴饋奠之室于艮維,所以盡時思之禮;敞閑宴之亭于乾位⑩,所以極坐忘之懷。矢棘翚飛⑪,霞駁雲蔚。琁題行月,焕城邑之晶光;飛甍白日,壯江山之氣色。如是則飆欻之駕,不得不臨;肹蠁之福〔一三〕,不得不集。想見武夷之會〔一四〕,足申令伯之心。至矣哉!善慶孫謀,無得稱已。嘗試論之曰:神仙者,君子之所歸也,故真誥云〔一五〕:至孝至貞之人,皆先受靈職,次爲列仙,歲登降其幽明,如人間之考績矣。若乃盡忠於君,純孝於親,敷惠於民,歸誠於仙,而不得與夫餌芝术、醮星斗者同隮真階,吾不信也。勗哉夫子,其惟有終!鉉扈駕南巡,致禮名岳,假道過此,仰瞻久之。博我以文,輒不遜讓。其銘曰:

我經池陽〔一六〕,池陽既康。化以至道,民知嚮方。乃新閑館,以奉虚皇。君子薦祉,則惟其臧。我登新宫,新宫既崇。深嚴耽耽,丹彩彤彤。九華散影,十絶盤空。若在宣岳,如游閬風。至道不煩,玄關甚邇。孝享誠敬,奉時祖妣。善慶純嘏,施于孫子。三茅二許〔一七〕,夫何遠已⑫?流芳金石,永永千祀。

【校記】

①作:全唐文作“設”。

②子:原作“于”,據四庫本、黄校本、全唐文、李刊本改。

③故:四庫本作“在”。

④赴援:援,原脱,據四庫本、全唐文、李刊本、徐校補。黄校本作“赴敵”。

⑤興:全唐文作“典”。

⑥接和：李刊本作“綏和”。

⑦妣：李校：“妣”下脱一字，未詳；徐校：“妣”下當有脱字。

⑧竇：四庫本、黄校本、全唐文、李刊本作“實”。

⑨莫：四庫本作“寞”，李刊本作“漠”。

⑩亭：四庫本、全唐文作“庭”。

⑪雉：四庫本作“翬”。

⑫遠：四庫本作“讓”。

【箋注】

〔一〕作於宋建隆二年（九六一）二月下旬。據文意，陳德成爲池州刺史。蓋因其祖母辭世，思以報恩，遂重建此宫。徐鉉扈駕元宗南遷至此，請以撰文。按十國春秋卷一六元宗本紀云：“建隆二年春二月，國主遷于南都。……壬午，發行旌麾仗衛六軍百司，凡千餘里不絶。……三月，國主至南都。”壬午爲建隆二年二月十八日。　池州：十國春秋卷一一一南唐地理表：“池州，領縣三：貴池、石埭、建德。”即今安徽池州市。

〔二〕秋浦：河名。流經今安徽池州市貴池區。

〔三〕齊山：太平寰宇記卷一〇五江南西道三池州貴池縣：“齊山，在縣東南六里。有齊山祠，復有九頂山洞。”

〔四〕“北望陵陽，竇真人飛升之所”句：陵陽即今安徽青陽縣陵陽鎮。竇真人即陵陽竇子明。舊題劉向列仙傳卷下陵陽子明：“陵陽子明者，銍鄉人也。好釣魚於旋溪，釣得白龍。子明懼，解釣拜而放之。後得白魚，腹中有書，教子明服食之法。子明遂上黄山，採五石脂，沸水而服之。三年，龍來迎去，止陵陽山上百餘年。”元和郡縣圖志卷二八江南道四池州石埭縣：“陵陽山，在縣北三十里。竇子明于此得仙。”

〔五〕“南瞻九子，費徵君棲隱之鄉”句：九子、費徵君，見卷四送薛少卿赴青陽注〔四〕、〔五〕。

〔六〕太守陳公：即陳德成。見卷四池州陳使君見示游齊山詩因寄注〔一〕。卷一六陳公墓誌銘：“公諱德成，字仲德。……值淮上兵起……群帥失道，公全軍而還。……明年，改池州刺史。”文中所云“戊午歲”即後周顯德五年（九五八）。

〔七〕嬀水洪派:嬀水在今山西永濟縣南,源出歷山,西流入黄河。史記卷三六陳杞世家:"陳胡公滿者,虞帝舜之後也。昔舜爲庶人時,堯妻之二女,居于嬀汭,其後因爲氏姓,姓嬀氏。……至于周武王克殷紂,乃復求舜後,得嬀滿,封之於陳。"

〔八〕太丘舊族:謂與後漢陳寔同族。陳寔以清高有德行聞名於世,曾作太丘長,故稱陳太丘。見後漢書卷六二陳寔傳。

〔九〕建安:建州屬縣。見十國春秋卷一一二閩地理表。今福建建甌市。

〔一〇〕惟我嚴君:即陳德成父陳誨。馬令南唐書卷一二、陸游南唐書卷一二、十國春秋卷二四有傳。

〔一一〕王事靡盬:謂辛勤于王事。詩經唐風鴇羽:"王事靡盬,不能蓺黍稷。"

〔一二〕閬風:即閬風巔。山名。傳説中神仙居住之地,在崑崙之巔。舊題東方朔海内十洲記崑崙:"山三角,其一角正北,干辰之輝,名曰閬風巔。"

〔一三〕肸蠁:卷一〇筠州清江縣重修三清觀記注〔一二〕。

〔一四〕武夷之會:即同亭會。見卷四送禮部潘尚書致仕還建安注〔六〕。

〔一五〕真誥:南朝梁道士陶弘景撰,爲道教洞玄部經書。

〔一六〕池陽:古貴池縣别稱,貴池縣隸池州。今安徽池州市貴池區。

〔一七〕三茅二許:三茅即茅盈及其弟茅固、茅衷。見本卷茅山紫陽觀碑銘注〔七〕。二許,指東晉精通道家學説的許映、許穆父子。陶弘景許長史舊館壇碑:"昔在西漢,三茅來賓;爰曁東晉,二許懷真。"雲笈七籤卷五:"(楊羲)幼而通靈,與二許早結神明之交。"原注:"二許,許映與許穆。"

唐故道門威儀玄博大師貞素先生王君之碑〔一〕

原夫至道之先,邈哉稀矣,書契已降〔二〕,可得而云。黄帝、堯、舜澄其源,故垂衣恭己,在宥天下;伯陽、仲尼導其用〔三〕,故建言立德,憲章無窮。赤松、羡門〔四〕,神而明之,故輕舉上賓;留侯、商皓〔五〕,變而通之,故解景滅迹。順是已下①,莫不由之。故有搢紳端委,利萬物於廟堂之上;葛巾蕙帶,全陰功于塵埃之外。隱顯殊致②,趣捨同歸,其人有終,其魄不死。閬風、玄圃〔六〕,群帝之密都;赤城、華陽〔七〕,仙聖之治所。光靈肸蠁,若在左右,仁人君子,往往至焉,見之於貞素先生王君矣。君諱棲霞,字玄隱。華宗繼世,積德所鍾。生於齊,得泱泱之風;長於魯,習恂恂之教。七歲神童及第,十五博綜經史③。闕黨童子,靡敢並行;東方諸侯,爲之前席。而仙才靈氣,禀於自然,塵纓世網,不可拘係。每名山獨往,神契感通④,奇怪恍惚,衆莫能測。天祐丁卯歲,避亂南渡,至于壽春。感四海之分崩,想八公之遺迹〔八〕。於是解巾名路,委質玄門。問政先生聶君師道⑤〔九〕,見而奇之,授以法籙。是日彩雲皓鶴⑥,翔舞久之。既而窮方士之遐游⑦,得東鄉之勝境。道無不在,善豈常師,又從威儀鄧君啓遐⑧〔一〇〕,受大洞真法⑨,玄科聖旨⑩,動以諮詢;福地仙源,因而棲託。誅茅穿徑,枕石漱流。身既退而名愈彰⑪,道已寂而節彌苦。桑田自改,桂樹長留。烈祖孝高皇帝⑫〔一一〕,方在賓門,寔來作鎮。紫氣表真人之應,青雲符好道之占。君鵠書被徵⑬,褐衣來見,談天人之際,講道德之源,靡勞牧馬之迷,自契順風之問〔一二〕。因從敦請,來止建康。有玄真觀者⑭,陳宣帝爲臧矜先生之所作也〔一三〕。殿堂岑寂,水木清華,游焉息焉,以遂其好。每竹宫望拜,玉諜秘詞,叩寂求真,必君是賴,嘉祥靈應,世莫得聞。聖曆中興,恩禮殊重,加金印紫綬⑮,號玄博大師。烈祖嘗從容謂君曰:"吾不貪四海之富,唯以蒼生爲念⑯。"君對曰:"夫古之聖人,脩其身而後及天下,天下待一人安而後安。今天子勤勞萬機,忘寢與食,身且不能自治,豈能治蒼生哉!"帝善其言,以百金爲之壽。其識度亮直⑰,又如此焉。今上嗣清浄之基,尊玄默之化,諮諏賓敬,有踰於前。而君茅嶺夙心,老而彌篤,比年抗表,請歸舊山。優詔惜之⑱,又加貞素先生之號。既而玉棺有命,紫素告期。葛洪見留〔一四〕,不成大藥⑲;少君捨去〔一五〕,先夢繡衣。保大壬子歲夏四月甲寅,隱化于玄真觀,春秋六十有二。恩旨痛惜,賻錢二十萬;道俗嗟慕,會葬數百人。初,君之處茅山也,即良常洞之前,相雷平山之下[20],披榛翦穢,面壑臨流。除地爲壇,表朝真之位;因丘設隧,卜安神之室。至是歸葬,符夙願焉。六月發自京師,泝淮而上。時畿内久旱,川塗可揭。是日大雨洪注,騰波却流,驀長隄,踰重堰,飄然利涉,人不知勞。昔周王有欒水之朝〔一六〕,宣尼有四川之應[21]〔一七〕,校靈比德,其殆庶乎！君傳法度人,數逾累百。有若玄真觀主朱懷德,名先入室,道極嚴師[22];首座孫仲之,章表大德,劉德光[23],參受經法,豫聞玄秘。永懷在三之義[24],願垂不朽之風。威儀王可德,首座陳希聲,並仰高山,共刊貞石[25]。鉉也不佞,夙承教義。雖復仙凡異迹,静躁殊途[26],而誠心所感,素交斯在。徘徊祠宇,邈若山河,敬書峴首之悲[27]〔一八〕,以俟遼城之歎[28]〔一九〕。詞曰[29]:

於鑠子晉〔二○〕,上賓于天。亦有令孫[30],窮神體玄。昔我來思,世稱其賢;今我往矣,人謂之仙。至道希夷,孰知其然?華陽洞府,句曲風煙。林芳橘葉,地即芝田。披文相質,億萬斯年。

【校記】

①已:全唐文作"而"。

②致:全唐文作"志"。

③綜:四庫本作"通"。

④契:李校:一作"氣"。

⑤問:李校:一作"聞"。

⑥是日:全唐文作"是日有"。李校、徐校:"日"下脱"有"字。

⑦方:翁鈔本、全唐文作"若"。　遐:全唐文作"遨"。

⑧啓:四庫本、全唐文作"起"。

⑨法:翁鈔本作"經"。

⑩聖:全唐文、李刊本作"秘"。

⑪退:李刊本作“隱”。

⑫孝:原作“漢”,據四庫本、全唐文、李刊本改。

⑬鵠:全唐文作“鶴”。李校:一本作鶴。鵠鶴,古通用。

⑭真:四庫本、全唐文作“貞”。

⑮加:翁鈔本作“賜”。

⑯嘗:四庫本作“常”。　念:翁鈔本作“憂”。

⑰亮:全唐文作“諒”。

⑱惜:四庫本作“恤”。

⑲藥:李校:一本作“業”。

⑳雷:原作“當”,據四庫本、黄校本、李刊本改。

㉑四川:翁鈔本、全唐文作“泗水”。

㉒極:李校:一本“秘”。

㉓光:四庫本作“先”。

㉔法豫聞玄秘永懷在三之義:此十一字,原空闕,據全唐文補。

㉕德首座陳希聲並仰高山共:此十一字,原空闕,據全唐文補。

㉖義雖復仙凡異迹静躁殊:此十字,原空闕,據全唐文補。

㉗祠宇邈若山河敬書峴:此九字,原空闕,據全唐文補。又,四庫本自“劉德先”至“首之悲”,作“恭受經傳,豈不可承受將絶之業,愿垂不朽之風,威儀王可久,禮節董承虔,並皆名刊貞石。鉉也不佞,夙承教於座上,繼決别於半途,而誠心所感,素交斯在,聊抒搔”。

㉘俟:全唐文作“伺”。

㉙詞曰:全唐文、李刊本作“其詞曰”。

㉚令:黄校本作“胤”。

【箋注】

〔一〕作於南唐保大十年(九五二)六月。誌主爲王貞素。見卷一贈王貞素先生注〔一〕。據碑文知其保大十年(壬子歲)四月卒,六月歸葬。

〔二〕書契:指文字。周易正義卷八繫辭下:“上古結繩而治,後世聖人易之以書契。”

〔三〕伯陽:老子字。舊題漢劉向列仙傳卷上老子:“老子,姓李,名耳,字伯陽,陳人也。"

〔四〕赤松:即赤松子。列仙傳卷上赤松子:"赤松子者,神農時雨師也。服水玉以教神農,能入火自燒,往往至崑崙山上。常止西王母石室中,隨風雨上下。" 羨門:即王子喬,又稱羨門子。史記卷六秦始皇本紀:"三十二年,始皇之碣石,使燕人盧生求羨門、高誓。"裴駰集解:"韋昭注:'古仙人。'"史記卷一二孝武本紀:"(欒)大言曰:'臣嘗往來海中,見安期、羨門之屬。'"司馬貞索隱:"應昭云:'名子喬。'"列仙傳卷上王子喬:"王子喬者,周靈王太子晉也。好吹笙,作鳳凰鳴。游伊洛之間,道士浮丘公接以上嵩高山。"

〔五〕留侯:張良封爵爲留侯。見史記卷五五留侯世家。 商皓:指秦末隱居商山的東園公、甪里先生、綺里季、夏黄公。四人鬚眉皆白,故稱商山四皓。高祖召,不應。高祖欲廢太子,吕后用張良計,迎四皓,使輔太子,高祖以太子羽翼已成,乃不廢太子。事見史記卷五五留侯世家。

〔六〕閬風:見本卷池州重建紫極宫碑銘注〔一二〕。 玄圃:見卷一頌德賦注〔三八〕。

〔七〕赤城:見本卷茅山紫陽觀碑銘注〔四二〕。 華陽:見卷二張員外好茅山風景求爲句容令作此送注〔五〕。

〔八〕八公:見卷一一劉公神道碑注〔三二〕。

〔九〕問政先生聶君師道:即聶師道,五代道士。新安歙州(今安徽歙縣)人。吴淑江淮異人録卷上聶師道:"聶師道,歙人。少好道,唐末于濤爲歙州刺史,其兄方外爲道士,居于南山中。師道往事之。濤時詣方外,至于郡政,咸以咨之。乃名其山爲問政山,吴朝以師道久居是山,因號爲問政先生焉。"

〔一〇〕鄧君啓遐:唐末道士,天祐間曾重建茅山太平觀。見茅山志卷一七及徐鍇茅山道門威儀鄧先生碑。徐鍇文中作鄧君啓霞。

〔一一〕烈祖孝高皇帝:即先主李昪,卒謚光文肅武孝高皇帝,廟號烈祖。

〔一二〕牧馬之迷:莊子雜篇徐無鬼:"黄帝將見大隗乎具茨之山。方明爲御,昌寓驂乘,張若、謵朋前馬,昆閽、滑稽後車,至於襄城之野。七聖皆迷,無所問塗。" 順風之問:見本卷茅山紫陽觀碑銘注〔一二〕。

〔一三〕陳宣帝:即陳頊。南朝陳第四位皇帝。五六九年至五八二年在位,在位十四年,年號太建。 臧矜先生:即宗道先生。唐道士王遠知初入茅山,曾從其傳諸秘訣。見雲笈七籤卷五唐茅山昇真王先生。按：舊唐書卷一九二王遠知傳作臧兢。

〔一四〕葛洪：字稚川，自號抱朴子，丹陽句容（今江蘇句容市）人。東晉道教學者。見晉書卷七二葛洪傳。

〔一五〕少君：漢武帝時齊方士名。姓李。以祠竈、辟穀、却老之方往見武帝。事見漢書卷二五上郊祀志上。

〔一六〕周王有欒水之朝：戰國策卷二三魏策二："昔王季歷葬於楚山之尾，欒水齧其墓，見棺之前和。文王曰：'嘻，先君必欲一見群臣百姓也夫！故使欒水見之'於是出而爲之張於朝，百姓皆見之。三日而後更葬。此文王之義也。"

〔一七〕宣尼有四川之應：漢平帝元始元年追謚孔子爲褒成宣尼公，故稱宣尼。見漢書卷一二平帝紀。四川：古時洙水和泗水二水自今山東泗水縣北合流而下，至曲阜北，又分爲二水，故云"四川"。孔子在洙泗之間聚徒講學。故云"四川之應"。

〔一八〕峴首之悲：見卷一一馬匡公神道碑銘注〔二四〕。

〔一九〕遼城之歎：見卷一贈王貞素先生注〔五〕。

〔二〇〕子晉：即王子喬。見本首注〔四〕"羨門"。

袁州宜春縣重造紫微觀碑文〔一〕

若夫聖人有作，没而不朽，畏其神而向其臺〔二〕，思其治而戀其樹①〔三〕。故尊道貴德，玄化所以無窮；高山景行，後賢所以不乏。妙門光啓，上士勤行。書契已還〔四〕，焕乎丹青者可數；邦域之内，表厥宅里者相望。時運與并，人境交得，教之大者，其可忽乎！袁州宜春縣紫微觀者〔五〕，蓋有晉鄧表真人上升之地也②〔六〕。左鍾山之奇峰〔七〕，右洪陽之仙洞〔八〕。巉巖千仞，蔽虧日月；窈窱百里，畜池風雷③。迴岡層巒，崇其基垌；激湍澄谿，宣其氣象。真靈之所游集，邑居之所走望。皇統中否，下國尋戈，齊臺盡傾[4],魯宅多壞[5]。鹿巾霞帔,藐矣流離;藻扃黼帳,翦焉陘廢。而周德未厭,漢守仍存[6],舊物既甄,墜典咸復。惟兹靈境,將俟其人。道士孫去華,殖本康樂之川,從師新吴之邑,清心鍊氣,絶粒忘形,三十餘年,其道彌固。保大中,自所居華林山館,南游北鄉[7],望佳氣之鬱葱,躡垝垣之靡迤,慨然歎息,誓志終完。於是面壑依巖,披榛築室,勤身而感物,應迹以化人,鄉間風隨,贶信日至[8]。節以致用,時而命工,二十餘年,厥功克就。紺殿特立,重廊回合。闢朱户以瞰野,峙瑶壇而在庭。至於像設之尊嚴,仗衛之精麗,厨廪之充牣[9],居室之清閑,洪纖必周,奢儉中度。美矣顯績,昭哉素誠!夫褒善稱伐,春秋之旨,雖在遐遠,人其捨諸?監察御史李君思義,奉使宜春,税駕斯館,覩厥成構[10],嘉其秉心,碑而揭之,以文求我。言意難盡,强爲之銘。銘曰:

袁君之賢,此州乃名〔九〕;鄧氏之仙,此觀乃形。春華麗絶,真氣融明。允矣奥壤,居然福庭。運逢交喪,地有遺靈。美哉孫師,興廢扶傾。重閣金籥[11],還飛火鈴。煙霞聚散,飆欻逢迎。精誠所感,大道方行。用刊樂石[12],永告雲扃。

【校記】

①戀:原作"變",據李刊本改。四庫本、全唐文作"愛"。

②表:全唐文作"袁"。誤

③池:翁鈔本作"泄";四庫本、黄校本、李刊本作"洩"。　雷:四庫本、全唐文作"雨"。

④齊臺盡傾:四庫本作"仙臺盡夷"。

⑤魯:四庫本作"靈"。

⑥守:四庫本、黄校本、李刊本作"中"。

⑦北:全唐文作"此"。

⑧贶:原作"跪",據李刊本、徐校改。

⑨牣:原作"犲",據四庫本、全唐文作愛,李刊本、徐校改。

⑩構：四庫本作“功”，全唐文作“績”。

⑪閣：李刊本作“開”。

⑫樂：四庫本作“貞”。

【箋注】

〔一〕作於宋開寶六年（九七三）。廬山記卷二：“復有張靈官記……癸酉歲開寶六年上元日，御史大夫徐鉉撰。”據此，知徐鉉開寶六年正月已爲御史大夫，按其下年即拜兵部尚書，見徐公行狀。文云：“監察御史李君思義奉使宜春，税駕斯館，睹厥成功，嘉其秉心，碑而揭之，以文求我。”則監察御史李思義爲徐鉉任御史大夫一職時下屬。卷五送察院李侍御使廬陵因寄孟員外中李侍御爲同一人，其奉使宜春，與奉使廬陵爲同次出差，該詩作於開寶六年，見其詩注。文亦當作於是年。

〔二〕畏其神而向其臺：用軒轅臺典。見本卷茅山紫陽觀碑銘注〔四四〕。

〔三〕思其治而戀其樹：用邵樹典。見卷一〇武烈帝廟碑銘注〔一七〕。

〔四〕書契：見本卷唐故道門威儀玄博大師貞素先生王君之碑注〔二〕。

〔五〕袁州：十國春秋卷一一一南唐地理表：“領縣三：宜春、萍鄉、新喻。”今江西宜春市。

〔六〕鄧表真人：太平寰宇記卷一〇九江南西道七袁州宜春縣：“湖岡山，在州南十五里。晉鄧表故宅，上有煉臺、養丹池、朝斗石。”江南通志卷八山川二袁州府：“小仰山，在府城南三十里。晉鄧表修煉於此，又號鄧表峰。上有泉壇、石臼、藥竈，又名水晶山。”

〔七〕鍾山：元和郡縣圖志卷二五江南道一潤州上元縣：“鍾山，在縣東北一十八里。按輿地志，古金陵山也，邑縣之名，皆由此而立。”

〔八〕洪陽之仙洞：太平寰宇記卷一〇九江南西道七袁州宜春縣：“洪陽洞，在州東北昌山北岸，去州六十里。按神仙傳：‘洪陽先生所居洞府。洞門去地高四十丈，峻險巉巖，寒泉清冷，杉檜千尋，亦縣之勝境也。’”

〔九〕“袁君之賢，此州乃名”二句：袁京爲袁安之子，後漢書卷四五袁安傳：“安子京、敞最知名。京字仲譽。習孟氏易，作難記三十萬言。初拜郎中，稍遷侍中，出爲蜀郡太守。”後隱居山中而卒，人以其所隱之山爲袁山。太平寰宇記卷一九〇江南西道七袁州宜春縣：“袁州，因袁山爲名。……袁山，在縣東北五里。昔隱士袁京居于此山，死葬其側，乃爲袁山。”

舒州新建文宣王廟碑序①〔一〕

鉉嘗讀文中子所著書〔二〕，竊觀其建言設教，憲章周孔，有道無位，故德澤不被於生民。然而門人弟子，如房魏李杜輩〔三〕，皆遭遇真主〔四〕，佐佑大化，元功盛烈，亦云至矣，猶以爲禮樂不興，未能行文中子之道。嗟乎！使顔閔之徒〔五〕，遇貞觀之世，舉聖人之業，成天下之務，豈不益大乎？時運不並亨，聖賢不世出，可爲長嘆息已矣！夫大羹玄酒，足以通神明，而不能競適口之味；大咸、雲門〔六〕，足以和風俗，而不能高娱耳之聲；五常六藝②〔七〕，足以興國家，而不能勝捷給之數〔八〕；釋菜合樂〔九〕，足以祈永貞，而不能掩福田之説〔一〇〕。李斯，荀卿弟子也，而爲焚書之酷〔一一〕；德彝，文皇上宰也，而沮王道之議〔一二〕，況其餘哉！故用兵已來，郊庠鄉塾，委而不修者有年矣。皇唐中興之一紀③，天子乃崇學校，養庶老，舉六德，教胄子，旁達郡國，靡然向風。舒州，古諸侯之封也，其地廣，其任重。太傅周公④〔一三〕，舊勳碩望，來頒詔條，武以貞師，仁以行政，動必資於前訓，舉必順於人心。前吏部郎鍾君，頃登銓管之司，寔參侍從之列，論思典治⑤，必以名教爲先⑥。洎從左官，來爲佐職，神交主諾，人無間然。始一年而旱暵作，二年而百穀登，三年而上下和。既富而教，爰修廢典。乃嚴社稷，則播殖之功報；乃祀箕畢，則風雨之候時。乃即黌堂、謁先聖，寢廟卑而將圮，衮冕陋而不度。政之大者，烏得已焉？於是庀功庸⑦，示儀制，堂奥户牖，巍乎大壯，山龍藻火，焕乎有章。重門以深之，周垣以繚之。俎豆升乎筵，干戚由乎序。侁侁衆賢，是配是侑；肅肅燕毛，以衎以樂。閭伍之屬，耆幼之倫，惠澤漸乎肌膚，風教移乎情性。惜其所治者百城耳，推是而往，何所不至哉？鉉也不才，放逐至此，蒙地主之惠，接故人之懽。愽我以文，宜無所讓。屬役既具，冠篇將畢，會鍾君召還京師，祖行之夕，視草以送。且曰："敬教勸學，非大君子不能行；計功稱伐，非大手筆不能任。"吾友紫微郎韓君〔一四〕，即其人也。託之銘頌，以永清風。

【校記】

①序：全唐文作"文"。

②藝：四庫本作"德"。

③紀：翁鈔本作"統"。

④傳：原作"博"，據全唐文、李刊本、徐校改。

⑤典：李刊本作"興"。

⑥爲：李校：一本作"參"。

⑦功：全唐文作"工"。

【箋注】

〔一〕作於南唐保大十四年（九五六）初。時徐鉉於舒州貶所。文中所記鍾君即鍾謨，左官舒州三年時請徐鉉撰此文。按卷一四喬公亭記云："甲寅歲，前吏部郎中鍾君某，字某，左官兹郡，來游此谿。"此鍾君亦爲鍾謨，見其文注。鍾謨甲寅年（九五四）左官舒州，至保大十四年爲三年。　文宣王廟：即孔廟。開元二十七年（七三九），唐玄宗追贈孔子爲文宣王。見舊唐書卷九玄宗本紀下。

〔二〕文中子：即王通。隋末著名教育家、思想家。舊唐書卷一六三王質傳："王質字華卿，太原祁人。五代祖通，字仲淹，隋末大儒，號文中子。"王通所撰續書、續詩、元經、禮經、樂論、贊易，唐時已佚。徐鉉所讀當是其弟子姚義、薛收編輯的文中子説。

〔三〕房魏李杜：指房玄齡、魏徵、李靖、杜如晦。

〔四〕遭遇真主：謂遇到明君李世民。

〔五〕顔閔：孔子弟子顔回與閔損的並稱。

〔六〕大咸、雲門：周禮注疏卷二二大司樂："以樂舞教國子。舞雲門、大卷、大咸、大磬、大夏、大濩、大武。"鄭玄注："此周所存六代之樂，黄帝曰雲門、大卷。黄帝能成名萬物,以明民共財,言其德如雲之所出,民得以有族類。大咸,咸池,堯樂也。堯能殫均刑法以儀民,言其德無所不施。"

〔七〕五常:指仁、義、禮、智、信。董仲舒賢良策一:"夫仁、義、禮、智、信,五常之道,王者所當修飭也。" 六藝:指儒家的"六經",即禮、樂、書、詩、易、春秋。六藝或指古代教育學生的六種科目。周禮注疏卷一〇大司徒:"三曰六藝:禮、樂、射、御、書、數。"史記卷四七孔子世家:"孔子以詩書禮樂教,弟子蓋三千焉,身通六藝者七十有二人。"

〔八〕捷給:應對敏捷。管子卷七大匡:"隰朋聰明捷給,可令爲東國。"史記卷一〇二張釋之馮唐列傳:"夫絳侯、東陽侯稱爲長者,此兩人言事曾不能出口,豈斆此嗇夫諜諜利口捷給哉!"

〔九〕釋菜:古代入學時祭祀先聖先師的一種典禮。周禮注疏卷二三大胥:"春入學舍采合舞。"鄭玄注:"仲春之月上丁,命樂正習舞,釋菜。……始入學,必釋菜禮先師也。菜,蘋蘩之屬。"

〔一〇〕福田:佛教以爲供養布施,行善修德,能受福報,猶如播種田畝,有秋收之利,故稱福田。道恒釋駁論:"是以知三尊爲衆生福田供養,自修己之功德耳。"

〔一一〕李斯:楚上蔡(今河南上蔡縣)人。荀子弟子。後爲秦丞相,建議焚燬詩書百家之語。見史記卷八七李斯列傳。

〔一二〕德彝:封倫字德彝。唐太宗繼位,官至右僕射。初,高祖欲廢太子李建成,而立李世民,封倫固諫而止。見舊唐書卷六三封倫傳、卷六四隱太子建成傳。 文皇:指唐太宗。因太宗謚文武大聖皇帝,故稱。

〔一三〕太傅周公:周公爲周弘祚,見卷三移饒州别周使君注〔一〕。弘祚時作舒州刺史。

〔一四〕紫微郎韓君:指韓熙載。紫微郎,中書侍郎别稱。舊唐書卷四三職官二:"開元元年,改中書省爲紫微省。"時爲南唐中書舍人,故云。

徐鉉集校注

The Collation and Annotation of Xu Xuan's Complete Works

下 册

李振中 校注

徐鉉集校注卷一三　記

宣州涇縣文宣王廟記[①][〔一〕]

昔夫子祖述堯舜，憲章文武[〔二〕]，扶東周於已絶，拯蒼生於既墜。其迹屈而道愈大，其人亡而教愈遠，則生民已來，未之有也。其在祀典，法施於人則祀之，矧褒聖之祀，其可忽乎？然則中人不足以語上，下士聞道而大笑。故斯教也，衰於戰國，廢於嬴政[②][〔三〕]，漢魏以降，續而復絶。夫仲尼日月，重昏千祀[③]，非聖人孰能廓之？故斯教也，興於武德[〔四〕]，盛於貞觀[〔一五〕]，極於開元[〔六〕]，理自然也。兵興以來，大化陻替[④]。先王禮器，委頓於勝、廣之門[⑤][〔七〕]；闕里諸生[〔八〕]，悽惶於絳、灌之下[〔九〕]。矧厥祠宇[⑥]，其存幾何[⑦]？天之愛民，不當遂絶[⑧]。皇統再造，六藝始修。太歲丙午[〔一〇〕]，重熙在運[〔一一〕]，宣城雄鎮，帝之叔父在焉[〔一二〕]，故幕府之選殊重。尚書郎吴君光輔[〔一三〕]，奉詔佐廉部，兼理于涇。既涖事，乃被儒服，謁先師，闢荆棘[⑨]，歷垝垣，以造于茅茨之間，仰瞻俯觀[⑩]，喟然而嘆。於是奉開元之成制，采頖宫之舊章[〔一四〕]，經之營之，是卜是築[⑪]。惟新秘殿[⑫]，儼飾睟容，入室升堂，森然如在。籩豆有位[13]，賓主由序[14]，表著咸列，門衛肅然。於是青衿雩服之子[15]〔一五〕，有從師觀藝之場[16]；鯢齒鮐背之徒〔一六〕，識養老慈幼之節。欣欣然其化之大者歟！越明年秋，君奏計如京師，因得其實。嗚呼！聖人在上，群賢畢舉，使三代之風達于邑里[17]，不其偉哉[18]！余承君之歡，美君之志[19]，刊石紀事，寘于祠庭。後之君子，無忘企及[20]。其餘理畝籍，察庶獄，闢汙萊，遏陂塘，則有考功之吏在，故不書。于時太歲丁未冬十月九日，尚書主客員外郎、知制誥徐鉉記。

【校記】

①記：全唐文作“新記”。

②政：四庫本、全唐文作“秦”。

③千：原作“于”，據四庫本、全唐文、李刊本改。

④陘：全唐文作“湮”。

⑤委頓：全唐文作“傾頹”。　勝：李校：一本作“陳”。

⑥厥：李校：一本作“廢”。

⑦其存幾何：四庫本作“之存廢乎”。

⑧遂：全唐文作“墜”。

⑨棘：全唐文作“榛”。

⑩瞻：李校：一本作“觀”。　覩：李校：一作作“矚”。

⑪築：全唐文作“度”。

⑫秘：四庫本作“祏”。

⑬有：李校：一本作“由”。

⑭由：四庫本作“有”。

⑮雩：四庫本作“禮”；全唐文作“儒”。李校：一本作“儒”。仲容云：論語春服既成章鄭康成注：以爲雩祭之事。鼎臣或用彼義。

⑯場：李校：“場”下一本有“即”字。

⑰邑里：四庫本作“邑里間”。李校：“里”下一本有“其功業”三字。

⑱不其偉哉：“不”上原衍“得”字，據四庫本、全唐文、李刊本、徐校删。

⑲志:翁鈔本作“度”。

⑳企:全唐文作“跂”。

【箋注】

〔一〕作於南唐保大五年(九四七)十月十九日。據文末所署日期而繫。丁未爲保大五年。

〔二〕“昔夫子祖述堯舜,憲章文武”句:禮記正義卷五三中庸:“仲尼祖述堯舜,憲章文武。”

〔三〕廢於嬴政:指秦始皇焚書、坑儒事。見史記卷六秦始皇本紀。

〔四〕興於武德:舊唐書卷一高祖本紀:“(武德二年)六月甲戌,令國子學立周公、孔子廟,四時致祭,仍博求其後。”

〔五〕盛於貞觀:謂太宗大興儒學,尊崇孔子。貞觀十一年七月修宣尼廟於兗州。二十一年詔以自左丘明等二十一人,代用其書,配享宣尼廟。見舊唐書卷三太宗本紀下。

〔六〕極於開元:謂唐玄宗推重孔子,達到極致。開元十三年,玄宗幸孔子宅,親設奠祭。開元二十七年,玄宗追贈孔子爲文宣王,顏回爲兗國公,其餘十哲皆爲侯,後嗣褒聖侯改封文宣公。見舊唐書卷八、卷九玄宗本紀。

〔七〕委頓於勝、廣之門:謂孔廟爲作亂者所破壞。勝、廣爲陳勝、吴廣,代指犯上作乱者。此爲徐鉉站在統治者立場,誣衊農民起義者。

〔八〕闕里:即孔廟。見卷一〇武成王廟碑注〔一九〕。

〔九〕絳、灌:漢絳侯周勃與潁陰侯灌嬰的並稱。二人均佐漢高祖定天下,建功封侯。然二人起自布衣,鄙朴無文,曾讒嫉陳平、賈誼等。事見史記卷五七絳侯周勃世家、卷九五樊酈滕灌列傳。晉書卷一〇一劉元海載記:“吾每觀書傳,常鄙隨、陸無武,絳、灌無文,道由人弘,一物之不知者,固君子人所恥也。”

〔一〇〕太歲丙午:指保大四年(九四六)。

〔一一〕重熙:見卷六游簡言左僕射平章事制注〔三〕。

〔一二〕帝之叔父在焉:帝指元宗李璟;叔父指徐知證,時任寧國軍節度使,鎮宣州。李昪爲徐温養子,徐知證爲徐温第五子,故李璟稱之叔父。按:昇元五年(九四一)六月,江州徐知證爲寧國軍節度使。保大五年(九四七)三月,徐知證卒於宣州。見馬令南唐書卷一。徐鉉撰文時,知證已卒。

〔一三〕吴君光輔:吴光輔於保大四年任宣州推官、知涇縣。參卷二送吴郎中爲宣州推官知涇縣注〔一〕。

〔一四〕頖宫:學宫,始設於西周。禮記正義卷一二王制:"大學在郊,天子曰辟廱,諸侯曰頖宫。"

〔一五〕青衿雩服之子:謂青少年學子。

〔一六〕鯢齒鮐背:爾雅注疏卷一釋詁上:"黄髮、齯齒、鮐背、耇老,壽也。"郭璞注:"齯齒,齒墮更生細者;鮐背,背皮如鮐魚。……皆壽考之通稱。"

復三茅禁山記〔一〕

華陽洞天〔二〕,金陵福地,群仙之所都會,景福之所興作。故其壇館之盛,薦享之殷,修奉之嚴,樵牧之禁,冠於天下,其所由來舊矣。聖曆中微,官失其守,望拜之地,多所荒蕪①。若乃真靈翔集,玄貺肸蠁,興復之迹,必假異人。天祐丁丑歲,貞素先生王君棲霞〔三〕,始來此山,恭佩上法,徘徊地肺,偃息朱陽,永懷舊規,期在必復。先生潛德内映,符彩外融,名士通人,道契冥會②。凡縞紵之贈,賑信之資③,悉奉山門,以成夙志。於是由良常洞至雷平山,十里而近,入于萌隸者④,盡購贖之。芻蕘不得輒至,墟墓不得雜處。藝樹蔽野,植松爲門,川梁必通,榛穢必翦。建方壇於雷平之上,造高亭於良常之前。朝修有致誠之地,游居有税駕之所。姜巴古陌,秦望舊封〔四〕,肅然清光,復如開元、天寶之歲矣。先是紫陽之右,有靈寶院焉。真臺故基,鞠爲茂草。先生殫罄資用,克構殿堂,有開必先,無遠弗屆。都督武陵康王奉錢百萬,梁王造殿一區〔五〕。向道之徒,咸助厥事。曾未周歲,惟新舊宫⑤,皆先生之力也。昔大隗致襄城之駕〔六〕,庚桑化畏壘之人⑥〔七〕,是知道心惟微,其應如響。時則有若,道士經若虚⑦,協規同志,是攝是贊,幹事以恪,感物以誠,績用不愆,斯實攸賴。先生以保大壬子歲夏四月,悉書夫屋之數[8],疆畔所經,請命于京師,申禁于郡縣[9],以授茅山都監鄧君棲一。能事既畢,數日而化,期命玄應,昧者不知。夫仙階感召,諒非一揆。若乃神清氣靈,骨籙標映,受之於天也;心虛器沖[10],玄德充蔚,基之於性也;昭真垂教,啓焕靈迹,行之於勤也。故策名紫素〔八〕,飛步黄庭〔九〕,流功儲慶,必參相合。然則先生之道,其殆庶乎?雖歘駕不留[11],冥升日遠,而高風可述,遺範在人。進而紀之,翰墨之職也。鄧君企慕前躅,見託直書。己未歲秋八月日記。

【校記】

①荒:翁鈔本作"榛"。

②會:翁鈔本作"合"。

③脆:四庫本作"善"。

④萌:四庫本作"氓"。

⑤舊:全唐文作"厥"。

⑥峊嵔:四庫本、全唐文、李刊本作"畏壘"。李校:諸本均作"峊嵔"。英元案:峊嵔,山名,見莊子庚桑楚篇。但莊子本文,只作"畏壘"。宋元以來,刊本無異也。陸氏音義云:"畏"本或作"峊",又作"猥壘"。崔本作"纍"。又,漢晉人賦此二字,單用"畏",均作"峊","壘"有作"嵑",又通作"嵔"、"壘"、"礧"、"壨"。然則後人用此二字,不必一定用莊子本文。從陸氏音義及漢晉人辭賦,所用惟便可也。徐集此二字,凡數見,均作"峊嵔"。今此本作"畏壘",乃付梓時照莊子本文校改。

⑦經:四庫本作"鄧"。

⑧屋:四庫本作"物"。

⑨禁:翁鈔本作"命"。

⑩器:四庫本、全唐文作"氣"。

⑪歘:四庫本作"徽"。

【箋注】

〔一〕作於後周顯德六年(九五九)八月。據文末所署日期而繫。

〔二〕華陽:即華陽洞。見卷二張員外好茅山風景求爲句容令作此送注〔五〕。

〔三〕貞素先生王君棲霞:其人見卷一贈王貞素先生注〔一〕及卷一二唐故道門威儀玄博大師貞素先生王君之碑。

〔四〕秦望:即秦望山,在今浙江杭州市西南。秦始皇東巡時曾登上此山以望南海,故名。見史記卷六秦始皇本紀。

〔五〕武陵康王:其人未詳。　梁王:爲徐知諤。烈祖時封饒王,已又封梁王,鎮潤州。見十國春秋卷二〇本傳。

〔六〕大隗致襄城之駕:大隗,神名。用黄帝見大隗於具茨之山、至襄城之野典。見卷一二唐故道門威儀玄博大師貞素先生王君之碑注〔一二〕。

〔七〕庚桑化猥嵔之人:莊子雜篇庚桑楚:"老聃之役有庚桑楚者,偏得老聃之道,以北居畏壘之山。其臣之畫然知者去之,其妾之挈然仁者遠之。擁腫之與居,鞅掌之爲使。居三年,畏壘大壤。畏壘之民相與言曰:'庚桑子之始來,吾洒然異之。今吾日計之而不足,歲計之而有餘。庶幾其聖人乎!子胡不相與尸而祝之,社而稷之乎!"

〔八〕紫素:三素之一。黄庭内景經隱影:"四氣所含列宿分,紫煙上下三素雲。"注云:"三素者,紫素、白素、黄素也,此三元妙氣。"

〔九〕黄庭:黄庭内景經務成子題解:"黄者,中央之色也;庭者,四方之中也。"此指道教所謂之上界。

宣州開元觀重建中三門記〔一〕

夫清浄玄默,道之基也,宫館壇墠,道之階也。生知者因基以成構①,勤行者升階而覩奥。故君子德業玄挺,仁慈積中,必廣馴致之方,乃形兼愛之迹。爲科誡以檢其情性②,爲象設以致其誠明。情性平則和氣來,誠明通則靈符集。由是登正真之境,入希夷之域〔二〕,曠矣無際③,薰然大和。斯實興化致理之方,還淳反朴之本,豈與夫延方士、尚秘祝、求長生以自奉者同年而語哉!宣州開元觀,遠擬清虚,獨標形勝。敬峰崇峻鎮其後,句谿澄澈經其陽,鍾一方淳粹之精④,結三素氤氲之氣。當泰陵之尊道〔三〕,揭聖曆於華題,藹爾殊庭,居爲福地。及運纏百六〔四〕,數偶三災,雖棟宇不渝⑤,而制度多闕。靈蹤必復,有待而興。主上嗣位之七年⑥,皇室再造之一紀,今儲后徇臧、札之操〔五〕,讓德承華;體間、平之賢〔六〕,揔戎藩服。首台司而握師律,鎮京口而領宣城〔七〕。其爲政也,質以先正〔八〕,諮於耈老,義以果斷,仁以發生。民力不偷,闕政咸舉。而斯觀路門久廢,遺址將蕪,非所以敬教尊祖、會昌建福者也。乃命執事,即從經度。民多暇日,府有羨財,勤而不勞,成而勿亟⑦。巨棟山立,層簷翼舒,六扉洞開,方軌並入。重廊助其迴合,秘殿表其深嚴。十絶之幡,拂文楣而絢彩;九龍之驂,軋金鋪而振響。瞻之者有凌雲之氣,經之者疑駕歘之游。信足以勵下士之進修⑧,福蒼生於仁壽⑨。既而功宣納麓〔九〕,望集撫軍,大壯之制斯成,重离之位亦正。貞符允塞,盛德宜書。道士孫洞虚,素業淳深,至誠敦慤,發揚真迹,啓迪嘉猷。永爲不朽之功,願紀它山之石。宫臣執筆,以謹歲時。戊午秋九月庚申記。

【校記】

①構:四庫本作“空”。

②誠:翁鈔本作“程”,黄校本作“誠”。

③矣:四庫本作“焉”。

④一:李校:一本作“八”。

⑤渝:全唐文作“移”。

⑥年:李校:“年”下一本有“乃”字。

⑦亟:李校:“亟”下一本有“遂使”二字。

⑧下:原作“上”,據黄校本改。

⑨於:全唐文作“之”。

【箋注】

〔一〕作於後周顯德五年(九五八)九月二十一日。據文末所署日期而繫。

戊午秋九月庚申即顯德五年九月二十一日。

〔二〕希夷之域:虛寂玄妙的境界。老子道德經卷上:"視之不見名曰夷,聽之不聞名曰希。"河上公注:"無色曰夷,無聲曰希。"

〔三〕泰陵:唐玄宗陵。在陝西蒲城縣東北金粟山。

〔四〕百六:厄運。見卷一一舒州周將軍廟碑銘注〔八〕。

〔五〕儲后:指太子李弘冀。交泰元年(九五八)三月被立爲太子。見十國春秋卷一六元宗本紀。　臧、札:指春秋時魯子臧(欣時)和吴季札(延陵季子),二人有德行,其國人欲立爲國君而不受。史記卷三一吴太伯世家:"二十五年,王壽夢卒。壽夢有子四人,長曰諸樊,次曰餘祭,次曰餘眛,次曰季札。季札賢,而壽夢欲立之,季札讓不可,於是乃立長子諸樊,攝行事當國。王諸樊元年,諸樊已除喪,讓位季札。季札謝曰:'曹宣公之卒也,諸侯與曹人不義曹君,將立子臧,子臧去之,以成曹君,君子曰能守節矣。君義嗣,誰敢干君!有國,非有節也。札雖不材,願附於子臧之義。'"子臧事見左傳成公十五年。

〔六〕間、平:西漢河間獻王劉德與東漢東平憲王劉蒼的合稱。兩人皆有賢名。後因以指宗室藩王中之賢者。參卷九追封安王册注〔一一〕。

〔七〕鎮京口而領宣城:馬令南唐書卷三嗣主書:"(保大八年)二月,以東都留守燕王弘冀爲潤宣二州大都督,鎮京口。"

〔八〕先正:前任君長。禮記正義卷五五緇衣引逸詩:"昔吾有先正,其言明且清。"鄭玄注:"先正,先君長也。"

〔九〕納麓:謂總攬大政。尚書正義卷三舜典:"納於大麓,烈風雷雨弗迷。"孔安國傳:"麓,録也。納舜使大録萬機之政。"

紫極宫新建司命真君殿記〔一〕

夫金闕琳房,不可階而升也,惟至誠能通之;靈符景福,不可企而望也,惟至行能致之。故君子行道於時,宣力於國,敷惠於民,貽範於家,此人之極致,自天所祐也。又況考集靈之地,崇列真之宇,薦納約之信,勵勤行之誠。然則希夷眇邈〔二〕,超言象之表矣。有若故司空相國馮翊懿公〔三〕,承世功之緒,襲重侯之業,地親於副馬,美繼於緇衣,便蕃臺閣,夷險一心[①]。中立不倚,金石貫其心;唯力是視,風霜盡其節。故四綜會府,再踐中樞,三殿方鎮,一平邦土。慎終如始,没有遺忠。激楚之樂雖窮[四],通德之門不改[五]。嗣子太僕少卿俊等,祗奉慈訓,弗敢失墜[②]。以爲公之純誠沖氣,本道家者流,而仁政令典,近浹於三茅之境[六];高齋甲第,夙鄰乎玄元之宫[③]。故棲神植福,必先於是。爾其冶城峻址[④][七],西州舊署[八],忠貞公之遺隴[⑤][九],郭文舉之故臺[一〇],九原可作,勝氣如在[⑥]。乃相形勢,補廢闕,建司命真君之殿于宫之艮維。披真藴以立程,集國工而考藝。瞻星揆日,不勞而成。崇高壯麗,重深藻繪,焕如也;凝旒端簡,負斧仍几[⑦],穆如也。珠幡絳節,紛披乎左右;空歌洞章,蕭寥乎晨暮。真聖以之而臨御,純嘏以之而蕃錫[一一]。賢人有後[⑧],孝子奉先,無以加於此矣。鉉始以事分通舊,從子弟之游;終以禁掖具員,陪僚屬之末。及公之啓手足也[一二],復忝國士之許,辱寄託之任[一三]。知己之厚,何日而忘?短篇叙事,蓋感遇之萬一也!

【校記】

①一心:原脱,據全唐文、李校、徐校補。

②弗:黄校本作“不”。

③乎:李校:一本作“于”。

④冶:原作“治”,據全唐文、李刊本、徐校改。

⑤忠貞公:原作“忘貞公”,據四庫本、全唐文、徐校改。李刊本作“卞忠貞”。李校:英元案:此三字,諸家本均作“忠貞公”,惟各本“忠”字多誤,且有作“忘”、“忌”等字者。朱仲武孝廉當日校此,因原本“忠”字作“忘”字,不知本爲“忠”字之僞,遂改作“卞忠貞”。今以文法而論,實以“卞忠貞”爲佳;以諸本所載,仍以“忠貞公”爲著其實。

⑥勝:全唐文作“盛”。

⑦斧:李刊本作“扆”。

⑧有:四庫本作"繼";李刊本作"啓"。

【箋注】

〔一〕作於宋乾德五年(九六七)或稍後。據文意,知嚴續卒,其子嚴俊爲建真君殿而祀。馬令南唐書卷五後主書載:乾德五年,"十有二月,嚴續卒。"嚴俊以寄哀思而建殿,最早當在是年。

〔二〕希夷:見本卷宣州開元觀重建中三門記注〔二〕。

〔三〕故司空相國馮翊懿公:嚴續爲馮翊(約今陝西大荔、韓城、白水、合陽、澄城等縣市)人,元宗和後主時宰相。見馬令南唐書卷一〇、陸游南唐書卷一三、十國春秋卷二三本傳。

〔四〕激楚:史記卷一一七司馬相如列傳:"鄢郢繽紛,激楚結風。"裴駰集解引郭璞曰:"激楚,歌曲也。列女傳曰:'聽激楚之遺風也。'"司馬貞索隱引文穎曰:"激,衝激,急風也。結風,回風,亦急風也。楚地風氣既自漂疾,然歌樂者猶復依激結之急風以爲節,其樂促迅哀切也。"

〔五〕通德之門:後漢書卷三五鄭玄傳:"(孔融曰)今鄭君鄉宜曰'鄭公鄉'。昔東海于公僅有一節,猶或戒鄉人侈其門閭,矧乃鄭公之德,而無駟牡之路!可廣開門衢,令容高車,號爲'通德門'。"

〔六〕三茅:見卷一二茅山紫陽觀碑銘注〔七〕。

〔七〕冶城:太平寰宇記卷九〇江南東道二昇州上元縣:"古冶城,在今縣西五里。本吴鑄冶之地,因以爲名。"十國春秋卷三吴睿帝本紀:"(武義二年)秋七月,改昇州大都督府爲金陵府,拜徐温爲金陵尹。冬十二月,金陵城成,建紫極宫於冶城故址。"

〔八〕西州:古城名。東晉置,爲揚州刺史治所。故址在今江蘇南京市。謝安死後,羊曇醉至西州門,慟哭而去,即此處。事見晉書卷七九謝安傳。

〔九〕忠貞公之遺隴:即卞望之墓。卞壺,字望之,濟陰冤句(今山東菏澤)人。東晉初著名政治家、軍事家、書法家,累事三朝,兩度爲尚書令。以禮法自居,意圖糾正當世,並不畏强權。蘇峻之亂,卞壺率兵奮力抵抗,戰死。後追贈侍中、驃騎將軍,開府儀同三司,謚曰忠貞。見晉書卷七〇卞壺傳。太平寰宇記卷九〇江南東道二昇州上元縣:"卞望之墓……在今紫極宫後,臨嶺構亭,號曰忠貞亭。"

〔一〇〕郭文舉之故臺：即郭文舉讀書臺。郭文字文舉，河内（今河南濟源市）人。隱逸不仕。王導聞其名，接之園中。後逃臨安，結廬山中。見晉書卷九四郭文傳。太平寰宇記卷九〇江南東道二昇州上元縣："郭文舉臺，在冶城内。晉太尉王茂弘所築，文舉居之。"

〔一一〕純嘏：見卷一〇蔣莊武帝新廟碑銘注〔三九〕。

〔一二〕啓手足：論語泰伯："曾子有疾，召門弟子曰：'啓予足，啓予手。'"後遂爲善終的代稱。

〔一三〕"復忝國士之許"句：十國春秋卷二三嚴續傳："續疾革時，與賓客譚論如平時。後主使内夫人問之，續遺托國事，辭氣慷慨，言不及私，歷陳群臣邪正，某當退、某當進者，凡若干人。"

楞嚴院新作經堂記〔一〕

君子才足以治劇，惠足以安民，見危致命，以死勤事，有一于此，然後可以薦信於無方之神，儲慶於必大之門。噫！楞嚴院經堂之作也，其庶幾乎？平陽柴君，諱進思，字昌美，故太尉、中書令、尋陽靖王之孫也〔二〕。少而爽俊，長而忠恪，尤善騎射，頗曉兵書。靖王愛之，出則典親兵，居則專家政，幹蠱之美，宗族稱之。王薨，始爲公臣①，累遷旅師，鴻圖再造，金革寢威。上以其材能可任，故以爲内宴副使。乘軺建節〔三〕，將命四方，盤根錯節，所至皆治。改鄂、岳觀察巡官〔四〕，知永興縣事〔五〕。縣有山澤之征，榷管之利，歲終考績，倍於前人。遷泰州軍事判官〔六〕，兼營田鹽監②。平蠹政，決庶獄，勞農督課，潔己律人。民不告疲，公有餘利。除勸農使，復監池、吉二郡〔七〕，護武昌軍〔八〕。千里晏安③，上流静謐。會梁人入寇〔九〕，我武未揚，東畿陷没〔一〇〕，群情震駭，命君爲行營應援軍使，率舟師數千，鼓行而東。平難濟口〔一一〕，復海陵郡〔一二〕。於是淮泗之地〔一三〕，聲勢始通。乘勝長驅，因逼隋菀④〔一四〕。前茅接戰，群帥後期。振臂奮身，有死無二。雖破竹之勢,敗於垂成,而東道清夷,本由君之一舉也。江都尅復〔一五〕,歸葬京師。天子閔焉,贈左千牛衛將軍〔一六〕,賻贈加等⑤,禮也。嗣子殿前承旨廷遇等,棘心在疚,荼蓼兼倍⑥,以爲苴麻苫凷,飾哀之期有終;蒸嘗封樹,追遠之禮有數。復欲圖不朽之績,徼無邊之福。則金僊之教,世之所崇,宗旨在於經文,威容存乎像設。於是擇奇勝之地,補闕遺之事。構經堂六間⑦,塑地藏菩薩像一軀〔一七〕。几席什器之類⑧,華而備,精而固,耽然其質,焕乎其章。深嚴足以遠世喧,虚明足以味玄旨。其全節之風也如彼,其集靈之所也如此。然則冥冥之祐,綿綿之慶,豈誣也哉!余頃歲左宦海陵⑨〔一八〕,君盡傾蓋之分。感忠臣之事主,嘉孝子之奉親,刻石紀事,以聳善也。援筆悽愴,無心於文。保大丁巳歲春三月日,東海徐鉉記〔一九〕。

【校記】

①公:黄校本作"功"。

②鹽監:李校:一本作"監鹽";監,一本作"兼"。

③晏:全唐文作"乂"。

④逼:四庫本、全唐文作"迫"。

⑤賻贈:李校:一本作"贈賻"。

⑥兼倍:全唐文作"倍兼"。

⑦構:四庫本作"創造"。

⑧什:四庫本作"竹"。

⑨宦:四庫本、全唐文、李刊本作"官"。

【箋注】

〔一〕作於南唐保大十五年(九五七)三月。據文末所署日期而繫。據文意,知柴進思遇難海陵,數年後其子柴廷遇爲作經堂。柴進思、柴廷遇,史書闕載。

〔二〕尋陽靖王:人未詳。

〔三〕乘軺:見卷一送史館高員外使嶺南注〔五〕。

〔四〕鄂、岳觀察巡官:鄂、岳即鄂州、岳州。鄂州轄域約今湖北武漢、鄂州、黄石、咸寧等地。岳州即今湖南岳陽市。觀察巡官爲觀察使僚属,位居判官、推官之次。

〔五〕永興縣:鄂州屬縣。見十國春秋卷一一一南唐地理表。即今湖南永興縣。

〔六〕泰州軍事判官:泰州,見卷三貶官泰州出城作注〔一〕。南唐節度使、觀察使、防禦使均置判官,爲地方長官的僚屬,輔理政事。

〔七〕池、吉二郡:即池州、吉州。今分别爲安徽池州市、江西吉安市。

〔八〕武昌軍:鎮鄂州。見十國春秋卷一一三南唐藩鎮表。

〔九〕梁人入寇:即周世宗南侵。因其建都汴梁,故云梁人。保大十三年(九五五)十一月,周世宗伐南唐。見馬令南唐書卷三嗣主書。

〔一〇〕東畿陷没:指東都揚州淪陷。保大十四年(九五六)二月,周師陷東都。見陸游南唐書卷二元宗本紀。

〔一一〕濟口:在歙縣(今安徽歙縣)。見江南通志卷二七徽州府。

〔一二〕復海陵郡:海陵郡即泰州。復泰州在保大十四年四月。見陸游南唐書卷二元宗本紀。

〔一三〕淮泗之地:指南唐海州、泗州、楚州一帶。

〔一四〕隋菀:即隋煬帝所建上林苑,又名西苑,故址在江蘇揚州市西北。清一統志卷六七揚州府:"隋苑,在甘泉縣西北七里。舊志:大儀鄉有上林苑,亦名西苑。稱隋苑爲西苑,或沿長安之名。相傳苑三里。"

〔一五〕江都尅復:江都即揚州,尅復在保大十四年七月。見陸游南唐書卷二元宗本紀。

〔一六〕左千牛衛將軍:從三品。見舊唐書卷四四職官三。

〔一七〕地藏菩薩:菩薩名。常現身於地獄之中以救苦難。

〔一八〕余頃歲左宦海陵:徐鉉貶官泰州近三年。見卷三貶官泰州出城作注〔一〕。

〔一九〕東海徐鉉:東海爲徐姓郡望。秦置東海郡,治所在郯(今山東郯城北)。郯爲徐氏起源地。

攝山棲霞寺新路之記①〔一〕

棲霞寺山水勝絶，景象瓌奇，明徵君故宅在焉〔二〕，江令公舊碑詳矣〔三〕。高宗大帝刊聖藻於貞石②〔四〕，紆宸翰於璿題，焕乎天光，被此幽谷。先是，兹山之距都也，五十里而遥，方軌並驅，崇朝可至。及中原構亂，多壘在郊，野無牧馬之童，歧有亡羊之僕。義祖武皇帝潛龍兹邑〔五〕，訪道來游，始命有司，是作新路。金椎既隱，玉馱言還③〔六〕，桐山之駕不追〔七〕，回中之道亦廢〔八〕。於戲！聖人遺迹，必將不泯，微禹之歎〔九〕，夫何遠哉④！保大辛亥歲，時安歲豐，政簡民暇。粤有寺僧道嚴，名高白足〔一〇〕，動思利人；百姓莊思悰，家擅素風⑤，積而能散。嗟亭候之不復，閔行旅之多艱。乃相與翦荆榛，疏坎窞，闢通衢之夷直，棄邪徑之迂迴，建高亭於道周，跨重橋於川上⑥，鑿甘井以救暍⑦，立名表以指迷⑧。草樹風煙，依然四望；峰巒臺榭，肅肅前瞻⑨。由是江乘之塗，復識王畿之制矣。余職事多暇，屢游此山，喜直道之攸遵，嘉二叟之不懈，爲文刻石，用紀成功。俾後之好事者，以時開通，隨壞完葺⑩。此碣有泐，斯文未湮，不亦美乎？其年八月一日，兵部員外郎、知制誥徐鉉記。

【校記】

①新路之記：四庫本、全唐文、李刊本無“之”字。

②大：李校：一本作“皇”。

③馱：李校：一本作“馭”。

④遠：四庫本、黄校本、全唐文、李刊本作“逮”。

⑤風：四庫本、全唐文、李刊本作“封”。

⑥川：四庫本作“山”。

⑦暍：全唐文作“渴”。

⑧名:四庫本作"石"。

⑨肅肅:四庫本作"肅爾"。李校:一本作"肅爾"。案以上文"依然"句玩之,則此句作"肅肅"爲是。

⑩完:黄校本作"修"。

【箋注】

〔一〕作於南唐保大九年(九五一)八月一日。據文中所記辛亥歲及文末所署日期而繫。　攝山:太平寰宇記卷九〇江南東道二昇州上元縣:"攝山,在縣東北五十五里,高一百三十二丈。東達畫石山,南接落星山。輿地志云:'江乘縣西北有扈謙所居宅村,側有攝山,山多藥草,可以攝生,故以名之。'江乘地記:'扈村有攝山,形方,四面重嶺似繖,故名繖山。'"

〔二〕明徵君:即南齊隱士明僧紹。其字承烈,平原鬲(今山東德州)人。見南齊書卷五四本傳。僧紹後定居攝山,修築棲霞精舍。永明二年(四八四)去世後,其子明仲璋舍宅爲寺,永明七年(四八九)法度禪師以棲霞精舍爲基礎,創建棲霞寺。

〔三〕江令公舊碑:江令公即江總,字總持,濟陽考城(今河南蘭考縣)人。仕陳爲尚書令,故稱江令。陳書卷二七有傳。嚴可均全上古三代秦漢三國六朝文全隋文卷一一録其攝山棲霞寺碑。

〔四〕高宗大帝刊聖藻於貞石:指明徵君碑。唐高宗李治撰文,高正臣書,王知敬篆額。今仍立於攝山棲霞寺前。

〔五〕義祖武皇帝:即李昪養父徐温。李昪授禪,謚爲武皇帝,廟號義祖。見馬令南唐書卷八本傳。

〔六〕玉馱:玉飾的車轄。借指華麗的車。楚辭章句卷一離騷:"屯餘車其千乘兮,齊玉馱而並馳。""馱"通"軑"。

〔七〕桐山之駕:南史卷四三齊高帝諸子下武陵昭王曄傳:"豫章王於邸起土山,列種桐竹,號爲桐山。武帝幸之,置酒爲樂。"

〔八〕回中之道:古道路名。南起汧水河谷,北出蕭關,因途經回中得名。漢書卷六武帝本紀:"(元封)四年冬十月,行幸雍,祠五畤。通回中道,遂北出蕭關。"

〔九〕微禹之歎:左傳昭公元年:"美哉禹功!明德遠矣。微禹,吾其魚乎!”

〔一〇〕白足:即白足和尚。鳩摩羅什弟子曇始,足白於面,雖跣涉泥淖而未嘗汙濕,時稱“白足和尚”。見梁慧皎高僧傳卷一〇曇始傳。

常州義興縣重建長橋記〔一〕

聖人作川梁以濟不通,舟車所及,纚連棋布。若乃形勝傑大①,名聞天下者,亦無幾何,陽羨長橋其一也〔二〕。夫英賢之所躔次,邑居之所瞻望,山川之精粹宅焉,里城之神靈憑焉②。廢而興之,圮而葺之,豈惟備政,足以徼福。是橋也,徵諸圖諜,則後漢邑令袁君創造,國朝永泰中,令丘君新之,其他無聞焉。中興之初,邑有義夫曰吴濛、吴湞,率以私帑,備加營構③。人賴其利,踰三十載。丙辰歲,國步中梗,百越寇邊〔三〕,邑人敗之。燒營而遁,飛焰旁及,宏梁半摧。甲寅歲,著作佐郎劉君,來爲邑長,視其制度,知非民力之所能濟,乃狀其事,白于有司。上聞嘉之,詔賜錢八十萬。君信而好古,寬而得衆。尉盧蒨,鼎甲餘慶,俊造策名。政是以和④,事無不舉。乃相與敷王澤,因民心,備物致用,程功揆日⑤,器利工善,材良事時。戊辰歲冬而裁,明年暮春而畢。長五十步,廣七步。對縣樓而直出,跨荆谿而横絶。丹雘其飾,宛偃蹇而虹舒⑥;崇高其勢,邈苕亭而山立。朱輪方軌,駟馬連騎,營營市井,憧憧往來。有衽席之安,無揭厲之患〔四〕。昔者,乘車濟涉,聖人謂之無教;橋梁弗修,賢相知其不能⑦。以今方古,勝負分矣。夫書云考績,傳載稱伐,庸庸善善,其可廢乎? 刻之貞珉,以示來者。庚午歲春二月十五日記。

【校記】

①勝:李校:一本作“勢”。

②城:四庫本作“域”。

③構:四庫本作"務"。

④和:原作"知",據四庫本、黄校本、全唐文、李刊本、徐校改。

⑤功:四庫本、全唐文作"工"。

⑥宛:原脱,據全唐文、李刊本補。

⑦不:黄校本作"弗"。

【箋注】

〔一〕作於宋開寶三年(九七〇)二月十五日。據文末所署日期而繫。長橋:太平寰宇記卷九二江南東道四常州府宜興縣:"長橋,在縣城前二十步。風土記云:'陽羨縣前有長橋跨水,橋下有白獺,若歲有兵,則獺出穴,四望而嘷,舊言有神。今獺已無蹤。'按陸澄地理鈔云:'袁府君玘,後漢人也,造此橋。即晉周處少時斬長橋下食人蛟,即此處也。其橋有一十三間。'"

〔二〕陽羨:義興縣古稱。今屬江蘇省。

〔三〕"丙辰歲,國步中梗,百越寇邊"句:保大十四年(九五六),後周南侵,吴越陷常州。見十國春秋卷一六元宗本紀。

〔四〕揭厲:涉渡。王充論衡卷二〇須頌:"故夫廣大,從横難數;極深,揭厲難測。"

徐鉉集校注卷一四　記　頌　贊　銘

重修徐孺亭記[一]

至矣哉,天之愛民甚矣!雖數有治亂,而常生聖賢,故得其位則功加于時,舛其運則教垂于後。雖銷聲滅迹,全身遠害,不德而德普,逃名而名揚。擁篲築宫[二],禮重於列國;式閭表墓[三],道光於無窮。舉善而教,政之大者也。恭惟我祖,炳靈南國,舊宅界乎仙館,高臺峙乎澄陂。孺亭之稱,海内瞻仰,名公良牧,代加崇飾,千載之下,猶旦暮焉。頃屬邦君非才,敗我王度,翦焉層構,鞠爲茂草。噫!百世之祀,誰能廢之?庚申歲始建王都,辛酉歲遂還清蹕[1],肆覲群后,疇咨先賢。餘基未傾,偉人將至。既而鼎湖在御[四],桐圭錫壤[五]。丞相、司空鄧王[六],以茂親之重,膺分陝之權[七],思老成之典刑,仰高山之景行,同言而信[2],不肅而嚴,乃命經營,將從締構[3]。九成方起,百堵未周,甲子歲入秉國鈞,以武昌連帥、侍中、濟南公代司宫籥[4][八]。公致用以武,從政以文,祗奉蕭規[九],率由周禮[一〇]。再賡成制,詳考舊基,夷坎窞而就平,裨崖岸而增固,乃崇堂奥,乃加藻績。右嚴罇坫之序,左設庖膳之區,前臨康莊,旁眺城闕。平湖千畝,凝碧於其下;西山萬疊,倒影於其中。依然懸榻之場〔一一〕，想見致芻之狀〔一二〕。與夫洪崖之館〔一三〕，絢綵於煙霞；滕王之閣〔一四〕，騫飛於雉堞。南州之物象備矣〔一五〕，前哲之光靈萃焉。嗟乎！君子興一役，建一事，於時必可頌，於後必可觀。兹亭之作也，都人朋悦，過賓矚目，紀于方國之史⑤〔一六〕，播于樂職之詩〔一七〕。鉉也幸承燕翼之謀，獲參翰墨之任，俾垂不朽，敢憚蕪音！

【校記】

①遷：原作"迁"，據四庫本、全唐文改。

②同：四庫本、李刊本作"罔"；全唐文作"不"。李校：一本作"同"，誤。徐校：一本作"罔"，全唐文作"不"，俱非是。"同言而信"，見後漢書宣秉等傳論。

③構：四庫本作"造"。

④連：原作"運"，據四庫本、全唐文、李刊本改。

⑤史：原作"吏"，據四庫本、全唐文、李刊本改。

【箋注】

〔一〕作於宋乾德三年（九六五）或稍後。據文意，知徐孺亭爲李從鎰修而未畢，再由林仁肇續修而成。文云修建南都在顯德六年（九五九，庚申）。按：建隆二年（九六一）二月元宗南遷。乾德三年九月，召南都留守李從鎰還都，以鄂州林仁肇爲南都留守、南昌尹。見十國春秋卷一七後主本紀。然徐鉉云乾德二年（甲子歲）武昌連帥、濟南公代從鎰爲南都留守，與史書所載不同。此從徐鉉文。則徐孺亭續修竣工當在乾德三年或稍後。　徐孺亭：爲紀念徐穉而修建。徐穉，字孺子。豫章南昌（今江西南昌市）人，有高尚之節，世稱"南州高士"。後漢書卷五三有傳。

〔二〕擁篲：執帚。以示敬意。史記卷七四孟子荀卿列傳："（騶子）如燕，昭王擁彗先驅，請列弟子之座而受業。"

〔三〕式閭：爲敬賢之詞。式，通"軾"。尚書正義卷一一武成："釋箕子囚，封比干墓，式商容閭。"孔穎達疏："式者，車上之横木，男子立乘，有所敬則俯而憑式。"　表墓：刻石於墓前以彰其善，蔡邕郭有道碑文："於是樹碑表墓，昭銘景行。"

〔四〕鼎湖:地名。傳説黄帝在鼎湖乘龍升天。見卷五納后夕侍宴注〔七〕。此代指元宗。

〔五〕桐圭:指封拜的符信。史記卷三九晉世家:“成王與叔虞戲,削桐葉爲圭以與叔虞曰:‘以此封若。’……於是遂封叔虞於唐。”

〔六〕丞相、司空鄧王:即李從鎰。

〔七〕分陜:見卷六南昌王制注〔二〕。

〔八〕武昌連帥、侍中、濟南公:即林仁肇。其封濟南公,史書闕載。

〔九〕蕭規:曹參爲相國,遵從蕭何所定規則。史記卷五四曹相國世家:“參代何爲漢相國,舉事無所變更,一遵蕭何約束。”

〔一〇〕周禮:周代的禮制。左傳閔公元年:“魯不棄周禮,未可動也。”

〔一一〕懸榻:後漢書卷五三徐稺傳:“時陳蕃爲太守,以禮請署功曹,稺不免之,既謁而退。蕃在郡不接賓客,唯稺來特設一榻,去則懸之。”

〔一二〕致芻:郭林宗母喪,徐稺以生芻一束弔喪。見後漢書卷五三徐稺傳。

〔一三〕洪崖之館:洪崖爲傳説中黄帝樂官伶倫的仙號。曾隱居於豫章郡境内的西山,又稱伏龍山。因洪崖先生曾居此,故又稱洪崖山。山上有洪崖先生煉丹之井,即洪井。洪崖館在應聖宫旁。太平寰宇記卷一〇六江南西道四洪州南昌縣:“應聖宫,在縣西四十里鸞岡西北,洪崖先生舊宅之所,伏龍岡頂。”

〔一四〕滕王之閣:唐貞觀十三年(六三九),高祖子李元嬰受封爲滕王。滕王閣是其官洪州都督時所建。故又稱洪府滕王閣。始建於唐永徽四年(六五三),至今已重修或重建二十九次。在今江西南昌市,前臨贛江。

〔一五〕南州:指洪州。

〔一六〕方國:詩經大雅大明:“厥德不回,以受方國。”鄭玄箋:“方國,四方來附者。”此指地方。

〔一七〕樂職之詩:漢書卷六四下王褒傳:“神爵、五鳳之間,天下殷富,數有嘉應。上頗作歌詩,欲興協律之事。……於是益州刺史王襄欲宣風化於衆庶,聞王褒有俊材,請與相見,使褒作中和、樂職、宣布詩。選好事者令依鹿鳴之聲習而歌之。”顔師古注:“樂職者,言百官各得其職也。”

喬公亭記〔一〕

同安城北〔二〕,有雙谿禪院焉。皖水經其南,求塘出其左。前瞻城邑,則萬井纚連;却眺平陸,則三峰積翠。朱橋偃蹇,倒影於清流;巨木輪囷,交陰於別島。其地豐潤,故植之者茂遂;其氣清粹,故宅之者英秀。聞諸耆耋,喬公之舊居也。雖年世屢遷,而風流不泯,故有方外之士,爰構經行之室。回廊重宇,耽若深嚴,水瀕最勝,猶鞠茂革[①]。甲寅歲,前吏部郎中鍾君某字某〔三〕,左宦兹郡[②],來游此谿,顧瞻徘徊,有懷創造,審曲面勢,經之營之。院主僧自新,聿應善言,允符夙契,即日而裁,逾月而畢。不奢不陋,既幽既閑。馮軒俯眄,盡濠梁之樂〔四〕;開牖長矚,忘漢陰之機〔五〕。川原之景象咸歸,卉木之光華一變。每冠蓋萃止,壺觴畢陳,吟嘯發其和,琴棋助其適,郡人瞻望,飄若神仙。署曰喬公之亭,志古也。噫!士君子達則兼濟天下,窮則獨善其身,未若進退以道,小大必理,行有餘力,與人同樂之爲懿也[③]。是郡也,有汝南周公以爲守〔六〕,有潁川鍾君以爲佐〔七〕,故人多暇豫[④],歲比順成。旁郡行再雩之禮,而我盛選勝之會;鄰境興闃户之歎〔八〕,而我賦考室之詩〔九〕。播之甿頌[⑤],其無愧乎!余向自禁掖,再從放逐〔一〇〕,故人胥會,山水窮游,良辰美景,賞心樂事,有一于此,宜其識之。立石刊文,以示來者。于時歲次乙卯、保大十三年三月日,東海徐鉉記。

【校記】

①革:四庫本、黄校本、全唐文、李刊本作"草"。

②宦:四庫本、黄校本、全唐文、李刊本作"官"。

③之爲懿也:全唐文作"爲今之懿也"。

④豫:李校:一本作"逸"。

⑤旴頌：原作"毗頌"。據全唐文、李刊本改。四庫本作"風謡"。

【箋注】

〔一〕作於南唐保大十三年（九五五）三月。據文末所署日期而繫。　喬公亭：即橋公亭。太平寰宇記卷一二五淮南道三舒州懷寧縣："橋公亭，在縣北，隔皖水一里。即漢末橋公有二女，孫策與周瑜各納其一女。今亭基爲雙溪寺。"三國志卷五四吴書九周瑜傳："頃之，策欲取荆州，以瑜爲中護軍，領江夏太守，從攻皖，拔之。時得橋公兩女，皆國色也。策自納大橋，瑜納小橋。"

〔二〕同安：即今安徽桐城市。唐及南唐時隸舒州。舒州，隋爲同安郡，唐武德四年改舒州，天寶元年復改同安郡。至德二年忌諱安禄山，改盛唐郡，同安縣改爲桐城縣。參舊唐書卷四〇地理志三舒州、唐會要卷八六。

〔三〕前吏部郎中鍾君：當爲鍾謨。龍衮江南野史卷五本傳："鍾謨，會稽人，徙居建安，博學，善爲文章。嗣主愛之，遷自末品，寵任異常，轉至吏部侍郎。"

〔四〕濠梁之樂：見卷五後湖訪古各賦一題得西邸注〔四〕。

〔五〕漢陰之機：見卷三又和注〔二〕。

〔六〕汝南周公：即周弘祚。十國春秋卷二七本傳載："保大時累官舒州刺史。"汝南爲周姓郡望。

〔七〕潁川鍾君：即鍾謨。潁川爲鍾姓郡望。

〔八〕闃户之歎：周易正義卷六豐："闚其户，闃其無人。"

〔九〕考室之詩：詩經小雅斯干序："斯干，宣王考室也。"漢書卷七五翼奉傳："到後七年之明歲，必有五年之餘蓄，然後大行考室之禮。"顔師古注引李奇曰："凡宫新成，殺牲以釁祭，致其五祀之神，謂之考室。"

〔一〇〕再從放逐：指保大十一年（九五三）十二月，徐鉉因察訪楚州一帶屯田獲罪，長流舒州。此前曾貶泰州，故云。

毗陵郡公南原亭館記〔一〕

人生而静，性之適也。若乃廟堂之貴，軒冕之盛，君子所以勞心濟物，屈己存教，功成事遂，復歸於静。用能周旋於道，常久而不已者也。有唐再造,俗厚政和,人多暇豫,物亦茂遂,名園勝概,隱轔相望。至于東田之館〔二〕,西州之墅[①]〔三〕,婁湖張侯之宅〔四〕,東山謝公之游〔五〕,青谿賦詩之曲〔六〕,白楊飲酒之路〔七〕,風流人物,高視昔賢。京城坤隅,爰有别館[②],百畝之地,芳華一新,舊相毗陵公習静之所也。其地却據峻嶺[③],俯瞰長江,北彌臨滄之觀〔八〕,南接新林之戍[④]〔九〕,足以窮幽極覽,忘形放懷。於是建高望之亭,肆游目之觀,睨多鳥於雲外[⑤],認歸帆於天末〔一○〕。四山隱見而屏列,重城邐迤而霞舒,紛徒步而右回,闢精廬於中嶺,倚層崖而築室,就積石以爲階。土事不文,木工不斲,虚牖夕映,密户冬燠。素屏麈尾,榧几黎牀,談玄之侣,此焉游息。設射堂於其左,湛方塘於其下[⑥]。虚楹顯敞,清風爽氣襲其間;碕岸縈迴[⑦],紅蕖翠荇藻其涘[⑧]。至於芳草嘉禾,脩竹茂林,紛敷翳蔚,不可殫記。凡廄庫之室,廚廩之區,賓燕所資[⑨],不戒而具。每良辰美景,欣然命駕,群從子弟,結駟相追,角巾藜杖,優游笑詠,觀之者不知其爲公相也。古人有言:朝庭之士,入而不能出。況於輕鍾鼎之貴,徇山林之心,將相之權不能累其真,肺腑之親不能系其遯。道風素範[⑩],豈不美歟!又以鉉無事事之情,有善善之志,見徵拙筆,用勒貞珉。是時歲次辛酉冬十月日記[⑪]。

【校記】

①州:四庫本作"園"。

②有:原作"其",據全唐文、李刊本改。四庫本、黄校本作"具"。

③據:李校:一本作"踞"。

④接:四庫本、黄校本、李刊本作"摭"。

⑤多:全唐文、李刊本作"飛"。

⑥其左、其下:李校:一本無兩"其"字。

⑦繁:全唐文、李刊本作"縈"。

⑧荇:原作"荅",據全唐文、李校、徐校改。四庫本作"苕"。

⑨資:四庫本作“須”。

⑩風:原作“夙”,據四庫本、黄校本、全唐文、李刊本改。

⑪冬十月日:四庫本作“冬月十日”;全唐文作“冬十月十日”。

【箋注】

〔一〕作於宋建隆二年(九六一)十月。據文末所署日期而繫。　毗陵郡公:即徐景運,一名徐運。見卷六太子少傅徐運授太子太保制注〔一〕。卷二〇御製春雪詩序中記保大五年元日大雪預會者有“吏部尚書、毗陵郡公景運”。景定建康志卷四六祠祀志三“能仁禪寺在城内南廂嘉瑞坊”條:“僞吴太和六年,毗陵郡公徐景運復爲其親造,曰報先,南唐昇元改興慈,無鐫識可考。”通鑑卷二九〇載:保大九年三月,“唐主以太弟太保昭義節度使馮延巳爲左僕射,前鎮海節度使徐景運爲中書侍郎,及右僕射孫晟皆同平章事。”

〔二〕東田之館:南朝齊文惠太子所建樓館名。南史卷五齊紀下廢帝鬱林王紀:“先是,文惠太子立樓館於鍾山下,號曰東田,太子屢游幸之。”

〔三〕西州之墅:指東晉謝安别墅。参卷一三紫極宫新建司命真君殿記注〔八〕。

〔四〕婁湖張侯之宅:指三國吴張昭之宅。昭封婁侯。見三國志卷五二吴書七張昭傳。　婁湖:元和郡縣圖志卷二五江南道一潤州上元縣:“婁湖,在縣東南五里。吴張昭所創,溉田數十頃,周迴七里。昭封婁侯,故謂之婁湖。”

〔五〕東山謝公之游:指謝安攜妓游東山。世説新語卷中識鑒:“謝公在東山畜妓,簡文曰:‘安石必出,既與人同樂,亦不得不與人同憂。’”劉孝標注引宋明帝文章志曰:“安縱心事外,疏略常節,每畜女妓,攜持游肆也。”

〔六〕青谿賦詩之曲:見卷一送魏舍人仲甫爲蘄州判官注〔六〕。

〔七〕白楊飲酒之路:用袁粲典。南史卷二六袁粲傳:“粲負才尚氣,愛好虚遠,雖位任隆重,不以事務經懷。獨步園林,詩酒自適。……嘗步屧白楊郊野間,道遇一士大夫,便呼與酣飲,明日此人謂被知顧,到門求進。粲曰:‘昨飲酒無偶,聊相要耳。’竟不與相見。”

〔八〕臨滄之觀:太平寰宇記卷九〇江南東道二昇州上元縣:“臨滄觀,在勞山。山上有亭七間,名曰新亭,吴所築,宋改爲新亭,中間名臨滄觀。晉周顗與王導等常春日登之會宴,顗曰:‘風景不殊,舉目有江山之異。’即此也。謂之勞勞亭,古送别所。"

〔九〕新林之戍:用楊公則典。南史卷五五楊公則傳:"武帝命众軍即日俱下,公則受命先驅。江州既定,連旌東下,直造建鄴。公則號令嚴明,秋豪不犯,所在莫不賴焉。大軍至新林,公則自越城移屯領軍府壘北樓,與南掖門相對。嘗登樓望戰,城中遥見麾蓋,縱神鋒弩射之,矢貫胡床,左右皆失色,公則曰:'虜幾中吾腳。'談笑如初。東昏夜選勇士攻公則栅,軍中驚擾,公則堅卧不起,徐命擊之,東昏軍乃退。"

〔一〇〕認歸帆於天末:謝脁之宣城郡出新林浦向板橋:"天際識歸舟,雲中辨江樹。"

劍池頌〔一〕并序

歲次辛酉,月躔仲冬,王人徐鉉,揚旌銅柱之鄉〔二〕,税駕劍池之廟〔三〕,嘅嘆靈迹,徘徊故墟。或曰:"龍泉、太阿〔四〕,安得爲寶?出也不爲當世之用,佩之不免亡身之災,天下固有虚名而無實效者歟?"愚以爲不然。夫聖人之於天下,亦物耳,所稟受者異,故能與造物者並而爲天下王。是以聖人之作也,天不愛其道,地不愛其寶,同聲相應,同氣相求。人謀鬼謀,皆爲聖人用,無功無迹,豈尋常所能識乎?然則集陰陽之英,萃山澤之精,窮爐冶之妙,極鋒鋩之利,宜其冥合玄造,弼成聖功者也。昔黄帝法月滿而鑄鏡〔五〕,用能照燭怪魅①,辟除不祥。大禹收貢金以鑄鼎〔六〕,使民知神姦,以遠不若。漢高祖佩斬蛇之劍〔七〕,以撥亂除害,奄有天下。是以三者,皆人力所爲也②,咸能輔佐興運,與時隱見,其可誣乎?在昔三分叔世〔八〕,咸有昏德,天命將改,寰宇將同③。斯劍知之,故靈發於下,氣浮於上,應帝王之符命,矚識者之觀瞻〔九〕。亦猶伊尹負鼎於莘墟〔一〇〕,仲尼動色於魯相〔一一〕,千載一會,聖賢所以汲汲也。向使晉武能誕若天意〔一二〕,克明俊德,判忠邪之路,絀驕侈之心,則賢能盡其才,神靈效其用,淳耀之烈可續,七百之期不爽。而王猷既鬱[④],亂本既成[⑤],百姓失望,群龍沮色。於是斯劍也,委質張、雷之鑑〔一三〕,一泄其憤;遠迹劉、石之醜〔一四〕,復歸於潛〔一五〕。其出也,所以示神之不亡[⑥];其去也,所以示德唯是輔[⑦],則其爲用也遠矣。昔者周過其數,秦不及期,是知天命之精微,可以人事而延促,前哲論之備矣。若夫精真之誠修于内,感召之致應乎外,自然而然,有道存焉,不可以智求,不可以言達。王者得之,則三五之功〔一六〕,其餘事耳。然則天下至寶,本非人臣所服。變化無方,神物之事也;忘身徇國[⑧],忠臣之節也[⑨]。兩造其極,求仁得仁,復何怨乎[⑩]? 廟在豐城故縣,俯瞰池岸,壯武侯、雷府君之象祀焉〔一七〕。去今縣四十里,而龍泉、太阿之廟,别在中路。棟宇綿久,皆將傾穨。邑人朱惲等[⑪],洽重熙之化,感百世之祀,奬率同志,唯新壽宫[⑫],千載光靈,焕然如在。縣令孟賓于、尉孫舉,皆以文行之懿,中賢良之選,接武連事,惠此王畿,推誠於民,薦信於神,風雨不愆,耕鑿咸若。先賢遺躅,其不泯也宜哉!是池廣不終畝,深才數尺。父老云:"近歲旦暮往往有雲霧蒙覆其中,惚恍之理[⑬],不可測已。"今中興三葉,聖政惟新,豈非靈命孔昭,玄貺將集? 天命不僭[⑭],弘之在人,使臣司言,敢告有位。乃爲頌曰:

周室既衰,仁獸來臻[⑮]。晉祚不融,龍劍效珍。神化無方,天命無親。德之不建,與運俱淪。歸潛厚載,以俟真人。惟劍之神,惟賢之識。湛湛靈沼,綿綿廟食。瑞氣長在[⑯],玄符靡測。垂兹頌聲,永永無極。

【校記】

①照燭:李校:一本作"燭照"。　怪:李校:一本作"鬼"。

②人力:全唐文作"人之力"。

③將同:全唐文作"混同"。

④王:全唐文作“皇”。

⑤既成:李校:一本作“斯成”。

⑥亡:李校:一本作“測”。

⑦德唯是輔:四庫本作“唯德是輔”。全唐文作“唯德是依”。

⑧國:全唐文作“節”。

⑨節:全唐文作“烈”。

⑩乎:全唐文作“哉”。

⑪惲:全唐文作“輝”。

⑫新:原脱。據四庫本、全唐文、李校、徐校補。

⑬惚恍:翁鈔本、全唐文作“恍惚”。

⑭僭:原作“憯”,據全唐文、李刊本、徐校改。四庫本作“易”。

⑮來:全唐文作“率”。

⑯長:李刊本作“常”。

【箋注】

〔一〕作於宋建隆二年(九六一)十一月。據文“辛酉仲冬”而繫。 劍池:方輿勝覽卷一九江西路隆興府引曹續廟記:“在豐城縣之故址。陰鏗詩:‘清池自湛淡,神劍久遷移。無復連星氣,空餘似月池。’”

〔二〕銅柱:銅製的邊界界樁。後漢書卷二四馬援傳:“嶠南悉平”。李賢注引晉顧微廣州記:“援到交阯,立銅柱,爲漢之極界也。”此指邊遠之地。

〔三〕税駕:見卷一〇重修筠州祈仙觀記注〔四〕。

〔四〕龍泉、太阿:寶劍名。袁康越絶書卷一一外傳記寶劍:“歐冶子、干將鑿茨山,洩其溪,取鐵英作爲鐵劍三枚:一曰龍淵,二曰泰阿,三曰工布。”按:唐避李淵諱,改龍淵爲龍泉。

〔五〕黄帝法月滿而鑄鏡:王度古鏡記:“黄帝鑄十五鏡,其第一横徑一尺五寸,法滿月之數也。”

〔六〕大禹收貢金以鑄鼎:左傳宣公三年:“昔夏方有德也,遠方圖物,貢金九牧,鑄鼎象物。”史記卷一二孝武本紀:“禹收九牧之金,鑄九鼎,皆嘗鬺亨上帝鬼神。”

〔七〕漢高祖佩斬蛇之劍:史記卷八高祖本紀:“高祖被酒,夜徑澤中,令一人行前。行前者還報曰:‘前有大蛇當徑,願還。’高祖醉,曰:‘壯士行,何畏!’乃前,拔劍擊斬蛇。”

〔八〕三分叔世:指魏、蜀、吴分漢。

〔九〕“斯劍知之”至“矚識者之觀瞻”數句:謂亂世時,劍有神異之象。晉書卷三六張華傳:“初,吴之未滅也,斗牛之間常有紫氣,道術者皆以吴方强盛,未可圖也,惟華以爲不然。及吴平後,紫氣愈明。華聞豫章人雷焕妙達緯象,乃要焕宿,屏人曰:‘可共尋天文,知將來吉凶。’因登樓仰觀。焕曰:‘僕察之久矣,惟斗牛之間,頗有異氣。’華曰:‘是何祥也?’焕曰:‘寶劍之精,上徹於天耳。’”

〔一〇〕伊尹負鼎於莘墟:史記卷三殷本紀:“伊尹名阿衡。阿衡欲奸湯而無由,乃爲有莘氏媵臣,負鼎俎,以滋味説湯,致于王道。”

〔一一〕仲尼動色於魯相:史記卷四七孔子世家:“定公十四年,孔子年五十六,由大司寇行攝相事,有喜色。”

〔一二〕晉武:指晉武帝司馬炎。晉書卷三有紀。

〔一三〕委質張、雷之鑑:謂龍泉、太阿爲張華、雷焕所有。晉書卷三六張華傳:“華大喜,即補焕爲豐城令。焕到縣,掘獄屋基,入地四丈餘,得一石函,光氣非常,中有雙劍,並刻題,一曰龍泉,一曰太阿。……遣使送一劍並土與華,留一自佩。”

〔一四〕劉、石:指劉曜和石季龍。二人先後亂晉,僭稱王位。見晉書卷一〇三劉曜載紀,卷一〇六、一〇七石季龍載紀。

〔一五〕復歸於潛:晉書卷三六張華傳:“遣使送一劍並土與華,留一自佩。或謂焕曰:‘得兩送一,張公豈可欺乎?’焕曰:‘本朝將亂,張公當受其禍,此劍當繫徐君墓樹耳。靈異之物,終當化去,不永爲人服也。’……華誅,失劍所在。焕卒,子華爲州從事,持劍行經延平津,劍忽於腰間躍出墮水。使人没水取之,不見劍,但見兩龍各長數丈,蟠縈有文章,没者懼而反。須臾光彩照水,波浪驚沸,於是失劍。”

〔一六〕三五之功:謂三皇五霸之功。楚辭章句卷四九章抽思:“望三五以爲像兮,指彭咸以爲儀。”王逸注:“三王五伯,可修法也。”

〔一七〕壯武侯、雷府君:即張華、雷焕。張華封壯武郡公,見晉書卷三六張華傳。

九疊松贊 并序〔一〕

同安郡南二十里〔二〕,古城南隅,有松焉。拳曲擁腫①,勢若九疊,交柯聳幹,無不蟠屈者。其地高迥,旁無壅閼,莫知其何由如是。或曰:“下有頑石,根不得舒,氣脉僨興,故爲此狀。”好事者以爲盛觀焉。余始聞其名,今至其下,覩之而眙,曰:嗟夫!草木麗地,禀天之和,條暢秀茂,固常也。若乃原隰之宜失,陰陽之候違,柔脆之姿則離披枯瘁,貞勁之質則抑鬱盤錯。生理乖矣,獨有環奇之貌。嗚呼!失其所乎!昔在太古,君臣强名,賢愚同域②,洪洪洞洞,是謂大和。降及後代,聖人有作,顯仁義,建功名,扶衰整弊③,不得已也。於是有愛惡,則象生焉。其甚者,飭行以矯時,執方以違俗,考槃閭巷,聲重王公,上德喪矣,獨有高世之譽。嗚呼!荀孟屈賈之徒〔三〕,豈斯松之類耶?感物徘徊,因爲之贊:

于嗟彼松,孰爲而生?天枉其性④,屈折其形。人賓我貴,我非所營。噫嘻!淳風曷歸,大道安行?吾欲與汝,各全其真。作此好歌,以告騷人。

【校記】

①拳曲:四庫本作“曲拳”。

②域:原作“城”,據四庫本、全唐文、黄校本、李刊本改。

③整:四庫本、全唐文、李刊本作“拯”。李校:一本作“整”,一本作“振”。

④天:李校:一本作“夫”;徐校:當作“夭”。

【箋注】

〔一〕作於南唐保大十三年(九五五)前後。徐公行狀云:“在同城三年,唯游覽勝境,披翫典籍,尤攻吟詠,未嘗以得喪蔕芥于方寸。撰周將軍廟碑銘、文宣王廟碑序、喬公亭記、九疊松贊,皆足志之文,刻于貞石。”

〔二〕同安郡:見本卷喬公亭記注〔二〕。

〔三〕荀孟屈賈:分别指荀子、孟子、屈原、賈誼。

硯銘〔一〕

它山之石,是斲是治〔二〕。荆藍表瑩〔三〕,雲露含滋。執簡而至,磨鉛在兹。言出乎身,文以行之。噫嗟君子,慎爾樞機!

【箋注】

〔一〕作年未詳。

〔二〕它山之石,是斲是治:詩經小雅鶴鳴:"它山之石,可以爲錯。""它山之石,可以攻玉。"

〔三〕荆藍:指荆山、藍田山。荆山在今湖北南漳縣西部,相傳春秋時楚人卞和得玉璞於此山,見韓非子卷四和氏。藍田山在今陝西藍田縣境内,出産藍田玉。晉書卷五二華譚傳:"夜光之璞,出乎荆藍之下。"楊炯少室山少姨廟碑:"下隴蜀之名材,致荆藍之寶玉。"

野老行歌圖贊〔一〕

昔在陶唐〔二〕,光宅萬國〔三〕。下或知有①,帝將何力②?鼓腹擊壤,嬉游無極。自然而然,忘適之適。中古道薄,親仁懷德。末世政亂,姦宄寇賊。淳風不還,可以歎息。丹青志古③,存諸往則④。嗟爾有位,鑑兹王式⑤。

【校記】

①下或知有:四庫本作"不識不知"。

②將:黄校本作"乎"。

③古:四庫本作"石"。

④諸:翁鈔本作"之"。

⑤王：四庫本、全唐文拾遺作“玉”。

【箋注】

〔一〕作於南唐保大十三年（九五五）前後。見本卷九疊松贊注〔一〕。

〔二〕陶唐：即唐堯。史記卷一五帝本紀“帝堯者”張守節正義：“號陶唐。”尚書正義卷七五子之歌：“惟彼陶、唐，有此冀方。”孔安國傳：“陶唐，帝堯氏，都冀州。”孔穎達疏：“世本云帝堯爲陶唐氏。韋昭云陶唐皆國名。猶湯稱殷商也。案：書傳皆言堯以唐侯升爲天子，不言封於陶唐，‘陶唐’二字或共爲地名。”

〔三〕光宅萬國：尚書正義卷二堯典序：“昔在帝堯，聰明文思，光宅天下。”史記卷一五帝本紀：“帝堯者……百姓昭明，合和萬國。”

四皓畫贊〔一〕

君子道行，必資其位。邈哉四賢，隱居救世。皤皤之貌，丹青假誌。爾無素飡，覩此知愧。

【箋注】

〔一〕作年未詳。　四皓：見卷一頌德賦注〔五一〕。

許真人井銘①〔一〕

長史含道，棲神九天。人非邑改，丹井存焉。射兹谷鮒，洌彼寒泉。分甘玉液，流潤芝田。我來自西，尋真紫陽。若愛召樹〔二〕，如升魯堂〔三〕。敬刊翠琰〔四〕，永識銀牀②〔五〕。噫嗟後學，挹此餘光。

【校記】

①銘：四庫本作“贊”。

②永：原作“求”，據四庫本、全唐文拾遺改。

【箋注】

〔一〕作於宋建隆元年（九六〇）夏。張敦頤六朝事迹編類卷下："大唐許真人井銘，徐鉉文并書，在玉晨觀。"按：玉晨觀在茅山。卷四有宿茅山寄舍弟、晚憩白鶴廟寄句容張少府、題紫陽觀、題奚道士、題碧岩亭贈孫尊師、題白鶴廟、步虚詞五首、留題等詩，爲建隆元年夏游茅山所作，詳各詩作年考。則此銘或同時作。許真人即許謐，井即許長史井。均見卷四題紫陽觀注〔四〕。

〔二〕召樹：同邵樹。見卷一〇武烈帝廟碑銘注〔一七〕。

〔三〕魯堂：孔子之殿堂。

〔四〕翠琰：碑石的美稱。江總攝山棲霞寺碑："辭題翠琰，字勒銀鉤。"

〔五〕銀牀：井欄。庾肩吾九日侍宴樂游苑應令："玉醴吹巖菊，銀牀落井桐。"

高侍郎畫象贊〔一〕

穆穆清真，不緇不磷〔二〕。文高學富，道直誠純。昭質已邈，斯猷愈新。丹青畫象，以永光塵。棠陰峴首〔三〕，瞻仰霑巾。

【箋注】

〔一〕約作於宋乾德二年（九六四）前後。 高侍郎當爲高越。陸游南唐書卷九高越傳："後主立，始遷御史中丞、勤政殿學士、左議諫大夫，兼户部侍郎、修國史。卒年六十二，謚曰穆。貧不能葬，後主爲給葬費，世歎其清。"南唐近事："高越……累居清顯，終禮部侍郎。"宋張敦頤六朝事迹編類卷下"山岡門"："南唐高越墓，攝山棲霞寺舊門外北山之麓，有石題云：'侍郎高府君墓'，去縣四十五里。"以上所載均可證高侍郎爲高越。詳文意，與其傳記亦合。此文當爲高越卒後，徐鉉題畫像贊之。據其履歷，姑繫於此。

〔二〕不緇不磷：比喻操守堅貞。論語陽貨："不曰堅乎？磨而不磷；不曰白乎？涅而不緇。"何晏集解："孔曰：'磷，薄也；涅，可以染皂。'言至堅者，磨之而不薄；至白者，染之於涅而不黑。喻君子雖在濁亂，濁亂不能汙。"

〔三〕棠陰峴首：棠陰，同"棠樹"、"邵樹"。見卷一〇武烈帝廟碑銘注〔一七〕。峴首，見卷一一馬匡公神道碑銘注〔二四〕。

文獻太子哀册文〔一〕

維顯德六年，太歲己未，九月癸卯朔，四日丙午，文獻太子薨于東宮延春殿，以其年十有二月壬申朔，十三日甲申①，遷座于文園，禮也。象輅差階，龍樓向曙，肅仗衛以將引，儼鏄罍而不御。主上感深守器，念極賓天，痛玉符之靡召，悲銀牓之空懸，詔下臣於信史，載盛烈於瑶編②。其詞曰：

於昭我唐，誕受帝祉。舊邦惟新，令問不已。亦有積慶，載生賢嗣。平王之孫〔二〕，吾君之子。越在綺紈，芳若蘭蓀。緑車表慶，寶玉疏恩。東平錫壤，南昌啓藩〔三〕。耇老諮訪，丘墳討論。文以行禮，時然後言。敬愛表於天性，信厚由於自然。運屬重熙〔四〕，地惟明兩〔五〕。古尚達節，吾先德讓〔六〕。剖符分陜〔七〕，居東作相。封燕禮縟，副戎業廣〔八〕。績著保釐，道高寅亮。敬亭南屏，浙水東馳〔九〕。是惟關輔，以衛京師。乃移節鉞，建此藩維。擇其令典，導以由儀。仁薰俗厚，化洽風隨。國步中艱，文身怙亂。鎮以高卧，制之長筭。取彼鯨鯢，戮爲京觀〔一〇〕。吴門載同，輿詞協從。天之眷命，我豈矜功？乃正皇統，斯惟至公。爰撫軍而監國，亦納揆而登庸〔一一〕。業彌盛而學彌廣，望益高而禮益恭。不言而信，有感則通。多壘以之而罷警，四門以之而除兇。反淳和於國儉，致符瑞於年豐。天亦艱諶，胡寧不惠？枉矢流蒼震之野〔一二〕，火耀奄前星之次〔一三〕。捨内竪之問安③〔一四〕，進浮丘而把袂〔一五〕。九重增慟，萬邦銜涕。冥茫少海之波〔一六〕，寂歷洊雷之肆④〔一七〕。嗚呼哀哉！感神飆之遠至，歎芳歲之云徂。違太學之齒胄，啓佳城而下居〔一八〕。建采章於綢練⑤，儼備物於塗芻。經武帳之岃嵷⑥，據青龍之鬱紆。嗚呼哀哉！苦霧閉塗〔一九〕，窮陰殺節。重雲之旭日如晦,大壑之層冰似雪。指京口而不臨,背都門而永訣。萬目愁而旆旌慘,群心慼而笳簫咽。嗚呼哀哉! 瞻榣山之落木⑦,聽玄圃之迴風〔二〇〕。臺思子以何極,宫長男而遂空。集荆門之故吏,會商嶺之悲翁〔二一〕。淚淋浪而洒袂,氣怨結而盈胸。嗚呼哀哉! 歷遂古以遐觀,考令猷於三善。孰仁孝之昭著,復功名之丕顯。惟史筆與旼頌⑧,配天長而日遠⑨。寧騁麗於東田〔二二〕,豈駁能於文選⑩? 嗚呼哀哉!

【校記】

①其:原作"某",據全唐文、李校改。

②烈:全唐文作"德"。

③竪:李校:一本作"侍"。

④洊:原作"游",據四庫本、全唐文、黄校本、李刊本改。

⑤練:黄校本作"練"。

⑥帳:原作"悵",據四庫本、全唐文、黄校本、李刊本改。

⑦榣:原作"摇",四庫本、黄校本、李刊本作"瑶"。全唐文作"榣",據改。今按:榣山,傳説中的山名。見山海經卷一六大荒西經。

⑧史筆:四庫本、全唐文作"筆史"。

⑨遠:原作"逮",據黄校本、全唐文改。

⑩駁:全唐文作"較"。四庫本作"馳"。李校:"駁"一本作"駁",均難通。仲容云:疑作"較"。

【箋注】

〔一〕作於後周顯德六年(九五九)十二月中旬初。文獻太子爲李弘冀。陸游南唐書卷一六本傳:"顯德六年七月,弘冀屬疾……九月丙午卒。有司謚曰宣武……改謚曰文獻。"據文云:"以某年十有二月壬申朔十三日甲申,遷座于文園。"知在十二月十三日頒謚文獻。　哀册文:爲頌揚帝王、后妃、太子等生前功德的韻文。行葬禮時,埋於陵中。

〔二〕平王之孫:此以周平王東遷比李昪建唐於金陵。李弘冀爲李昪孫,故云。

〔三〕東平錫壤、南昌啓藩：馬令南唐書卷七弘冀傳："初封東平郡王，元宗即位，徙南昌王。"

〔四〕重熙：見卷六游簡言左僕射平章事制注〔三〕。

〔五〕明兩：周易正義卷三離："明兩作離，大人以繼明照于四方。"孔穎達疏："明兩作離者，離爲日，日爲明。"古以帝王喻日，因本易離之義，又指太子。沈約謝立皇太子賜絹表："重離在天，八紘之所共仰；明兩作貳，萬國所以咸寧。"

〔六〕吾先德讓：弘冀本爲元宗長子，理應爲太子。然元宗即位，封李景遂爲太弟，居東宫。故云。

〔七〕分陝：見卷六南昌王制注〔二〕。

〔八〕封燕禮縟，副戎業廣：保大五年正月，弘冀封燕王、副元帥。見陸游南唐書卷二元宗本紀。

〔九〕敬亭南屏，浙水東馳：敬亭即敬亭山。元和郡縣圖志卷二八江南道四宣州宣城縣："敬亭山，州北十二里，即謝朓賦詩之所。"即今宣城市北五公里水陽江畔。浙水，即浙江，古稱漸江。水經注卷四〇："漸江水……山海經謂之浙江也。地理志云水出丹陽黟縣。"保大八年二月，弘冀爲潤、宣二州大都督，鎮京口。見馬令南唐書卷三嗣主書。

〔一〇〕"國步中艱"至"戮爲京觀"數句：指保大十四年三月，弘冀大敗侵常州之吴越兵，斬虜萬計。見陸游南唐書卷二元宗本紀。

〔一一〕納揆而登庸：謂弘冀被立爲太子，參治朝政。見陸游南唐書卷二元宗本紀。納揆，任用百官。尚書正義卷三舜典："納於百揆，百揆時叙。"登庸，選拔任用。尚書正義卷二堯典："帝曰疇咨若時登庸。"孔安國傳："庸，用也。誰能咸熙庶績，順是事者，將登用之。"

〔一二〕枉矢流蒼震之野：謂弘冀薨世，如星墜地。枉矢，星名。史記卷二七天官書："枉矢，類大流星，虵行而倉黑，望之如有毛羽然。"按：弘冀卒於顯德六年九月，見陸游南唐書卷二元宗本紀。

〔一三〕前星：指太子。漢書卷二七下之下五行志下之下："心，大星，天王也。其前星，太子；後星，庶子也。"

〔一四〕捨内竪之問安：謂弘冀薨世，不能問父母安。禮記正義卷二〇文王世子:“文王之爲世子,朝於王季日三。雞初鳴而衣服,至於寢門外,問内竪之御者曰:‘今日安否何如?’内竪曰:‘安。’文王乃喜。”鄭玄注:“内竪,小臣之屬,掌外内之通命者。”

〔一五〕進浮丘而把袂:謂弘冀仙逝。浮丘公,傳説中的仙人。列仙傳卷上王子喬:“浮丘公接王子喬以上嵩高山。”文選卷二一郭璞游仙詩之三:“左挹浮丘袖,右拍洪崖肩。”

〔一六〕少海:指渤海。亦稱幼海。山海經卷四東山經:“南望幼海。”郭璞注:“即少海也。”葉廷珪海録碎事卷十下儲嗣門:“天子比大海,太子比少海。”杜甫壯游:“崆峒殺氣黑,少海旌旗黄。”按:徐鉉兼用二意。

〔一七〕洊雷:周易正義卷九説卦以震卦象徵長子,因以“洊雷”比喻太子。庾信哀江南賦:“游洊雷之講肆,齒明離之胄筵。”

〔一八〕佳城:指墓地。西京雜記卷四:“滕公駕至東都門,馬鳴跼不肯前,以足刨地久之。滕公使士卒掘馬所刨地,入三尺所,得石槨。滕公以燭照之,有銘焉。……曰:‘佳城鬱鬱,三千年見白日。吁嗟滕公居此室!’滕公曰:‘嗟乎天也!吾死其即安此乎?’死遂葬焉。”文選卷三〇沈約冬節後至丞相第詣世子車中作:“誰當九原上,鬱鬱望佳城。”李周翰注:“佳城,墓之塋域也。”

〔一九〕苦霧:濃霧。鮑照舞鶴賦:“涼沙振野,箕風動天。嚴嚴苦霧,皎皎悲泉。”

〔二〇〕玄圃:見卷一頌德賦注〔三八〕。

〔二一〕商嶺之悲翁:指商山四皓,曾輔助漢太子。

〔二二〕東田:見本卷毗陵郡公南原亭館記注〔二〕。

齊王贈太弟哀册文〔一〕 代喬侍郎〔二〕

維年月日,天策上將軍、太師、尚書令、臨川牧、齊王,薨于臨川府之正寢。主上追先皇託付之意①,表叔父遜讓之風,乃下明詔,册贈太弟。即以其年十一月日,葬于江州某縣某鄉廬山之原,從理命也。綃幕夕陳,虞歌曉引。改兔園之賓館〔三〕,設龍樓之陛楯②〔四〕。閟靈儀以愈遠,窮哀端而靡盡。愴永恨於宸襟,俾誕揚於令問。其詞曰：

皇天眷祐，錫唐良輔。時惟宗英，裔自文祖〔五〕。孝悌敦愨，機神穎悟。昔在中興，爰當就傅。申畫宛水，錫兹茅土。德望日躋，邦家是毗。鈎陳宿衛，宫籥攸司③。於惟淮甸，實始皇基。導之以禮，董之以威。俗賦甘棠之頌〔六〕，人歌樂職之詩〔七〕。運屬繼明，業隆二聖。首輯瑞玉，來參大政。乃爲左相，其班上台；乃封夏口，其賦千乘。赫矣元后，蒸哉古風！不私其子，天下爲公。並命叔仲，奮兹顯庸。或踐我舊藩，或陟爾青宫。辭不獲命，處之益恭。晉鄭之勳〔八〕，推而更融。臧札之操〔九〕，久而彌崇。若泰伯之讓〔一〇〕，異周公之東〔一一〕。京江汝水，旄節從容〔一二〕。皇統既正，靈符允答。國步清謐，群生欣洽。復大道於三古，永文昭於萬乘④。越我嗣君，尊尊親親。極以吕望之高位〔一三〕，崇以貞觀之舊稱〔一四〕。賜書不詔，贊禮不名⑤。曰予小子，實繄叔父。維藩維翰，宗社之故。永錫難老，日新王度。謂天蓋高，命亦靡常。台階殞宿，河月沈光。慟東堂之哀臨，輟南國之舂相〔一五〕。與聖賢而共歎，獨天地之何長⑥。嗚呼哀哉！知生若寄⑦，臨凶奢於蜃炭⑧〔一六〕。舉士庶而均哀，頌聲猷於無間。嗚呼哀哉！歸虎節於王府，靡鸞旌於雉門。閑西園之風月〔一七〕，慘緱嶺之煙雲〔一八〕。象輅迴兮遵塗遠，歸帷整兮逝水奔。賓友散兮霰雪積，巾箱故兮經籍殘。嗚呼哀哉！身殁壤存，道悠運促。贈今日之典册，閟當時之寶玉⑨〔一九〕。全大義以經國，激清風而被俗。昭遺烈於千齡，寄玄堂於陵谷。嗚呼哀哉！

【校記】

①託付：全唐文、李刊本作"付託"。

②陛：全唐文作"梐"。

③宫：原作"官"，據翁鈔本、四庫本、全唐文、李刊本改。

④乘：全唐文、李刊本作"葉"。

⑤禮:全唐文作“拜”。

⑥長:黄校本作“常”。

⑦知生若寄:四庫本作“知人生之若寄”。

⑧臨凶:“凶”下全唐文注“闕”字。李校、徐校:“臨凶”以下有脱譌。

⑨時:全唐文作“年”。

【箋注】

〔一〕作於後周顯德六年(九五九)八月二日。　齊王爲李景遂,元宗弟,保大五年封爲太弟。見通鑑卷二八六。通鑑卷二九四載:顯德六年閏七月,“太子弘冀在東宫多不法,唐主怒,嘗以毬杖擊之曰:‘吾當復召景遂。’昭慶宫使袁從範從景遂爲洪州都押牙,或譖從範之子于景遂,景遂欲殺之,從範由是怨望。弘冀聞之,密遣從範毒之。八月庚辰,景遂擊毬渴甚,從範進漿,景遂飲之而卒。未殯,體已潰。唐主不之知,贈皇太弟,謚曰文成。”據此,知景遂卒於是年八月二日。

〔二〕喬侍郎:即喬匡舜。見卷八洪州掌書記喬匡舜可浙西掌書記賜紫制注〔一〕。

〔三〕兔園:見卷一木蘭賦注〔一〇〕。

〔四〕龍樓:見卷一頌德賦注〔三二〕。

〔五〕文祖:左傳哀公二年:“衛大子禱曰:‘曾孫蒯聵敢昭告皇祖文王、烈祖康叔、文祖襄公……’”杜預注:“繼業守文,故曰文祖。”

〔六〕甘棠之頌:見卷四文獻太子挽歌詞五首注〔一九〕。

〔七〕樂職之詩:王褒四子講德論:“浮游先生陳丘子曰:‘所謂中和、樂職、宣布之詩,益州刺史之所作也。刺史見太上聖明,股肱竭力,德澤洪茂,黎庶和睦,天人並應,屢降瑞福,故作三篇之詩,以歌詠之也。’”

〔八〕晉鄭之勳:謂輔周之功。左傳隱公六年:“鄭伯如周,始朝桓王也。周桓公言於王曰:‘我周之東遷也,晉鄭焉依。善鄭以勸來者,猶懼不蔇,況不禮焉? 鄭不來矣。’”按:南唐建都金陵,以爲唐續,故比周之東遷以依晉鄭。

〔九〕臧札之操:左傳襄公十四年:“吴子諸樊即除喪,將立季札。季札辭曰:‘曹宣公之卒也,諸侯與曹人不義曹君,將立子臧。子臧去之,遂弗爲也,以成曹君。君子曰“能守節”,君,義嗣也,誰敢姦君? 有國,非吾節也。札雖不才,願附於子臧,以無失節。'”按:烈祖晏駕,元宗以位讓景遂,景遂固讓。見十國春秋卷一六元宗本紀及卷一九景遂傳。

〔一〇〕泰伯之讓:史記卷三一吴太伯世家:“吴太伯、太伯弟仲雍,皆周太王之子,而王季歷之兄也。季歷賢,而有聖子昌,太王欲立季歷以及昌,於是太伯、仲雍二人乃犇荆蠻,文身斷髮,示不可用,以避季歷。”此指景遂有意避讓元宗子弘冀。

〔一一〕周公之東:史記卷四周本紀:“成王少,周初定天下,周公恐諸侯畔周,公乃攝行政當國。……晉唐叔得嘉穀,獻之成王,成王以歸周公于兵所,周公受禾東土,魯天子之命。”

〔一二〕“京江汝水旄節從容”句:指景遂與弘冀相處安然。京江指長江流經京口(今江蘇鎮江市北)的一段。景遂爲太弟,弘冀徙鎮潤州(京口)。見十國春秋卷一九弘冀傳。汝水爲古水名,流經今江西撫州市。景遂屢乞歸藩,交泰時改授天策上將軍、江南西道兵馬元帥、洪州大都督、太尉、尚書令,封晉王。見十國春秋卷一九本傳。

〔一三〕吕望:即姜尚。其先祖在虞夏之際封於吕,故稱吕尚;周文王遇之渭濱,號之太公望,故又稱吕望。見史記卷三二齊太公世家。

〔一四〕崇以貞觀之舊稱:貞觀十年正月,太宗弟元祐自燕王徙封齊王。見舊唐書卷三太宗本紀。景遂亦是自燕王徙封齊王。見十國春秋卷一九本傳。

〔一五〕舂相:禮記正義卷三曲禮上:“鄰有喪,舂不相;里有殯,不巷歌。”鄭玄注:“助哀也,相,謂送杵聲。”

〔一六〕蜃炭:左傳成公二年:“宋文公卒,始厚葬,用蜃炭。”杜預注:“燒蛤爲炭以瘞壙,多埋車馬,用人從葬。”楊伯峻注:“蜃即用蜃燒成之灰,炭乃木炭,此二物置於墓穴,用以吸收潮濕。”

〔一七〕西園:上林苑的别名。文選卷三張衡東京賦:“歲維仲冬,大閲西園,虞人掌焉,先期戒事。”薛綜注:“西園,上林苑也。”

〔一八〕緱嶺:見卷四文獻太子挽歌詞五首注〔六〕。

〔一九〕寶玉:見卷六鄭王加元帥江寧尹制注〔三〕。

徐鉉集校注卷一五　墓誌

唐故左諫議大夫翰林學士江君墓誌銘①〔一〕

公諱文蔚，字君章，共先濟陽考城人也〔二〕。昔高陽恢若水之靈，光有萬國〔三〕；伯益獲箕山之護，克成夏功〔四〕。故其子孫，延祚丕顯，茅土錫胤，圭組流光。在漢者爲孝子〔五〕，在宋者爲忠宰②〔六〕，在梁者爲烈將〔七〕，在陳者爲詞臣〔八〕。長城既封，淮水亦絶，辭周粟而遠騖〔九〕，避嬴亂而深藏〔一〇〕，徙籍建安〔一一〕，世爲大姓。至于我王考毗、考秦③，皆以隱德清操，垂爲門風。惟公嗣弈葉之賢，有生知之異④，幼挺奇表，夙韜殊量。殫儒墨之秘奥，窮文史之菁英。閭里歸仁，宗黨稱孝。于時天下未一，遐方不寧，公鄙尺鷃之爲⑤〔一二〕，從黄鵠之舉，類延州之觀樂〔一三〕，同太史之探書〔一四〕，升名俊造，從事河洛〔一五〕。衰俗難佐，天壞不支⑥。我烈祖孝高皇帝，王業始於江東，仁風被於四裔。公杖策高蹈，款闕來儀。府朝肅以生風，臺閣藹其增氣。署宣州觀察巡官，試秘書郎，遷水部員外郎，賜緋魚袋。王國初建，改比部員外郎，知制誥。于時天人協應，獄訟攸歸，舜禹相與言，游夏不能措〔一六〕，潤色之任，我則無慙。既受禪,遷主客郎中,知制誥如故。俄而真拜,仍賜金紫。今上嗣位,大禮聿修,徙公爲給事中,判太常卿事。時同軌胥會,有司失職,公與司門郎中蕭君儼[⑦]、博士韓君熙載,協力建議[⑧],周行翕然。由是祖功宗德之位定,大行昭名之義允,功署高廟[⑨]〔一七〕,與天無窮。明年,拜御史中丞,矯枉持平,無所顧憚。坐廷劾宰相,其言深切,貶江州司士參軍〔一八〕。初,國朝自王義方之後[⑩],曠數百年,憲署之舉[⑪],間無廢職[⑫],然未有危言激論、如此之彰灼者也〔一九〕。故權右振竦,朝野喧騰,傳寫彈文,爲之紙貴。人心既爾,天鑑亦迴,前所劾者,或免或黜,公就加江州營田副使。頃之,徵爲衛尉卿,俄拜右諫議大夫,充翰林學士,權知貢舉。出納密命,樞機靡失;登進造士,衡鏡無私[⑬]。聳禁署之清風,著春官之故事〔二〇〕。薦賢之賞,行及於台司;曳杖之期,奄先於朝露。春秋五十有二,保大十年八月二日,卒于京師官舍。皇上痛惜,爲之廢朝,送死卹孤,一從公賜。有司考行,易名曰簡。即以其年九月十三日,葬于某縣某里之原,禮也。長子翥,秘書省正字,次子鶱,皆早卒。今以從子翹爲嗣。嗚呼哀哉!公心平氣和,貌古神正。雅好玄理,有方外之期;尤善詞賦,得國風之體。去華簡禮,不以位望驕人;憐才誘善,不以威名傲物。操履堅正,靡得動摇;襟懷坦夷,初無蔕介。謫居江楚,恬然自足,孜孜色養,烝烝孝心[⑭]。嘗爲詩云:"屈平若遇高堂在,應不懷沙獨葬魚。"此其心也。江州節度使賈公崇,以武立功,以剛肅物,事公如師傅,親公如兄弟。時皆服公之重名,而賢賈之樂善也。既歸京[⑮],寓居公廨,無以家爲。二子繼亡,一慟而已。齊死生於夢覺[⑯],遺寵辱於錙銖,古之達者,何以過此!嗚呼[⑰]!凡我僚舊,均哀共戚。入黔婁之門閫〔二一〕,覽伯喈之經籍〔二二〕。睇落日以流慟,愬秋風而沾臆。企景行於高山,勒哀詞於樂石。其詞曰:

高陽之裔,伯益之孫。展矣君子,載大其門。爰翔爰集,樂我樹檀。彯纓幕府，振藻西垣。禮儀卒獲[18]，風憲攸端。道行在時，業隆自我。英英若人，見義必果。直指烈烈，宫鄰璅璅。死生以之，何適不可？允矣天鑒，明哉主恩！乃還宣室，乃入脩門。從容禁署，密勿王言。得才爲盛，知人則難。求尸宗伯[19]〔二三〕，載善其官。人必有終，古無不死。嗟嗟若人，風流永矣。徐庶有母〔二四〕，鄧攸無子〔二五〕。闕里諸生，荆州故吏，謂之何哉？啜其泣矣！秋風落木，逝水成川。昨朝飛蓋，今日荒阡。一丘殘照，萬古愁煙。素車自返，寶劍高懸。高才兮直道，共盡兮何言！

【校記】

①君：四庫本、全唐文作“公”。

②宰：全唐文作“臣”。

③秦：李校：一本作“泰”。

④有：四庫本作“禀”；全唐文、李刊本作“負”。

⑤尺鷃：李刊本作“斥鷃”。李校：斥鷃，英元案：二字見莊子逍遥游，本文作“斥鷃”，陸氏音義，“斥”本亦作“尺”，“鴳”字亦作“鷃”。

⑥天：黄校本作“尺”。　壞：全唐文、黄校本、李刊本作“壤”。

⑦君：四庫本、全唐文作“公”。

⑧議：原作“儀”，據全唐文、李刊本、徐校改。

⑨署：全唐文、李刊本作“著”。

⑩方：原脱，據李校、徐校補。

⑪舉：全唐文、李刊本作“間”。

⑫間：全唐文、李刊本作“舉”。

⑬鏡：四庫本、全唐文、李刊本作“鑑”。

⑭烝烝：李刊本作“蒸蒸”。

⑮歸京：李校：脱“師”字。

⑯死生：全唐文作“生死”。

⑰嗚呼：李校：“嗚呼”下一本有“哀哉”二字。

⑱獲：李校：一本作“度”。

⑲求尸：四庫本作“暫爲”。

【箋注】

〔一〕作於南唐保大十年（九五二）九月中旬。據誌主葬期而繫。誌主賈潭，江表志卷一、十國春秋卷九有傳。

〔二〕濟陽考城：即今河南蘭考縣。

〔三〕“高陽恢若水之靈，光有萬國”句：顓頊帝高陽，其父昌意降居若水。高陽静淵有謀，四遠之地皆來服屬。見史記卷一周本紀。

〔四〕“伯益獲箕山之護，克成夏功”句：伯益助禹治水有功，禹欲讓位於益，益避居箕山之北。孟子卷九萬章上：“禹薦益於天，七年，禹崩，三年之喪畢，益避禹之子於箕山之陰。”按：史記卷二夏本紀作“箕山之陽”。

〔五〕在漢者爲孝子：後漢江革字次翁，濟陽考城人。侍母至孝，當時鄉里稱之江巨孝。見後漢書卷三九本傳。

〔六〕在宋者爲忠宰：江智淵，濟陽考城人。仕南朝宋爲驍騎將軍、尚書吏部郎。見宋書卷五九本傳。

〔七〕在梁者爲烈將：江子一，字元貞，濟陽考城人。侯景反，至京師。江子一請與其弟子四、子五迎敵。均遇難。見梁書卷四三江子一傳。

〔八〕在陳者爲詞臣：江總，字總持，濟陽考城人。工詩，善屬文。陳時官至尚書令。與陳後主游宴唱和。見陳書卷二七本傳。

〔九〕辭周粟而遠騖：其先家本濟陽考城，而徙籍他鄉，故比之伯夷、叔齊不食周粟。

〔一〇〕避嬴亂而深藏：指避唐末世亂，以秦末比之。

〔一一〕建安：今福建建甌市。

〔一二〕尺鷃之爲：尺鷃即斥鴳。指無遠大志向者。參莊子内篇逍遥游。

〔一三〕延州觀樂：見卷一〇武成王廟碑注〔四三〕。

〔一四〕太史探書：指司馬遷探書禹穴。見史記卷一三〇太史公自序。

〔一五〕從事河洛：陸游南唐書卷一〇江文蔚傳：“後唐明宗時擢進士第，爲河南府館驛巡官。”

〔一六〕游夏不能措：游夏，子游（言偃）與子夏（卜商）的並稱。兩人均爲孔子學生，長於文學。見論語先進。曹植與楊德祖書：“昔尼父之文辭，與人通流。至於制春秋，游夏之徒乃不能措一辭。”

〔一七〕“同軌胥會”至“功署高廟”數句：馬令南唐書卷一三江文蔚傳：“烈祖殂，元宗以文蔚知禮，宜董山陵事，除文蔚工部員外郎，判太常卿，以議葬禮。於是烈祖山陵制度皆文蔚等裁定。”

〔一八〕“明年”至“貶江州司士參軍”數句：陸游南唐書卷一〇江文蔚傳：“保大初遷御史中丞，持憲平直，無所阿枉。馮延巳當國，與弟延魯、魏岑、陳覺竊弄威福，及伐閩敗績，詔斬覺及延魯以謝國人，而延巳、岑置不問。文蔚對仗彈奏曰……文蔚將上疏，先具小舟載老母，以待左降。元宗果怒，貶江州司士參軍。”

〔一九〕“國朝自王義方之後”至“如此之彰灼者也”數句：顯慶元年，王義方遷侍御史，廷劾中書侍郎李義府附下罔上，不盡忠竭節，請託公行，交游群小等罪。高宗以義方毀辱大臣，言詞不遜，左遷萊州司户參軍。見舊唐書卷一八七上王義方傳。

〔二〇〕“登進造士”至“著春官之故事”數句：陸游南唐書卷一〇江文蔚傳：“南唐建國以來，憲度草創，言事遇合，即隨材進用，不復設禮部貢舉。至是始命文蔚以翰林學士知舉，略用唐故事，放進士廬陵王克貞等三人及第。元宗問文蔚：‘卿知舉取士孰與北朝？’文蔚曰：‘北朝公薦私謁相半，臣一以至公取才。’”

〔二一〕黔婁：皇甫謐高士傳卷中黔婁先生：“黔婁先生者，齊人也。修身清節，不求進於諸侯。魯恭公聞其賢，遣使致禮，賜粟三千鍾，欲以爲相，辭不受。齊王又禮之以黄金百斤，聘爲卿，又不就。著書四篇，言道家之務，號黔婁子。終身不屈，以壽終。”

〔二二〕伯喈：漢蔡邕字。蔡邕博學，好辭章。後漢書卷六〇下蔡邕傳下：“伯喈曠世逸才，多識漢事，當續成後史，爲一代大典。”

〔二三〕宗伯：稱禮部尚書爲大宗伯或宗伯，禮部侍郎爲少宗伯。江文蔚卒時任職禮部，故云。

〔二四〕徐庶有母：以江文蔚比徐庶。江文蔚卒時，其母當尚存。

〔二五〕鄧攸無子：鄧攸字伯道。永嘉末，没於石勒。逃離時又遇賊，擔中有其子及侄，度不能雙全，勸妻棄子。然妻不復孕，卒以無嗣。時人義而哀之：

"天道無知,使鄧伯道無兒。"見晉書卷九〇鄧攸傳。

大唐故中散大夫檢校司徒使持節泰州諸軍事兼泰州刺史御史大夫洛陽縣開國子賈宣公墓誌銘〔一〕

公諱潭,字孟澤,洛陽人也。周先同姓,即列國之諸侯〔二〕;漢得名臣,乃洛陽之才子〔三〕。攀鱗河北,豈須方面之功〔四〕;借箸譙都,自有良平之策〔五〕。源長派遠,德厚流光,史不絶書,後將必大。當先天之内禪也,我七代祖黄門侍郎、平陽公曾〔六〕,實演丕命。及至德之中興也,我六代祖黄門侍郎、晉國公至〔七〕,實贊大猷。曠古已還,一家而已。五代祖蒸[1],衡州刺史;高祖橦,司門員外郎;曾祖昶,太子司議郎;祖琛[2],河南密令。皆有韜世之量[3],濟衆之仁,大位不躋,餘慶斯洽。考翃,以經術擢太常第[4],以才用爲諸侯卿,捍寇輸粟[5],有勞王室。於是佩金紫,升朝廷。上疏論邠寧節度王行瑜恃功恣横,坐貶愛州掾。及行瑜就戮,優詔徵還,復出常州刺史、鹽鐵、江淮留後[6]。屬宗社中絶,官司解弛,計吏未上,哲人其萎。公有世德之資,負夙成之器,風神爽邁,智術通明。景福二年,以學究一經,射策高第,釋褐京兆府參軍事,遷秘書郎。侍從南遷,進修不懈。天祐丁卯歲,居先君憂,服喪過哀,宗黨稱孝。楚、泗郡守,宣城廉使,虚左交辟,三府馳名。俄丁内艱,感憂如禮。藝祖武帝〔八〕,創基分陝,側席求才,素與公周旋,即加禮命,奏記書檄,一以委之。内贊謨猷,外爲詞令,出應盟會,入陪罇俎,霸功光赫,公有力焉。十有餘年,任用無間。既而楚雲告變〔九〕,穆醴不陳〔一〇〕,已酬國士之知,亦得退人之禮,改宣、池觀察判官。烈祖高皇帝[7],受命中興,不忘舊德,徵拜秘書少監,充儀禮副使,遷中書舍人,崇英翰林學士。周慎密命,潤色王言,公望無渝,朝獎彌厚。保大嗣統,拜兵部侍郎,知制誥、學士如故，充永陵儀禮副使〔一一〕。同軌胥會，大禮無違。遷兵部尚書，修國史，考定郊廟之樂，褒貶歸正，擊拊允諧。會六夷南侵⑧〔一二〕，天眷北顧，命公持節使于契丹〔一三〕，宣大國之威神，得諸戎之要領⑨。及軺軒還軫，而控弦出塞矣。報命稱旨，時論具瞻。於是避寵台衡，就安關輔，除泰州刺史。視事數月，丕變土風。遘疾還京，保大六年九月二十有一日，卒于江寧永安里官舍，享年六十有八。皇上軫悼⑩，再不視朝，飾終之禮，務從加等。太常考行，賜謚曰宣。以某年月日葬于某所，與夫人楊氏合祔焉，禮也。長子朝散大夫、行大理司直彬，次子泰州司倉參軍穆，少子修等，咸負當世之才，皆爲保家之主，種德垂範，未易可量。長女用文，適水部員外郎楊元鼎，不幸早世；次曰用柔，適膳部員外郎、知制誥張緯；次曰用光，適進士姜某；少曰季芳，尚幼。惟公事業富壽，昭映一時，族望婚姻，熏灼當代。自非天監與善，孰能若斯？雖大用未光，而能事畢矣！鉉以世親之舊，執隨行之敬，服義承教，惟公在焉。刊勒論譔，蓋感遇之萬一也！其銘曰：

於惟茂族，寔有世德。七葉繼軌，嘉猷允塞。亶矣君子，其儀不忒。修辭立誠，以匡王國。言以文行，兵由威克。東畿之政，爲邦之則。天地長在，春秋代遷。今朝喪善，何日生賢？蒿里誰地〔一四〕，佳城許年〔一五〕。永安舊里，門館依然。寢丘傳邑，京兆開阡。勒名泉石⑪，以配青編。

【校記】

①蓀：原作“孫”，據全唐文、李校改。

②琛：黄校本作“深”。

③量：李校：一本作“略”。

④第：李校：一本作“寺”。

⑤寇：李校：一本作“虜”。

⑥復出：李校、徐校：“出”下脱“爲”字。

⑦烈祖高皇帝:底本及諸本皆如是。今按:“高”上脱“孝”字。

⑧六夷:四庫本作“遼兵”。

⑨戎:四庫本作“邊”。

⑩軫:李校:一本作“震”。

⑪泉:李校:或疑當作“樂”。

【箋注】

〔一〕作於南唐保大六年(九四八)九月稍後。據誌主卒日及葬期而繫。

〔二〕“周先同姓,即列國之諸侯”句:新唐書卷七五下宰相世系五下:“賈氏出自姬姓。唐叔虞少子公明,康王封之於賈,爲賈伯,河東臨汾有賈鄉,即其地也,爲晉所滅,以國爲氏。”

〔三〕“漢得名臣,乃洛陽之才子”句:指賈誼。漢書卷四八有傳。

〔四〕“攀鱗河北,豈須方面之功”句:長樂爲賈氏郡望之一。元和姓纂卷七賈:“漢長沙王太傅賈誼,洛陽人,十代孫龔居武威。龔孫詡,魏太尉,生璣,長樂令,隸相州。”按:相州即今河南安陽市,在黄河北。

〔五〕“借筯譙都,自有良、平之策”句:曹操爲沛國譙(今屬安徽亳州)人。賈詡爲其謀士,故比張良、陳平。三國志卷一〇魏書一〇賈詡傳:“少時人莫知,唯漢陽閻忠異之,謂詡有良、平之奇。”借筯亦作藉箸、借箸,爲人謀劃之意。史記卷五五留侯世家:“食其未行,張良從外來謁。漢王方食,曰:‘子房前!客有爲我計橈楚權者。’具以酈生語告,曰:‘於子房何如?’良曰:‘誰爲陛下畫此計者?陛下事去矣。’漢王曰:‘何哉?’張良對曰:‘臣請藉前箸爲大王籌之。’”

〔六〕黄門侍郎、平陽公曾:即賈曾。唐高宗、玄宗時有聲名。封平陽公。舊唐書卷一九〇中、新唐書卷一一九有傳。

〔七〕黄門侍郎、晉國公至:即賈至。賈曾子,字幼鄰。唐肅宗、代宗時聲名顯赫。封賈國公。舊唐書卷一九〇中、新唐書卷一一九有傳。

〔八〕藝祖武帝:即徐温,徐知誥(李昪)義父。十國春秋卷一三徐温傳:“天祚三年,齊王知誥尊爲太祖武王,及受禪,謚武皇帝。已而南唐復李姓,廟號義祖。”

〔九〕楚雲告變:謂吴祚將移。晉書卷一二天文志中:“楚雲如日。”

〔一〇〕穆醴不陳:謂徐温待之禮節漸疏。漢楚元王劉交敬禮穆生,常爲設醴，後交孫戊嗣立，忘設醴，穆生知其意怠，遂去。見漢書卷三六楚元王劉交傳。參卷四和方泰州見寄注〔五〕。

〔一一〕永陵：烈祖崩，葬永陵。見馬令南唐書卷一。

〔一二〕六夷：古指東夷、西南夷、西羌、西域、南匈奴、烏桓鮮卑等各族。徐陵梁禪陳璽書："六夷貪狡，争侵中國。"此指契丹。

〔一三〕命公持節使于契丹：馬令南唐書卷三載：保大五年正月，"辛卯，遼廢晉帝。……遼使來告。……遣兵部侍郎賈潭報聘。"按：據墓誌知賈潭報聘時爲兵部尚書。馬氏誤作兵部侍郎。

〔一四〕蒿里：山名，相傳在泰山南，爲死者葬所。後泛指墓地。漢書卷六三廣陵厲王劉胥傳："蒿里召兮郭門閲，死不得取代庸，身自逝。"顔師古注："蒿里，死人里。"陶淵明祭程氏妹文："死如有知，相見蒿里。"

〔一四〕佳城：指墓地。見卷一四文獻太子哀册文注〔一八〕。

唐故泰州刺史陶公墓誌①〔一〕

公諱敬宣，字文褒，其先尋陽人，因官徙籍，今爲合淝人也。西京作相，開國封侯〔二〕，於是貽孫南國，主盟長沙〔三〕，公兹焉不朽。籬邊黄菊，解縣印以言歸〔四〕；嶺上白雲，挂朝衣而莫返②〔五〕。光靈攸屬，固無得稱之；丹青所存，可略而言也。高祖復，右監門衛將軍；曾祖琳，建州録事參軍；祖晟，青州博昌縣令。皆天縱其能，世濟其美。韎韋君子，屈迹於驍游；搢紳先生，折腰於州縣。積善餘慶，明德後興。考雅，武昌軍節度使，贈太師、楚惠公。雲雷構屯，龍虎冥會。横琱戈而蕩寇，功冠一時；裂鶉尾以疏封，禮優萬户。公即太師第四子也③。幼而岐嶷，長而俊茂，非禮勿動，時然後言。天祐中，門廕起家太子校書，遷至府長史④，賜緋魚袋。丁先公憂，時年十四，孝心昭感，喪禮無違。釋服，除都官郎中，賜紫金魚袋，改大理少卿。青縑寓直，時推伏閤之勤；丹筆持平，人絶署門之歎。俄遷江都少尹。趙張治劇，由來表則之司〔六〕;淮海分疆,自昔輕揚之地〔七〕。公處之貞固,行以廉平,愛民則忠,事長以順。一圻欣賴,三載有成,遷大理卿,仍兼尹事。烈祖孝高皇帝,允釐百揆,實總六師,爰求鄭國之良〔八〕,以貳楚人之廣,奏請君判左右軍事。丁酉歲,堯咨文禪,禹迹中興〔九〕,徵舊德於角犀,考官成於喉舌,拜工部尚書。今上嗣位,加金紫光禄大夫、檢校太保。會閩人作梗〔一〇〕,王旅欲南,聲實所資,豫章爲急,故輟公副,摠判軍府。及羽檄四出,芻輓相尋,民以悦而忘勞,事有備而無患。嶺表既定,洪人亦康,復移宛陵〔一一〕,仍兼棣州刺史。海陵郡⑤,甸服之地,邦賦最優,歲比不登,民用胥怨,除泰州刺史。公以清浄爲理,仁恕積中,視吏民其如傷,守法令而畫一。餘糧棲畝,無庚癸之呼〔一二〕;白駒過隙〔一三〕,感辰巳之歲〔一四〕。春秋五十有二,保大八年夏四月十有八日,卒于位。上省奏傷悼,輟朝兩日。有司考行,賜謚曰順。即以其年月日,權窆于東都,明年某月日,葬于江都府縣里,與前夫人合祔焉,禮也。惟公沖和體質,仁孝爲基,立身有常,與物無忤。尤善聲律⑥,聞音而知樂;頗好篇詠,下筆而成章。身後不留餘財,所任必有遺愛,求之作者,斯亦難能。嗣子泰州司倉參軍崇鼎、崇諒、崇倫等,皆勤修令名,夙奉成訓,君恩靡替,家法如初。鉉昔在朝行,實惟舊好;今從左宦,仰繫東道⑦。痛死生之已矣,感意氣以何報!延陵挂劍〔一五〕,願保於不欺;峴首刊碑〔一六〕,終慙於絶妙⑧。銘曰:

淮淝之靈,衡霍之精。必有賢傑,爲時而生。乃伯乃仲,乃侯乃卿。望冠六事,風馳百城。人生有涯,大命夙傾。不見君子,猶存政聲。遠日既吉,靈輀既行。寂寞公館,蕭條古坰。哀哀郡人,泣涕沾纓。嗚呼彼蒼,不知福善之胡明!

【校記】

①墓誌:四庫本、全唐文、黄校本、李刊本作"墓誌銘"。

②莫：翁鈔本、四庫本、全唐文作“不”。

③四：翁鈔本作“七”。

④至：黄校本作“王”。

⑤海陵郡：全唐文“海陵郡”下一本有“守海陵爲膏腴”六字，無“甸服”二字。李校引孫詒讓語云：“‘守’字宜補，‘甸服’句疑不誤，大徐文好用四字句也。”今按：海陵郡屬泰州，疑前棣州即泰州之誤。棣州（今山東濱州）于時不屬於南唐轄域。

⑥律：原脱，據翁鈔本、四庫本、全唐文、徐校補。

⑦緊：原作“醫”，據翁鈔本、全唐文、李刊本、徐校改。

⑧絶妙：原作“妙絶”，據四庫本、全唐文、黄校本、李校改。李校：以上文用“舊好”，“東道”，“何報”等句，用韻推之，應作“絶妙”爲是。

【箋注】

〔一〕作於南唐保大九年（九五一）年初。據其葬期及“今從左宦，仰緊東道”語，知作於年初徐鉉未被召回時。誌主陶敬宣，見卷三贈陶使君求梨注〔一〕。

〔二〕“西京作相，開國封侯”句：指陶青，漢景帝二年八月爲丞相。見史記卷一一孝景本紀。

〔三〕“貽孫南國，主盟長沙”句：指東晉名臣陶侃，封長沙郡公。見晉書卷六六陶侃傳。

〔四〕“籬邊黄菊，解縣印以言歸”句：指陶淵明，不爲五斗米折腰，辭去彭澤縣令而歸。見晉書卷九四陶潛傳。

〔五〕“嶺上白雲，挂朝衣而莫返”句：陶弘景詔問山中何所有賦詩以答：“山中何所有，嶺上多白雲。只可自怡悦，不堪持寄君。”見太平廣記卷二〇二陶弘景傳引談藪、漢魏六朝百三家集卷八九。永明十年，脱朝服掛神武門，上表辭禄。見南史卷七六陶弘景傳。

〔六〕“趙張治劇，由來表則之司”句：趙張，漢趙廣漢與張敞的並稱。二人都曾任京兆尹，治績卓異。見漢書卷七六趙尹韓張兩王傳。

〔七〕“淮海分疆，自昔輕揚之地”句：禹貢指南卷一“淮海惟揚州”：“爾雅：‘江南曰揚州。’注云：‘自江南至海。’李巡注曰：‘江南其氣燥勁，厥性輕揚，故曰揚。揚,輕也。'"

〔八〕鄭國之良:左傳僖公七年:"鄭有叔詹、堵叔、師叔三良爲政,未可間也。"

〔九〕"堯咨文禪,禹迹中興"句:謂李昪禪吴,建立南唐。

〔一〇〕閩人作梗:指保大二年(九四四),閩王延政由建州遣將攻福州,朱文進求救於吴越。李璟命查文徽將兵攻王延政,兵敗。見通鑑卷二八四。

〔一一〕宛陵:宣城(今屬安徽)古名。

〔一二〕庚癸之呼:左傳哀公十三年:"吴申叔儀乞糧於公孫有山氏,曰:'佩玉縈兮,余無所繫之;旨酒一盛兮,余與褐之父睨之。'對曰:'粱則無矣,麤則有之。若登首山以呼,曰"庚癸乎",則諾。'"杜預注:"軍中不得出糧,故爲私隱。庚,西方,主穀;癸,北方,主水。"後稱向人告貸爲"庚癸之呼",又稱同意告貸爲"庚癸諾"。

〔一三〕白駒過隙:莊子外篇知北游:"人生天地之間,若白駒之過隙,忽然而已。"

〔一四〕感辰巳之歲:指初夏。古人將十二地支和四方相配,子在正北,卯在正東,午在正南,酉在正西。辰巳在卯午之間,於位爲東南方。南方表示夏天,東南方即表初夏。

〔一五〕延陵挂劍:史記卷三一吴太伯世家:"季札之初使,北過徐君。徐君好季札劍,口弗敢言。季札心知之,爲使上國,未獻。還至徐,徐君已死,於是乃解其寶劍,繫之徐君冢樹而去。從者曰:'徐君已死,尚誰予乎?'季子曰:'不然。始吾心已許之,豈以死倍吾心哉!'"

〔一六〕峴首刊碑:見卷一一馬匡公神道碑銘注〔二四〕。

唐故金紫光禄大夫檢校司徒行少府監河南方公墓誌銘〔一〕

公諱訥,字希仁,其先河南人也〔二〕。後世從官,徙籍新安〔三〕,支派繁衍,遂爲郡之著姓。迨公數世,皆以儒雅退讓,播爲門風。曾祖顒,登州文登縣令〔四〕;祖亮,左武衛兵曹參軍;考縠①,榮王府司馬〔五〕;母聶氏,追封河南縣太君,問政先生師道之長女也〔六〕。公承積善之慶，負夙成之智，砥節勵行，好學能文，時然後言，非禮勿動，鄉曲之黨，翕然稱之。太師陶公〔七〕，來守新安，撫納人士，署爲郡吏，委以典籤，恪恭詳敏，甚稱所職。歷事累政，其志如初。烈祖肇基王業，元宗實綜軍政，管記之任，勤擇其人，聞公之名，召致幕府。王國初建，署寧國軍節度館驛巡官〔八〕，掌都統表奏。皇室再造，慶賞遂行，擢拜虞部員外郎，掌元帥表奏。數歲，以皇孫就傅〔九〕，命公侍讀。講道贊德，勵裨益之誠；端己直躬，盡表微之節〔一〇〕。俄遷水部郎中。明年，皇孫封南昌王、東都留守，以公爲留守判官。遷主客郎中，參贊政務。事無違者，改司農少卿，依前充職。明年，王移任宣、潤二州大都督，復以公爲浙西營田副使，通判軍府。六載匪懈，庶職交修，懋官之賞，詔命疊委，累遷至金紫光禄大夫、檢校司徒，封河南縣男。俄拜泰州刺史，充本州屯田監院使。正身而令，悉心爲理，公無遺利，民自從風。屬强敵深侵，東京失守，而州兵盡出，人心大摇。於是士庶老幼，盡室南渡。公自歸闕下，坐是除名〔一一〕。數年，除歙州團練判官。上曰："戰争之際，吾豈以武勇責書生哉②？軍法不得不爾。"即召拜太子右諭德。今上嗣位，遷少府監。丙寅歲正月十六日，卒于京師美仁坊官舍，享年七十七③。上爲之廢朝一日，賜謚曰定。以其年某月日葬于某所，禮也。前夫人謝氏，早亡；繼室施氏，封沛縣君。長子前，宣州寧國縣主簿；次子志，饒州文學。公以名教爲樂，以矩矱自任〔一二〕，行必中立，居無惰容。搢紳之間，推爲純行。公之外祖，得道之士，故公頗以朝禮修養爲務。雞鳴而起，孜孜不倦。年俯悼耄，體常康强，及屬纊之晨〔一三〕，無伏枕之疾④，斯亦力行之報也。鉉也不佞，早辱交契。昔先君從事黟、歙，公適仕本部，及公策名郎署，鉉亦忝官聯。既熟其素履，願垂於不朽。附于史氏，以永令猷。其銘曰：

聖人四教，文行忠信。惟公似之，光有令問。秉筆贊畫，登朝典郡。寵至若驚，道喪無悶。年俯中壽〔一四〕，官參列卿。歸全委順，終吉永貞。宰樹長在，高臺自傾。用刊圓石，閟此佳城〔一五〕。

【校記】

①穀：四庫本作“轂”；黄校本作“縠”；全唐文作“轂”。

②責：原作“貴”，據四庫本、黄校本、全唐文、李刊本改。

③七十七：黄校本作“七十有七”。

④伏枕：李校：一本作“枕席”。

【箋注】

〔一〕作於宋乾德四年（九六六）年初。據誌主葬期而繫。誌主方訥，見卷四和方泰州見寄注〔一〕。

〔二〕河南：指河南府河南縣。見元和郡縣圖志卷五河南道一。今河南洛陽市。

〔三〕新安：見卷二附池州薛郎中書因寄歙州張員外注〔二〕。

〔四〕登州文登縣：唐屬河南道。見元和郡縣圖志卷五河南道七。登州今爲山東威海市，文登縣爲威海市下屬之文登市。

〔五〕滎王：人未詳。

〔六〕問政先生：十國春秋卷一四聶師道傳：“聶師道，歙州人也。少好道。唐末于濤爲州刺史，其兄方外爲道士，結廬郡南山中，師道往事之。濤常詣方外，且時時咨以郡政，因名其山爲問政山。師道居是山久，國人號曰問政先生。”

〔七〕太師陶公：即陶敬宣父陶雅，官至武昌軍節度使，卒贈太師、楚惠公。見上文唐故泰州刺史陶公墓誌。

〔八〕寧國軍：鎮宣州。見十國春秋卷一一三南唐藩鎮表。

〔九〕皇孫：此指李弘冀。

〔一〇〕表微：禮記正義卷九檀弓下：“君子表微。”鄭玄注：“表，猶明也。”孔穎達疏：“若失禮微細，唯君子乃能表明之。”

〔一一〕“强敵深侵”至“坐是除名”數句：保大十四年（九五六）二月，周師陷泰州，方訥棄城回金陵，被除名。見十國春秋卷一六元宗本紀。

〔一二〕矩矱：規矩法度。楚辭章句卷一離騷：“曰勉升降以上下兮，求矩矱之所同。”王逸注:“矩,法也;矱,於縛切,度也。”

〔一三〕屬纊:指臨終之時。禮記正義卷四四喪大記:“屬纊以俟絶氣。”鄭玄注:“纊,今之新綿,易動摇,置口鼻之上以爲候。”

〔一四〕中壽:淮南鴻烈卷一原道訓:“凡人中壽七十歲。”

〔一五〕佳城:指墓地。見卷一四文獻太子哀册文注〔一八〕。

唐故客省使壽昌殿承宣金紫光禄大夫檢校太保使持節筠州諸軍事筠州刺史本州團練使汝南縣開國男周君墓誌銘①〔一〕

君諱廷構,字正材,洛陽人也。岐山至德,綿瓜瓞者萬邦〔二〕;洛宅舊都,守枌楡者百世〔三〕。簪組相繼,譜諜存焉。曾祖侃,太常博士。祖潛,深州樂壽縣令。避亂南徙,因家廣陵。考延禧,明經擢第。有吴之霸,受辟爲淮南巡官,累官至户部郎中,與殷文公、游貞公同掌文翰〔四〕,無禄早世,故大位不躋。君即户部第四子也。幼而岐嶷,長而篤厚,躬行孝悌,餘力學文。以蔭釋褐,補弘文館校書,試吏爲池州司户參軍,改宣州寧國縣尉。烈祖在藩,乃睠舊族,聞君修謹,復有吏能,因表爲黄州長史,寵以朱紱,置之府朝。及受禪,遷通事舍人。鴻業肇興,王澤遐布,贊導之任,實寄司聰。護戎修聘,觀風按獄,受命而出,動罔不臧。歷事兩朝②,任遇彌厚,賞賜既數,階勳累遷,而通事之任如故,蓋惜其能也。保大七年,轉將作少監,判四方館事。浩穰之地,尹正爲難,復以本官判江寧府事。其間監諸侯之典者十,通四方之命者三,攝州府之政者六,按枉撓之獄者四。或敷惠於新附之俗,或投身於危亂之地,本於忠而後動,忘其生而後存。元宗嘉之,以爲客省使。今上嗣位,深惟舊勞,特加金紫光禄大夫、台州刺史。常御壽昌殿視事,中外之人,咸得引見,又以君爲壽昌殿承宣。出爲忠義軍監軍、泉南等州宣諭使。還，遷筠州刺史、本州團練，仍使充客省使[③]。君以備嘗艱危，復逼遲暮[④]，懇辭繁劇，恩旨不從。丙寅歲十月二十二日，終于京師某里之官舍，春秋六十有六。詔廢朝一日，賜謚曰某。明年正月日葬于某所，禮也。夫人天水縣君姜氏，輔佐之勤，率由婦禮，訓誨諸子，備有義方。子，大理評事崇儉，太常寺奉禮郎崇素，及崇順、崇信等，皆儒謹，且不墜其先[⑤]。鉉家世通舊，嘗接姻婭。淡成之分，終始不渝。何以寘懷，是用刊德。其銘曰：

猗嗟周君，世濟其名。展如之人，克嗣厥聲。受任幹蠱，臨難忘身。居中處約，全和保真。與物皆化，萬古同塵。松楸勿伐，蘭菊惟新。刊石表墓，于嗟善人！

【校記】

①君：四庫本、全唐文作“公”。

②事：翁鈔本作“仕”。

③本州團練，仍使充客省使：全唐文作“本州團練使，仍充客省使。”

④逼：李校：一本作“迫”。

⑤且：翁鈔本、全唐文、李刊本作“能”。

【箋注】

〔一〕作於宋乾德五年（九六七）正月。據誌主葬期而繫。丙寅即爲乾德四年。乾德五年正月葬。誌主周廷構，史書無傳。

〔二〕“岐山至德”二句：周姓出自后稷。詩經魯頌閟宮：“后稷之孫，實維大王，居岐之陽，實始翦商。”鄭玄箋：“大王自豳徙居岐陽。”

〔三〕枌榆：劉邦故鄉的里社名。史記卷二八封禪書：“高祖初起，禱豐枌榆社。”裴駰集解引張晏曰：“社在豐東北十五里。或曰枌榆，鄉名。高祖里社也。”此指故鄉。

〔四〕殷文公、游貞公：即殷崇義、游簡言。此爲二人謚號。

唐故朝議大夫行尚書禮部郎中柱國賜紫金魚袋太原王君墓誌銘①〔一〕

君諱某,字某,其先太原人也。昔者,諸侯共職,起末運於髭王〔二〕;儲后上賓,示靈期於瞽史〔三〕。緱山維岳〔四〕,肇翦賁之崇基②;汾水遂荒〔五〕,導沈渾之遠派。其後金行云季,貴種言還,行者制禮樂於土中,處者保丘園於淮左。世濟之德,鄉人所宗,故今爲廬江人也。曾祖,廬江令;祖,洪州長史。皆有廉讓之風,純粹之行,得禄於仕,不累於高。考,吴尚書左司郎中,贈太府卿,負適用之才,獲愛人之譽③。應星辰而列位,道邁朝倫〔六〕;視河海以命官④,禮優贈典。君則府卿之第三子也。門風漸教,天質孕和。翼翼服勤,真保家之主;愔愔若訥,多長者之言。墨妙筆精,固禀於性,奕思琴德,咸是所長。幼有令聞,獲鍾慈愛,及加冠之歲,以門子叙資。漢室孝廉,方從令史〔七〕;晉時英俊,更屈下僚〔八〕。晨昏之養有歸,州縣之勞靡憚。乾貞二年〔九〕,自黄州司馬遷洪州都督府别駕。治中懋績,屏星焕其增華〔一〇〕;公府見知,佩刀由其受賜〔一一〕。俄拜尚書度支員外,再遷虞部郎中,皆判吏部、兵部事。夫當官匪懈,伏閤之勤也;照姦得情,坐曹之能也。前史所韙,君皆則焉。頃之,以親累解官。君雅好玄言,夙尚閑適。由是角巾私第,閉關却掃,交游罕得見其面,窮達不以介其懷,用晦而明,居貞以利。高皇帝受禪之始〔一二〕,牽復疏恩,拜工部郎中,轉禮部郎中,寓直中書省,預聞機密。彤庭弘敞,禁垣清切。絲綸之出〔一三〕,堯言於是惟行;樞機之微,省樹由其勿洩〔一四〕。方將振鱗溟渤⑤,驤首雲霓⑥,而生也有涯,仁而不壽。昇元六年夏六月二十有二日⑦,卒于建康翔鸞里之官舍,享年五十有一。嗚呼哀哉!

惟君孝於事親，悌於承長，和以接上，廉以在公。胥史臣僕[⑧]，靡不被仁恕之惠；家人妻子，未嘗見喜愠之容。學古觀書，如恐弗及；卹舊敬老，周知其疲。三德聿脩，五福斯闕，即世之日，遺愛存焉。卜遠不從，旅殯京邑。後四歲春二月五日，嗣子延紹、延貞等，始備大葬之禮，窆于江都縣某鄉里，從先卿府君大塋，與夫人李氏合祔焉，禮也。鉉以世親之舊，承子妻之知，怨明德之不常[⑨]，痛祖行之斯在，退食自公，薄送于畿。刊樂石以爰紀[⑩]，庶令名之不虧[⑪]。嗚呼哀哉！其銘曰：

汾川溶溶，淮源渢渢，興我宗兮。世濟其美，家餘其慶，生我公兮。靖恭正直，言行名迹，存南宫兮。與義相扶，知命不憂，永考終兮。邗城之右[⑫]〔一五〕，蜀岡之陽[⑬]〔一六〕，馬鬣封兮。道不虚行，有令之子，遵遺風兮。

【校記】

①君：四庫本作“公”。

②肇：四庫本、全唐文作“啓”。

③愛：原作“受”，據四庫本、全唐文、李刊本、徐校改。

④視：原脱，四庫本作“會”；全唐文、李刊本作“視”，據改。

⑤渤：原作“漱”，據徐校改。

⑥驤：原作“驟”，據四庫本、黄校本、全唐文、李刊本改。　雲霓：四庫本作“雲雷”。

⑦二日：四庫本、全唐文作“六日”。

⑧史：四庫本、全唐文作“吏”。

⑨常：原作“當”，據黄校本、全唐文、李刊本、徐校改。

⑩樂：四庫本作“貞”。

⑪庶：原作“無”，據四庫本、黄校本、全唐文、李刊本、徐校改。

⑫邗：原作“刊”，據四庫本、黄校本、全唐文、李刊本、徐校改。

⑬岡：原作“國”，全唐文、李刊本、徐校改。

【箋注】

〔一〕作於南唐保大三年(九四五)二月。據誌主葬期而繫。誌主王君即王坦,爲徐鉉岳父。

〔二〕"諸侯共職"二句:左傳昭公二十六年:"王子朝使告于諸侯曰:'昔武王克殷,成王靖四方,康王息民。……在定王六年,秦人降妖,曰:"周其有髭王,亦克能修其職,諸侯服享,二世共職。王室其有間王位,諸侯不圖,而受其亂災。"至於靈王,生而有髭。王甚神聖,無惡于諸侯。靈王、景王,克終其世。'"

〔三〕"儲后上賓"二句:王符潛夫論:"周靈王之太子晉,幼有成德,聰明博達,温恭敦敏。……師曠見太子晉,太子晉與言,師曠服德,深相結也。乃問曠曰:'吾聞太師能知人年之長短。'師曠對曰:'女色赤白,女聲清汗,火色不壽。'晉曰:'然。吾後三年將上賓于帝,汝慎無言,殃將及女。'"

〔四〕緱山維岳:謂爲王子晉後裔。緱山即緱氏山、緱嶺。見卷四文獻太子挽歌詞五首注〔六〕。

〔五〕汾水:水經注卷六:"汾水出太原汾陽縣北管涔山。"

〔六〕朝倫:指朝廷官員。晉書卷五〇庾純傳:"純以凡才,備位卿尹,不惟謙敬之節,不忌覆車之戒,陵上無禮,悖言自口,宜加顯黜,以肅朝倫。"

〔七〕"漢室孝廉,方從令史"句:後漢書志第二十六百官三:"令史十八人,二百石。"劉昭注引決録注曰:"故事,尚書郎以令史久缺補之,世祖始改用孝廉爲郎,以孝廉丁邯補焉。邯稱疾不就。詔問:'實病?羞爲郎乎?'對曰:'臣實不病,恥以孝廉爲令史職耳。'"

〔八〕"晉時英俊,更屈下僚"句:左思詠史:"世胄躡高位,英俊沉下僚。"

〔九〕乾貞:吴睿帝楊溥的年號,共計三年(九二七年十一月—九二九年十月)。

〔一〇〕屏星:車前蔽塵的屏擋。服虔通俗文:"車當謂之屏星。"後漢書志第二十九輿服志上:"轓長六尺。"劉昭注引謝承書:"孔恂字巨卿,新淦人。州別駕從事車前舊有屏星,如刺史車曲翳儀式。"

〔一一〕佩刀由其受賜:後漢書志第三十輿服志下"佩刀":"乘輿者,加翡翠山,紆嬰其側。"劉昭注引鄭玄詩箋曰:"既爵命賞賜,而加賜容刀有飾,顯其能制斷也。"

〔一二〕高皇帝:指李昪。謚曰光文肅武孝高皇帝,廟號烈祖。見新五代史卷六二南唐世家。

〔一三〕綵綸:謂帝王詔書。見卷一一大唐故匡時啓運功臣清淮軍節度壽州觀察處置等使特進檢校太傅使持節都督壽州諸軍事壽州刺史御史大夫上柱國彭城威侯贈太尉劉公神道碑注〔四七〕。

〔一四〕省樹:即雞樹,指中書省。見卷四再領制誥和王明府見賀注〔四〕。

〔一五〕邗城:古地名。酈道元水經注卷三〇淮水:"昔吴將伐齊,北霸中國,自廣陵城東南築邗城。城下掘深溝,謂之韓江,亦曰邗溟溝。"

〔一六〕蜀岡:太平寰宇記卷一二三淮南道一揚州江都縣:"蜀岡,圖經云:'今枕禪智寺,即隋之故宫。岡有茶園,其茶甘香,味如蒙頂。'"

唐故奉化軍節度判官通判吉州軍州事朝議大夫檢校尚書主客郎中驍騎尉賜紫金魚袋趙君墓誌銘〔一〕

君諱宣輔①,字仲申,其先天水人也。累世從宦②,不常厥居。曾祖全真,工部員外郎、滕州刺史;祖倚,太子校書;考台,歙州海寧令。君即海寧府君第三子也。生於廣陵,長於江左,幼而俊敏,博綜群書,尤善名法之學③〔二〕。烈祖輔政,方申明紀律,君以是中選,釋褐補江都府文學,直刑部。明年,改信州司法參軍,察獄詳刑,號爲詳練。久之,召赴闕,以本官權參元帥府法曹事。踰年改大理評事。元宗嗣服之初,精心庶獄,權要舉不附己者,因中傷之,君坐黜爲饒州司士參軍。明年,王師伐閩,護軍查公表君才可煩④〔三〕,使以本官判軍司事。時頓兵深入,自冬涉秋,經束馬懸車之塗,督飛芻輓粟之役,事集師尅,君有力焉。師還,加朝散大夫,行常州義興令。推誠率下,民用協和。丁憂去職,復爲江州録事參軍。時連帥議浚湓浦,以屯舟師,詔從之。君以無益戎備而勞民力,乃指陳利害,抗疏極論。上甚嘉之,即命止役。由是遷大理司直，通判蘄州軍州事。明年，遷檢校水部員外郎，充建州觀察推官，通判軍府事。會越人闚邊，使間誘建民，將以爲亂。君廉得其實，盡案誅之。優詔褒美，賜衣一襲，遷檢校屯田員外郎。三年，徵拜守水部員外郎、判度支。時師旅荐興⑤，軍食不給，命君爲沿江催運使，軺傳所至，轉輸如流。朝議以姑熟居畿甸之間，實供億之始，徙君爲當塗令。踰月復徵爲主客員外郎，判大理寺，賜紫金魚袋。始君以理官得罪，至是上知其無私，故復任焉。守官循理，挺然中立。轉工部員外郎，仍判寺事。今上嗣位，上疏論時政，以爲刺史、縣令，親民之先，而考績掄材，未盡其理。上深然之，遷朝議大夫、户部員外⑥，充宣、歙、常、潤等道安撫使。以刺舉無避，爲權臣所排，宸鑒昭明，故得無咎。使還，以本官判兵部事。廬陵群盜充斥，州兵不能制，上憂之，亟命君爲奉化軍節度判官，判吉州事，轉主客郎中。擒姦摘伏，克舉其職。其年秋九月七日，遇暴疾，翌日，終于郡之官舍，享年六十有一。明年春二月，歸葬江寧府某所，禮也。夫人查氏，吉王府長史昌之女、工部尚書文徽之妹。婉嫕之德，閨房之秀，内助著美，士林所推。子七人：長曰鈞，袁州新喻尉；次曰錯，樞密院承旨；次曰鍾，舉進士；次曰銓，前國子監三禮；次曰鑁、鉞、鐭，皆國子監生。女一人，適秘書省正字周希定。君有孝悌之性，聞於宗族；敦然諾之信，稱於友朋。守己有常，事君不諂。位未達而知足，禄雖優而彌貧。其當官持事也，必盡己所長，不爲利回，不爲威惕，故屢失大臣意。然好直之士，亦以此多之。鉉久塵近職⑦，熟君操行，直筆聳善，以告後人。故銘其墓曰：

英英趙君，松茂蘭薰。應用以法，飾身以文。道直詞正，心平氣純。如何不淑，今也爲塵！金陵仙鄉，古多名人。歸骨於是，與善爲隣。泉臺不曉，壟樹空春。勒銘挂劍〔四〕，慷慨霑巾！

【校記】

①宣輔:四庫本作“宣甫”。

②宦:四庫本、黄校本、全唐文、李刊本作“官”。

③名法:原作“身法”,據四庫本、黄校本、全唐文改;李刊本作“刑法”,並校:一本作“申名”。

④公:四庫本、全唐文作“君”。

⑤荐:四庫本作“洊”。

⑥户部員外:李校:“外”下脱“郎”字。

⑦久:四庫本、全唐文作“多”。

【箋注】

〔一〕作於宋建隆三年(九六二)二月。墓誌曰:“今上嗣位……遷朝議大夫、户部員外……其年秋九月七日遇暴疾,翌日終於郡之官舍,享年六十有一。明年春二月,歸葬江寧府某所。”按:今上指後主李煜,建隆二年即位。據誌主葬期,故繫於此。誌主趙宣輔,史書無傳。卷二有詩走筆送義興令趙宣輔。

〔二〕名法:名分與法律。尹文子大道下:“政者,名法是也,以名法治國,萬物所不能亂。”

〔三〕查公:即查文徽。見卷七水部員外郎判刑部查文徽可侍御史知雜注〔一〕。

〔四〕掛劍:見本卷唐故泰州刺史陶公墓誌注〔一五〕。

徐鉉集校注卷一六　墓誌

唐故中書侍郎光政殿學士承旨昌黎韓公墓銘①〔一〕

公諱熙載，字叔言，其先南陽人。傳稱武王之穆〔二〕，詩美韓侯受命〔三〕。晉以六卿升降〔四〕，漢以三傑重輕〔五〕。至東晉末，征西從事延之〔六〕，以忠義之節，踐艱屯之運，避亂遠徙，遂家昌黎。餘慶流光，最爲繁衍。曾祖鈞，太僕卿；祖殷，侍御史；考光嗣，秘書少監、淄青觀察支使，故又爲齊人。公秉夙成之智，負不羈之才，文高學深②，角立傑出。年始弱冠，游于洛陽，聲名藹然，一舉擢第。同光之亂〔七〕，藩郡崩離，公以國難方興，家艱仍構，瞻烏擇木，杖策渡江。烈祖孝高皇帝納麓在辰，側席時彦，得公甚喜，賓禮有加。于時有吴肇基，庶事草創，公以俊邁之氣，高視名流。既絳、灌之徒弗容〔八〕，亦季、孟之間不處〔九〕。以校書郎釋褐，出爲滁、和、常三州從事。公亦怡然③，不以屑意，詠風月、游山水而已。中興受命，上嗣撫軍，以公有"七子"之才〔一〇〕，膺"四友"之拜〔一一〕，徵爲秘書郎，掌東宫文翰。元宗深器之，及踐位，以爲虞部員外郎、史館修撰，賜緋。又以大禮繁疊，加太常博士。時有司議孝高廟宜稱宗，司門郎中蕭君儼上疏論之，公與給事中江君文蔚[④]，協同其議。凡書疏論難，皆成於公手。由是廟號尊謚，定於一言〔一二〕，君子以爲真博士也。頃之，以本官權知制誥。初，公但以文章際會，未嘗與政。及其當惟新之運，感知己之恩，未及聽政，章疏相屬。或駁正失禮，或指摘時病，由是大爲權要所嫉，竟罷其職。丞相宋公〔一三〕，朝之元老，勢逼地高，公又廷奏黨與，詞旨深切。天子優容之，而用事者滋怒，旋貶和州司士參軍。數年，移宣州節度推官。徵還，復爲虞部員外郎，遷郎中、史館修撰，賜紫。俄拜中書舍人[⑤]，從時望也。公雖才識優贍，而質性疏散，凡在位者，道復不同。於是深居移病，罕與朝謁[⑥]。時兵興之後，國用不充，公援古酌今，請以錢爲幣。時獻封者甚衆[⑦]，元宗獨以公議爲長，即拜户部侍郎，充鑄錢使。今上踐位[⑧]，改吏部侍郎，兼修國史。初，鑄錢之作也，自宰執而下，相與沮之，故百司不供，久未能就。上爲之曉譬事理，親加督責，而公猶不勝其忿，嘗因對見，聲色俱厲，因徙爲秘書監。不逾年，復拜吏部侍郎。新錢既行，大濟經費，詔賜錢二百萬，拜兵部尚書，充勤政殿學士承旨。公少而放曠，不拘小節，及年位俱高，彌自縱逸。擁妓女，奏清商，士無賢愚，皆得接待。職務既簡，稱疾不朝，家人之節，頗成寬易。雖名重於世，人亦訝其太過。上不得已，左遷太子右庶子，分司南都〔一四〕。於是謝遣伎樂，單車首路。留之未幾，復爲兵部尚書、學士如故。是時歲比旱歉，主上憂勤，公復論刑政之源[⑨]，明防救之術，又上格言五篇。手詔嘉納，即拜中書侍郎，充光政殿學士承旨。初，上選近侍數臣，直宿禁中，常御光政殿召對，夜分乃罷，故命公此職，以寵異之。霖雨之望方深，鍾漏之期遽逼。春秋六十有九，庚午歲秋七月二十七日，没于京鳳臺里之官舍。上省奏震悼，爲之涕流。有司奏當輟朝三日，手批："天不慭遺，碎我瑚璡〔一五〕,辭章乍覽,痛切孤心。嗟乎!抗直之言,而今而後,迨不得其過半聞聽者乎[⑩]?可別輟朝一日,贈右僕射平章事,仍官給葬事。"士庶聞之,知與不知,莫不爲之悲嘆。有司考行,易名曰文靖。即以其年九月某日葬于某所,禮也。夫人隴西郡君李氏,生簪纓之族,有桃李之芳,内則有光,夜川先逝;繼室北海縣君蔣氏。長子疇,爲奉禮郎,早卒;次子伉,爲校書郎,聰惠夙成,無忝世德;次曰佩,曰份,曰儼,曰侹,曰儔,曰俛。女四人:或作儷公族,或爲尼出家。嗚呼哀哉!公之爲人也,美秀而文,中立不倚,率性而動,不虞悔吝,聞善若驚,不屑毁譽。提獎後進,爲之聲名,片言可稱,躬自諷誦。再典歲舉,取實去華,故其門人,多至清列。屢從譴逐,殆乎委頓,俯視權倖,終不降心。見理尤速,言事無避。凡章疏焚藁之外,尚盈編軸焉。審音妙舞,能書善畫,風流儒雅,遠近式瞻。向使檢以法度[⑪],加以慎重,則古之賢相,無以過也。俸禄既厚,賞賜常優,忘懷取適,不事生計。身殁之日,四壁蕭然,衣衾櫬櫝,皆從恩賜。詔集賢院編其遺文,藏之秘閣,凡所開卷可知也[⑫]。鉉與公鄉里遼敻,年輩相懸,一言道合,傾蓋如舊,綢繆臺閣,契闊江湖,區區之心,困而獲雪。一生一死,何痛如之!援毫反袂,識彼陵谷。其銘曰:

猗嗟韓公[⑬],有蔚其文,俊才絶俗,逸氣凌雲,高名直道,玉振蘭薰。猗嗟韓公,天賦忠規,君臣之際,言行俱危,其身可辱,其節寧虧?猗嗟韓公,屈亦能伸,松寒益茂,玉焚始真,乃感明主[⑭],乃爲大臣,送往事居,不緇不磷。嗚呼韓公,胡爲而然?閟此相印,歸于夜泉,茂陵遺簡,京兆新阡。斯文不朽,此别終天,哀哉郢匠,已矣牙絃〔一六〕!勒銘圓石,永識桑田。

【校記】

①墓銘:四庫本、全唐文、李刊本作"墓誌銘"。

②文高學深:四庫本作“高文深學”。

③怡:李校:一本作“夷”。

④君:四庫本、全唐文作“公”。

⑤俄:四庫本、全唐文作“俄而”。

⑥與:李校:一本作“相”。

⑦封:四庫本、全唐文作“計”。李校:一本作“計”,一本作“封事”。

⑧踐:李校:一本作“即”。

⑨公復:李校:一本作“因上”。

⑩迨不得其過半聞聽者乎:李校:一本無“其過半聽者”五字。

⑪檢以:李校:一本作“檢校”。

⑫凡所:“凡所”下黄校本空兩字。黄校:影宋本不空,按文義當脱二字。

⑬韓公:李校:一本作“哀哉”。

⑭主:四庫本、黄校本、李刊本作“王”。

【箋注】

〔一〕作於宋開寶三年(九七〇)九月。墓誌曰云庚午九月某日而葬。庚午爲開寶三年。故繫於此。誌主韓熙載,見卷一寄和州韓舍人注〔一〕。

〔二〕傳稱武王之穆:左傳僖公二十四年:“邘、晉、應、韓,武之穆也。”

〔三〕詩美韓侯受命:詩經大雅韓奕:“奕奕梁山,維禹甸之,有倬其道,韓侯受命。”

〔四〕晉以六卿升降:指韓起,謚曰宣,史稱韓宣子,春秋後期晉國卿大夫,六卿之一,韓厥之子。見史記卷三九晉世家。

〔五〕漢以三傑重輕:此指韓信。史記卷八高祖本紀:“夫運籌策帷帳之中,决勝於千里之外,吾不如子房;鎮國家,撫百姓,給餽饟,不絶糧道,吾不如蕭何;連百萬之軍,戰必勝,攻必取,吾不如韓信。此三人皆人傑也。”

〔六〕征西從事延之:韓延之,字顯宗,南陽赭陽人。劉裕有異志,伐司馬休之,密與延之書招之,延之斷然拒絶。戰敗後,與司馬休之等投奔後秦姚興。劉裕滅後秦,延之轉投北魏。見魏書卷三八、北史卷二七、晉書卷三七韓延之傳。

〔七〕同光之亂:指同光四年四月,郭從謙弑唐莊宗。見舊五代史卷三四莊宗本紀。同光爲唐莊宗年號(九二三年四月—九二六年四月)。

〔八〕絳、灌:漢絳侯周勃與潁陰侯灌嬰,二人均佐漢高祖定天下,曾讒嫉陳平、賈誼等。事見史記卷五七絳侯周勃世家、卷九五樊酈滕灌列傳。

〔九〕季、孟:國語卷二周語中:"王問魯大夫孰賢,對曰:'季、孟其長處魯乎!'"季、孟即指春秋時魯國貴族季孫氏和孟孫氏。

〔一〇〕"七子":指漢末"建安七子":孔融、陳琳、王粲、徐幹、阮瑀、應瑒、劉楨。見曹丕典論論文。

〔一一〕"四友":吴太子孫登以諸葛恪、張休、顧譚、陳表爲四友。見三國志卷五九吴書一四孫登傳。按:此言韓熙載與太子李璟關係密切。

〔一二〕"時有司議孝高廟宜稱宗"至"定於一言"數句:馬令南唐書卷一三韓熙載傳:"烈祖山陵,元宗以熙載知禮,遂兼太常博士。時江文蔚判寺,所議雖同,而謚法廟號皆成於熙載之手。"

〔一三〕宋公:指宋齊丘。

〔一四〕南都:元宗爲避周世宗之勢,顯德六年(九五九)十一月建洪州爲南都南昌府。見通鑑卷二九四。

〔一五〕瑚璉:瑚、璉皆宗廟禮器。比喻治國安邦之才。論語公冶長:"子貢問曰:'賜也何如?'子曰:'女,器也。'曰:'何器也?'曰:'瑚璉也。'"魏書卷六五李平傳:"實廊廟之瑚璉,社稷之楨幹。"

〔一六〕"哀哉郢匠,已矣牙絃"句:郢匠,莊子雜篇徐無鬼:"郢人堊漫其鼻端,若蠅翼,使匠石斲之。匠石運斤成風,聽而斲之,盡堊而鼻不傷,郢人立不失容。"此喻指文學巨匠。牙絃,列子卷五湯問:"伯牙善鼓琴,鍾子期善聽。伯牙鼓琴,志在登高山。鍾子期曰:'善哉!峩峩兮若泰山。'志在流水,鍾子期曰:'善哉!洋洋兮若江河。'伯牙所念,鍾子期必得之。"此以"牙絃"稱精美之琴,寓有相知之意。駱賓王夏日游德州贈高四:"成風郢匠斫,流水伯牙絃。"

唐故朝請大夫守尚書刑部侍郎柱國賜紫金魚袋喬公墓誌銘①〔一〕 并序

士有放懷夷曠,介然中立,外物無累於心,没齒不違於道,吾友喬公嘗從事於斯矣。公諱匡舜,字亞元,廣陵高郵人也。曾祖譚,祖泰,皆不仕。考鴻漸,本縣尉。家世清操,州閭稱之,故其子孫,必有興者。公少好學,善屬文,弱冠游京都②,詞藻典麗,容止都雅。烈祖輔政,見而器之,補秘書省正字。丞相宋楚公初獲進用③〔二〕,位望日崇,聞君之名,辟置門下。每爲文賦詩詠,輒加稱賞④。由是名譽日洽,而卿士大夫,皆前席待之。累遷大理評事、司直、監察御史、屯田員外郎。從宋公出藩,爲江西、浙西掌書記。府公告老,歸九華山〔三〕,公乃升朝,爲駕部員外郎。未幾,守本官知制誥,就遷祠部郎中、中書舍人。典掌樞機,周慎静默,凡十餘年。值邊境俶擾,師出無功,詔旨親征,中外憂懼。公上疏極諫,坐沮撓軍勢,黜居臨川。頃之,宋公獲譴〔四〕,又以故吏爲累,由是累年沈廢。今上即位,徵爲水部員外郎,改司農少卿,判太常寺,轉殿中監,修國史,拜給事中,權知貢舉,又兼獻納使,遷刑部侍郎。公自徵還,數年間連歷清望,蓋舊齒直道,上簡聖心。至是,以老病不堪朝謁聞,上知其家貧,詔以二卿之秩養疾⑤。壬申歲九月二十有三日,卒于京師濱江里官舍,享年七十有五。遺命以周易、孝經寘棺中。太常考行,易名曰貞。即以其年冬十月二十有三日,葬于江寧縣某所,禮也。夫人太原縣君郭氏,代公玄孫晉陵令喻之女也。餘慶所備,門風甚高,婦德母儀,聞于宗族。一子僧孺⑥,秘書省正字,早卒。孫諝,亦爲正字。公之爲人,寬簡真率,常以詩酒自適,不以勢利縈心,毁譽讒慝之詞,聞之晏如也。從事楚公府殆二十年,凡爲府公見知者,皆詭譎傾側,公獨淡然無營,守正不諂⑦,故但以文藝知賞⑧,未嘗任用。烈祖下詔公卿,舉可以親民者。楚公所薦非其人,烈祖甚不悦,謂給事中常公夢錫曰:“吾望其薦匡舜也。”常公及中書侍郎韓公熙載,嫉楚公如讎,而與公善。嘗相謂曰:“宋公誤識亞元,正可怪也。”⑨公之歷任⑩,奉法循理,似不能言者,及其臨危擊節,抗詞忤旨,侃侃然有古人之風。黜官奪禄，甘貧守約，凡五年，不形於言色，恂恂然道家之流也。故能享老壽，保康寧，歸全委順，斯可貴矣。公臨終數日，舍弟往候之，怡然言曰："吾往矣，君兄弟可各爲一詩哭我。"翌日，復告門生曰："吾已得徐君兄弟許我詩⑪，餘無事矣。"其忘懷死生也如此。嗚呼！絮酒之禮〔五〕，已隔平生；掛劍之信〔六〕，永畀穹壤⑫。故以二章爲誌，閟于九原。所撰集七十餘卷，編紀之任，屬於門人，此不備書也。其詩云：

舉世重文雅，夫君更質真。曾嗟混雞鶴，終日異淄磷。詞賦離騷客，封章諫諍臣。襟懷道家侶，標格古時人。逸老誠云福，遺形未免貧。求文空得草，埋玉遂爲塵。静想忘年契，冥思接武晨。連宵洽杯酒，分日掌絲綸。蠹簡書陳事，遺孤託世親。前賢同此歎，非我獨霑巾！

鍇詩云：

諸公長者鄭當時〔七〕，事事無心性坦夷。但是登臨皆有作，未嘗相見不伸眉。生前適意無過酒，身後遺言只要詩。三日笑談成理命，一篇投弔尚應知。

【校記】

①請：全唐文作"議"。

②京都：四庫本作"京師"。

③獲：四庫本作"復"。

④稱：四庫本作"痛"。

⑤疾：李校：一本作"病"。

⑥孺：李刊本作"儒"。

⑦正：原作"政"，據黄校本、全唐文改。

⑧藝：原作"義"，據全唐文、李刊本改。

⑨正：李校：一本作"甚"。

⑩之：全唐文作"以"。

⑪君：四庫本、全唐文作"公"。

⑫穹：四庫本、全唐文作"天"。

【箋注】

〔一〕作於宋開寶五年(九七二)十月。墓誌云壬申十月二十三日葬。壬申爲開寶五年。故繫於此。誌主喬匡舜，陸游南唐書卷八、十國春秋卷二五有傳。

〔二〕宋楚公：即宋齊丘。陸游南唐書卷四宋齊丘傳："周侵淮北，起齊丘爲太師，領劍南、東川節度使，進封楚國公，與謀難。"

〔三〕"府公告老，歸九華山"句：新五代史卷六二南唐世家二："陳覺、魏岑等皆爲齊丘所引用，而岑與覺有隙，譖覺於景，左遷少府監。齊丘亦罷相，爲浙西節度使。齊丘不得意願，復歸九華山，賜號九華先生，封青陽公。"

〔四〕宋公獲譴：江南餘載卷下："宋齊丘至青陽，初命穴牆給食，俄又絶之，餒者數日。中使謂齊丘曰：'俟令公捐館，方供食耳。'以絮塞其口，遂卒。"按：江南録、通鑑、十國紀年則云自縊而死。

〔五〕絮酒之禮：謂用酒祭奠。

〔六〕掛劍之信：見卷一五唐故泰州刺史陶公墓誌注〔一五〕。

〔七〕鄭當時：西漢名臣，爲政清廉，品行純正。見史記卷一二〇汲鄭列傳、漢書五〇張馮汲鄭列傳。

唐故左右静江軍都軍使忠義軍節度建州觀察處置等使留後光禄大夫檢校太尉右威衛大將軍臨潁縣開國子食邑五百户陳公墓誌銘〔一〕

公諱德成①，字仲德，其先潁川人也〔二〕。帝嬀餘烈〔三〕，侯滿崇封〔四〕。盛德之祀，綿邈於百世；光遠之慶，蕃衍於萬國。故我洪冑，代雄建安。王室中微，閩方角立，網羅英異，弘濟艱難。我曾祖茂新、祖滔，皆以雄才勇略②，奮揚忠力。將領之任，生表其策勳；督護之名，没垂於飾壤。父誨，檢校太尉兼侍中、建州刺史、忠義軍節度使，謚忠烈。殊勳大節，有信史豐碑存焉。公即忠烈公之長子也。鍾粹和之氣，秉沖淡之心。通習孫吴[③]，固其家法。酷好墳典，乃自天資。就傅之年，已著名譽。先公剖符劍、浦，威信洽聞，諍子之助，實有其力。弱冠，爲本郡裨將，先公以身守邊郡，心存本朝，累表遣公入宿衛，即擢拜右千牛衛將軍，充殿直指揮使。恭命畏法，修身擇交。先公每言邊事，常密疏于紙[④]，遣公上啓，默識强記，敷奏閑習。元宗甚嘉之，累遷右静江指揮使。值淮上兵起，王師不振，公屢上書自奮，詔隸西北面行營，以舟師趣濟難，破其屯戍，遂入海陵，與諸軍會，勵兵固守。强敵日益，公連戰破之，虜獲千計。圍兵既遁，乃涉長淮，指下蔡，别率戰艦，分擊浮橋，三中流矢，神色自若。自秋徂冬，且戰且前。凡五進軍壘，皆以衆寡不敵之勢，當輕捍卒至之師[⑤]，臨難忘身，每戰必捷。而元戎逗撓，逆臣攜叛，群帥失道，公全軍而還，遷右宣威軍廂虞候。制曰："獨此一軍之衆，堪爲百戰之師。"其見稱如此。數月，爲和州刺史〔五〕，又爲左天威軍廂虞候。明年，改池州刺史。是時疆埸俯定[⑥]，閭井未完，公奉法循理，正身率下，庭無滯訟，吏不生姦。鐵軸牙檣，無忘水犀之備〔六〕；輕裘緩帶，常爲峴首之游〔七〕。賦詩紀頌，粲然可述。元宗南狩〔八〕，從至石牌〔九〕。上每登臨置酒，必命公陪侍，訪山川之形勢，問風俗之美惡。應對詳敏，咸有條貫；捧觴上壽，進退由儀。求解印扈蹕，優旨不許。今上嗣服，屢表乞還，徵爲右天德軍都虞候。舊制，常以舟師爲下軍，至是詔旨，以南國之用，尚於舟楫，今而後知非是，乃簡練精鋭，置龍翔軍，以隸親衛，命公爲龍翔都虞候[⑦]。舟師之重，自兹始也。會先君來朝，卧疾邸第，公親侍醫藥，躬執煩辱，容貌瘠損，衣不解帶。客至問疾者，不知其已貴也。及丁憂制，哀毁過禮，扶護靈柩，歸于建安。詔起爲歙州刺史、本州團練使。視事三載，其理如初。秩滿，復爲右龍翔諸軍都虞候，遷都指揮使。每仲秋講武訓兵，仲冬而畢。

進退號令,由公指顧,威容嚴整,覩者肅然。頃之,又爲虔州巡檢使,知州事。五嶺之際,地廣民悍,内據谿洞,外接蠻夷,告訐敓攘,習以爲俗。於是申以刑政,示以嚴明,廣視聽,審情僞。吏以微文出入者,皆面詰其狀,莫不惕息而退。弊爲之革,人以之和。於是浚溝隍,嚴壁壘,出私帑以助費⑧,因農隙而儩功⑨。凡書勞考績,此其昭昭者也。尋拜池州觀察使,以其秩居虔州。上以建安之地,人思舊德,且欲以晝錦之盛,顯公之能,乃除忠義軍節度、建州觀察處置等使留後。公以違奉歲久,無以私爲,抗表來朝,固辭不拜,改右威衛大將軍,充左右静江都軍使。又轉光禄大夫、檢校太尉,奉以建州之禄,歲計千萬,甲第厩馬,賜與優渥。俄而被疾,自識終期,申告理命,備有規度。中使問疾,但曰:"世受主恩,未有以報,唯此爲恨耳!"又親問門吏草遺奏,既成,自益兩句曰:"苟游岱之有知,必結草以爲報。"〔一〇〕上省表震悼,手詔答之。公猶捧詔向闕,稽首流涕。壬申歲秋七月十有二日,卒于建業濱江里之官舍,春秋四十。上痛惜之至,再不視朝,贈安南大都護,遣中使監護,葬事皆從官給。有司考行,易名曰烈。即以其年九月日葬于某所,從理命也。夫人信都郡君刁氏,故昭武軍節度使能之女〔一一〕。容德之美,閨房之秀,宜家睦族⑩,光此門風。子倩,孝友聰慧⑪,修詞好學,以蔭起家,授著作佐郎。必大之慶,其在於是。嗚呼哀哉!公生於戎馬之際,長承鍾鼎之業,修文習武,全孝資忠。風格端莊,襟懷夷直,嫉惡獎善,如恐不及。穆親念舊,無有所遺,先人之費,公私畢給,出入數載,家爲之貧。在公之餘,手不釋卷,篇詠詞筆⑫,皆傳于時。近代儒學將,唯公而已。凡四典藩郡⑬,皆有借留去思之美,民到于今稱之。由是恩顧特隆,委遇無間。倏塗方騁,大年不登⑭。知與不知,皆爲悲歎。鉉與公非故,特以道義相期。雖復出處不齊,班序致隔,金蘭之分,終始不渝。寢門流慟,痛生死之永已;圓石表墓,患陵谷之靡常。

亦公之遺言，以此見託⑮。豈非慷慨之氣，思振發於知己哉！故爲銘曰：

龍泉之靈，武夷之英〔一二〕。生我儒將，垂兹令名。臨戎有勇，察俗有聲。爲臣之節，與世作程⑯。位逼建牙⑰〔一三〕，秩參掌武〔一四〕。才實膺時，忠惟得主。鬱此雄圖，溘然中露。謂天蓋高，不可以愬。悲哉俊氣，永已荒丘。鳳臺遺館，梅嶺窮秋〔一五〕。樹惟掛劍〔一六〕，地即眠牛〔一七〕。餘芳不泯，淮水長流〔一八〕。

【校記】

①德成：南唐書、十國春秋作“德誠”。

②勇：李校：一本作“大”。

③孫吴：全唐文作“韜鈐”。

④于：原作“千”，據四庫本、黄校本、全唐文、李刊本改。

⑤捍：全唐文、李刊本、徐校作“悍”。

⑥俯：四庫本、黄校本、全唐文、李刊本作“甫”。李校：“甫”諸本多作“俯”，此字本集多見，知均出宋本，其義未詳，俟考。

⑦龍翔都虞候：李校：“翔”下脱“軍”字。

⑧帑：李校：一本作“幣”。

⑨而：四庫本、全唐文作“以”。

⑩睦：四庫本作“暨”。

⑪友：全唐文作“弟”。

⑫筆：四庫本作“章”。

⑬典：全唐文作“理”。

⑭大：四庫本、全唐文作“天”。　登：李校：一本作“永”。

⑮託：四庫本作“委”。

⑯程：全唐文作“型”。

⑰逼：李校：一本作“迫”。

【箋注】

〔一〕作於宋開寶五年（九七二）九月。據墓誌所具葬期而繫。誌主陳德成,見卷四池州陳使君見示游齊山詩因寄注〔一〕。

〔二〕潁川:今河南禹州市。

〔三〕帝嬀餘烈:古時陳國爲嬀氏。史記卷三六陳杞世家:"陳胡公滿者,虞帝舜之後也。昔舜爲庶人時,堯妻之二女,居于嬀汭,其後因爲氏姓。姓嬀氏。……至于周武王克殷紂,乃復求舜後,得嬀滿,封之於陳。"

〔四〕侯滿:即陳胡公滿。

〔五〕"值淮上兵起"至"爲和州刺史"數句:十國春秋卷二四陳德誠傳:"周師南侵,元宗遣潘承祐詣泉、建召募驍勇,承祐奏言陳誨子德誠有材略可用,因命德誠引卒數千赴壽春。時諸將戰多不利,惟德誠出入堅敵,未嘗少挫鋒鋭,班師日,特旌其軍曰'百勝'以榮之。拜和州刺史,有政績,後與叔父謙繼領建州節旄。"

〔六〕無忘水犀之備:即不忘備戰。水犀,即披水犀甲的水軍。國語卷二〇越語上:"今夫差衣水犀之甲者億有三千。"杜牧潤州詩之二:"謝朓詩中佳麗地,夫差傳裏水犀軍。"

〔七〕峴首之游:羊祜任襄陽太守,常游峴山。見晉書卷三四羊祜傳。

〔八〕元宗南狩:建隆二年(九六一)二月,元宗遷於南都。見馬令南唐書卷四。

〔九〕石牌:即石牌山。明一統志卷一五寧國府:"石牌山,在涇縣西二十里,四面皆美石。"

〔一〇〕"苟游岱之有知,必結草以爲報"句:謂若死後有知,必當厚報。游岱,死亡之婉稱。晉張華博物志卷一:"泰山,一曰天孫,言爲天帝孫也,主召人魂魄。東方萬物始成,知人生命之長短。"結草,左傳宣公十五年:"初,魏武子有嬖妾,無子。武子疾,命顆曰:'必嫁是。'疾病,則曰:'必以爲殉。'及卒,顆嫁之,曰:'疾病則亂,吾從其治也。'及輔氏之役,顆見老人結草以亢杜回。杜回躓而顛,故獲之。夜夢之曰:'余,而所嫁婦人之父也。爾用先人之治命,余是以報。'"杜預注:"武子,魏犫,顆之父。"

〔一一〕昭武軍節度使能:即刁彦能。其字德明,上蔡(今屬河南)人。輔烈祖有功。元宗立,徙建州留後、昭武軍節度使。見馬令南唐書卷一一、陸游南唐書卷六、十國春秋卷一二本傳。

〔一二〕龍泉、武夷：龍泉、武夷（龍巖、泉州、武夷山）均爲閩地，此用以泛指閩，陳德成爲閩人，故云。

〔一三〕位逼建牙：謂地位很高，如同王之爪牙，出鎮建牙旗。詩經小雅祈父："祈父，予王之爪牙。" 封演封氏聞見記卷五公牙："詩曰：'祈父，予王之爪牙。'祈父，司馬，掌武備，象猛獸以爪牙爲衛，故軍前大旗謂之牙旗。出師則有建牙、禡牙之事。"

〔一四〕秩参掌武：謂禄秩同太尉。掌武，孫光憲北夢瑣言卷四："唐吴融侍郎策名後，曾依相國太尉韋公昭度，以文筆求知，每起草先呈，皆不稱旨。吴乃祈掌武親密俾達其誠。"洪邁容齋隨筆四筆卷一五官稱别名："唐人好以它名標牓官稱。……太尉爲掌武。"

〔一五〕梅嶺：當是陳德成葬地。據上文"秩居虔州"，知爲虔州虔化縣之梅嶺。括地志卷四虔州："梅嶺在虔化縣東北百二十八里。"太平寰宇記卷一〇八虔州虔化縣："梅嶺，在縣北一百二十里。"

〔一六〕樹惟掛劍：見卷一五唐故泰州刺史陶公墓誌注〔一五〕。

〔一七〕地即眠牛：指風水好的葬地。晉書卷五八周光傳："陶侃微時，丁艱將葬，家中忽失牛而不知所在。遇一老父，謂曰：'前崗見一牛眠山汙中，其地若葬，位極人臣矣。'"

〔一八〕淮水長流：陳德成祖先爲陳人，陳屬淮河水系，故云。

唐故檢校司徒行右千牛衛將軍苗公墓誌銘〔一〕

公諱延禄①，字世功，其先上黨人〔二〕。昔者，楚多淫刑，賁始逃難②〔三〕，晉賴謀主，苗受其封〔四〕。高門之慶，雄視欒、郄〔五〕，綿綿瓜瓞，翼翼孫謀。存諸簡編③，可以揚搉。延洪于我七代祖、中書舍人延嗣〔六〕，光大于我六代祖、太師晉卿〔七〕。源流繁衍，蔚爲甲族。中朝喪亂④，後裔播遷，匿迹淮楚之間，今爲盱眙人也〔八〕。先公諱隣，生於兵戈之間，長習鼓旗之用⑤。遭遇英主，建功立事，出爲泗州防禦使，入爲静江軍統軍。世卿之祀，衰而復振。公即静江之長子也。弱不好弄，壯而有立。負雄勇之量，不以驕人；秉剛直之資，未嘗忤物。持重善戰，默識寡言，時輩推之，以爲君子。初，先公奉王略，領偏師，南破山越〔九〕，西定江楚，東絶滄海，北捍徐戎，弓不解拳，兵不匣刃。公年俯弱冠⑥，寔参其間，搴旗斬將，所向披靡，宣力用於君父，舒壯氣於風雲。然而職以序遷，蓋歸美於先公也。烈祖孝高皇帝中興大業，疇咨舊人，命公領泗上精兵，入爲宣威軍裨將。六卿之選，以翼京師；八屯之權，實資宿衛。歷紀授任⑦，一心靡渝。今上祗嗣鴻圖，益宣朝寄。揔千牛之士〔一〇〕，以爲心膂；假五教之秩〔一一〕，以崇班列。會侍中燕王以帝子之重，兼鎮兩藩。詳求命卿，以事大國⑧，俾公提步卒，屯宣城〔一二〕，凡甲兵壁壘之事，皆聽於公。夙夜惟勤，燥濕生疾。春秋六十一，保大九年十月七日，卒于宣州公署。上省奏傷悼，爲之罷朝，送終之禮，有以加等。即以其年十二月二十七日，葬于江寧府縣里，禮也。夫人王氏，淮南裨將唐之長女也。先公負游俠之氣，有征討之功，勇冠三軍，力制奔虎；夫人麗桃李之質，襲蘭薰之芳，婦禮聿修，遺訓無墜。君子以孝慈率教，夫人以嚴正克家，閨門之理，寔有内助。以保大八年五月一日，先公而逝，今始祔焉。子全厚、全贍〔九〕、全節、全義、全海，皆有父風，苗氏爲不朽也。鉉本自世親，早爲姻族。歎侯封於李廣〔一三〕，發哀詞於杜篤〔一四〕，刻翠琰於荒阡，擬高陵於深谷。其銘曰：

才之俊兮將之雄，位之侯兮壽未中。天難諶兮人云亡，川既逝兮歲將窮。素車兮丹旐，白草兮青松。悲雄心與壯氣，漸荆棘兮蒙籠。

【校記】

①延：翁鈔本作“廷”。

②始：四庫本作“皇”。

③編：四庫本作“篇”。

④喪:黄校本作"散"。

⑤鼓旗:翁鈔本、四庫本、全唐文、李刊本作"旗鼓"。

⑥俯:翁鈔本、四庫本、全唐文、李刊本作"甫"。

⑦授:四庫本、全唐文、李刊本作"守"。

⑧以事大國:四庫本作"以圖軍事"。

⑨膽:全唐文、李刊本作"瞻"。

【箋注】

〔一〕作於南唐保大九年(九五一)十二月。據墓誌所具葬期而繫。誌主苗延禄,見卷二宣威苗將軍貶官後重經故宅注〔一〕。

〔二〕上黨:今山西長治市。

〔三〕賁始逃難:元和姓纂卷五:"苗,風俗通,楚大夫伯棼之後,子賁皇奔晉,晉人與之苗,因命氏焉。"

〔四〕"晉賴謀主,苗受其封"句:通志卷九二:"若敖之亂,伯棼之子賁皇奔晉,晉人與之苗,以爲謀主。"

〔五〕"高門之慶,雄視欒、郄"句:謂苗氏堪比欒、郄。欒、郄即欒枝、郄縠。史記卷三九晉世家:"秦繆公乃發兵送内重耳,使人告欒、郄之黨爲内應。"唐張守節正義:"欒枝、郄縠之屬也。"左傳昭公三年:"欒、郄、胥、原、狐、續、慶、伯降在皂隸。"楊伯峻注:"此八氏之先,欒枝、郄缺、胥臣、先軫、狐偃五氏皆卿。"羅隱寄禮部鄭員外:"欒、郄門風大,裴、王禮樂優。"

〔六〕中書舍人延嗣:即苗延嗣,曾任中書舍人。舊唐書卷九九張嘉貞傳:"時中書舍人苗延嗣吕太一、考功員外郎員嘉静、殿中侍御史崔訓,皆嘉貞所引,位列清要,常在嘉貞門下共議朝政,時人爲之語曰:'令公四俊,苗、吕、崔、員。"

〔七〕太師晉卿:即苗晉卿,上黨壺關(今山西壺關縣)人。歷玄宗、肅宗、代宗三朝。官至太子太傅。見舊唐書卷一一三本傳。按:墓誌云太師,當是苗晉卿卒後贈官。

〔八〕盱眙:今江蘇盱眙縣。

〔九〕山越:後漢書卷八孝靈帝紀:"丹陽山越賊圍太守陳夤,夤擊破之。"三國志卷四七吴書二吴主傳:"分部諸將,鎮撫山越,討不從命。"王鳴盛十七史商榷三國志四山越:“山越者,自周、秦以來,南蠻總稱百越,伏處深山,故名山越。”

〔一〇〕千牛:禁衛官千牛備身、千牛衛的省稱。掌執千牛刀,爲君王護衛。千牛衛將軍,爲正三品;千牛衛備身,爲正六品下。見舊唐書卷四二職官一。按:據墓誌題目,知苗延禄爲千牛衛將軍。

〔一一〕五教:唐對司徒的别稱。語本尚書舜典:“汝作司徒,敬敷五教。”洪邁容齋隨筆四筆卷一五官稱别名:“唐人好以它名標榜官稱。……太尉爲掌武,司徒爲五教。”按:據墓誌題目,知苗延禄爲司徒。

〔一二〕“會侍中燕王以帝子之重”至“屯宣城”數句:燕王李弘冀爲潤、宣二州大都督,鎮京口、宣州。見馬令南唐書卷三嗣主書。然苗延禄入幕其中,史書闕載。

〔一三〕歎侯封於李廣:李廣爲漢武帝時名將,屢與匈奴作戰,然始終没有封爵。見史記卷一〇九李將軍列傳。

〔一四〕發哀誄於杜篤:杜篤字季雅,京兆杜陵(今屬陝西西安市)人。大司馬吴漢卒,杜篤爲撰誄文。見後漢書卷八〇上杜篤傳。

前虔州雩都縣令包府君墓誌①〔一〕 鉉序鍇銘

昔者鄭都涕產,知懷仁之有誠〔二〕;孔門慟淵,見福善之無驗〔三〕。遺恨千古②,可勝言乎!君諱詠,字義脩。其先延陵人〔四〕,漢大鴻臚咸之後也〔五〕。曾祖章③,祖岌,皆眷戀本土,卒於縣寮。考洎,遇故侍中竇之亂〔六〕,乃去,仕唐吉州長史④〔七〕,入吴,終和州歷陽令〔八〕。政有遺愛,故家焉,今爲歷陽人也。君幼而岐嶷,長而學問,孝敬自律,名利弗嬰,安貧怡然,綽有餘裕。順義末〔九〕,丁先府君憂,泣血絶漿,杖而後起。朝廷獎勸善政,砥礪淳風,即起君爲歷陽主簿。秩未滿,移知含山縣令⑤〔一〇〕。先是,兵興之後,循吏用稀。君簡法紓刑,約廉敦信,縣無逋事,吏不能欺。莅官七考,清嘯而已,選授知虔州雩都令〔一一〕。西楚之地,南際殊隣，本之以蠻蜒之風⑥〔一二〕，因之以敚攘之衆〔一三〕。長鯨之戮雖久〔一四〕，碩鼠之刺猶繁〔一五〕。君下車，考政經，察人病，矯異俗，均地征，常爲諸邑之最。吏民上書借替，期求真命者無虚歲矣。而懋賞弗臻，成功輒去，解印之日，單車即塗。君素多疾，至是增劇。以己亥歲秋九月十九日，終於歷陽馴翟里之私第，享年四十有一。以其年冬十一月六日，葬于本縣本鄉許思里，祔先君長史之塋，禮也。君前娶潁川陳氏，後娶樂安花氏，皆良家之子，淑德不爽。二子曰德容、德鈞，二女皆佩觿丱角之歲。君天資貞吉⑦，立性和雅，尊敬師友，敦睦親姻，移之於官，故所至皆理。而位不參於朝籍，年不登於下壽，能無遺恨乎！鉉兄弟少孤，長於舅氏，親承撫卹，勉以進修，門構不傾，君之力也。嗚呼！渭陽之贈〔一六〕，已矣寧追；逝川之歎⑧，哀哉何極！故拂貞珉，紀述遺德，庶深谷以徙遷，見清芬之未泯。其詞曰：

懿哉華族，鴻臚有聞。家餘厥慶，世濟其文。祉祚鍾積，實生我君。惟君之生，資性天成。清譚變馬，竇思凌雲。道光表式，才中銓衡。爰職縣符，政閑務舉。旋綬二邑，梟飛鸞舞。天亦難諶，俄悲物故。驚波易逝，陽露難收。荒郊落日，宿莽窮秋。銘兹幽壤，永樹芳猷。

【校記】

①前：全唐文"前"下有"知"字。　墓誌：四庫本、李刊本"墓誌銘"。

②恨：黄校本作"憾"。

③章：四庫本作"在章"。

④仕唐吉州長史：李校："唐"下脱"爲"字。

⑤含山：原作"舍山"，據黄校本、全唐文、李刊本改。

⑥蜒：原作"蜓"，據李刊本改。四庫本作"挺"。今按：史書均作"蠻蜒"，故從之。

⑦吉：李刊本作"潔"。

⑧逝川：全唐文作“西州”。

【箋注】

〔一〕作於南唐昇元三年（九三九）十一月。據墓誌所具葬期而繫。誌主包詠，爲徐鉉二舅。史書無傳。

〔二〕“鄭都涕産”二句：史記卷四二鄭世家：“聲公五年，鄭相子産卒，鄭人皆哭泣，悲之如亡親戚。子産者，鄭成公少子也。爲人仁愛，事君忠厚。”

〔三〕“孔門慟淵”二句：史記卷六七仲尼弟子列傳：“顔回者，魯人也，字子淵。……回年二十九，髮盡白，蚤死。孔子哭之慟，曰：‘自吾有回，門人益親。……不遷怒，不二過，不幸短命死矣，今也則亡。”

〔四〕延陵：古邑名，約今江蘇丹陽、常州、江陰等沿長江一帶地區。

〔五〕漢大鴻臚咸：即漢代包咸，字子良，會稽曲阿（今江蘇丹陽市）人。漢明帝永平五年，遷大鴻臚。見後漢書卷七九下本傳。

〔六〕遇故侍中賓之亂：閻賓，字瓊美。天祐十九年暨梁龍德二年（九二二），加檢校侍中。其年三月，城中大饑，王處謹之衆出城求食，閻賓伏擊，後爲之所敗。見舊五代史卷五九閻賓傳。

〔七〕吉州：十國春秋卷一一一南唐地理表：“領縣六：廬陵、新淦、太和、安福、龍泉、永新。”今爲江西吉安市。

〔八〕和州歷陽：十國春秋卷一一一南唐地理表：“領縣三：歷陽、烏江、含山。”即今安徽馬鞍山市和縣。

〔九〕順義：吴楊溥年號（九二一—九二七）。

〔一〇〕含山縣：和州屬縣。見注〔八〕。即今安徽含山縣。

〔一一〕虔州雩都：虔州下轄十一縣，雩都爲其一，見十國春秋卷一一一南唐地理表。即今江西贛州市于都縣。

〔一二〕蠻蜒：指南方之民。宋書卷七四沈攸之傳：“至如戍防一蕃，撲討蠻蜒，可彊充斯任。”

〔一三〕敓攘：同“奪攘”。强奪，奪取。説文支部“敓”字下引周書：“敓攘矯虔。”尚書正義卷一九吕刑：“罔不寇賊，鴟義姦宄，奪攘矯虔。”

〔一四〕長鯨：比喻巨寇。唐劉知幾史通卷六叙事：“論逆臣則呼爲問鼎，稱巨寇則目以長鯨。”

〔一五〕碩鼠之刺猶繁：謂重斂之下民不聊生。詩經魏風碩鼠序："碩鼠，刺重斂也。國人刺其君重斂，蠶食於民，不修其政，貪而畏人，若大鼠也。"

〔一六〕渭陽之贈：詩經秦風渭陽："我送舅氏，曰至渭陽。何以贈之，路車乘黄。"

唐故常州團練判官檢校尚書左僕射劉君墓誌①〔一〕

夫資忠全孝，含貞履潔，君子所以没身而守之，聖人所以屈己而申之，其道可傳，其風可仰。嗚呼，劉君其殆庶乎！君諱鄗，字巨源，其先彭城人〔二〕，徙居廣陵重世矣。曾祖永，澧州司户參軍〔三〕；祖審，不仕；考瓌，檢校户部尚書，贈右僕射。君生而岐嶷，有異常童，五歲而孤，即稟至性，年在幼學，卓然老成。初，先君事吴②，實幹近職，而太夫人王氏，與貞穆皇后復有姻舊〔四〕，故宣帝命君使事丹陽公〔五〕。府公龍飛，以君爲殿前承旨，便蕃左右，靖恭夙夜，動必稱職，人無間言。二十年間，累遷檢校禮部尚書③，充崇賢殿使。及轉俯代謝④，衆或將迎，君侃然正色，有死無二，游説之詞不能入⑤，權利之勢不能動⑥。於是閹豎希旨〔六〕，以飛語中之，坐除名，流池陽郡〔七〕。明年，有唐受禪，烈祖嘉君盡忠，亟召之。還，除常州長史，悉還其官階田宅。未幾，又改和州長史⑦〔八〕，聽歸廣陵舊居。初，元宗方在膠庠〔九〕，吴帝使君召拜郎中，賜以章綬，自爾至于爲相，每朝謁，必先見君而後入。及元宗即位，召至京師，復命太夫人入禁中，如貞穆之時。謂曰："吾受吴朝恩禮，不敢忘也。今猶數夢讓皇帝〔一〇〕，執臣子之禮。吾觀當時近臣，唯夫人兒爲長者，帝意親之。今復得在吾左右，良足慰也。"君聞之，遂稱足疾，不任趨拜。上仍賜第以居之，歲時錫賚甚厚，時使親近諭旨，竟不能移。上乃加太夫人封邑，召君受命於朝，固辭以疾。上歎息曰："此子至孝，今以其母故，召之不來，是必然也。此亦古人所難,吾何爲奪其節耶?”久之,以君爲常州團練判官,不使之任,優其禄而已。今上嗣位,加檢校右僕射。君家承鐘鼎之富,少居綺紈之職,時逢革故,年俯壯室⑧,而遂閉門却掃,高謝人間,孜孜色養,怡怡自得。姻族以之肅穆,士友以之景仰。名節終始,清風邈然。丙寅歲夏六月某日,終于建安某坊之私第,春秋五十有九。初,君葬太夫人于茅山良常洞之西,因自卜塋地,即以其年月日葬焉,禮也。前夫人張氏,早亡。今夫人吴氏,實有萊妻之賢〔一一〕,能從伯鸞之操〔一二〕,天資玉映,令問薰蘭⑨。子昭嗣、女某等,善慶所鐘,家聲不隕,愛敬哀感,在禮無違。嗚呼!令人其必有後。鉉家世通舊,復連懿親,常以君抗節遺世,既近代之孤標,而元宗推誠獎善,又列辟之難事,足以激揚薄俗,垂示將來。乃爲銘曰:

忠於事君,孝於養親。逢時有道,以義衛身。隱不絶俗,居能保真。我永終吉,誰爲古人?地胏之原,小茅之麓⑩。左盼松岡⑪,前瞻柳谷⑫。欒棘新吹,松楸再卜。令問昭顯,流光似續。刻此茗華,永芳蘭菊。

【校記】

①墓誌:全唐文、李刊本作“墓誌銘”。

②事:李校:一本作“仕”。

③遷:李校:“遷”下脱“至”字。

④轉俯:黄校本、全唐文作“軍府”。

⑤入:李校:下脱“其耳”二字。

⑥動:李校:下脱“其心”二字。

⑦長:李校:一本作“刺”。

⑧俯:四庫本、黄校本、全唐文作“甫”。

⑨薰蘭:四庫本、全唐文作“蘭薰”。

⑩小:李刊本作“三”。

⑪松：原空闕，據翁鈔本、四庫本、李刊本補。全唐文作“崇”。

⑫前：四庫本、全唐文作“右”。

【箋注】

〔一〕作於宋乾德四年（九六六）六月稍後。據誌主卒年及葬期而繫。誌主劉鄗，史書無傳。

〔二〕彭城：徐州（今屬江蘇）古稱。

〔三〕澧州：唐屬江南西道，轄澧陽、安鄉、石門、慈利四縣。見舊唐書卷四〇地理志三、新唐書卷四〇地理志四。五代時屬楚，轄縣同唐。見十國春秋卷一一二楚地理表。

〔四〕貞穆皇后：據文意，當是吴高祖楊隆演之妻、睿帝楊溥之母王氏。楊溥即吴王位，尊母爲太妃；稱帝後，尊爲皇太后。見十國春秋卷四太后王氏傳。

〔五〕宣帝：吴楊隆演卒，謚曰宣。其弟楊溥稱帝，尊爲高祖宣皇帝。見新五代史卷六一吴世家。　丹陽公：即楊溥。武義元年封丹陽郡公。見十國春秋卷三睿帝本紀。

〔六〕閹豎：對宦官的蔑稱。後漢書卷五九張衡傳：“閹豎恐終爲其患，遂共讒之。”

〔七〕池陽：輿地廣記卷二四江南東路：“池州，春秋屬吴，戰國屬越，後屬楚，秦屬鄣郡，二漢屬丹陽郡，晉屬宣城郡，宋、齊、梁、陳、隋因之。唐武德四年析宣州，置池州，貞觀元年州廢，永泰元年復置，後曰池陽郡。”即今安徽池州市。

〔八〕和州：見本卷前虔州雩都縣令包府君墓誌注〔八〕。

〔九〕膠庠：周時膠爲大學，庠爲小學。後稱學校爲膠庠。禮記正義卷一三王制：“周人養國老於東膠，養庶老於虞庠。”

〔一〇〕讓皇帝：李昪受禪，册吴主楊溥爲高尚思玄弘古讓皇帝。見新五代史卷六二南唐世家。

〔一一〕萊妻：春秋楚老萊子之妻，賢婦代稱。劉向列女傳卷二楚老萊妻載：老萊子逃世，耕于蒙山之陽，楚王遣使聘其出仕，其妻曰：“妾聞之，可食以酒肉者，可隨以鞭捶；可授以官禄者，可隨以鈇鉞。今先生食人酒肉，受人官禄，爲人所制也，能免於患乎？妾不能爲人所制。”遂行不顧，至江南而止。老萊子乃隨其妻而居之。

〔一二〕伯鸞:漢梁鴻字。梁鴻家貧而好學,不求仕進。與妻孟光共入霸陵山中,以耕織爲業。夫婦相敬有禮。見後漢書卷八三梁鴻傳。

唐故印府君墓誌①〔一〕

君諱某,字某,其先京兆人也〔二〕。因官徙謀,遂居建康。曾祖知章,無禄早世。祖某官,考某官。君幼而勤學,長而力行。孝悌著於家庭,信義行於州里。弱冠明經擢第,釋褐太子校書。千里之行,時輩推許。會上國喪亂,遂南奔豫章。連帥鍾公見而悦之〔三〕,辟爲從事。豫章府變〔四〕,始歸建康。井邑更移,親舊泯没。君慨然悲世難之未已②,感宦路之多艱③,於是抗志衡門,息機世表,樂山水④,寡言語,極談不過經籍之事,足迹不游卿相之門。篤好六經,歲誦再徧。雖憂慘疾病,未嘗廢也。孜孜焉脩善如不及,恂恂焉與人無間言。保大丙寅夏四月日考終命⑤,臨終訓勵諸子,備有嚴誡,如魏顆之命〔五〕,無莊舄之吟〔六〕,春秋六十有九。夫人徐氏,通儒書,有婦德,先公而逝⑥。即以其年月日,合葬於某所,禮也。子崇禮、崇粲,舉進士;崇簡,明法及第⑦,爲舒州司法參軍。秀茂之業,聞于場中⑧,咸以爲印氏之門,其後必大。諸子以我宗之自出,故銘譔是求。銘曰:

於惟穆氏〔七〕,代有君子。恂恂若人,亦既克似。退不丘壑,進不朝市。體道居貞,全高没齒。俊造之學,施于後嗣。昭昭令名,與石無已。

【校記】

①墓誌:全唐文、李刊本作"墓誌銘"。

②難:李校:一本作"亂"。

③路:李校:一本作"途"。

④水:四庫本作“林”。

⑤丙寅:今按:保大無“丙寅”歲,或是“丙辰”之誤。

⑥公:四庫本、全唐文、李刊本作“君”。

⑦法:李刊本作“經”。徐校:法,朱孔彰校作“經”。

⑧場:四庫本作“揚”。

【箋注】

〔一〕作於南唐保大十四年(九五六)四月稍後。墓誌曰:“保大丙寅夏四月日考終命。……即以其年月日,合葬於某所。”按:保大無丙寅年,當是“丙辰”之誤。丙辰即保大十四年。據其葬期,故繫於此。誌主印氏,據墓誌知爲印崇禮、印崇粲、印崇簡之父,餘未知。

〔二〕京兆:今陝西西安市。

〔三〕鍾公:即鍾傳。唐末爲鎮南軍節度使。據洪州三十餘年,累拜太保、中書令,封南平王。見新五代史卷四一本傳。

〔四〕豫章府變:鍾傳卒,其子匡時襲位,爲楊渥所敗,洪州入吴。見新五代史卷四一本傳。

〔五〕魏顆之命:魏武子犨臨終命魏顆嫁妾之事。見左傳宣公十五年。參本卷陳公墓誌銘注〔一〇〕“結草”注。此指臨終交代後事。

〔六〕莊舄之吟:史記卷七〇張儀列傳附陳軫傳:“越人莊舄仕楚執珪,有頃而病。楚王曰:‘舄故越之鄙細人也,今仕楚執珪,貴富矣,亦思越不?’對曰:‘凡人之思故,在其病也。彼思越則越聲,不思越則楚聲。’使人往聽之,猶尚越聲也。”

〔七〕於惟穆氏:鄭穆公子字子印,其後人以其字爲姓氏。參左傳成公十三年杜預注及杜預春秋例釋卷八。

唐故銀青光禄大夫檢校國子祭酒御史中丞包君墓誌①〔一〕

君諱謣,字直臣,丹陽延陵人也。粤我長源,發于夏后〔二〕,分封受代,著于會稽〔三〕。司農而後〔四〕,代有賢哲,轉徙旁郡,遂家延陵,種德流光,世爲大姓。曾祖某[②],丹陽令。祖岋,潤州録事參軍。考洎[③],和州歷陽令。業官之美,播于氓頌。公以廣明庚子歲生于丹陽〔五〕,長於戎馬之間,遂好金鼓之政。氣質慷慨,而孝於事親;材用敏幹,而慎於畏法。命不我與,事多無成。高皇帝兼揔六師〔六〕,以輔王室,署君牙門右職,將進用之。君以歷陽府君喜懼之年〔七〕,辭歸就養,因隸歷陽軍中。自是服勤祗役,多在外郡,家貧援寡,仕不求聞。三十餘年,有勞無過,養心知命,以保遐齡。交泰元年春二月日,卒于鄱陽舟中〔八〕,春秋七十有九。夫人危氏,故賀州刺史諱德卿之女也[④],婦道以順,家政以嚴,内慎有光,六姻是則。子三人:曰會宗、曰潁、曰鋭,皆敬述先志,勤修令名。號奉靈輀,俯就成制,則以其年月日葬于江寧縣某里[⑤],禮也。某感深自出[⑥],名謝貴甥,載悲渭陽之詩〔九〕,永痛西州之墅〔一〇〕。敬書遺懿,以鏤貞珉。其銘曰:

猗歟府君,世載其聞。有道無命,與俗同群。代耕得禄,全和保真。享壽八十[⑦],下從先人。乃整歸艎,秦淮之濱。乃卜玄宅,句金之陵。不可不識,封丘勒銘。悠悠餘慶,永永芳塵。

【校記】

①墓誌:全唐文、李刊本作“墓誌銘”。

②某:全唐文作“章”。

③洎:李校:一本作“泊”。

④諱:原作“韓”,據四庫本、全唐文、李刊本改。

⑤則:全唐文、李刊本作“即”。

⑥某:全唐文作“鉉”。

⑦享:李刊本作“高”。

【箋注】

〔一〕作於南唐交泰元年(九五八)三、四月間。墓誌曰:“交泰元年春二月日,卒于鄱陽舟中。……則以其年月日葬于江寧縣某里。”按:自鄱陽歸葬江寧需一段時日；又，是年五月稱顯德五年，而墓誌稱交泰，當作於三月、四月間。誌主包諤，徐鉉長舅。

〔二〕夏后：指禹所建立的夏朝，稱夏后氏。

〔三〕會稽：此指今江蘇丹陽市。見本卷前虔州雩都縣令包府君墓誌注〔五〕。

〔四〕司農：此指后稷。漢書卷六五東方朔傳："后稷爲司農。"

〔五〕廣明庚子：即八八〇年。廣明爲唐僖宗年號，僅一年。

〔六〕高皇帝：指李昪，卒謚光文肅武孝高皇帝。見新五代史卷六二南唐世家。

〔七〕喜懼之年：論語里仁："子曰：'父母之年，不可不知也。一則以喜，一則以懼。'"

〔八〕鄱陽：秦時鄱陽縣屬九江郡。漢屬豫章郡。唐武德四年，置饒州，鄱陽爲其屬縣。天寶元年改爲鄱陽郡，乾元元年復爲饒州。見太平寰宇記卷一〇七江南西道五饒州。

〔九〕渭陽之詩：見本卷前虔州雩都縣令包府君墓誌注〔一六〕。

〔一〇〕永痛西州之墅：謝安死後，其甥羊曇行至謝安舊居西州門，感舊興悲，悲戚不已。見晉書卷七九謝安傳。

徐鉉集校注卷一七　墓誌

岐王墓誌銘〔一〕

天地之靈氣,發爲賢人;邦家之積慶,鍾于公族。其或富老成之智,促殤子之年。感群情者,自出於天資①;垂英聲者,非由於事業。是以蒼舒軫悼於魏祖,表行曰哀〔二〕;夏王鍾愛於明皇②,錫名爲一〔三〕。中興在運,代有人傑,見於岐王矣。王諱仲宣,今上之第二子也。文武儲慶,日月輪祥③,實太姒之子〔四〕,如魯桓之貴〔五〕。天質秀發④,神機内融,亦既免懷,未遑就傅,問安長樂〔六〕,視膳寢門,承歡愛於瑶齋〔七〕,極友悌於朱邸,成人之量,宛由生知。三歲受封,爲宣城郡公,假大司馬之秩〔八〕。維城之望〔九〕,日以光矣。不幸遘疾,甲子歲冬十月二日,薨于閤内,年四歲。主上痛幼敏之異,極天慈之懷,詔輟朝七日,册贈司徒,追封岐王。既而感上聖之忘情,遵先王之從儉⑤,節哀簡禮,以厚古風,即以其月十有八日,備鹵簿鼓吹,葬于江寧府某縣某里之原,有司謚曰懷獻,禮也。惟王以襁褓之年,藴金玉之度,異迹昭灼,可得而言。至如禁中娱侍,常在左右,或異宫一日,則思戀通宵,翌旦未明,必親至御幄,須奉顔色,然後即安。其孝也如此。上每罷朝稍晏,莊色未迴,王則儼然侍立,不妄言笑。須天顔悦懌,則趨就膝下,怡怡稚戲,不失其儀。中宫以上之鍾愛,恐漸於驕[⑥],故撫字之方,威克於愛,每加教誨[⑦],過於嚴厲。而王凛然祗畏,初不壞容[⑧],退或見上,乃啼而自悔[⑨]。其敬也如此。始二歲,上親授以孝經雜言,雖未盡識其字,而每至發端止句之處,皆默記不忘。至于寢疾,近數千言矣。時聽奏樂,必振袂擊節,咸中律度。工人試中變其曲,王輟止之[⑩],曰:"非前曲也。"雖周郎之顧[一〇],何以加焉?其惠也如此。受封之日,見於内殿,音詞宣朗,容止閑習,觀之者咸歎重焉。其敏也如此。凡玩好之物,意有欲者,瞬目賞譽[⑪],未嘗求索。或識其意,持以與之,必再三推却,不肯即受。其毅也如此。上曰:"昔人謂王勣爲神仙童子,今此兒近是乎?"[一一]及其薨也,悼念之甚,曰:"吾見佗人賢子弟猶惜之,豈惟父子之性乎!"中宫哀慟[一二],至于加疾。自非英姿感動,孰能臻此哉!議者以爲列宿淪精,高真降迹,表瑞王室,今復還矣。嗚呼!凡我臣庶,暨乎藩戚,瞻飛蓋之何期,慨神理之難測!寧盡美於稱讚,庶騰芳於簡册。詞臣奉詔,謹勒貞石。其銘曰:

粤我仙源,流光慶延。公族之異,惟王生焉。禮詩仁孝,斯之謂賢。夙習非學[⑫],生知自天。既與之智,胡奪之年[⑬]?瞻庭蘭刈,顧掌珠捐。孟冬寒氣,京兆新阡。鼓吹蕭蕭,旌旐翩翩。踠逸躅於稚齒,閟蕃房於夜泉。已焉哉!庶彭殤之一夢[一三],豈没世之無傳。

嗚呼!庭蘭伊何?方春而零。掌珠伊何?在玩而傾。珠沈媚澤,蘭隕芳馨。人猶沮恨,我若爲情!蕭蕭極野,寂寂重扃。與子長訣,揮涕吞聲。噫嘻哀哉!

又銘一首,至尊所作。上省"庭蘭"、"掌珠"之句,謂得比興之實,遂廣其意,發爲斯文,親迂宸翰,批于紙尾,足以厚君親之義,行孝慈之風。是用勒石,永光泉户。謹記。

【校記】

①自:原誤作“目”,據四庫本、黄校本、全唐文、李刊本、徐校改。

②夏王:李校:一本作“安平”。

③輪:李校:一本作“舒”。

④質:全唐文作“姿”。李校:一本作“機”。

⑤從:李校:一本作“崇”。

⑥驕:翁鈔本“驕”下空一字。今按:似脱一字。

⑦誨:四庫本、全唐文、李刊本作“訓”。

⑧壞:四庫本作“拂”。

⑨而:黄校本作“以”。

⑩輟:四庫本、李刊本作“輒”。

⑪目:四庫本作“息”。

⑫習:全唐文作“昔”。

⑬之:四庫本、全唐文作“其”。

【箋注】

〔一〕作於宋乾德二年(九六四)十月。據墓誌所記葬期而繫。誌主岐王仲宣,李煜次子,馬令南唐書卷七、陸游南唐書卷一六、十國春秋卷一九有傳。

〔二〕“蒼舒軫悼於魏祖,表行曰哀”句:曹沖字蒼舒,聰明敏慧,有成人之智。年十三而卒,曹操哀甚。黄初二年,追贈爲鄧哀侯。太和五年,加封鄧哀王。見三國志卷二〇魏書二〇武文世王公傳。歐陽詢藝文類聚卷四五職官部一録魏文帝蒼舒誄。

〔三〕“夏王鍾愛於明皇,錫名爲一”句:開元五年四月,唐玄宗第九子嗣一薨,追封夏王,謚曰悼。見舊唐書卷八玄宗本紀上。

〔四〕“實太姒之子”句:太姒爲周文王正妃、武王之母。見史記卷三五管蔡世家。太姒爲賢母典型,詩經大雅思齊:“思齊大任,文王之母,思媚周姜,京室之婦。大姒嗣徽音,則百斯男。”此兼頌美後主昭惠國后周氏。

〔五〕“如魯桓之貴”句:魯桓即魯桓公,惠公之子。此言其貴,當指其爲正出,而其兄隱公爲庶出,故立而奉之,權爲攝政。參左傳隱公元年。史記卷三三魯周公世家。

〔六〕長樂:即長樂宫。見卷七外祖母追封某國夫人注〔六〕。

〔七〕瑶齋:皇宫齋祀之所。張華晉元皇后哀策文:"瑶齋無主,長去蒸嘗。"

〔八〕假大司馬之秩:謂其俸禄同於大司馬。大司馬是對武職最高長官的稱呼。歷代以來,或置或廢,且各有不同。

〔九〕維城之望:謂可望立爲皇儲。詩經大雅板:"懷德維寧,宗子維城。"

〔一〇〕周郎之顧:三國志卷五四吴書九周瑜傳:"瑜少精意於音樂,雖三爵之後,其有闕誤,瑜必知之,知之必顧,故時人謡曰:'曲有誤,周郎顧。'"

〔一一〕王勣爲神仙童子:王勣即王績。晁公武郡齋讀書志卷四上集部别集類載王績東皋子五卷,云:"唐書以爲隱逸,集有吕才序,稱其幼歧異,年十五,謁楊素,占對英辯,一座盡傾,以爲'神仙童子'。"

〔一二〕中宫:皇后居住之處,借指皇后。周禮注疏卷七内宰:"以陰禮教六宫。"鄭玄注:"六宫謂后也……若今稱皇后爲中宫矣。"漢書卷九十七下外戚傳下孝成趙皇后:"常紿我言從中宫來,即從中宫來,許美人兒何從生中?"顔師古注:"中宫,皇后所居。"此指昭惠皇后周氏,即大周后。

〔一三〕彭殤:猶言壽夭。莊子内篇齊物論:"莫壽於殤子,而彭祖爲夭。"

故平昌郡君孟氏墓銘①〔一〕

太歲癸卯五月十有九日,大行皇帝諸妃、平昌郡君,歿于大内之别院,享年四十有三。嗚呼哀哉!昔天保未定,大東啓其疆〔二〕;魯道有蕩,三桓紀其政〔三〕。實始孟氏②,代爲强宗③。德厚流光之符,祥發慶膺之效,宜乎來裔,生此淑人。曾祖某、祖造、父及,皆以含道居貞,遁世無悶,克家垂訓,式永門風。郡君麗窈窕之容,秉肅雍之德,游依漢水,氣兆河間,乃膺八月之求,入預良家之選。璧門受職,彤管服勤。恭順之心,奉坤儀而得禮;明惠之智,導宫教而無遺。爰屬造邦,遂崇封邑,路寢之後,柔芳載揚。既而千載上仙,宫車晏駕。號遺弓於萬國〔四〕,感餘香於九御〔五〕。

沈哀共極,美疹獨縈。不延幽穸之期④,重惻上宫之念。嗚呼哀哉!即以其年六月日,葬于江寧縣安德鄉德信里之原,禮也。青烏既吉〔六〕,覆斧斯營〔七〕。永光烈女之風,盡紀佗山之石。詞臣奉詔,謹勒銘云⑤:

杳杳平野,蕭蕭一丘。原松積靄,隴吹臨秋。于嗟淑女,於此藏舟。委貞質兮厚夜⑥,奉靈駕兮仙游。惟惇史兮未泯,豈餘芳兮不休。嗚呼哀哉!

【校記】

①墓銘:全唐文、李刊本作"墓誌銘"。

②始:李校:一本作"惟"。

③爲:李校:一本作"有"。

④穸:黄校本作"窆"。

⑤云:李刊本作"曰"。

⑥貞:四庫本作"芳"。　厚夜:四庫本作"原夜",李刊本作"長夜"。

【箋注】

〔一〕作於南唐保大元年(九四三)六月。墓誌云癸卯五月十九日卒,六月葬。癸卯即保大元年,故繫於此。誌主孟氏,史書無傳。

〔二〕"天保未定,大東啓其疆"句:天保,上天保佑。引申爲皇統、國祚。詩經小雅天保:"天保定爾,亦孔之固。"鄭玄箋:"保,安。爾,女也。女,王也。"史記卷四周本紀:"王曰:'定天保,依天室,悉求夫惡,貶從殷王受。'"大東,詩經魯頌閟宫:"奄有龜蒙,遂荒大東。"鄭玄箋:"大東,極東。"詩經小雅大東:"小東大東,杼柚其空。"清惠周惕詩説下:"小東、大東,言東國之遠近也。"

〔三〕三桓:春秋時魯國大夫孟孫、叔孫、季孫爲魯桓公後代,故稱三桓。文公死後,三桓勢力日强,分領三軍,實際掌握魯國政權。左傳哀公二十七年:"公患三桓之侈也,欲以諸侯去之;三桓亦患公之妄也,故君臣多間。"

〔四〕號遺弓於萬國:史記卷二八封禪書:"黄帝采首山銅,鑄鼎於荆山下。鼎既成,有龍垂胡髯下迎黄帝。黄帝上騎,群臣後宫從上者七十餘人,龍乃上去。餘小臣不得上,乃悉持龍髯,龍髯拔,墮,墮黄帝之弓。百姓仰望黄帝既上天,乃抱其弓與胡髯號,故後世因名其處曰鼎湖,其弓曰烏號。"此謂孟氏之卒,萬國哀痛。

〔五〕九御:國語卷二周語中:"内官不過九御,外官不過九品。"韋昭注:"九御,九嬪也。"

〔六〕青烏既吉:青烏子爲傳説中的古代堪輿家。葛洪抱朴子内篇卷三極言:"(黄帝)相地理則書青烏之説。"此指葬地風水好。

〔七〕覆斧:指墳墓。

故昭容吉氏墓誌①〔一〕

天子建内官,必先令德;九嬪掌婦學,以教六宫。是故壼則成風〔二〕,漢濱流化者矣。昭容吉氏,麗瑶姬之質〔三〕,富班女之文〔四〕。治絲枲以服勤〔五〕,宫功有序;徹粢盛而舉職②〔六〕,祀禮無愆。用能妙簡皇心,光膺盛典,頃錫粉田之賦③〔七〕,因開左輔之封〔八〕。嗣服之初,日不暇給。視月卿而命秩,近正朝恩;閲逝水以成川,俄悲異物。春秋三十有三,保大三年秋七月二日,薨于别宫。皇帝悼之,廢朝一日,遣奠之禮④,有加等焉。即以其年月日,葬于上元縣龍城鄉之原〔九〕,禮也。昭容諱某,字某⑤,東海朐山人也〔一〇〕。曾祖徵,朗州龍陽縣令〔一一〕。祖黨,壽陽縣令〔一二〕。父彦輝,海州懷仁縣令〔一三〕。咸膺鄉里之選,屈從州縣之勞。有利物之能,不享其位;垂積善之慶,克茂其宗。著籍金門〔一四〕,移家戚里〔一五〕,昭映惇史,不其美歟⑥?詞臣奉旨,式揚懿德。庶使高深自改,長延丹砌之恩;金石無虧,仰慰璧臺之念⑦〔一六〕。其詞曰:

吉甫作頌,穆如清風。儲慶炳靈,寔生昭容。史曰"明智",詩云"肅雍"〔一七〕。内職以理,柔芳有融。閲川宵奔,燃膏曉滅。西陸移景〔一八〕,涼風殺節。虞殯流聲〔一九〕,遣車成烈⑧〔二〇〕。苕華不磨,蘭菊無絶。

【校記】

①墓誌：全唐文、李刊本作"墓誌銘"。

②而：四庫本、全唐文作"以"。

③賦：四庫本作"職"。

④遣：原作"遺"，據四庫本、全唐文、李刊本改。

⑤某：原脱，據黄校本、全唐文、李校補。

⑥其：黄校本作"甚"。

⑦璧臺：原作"壁臺"，據四庫本、黄校本、全唐文、李刊本改。

⑧烈：全唐文、李刊本作"列"。

【箋注】

〔一〕作於南唐保大三年（九四五）七月稍後。墓誌云："保大三年秋七月二日，薨于别宫。……即以其年月日，葬于上元縣龍城鄉之原。"故繫於此。誌主吉氏史書無傳。　昭容：古女官名。漢始置。新唐書卷四七百官志二："昭儀、昭容……各一人，爲九嬪，正二品。"

〔二〕壼則：婦女行爲的準則、榜樣。陳子昂唐故袁州參軍妻清河張氏墓誌銘："承禮訓於公庭，習威儀於壼則。"舊唐書卷五二肅宗章敬皇后傳："顧史求箴，道先於壼則；撝謙率禮，教備於中闈。"

〔三〕瑶姬：水經注卷三四江水二："郭景純云：'丹山在丹陽，屬巴。丹山西即巫山者也。又帝女居焉。宋玉所謂天帝之季女，名曰瑶姬，未行而亡，封於巫山之陽，精魂爲草，實爲靈芝。所謂巫山之女，高唐之阻。"太平廣記卷五六引集仙録："雲華夫人，王母第二十三女，太真王夫人之妹也，名瑶姬。"

〔四〕班女：指班昭。班固之妹，博學高才。班固著漢書未竟，班昭續成之。後入宫爲皇后、諸貴人師，著女誡等。

〔五〕絲枲：生絲和麻。尚書正義卷六禹貢："岱畎絲枲，鉛松怪石。"孔穎達疏："枲，麻也。"此指繅絲績麻之事。周禮注疏卷七内宰："以婦職之法教九御，使各有屬，以作二事。"鄭玄注引漢杜子春曰："二事謂絲枲之事。"

〔六〕粢盛：祭器内以供祭祀的穀物。公羊傳桓公十四年："御廩者何？粢盛委之所藏也。"何休注："黍稷曰粢，在器曰盛。"

〔七〕粉田：唐大詔令集卷四一封太華公主制："載錫粉田，俾申榮於井賦。”周密浩然齋雅談卷上：“前輩公主制云：‘瓊華在著，已戒齊風之驕；粉水疏園，莫如徐國之樂。’晏公類要亦用‘粉田’事，蓋亦脂澤湯沐之意也。”

〔八〕左輔：京東之地。杜甫沙苑行：“君不見，左輔白沙如白水，繚以周牆百餘里。”仇兆鼇注：“夢弼曰：漢書：‘京兆尹、左馮翊、右扶風，謂之三輔。’同州，漢屬馮翊郡，故曰左輔。”

〔九〕上元縣：南唐時隸江寧府。見十國春秋卷一一一南唐地理表。今屬江蘇南京市。

〔一〇〕海州朐山：朐山爲海州屬縣。見十國春秋卷一一一南唐地理表。海州爲今江蘇連雲港市。朐山，古縣名，今爲連雲港市南海州鎮。

〔一一〕朗州龍陽縣：朗州爲今湖南常德市，龍陽縣爲湖南漢壽縣。朗州，五代十國時始屬楚，後歸南唐。

〔一二〕壽陽縣：五代十國時北漢太原府屬縣。見十國春秋卷一一二北漢地理表。今山西壽陽縣。

〔一三〕海州懷仁縣：懷仁縣爲海州屬縣。見十國春秋卷一一一南唐地理表。今江蘇贛榆縣。

〔一四〕金門：即金馬門。見卷二張員外好茅山風景求爲句容令作此送注〔六〕。

〔一五〕戚里：史記卷一〇三萬石張叔列傳：“於是高祖召其姊爲美人，以奮爲中涓，受書謁，徙其家長安中戚里。”司馬貞索隱引顏師古曰：“於上有姻戚者皆居之，故名其里爲戚里。”

〔一六〕璧臺：穆天子傳卷六：“天子乃爲之臺，是曰重璧之臺。”郭璞注：“言臺狀如壘璧。”此代指君主。

〔一七〕詩云“肅雍”：詩經召南何彼襛矣：“曷不肅雝，王姬之車。”詩序云：“何彼襛矣，美王姬也。雖則王姬，亦下嫁於諸侯，車服不繫其夫，下王后一等，猶執婦道以成肅雝之德也。”肅雝，同“肅雍”，後因以稱頌婦德之辭。

〔一八〕西陸：指秋天。文選卷二一郭璞游仙詩之七：“蓐收清西陸，朱羲將由白。”李善注引司馬彪續漢書：“日行北陸謂之冬，西陸謂之秋。”

〔一九〕虞殯：送葬歌曲。左傳哀公十一年：“公孫夏命其徒歌虞殯。”杜預注：“送葬歌曲也。”顏之推顏氏家訓卷上文章：“挽歌辭者，或曰古者虞殯之歌，或曰出自田横之客，皆爲生者悼往告哀之意。”李百藥文德皇后挽歌：“寒山寂已暮，虞殯有餘哀。”

〔二〇〕遺車：周禮注疏卷二七巾車：“大喪，飾遺車，遂廞之行之。”鄭玄注：“遺車，一曰鸞車。”賈公彦疏：“遺車，謂將葬遣送之車，入壙者也。”禮記正義卷四一雜記上：“遣車視牢具。”鄭玄注：“言車多少，各如所包遣奠牲體之數也。”孔穎達疏：“遣車，送葬載牲體之車也。”

唐故鍾氏太夫人太原縣太君王氏墓銘①〔一〕

夫人太原祁人也〔二〕，因官徙籍，遂居豫章〔三〕。自緱嶺肇基〔四〕，晉陽錫壤〔五〕，光靈繁祉，蔚爲大宗。圭組簪纓，與世升降，聖曆中否，我亦不彰，故祖某②、考某，皆藴道居貞，流謙毓德。夫人有金玉之質，桃李之姿。柔順睦婣，以奉慈訓；組紃織紝，聿勵家風。宗族里閭，莫不稱美。先公司徒，纘戎嗣服，實臨我邦。夫人誕昭四德之華，用光九女之選。門内之理，實皆聽之。家人尚嚴，婦道貴順，主饋以敬，均養以慈。契闊夷險，始終若一，邦君内則，皆取正焉。嗚呼！昊天不庸，路寢即順，夫人棘心蓬首，率由舊章。素尚空玄，益所明習。常齋居晏處，諷誦真文，雖祁寒盛暑，未嘗廢也。又以恭儉孝悌、文學道義訓勵子弟，皆成其名。保大年③，詔封太原縣太君，從子貴也。二子：長曰懷建，由校書郎歷東府掾，以群從百口，家于豫章，於是辭禄公朝，歸綜司政，因除洪州都督府司馬。次曰蒨〔六〕，以屬詞敦行，從事戚藩，累登臺郎，爲集賢殿學士。會中令齊王避親讓寵，授鉞臨川，朝廷慎選英僚，以光幕府，除撫州觀察判官、檢校屯田郎中〔七〕。既拜而夫人疾亟，交泰元年春二月十八日，卒于京師嘉瑞坊之官舍④，享年七十有五。即以某年月日，歸葬于洪州某縣某里之原，禮也。嗚呼！富壽戩穀，天所以祐善也；金石銘譔，世所以垂範也。二者無愧，可謂賢哉[5]！鉉早奉世親，晚連姻好[6]，景行懿德，敢用直書。其銘曰：

緱山不傾，清淮不湮。故我王氏，實生令人。衛姬之智〔八〕，孟母之仁〔九〕。光昭祖禰[7]，垂慶來雲。西山之陽，章江之濱[8]。靈仙攸宅[9]，松檟相因〔一〇〕。遐壽歸全，以反吾真。

【校記】

①墓銘：全唐文、李刊本作"墓誌銘"。

②某：原脱，據李校、徐校補。

③保大：其下黄校本、李刊本空一字。黄校：影宋本不空，按文義當脱一字。

④瑞：李校：一本作"善"。

⑤哉：李校：一本作"者"。

⑥鉉早奉世親，晚連姻好：李校：一本作"鉉本世親，更連姻好"。

⑦昭：四庫本、全唐文作"裕"。李校：一本作"裕"。

⑧章：李校：一本作"漳"。

⑨靈仙：李校：一本作"仙靈"。

【箋注】

〔一〕作於南唐交泰元年（九五八）三、四月間。墓誌云："交泰元年二月十八日，卒于京師嘉瑞坊之官舍。……即以某年月日，歸葬于洪州某縣某里之原。"按：是年五月稱顯德五年。而此不云顯德，故繫於此。誌主王氏，史書無傳。

〔二〕太原祁：即太原府祁縣。見十國春秋卷一一二北漢地理表。即今山西祁縣。

〔三〕豫章：即今江西南昌市的古稱。

〔四〕緱嶺肇基：用王子晉升仙典。見卷四文獻太子挽歌詞五首注〔六〕。

〔五〕晉陽錫壤：太子晉卒不久，周靈王駕崩，景王繼位。晉公長子宗敬仕周爲司徒。其時諸侯争霸，王室日衰，宗敬知國事已不可爲，遂上表致仕，避亂晉陽。世人以之爲王者之後，仍呼之爲"王家"，遂以王爲姓，是爲太原王氏之始祖,後人並尊晉公爲王氏"系姓始祖"。

〔六〕次曰蒨:即鍾蒨,其字德林。見十國春秋卷二七本傳。

〔七〕"會中令齊王避親讓寵"至"檢校屯田郎中"數句:指齊王景達爲撫州大都督,鍾蒨爲其幕僚。通鑑卷二九四載:交泰元年三月,"以齊王景達爲浙西道元帥、潤州大都督。景達以浙西方用兵,固辭,改撫州大都督。"十國春秋卷二七鍾蒨傳:"交泰時,齊王景達都督撫州,朝廷慎選僚佐,除觀察判官、檢校屯田郎中。"

〔八〕衛姬:即衛侯之女,齊桓公之妻。齊桓公與管仲謀伐衛,衛姬諫止之。見劉向列女傳卷二。

〔九〕孟母:即孟軻之母。劉向列女傳卷一有傳。

〔一〇〕松檟:松樹與檟樹。常種植墓前,因代稱墓地。

唐故太原府君夫人彭城劉氏墓銘①〔一〕

夫人麗窈窕之容,蘊幽閑之德,孝敬肇於天性,明惠本於生知,光乎六姻②,是謂賢女。初,我大父殷、考遇〔二〕,皆立功興運,蔚爲將臣,婚姻之盛,冠彼當代。故夫人既笄,歸于我府君。君諱承進,壽州節度使、相國公之第三子也〔三〕。二族斯睦,百兩是將。婦禮之嚴,家道爰正。府君性疏直,喜賓客,理劇如簡,不以世務嬰心;行己取適〔四〕,不以家財爲重。鐘鼎之族,化爲簞瓢。夫人雅性冥符,怡然自足,慈和待物,恭儉飾躬。子弟以之而克家③,僕御以之而服教。及罹蓬首之痛〔五〕,誓全柏舟之節④〔六〕。柔芬方遠,景命不融,春秋四十有九,戊午夏六月某日,終于京師濱江坊里第。子某等俯就成制,號奉靈輀,即以某年月日,葬于某鄉,祔府君之塋,禮也。鉉幸參諸婿⑤,獲從外姻,載陳執紼之儀,仍奉懷鉛之託〔七〕,敢書懿範,以鏤貞珉。其詞曰:

嗟淑女兮,仁慈肅雍。伊君子兮,亮簡疏通。合二姓兮,五侯之宗。垂内則兮,素士之風。悲秋霜與冬霰⑥,摧女蘿與青松。

念光塵之倏忽,獨天長兮無窮!

【校記】

①墓銘:李刊本作“墓誌銘”。

②乎:黄校本作“于”。

③弟:四庫本、全唐文、李刊本作“孫”。

④誓:原作“擔”,據四庫本、黄校本、全唐文、李刊本改。

⑤參:李校:一本作“忝”。

⑥霜:翁鈔本作“露”。

【箋注】

〔一〕作於宋顯德五年(九五八)六月稍後。墓誌云:“戊午夏六月某日,終于京師濱江坊里第。……即以某年月日,葬于某鄉。”戊午即顯德五年,據卒日及葬期,故繫於此。誌主劉氏,史書無傳。　彭城:徐州古稱。

〔二〕大父殷:劉殷,後唐盧文進部將。文進叛入契丹,引兵攻破新州,契丹以劉殷爲刺史。見舊五代史卷二八唐莊宗紀。此劉殷不知是劉氏之大父否?　劉遇:未詳。

〔三〕“君諱承進,壽州節度使、相國公之第三子也”句:所言承進爲王承進,其人未詳。所言相國公當是王令謀。江表志卷上載烈祖時宰相有王令謀。十國春秋卷一〇王令謀傳:“王令謀,故徐知誥客也。……太和三年,進左僕射兼門下侍郎,與宋齊丘同平章事。六年,拜司徒,已又領忠武軍節度使。天祚三年,令謀如金陵勸知誥受禪,辭不受。九月癸丑卒。”

〔四〕行己:謂立身行事。論語公冶長:“子謂子産有君子之道四焉:其行己也恭,其事上也敬,其養民也惠,其使民也義。”

〔五〕蓬首之痛:詩經衛風伯兮:“自伯之東,首如飛蓬。”此指府君去世,思念感傷而無心梳洗,髮亂如蓬草。陳子昂唐故袁州參軍李府君妻清河張氏墓誌銘:“孀居永日,蓬首終年。”

〔六〕誓全柏舟之節:指府君去世,誓死不嫁。語本詩經鄘風柏舟。序云:“柏舟,共姜自誓也。衛世子共伯蚤死,其妻守義,父母欲奪而嫁之,誓而弗許,故作是詩以絶之。”

〔七〕懷鉛:指著述。沈約到著作省謝表:“臣藝不博古,學謝專家,乏懷鉛之志，慙夢腸之術。"

唐故隴西李氏夫人墓銘[①][一]

夫人諱某，字某，其先太原人。故左司郎中、贈太府卿諱潛之孫，今太弟洗馬喬之第三女也[②][二]。伯仲世父，皆踐歷臺閣，抑揚聲實，相糾以孝，相高以讓，芝蘭桃李，閨庭粲然。夫人襲圭組之英，發爲秀色；鍾姻睦之氣，凝爲淑性。柔而有則，愛而不驕，紃組之工，翰墨之妙，稟自天性，能必過人。及長，歸于李君。君名俛，故楚州刺史諱承嗣之孫，今禮部尚書度之少子也[三]。舅甥之故[③]，齊、魯之匹[四]，好合之美，潘、楊之風[④][五]。夫人移天睦族，率由典禮，不恃舊以廢職[⑤]，不矜能而怠敬[⑥]。門内之理，清芬穆然。嗚呼！嚴霜春零，蕣華朝墜，享年二十有五，某年月日，卒于京師某里之寓居。二族悲慟，六姻悽愴，仁而不壽，古則有之。以其年某月日，葬于江寧縣某鄉里之原，禮也。東海徐鉉以世親之舊，實維私之敬，執紼永悼，刊石爲銘[⑦]。銘曰：

天之命兮不可知，生此賢女兮鍾淑姿，嬪于盛族兮昭令儀。與之才兮不與之壽，永凋落兮芳時。儼黼翣[⑧][六]，道靈輀，小江村兮長江湄。千秋萬代兮草離離[⑨]，空餘初月如蛾眉！

【校記】

①墓銘：李刊本作"墓誌銘"。

②太弟：黄校本作"太子"。

③故：全唐文作"親"。

④楊：原作"揚"，據四庫本、全唐文、李刊本改。

⑤以：李校：一本作"而"。

⑥而：李校：一本作"以"。

⑦刊：四庫本作"刻"，全唐文作"列"。

⑧黼：李校：一本作"黻"。

⑨秋：李校：一本作"齡"。

【箋注】

〔一〕作年未詳。誌主李氏，史書無傳。

〔二〕"故左司郎中、贈太府卿諱潛之孫，今太弟洗馬裔之第三女也"句：所言王潛，十國春秋卷一〇本傳："王潛，廬州人。初居太祖幕府，及事高祖，歷官左司郎中，典選事。時喪亂之後，官失其守，甲簿湮落，潛雍容款接，坐客常滿，隨才而使，人人自以爲得。徐知誥爲相，掄選有序，潛之力也。"所言王裔，史書無傳。據本卷下有唐故文水縣君王氏夫人墓銘（誌主爲徐鉉妻）云："夫人諱畹，字國香，其先太原人，今爲廬江人也。祖潛，左司郎中，贈太府卿；考坦，禮部郎中。"知王裔與王坦爲叔伯兄弟。

〔三〕"君名俛，故楚州刺史諱承嗣之孫，今禮部尚書度之少子也"句：所言李俛，其人未詳。所言李承嗣，十國春秋卷八有傳。所言李度，其人未詳。

〔四〕"舅甥之故，齊、魯之匹"句：春秋時齊、魯兩國多次聯姻。見史記卷三二齊太公世家、卷三三魯周公世家。

〔五〕"好合之美，潘、楊之風"句：文選卷五六潘岳楊仲武誄："既藉三葉世親之恩，而子之姑，余之伉儷焉。……潘、楊之穆，有自來矣，矧乃今日，慎終如始。"吕延濟注："謂岳父與仲武祖舊相知好，況今日我與仲武順祖父之好如始也。"後因以代指姻親交好關係。文選卷四〇沈約奏彈王源："潘、楊之睦，有異於此。"盧照鄰哭明堂裴主簿："締歡三十載，通家數百年。潘、楊稱代穆，秦、晉忝姻連。"

〔六〕黼翣：出喪時的棺飾，上畫斧形。禮記正義卷四五喪大記："飾棺……黼翣二，黻翣二，畫翣二。"鄭玄注："翣，以木爲筐，廣三尺，高二尺四寸，方兩角高，衣以白布。"孔穎達疏："翣，形似扇，以木爲之，在路則障車，入槨則障柩也。凡有六枚，二畫爲黼，二畫爲黻，二畫爲雲氣。"

唐故文水縣君王氏夫人墓銘①〔一〕

夫人諱畹，字國香，其先太原人，今爲廬江人也。祖潛〔二〕，左司郎中,贈太府卿;考坦〔三〕,禮部郎中。皆以貞幹純懿,見稱於時。夫人麗窈窕之容,秉明慧之性,幼失所恃,事繼親以孝聞,在家不違於姆師〔四〕,移天不失於婦順。初,先姑之治家也②,嚴而有惠,通而得禮。夫人觀形稟教,莫不率循,故三十餘年,門風家法,凛然如舊。性尚静退,不樂世喧。始愚之在要職也,夫人憂形於色;及其居貶所,反欣然忘貧。此其所以爲異也。雖門族素盛,而世塗多故,禄賜所入,賙給無遺,豐約同之,親疏如一。至於澣濯之儉,組紃之勤,蘩藻盡敬,儒玄勵操,環佩中節,始終不渝。少善秦聲,長亦捨棄③。每晨興,誦五千言而已〔五〕。享年五十,戊辰歲八月一日,終於京師舜澤里之官舍。其年十月二十三日,歸窆于西山洪崖鄉鸞岡里,從先姑大塋,禮也。有子曰夷直,女曰神華、林華。嗚呼!愚常以體道委命爲懷,而情之所鍾,不知其慟,銜涕秉筆,庶不泯其聲塵焉。銘曰:

緱嶺之靈〔六〕,生此淑人。洪崖之濱,寄此新墳。生與道俱④,没與仙隣。悠悠精爽,豈或爲塵?嗚呼!吾信積善之必爾,故攄恨於斯文。

【校記】

①墓銘:李刊本作"墓誌銘"。

②家:原脱,據全唐文、李校補。

③棄:李校:一本作"去"。

④俱:李校:一本作"居"。

【箋注】

〔一〕作於宋開寶元年(九六八)十二月。墓誌云戊辰年十二月二十三日,歸窀於西山洪崖鄉鸞岡里。戊辰即開寶元年。故繫於此。誌主爲徐鉉妻。

〔二〕祖潛:即王潛。十國春秋卷一〇有傳。參本卷唐故隴西李氏夫人墓銘注〔二〕。

〔三〕考坦:即王坦。史書無傳。

〔四〕姆師：以婦道教女子的女師。韓愈順宗實録五：“良娣王氏，家承茂族，德冠中宫，雅修彤管之規，克佩姆師之訓。”

〔五〕五千言：指老子道德經。史記卷六三老子韓非列傳：“老子迺著書上下篇，言道德之意五千餘言而去，莫知所終。”

〔六〕緱嶺：用王子晉升仙典。見卷四文獻太子挽歌詞五首注〔六〕。

徐鉉集校注卷一八　序

御製春雪詩序[一]

臣聞堯尚文思，書有詠言之目[二]；漢崇儒學，史稱好道之名[三]。所以澤及四海，化成天下。其後迂闊王道，蕩摇淳風[①]，正始之音[四]，闕而莫續。魏帝"浮雲"之句[五]，不接興詞；王融曲水之篇[六]，無聞聖作。將興古義，允屬昌期。我皇帝陛下，常武功成[②]，右文業廣。明踰日月，不以聖智自居；思掞雲天，不以才能格物。其或南薰有懌[七]，東作無憂[八]。民思秋稼之娱，物茂冬蒸之禮，恩覃在鎬[九]，調振横汾[一〇]。天籟發音，疇非聳聽；乾文垂象，寧隔仰瞻[③]。信可以暢列聖之謨猷，變生人之耳目者也。於是歲躔作噩，序首青陽[一一]，玄鳥司啓之明晨，白獸稱觴之節日，有唐中興之一紀，皇上御曆之七年，地平天成，時和歲稔。衢樽之味，普洽玄風，擊壤之聲[一二]，散爲和氣，同雲竟野[④]，朔雪飛空。急勢隨風，影亂東郊之仗；凝華接曙，光浮元會之筵。星躔既移[⑤]，雲蹕乃啓。太弟以龍樓之盛[一三]，入奉垂旒[⑥]；齊王以鳳沼之崇，來參變几[⑦][一四]。霞軒結轍[⑧]，革履齊趨。唯陳韶護之音〔一五〕,無取魚龍之戲〔一六〕。喜油油之既洽,顧奕奕之方呈。筆落天波,言成帝典,七言四韻,宣示群臣。乃命太弟太傅建勳、翰林學士給事中朱鞏常夢錫、翰林學士中書舍人殷崇義游簡言、吏部尚書毗陵郡公景運、工部尚書上饒郡公景遜、左常侍勤政殿學士張義方、諫議大夫勤政殿學士潘處常魏岑、駕部員外郎知制誥喬舜〔九〕、主客員外郎知制誥徐鉉、膳部員外郎知制誥張緯、光禄卿臨汝郡公景遼、鴻臚卿文安郡公景游、太府少卿陳留郡公景道、左衛將軍樂安郡公弘茂、駕部郎中李瞻等,或賡"元首"之歌〔一七〕,或和陽春之曲〔一八〕,如葵心之曲日馭⑩,似蟄户之向雷門⑪。二十一篇,咸從奏御,皆所以美豐年之兆,申萬物之情,非徒載笑載言,一詠一吟而已。昔者白雲之唱〔一九〕,七萃驅馳〔二〇〕;黄竹之詩,萬人凍餒〔二一〕。王猷且塞,後嗣何觀?孰若偃仰大庭,優游六藝?初筵有秩,而六宫不移;夜漏未央,而百官已事。被之樂府,授以史官,焕乎文章,無得而稱也。有詔爲序,以紀歲月,御批云:"宿來健否?酒醒詩畢,可有餘力?何妨一爲之序,以紀歲月。呵呵!"天慈過聽,猥屬微臣。徐樂上書,徒慙暮入〔二二〕;其日内宴,臣鉉迨夜方赴。安國作序,幸冠首篇〔二三〕。狂簡僅成,兢憂罔措。謹上。

【校記】

①摇:原作"淫",據黄校本改。

②常:四庫本作"尚"。

③仰瞻:四庫本作"瞻仰"。

④竟:四庫本、全唐文作"暗",李刊本作"密"。

⑤蹕:李校:一本作"纏"。

⑥垂:李校:一本作"冕"。

⑦彎:四庫本作"綈",全唐文作"鑾",李刊本作"帟",並校:一本作"鑾"、一本作"御",均非是,又一本誤作"變"。今按:"彎几"、"綈几"均通。前者爲古代以玉雕彤漆等爲飾之几案,有别于素几。周禮注疏卷二〇司几筵:"凡吉

事變几,凶事仍几。”後者爲鋪上綈錦之几案。古爲天子專用。西京雜記卷一:“漢制:天子玉几,冬則加綈錦其上,謂之綈几。”“鑾”、“帟”似不通。

⑧霞:黄校本作“雲”。

⑨喬舜:李校:“喬”下脱“匡”字,案“匡”字,宋本避藝祖諱,或闕筆,或不用,後來諸鈔本亦不一。

⑩曲:翁鈔本作“由”,四庫本、全唐文、李刊本作“向”,黄校本作“傾”。李校、徐校:一本作“面”。

⑪向:四庫本、全唐文作“環”;李刊本作“由”。　雷:原作“當”,據翁鈔本、四庫本、全唐文、李刊本、徐校改。

【箋注】

〔一〕作於南唐保大五年(九四七)正月二日。保大五年元日大雪,元宗召群臣賦詩。見江表志卷中、江南餘載卷下、圖畫見聞志卷六、十國春秋卷一六等。據文中注“御批云:‘宿來健否?酒醒詩畢,可有餘力?何妨一爲之序,以紀歲月。’”故繫於此。

〔二〕“臣聞堯尚文思,書有詠言之目”句:尚書正義卷三舜典:“詩言志,歌永言。”

〔三〕“漢崇儒學,史稱好道之名”二句:指董仲舒建言推崇儒學,實施王道。見漢書卷五六董仲舒傳。

〔四〕正始之音:文選卷四五卜商毛詩序:“周南、召南,正始之道,王化之基。”劉良注:“正始之道,謂正王道之始也。”

〔五〕魏帝“浮雲”之句:曹丕雜詩二:“西北有浮雲,亭亭如車蓋。”

〔六〕王融曲水之篇:指王融三月三日曲水詩序。序爲應詔而作。

〔七〕南薰:指南風歌。相傳爲虞舜所作,歌中有“南風之薰兮,可以解吾民之愠兮;南風之時兮,可以阜吾民之財兮”等句。參禮記正義卷三七樂記疏引尸子、史記卷二四樂書集解、孔子家語卷八辯樂解。

〔八〕東作:謂春耕。尚書正義卷二堯典:“寅賓出日,平秩東作。”孔安國傳:“歲起於東,而始就耕,謂之東作。”

〔九〕恩覃在鎬:武王遷都鎬京,恩澤四方,人頌美之。詩經大雅文王有聲:“鎬京辟廱,自西自東,自南自北,無思不服。皇王烝哉!考卜維王,宅是鎬京。

維龜正之,武王成之。武王烝哉!"

〔一〇〕調振横汾:漢武帝故事:"上幸河東,欣言中流,與群臣飲宴。顧視帝京,乃自作秋風辭曰:'泛樓船兮汾河,横中流兮揚素波。簫鼓吹,發棹歌,極歡樂兮哀情多。'"文選卷四五漢武帝秋風辭:"上行幸河東,祠后土,顧視帝京,欣然中流。與群臣飲燕,上歡甚,乃自作秋風辭曰:秋風起兮白雲飛,草木黄落兮雁南歸。蘭有秀兮菊有芳,攜佳人兮不能忘。泛樓船兮濟汾河,横中流兮揚素波。簫鼓鳴兮發棹歌,歡樂極兮哀情多,少壯幾時兮奈老何!"

〔一一〕青陽:指春天。尸子仁意:"春爲青陽,夏爲朱明。"

〔一二〕擊壤:古歌名。相傳唐堯時有老人擊壤而唱之。後用以歌頌太平盛世之典。王充論衡卷五感虚:"堯時,五十之民擊壤於塗。觀者曰:'大哉!堯之德也。'擊壤者曰:'吾日出而作,日入而息,鑿井而飲,耕田而食;堯何等力!'"按:藝文類聚卷一一帝堯陶唐氏引晉皇甫謐帝王世紀所引歌辭略異。

〔一三〕"太弟以龍樓之盛"句:太弟爲李景遂。保大五年,景遂封爲太弟。見新五代史卷六二南唐世家。按:馬令南唐書卷七弘冀傳云保大三年立景遂爲皇太弟。　龍樓:見卷一頌德賦注〔三二〕。

〔一四〕"齊王以鳳沼之崇,來參彤几"句:齊王指李景達,景遂立爲太弟,景達徙封齊王。見新五代史卷六二南唐世家。鳳沼,鳳凰池。指中書省。藝文類聚卷四八引南朝宋謝莊讓中書令表:"臣聞壁門天邃,鳳沼神深。"彤几,指古代以玉雕彤漆等爲飾的几案,有别于素几。參校記⑦。

〔一五〕韶護:指雅正之樂。左傳襄公二十九年:"見舞韶濩者。"杜預注:"殷湯樂。"孔穎達疏:"以其防濩下民,故稱濩也。……韶亦紹也,言其能紹繼大禹也。"一説韶護分别爲舜樂和湯樂。文選王中頭陀寺碑文:"步中雅頌,驟合韶護。"李善注引鄭玄曰:"韶,舜樂;護,湯樂也。"

〔一六〕魚龍:古代百戲雜耍名。漢書卷九六下西域傳贊:"設酒池肉林以饗四夷之客,作巴俞都盧、海中碭極、漫衍魚龍、角抵之戲以觀視之。"顔師古注:"魚龍者,爲舍利之獸,先戲於庭極,畢乃入殿前激水,化成比目魚,跳躍漱水,作霧障日,畢,化成黄龍八丈,出水敖戲於庭,炫燿日光。"楊炯奉和上元酺宴應詔:"百戲騁魚龍,千門壯宫殿。"

〔一七〕元首:歲日、元日。

〔一八〕陽春：戰國時楚國高雅曲名。後指高雅之曲。文選卷四五宋玉對楚王問："其爲陽阿、薤露，國中屬而和者數百人，其爲陽春、白雪，國中屬而和者不過數十人而已。"李周翰注："陽春、白雪，高曲名也。"

〔一九〕白雲：見卷五春雪應制注〔四〕"雲謡"注。

〔二〇〕七萃：周天子禁衛軍。穆天子傳卷一："天子於當水之陽，天子乃樂□，賜七萃之士戰。"郭璞注："萃，集也，聚也；亦猶傳有七輿大夫，皆聚集有智力者，爲王之爪牙也。"

〔二一〕"黄竹之詩，萬人凍餒"句：穆天子傳卷五載：周穆王往蘋澤打獵，"日中大寒，北風雨雪，有凍人，天子作詩三章以哀民"，首句爲"我徂黄竹"。爲傳説中的地名。後即用指周穆王所作詩名。謝惠連雪賦："岐昌發詠於來思，姬滿申歌於黄竹。"李商隱瑶池："瑶池阿母綺窗開，黄竹歌聲動地哀。"

〔二二〕"徐樂上書，徒慙暮入"句：徐樂，漢燕郡無終（今天津市）人。上書皇帝要明安危、修内政、防患未然，侔禹、湯之名，致成、康之俗。皇帝以爲相見恨晚。見漢書卷六四上徐樂傳。按：徐鉉與之同姓，故用以自比，兼有諷諫之意。

〔二三〕"安國作序，幸冠首篇"句：孔安國，字子國。孔子第十一代孫。武帝時，官諫大夫，臨淮太守。武帝末，魯共王壞孔府舊宅，於壁中得古文尚書、禮記、論語及孝經，皆科斗文字，時人不識。安國以今文讀之，又奉詔作書傳，定爲五十八篇，謂之古文尚書。參史記卷一二一儒林列傳、漢書卷八八儒林傳。

後序①〔一〕

昔者，漢宫故事，著成王負扆之圖〔二〕；魯殿宏規，紀黄帝垂衣之象〔三〕。用能昭文昭物②，雖十世而可知；如玉如金，更百王而不易。況乎天統建寅之首〔四〕，皇猷累洽之晨，上瑞方呈，宸游載穆，拱北極而衆星咸在，祝南山而萬壽無踰。明皇花萼之樓，風流不泯〔五〕；德祖中和之節，雅頌常垂〔六〕。實奕世之耿光，爲中朝之盛觀。固當騰之竹帛，飾以丹青，襲六藝以同明，與天文而共麗。皇太弟重离普照，博望凝思〔七〕，敦古道以致君，法前經而作事，命千秋而指畫，召立本以趨馳〔八〕。粲然後素之功，焯爾彰施之象，煦如就日，肅不違顔。萬國式瞻，若奉衣裳之會；群臣仰止，似聞輿馬之音。盛德形容，於斯大備者也。初，外朝既罷，内宴方陳，赴召者上自副君，逮于戚里。銅壺已晏，聖藻爰飛。或逡巡而載歌，或蹈詠而不作。既而有詔，出示群官。臣建勳、義方、鉉等，聞命在前，援簡先就，因承中旨，入奉斯筵；而兩省衆篇，翌日咸集。故奉和者二十一首，而侍宴者十有四人。前序闕遺，被令重述。謹上。

【校記】

①題目：全唐文作御製春雪詩後序。

②昭：黄校本作"服"。

【箋注】

〔一〕作於南唐保大五年（九四七）正月二日。

〔二〕成王負扆：史記卷三三魯周公世家"索隱述贊"："武王既没，成王幼孤。周公攝政，負扆據圖。"負扆，背靠屏風。指皇帝臨朝聽政。荀子卷一二正論："居則設張容負依而坐。"楊倞注："户牖之間謂之依，亦作扆，扆、依音同。"淮南子卷一三氾論訓："周公繼文王之業，履天子之籍，聽天下之政，平夷狄之亂，誅管、蔡之罪，負扆而朝諸侯。"高誘注："負，背也。扆，户牖之間。言南面也。"

〔三〕黄帝垂衣：謂定衣服之制，示天下以禮。用以稱頌帝王無爲而治。周易正義卷八繫辭下："黄帝、堯、舜垂衣裳而天下治，蓋取諸乾坤。"韓康伯注："垂衣裳以辨貴賤，乾尊坤卑之義也。"

〔四〕建寅：古代以北斗星斗柄的運轉計算月份，斗柄指向十二辰中的寅，即爲夏曆正月。淮南子卷三天文訓："天一元始，正月建寅。"

〔五〕"明皇花萼之樓，風流不泯"句：唐明皇建花萼樓，以示兄弟情深，此比元宗之封景遂爲太弟，景達爲齊王。唐六典卷七工部尚書："通陽之西曰花萼樓。"注云："樓西即寧王第，故取詩人棠棣之義以名樓焉。"按：寧王即李憲，明皇之兄。

〔六〕“德祖中和之節，雅頌常垂”句：德祖即德宗，貞元五年正月，詔以每年二月一日爲中和節。舊唐書卷一三德宗本紀下：“貞元五年春正月壬辰朔，乙卯，詔：‘……自今宜以二月一日爲中和節。’……令百官進農書，司農獻穜稑之種，王公戚里上春服，士庶以刀尺相問遺，村社作中和酒，祭勾芒以祈年穀。”

〔七〕博望：即博望苑。見卷四又和八日注〔三〕。

〔八〕“召立本以趨馳”句：閻立本，雍州萬年（今陝西西安市臨潼區）人。唐代宫廷畫師，尤擅長人物畫。作品有秦府十八學士、凌煙閣功臣二十四人圖、步輦圖、古帝王圖、職貢圖、蕭翼賺蘭亭圖等。按：此言元宗召畫師爲畫人物及圖景。江表志卷中：“保大五年元日大雪，上詔太弟以下登樓展燕，咸命賦詩。……侍臣皆有圖、有詠。徐鉉爲前、後序，太弟以下侍臣，法部絲竹，周文矩主之；樓閣宫殿，朱澄主之；雪竹寒林，董元主之；池沼禽魚，徐崇嗣主之。圖成，無非絶筆。”

御製雜説序〔一〕

臣聞軒后之神也，畏愛止乎三百〔二〕；唐堯之聖也①，倦勤及乎耄期〔三〕。文王之明夷也，爻象周於六虚〔四〕；宣父之感麟也〔五〕，褒貶流於百代。乃知功利之及物者，與形器而有限；道德之垂憲者，將造化而常新。是故體仁者必懇懇於立言，務遠者必勤勤於弘道。然則封泰山，告成功，七十二家〔六〕；正禮樂，删詩書，一人而已〔七〕。大矣哉，立教之難也！有唐基命，長發祥符，舊物重甄，斯文不墜。皇上高明博厚，濬哲文思，既承累聖之資②，仍就甘盤之學〔八〕。鴻才綺縟，理絶名言，默識泉深〔九〕，事符影響。自祇膺眷命，欽若重熙，廣大孝以厚時風，勵惟精而勤庶政。宥萬方而罪己③，體百姓以爲心。俗富刑清，時安歲稔。其或萬機暇豫，禁籞晏居，接對侍臣，宵分乃罷。討論墳典，昧旦而興，口無擇言，手不釋卷。嘗從容謂近臣曰：“卿輩從公之暇，莫若爲學爲文；爲學爲文,莫若討論六籍,游先王之道義,不成,不失爲古儒也。今之爲學④,所宗者小説,所尚者刀筆,故發言奮藻,則在古人之下風,以是故也。”其高識遠量,又如此焉。昔魏武帝有言“老而勤學”〔一〇〕,而所著止於兵書;吴大帝亦云“學問自益”〔一一〕,而無聞述作。風化之旨,彼其恧歟?屬者國步中艱,兵鋒始戢,惜民力而屈己,畏天命而側身,静慮凝神,和光戢耀。而或深惟遂古,遐考萬殊,懼時運之難并,鑑謨猷之可久。於是屬思天人之際,游心今古之間,觸緒研幾,因文見意,縱横毫翰,炳焕縑緗。以爲百王之季,六樂道喪〔一二〕,移風易俗之用,蕩而無止,慆心堙耳之聲,流而不反,故演樂記焉。堯、舜既往,魏、晉已還,授受非公,争奪萌起,故論享國延促焉。三正不修,法弊無救,甘心於季世之僞,絶意於還淳之理,故論古今淳薄焉。戰國之後,右武戲儒,以狙詐爲智能,以經藝爲迂闊。此風不革,世難未已,故論儒術焉。父子恭愛之情,君臣去就之分,則褒申生〔一三〕,明荀彧〔一四〕,俾死生大義皎然明白。推是而往,無弗臻善⑤,皆天地之深心,聖賢之密意,禮樂之極致,教化之本源。六籍之微辭,群疑之互見,莫不近如指掌,焕若發蒙。萬物之動,不能逃其形;百王之變,不能異其趣。洋洋乎大人之謨訓也!夫天工不能獨運,元后不能獨理〔一五〕。故有道無時,孟子所以咨嗟〔一六〕;有君無臣,鄭公所以歎恨〔一七〕。庶乎斯民有幸,大道將行,舉而錯之域中,則三五之功,何遠乎爾?臣又聞將順致美,鋪陳耿光,布堯言於萬邦,稱漢德於殊俗⑥,蓋詞臣之職也。若乃嚮明而理,負扆而朝,慶賞威刑,豫游言動,則有太史氏存焉。又若雅頌文賦,凡三十卷,鴻筆麗藻,玉振金相,則有中書舍人、集賢殿學士徐鍇所撰御集序詳矣。今立言之作,未即宣行,理冠皇墳,謙稱雜説。臣鉉以密侍禁掖,首獲觀瞻,有詔冠篇,勒成三卷⑦。而三卷之中,文義既廣,又分上、下焉,凡一百篇,要道備矣。將五千而並久〔一八〕,與二曜以同明。昭示孫謀,永光册府。謹上。

【校記】

①堯:全唐文作"虞"。

②承:李校:一本作"仍"。

③方:四庫本、全唐文、李刊本作"民"。

④爲學:李校:一本作"學者"。

⑤善:原脱,據李校、徐校補。

⑥俗:四庫本作"域"。

⑦勒:原誤作"勤"。據四庫本、黄校本、全唐文、李刊本、備要本、徐校改。

【箋注】

〔一〕作於宋開寶四年(九七一)或上一年。文曰:"鴻筆麗藻,玉振金相,則有中書舍人、集賢殿學士徐鍇所撰御集序詳矣。"按:徐鍇爲中書舍人在開寶三年。見卷五史館庭梅見其毫末……伏惟垂覽注〔一〕。又,開寶五年(九七二)二月,南唐貶損制度,中書舍人改爲右内史舍人。綜上,故繫於此。

〔二〕"軒后之神也,畏愛止乎三百"句:軒后,黄帝軒轅氏。參卷一○武成王廟碑注〔六〕。畏愛,敬佩愛戴。禮記正義卷一曲禮上:"賢者狎而敬之,畏而愛之。"鄭玄注:"心服曰畏。"三百,指三百年。孔子家語卷五五帝德:"宰我問於孔子曰:'昔者吾聞諸榮伊曰黄帝三百年,請問黄帝者人也?抑非人也?何以能至三百年乎?'"

〔三〕"唐堯之聖也,倦勤及乎耄期"句:耄期,尚書正義卷四大禹謨:"朕宅帝位,三十有三載,耄期倦於勤。"孔安國傳:"八十、九十曰耄,百年曰期頤。言己年老,厭倦萬機。"史記卷一五帝本紀:"堯立七十年得舜,二十年而老,令舜攝行天子之政,薦之於天。堯辟位凡二十八年而崩。"裴駰集解:"徐廣曰:'堯在位凡九十八年。'"張守節正義:"皇甫謐云:'堯即位九十八年,通舜攝二十八年也,凡年百一十七歲。'孔安國云:'堯壽百一十六歲。'"

〔四〕"文王之明夷也,爻象周於六虚"句:謂周文王即位五十年。史記卷四周本紀:"西伯蓋即位五十年,其囚羑里,蓋益易爲六十四卦。"六虚,易六十四卦每卦六爻的位置。爻分陰陽,每卦之爻變動無定,故爻位稱虚。周易正義卷八繫辭下:“易之爲書也不可遠,爲道也屢遷,變動不居,周流六虚。”韓康伯注:“六虚,六位也。”孔穎達疏:“言陰陽周徧流動在六位之虚。六位言虚者,位本無體,因爻始見,故稱虚也。”漢書卷二一上律曆志上:“其數以易大衍之數五十,其用四十九,成陽六爻,得周流六虚之象也。”

〔五〕“宣父之感麟也”句:孔子作春秋,止於西狩獲麟。左傳哀公十四年:“十有四年春,西狩獲麟。”宣父指孔子。漢平帝元始元年追謚孔子爲褒成宣尼公。見漢書卷一二平帝紀。

〔六〕“封泰山,告成功,七十二家”句:史記卷二八封禪書:“管仲曰:‘古者封泰山禪梁父者七十二家。’”

〔七〕“正禮樂,删詩書,一人而已”句:謂孔子正禮樂,删詩書。

〔八〕甘盤之學:見卷一二茅山紫陽觀碑銘注〔二二〕。

〔九〕默識泉深:即默識淵深。泉爲避唐李淵諱。

〔一〇〕魏武帝有言“老而勤學”:曹丕典論自叙:“上雅好詩書文籍,雖在軍旅,手不釋卷。每定省從容,常言人少好學,則思專,長則善忘。長大而能勤學者,唯吾與袁伯業耳。”

〔一一〕吴大帝亦云“學問自益”:三國志卷五四吴書九吕蒙傳:“(魯)肅於是越席就之,拊其背曰:‘吕子明,吾不知卿才略所及乃至於此也。’遂拜蒙母,結友而别。”裴松之注引江表傳曰:“初,權謂蒙及蔣欽曰:‘卿今並當塗掌事,宜學問以自開益。’”

〔一二〕六樂:謂黄帝、堯、舜、禹、湯、周武王六代古樂。周禮注疏卷一〇大司徒:“以六樂防萬民之情,而教之和。”鄭玄注引鄭司農曰:“六樂,謂雲門、咸池、大韶、大夏、大濩、大武。”

〔一三〕“褒申生”句:謂李煜於雜説中褒揚申生自殺符合父子恭愛之情。按:晉獻公之妾驪姬欲立其子,置藥於獻公食物中,嫁禍於太子申生。獻公將殺之,或勸申生逃走。申生認爲獻公年老,没有驪姬則寢不安席,食不甘味,於是自殺。見禮記卷六檀弓上、史記卷三九晉世家載。

〔一四〕“明荀彧”句:謂李煜於雜説中認爲荀彧飲藥而死符合君臣去就之義。按:曹操欲加九賜,荀彧以爲不可。曹操銜恨,荀彧以憂卒。裴松之於此注引魏氏春秋曰:“太祖饋彧食,發之乃空器也,於是飲藥而卒。”見三國志卷一

○魏書一○荀彧傳。

〔一五〕元后：天子。尚書正義卷四大禹謨："天之歷數在汝躬，汝終陟元后。"孔安國傳："言天道在汝身，汝終當升爲天子。"

〔一六〕"有道無時，孟子所以咨嗟"句：袁宏三國名臣頌："故有道無時，孟子所以咨嗟；有時無君，賈生所以垂泣。"見晉書卷九二袁宏傳。

〔一七〕"有君無臣，鄭公所以歎恨"句：韓愈子產不毀鄉校頌："於虖！四海所以不理，有君無臣，誰其嗣之，我思古人。"

〔一八〕五千：即五千言。老子道德經的代稱。見卷一七唐故文水縣君王氏夫人墓銘注〔五〕。

北苑侍宴詩序〔一〕

臣聞通物情而順時令者，帝王之能事；感惠澤而發頌聲者，臣子之自然。況乎上國春歸，華林雨霽，宸游載穆，聖藻先飛，雷動風行，君唱臣和，故可告於太史，播在薰絃。帝典皇墳，莫不由斯者已。歲躔己巳，月屬仲春，主上御龍舟，游北苑，親王舊相，至于近臣，並儼華纓，同參曲宴。時也風晴景淑①，物茂人和。望蔣嶠之嶔崟〔二〕，祝爲聖壽；汎潮溝之清淺〔三〕，流作天波。絲篁與擊壤齊聲〔四〕，醆斝共君恩與醉②。乃命即席，分題賦詩。睿思雲飄，天詞綺縟，文明所感，蹈詠皆同。既擊鉢以争先，亦分題而較勝。長景未暮，百篇已成。自揚大雅之風〔五〕，豈在遒人之職〔六〕？奉詔作序，冠于首篇，授以集書，藏之金匱。謹上。

【校記】

①晴：四庫本、全唐文作"清"。

②與醉：四庫本作"俱醉"，黄校本作"共醉"，全唐文作"並醉"。

【箋注】

〔一〕作於宋開寶二年（九六九）二月。續長編卷一○："唐樞密使左僕射、平章事湯悦罷爲鎮海節度使。悦不樂居藩,上章求解,於是改授太子太傅、監修國史,仍領鎮海節度使。"注云:"悦初罷政,授鎮海節度,其年月不可知。按李後主集載悦所爲北苑侍宴賦詩序,乃己巳歲開寶二年二月也。其銜位稱新授太子太傅,必二月初、正月末矣。"按:據徐鉉文曰"歲躔己巳,月屬仲春",知爲開寶二年之己巳年。故繫於此。汤悦序今佚。 北苑:見卷五北苑侍宴雜詠詩注〔一〕。

〔二〕"蔣嶠之嶔崟"句:蔣嶠即蔣山。見卷三又和注〔五〕。嶔崟,文選卷一五張衡思玄賦:"嘉曾氏之歸耕兮,慕歷阪之嶔崟。"張銑注:"嶔崟,高貌。"

〔三〕潮溝:見卷五和鍾大監汎舟同游見示注〔二〕。

〔四〕擊壤:相傳唐堯時有老人擊壤而歌。後用以歌頌太平盛世之典。見本卷御製春雪詩序注〔一二〕。

〔五〕大雅:詩經的組成部分之一。舊訓雅爲正,謂詩歌之正聲。詩大序:"雅者,正也,言王政之所廢興也。政有小大,故有小雅焉,有大雅焉。"大雅歌頌周王室祖先乃至武王、宣王等人之功績。

〔六〕遒人:帝王派出去瞭解民情的使臣。尚書正義卷七胤征:"每歲孟春,遒人以木鐸徇于路。"左傳襄公十四年:"故夏書曰:'遒人以木鐸徇于路。'"杜預注:"遒人,行人之官也。……徇于路,求歌謠之言。"

文獻太子詩集序〔一〕

鼓天下之動者在乎風,通天下之情者存乎言。形於風,可以言者,其惟詩乎?粤若書契肇生,雅頌乃作。達朝廷邦國之際,其用不窮;更治亂興替之時,其流不竭。六義浸遠,百代可知。若夫王公大人,居尊履正,其行道也無迹,其成務也不宰,所以可則可象,有功有親。非夫詠言,何以觀德?周文陳王業之什〔二〕,召穆糾宗族之篇〔三〕,聖人輯之,皇猷備矣。子桓振建安之藻〔四〕,昭明揔衆作之英〔五〕,體有古今,理無用捨。夫機神肇於天性,感發由於自然。被之管絃,故音韻不可不和;形於蹈厲,故章句不可不節。取譬小而其指大,故禽魚草木無所遺;連類近而及物遠,故容貌俯仰無所隱。怨惻可戒[①]，贊美不誣，斯實仁者之愛人，智士之博物。王室光啓，人文化成，上去删詩，綿二千祀，其用益廣，其制益精，絶其流冗，結以周密。王言帝典，炳蔚於縑緗[②]；詞人才子，充溢於圖諜。若乃簡練調暢，則高視前古；神氣淳薄，則存乎其人。亦何必以苦調爲高奇，以背俗爲雅正者也。殿下挺生知之哲，有累聖之資，道冠三才，學兼百氏。虞庠齒胄，騰聲於就傅之年；侯社錫圭，底績於爲邦之際。隨城封壤，人歌召伯之棠〔六〕；浙右控臨，時賴京師之潤〔七〕。戎機鞅掌，曾不勞神；閑館娱游[③]，未嘗釋卷。深遠莫闚其際[④]，喜愠不見於容[⑤]。唯奮藻而摛華，則緣情而致意。至鍾山樓月，登臨牽望闕之懷；北固江春，眺聽極朝宗之思。賞物華而頌王澤，覽穡事而勸農功，樂清夜而宴嘉賓，感邊塵而閔行役。沈吟命筆，顧眄成章[⑥]。理必造於玄微，詞必關於教化[⑦]。或寓言而取適，終持正於攸歸。著於簡篇，凡若干首。及玉符來覲，玄圃歸尊〔八〕，臨飛閣之華池，即洊雷之講肆，斯文間作，盛德日新，蓋曠代之宗英，實一時之師匠。以鉉幸塵贊論，嘗典絲綸，謂可言詩，因令視草。聽鈞天之奏，徒欲動心；酌滄海之波，唯知滿腹。敬抽短翰，式繼頌聲。謹序。

【校記】

①惻：原作"則"，據全唐文作"惻"；黄校本作"刺"。

②蔚於：李校：一本作"蔚乎"。

③娱：四庫本作"暇"。

④闚：四庫本作"測"。

⑤愠：翁鈔本作"怒"。

⑥眄：四庫本、全唐文、李刊本作"盼"。

⑦教化：翁鈔本、李刊本作"風教"。

【箋注】

〔一〕作於後周顯德五年（九五八）五月至六年六月之間。文獻太子即李弘冀。詳文意，詩序當作於弘冀生前，題目爲後來所改。據"玉符來覲，玄圃歸尊"、"斯文間作，盛德日新"，知在弘冀封太子一段時期之後。按：弘冀上年三月封爲太子，是年七月屬疾，九月初薨。此時徐鉉任太子左諭德，故有"幸塵贊論，嘗典絲綸"之語。故繫于此。

〔二〕"周文陳王業之什"句：毛詩序："七月，陳王業也，周公遭變，故陳后稷先公風化之所由，致王業之艱難也。"

〔三〕"召穆糾宗族之篇"：毛詩序："民勞，召穆公刺厲王也。"鄭玄箋："厲王，成王七世孫也。時賦斂重數，繇役煩多，人民勞苦，輕爲姦宄，彊淩弱，衆暴寡，作寇害。故穆公以刺之。"

〔四〕"子桓振建安之藻"句：曹丕字子桓。其典論論文，是對"建安七子"的創作得失的總結。

〔五〕"昭明揔衆作之英"句：南朝梁武帝長子蕭統謚號昭明。蕭統曾召集文士編纂文選三十卷，輯録秦漢以來詩文，爲我國現存最早的詩文總集。詳見梁書卷八昭明太子統傳。

〔六〕"隨城封壤，人歌召伯之棠"句：隨城封壤，未詳。按：弘冀初封東平郡公，元宗即位，徙南昌王。見馬令南唐書卷七弘冀傳。召伯之棠，比喻惠政。見卷四文獻太子挽歌詞五首注〔一九〕。

〔七〕"浙右控臨，時賴京師之潤"句：保大八年，詔弘冀爲潤、宣二州大都督，鎮潤州。見馬令南唐書卷三嗣主書。潤州（京口）在浙水之右，故稱。又稱浙西。

〔八〕玄圃歸尊：謂進封太子。玄圃，金陵（今南京市）宫中園名。梁書卷四簡文帝紀："高祖所製五經講疏，（簡文帝）嘗於玄圃奉述，聽者傾朝野。"

翰林學士江簡公集序〔一〕

士君子藏器於身，應物如響。成天下之務者，存乎事業；通萬物之情者，在乎文辭。然則日月不知，人亡政息，瞻之則眇然在羲軒之上〔二〕，蹈之則肅然若旦暮之間。自非遺文餘教，則作者之道，或幾乎息矣。嗟夫！天地長久，英靈超忽。鄴中才子〔三〕，與樂事以俱淪；江左名臣，及玄譚而共盡。清流可挹，勝氣猶生。閲蠹簡以淒涼，撫絶韋而慷慨。斯文未喪，何代無人？濟陽江公〔四〕，鍾川岳之粹靈，體角犀之奇相。芳蘭十步，本自天資；建木千尋，非求外獎。弱齡聞道，夙歲馳名。竹箭稱美於東南〔五〕，來充王府；天馬擅奇於西北，入奉乘黄〔六〕。于時聖曆中興，賢才間出，公從容冠蓋之際，頡頏臺閣之間。文高學深，識優理勝。虚襟接物，簡易多通。正色當官，直方無擾〔七〕。定祖宗之大號，功補神明〔八〕；端風憲之直繩，氣慴姦宄。身可屈而名不辱，用即行而捨即藏。故叢棘三年，雅懷自若；承明再入，時望彌高。人無間然，道亦光矣。嗚呼！運逢上聖，年在中身，人之云亡，空嗟殄瘁，死而可作，誰與同歸？詩所謂"胡不萬年"〔九〕，傳有云"古之遺愛"者也〔一〇〕。昔襄陽孟浩然，年五十有二，疾發背而亡〔一一〕，公豈其後身歟？何符合之若此？惟公以進士擢第，以詞賦馳名。事藩邸，參管記之司；登朝籍，專掌綸之任。奏議表啓，時然後言；詩筆歌頌，和者彌寡。絶文場而遠騖，横學海以孤飛，綜南北之清規，盡古今之變體。優游兩制，不亦宜乎？然而初無簡編，文乃亡逸。嗣子翹、門生王克貞等，或搜諸經笥，或傳於人口，或焚藁之外，或削材之餘，彙聚群分，凡得十卷，授之執友，以命冠篇。鉉族近情親，官聯迹密，每西垣景晏，北第風清，忘形罇俎之間，得意筌蹄之表〔一二〕。西江東海，俱爲賦鵩之鄉〔一三〕；北門右掖，並對受釐之問。嗟乎！相如既往，空存封禪之書〔一四〕；季子云來，但有心期之劍〔一五〕。寢門流慟①，已隔生平；都門長送②，遽成今昔。追託言於夙契，申永悼於斯文，援毫悲吒，存諸梗概云耳。

【校記】

①門：四庫本作"闈"。

②送：四庫本作"遥"。

【箋注】

〔一〕作於南唐保大十年(九五二)九月。江簡公即江文蔚,卒謚曰簡,故稱。卷一五唐故左諫議大夫翰林學士江君墓誌銘云:"春秋五十有二,保大十年八月二日卒于京師官舍。……即以其年九月十三日葬于某縣某里之原。"據此,知江文蔚卒於保大十年九月。據序文"寢闈流慟,已隔生平;都門長遥,遽成今昔",知作於文蔚卒後。

〔二〕羲軒:伏羲氏和軒轅氏(黄帝)的並稱。李白金陵鳳凰臺置酒:"明君越羲軒,天老坐三台。"

〔三〕鄴中才子:三國魏建都鄴,故址在今河北臨漳縣西南鄴鎮東。此指魏國以曹植等爲代表的一批作家。

〔四〕濟陽:唐時隸屬曹州,五代隸屬濟州。今山東濟陽縣。

〔五〕竹箭:細竹。爾雅注疏卷七釋地:"東南之美者,有會稽之竹箭焉。"郭璞注:"竹箭,篠也。"

〔六〕乘黄:神馬名。管子卷八小匡:"地出乘黄。"尹知章注:"乘黄,神馬也。"此指御馬,以比朝廷重臣。

〔七〕"正色當官,直方無擾"句:馬令南唐書卷一三江文蔚傳:"文蔚之居諫職,秉心貞亮,不容阿順。"陸游南唐書卷一〇江文蔚傳:"保大初,遷御史中丞,持憲平直,無所阿枉。"

〔八〕"定祖宗之大號,功補神明"句:烈祖殂,其廟號由江文蔚、韓熙載、蕭儼協同共議。見馬令南唐書卷一三江文蔚傳、陸游南唐書卷一〇江文蔚傳。

〔九〕胡不萬年:詩經曹風鳲鳩:"正是國人,胡不萬年。"

〔一〇〕古之遺愛:左傳昭公二十年:"子産卒,仲尼聞之,出涕曰:'古之遺愛也。'"

〔一一〕"襄陽孟浩然,年五十有二,疾發背而亡"句:王士源孟浩然集序:"開元二十八年(七四〇),王昌齡游襄陽,時浩然疾疹發背,且愈,相得歡甚,浪情宴謔,食鮮疾動,終於治城南園,年五十有二。"

〔一二〕得意筌蹄:莊子雜篇外物:"荃者所以在魚,得魚而忘荃;蹄者所以在兔,得兔而忘蹄。"筌,同"荃"。

〔一三〕"西江東海,俱爲賦鵬之鄉"句:西江指江州(治所今江西九江市),

江文蔚因彈劾馮延巳等人，被貶江州司士參軍。見陸游南唐書卷一〇本傳。東海指泰州，徐鉉因被指洩露機密而被貶泰州，見徐公行狀。

〔一四〕“相如既往，空存封禪之書”句：漢書卷五七下司馬相如傳：“長卿未死時，爲一卷書，曰有使來書，奏之。其遺札書言封禪事。”

〔一五〕“季子云來，但有心期之劍”句：用延陵季札掛劍之典。見卷一五唐故泰州刺史陶公墓誌注〔一五〕。

蕭庶子詩序〔一〕

人之所以靈者情也，情之所以通者言也。其或情之深，思之遠，鬱積乎中，不可以言盡者，則發爲詩，詩之貴於時久矣。雖復觀風之政闕，遒人之職廢，文質異體，正變殊塗，然而精誠中感，靡由於外獎；英華挺發，必自於天成。以此觀其人，察其俗，思過半矣。此夫澤宮選士①，入國知教，其最親切者也，是以君子尚之。蘭陵蕭君，江左之英，詩菀之精。其爲人也樂易，其處世也静默，忘形衡泌之下〔二〕，苦節戎馬之間。其道日新，其名益震。諸侯虚左，五府交辟。今晉王殿下樹藩作相，樂善愛才。幕府初開，君實首冠，由典校書至儀曹郎。出入兩宫，官無虚授；優游多士，交必正人。每良辰美景，登高送遠，適莫不存於心府，勢利不及於笑談，含毫授簡，唱予和汝。其性淡，故略淫靡之態；其思深，故多清苦之詞。大雅之士，何以過此？鉉與君爲友，幾將二紀，其間聚散窮達，罕或寧居。淡成之懷②，終始若一③，静言投分，想見古人。丁巳歲，撫王高讓承華，出分陝服，君以宫省舊德，復踐初筵。撰行之夕，俾予視草。鉉也不佞，無足揚君之美，徒欲申别恨、叙交情，故作斯文，冠于篇首云爾。

【校記】

①此夫：全唐文作“比夫”。

②懷:四庫本作“性”。

③終始:四庫本作“始終”。

【箋注】

〔一〕作於南唐保大十五年(九五七)三月。蕭庶子爲蕭彧。文曰:“今晉王殿下,樹藩作相,樂善愛才,幕府初開,君實首冠。……鉉與君爲友,幾將二紀。……丁巳歲,撫王高讓承華,出分陜服,君以宫省舊德,復踐初筵。撰行之夕,俾予視草。”丁巳爲保大十五年。晉王爲李景遂。通鑑卷二九四載:顯德五年三月,“唐主乃立景遂爲晉王,加天策上將軍、江南西道兵馬元帥、洪州大都督、太尉、尚書令。”按:通鑑記此事於顯德五年(九五八)三月,此從徐鉉文。故繫於保大十五年三月。

〔二〕衡泌:隱居之地。詩經陳風衡門:“衡門之下,可以棲遲。泌之洋洋,可以樂飢。”

成氏詩集序〔一〕

詩之旨遠矣,詩之用大矣。先王所以通政教、察風俗,故有采詩之官、陳詩之職。物情上達,王澤下流。及斯道之不行也,猶足以吟詠情性、黼藻其身,非苟而已矣。若夫嘉言麗句,音韻天成,非徒積學所能,蓋有神助者也。羅君章、謝康樂、江文通、丘希範,皆有影響,發於夢寐〔二〕。今上谷成君亦有之〔三〕。不然者,何其朝捨鷹犬,夕味風雅,雖世儒積年之勤,曾不能及其門者邪?逮余之知①,已盈數百篇矣。覩其詩如所聞,接其人如其詩。既賞其能,又貴其異。故爲冠篇之作,以示好事者云。戊戌歲正月日序。

【校記】

①余:四庫本、全唐文作“予”。

【箋注】

〔一〕作於南唐昇元二年(九三八)正月。文末署曰:“戊戌歲正月日序。”

戊戌爲昇元二年。　成氏詩集爲成彦雄梅頂集。晁公武郡齋讀書志卷一八："成彦雄梅頂集一卷，右僞唐成彦雄，江南進士。有徐鉉序。"成彦雄，或字文幹。宋史卷二〇八藝文志七："成文幹詩集五卷。"通志卷七〇藝文略八："僞唐成文幹梅嶺集五卷。"全唐詩卷七五九成彦雄小傳云："成彦雄，字文幹，南唐進士。梅嶺集五卷。"據此，知其詩集尚有異名。按：崇文總目卷五："成文幹梅嶺集五卷"後注云："舊本'嶺'訛'頂'，今校改。"尊前集録其柳枝詞十首，霏雪録卷下引柳枝詞其一句"草澤無人處也新"；容齋隨筆續筆卷二"歲旦飲酒"條、玉芝堂談薈卷二一"飲屠蘇酒"條、天中記卷四録引其元日詩或句；萬首唐人絶句卷七二、蜀中廣記卷六五方物記第七茶譜録其煎茶詩；石倉歷代詩選卷一二三録其江上楓、夜夜曲詩。以上詩均可見全唐詩卷七五九。又，徐公文集卷三寒食成判官垂訪見寄，詩中成判官或即成彦雄。

〔二〕"羅君章、謝康樂、江文通、丘希範，皆有影響，發於夢寐"句：羅含（二九二—三七二）字君章，桂陽耒陽（今湖南耒陽縣）人。晉書卷九二本傳："少有志尚，嘗晝卧，夢一鳥文彩異常，飛入口中，因驚起説之。"謝靈運（三八五—四三三）襲封其祖父謝玄爵號康樂公，世稱謝康樂。鍾嶸詩品卷二："謝氏家録云：康樂每對惠連，輒得佳語。後在永嘉西堂，思詩竟日不就，寤寐間忽見惠連，即成'池塘生春草'，故常云：'此語有神助，非吾語也。'"江淹（四四四—五〇五）字文通，宋州濟陽考城（今河南民權縣程莊鎮）人。鍾嶸詩品卷二："初，淹罷宣城郡，遂宿冶亭，夢一美丈夫，自稱郭璞，謂淹曰：'吾有筆在卿處多年矣，可以見還。'淹探懷中，得五色筆以授之，爾後爲詩，不復成語，故世傳江淹才盡。"丘遲（四六四—五〇八）字希範，吴興烏程（今浙江湖州市）人。

〔三〕上谷：唐時爲易州。見元和郡縣圖志卷一八河北道三易州。今爲河北張家口市宣化區。

徐鉉集校注卷一九　序　表　書

送謝仲宣員外使北蕃序〔一〕

自昔新都盜國，撓我中州，建武開元，越在江左，日月之照，不及河洛之地者，四十年矣〔二〕。主上方恢遠略，弘下武，聖作物覩，有開必先。故使僞邦失政①，胡馬大入，山泉反覆，羌渾沸騰〔三〕。五州遺甿，二京故老，引領南望，庶幾撫予。天子聞之憫然，故命大司馬賈公使以觀變，儀曹郎謝君副焉。儀曹別予，應曰：美哉是行！蒼生之福，在斯舉矣。始予及子同省，予弟又與子同府，交道深矣。今子將之絶域，無以爲贈，請贈以言：夫格天地，充四方②，莫先乎禮。昔我太宗文皇帝革暴隋〔四〕，一寓内，屈己濟物，虚心納諫。故四夷君長，歷代不賓，稽顙闕下，可謂德矣；聲明文物，垂三百年，絶而復續，可謂禮矣。苟使踰百千代之有國家者，猶當企聳下風，奉行不墜，況中興之嗣君乎！周秦宫闕，是本朝二宅；貞觀德禮，是本朝家法。若棄之而不念，委之而不修，非天子之意也。主上躬行於内，而使二君順之於外。今强胡入貢③，中原無主，聖人不能違時，時至不可失也。子其勉之哉！思聖意，顧人心。犬羊百萬[④],以攻戰爲事,不可以威武服也;酋豪聚首[⑤],以姦詐爲常,不可以智力勝也。子其將之以德,慎之以禮。衣冠餘緒,必觀光於使臣。一覩漢官威儀,必感泣頓服,宅心南向。苟或不爾,是絶蒼生之望也,可不慎歟!鉉自束髮從宦[⑥],則聞長者之論[⑦],盛言爲戰國者,必以權道。子視商周以降,誰非戰國,寧有以權道躋太平乎?而言以人棄,故事與願違。今子王府元僚,居可言之地〔五〕;遠使上介,當可行之時,勉之哉!故人之願,蒼生之望,在此而已。行矣文昌〔六〕,春風二月,征塗萬里,捨游宴之適[⑧],就鞍馬之勞。征虜亭下,南朝送别之場〔七〕;臨滄觀側,茂弘思洛之所〔八〕。叙離懷古,寧無情乎?矧軺車所經〔九〕,觸緒牽思,渡長淮則想"清流映月"之景〔一〇〕,過睢園則思"愁雲零雪"之興〔一一〕,望鞏洛則傷"麥秀"之詩〔一二〕,指唐晉則感大風之歌〔一三〕。綏懷之暇,彈琴詠詩,以袪鬱陶之慮。還軫在邇,不復多陳,聊序鄙志爾[⑨]。

【校記】

①使:翁鈔本作"爲"。

②充:李校:一本作"光"。

③胡:四庫本作"敵"。

④犬羊:四庫本作"步騎"。

⑤酋:四庫本作"强"。

⑥宦:李校:一本作"官"。

⑦則:四庫本、全唐文作"側"。

⑧適:翁鈔本作"樂"。

⑨爾:翁鈔本作"云爾"。

【箋注】

〔一〕作於南唐保大五年(九四七)二月。新五代史卷六二載:保大五年正月,"契丹遣使來聘,以兵部尚書賈潭報聘。"文曰"日月不照,不及河洛之地者,四十年矣”。按:唐自天祐四年(九〇七)亡,至保大五年恰四十年。又曰“春風二月,征途萬里”。知二月賈潭報聘契丹、謝仲宣爲副。　謝仲宣:通鑑卷二八五“開運二年(九四五)”條載:曾爲齊王景達幕僚,諫景達言於元宗,云宋齊丘爲先帝布衣之交,不應棄之,元宗乃使景達自至青陽召齊丘。又據卷三送鍾員外詩序,保大九年(九五一),鍾蒨任東都少尹時,謝仲宣有賦松詩送之。其餘未詳。

〔二〕“自昔新都盜國”至“四十年矣”數句:指朱温廢唐帝建梁,改元開平;楊渥割據江左,仍稱天祐四年。

〔三〕羌渾:指党項羌、吐谷渾。新唐書卷二二一上西域傳党項:“党項,漢西羌别種。……其地古析支也,東距松州,西葉護,南春桑、迷桑等羌,北吐谷渾。”同上卷西域傳吐谷渾:“吐谷渾居甘松山之陽,洮水之西,南抵白蘭,地數千里。”

〔四〕太宗文皇帝:李世民卒謚文皇帝,廟號太宗。見舊唐書卷三太宗本紀下。

〔五〕“今子王府元僚,居可言之地”句:謂謝仲宣爲齊王景達幕僚。見注〔一〕。

〔六〕文昌:當是謝仲宣字。

〔七〕“征虜亭下,南朝送别之場”句:征虜亭爲南朝送别之地。見卷二送吴郎中爲宣州推官知涇縣注〔二〕。

〔八〕“臨滄觀側,茂弘思洛之所”句:太平寰宇記卷九〇江南東道二昇州上元縣:“臨滄觀,在勞山。山上有亭七間,名曰新亭,吴所築,宋改爲新亭,中間名臨滄觀。晉周顗與王導等常春日登之會宴,顗曰:‘風景不殊,舉目有江山之異。’即此也。謂之勞勞亭,古送别所。”王導字茂弘,琅琊臨沂(今山東臨沂市)人。晉書卷六五本傳:“過江人士,每至暇日,相要出新亭飲宴。周顗中坐而歎曰:‘風景不殊,舉目有江山之異。’皆相視流涕。惟導愀然變色曰:‘當共戮力王室,克復神州,何至作楚囚相對泣邪?’衆收淚而謝之。”

〔九〕軺車:見卷一送史館高員外使嶺南注〔五〕。

〔一〇〕渡長淮則想“清流映月”之景:化用白居易渡淮:“清流宜映月,今夜重吟看。”

〔一一〕過睢園則思"愁雲零雪"之興:睢園即梁園。見卷一木蘭賦注〔一〇〕。文選卷一三謝惠連雪賦:"歲將暮,時既昏,寒風積,愁雲繁。梁王不悦,游于兔園,迺置旨酒,命賓友。召鄒生,延枚叟。相如末至,居客之右。俄而微霰零,密雪下。"

〔一二〕望鞏洛則傷"麥秀"之詩:史記卷三八宋微子世家:"箕子朝周,過故殷虚,感宫室毁壞,生禾黍,箕子傷之,欲哭則不可,欲泣爲其近婦人,乃作麥秀之詩以歌詠之。其詩曰:'麥秀漸漸兮,禾黍油油。彼狡僮兮,不與我好兮!'"

〔一三〕指唐晉則感大風之歌:史記卷八高祖本紀:"高祖已擊布軍會甀,布走,令别將追之。高祖還歸,過沛,留。置酒沛宫,悉召故人父老子弟縱酒。……酒酣,高祖擊筑,自爲歌詩曰:'大風起兮雲飛揚,威加海内兮歸故鄉,安得猛士兮守四方!'"

送贊善大夫陳翊致仕還鄉詩序〔一〕

夫進退之機,大易稱首;止足之誡,玄文所宗。君子動必乘時,故言行而事立;静惟體道,故身貴而名全。然則知之非艱①,行之不易,去聖既遠,引年益稀。是以古之明君,爰有成式,重辭禄之士,優懸車之禮,賁飾寵秩,靡限常均,所以崇德尚賢、激貪厲俗者也②。皇風所及,我有其人。太子洗馬陳翊③,江浙炳靈,鄉閭獲譽。棲遲下位,而升聞自高;便蕃寵任,而祇畏日積。時方多難④,寄切司聰,將命無私,臨事能斷,盤錯必解,風雨不渝。及少海告符〔二〕,摇山表慶〔三〕,天下之本既正,四郊之壘亦罷,於是詠遂初之賦〔四〕,决高謝之懷。京口之西,先有别墅,前臨廣陌,却枕長江,田逾二頃,桑都八百。戴仲若軒懸之地〔五〕,不遠風煙;蒲真人鹿迹之鄉〔六〕,依然川域。誅茅築室,素欲終焉。其所闕者,飛泉而已。嘗因暇日,策杖尋幽,爰有道人,指示岩溜。百步之内,一道懸流,其清可鑑,其味如醴,縈崖漱石,滌慮蠲痾。信山川助其好尚,亦心府資其瑩濯。既而挂冠請命,伏閤陳詞。優詔嘉之,竟允其請,錫金紫之服,升贊善之資。輕舟東浮,盡室而去。副君執手流涕,似宜都之别弘景〔七〕;群公供帳祖餞,若都門之送二疏〔八〕。知與不知,莫不稱嘆。殿下調高雅頌,文動星辰,賦詩一章,以寵行邁。掩鄴中之舊制〔九〕,流樂府之新聲,足以厚君臣之情,敦風化之本。縑緗麗色,丘壑增華。自周行之人與觀光之士,靡然投贈,粲爾成章。遠比"河梁"之篇〔一〇〕,近擬"白雲"之集〔一一〕。夫其貞退之節,樂善之風,實教義之所臻,亦詠歌之盛觀也。鉉名參望苑⑤〔一二〕,迹本騷人,敢言能賦之才,濫奉言詩之賜。敬序麗則,冠于首篇。

【校記】

①艱:李校:一本作"難"。

②屬:四庫本、黄校本、全唐文、李刊本作"勵"。

③陳翊:全唐文作"陳君翊"。

④難:四庫本作"艱"。

⑤參:李校:一本作"忝"。

【箋注】

〔一〕作於後周顯德五年(九五八)六月。詳文意,知周世宗罷兵,即"天下之本既正,四郊之壘亦罷";陳翊以贊善大夫致仕還鄉,即"詠遂初之賦,決高謝之懷",李弘冀與徐鉉等送行。按:是年五月,南唐割地,奉周正朔,周世宗弭兵修好。見馬令南唐書卷四。據此,故繫於是年六月。　陳翊:史書無傳。據文知其曾作太子洗馬,卷四亦有和陳洗馬山莊新泉。贊善大夫當是致仕贈官。其餘未詳。

〔二〕少海告符:謂弘冀立爲太子。太子稱少海,詳見卷一四文獻太子哀册文注〔一六〕。

〔三〕摇山表慶:謂慶祝弘冀立爲太子。摇山即榣山。傳説中的山名。山海經卷一六大荒西經:"有芒山,有桂山,有榣山。其上有人,號曰太子長琴。"

〔四〕遂初之賦:見卷二寄江都路員外注〔四〕。

〔五〕戴仲若軒懸之地：謂陳翊京口别墅堪比戴顒游憩之地。宋書卷九三戴顒傳："戴顒字仲若，譙郡銍人也。……衡陽王義季鎮京口，長史張邵與顒姻通，迎來止黄鵠山。山北有竹林精舍，林澗甚美，顒憩于此澗，義季亟從之游，顒服其野服，不改長度。"

〔六〕蒲真人鹿迹之鄉：當指漢蒲公採藥見鹿之事。此比陳翊别墅之地祥瑞。但不知徐鉉所本。清胡世安譯峨籁宗鏡記云："漢永平中，癸亥（公元六三年），六月一日，有蒲公采藥於雲窩。見一鹿，異之，追至絶頂無蹤，乃見威光焕赫，紫雲騰湧，聯絡交輝，成光明綱。駭然歎曰：'此瑞稀有，非天上耶！'逕投西來千歲和尚告之。答曰：'此是普賢祥瑞，於末法中守護如來相教，現相於此，化利一切衆生。汝可詣騰、法二師究之。'甲子（公元六四年），奔洛陽，參謁二師，俱告所見。師曰：'善哉，希有！汝等得見普賢，真善知識。昔我世尊，在法華會上，以四法付之：一者爲諸佛護念，二者植衆德本，三者入正定聚，四者發救一切衆生之心。菩薩依本願而現相於峨眉山也。'"

〔七〕宜都之别弘景：宜都爲齊宜都王鏗。梁書卷五一陶弘景傳："永明十年，上表辭禄，詔許之，賜以束帛。及發，公卿祖之於征虜亭，供帳甚盛，車馬填咽，咸云宋、齊以來，未有斯事。朝野榮之。"

〔八〕都門之送二疏：指漢宣帝時名臣疏廣與兄子疏受。廣爲太傅，受爲少傅。漢書卷七一疏廣傳："廣謂受曰：'吾聞"知足不辱，知止不殆"，"功遂身退，天之道"也。今仕官至二千石，宦成名立，如此不去，懼有後悔，豈如父子相隨出關，歸老故鄉，以壽命終，不亦善乎？'受叩頭曰：'從大人議。'即日父子俱移病。滿三月賜告，廣遂稱篤，上疏乞骸骨。上以其年篤老，皆許之，加賜黄金二十斤，皇太子贈以五十斤。公卿大夫故人邑子設祖道，供張東都門外，送者車數百兩，辭决而去。"

〔九〕掩鄴中之舊制：頌美太子弘冀詩作高出三國魏鄴都詩人。

〔一〇〕"河梁"之篇：文選卷二九李陵與蘇武詩三首其三："攜手上河梁，游子暮何之？"

〔一一〕近擬"白雲"之集：未詳確指。據上句"河梁"之篇，知該句亦含訣别之意。按：謝朓曾爲齊武帝子隨郡王子隆幕僚，深受欣賞。然爲王秀之所譖，武帝令謝朓離開荆州還都。謝朓與子隆箋辭中有"輕舟反泝，弔影獨留，白雲在天,龍門不見"之句。見南齊書卷四七謝朓傳。若然,則陳翊致仕還鄉,或是不得已而然。

〔一二〕鉉名參望苑:指徐鉉此時任太子左諭德之職。望苑即博望苑,見卷四又和八日注〔三〕。

送張佖郭賁二先輩序〔一〕

君子所以章灼當時、焜燿來裔者,必曰進士擢第,畿尉釋褐①。斯道也,中朝令法,雖百王不移者也②。自聖曆中興,百度漸貞,能興此美者,今始見張、郭二生矣。則知九仞之勢,千里之行,凝雲逐日,未可量也。鉉也不佞,生於先賢之後,進在二子之前,此美不兼,可以歎息。然有事同而時異,請試論之:噫!詞場陻廢五十年矣。故老之言議殆絶,後生之視聽懵然。今百辟有司,達于郡國吏,徒見趨走公府中一尉耳,焉知其餘哉!而二君子調高才逸,年少氣盛,將以俊造之業自重,責人以既廢之禮;又將以堯、舜之道爲用,議政於俗吏之間。如是,將與時大乖矣。嗚呼!彼衆我寡,或者難以勝乎!君子之道,無施不可,舒之彌四海,卷之在掌握。日磾見奇於牧馬〔二〕,元楊知名於水磑〔三〕,彼二人即公輔大器也,豈以恥辱爲累哉!愚願二君子反己正身,開懷戢耀,無望人以不知,無强人以不能,如斯而已矣。今天子重文好古,諸生懷才待用,所以蒼生未蒙福者,上下之勢殊,中有間爾。大易之義,物不終否,否極必泰。泰之時,在上者其道下降,在下者其道上行。君臣相合,然後事業遠矣。吾以爲斯道之復不遠,吾子其勉之!句曲仙鄉,廣陵勝地,多難將弭〔四〕,春物將華。琴棋詩酒,足以爲適。贈言之旨,盡於斯焉。

【校記】

①畿:李校:一本作"圻"。

②移:李校:一本作“易”。

【箋注】

〔一〕作於南唐保大十五年(九五七)春。文曰“詞場堙廢五十年矣”,天祐四年(九〇七)唐亡,至是年恰五十年。故繫於是年春。 張佖:或作張泌,後主文臣,見江表志卷下、江南餘載卷上;十國春秋卷二五、卷三〇有傳(實爲一人,吴任臣誤作二人);張、郭二人於保大十二年及第,見卷三酬郭先輩和和張先輩見寄二首注〔一〕。據序文知張佖授句容尉、郭賁授廣陵尉。十國春秋卷二五本傳云:“張泌,事元宗父子,官句容縣尉。”亦可證張佖曾任句容尉。是年徐鉉另有詠梅子真送郭先輩贈郭賁。

〔二〕日磾見奇於牧馬:漢書卷六八金日磾傳:“金日磾字翁叔,本匈奴休屠王太子也。……久之,武帝游宴見馬,後宫滿側。日磾等數十人牽馬過殿下,莫不竊視,至日磾獨不敢。日磾長八尺二寸,容貌甚嚴,馬又肥好,上異而問之,具以本狀對。上奇焉,即日賜湯沐衣冠,拜爲馬監,遷侍中駙馬都尉、光禄大夫。”

〔三〕元楊知名於水磑:元楊當指李元紘。舊唐書卷九八李元紘傳:“元紘少謹厚。初爲涇州司兵,累遷雍州司户。時太平公主與寺僧争碾磑,公主方承恩用事,百司皆希其旨意,元紘遂斷還僧寺。竇懷貞爲雍州長史,大懼太平勢,促令元紘改斷,元紘大署判後曰:‘南山或可改移,此判終無摇動。’”按:李元紘由此而聲名大著,終至宰相。與上文金日磾官職卑微而終爲宰輔爲同類故事,徐鉉用以安慰張佖、郭賁不必在意當前官小位卑。此或避李弘冀諱,或刊刻時避趙匡胤父弘殷諱,或徐鉉誤記。

〔四〕多難將弭:當指收復廣陵。按:十國春秋卷一六載:保大十四年(九五六)二月乙酉,“周師陷東都”、“秋七月……復東都、舒、蘄、光、和、滁州”。卷一七載:是年十二月庚午,“帝知東都必不守,遣使悉焚官私廬舍,徙其民于江南,周師遂入揚州。”據此,知廣陵於上年七月收復,是年十二月復失。此序云郭賁爲廣陵尉,則在收復之後。

送武進龔明府之官序〔一〕

古人有言:士君子志意既立,名譽不聞,蓋朋友之過也。嗚呼！予於龔生有之矣。始予居獻納之地〔二〕，生已爲赤縣尉〔三〕，嘗竊議謂生宜參諫垣、憲府之任，而未果拔茅之志，遽爲賦鵬之行〔四〕。生不旋踵，亦左授天長用武之地。朝廷置建武軍於其所〔五〕，使爲將者治之。習兵與儒，其志不通也；處長與佐，其勢不鈞也。軍市之征，日困於民；王澤之流，不被於俗。及生之至，官聯始舉，删煩革弊①，丕變舊風。踰年告歸，舉邑之民，相率遮道不聽去。乃潛匿佛廟室中，耆耋輩索而獲焉，扶之上車，擁之而還。竟不得已，中夜而遁。異哉！遺愛之風若此，考功之吏弗聞！丙辰歲，予避兵于池陽〔六〕，遇生侍親郡中，勉之東下。是時甘泉有烽火之急〔七〕，天子下哀痛之詔〔八〕。予謂生必自致青雲之上，以解天下之倒懸。而出入三年，始爲武進宰。噫！非朋友之過乎？嘗試論之曰：才不才在我，用不用在時。道之所存，其人乃貴，功名寵禄，何足算哉！苟澤及於民，教被於物，則百里之廣，千室之富，斯可矣。與夫楊、孟之徒，坎軻閭巷、垂空言於後世者，不猶愈乎？行矣龔生，苟有良田，何憂晚歲〔九〕？贈言之要，其過此乎？

【校記】

①煩：四庫本作“華”。

【箋注】

〔一〕作於後周顯德六年（九五九）。序云“丙辰歲”，丙辰爲保大十四年（九五六）。又云“出入三年”，知作於顯德六年。　武進：常州屬縣，見十國春秋卷一一一南唐地理表。今爲江蘇常州市武進區。　龔明府：人未詳。

〔二〕“始予居獻納之地”句：指徐鉉時任職禮部爲祠部員外郎或主客郎中。

〔三〕“生已爲赤縣尉”句：赤縣爲京畿之地。當是江寧縣尉或上元縣尉。

〔四〕“遽爲賦鵬之行”句：指保大十一年（九五三）徐鉉流舒州。

〔五〕“朝廷置建武軍於其所”句：建武軍，治所在天長縣。十國春秋卷一一三南唐藩鎮表“建武軍”下注云：“南唐昇元六年閏正月，改天長制置使爲建武軍。”

〔六〕“丙辰歲，予避兵于池陽”句：指保大十四年（九五六）徐鉉量移饒州，未登程而周師過淮,徐鉉避之池陽。見徐公行狀。池陽,見卷一二池州重建紫極宫碑銘注〔一六〕。

〔七〕"是時甘泉有烽火之急"句:指保大十四年春,周師陷揚州、泰州,吴越侵常州、宣州。見陸游南唐書卷二元宗本紀。甘泉烽火,見卷一〇武烈帝廟碑銘注〔一二〕。

〔八〕天子下哀痛之詔:指元宗遣使求奉周正朔,歲獻方物,以兄事之。見陸游南唐書卷二元宗本紀。

〔九〕"苟有良田,何憂晚歲"句:文選卷二四曹植贈徐幹:"良田無晚歲,膏澤多豐年。"唐丁澤有良田無晚歲詩。

送劉生序〔一〕

彭城劉生爲南畿令①〔二〕,天官侍郎昌黎公作序以送,盛稱歷陽宰楊員外光儒之爲政〔三〕,以勗之。鉉與楊君有姻,深知其内行。君清簡仁愛,心無適莫。自妻子僕妾及家族吏民,接之無親疏之隔,求之於形骸之外。蓋真純之氣充,而感召之應遠。民之好競者,皆相與言曰:"衆若嚚訟,必撓吾員外矣。"嗚呼!其古人乎?今劉生才俊於楊,學優於楊,觀其政績等②,然生猶有耿介不平之氣。觀吏部之勗子與予之贈言③,蓋爲是也④。子其平心藏用,淊然與道合⑤,在古人上矣⑥。矧西山神仙之宅也⑦〔四〕,旌陽其遠乎⑧?僕固倦談,生停驂已久,故揚搉以論之⑨。九月二十七日⑩,中書舍人徐鉉序。

【校記】

①畿:李校:一本作"圻"。

②等:李校:"等"下一本有"所著"二字。

③觀:李校:"觀"下一本有"夫"字。

④蓋:李校:"蓋"下一本有"亦"字。"也"下一本有"吾"字。

⑤合:李校:"合"上一本有"大"字。"合"下一本有"則"字。

⑥人:李校:"人"下一本有"之"字。

⑦山:李校:"山"下一本有"向爲"二字。"也"下一本有"乎"字。

⑧其:李校:"其"下一本有"未"字。乎:一本作"也"。

⑨之:李校:"之"下一本有"如此,生其勉乎哉時"八字。

⑩二:全唐文作"一"。

【箋注】

〔一〕作於宋建隆三年(九六二)或四年九月二十七日。文中所言天官侍郎昌黎,即韓熙載,天官即吏部侍郎。據續長編卷二載:建隆二年(九六一),"冬十月癸巳,唐主以皇太后山陵遣户部侍郎北海韓熙載、太府卿田霖來助葬。"知建隆二年十月熙載尚任户部侍郎;又據續長編卷五載:乾德二年(九六四)三月,"始用鐵錢,擢熙載兵部尚書、勤政殿學士。"後注云:"十國紀年及朔記……拜兵部尚書、勤政殿學士在此年六月。"據此,知乾德二年六月熙載改兵部。按:陸游南唐書卷三後主本紀載:乾德二年三月,"命吏部侍郎、修國史韓熙載知貢舉,放進士王崇古等九人。"據此,知熙載爲吏部侍郎,當在九六二至九六四年六月間。綜上,則徐鉉此文應作於九六二或九六三年九月二十七。 劉生,未詳其人。卷二五巫馬大夫碑銘云:"行太守事彭城劉君名察,望高持憲……"其中彭城劉察或爲同一人。

〔二〕彭城:徐州古稱。 南畿:據下文"西山神仙之宅",知爲南都南昌。

〔三〕歷陽:和州屬縣,見十國春秋卷一一一南唐地理表。即今安徽和縣。 楊光儒:人未詳。

〔四〕西山:今在江西南昌市境内。參卷三寄蕭給事注〔三〕。

游衛氏林亭序〔一〕

建康西北十里所〔二〕,有迎擔湖〔三〕,水木清華,魚鳥翔泳。昔晉元南渡,壺漿交迓於斯;今中興建都,人煙櫛比於是。其間百畝之地,宫率衛君瀞沐之所也①。前有方塘曲沼之勝②,後有鮮原峻嶺之奇③。表以虚堂累榭④,飾以怪石珍木。悦目之賞,充牣其中;待賓之具,無求於外。庶子王君、諭德蕭君、贊善孫君與上臺僚嘗游焉⑤〔四〕,賢衛君也。陶陶孟夏,杲杲初日,虚幌始闢⑥,清風颯然,班荆蔭松,琴奕詩酒,登降靡迤,闚臨駘蕩,熙熙然不知世與我之爲異矣。嗟夫!天生萬物,貴適其性。君子有屈身以利物,後己而先人,或行道以致時交,或效智以濟世用,斯有貴乎自適者也。朝市丘壑,君得中道焉。下雍道汙智劣⑦,無益於事。山資弗給,歸計未從。每尋幽選勝,何遠不届,一踐兹境,杳然忘歸。凡我同游,皆爲智者,徵文紀事,其有意乎!壬子歲夏五月,祠部郎中、知制誥徐鉉躊躇嘅嘆之所作也。

【校記】

①沐:原作"水",據全唐文、李校改。

②沼:李校:一本作"池"。

③奇:李校:"奇"下一本有"既"字。

④榭:李校:"榭"下一本有"復"字。

⑤臺:李校:"臺"下一本有"同"字。　嘗:翁鈔本作"常"。李校:"嘗"下一本有"共"字。

⑥幌:原作"愰",據四庫本、黄校本、全唐文、李刊本、徐校改。

⑦雍:四庫本作"維",全唐文作"官"。

【箋注】

〔一〕作於南唐保大十年(九五二)五月。據文末"壬子歲夏五月作"而繫。

〔二〕建康:元和郡縣圖志卷二五江南道一潤州上元縣:"建康故城,在縣南三里。建安中改秣陵爲建業,晉復爲秣陵,武帝又分秣陵水北爲建業,避愍帝諱,改名建康。"

〔三〕迎擔湖:太平寰宇記卷九〇江南東道二昇州上元縣:"迎擔湖,在縣西北八里。周迴五里,其水坳下,不通江河。南徐州記云:'縣西北五里有迎擔湖,昔晉永嘉中,帝遷衣冠席卷過江,客主相迎湖側,遂以迎擔爲名。'"

〔四〕庶子王君、諭德蕭君、贊善孫君:王君、蕭君、孫君分别爲王沂、蕭彧、孫峴。卷三賦石奉送德林少尹員外後附有諸人詩。

徐鉉集校注卷二〇　表書狀文

百官奏請行聖尊后册禮表〔一〕

文武百官臣某等言：伏奉制旨，以聖尊后册禮，奉令旨俟百日後上進者，仰承嚴命，固合遵行，但以事有未安，理須陳奏。中謝。伏以歷代已來，嗣極之主，禮之大者，尊奉上宫。倘或正儀未行①，庶事莫敢先舉。所以陛下裁膺册禮，即下制書，長樂歸尊〔二〕，已先孝理。百司承式，將撰吉辰。及金輅言還②，六宫即叙，惟憂典禮，已屬稽遲。遽覩綵言，備聽慈旨。在苴麻之次，誠極感傷；然凶吉之儀③，本無妨礙〔三〕。歷觀前載④，徧考儒臣，法度具存，事體至大。況涣汗之澤，普及諸侯，簡册之行，便當相次，未修大禮，交慊群情。伏乞陛下，再禀嚴慈，俯迴聽允。臣等幸塵有位⑤，庶免曠官。冒瀆冕旒，無任云云。

【校記】

①正：原作“止”，據四庫本、全唐文、李刊本、徐校改。

②還：全唐文作“旋”。

③凶吉：四庫本、全唐文作“吉凶”。

④觀：全唐文作“稽”。　載：翁鈔本、全唐文作“代”。

⑤塵:全唐文作“列”。

【箋注】

〔一〕作於宋建隆二年(九六一)七月。聖尊后爲元宗光穆皇后。馬令南唐書卷六本傳:“嗣主光穆皇后鍾氏……嗣主即位,册爲皇后。……後主即位,册爲太后。以父爲太章,故號聖尊后。”後主於建隆二年七月即位,故繫於此。

〔二〕長樂:即長樂宫,帝母代稱。見卷七外祖母追封某國夫人注〔六〕。

〔三〕“在苴麻之次,誠極感傷”句:指中主於建隆二年六月崩殂。苴麻,大麻的雌株,引申爲喪服。

賀德音表〔一〕

文武百官某等言:伏覩御札,崇尚儉約,克己庇民。節省服用,去金玉之飾;減放嬪御,屏聲色之娱。供進珍羞,製作奇巧,中禁賜與,内門資用,並從損廢,以緩征徭。宸翰章明,德音流布。凡百卿士,至于兆人,歡呼感動,倍百常品。中賀。臣聞文武之政,方册存焉,知之非艱,行之不易。故自三代已降,繼體之君,有師保之訓以制其情,有諫諍之臣以救其失,及其行也,猶未臻焉。豈有發自宸衷,出於獨斷,乾文昭焕,至德宏新,聳動四方,如此之盛者也?伏惟陛下,重熙撫運,下武膺期〔二〕,翼翼小心,乾乾夕惕。寅畏所感①,人神罔弗和;仁明所加,細大罔弗理。然猶勞謙訪道,虚己求才,日照天臨,山藏海納。體唐堯之仁以親九族,極虞舜之孝以奉上宫〔三〕,率天下之尊以承顔問安,舉四海之富以扇枕調膳。德既充矣,化亦孚矣。然後卹小民之艱食,閔群吏之急徵,息澤虞之征,釋公田之禁。崇足用之本,近取諸身;致九年之儲〔四〕,無求於外。斥靡曼之色②,咸遂物情;除玩珍之飭③,率由舊典。去淫巧以急用,罷私積以歸公。生人之耳目惟新,風俗之澆浮立變。先皇帝貽翼子之訓,垂聖人之資,言有所未宣,行有所未遠④。陛下奉揚先志,推而行之,數年之間,盛美斯備。向若非陛下之孝心廣達,無以見先帝之聖作惟幾。巍乎焕乎,不可得而名已!昔者成湯因歲旱而罪己〔五〕,周成動天威而責躬〔六〕,咸能即致時雍,永錫繁祉。豈若陛下春秋方富,中外方寧,制於幾先,行此難事。宗社之降靈可見,邦家之流祚何窮,率土之濱,孰不幸甚!則臣向所謂知之非難⑤,行之不易,陛下既能行之矣。臣又聞行之甚易,終之實艱⑥,願陛下慎而守之⑦,則登三邁五,夫何遠耶?臣等幸塵班列,無補盛明⑧,徒懣充位之譏,但賀蒼生之福,措詞有盡,順美難周⑨。臣等無任瞻天仰德,歡呼躍踴之極云云⑩。

【校記】

①畏:翁鈔本作"威"。

②曼:李校:一本作"麗"。

③玩珍:四庫本、全唐文作"珍玩"。

④遠:李刊本作"逮"。

⑤之:翁鈔本作"也"。　難:四庫本作"艱"。

⑥艱:四庫本、全唐文、李刊本作"難"。

⑦守:李校:一本作"行"。

⑧盛明:四庫本、全唐文作"明德"。

⑨順:李校:一本作"盛"。

⑩躍踴:李校:一本作"踴躍"。

【箋注】

〔一〕作於南唐保大十一年(九五三)六月至七月初。據文"重熙撫運"、"數年之間,盛美斯備"、"中外方寧"等,知作於元宗即位後數年。又據文曰"昔者成湯因歲旱而罪己,周成動天威而責躬,咸能即致時雍,永錫繁祉",知因南唐歲旱而元宗下詔節省服用。按:南唐歲旱嚴重者,史書所記有兩次。一爲保大元年春夏,見通鑑卷二八三;一爲保大十一年夏,見陸游南唐書卷二、十國春秋卷一六。又按:保大九年十月,南唐滅楚,見通鑑二九〇;保大十一年七月初,徐鉉已出使楚州、常州,察訪屯田事宜,十二月流舒州。綜合以上多種因素,故繫於此。 德音:帝王的詔書。

〔二〕下武:聖德堪繼先王功業。詩經大雅下武:"下武維周,世有哲王。" 膺期:指受天命爲帝王。沈約齊故安陸昭王碑文:"膺期誕德,絶後光前。"

〔三〕上宫:指天子祖廟。宋史卷一二三禮志二六:"凡上宫用牲牢、祝册,有司奉事;下宫備膳羞,内臣執事,百官陪位。"

〔四〕九年之儲:九年的儲備。淮南子卷九主術訓:"十八年而有六年之積,二十七年而有九年之儲。"

〔五〕成湯因歲旱而罪己:墨子卷四兼愛下:"湯曰:'惟予小子履,敢用玄牡,告于上天后曰:今天大旱,即當朕身,履未知得罪于上,下有善不敢蔽,有罪不敢赦,簡在帝心,萬方有罪,即當朕身,朕身有罪,無及萬方。'"吕氏春秋卷九順民:"昔者湯克夏而正天下,天大旱,五年不收。湯乃以身禱於桑林曰:'余一人有罪,無及萬夫;萬夫有罪,在余一人。無以一人之不敏,使上帝鬼神傷民之命。'"按:論語堯曰所載與墨子義同而語稍異,然未言因旱之故。

〔六〕周成動天威而責躬:詩經周頌小毖爲周成王的責躬詩。詩云:"予其懲而毖後患,莫予荓蜂,自求辛螫。肇允彼桃蟲,拚飛維鳥,未堪家多難,予又集于蓼。"

謝詔撰元宗實録表〔一〕

臣鉉伏奉詔諭,以元宗皇帝實録命臣修撰,才微任重,恩厚責深,拜捧絲綸,若臨冰谷。中謝。臣聞握圖御宇,既憲章於在昔;創法垂統,亦啓佑於後昆。然則至德無名,玄功無迹,惟日用而不竭,豈淺局之能量?是以良史之才,歷代爲重。以南董之直〔二〕,而無聞於成編;如遷固之能〔三〕,而不絶於浮議,則知鋪陳王業,昭灼皇圖,求之當仁,豈易輕授?伏惟元宗皇帝紹中興之統,承累洽之基,大孝邁於有虞〔四〕,仁恕逾於漢祖〔五〕。愛人節用,得孝文之風〔六〕;重學崇儒,有建元之烈〔七〕。東京則光武、章明〔八〕,以憂勤立政;魏室則太祖、陳王,以文藻化人〔九〕。綜是全功,允昭聖德,對越上帝,敷佑下民,二十年間,慎終如始。陛下嗣膺寶曆,欽若天明,以累聖之資,輔生知之哲,導揚休命,啓焕貽謀。故得畏軒后之神〔一〇〕,更延三百;配文王之祀〔一一〕,永奉明堂。必將著以丹青,播於金石。斯爲重任,宜在鴻儒。如臣者,章句末流,記問微學,遭逢之便,塵玷司言①。豈意天鑒不遺,宸慈過聽,猥加寵寄,及此非才,進退莫遑,怔忪失次。然臣祗事先帝,常忝近司②,沐王澤以滋深,欽皇風而永久。報大君之厚德,誠有愚心③;厠作者之清塵,其如公議。戴恩愈極,揣分彌驚,未識津涯,徒知慶躍云云。

【校記】

①玷:李校:一本作"垢"。　司:李校:一本作"斯"。

②常:李校:一本作"嘗"。

③心:李校:一本作"忠"。

【箋注】

〔一〕作於宋建隆二年(九六一)七月或稍後。中主殂於建隆二年六月二十八日(庚申),廟號元宗,明年正月十九日(戊寅)葬於順陵,見陸游南唐書卷二元宗本紀。後主下詔撰元宗實録當在即位稍後。

〔二〕南董:春秋時齊史官南史、晉史官董狐的並稱。二人皆以直筆不諱著稱。劉勰文心雕龍卷四史傳:"辭宗丘明,直歸南董。"隋書卷五八魏澹傳:"但道武出自結繩,未師典誥,當須南董直筆,裁而正之。"

〔三〕遷固:漢司馬遷和班固的並稱。劉勰文心雕龍卷四史傳:"張衡司史而惑同遷固,元帝王后,欲爲立紀,謬亦甚矣。"沈約宋書卷一〇〇自序:"臣遠愧南董,近謝遷固,以閭閻小才,述一代盛典。"

〔四〕大孝邁於有虞:謂元宗大孝超過虞舜。舜名重華,號有虞氏。史記卷一五帝本紀舜:"父頑,母嚚,弟傲,能和以孝,烝烝治,不至姦。"

〔五〕仁恕逾於漢祖:謂元宗仁恕超過劉邦。漢班彪王命論:"蓋在高祖,其興也有五:一曰帝堯之功裔,二曰體貌多奇異,三曰神武有征應,四曰寬明而仁恕,五曰知人善任使。"

〔六〕“愛人節用,得孝文之風”句:謂元宗有漢孝文帝愛人節用之風。漢孝文帝愛人節用事見漢書卷四文帝本紀。

〔七〕“重學崇儒,有建元之烈”句:謂元宗如漢武帝一樣重學崇儒。建元爲漢武帝年號。漢武帝重學崇儒之事,見漢書卷六武帝本紀。

〔八〕“東京則光武、章明以憂勤立政”句。謂元宗如東漢劉光武帝、漢明帝、漢章帝一樣立政憂勤。漢光武帝劉秀、漢明帝劉莊、漢章帝劉炟憂勤立政事分别見後漢書卷一光武帝本紀、卷二孝明帝本紀、卷三孝章帝本紀。

〔九〕“魏室則太祖、陳王,以文藻化人”句:謂元宗如曹操、曹植一樣有文學造詣。

〔一〇〕軒后:即黄帝軒轅氏。

〔一一〕文王:即周文王。

謝賜莊田表〔一〕

右臣伏蒙宸慈,念及闕乏,特降宣旨,爲置莊田,仍且於少府監賜熟米二百石者。望外之恩,莫知所自,撫躬拜命,終懼且驚。伏以臣禀性顓愚,觸塗疏拙①,幸緣際會,早玷清華。禄秩之資,既爲過量;吉凶之備,皆沐優恩。空費稻粱,寧裨海嶽?但以家傳清白,族有羈孤,雖欲居常,終慙逼下。蓋亦闇於世務,非敢竊效古人。伏惟陛下,明極燭幽,仁深廣覆,親加寵諭,曲軫殊私。昔者葛亮薄田,不聞君賜〔二〕;孫弘脱粟,尚獲時譏〔三〕。如臣非才,何以致此?辭讓則有辜閔惻,祇受則更覺貪饕,徒承推食之恩,轉積素飡之懼。乾坤之施,無可上酬;螻螘之軀,惟知畢命。

【校記】

①觸:李校:一本作“仕”。

【箋注】

〔一〕作於南唐保大十四年(九五六)五月。按:徐鉉是年春自貶所歸京,五月被赦免長流之罪,賜莊田當在此時。卷四有詩和蕭少卿見慶新居,亦當此時獲賜新居。

〔二〕"葛亮薄田,不聞君賜"句:謂孔明躬耕隴畝之田,非君主所賜。

〔三〕"孫弘脱粟,尚獲時譏"句:漢公孫弘常爲布被,食一肉脱粟之飯。汲黯庭詰之,以爲俸禄甚多,此中有詐。見史記卷一一二公孫弘傳。

爲蕭給事與楚王書〔一〕

世事推移,長塗圮隔①,違離軒砌,二十餘年,追念生平,有靦心目。伏承大王英謀奮發②,妙略宏施,長驅伐叛之師,克正奪宗之罪。奉大朝之正朔③,慰全楚之謳歌。成功上簡於帝心,惠澤遠敷於疲俗。風猷所及,慶快同深。儼早被恩私,今通信問,欣躍之極,倍萬常情。

【校記】

①圮:四庫本作"否";全唐文作"睽"。

②承:翁鈔本作"惟"。

③大:全唐文作"天"。

【箋注】

〔一〕作於南唐保大九年(九五一)九月。楚王爲馬希崇,蕭給事爲蕭儼。文曰:"長驅伐叛之師,克正奪宗之罪,奉大朝之正朔,慰全楚之謳歌。"按:所言之事在是年九月,指徐威陰謀爲亂,囚楚王馬希萼,希崇襲位,然徐威見希崇無有所成,欲殺之。希崇求援於唐,其亂乃止。見馬令南唐書卷二九滅國傳楚國。

又代蕭給事與楚王書①〔一〕

儼聞君子退人,忠臣去國,舊君有反服之禮,交絶無惡聲之嫌,以義始終,古今一也②。某受性無術,闇於事機,佩師訓以周旋,忘時態之險易。追惟疇昔,受遇先王國士之知,何嘗暫忘!某復曳裾侯館,委質府庭,松楸所依,兄弟少長,大義若此,乃心如何?而世事推移,讒言交構,忠信獲罪〔二〕,干戈日尋。某雖不才,非敢愛死,過君以求名則不忍,苟生以失節則不能。誠恐蕞爾之身〔三〕,終爲執事之累,所以仰冒嚴禁,逃還故鄉〔四〕。出魯國以悲歌〔五〕,向西河而下泣〔六〕。子鮮去衛,非欲立朝③〔七〕;梁鴻適吴,本期自質〔八〕。先皇帝恩深善貸,義極綏懷,采鄉曲之棄妻,收荆岑之遺璞,遂得服勤州縣,歷職朝廷。始望初心,豈將及此?但封疆夐隔,玉帛不尋,奕世君臣,一朝胡越。愧三州之父子,羨五部之弟兄。外靦交朋,俯慙章綬。每春秋代序④,霜露交零,飛江南之群鶯〔九〕,嘶岱北之朔馬〔一〇〕,悲興觸緒,淚落霑襟,自分没身,長懷永歎。而天將厭亂,人或與能。大王以命世之資,克清家難;聖上以至仁之舉,大濟横流⑤。車書既同〔一一〕,冠蓋相望。方承大王念紉蘭之逐客,哀叢棘之離人〔一二〕,煦以恩光,感之意氣,乘軒食肉,有若平時。始聽音塵,猶疑夢寐,且悲且慰,五情無主。苟非大人之德,不以細故介懷,則惠好所臻,孰能若是!某又聞:善父母者,必推錫類之感;善兄弟者,必廣棠棣之風〔一三〕。故能功冠生民,道濟天下。大王英謀遠略,弘量深仁,上國仰其嘉猷,全楚被其渥澤。如某昔年事分,曾無蔕介之嫌;今日支離,合在昭蘇之數〔一四〕。況東西一體,道路無虞,倘蒙閔以縣旌,全斯大造,兄弟子姪,並許還朝。存者荷二天之恩,没者釋九原之恨,則生死肉骨,未可比量,瀝膽隳肝,寧申萬一!某以學古爲家業,以感義爲素懷,空言虚詞,且非説客,皇天后土,實鑒此心。猶覬拭玉張旃,或從行人之末;捧禽執贄,重趨典客之傍。丹懇獲申,微願斯畢,雖復身填溝壑,猶望魂魄知歸。攬筆陳詞,悲來横集。

【校記】

①代:李校:一本作“爲”。

②古今:四庫本、全唐文作“今古”。

③立朝:四庫本作“去宗”。 朝:全唐文作“宗”。

④序:李校:一本作“謝”。

⑤大:李刊本作“宏”。

【箋注】

〔一〕作於南唐保大九年(九五一)九月稍後。該文與上文爲蕭給事與楚王書作時當相距不遠,其時當是邊鎬平楚、馬希崇兄弟即將降唐之際。

〔二〕“讒言交構,忠信獲罪”句:指元宗於宮中作百尺樓,蕭儼因諷諫獲罪。見陸游南唐書卷一五蕭儼傳。

〔三〕蕞爾:極言其小。左傳昭公七年:“鄭雖無腆,抑諺曰‘蕞爾國’,而三世執其政柄。”

〔四〕“仰冒嚴禁,逃還故鄉”句:指蕭儼任大理寺卿時,因斷獄失入而貶南昌令,後歸故鄉廬陵。見馬令南唐書卷二二本傳。

〔五〕出魯國以悲歌:孔子相魯,季桓子受齊女樂,怠於政事,三日不聽政,又不致膰俎於大夫。孔子出魯,歌曰:“彼婦之口,可以出走;彼婦之謁,可以死敗。蓋優哉游哉,維以卒歲。”見史記卷四七孔子世家。

〔六〕向西河而下泣:吕氏春秋卷一一長見:“吴起治西河之外,王錯譖之於魏武侯,武侯使人召之。吴起至於岸門,止車而望西河,泣數行而下。”

〔七〕“子鮮去衛,非欲立朝”句:左傳襄公二十七年載:衛寧喜專政,公孫免餘殺之。“子鮮曰:‘逐我者出,納我者死,賞罰無章,何以沮勸?君失其信,而國無刑,不亦難乎!且鱄實使之。’遂出奔晉。公使止之,不可。及河,又使止之,止使者而盟於河。託於木門,不鄉衛國而坐。木門大夫勸之仕,不可,曰:‘仕而廢其事,罪也;從之,昭吾所以出也。將誰愬乎?吾不可以立於人之朝矣。’終身不仕。”

〔八〕“梁鴻適吴,本期自賃”句:梁鴻不慕奢華,着粗陋之衣,有歸隱之志。至吴,爲人舂賃。見後漢書卷八三梁鴻傳。按:自“出魯國以悲歌”至“本期自賃”,均蕭儼自比。

〔九〕飛江南之群鶯：丘遲與陳伯之書："暮春三月，江南草長，雜花生樹，群鶯亂飛。"按：與陳伯之書，爲招降之文。蕭儼招降馬希崇，故化用之。

〔一〇〕嘶岱北之朔馬：隋楊素出塞二首其一："北風嘶朔馬。"

〔一一〕車書：禮記正義卷五三中庸："今天下車同軌，書同文。"後漢書卷一下光武帝紀贊："金湯失險，車書共道。"杜甫題桃樹："寡妻群盜非今日，天下車書已一家。"

〔一二〕"紉蘭之逐客，哀叢棘之離人"句：楚辭卷一離騷："紉秋蘭以爲佩。"叢棘，古時囚禁犯人之處，四周用荆棘堵塞，以防逃跑，故稱。周易注疏卷三坎："係用徽纆，寘於叢棘。"王弼注："險陗之極，不可升也；嚴法峻整，難可犯也。宜其囚執寘于思過之地。"孔穎達疏："寘於叢棘，謂囚執之處，以棘叢而禁之也。"按：指馬希萼被囚衡山縣。見十國春秋卷六九楚恭孝王世家。

〔一三〕"善兄弟者，必廣棠棣之風"句：希望馬希崇顧及兄弟之情。詩經小雅棠棣，是一首申述兄弟應該互相友愛的詩。

〔一四〕昭蘇：禮記正義卷三八樂記："蟄蟲昭蘇，羽者嫗伏。"鄭玄注："昭，曉也；蟄蟲以發出爲曉，更息曰蘇。"曹植冬至獻襪履頌表："四方交泰，萬物昭蘇。"

復方訥書〔一〕

鉉以疏拙之性，頑滯之資，厠於人曹，無足比數。然以荷先人之業，猥踐清貫①；讀往聖之書，頗識通方。累朝舊恩，漸於肌骨。至於行道濟物，立身揚名，報國士之知，成天下之務，竊不自揆，頗嘗有心。故膺耳目之寄，當津要之路②，侃然受任③，不以爲憂。而才與心違，命與運背，言出而不能寤主，身廢而無足救時。三年之中，百艱備歷，干戈擾於内地，烽火照於闕庭，奔走道路，容身靡所〔二〕。當此時也，苟得耕於南畝，齊於一民，以斯終焉，尚爲幸也。而副君將聖〔三〕，王道漸亨，博采遺賢，以濟多難，贊諭之任，首及非才〔四〕。拜命以來，雞自憂愧。何者？儲后踐納麓之重，而處於承顔之地;有從諫之善,而立於無過之場。徒欲持稊米以實太倉[④],秉爝火以助羲御[⑤]〔五〕,恐不足以副上德之舉,塞故人之望也。但當正身潔己,徇公滅私,使内不愧於本心,外不違於所學而已。閤下德我太甚,期我太深。歷陽郡佐白君至京〔六〕,辱貺手札,慶譽優渥,勗勵殷勤,知己之情,無以過此。然此日副君之垂顧,乃昔時閤下前席題品之所致也[⑥]〔七〕。緘藏佩服,何日忘之?今兵難少寧,蒸民未泰,頂踵利物,斯實其時。閤下高卧已久〔八〕,群望頗鬱,宣室之召〔九〕,斯在不遠,勉慎興居,以副翹企。棲棲之意,遲用面論。不宣。某再拜。

【校記】

①貫:四庫本、李刊本作"貴"。

②津要:李刊本作"要津"。

③受:黄校本作"自"。

④以:李校:一本作"而"。

⑤爝:全唐文作"燭"。 以:李校:一本作"而"。

⑥題品:四庫本、全唐文、李刊本作"品題"。

【箋注】

〔一〕作於後周顯德五年(九五八)五月或稍後。 方訥:已見卷四和方泰州見寄注〔一〕。文曰"兵難少寧",指周世宗弭兵修好,其事在是年五月。見陸游南唐書卷二元宗本紀。

〔二〕"三年之中"至"容身靡所"數句:指徐鉉貶官舒州三年,量移饒州,途中適逢周世宗南侵,避亂池陽。見徐公行狀。

〔三〕副君將聖:指李弘冀是年三月被立太子。見陸游南唐書卷二元宗本紀。

〔四〕"贊諭之任,首及非才"句:指徐鉉於上年拜太子左諭德。見徐公行狀。

〔五〕羲御:即羲馭,太陽的代稱。羲和爲日馭,故稱。此比李弘冀即將爲君。

〔六〕歷陽郡佐白君:未詳其人。

〔七〕"副君之垂顧,乃昔閤下前席題品之所致"句:指方訥曾作弘冀侍講、東都留守判官。見卷一五方公墓誌銘。

〔八〕"閤下高卧已久"句:方訥於保大十四年(九五六)二月棄泰州城回金陵,被除名。見卷一五方公墓誌銘。

〔九〕宣室之召:見卷一新月賦注〔一六〕。

答林正字書〔一〕

十二月日,復書正字足下:辱貺長牋,詞高旨遠,循環捧讀,欲罷不能,見顧之深,良足愧也。吾子以老成之智,藴救世之心,一言悟主,俯拾初筮〔二〕。雖位未充量,然升聞特達,超然獨異,亦古之所難也。推是而往,其道可知。鉉也不才,猥厠先達。雖復識不能見之於未兆,才不能濟之於已形。然而振天下之公議,舉天下之公器,推轂後進,心無適莫〔三〕,庶幾不下於昔賢,吾子異日當知之不妄①。其古今之變,安危之勢,忽乎微哉,未可一二以言語盡也。謹俟暇日,當接餘論。聊奉還答,伏惟鑒悉。徐鉉白。

【校記】

①知之:四庫本、全唐文作"知爲"。

【箋注】

〔一〕作年未詳。　林正字:未詳其人。正字,當是秘書省正字,唐爲正九品下。見舊唐書卷四三職官二。

〔二〕俯拾初筮:謂進入仕途很容易。初筮,謂初出做官。古人將出做官,卜問吉凶。左傳閔公元年:"初,畢萬筮仕於晉,遇屯之比。"

〔三〕"推轂後進,心無適莫"句:謂獎掖後進,出於公心,没有個人情感的親疏厚薄。

答左偃處士書〔一〕

月日①，東海徐鉉答拜稽首復書處士足下：鉉讀聖人之書，探作者之意，出處語默，信非徒然。故高卧堯、舜之代，不爲背時；濡足楚、漢之際，不爲趣利。嗟夫！天下兵起，百年于兹。立功名、取富貴者有之，貞苦節、安徒步者，何寂寞而無聞也？愚常疑廉恥之風，於是乎絶。而足下負磊落之氣，畜清麗之才，褐衣韋帶②，賦詩自釋③，介然之操，其殆庶乎！悠悠之人，尚未識其所謂，惟韓君叔言知之〔二〕。以鉉愛奇好古者也，故屢稱足下之行，亟誦足下之詩，相視欣然，以爲今猶古也。然鉉才名地望，遠謝韓君④，故望廬息心⑤，不敢當隱君子之厚顧⑥。足下德我太甚，惠然而來⑦。咫尺之書，則古人之道在其中；百篇之詩，則作者之序冠其首。先以溢美之贈，益以謙光之詞。發緘欣翫，不能自已。又念昔之隱者，消聲物外，絶迹時人。今足下高蹈如彼，自屈若此，得非以吾道久否，思發憤而振起之爾⑧？鉉誠淺劣，不足以堪，願契素交，歲寒然後盛集⑨，續當歸納。不宣。鉉再拜。

【校記】

①月日：原作"日月"，據李刊本、徐校改。

②褐：原作"楬"，據全唐文、李刊本改。

③釋：李校：一本作"適"。

④謝：李校：一本作"遜"。

⑤望：全唐文作"極"。

⑥敢：全唐文作"足"。

⑦惠然而來：全唐文作"惠我好音"。

⑧發憤：李校：一本作"憤發"。　爾：李校：一本作"乎"。

⑨然後：四庫本作"後凋"。

【箋注】

〔一〕作於宋建隆三年(九六二)前後。文曰:“天下兵起,百年於兹。”按:通鑑卷二五〇載:咸通元年(八六〇),裘甫自稱天下都知兵馬使,改元曰羅平,鑄印曰天平。裘甫起義,揭開唐末起義序幕。此後咸通九年(八六八)邕州(今廣西南寧)龐勳起義;乾符元年(八七四)濮州(今河南范縣)王仙芝起義;冤句(山東曹縣)黄巢起義等即如火如荼。徐鉉稱兵起百年,當自裘甫始,故繫於建隆三年前後。並參注〔二〕。　左偃:史書無傳。宋史卷二〇八藝文志録其鍾山集一卷,今佚;全唐詩卷七四〇存詩十首、斷句四;全唐詩補編續拾卷四四補斷句四。

〔二〕“韓君叔言知之”句:謂韓熙載(字叔言)了解左偃。詩話總龜卷四稱賞門引雅言雜録云:“江南韓熙載稱左偃能詩,有集千餘首。偃不仕,居金陵。……寄韓侍郎云:‘謀身謀隱兩無成,拙計深慚負耦耕。漸老可堪懷故國,多愁翻覺厭浮生。言詩幸遇明公許,守朴甘遭俗者輕。今日況聞搜草澤,獨悲憔悴卧昇平。’韓見詩感歎‘厭浮生’,不喜。不逾月,果病卒,年二十四。”據此,知左偃寄詩於韓熙載後,不盈月即卒。按:左偃稱韓侍郎,當指吏部侍郎。韓熙載任吏部侍郎職在建隆二年(九六一)七月至乾德二年(九六四)六月間,見卷一六昌黎韓公墓銘及續長編卷五。亦證該文作於建隆三年前後。

故朝散大夫守禮部尚書柱國河内縣開國男食邑三百户賜紫金魚袋常公行狀〔一〕

曾祖某①,不仕;祖泓,邠州宜禄縣令;考脩,成都府户曹參軍。京兆府萬年縣洪固鄉曹貴里常夢錫字孟圖年六十一狀。

公宇量恢弘②,識度宏曠③,質重有氣,博學多聞。初舉秀才,值世亂,不克隨計。西州群后,羔雁交辟〔二〕,累爲秦隴諸郡判官。岐王茂貞據有扶風,傳國二世〔三〕,承制除公寶雞縣令,兼監察御史。是時京洛屢變,幕府驟更。公審擇木之所宜,乃瞻烏而來止。烈祖肇基王業,物色異人,得公甚喜,授大理司直。今上初秉機務，慎求賓從，公實預焉，允塞時望。既受禪，遷殿中侍御史，改禮部員外郎，寓直中書，預聞機密，周慎詳敏，冠于當時。烈祖深器之，擢拜給事中。封駁奏議，無所顧憚，由是始爲當塗者所疾。今上嗣位，恩禮甚優。公以發號之初，四海瞻望，機微所慎，宜在斯時，盡規極言，如恐不及。於是大忤權貴，貶佐池州。明年，徵爲户部郎中，復拜給事中，仍充翰林學士，知貢舉。天子以典司詔命④，最宜親密，乃别置宣正院于内庭。以先朝選授，公爲稱職，俾以内任，專掌是司〔四〕。秋霜之操，歲寒不易，凡敢言之士，皆依賴焉。甲辰歲，諫臣皆貶⑤，公亦罷院事〔五〕。公深惟君臣之義，思全進退之禮，稍儲伏臘，將卜優游。又除吏部侍郎，領御史臺事。上復置文理院，爲司聰之寄，以公爲文理院學士承旨。公以椒蘭不雜，絳、灌方隆〔六〕，從容中道，守正而已。明年，以疾固辭，乃遷户部尚書，領商州刺史〔七〕。上以公問望夙重，足以坐鎮雅俗，强起令知省事，而病久不復，公私廢失，爲宰相所劾，坐貶饒州。上以羸瘵憂之，詔留東都，以便醫藥。踰年小愈，徵爲吏部侍郎、翰林學士，改禮部尚書。戊午歲冬十一月，方與客談，奄然而逝。主上念藩邸之舊，追亮直之誠，罷朝悲悼，贈送優渥。以嗣子方幼，詔中使監護其喪⑥。惟公誠純性剛，文高學富。詞賦典麗，而執筆甚稀；名理精覈，而吐論甚簡。多識故事，洞明政體。自昇元中至保大之初，便蕃密勿，有犯無隱，門絶私謁⑦，出則詭辭，獨見先覺，邈然靡及。政先古義，而時方尚權；論舉大體，而人工捷給⑧。彼衆我寡，故不能克。主恩方重，莫果歸田之心；世路未夷，竟鬱濟時之用。耻爲狷介之行，以邀皦察之名⑨。畜伎樂，飲醇酒，怡然自得，聊以卒歲。啓手足之際，無呻呫之聲⑩。古之達者，正當此耳！丕以名法之學，獲選丘門⑪〔八〕，固非良史之才，曷紀賢人之德？庶爲實録，以俟易名。謹狀。此文與門生樹丕作。

【校記】

①某:原脱,據全唐文、李校補。

②宇:原作"字",據四庫本、黄校本、李刊本、徐校改。

③宏曠:四庫本、全唐文作"寬廣"。　宏:李刊本作"寬"。

④詔:李校:一本作"誥"。

⑤臣:李校:一本作"官"。

⑥中使:四庫本作"内史"。

⑦絶:四庫本作"無"。

⑧工:原脱,據全唐文、李校補。

⑨名:李校:一本作"譽"。

⑩呫:李刊本作"吟"。

⑪丘:四庫本作"孔"。

【箋注】

〔一〕作於後周顯德五年(九五八)十一月。常公爲常夢錫,元宗文臣,見江表志卷中。馬令南唐書卷一〇、陸游南唐書卷七、十國春秋卷二三有傳。文曰"戊午歲冬十一月,方與客談,奄然而逝",戊午即顯德五年。

〔二〕"西州群后,羔雁交辟"句:謂秦隴之地争相以聘禮徵召常夢錫。西州,指秦隴之地。戰國策卷二八韓策三:"昔者秦穆公一勝於韓原而霸西州。"羔雁,用作徵召、婚聘、晉謁的禮物。後漢書卷六二陳紀傳:"父子並著高名,時號三君。每宰府辟召,常同時旌命,羔雁成群。"

〔三〕"岐王茂貞據有扶風,傳國二世"句:李茂貞,本姓宋,名文通,深州博野(今屬河北博野縣)人。因扈蹕唐僖宗有功,賜李姓,改今名。光化中封岐王,唐莊宗平梁,進封秦王。晉高祖登極,李茂貞子從曮繼封岐王、秦王。見舊五代史卷一三二世襲列傳。

〔四〕"别置宣正院于内庭"至"專掌是司"數句:馬令南唐書卷一〇常夢錫傳:"時特置宣政院於内庭,命夢錫專掌,逾年罷宣政院,爲學士如初。"按:"宣正院"當是"宣政院"之誤。

〔五〕"諫臣皆貶,公亦罷院事"句:馬令南唐書卷一〇嚴續傳:"方宋齊丘用事,續常守正不爲黨附,常夢錫屢言齊丘姦黨,元宗謂夢錫曰:'吾觀大臣中,唯嚴續能中立,雖然,無與援者,卿可助之。'夢錫因喻旨於續,續亦善遇之,不盡用其言也,及夢錫罷宣政院,續亦出爲池州刺史。"

〔六〕絳、灌方隆:謂宋齊丘之黨得勢。絳、灌,漢絳侯周勃與潁陰侯灌嬰的並稱。二人起自布衣,鄙朴無文,妒賢嫉能。

〔七〕"遷户部尚書,領商州刺史"句:按:領商州刺史似有誤。商州屬山南道,見舊五代史卷一五〇郡縣志。似未納入南唐版圖。馬令南唐書卷一〇、陸游南唐書卷七、十國春秋卷二三常夢錫傳均只言其爲户部尚書,知省事,而不言其知商州刺史。

〔八〕"丕以名法之學,獲選丘門"句:常夢錫門生樹丕,其人未詳。丘門,即孔門。列子卷四仲尼:"乃反丘門,絃歌誦書,終身不輟。"

薦處士陳禹狀〔一〕

右臣伏覩國家裒采群才,搜揚片善,其有上書言事者,猶有可取①,必加甄録,廣納之意,遐邇知恩。然臣竊嘗觀之,率皆淺近,止於采取金寶,檢榷賦租,製作舟車,斬伐材木,巡察關禁,收捕寇攘。既利害相參,亦虛實略半,食禄者衆,成務者稀。若乃先王教化之源,朝廷刑政之本,謂之迂闊,竟爾寂寥。得人之盛,未可致也。去夏有布衣陳禹,詣獻納院上疏,獨與衆異。其言曰:"五常之教不立,度量之器不均。"又曰:"江鄉之民,存不事之以禮,亡不祭之於室。"②斯實有意於教化,而不汩於流俗者也③。臣於是訪其爲人,則鄉曲無過;延之與語,則静默寡詞④。儻使行顧其言,才副其識,則古之循吏,何以踰之?願陛下以親民之職,試其爲理。考績之際,自有常科。臣忝預銓司,顧慙則哲,謬妄論薦,俯伏兢惶。謹奏。

【校記】

①猶:李校:一本作"凡"。

②亡:全唐文作"没"。

③汩:李刊本作“溺”。

④詞:李校:一本作“言”。

【箋注】

〔一〕作於宋開寶二年(九六九)春。文末曰:“臣忝預銓司,顧慚則哲。”銓司爲選授官職的官署,爲尚書省事務。按:徐鉉於開寶二年春拜尚書左丞,逾月改禮部侍郎。　陳禹:未詳其人。

册秀才文四首〔一〕

自三五以還〔二〕,文質迭變,百王之法,六籍涣然。及周室既衰,諸侯異政,俊賢之士,分軌並馳。至如管仲霸齊之功〔三〕,商鞅强秦之令〔四〕,申韓之名法〔五〕,孫吴之戰陣〔六〕,李悝則務盡地力〔七〕,墨翟則崇尚節儉〔八〕,此其尤著者也。蓋百家之説,雖其道不同,奉而行之,皆足以致理。子大夫服膺聖道,必盡幽深①,試論其中,孰得周孔之旨,可爲當今之用者,悉心極慮,以著于篇。

夫君者,民之表也,天下取則焉。故慎其威儀②,定其聲氣,時其憲令,審其好惡,以此示之,未有不化者也。然而唐堯在上,日用而不知;聖祖立言,親譽者其次。夫如是,則寂然不動,澹乎無爲,使蚩蚩之甿,何所則象,而能革其浮僞,驅之仁壽哉?舉要立中,必有其説。

昔太公理齊因其俗〔九〕,故報政速而後世强;伯禽爲魯易其俗〔一〇〕,故報政遲而後世弱。然則商辛淫虐之風〔一一〕,不可不去也;周家仁厚之化〔一二〕,不可不被也。修舊者未見其遷善之塗,革故者豈傷於惟新之義?遲速之效,强弱之由,願聞嘉言,以釋斯惑。

肉刑之法,明王之制,著於周禮,垂憲無窮。何故三苗行之以爲虐〔一三〕,秦人奉之以爲暴,漢文除之以爲仁乎〔一四〕?自魏晉以還,議論間出,理竟不決,法竟不行,豈時運之變有殊,將聖賢之才或異? 願聞歸趣,以正古風。

【校記】

①幽深:四庫本作"深幽"。

②其:原脱,據全唐文拾遺、黄校本、李校補。

【箋注】

〔一〕作年未詳。

〔二〕三五:謂三皇五帝。

〔三〕"管仲霸齊之功"句:管仲,名夷吾,字仲。潁上(今安徽潁上縣)人。春秋時齊國上卿,其尊王攘夷的外交策略,使齊桓公成爲春秋第一霸主。見史記卷三二齊太公世家。

〔四〕"商鞅强秦之令"句:商鞅,姬姓,衛氏,又稱衛鞅,衛國(今河南安陽市)人。輔助秦孝公變法,使秦國强大起來。見史記卷六八商君列傳。

〔五〕"申韓之名法"句:申韓爲戰國法家申不害和韓非的並稱。後以申韓借代法家。亦稱申韓之學。史記卷八七李斯列傳:"若此然後可謂能明申韓之術而修商君之法。"後漢書卷七七樊曄:"政嚴猛,好申韓法,善惡立斷。"

〔六〕"孫吴之戰陣"句:孫吴爲春秋孫武和戰國吴起的並稱。二人皆古代兵家。孫武著兵法十三篇;吴起著吴子四十八篇。荀子卷一〇議兵:"孫吴用之,無敵於天下。"楊倞注:"孫謂吴王闔閭將孫武,吴謂魏武侯將吴起也。"

〔七〕"李悝則務盡地力"句:李悝,又名李克,戰國初期魏國人。曾任魏文侯相。見史記卷四四魏世家。其盡地力的思想,見史記卷三〇平準書、漢書卷二四上食貨志。

〔八〕"墨翟則崇尚節儉"句:墨子,名翟,戰國初期宋國(今河南商丘市)人,一説魯國(今山東滕州)人。著有墨子一書。崇尚節儉是其主張之一。

〔九〕"太公理齊因其俗"句:姜尚,周文王號之太公望。史記卷三二齊太公世家:"太公至國,修政,因其俗,簡其禮,通工商之業,便魚鹽之利,而人民多歸齊,齊爲大國。"

〔一〇〕"伯禽爲魯易其俗"句:史記卷三三魯周公世家:"周公卒,子伯禽固已前受封,是爲魯公。魯公伯禽之初受封之魯。三年而後報政周公。周公曰:'何遲也?'伯禽曰:'變其俗,革其禮,喪三年然後除之,故遲。'"

〔一一〕"商辛淫虐之風"句:商辛即商紂王。紂王淫亂不止,甚至使男女裸戲。見史記卷三殷本紀。

〔一二〕"周家仁厚之化"句:周文王積善累德,倡行仁政,人多歸附。見史記卷四周本紀。

〔一三〕三苗:古國名。尚書正義卷三舜典:"竄三苗于三危。"孔安國傳:"三苗,國名,縉雲氏之後,爲諸侯,號饕餮。"史記卷一五帝本紀:"三苗在江淮、荆州數爲亂。"張守節正義:"吴起曰:'三苗之國,左洞庭而右彭蠡。'……以天子在北,故洞庭在西爲左,彭蠡在東爲右。今江州、鄂州、岳州,三苗之地也。"

〔一四〕"漢文除之以爲仁"句:漢文即漢文帝。司馬遷、班固均贊其仁。見史記卷一〇孝文本紀、漢書卷四文帝記。

祭文獻太子文〔一〕

粤惟上天,降鑑我李,文昭武穆,神孫孝子。赫矣謨訓,昭哉圖史!以濟時屯,以永千祀。恭惟盛烈,仰屬尊靈。惟精惟一,克長克君。有信厚之風,以睦公族;有孝敬之德,以奉天經。避寵崇讓,以正流俗;主留分陜,以樹風聲。惠下之政,爲民慈父;平戎之績,爲國長城。聳多士之耳目,焕萬古之丹青。儲闈既正,鴻猷允塞。雖主器而納揆,更承顔而養德。四海無波,百官成式,光昭興運,允答靈心。宗祊之所託者重,蒼生之所望者深。何國步之已泰①〔二〕,忽神儀之永沈?陽光爲之而晝晦,萬籟爲之而哀吟。惟恩信之所洽,孰憂傷之可任?某等迹備三千,義深凡百〔三〕:或選自朝廷,或仰由推擇,或方列於宫府,或嘗陪於賓席②。分曹著位,有先後之差;辱顧推誠,無高卑之隔。徒歲月以滋深,愧涓塵之靡益③。今也徒御分散,軒墀闃寂,摧傷於望菀之前〔四〕,慟絶於華池之側〔五〕。實邦家之不幸,豈臣吏之空惜!嗚呼哀哉!寢園斯啓，遠日將從。儼象輅以惟白，建鸞旗而旐紅。聽寂歷以無覩，視杳冥而遂空。撫躬弔影，涕雨號風。敢寓誠於籩豆，庶寫恨於心胸，願賓天之下降，鑑永慕之無窮。嗚呼哀哉，尚饗！

【校記】

①已：李校：一本作"永"。

②嘗：四庫本作"常"。

③塵：翁鈔本作"埃"。

【箋注】

〔一〕作於後周顯德六年（九五九）十二月。文獻爲太子李弘冀謚號。陸游南唐書卷一六弘冀傳："顯德六年七月，弘冀屬疾……九月丙午卒。有司謚曰宣武……改謚曰文獻。"九月丙午爲九月四日；據卷一四文獻太子哀册文云："維顯德六年太歲己未九月癸卯朔四日丙午，文獻太子薨于東宫延春殿。以某年十有二月壬申朔十三日甲申，遷座于文園。"知在是年十二月十三日頒謚文獻，祭文和哀册文當作於同時。

〔二〕國步之已泰：指周世宗於顯德五年五月弭兵修好。

〔三〕凡百：詩經小雅雨無正："凡百君子，各敬爾身。"鄭玄箋："凡百君子，謂衆在位者。"

〔四〕望菀：即博望苑。見卷四又和八日注〔三〕。

〔五〕華池：楚辭章句卷一三七諫謬諫："雞鶩滿堂壇兮，鼃黽游乎華池。"王逸注："華池，芳華之池也。"按：此兼喻弘冀英年早逝。

與中書官員祭江學士文〔一〕

維年月日，廣平游簡言、隴西李貽業、清海張緯、東海徐鉉〔二〕，謹以清酌庶羞之奠，敬祭于故翰林學士江公君章之靈①：眇眇玄造，茫茫萬有。若明若晦，爲夭爲壽。顏子不幸，仲宣無後〔三〕。豈同概之能量，實令名之不朽！惟公之生，俊德高名，一日千里，三頃五城。乃邦之彦，乃時之英，藹然臺閣，存此風聲。惟公之没，音容倏忽，二子繼夭，高堂結髮，有女垂髫[②]，摧心裂骨。門館秋風，階庭夜月。哀從中來，云誰能遏？簡言固陋，夙奉光塵，廟朝之舊，豈無佗人？西垣並入，禁署相因，二十年中，心同道親，曾無間隙，靡或淄磷。貽業不才，依仁仰德，晚獲同舍，因成近戚，形忘累遣，情深分密，杯酒痛飲，光陰一擲，豈料歡游，遽分今昔！緯在三川，論交早年，才力工拙，詞場後先，與之聲價，借以騰騫，徒欣踐迹，敢曰差肩？佗鄉胥會，舊分依然，倍成感嘆，轉奉周旋。鉉實後生，幸爲同族[③]，聯事之好，友于之睦，以道相許，以義相勗。宦路迍邅[④]，天涯譴逐，千里關山，它鄉心曲。自帝里連歸[⑤]，周行並復，税駕未安，捨我何速？嗚呼君章〔四〕，魂游何方？非巫陽之可招〔五〕，非祖洲之可望〔六〕。平時笑語，舊日顛狂，何夢覺之不識，何悲歡之不常！惟四友之分義，成終天之感傷，雖山公之無託〔七〕，豈延陵之可忘〔八〕？有肴在御，有酒盈觴，死生之會，終于此堂，願公如在，來爲我嘗。長號有慟，迸淚無行，薄奠云畢，哀情未央。嗚呼哀哉，尚饗！

【校記】

①敬：四庫本作“致”。

②髫：四庫本、全唐文作“髻”。

③同族：李校：“同族”二字未詳，諸本皆同，疑有一誤。

④宦：四庫本、黄校本、全唐文、李刊本作“官”。

⑤連：李校：一本作“還”。

【箋注】

〔一〕作於南唐保大十年（九五二）八、九月間。江學士即翰林學士江文蔚。卷一五唐故左諫議大夫翰林學士江君墓誌銘云：“保大十年八月二日卒于京師官舍。……即以其年九月十三日葬于某縣某里之原。”據其卒日及葬期，故繫於此。

〔二〕游簡言：見卷六游簡言左僕射平章事制注〔一〕。　廣平：五代時隸河北道,今河北廣平縣。　李貽業:見卷七太常少卿李貽業可宗正卿制注〔一〕。傳稱其家廣陵,此云隴西,蓋指郡望。　張緯:見卷八虞部員外郎史館修撰張緯可句容令制注〔一〕。

〔三〕"顔子不幸,仲宣無後"句:顔子即顔回,早逝,見論語雍也、史記卷六七仲尼弟子列傳、孔子家語卷九。王粲字仲宣,年四十一卒,二子被誅,遂無後。見三國志卷二一魏書二一王粲傳。按:據墓誌,江文蔚卒年五十二,生前其二子繼亡。

〔四〕君章:江文蔚,字君章。

〔五〕巫陽:楚辭章句卷九招魂:"帝告巫陽曰:'有人在下,我欲輔之。魂魄離散,汝筮予之。'"王逸注:"女曰巫;陽,其名也。"

〔六〕祖洲:傳説中的十洲之一。海内十洲記祖洲:"祖洲近在東海之中,地方五百里,去西岸七萬里。上有不死之草,草形如菰苗,長三四尺,人已死三日者,以草覆之,皆當時活也。服之令人長生。"李商隱祭張書記文:"迴生乏祖洲之草,續斷無弱水之膠。"

〔七〕山公之無託:山公即山濤,字巨源。晉書卷四三本傳:"(嵇)康後坐事,臨誅,謂子紹曰:'巨源在,汝不孤矣。'"此謂江君章無後。

〔八〕"豈延陵之可忘"句:謂延陵掛劍之信不可忘記。延陵掛劍之典,見卷一五唐故泰州刺史陶公墓誌注〔一五〕。

祭韓侍郎文〔一〕

維開寶三年、太歲庚午、九月己亥朔七日乙巳,東海徐鉉謹以清酌庶羞之奠,昭祭于故中書侍郎、贈相國、昌黎公之靈:天祐下民,必生賢人,數有治亂,道或亨屯。君子處之,全名保真,窮不易節,達不私身。嗚呼明公,與道爲鄰,其本也忠,其動也仁,折而不撓,屈則能伸①。懋此成績,揚于王庭,名聞天下,道合明君。宜若張公,上應台星〔二〕,宜如衛武,享兹百齡〔三〕。如何不淑,與世同塵!城郢遺忠〔四〕,感深紫宸。黔婁之衾〔五〕,賜從御府;季子之印[②][六],佩入泉扃。知與不知,孰無悲辛?嗚呼哀哉!某惟不佞,早奉光容,傾蓋之交,繾綣相從。公之知我,如我知公,何義不協,何言不同?寧懼觸鱗之忤,豈防羸角之凶?先號後笑,無初有終。霰雪既消,陽光乃融。海郡山城,幾怜煦沫[七];南宫西掖,近見摶風[八]。豈主恩之可報,幸吾道之非窮。今也歲月遒邁[③],悲歡一空,平生氣宇,夙昔心胸。極視聽而無所,與造化而冥蒙。露泫門柳,霜凋井桐,物感於外,悲來自中。生芻表德[九],絜酒申恭[一〇],願貞魂之降鑒,庶丹懇以斯通。

【校記】

①則:全唐文作“而”。

②印:李校:一本作“劍”。

③遒:李校:一本作“逾”。

【箋注】

〔一〕作於宋開寶三年(九七〇)九月初。卷一六有唐故中書侍郎光政殿學士承旨昌黎韓公墓銘。韓侍郎即韓熙載。據祭文所言祭以開寶三年九月七日而繫。

〔二〕“宜若張公,上應台星”句:張公爲張華。台星,喻宰輔。晉書卷一一天文志上:“三台六星,兩兩而居,起文昌,列抵太微。一曰天柱,三台之位也。在人曰三公,在天曰三台,主開德宣符也。”張華先後任中書郎、度支尚書,又任職太常寺,拜侍中,職同宰相。學識淵博,善議論,喜獎掖後進,詩文辭藻浮麗。卒年六十九。見晉書卷三六張華傳。如此等等,與韓熙載極爲相似。見卷一六韓公墓銘。

〔三〕“宜如衛武,享兹百齡”句:衛武公,姬姓,衛氏,名和。衛釐侯之子,衛共伯之弟。是衛國第十一代國君,享年近百歲。國語卷一七楚語上:“昔衛武公年數九十有五矣,猶箴儆於國。……及其没也,謂之睿聖武公。”

〔四〕城郢遺忠:謂楚國屈原。楚都城爲郢,故稱郢城或城郢。

〔五〕黔婁:據劉向列女傳卷二魯黔婁妻載,黔婁爲春秋魯人。漢書卷三〇藝文志、晉皇甫謐高士傳卷中黔婁先生則謂齊人。黔婁爲隱士,不肯出仕。家貧，死時衾不蔽體。陶淵明詠貧士之四："安貧守賤者，自古有黔婁。"按：韓熙載卒時，家徒四壁，故比黔婁。卷一六韓公墓銘："俸禄既厚，賞賜常優，忘懷取適，不事生計。身歿之日，四壁蕭然，衣衾櫬櫝，皆從恩賜。"

〔六〕季子之印：蘇秦字季子，印佩六國。按：此以蘇秦比韓熙載，指其爲國家棟梁之才。韓熙載卒後，後主痛惜云："天不憖遺，碎我瑚璉，辭章乍覽，痛切孤心。"見卷一六韓公墓銘。瑚璉，比喻治國安邦之才。

〔七〕"海郡山城，幾伶煦沫"句：徐鉉貶官泰州、舒州，韓熙載予以深切同情。徐公行狀云："前左遷泰州，弟亦貶烏江尉。及流舒州，親友臨江相送。韓有詩云：'昔年悽斷此江湄，風滿征帆淚滿衣。今日重憐鶺鴒羽，不堪波上又分飛。'"煦沫，謂用唾沫互相潤濕。比喻互相救助於困境中。莊子内篇大宗師："泉涸，魚相與處於陸，相呴以濕，相濡以沫。"

〔八〕"南宫西掖，近見摶風"句：謂韓熙載先後被授中書侍郎、吏部侍郎、兵部侍郎。南宫、西掖分别指尚書省、中書省。按：吏部、兵部隸尚書省。

〔九〕生芻表德：後漢書卷五三徐穉傳："及林宗有母憂，穉往弔之，置生芻一束於廬前而去。衆怪，不知其故。林宗曰：'此必南州高士徐孺子也。詩不云乎？"生芻一束，其人如玉。"'"

〔一〇〕絮酒：以酒祭奠。後漢書卷五三注引謝承書曰："（徐）穉有死喪，負笈赴弔，常於家豫雞一隻，以一兩綿絮漬酒中，暴乾以裹雞，徑到所起冢外。"

祭王郎中文〔一〕

維年月日，朝議郎、行秘書省秘書郎、直門下徐鉉，謹以庶羞之奠，昭告于故郎中、丈人之靈：惟靈立身行己之規①，理職奉公之節，聞於士友，著在官司，今以銜悲，豈容繁述。伏思頃歲，獨奉深知，獲承子妻之恩②，追序通家之舊。邕和二族，出入十年，情不間於初終，義實敦於骨肉。去歲天恩舉善，右掖登賢〔二〕，幸以王事僅同，省垣不隔，陪侍靡違於旦夕，興居常在於見聞。雖無光益之期，且慰因依之望。豈謂悲歡迭代，光景須臾，才周旬歲之間,奄遘終天之痛③,追攀靡及,哀慕何窮!嗚呼哀哉!昨聞訃之初,方當卧病,不得親臨易簀,躬奉遺言,徒掩淚於漳濱〔三〕,但痛心於夜壑〔四〕。嗚呼哀哉!家存餘慶,念屬帝心,有後之期,自符公議,不孤之任,豈在它人?嗚呼哀哉!故國方遥,良時未卜,王畿寓殯,遠日將臨。霧昏而丹旐悠揚,日落而繐帷蕭索,涼風助慘,行路同悲,瞻望靈筵,酸辛無地。敬陳薄奠,少道深懷,髣髴明靈,一賜臨降。尚饗!

【校記】

①靈:翁鈔本、四庫本、全唐文作“公”。

②恩:四庫本、全唐文作“道”。

③遘:四庫本作“忽”。

【箋注】

〔一〕作於南唐昇元六年(九四二)六月下旬或稍後。王郎中即王坦,徐鉉岳父。卷一五有徐鉉爲撰唐故朝儀大夫行尚書禮部郎中柱國賜紫金魚袋太原王君墓誌銘。墓誌云:“昇元六年夏六月二十有二日,卒于建康翔鸞里之官舍。”據此,故繫於此。

〔二〕“去歲天恩舉善,右掖登賢”句:謂昇元五年(九四一)王坦進中書侍郎。又據下文“才周旬歲之間”,知在去年六月。右掖,指中書省。因其在宫中右邊,故稱。

〔三〕徒掩淚於漳濱:謂只能於病中悲痛。漳濱,爲卧病之意。劉楨贈五官中郎將詩之二:“余嬰沈痼疾,竄身清漳濱。”

〔四〕但痛心於夜壑:謂痛感人事之變化。莊子内篇大宗師:“夫藏舟於壑,藏山於澤,謂之固矣。然而夜半有力者負之而走,昧者不知也。”

祭劉司空文〔一〕

惟靈氣禀沖和,志推廉潔,白璧藴乎尹之美①〔二〕,朱絃含清越之音。操行純深，性克全於天爵；襟懷弘遠，譽早播於人龍。頃自奮迹清朝，策名近侍，既保後凋之節，終諧貞退之心。道因損而益光，名以謙而更著。優游自得，忠孝歸全。求之古人，我復何愧？某等幸承事舊，况預姻連，眷分過私，襟期莫逆。歷歲時而彌固，經夷險而不回②，挹淡水以無厭，仰高山而何極！今則佳城將啓〔三〕，遠日有期③，光容有隔於重泉，醆斝聊申於薄奠④。仰惟貞魄，俯鑒丹誠。尚饗！

【校記】

①藴：李校：一本作"孕"。

②夷險：翁鈔本、李刊本作"險夷"。

③有：四庫本作"自"。

④醆：李校：一本作"醴"。

【箋注】

〔一〕作於宋乾德四年（九六六）六月或稍後。詳文意，與卷一六唐故常州團練判官檢校尚書左僕射劉君墓誌中所誌劉鄗甚合，知劉司空當是劉鄗，司空當是卒後贈官。墓誌云："丙寅歲夏六月某日，終于建安某坊之私第。……即以其年月日葬焉。"據此，故繫於此。

〔二〕孚尹：禮記正義卷六三聘義："夫昔者，君子比德於玉焉。……孚尹旁達，信也。"鄭玄注："孚，讀爲浮。尹，讀如竹箭之筠。浮筠，謂玉采色也。"

〔三〕佳城：指墓地。見卷一四文獻太子哀册文注〔一八〕。

徐鉉集校注卷二一 詩

奉和御製雪〔一〕

豐登盈尺瑞，物象九門深〔二〕。璧照環丹砌①，梅花滿上林〔三〕。茶香偏自得，酒力詎難禁。别有寒郊外，銀河映玉岑〔四〕。

【校記】

①照：李刊本作“月”。

【箋注】

〔一〕作於宋雍熙三年（九八六）十二月一日。玉海卷三〇“雍熙雪詩”條：雍熙三年，“十二月乙未朔，大雨雪。上大悦，其晚御玉華殿，宴宰相近臣，謂曰：‘得此嘉瑞，思與卿等同醉。’出御製雪詩一首，令屬和。”詩與此情景吻合。故繫於此。

〔二〕九門：見卷一新月賦注〔一五〕。

〔三〕上林：即上林苑。皇家苑囿。

〔四〕玉岑：雪山。

奉和御製打毬〔一〕

上閑精習渥洼驄〔二〕，玉鏤花鞍錦覆騣①〔三〕。金埒無塵初裛露〔四〕,朱旗向日自生風。雷傳畫鼓偏增氣,星度飛毬欲映空。共道宸游因習武②〔五〕,凱歌猶似奏平戎〔六〕。

【校記】

①花:四庫本作"金"。

②習:李校:一本作"講"。

【箋注】

〔一〕作於宋太平興國五年(九八〇)三月十六日或十八日。玉海卷三〇"太平興國喜春雨詩"條載:五年"三月戊子會鞠於大明殿,上獲多算。己丑,御製擊毬五、七言詩各一首,詔近臣屬和;辛卯,御製擊毬詩,賜近臣屬和。"又見續長編卷二一。己丑爲三月十六日,辛卯爲十八日。宗懔荆楚歲時記:"打毬、鞦韆、施鉤之戲。按劉向别録曰:'蹴鞠,黄帝所造,本兵勢也。'或云起於戰國。按:鞠與毬同。古人蹋蹴以爲戲也。"

〔二〕渥洼:即渥窪,水名。在今甘肅安西縣境,傳説産神馬之處。史記卷二四樂書:"又嘗得神馬渥窪水中,復次以爲太一之歌。"裴駰集解引李斐曰:"南陽新野有暴利長,當武帝時遭刑,屯田燉煌界。人數於此水旁見群野馬中有奇異者,與凡馬異。……(利長)代土人持勒靽,收得其馬,獻之。" 驄:青白色相雜的馬。

〔三〕騣:馬鬃。

〔四〕金埒:世説新語卷下汰侈:"于時人多地貴,濟(王濟)好馬射,買地作埒,編錢匝地竟埒,時人號曰'金埒'。"徐震堮校箋:"謂築短垣圍之以爲界埒。"此指豪侈的騎射場。

〔五〕宸游:皇帝巡游。

〔六〕"凱歌"句:指太平興國四年三月,太宗征北漢,五月平之,七月班師,見李昉徐公墓誌銘及續長編卷二〇。 平戎:平定外族。左傳僖公十二年:"齊侯使管夷吾平戎于王,使隰朋平戎於晉。"

又五言〔一〕

彩仗映花韉〔二〕,春庭散曙煙。毬飛皆應手,馬駿不須鞭。仙樂飄雲外,祥風起日邊①。籌多不虛發〔三〕,制勝在機先。

【校記】

①起:黄校本作“近”。

【箋注】

〔一〕作於宋太平興國五年(九八〇)三月十六日或十八日。

〔二〕彩仗:彩飾的儀仗。太平廣記卷六八女仙十三楊敬真引續玄怪録:“至三更,有仙樂,彩仗,霓旌,絳節,鸞鶴紛紜,五雲來降,入于房中。” 花韉:裝飾華麗的馬。韉,本爲馬鞍,此借指馬。

〔三〕籌:投壺所用的矢。陳氏禮記集説卷一〇投壺:“籌,室中五扶,堂上七扶,庭中九扶。”陳澔集説:“籌,矢也。”

奉和御製春雨〔一〕

祁祁甘雨正當春〔二〕,草樹精神一倍新。匀灑農郊偏長麥,緩飄花檻不驚人。密隨宫仗環青輅〔三〕,普逐皇恩下紫宸〔四〕。霽後樓臺更堪望,滿園桃李間松筠〔五〕。

【箋注】

〔一〕作於宋太平興國五年(九八〇)三月二十三日。續長編卷二一載:是年三月,太宗“令有司詳定打毬儀,戊子,始用其儀。召群臣會鞠於大明殿,上獲多算。……丙申,上作喜春雨,令近臣和。”丙申爲三月二十三日。

〔二〕祁祁甘雨:文選卷一班固東都賦:“習習祥風,祁祁甘雨。”劉良注:“習習、祁祁,風雨和貌。”

〔三〕青輅:皇帝青色的車。顔延之三月三日詔宴西池詩:“飾館春宫,税鑣青輅。長筵逶迤,浮觴沿泝。”

〔四〕紫宸:宫殿名。此批朝廷。杜甫冬至:“杖藜雪後臨丹壑,鳴玉朝來散紫宸。”

〔五〕松筠:松樹和竹子。禮記正義卷二三禮器:“其在人也,如竹箭之有筠也,如松柏之有心也。二者居天下之大端矣,故貫四時而不改柯易葉。”

冬至日奉和御製〔一〕

吹律政知寬〔二〕,迎長物倍安〔三〕。初陽殊勝臘,積雪更添寒。庭實羅千品,珍符薦百般。群臣同偶聖〔四〕,不歎夜漫漫。

【校記】

①題目:四庫本作"奉和御製冬至"。李校:一本作"奉和御製冬至"。英元案:以前後奉和詩觀之,當以"奉和御製冬至"爲是。

【箋注】

〔一〕作年未詳。玉海卷三〇"雍熙雪詩"條:"三年十一月戊寅,日南至,御製七言冬至詩一首賜宰相李昉等,令屬和。"然徐鉉詩爲五言。或非此次和詩。

〔二〕吹律:律爲陽聲,故傳説吹奏律管,可以使地暖。藝文類聚卷九引劉向别録:"鄒衍在燕,燕有穀,地美而寒,不生五穀,鄒子居之,吹律而温氣至,而穀生,今名黍穀。"

〔三〕迎長:冬至日,日最短。冬至過後,太陽北歸,日漸長,故云迎長。

〔四〕偶聖:謂與皇上共處,君臣遇合。

奉和御製寒食十韻〔一〕

朝陽散宿煙,登望思悠然。簷影晴偏暖,雲容晚更鮮。共歡時景好,不惜歲華遷。旋試嬌驄步,新調寶瑟弦。宮花紅照耀,御水碧潺湲。歌吹清連夜,輜軿麗滿川〔二〕。依林張幄幕〔三〕,夾道建鞦韆〔四〕。仙樂來天上,祥光起日邊。游絲輕冉冉,芳草緑芊芊〔五〕。聖製如春色,周流遍八埏〔六〕。

【箋注】

〔一〕作於宋雍熙三年(九八六)二月十七日。玉海卷三〇"雍熙南至賜詩”條:“三年二月丙辰,寒食,上製詩賜宰相李昉等。”據徐鉉詩題,當爲此次和詩。

〔二〕輜軿:見卷二翰林游舍人清明日入院中塗見過余明日亦入西省上直因寄游君注〔二〕。

〔三〕幄幕:左傳昭公十三年:“子産以幄幕九張行。”杜預注:“幄幕,軍旅之帳。”此指帳幕。

〔四〕鞦韆:見卷二柳枝辭十二首注〔六〕。

〔五〕芊芊:蒼翠,碧緑。文選卷一九宋玉高唐賦:“仰視山巔,肅何芊芊。”一本作千千。李善注:“千千,青也。千、芊,古字通。”李周翰注:“芊芊,山色也。”

〔六〕八埏:漢書卷五七下司馬相如傳下:“上暢九垓,下泝八埏。”顔師古注引孟康曰:“埏,地之八際也。言德上達於九重之天,下流於地之八際。”

奉和御製歲日二首〔一〕

運曆三元正〔二〕,升平太古同。五侯皆輯瑞〔三〕,四海盡占風。聖政乾行内〔四〕,群生壽域中〔五〕。撞鐘元會罷〔六〕,晃朗日升東①〔七〕。

正仗臨軒萬國來〔八〕,漢儀周禮盡堪咍〔九〕。光浮雲蓋青龍轉〔一〇〕,香透椒花白獸開〔一一〕。慶賜應時均億兆〔一二〕,卜年從此數京垓〔一三〕。群臣共感文明運〔一四〕,況是天言誡懋哉〔一五〕。

【校記】

①晃:黄校本作“見”。

【箋注】

〔一〕作於宋雍熙四年(九八七)正月初二。玉海卷三〇“雍熙雪詩”條:“四年正月乙丑,製歲日詩一首賜昉等。”據詩題,當爲此次和詩。乙丑爲正月初二日。

〔二〕運曆:運數,命運。　三元:農曆正月初一爲年、月、日之始,故謂之三元。王儉諒闇親奉烝嘗議:“三元告始,則朝會萬國。”宗懍荆楚歲時記:“正月一日是三元之日也。”

〔三〕輯瑞：尚書正義卷三舜典：“輯五瑞，既月乃日，覲四岳群牧，班瑞於群后。”此指會見屬下的典禮。

〔四〕乾行：乾道，天道。周易卷三同人：“同人於野，亨，利涉大川，乾行也。”王引之經義述聞周易下：“同人彖傳：‘同人於野……乾行也。’亦謂乾道。”

〔五〕壽域：漢書卷二二禮樂志：“願與大臣延及儒生，述舊禮，明王制，驅一世之民，濟之仁壽之域，則俗何以不若成康？壽何以不若高宗？”指盛世時期人盡天年。

〔六〕“撞鐘”句：撞鐘當是元會時活動項目之一。禮記正義卷三六學記：“善待問者如撞鐘，叩之以小者則小鳴，叩之以大者則大鳴。”元會，皇帝于元旦朝會群臣。始於漢，魏晉以降因之。

〔七〕晃朗：明亮貌。潘岳秋興賦：“天晃朗以彌高兮，日悠陽而浸微。”

〔八〕正仗：朝廷舉行大典時用的儀仗。

〔九〕咍：嗤笑；譏笑。楚辭章句卷四九章惜誦：“行不群以巔越兮，又衆兆之所咍。”王逸注：“咍，笑也。楚人謂相啁笑曰咍。”

〔一〇〕雲蓋、青龍：山海經卷七海外西經：“大樂之野，夏后啓於此儛九代；乘兩龍，雲蓋三層。”

〔一一〕椒花：晉劉臻妻陳氏曾於正月初一獻椒花頌。見晉書卷九六劉臻陳氏傳。後常用爲春節之典。杜甫十二月一日：“未將梅蘂驚愁眼，要取椒花媚遠天。”仇兆鼇注：“春將至，故椒花欲頌。” 白獸：即白虎觀。宫殿名。三輔黄圖卷二漢宫：“鳳凰通光曲臺、白虎等殿。”

〔一二〕億兆：萬民百姓。蔡邕太尉汝南李公碑：“憲天心以教育，沐垢濁以揚清，爲國有賞，蓋有億兆之心。”

〔一三〕卜年：同卜世。見卷五納后夕侍宴又三絶注〔七〕。 京垓：古代以十兆爲京，十京爲垓。極言衆多。

〔一四〕文明：尚書正義卷三舜典：“濬哲文明，温恭允塞。”孔穎達疏：“經天緯地曰文，照臨四方曰明。”

〔一五〕天言：指御制詩。 懋：勤勉，努力。尚書正義卷三舜典：“汝平水土,惟時懋哉!”文選卷三張衡東京賦:“兆民勸於疆埸,感懋力以耘耔。”李善注引爾雅:“懋,勉也。”

奉和御製上元燈〔一〕

幔亭高敞九門前〔二〕,銀箭遲遲夜漏還〔三〕。明月静添華燭影,和風時度御鑪煙。朱輪繡轂車聲接〔四〕,玉勒金羈馬首駢〔五〕。一曲雲謡飛聖藻〔六〕,萬方歌詠仰堯天〔七〕。

【箋注】

〔一〕作年未詳。按:雍熙元年(九八四)正月乙丑,宋太宗與群臣於丹鳳樓觀燈。見續長編卷二五。　上元:節日名。農曆正月十五日爲上元節,亦稱元宵節。自唐以降即有觀燈之俗,故又稱燈節。舊唐書卷七中宗紀:“(景龍四年)丙寅上元夜,帝與皇后微行觀燈。”

〔二〕幔亭:用帳幕圍成的亭子。　九門:見卷一新月賦注〔一五〕。

〔三〕银箭:指銀飾的計時的漏箭。江總雜曲:“鯨燈落花殊未盡,蚪水銀箭莫相催。”

〔四〕朱輪:王侯顯貴所乘之車,用朱紅漆輪,故稱。文選卷四一楊惲報孫會宗書:“惲家方隆盛時,乘朱輪者十人。”李善注:“二千石皆得乘朱輪。”

〔五〕玉勒:玉飾的馬銜。庾信三月三日華林園馬射賦:“控玉勒而摇星,跨金鞍而動月。”　金羈:金飾的馬絡頭。曹植白馬篇:“白馬飾金羈,連翩西北馳。”

〔六〕雲謡:即白雲謡。見卷五春雪應制注〔四〕。

〔七〕堯天:論語泰伯:“巍巍乎,唯天爲大,唯堯則之。”謂堯能法天而行教化。此稱頌皇帝盛德。

奉和御製烟〔一〕

春晴纖靄映斜陽,羃羃偏能覆水鄉〔二〕。濃似慶雲同馥郁〔三〕,薄如輕素自飛揚〔四〕。堤横新柳真成畫,樓對遥山正好望。誰見朝元香案上〔五〕,龍旂交影共騰驤〔六〕。

【箋注】

〔一〕作於宋雍熙四年(九八七)八月十四日。玉海卷三〇“雍熙雪詩”條:四年……“八月……甲辰,御製春、夏、秋、冬、松、風、雪、月、煙、花詩共五十首賜昉等。”該詩當是此次作。甲辰爲十四日。

〔二〕羃羃:覆蓋籠罩貌。柳宗元晉問:“積雪百里,皛皛羃羃。”

〔三〕慶雲:五色雲。有喜慶、吉祥之氣。列子卷五湯問:“慶雲浮,甘露降。”漢書卷二六天文志:“若煙非煙,若雲非雲,鬱鬱紛紛,蕭蕭輪囷,是謂慶雲。慶雲見,喜氣也。”

〔四〕輕素:輕而薄的白色絲織品。

〔五〕朝元:諸侯和臣屬每年元日賀見君王。樂府詩集卷一五燕射歌辭周朝饗樂章:“歲迎更始,節及朝元。”

〔六〕龍旂:畫有兩龍蟠結的旗幟。天子儀仗之一。周禮注疏卷四〇考工記輈人:“龍旂九斿,以象大火也。”鄭玄注:“交龍爲旂,諸侯之所建也。”賈公彦疏:“言九斿若此,正謂天子龍旂。”後漢書卷二明帝紀:“東海王彊薨,遣司空馮魴持節視喪事,賜升龍旄頭、鑾輅、龍旂。”李賢注:“交龍爲旂,唯天子用之,今特賜以葬。” 騰驤:飛騰,奔騰。文選卷二張衡西京賦:“乃奮翅而騰驤。”薛綜注:“騰,超也;驤,馳也。”文選卷一一王延壽魯靈光殿賦:“虯龍騰驤以蜿蟺。”劉良注:“騰,飛;驤,舉也。”

奉和御製暑中書懷〔一〕

浴殿晨開氣象清①〔二〕,虚亭金井轆轤鳴〔三〕。陰成楊柳千絲密,涼入襟懷一扇輕。寒水乍沉朱李熟〔四〕,薰綃長有好風生〔五〕。高樓更稱頻臨望,臺笠行歌麥隴青〔六〕。

【校記】

①清:四庫本、黄校本、李刊本作“新”。

【箋注】

〔一〕作年未詳。

〔二〕浴殿:見卷三和集賢鍾郎中注〔七〕。

〔三〕金井:宫庭園林中井欄上有雕飾的井。費昶行路難:“唯聞啞啞城上烏,玉欄金井牽轆轤。” 轆轤:井上利用輪軸原理制成的汲水起重裝置。北魏賈思勰齊民要術卷三種葵:“井别作桔槔、轆轤。”原注:“井深用轆轤,井淺用桔槔。”

〔四〕“寒水”句:曹丕與朝歌令吴質書:“浮甘瓜於清泉,沈朱李於寒水。”謂用涼水湃朱李等時鮮水果。朱李:果名。李子的一種。西京雜記卷一:“初修上林苑,群臣遠方各獻名果異樹。……李十五:紫李、緑李、朱李、黄李。”

〔五〕薰綃:香薰過的綃帕。天熱時可扇風取涼。

〔六〕臺笠:指蓑衣和笠帽。詩經小雅都人士:“彼都人士,臺笠緇撮。”陳奂傳疏:“南山有臺傳:‘臺,夫須。臺皮可以爲衰(蓑)。’因之御雨之物即謂之臺。……臺與笠明是二物。” 麥隴:按:暑天小麥早已收割,此或指蕎麥。蕎麥立秋前後播種,此時仍爲暑天伏中。

奉和御製聞早蟬〔一〕

緑樹陰陰愜豫游〔二〕,早蟬清韻遠還收。唤迴晝夢和宫漏,引起微涼助麥秋〔三〕。禁柳煙中飛乍覺,御溝聲里聽偏幽〔四〕。群生遂性宸章悦〔五〕,從此人間不識愁。

【箋注】

〔一〕作年未詳。

〔二〕豫游:見卷五北苑侍宴雜詠詩注〔二〕。

〔三〕麥秋:農曆四、五月麥熟的季節。陳氏禮記集説卷三月令:“(孟夏之月)靡草死,麥秋至。”陳澔集説:“秋者,百穀成熟之期,此于時雖夏,於麥則秋,故云麥秋。”

〔四〕御溝:流經宫苑的河道。崔豹古今注卷上都邑:“長安御溝謂之楊溝,謂植高楊於其上也;一曰羊溝,謂羊喜抵觸垣牆,故爲溝以隔之,故曰羊溝也。"

〔五〕宸章:皇帝所作的詩文。

奉和御製夏中垂釣作〔一〕

物茂時平日正長,翠華停馭睠方塘〔二〕。文竿乍拂圓荷動〔三〕,頳尾時翻素荇香〔四〕。睿賞只應從暇豫〔五〕,聖恩寧肯間沉翔〔六〕。吞舟自是貪芳餌〔七〕,猶笑成湯一面張〔八〕。

【箋注】

〔一〕作年未詳。

〔二〕翠華:以翠羽爲飾的旗幟或車蓋。文選卷八司馬相如上林賦:"建翠華之旗。"李善注:"翠華,以翠羽爲葆也。" 睠:同"眷"。

〔三〕文竿:文選卷一班固西都賦:"揄文竿,出比目。"李善注:"文竿,竿以翠羽爲文飾也。"

〔四〕頳尾:亦作赬尾。赤色的魚尾。張協七命:"范公之鱗,出自九谿,頳尾丹鰓,紫翼青鬐。"此借指魚。 荇:多年生草本植物,葉略呈圓形,浮在水面,根生水底,夏天開黄花;結橢圓形蒴果;全草可入藥。詩經周南關雎:"參差荇菜,左右流之。"荇給人以質樸無華之感,故云素荇。

〔五〕睿賞:聖明的鑒賞。 暇豫:閑暇。何晏景福殿賦:"鳩經始之黎民,輯農功之暇豫。"

〔六〕沉翔:指魚類。王嘉拾遺記卷一帝堯在位:"沉翔之類,自相馴擾。"

〔七〕吞舟:能吞舟的大魚。莊子雜篇庚桑楚:"吞舟之魚,碭而失水,則蟻能苦之。"

〔八〕成湯一面張:同網開三面,即恩澤遍施之意。史記卷三殷本紀:"湯出,見野張網四面,祝曰:'自天下四方,皆入吾網。'湯曰:'嘻,盡之矣!'乃去其三面,祝曰:'欲左,左;欲右,右。不用命,乃入吾網。'諸侯聞之,曰:'湯德至矣,及禽獸。'"此言宋太宗恩澤多於成湯,故云"猶笑"。

奉和御製殿前松兼以書事〔一〕

長松修幹列承明〔二〕,虎盼龍盤氣貌靈。風度乍聞琴曲調,巢高初見鶴儀形。枝籠陛戟寒生檻〔三〕,葉帶鑪煙翠滿庭。澗底山頭各生殖〔四〕,託根争似在青冥〔五〕。

【箋注】

〔一〕作於宋雍熙四年(九八七)八月十四日。玉海卷三〇“雍熙雪詩”條:四年……“八月……甲辰,御製春、夏、秋、冬、松、風、雪、月、煙、花詩共五十首賜昉等。”該詩當是此次作。甲辰爲十四日。

〔二〕承明:天子左右路寢(即正廳)稱承明。劉向説苑卷一九修文:“守文之君之寢曰左右之路寢,謂之承明何? 曰:承乎明堂之後者也。”

〔三〕陛戟:漢書卷六八霍光傳:“期門武士陛戟,陳列殿下。”顔師古注:“陛戟謂執戟以衛陛下也。”此指殿階。句謂松陰濃密,涼意頓生。

〔四〕“澗底”句:左思詠史:“鬱鬱澗底松,離離山上苗。”

〔五〕託根:附着生根。晉書卷九二趙至傳:“又北土之性,難以託根。”青冥:指宫廷。

奉和御製扇〔一〕

齊紈新裂月輪全〔二〕,蟬雀分明彩翠鮮。救暍自符仁主意〔三〕,揚風須假手中扇①。暫遮樓日霞光透,半掩歌唇寶靨圓〔四〕。一曲睿詞精比興,好將金石奉雕鐫。

【校記】

①扇:四庫本“宣”。

【箋注】

〔一〕作年未詳。

〔二〕齊紈：列子卷三周穆王："衣阿錫，曳齊紈。"張湛注："齊，名紈所出也。"此言扇用名貴織品所制。　月輪：謂扇圓如滿月。班婕妤怨詩："新裂齊紈素，鮮潔如霜雪。裁爲合歡扇，團團似明月。"

〔三〕救暍：救護中暑的人。杜甫七月三日亭午已後校熱退晚加小凉穩睡有詩因論壯年樂事戲呈元二十一曹長："前聖眘焚巫，武王親救暍。"仇兆鼇注："帝王世紀：武王自孟津還，及於周，見暍人，王自左擁而右扇之。"

〔四〕寶靨：杜甫琴臺："野花留寶靨，蔓草見羅裙。"仇兆鼇注："趙曰：寶靨，花鈿也。……朱注：唐時婦女多貼花鈿於面，謂之靨飾。"

奉和御製棋二首〔一〕

制法精微自帝堯〔二〕，勢如天陣布週遭〔三〕。沉思迴覺忘千慮，妙訣終須附六韜①〔四〕。急劫未分香印匝〔五〕，一枰初滿月華高〔六〕。御詞仍許群臣和，愁殺中山玉兔毫〔七〕。

常嫌群藝用心麤，不及棋枰出萬途。妙似孫吴論上策〔八〕，深如夔益贊訏謨〔九〕。静陳玉檻連琴榻，密映珠簾對酒壺。聖智縱横歸掌握，一先終不費多圖。

【校記】

①訣：四庫本作"法"。

【箋注】

〔一〕作年未詳。

〔二〕"制法精微自帝堯"句：江少虞事實類苑卷五四圍棋："博物志曰：'堯造圍棋以教子丹朱。或云舜以子商均愚，故作圍棋以教之也。'"按：徐鉉著有圍棋義例、棋勢。今佚。

〔三〕天陣：陣法名。六韜卷四三陳："武王問太公曰：'凡用兵爲天陳、地陳、人陳奈何？'太公曰：'日月星辰斗杓，一左一右，一向一背，此謂天陳。"

〔四〕六韜：莊子雜篇徐無鬼："吾所以説吾君者，横説之則以詩、書、禮、樂，從説之則以金板、六弢。"成玄英疏："金版、六弢，周書篇名也，或言秘讖也。

本有作‘韜’字者，隨字讀之，云是太公兵法，謂‘文、武、虎、豹、龍、犬’六弢也。”此指兵法韜略。謝靈運撰征賦序：“法奇於三略，義秘於六韜。”

〔五〕香印：印章。棋盤方格如印章，故云。

〔六〕月華：圓形棋子如滿月，故云。

〔七〕中山玉兔毫：元和郡縣圖志卷二八江南道四宣州溧水縣：“中山，在縣東南一十五里。出兔毫，爲筆精妙。”太平寰宇記卷九〇江南東道二昇州溧水縣：“中山，又名獨山，在縣東南十里，不與群山連接。古老相傳中山有白兔，世稱爲筆最精。”李白草書歌行：“筆鋒殺盡中山兔。”

〔八〕孫吴：春秋孫武和戰國吴起的並稱。孫武著兵法十三篇。吴起著吴子四十八篇。荀子卷一〇議兵：“孫吴用之，無敵於天下。”楊倞注：“孫，謂吴王闔閭將孫武；吴，謂魏武侯將吴起也。”

〔九〕夔益：指夔和伯益。夔相傳爲舜時樂官。禮記正義卷三八樂記：“昔者舜作五弦之琴，以歌南風。夔始制樂，以賞諸侯。”鄭玄注：“夔，舜時典樂者也。”伯益，舜時東夷部落首領。相傳伯益助禹治水有功，禹欲讓位於益，益避居箕山之北。見尚書正義卷三舜典、孟子卷九萬章上。

奉和御製早春〔一〕

群生遂性得天真〔二〕，陽景無私發秀勻〔三〕。堯曆永從新律正〔四〕，皇恩散作萬方春。華林日麗紅苞拆〔五〕，太液冰消渌浪新①〔六〕。天意分明啓昌運②，岱宗即看報群神〔七〕。

【校記】

①渌：四庫本、黄校本、李刊本作“緑”。

②啓：四庫本、李刊本作“起”。

【箋注】

〔一〕作年未詳。

〔二〕遂性：順應本性。嵇康答難養生論：“然松柏之生，各以良殖遂性。”

〔三〕陽景：陽光。曹植情詩：“微陰翳陽景，清風飄我衣。”

〔四〕“堯曆”句：謂宋太宗即位，遭逢盛世，萬象更新。堯曆即堯年。傳説堯時天下太平，因喻盛世。權德輿朔旦冬至攝職南郊因書即事：“文軌盡同堯曆象，齋祠忝備漢公卿。” 新律：見卷三送楊郎中唐員外奉使湖南注〔五〕。

〔五〕華林：茂美的林木。嵇康酒會詩：“肅肅苓風，分生江湄，却背華林，俯泝丹坻。” 紅苞拆：即紅花綻放。拆，同“坼”，綻開。詩經大雅生民：“誕彌厥月，先生如達，不拆不副，無菑無害。”孔穎達疏：“坼副皆裂也。”

〔六〕太液：即太液池。漢、唐以降皇家均有。此爲北宋皇家池名。

〔七〕“岱宗”句：指國運昌盛，將封禪泰山，以報功德。封禪爲古代帝王祭天地的大典。史記卷二八封禪書：“古者封泰山禪梁父者七十二家。”

應製賞花〔一〕懷字

上林春暮紫英開〔二〕，組繡成帷蔭玉階①。艷逐晨光隨步武〔三〕，香和輕吹透襟懷。生成澤廣時芳茂〔四〕，魚水情通樂韻諧②。禁籞年年陪睿賞〔五〕，何時梁甫奉燔柴〔六〕。

【校記】

①繡：李刊本作“織”。

②韻：四庫本、李刊本作“詠”。

【箋注】

〔一〕作於宋雍熙四年（九八七）三月十七日或端拱元年（九八八）三月六日。玉海卷三〇“雍熙賞花賜詩”條：“雍熙元年三月乙丑，召宰相近臣賞花後苑。上曰：‘朕以天下之樂爲樂。’且令侍從詞臣各賦詩，賞花賦詩自此始。……四年三月己卯十七日，賞花宴於後苑。上臨池垂釣，令侍臣賦賞花、釣魚詩，應制者凡二十有六人。……五年三月戊午六日，召近臣賞花宴後苑。上臨池釣魚，命群臣賦詩，時應制三十九人。”按：雍熙僅四年，此云五年，當是端拱元年（九八八）。

〔二〕上林：即上林苑。

〔三〕步武：國語卷三周語下：“夫目之察度也，不過步武尺寸之間。”韋昭

注:“六尺爲步,賈君以半步爲武。”此指腳步。

〔四〕澤廣:謂花的益處很多,兼喻皇恩廣被。

〔五〕禁籞:猶禁苑。籞,帝王的禁苑。漢書卷八宣帝紀:“又詔池籞未御幸者假與貧民。”顏師古注:“蘇林曰:‘折竹以繩緜連禁禦,使人不得往來,律名爲籞。’應劭曰:‘池者,陂池也;籞者,禁苑也。’”

〔六〕“何時”句:頌美盛世大德,當封禪泰山。　梁甫:即梁父山。史記卷六秦始皇本紀:“禪梁父。”裴駰集解引瓚曰:“古者聖王封泰山,禪亭亭或梁父,皆泰山下小山。”揚雄長楊賦:“方將俟元符,以禪梁甫之基,增泰山之高。”燔柴:指祭天。儀禮注疏卷二七覲禮:“祭天,燔柴。”爾雅注疏卷六釋天:“祭天曰燔柴。”邢昺疏:“祭天之禮,積柴以實牲體、玉帛而燔之,使煙氣之臭上達於天,因名祭天曰燔柴也。”

和陳處士在雍丘見寄〔一〕

衰薄喜多幸〔二〕,退公誰與閑〔三〕。高人乘興去〔四〕,相望兩程間〔五〕。卷箔有微雪〔六〕,登樓無遠山。清談勝題贈〔七〕,何日杖藜還〔八〕。

【箋注】

〔一〕作於宋太平興國元年(九七六)十月或稍後。陳處士即陳摶。摶字圖南,亳州真源(今河南鹿邑縣)人。舉進士不第,遂隱居不仕。周世宗、宋太祖、宋太宗曾召至京師。宋史卷四五七本傳:“太平興國中來朝,太宗待之甚厚。九年復來朝,上益加禮重。”續長編卷二五載:“冬十月上之即位也,召華山隱士陳摶入見。於是復至,上益加禮重。”　雍丘:開封府屬縣。見宋史卷八五地理志一京畿路。即今河南杞縣。

〔二〕衰薄:世風澆薄。詩經王風中穀有蓷序:“夫婦日以衰薄,凶年饑饉,室家相棄爾。”葛洪抱朴子外篇卷三刺驕:“乃衰薄之弊俗,膏肓之廢疾,安共爲之,可悲者也。”

〔三〕退公:見卷一京口江際弄水注〔二〕。

〔四〕乘興:世説新語卷下任誕:“王子猷居山陰,夜大雪。……忽憶戴安道。時戴在剡,即便夜乘小船就之,經宿方至,造門不前而返。人問其故,王曰:'吾本乘興而行,興盡而返,何必見戴?'"

〔五〕兩程:兩天所行的路程。

〔六〕卷箔:卷起簾子。箔,簾子。多以葦子或秫秸織成。

〔七〕清談:魏晉時期崇尚老莊,空談玄理,亦稱玄談。清談重心集中在有無、本末之辨。徐鉉好道,故與道士陳摶清談。

〔八〕杖藜:拄着手杖行走。藜,野生植物,莖堅韌,可爲爲杖。莊子雜篇讓王:"原憲華冠縱履,杖藜而應門。"

送湯舍人之陳州〔一〕

尼父恓惶地〔二〕,離情向此偏。家貧聊復爾〔三〕,道在肯徒然。詩景明松雪,鄉山隔水煙。三年須赴召〔四〕,莫戀瓮頭眠〔五〕。

【箋注】

〔一〕作年未詳。 湯舍人:疑是湯悦(殷崇義)。馬令南唐書卷二三本傳:"湯悦,其先陳州西華人。父殷文圭,唐末有才名。悦本名崇義,仕南唐爲宰相,建隆初避宣祖廟諱,改姓湯。"然言其家貧,似與湯悦不符。 陳州:宋史卷八五地理一京西路:"淮寧府,輔,淮陽郡,……本陳州。"即今河南淮陽縣。

〔二〕尼父恓惶地:吕氏春秋卷一七任數:"孔子窮乎陳、蔡之間,藜羹不斟,七日不嘗粒。"史記卷四七孔子世家:"已而去魯,斥乎齊,逐乎宋、衛,困於陳、蔡之間。" 恓惶:即恓恓(棲棲)惶惶,忙碌不安貌。葛洪抱朴子外篇卷四正郭:"悽悽惶惶,席不暇温。志在乎匡亂行道,與仲尼相似。"

〔三〕聊復爾:晉書卷四九阮咸傳:"咸與籍居道南,諸阮居道北,北阮富而南阮貧。七月七日,北阮盛曬衣服,皆錦綺粲目。咸以竿挂大布犢鼻於庭。人或怪之,答曰:'未能免俗,聊復爾耳。'"

〔四〕赴召:應朝廷徵召。晉書卷六七郗鑒傳:"鑒不應其召,從兄旭,郗之别駕,恐禍及己,勸之赴召,鑒終不迴。"

〔五〕瓮頭眠:指醉飲。晉書卷四九畢卓傳:"畢卓字茂世,新蔡鮦陽人也。……太興末爲吏部郎,常飲酒廢職。比舍郎釀熟,卓因醉,夜至其甕間盜飲之。"

送阮監丞赴餘杭〔一〕

楊柳依依水岸斜，鷁舟東去思無涯①〔二〕。坐臨棋局延明月，行采詩題對落花②。虚白亭中多宴賞〔三〕，錢塘湖上剩煙霞〔四〕。風光到處宜携酒，況有餘杭阿姥家〔五〕。

【校記】

①鷁：原作"鸐"，據四庫本、黄校本、李刊本改。

②詩題：四庫本作"題詩"。

【箋注】

〔一〕作年未詳。　阮監丞：人未詳。本卷有送阮殿丞之静海詩。阮當爲同一人。　餘杭：臨安府屬縣。見宋史卷八八地理四兩浙路。即今浙江餘杭市。

〔二〕鷁舟：見卷二和元帥書記蕭郎中觀習水師注〔四〕。

〔三〕虚白亭：白居易冷泉亭記："東南山水，餘杭郡爲最。……先是，領郡者有相里君造虚白亭。"

〔四〕錢塘湖：即今杭州西湖。古稱錢湖。趙彦衛雲麓漫鈔卷五："第三門曰錢塘門，乃縣廨在焉。蓋自前古以來，居人築塘以備錢湖之水，故曰錢塘。"

〔五〕餘杭阿姥：王方平過蔡經家，與麻姑共飲，以千錢與餘杭老姥市酒，得五斗。見葛洪神仙傳卷三王遠傳。

送容州程員外端州吴員外〔一〕

士生秉道義，公論重才名〔二〕。美哉雙白璧〔三〕，高價等連城〔四〕。昔在南國時〔五〕，折桂嘗抗衡〔六〕。今爲北朝客〔七〕，通籍齊振纓〔八〕。連鑣適炎徼①〔九〕，並命典州兵〔一〇〕。地遠乃寄重②，無爲憚遐征。俗雜則才難③，當在通其情。投香與還珠〔一一〕，前哲有遺聲。君看奏諫者,接武趨承明〔一二〕。摻袂贈斯言,斯言勿見輕。

【校記】

①鑣:原作"鏕",據四庫本、黄校本、李刊本、徐校改。

②乃:四庫本作"方"。

③才:四庫本作"財";李刊本作"材"。

【箋注】

〔一〕作年未詳。　程員外、吴員外:當是程渥和吴淑。趙德麟侯鯖録卷八:"南唐給事中喬舜知舉,進士及第者五人,即丘旭、樂史、王則、程渥、陳皋也。皆數舉升降等甲。無名子以爲喬之榜類陳橘皮,年高者居上。"吴淑於乾德四年(九六六)年及第,而程渥多次參加考試,於次年及第。徐鉉知貢舉時,吴淑及第,後爲其女婿。見徐公行狀。宋史卷四四一吴淑傳:"江南平,歸朝。……預修太平御覽、太平廣記、文苑英華。……嘗獻九弦琴五弦阮頌,太宗賞其學問優博。又作事類賦百篇以獻,詔令注釋,淑分注成三十卷上之,遷水部員外郎。"　容州:屬廣南西路。見宋史卷九〇地理志六。治所今廣西容縣。　端州:宋史卷九〇地理志六廣南東路:"肇慶府,望,高要郡,肇慶軍節度。本端州,軍事。"今廣東肇慶市。

〔二〕公論:世説新語卷中品藻:"庾又問:'何者居其右?'王曰:'自有人。'又問:'何者是?'王曰:'噫!其自有公論。'"

〔三〕白璧:平圓形而中有孔的白玉。管子卷二三輕重甲:"禺氏不朝,請以白璧爲幣乎?"

〔四〕連城:戰國時,趙惠文王得和氏璧,秦昭王寄書趙王,願以十五城易璧。見史記卷八一廉頗藺相如列傳。白璧,連城,均比程、吴二人。

〔五〕南國:指南唐政權。

〔六〕"折桂"句:晉書卷五二郤詵傳:"武帝於東堂會送,問詵曰:'卿自以爲何如?'詵對曰:'臣舉賢良對策,爲天下第一,猶桂林之一枝,崑山之片玉。'"此指程、吴二人同年參加科舉而及第。

〔七〕北朝:指北宋政權。

〔八〕通籍:謂朝中已有名籍。指初始爲官。杜甫夜雨:"通籍恨多病,爲郎忝薄游。"　振纓:謂出仕。晉書卷六一周馥傳:"馥振纓中朝,素有俊彦之稱。"

〔九〕連鑣:謂騎馬同行。鑣,馬勒。世説新語卷中捷悟:"王東亭作宣武主簿,嘗春月與石頭兄弟乘馬出郊,時彦同游者連鑣俱進。"　炎徼:南方炎熱邊區。端州、容州分屬廣南東路、西路,故云炎徼。

〔一○〕並命:一同受命。禮記正義卷二七内則:"毋敢敵耦於冢婦,不敢並行,不敢並命,不敢並坐。"孔穎達疏:"並有教令之命。"

〔一一〕投香:晉吴隱之有清操,從番禺罷郡歸,見妻攜有沉香一斤,遂投湖水。見晉書卷九○吴隱之傳。後以喻爲官清正。李商隱故番禺侯以贓罪致不辜事覺母者他日過其門:"江陵從種橘,交廣合投香。"　還珠:比喻爲官清廉,政績卓著。後漢書卷七六孟嘗:"先時宰守並多貪穢,詭人採求,不知紀極,珠遂漸徙於交阯郡界。於是行旅不至,人物無資,貧者餓死於道。嘗到官,革易前敝,求民病利。曾未踰歲,去珠復還,百姓皆反其業,商貨流通,稱爲神明。"

〔一二〕接武:見卷五奉和子龍大監與舍弟贈答之什注〔三〕。　承明:即承明廬。見卷二張員外好茅山風景求爲句容令作此送注〔三〕。

和潁州賈監軍〔一〕

別離情緒兩難任〔二〕,消遣唯應有醉吟。冉冉光陰玄鬢改,勤勤書札舊情深。涼宵夢寐清淮月〔三〕,永日徘徊玉樹陰〔四〕。野鶴乘軒無所用〔五〕,角巾何日返中林〔六〕。

【校記】

①潁州:原作"穎川",據李刊本改。四庫本作"潁川"。　賈:黄校本作"曹"。

【箋注】

〔一〕作年未詳。　潁州:宋史卷八五地理志一京西路:"順昌府,上,汝陰郡。……舊潁州。"即今安徽阜陽市。　賈監軍:名未詳。卷二二有送坊州賈監軍詩,賈監軍當爲同一人。

〔二〕難任:難當;難以忍受。左傳僖公十五年:"重怒,難任;背天,不祥。"

曹植雜詩:"方舟安可極,離思故難任。"余冠英注:"難任,難當。"

〔三〕清淮:指清河和淮河。潁州有清河、淮河流經境内。

〔四〕玉樹:世説新語卷上言語:"謝太傅問諸子姪:'子弟亦何預人事,而正欲使其佳?'諸人莫有言者。車騎答曰:'譬如芝蘭玉樹,欲使其生於階庭耳。'"後以稱美佳子弟。此言賈監軍在家與子弟相伴。

〔五〕野鶴乘軒:見卷五明道人歸西林求題院額作此送之注〔五〕。此徐鉉自比。

〔六〕角巾:即方巾。隱士冠飾。晉書卷六五王導傳:"則如君言,元規若來,吾便角巾還第,復何懼哉!"　中林:林野。詩經周南兔罝:"肅肅兔罝,施于中林。"毛傳:"中林,林中。"馬瑞辰通釋:"爾雅:'牧外謂之野,野外謂之林。'中林猶云中野。"

和清源太保閑居偶懷〔一〕

朝退閑齋落葉天,道心真氣本仙源。簾前風月澄秋景,門外輪蹄任世喧〔二〕。棋罷早寒生北户,酒醒黄菊滿西園。時人自有思齊者〔三〕,踐迹觀形不在言〔四〕。

【箋注】

〔一〕作年未詳。　清源太保:疑是李煜子仲寓。陸游南唐書卷一六諸王列傳:"後主二子仲寓、仲宣,皆昭惠周后所生。仲寓字叔章,初封清源郡公,國亡北遷,宋授右千牛衛大將軍。……拜郢州刺史。在郡以寬簡爲治,吏民安之。淳化五年八月卒,年三十七。"

〔二〕輪蹄:指車馬。

〔三〕思齊:論語里仁:"見賢思齊,見不賢而内自省也。"

〔四〕踐迹:論語先進:"子張問善人之道。子曰:'不踐迹,亦不入於室。'"此謂向他人學習。

又和寄光山徐員外〔一〕

早年南國日追隨〔二〕,冠劍晶熒佩陸離〔三〕。匪石心誠徒自許〔四〕,

浮雲蹤迹信難知。官閑從飲扶頭酒〔五〕,地僻誰同敵手棋〔六〕。門館舊恩今更重〔七〕,高齋遥枉謝公詩〔八〕。

【箋注】

〔一〕作年未詳。　光山:光州屬縣。見宋史卷八八地理志四淮南西路。即今河南光山縣。　徐員外:名未詳。

〔二〕南國:指南唐政權。

〔三〕冠劍:古代官員戴冠佩劍。江淹到主簿日事詣右軍建平王:"常欲永辭冠劍,弋釣畎壑。"　陸離:文選卷三二屈原九章涉江:"帶長鋏之陸離兮,冠切雲之崔嵬。"吕向注:"陸離,劍低昂貌。"

〔四〕匪石:詩經邶風柏舟:"我心匪石,不可轉也。"孔穎達疏:"言我心非如石然,石雖堅尚可轉,我心堅,不可轉也。"

〔五〕扶頭酒:言飲酒醉而扶頭。杜荀鶴晚春寄同年張曙先輩:"無金潤屋渾閑事,有酒扶頭是了人。"姚合答友人招游:"賭棋招敵手,沽酒自扶頭。"

〔六〕敵手棋:謂棋技不相上下。見上引姚合詩。

〔七〕"門館"句:詳詩意,徐員外似於徐鉉知貢舉時及第,或曾游其門下。

〔八〕"高齋"句:詳詩意,應是徐員外把徐鉉(深諳棋藝,又著圍棋義例、棋勢)比作謝安。徐鉉表謙,故有"遥枉"之詞。又,卷三和蕭郎中午日見寄:"謝公制勝常閑暇,願接西州敵手棋。"徐鉉也亦曾以蕭郎中比謝公。

和徐秘書〔一〕

年少支離奈命何〔二〕,悲秋懷舊苦吟多〔三〕。龍泉有氣終難掩〔四〕,荆玉無瑕豈憚磨〔五〕。會偶良工收杞梓〔六〕,莫將閑夢挂煙蘿①〔七〕。佗年得路摶風去〔八〕,肯念今朝煦沫麽〔九〕。

【校記】

①莫:四庫本作"祇"。

【箋注】

〔一〕作年未詳。　徐秘書:名未詳。

〔二〕支離:流離,流浪。杜甫詠懷古迹:"支離西北風塵際,飄泊東南天地間。"

〔三〕苦吟:反復吟詠,苦心推敲。馮贄雲仙雜記卷二苦吟引詩源指訣:"孟浩然眉毫(一作毛)盡落,裴祐袖手衣袖至穿,王維至走入醋甕,皆苦吟者也。"

〔四〕龍泉:寶劍名。王充論衡卷二率性:"棠谿、魚腸之屬,龍泉、太阿之輩,其本鋌山中之恒鐵也。"

〔五〕荆玉:荆山之玉。即和氏璧。韓非子卷四和氏:"楚人和氏得玉璞楚山中。……乃使玉人理其璞而得寶焉,遂命曰'和氏之璧'。"

〔六〕會偶:一定遇到。　杞梓:杞木和梓木。兩木皆良材,比喻賢才。左傳襄公二十六年:"晉卿不如楚,其大夫則賢,皆卿材也。如杞梓、皮革,自楚往也。雖楚有材,晉實用之。"杜預注:"杞、梓皆木名。"

〔七〕煙蘿:草樹茂密、煙聚蘿纏。此指幽居之地。李端寄廬山真上人:"更説謝公南座好,煙蘿到地幾重陰。"

〔八〕搏風:乘風捷上。莊子内篇逍遥游:"搏扶摇而上者九萬里。"

〔九〕煦沫:謂用唾沫互相潤濕。比喻困境中相互救助。莊子内篇大宗師:"泉涸,魚相與處於陸。相呴以濕,相濡以沫。"

送汪處士還黟歙〔一〕

孤雲野鶴任天真〔二〕,乘興游梁又適秦〔三〕。興去却歸南國去〔四〕,黄山何謝武陵春〔五〕。

【箋注】

〔一〕作年未詳。　汪處士:名未詳。　黟歙:黟縣、歙縣,徽州屬縣。見宋史卷八八地理志四江南東路。即今安徽黟縣、歙縣一帶。

〔二〕天真:不受禮俗拘束的品性。莊子雜篇漁父:"禮者,世俗之所爲也;真者,所以受於天也,自然不可易也。故聖人法天貴真,不拘於俗。"

〔三〕乘興:見本卷和陳處士在雍丘見寄注〔四〕。　梁、秦:梁州和秦州。梁州即漢中郡,屬興元府。見宋史卷八九地理志五利州路。今陝西漢中市一帶。秦州即天水郡。見宋史卷八七地理志三秦鳳路。今陝西天水市一帶。

〔四〕南國：指江南一帶。

〔五〕黄山：著名游覽勝地。在安徽黄山市，跨歙、黟、休寧等縣。古名黟山，唐改今名。相傳黄帝與容成子、浮丘公嘗合丹於此，故名。　武陵：陶淵明桃花源記記述武陵人偶入桃花源。後世多遂以武陵源代桃花源，喻隱居勝境。

和翰長聞西樞副翰鄰居夜宴〔一〕

開筵别有鄰居興，卜夜應憐禁漏長〔二〕。舊友不期争命駕〔三〕，新姬憑寵剩傳觴〔四〕。香煙結霧籠金鴨〔五〕，燭焰成花照杏梁〔六〕。京邑衣冠多勝賞〔七〕，鱸魚争敢道思鄉〔八〕。

【箋注】

〔一〕作年未詳。　翰長：卷二三張氏子集序："子名冉，本字叔相。……乃至梁京。翰長李公昉……引之登門，特加禮遇。"據此知翰長爲李昉。昉字明遠，深州饒陽（今河北饒陽縣）人。仕後漢、後周，歸宋，三入翰林。太宗朝拜平章事。奉敕主編太平御覽、文苑英華、太平廣記。見宋史卷二六五本傳。西樞副翰：人未詳。

〔二〕卜夜：盡情歡樂晝夜不止。左傳莊公二十二年載：春秋時齊陳敬仲爲工正，請桓公飲酒，桓公高興，命舉火繼飲，敬仲辭謝説："臣卜其晝，未卜其夜，不敢。"晏子春秋卷五雜上、劉向説苑卷二〇反質以爲齊景公與晏子事。

〔三〕命駕：立即動身。左傳哀公十一年："退，命駕而行。"世説新語卷下簡傲："嵇康與吕安善，每一相思，千里命駕。"

〔四〕新姬：美女。　傳觴：傳遞酒杯勸酒。急就篇卷三："侍酒行觴宿昔酲。"顔師古注："行觴，傳觴也。"

〔五〕香煙：焚香所生的煙。庾信奉和闡弘二教應詔："香煙聚爲塔，花雨積成臺。"　金鴨：一種鍍金的鴨形銅香爐。

〔六〕杏梁：文杏木所制的屋梁，言其屋宇華貴。司馬相如長門賦："刻木蘭以爲榱兮，飾文杏以爲梁。"

〔七〕京邑:京都。張衡東京賦:"京邑翼翼,四方所視。" 衣冠:漢書卷六〇杜欽傳:"茂陵杜鄴與欽同姓字,俱以材能稱京師,故衣冠謂欽爲'盲杜子夏'以相别。"顔師古注:"衣冠,謂士大夫也。"

〔八〕"鱸魚"句:用張翰典,見卷一送魏舍人仲甫爲蘄州判官注〔四〕。

和清源太保寄湖州潘郎中〔一〕

老大離群一倍愁,谿山風物且淹留。醖成春酒誰斟酌,抄得新書自校讎〔二〕。莫似牧之矜曠達〔三〕,須教子重讓風流〔四〕。恩門舊分知難忘①〔五〕,題取新詩上郡樓。

【校記】

①分:四庫本作"景"。 知:四庫本作"應"。

【箋注】

〔一〕作於宋雍熙三年(九八六)前後。潘郎中即潘慎修,字德成,泉州莆田人。李煜歸宋,表求其掌記室。李煜卒,改太常博士,歷膳部、倉部、考功三員外,通判壽州,知開封縣。又知湖、梓二州。見宋史卷二九六本傳。按:李煜卒於太平興國三年(九七八),其後慎修改官太常博士,據其履歷及宋官三年任期,其知湖州當在雍熙二年(九八五)。詩寫春景,故繫於是年前後。卷二四另有送潘湖州序。 清源太保:即李煜子仲寓。見本卷和清源太保閑居偶懷注〔一〕。 湖州:屬兩浙路。見宋史卷八六地理志四兩浙路。即今浙江湖州市。

〔二〕校讎:一人獨校爲校,二人對校爲讎。指考訂書籍。劉向管子序:"所校讎中管子書三百八十九篇。"

〔三〕牧之:杜牧字牧之,號樊川居士,京兆萬年(今陝西西安市)人。曾任湖州刺史。 曠達:晉書卷三五裴頠傳:"處官不親所司,謂之雅遠;奉身散其廉操,謂之曠達。"杜牧與吴興郡一少女相約,十年后來娶。十四年后,出刺湖州,其女已出嫁三年,有子二人。杜牧詰之,其母出示以十年爲限之盟約。杜牧無限惆悵。見高彦休唐闕史卷上杜舍人牧湖州。

〔四〕子重:嚴惲字子重,與杜牧友善。其問春詩云:"春光冉冉歸何處,更向花前把一杯。盡日問花花不語，爲誰零落爲誰開。”杜、嚴交往，見皮日休傷進士嚴子重詩序（全唐詩卷六一四）、錢易南部新書卷四嚴惲傳、辛文房唐才子傳卷五杜牧傳。

〔五〕恩門舊分：謂潘慎修事李煜盡臣子之節。仲寓爲李煜子，故徐鉉如是云。

送南華張主簿改承縣〔一〕

適去莊生邑〔二〕，還臨孔父鄉〔三〕。仍聞舊隱處，近在武夷傍〔四〕。道氣年長度〔五〕，儒風日以光〔六〕。何時看解組〔七〕，歸去事仙方〔八〕。

【箋注】

〔一〕作年未詳。　南華：興仁府屬縣。見宋史卷八五京東路西路。今山東東明縣。　張主簿：名未詳。　承縣：沂州屬縣。宋史卷八五地理志一京東路東路。今山東棗莊市嶧城區。

〔二〕莊生：即莊子。莊子曾任漆園（今東明東裕州屯）吏。

〔三〕孔父：即孔子。承縣毗鄰孔子故鄉。

〔四〕武夷：見卷四南都遇前嘉魚劉令言游閩嶺作此與之注〔三〕。

〔五〕道氣：道家修行的功夫。

〔六〕儒風：劉勰文心雕龍卷九時序：“華實所附，斟酌經辭，蓋歷政講聚，故漸靡儒風者也。”

〔七〕解組：猶解綬。即辭去官職。梁書卷一五謝朏傳：“雖解組昌運，實避昏時。”

〔八〕仙方：即爲求成仙而服食的丹藥。

和白州錢使君上元夜侍宴〔一〕

御宴宵陳敞百層，君恩芳景兩難勝〔二〕。風傳天上九成樂〔三〕，月映樓前萬樹燈。醉捧玉觴疑夢寐〔四〕，静臨丹檻似飛騰〔五〕。因觀謝守牕中詠〔六〕，自愧瀛洲是濫登〔七〕。

【箋注】

〔一〕作於宋太平興國二年(九七七)或下年元宵夜或稍後。钱使君即錢昱。宋史卷四八〇本傳:"昱字就之,忠獻王佐之長子。……從俶入朝,授白州刺史。"十國春秋卷八三本傳云:"從忠懿王朝宋,授白州刺史。"按,忠懿王朝宋在開寶九年(九七六)二月,見宋史卷四八〇錢俶世家及十國春秋卷八三忠懿王世家。于時錢昱隨至,不久或即授官白州。詩寫上元夜侍宴,當適逢授職未上任時。姑繫於此。　白州:廣南西路屬州。見宋史卷九〇地理志六廣南西路。治所在今廣西博白縣。

〔二〕難勝:難以承受。江淹恨賦:"千秋萬歲,爲怨難勝。"

〔三〕九成樂:猶九闋樂。尚書正義卷五益稷:"簫韶九成,鳳皇來儀。"孔穎達疏:"成猶終也,每曲一終,必變更奏。故經言九成,傳言九奏,周禮謂之九變,其實一也。"

〔四〕玉觴:玉杯。言酒杯高貴。傅毅舞賦:"陳茵席而設坐兮,溢金罍而列玉觴。"

〔五〕丹檻:紅色欄杆。任昉静思堂秋竹應詔:"緑條發丹檻,翠葉映雕梁。"

〔六〕謝守:謝靈運曾爲永嘉太守,故稱。此指錢昱。

〔七〕"自愧"句:徐鉉太平興國元年直翰林學士院,見續長編卷一七。此言自己如登仙界,却愧受榮寵。瀛洲:李肇翰林志:"唐興,太宗始於秦王府開文學館,擢房玄齡、杜如晦一十八人,皆以本官兼學士,給五品珍膳,分爲三番更直宿於閣下,討論墳典,時人謂之'登瀛洲'。"通鑑卷一八九唐高祖武德四年:"士大夫得預其選者,時人謂之'登瀛洲'。"胡三省注:"自來相傳海中有三神山,蓬萊、方丈、瀛洲,人不能至,至則成仙矣,故以爲喻。"

送蘇州梁補闕〔一〕

軋軋朱輪道路長〔二〕，虎丘山下剩春光〔三〕。軍城舊是吴王國〔四〕，郡守曾爲諫署郎〔五〕。祖席詠歌金玉振〔六〕，下車條教蕙蘭香〔七〕。青雲舊是高飛處，三載徘徊亦未妨〔八〕。

【箋注】

〔一〕作於宋太平興國五年（九八〇）春。梁補闕即梁周翰。宋史卷四三九本傳："梁周翰，字元褒，鄭州管城人。……五代以來，文體卑弱。周翰與高錫、柳開、范杲，習尚淳古，齊名友善，當時有'高梁柳范'之稱。……開寶三年，遷右拾遺，監綾錦院，改左補闕兼知大理正事。……太平興國中，知蘇州。"姑蘇志卷三九宦迹三："梁周翰，字元褒，管城人。太平興國五年，以知高郵徙蘇州。"據此，知其徙蘇州在太平興國五年。詩寫春景，故繫於此。

〔二〕軋軋：車輪聲。

〔三〕虎丘山：太平寰宇記卷九一江南東道三蘇州吴縣："虎丘山，在縣西北九里。吴越春秋：'闔閭葬於國西北，積壤爲丘，揵土臨湖，以葬三日，金精上揚，爲白虎據墳，故曰虎丘山。'"

〔四〕吴王國：春秋時吴國，後期都蘇州。

〔五〕"郡守"句：梁周翰曾爲右拾遺，拾遺爲諫官，故稱。宋史卷四三九梁周翰傳："乾德中，獻擬制二十編，擢爲右拾遺。"

〔六〕祖席：杜甫送許八拾遺歸江寧覲省："聖朝新孝理，祖席倍輝光。"仇兆鼇注："祖席，飲餞也。"

〔七〕下車：見卷二寄舒州杜員外注〔二〕。　條教：法規，教令。漢書卷五六董仲舒傳："仲舒所著，皆明經術之意，及上疏條教，凡百二十三篇。"　蕙蘭：即蘭蕙。蘭和蕙，皆香草，喻賢者。褚遂良安德山池宴集："良朋比蘭蕙，雕藻邁瓊琚。"

〔八〕"三載"句：宋官吏任期一届爲三年，故云。

和金州錢太保春雨〔一〕

濛濛膏雨遠空迷，點滴圓紋水繞堤。柳帶喜如和醉舞，花房愁似宿粧啼〔二〕。煙籠麥隴連天闊，雲映漁舟掠岸低。廉使解分天子念〔三〕，一篇騷雅慰蒸黎〔四〕。

【箋注】

〔一〕作於宋太平興國二年（九七七）或下年春。錢太保即錢弘儀，後改名錢儀。十國春秋卷八三本傳：“弘儀，文穆王第十一子。建隆初，避宋諱，改名儀。……宋太宗即位，加金紫光禄大夫、檢校太保，封開國彭城侯。忠懿王入朝，儀自東府至，太宗詔改慎、瑞、師三州觀察使，已又改金州觀察使。”陝西通志卷二一：“錢儀，杭州人，太平興國二年金州觀察。”詩寫春景，故繫於此。金州：京西路屬州。見宋史卷八五地理志一京西路。今陝西安康市。

〔二〕宿粧：即宿妝。猶舊妝，殘妝。

〔三〕廉使：指觀察使。錢儀時任金州觀察使，故云。

〔四〕騷雅：離騷和詩經並稱，此指錢儀詩作。　蒸黎：百姓。杜甫石龕：“奈何漁陽騎，颯颯驚蒸黎。”

送高秀才〔一〕

龍門一上嫌輕進〔二〕，關塞西游自愛山〔三〕。緱嶺春歸林影密〔四〕，津橋人静水聲閑〔五〕。如今正得幽尋興①，佗日青雲不易還②〔六〕。

【校記】

①幽尋：李校：一本作“尋幽”。

②翁鈔本“水聲閑”下空兩句；四庫本末句下注“闕”；李校：此詩脱末兩句，諸本同。

【箋注】

〔一〕作年未詳。　高秀才：名未詳。

〔二〕龍門：藝文類聚卷九六引辛氏三秦記：“河津一名龍門，大魚集龍門下數千，不得上，上者爲龍。”酈道元水經注卷四河水四：“爾雅曰：鱣。鮪也。出鞏穴三月，則上渡龍門，得渡爲龍矣。”從唐起士子登第謂之“跳龍門”。此指科舉考試。　輕進：輕率冒進。意謂高秀才不屑科舉。

〔三〕關塞：邊關；邊塞。墨子卷一五號令：“王數使人行勞賜守邊城關塞、備蠻夷之勞苦者。"杜甫傷春:"關塞三千里,煙花一萬重。"

〔四〕緱嶺:即緱氏山(在今河南偃師縣境内)。王子喬曾於此修煉成仙。見卷四文獻太子挽歌詞五首注〔六〕。此言高秀才西游之山,兼喻隱逸之趣。

〔五〕津橋:即天津橋。太平寰宇記卷三河南道三河南府河南縣:"天津橋,在縣北四里。……爾雅:'箕、斗之間,天漢之津梁',故取名焉。"

〔六〕青雲:謂隱居。南史卷四一齊衡陽王鈞傳:"身處朱門,而情游江海;形入紫闥,而意在青雲。"

送施州單員外〔一〕

精金百鍊始知難,何似仙枝兩度攀〔二〕。名逐鳳書歸故里〔三〕,身從鳥道入巴山〔四〕。詔宣遠俗皇恩厚,惠洽齊民利刃閑〔五〕。珍重加飡順風土〔六〕,歸來高步七人班〔七〕。

【箋注】

〔一〕作年未詳。　施州:夔州路屬州。見宋史卷八九地理志五夔州路。今湖北恩施市。　單員外:名未詳。

〔二〕仙枝兩度攀:謂兩度參加科舉而及第。

〔三〕鳳書:亦作鳳詔。指皇帝的詔書。陸翽鄴中記:"石季龍與皇后在觀上,爲詔書五色紙,著鳳口中,鳳既銜詔,侍人放數百丈緋繩,轆轤回轉,鳳凰飛下,謂之鳳詔。鳳凰以木作之,五色漆畫,腳皆用金。"張説羽林恩召觀御書王太尉碑:"誰家羽林將,又逐鳳書飛。"

〔四〕鳥道:險峻的山路。沈約湣塗賦:"依雲邊以知國,極鳥道以瞻家。"李白蜀道難:"西當太白有鳥道,可以横絶峨眉巔。"　巴山:巴地之山,鄂西、川東一帶古稱巴地。

〔五〕齊民:猶平民。莊子雜篇漁父:"上以忠於世主,下以化於齊民。"漢書卷二四下食貨志下:"世家子弟富人或鬬鷄走狗馬,弋獵博戲,亂齊民。"顏師古注引如淳曰:"齊,等也。無有貴賤,謂之齊民,若今言平民矣。"

〔六〕風土:風俗習慣和地理環境。後漢書卷三一張堪傳:"帝嘗召見諸郡計吏,問其風土及前後守令能否。”

〔七〕七人班:七人即七臣。孝經注疏卷七諫諍:“昔者天子有争臣七人,雖無道,不失其天下。”後以“七臣”泛指諫臣。後漢書卷五七劉瑜傳:“惟陛下設置七臣,以廣諫道。”又,文選卷五四陸機五等論:“在周之衰,難興王室,放命者七臣,干位者三子。”李善注:“七臣:蔿國、邊伯、詹父、子禽、祝跪及頽叔桃子、賓起。”

送宣州張員外〔一〕

故國干戈後〔二〕,憐君得意歸。綺霞横郡閣,犀燭照漁磯〔三〕。天迥青山遠,江平白鳥飛。此行同衣錦①〔四〕,況是老萊衣〔五〕。

【校記】

①衣錦:李校:一本作“夜錦”。

【箋注】

〔一〕作於宋太平興國二年(九七七)或下年春夏間。據詩句“故國干戈後”,知在在南唐亡國後不久,詩似寫春夏景。 宣州:即江南東路寧國府。見宋史卷八八地理志四江南東路。今安徽宣城市。張員外:名未詳。

〔二〕故國:即南唐政權。

〔三〕“犀燭”句:劉敬叔異苑卷七:“晉温嶠至牛渚磯,聞水底有音樂之聲,水深不可測。傳言下多怪物,乃燃犀角而照之。須臾,水族覆火,奇形異狀。”後以“燃犀”爲燭照水下鱗介之怪的典實。牛渚磯在宣州。

〔四〕衣錦:即衣錦還鄉。漢書卷三一項籍列傳:“羽見秦皆已燒殘,又懷思東歸,曰:‘富貴不歸故鄉,如衣錦夜行。”

〔五〕老萊衣:見卷四送龔明府九江歸寧注〔三〕。

和筠州談錬師見寄〔一〕

共歎崑岡火〔二〕,誰知玉自分。寂寥人境外,蕭索數峰雲。真籙終年秘〔三〕，空歌偶得聞。應憐霸陵上，衰病故將軍〔四〕。

【箋注】

〔一〕作年未詳。　筠州：即瑞州，屬江南西路。見宋史卷八八地理志四。今江西高安市。　談鍊師：名未詳。卷二二有和譚鍊師見寄、代書寄譚鍊師。鍊師當爲同一人。

〔二〕崑岡：亦作崑崗、崐岡。即崑崙山。尚書正義卷七胤征："火炎崐岡，玉石俱焚。"

〔三〕真籙：謂修煉真法。

〔四〕"應憐"二句：用霸陵醉尉侵辱李廣典。史記卷一〇九李將軍列傳："頃之，家居數歲。廣家與故潁陰侯孫屏野居藍田南山中射獵。嘗夜從一騎出，從人田閑飲。還至霸陵亭，霸陵尉醉，呵止廣。廣騎曰：'故李將軍。'尉曰：'今將軍尚不得夜行，何乃故也！'止廣宿亭下。"按：徐鉉用此典，當是入宋後，曾受人羞辱或中傷。李煜薨，有與徐鉉争名而欲中傷之者，面奏宋太宗令徐鉉撰李煜神道碑。見宋魏泰東軒筆録卷一。

送吴郎西使成州〔一〕

所向皆爲道，遐征豈足辭。中華垂盡處〔二〕，别路正秋時。高閣蘭臺筆〔三〕，閑吟板屋詩〔四〕。良工無棄物〔五〕，珍重歲寒姿〔六〕。

【箋注】

〔一〕作年未詳。　吴郎：當是吴淑，徐鉉女婿。見本卷送容州程員外端州吴員外注〔一〕。徐鉉稱之爲吴郎。佚名愛日齋叢抄卷五："徐鉉隨後主歸朝，見士大夫寒日多披毛褐，大笑之。……一日入朝，遥見其子婿吴淑亦披毛裘，歸召而責之曰：'吴郎士流，安得效此？'"　成州：秦鳳路屬州。見宋史卷八七地理志三秦鳳路。轄域相當於今甘肅禮縣、西和、成縣、康縣等縣。

〔二〕中華垂盡處：當時成州在北宋疆域之最西北處。

〔三〕蘭臺：指秘書省。李商隱無題："嗟餘聽鼓應官去，走馬蘭臺類轉蓬。"馮浩箋注："舊書職官志：'秘書省，龍朔初改爲蘭臺，光宅時改爲麟臺，神龍時復爲秘書省。'"吴淑歸宋后曾任著作郎,充秘閣校理。見宋史卷四四一吴淑傳。宋秘書省設著作郎一人,置秘閣。見宋史卷一六四職官志四。

〔四〕板屋:用木板搭蓋的房屋。詩經秦風小戎:"在其板屋,亂我心曲。"漢書卷二八下地理志下:"天水、隴西,山多林木,民以板爲室屋。……故秦詩曰'在其板屋'。"

〔五〕良工:墨子卷二尚賢中:"今王公大人有一衣裳不能制也,必藉良工。"棄物:老子卷上:"是以聖人常善救人,故無棄人;常善救物,故無棄物。"

〔六〕歲寒姿:松柏之姿,比喻忠貞不屈的節操。論語子罕:"歲寒,然後知松柏之後彫也。"

送下博陳員外〔一〕

矌望叢臺路〔二〕,飄颻楚塞人。琴堂無故舊〔三〕,何計免霑巾。

【箋注】

〔一〕作年未詳。　下博:即深州静安縣。見宋史卷八六地理志二河北西路。今河北深縣西南。　陳員外:名未詳。詳詩意,陳爲下博人,爲官楚地。

〔二〕矌望:極目遠望。文選卷二六謝朓郡内高齋閑坐答吕法曹:"結構何迢遰,曠望極高深。"李善注引廣雅:"曠,遠也。"　叢臺:戰國趙築,在今河北邯鄲城内,數臺相連,故名。漢書卷五一鄒陽傳:"夫全趙之時,武力鼎士袨服叢臺之下者一旦成市,而不能止幽王之湛患。"顔師古注:"叢臺,趙王之臺也,在邯鄲。"

〔三〕琴堂:吕氏春秋卷二一察賢:"宓子賤治單父,彈鳴琴,身不下堂而單父治。"後遂稱州、府、縣署爲琴堂。高適單父逢鄧司倉覆倉庫因而有贈:"開襟自公餘,載酒登琴堂。"

送浄道人〔一〕

北阜與西山,前期夢寐間。羨師乘興去〔二〕,應擬此生閑。喬木人誰在①〔三〕,鱸魚我未還〔四〕。歸心寄秋水,東去日潺潺。

【校記】

①在：四庫本、李刊本作"有"。

【箋注】

〔一〕作年未詳。　浄道人：本卷又有送浄道人東游、送文懿大師浄公西游、奉和武功學士舍人紀贈文懿大師浄公詩。浄道人當是文懿大師浄公。指圓浄常法師省常。詳見奉和武功學士舍人紀贈文懿大師浄公注〔一〕。詳詩意，浄道人將適江南。

〔二〕乘興：見本卷和陳處士在雍丘見寄注〔四〕。

〔三〕喬木：故國或故鄉。孟子卷二梁惠王下："所謂故國者，非謂有喬木之謂也，有世臣之謂也。"趙岐注："所謂是舊國也者，非但見其有高大樹木也，當有累世修德之臣，常能輔其君以道，乃爲舊國可法則也。"文選卷二七顔延之還至梁城作："故國多喬木，空城凝寒雲。"李善注："論衡：'觀喬木，知舊都。'"

〔四〕鱸魚：見卷一送魏舍人仲甫爲蘄州判官注〔四〕。

鄴都行在和刁秘書見寄〔一〕

征袍結束從宸游〔二〕，邊上塵清見戍樓〔三〕。柏殿賦詩知是幸〔四〕，茂陵多病自堪愁〔五〕。清漳幽咽長流恨〔六〕，銅雀荒涼幾换秋〔七〕。深羨高眠全道氣〔八〕，姓名應已在丹丘〔九〕。

【箋注】

〔一〕作於宋太平興國四年（九七九）七月稍後。是年三月，太宗征北漢，五月平之，七月班師，見李昉徐公墓誌銘及續長編卷二〇。詳詩意，北漢已平，于時徐鉉扈從皇帝游鄴都，當作於七月稍後班師途中。　鄴都：指曹魏鄴城（今河北臨漳縣西）。曹操封魏王時，都此。　行在：指天子巡行所到之地。漢書卷六武帝紀："諭三老孝弟以爲民師，舉獨行之君子，徵詣行在所。"顔師古注："天子或在京師，或出巡狩，不可豫定，故言行在所耳，不得亦謂京師爲行在也。"　刁秘書：即刁衎。宋史卷四四一本傳："刁衎，字元賓，昇州人。父彦能，仕南唐爲昭武軍節度。衎用蔭爲秘書郎、集賢校理。……金陵平，從煜歸宋，太祖賜緋魚袋,授太常寺太祝。稱疾假滿,屏居輦下者數歲。太平興國初,李昉、扈蒙在翰林,勉其出仕。因撰聖德頌獻之,詔復本官。"據此,知太宗授太常寺太祝,刁衎未就;詔復本官,當是秘書郎。

〔二〕征袍:戰袍。李白子夜吴歌:"明朝驛使發,一夜絮征袍。"　宸游:見本卷奉和御製打毬注〔五〕。

〔三〕"邊上"句:謂北漢已平。　戍樓:邊防瞭望樓。梁元帝登堤望水:"旅泊依村樹,江槎擁戍樓。"

〔四〕柏殿:即柏梁殿,亦作柏梁臺。漢代臺名。故址在今陝西長安縣西北長安故城内。三輔黄圖卷五臺榭:"柏梁臺,武帝元鼎二年春起此臺。在長安城中北門内。三輔舊事云:'以香柏爲梁也,帝嘗置酒其上,詔群臣和詩,能七言者乃得上。'"白居易德宗皇帝挽歌詞:"文高柏梁殿,禮薄灞陵原。"此言自己有幸扈從。

〔五〕"茂陵"句:史記卷一一七司馬相如列傳:"相如既病免,家居茂陵。"此比刁衎。

〔六〕清漳:水名,見卷三和表弟包潁見寄注〔四〕。

〔七〕銅雀:即銅雀臺。漢末建安十五年冬曹操所建。見三國志卷一魏書一武帝紀。周圍殿屋一百二十間,連接榱棟,侵徹雲漢。鑄大孔雀置於樓頂,舒翼奮尾,勢若飛動,故名銅雀臺。故址在今河北臨漳縣西南古鄴城西北隅。

〔八〕道氣:見本卷送南華張主簿改承縣注〔五〕。

〔九〕丹丘:傳説中神仙所居之地。楚辭遠游:"仍羽人於丹丘兮,留不死之舊鄉。"酈道元水經注卷二三汳水:"於是好道之儔自遠方集,或絃琴以歌太一,或覃思以歷丹丘。"

和旻道人見寄〔一〕

戎服非吾事〔二〕,華纓寄此身〔三〕。謬爲金馬客〔四〕,本是釣鄉人〔五〕。引領梁園雪〔六〕,揚鞭輦路塵。知師亦多病,擁褐待陽春。

【箋注】

〔一〕作於宋太平興國四年(九七九)二月。詳詩意,當作於從征太原前。

按:是年三月,徐鉉隨太宗征北漢,見續長編卷二〇。詩寫初春景色,故繫於此。 旻道人:名未詳。

〔二〕戎服:指穿軍服,即用兵打仗。漢書卷九四下匈奴傳下:"是以文帝中年,赫然發憤,遂躬戎服,親御鞍馬。"

〔三〕華纓:文選卷二一鮑照詠史:"仕子影華纓,游客竦輕轡。"李善注:"七啓曰:'華組之纓。'"

〔四〕金馬客:指翰林學士。劉禹錫分司東都蒙襄陽李司徒相公書問因以奉寄:"早忝金馬客,晚爲商洛翁。"

〔五〕釣鄉:指漁村。杜荀鶴下第投所知:"御苑早鶯啼暖樹,釣鄉春水浸貧居。"

〔六〕梁園:見卷一木蘭賦注〔一〇〕。

和復州李太保詶筆①〔一〕

處處良工事筆鋒〔二〕,宣毫自昔最稱雄〔三〕。因思南國巾箱學〔四〕,願入蘭臺掌握中〔五〕。委質幸歸彤玉匣〔六〕,操詞曾侍兔園宫②〔七〕。一篇麗藻真閑暇,共仰才多道不窮。

【校記】

①詶:四庫本作"詠"。今按:詳詩意,應爲詠筆。

②宫:黄校本作"公"。

【箋注】

〔一〕作於宋雍熙三年(九八六)前後。 李太保:當爲李從謙。宋史卷四七八南唐世家本傳:"從誧本名從謙,僞封吉王,後降封謌國公。隨煜歸朝,爲右領軍衛大將軍,遷右龍武大將。歷知隨、復、成三州,上表改名。淳化五年,上言貧不能自給,求外任。"按:本卷稍下有送秘閣朱員外知復州,朱員外知復州在淳化元年,見其詩編年考。據從謙履歷及宋官任職三年期限,李太保知復州,當在是年前後。 復州:荆湖北路屬州。見宋史卷八八地理志四荆湖北路。今湖北天門市。

〔二〕良工:見本卷送吴郎西使成州注〔五〕。 筆鋒:毛筆的尖端。方干盧卓山人畫水:“海色未將藍汁染,筆鋒猶傍墨花行。”此指毛筆。

〔三〕宣毫:指宣城所産的毛筆。王建宫詞之七:“延英引對碧衣郎,江硯宣毫各别牀。”十國春秋卷一九從謙傳注引南唐拾遺記:“宜春王從謙學晉二王楷法,用宣城葛筆一枝,酬十金,勁妙甲於當時,從謙號爲‘翹軒寶帚’。”

〔四〕南國:指南唐政權。 巾箱:指學問著述。

〔五〕蘭臺:漢書卷十九上百官公卿表上:“御史大夫……有兩丞,秩千石。一曰中丞,在殿中蘭臺,掌圖籍秘書。”此指宫廷藏書處。

〔六〕委質:拿着禮物拜師。史記卷六七仲尼弟子列傳:“子路後儒服委質,因門人請爲弟子。”

〔七〕兔園:即兔苑。見卷一木蘭賦注〔一〇〕。

送蒯員外東游舊治〔一〕

百歲猶强健,知君即地仙〔二〕。孤飛下華表〔三〕,太息問桑田〔四〕。故吏今誰在,高名昔共傳。伊余亦遺老〔五〕,相送一潸然①。

【校記】

①一:黄校本作“亦”。

【箋注】

〔一〕作年未詳。 蒯員外:即蒯亮,見卷三送蒯司録歸京注〔一〕。 舊治:從前任職的地方。

〔二〕地仙:住在人間的仙人。葛洪抱朴子内篇卷一論仙:“按仙經云:‘上士舉形昇虚,謂之天仙;中士游於名山,謂之地仙;下士先死後蜕,謂之屍解仙。’”

〔三〕華表:比喻重回故地。見卷一從駕東幸呈諸公注〔七〕。

〔四〕桑田:即滄海桑田,極言變化之大。葛洪神仙傳卷三王遠:“麻姑自説云:‘接侍以來,已見東海三爲桑田,向到蓬萊水淺,淺於往者會時略半也,豈將復還爲陵陸乎!’”

〔五〕伊余:自指,我。曹植責躬詩:“伊余小子,恃寵驕盈。”

送王監丞之歷陽〔一〕

歎息曾游處〔二〕,江邊故郡城。青襟空皓首〔三〕,往事似前生。緑綬君重綰〔四〕,華簪我尚榮〔五〕。年衰俱近道〔六〕,莫話别離情。

【箋注】

〔一〕作年未詳。　王監丞:名未詳。　歷陽:和州屬縣。見宋史卷八八地理志四淮南西路。今安徽和縣。

〔二〕"歎息"句:當指建隆二年(九六一)十一月奉李後主之命出使嶺南時,途經歷陽。

〔三〕青襟:青年時期。竇群晚自臺中歸永寧里南望山色悵然有懷呈上右司十一兄:"白髮侵侵生有涯,青襟曾愛紫河車。"

〔四〕緑綬:即緑綟綬,三公以上用的緑綟色綬帶。後漢書志第三十輿服志下:"諸國貴人、相國皆緑綬。"劉昭注:"徐廣曰:'金印緑綟綬。'"綟,音'戾',草名也。以染似緑,又云似紫。"晉書卷三六衛瓘傳:"及楊駿誅,以瓘録尚書事,加緑綟綬,劍履上殿,入朝不趨。"　綰:繫結。漢書卷四〇周勃傳:"絳侯綰皇帝璽,將兵於北軍,不以此時反,今居一小縣,顧欲反邪!"顏師古注:"綰謂引結其組。"

〔五〕華簪:華貴的冠簪。陶淵明和郭主簿:"此事真復樂,聊用忘華簪。"

〔六〕近道:近於道家所追求的境界。

送阮殿丞之静海〔一〕

聞子東征效遠官〔二〕,行行春色黯離魂〔三〕。中途輟棹尋吴苑〔四〕,西向登樓望海門〔五〕。鵩舍曾嗟經歲謫〔六〕,靈光空念巋然存〔七〕。陵遷谷變今如此〔八〕,爲我停驂盡酒罇。

【箋注】

〔一〕作年未詳。　阮殿丞:名未詳。　静海:通州屬縣。見宋史卷八八地理志四淮南東路。約今江蘇南通市。

〔二〕東征:東行。班昭東征賦:“惟永初之有七兮,余隨子乎東征。”

〔三〕行行:不停地前行。古詩十九首行行重行行:“行行重行行,與君生別離。”

〔四〕吴苑:即長洲苑,吴王之苑。漢書卷五一枚乘傳:“不如長洲之苑。”顔師古注:“服虔曰:‘吴苑。’孟康曰:‘以江水洲爲苑也。’韋昭曰:‘長洲在吴東。’”江南通志卷三一輿地志古迹蘇州府:“長洲苑,在長洲縣太湖北岸,闔閭游獵處。圖經云:‘在縣西南七十里。’孟康曰:‘以江水洲爲苑。’韋昭云:‘在吴縣東。’吴都賦:‘佩長洲之茂苑。’即此。漢吴王濞嗣葺吴苑,極一時之盛。枚乘所云‘上林不如長洲之苑’是也。元和志謂長洲縣取此立名。”

〔五〕海門:通州屬縣,在静海西南。

〔六〕鵬舍:見卷三和張先輩見寄二首注〔五〕。　經歲謫:徐鉉自南唐保大七年(九四九)至保大九年(九五一)貶爲泰州司户掾。泰州治所在海陵。十國春秋卷一一一南唐地理表泰州:“海陵,舊縣。海陵東境南唐置静海制置院,又有東洲鎮,周置海門縣。”即今江蘇泰州市海陵區。

〔七〕靈光空念:謂徐鉉貶官泰州萬念俱寂,而心存善念。　巋然:獨立貌。莊子雜篇天下:“人皆取實,己獨取虚,無藏也故有餘,巋然而有餘。”成玄英疏:“巋然,獨立之謂也。”

〔八〕陵遷谷變:謂丘陵和山谷變化很大。詩經小雅十月之交:“高岸爲谷,深谷爲陵。”毛傳:“言易位也。”

送周員外之達〔一〕

之子敷王澤〔二〕,迢迢蜀棧東〔三〕。頒條有餘刃〔四〕,對酒與誰同。身占賢良籍,家傳道德風。遠民思静理〔五〕,即此是陰功。

【箋注】

〔一〕作年未詳。　周員外:名未詳。　達:即達州。利州路屬州。見宋史卷八九地理志五利州路。約今四川達州市。

〔二〕敷:傳布;散布。尚書正義卷四大禹謨:“文命敷于四海,祇承於帝。”

王澤：君王的德澤。董仲舒春秋繁露卷五盟會要：“賞善誅惡而王澤洽。”

〔三〕蜀棧：蜀中的棧道，亦名閣道。三國蜀漢時所建，故稱。杜牧昔事文皇帝三十二韻：“接櫂隋河溢，連蹄蜀棧刓。”

〔四〕頒條：發布律條。崔善爲答王無功冬夜載酒鄉館：“頒條忝貴郡，懸榻久相望。”　餘刃：莊子内篇養生主：“彼節者有間，而刀刃者無厚。以無厚入有間，恢恢乎其於游刃必有餘地矣。”

〔五〕静理：見卷四送劉司直出宰注〔四〕。

送長社胡明府〔一〕

黄綬繫未穩〔二〕，桂枝香尚新〔三〕。琴堂寧久次〔四〕，諫署正求人〔五〕。皎皎涼秋月，飄飄清路塵。元常有遺翰〔六〕，求作篋中珍。

【箋注】

〔一〕作年未詳。　長社：潁昌府屬縣。見宋史卷八五地理志一京西路北路。今河南長葛縣東。　胡明府：名未詳。明府，對縣令的尊稱。

〔二〕黄綬：繫官印的黄色絲帶。漢書卷一九上百官公卿表上：“比二百石以上，皆銅印黄綬。”

〔三〕桂枝：即桂林一枝，喻科舉及第。見本卷送容州程員外端州吴員外注〔六〕。孟浩然送洗然弟進士舉：“桂枝如已擢，早逐雁南飛。”

〔四〕琴堂：見本卷送下博陳員外注〔三〕。

〔五〕諫署：諫官官署。

〔六〕元常：鍾繇字元常，潁川長社人。工書法。見三國志卷一三魏書一三本傳。

送表姪達師歸鄱陽〔一〕

故鄉禾黍世親稀，中表相尋只有師〔二〕。惆悵離懷向何許，鄱陽湖上葉飛時〔三〕。

【箋注】

〔一〕作年未詳。　達師：名未詳。　鄱陽：饒州屬縣。見宋史卷八八地理志四淮南東路。今江西鄱陽縣。

〔二〕中表：指姑舅或姨表兄弟。

〔三〕鄱陽湖：江西通志卷七山川志南昌府："鄱陽湖，在府城東北一百五十里，即禹貢彭蠡是也。隋以鄱陽山所接，故名。"即今江西鄱陽湖。

送秘閣朱員外知復州〔一〕

景陵山水舊知名〔二〕，珍重詩人建隼行。未免簿書勞利刃〔三〕，省貪煙月縱高情。楊雄閣下諸生送〔四〕，陸羽門前百吏迎〔五〕。聖代群賢皆得路，三年傾首望鵬程〔六〕。

【校記】

①朱：李校：一本作"周"。

【箋注】

〔一〕作於宋淳化元年（九九〇）或下年九月前。朱員外即朱昂。宋史卷四三九本傳："朱昂，字舉之，其先京兆人。……端拱二年，以本官直秘閣，賜金紫。久之，出知復州。"按：端拱二年爲九八九年，云"久之，出知復州"，則朱昂知復州最早當在九九〇年。徐鉉下年九月貶邠州，故繫於此。　復州：見本卷和復州李太保酬筆注〔一〕。

〔二〕景陵：即今湖北竟陵縣。宋建隆三年（九六二），爲避赵匡胤祖父赵敬之讳，改景陵。

〔三〕簿書：官署中的文書簿册。漢書卷四八賈誼傳："而大臣特以簿書不報，期會之間，以爲大故。"

〔四〕楊雄閣：即天禄閣。揚雄（或作楊雄）曾在天禄閣校書，見漢書卷八七揚雄傳。後遂用"揚雄閣、子雲閣"等指天禄閣，此借指修書、校書之所。朱員外先任職秘閣，故云。

〔五〕陸羽：復州竟陵人。見卷四和門下殷侍郎新茶二十韻注〔八〕。

〔六〕三年：宋官員任職期限爲三年一届。

送浄道人東游〔一〕

身服竺乾教〔二〕，心爲鄒魯儒〔三〕。觀風游稷下①〔四〕，訪古入中都〔五〕。短景程途遠〔六〕，寒原店舍孤。東州多俊造〔七〕，能賞碧雲無〔八〕？

【校記】

①游：四庫本作"來"。　稷下：原作"稷下"，據四庫本、黄校本、李刊本改。

【箋注】

〔一〕作年未詳。　浄道人：當是文懿大師。見本卷奉和武功學士舍人紀贈文懿大師浄公注〔一〕。

〔二〕竺乾教：即佛教。竺乾，釋僧祐弘明集卷一正誣論："老子即佛弟子也。故其經云：'聞道竺乾，有古先生，善入泥洹，不始不終，永存緜緜。'竺乾者，天竺也。"

〔三〕鄒魯：指邹國和魯國的並稱。鄒爲孟子故鄉，魯爲孔子故鄉。後因指文化昌盛之地，禮義之邦。

〔四〕稷下：指戰國齊都城臨淄西門稷門附近地區。齊威王、宣王曾在此建學宫，廣招文學游説之士講學議論。應劭風俗通義卷七窮通："齊威、宣王之時，聚天下賢士於稷下，尊寵之。"

〔五〕中都：史記卷三〇平准書："漕轉山東粟，以給中都官。"司馬貞索隱："中都，猶都内也。"此指齊國都城。

〔六〕短景：謂冬日晝短。庾信和何儀同講竟述懷："秋雲低晚氣，短景側餘輝。"

〔七〕東州：指鄒魯一帶。　俊造：指才智傑出的人。禮記正義卷一三王制："司徒論選士之秀者而升之學，曰俊士。升於司徒者不征於鄉，升於學者不征於司徒，曰造士。"三國志卷一魏書一武帝紀："其令郡國各修文學，縣滿五百户置校官,選其鄉之俊造而教學之。"

〔八〕碧雲:見卷五送德邁道人之豫章注〔七〕。

送李道士南游〔一〕

雲水李道士〔二〕,曾爲中貴人〔三〕。綺紈終不戀〔四〕,松鶴自相親〔五〕。雲氣蒼梧晚〔六〕,芳華紫蓋春〔七〕。匏瓜老猶繫〔八〕,惆悵望行塵。

【箋注】

〔一〕作年未詳。　李道士:名未詳。卷二有游方山宿李道士房。或爲同一人。

〔二〕雲水:僧道雲游四方,如行雲流水,故稱雲水。項斯日東病僧:"雲水絶歸路,來時風送船。"

〔三〕中貴人:皇帝寵倖的近臣。史記卷一〇九李將軍列傳:"匈奴大入上郡,天子使中貴人從廣勒習兵擊匈奴。"裴駰集解引漢書音義:"内官之幸貴者。"司馬貞索隱引董巴輿服志:"黄門丞至密近,使聽察天下,謂之中貴人使者。"

〔四〕綺紈:曹植九華扇賦:"時清氣以方厲,紛飄動兮綺紈。"此指富貴生活。

〔五〕"松鶴"句:親近松與鶴,謂其崇尚隱逸。

〔六〕蒼梧:梧州屬縣。見宋史卷九〇地理志六廣南西路。即今廣西蒼梧縣。蒼梧應是李道士南游之地。

〔七〕紫蓋:指皇帝車駕。沈約齊故安陸昭王碑文:"陪龍駕於伊洛,侍紫蓋於咸陽。"

〔八〕"瓠瓜"句:論語陽貨:"吾豈瓠瓜也哉?焉能繫而不食?"此謂瓠瓜成熟後,老於瓜蔓,以喻自己不被欣賞。

送國子徐博士之澧州〔一〕

多才適世用,學者不遑處〔二〕。新詞八詠樓〔三〕,更汎涔陽浦〔四〕。

行當應列宿〔五〕，且復施甘雨〔六〕。高齋閑坐時，清談孰爲伍〔七〕。

【箋注】

〔一〕作年未詳。　徐博士：疑是徐繼宗。詳見下卷送新除國博徐員外知婺州注〔一〕。　澧州：荆湖北路屬州。見宋史卷八八地理志四荆湖北路。今湖南澧縣。

〔二〕遑處：閑暇安居。詩經小雅四牡："王事靡盬，不遑啓處。"

〔三〕八詠樓：即元暢樓。沈約守東陽時所建。並作登臺望秋月、會圃臨東風、歲暮湣衰草、霜來悲落桐、夕行聞夜鶴、晨征聽曉鴻、解珮去朝市、被褐守山東詩八首，稱"八詠詩"。

〔四〕涔陽浦：楚辭章句卷二九歌雲中君："望涔陽兮極浦。"王逸注："涔陽，江碕名，近附郢。極，遠也；浦，水涯也。"洪興祖補注："今澧州有涔陽浦。"

〔五〕列宿：楚辭章句卷一六九歎遠逝："指列宿以白情兮，訴五帝以置詞。"王逸注："言己願後指語二十八宿，以列己清白之情。"淮南子卷三天文訓："熒惑常以十月入太微，受制而出行列宿。"

〔六〕甘雨：見卷五御筵送鄧王注〔五〕。

〔七〕清談：見卷五奉和宫傅相公懷舊見寄四十韻注〔四八〕。

送錢副使黎陽發運〔一〕

一盃寒食酒，珍重送君行。花影黎陽渡〔二〕，春風浚水聲〔三〕。汎舟無廢事，騁驥有修程〔四〕。應用方無暇，何須愴别情。

【箋注】

〔一〕作年未詳。　錢副使：名未詳。　黎陽：濬州屬縣。見宋史卷八六地理志二河北路西路。今河南浚縣。　發運：指水陸發運使，即轉運使。五代會要卷九："晉天福三年八月，韓延嗣……刺面配華州，發運務收管。"高承事物紀原卷六節鉞帥漕發運："五代會要曰：'晉天福三年，韓延嗣配華州發運務。'此始見發運之名。宋朝會要曰：'乾德二年二月，以何幼沖充京畿東西水陸發運使。'此始有發運使之官也。"

〔二〕黎陽渡：當是古渡口。浚縣今臨衛河。

〔三〕浚水：水經注卷二二渠水："陳留風俗傳曰：'縣北有浚水，像而儀之，故曰浚儀。'"浚水距京畿很近。此指送別之地。

〔四〕修程：比喻前途無量。

寄張階州[一]

儀甫秉忠信[二]，神明自來舍。絳灌雖不容[三]，蠻貊皆從化[四]。榮名任紛糺[五]，道性常閑暇[六]。傳語當途人，無爲勞歎吒。

【箋注】

〔一〕作年未詳。 張階州：名未詳。 階州：宋初屬秦鳳璐，紹興初屬利州路。見宋史卷八七地理志三秦鳳璐、宋史卷八七地理志五利州路。約今甘肅隴南市。

〔二〕儀甫：當是張階州字。

〔三〕絳灌：漢絳侯周勃與潁陰侯灌嬰的並稱。二人均佐漢高祖定天下，建功封侯。然曾讒嫉陳平、賈誼等。見史記卷五六陳丞相世家、史記卷八四賈生列傳。

〔四〕蠻貊：稱四方落後部族。尚書正義卷一一武成："華夏蠻貊，罔不率俾。"

〔五〕榮名：令名，美名。戰國策卷一一齊策六齊負郭之民有孤狐咺者："且吾聞效小節者不能行大威，惡小恥者不能立榮名。" 紛糺：紛擾。史記卷五六陳丞相世家論："常出奇計，救紛糺之難，振國家之患。"

〔六〕道性：道德品性。宋書卷六一江夏文獻王義恭傳："江夏王道性淵深，睿鑒通遠，樹聲列藩，宣風鉉德。"

送文懿大師淨公西游[一]

乘興西游誰與同，一囊詩藁一枝笻。厭棲廬岳蓮花社[二]，却訪南山紫閣峰〔三〕。懷古有時應悵望，尋幽何處不從容〔四〕。關中風物常牽夢〔五〕，老卧閑曹轉放慵〔六〕。

【箋注】

〔一〕作於宋淳化二年（九九一）九月前。文懿大師浄公詳見下奉和武功學士舍人紀贈文懿大師浄公注〔一〕。

〔二〕廬岳蓮花社：蓮社高賢傳不入社諸賢傳："時遠法師與諸賢結蓮社，以書招淵明。""謝靈運……至廬山一見遠公，肅然心伏，乃即寺築臺，翻涅般經，鑿池植白蓮，時遠公諸賢，同修浄土之業，因號白蓮社。"

〔三〕南山紫閣峰：杜甫秋興八首其八："紫閣峰陰入渼陂。"仇兆鰲注引通志："紫閣峰，在圭峰東，旭日射之，爛然而紫，其形上聳，若樓閣然。"張禮游南城記："圭峰紫閣，在終南山寺之西。"清一統志卷一七八西安府長安縣引長安縣志："紫閣峰，在鄠縣東南三十里。"南山，即終南山。

〔四〕從容：盤桓逗留。楚辭卷四九章悲回風："寤從容以周流兮，聊逍遥以自恃。"

〔五〕關中：舊指函谷關以西戰國末秦故地。此指宋京兆府長安縣一帶地區。

〔六〕閑曹：閑散的官職。宋書卷八四孔覬傳："伏願天明照其心請，乞改今局，授以閑曹。"徐鉉時任散騎常侍，侍從顧問，並無實權。

奉和武功學士舍人紀贈文懿大師浄公①〔一〕

舊國荒涼成黍稷〔二〕，故交危脆似琉璃〔三〕。高人獨喜湯師在〔四〕，手把新文數道碑。

滿卷文章爲世重，出塵心迹少人同〔五〕。騰騰自得修真理〔六〕，不管浮生覺夢中。

文似春華鋪曉陌，思如泉涌注長江〔七〕。詩情道性知無夢〔八〕，頻見殘燈照曙牕。

已潔心源超世表②〔九〕，却緣詩句有時名。初聞行業如耆宿③〔一○〕，及見容顔是後生〔一一〕。

只有閑情搜景物，不將容鬢惜流光。京華才子多文會〔一二〕，衆許清詞每擅場。

惠遠禪師名素重〔一三〕，維摩居士室皆空〔一四〕。群公競有詩相贈，組繡珠璣滿袖中〔一五〕。

南朝人物古猶今〔一六〕，只恐前身是道林〔一七〕。處處經行常自適，不妨譚笑不妨吟。

往往冥搜宵不寐，時時任性晝仍眠〔一八〕。高情麗句誰偏重〔一九〕，聖代詞臣李謫仙〔二〇〕。

霜髯病叟掩閑扃④，禪客相尋有故情〔二一〕。每憶江南初識面〔二二〕，至今猶得愛才名。

【校記】

①紀：宋詩鈔作"寄"。李刊本"静公"下有"九首"二字。

②潔心：李校：一本作"結仙"。　超：原作"起"，據四庫本、李刊本改。

③宿：四庫本作"舊"。

④閑：四庫本作"柴"。

【箋注】

〔一〕作于宋淳化二年（九九一）九月前。武功學士舍人即蘇易簡。宋史卷二六六本傳："蘇易簡，字太簡，梓州銅山人。……雍熙初，以郊祀恩進秩祠部員外郎。……三年，充翰林學士。……淳化元年，丁外艱。二年，同知京朝官考課，遷中書舍人，充承旨。"據此，知蘇易簡淳化二年始爲中書舍人。徐鉉是年九月貶官邠州，詩與送文懿大師浄公西游當爲同一時作。卷二三文房四譜序："士之處世，名既成，身既泰，猶復孜孜於討論者，蓋亦鮮矣。昔魏武帝獨歎於朱伯業，今復見於武功蘇君矣。"武功蓋指其郡望。武功，京兆府屬縣。見宋史卷八七地理志三陝西路。今陝西武功縣。　文懿大師浄公：當是宋浄土宗僧省常。宋釋宗曉樂邦文類卷三孤山法師智圓錢唐白蓮社主碑："公諱省常，字造微，姓顔氏，世爲錢唐人。七歲厭俗，十七具戒。"樂邦文類卷三蓮社繼祖五大法師傳四："省常師者，大宋淳化中師住錢唐南昭慶院，專修浄業，結浄行社。王文正公旦爲社首,翰林承旨宋白撰碑,翰林學士蘇易簡作净行品序,狀元孫何題社客於碑陰,亦繫以記士夫預會,皆稱净行社弟子。社友八十,比丘一千大衆,孤山圓公作師行業記並蓮社碑,記中引蘇序曰:‘予當布髮以承其足,刎身以請其法,猶無嗔恨,況陋文淺學而有恪惜哉!’宋碑曰:‘師慕遠公啟廬山之社,易蓮華爲净行之名。遠公當衰季之時,所結者半隱淪之士;上人屬昇平之世,所交者多有位之賢。方前則名士且多,垂裕則津梁曷已。因二公之言,想當時之盛,亦可概見矣。’”吴之鯨武林梵志卷一〇昭慶寺:“宋省常,錢塘人。七歲出家,淳化中住昭慶,慕廬山之風,結净行社於西湖。士夫預會者百二十人,而王文正公旦爲之首,比丘亦千人焉。翰林蘇易簡作净行品序,至謂‘余當布髮以承其足,刎身以請其法,猶尚不辭,況陋文淺學而有惜哉!’天禧四年正月十二日,端坐念佛,有頃,厲聲唱云:‘佛來迎也!’泊然而化。”

〔二〕舊國:指南唐政權。　黍稷:野草叢生,極其荒涼。詩經王風黍離:“彼黍離離,彼稷之苗。”

〔三〕危脆:指生命脆弱、易逝。宋書卷四六張邵傳:“人生危脆,必當遠慮。”　琉璃:指玻璃。易碎之物。魏書卷一〇二西域傳大月氏:“其國人商販京師,自云能鑄石爲五色琉璃。於是採礦山中,於京師鑄之。既成,光澤乃美於西來者……自此中國琉璃遂賤。”

〔四〕湯師:即湯惠休:見卷四和明上人除夜見寄注〔四〕。

〔五〕出塵:超出世俗。孔稚珪北山移文:“夫以耿介拔俗之標,蕭灑出塵之想,度白雪以方絜,干青雲而直上,吾方知之矣。”

〔六〕騰騰:悠閑自得貌。寒山隱士遁人間:“騰騰自安樂,悠悠自清閑。”

〔七〕長江:指大江,長的江流。按:此非指我國第一大河流長江。

〔八〕道性:出家修道之情志。白居易留别吴七正字:“唯是塵心殊道性,秋蓬常轉水長閑。”

〔九〕心源:佛教視心爲萬法之源,故稱。宋之問自衡陽至韶州謁能禪師:“物用益沖曠,心源日閑細。”元稹度門寺:“心源雖了了,塵世苦憧憧。”　世表:塵世之外。陸機歎逝賦:“精浮神淪,忽在世表。”

〔一〇〕行業:德行功業。葛洪抱朴子外篇卷四廣譬:“仁義有遇禍者矣,而行業不可惰。”　耆宿:稱年高有德者。後漢書卷三二樊儵傳:“耆宿大賢,多見廢棄。”

〔一一〕後生:謂文懿大師鶴髪童顔,較爲年輕。

〔一二〕文會:文士相聚賦詩或切磋學問。文心雕龍卷九時序:“逮明帝秉哲,雅好文會。”

〔一三〕惠遠禪師:即慧遠,東晉高僧,俗姓賈,雁門樓煩(約今山西寧武縣)人。卜居廬山三十餘年,創立浄土宗,亦稱蓮宗。見高僧傳卷六慧遠傳。此比文懿大師。

〔一四〕維摩居士:維摩詰經載,維摩詰是古印度毗耶黎城的富商。後虔心修行,終成聖果。吴曾能改齋漫録卷二方丈:“僧道誠釋氏要覽云:‘方丈寺院之正寢,始因唐顯慶年中,勅差衛尉寺丞李義表前融州黄水令王元策往西域充使,至毗耶黎城東北四里許維摩居士宅示疾之室遺址,疊石爲之,元策躬以手板縱横量之,得十笏,故號方丈。’”

〔一五〕珠璣:比喻美妙的詩歌。方干贈孫百篇:“羽翼便從吟處出,珠璣續向筆頭生。”

〔一六〕南朝:指建都金陵的宋、齊、梁、陳四個朝代。

〔一七〕道林:即支遁,東晉高僧。高逸沙門傳:“支遁,字道林,河内林慮人,或曰陳留人。本姓關氏。少而任心獨往,風期高亮。家世奉法,嘗于餘杭山,沈思道行,泠然獨暢。年二十五始釋行入道。年五十三終於洛陽。”

〔一八〕任性:聽憑秉性行事,率真不做作,後漢書卷六〇上馬融傳:“涿郡盧植、北海鄭玄,皆其徒也。善鼓瑟,好吹笛。達生任性,不拘儒者之節。”

〔一九〕高情:高隱超然物外之情。孫綽游天台山賦:“釋域中之常戀,暢超然之高情。”

〔二〇〕李謫仙:指李白。杜甫寄李十二白二十韻:“昔年有狂客,號爾謫仙人。”孟棨本事詩高逸:“李太白初自蜀至京師,舍於逆旅。賀監知章聞其名,首訪之。既奇其姿,復請所爲文,出蜀道難以示之。讀未竟,稱歎者數四,號爲‘謫仙’。”

〔二一〕禪客:佛教語。禪家寺院,預擇辯才,應白衣請説法時,使與説法者相爲答問,謂之禪客。此指參禪之僧。劉長卿雲門寺訪靈一上人:“禪客知何在,春山到處同。”

〔二二〕江南：指南唐。

詠史〔一〕

京洛多權豪〔二〕，游服相追隨〔三〕。青牛中甸車〔四〕，白馬連環羈〔五〕。珩珮競照耀〔六〕，紳組舊參差〔七〕。騶鳴行人駐〔八〕，倏若流風馳〔九〕。名園不問主，下輦輒成嬉①。秦官錫雕盤②〔一〇〕，光禄假羽卮〔一一〕。侏儒善爲優〔一二〕，邯鄲有名姬〔一三〕。坐客應餘論〔一四〕，顧眄成恩私③〔一五〕。鹵簿留國門〔一六〕，誰何不敢譏〔一七〕。歸來卧華堂〔一八〕，瑣牕承文楣〔一九〕。武夫瑩庭階〔二〇〕，璧璫攢榮題〔二一〕。列燭正晶熒，噴香常逶迤〔二二〕。明朝入君門，密侍白玉墀〔二三〕。開言迎合旨，群公默無爲〔二四〕。乍請考工地，亦拜牀下兒。吹噓枯稊生〔二五〕，指顧千鈞移〔二六〕。回瞻徇名士〔二七〕，猥介爾可施④〔二八〕？朱雲折檻去〔二九〕，梅福棄官歸〔三〇〕。寂寞楊子雲〔三一〕，口吃不能辭。著書述聖道，徒許俗人嗤。漢室已久壞，往事垂于兹。眇然千載下，慷慨有餘悲⑤。

【校記】

①成：黄校本作"失"。

②秦：四庫本作"太"，李刊本作"泰"。李校：泰官，一本作"秦宫"。

③眄：四庫本、李刊本作"盼"。

④猥：原作"猥"，據黄校本改。　可：黄校本作"何"。

⑤悲：李校：一本作"思"。

【箋注】

〔一〕作年未詳。　詠史：以史事爲題材創作的詩歌。詠史詩起於班固，繼之左思，以後漸夥。

〔二〕京洛：本爲洛陽别稱。因東周、東漢均建都於此，故名。此指國都。張説應制奉和："總爲朝廷巡幸去，頓教京洛少光輝。"

〔三〕游服：猶便服。左傳昭公八年："桓子將出矣，聞之而還，游服而逆之，請命。"杜預注："去戎備，著常游戲之服。"

〔四〕中甸：指京都。王融三月三日曲水詩序："興廉舉孝，歲時於外府；署行議年，日夕於中甸。"中甸車，謂車之規格高。

〔五〕連環：見卷二晚歸注〔三〕。連環羈，馬絡頭高貴，言主人奢侈。

〔六〕珩珮：各種不同的佩玉。沈約俊雅："珩珮流響，纓紱有容。"

〔七〕紳組：指繫玉珮的綬帶。

〔八〕騶鳴：喝道聲。騶：騎馬駕車的隨從。

〔九〕流風：疾風。司馬相如美人賦："流風慘冽，素雪飄零。"

〔一〇〕秦官：藝文類聚卷八八松："漢官儀曰：'秦始皇上封太山，逢疾風暴雨，賴得松樹，因休其下，封爲五大夫。"後因以秦官代松。王維酬比部楊員外暮宿琴臺朝躋書閣率爾見贈之作："桃源迷漢姓，松樹有秦官。"此用五大夫意，指高官。

〔一一〕光禄：即光禄大夫。唐、宋時，官階從二品。此指高官。　羽卮：即羽觴。一種酒器。文選卷三〇沈約三月三日率爾成篇："象筵鳴寶瑟，金瓶泛羽卮。"李善注："羽卮，即羽觴也。"楚辭章句卷九招魂："瑶漿蜜勺，實羽觴些。"王逸注："羽，翠羽也；觴，觚也。"

〔一二〕侏儒：身材異常短小者。管子卷八小匡："倡優侏儒在前，而賢大夫在後。"漢書卷五七司馬相如傳上："俳優侏儒，狄鞮之倡，所以娱耳目樂心意者。"

〔一三〕"邯鄲"句：謂權豪生活奢靡，追求聲色。邯鄲古多名姬舞女。史記卷二五吕不韋列傳："吕不韋取邯鄲諸姬絶好善舞者與居。"　邯鄲：戰國時趙國都城，今河北邯鄲市。

〔一四〕餘論：識見廣博之論，宏論。司馬相如子虚賦："問楚地之有無者，願聞大國之風烈，先生之餘論也。"

〔一五〕顧眄：賞識。北齊書卷四五顔之推傳："顯祖見而悦之，即除奉朝請，引於内館中，侍從左右，頗被顧眄。"南史卷三四顔延之傳："仰竊過榮，增憤薄之性，私恃顧眄，成强梁之心。"　恩私：所寵愛的人。後漢書卷七桓帝紀："於是舊故恩私，多受封爵。"

〔一六〕鹵簿：封演封氏聞見記卷五鹵簿："輿駕行幸，羽儀導從謂之'鹵簿'。自秦、漢以來始有其名。蔡邕獨斷載鹵簿有小駕、大駕、法駕之異，而不詳'鹵簿'之儀。按字書：'鹵，大楯也。'字亦作'櫓'，又作'樐'，音義皆同。"

〔一七〕誰何：史記卷四八陳涉世家："良將勁弩，守要害之處，信臣精卒，陳利兵而誰何。"司馬貞索隱："猶今巡更問何誰。"

〔一八〕華堂：華屋；富麗堂皇的房屋。

〔一九〕瑣牕：鏤刻有連瑣圖案的牕櫺。鮑照翫月城西門廨中詩："蛾眉蔽珠櫳，玉鉤隔瑣牕。"　文楣：雕花的門楣。

〔二〇〕武夫：即碔砆。似玉的美石。戰國策卷二二魏策一西門豹爲鄴令："白骨疑象，武夫類玉，此皆似之而非者也。"漢書卷五六董仲舒傳："五伯比於他諸侯爲賢，其比三王，猶武夫之與美玉也。"應劭注："武夫，石而似玉者也。"

〔二一〕壁璫：文選卷八司馬相如上林賦："華榱璧璫，輦道纚屬。"郭璞注引韋昭曰："裁金爲璧以當榱頭也。"張銑注："璧璫，以璧飾椽首也。"　榮題：屋翼下的題額。榮，屋簷兩端上翹的部分。今通稱飛簷。儀禮注疏卷一士冠禮："夙興，設洗直於東榮。"鄭玄注："榮，屋翼也。"司馬相如上林賦："偓佺之倫，暴於南榮。"

〔二二〕逶迤：形容香氣繚繞不絶。

〔二三〕白玉墀：指朝堂。見卷四送高起居之涇縣注〔五〕。

〔二四〕無爲：不知所爲；無事可作。詩經陳風澤陂："寤寐無爲，涕泗滂沱。"

〔二五〕稊：草名。文選卷九潘岳射雉賦："稊菽藂糅，蘙薈蓁茸。"徐爰注："稊，稗類也。"

〔二六〕指顧：猶指揮。新唐書卷一八九趙犨傳："自號令指顧，群兒無敢亂。"　千鈞：三十斤爲一鈞，千鈞即三萬斤。此形容器物之重。商君書卷三錯法："烏獲舉千鈞之重，而不能以多力易人。"

〔二七〕徇名：捨身以求名。賈誼鵩鳥賦："貪夫徇財兮，烈士徇名。"

〔二八〕狷介：狷介。"狷"通"狷"。耿介，正直。孟子卷一四盡心下："狂者又不可得，欲得不屑不絜之士而與之，是狷也，是又其次也。"國語卷八晉語二："小心狷介，不敢行也。"韋昭注："狷者，守分有所不爲也。"

〔二九〕朱雲:見卷三陳覺放還至泰州以詩見寄作此答之注〔二〕。

〔三〇〕梅福:見卷三詠梅子真送郭先輩注〔一〕。

〔三一〕楊子雲:即揚雄。見卷三亞元舍人不替深知……庶資一笑耳注〔三九〕。

徐鉉集校注卷二二　詩

送曾直館歸寧泉州〔一〕

常憐客子倦征岐①〔二〕,誰似曾郎得意歸。廳瑣石渠封簡册〔三〕,手持仙桂拜庭闈②〔四〕。舟横劍浦凌清瀨〔五〕,馬過猿嵓點翠微〔六〕。却笑遼東千歲鶴,下來空歎昔人非〔七〕。

【校記】

①岐:李刊本作“騑”。

②仙:四庫本作“丹”。

【箋注】

〔一〕作於宋端拱二年(九八九)或稍後。曾直館即曾會。福建通志卷四五本傳:“曾會,字宗元,晉江人。端拱二年進士。與蜀人陳堯叟並有俊譽,太宗覽二人文詞藻敏給,釋褐,並授光禄寺丞、直史館。”詳詩意,當是端拱二年曾會及第、釋褐後不久,回家省親。　泉州:福建路屬州。見宋史卷八九地理志五。即今福建泉州市。　歸寧:歸省父母。陸機思歸賦:“冀王事之暇豫,庶歸寧之有時。”

〔二〕客子:離家在外的人。王粲懷德:“鸛鷁在幽草,客子淚已零。”徐陵關山月:“關山三五月,客子憶秦川。”　征岐:即岐陽征。左傳昭公四年:“成有岐陽之蒐。"杜甫贈左僕射鄭國公嚴公武:"密論貞觀體,揮發岐陽征。"

〔三〕石渠:見卷三和集賢鍾郎中注〔二〕。

〔四〕仙桂:神話傳説月中有桂樹,故稱。段成式酉陽雜俎前集卷一天咫:"舊言月中有桂、有蟾蜍,故異書言月桂高五百丈,下有一人常斫之,樹創隨合。"後稱舉進士爲折桂。　庭闈:文選卷一九束皙補亡詩:"眷戀庭闈,心不遑安。"李善注:"庭闈,親之所居。"

〔五〕劍浦:即延平津。見卷四送禮部潘尚書致仕還建安注〔五〕。太平寰宇記卷一〇〇江南東道十二南劍州:"劍浦郡,今理劍浦縣。按晉書云:'延平津,昔寶劍化龍之地。'"

〔六〕猿嵓:當在泉州,具體未詳。　翠微:見卷五明道人歸西林求題院額作此送之注〔三〕。

〔七〕"却笑"二句:用丁令威化鶴歸遼典。見卷一贈王貞素先生注〔五〕。此借喻曾會回到故鄉。

送樂學士知舒州〔一〕

憶在同安郡,誰知是勝游。仙山常獨往,騷客自忘憂。暫别經多難,勞生已白頭〔二〕。羡君驅蒨旆①〔三〕,兼得漱清流。民俗長如古②,風光最稱秋。短歌聊抒意,爲我謝沙鷗〔四〕。

【校記】

①旆:原作"斾",據李校改。

②長:黄校本作"常"。

【箋注】

〔一〕作於宋端拱二年(九八九)前後。樂學士即樂史。宋史卷三〇六樂黄目傳:"樂黄目,字公禮,撫州宜黄人。世佐江左李氏。……父史,字子正。……雍熙三年,獻所著貢舉事二十卷、登科記三十卷、題解二十卷、唐登科文選五十卷、孝悌録二十卷、續卓異記三卷。太宗嘉其勤,遷著作郎、直史館,轉太常博士、知舒州。"據此,知樂史於雍熙三年(九八六)因獻所著諸書而官著作郎、直史館。宋官亦多三年遷徙，則其知舒州，當在端拱二年前後。　舒州：宋史卷八八地理志四淮南路西路："安慶府，本舒州，同安郡。"轄域相當於今安徽安慶市。

〔二〕勞生：指辛苦勞累的生活。莊子内篇大宗師："夫大塊載我以形，勞我以生，佚我以老，息我以死。"

〔三〕蒨旆：指插有鮮豔旗子的車。

〔四〕沙鷗：列子卷二黄帝："海上之人有好漚鳥者，每旦之海上，從漚鳥游，漚鳥之至者百住而不止。其父曰：'吾聞漚鳥皆從汝游，汝取來，吾玩之。'明日之海上，漚鳥舞而不下也。"徐鉉以此表達對超逸出世生活的嚮往。

送慎大卿解官侍親〔一〕

聖朝無事九卿閑〔二〕，藹藹東門采服還〔三〕。舊日高名齊汲、鄭〔四〕，今朝至行似曾、顔〔五〕。更憐雙鬢垂玄髮，猶恨深居遠舊山〔六〕。老鶴乘軒真自愧〔七〕，徘徊空在稻粱間①。

【校記】

①粱：原作"梁"，據四庫本、黄校本、李刊本改。

【箋注】

〔一〕作於宋雍熙四年（九八七）前後。慎大卿即慎知禮。宋史卷二七七本傳："慎知禮，衢州信安人。……太平興國三年從俶歸朝，授鴻臚卿，歷知陳州興元府。知禮母年八十余，居宛邱，懇求歸養。退處十年，縉紳稱其孝。及母服除，表請納禄。至道三年，以工部侍郎致仕。"至道三年爲九九七年，上推十年，知慎大卿約於雍熙四年解官侍親。

〔二〕九卿：古代中央政府的九個高級官職。周禮注疏卷四一考工記匠人："外有九室，九卿朝焉。"鄭玄注："六卿三孤爲九卿，三孤佐三公論道，六卿治六官之屬。"歷代多設九卿，名稱、司職略有不同。

〔三〕東門：東城門。詩經鄭風出其東門："出其東門，有女如雲。"張衡東京賦："西阻九阿，東門於旋。"王鳴盛蛾術編卷四〇："漢唐時州郡多在京師之東,士大夫游宦於京者,出入皆取道東門。” 采服:即綵服、綵衣。指孝养父母。見卷四送龔明府九江歸寧注〔三〕。

〔四〕汲、鄭:指汲黯與鄭當時。二人位列九卿,名高于時。見史記卷一二〇汲鄭列傳。

〔五〕曾、顔:指曾參與顔回。曾參通孝道,顔回有德行。見史記卷六七仲尼弟子列傳。

〔六〕舊山:故鄉;故居。文選卷二六謝靈運過始寧墅:“剖竹守滄海,枉帆過舊山。”吕延濟注:“謂枉曲船帆,來過舊居。”

〔七〕老鶴乘軒:見卷五明道人歸西林求題院額作此送之注〔五〕。此徐鉉自比。

代書寄泗州錢侍郎〔一〕

起部紆兩綬〔二〕,恢恢刃有餘〔三〕。既爲侍中郎,又復專城居〔四〕。無久戀鈴閣〔五〕,早應還直廬〔六〕。浚川春水滿〔七〕,珍重寄雙魚〔八〕。

【箋注】

〔一〕作於宋淳化元年(九九〇)前後。錢侍郎爲錢昱。宋史卷四八〇錢昱傳:“出知宋州,改工部侍郎。歷典壽、泗、宿三州。”錢昱其出知宋州,當在雍熙三年(九八六)前後,見本卷稍下代書寄宋州錢大監注〔一〕。據其履歷及徐鉉下年九月即貶官邠州,其任職泗州當在是年前後。 泗州:淮南東路屬州。見宋史卷八八地理志四。今安徽鳳陽、明光與江蘇盱眙、泗洪一帶。

〔二〕起部:代指工部。晉設起部。見晉書卷二四職官志。隋尚書省有起部,掌管營建宗廟、宫室。見隋書卷二六百官上。杜佑通典卷二三職官五:“晉、宋以來,有起部尚書,而不常置。每營宗廟、宫室則權置之,事畢則省。以其事分屬都官、左民二尚書。北齊起部亦掌工造,屬祠部尚書。後周有冬官大司空卿,掌五材九范之法,其屬工部。……至隋乃有工部尚書,統工部、屯田二曹,蓋因後周工部之名兼前代起部之職。大唐龍朔二年改工部尚書。”錢昱曾爲工部侍郎,故云。 紆:繫結;垂掛。文選卷三張衡東京賦:“紆皇組,要干將。”李善注:“紆,垂也。”

〔三〕“恢恢”句：見卷二一送周員外之達注〔四〕。

〔四〕“既爲”二句：漢樂府古辭陌上桑：“三十侍中郎，四十專城居。” 侍中郎：即指錢曾任工部侍郎。專城居：指錢出任泗州地方長官。王充論衡卷二四辨祟：“居位食禄，專城長邑以千萬數，其遷徙日未必逢吉時也。”

〔五〕鈴閣：見卷三陶使君挽歌二首注〔九〕。

〔六〕直廬：侍臣值宿之處。文選卷二四陸機贈尚書郎顧彦先：“朝游游曾城，夕息旋直廬。”吕延濟注：“直廬，直宿之廬。”宋之問和庫部李員外秋夜寓直之作：“起草徯仙閣，焚香卧直廬。”

〔七〕浚川：水名，當流經泗州境。具體未詳。

〔八〕雙魚：指書信。蔡邕飲馬長城窟行：“客從遠方來，遺我雙鯉魚。呼兒烹鯉魚，中有尺素書。”

寄舒州樂學士〔一〕

皖伯臺前緑樹春〔二〕，吴塘初下碧溪分〔三〕。舊游風景長牽夢①，遥羨高齋望白雲。

【校記】

①長：李校：一本作“常”。

【箋注】

〔一〕作於宋端拱二年（九八九）前後。見本卷送樂學士知舒州注〔一〕。

〔二〕皖伯臺：見卷三移饒州别周使君注〔四〕。

〔三〕吴塘：太平寰宇記卷一二五淮南道三舒州懷寧縣：“吴塘陂，在縣西二十里，皖水所注。曹操遣朱光爲廬江大守，屯皖，大開稻田。吕蒙上言曰：‘皖地肥美，若一收熟，彼衆必增，如是數歲，操態見矣，宜早除之。’于是權親征皖，破之。此塘即朱光所開也。”

送吴支使之長安〔一〕

幕府清資新雨露〔二〕，高陽舊第久塵埃〔三〕。百年遺老知誰在，應喜遼東鶴下來〔四〕。

【箋注】

〔一〕作年未詳。　吴支使：名未詳。　長安：即京兆府。見宋史卷八七地理志三永興軍路。今陝西西安市。

〔二〕清資：清貴官職。北史卷三四宋游道傳："出州入省，歷忝清資，而長惡不悛，曾無忌諱。"　雨露：比喻恩澤。高適送李少府貶峽中王少府貶長沙："聖代即今多雨露，暫時分手莫躊躇。"

〔三〕高陽：京兆府屬縣。見宋史卷八七地理志三永興軍路。治所在今陝西蒲城縣高陽鎮。高陽舊第，當指吴支使舊居。

〔四〕遼東鶴：指重回故地。見卷一贈王貞素先生注〔五〕。

和譚鍊師見寄〔一〕

一別高人世事多，歸山岐路轉蹉跎〔二〕。定知上藥延衰齒〔三〕，每憶玄談養太和〔四〕。任道人生如夢寐，也從時態起風波。錦囊真籙遥相許〔五〕，只待飆輪更一過〔六〕。

【箋注】

〔一〕作年未詳。　譚鍊師：名未詳。卷二一有和筠州談鍊師見寄，本卷有代書寄談鍊師，譚鍊師當爲一人。

〔二〕歸山：比喻退隱。

〔三〕上藥：指仙藥。神農本草經卷三："上藥令人身安命延，昇天神仙，遨游上下。"李商隱高松："上藥終相待，他年訪伏龜。"馮浩注引本草注："茯苓通神靈，上品仙藥也。"

〔四〕玄談：即清談。見卷五奉和宫傅相公懷舊見寄四十韻注〔四八〕。太和：指人平和的心理狀態。劉長卿同姜濬題裴式微余干東齋："藜杖全吾道，榴花養太和。"

〔五〕錦囊：用錦制成的袋子，以盛真籙。真籙謂修煉真法。

〔六〕飆輪：傳説中御風而行的神車。桓驎西王母傳："（西王母）所居宫闕……其山之下,弱水九重,洪濤萬丈,非飆車羽輪不可到也。”參卷四贈奚道士注〔七〕。

和錢秘監與邊諫議南宫同直贈答〔一〕

筵上詩題共筆牀〔二〕,罇前酒興話高陽〔三〕。心清自覺官曹簡〔四〕,院静先知節候涼。南國少年推貴重〔五〕,東堂前輩讓賢良〔六〕。好看雙鳳追飛處〔七〕,胡粉新塗紫界牆①〔八〕。

【校記】

①胡:四庫本作“堊”。

【箋注】

〔一〕作於宋雍熙二年(九八五)或稍後秋。錢秘監即钱昱。宋史卷四八〇本傳:“俄獻太平興國録,求换臺省官,令學士院召試制誥三篇,改秘書監、判尚書都省。”其獻太平興國録當在上年十一月雍熙改元後,改秘書監、判尚書都省則又在其後。詩寫秋景,故繫於此。　邊諫議疑是邊珝。宋史卷二七〇本傳:“邊珝字待價,華州鄭人也。……晉天福六年舉進士。……太平興國五年,代歸拜右諫議大夫,領吏部選事。七年,移知開封府。明年夏卒,年六十三。”然其卒於太平興國八年夏,似與昱不能同直。　南宫:見卷六游簡言左僕射平章事制注〔五〕。

〔二〕筆牀:放置毛筆的器具。徐陵玉臺新詠序:“翡翠筆牀,無時離手。”岑參山房春事:“數枝門柳低衣桁,一片山花落筆牀。”

〔三〕“罇前酒興話高陽”句:史記卷九七酈生陸賈列傳載:酈食其,陳留高陽(今河南杞縣西南)人,劉邦領兵過陳留,酈食其到軍門求見。劉邦見説其人狀類大儒,使“使者出謝曰:‘沛公敬謝先生,方以天下爲事,未暇見儒人也。’酈生瞋目案劍叱使者曰:‘走!復入言沛公,吾高陽酒徒也,非儒人也。’……沛公遽雪足杖矛曰:‘延客入!’”晉書卷四三山簡傳:“簡優游卒歲,唯酒是耽。諸習氏,荆土豪族,有佳園池,簡每出嬉游,多之池上,置酒輒醉,名之曰高陽池。”

〔四〕官曹：官員辦事機關或處所。東觀漢記卷一光武紀："述（公孫述）伏誅之後，而事少閑，官曹文書減舊過半。"白居易司馬廳獨宿："官曹冷似冰，誰肯來同宿？"

〔五〕南國少年：指錢昱，其自吴越歸附，故云南國。

〔六〕東堂：晉書卷五二郤詵傳："郤詵以對策上第，拜議郎。後遷官，晉武帝於東堂會送，問詵曰：'卿自以爲何如？'詵對曰：'臣舉賢良對策，爲天下第一，猶桂林之一枝，崑山之片玉。'"

〔七〕雙鳳：比喻錢、邊二人才德出衆。北史卷五六魏蘭根傳："景義、景禮並有才行，鄉人呼爲雙鳳。"

〔八〕"胡粉"句：尚書省以紫粉涂壁，故稱粉闈。

送周郎中還司〔一〕

憶在廬山始識君〔二〕，當時唯擬共眠雲〔三〕。那知身計關前定，却向人間逐世紛。紫閣峰前欣獨往①〔四〕，銀臺門里歎離群〔五〕。青囊舊有登真訣〔六〕，莫遣閑人取次聞〔七〕。

【校記】

①獨：李校：一本作"欲"。

【箋注】

〔一〕作於宋太平興國二年（九七七）前後。周郎中即周惟簡，饒州鄱陽（今江西鄱陽縣）人。始隱居，李煜授以國子博士、集賢殿侍講，以虞部郎中致仕。宋師圍金陵，副徐鉉使宋。國亡入宋，授以官職，尋以虞部郎中致仕。太平興國初，復上表求仕，除太常博士，遷水部員外郎。見宋史卷四七八南唐世家周惟簡傳。詳詩意，當作於惟簡上表求仕而除官後，稱之郎中，或即其前致仕時贈官虞部郎中。

〔二〕廬山：見卷二送歐陽大監游廬山注〔一〕。南唐及宋在江州境内。

〔三〕眠雲：比喻山居。山中多雲，故云。劉禹錫西山蘭若試茶歌："欲知花乳清泠味，須是眠雲跂石人。"

〔四〕紫閣峰：見卷二一送文懿大師浄公西游注〔三〕。

〔五〕銀臺門：見卷二秋日雨中與蕭贊善訪殷舍人於翰林座中作注〔七〕。

〔六〕青囊：古代術數家盛書和卜具之囊。杜牧許七侍御棄官東歸瀟洒江南頗聞自適高秋企望題詩寄贈十韻："錦肆開詩軸，青囊結道書。"周惟簡通曉易經，能占卜。見十國春秋卷三〇周惟簡傳。　登真：猶登仙、成仙。

〔七〕取次：隨便；任意。葛洪抱朴子内篇卷四祛惑："此兒當興卿門宗，四海將受其賜，不但卿家，不可取次也。"杜甫送元二適江左："經過自愛惜，取次莫論兵。"

太師相公挽歌詞二首〔一〕

巖廊舊德漢儲師〔二〕，富貴優游自古稀。四序不能違代謝，九原誰可與同歸①。精神恍惚騎龍尾〔三〕，功業紛綸在虎闈〔四〕。惆悵鳴珂洛陽道〔五〕，素車丹旐奉靈衣〔六〕。

風流安石在東山〔七〕，曾許從容妓樂閒。傾蓋筭來能幾日〔八〕，逝川東去不知還〔九〕。北邙原上寒雲結，鄭國門前曉月彎〔一〇〕。祖奠欲收賓御散〔一一〕，滿衣零淚掩衰顔。

【校記】

①原：四庫本作"京"。

【箋注】

〔一〕作於宋太平興國七年（九八二）八月。太師相公即王溥。宋史卷二四九本傳："王溥，字齊物，并州祁人。……開寶二年遷太子太師。中謝日，太祖顧左右曰：'溥十年作相，三遷一品，福履之盛，近世未見其比。'太平興國初，封祁國公，七年八月卒，年六十一。"

〔二〕巖廊：指朝廷。卷五奉和宫傅相公懷舊見寄四十韻注〔三四〕。

〔三〕騎龍尾：見卷一〇蔣莊武帝新廟碑銘注〔四三〕。此比王溥。

〔四〕紛綸：見卷四文獻太子挽歌詞五首注〔一二〕。　虎闈：猶虎門。王宫的路寢門。周禮注疏卷一四師氏："居虎門之左，司王朝。"鄭玄注："虎門，路寢門也。王日視朝於路寢,門外畫虎焉,以明勇猛,於守宜也。"此指朝堂。

〔五〕鳴珂:馬的玉飾所發出的聲響。何遜車中見新林分别甚盛:"隔林望行幰,下阪聽鳴珂。"　洛陽道:指通向洛陽之北邙山之路。漢、魏、晉王公大臣多葬北邙山。後代指墓地。

〔六〕素車:凶、喪事所用之車。周禮注疏卷二七巾車:"素車,棼蔽。"鄭玄注:"素車,以白土堊車也。"　丹旐:猶丹旌。何遜王尚書瞻祖日:"昱昱丹旐振,亭亭素蓋上。"　靈衣:死者生前常穿的衣裳。文選卷一六潘岳寡婦賦:"仰神宇之寥寥兮,瞻靈衣之披披。"劉良注:"靈衣,夫平生衣。"

〔七〕安石、東山:見卷二中書相公谿亭閑宴依韻注〔三〕。

〔八〕"傾蓋"句:李昉徐公墓誌銘:"故相太子太師王公溥,一見如舊相識。每有經史異議,多質疑於公。由是琴樽嘯歌,筆硯酬唱,無有虚日。"

〔九〕逝川:比喻流逝的光陰。論語子罕:"子在川上曰:'逝者如斯夫!不舍晝夜。'"

〔一〇〕"鄭國門"句:王溥擬葬洛陽北邙山,自京師汴梁送葬至洛陽經過古鄭國都門(今河南鄭州市),故云。

〔一一〕祖奠:於神主前之祭奠。孔叢子卷中問軍禮:"有司簡功行賞,不稽於時,其用命者則加爵受賜於祖奠之前。"

送贊寧道人歸浙中〔一〕

故里夫差國〔二〕,高名惠遠師〔三〕。君恩從野逸〔四〕,歸棹逐凌澌〔五〕。舊訪雖無念,牽懷亦有詩。因行過秦望,爲致李斯碑〔六〕。

【箋注】

〔一〕作於宋太平興國八年(九八三)初春。贊寧道人即僧贊寧。十國春秋卷八九本傳:"僧贊寧,本姓高氏,其先渤海人。……太平興國三年,忠懿王入宋,贊寧奉舍利真身塔以朝。太宗聞其名,召對滋福殿,賜紫方袍,尋賜號曰通慧。命充翰林史館編修,纂高僧傳三十卷。……聽歸杭州舊寺。"按王禹偁小畜集卷二〇右街僧録通惠大師文集序云:"八年詔修大宋高僧傳,聽歸杭州舊寺,成三十卷,進御之日,璽書褒美。"據此,知詔贊寧修高僧傳在太平興國八年,于時贊寧歸浙,書成赴闕。詩寫初春景色。故繫於此。　浙中:指紹興府,即會稽郡。見宋史卷八八地理志四。今浙江紹興市。

〔二〕夫差:春秋吴國末代國君,闔閭之子。據詩意,贊寧故鄉當在今蘇州一帶。

〔三〕惠遠:見卷二一奉和武功學士舍人紀贈文懿大師浄公注〔一三〕。

〔四〕野逸:見卷五奉和宫傅相公懷舊見寄四十韻注〔五五〕。

〔五〕凌澌:流動的冰凌。杜甫後苦寒行:"巴東之峽生凌澌,彼蒼迴軒人得知。"

〔六〕"因行"二句:史記卷六秦始皇本紀:"(始皇)上會稽,祭大禹,望於南海,而立石刻,頌秦德。"張守節正義:"其碑見在會稽山上。其文及書皆李斯,其字四寸,畫如小指,圓鐫。今文字整頓,是小篆字。"李白送友人尋越中山水:"東海横秦望,西陵遶越臺。"王琦注:"施宿會稽志:'秦望山,在會稽縣東南四十里,舊經云衆嶺最高者。'"

和元少卿送越僧〔一〕

塵機息盡一真僧〔二〕,唯有林泉捨未能。蓮社故人今暫別〔三〕,稽山舊隱與誰登〔四〕。時清豈覺前游改,道勝寧辭白髮增。遥羨高齋吟望處,孤雲野鶴是親朋。

【箋注】

〔一〕作年未詳。　元少卿:名未詳。　越僧:人未詳。

〔二〕塵機:塵俗的心思。參卷四和印先輩及第後獻座主朱舍人郊居之作注〔二〕。孟浩然臘月八日於剡縣石城寺禮拜:"願承功德水,從此濯塵機。"

〔三〕蓮社:見卷五奉和宫傅相公懷舊見寄四十韻注〔五四〕及卷二一送文懿大師浄公西游注〔二〕。

〔四〕稽山舊隱:指賀知章,會稽永興(今浙江紹興市)人。天寶三載,詔許度爲道士,歸還鄉里。見舊唐書卷一九〇中本傳。　稽山:即會稽山。太平寰宇記卷九六江南東道八越州會稽縣:"會稽山,在縣東南十里。山海經云:'會稽之山四方,上多金玉,下多砆石。'秦始皇東巡,立石刻銘,即李斯篆書。"

代書寄談鍊師〔一〕

朱山松桂翠連雲①〔二〕,中有清虚小隱居。密養丹砂存正氣,静披瓊蘊誦真文〔三〕。塤篪金石心長在②〔四〕,圭組煙霞路自分〔五〕。憑仗鄉人傳尺素〔六〕,山前驚起白羊群〔七〕。

【校記】

①桂:李校:一本作"檜"。

②長:黄校本作"常"。

【箋注】

〔一〕作年未詳。　談鍊師:見卷二一和筠州談鍊師見寄注〔一〕。

〔二〕朱山:太平寰宇記卷一七河南道十七宿州虹縣:"朱山,在縣東北三十里。魏地形志曰潼縣,在朱山,即會稽朱買臣之舊里也。"

〔三〕真文:佛道所指經文、符籙等。唐高宗述聖記:"以中華之無質,尋印度之真文。"

〔四〕塤篪:亦作壎篪、壎箎、塤箎、塤笛。比喻兄弟親密和睦。參卷五太傅相公以庭梅二篇許舍弟同賦再迂藻思曲有虚稱謹依韻奉和庶申感謝注〔二〕。金石:指鐘磬一類樂器。國語卷一七楚語上:"而以金石匏竹之昌大、囂庶爲樂。"韋昭注:"金,鐘也;石,磬也。"徐鉉於此兼喻二人情誼堅如金石。

〔五〕圭組:見卷二翰林游舍人清明日入院中塗見過余明日亦入西省上直因寄游君注〔三〕。此徐鉉自指出仕爲官。　煙霞:指山水、山林。蕭統錦帶書十二月啓夾鐘二月:"敬想足下,優游泉石,放曠煙霞。"此比談鍊師歸隱之趣。

〔六〕鄉人:指俗人。此徐鉉自指。孟子卷八離婁下:"舜爲法於天下,可傳於後世,我由未免爲鄉人也。"

〔七〕白羊群:葛洪神仙傳卷二皇初平:"皇初平者,丹谿人也。年十五,而家使牧羊。有道士見其良謹,使將至金華山石室中四十餘年,忽然不復念家。其兄初起入山索初平。……即隨道士去尋求,果得相見。兄弟悲喜,因問弟曰:‘羊皆何在?’初平曰:‘羊近在山東。’初起往視,了不見羊,但見白石無數。還謂初平曰:‘山東無羊也。’初平曰:‘羊在耳,但兄自不見之。’初平便乃俱往看之,乃叱曰:‘羊起。’於是白石皆變爲羊數萬頭。初起曰:‘弟獨得神通如此,吾可學否?’初平曰:‘唯好道便得耳。’”

送鄭先輩及第西歸〔一〕

春晚緱山路〔二〕,華光滿翠微〔三〕。憐君持郄桂〔四〕,歸去著萊衣〔五〕。故國幾人在〔六〕,浮生萬事非。唯當拭病眼,看子九霄飛。

【校記】

①西:黄校本作“先”。

【箋注】

〔一〕作於宋太平興國八年(九八三)春。鄭先輩即鄭文寶。宋史卷二七七本傳:“鄭文寶字仲賢,右千牛衛大將軍彦華之子。……太平興國八年,登進士第,除修武主簿。”詩寫春景,又悲南唐故國人事已非,知文寶及第後南歸。先輩:卷二和鍾郎中送朱先輩還京垂寄注〔一〕。　西歸:向西歸還。詩經檜風匪風:“誰將西歸,懷之好音。”此謂鄭文寶及第后回歸故里(其爲福州人),取“好音”之義。

〔二〕緱山:即緱氏山。見卷四步虚詞五首注〔一三〕。此以乘鶴升仙比喻及第。韋莊放榜日作:“葛水霧中龍乍變,緱山煙外鶴初飛。”

〔三〕翠微:見卷五明道人歸西林求題院額作此送之注〔三〕。

〔四〕郄桂:亦作郤桂,即郤詵丹桂。比喻科舉及第。晉郤詵舉賢良對策爲天下第一,自謂“桂林之一枝”。見卷二一送容州程員外端州吴員外注〔六〕。

〔五〕萊衣:見卷四送龔明府九江歸寧注〔三〕。

〔六〕故國:指原來南唐政權所轄領域。

送高先輩南歸〔一〕

鄉國悲前事〔二〕,風光屬後生。名從天上得,身入故都行〔三〕。草色初裁綬〔四〕,鵬飛不筭程①〔五〕。自憐枯朽思,相送剩含情〔六〕。

【校記】

①筭:四庫本作"計"。

【箋注】

〔一〕作年未詳。 高先輩:疑是高紳。卷二四送高紳之官序:"高生以俊造之科,中聖明之選,清秩解褐,尹縣南荆。少年得途,其道光矣。"王禹偁有中牟縣旅舍喜同年高紳著作見訪詩,宋史卷二九三王禹偁傳:"太平興國八年,擢進士。"據此,知高紳於太平興國八年(九八三)及第。

〔二〕"鄉國"句:謂南唐被宋滅亡。

〔三〕故都:故鄉,故居。楚辭章句卷一離騷:"國無人莫我知兮,又何懷乎故都。"王逸注:"復何爲思故鄉,念楚國也。"

〔四〕"草色"句:謂草色鮮亮如初裁的繫印綬帶。

〔五〕"鵬飛"句:謂天高任翱翔。莊子内篇逍遥游:"鵬之徙於南冥也,水擊三千里,摶扶摇而上者九萬里。"

〔六〕剩:更加。高適贈杜二拾遺:"聽法還應難,尋經剩欲翻。"

送嚴秀才下第東歸〔一〕

世胄今爲旅〔二〕,多才懶自營。坦懷君子道,惜别故人情。歸棹春潮滿,郊居海月明。雄文不輕售,須待最高名。

【箋注】

〔一〕作年未詳。 嚴秀才:名未詳。

〔二〕世胄:貴族後裔。左思詠史:"世胄躡高位,英俊沈下僚。" 旅:左傳宣公十二年:"老有嘉惠,旅有施舍。"杜預注:"旅客來者,施之以惠,舍不勞役。"文選卷三〇謝脁郡内登望:"結髪倦爲旅,平生早事邊。"吕向注:"旅,客也。"

送周味道秀才東歸見别依韻〔一〕

庭闈勞夢想〔二〕,孤棹度江關。駿馬猶論價,荆藍且抱還〔三〕。晚花縈綵服①〔四〕,疏雨映家山〔五〕。頻見春官説〔六〕,明年待鑄顔〔七〕。

【校記】

①晚花縈:四庫本作"迎風吹"。

【箋注】

〔一〕作年未詳。　周味道:人未詳。　依韻:見卷二中書相公谿亭閑宴依韻注〔一〕。

〔二〕庭闈:指父母居住處。參本卷送曾直館歸寧泉州注〔四〕。

〔三〕荆藍:荆山、藍田山的合稱。荆山在今湖北南漳縣西部,相傳春秋時楚人卞和得玉璞於此山;藍田山在今陝西藍田縣境内,出産藍田玉。晉書卷五二華譚傳:"夜光之璞,出乎荆藍之下。"楊炯少室山少姨廟碑:"下隴蜀之名材,致荆藍之寶玉。"此比喻優異人才。

〔四〕綵服:同"綵衣"。見卷四送龔明府九江歸寧注〔三〕。

〔五〕家山:故鄉。錢起送李棲桐道舉擢第還鄉省侍:"蓮舟同宿浦,柳岸向家山。"

〔六〕春官:禮部的别稱。唐光宅年間曾改禮部爲春官。杜甫奉留贈集賢院崔于二學士:"天老書題目,春官驗討論。"此指考官。

〔七〕鑄顔:孔子培養其弟子顔淵成才。後泛指培養人才。揚雄法言卷一學行:"或曰:'人可鑄與?'曰:'孔子鑄顔淵矣。'"汪榮寶義疏:"孔子鑄顔淵者,司馬云:'借令顔淵不學,亦常人耳。遇孔子而教之,乃庶幾於聖人。'"句言明年周味道及第。

送曾秀才〔一〕

淦水神仙宅〔二〕,仙山夾縣樓〔三〕。吾孫好詩句①,歸詠故鄉秋。紫竹遮書幌〔四〕,紅蕉拂釣舟。東堂有平路〔五〕,莫謁外諸侯。

【校記】

①吾孫:四庫本作"君將"。

【箋注】

〔一〕作年未詳。　曾秀才:疑是曾乾度。卷三〇大宋故亳州蒙城縣令賜緋魚袋曾君墓誌銘:"君諱文照,字知章。……今爲廬陵新淦人也。……有子六人。……唯第三子乾度,再舉進士,名聞場屋。嗚呼!姻舊之故,豈無佗人?援毫濡涕,識彼陵谷,其銘曰:'……嗚呼曾君,永世清芬。仙山之陰,章江之濱。'"

〔二〕淦水:見卷五憶新淦觴池寄孟賓于員外注〔一〕。

〔三〕仙山:當是廖仙山。在今江西吉安縣境。清一統志卷二四九吉安府廬陵縣:"廖仙山,在廬陵縣西南六十里。盤旋迴合,一名曲山,舊傳唐會昌中有廖仙姑隱此。"

〔四〕書幌:書帷。指書房。劉孝綽昭明太子集序:"猶臨書幌而不休,對欹案而忘怠。"

〔五〕東堂:卷本卷和錢秘監與邊諫議南宮同直贈答注〔六〕。

寄玉笥山沈道士〔一〕

珍重江南沈鍊師,未曾相識久相思。已全真氣能從俗,不墜家風善賦詩。玉笥共游知早晚〔二〕,金貂回顧覺喧卑〔三〕。多慙書札遥相問,更望刀圭换白髭〔四〕。

【箋注】

〔一〕作年未詳。　玉笥山:見卷四送彭秀才南游注〔二〕。　沈道士:名未詳。

〔二〕"玉笥"句:謂遲早要歸隱,與沈道士共游玉笥山。

〔三〕金貂:見卷五蒙恩賜酒奉旨令醉進詩以謝注〔六〕。　喧卑:喧鬧低下。鮑照舞鶴賦:"去帝鄉之岑寂,歸人寰之喧卑。"

〔四〕刀圭:指藥物。王績采藥:"且復歸去來,刀圭輔衰疾。"

和錢秘監旅居秋懷二首〔一〕

秘監疏朝謁〔二〕,門前長緑苔。未愁玄鬢改,且喜素秋來〔三〕。獨坐翻棊勢〔四〕,閑行繞藥栽。凉風入書幌〔五〕,時動水沉灰。

閑静無凡客①,開罇共醉醒。琴彈碧玉調〔六〕,書展太玄經〔七〕。酒熟看黄菊,詩成寫素屏〔八〕。晚來瀟灑甚②〔九〕,山鳥下中庭。

【校記】

①凡:李校:一本作"閑"。

②瀟:原作"蕭",據四庫本、李刊本改。

【箋注】

〔一〕作於宋雍熙二年(九八五)前後秋。錢秘監即錢昱。見本卷和錢秘監與邊諫議南宫同直贈答注〔一〕。

〔二〕朝謁:入朝覲見。後漢書卷八五東夷傳韓:"光武封蘇馬諟爲漢廉斯邑君,使屬樂浪郡,四時朝謁。"

〔三〕素秋:秋季。五行之説,秋屬金,其色白,故稱素秋。劉楨魯都賦:"及其素秋二七,天漢指隅,民胥祓禊,國於水游。"

〔四〕棊勢:指介紹棋類玩法及技巧的書。隋書卷三四經籍志、舊唐書卷四七經籍志、新唐書卷五七藝文志均録很多這類書籍。徐鉉亦有棋圖義例、棋勢。今佚。

〔五〕書幌:見本卷送曾秀才注〔四〕。

〔六〕碧玉:樂曲名。韓湘言志:"琴彈碧玉調,鑪煉白硃砂。"

〔七〕太玄:漢書卷八七下揚雄傳:"僕誠不能與此數公者並,故默然獨守吾太玄。""以爲經莫大於易,故作太玄。"

〔八〕素屏:白色屏風。三國志卷一二魏書一二毛玠傳:"初,太祖平柳城,班所獲器物,特以素屏風、素馮几賜玠,曰:'君有古人之風,故賜君古人之服。'"白居易三謡素屏謡:"素屏素屏,孰爲乎不文不飾,不丹不青。……吾不令加一點一畫於其上,欲爾保真而全白。"

〔九〕瀟灑:悠閑自在。杜甫陪李王蘇李四使君登惠義寺:"誰能解金印,瀟灑自安禪。"

送元道人還水西寺〔一〕

李白高吟處,師歸掩竹關〔二〕。道心明月静〔三〕,詩思碧雲閑〔四〕。緑樹寒凌雪①,飛泉響徧山。自慙丘壑志〔五〕,皓首不知還。

【校記】

①寒凌:黄校本作"凌寒"。

【箋注】

〔一〕作年未詳。 元道人:名未詳。 水西寺:寺名。以此名寺者極多,不知何處爲是。

〔二〕"李白"二句:李白有多首寄題元丹丘的詩:元丹丘歌、潁陽别元丹丘之淮陽、以詩代書答元丹丘、與元丹丘方城寺談玄作、觀元丹丘坐巫山屏風、題元丹丘山居等。故以元丹丘比元道人。 竹關:竹門。指簡陋的居室。張籍經王處士原居:"舊宅誰相近,唯僧近竹關。"

〔三〕道心:佛教語。悟道之心。慧皎高僧傳卷八義解四釋道温:"義解足以析微,道心未易可測。"

〔四〕詩思碧雲:見卷五送德邁道人之豫章注〔七〕。

〔五〕丘壑志:指隱逸之情志。丘壑謂隱逸。謝靈運齋中讀書:"昔餘游京華,未嘗廢丘壑。"

送李秀才歸建安〔一〕

昔聞武夷士,皆是帝曾孫〔二〕。李君即其人,命舛道常存。愛子已折桂〔三〕,華組耀閨門〔四〕。吾身可拂衣〔五〕,綵服歸丘園〔六〕。捧觴慶北堂〔七〕,其樂不可言。清溪環幽居,遠岫横前軒〔八〕。彈琴詠招隱〔九〕,芳意飄若蘭〔一〇〕。老夫無此分,何必矜彈冠〔一一〕。

【箋注】

〔一〕作於宋太平興國八年(九八三)春或稍後。李秀才當是李寅,建安人,其子李虚己。宋史卷三〇〇李虚己傳:"李虚己,字公受。五世祖盈自光州從王潮徙閩,遂家建安。父寅,有清節,仕江南李氏。至諸司使江南國,除授殿前承旨,辭不拜。時僞官皆入留京師,而寅母獨在江南,乃遣其長子歸養。舉進士,起家爲衢州司理參軍。母老,棄官以歸。虚己亦中進士第。歷沈丘縣尉、知城固縣。"詩云:"愛子已折桂,華組耀閨門。吾身可拂衣,綵服歸丘園。"即寫李虚己及第、李寅歸家侍親之事。按:李虚己於太平興國八年與曾致堯同年及第。宋史卷三〇〇李虚己傳:"虚己喜爲詩,數與同年進士曾致堯及其婿晏殊唱和。"宋史卷四四一曾致堯傳云:"曾致堯……太平興國八年進士。"綜上,該詩作於太平興國八年春稍後。　建安:建寧府屬縣。見宋史卷八九地理志五福建路。今福建建甌市。

〔二〕"昔聞"二句:謂武夷李氏皆是唐高祖李淵後代。按:福建李氏始祖爲李淵第二十子江王李元祥。見舊唐書卷六四江王元祥傳及福建永安市太湖李氏宗譜等福建李氏宗譜。此言李秀才爲皇室後裔。曾孫,對曾孫以下的統稱。詩經周頌維天之命:"駿惠我文王,曾孫篤之。"鄭玄箋:"曾,猶重也。自孫之子而下,事先祖皆稱曾孫。"

〔三〕愛子:即李虚己,于時已及第。　折桂:見本卷送曾直館歸寧泉州注〔四〕。

〔四〕華組:繫官印的彩色綬帶。　閨門:内室的門。借指家庭。禮記正義卷三九樂記:"在閨門之内,父子兄弟同聽之則莫不和親。"

〔五〕拂衣:歸隱。殷仲文解尚書表:"進不能見危授命,忘身殉國;退不能辭粟首陽,拂衣高謝。"謝靈運述祖德:"高揖七州外,拂衣五湖里。"

〔六〕綵服:同"綵衣"。見卷四送龔明府九江歸寧注〔三〕。

〔七〕北堂:母親的居室。詩經衛風伯兮:"焉得諼草,言樹之背。"毛傳:"背,北堂也。"

〔八〕遠岫:遠處的峰巒。謝朓郡内高齋閑坐答吕法曹:"窗中列遠岫,庭際俯喬林。"

〔九〕招隱：即楚辭中的招隱士。爲漢淮南王劉安的門客淮南小山作（一説爲劉安作）。其内容爲陳説山中的艱苦險惡，勸告隱士歸來。

〔一〇〕芳意：對他人情意的美稱。惠休贈鮑侍郎："當令芳意重，無使盛年傾。"

〔一一〕彈冠：指爲官。漢書卷七二王吉傳："吉與貢禹爲友，世稱'王陽在位，貢公彈冠'。"顔師古注："彈冠者，且入仕也。"

和李太保寄刁秘書〔一〕

名位雖卑道自光，訟庭無事俗平康〔二〕。簾開尚覺琴牀暖〔三〕，院静偏聞酒甕香。養性已知無病染〔四〕，持廉唯恐有名彰。主人莫訝暌違遠〔五〕，千仞由來有鳳翔〔六〕。

【箋注】

〔一〕作年未詳。　李太保：當是李煜子仲寓。見卷二一和清源太保閑居偶懷注〔一〕。　刁秘書：即刁衎。見卷二一鄴都行在和刁秘書見寄注〔一〕。

〔二〕平康：平安。尚書正義卷一二洪範："平康正直，彊弗友剛克，燮友柔克。"孔安國傳："世平安用正真治之。"魏書卷一九中任城王雲傳："平康之世，可以寄安。"

〔三〕琴牀：琴案，琴几。白居易和裴令公新成午橋莊："游絲飄酒席，瀑布濺琴牀。"

〔四〕養性：吕氏春秋卷一本生："物也者，所以養性也。"高誘注："物者，貨賄，所以養人也。"後漢書卷八二下華佗傳："曉養性之術，年且百歲，而猶有壯容，時人以爲仙。"

〔五〕暌違：背違。梁簡文帝與廣信侯書："但暌違轉積，興言盈瞼。"

〔六〕鳳翔：文選卷二五傅咸贈何劭王濟："吾兄既鳳翔，王子亦龍飛。"李善注："其龍飛、鳳翔，實其分也。"李周翰注："鳳翔、龍飛，喻君子得用。"

又和刁秘書寄李太保〔一〕

百里臨民自可憐〔二〕，青雲何必籍階緣〔三〕。家貧聊欲資三徑〔四〕，政簡無非草太玄〔五〕。處衆忘懷均物我〔六〕,程才不器任方圓〔七〕。江湖相望真堪喜,聚散悲歡盡偶然①。

【校記】

①悲歡:李刊本作"歡悲"。

【箋注】

〔一〕作年未詳。　刁秘書:即刁衎。見卷二一鄴都行在和刁秘書見寄注〔一〕。　李太保:當是李煜子仲寓。見卷二一和清源太保閑居偶懷注〔一〕。

〔二〕百里:諸侯封地範圍,即諸侯國。論語泰伯:"曾子曰:'可以託六尺之孤,可以寄百里之命,臨大節而不可奪也。'"孟子卷一〇萬章下:"天子之制,地方千里,公侯皆方百里。"此指仲寓爲郢州刺史。

〔三〕青雲:指青雲路,即高位或謀求高位的途徑。張喬別李參軍:"静想青雲路,還應寄此身。"　階緣:憑藉,攀附。三國志卷四魏書四高貴鄉公髦傳:"沛王林薨。"裴松之注引晉孫盛魏氏春秋:"至於階緣前緒,興復舊績,造與之因,難易不同。"

〔四〕"家貧"句:陶淵明歸去來兮辭:"余家貧,耕植不足以自給。……三經就荒。"按:宋史卷四七八南唐世家仲寓傳:"仲寓宗族百餘口,猶貧不能給,上書自陳。太宗憐之,授郢州刺史。在郡逾十年,爲政寬簡,部内甚治。"

〔五〕太玄:見本卷和錢秘監旅居秋懷二首注〔七〕。

〔六〕物我:外物與己身。列子卷七楊朱:"君臣皆安,物我兼利,古之道也。"江淹效張綽雜述:"物我俱忘懷,可以狎鷗鳥。"

〔七〕程才:呈現才能。陸機文賦:"辭程才以效伎,意司契而爲匠。"文選卷二張衡西京賦:"侲僮程材,上下翩翻。"薛綜注:"程,猶見也;材,伎能也。"　不器:即才能全面。禮記正義卷三六學記:"大道不器。"鄭玄注:"謂聖人之道,不如器施於一物。"論語爲政:"君子不器。"何晏集解引包咸曰:"器者各周其用,至於君子,無所不施。"

送坊州賈監軍〔一〕

聖主欲東封〔二〕,憐君四護戎〔三〕。鄉心經霸岸〔四〕,詩思省豳風〔五〕。舊業今成旅〔六〕,朱顔已變翁。忘懷一盃酒,閑夜與誰同。

【箋注】

〔一〕作年未詳。　坊州:永興軍路屬州。見宋史卷八七地理志三陝西路。治所在今陝西黄陵縣黄陵上城。　賈監軍:名未詳。卷二一有和潁州賈監軍詩,賈監軍當爲同一人。

〔二〕東封:謂皇帝行封禪事,昭告天下太平。見卷五北苑侍宴雜詠詩注〔四〕。

〔三〕護戎:指監察軍務的官員。谷神子博異志馬侍中:"莫欲謁護戎否?若謁,即須先言,當爲其歧路耳。"

〔四〕霸岸:即霸陵岸。漢文帝葬處霸陵所在的高地。王粲七哀詩:"南登霸陵岸,回首望長安。"

〔五〕豳風:詩經十五國風之一。共計七篇,均爲西周詩。

〔六〕舊業:舊時的園宅。孟浩然尋白鶴岩張子容隱居:"覩兹懷舊業,回策返吾廬。"

送李補闕知韶州〔一〕

南國求良牧①〔二〕,中朝輟諫官〔三〕。君恩偏念遠,臣節豈辭難。騎影過梅嶺〔四〕,谿聲上贛灘〔五〕。曲江宜訪古〔六〕,韶石好憑欄〔七〕。詩景緣情遠,民心逐政寬。衰翁尋舊分,爲致葛洪丹〔八〕。

【校記】

①良:李校:一本作"賢"。

【箋注】

〔一〕李補闕:名未詳。　韶州:廣南東路屬州。見宋史卷九〇地理志六。今廣東韶關市。

〔二〕南國:韶州在南方,故云。　良牧:賢明的州郡長官。三國志卷六一吴書一六潘濬陸凱傳評:"(陸)胤身絜事濟,著稱南土,可謂良牧矣。"

〔三〕中朝:朝中。三國志卷一六魏書一六杜畿傳:"中朝苟乏人,兼才者勢不獨多。”

〔四〕騎影：指車騎。上官儀句：“旗文縈桂葉，騎影拂桃華。”楊思玄奉和別魯王：“鳥聲含羽碎，騎影曳花浮。”　梅嶺：即大庾嶺，嶺上多梅樹，故稱。往韶州需經此嶺。位於今江西、廣東兩省邊境。

〔五〕贛灘：指贛江上游段。贛江從贛州至萬安縣一段共有十八灘，故名。

〔六〕曲江：宋爲韶州屬縣，今屬韶關市區。南朝梁侯安都、唐張九齡爲曲江人。

〔七〕韶石：見卷四南都遇前嘉魚劉令言游閩嶺作此與之注〔二〕。

〔八〕葛洪：字稚川，自號抱朴子，東晉丹陽郡句容（今江蘇句容縣）人。後隱居羅浮山（今廣東境内）煉丹。

送脩武鄭主簿糾郡梓潼兼寄王舍人①〔一〕八韻

杖策辭清洛②〔二〕，驅車向梓潼。棲鸞才乍展〔三〕，叱馭氣方雄〔四〕。暫割趨庭戀〔五〕，將伸糾郡功〔六〕。詩情銜密雪③，别酒愬寒風④。山水秦關外〔七〕，煙花錦里東〔八〕。府公名素重〔九〕，語掾道仍同⑤〔一〇〕。坐嘯新知洽〔一一〕，隨行舊分通〔一二〕。當令從此去，不復數文翁〔一三〕。

【校記】

①潼：原作“橦”，據四庫本、李刊本、徐校改。

②洛：原作“浴”，據翁鈔本、四庫本、李刊本、徐校改。

③情：黄校本作“清”。

④酒：李校：一本作“浦”。

⑤仍：李校：一本作“誠”。

【箋注】

〔一〕作於宋雍熙四年（九八七）前後冬。鄭主簿即鄭文寶。宋史卷二七七本傳：“鄭文寶，字仲賢，右千牛衛大將軍彦華之子。……太平興國八年登進士第，除修武主簿，遷大理評事，知梓州録事參軍。”據此，知鄭文寶約於太平興國八年(九八三)除修武主簿,而宋任職往往三年,其遷職梓州約在雍熙四年。詩寫冬景,故繫於此。　脩武:懷州屬縣。見宋史卷八六地理志二河北西路。今河南脩武縣。　梓潼:即梓潼郡,屬潼川府。見宋史卷八九地理志五潼川府路。約今四川梓潼縣。　王舍人:名未詳。

〔二〕杖策:策馬而行。後漢書卷一六鄧禹傳:"及聞光武安集河北,即杖策北渡,進及於鄴。"　清洛:此指脩武縣。因地近雒水,故云。

〔三〕棲鸞:比喻待時而用的賢者。後漢書卷七六仇香傳:"枳棘非鸞鳳所棲,百里豈大賢之路!"

〔四〕叱馭:謂報效國家,不畏艱險。漢書卷七六王尊傳:"先是,琅邪王陽爲益州刺史,行部至邛郲九折阪,歎曰:'奉先人遺體,奈何數乘此險!'後以病去。及尊爲刺史,至其阪,問吏曰:'此非王陽所畏道邪?'吏對曰:'是。'尊叱其馭曰:'驅之!'"

〔五〕趨庭:謂子承父教。論語季氏:"(孔子)嘗獨立,鯉趨而過庭。曰:'學詩乎?'對曰:'未也。''不學詩,無以言。'鯉退而學詩。他日,又獨立,鯉趨而過庭。曰:'學禮乎?'對曰:'未也。''不學禮,無以立。'鯉退而學禮。"

〔六〕糾郡:督察、糾彈州郡之事。宋史卷一六七職官志七:"録事參軍,掌州院庶務,糾諸曹稽違。"韋應物送馮著受李廣州署爲録事:"送君灞陵岸,糾郡南海湄。"

〔七〕秦關:秦地關塞。張華蕭史曲:"龍飛逸天路,鳳起出秦關。"

〔八〕錦里:即錦官城,成都别稱。常璩華陽國志卷三蜀志:"州奪郡文學爲州學,郡更於夷里橋南岸道東邊起文學,有女牆,其道西城,故錦官也。錦工織錦,濯其中則鮮明,他江則不好,故命曰錦里也。"

〔九〕府公:稱府、州級的長官。通鑑卷二九〇"後周太祖廣順二年"條:"(孫歆)往辭承丕,承丕邀與俱見府公。"胡三省注:"公者,人之尊稱,一府之尊。故謂之府公。"

〔一〇〕語掾:即三語掾。美稱幕府官。世説新語卷上文學:"阮宣子有令聞,太尉王夷甫見而問曰:'老莊與聖教同異?'對曰:'將無同?'太尉善其言,辟之爲掾。世謂'三語掾'。"晉書卷四九阮瞻傳載爲王戎、阮瞻事。

〔一一〕坐嘯:後漢書卷六七黨錮傳序:"後汝南太守宗資任功曹范滂,南陽太守成瑨亦委功曹岑晊。二郡又爲謡曰:‘汝南太守范孟博,南陽宗資主畫諾。南陽太守岑公孝,弘農成瑨但坐嘯。’”

〔一二〕隨行:任其所行。漢書卷一〇〇叙傳上:“神光心以定命兮,命隨行以消息。”顔師古注:“言神明之道,雖在人心之前已定命矣,然亦隨其所行,以致禍福。”

〔一三〕文翁:文翁守蜀,辦官學,宣教化。漢書卷八九文翁傳:“文翁,廬江舒人。……景帝末,爲蜀郡守,仁愛好教化。”“又修學官於成都市中,招下縣子弟以爲學官弟子。……至武帝時,乃令天下郡國皆立學校官,自文翁爲之始云。”“至今巴蜀好文雅,文翁之化也。”

和李秀才雪中求酒〔一〕

雪英飄灑繞虚廊,曉景沉沉朔吹狂。銀闕晶熒摽帝里〔二〕,桂華紛糅認仙鄉〔三〕。少年風味新吟動〔四〕,老叟襟懷萬事忘。自倒空罇酬絶唱,書幃聊得泛寒光〔五〕。

【箋注】

〔一〕作年未詳。　李秀才:當是李宗諤,李昉第三子。宋史卷二六五有傳。曾鞏隆平集卷四:“宗諤字昌武,昉第三子。七歲能屬文,恥于父任得官,獨由鄉舉。端拱二年登進士第。”本卷有和李秀才端午日見寄,李秀才亦當是李宗諤。

〔二〕銀闕:道家謂天上有白玉京,仙人或天帝所居。梁元帝揚州梁安寺碑:“白珪玄璧,餞瑶池之上;銀闕金宫,出瀛州之下。”　摽:落下。詩經召南摽有梅:“摽有梅,其實七兮。”毛傳:“摽,落也。”　帝里:帝都,京都。晉書卷六五王導傳:“建康,古之金陵,舊爲帝里。又孫仲謀、劉玄德俱言王者之宅。”

〔三〕桂華:即桂花,指月。傳説月中有桂,故云。庾信舟中望月:“天漢看珠蚌,星橋視桂花。”　紛糅:楚辭集註卷六九辯:“惟其紛糅而將落兮,恨其失時而無當。”朱熹注:“紛糅,衆雜也。”此言雪紛飛無序。　仙鄉:謂白雪皚皚,猶如仙界。

〔四〕風味:風度,風采。宋書卷一〇〇自序傳:"(伯玉)温雅有風味,和而能辨,與人共事,皆爲深交。"

〔五〕書幃:即書幌。見本卷送曾秀才注〔四〕。

送謝著作之濠梁〔一〕

謝客乘軺去〔二〕,清和景物初。淮流宜暎月〔三〕,濠上好觀魚〔四〕。吏事應微撓〔五〕,吟情自有餘。偏州莫留滯,東觀待紬書①〔五〕。

【校記】

①待:四庫本作"得"。 紬:黄校本作"繙"。

【箋注】

〔一〕作年未詳。 謝著作:疑是謝佖。宋史卷三〇六本傳:"謝泌字宗源,歙州歙人。……太平興國五年進士,解褐大理評事,知清川縣,徙彰明,遷著作佐郎。" 濠梁:即濠上。梁,橋梁。酈道元水經注卷八濟水:"目對魚鳥,水木明瑟,可謂濠梁之性,物我無違矣。"濠:莊子外篇秋水:"莊子與惠子游於濠梁之上。"成玄英疏:"濠是水名。在淮南鍾離郡。"即今安徽鳳陽縣東北。

〔二〕謝客:比以謝靈運。靈運幼名客兒,故稱。 乘軺:見卷四閣皂山注〔三〕。

〔三〕淮流宜暎月:化用白居易渡淮詩"清流宜映月,今夜重吟看。"

〔四〕濠上觀魚:莊子外篇秋水記莊子與惠子游於濠梁之上,見儵魚游弋從容,因辯論魚知樂與否。此比喻别有會心、自得其樂之地。

〔五〕微撓:漢書卷九三佞幸傳贊:"鼎足不彊,棟干微撓。"顔師古注:"撓,弱也。"此意爲少而小。

〔六〕東觀:見卷一送史館高員外使嶺南注〔二〕。 紬書:綴緝。史記卷一三〇太史公自序:"卒三歲而遷爲太史令,紬史記石室金匱之書。"司馬貞索隱:"如淳云:'抽徹舊書故事而次述之。'小顔云:'紬謂綴集之也。'"

附：

貢院鎖宿聞吕員外使高麗贈送①〔一〕

聖化今無外，征塗莫憚賒。揚帆箕子國〔二〕，駐節管寧家〔三〕。去伴千年鶴〔四〕，歸逢八月槎〔五〕。離情恨華省②〔六〕，持此待疏麻〔七〕。

【校記】

①題目：四庫本題作貢院鎖宿。

②恨：李校：一本作"限"。

【箋注】

〔一〕作年未詳。文史第二十五輯載曹訊徐鉉文集内所收貢院鎖宿聞吕員外使高麗贈送一詩作者考辨一文，謂爲李沆詩，全宋詩據此存目。今從，附於此。　貢院：科舉考試的場所。李肇唐國史補卷下："開元二十四年，考功郎中李昂，爲士子所輕詆。天子以郎署權輕，移職禮部，始置貢院。"　吕員外：名未詳。　高麗：朝鮮歷史上的王朝。

〔二〕箕子國：古朝鮮的别稱，商紂王親戚箕子所建。史記卷三八宋微子世家："箕子者，紂親戚也。……武王克殷，訪問箕子。……於是武王乃封箕子於朝鮮而不臣也。"

〔三〕管寧家：管寧曾避亂遼東。皇甫謐高士傳卷下："管寧字幼安，北海朱虚人也。靈帝末，以中國方亂，乃與其友邴原，涉海依遼東太守，公孫度虚館禮之。"

〔四〕千年鶴：遼東丁令威，學仙後千年化鶴而歸。見卷一贈王貞素先生注〔五〕。

〔五〕八月槎：見卷一京口江際弄水注〔六〕。

〔六〕華省：指清貴者的官署。潘岳秋興賦："宵耿介而不寐兮，獨展轉於華省。"

〔七〕疏麻：神麻，常用以贈别。楚辭章句卷二九歌湘夫人："折疏麻兮瑶華，將以遺兮離居。"王逸注："疏麻，神麻也。"

代書寄宋州錢大監〔一〕

衰朽經煩暑,慵將病共侵。北牕時企足〔二〕,東望一披襟〔三〕。秘監清罇滿,平臺緑樹深〔四〕。年來書信少,何以慰離心。

【箋注】

〔一〕作於宋雍熙三年(九八六)或稍後夏。錢大監即錢昱。宋史卷四八〇本傳:"俄獻太平興國録求换臺省官,令學士院召試制誥三篇,改秘書監、判尚書都省。時新葺省署,昱撰記奏御。又嘗以鍾王墨迹八卷爲獻,有詔褒美,出知宋州,改工部侍郎。"其獻太平興國録當在雍熙二年,見本卷和錢秘監與邊諫議南宫同直贈答考,則錢昱其出知宋州,當在是年前後,詩寫夏景,故繫於此。 宋州:即宋之應天府。見宋史卷八五地理志一京畿西路。今河南商丘市。

〔二〕企足:同"跂足"。踮起脚跟遠望。詩經衛風河廣:"誰謂宋遠,跂予望之。"鄭玄箋:"跂足則可以望見之。"

〔三〕披襟:心情舒暢。宋玉風賦:"有風颯然而至,王迺披襟而當之曰:'快哉此風!'"

〔四〕平臺:古臺名。舊址在今河南商丘市東南。漢梁孝王築。謝惠連在此作雪賦,故又名雪臺。

送錢先輩之虔州〔一〕

子實東南美〔二〕,來參第一流〔三〕。從容持片玉〔四〕,談笑運前籌〔五〕。贛石連雲秀〔六〕,廉泉帶月秋〔七〕。可憐行樂地,況從板輿游〔八〕。

【箋注】

〔一〕作於宋雍熙二年(九八五)或稍後。錢先輩當是錢熙。宋史卷四四〇本傳:"錢熙字太雅,泉州南安人。……雍熙初,攜文謁宰相李昉,昉深加賞重,爲延譽於朝,令子宗諤與之游。明年登甲科,補度州觀察推官。"(中華書局點校本宋史卷四四〇校勘記:“按宋無虔州,疑有誤。”今按:據徐鉉詩題,知爲虔州之訛。)錢熙及第時間,福建通志卷三三選舉志載雍熙二年(九八五)梁灝榜下及第。據此,錢熙授官虔州,當在及第後不久。　虔州:即贛州。見宋史卷八八地理志四江南西路。今江西贛州市。

〔二〕“子實”句:錢熙爲泉州人,故云。

〔三〕第一流:世説新語卷中品藻:“桓大司馬下都,問真長曰:‘聞會稽王語奇進,爾邪?’劉曰:‘極進,然故是第二流中人耳。’桓曰:‘第一流復是誰?’劉曰:‘正是我輩耳。’”

〔四〕片玉:比喻群賢之一。晉書卷五二郤詵傳:“武帝於東堂會送,問詵曰:‘卿自以爲何如?’詵對曰:‘臣舉賢良對策,爲天下第一,猶桂林之一枝,崑山之片玉。’”

〔五〕前籌:籌畫。張説右羽林大將軍王氏神道碑:“每至入朝奏謁,升殿論邊,山川險易,立成於聚米,攻守方略,一決於前籌。”

〔六〕贛石:即灨石,贛江中石灘名。陳書卷一高祖紀上:“南康灨石舊有二十四灘,灘多巨石,行旅者以爲難。”孟浩然下灨石:“灨石三百里,沿洄千嶂間。”

〔七〕廉泉:方輿勝覽卷二〇贛州:“廉泉,在報恩寺,本張氏居。宋元嘉中,一夕霹靂,忽有湧泉,時郡守以廉名,故曰廉泉。”

〔八〕板輿:一種用人抬的多爲老人乘坐代步工具。多指官吏在任迎養父母之詞。潘岳閑居賦:“太夫人乃御板輿,升輕軒,遠覽王畿,近周家園。”岑參酬成少尹駱穀行見呈:“榮禄上及親,之官隨板輿。”

送阮洗馬之全州〔一〕

望苑迴先馬〔二〕,山城駐使車〔三〕。塗中值歸雁,頻寄北來書〔四〕。

【箋注】

〔一〕作年未詳。　阮洗馬:名未詳。　全州:荆湖南路屬州。見宋史卷八八地理志四。今廣西全州市。

〔二〕望苑:即博望苑。見卷四又和八日注〔三〕。　先馬:荀子卷一二正論:"諸侯持輪、挾輿、先馬。"楊倞注:"先馬,導馬也。"漢書卷一九上百官公卿表上:"太子太傅、少傅,古官。屬官有太子門大夫、庶子、先馬、舍人。"顏師古注引如淳曰:"前驅也。國語曰'句踐親爲夫差先馬。先或作洗也。"按:今本國語卷二〇越語上作"其身親爲夫差前馬。"

〔三〕使車:漢書卷七八蕭育傳:"拜育爲南郡太守。上以育耆舊名臣,乃以三公使車,載育入殿中受策。"顏師古注引孟康曰:"使車,三公奉使之車,若安車也。"

〔四〕"途中"二句:大雁傳書事,見卷二寄和州韓舍人注〔三〕。

觀燈玉臺體十首〔一〕

吴歌楚舞玉詩新〔二〕,華燈蘭焰動魚鱗〔三〕。臺前共道明如晝,醉里唯愁夜向晨。

綺席金爐香正燃〔四〕,銅壺銀箭漏初傳〔五〕。天迴星月迷燈燭,風過樓臺度管絃。

雙闕重閩夜不關〔六〕,金車寶馬曉應還〔七〕。亭亭朗月臨瑶席①〔八〕,灼灼華燈照玉顔〔九〕。

火樹燈山高入雲〔一〇〕,紅筵翠幄自成春〔一一〕。游女有時還解佩〔一二〕,青樓何處不留人〔一三〕。

帝京風景不曾秋,萬户千門夜更游。玓瓅銀鞍連繡轂〔一四〕,晶熒珠網挂瓊鈎〔一五〕。

夜未央〔一六〕,明月光。熒煌九華燭〔一七〕,交影照歌梁〔一八〕。

敞麗譙〔一九〕,披綺寮〔二〇〕。歌聲和夜漏〔二一〕,火樹似花朝。

星漢斜,樂無涯。明月千門雪,銀燈萬樹花。

槵雲璈②〔二二〕,吹玉簫。艷舞迴羅袂,香風閃步摇。

日照花,七香車〔二三〕。歌舞平陽第〔二四〕,經過趙李家〔二五〕。

【校記】

①朗:黄校本作"明"。

②璈:原作"敖",據四庫本改。

【箋注】

〔一〕作年未詳。　玉臺體:詩體名。以陳徐陵所編詩集玉臺集(玉臺新詠)得名。嚴羽滄浪詩話詩體:"玉臺體,玉臺集乃徐陵所序,漢魏六朝詩皆有之。或者但謂纖豔者爲玉臺體,其實則不然。"

〔二〕吴歌:吴地之歌。晉書卷二三樂志下:"吴歌雜曲。並出江南。東晉以來,稍有增廣。"　楚舞:楚地之舞。史記卷五五留侯世家:"戚夫人泣,上曰:'爲我楚舞,我爲若楚歌。'"李白書情贈蔡舍人雄:"楚舞醉碧雲,吴歌斷清猿。"

〔三〕華燈:雕飾精美的燈。楚辭集注卷七招魂:"蘭膏明燭,華鐙錯些。"朱熹集注引徐鉉曰:"錠中置燭,故謂之鐙。華謂其刻飾華好或爲禽獸之形也。"樂府詩集相和歌辭九相逢行:"中庭生桂樹,華燈何煌煌。"　蘭焰:即蘭錟,用澤蘭子煉制油脂以點燈。楚辭章句卷九招魂:"蘭膏明燭,華容備些。"王逸注:"蘭膏,以蘭香煉膏也。"此指燭花。劉禹錫浙西李大夫述夢四十韻並浙東元相公酬和斐然繼聲:"蘭錟凝芳澤,芝泥瑩玉膏。"　魚鱗:指魚形燈。梁元帝對燭賦:"本知龍燭應無偶,復訝魚燈有舊名。"

〔四〕綺席:華麗的席具。江淹休上人怨别詩:"膏鑪絶沈燎,綺席生浮埃。"

〔五〕銅壺、銀箭:均爲計時器。　銅壺:銅制壺形的計時器。顧況樂府:"玉醴隨觴至,銅壺逐漏行。"　銀箭:見卷三亞元舍人不替深知注〔一四〕。

〔六〕雙闕:指宫門。廣宣駕幸天長寺應制:"宸游雙闕外,僧引百花間。"　重闈:幾重宫門。楊炯渾天賦:"列長垣之百堵,啓閶闔之重闈。"

〔七〕金車寶馬:謂車馬高貴。

〔八〕亭亭:明亮美好貌。沈約麗人賦:"亭亭似月,嬿婉如春。"　瑶席:席子的美稱。鮑照代白紵舞歌詞:"象牀瑶席鎮犀渠,雕屏匼匝組帷舒。"

〔九〕灼灼:明亮貌。晉傅玄明月篇:"皎皎明月光,灼灼朝日暉。"

〔一〇〕火樹:形容燈火燦爛。孟浩然同張將薊門看燈:"薊門看火樹,疑是燭龍然。"　燈山:大型燈彩。宋周密武林舊事卷二元夕:"禁中嘗令作琉璃燈山,其高五丈,人物皆用機關活動,結大綵樓貯之。"

〔一一〕紅筵:紅色的布席。 翠幄:翠色的帳幔。左思吴都賦:"藹藹翠幄,嫋嫋素女。"

〔一二〕游女:詩經周南漢廣:"漢有游女,不可求思。"鄭玄箋:"賢女雖出游流水之上,人無欲求犯禮者。" 解佩:列仙傳卷上江妃二女:"江妃二女者,不知何所人也,出游於江漢之湄,逢鄭交甫,見而悦之,不知其神人也,謂其僕曰:'我欲下請其佩。'……遂手解佩與交甫。"

〔一三〕青樓:豪華精緻的青色樓房。曹植美女篇:"借問女安居?乃在城南端。青樓臨大路,高門結重關。"

〔一四〕玓瓅:亦作"的皪"。珠光閃耀。司馬相如上林賦:"明月珠子,玓瓅江靡。" 銀鞍:江淹别賦:"至若龍馬銀鞍,朱軒繡軸。"此指駿馬。 繡轂:裝飾華麗的車子。

〔一五〕珠網:文選卷五九王簡栖頭陀寺碑文:"夕露爲珠網,朝霞爲丹雘。"吕延濟注:"珠網,以珠爲網,施於殿屋者。" 瓊鈎:新月。庾信燈賦:"瓊鈎半上,若木全低。"此指玉做的新月狀帳鈎。

〔一六〕未央:未半。詩經小雅庭燎:"夜如何其?夜未央。"朱熹集傳:"央,中也。"

〔一七〕熒熀:同"瑩煌"。明亮。劉禹錫送韋秀才道冲赴制舉:"瑩煌仰金榜,錯落濡飛翰。" 九華燭:言華燈之多。華燭,華美的燭火。曹植七啓:"華燭爛,幄幙張,動朱脣,發清商。"

〔一八〕歌梁:指歌館的屋梁。列子卷五湯問:"昔韓娥東之齊,匱糧,過雍門,鬻歌假食。既去,而餘音繞梁欐,三日不絶。"文選卷三〇謝脁和伏武昌登孫權故城:"舞館識餘基,歌梁想遺轉。"

〔一九〕麗譙:莊子雜篇徐無鬼:"君亦必無盛鶴列於麗譙之間。"郭象注:"麗譙,高樓也。"成玄英疏:"言其華麗嶕嶢也。"

〔二〇〕綺寮:雕繪精美的窗户。參卷一山路花注〔二〕。

〔二一〕夜漏:夜間滴水記時的器具。周禮注疏卷二〇雞人:"大祭祀,夜呼旦以嘂百官。"鄭玄注:"夜漏未盡,鷄鳴時也,呼旦以警起百官,使夙興。"句謂歌聲與夜漏聲互相應和。

〔二二〕憮:同"撫"。 雲璈:雲鑼,一種打擊樂器。顏真卿晉紫虚元君領上真司命南嶽夫人魏夫人仙壇碑銘:"西王母擊節而歌,歌畢,馮雙禮珠彈雲璈而答。"

〔二三〕七香車:用多種香料塗飾或用多種香木制作的車。曹操與太尉楊彪書:"今贈足下……畫輪四望通幰七香車一乘,青牸牛二頭。"此處極言車之華美高貴。

〔二四〕平陽第:指公主貴戚府第。漢景帝女陽信長公主初嫁平陽侯曹氏,因又稱平陽公主。她曾於府第置美人、歌者,漢武帝從中選中衛子夫,立爲皇后。見史記卷四九衛皇后世家。李適侍宴長寧公主東莊應制:"歌舞平陽第,園亭沁水林。"

〔二五〕趙李:漢成帝皇后趙飛燕及漢武帝李夫人的並稱。二人均以能歌善舞受到天子寵愛。庾信和春日晚景宴昆明池:"春餘足光景,趙李舊經過。"

和季秀才端午日見寄〔一〕

角黍菖蒲酒〔二〕,年年舊俗諳。采衣君自樂〔三〕,白髮我何堪。静味瑶華句②〔四〕,閑思玉柄譚〔五〕。報之長命縷〔六〕,祝慶在圖南③〔七〕。

【校記】

①季:四庫本、黄校本作"李"。

②味:李校:一本作"詠"。

③祝慶:李校:一本作"慶祝"。

【箋注】

〔一〕作年未詳。　季秀才:疑是李秀才,即疑是李宗諤。其人見本卷和李秀才雪中求酒注〔一〕。　端午:見卷三和蕭郎中午日見寄注〔一〕。

〔二〕角黍:見卷三和蕭郎中午日見寄注〔五〕。　菖蒲酒:用菖蒲葉浸制的藥酒。舊俗端午節飲之,謂可去疾疫。　菖蒲:多年生水生草本植物,有香氣。民間端午節常用來和艾葉扎束,掛於門前。

〔三〕采衣:即"綵衣"。見卷四送龔明府九江歸寧注〔三〕。

〔四〕瑶華:對他人詩文的美稱。岑參敬酬杜華淇上見贈:"賴蒙瑶華贈,諷詠慰懷抱。”

〔五〕玉柄譚:玉柄,指拂塵。古代文士談論時,常執拂塵,故稱。

〔六〕長命縷:五色絲帶,舊俗端午節系於臂上,以祈福免災。宗懍荆楚歲時記:“(五月五日)以五彩絲繫臂,名曰辟兵,令人不病瘟。……一名長命縷,一名續命縷,一名辟兵繒,一名五色絲,一名朱索。名擬甚多。”

〔七〕圖南:莊子内篇逍遥游:“北冥有魚,其名爲鯤。化而爲鳥,其名爲鵬。……背負青天而莫之夭閼者,而後乃今將圖南。”

送清道人歸西山〔一〕

嘗憶漱甘醴〔二〕,洪涯藥臼旁〔三〕。今來眇如夢,此景未曾忘。圭組老無味〔四〕,林泉路更長。羨師從此去,當暑扣雲房〔五〕。

【箋注】

〔一〕作年未詳。 清道人:名未詳。 西山:見卷三寄蕭給事注〔三〕。

〔二〕甘醴:甘甜的泉水。嵇康答難養生論:“養親獻尊…… 豈若流泉甘醴,瓊蘂玉英。”

〔三〕洪涯:見卷二送應之道人歸江西注〔二〕。

〔四〕圭組:見卷二翰林游舍人清明日入院中塗見過余明日亦入西省上直因寄游君注〔三〕。

〔五〕雲房:僧道居住的房屋。韋應物游琅琊山寺:“填壑躋花界,疊石構雲房。”

送張學士赴西川〔一〕

右蜀分憂輟近臣〔二〕,翩翩旄節下青冥〔三〕。單車唯載支機石①〔四〕,夙駕長先使者星〔五〕。已有清風馳棧道〔六〕,猶酣别酒過長亭。佗年報政徵黄入〔七〕,留取文翁舊典刑〔八〕。

【校記】

①支:原空闕,據四庫本、黄校本、李刊本補。

【箋注】

〔一〕作於宋太平興國五年(九八〇)前後。張學士疑是張諤。宋史卷三〇一張秉傳:"張秉字孟節,歙州新安人。父諤,字昌言,南唐秘書丞,通判鄂州。宋師南伐,與州將許昌裔葉議歸款。太祖召見,勞賜良厚,授右贊善大夫。蜀平,選知閬州。太平興國中即除西川轉運副使。"萬姓統譜卷三九載張諤"除西川轉運使"。按:太平興國共九年,故繫於太平興國五年前後。　西川:即劍南西川成都府。見宋史卷八九地理五成都府路。今四川中西部一帶。

〔二〕右蜀:即西川。從中原看,蜀西部在右邊,故稱。　近臣:指君主左右親近之臣。墨子卷一親士:"臣下重其爵位而不言,近臣則喑,遠臣則唫。"此當指張諤任右贊善大夫一職。

〔三〕旄節:使臣所持的符節。史記卷六秦始皇本紀:"衣服旄旌節旗皆上黑。"張守節正義:"旄節者,編毛爲之,以象竹節,漢書云'蘇武執節在匈奴牧羊,節毛盡落'是也。"　青冥:指朝堂。韓愈和水部張員外宣政衙賜百官櫻桃:"豈似滿朝承雨露,共看傳賜出青冥。"

〔四〕單車:形容輕車簡從。史記卷七七魏公子列傳:"今單車來代之,何如哉?"王維使至塞上:"單車欲問邊,屬國過居延。"　支機石:傳説爲織女用以支撑織布機的石頭。太平御覽卷八引劉義慶集林:"昔有一人尋河源,見婦人浣紗,以問之,曰:'此天河也。'乃與一石而歸。問嚴君平,云:'此支機石也。'"

〔五〕夙駕:早晨駕車。詩經鄘風定之方中:"星言夙駕,説于桑田。"　使者星:即使星。見卷四送高舍人使嶺南注〔四〕。

〔六〕清風:清惠的風化。文選卷三張衡東京賦:"清風協於玄德,淳化通於自然。"薛綜注:"清惠之風,同於天德。"　棧道:在險絶處傍山架木而成的道路。秦伐蜀,漢高祖暗度陳倉前均在蜀修有棧道。

〔七〕報政:陳報政績。史記卷三三魯周公世家:"周公卒,子伯禽固已前受封,是爲魯公。魯公伯禽之初受封之魯,三年而報政周公。"　徵黄:黄霸爲潁川太守,有治績,被征爲京兆尹。見漢書卷八九黄霸傳。後因以謂地方官員有治績,必將被朝廷徵召而遷京官。杜甫奉送韋中丞之晉赴湖南:"寵渥徵黄漸,權宜借寇頻。"仇兆鼇注:"徵黄漸,漸將内召也。"

〔八〕文翁:見本卷送脩武鄭主簿糾郡梓潼兼寄王舍人注〔一三〕。

和李宗諤秀才贈蒯員外〔一〕

性僻時難偶〔二〕,神清壽有餘。曾施卓魯政〔三〕蒯累宰劇縣,皆有善政,舊講老莊書〔四〕。賤更襟懷曠①,貧猶世利疏。聖君將就見,慎無買山居②〔五〕。

【校記】

①曠:黃校本作"放"。

②無:四庫本"勿"。 買:四庫本作"置"。

【箋注】

〔一〕作年未詳。 李宗諤:李昉第三子。見本卷和李秀才雪中求酒注〔一〕。 蒯員外:即蒯亮,見卷三送蒯司録歸京注〔一〕。

〔二〕難偶:難以遇合。王充論衡卷二幸偶:"舉事有是有非,及觸賞罰,有偶有不偶。"

〔三〕卓魯政:東漢卓茂和魯恭爲政一方,皆有善政。見後漢書卷二五本傳。文選卷四三孔稚珪北山移文:"籠張趙於往圖,架卓魯於前箓。"李善注:"范曄後漢書曰:'卓茂字子康,南陽人也,遷密令,視人如子,吏人親愛而不忍欺。'又曰:'魯恭字仲康,扶風人也。拜中牟令,螟傷稼,犬牙緣界,不入中牟。'"

〔四〕老莊:老子和莊子的並稱。春秋、戰國時道教的主要思想家。

〔五〕買山居:買山而隱居。買山,世説新語卷下排調:"支道林因人就深公買印山,深公答曰:'未聞巢由買山而隱。'"

送德明道人還東林〔一〕

每憶曾游處,東林惠遠房〔二〕。老來情更重,師去興何長。澗曲泉聲咽,松深露氣香。題詩寄楚老〔三〕,惆悵不成章。

【箋注】

〔一〕作年未詳。　德明道人：名未詳。據詩中楚老典，當爲彭城人。　東林：即廬山東林寺。據李邕東林寺碑并序，爲晉太元九年，慧遠法師與同門慧永在桓玄資助下建成。清一統志卷二四四九江府："東林寺，在德化縣南廬山麓。晉太元九年慧遠創建。謝靈運爲鑿池種蓮，號蓮社。初爲律寺，宋改爲禪寺。"

〔二〕惠遠：即慧遠。見卷二一奉和武功學士舍人紀贈文懿大師浄公注〔一三〕。

〔三〕楚老：漢書卷七二龔勝傳載：王莽篡漢，龔勝恥事二姓，不應其征，絶食死，"有老父來弔，哭甚哀，既而曰：'嗟虖！薰以香自燒，膏以明自銷。龔生竟夭天年，非吾徒也。'遂趨而出，莫知其誰。"庾信哀江南賦："燕歌遠别，悲不自勝；楚老相逢，泣將何及！"倪璠注："徐州先賢傳：'楚老，彭城之隱人也。'……楚老，謂漢世弔龔勝者也。"蓋於唐宋之交，德明隱居，故以楚老比之。

送馮中允使蜀〔一〕

莫笑皤然一病翁〔二〕，百年交分兩家同〔三〕。今朝到屣迎王粲〔四〕，舊日清談賞阿戎〔五〕。玉壘無辭軺傳送〔六〕，金閨初喜姓名通①〔七〕。青城山下逢仙客〔八〕，爲説心丹未輟功②〔九〕。

【校記】

①喜：李校：一本作"許"。

②説：四庫本作"記"。　心丹：四庫本作"丹心"。

【箋注】

〔一〕作於宋淳化元年（九九〇）。馮中允即馮伉，任太子中允。宋史卷四七八南唐世家馮謐傳："馮謐，本名延魯。……子伉，歸中朝與兄儀、價並登進士第。伉文辭清麗，嘗著平晉頌，時人稱之。累遷殿中侍御史，歷典藩郡，皆有治迹。"王禹偁小畜集卷二〇馮氏家集前序："馮氏家集者，故江南常州觀察使始平馮公之詩也。公諱謐，字某，其先彭城人也。……公之季子太子中允伉，字仲咸，某之同年生也。某去歲自西掖左官來商於，仲咸方佐是郡。……淳化三年正月五日序。”同上商於驛記後序：“馮公名伉，字仲咸，嘗策名于江左，歸朝由同州户曹掾舉進士，得御前第，某之同年也。”同上卷一〇有寄商州馮十八仲咸同年詩。據此，可知馮伉與王禹偁爲同年，即太平興國八年（九八三）進士及第。在商州屢與王禹偁唱和。小畜集卷七有送馮學士入蜀詩，徐規王禹偁事蹟著作編年繫此詩於端拱二年，注云：“撰年據小畜集卷八寄馮舍人自注及宋會要輯稿職官三之十三推定。”徐規繫寄馮舍人起於淳化三年（九九二）。今按：小畜集卷八寄馮舍人起注云：“前年舍人赴西川轉運，予有詩送之云‘莫學當初杜工部，因循不賦海棠詩’。”既云“前年”，則徐鉉詩當作於淳化元年。

〔二〕皤然：鬚髮白貌。南史卷五七范縝傳：“年二十九，髮白皤然，乃作傷春詩、白髮詠以自嗟。”

〔三〕交分：交情。魏書卷八五邢臧傳：“（臧）與裴敬憲、盧觀兄弟並結交分。”徐鉉與馮氏均爲廣陵人。徐鉉與馮延巳、馮延魯自南唐烈祖時即爲同僚，至今已近百年。故云“百年交分”。

〔四〕到屣：即倒屣。極言熱情迎客。三國志卷二一魏書二一王粲傳：“時邕才學顯著，貴重朝廷，常車騎填巷，賓客盈坐，聞粲在門，倒屣迎之。粲至，年既幼弱，容狀短小，一坐盡驚。邕曰：‘此王公孫也，有異才，吾不如也。’”

〔五〕清談賞阿戎：晉書卷四三王戎傳：“王戎字濬沖，琅邪臨沂人也。祖雄，幽州刺史，父渾，涼州刺史。……阮籍與渾爲友。……籍每適渾，俄頃輒去。過視戎，良久然後出，謂渾曰：‘濬沖清賞，非卿倫也；共卿言，不如共阿戎談。’”

〔六〕玉壘：指玉壘山。在今四川理縣東南。左思蜀都賦：“廓靈關以爲門，包玉壘而爲宇。”劉逵注：“玉壘，山名也，湔水出焉。在成都西北岷山界。”

軺傳：使者所乘之車。史記卷一二一儒林列傳：“於是天子使使束帛加璧安車駟馬迎申公，弟子二人乘軺傳從。”裴駰集解引徐廣曰：“馬車。”漢書卷一下高帝紀下：“（田横）乘傳詣雒陽。”顔師古注引如淳曰：“律，四馬高足爲置傳，四馬中足爲馳傳，四馬下足爲乘傳，一馬二馬爲軺傳。”

〔七〕“金閨”句：謂朝廷官簿上已有姓名。見卷一木蘭賦注〔九〕。

〔八〕青城山：在今四川都江堰市城西南。山形如城，故名。太平御覽卷五四引玄中記："蜀郡有青城山，有洞穴潛行，分道爲三，道各通一處，西北通昆侖。"雲笈七籤卷一〇〇："(黄帝)南至青城山，禮謁中黄丈人。"太平寰宇記卷七三劍南西道二永康軍青城縣："青城山，在縣西北三十二里。道書福地志云：'上有没溺池，有甘露、芝草。'玉匱經曰：'此第五大洞寶仙九室之天，黄帝所奉，拜爲五岳丈人。黄帝刻石拜謁，纂書猶存。又有石日月象，天師立青城，治於其中。'"

〔九〕"爲説"句：謂己心慕道家，始終不渝。

送新除國博徐員外知婺州〔一〕

憐君盡室泛安流〔二〕，職重官新未白頭。楚老歡迎歸舊里〔三〕，春風留戀過楊州〔四〕。逢時肯更嗟庭樹〔五〕，屬詠還應上郡樓〔六〕殷仲文、沈隱侯。宗黨故人鄉外少，勤勤書札緩離愁。

【箋注】

〔一〕作年未詳。　徐員外：疑是徐繼宗。浙江通志卷一一五"知婺州軍"條下有徐繼宗。卷三〇故汝南縣太君周氏夫人墓誌銘：周氏爲西平王周本之女，嫁南唐右丞相徐玠之第某子，子徐繼宗于太平興國某年月日遷母周氏墳入大塋。"鉉與西平諸子，辱爲交游，及相府宗黨，復敦事舊，故得以門内之理，爲隧道之銘。"據此，知徐鉉與周本子交游，而徐繼宗爲西平子外甥、徐玠孫。　婺州：兩浙路屬州。見宋史卷八八地理志四。今浙江金華市。

〔二〕盡室：全家。左傳成公二年："共王即位，將爲陽橋之役，使屈巫聘於齊，且告師期，巫臣盡室以行。"杜預注："室家盡去。"　安流：平穩的流水。何遜慈姥磯："暮煙起遥岸，斜日照安流。"

〔三〕楚老：見本卷送德明道人還東林注〔三〕。徐繼宗爲徐玠孫，彭城人(見十國春秋卷二一徐玠傳)，故用楚老典。

〔四〕楊州：即廣陵，見卷一將去廣陵别史員外南齋注〔一〕。徐員外往婺州，途經彭城(即徐州)、揚州。

〔五〕"逢時"句：晉書卷九九殷仲文傳："仲文因月朔與衆至大司馬府，府中有老槐樹,顧之,良久而歎曰:‘此樹婆娑,無復生意!’仲文素有名望,自謂必當朝政。又謝混之徒,疇昔所輕者,並皆比肩,常怏怏不得志。忽遷爲東陽太守,意彌不平。劉毅愛才好士,深相禮接。臨當之郡,游宴彌日,行至富陽,慨然歎曰:‘看此山川形勢,當復出一伯符!’”按:東陽在婺州境内。

〔六〕“屬詠”句:即沈約八詠樓,見卷二一送國子徐博士之澧州注〔三〕。沈約謚隱,世稱沈隱侯。八詠詩爲其出任東陽太守時所作。

送望江張明府〔一〕

之官别是榮,詔許侍親行。温凊自爲樂〔二〕,煙波不筭程。山留丹竈室〔三〕,俗有故鄉情。無使千年後,空傳麴令名〔四〕。

【箋注】

〔一〕作年未詳。　望江:安慶府屬縣。見宋史卷八八地理志四淮南西路。今安徽望江縣。　張明府:名未詳。

〔二〕温凊:侍奉父母之禮。冬天温被,夏天扇席。禮記正義卷一曲禮上:“凡爲人子之禮,冬温而夏凊,昏定而晨省。”

〔三〕丹竈:煉丹用的爐竈。江淹别賦:“守丹竈而不顧,鍊金鼎而方堅。”

〔四〕麴令:麴信陵,蘇州吴縣(今江蘇蘇州市)人。唐德宗貞元元年進士,仕舒州望江令,有善政。詳見唐才子傳校箋卷五。白居易秦中吟十首立碑:“我聞望江縣,麴令撫煢嫠(原注:麴令名信陵)。在官有仁政,名不聞京師。身殁欲歸葬,百姓遮路岐。攀轅不得歸,留葬此江湄。至今道其名,男女涕皆垂。無人立碑碣,唯有邑人知。”

送廖舍人江南安撫〔一〕

上天本愛民,治亂當有時。傷嗟江表人,三災迭擾之。如何遭盛明,不能免流離。王澤限遐遠,孰云天聽卑〔二〕。賢哉廖夫子,盡忠不顧私。朝聞青蒲奏〔三〕,暮見軺車馳〔四〕。愚聞奉使者,受命不受辭[五]。但使民瘼瘳[六]，無憂國賦虧[七]。貞觀笑割股[八]，文侯諭治皮[九]。學古平生事，行行當在兹。贈言聊執手，願子副心期[一〇]。

【箋注】

〔一〕作年未詳。　廖舍人：名未詳。　安撫：即經略安撫使。宋史卷一六七職官七"經略安撫司"："經略安撫使一人，以直秘閣以上充，掌一路兵民之事。"

〔二〕天聽：帝王的聽聞。三國志卷二四魏書二四高柔傳："三公朝朔望之日，又可特延入，講論得失，博盡事情，庶有裨起天聽，弘益大化。"

〔三〕青蒲奏：謂内廷所上奏章。　青蒲，指天子内庭。漢書卷八二史丹傳："丹以親密臣得侍視疾。候上間獨寢時，丹直入卧内，頓首伏青蒲上。"顏師古注引應劭曰："以青規地曰青蒲，自非皇后不得至此。"文選卷四六任昉天監三年策秀才文之三："比雖輻湊闕下，多非政要；日伏青蒲，罕能切直。"李周翰注："青蒲，天子内庭也，以青色規之，而諫者伏其上。"

〔四〕軺車：見卷一送史館高員外使嶺南注〔五〕。

〔五〕"受命"句：謂只接受上級布置的任務，如何完成則不受指令約束。公羊傳莊公十九年："聘禮，大夫受命不受辭，出竟有可以安社稷，利國家者，則專之可也。"晉書卷六一周浚傳："且握兵之要，可則奪之，所謂受命不受辭也。"

〔六〕民瘼：民生疾苦。詩經大雅皇矣："監觀四方，求民之莫。"馬瑞辰通釋："漢書、潛夫論及文選注，並引作'求民之瘼'。"後漢書卷七六循吏傳序："廣求民瘼，觀納風謡。"

〔七〕國賦：國家規定的賦税。史記卷八一廉頗藺相如列傳："趙奢者，趙之田部吏也。……平原君以爲賢，言之於王。王用之治國賦，國賦大平，民富而府庫實。"

〔八〕"貞觀"句：吴兢貞觀政要卷一君道："貞觀初，太宗謂侍臣曰：'爲君之道，必須先存百姓；若損百姓以奉其身，猶割股以啖腹，腹飽而身斃。"　割股，莊子雜篇盜蹠："介子推至忠也，自割其股以食文公。"

〔九〕"文侯"句：劉向新序卷二雜事："魏文侯出游，見路人反裘而負芻。文侯曰：'胡爲反裘而負芻？'對曰：'臣愛其毛。'文侯曰：'若不知其裏盡而毛無所恃邪?’明年,東陽上計錢布十倍,大夫畢賀。文侯曰:‘此非所以賀我也。譬無異夫路人反裘而負芻也,將愛其毛,不知其裏盡毛無所恃也。今吾田地不加廣,士民不加衆,而錢十倍,必取之士大夫也。吾聞之:下不安者,上不可居也。此非所以賀我也。”

〔一〇〕心期:期望。南齊書卷二二豫章王嶷傳:“居今之地,非心期所及。”

送陳使君之同州〔一〕

太守驅征旆〔二〕,翩翩西過關〔三〕。冰容先臘至〔四〕,膏雨逐春還。緑樹游沙苑〔五〕,高樓看華山〔六〕。從來京輔地〔七〕,出入盡崇班〔八〕

【箋注】

〔一〕作於宋端拱元年(九八八)。陳使君即陳文顥,陳洪進次子。宋史卷四八三陳氏世家陳文顥傳:“及洪進歸朝,授文顥房州刺史,會升房州爲節鎮,换康州刺史。端拱初,出知同州。”大清一統志卷一九一“同州府名宦”條及陝西通志卷二一亦載陳文顥端拱初知同州。王禹偁小畜集卷四送陳侯之任同州:“太師忠順公,没世有餘休。令子一何賢,恥隨資蔭流。”忠順爲陳洪進謚號。陳使君爲陳顥,亦爲一證。端拱僅二年,故繫於元年。 使君:州郡長官的尊稱。 同州:永興軍路屬州。見宋史卷八七地理志三。約今陝西大荔、韓城、白水、合陽、澄城等縣市。

〔二〕征旆:亦作“征斾”。官吏遠行所持的旗幟。陳子昂征東至淇門答宋十一參軍之問:“西林改微月,征斾空自持。”

〔三〕關:指函谷關。古關爲戰國秦置,在今河南靈寶縣境。元和郡縣圖志卷六河南道二陝州函谷故城:“西征記曰:‘……東自崤山,西至潼津,通名函谷,號曰天險。所謂“秦得百二”也’。隗囂將王元説囂曰‘請以一丸泥,東封函谷關’,即此也。”

〔四〕冰容:莊子内篇逍遥游:“藐姑射之山,有神人居焉。肌膚若冰雪,綽約若處子。”此指雪。 臘:禮記正義卷一七月令:“(孟冬之月)天子乃祈來年于天宗,大割祠於公社及門閭,臘先祖五祀,勞農以休息之。”孔穎達疏:“臘,獵也。謂獵取禽獸以祭先祖五祀也。”左傳僖公五年:“宫之奇以其族行,曰:‘虞不臘矣。'"杜預注:"臘,歲終祭衆神之名。"此指新年。

〔五〕沙苑:太平寰宇記卷二八關西道四同州馮翊縣:"沙苑,一名沙阜,在縣南十二里。酈道元注水經云:'洛水東經沙阜北,其阜東西八十里,南北三十里,俗名之沙苑。'即西魏文帝大統三年,周太祖爲相國,與高歡戰於沙苑,大破之。……今以其戰處宜六畜,置沙苑監。"今在陝西大荔縣南。

〔六〕華山:又稱太華山,古稱西嶽。爲游览胜地。在今陝西華阴市南,北临渭河平原。

〔七〕京輔:國都及其附近地區。王儉褚淵碑文:"丹陽京輔,遠近攸則。"

〔八〕崇班:猶高官,指職位較高者。唐盧懷慎奉和九日幸臨渭亭登高應制得還字:"無因酬大德,空此愧崇班。"

和元少卿雪〔一〕

朔風飛雪偏遥天,爲瑞偏宜在臘前〔二〕。有客棹舟將命友,何人高卧共稱賢。瑶花散亂紛臨席,玉樹晶熒爛滿川。閑想冰容比君子,始知姑射有神仙〔三〕。

【箋注】

〔一〕作年未詳。　元少卿:名未詳。本卷又有和元少卿送越僧詩,元少卿當是同一人。

〔二〕臘前:即歲末新年。見上首詩注〔四〕。

〔三〕"閑想"二句:見上首注〔四〕"冰容"注。

送頵道人還西山〔一〕

嘗憶洪崖澗〔二〕,穿雲路萬尋。曾經照玄鬢,未得卸朝簪〔三〕。老去馳莊蝶〔四〕,年來有越吟〔五〕。羡師從此去,舊隱翠微深。

【箋注】

〔一〕作年未詳。　頵道人:名未詳。　西山:在今江西南昌市境内。見卷三寄蕭給事注〔三〕。

〔二〕洪崖:即洪涯。見卷二送應之道人歸江西注〔二〕。

〔三〕朝簪:官員的冠飾。此指官職。張説襄州景空寺題融上人蘭若:"何由侣飛錫,從此脱朝簪。"

〔四〕莊蝶:莊子内篇齊物論:"昔者莊周夢爲胡蝶,栩栩然胡蝶也。自喻適志歟!不知周也。俄然覺,則蘧蘧然周也。不知周之夢爲胡蝶歟?胡蝶之夢爲周歟?周與胡蝶,則必有分矣。"

〔五〕越吟:史記卷七〇張儀列傳附陳軫傳:"越人莊舄仕楚執珪,有頃而病。楚王曰:'舄故越之鄙細人也,今仕楚執珪,貴富矣,亦思越不?'對曰:'凡人之思故,在其病也。彼思越則越聲,不思越則楚聲。'使人往聽之,猶尚越聲也。"此指思念故鄉。

送歷陽方明府〔一〕

方被召,當授京官,辭乞侍親,因除歷陽令。歷陽,餘外氏舊邑

古縣横江北,絃歌似武城〔二〕。善辭金馬召〔三〕,欣著綵衣行〔四〕。舊感吴山色①〔五〕,離愁浚水聲〔六〕。外門廬井在〔七〕,相送幾重情。

【校記】

①吴:黄校本作"河"。

【箋注】

〔一〕作年未詳。　歷陽:和州屬縣。見宋史卷八八地理志四淮南西路。方明府:名未詳。今安徽和縣。明府,對縣令的尊稱。

〔二〕絃歌:見卷四送薛少卿赴青陽注〔三〕。

〔三〕金馬:即金馬門,朝廷的代稱。見卷二張員外好茅山風景求爲句容令作此送注〔六〕。句謂方明府善於辭對而被朝廷徵召。

〔四〕綵衣:見卷四送龔明府九江歸寧注〔三〕。

〔五〕吴山:指歷陽一帶的山。古屬吴地,故稱。

〔六〕浚水:見卷二一送錢副使黎陽發運注〔三〕。

〔七〕廬井：指田園。

送李著作之漢陽〔一〕

聞道驅征旆〔二〕，行行至漢陽。初程微雨霽，滿路落花香。遠宦心常適，青雲去未妨。惟餘親戚分，惆悵上河梁〔三〕。

【箋注】

〔一〕作年未詳。　李著作：名未詳。　漢陽：漢陽軍屬縣。見宋史卷八八地理志四荆湖北路。今屬湖北武漢市。

〔二〕征旆：見本卷送陳使君之同州注〔二〕。

〔三〕河梁：指送别之地。舊題李陵與蘇武詩之三："攜手上河梁，游子暮何之？"

牡丹賦〔一〕

伊牡丹兮，灼灼其華〔二〕。擢秀暮春〔三〕，交光綺霞。其氣則胡香、楚蘭①〔四〕，其麗則湘娥、越娃②〔五〕。向日争媚，迎風或衺③。爛如重錦〔六〕，粲若丹沙〔七〕。京華之地，金張之家〔八〕，盤樂縱賞〔九〕，窮歌極奢④。英艷既謝，寂寥繁柯。無秋實以登薦〔一〇〕，有皓本以蠲疴〔一一〕。其爲用也寡，其見珍也多。所由來者舊矣，孰能遏其頽波？

【校記】

①胡：四庫本作"國"。

②越：黄校本作"趙"。

③衺：四庫本作"斜"。

④歌：黄校本作"欲"。

【箋注】

〔一〕作年未詳。

〔二〕灼灼其華：顏色鮮明貌。詩經周南桃夭："桃之夭夭，灼灼其華。"

〔三〕擢秀：欣欣向榮。沈演之嘉禾頌："擢秀辰畦，揚穎角澤。"

〔四〕胡香：當是一種香草名，未詳。四庫本作"國香"，指蘭花。左傳宣公三年："蘭有國香。" 楚蘭：香草名。盛産於楚地，楚辭中多有歌詠，故稱。

〔五〕湘娥：即湘妃。文選卷二張衡西京賦："感河馮，懷湘娥。"李善注引王逸曰："言堯二女，娥皇、女英隨舜不及，墮湘水中，因爲湘夫人。" 越娃。即西施。

〔六〕重錦：左傳閔公二年："歸夫人魚軒重錦三十兩。"杜預注："重錦，錦之熟細者。"

〔七〕丹沙：同"丹砂"，即朱砂。色深紅，用以化汞煉丹、藥用、制作顔料等。管子卷二三地數："上有丹沙者，下有黄金。"

〔八〕金張：見卷一將去廣陵别史員外南齋注〔二〕。

〔九〕盤樂：游樂，娱樂。漢書卷二七下之上五行志下之上："臨事盤樂，炕陽之意。"文選卷一一何晏景福殿賦："亦所以省風助教，豈惟盤樂而崇侈靡？"吕向注："豈徒游樂而尚其奢侈乎！"

〔一〇〕登薦：進獻。王嘉拾遺記卷一："庖者包也，言包含萬象，以犧牲登薦於百神，民服其聖，故曰庖犧。亦謂伏羲。"

〔一一〕蠲疴：即蠲痾。治癒疾病。郭璞丹木贊："爰有丹木，生彼淆盤，厥實如瓜，其味甘酸，蠲痾辟火，用奇桂蘭。"

感舊賦送鄭殿丞西使①〔一〕

兩綬威蕤〔二〕，駟牡騤騤〔三〕，送子于行，關中陝西〔四〕。惟天道兮回復，嗟人事兮推移。昔百二之形勝〔五〕，今尋常之藩維〔六〕！龍池閣道徒處所，驪山仙館空崔嵬〔七〕！豈憐感舊之遺老，心如灰兮鬢如絲。喜使者之得人，美大君之拔奇。察爲政之善否②，求斯民之瘼疵〔八〕。庶吾奮擥轡澄清之志③〔九〕，致國風於貞觀、開元之時④〔一〇〕。

【校記】

①鄭:黄校本作“陳”。

②之善:原作“善之”,據四庫本、黄校本、李刊本、徐校改。

③吾:四庫本作“君”,李刊本作“我”。

④貞觀、開元之時:四庫本作“貞觀之際、開元之時”。

【箋注】

〔一〕作於宋淳化二年(九九一)九月前。按,徐鉉是年九月貶邠州。　鄭殿丞:即鄭文寶,徐鉉門生。宋史卷二七七本傳:“鄭文寶字仲賢。……太平興國八年,登進士第,除修武主簿。……獻所著文,召試翰林,改著作郎,通判潁州。丁外艱,起知州事。召拜殿中丞,使川陝均税。”福建通志卷四八:“鄭文寶,字伯玉,彦華子。……淳化二年,拜殿中丞,奉使川陝均税。”

〔二〕兩綬葳蕤:謂官印綬帶華美豔麗。文寶“起復州事,拜殿中丞”,故云“兩綬”。葳蕤,漢樂府古辭古詩爲焦仲卿妻作:“妾有繡腰襦,葳蕤自生光。”文選卷四左思蜀都賦:“敷蘂葳蕤,落英飄颻。”張銑注:“葳蕤,花鮮好貌。”

〔三〕駟牡騤騤:馬行雄壯貌。詩經小雅采薇:“駕彼四牡,四牡騤騤。”

〔四〕關中:史記卷七項羽本紀:“關中阻山河四塞,地肥饒,可都以霸。”裴駰集解引徐廣曰:“東函谷,南武關,西散關,北蕭關。”　陝西:宋置陝西路。

〔五〕百二:比喻山河險固之地。史記卷八高祖本紀:“秦,形勝之國,帶河山之險,縣隔千里,持戟百萬,秦得百二焉。”裴駰集解引蘇林曰:“得百中之二焉。秦地險固,二萬人足當諸侯百萬人也。”司馬貞索隱引虞喜曰:“言諸侯持戟百萬,秦地險固,一倍於天下,故云得百二焉,言倍之也,蓋言秦兵當二百萬也。”

〔六〕藩維:藩國。詩經大雅板:“價人維藩。”

〔七〕“龍池”二句:謂長安及驪山已今非昔比。唐長安隆慶坊有龍池。在今陝西西安興慶公園内。驪山,在今陝西臨潼縣東南,因古驪戎居此得名。是著名的游覽、休養勝地。唐玄宗多次幸臨。

〔八〕癘疵:疫病災害。劉禹錫代謝曆日面脂口脂等表:“膏凝雪瑩,含液騰芳。頓光蒲柳之容,永去癘疵之患。”

〔九〕擥轡澄清之志:擥,同“攬”。後漢書卷六七范滂傳:“時冀州飢荒,盜賊群起,乃以滂爲清詔使,案察之。滂登車攬轡,慨然有澄清天下之志。"

〔一〇〕貞觀、開元:分别爲唐太宗和唐玄宗的年號,這兩個時段是歷史上的盛世時期,即"貞觀之治"和"開元盛世"。

徐鉉集校注卷二三　序

重修説文序〔一〕

銀青光禄大夫守右散騎常侍上柱國東海縣開國子食邑五百户臣徐鉉、奉直郎守秘書省著作郎直史館臣句中正、翰林書學臣葛湍、臣王惟恭等①，奉詔校定許慎説文十四篇〔二〕，并序目一篇，凡萬六百餘字。聖人之旨，蓋云備矣。稽夫八卦既畫②〔三〕，萬象既分，則文字爲之大輅，載籍爲之六轡。先王教化，所以行於百代，及物之功，與造化均，不可忽也。雖復五帝之後，改易殊體，六國之世，文字異形，然猶存篆籀之迹，不失形類之本。及暴秦苛政，散隸聿興，便於末俗，人競師法。古文既絶，譌僞日滋。至漢宣帝時，始命諸儒修倉頡之法〔四〕，亦不能復故。光武時，馬援上疏論文字之譌謬〔五〕，其言詳矣。及和帝時〔六〕，申命賈逵修理舊文〔七〕，於是許慎采史籀、李斯、楊雄之書〔八〕，博訪通人，考之於賈逵，作説文解字。至安帝十五年〔九〕，始奏上之。而隸書行之已久，習之益工，加以行草、八分，紛然間出，返以篆籀爲奇怪之迹，不復經心。至於六籍舊文，相承傳寫，多求便俗，漸失本原。爾雅所載草木魚鳥之名，肆意增益，不可觀矣。諸儒傳釋，亦非精究；

小學之徒，莫能矯正。唐大曆中，李陽冰篆迹殊絶③〔一〇〕，獨冠古今，自云"斯翁之後，直至小生，此言爲不妄矣"。於是刊定説文，修正筆法，學者師慕，篆籀中興。然頗排斥許氏，自爲臆説。夫以師心之見，破先儒之祖述，豈聖人之意乎？今之爲字學者，亦多從陽冰之新義，所謂貴耳賤目也。自唐末喪亂，經籍道息。皇宋應運，二聖繼明，人文國典，粲然光被，興崇學校，登進群才。以爲文字者，六藝之本，固當率由古法，乃詔取許慎説文解字，精加詳校，垂憲百代。臣等愚陋，敢竭所聞。蓋篆書堙替，爲日已久。凡傳寫説文者，皆非其人，故錯亂遺脱，不可盡究。今以集書正副本及群臣家藏者，備加詳考。有許慎注義序例中所載而諸部不見者，審知漏落，悉從補録。復有經典相承傳寫及時俗要用，而説文不載者，承詔皆附益之，以廣篆籀之路。示皆形聲相從④，不違六書之義者。其間説文具有正體而時俗譌變者，則具於注中。其有義理乖舛違戾六書者，并序列於後，俾夫學者無或致疑。大抵此書務援古以正今，不徇今而違古。若乃高文大册，則宜以篆籀著之金石，至於常行簡牘，則草隸足矣。又許慎注解，詞簡義奥，不可周知，陽冰之後，諸儒箋述，有可取亦從附益⑤。猶有未盡，則臣等粗爲訓釋，以成一家之書⑥。説文之時，未有反切，後人附益，互有異同。孫愐唐韻⑦〔一一〕，行之已久，今並以孫愐音切爲定，庶夫學者有所適從。食時而成，既異淮南之敏〔一二〕；縣金於市，曾非吕氏之精〔一三〕。塵瀆聖明，若臨冰谷。謹上。

【校記】

①書學：四庫本作"學士"。

②稽：李校：一本作"慨"。

③李陽冰：其上衍"考"字，據李刊本删。

④示：翁鈔本作"亦"。

⑤可取：李刊本作"可取者"。

⑥書：李校：一本作“學”。

⑦湎：四庫本、李刊本作“愐”。下文同。

【箋注】

〔一〕作於宋雍熙三年（九八六）十一月。徐鉉上説文解字表云：“雍熙三年十一月日，翰林書學臣王惟恭、臣葛湍等狀進。”

〔二〕許慎：字叔重，東漢汝南召陵（今河南漯河市）人。著説文解字、五經異義等。

〔三〕八卦既畫：伏羲，傳説中的三皇之一，風姓。相傳其始畫八卦，又教民漁獵，取犧牲以供庖廚，因稱庖犧。亦作“伏戲”、“伏犧”。

〔四〕倉頡：傳説中的漢字創造者。許慎説文解字叙目：“黄帝之史倉頡，見鳥獸蹏迒之迹，知分理之可相别異也，初造書契。”

〔五〕馬援上疏論文字之譌謬：東觀漢記卷一二馬援傳：“臣所假伏波將軍印，書‘伏’字，‘犬’外嚮。成臯令印，臯字爲‘白’下‘羊’；丞印‘四’下‘羊’；尉印‘白’下‘人’，‘人’下‘羊’。一縣長吏，印文不同，恐天下不正者多。符印所以爲信也，所宜齊同。薦曉古文字者，事下大司空正郡國印章。”馬援，字文淵，扶風茂陵（今陝西興平縣）人。因功累官伏波將軍，封新息侯。見後漢書卷二四本傳。

〔六〕和帝：即漢和帝劉肇，章帝第四子。東漢第四位皇帝，在位十七年。見後漢書卷四孝和帝紀。

〔七〕賈逵：字景伯，扶風平陵（今陝西咸陽市）人。撰春秋左氏傳解詁、國語解詁。見後漢書卷三六本傳。

〔八〕史籀：漢書卷三〇藝文志：“史籀十五篇。”後注云：“周宣王太史，作大篆十五篇，建武時亡六篇矣。”　李斯：楚上蔡（今河南上蔡縣）人。秦國丞相。見史記卷八六本傳。　楊雄：字子雲，蜀郡成都（今四川郫縣）人。博覽群書，長於辭賦。見漢書卷八七本傳。

〔九〕安帝：即漢安帝劉祜，東漢第六位皇帝，在位十九年。見後漢書卷五孝安帝紀。

〔一〇〕李陽冰：字少温，譙郡（今安徽亳州）人。歷縉雲令、當塗令、國子監丞、集賢院學士。世稱少監。史書無傳。

〔一一〕孫愐：字號、籍貫均未詳。天寶時爲陳州（今河南淮陽縣）司馬。嘗刊正隋陸法言切韻，天寶十年（七五一）編成唐韻五卷。今佚。

〔一二〕淮南：即漢淮南王劉安。

〔一三〕"縣金於市，曾非吕氏之精"句：史記卷八五吕不韋傳："吕不韋乃使其客人人著所聞，集論以爲八覽、六論、十二紀，二十餘萬言。以爲備天地萬物古今之事，號曰吕氏春秋。布咸陽市門，懸千金其上，延諸侯游士賓客有能增損一字者，予千金。"

韻譜前序〔一〕

昔伏羲畫八卦〔二〕，而文字之端見矣；倉頡摸鳥迹〔三〕，而文字之形立矣①。史籀作大篆〔四〕，以潤飾之，李斯變小篆〔五〕，以簡易之，其美至矣。及程邈作隸〔六〕，而人競趣省。古法一變，字義浸譌②。先儒許慎，患其若此，故集倉雅之學③〔七〕，研六書之旨，博訪通識，考於賈逵，作説文解字十五篇，凡萬六百字。字書精博，莫過於是；篆籀之體，極於斯焉④。其後賈魴以三倉之書皆爲隸字〔八〕，隸字始廣而篆籀轉微。後漢及今，千有餘歲，凡善書者，皆草隸焉。又隸書之法，有刪繁補闕之論，則其譌僞，斷可知矣。故今字書之數，累倍於前。夫聖人創制，皆有依據，不知而作，君子慎之。及史闕文，格言斯在。若乃草木魚鳥，形聲相似⑤，觸類長之，良無窮極。苟不折之以古義，何足可觀？故叔重之後〔九〕，玉篇、切韻所載〔一〇〕，習俗雖久，要不可施之於篆文。往者李陽冰天縱其能，中興斯學，贊明許氏，奂焉英發⑥。然古法背俗，易爲堙微。方今許、李之書⑦，僅存於世，學者殊寡，舊章罕存。秉筆操觚，要資檢閲，而偏旁奥密，不可意知。尋求一字，往往終卷。力省功倍，思得其宜。舍弟楚金〔一一〕，特善小學，因命取叔重所記，以切韻次之，聲韻區分⑧，開卷可覩⑨。楚金又集通釋四十篇，考先賢之微言，暢許氏之玄旨，正陽冰之新義，折流俗之異端，文字之學，善矣盡矣。今此書止欲便於檢討，無恤其它。故聊存詁訓，以爲別識。其餘敷演，有通識焉⑩。五音凡十卷，詒諸同志者也。

【校記】

①立：黄校本作"成"。

②譌：李刊本作"訛"。

③倉：原脱，據黄校本、李刊本、徐校補。

④極於斯焉：李校：一本作"於斯極焉"。

⑤似：篆韻譜作"從"。

⑥英發：原脱"英"字，據黄校本、李刊本補；四庫本作"燦發"。

⑦今：原脱，據篆韻譜、李校、徐校補。

⑧聲韻區分：四庫本作"聲區分類"。

⑨覩：四庫本作"觀"。李校：一本作"知"。

⑩通識：説文解字篆韻譜、李刊本作"通釋"。

【箋注】

〔一〕作於宋雍熙四年（九八七）正月。韻譜後序云："雍熙四年正月序。"詳後序文意，知兩文幾乎作於同時。

〔二〕伏羲畫八卦：見本卷重修説文序注〔三〕。

〔三〕倉頡摸鳥迹：見本卷重修説文序注〔四〕。

〔四〕史籀作大篆：見本卷重修説文序注〔八〕。

〔五〕李斯變小篆：許慎説文解字叙目："秦始皇帝初兼天下，丞相李斯乃奏同之，罷其不與秦文合者。斯作倉頡篇，中車府令趙高作爰歷篇，太史令胡毋敬作博學篇，皆取史籀大篆，或頗省改，所謂小篆者也。"

〔六〕程邈作隸：張懷瓘書斷卷上隸書："案隸書者，秦下邽人程邈所造也。邈字元岑。始爲衙縣獄吏，得罪，始皇幽繫雲陽獄中。覃思十年，益大、小篆方圓而爲隸書三千字，奏之，始皇善之。"

〔七〕倉雅：指倉頡篇和爾雅。

〔八〕"賈魴以三倉之書皆爲隸字"句：隋書卷三二經籍志："三蒼三卷。"後引郭璞注:“秦相李斯作蒼頡篇,漢揚雄作訓纂篇,後漢郎中賈魴作滂喜篇,故曰三蒼。”張懷瓘書斷卷上隸書:“至和帝時,賈魴撰滂喜篇,以蒼頡爲上篇,訓纂爲中篇,滂喜爲下篇,所謂三蒼也。皆用隸字寫之,隸法由兹而廣。”按:“倉”、“蒼”同。

〔九〕叔重:許慎字。

〔一〇〕玉篇:字書名。南朝梁顧野王撰,凡三十卷。南史卷四二齊豫章文獻王嶷傳:“先是,太學博士顧野王奉令撰玉篇,簡文嫌其書詳略未當,以愷(按:蕭愷)博學……使更與學士删改。” 切韻:韻書名。隋陸法言等撰。依反切發聲以分音,收聲以分韻,故名。

〔一一〕楚金:徐鍇字。

韻譜後序〔一〕

初,韻譜既成,廣求餘本,孜孜讎校,頗有刊正。今復承詔校定説文①,更與諸儒精加研覈,又得李舟所著切韻〔二〕,殊有補益。其間有説文不載而見於序例、注義者,必知脱漏②,並從編録;疑者則以李氏切韻爲正,殆無遺矣。前序猶謂學者殊寡,而今之學者益多,家畜數本,不足以供其求借。潁川陳君文顥〔三〕,任當守土,寵列侍祠,習武好文,憐才樂善,見人爲學,如己之誨子弟焉③。因取此書,刊於尺牘,使摸印流行④,比之繕寫,省功百倍矣。噫!仁人之用心也,因躬自篆籀,庶祇來命,序之于後,以記其由。雍熙四年正月序。

【校記】

①定:四庫本作“正”。

②必知:黄校本作“知必”。 脱漏:李刊本作“漏脱”。

③子弟:李刊本作“弟子”。

④摸:四庫本作“模”。李刊本作“摹”。今按:摸、摹,古通。

【箋注】

〔一〕作於宋雍熙四年（九八七）正月。據文末所署日期而繫。

〔二〕李舟：新唐書卷七二上宰相世系表二上姑臧房："字公受，虔州刺史，隴西縣男。"杜甫送李校書二十六韻："李舟名父子，清峻流輩伯。"柳宗元石表先友記："李舟，隴州人。有文學俊辯，高志氣，以尚書郎使危疑反側者再，不辱命。被讒妬，出爲刺史。廢痼卒。"

〔三〕陳君文顥：陳洪進次子。宋史卷四八三陳氏世家陳文顥傳："及洪進歸朝，授文顥房州刺史，會升房州爲節鎮，换康州刺史。端拱初，出知同州。"卷二二有送陳使君之同州詩。

故兵部侍郎王公集序〔一〕

君子之道，發於身而被於物，由於中而極於外。其所以行之者，言也；行之所以遠者，文也。然則文之貴於世也尚矣。雖復古今異體，南北殊風，其要在乎敷王澤，達下情，不悖聖人之道，以成天下之務，如斯而已矣。至於格高氣逸，詞約義微，音韻調暢，華采繁縟，皆其餘力也。琅邪王公〔二〕，負英俊之才，禀耿介之氣，世濟其美，爲時而生。遒文麗句，冠縉紳而傑出〔三〕；純誠直道，歷夷險而安貞。故能奮厲羽儀，抑楊聲實，振清芬於臺閣，浹仁政於藩垣，潤飾典謨，銓衡人物。主恩時望[①]，終始不渝。載籍所高，何以過此。鉉頃歲來自江左，會公西適三峰〔四〕，客有以拙文示公者，大相知賞，擊節而喜，曰："此人必能知我。"及召還京輦，惠然見尋，亦以舊文爲貺。觀其麗而有氣，富而體要，學深而不僻[②]，調律而不浮[③]，尋既返覆[④]，如"四子"復生矣〔五〕。由是傾蓋甚歡，恨相知之晚也。是時天子方闡文明之化，闢俊造之塲，網羅群才，待以不次。公則首冠綸閣，摽表朝倫，前達後進，莫不推仰。猶以爲古道未盡復，己用未盡伸，每在談宴，屢形詞色，由是論者頗以躁競爲譏。愚以爲不然。夫古之君子,莫不汲汲於逢時,孜孜於救世。汲長孺,漢之賢卿也,而有積薪之歎〔六〕;李令伯,晉之名臣也,而有中人之詩〔七〕。其有仰憚貴勢,旁畏流議,緘詞含意,從容自全者,不得已也。如公則内無隱情,外無飾貌,遇事輒發,胸中豁然,此真趙、魏意氣之士,豈爲兒女之態哉!上方注懷,而公寢疾,十旬既滿,即卧内拜兵部侍郎,其恩禮如此。嗚呼!流運不停,儀表長謝。伯牙之絃已絶〔八〕,延陵之劍徒懸〔九〕。公平生所爲文,未嘗編録,至是諸子緝綴斷簡,得二十卷,泣授故人。鉉也不才,無足延譽,善善惡惡,敢言褒貶之能;一死一生,粗達交朋之分。後之知我者,庶斯言之不誣。端拱二年夏六月序。

【校記】

①時:李校:一本作"人"。

②僻:四庫本作"淺"。

③浮:李校:一本作"泛"。

④既:四庫本作"玩",李刊本作"繹"。

【箋注】

〔一〕作於宋端拱二年(九八九)六月。據文末所署年月而繫。　王公爲王祐。宋史卷二六九有傳。王祐,或作王祜,字景叔。輿地紀勝卷六九云字叔子。全宋詩卷一一於其小傳中考云:"按'祜'或作'祐',其字景叔,當係景慕西晉羊祜(字叔子)之爲人。百衲本宋史本傳及卷二八二王旦傳、司馬光涑水紀聞卷七、續資治通鑑長編並作'祜',石介徂徠石先生文集卷二過魏東郊詩亦云'投篇動范杲,落筆驚王祜'。故當作'祜'。"

〔二〕"琅邪王公"句:當指王祐郡望琅邪。王姓出太原、琅邪,周靈王太子晉之後。見元和姓纂卷五。琅邪,同"瑯琊"、"琅琊"。今山东胶南一带。按:王祐爲大名莘(今山東莘縣)人,見宋史卷二六九王祐傳。

〔三〕"遒文麗句,冠縉紳而傑出"句:宋史卷二六九王祐傳:"晉天福中,以書見桑維翰,稱其藻麗,由是名聞京師。"

〔四〕"會公西適三峰"句:指王祐被貶爲鎮國軍司馬,見宋史卷二六九王祐傳。按:鎮國軍鎮華州,見宋史卷八七地理志三永興軍路。三峰,指華山之蓮花、毛女、松檜三山峰。陶翰望太華贈盧司倉:"行吏到西華,乃觀三峰壯。"

〔五〕四子:指初唐"四傑"王勃、楊炯、盧照鄰、駱賓王。舊唐書卷一九〇上楊炯傳:"炯與王勃、盧照鄰、駱賓王以文詞齊名,海内稱爲王楊盧駱,亦號爲'四傑'。"王禹偁五哀詩其一故尚書兵部侍郎瑯琊王公祐:"王楊許爲伍。"

〔六〕"汲長孺,漢之賢卿也,而有積薪之歎"句:汲黯字長孺。漢書卷五〇汲黯傳:"始黯列九卿矣,而公孫弘、張湯爲小吏。及弘、湯稍貴,與黯同位,黯又非毁弘、湯。已而弘至丞相封侯,湯御史大夫,黯時丞史皆與同列,或尊用過之。黯褊心,不能無少望,見上,言曰:'陛下用群臣如積薪耳,後來者居上。'"

〔七〕"李令伯,晉之名臣也,而有中人之詩"句:李密字令伯。晉書卷八八李密傳:"密有才能,常望内轉,而朝廷無援,乃遷漢中太守,自以失分懷怨。及賜餞東堂,詔密,令賦詩,末章曰:'人亦有言,有因有緣。官無中人,不如歸田。明明在上,斯語豈然。"中人,指有權勢的朝臣。曹植當牆欲高行:"龍欲升天須浮雲,人之仕進待中人。"

〔八〕伯牙之絃已絶:見卷一六唐故中書侍郎光政殿學士承旨昌黎韓公墓銘注〔一六〕。

〔九〕延陵之劍徒懸:見卷一五唐故泰州刺史陶公墓誌注〔一五〕。

文房四譜序〔一〕

聖人之道,天下之務,充格上下,綿亘古今,究之無倪,酌之不竭,是以君子學然後知不足也。然則士之處世,名既成,身既泰,猶復孜孜於討論者,蓋亦鮮矣。昔魏武帝獨歎於袁伯業①〔二〕,今復見於武功蘇君矣〔三〕。君始以世家文行,貢名春官,天子臨軒考第,首冠群彦。出入數載,翺翔青雲,綵衣朱紱,光映里閈,其美至矣。而其學益勤,不矜老成,以此爲樂。退食之室,圖書在焉。筆硯紙墨,餘無長物。以爲此四者,爲學之所資,不可斯須而闕者也。由是討其根源,紀其故實。参以古今之變,繼之賦頌之作②。

各從其類,次而譜之。有條不紊,既精且博。士有能精此四者,載籍其焉往哉!愚亦好學者也,覽此書而珍之,故爲文冠篇,以示來者。

【校記】

①袁:原作"朱",據文房四譜、李刊本、徐校改。説見注〔二〕。

②之:李校:一本作"以"。　賦:李校:一本作"雅"。

【箋注】

〔一〕作於宋雍熙三年(九八六)九月。宋史卷二〇七藝文志六:"蘇易簡文房四譜五卷。"文房四譜提要:"是編集古今筆、硯、紙、墨原委本末及其故實,繼以辭賦詩文,合爲一書。前載徐鉉序,末有雍熙三年九月自序。"

〔二〕魏武帝獨歎於袁伯業:曹丕典論自叙:"上雅好詩書文籍,雖在軍旅,手不釋卷。每定省從容,常言人少好學,則思專,長則善忘。長大而能勤學者,唯吾與袁伯業耳。"

〔三〕武功蘇君:蘇君爲蘇易簡,字太簡,梓州銅山(今四川德陽市)人。見宋史卷二六六蘇易簡傳。此云武功(今陝西武功縣),指其郡望。

張氏子集序〔一〕

觀夫賢人君子,稟清真之氣,應期運而出,故生而岐嶷,幼而敏惠。既成而負國士之器,既立而爲天下之用。康寧壽考,繁衍流祚,此其常也。若乃秀而不實,仁而不遇,前聖所以興歎①,百代所以遺恨②。斯則神道忽恍③,萬化茫昧④,自古乃爾,吾將奈何!嗚呼!張氏子,秀而不實者也。子名冉,本字叔相,今户部員外郎洎之長子也。年七歲,博覽經史,日誦千言。十歲能屬文,詩賦議論,成於俄頃。十二著禮上、下二篇,舊君吴王見之而歎曰:"此子天假之年,佗日必爲國器矣。"〔二〕乃至梁京,翰長李公昉〔三〕、閣長李公穆〔四〕,皆引之登門,特加禮遇,其道日以光矣。

其風儀摽格，蕭然朗徹，觀者謂之玉人。余甚重之，以爲四科之俊也，故改其字師德。于時天子敦重文學，親考英秀，海内士子，靡然向風。咸謂子必當振鱗附翼，一舉凌邁。而介然特立[⑤]，澹然貞退，求聖賢之微旨，以養親修心爲先[⑥]。復探釋、老玄言，讀華陽諸真經，飄然有脱落塵滓之志，而況於榮名乎？不幸羸瘵，踰歲，遽從夭折，年十有六。諸公聞之，無不憫惜[⑦]。余以事舊之厚，鍾情特深，故求其遺藁，集而爲序[⑧]。又嘗覽前載，見古之人，如子之人物敏俊，詞藻趣尚，而促齡無禄者，皆密契真籙，蜕爲列仙。此乃靈篇奇紀，非史筆所當言矣，但用遣慈父之追念爾。其草隸遺迹及佗著述[⑨]，皆藏於家，此不備述。辛巳歲冬十月序。

【校記】

①興歎：李校：一本作“遺恨”。

②遺恨：李校：一本作“興歎”。

③忽恍：李校：一本作“恍惚”。

④茫：李校：一本作“玄”。

⑤而：李校：“而”下一本有“子竟”二字。　特：李校：一本作“獨”。

⑥心：李校：一本作“性”。

⑦惜：黄校本作“恤”。

⑧爲序：李校：一本作“序之”。

⑨著：李校：一本作“紀”。

【箋注】

〔一〕作於宋太平興國六年（九八一）十月。據文末所具日期而繫。　據序文，知爲張洎長子文集。張洎子名冉，字叔相，徐鉉爲改字曰師德。

〔二〕舊君吴王：指李煜。

〔三〕翰長李公昉：指李昉。其字明遠，深州饒陽（今河北饒陽縣）人。官至宰相。見宋史卷二六五本傳。翰長，對翰林前輩的敬稱。盧肇喜楊舍人入翰林：“御筆親批翰長銜，夜開金殿送瑶緘。”

〔四〕閣長李公穆：指李穆。其字孟雍，開封府陽武（今河南原陽縣）人。

官至參知政事。見宋史卷二六三本傳。閤長,指朝中的近侍次官。趙彦衛雲麓漫鈔卷三:"今人呼中官之次者曰閤長。"洪邁容齋隨筆四筆卷一六寄資官:"内侍之職,至於幹辦後苑,則爲出常調,流輩稱之曰苑使。又進而幹辦龍圖諸閣,曰閤長。"

鄧生詩序〔一〕

古人云:詩者,志之所之也。故君子有志於道,無位於時,不得伸於事業,乃發而爲詩詠。南陽鄧君,少而從吏,服勤靡盬〔二〕,時命不偶,淹翔末涂。養心浩然,不以爲慊。遇事造景,輒以吟咏自怡。悔吝不及,終始無累。至于皓首,未見愠容。家貧晏然,惟詩藁盈篋。太原王君、武陵龔君〔三〕,好文樂善,皆序而伸之。愚亦與君有姻,故復爲之述。嗟夫!士君子樂道自娱,貞節没齒,斯可矣。悠悠世利,曾何足云?子其勖之,無易爾守。丙子歲秋九月,左散騎常侍徐鉉述。

【箋注】

〔一〕作於宋端拱元年(九八八)九月。文曰:"丙子歲秋九月,左散騎常侍徐鉉述。"所具丙子爲開寶九年(九七六),其時徐鉉未任左散騎常侍。李昉徐公墓誌銘云:"端拱元年,帝親耕籍田,改左散騎常侍。"端拱元年爲戊子年,據此,知"丙子"乃"戊子"之誤。　鄧生:未詳其人。

〔二〕服勤靡盬:謂辛勤於王事。詩經唐風鴇羽:"王事靡盬,不能蓺黍稷。"

〔三〕太原王君、武陵龔君:二人均未詳。

進士廖生集序〔一〕

端拱改元歲〔二〕,春官庀職,俊造畢集。有廖生者,惠然及門,以文十五軸爲贄。觀之則博贍淵奥,清新相接,其名理則師荀、孟之流，其文詞得“四傑”之體[①][〔三〕]。問其年，則既冠矣。覆簣之功，往而未止也。詢其爵里，則閩方茂族，組綬弈葉，善慶之所及也。他日與之語，則風骨清粹，識度淹雅。咸以爲遠大之程，可企而致。不幸遇暴疾，數日，夭於逆旅。士君子知與不知，莫不爲之悲歎。嗚呼！以生之詞藻俊秀，蓋天假之也；而促齡早世，又天奪之也。然則神理玄邈，聖人猶復不論，余當何言哉[②]！會其友生采其遺文，著于編簡，因爲之序，以示方來。夏四月辛卯，左散騎常侍徐鉉述。

【校記】

①文詞：原作“文訓”，據黄校本、李校、徐校改。黄校本“文詞”後有“則”字。

②當：四庫本作“尚”。

【箋注】

〔一〕作於宋端拱元年（九八八）四月五日。文曰端拱四月辛卯記，四月辛卯爲四月初五。　廖生：即廖執象。福建通志卷五一廖執象傳：“七歲能詩，弱冠入京師獻詩文，太宗覽而善之。端拱初赴省試，以疾卒。初陳摶見執象，謂曰：‘子謫仙人也，但塵世不能久留耳。’有集十卷，徐鉉爲之序。”明陳明鶴東越文苑卷四、萬姓統譜卷一〇三所載稍異。

〔二〕端拱：宋太宗年號。共兩年（九八八—九八九）。

〔三〕四傑：指初唐“四傑”王勃、楊炯、盧照鄰、駱賓王。四傑之稱號，見舊唐書卷一九〇上楊炯傳。

廣陵劉生賦集序[〔一〕]

楚人孟賓于嘗謂予[①][〔二〕]，言其叔父工爲詞賦，應舉入洛，贄文于學士李公琪[〔三〕]，公爲之改定數處，時中書舍人姚公洎知舉[②][〔四〕]，謂人曰：“孟生賦，李五爲改了，不煩更書看也。”遂擢上第。孟還鄉,從事郡府,亟歷危難③,唯以李公所改文綴於衣中,曰:"吾家但存此足矣。"賓于每自喜其家門美事,歎後來之無人。今廣陵劉生,奮衣衡門,振藻文囿,詞贍而理勝,行潔而言方④,求己若不足,好問如不及。余之名不逮於李公⑤,何能振發於子乎?聊薦所聞,以答子勤學之志;冠篇於首⑥,以伸我與進之心。噫!子家貧親老,必將圖登龍之舉⑦,不暇從冥鴻之游。文明之世,群才畢舉。慎重足以全孝,静退足以知命。此前達之務也,子其勉之。

【校記】

①謂予:李刊本作"爲予"。

②知:李校:"知"下諸本有"貢"字。

③亟:四庫本作"每"。

④方:四庫本、李刊本作"芳"。

⑤余:四庫本作"予"。

⑥篇於:李校:一本作"于篇"。

⑦龍:四庫本作"進"。

【箋注】

〔一〕作年未詳。　劉生:人未詳。

〔二〕孟賓于:見卷五送孟賓于員外還新淦注〔一〕。

〔三〕李公琪:李琪字台秀。仕後梁至宰相,仕後唐至御使大夫。尤擅長賦體。見舊五代史卷五八本傳。

〔四〕"中書舍人姚公洎知舉"句:登科記考卷二五載梁太祖乾化元年(九一一)爲姚洎知貢舉。按:是年姚洎知貢舉,官兵部尚書。陳尚君登科記考正補於是年補徐鉉該文,並云:"本年爲姚洎知貢舉,但官守爲兵部尚書。開平四年知舉缺人,頗疑爲姚洎以中書舍人知。因無的據,故仍收本年。"開平四年爲九一〇年。孟二冬亦以徐鉉文爲補。今按:姚洎知貢舉除乾化元年外,還在開平元年(九〇七)四月(即梁太祖即位初,見舊五代史卷一四八選舉志、五代會要卷二三緣舉雜録)知貢舉。中書舍人爲姚洎仕唐時官職,兵部爲仕後梁時任職。徐鉉内心一直不承認後梁政權,此稱中書舍人或基於此。

徐鉉集校注卷二四　序　連珠　贊

送潘湖州序〔一〕

士君子所以貴於衆庶者①,以其能理民也。理民者莫若二千石〔二〕。其地廣,其勢重,仁以字之,義以斷之,文以行之,信以成之。於是乎優游暇豫,以平其心、導其和。數者闕一,則不足以爲良二千石矣。吴興名郡〔三〕,新被大化,延頸企聳,以佇德音。以成德之才之道②,將明主憂勤之旨而頒詔條,當下車政成,奚待箴諷③? 況蘋洲霅谿〔四〕,天下勝絶,緩轡縱櫂,嬉游其間。發之以詩詠,參之以奕思,名教之樂,何以過斯? 豈唯吴氏民歡康④,固亦我曹企慕。閣長隴西公〔五〕,敦義聳善,賦詩寵行,懷文之士,靡不間作。視衆君子之詞,知成德之爲人矣。某辱事舊之尤者,是用冠于篇首。

【校記】

①子:李校:"子"下一本有"之"字。

②道:四庫本作"學"。

③奚:原脱,據四庫本補。

④氏:四庫本作"興",黄校本作"士";李校:吴氏,諸本無"氏"字,當衍;徐

校:“氏”字疑衍。　歡康:李校:一本作“康樂”。

【箋注】

〔一〕作於宋雍熙二年(九八五)前後。潘湖州爲潘慎修。宋史卷二九六本傳:“潘慎修,字德成,泉州莆田人。……煜歸朝,以慎修爲太子右贊善大夫。煜表求慎修掌記室,許之。煜卒,改太常博士,歷膳部、倉部、考功三員外,通判壽州,知開封縣,又知湖、梓二州。淳化中,秘書監李至薦之,命以本官知直秘閣。”按:李煜卒於太平興國三年(九七八),其後慎修改官太常博士等職,據其履歷及宋官三年任期,知其湖州當在是年前後。　湖州:宋隸屬兩浙路。見宋史卷八八地理志四。約今浙江湖州市轄域。

〔二〕二千石:漢制,郡守年俸禄爲二千石。因稱郡守爲“二千石”。漢書卷八九循吏傳序:“庶民所以安其田里而亡歎息愁恨之心者,政平訟理也。與我共此者,其唯良二千石乎!”顔師古注:“謂郡守、諸侯相。”

〔三〕吴興名郡:即湖州。三國吴置吴興郡,隋置州制,因其地濱太湖而名湖州。唐時互有易名。見太平寰宇記卷九四江南東道六湖州。

〔四〕蘋洲:即白蘋洲。太平寰宇記卷九四江南東道六湖州烏程縣:“白蘋洲,在霅谿之東南,去州一里。州上有魯公顔真卿芳亭,内有梁太守柳惲詩云:‘江州採白蘋,日晚江南春。’因以爲名。”　霅谿:太平寰宇記卷九四江南東道六湖州烏程縣:“霅谿,在縣東南一里。凡四水合爲一谿,自浮玉山曰苕谿,自銅峴山曰前谿,自天目山曰餘不谿,自德清縣前北流至州南興國寺前曰霅谿。東北流四十里合太湖。顧長生三吴土地云:‘有霅谿,水至深者。’”

〔五〕閣長隴西公:當是李從善。其行狀見卷二九隴西郡公李公墓誌銘。

送刁桐廬序〔一〕

陶彭澤,古之逸民也,猶曰“聊欲絃歌,以爲三徑之資”〔二〕,是知清真之才,高尚其事,唯安民利物,可以易其志仁之業也。元賓長官,生鍾鼎之族,處綺紈之間,懿文敏行,角立傑出,雲心鶴態,蕭然物外。而世禄所及,初筮實從①,策名蘭臺,寓直宫省。挂冠解紱[②]，至于再三。終以地連肺腑，時屬憂患，黽勉從事，出入十年。及時移世改，自以爲獲平昔之志矣。而物有萬殊，命不我與。昔之朱紫盈門，今則群從無所庇矣；昔之金玉滿堂，今則簞瓢不常給矣。乃慨然曰："潔其身而忘其宗[③]，得爲孝乎？"於是濯纓清流，投迹名路，紆此茜綬，涖于桐廬。暮春三月，飲餞都邑，傳曰："人之所欲，天必從之。"嘗聞桐廬，江浙之勝景也[④]。朱、張、顧、陸，遺墟邇焉〔三〕，王、謝、任、沈，舊迹存焉〔四〕。山水林壑，應接不暇。夫以天下之廣，而首獲此邑，非天從子之欲乎？將惟新之化，撫思乂之俗，道在於己，事至乃應。誠接於物，令行莫違，彈琴詠詩，角巾蠟屐。推是而往，所至必安。朝市丘壑，復何有異？佗日豈失爲東方曼倩哉〔五〕？離群之思，亦宜裁抑，慎夏自愛[⑤]，無假多談。

【校記】

①實：徐校：一本作"賓"。

②紱：李校：一本作"綬"。

③宗：李校：一本作"家"。

④景：李校：一本作"境"。

⑤慎夏：四庫本作"慎是"。

【箋注】

〔一〕作於宋太平興國二年（九七七）三月。刁桐廬爲刁衎，宋史卷四四一本傳："刁衎，字元賓，昇州人。……太平興國初，李昉、扈蒙在翰林，勉其出仕，因撰聖德頌獻之。詔復本官，出知睦州桐廬縣。"按：開寶九年（九七六）十一月，宋太宗即位，改元太平興國。傳云太平興國初出知桐廬，文寫暮春三月，故繫於此。　桐廬：建德府屬縣。見宋史卷八八地理志四。今浙江桐廬縣。

〔二〕"聊欲絃歌，以爲三徑之資"句：見昭明太子集卷四陶淵明傳。

〔三〕"朱、張、顧、陸，遺墟邇焉"句：謂桐廬距吴郡很近。吴郡四大姓：朱、張、顧、陸。四姓名人甚多，具體所指未詳。見太平寰宇記卷九一江南東道三蘇州。

〔四〕"王、謝、任、沈,舊迹存焉"句:竟陵"八友"中的其中四人:王融、謝朓、任昉、沈約。見梁書卷一梁武帝紀。

〔五〕東方曼倩:東方朔字曼倩,避世於朝廷間。見史記卷一二六、漢書卷六五本傳。

送高紳之官序〔一〕

高生以俊造之科,中聖明之選,清秋解褐,尹縣南荆〔二〕。少年得途,其道光矣。復能追步前哲,求以言贈。愚也不佞,試爲子妄言之:觀夫閭里之民,皆能用天之道,分地之利,仰以事父母,俯以蓄妻子,重生畏法,蓋真性也。其所冒没詐僞,由吏擾之也。吏所以能擾之,由賦役之煩也。賦役之煩,由爲政者從諛也。大君之與下民①,其勢曠而不接,故設守宰,以代一人之耳目焉。受百里之寄,當以百里爲己任。民之舒慘由乎己,己之窮達存乎天。率是道也,其何往而不可?此老夫平生之所守,吾子以爲如何哉?

【校記】

①大:李刊本作"夫"。

【箋注】

〔一〕作於宋太平興國八年(九八三)稍後。高紳曾於天禧元年四月以刑部郎中直昭文館知越州三年。見宋施宿等撰會稽志卷二。據王禹偁中牟縣旅舍喜同年高紳著作見訪詩,知高紳與王禹偁同年及第。宋史卷二九三王禹偁傳云:"太平興國八年,擢進士,授成武主簿。"據此,知高紳及第在太平興國八年。其授官當在稍後。

〔二〕南荆:即荆州。後漢書卷七五袁術傳:"曹操毒被於東徐,劉表僭亂於南荆。"

送汪遜序〔一〕

士君子懷道於己，有志於時，講學以聚之，修詞以發之，不苟且於名譽，不隕穫於貧賤，見之於汪生矣。生家世從宦①，幼而孤孑，託迹于諸侯之門。主人武夫，不知其善，輕田文之下客〔二〕，棄衛青之舍人〔三〕。迨余季氏司貢籍〔四〕，克日將涖職，悉出群士所贄文共詳之，首舉一通，乃生之文也。相與驚歎曰："此子文甚高而名甚晦，是必守道寡合者也。"即與之上第。既而主人大慙，乃構造誣謗②，布於用事者，由是久不得調。余時參典選事③，抗疏論事，始得爲嶺隅一尉。生亦怡然，不以屑意。歷佐二邑，皆有善聲。及至天朝，復幹郡掾，考績稱最，遷秩新都。白髮青袍，惠然訪别。君子曰：士之處世，不欺闇室，不羞小官，游心於自得之場，措身於無過之地。以此行天下，雖蠻貊可也。況右蜀之域，列仙之都，風景融和，山水奇秀，一時之遇，誰克知之④？行矣自愛，無假詞費。仲冬十一月序。

【校記】

①宦：李校：一本作"官"。

②構：四庫本作"肆"。

③余：四庫本作"予"。

④知：李刊本作"如"。

【箋注】

〔一〕作於宋太平興國五年（九八〇）前後十一月。　汪遜：人未詳。宋官吏任期往往爲三年，據文中"及至天朝，復幹郡掾，考績稱最，遷秩新都"之語，知序文當作於是年前後十一月。

〔二〕"輕田文之下客"句：田文即孟嘗君。秦囚孟嘗君而欲殺之，孟客中之下者爲狗盜、雞鳴而出之。孟列二人於賓客，衆人皆羞。見史記卷七五孟嘗君列傳。

〔三〕“棄衛青之舍人”句：仁安與田仁爲衛青舍人，無錢以事衛青家監，家監使養惡齧馬。見史記卷一〇四田叔列傳。

〔四〕“迨余季氏司貢籍”句：季氏指南唐。該句指徐鉉於開寶元年（九六八）前後知貢舉。

送葉元輔秀才序〔一〕

君子依仁據德，讀書爲文，孜孜於求已，汲汲於待問，蓋將以行道濟物，勤身存教，然而有不偶者焉。人君側席求賢，懸科取士，昧旦丕顯，日旰忘食，蓋將以盡一國之才，成天下之務，然而有所遺者焉。此古人所謂離合之由，運命之謂也①。君子審其若此，故退而無悶，進而不矜，豈以無可奈之命，而撓不可奪之志？間者，愚及諸賢，品第貢士於南宮，其間高等者，數年之中，登第略盡。今所遺者，唯葉生而已。苟有良田，何憂晚歲，先後之間，其與幾何哉？行矣葉君②，蘋洲若下〔二〕，清風朗月，一時勝賞，矧復故鄉，唯恐子青雲之志，不得嘯傲於其間爾。慎夏自愛③，無假多談。己丑歲孟夏序。

【校記】

①運命：李刊本作“命運”。

②君：四庫本作“生”。

③慎夏：四庫本作“慎是”，李刊本作“盛夏”。李校：本作“慎夏”，今從一本作“盛夏”。又前送刁桐廬序亦有“慎夏自愛”句，當是古書有此二字連文。俟考。

【箋注】

〔一〕作於宋端拱二年（九八九）四月。文末云“己丑歲孟夏序”，己丑即端拱二年。　葉元輔：人未詳。

〔二〕蘋洲:見本卷送潘湖州序注〔四〕。

連珠詞五首〔一〕

背時則棄,不必論貴賤之殊;適用則珍,不必論麤精之異。是以淳風既反,抵金璧於山林;考室已成①,閒泥塗於采萃②。

運不常偶,體道者無憂;時不常來,抱器者無滯。是以霜露既降,徂來不易其貞〔二〕;弓矢載櫜〔三〕,董澤不踰其利。

道不可以權行,終則道喪;情不可以苟合,久則情疏。是以兵諫愛君,君安而忠敬已失;同舟濟險,險夷而取捨自殊。

先王之道,或拙於合變之謀;萬乘之權,或輕於衆人之力。是以時逢革命,夷齊餓而吕望封〔四〕;運偶愛才,絳灌强而賈生絀〔五〕。

有用於物,雖遠弗遺③;無功於時,雖近猶棄。是以梗柟在野,見采於良工;蒿艾在庭,不容於薙氏〔六〕。

【校記】

①已:四庫本作"既"。

②萃:李刊本作"翠"。

③弗:李校:一本作"不"。

【箋注】

〔一〕作年未詳。　連珠:文體名。文選卷五五連珠題解引傅玄叙連珠:"所謂連珠者,興於漢章之世,班固、賈逵、傅毅三子受詔作之。其文體辭麗而言約,不指説事情,必假喻以達其旨,而覽者微悟,合於古詩諷興之義。欲使歷歷如貫珠,易看而可悦,故謂之連珠。"劉勰文心雕龍卷三雜文中有論連珠。

〔二〕徂來:山名。詩經魯頌閟宫:"徂來之松,新甫之柏。是斷是度,是尋是尺。"此指松柏。

〔三〕弓矢載櫜:國語卷一周語上:"載戢干戈,載櫜弓矢。"

〔四〕"是以時逢革命,夷齊餓而吕望封"句:周武王平商而王天下,封吕望於齊營丘;天下宗周,而伯夷、叔齊恥之,不食周粟,餓死首陽山。分别見史記卷三二齊太公世家、卷六一伯夷列傳。

〔五〕"運偶愛才,絳灌强而賈生絀"句:謂際遇不同,而結果殊異。絳灌爲漢絳侯周勃與潁陰侯灌嬰的並稱。二人均佐漢高祖定天下,建功封侯。然二人起自布衣,鄙朴無文,曾讒嫉賈誼。事見史記卷五七絳侯周勃世家、卷九五樊酈滕灌列傳。

〔六〕薙氏:官名。周禮注疏卷三四秋官司寇:"薙氏,下士二人,徒二十人。"鄭玄注引鄭司農云:"掌殺草,故春秋傳曰:'如農夫之務去草,芟夷藴崇之。'"

安金藏畫象贊〔一〕

心腹腎腸,所以爲人。安公感激,捨此求仁。既已其亂①,不愆厥身。眉壽高位,惟天所親。咨爾百世,仰之愈新。

【校記】

①其亂:四庫本作"得之"。

【箋注】

〔一〕作年未詳。　安金藏:舊唐書卷一八七上本傳:"安金藏,京兆長安人,初爲太常工人。載初年,則天稱制,睿宗號爲皇嗣。少府監裴匪躬、内侍范雲仙並以私謁皇嗣腰斬。自此公卿已下,並不得見之,唯金藏等工人得在左右。或有誣告皇嗣潛有異謀者,則天令來俊臣窮鞫其狀,左右不勝楚毒,皆欲自誣。惟金藏確然無辭,大呼謂俊臣曰:'公不信金藏之言,請剖心以明皇嗣不反。'即引佩刀自剖其胸,五藏並出,流血被地,因氣絶而仆。則天聞之,令輿入宫中,遣醫人却納五藏,以桑白皮爲綫縫合,傅之藥,經宿,金藏始甦。則天親臨視之,歎曰:'吾子不能自明,不如爾之忠也。'即令俊臣停推,睿宗由是免難。……開元二十年,又特封代國公,仍於東岳等諸碑鐫勒其名。竟以壽終,贈兵部尚書。"

參政李公至字言幾年三十八真贊〔一〕

金玉其相，君子之容。廟堂之器，多士攸宗。謀先帷幄，道合雲龍。絶景横騖，干霄直上。黑頭三公，風流宰相。人具爾瞻，惟肖之像。

【箋注】

〔一〕作於宋太平興國九年暨雍熙元年（九八四）。　李至：宋史卷二六六本傳："李至字言幾，真定人。……太平興國八年，轉比部郎中，爲翰林學士。冬，拜右諫議大夫、參知政事。雍熙初，加給事中。……咸平元年，以目疾求解政柄。……四年以病求歸本鎮，許之。詔甫下，卒，年五十五。"據此，知李至卒於咸平四年（一〇〇一）。據其享年上推，知生於後漢天福十二年（九四七）。太平興國九年，李至三十八歲。　真贊：對人物畫像的贊語。

玉芝贊〔一〕

天地粹和之氣，交感化成，鍾於人事爲仁孝，鍾於植物爲芝英。故以孝行感，必芝草生，以類至也。宜春易君延慶〔二〕，先君徙籍，來占臨淮〔三〕，清節考終，因葬其郡。君茹荼泣血，廬墓終喪，申罔極之哀①，盡善居之禮。里閭率化②，生植效祥，乃有玉芝，産于塋域。擢本數十，爛然叢倚。柯條交構③，玲瓏朗瑩④。樛枝俯映，間以葩華。雪英碧蘂，紛敷玓瓅⑤。客有好事者，圖之而來，蓋耳目所及，圖象所紀，未始有也。予與君寓甚邇⑥，而熟君伯氏。聞君世家積善餘慶，果生孝子，且有奇應，以振淳風。昔天台之琪樹〔四〕，唐昌之玉蘂〔五〕，皆以珍麗見頌詩人⑦，比之於此，曾何足貴！乃爲贊曰：

英英玉芝，生彼丘墳。交柯離婁，揚葩敷紛⑧。神之應斯，其意訰訰。愷悌君子,煢然泗濱。孝心潔白,孝德升聞。撫翼亨衢,振衣衡門。勖增爾虔[⑨],以永後昆。

【校記】

①罔:原作“周”,據四庫本、黄校本、李刊本改。

②里閭:李校:一本作“閭里”。

③構:四庫本作“結”。

④瑩:原作“塋”,據四庫本、黄校本、李刊本改。

⑤玓瓅:李校:一本作“灼瓅”。

⑥寓:原作“遇”,據四庫本、李校改。

⑦珍:四庫本作“貞”。

⑧紛:李刊本作“芬”。

⑨虔:李刊本作“慶”。

【箋注】

〔一〕作於宋開寶九年暨太平興國元年(九七六)或稍後。贊爲易延慶而作。宋史卷四五六本傳云:“易延慶,字餘慶,筠州上高人,父贇。……乾德末,贇卒,葬臨淮,延慶居喪摧毁,廬於墓側,手植松柏數百本。旦出守墓,夕歸侍母。紫芝生於墓之西北,數年又生玉芝十八莖。本州將表其事,延慶懇辭。或畫其芝來京師,朝士多爲詩賦,稱其孝感。”黄震黄氏日抄卷四五孝行録:“易延慶,筠州上高人。父喪,棄官廬墓,旦出守墳,暮歸侍母。開寶四年二月丙子,墓西北産紫芝一本。至九年春三月丁亥,復有玉芝十八莖生墓側。”據黄氏所言,開寶九年(九七六)三月玉芝生墓側,則圖之京師,當在此後不久。

〔二〕宜春:袁州屬縣。見太平寰宇記卷一〇九江南西道七袁州、宋史卷八八地理四江南西路。即今江西宜春縣。

〔三〕臨淮:泗州屬縣。見太平寰宇記卷一六河南道一六泗州、宋史卷八八地理四淮南西路。治所即今江蘇泗洪縣臨淮鎮。

〔四〕天台之琪樹:文選卷一一孫綽游天台山賦:“建木滅景於千尋,琪樹璀璨而垂珠。”吕延濟注:“琪樹,玉樹。”

〔五〕唐昌之玉蘂:見卷四和賈員外戩見贈玉蘂花栽注〔二〕。

方竹杖贊〔一〕

彼美者竹,確乎貞堅。峻節無撓,虛心體玄。用之扶老,可以窮年。所不足者,其形乃圓。誰謂奇標①,産于巴僰〔二〕。削成廉稜,挺然端直。既方既勁,斯爲全德。會吾素心②,寶爾無極。

【校記】

①誰謂:四庫本作"謂誰"。

②吾:黄校本作"我"。

【箋注】

〔一〕作年未詳。

〔二〕巴僰:指今四川、雲南一帶。僰,古代西南少數民族名。所居今川南及滇東一帶。

筠州三清觀逍遥亭銘〔一〕

羽客吴君〔二〕,心馳窈冥①。興隆道館②,陟降真靈。綽有餘裕,建兹幽亭。下臨曲池,甘泉清泠③。環植嘉樹,群芳苾馨。俯矚長川,滄波帶縈。前睇仙山,奇峰翠横。游者忘歸,居之體寧。君子修道,物境與并。必有福地,居爲殊庭。勤行不已,可臻層城。我聞其風,用刊斯銘④。

【校記】

①窈:李校:一本作"杳"。

②館:李校:一本作"觀"。

③泠:原作"冷",據四庫本、黄校本、李刊本、徐校改。

④刊:李校:一本作"刻"。

【箋注】

〔一〕作於宋開寶七年(九七四)十二月。 卷一〇筠州清江縣重修三清觀記:"道士吴宗元,允迪玄風,克堪道任。……建三清之殿,造虚皇之臺,設待賓之區,敞飯賢之室。範華鐘之鏗訇,構層樓之苕亭。……宗元又以雲境昭回,祥符肸蠁,思刻貞石,以貽後人。不遠千里,見訪論譔。嘉尚其志,故爲直書。時甲戌開寶七年十二月十二日記。"其中"構層樓之苕亭"當是逍遥亭。二文當同時作。 筠州:宋初領高安、清江、上高、新昌四縣。宋理宗寶慶元年(一二二五)改瑞州。見太平寰宇記卷一六江南西道一〇六筠州、宋史卷八八江南西路瑞州。轄域約今江西高安、宜豐、上高、樟樹等縣市。

〔二〕吴君:即吴宗元。

虎谿銘〔一〕

遠公宴居〔二〕,虎谿之陽。將迎順禮①,步武有常〔三〕。斯須或違,猛摯爲防。其閑不逾,其道彌光。湯湯碧流,與名俱長。咨爾後學,鑑之勿忘。

【校記】

①禮:李刊本作"理"。

【箋注】

〔一〕作年未詳。 虎谿:見卷二寄江州蕭給事注〔三〕。

〔二〕遠公:即慧遠。高僧傳卷六慧遠傳:"遠卜居廬阜三十餘年,影不出山,迹不入俗。每送客,游履常以虎谿爲界焉。"

〔三〕步武:腳步。見卷二一應製賞花注〔三〕。

龍山泉銘〔一〕

建康城北有雞籠山焉①,傍帶潮溝,却臨後湖②。宋元嘉中改爲龍山③，湖曰玄武，紀瑞也。雷次宗之儒學〔二〕，蕭子良之西邸〔三〕，遺蹤可識，爽氣長留④。東麓有泉，至清而甘，水旱不增減。道人令隱構精廬于其陽⑤，酷愛此泉，以爲靈液。因思前作，皆有銘贊，而此獨闕，常欲補之。無何，夕次松下。恍忽若夢見一人，玄巾素衣，謂隱曰⑥："此泉已有銘矣。"因徵其文，即高吟四句，吟罷不復見。觀其詞意，無以加也。余聞而異之⑦，因篆于石。其詞曰：

原發石中，派分塵外。如醴之味，與時而在。

【校記】

①建：原作"達"，據四庫本、黄校本、李刊本改。

②後湖：四庫本作"城郭"。

③宋元嘉中改爲：四庫本作"劉宋改名"。

④長：黄校本作"常"。

⑤隱：李校："隱"下一本有"乃"字。

⑥隱：四庫本作"之"。

⑦余：四庫本作"予"。

【箋注】

〔一〕作年未詳。

〔二〕雷次宗：宋書卷九三本傳："雷次宗字仲倫，豫章南昌人也。少入廬山，事沙門釋慧遠。篤志好學，尤明三禮、毛詩。……元嘉十五年，徵次宗至京師，開館於雞籠山，聚徒教授，置生百餘人。會稽朱膺之、潁川庾蔚之並以儒學，監總諸生。"

〔三〕蕭子良：南齊書卷四〇本傳："竟陵文宣王子良，字雲英，世祖第二子也。……後於西邸起古齋，多聚古人器服以充之。"

晁錯論〔一〕

愚因讀李觀所爲文〔二〕，見其論晁錯盡忠於漢，而袁盎以私讎陷之〔三〕，景帝過聽，可爲王者之羞，誠皆然也。以愚觀之，則盎、錯之罪一也[①]。夫二子者，才識度量，不相上下。遭天下初定，文帝勵精求理，能用善言，故盡忠論事，並獲聽用。而皆欲功名在我，莫肯急病讓夷，故相與爲敵，非素有父兄之讎也。及七國兵起，而錯遽欲按治袁盎宜知吴之計謀，其吏不聽而止。盎聞之懼[②]，遂反譖錯焉。然則忘公家而務私怨，其罪先在錯也。夫古之君子，爲而不有，功成不居，付物以能，任之則逸，故能成可久可大之業。今二子者，冒道家之所忌，以智能爲身榮，故終於惡。是知道不可離也如此。

【校記】

①則：四庫本作"错"。　錯：原脱，據黄校本、李校補。

②聞之：李校："聞之"下一本有"而"字。

【箋注】

〔一〕作年未詳。　晁錯：潁川（今河南禹州市）人。漢文帝時爲太子家令，有辯才，號稱"智囊"。漢景帝時爲内史，後升遷御史大夫。多次上書主張加强中央集權、削減諸侯封地、重農貴粟。吴、楚等七國叛亂時，被景帝錯殺。見史記卷一〇一袁盎晁錯列傳。

〔二〕"因讀李觀所爲文"句：李觀，字元賓，檢校吏部員外郎李華從子。貞元中舉博學宏詞，授太子校書郎。卒，年二十九。傳及其晁錯論，見全唐文卷五三四。

〔三〕袁盎：字絲，楚人，後徙安陵（今河南鄢陵縣西北）。漢文帝時，因直諫，被調任隴西都尉，後遷吴相。漢景帝"七國之亂"時，曾奏請斬晁錯以平衆怒，七國之亂平定後，顯貴異常。見史記卷一〇一袁盎晁錯列傳。

伊尹論〔一〕

伊尹放太甲〔二〕，論者多惑其臣節，請試論之：太甲在諒陰〔三〕,百官聽於伊尹。太甲不明者,蓋居喪之禮有闕,修身之行不周。伊尹訓之罔念,慮不堪繼統[①],故徙於成湯之墓,使其親見松柏,切感慕之心;追思王業,知艱難之迹。三年之制纔終,伊尹乃迎歸于亳〔四〕,非謂絶其大位、幽于别宫也[②]。古之言質,故與放逐同文,亦猶君臣交相稱朕,下告上亦爲詔也。霍光憂昌邑王淫亂,而不敢有異謀,田延年盛稱伊尹廢太甲,以決大事〔五〕。宗社之故,不得已也,本非如霍光之廢昌邑也。聖人舉至公於前,姦雄躡陳迹於後,自古而然,非聖過也。魏、晉之後,更相傾奪,皆引堯、舜揖讓爲詞,亦當不可罪堯、舜矣。禹讓天下於益,益知天下歸啓,故不敢當〔六〕。苟天下歸益,益則爲王,亦無愧也。如令太甲遂失德,天下歸伊尹,伊尹復何辭哉?今天下未忘成湯,故伊尹復奉太甲[③],無傷於至公也。夫古之有天下者,一身處其憂責,億兆蒙其富壽。天下既理則辭之,巢由是也〔七〕;天下不理則受之,湯武是也〔八〕。後之人役天下以奉其私,故比於騎獸不可下。步驟之相遠如此,豈可一概而論哉!

【校記】

①伊尹訓之罔念慮不堪繼統:四庫本作"伊尹訓之因慮其不堪繼統"。

②大:四庫本作"天"。　于:翁鈔本作"之"。

③伊:原脱,據四庫本、李校、徐校補。

【箋注】

〔一〕作年未詳。　伊尹:名阿衡,一説名摯,阿衡爲官名。輔湯滅夏,湯卒,又相商幾代君主。見史記卷三殷本紀。

〔二〕伊尹放太甲:史記卷三殷本紀:"帝太甲既立三年,不明,暴虐,不遵湯法,亂德,於是伊尹放之於桐宫。"

〔三〕諒陰:即諒闇。居喪時所住之屋。禮記正義卷六三喪服四制:"書曰:'高宗諒闇,三年不言。'善之也。"鄭玄注:"闇,謂廬也。"(按:論語憲問引作"諒陰")文選卷一六潘岳閑居賦:"今天子諒闇之際,領太傅主簿。"李善注:

“諒闇，今謂凶廬里寒涼幽闇之處，故曰諒闇。”

〔四〕亳：地名。相傳有三處。一、在今河南商丘市東南，又名南亳。史記卷三殷本紀：“湯始居亳。”張守節正義引括地志：“宋州穀熟縣西南三十五里南亳故城，即南亳，湯都也。”二、在今河南商丘市北，傳説諸侯擁戴湯爲盟主之處。又名北亳。郭沫若中國史稿第二編第二章第一節：“湯都於亳（今河南商丘北）。”三、在今河南偃師縣西，傳説湯攻克夏時所居，又名西亳。漢書卷四一樊噲傳：“從攻秦軍，出亳南。”顔師古注引鄭玄曰：“亳，成湯封邑，今河南偃師湯亭。”

〔五〕“霍光憂昌邑王淫亂，而不敢有異謀，田延年盛稱伊尹廢太甲，以決大事”句：漢書卷六八霍光傳：“（昌邑王賀）即位，行淫亂。光憂懣，獨以問所親故吏大司農田延年。延年曰：‘將軍爲國柱石，審此人不可，何不建白太后，更選賢而立之？’光曰：‘今欲如是，於古嘗有此否？’延年曰：‘伊尹相殷，廢太甲以安宗廟，後世稱其忠。將軍若能行此，亦漢之伊尹也。’”

〔六〕“禹讓天下於益，益知天下歸啓，故不敢當”句：史記卷二夏本紀：“十年，帝禹東巡狩，至于會稽而崩。以天下授益。三年之喪畢，益讓帝禹之子啓，而辟居箕山之陽。禹子啓賢，天下屬意焉。及禹崩，雖授益，益之佐禹日淺，天下未洽，故諸侯皆去益而朝啓。”

〔七〕“天下既理則辭之，巢、由是也”句：巢由，巢父和許由的並稱。相傳皆爲堯時隱士，堯讓位於二人，皆不受。皇甫謐高士傳卷上巢父：“巢父者，堯時隱人也。山居不營世利，年老以樹爲巢而寢其上，故時人號曰巢父。堯之讓許由也，由以告巢父，巢父曰：‘汝何不隱汝形，藏汝光，若非吾友也。’擊其膺而下之。由悵然不自得，乃過清泠之水，洗其耳，拭其目，曰：‘向聞貪言，負吾之友矣。’遂去，終身不相見。”莊子内篇逍遥游：“堯讓天下於許由……許由曰：‘子治天下，天下既已治也，而我猶代子，吾將爲名乎？名者，實之賓也，吾將爲賓乎？’”

〔八〕湯武：商湯與周武王的並稱。周易正義卷五革：“湯武革命，順乎天而應乎人。”

出處論〔一〕

人之爲貴，與天地參者也。是則有四人焉：食爲民天，故農爲政本;工致天下之器用,商通天下之有無。此三人者,交相養者也。而士人者,無所資於三人,而坐受其養,何也?蓋爲之君師,而司牧之。教其不知,衈其不足,安其情性,遂其生成,爲之立上下之節,正長幼之序,闕一則亂。故齊景公曰①:"信如君不君,臣不臣,父不父,子不子,雖有粟,吾豈得而食諸?"〔二〕是則資三人之最切者也,故享天下之禄而無愧。及世之衰也,上之道不被於下,下之情不達於上,億兆困窮,無所告訴。在位者惠不及物,徒以富貴爲身資。君子恥之,故逃之而隱。於陵爲農〔三〕,輪扁爲工〔四〕,弦高爲商〔五〕,如此者不可勝數。是皆失路之人也,不肯無功而徼利,故任力而自食,以免貪冒之罪。非其所欲也,不得已也。而後之人不本其意,以爲高尚之士②,桎梏軒冕,粃糠禄稍③,若爾④,則伊皋、稷契曷足貴哉〔六〕?或曰:"伯夷、叔齊,當文武之世〔七〕,曷爲棄之而窮處也?"答曰:聖人一致而百慮,殊塗而同歸。天下至大,非一人所能兼也,力之所及,擇處一焉。當是時,十亂協心,以著翦商之業〔八〕,沛有餘力矣,故夷齊不復措意於其間。至於正君臣之大節,垂百世之大統,則十亂不能兼也,故夷齊以是爲己任焉。方其扣馬而諫⑤,左右欲兵之。太公曰:"此義士也。"扶而去之〔九〕。夫以夷齊爲義,則明己之不義矣。故歸惡於己⑥,以成立義之志,是太公知夷齊之心也。夫積德累仁之聖,因八百諸侯之心,以滅獨夫之紂,盛業如此,而義士猶恥之,不食其粟〔一〇〕,乃知以臣伐君之惡也大矣。則後之帝王,罪未及桀紂,諸侯之德,未及文武⑦,敢有闚竊者乎?故春秋之時,周室微弱,不絶如綫⑧,以桓文之强大〔一一〕,不敢自用,乃糾合諸侯,以尊王室,則夷齊之功所及也。逮至秦漢興替之際,士君子濡足授手之時⑨,而南山四皓隱居自若⑩〔一二〕。夫四皓者,知漢高之寬仁神武,有三傑輔之〔一三〕,足以安天下,無待於己故也。及太子之危,留侯不能正,於是褎然而起，以救其失〔一四〕。若夫出處之分，高尚之名，皆不以屑意，功成不有，超然而去。于以有應耀者⑪，與四皓俱徵，應獨不至。時人爲之語曰："南山四皓⑫，不如淮陽一老。"〔一五〕彼應生焉⑬，蓋知四皓足以安太子，無待於己，故不出也。不然，豈獨潔其身乎？斯皆大人君子至公之舉，而淺局者輕爲褒貶⑭，不亦傷乎？

【校記】

①齊景公：原作"魯哀公"，據四庫本改。李校："魯哀應作齊景，今諸本均作魯哀，或是徐公誤記，或無宋本之譌。"今按：齊景公語見論語顔淵。

②之士：李校：一本作"其事"。

③粃糠：四庫本作"糠粃"。　禄稍：四庫本作"爵禄"。李校：一本作"爵禄"。仲容云："稍"即周禮之"稍食"，義兩通。

④若爾：四庫本作"果若爾"。

⑤方其：原作"方知"，徐校："知"字疑誤。四庫本作"其"，據改。李校："知"下一本有"夷、齊"二字。

⑥惡：四庫本作"過"。

⑦文：李刊本作"湯"。

⑧綫：四庫本作"縷"。

⑨授：李刊本作"援"。

⑩南：四庫本作"商"。

⑪于以：李刊本作"于時"。

⑫南：四庫本作"商"。

⑬焉：四庫本、黄校本作"者"。

⑭局：四庫本作"鄙"。

【箋注】

〔一〕作年未詳。

〔二〕"齊景公曰"句：論語顔淵："齊景公問政於孔子。孔子對曰：'君君，臣臣，父父，子子。'公曰：'善哉！信如君不君，臣不臣，父不父，子不子，雖有粟,吾得而食諸?'"

〔三〕於陵:地名。借指陳仲子。因居於陵,故稱。孟子卷六滕文公下:"匡章曰:'陳仲子豈不誠廉士哉?居於陵,三日不食,耳無聞,目無見也。'"史記卷八三魯仲連鄒陽列傳:"於陵子仲辭三公爲人灌園。"裴駰集解引列士傳曰:"楚於陵子仲,楚王欲以爲相,而不許,爲人灌園。"司馬貞索隱:"案孟子云陳仲子,齊陳氏之族,兄爲齊卿,仲子以爲不義,乃適楚,居於於陵,自謂於陵子仲。楚王聘以爲相,子仲遂夫妻相與逃,爲人灌園。列士傳云字子終。"

〔四〕輪扁:春秋時齊國有名的造車工人。莊子外篇天道:"桓公讀書於堂上,輪扁斲輪於堂下。"

〔五〕弦高:春秋時鄭國商人,在國家危難之時,臨危不懼,機智計騙秦軍。左傳僖公三十二年:"杞子自鄭使告於秦曰:'鄭人使我掌北門之管,若潛師以來,國可得也。'"僖公三十三年:"及滑,鄭商人弦高將市於周,遇之。以乘韋先,牛十二犒師。曰:'寡君聞吾子將步師出於敝邑,敢犒從者。不腆敝邑,爲從者之淹,居則具一日之積,行則備一夕之衛。'且使遽告于鄭。……孟明曰:'鄭有備矣,不可冀也。'"

〔六〕伊皋:伊尹,商名相。皋陶,舜大臣。後常並稱,喻指良相賢臣。劉向九歎憂苦:"三苗之徒以放逐兮,伊皋之倫以充廬。" 稷契:稷和契的並稱。唐虞賢臣。王逸九思守志:"配稷契兮恢唐功,嗟英俊兮未爲雙。"

〔七〕文武:周文王與周武王的並稱。詩經大雅江漢:"文武受命,召公維翰。"

〔八〕翦商:謂剪滅商紂。借指剷滅無道,建立王業。詩經魯頌閟宫:"后稷之孫,實維大王,居岐之陽,實始翦商。"

〔九〕"方其扣馬而諫"至"扶而去之"句:史記卷六一伯夷列傳:"西伯卒,武王載木主,號爲文王,東伐紂。伯夷、叔齊叩馬而諫曰:'父死不葬,爰及干戈,可謂孝乎?以臣弑君,可謂仁乎?'左右欲兵之。太公曰:'此義人也。'扶而去之。"

〔一〇〕"義士猶恥之,不食其粟"句:史記卷六一伯夷列傳:"武王已平殷亂,天下宗周,而伯夷、叔齊恥之。義不食周粟,隐於首陽山,采薇而食之。"

〔一一〕桓文:春秋五霸中齊桓公與晉文公的並稱。孟子卷一梁惠王上:

"仲尼之徒,無道桓文之事者,是以後世無傳焉。"

〔一二〕南山四皓:見卷一頌德賦注〔五一〕。

〔一三〕三傑:指漢張良、韓信、蕭何。三人輔助漢高祖以成帝業。

〔一四〕"及太子之危,留侯不能正,於是褎然而起,以救其失"句:高祖召四皓,不應。後高祖欲廢太子,吕后用張良計,迎四皓,使輔太子,高祖以太子羽翼已成,乃消除改立太子之意。見史記卷五五留侯世家。

〔一五〕"有應耀者"至"不如淮陽一老"句:見白孔六帖卷二十二隱逸。應耀,白孔六帖作"應曜"。

徐鉉集校注卷二五　碑銘

大宋推誠宣力翊戴功臣金紫光禄大夫檢校司徒使持節齊州諸軍事齊州刺史充本州防禦使河隄等使關南兵馬都監兼御史大夫上柱國隴西郡開國侯食邑一千九百户李公德政碑文①〔一〕

臣聞四岳疇咨，帝堯所以光宅〔二〕；惟良共理②，漢室於是隆興。然則運曆冥符，風雲交感，必有則哲之后③，乃有稱職之臣，用能遠肅邇安，刑清俗富。其或久於其道，課最于時，行邊按部籍其能，群吏萬民浸其澤，流芳金石，舊典存焉。公名漢超，其先隴西人，因官移籍，今爲雲中人也。柱下史之真源〔三〕，克昌厥後；前將軍之壯氣〔四〕，不隕其聲。世有哲人，多爲名將，備諸前載，可以不書。昔者同光之季，莊宗失馭④〔五〕，公烈考諱霸德，實典親衛，力扈乘輿，奮不顧身，有死無二，忠顯于國，慶鍾于家。及公之貴，詔贈左監門衛將軍。夫人石氏，追封本縣太君。道不虚行，没而可作，有後之報，斯焉豈誣⑤。公方幼而孤，嶷然特立。英果之氣，出於天資⑥；遠大之期⑦，志爲時用⑧。年未弱冠，自奮從軍，始負羽於魏侯⑨〔九〕,復策名於鄆帥〔六〕。有周受命,選入禁軍。夫忘歸之鏃,非逢蒙無以宣其利〔七〕;絶影之駿,非造父無以騁其能〔八〕。今上當歷試之辰,受有征之任,妙選比校,公首預焉。上黨之役〔九〕,名書勳籍,奏發硎之刃,起漸陸之程。及眷命有歸,飛天在運,攀鱗之效,捨爵攸先,乃掌句陳〔一〇〕,式嚴徼道。恩威洽著,而七萃知方〔一一〕;夙夜惟寅,而九重甘寢。朞歲考績⑩,較然可稱。皇上以文武之任,中外惟一。有和衆之略,必著撫俗之能;有衛社之勤,必堪守土之寄。越建隆二年,拜齊州刺史〔一二〕、本州防禦使。爾乃海岱封圻,虚危躔次。歷下屯兵之地〔一三〕,夙表要衝;東陵聚衆之鄉〔一四〕,素稱暴桀。公本以簡易,濟之强明,恕己以兼容,正身而可象。先之以孝悌,故其民和,則爭訟息而囹圄虚矣;示之以誠明,故其民信,則賦役充而儲廪實矣。農時不奪,故曠土闢而生殖滋⑪;關市無征,故百貨通而財用足。於是舉廢典,正國容,樹門反坫,以備制度,高閎厚垣,以待客使,烝肴折俎,以宴嘉賓,椎牛釃酒,以享軍旅,出於私積,無以家爲。近悦而遠懷,家至而户到。一年而宿弊革,載稔而新政行,郡齋肅然,清嘯而已。由是知董戎之用,可移之於頒條;露冕之風,可推之於護塞。乾德二年,詔公以本官充關南兵馬都監。幽都南際,河間北壤,守方之要,慎柬爲難。至則遠斥候,審號令,養士如子,戢軍無私,威聲飆馳,亭障山立。絶闚邊之虜,有狎野之農,而郡之大事,亦皆聽命。千里之内,若指掌焉。二職交修,七載如一。開寶二年,召赴京師,天言褒慰,復遣還郡。而戍士思慕,甿俗繄憑,故其年冬再爲關南監護。公負倜儻之氣,藴沈厚之謀,民已安而政益修,邊既寧而備愈謹。績茂而不伐,寵至而若驚。君子知福禄之攸歸,郡人感惠澤而思報。於是僚吏之屬,耆艾之徒,相與上言,願旌不朽。且曰:"任賢使能,天子之明也;計功稱伐,先王之典也。非有理世，孰揚頌聲？”優詔嘉之⑫，克遂其請。昔者考父“循牆”之頌〔一五〕，非曰君恩；當陽“沈水”之文〔一六〕，真成自伐。豈興情欣洽，令譽升聞，播樂石於無窮，等高山而可仰。永惟懿美⑬，足焕文明。爰命下臣，勒銘紀實。其辭曰：

茫茫禹迹，畫爲萬國，建侯定守，立民之極。提封且千，屬城以百，惟威惟懷，有典有則。威懷伊何？君子時中，典則伊何？三代同風。以使則悦，以令則從，率是古道，兹惟李公。濟水之南，東陵之下，伏生荒耄〔一七〕，盜跖狙詐。嗟我蒸黎，孰聞道化⑭，至魯猶遠，尊周靡暇。李公來思，富之教之，政先體要，物必由儀。夜犬無擾，晨羊不欺，歸民影附，末俗風移。天下雖平，四方是守，桓桓虎旅，懾爾戎醜。籍我兼資，是率是糾，道合舞干〔一八〕，威行戴斗。郡政既成，邊塵既清⑮，侁侁比屋，肅肅連營。夫懷其惠，人竭其誠，欲報之恩，思垂頌聲。明明大君，知臣善使，舉必至公，義無虚美。用建隆碣，永昭信史，錫爾介福，施于孫子。晉稱峴首〔一九〕，漢紀燕然〔二〇〕，風流不續，寥落千年。猗歟良牧，無愧前賢，高深自改，蘭菊常傳。

【校記】

①文：四庫本作“銘”。

②惟：李刊本作“三”。

③則哲：李校：一本作“作哲”。　則：翁鈔本作“前”。

④馭：四庫本作“政”。

⑤焉：李校：一本作“言”。

⑥資：黄校本作“性”。

⑦期：四庫本作“志”。

⑧志：四庫本作“斯”。

⑨負羽：四庫本作“委質”。

⑩朞：四庫本、黄校本作“暮”。

⑪闢:原作“關”,據四庫本、黄校本、李刊本、徐校改。

⑫優:四庫本作“復”。

⑬美:四庫本作“績”。

⑭孰:原作“熟”,據四庫本、李刊本改。

⑮廛:四庫本作“庭”。李校:一本作“庭”,一本作“城”。

【箋注】

〔一〕作於宋太平興國二年(九七七)。碑主爲李漢超。宋史卷二七三本傳:“李漢超,雲州雲中人。……從平李重進,尋遷齊州防禦使。……在郡十七年,政平訟理,吏民愛之,詣闕求立碑頌德,太祖詔率更令徐鉉撰文賜之。”據此,知漢超在齊州凡十七年及徐鉉撰碑之由。文曰:“越建隆二年,拜齊州刺史、本州防禦使。”建隆二年爲九六一年,在郡十七年,則爲漢超立碑在太平興國二年(九七七)。按:續長編卷一七:“漢超在齊州凡十七年,……詔太子率更令徐鉉爲之文。”後注云:“漢超立碑在開寶八年十一月。”開寶八年(九七五)十一月,徐鉉尚未歸宋。故不從之。

〔二〕“四岳疇咨,帝堯所以光宅”句:史記卷一五帝本紀:“堯曰:‘嗟!四嶽:朕在位七十載,汝能庸命,踐朕位?’嶽應曰:‘鄙德忝帝位。’堯曰:‘悉舉貴戚及疏遠隱匿者。’衆皆言於堯曰:‘有矜在民間,曰虞舜。’”疇咨,訪問、訪求。尚書正義卷二堯典:“帝曰:‘疇咨若時登庸。’”孔安國傳:“疇,誰;庸,用也。”

〔三〕柱下史之真源:老子爲真源(今河南鹿邑縣)人,曾爲周柱下史。參卷一〇武成王廟碑注〔二〇〕。

〔四〕前將軍:史記卷一〇九李將軍列傳:“大將軍、驃騎將軍大出擊匈奴,廣數自請行。天子以爲老,弗許;良久乃許之,以爲前將軍。”

〔五〕“同光之季,莊宗失馭”句:指同光四年(九二六)四月,從馬指揮使郭從謙嘩變,焚興教門,唐莊宗遇難。見舊五代史卷三四莊宗本紀。

〔六〕“始負羽於魏侯,復策名於鄆帥”句:宋史卷二七三李漢超傳:“始事鄴帥范延光,不爲所知。有事鄆帥高行周,亦不見親信。”范延光,後唐時爲鄴都留守,降晉,後又反。舊五代史卷九七、新五代史卷五一有傳。高行周,歷唐、晉、漢、周四朝。舊五代史卷一二三、新五代史卷四八有傳。

〔七〕“忘歸之鏃,非逢蒙無以宣其利”句:謂李漢超箭法精準,堪比逢蒙。

忘歸，良箭名。以一去不復返，故稱。公孫龍公孫龍子迹府："龍聞楚王張繁弱之弓，載忘歸之矢，以射蛟兕於雲夢之圃。"文選卷二四嵇康贈秀才入軍五首其一："左攬繁若，右接忘歸。"李周翰注："忘歸，矢名。"逢蒙，古之善射者，曾學箭於后羿。見孟子卷八離婁章句下、荀子卷四儒效。

〔八〕"絶影之駿，非造父無以騁其能"句：絶影，良馬名。三國志卷一魏書一武帝紀："公與戰，軍敗，爲流矢所中。"裴松之注引王沈魏書："公所乘馬名絶影，爲流矢所中。"造父，古之善御者，趙之先祖。因獻八駿幸於周穆王。穆王使之御，西巡狩，見西王母。見史記卷四三趙世家。

〔九〕上黨之役：指建隆元年（九六〇）六月乙酉宋太祖伐上黨。見宋史卷一太祖本紀。

〔一〇〕乃掌句陳：謂掌禁軍。句陳，星名。該星主天子六軍將軍，因代稱禁軍。隋書卷一五音樂志下："句陳乍轉，華蓋徐移。"

〔一一〕七萃：指禁衛軍。穆天子傳卷一："天子乃樂口，賜七萃之士戰。"郭璞注："萃，集也，聚也；亦猶傳有七輿大夫，皆聚集有智力者，爲王之爪牙也。"

〔一二〕齊州：即濟南府。隸京東路。見宋史卷八五地理志一。治所在今山東濟南市。

〔一三〕歷下：仇兆鰲注杜甫陪李北海宴歷下亭歷下亭引朱鶴齡注曰："歷下，在齊州，以有歷山而得名。"

〔一四〕東陵：盗蹠居東陵。此指齊州之地。莊子外篇駢拇："伯夷死名於首陽之下，盗蹠死利於東陵之上。"文選卷五五劉孝標廣絶交論："南荆之跋扈，東陵之巨猾。"李善注："東陵，盗蹠也。"

〔一五〕考父"循牆"之頌：左傳昭公七年："及正考父佐戴、武、宣，三命玆益共，故其鼎銘云：'一命而僂，再命而傴，三命而俯，循牆而走，亦莫余敢侮。饘於是，鬻於是，以餬余口。'"

〔一六〕當陽"沈水"之文：當陽謂杜預，封當陽候。杜甫迴棹："吾家碑不昧，王氏井依然。"仇兆鰲注："杜預平吴後，刻二碑紀績，一立萬山之上，一立萬山下潭中，曰'焉知此後不爲陵谷乎？'"

〔一七〕伏生：名勝，或云字子賤，漢時濟南人。原爲秦博士，治尚書。秦始皇焚書,伏生以書藏壁中。漢興後,求其書已散佚,僅得二十九篇,以教於齊、魯間。文帝即位,聞其能治尚書,欲召之。然伏生年已九十餘,老不能行,乃詔太常使掌故晁錯往受之。參尚書正義卷一尚書序。

〔一八〕舞干:文德感化。尚書正義卷四大禹謨:"帝乃誕敷文德,舞干羽於兩階,七旬,有苗格。"

〔一九〕晉稱峴首:晉羊祜任襄陽太守,有政績。後人以其常游峴山,爲立碑紀念。見晉書卷三四羊祜傳。

〔二〇〕漢紀燕然:後漢永元元年,竇憲領兵出塞,破北匈奴,登燕然山,刻石勒功。見後漢書卷二三竇憲傳。

大宋鳳翔府新建上清太平宮碑銘 并序〔一〕

臣聞鴻荒代序,太極流形,二儀肇判而猶通,萬類交馳而未別。巢居血飲,孰知王者之尊?物魅神姦,尚作生民之患。於是聖人繼統,大化宏開,畫八卦而序四時,奠五山而分九服。衣裳軒冕,采章之制以庸;動植飛沈,性命之宜畢遂。高卑既位①,幽顯既分,蒸嘗雩禜致其恭,宗祝史巫紀其秩。猶或觀其道而設教,依於人而後行,通其變而不窮,感於物而遂動,未始有極②,無得而名。其或數偶三災〔二〕,德如二季〔三〕,民懷慈衛③〔四〕,帝念疇咨,必有靈符,允歸興運。易著與能之旨,傳稱觀政之徵,史遷之論至哉④,左氏之書詳矣。我國家受天之命,如日之升,御六氣而平泰階,麗大明而照萬國,清亂略於百王之季,反淳風於遂古之初。天瑞呈祥,群靈受職。粤御曆之元祀,有神降于鳳翔府盩厔縣之望仙鄉。其象不形,其言可紀。蓋玄帝之佐命,禺强之官聯,真位參於紫微,靈職分於井鉞。其稱述則儒玄之奥旨,其敷演則禳禬之嚴科。教義之深也,則孝友姻睦之行興焉;威力之大也,則魍魎魑魅之害除矣。由是秦雍之地,尸而祝之。太祖神德皇帝,聖智淵深，睿謨默識，饗之明德，待以不祈。方且奉天時而答靈心，握玄符而齊七政，故得皇猷允塞，庶績其凝。舞兩階而四隩來同，正九伐而庶邦承式。得遺珠於罔象，協吉夢於華胥。乃知玄告之不誣⑤，駿命之如響。豈止五車兩騎，來爲牧野之祥〔五〕；赤帝素靈，出表芒碭之應而已哉〔六〕！今皇帝千年應運，二聖繼明，恢大業而惟新，浸深仁而累洽。如周王之翼翼〔七〕，若夏后之孜孜〔八〕。聖作無方，先幾靡測。雲門、大濩⑥〔九〕，綜六代之昭聲；稷下、淹中〔一〇〕，采百家之精義。酌而不竭者，衢罇之味；仰之彌高者，垂象之文。王澤既流，頌聲無斁，而復念深徯后〔一一〕，義切勤民，睿眷春臨，皇威電擊。大禹會諸侯之地，盡入隄封〔一二〕；宣王逐獫狁之鄉，率從稽服〔一三〕。舉無遺策，役不逾時，聊存尉候之官〔一四〕，已戢櫜鞬之器〔一五〕。瑶圖之盛也如此，珍符之至也如彼。深惟肹蠁，益驗昭明。而豐報未嚴，壽宫不度，非所以光敷景貺，垂示方來者也。夫庸庸祇祇，爲政之要；元元本本，致理之端。蓋神之命受於天⑦，天之造始於道，是用歸誠衆妙，訪制昭臺〔一六〕，申畫福鄉，聿崇仙館。緬惟虚皇之真境，參以聖曆之嘉名，詔立上清太平宫於所降之地。爾其星分玉井，邑峙金城，終南峻極鎮其前⑧，渭水清深紀其後。鮮原靡迆，接漢皇訪道之臺〔一七〕；佳氣鬱葱，對關令棲真之宅〔一八〕。物皆茂遂，風雨罔愆，人盡淳和，舟輿不用。瞻新宫之爲狀也，崇墉繚野，絳闕凌空。秘殿雲高，俯軒櫺而轉眩；修廊繩直，步欄宇而中疲。極丹青黼藻之工，窮銑鋈璧璫之飾。玉几正御，瑶壇在庭。帝座既嚴，衆真畢饗。鹿巾霞帔之士，霓旌隆節之儀，空歌洞章揚其音，紫煙素雲散其彩。飈欻之馭，縹眇於太虚；氤氲之氣，充被於群有。至矣哉！元后之德，與天地合；真人之應，將富壽并。亦何必定郟鄏以卜年〔一九〕，禪岱宗而探策者也〔二〇〕。夫金石之刻，雅頌之興，所以"示民不佻"，求啓厥後⑨。況乎尊道貴德，廣清浄之風；窮神知化，超言象之表。是宜告於太

史,副在名山。爰命下臣,式揚丕烈。其銘曰:

上天之載,無臭無聲。恍惚有象[⑩],氤氲化成。寄以神理,發爲昭明。惟德是輔,惟皇作程。赫矣元后,悠哉遂古。成有靈貺[⑪],式昭天祚。龜出清洛〔二一〕,鳳臨玄扈〔二二〕。赤字興堯,玉書授禹。降及商亳〔二三〕,建于邠岐〔二四〕。天之所啓[⑫],神亦格思。牲玉有秩,馨香孔儀。弈弈宗祝[⑬],子孫保之。道德下衰,質文不復。俗限楚夏,運遷水木。時歎陵夷,民嗟慘黷。必有真人,應圖受籙。皇哉帝宋,大拯横流。出自蒼震,類兹九疇。垂衣卷領,端拱凝旒。永言建福,式協人謀。有煒明靈,降從玄極。致帝之命,觀政之德。用薦忠信,寧惟黍稷。藉陋蕙蘭,帳非甲乙。運鍾二聖[⑭],慶洽重光。誕敷一德,奄有八方[⑮]。時文載郁,我武惟揚。通幽受職,罄宇儲祥。乃眷珍符,本乎至道。肇建仙館,是彰玄造。前望終南,旁瞻豐鎬。泱泱平原,崇崇新廟。端闈特立,秘殿宏開。九華之室,方丈之臺。平闕列闕,直寫昭回。崆峒邈爾〔二五〕,姑射遼哉〔二六〕。聖靡不通,道無不在。靈場既穆,祀典無改。福爾蒸黎,格于四海。用刻貞珉,永垂千載。

【校記】

①位:李校:一本作"定"。

②始:四庫本作"知"。

③衛:黄校本作"惠"。

④遷:原作"遇",據翁鈔本、四庫本、李刊本、徐校改。

⑤告:李校:一本作"誥"。

⑥濩:原作"護"。據四庫本、黄校本、李刊本改。下篇同。

⑦命受:李刊本作"受命"。

⑧峻極:四庫本作"高峻"。　極:李校:一本作"聳"。

⑨求:李刊本作"永"。

⑩恍惚:李校:一本作"忽恍"。

⑪成：李刊本作“咸”。

⑫之：原作“子”，據李刊本、徐校改。

⑬祝：李刊本作“祀”，並校：一本作“祊”。

⑭鍾：李刊本作“隆”。

⑮方：李刊本作“荒”。

【箋注】

〔一〕作於宋太平興國五年（九八〇）。金石文考略卷一三重刻終南山上清太平宮碑：“上清太平宮碑，太平興國五年徐鉉奉勅撰，張振奉勅書。” 鳳翔：隸陝西秦鳳路。見宋史卷八七地理志三。即今陝西鳳翔縣。

〔二〕三災：佛教謂劫末所起的三種災害。刀兵、疫癘、饑饉爲小三災，火、風、水爲大三災。

〔三〕二季：指夏、殷兩代的末世。晉書卷五〇秦秀傳：“周公弔二季之陵遲，哀大教之不行，於是作謚以紀其終。”

〔四〕慈衛：道德經卷下三寶：“夫慈，以戰則勝，以守則固，天將救之，以慈衛之。”

〔五〕“五車兩騎，來爲牧野之祥”句：見卷一〇蔣莊武帝新廟碑銘注〔四六〕。

〔六〕“赤帝素靈，出表芒碭之應”句：傳説劉邦爲赤帝子，於芒碭山斬白蛇，遂發迹。見史記卷八高祖本紀。

〔七〕周王之翼翼：詩經大雅大明：“惟此文王，小心翼翼。”

〔八〕夏后之孜孜：尚書正義卷五益稷：“予何言？予思日孜孜。”

〔九〕雲門、大濩：周樂舞。用於祭祀天神。周禮注疏卷二二大司樂：“以樂舞教國子。舞雲門、大卷、大咸、大磬、大夏、大濩、大武。”鄭玄注：“此周所存六代之樂。”

〔一〇〕稷下、淹中：稷下指戰國齊都城臨淄西門稷門附近地區。齊威王、齊宣王曾在此建學宫，廣招文學游説之士講學議論。應劭風俗通卷七窮通：“齊威、宣王之時，聚天下賢士於稷下，尊寵之。”陶淵明擬古之六：“稷下多談士，指彼決吾疑。”淹中爲春秋魯國里名。在今山東曲阜市。漢書卷三〇藝文志：“禮古經者，出於魯淹中。”顔師古注引蘇林曰：“里名也。”劉孝綽昭明太子集序:“於時淹中、稷下之生,金華、石渠之士,莫不過衢樽而挹多少,見斗極而曉西東。”楊炯遂州長江縣先聖孔子廟堂碑:“冬禮春詩之化,再造雙川;淹中、稷下之風,一匡三蜀。”

〔一一〕徯后:見卷一〇武成王廟碑注〔二三〕。

〔一二〕“大禹會諸侯之地,盡入隄封”句:謂江南之國皆納入疆域。塗山爲禹大會諸侯之處。尚書正義卷五益稷:“予創若時,娶于塗山。”孔安國傳:“塗山,國名。”

〔一三〕“宣王逐玁狁之鄉,率從稽服”句:謂北方少數民族各國亦納入疆域。詩經小雅采芑:“嘽嘽焞焞,如霆如雷。顯允方叔,征伐玁狁,蠻荊來威。”漢書卷七〇陳湯傳:“昔周大夫方叔、吉甫爲宣王誅玁狁而百蠻從。”按:宣王即周宣王。玁狁,我國古代北方少數民族名。史記卷一一〇匈奴列傳:“匈奴,其先祖夏后氏之苗裔也,曰淳維。唐虞以上有山戎、玁狁、葷粥,居於北蠻,隨畜牧而轉移。”

〔一四〕尉候:守邊的都尉與伺敵的斥候。揚雄解嘲:“今大漢左東海,右渠搜,前番禺,後椒塗,東南一尉,西北一候。”

〔一五〕櫜鞬:盛箭和弓的器具。左傳僖公二十三年:“(晉文公)對曰:‘若以君之靈,得反晉國。晉、楚治兵,遇于中原,其辟君三舍。若不獲命,其左執鞭弭,右屬櫜鞬,以與君周旋。’”楊伯峻注:“櫜,音高,盛箭矢之器;鞬,音犍,盛弓之物。”

〔一六〕昭臺:即昭臺宮。漢宮名。漢書卷九七上孝宣霍皇后:“霍后立五年,廢處昭臺宮。”顔師古注:“在上林中。”

〔一七〕漢皇訪道之臺:即樓觀臺。道教名觀。在今陝西周至縣城東南秦嶺山麓。相傳周康王時,函谷關令尹喜曾在此結草樓而居,觀看天象,並在樓南高崗築臺,講授道德經,稱説經臺。該樓一名紫雲樓,後人創立道觀,稱“樓觀”。見雲笈七籤卷一〇四。参卷一〇筠州清江縣重修三清觀記注〔六〕。漢皇即漢武帝。信奉道教,追求長生。

〔一八〕關令棲真之宅:關令即尹喜。見上注。

〔一九〕定郟鄏以卜年:左傳宣公三年:“成王定鼎於郟鄏,卜世三十,卜年七百,天所命也。”郟鄏,周東都。故地在今河南洛陽市。

〔二〇〕岱宗：即泰山。居五嶽之首，爲諸山所宗。尚書正義卷三舜典："歲二月，東巡守，至於岱宗。"孔安國傳："岱宗，泰山，爲四岳所宗。"　探策：求簽。曹植驅車篇："探策或長短，唯德享利貞。"

〔二一〕龜出清洛：傳説大禹治水時，自洛水而出、背負洛書的神龜。尚書正義卷一二洪範："天乃錫禹洪範九疇，彝倫攸叙。"孔安國傳："天與禹，洛出書。神龜負文而出，列於背，有數至於九。禹遂因而第之，以成九類常道。"

〔二二〕鳳臨玄扈：玄扈，山名。在今陝西洛南縣西，洛水之南。太平寰宇記卷一四一山南西道九商州洛南縣："玄扈山，在縣西北一百里。黄帝録云：'帝在玄扈山上，與大司馬容光、左右輔周昌等一百二十人臨之，有鳳銜圖以至帝前。"宋書卷二九符瑞志下："玄扈之鳳，昭帝軒之鴻烈。"

〔二三〕降及商亳：商湯始居亳，後建都於此。亳即今河南商丘市虞城縣南。

〔二四〕建于邠岐：謂周建都邠岐。邠岐在今陝西彬縣、岐山縣一帶。

〔二五〕崆峒：山名。在今甘肅平涼市西。相傳是黄帝問道廣成子之所。

〔二六〕姑射：山名。在山西臨汾縣西。隋書卷三〇地理志中臨汾郡："臨汾……有姑射山。"

大宋重修蛾眉山普賢寺碑銘 并序〔一〕

臣聞聖人闡化，必有胥附之資；賢士膺期，必垂不朽之迹。是以顏回默識，冠師門於洙泗之濱〔二〕；尹喜受經，應真氣於崤函之右〔三〕。故得千載之下，好學之徒，入其國而知其教，思其人而愛其樹。聖賢相遇，有如此焉。在昔象教權輿，能仁命世，綜百靈而貫群動，歸向如流；窮絶國而亘諸天，感通若響①。爰有法王之子，來從普勝之方，憑翼真乘，導揚宗極。具大悲之願行，綜十智之因緣，從我立名，斯爲上首。及乎慈航既濟②〔四〕，慧炬分華〔五〕，乃暨衆真，俱承佛勅。乘六牙之瑞獸，降右蜀之靈峰，將以協井絡之會昌，鎮金方之勁氣。猶且潛而勿用，明而未融。闇持摩頂之仁,陰隲含生之命。故使神嬰青縷,肇建國都;路闢金牛〔六〕,始通華夏。沈犀息沴,李太守之玄功〔七〕;噀酒救災,欒尚書之妙用〔八〕。郡開學校,文翁廣洽於儒風〔九〕;樂播中和,四子誕揚於帝德〔一〇〕。藹爾褒斜之域〔一一〕,穆然周漢之民。非法力之攸憑,豈人謀之獨得?其後金人既應〔一二〕,白馬斯來③〔一三〕,神開顯俗之徵,家識致誠之所。於是祥符煥爛,靈變紛綸:或則銀色浮空,與朝陽而共麗;或則燈光並列,將夜魄以俱明。聖衆盤旋,真容隱見,奇蹤萬狀,不可勝圖。瞻之者耳目咸新,聞之者身心共肅。一方欣賴,歷代修崇。遂於白水之源,特建普賢之寺。金土交運,開閉不常,白毫之相長存④〔一四〕,法鼓之音靡絶〔一五〕。夫以導江遺迹〔一六〕,天漢名區〔一七〕,必有道之見歸,豈三分之能久?太祖神德皇帝〔一八〕,文修内禪,武定中區。正卿揚九伐之威,遠俗致七旬之格。納蜀王之土貢,受劉禪之驟車。重鈕坤維⑤,還銘劍閣。于時皇風初被,汙俗尚繁,游魂篁竹之間,假息萑蒲之際。匪輕刑之可禁,顧先甲以徒勤。金地寶坊,浸成藪澤;田衣毳褐,漸致流離。妖禽既就於焚巢,紺宇終悲於闃户⑥〔一九〕。雖復葺其撓棟,繕彼垝垣,而陛序猶卑⑦,基扃未廣。尊號皇帝,長君嗣統,二聖重熙,覆萬物以如天,廓重昏而比日⑧。聿修成業,欽若靈心。尺書徵懷德之君,折箠定畏威之地⑨。盡炎洲而極玄朔,尉候徒存;亘日域而浹流沙,車書莫二〔二〇〕。然後勝殘去殺,反朴斲雕。包干戈以虎皮,鑄劍戟爲農器。定大濩、雲門之樂〔二一〕,舉淹中、稷下之儀〔二二〕。慈衛仁薰⑩〔二三〕,時和俗阜。天地應而慶雲甘醴,律吕調而玉燭景風。猶復成而不居,勤則有繼。一游一豫,表玉度之惟常⑪〔二四〕;必躬必親,示庶民之光聖。慮極冰霜之誡⑫。皇綱畢舉,睿思彌精。以爲象外微言,無生妙理,修於心則圓通無滯⑬,被於物則福應來臻。足以助王道之和平,致蒼生於仁壽。乃申明詔,歷選精廬。唯此蛾眉,獨標殊勝。天真人皇諭道之地,楚狂接輿隱景之鄉。封域之間，氣象盤薄。洪源奔注，二江雙流，沱潛之川；峻岊回環，玉壘銅梁〔二五〕，岷嶓之阻〔二六〕。況禪枝擢秀，來自祇園〔二七〕；法海餘波，別疏定水〔二八〕。慈氏所相，疇能廢之⑭？烝哉聖謨，符此玄貺。五年春，申命中使，率將梓人，伐貞石於它山，下瓌材於邃谷。或子來而肆力，或神運以標奇⑮。模制度於鷲峰〔二九〕，極莊嚴於花界。耽耽正殿，巘巘飛甍，玉甃丹楹，金鋪瑣闥。洞户順陰陽之候，中宸變寒暑之威。揭以端闈，繞之周廡。鑄鴻鍾之萬石，貫猛簴之千鈞，桀孽凌空⑯，鏗訇震野。其後則層樓入漢，飛陛連雲。彩檻離婁，冠餘霞而上出；璇題玓瓅，綴列宿以旁迴。神明之臺〔三〇〕，不足以語其高，天梁之宫⑰〔三一〕，不足以矜其麗。鑠金爲字，寫大藏之經秘于上，逾五百函；範銅爲像，擬普賢之容設于下，高二十尺。味其文，則如來之宗旨可得而觀；禮其相，則菩薩之威神於是乎在。將使三蜀之地〔三二〕，一切有情，皆沖氣以含和，盡革凡而成聖。則知大雄之教，漸於世也深焉；元后之仁，利於民也至矣。昔者軒皇訪道，歷襄野以猶迷⑱〔三三〕；漢帝祈年，拜竹宫而無得〔三四〕。恭惟盛美，允屬皇猷。若夫事以頌宣，言以文遠，作而不記，後嗣何觀？爰命下臣，式旌不朽。其銘曰：

允矣象教，洪惟法王，如何不竭，比日同光⑲。有情斯應，無遠弗彰，化自八國，聲馳萬方。爰有大賢，是稱達者，異境齊致，同聲協雅。聞道莫逆，瞻顔不捨⑳，乃演真乘，來儀東夏。蛾眉之阻，群帝之庭，作固作鎮，棲真宅靈。普賢至止，潛耀千齡，爾未我覿，我疇爾形。經教既孚，神明乃作，瑞相顯晦，圓光欻霍。萬變凌峰，百靈溢壑，信士歸依，輿人駭愕。崇崇梵宇，於此宏開，時遷末運㉑，數偶三災。焚如魯廟，傾若齊臺，淳風必復，聖日斯迴。赫矣皇圖，烝哉二聖，混一區宇，受天明命㉒。與物皆春，得人爲盛，式叙九疇，迭修三正。皇帝曰咨㉓，咨爾西人，助我神化，其惟正真。爲爾祈福，轉兹法輪，禪林則舊，寶刹惟新。秘殿耽耽[24]，高門弈弈，脩廊四注，層樓百尺[25]。尊經聖像，金文寶質，妙善周圜，福釐繁錫。乾光俯燭，慧炬朝焞，同開壽域，共闢同昏。貙氓之伍[26]〔三五〕，杜宇之魂〔三六〕，乘是妙果，俱登法門[27]。明明大君，照臨下土，墜典咸修，靡神不舉。彼都人士，式歌且舞，揭此豐碑，永傳終古[28]。

【校記】

①若：翁鈔本作“如”。

②濟：翁鈔本作“渡”。

③斯來：四庫本作“來斯”。

④長：翁鈔本作“常”。

⑤鈕：四庫本作“鎮”。

⑥終悲：四庫本作“尚終”。

⑦陛：四庫本、李刊本作“階”。

⑧比日：四庫本作“皆旦”。李校：一本作“皆晝”。

⑨折箠：四庫本作“折柬”。　畏威：四庫本作“威武”。

⑩衛：李校：一本作“惠”。

⑪玉：黄校本、李刊本作“王”。徐校：“玉”當作“王”。今按：兩者均通。

⑫示庶民之光聖，慮極冰霜之誡：翁鈔本于“示庶民之光聖”下空六字，下接“慮極冰霜之誡”。　誡：翁鈔本訛作“誠”。黄校本于“慮極冰霜之誡”下空六字。黄校、李校、徐校均言“庶民”句下似有脱。

⑬心：四庫本作“身”。

⑭疇：李校：一本作“誰”。

⑮以：翁鈔本作“而”。

⑯桀孽：四庫本作“巀嶪”。今按：巀嶪，意爲“高聳”，當是。

⑰天：李校：一本作“大”。

⑱以：四庫本作“而”。

⑲日：原作“目”，據四庫本、黄校本、李刊本、徐校改。

⑳顔:四庫本作“顧”。

㉑遷:李校:一本作“遭”。

㉒天:四庫本作“厥”。

㉓咨:四庫本作“嗟”。

㉔耽耽:李刊本作“眈眈”。徐校:“耽”當作“眈”。今按:兩者義同。

㉕尺:四庫本作“折”。

㉖貙氓:原作“貙珉”,據四庫本改。

㉗俱:李校:一本作“得”。

㉘終:李校:一本作“千”。

【箋注】

〔一〕作於宋太平興國五年(九八〇)春。文曰:“五年春,申命中使,率將梓人,伐貞石於它山,下瓌材於邃谷。……爰命下臣,式旌不朽。”據此而繫。

〔二〕“顔回默識,冠師門於洙泗之濱”句:謂顔回爲孔子最得意弟子。顔回字子淵。見史記卷六七仲尼弟子列傳。洙泗,洙水和泗水。古時二水自今山東泗水縣北合流而下,至曲阜北,又分爲二水,洙水在北,泗水在南。春秋時屬魯國地。孔子在洙泗之間聚徒講學。禮記正義卷七檀弓上:“吾與女事夫子於洙泗之間。”鄭玄注:“洙泗,魯水名。”

〔三〕“尹喜受經,應真氣於崤函之右”句:見卷一〇筠州清江縣重修三清觀記注〔五〕。

〔四〕慈航:佛教用語。謂佛、菩薩以慈悲度人,如航船之濟衆,使脱離苦海。蕭統開善寺法會:“法輪明暗室,慧海度慈航。”白居易渭村退居寄禮部崔侍郎翰林錢舍人詩一百韻:“斷癡求慧劍,濟苦得慈航。”

〔五〕慧炬:佛教用語。謂普照萬方的智慧。涅槃經卷二一:“汝於佛性猶未明了,我有慧矩,能爲照障。”

〔六〕金牛:古川陝間棧道名。蜀道之南棧,舊名金牛峽,故自陝西勉縣而西,南至四川劍閣縣之劍門關口,稱金牛道,亦稱石牛道。水經注卷二七沔水:“秦惠王欲伐蜀而不知道,作五石牛,以金置尾下,言能屎金。蜀王負力,令五丁引之成道。秦使張儀、司馬錯尋路滅蜀,因曰石牛道。”李白上皇西巡南京歌其八:“秦開蜀道置金牛,漢水元通星漢流。”

〔七〕“沈犀息沴，李太守之玄功”句：指戰國秦李冰造石犀五頭，沈之于水以厭水怪之事。水經注卷三三江水：“石犀淵，李冰昔作石犀五頭，以厭水精。”沈犀故址在今四川犍爲縣西南五里。

〔八〕“噀酒救災，欒尚書之妙用”句：神仙傳卷七欒巴傳：“欒巴，蜀人也。……巴爲尚書，正旦，會群臣飲酒，巴乃含酒起望西南噀之。奏云：‘臣本鄉成都市失火，故爲救之。’帝馳驛往問之，云正旦失火時，有雨自東北來滅火，雨皆作酒氣也。”

〔九〕文翁廣洽於儒風：見卷二二送脩武鄭主簿糺郡梓潼兼寄王舍人注〔一三〕。

〔一〇〕“樂播中和，四子誕揚於帝德”句：文選卷五一王褒四子講德論：“褒既爲益州刺史，王襄作中和樂職宣布之詩，又作傳，名曰四子講德，以明其意焉。”吕延濟注：“四子謂微斯文學、虛儀夫子、浮游先生、陳丘子也。褒當假立以爲論端也。”

〔一一〕褒斜：即褒斜道。因取道褒水、斜水二河谷得名。通道山勢險峻，舊時爲川陝交通要道。漢書卷二九溝洫志：“其後人有上書，欲通褒斜道及漕，事下御史大夫張湯。湯問之，言：‘抵蜀從故道，故道多阪，回遠；今穿褒斜道，少阪，近四百里。’”

〔一二〕金人既應：後漢書卷八八西域傳：“（漢）明帝夢見金人，長大，頂有光明，以問群臣。或曰：‘西方有神，名曰佛，其形長丈六尺而黄金色。’帝於是遣使天竺問佛道法，遂於中國圖畫形像焉。”

〔一三〕白馬斯來：即佛教東漸之始。相傳漢明帝遣人西行求法，白馬馱負佛像和經書而歸至洛陽。

〔一四〕白毫之相：佛教傳説世尊眉間有白色毫毛，右旋宛轉，如日正中，放之則有光明，名“白毫相”。佛藏經下了戒品九：“如來滅後，白毫相中百千億分，其中一分供養舍利及諸弟子。……設使一切世間人皆共出家，隨順法行，於百毫相百千億分，不盡其一。”法華經句解序品：“爾時，佛放眉間白毫相光。”

〔一五〕法鼓之音：佛教法器之一。舉行法事時用以集衆唱贊的大鼓。法華經化城喻品：“擊於大法鼓，而吹大法螺。”

〔一六〕導江：尚書正義卷六禹貢："岷山導江，東别爲沱。"

〔一七〕天漢：漢朝美稱。舊題李陵答蘇武書："出天漢之外，入强胡之域。"

〔一八〕太祖神德皇帝：即趙匡胤。崩謚啓運立極英武睿文神德聖功至明大孝皇帝，廟號太祖。

〔一九〕紺宇：即紺園。佛寺之别稱。王勃益州德陽縣善寂寺碑："朱軒夕朗，似游明月之宫；紺宇晨融，若對流霞之闕。"

〔二〇〕車書莫二：禮記正義卷五三中庸："今天下車同軌，書同文，行同倫。"

〔二一〕大濩、雲門之樂：見本卷大宋鳳翔府新建上清太平宫碑銘注〔九〕。

〔二二〕淹中、稷下：見本卷大宋鳳翔府新建上清太平宫碑銘注〔一〇〕。

〔二三〕慈衛：見本卷大宋鳳翔府新建上清太平宫碑銘注〔四〕。

〔二四〕玉度：謂儀態、風度嫻雅優美。

〔二五〕玉壘：即玉壘山。在今四川理縣東南。左思蜀都賦："廓靈關以爲門，包玉壘而爲宇。"劉逵注："玉壘，山名也，湔水出焉。在成都西北岷山界。"銅梁：山名。在今四川合川縣南。山有石梁横亘，色如銅。揚雄蜀都賦："銅梁金堂，火井龍湫。"

〔二六〕岷嶓：亦作嶓岷。嶓冢山和岷山的合稱。

〔二七〕祇園：祇樹給孤獨園的簡稱。代指佛寺。王勃益州德陽縣善寂寺碑："祇園興板蕩之悲，沙界積淪胥之痛。"白居易題東武丘寺六韻："香刹看非遠，祇園入始深。"

〔二八〕定水：佛教用語。喻禪定之心。梁元帝法寶聯璧序："熏戒香，沐定水。"庾信陜西弘農郡五張寺經藏碑："春園柳路，變入禪林；蠶月桑津，迴成定水。"

〔二九〕鷲峰：鷲山。大唐三藏聖教："雙林八水，味道餐風；鹿苑鷲峰，瞻奇仰異。"

〔三〇〕神明之臺：漢武帝所建臺名，在建章宫内。上有承露盤，銅仙人捧銅盤玉杯，以承露水。文選卷一班固西都賦："神明鬱其特起，遂偃蹇而上躋。"李善注引漢書："孝武立神明臺。"

〔三一〕天梁之宫:漢宫殿名。在建章宫内。文選卷一班固西都賦:"經駘盪而出馺娑,洞枍詣以與天梁。"李善注:"天梁,亦宫名也。"三輔黄圖卷三建章宫:"天梁宫,梁木至於天,言宫之高也。四宫(駘蕩、馺娑、枍詣、天梁)皆在建章宫。"

〔三二〕三蜀:漢初分蜀郡置廣漢郡,武帝時又分置犍爲郡,合稱三蜀。文選卷四左思蜀都賦:"三蜀之豪,時來時往。"劉逵注:"三蜀,蜀郡、廣漢、犍爲也。本一蜀國,漢高祖分置廣漢,漢武帝分置犍爲。"

〔三三〕"軒皇訪道,歷襄野以猶迷"句:莊子外篇徐無鬼:"黄帝將見大隗乎具茨之山。……至於襄城之野,七聖皆迷,無所問塗。"

〔三四〕"漢帝祈年,拜竹宫而無得"句:漢書卷二二禮樂志:"以正月上辛用事甘泉、圜丘,使童男女七十人俱歌,昏祠至明,夜常有神光如流星止集於祠壇,天子自竹宫而望拜。"

〔三五〕貙氓:亦作"貙甿"。指貙人。文選卷四左思蜀都賦:"畠貙氓於葽草,彈言鳥於森木。"劉逵注:"貙氓,謂貙人也。"李善注引博物志:"江漢有貙人,能化爲虎。"

〔三六〕杜宇:傳説中的古代蜀國國王。死後魂化杜鵑。太平御覽卷一六六引揚雄蜀王本紀:"荆人鼈令死,其屍流亡,隨江水上至成都,見蜀王杜宇,杜宇立以爲相。杜宇號望帝,自以德不如鼈令,以其國禪之,號開明帝。"

巫馬大夫碑銘〔一〕

大夫與宓子賤俱事仲尼,迭宰單父〔二〕。宓子恢上聖之道,舉任賢之明,故有鳴琴之化;大夫勤以繼德,身親其勞,故有戴星之迹〔三〕。從師則同,行道則背,其故何哉?夫天下至大也,萬物至衆也。至大者不可以一概量,至衆者不可以一術治。故君子出處語默,屈伸變化,一致而百慮,同歸而殊塗。其要在存至公於百代,不私榮名於其身而已。若夫上德無爲,玄功不宰,知人則哲,付物以能,功成身泰,神全理勝,與夫勞心焦思①、臞瘠胼胝,勝負之間,較然可見。徇名之士,皆奔走之,則將有智小而謀大,行邇而志遠,推是以往,天下必有受其弊者。子期知之,故就而爲其節制,並分聖人之體,以極萬物之變。效伯禹之力,師文王之勤,夙興夜寐,不遑啓處。仲尼識其志,故譽子賤而不譏子期,以此防民。而西晉王夷甫之徒〔四〕,猶祖尚浮虚,望空署白,以亂天下,則子期之慮,不亦遠哉?夫君子道積於躬,惠加於物,事至而應,時動則隨。功之豐約,視事之細大②;力之勞逸,繫時之險易。致理而已,何常之有焉?舉成績而較優劣,難與言智矣。泱泱舊國,藉藉遺芳,舊俗不偷,頌聲未泯。行太守事彭城劉君名察,望高持憲,寄重頒條,以師古之學,舉時中之政,訟庭益簡,祀典咸修,永懷前賢,願紀貞石。鉉也不佞,承命爲文。其銘曰:

烈烈先聖,侁侁衆賢。升堂入室,體道同玄。其用無方,萬化齊焉。其教無窮,百世賴焉。文王既勤,大禹盡力。英英子期,服勞繼德。夙興夜寐,自强不息。苟利於後③,唯變所適。季世道薄,務華喪真。居簡行簡,不躬不親。亂由是生,俗以之淪。思我子期,亡己爲人。瞻言舊鄉④,魯道之首。邈哉二賢,佐佑先後。同焉皆得,通則能久。千齡旦暮,敢告邦守⑤。

【校記】

①思:四庫本作"慮"。

②細大:李校:一本作"大小"。

③苟:四庫本作"有"。

④鄉:李校:一本作"邦"。

⑤敢:四庫本作"聽"。

【箋注】

〔一〕作年未詳。　巫馬大夫:即巫馬施。其字子期,或云字子旗。史記卷六七仲尼弟子列傳:"巫馬施字子旗。"司馬貞索隱:"鄭玄云魯人。家語云:'陳人,字子期。'"按:孔子家語卷九七十二弟子解:"巫馬施,陳人,字子期。"

〔二〕單父:春秋魯國邑名。故址在今山東單縣南。　宓子賤:史記卷六七仲尼弟子列傳:"宓不齊字子賤。少孔子三十歲。"裴駰集解:"孔安國曰魯人。"司馬貞索隱:"家語云'魯人,字子賤。少孔子四十九歲。'"按:司馬貞索隱所言見孔子家語卷九七十二弟子解。

〔三〕"宓子恢上聖之道"至"故有戴星之迹"句:吕氏春秋卷二一察賢:"宓子賤治單父,彈鳴琴,身不下堂,而單父治。巫馬期以星出,以星入,日夜不居,以身親之,而單父亦治。"

〔四〕西晉王夷甫:王衍字夷甫。琅邪臨沂(今山東臨沂市北)人。妙善玄言,唯談老莊爲事。每有談論,隨即更改,世號"口中雌黄"。矜高浮誕,遂成風俗。見晉書卷四三本傳。

江州彭澤縣修山觀碑〔一〕

混元資始,玄造權輿,道以久而化成,樸既散而爲器。聖人在位,修之於天下,則有明堂清廟,表訓民事神之方;賢者貞遯,修之於身,則有名山福地,爲朝真降靈之所。小大則異,宗致惟均。江州彭澤縣有修山焉,瞰天險而高標,抗廬峰而特立。氣雄而勢聳,翠積而光寒。峻屺深巖①,風雲蓄泄,茂林穹谷,材用蕃滋。游居之所走望,真隱之所棲息。考諸圖諜,昔静節先生游憩之地也。杉松交影,猶懷種柳之風;山水清音,尚想素琴之意。遺德所及,仙祠以興。梁大同元年,有句曲道士尉文光,靈氣夙成,陰功將滿,遐擇勝地,以恢妙門,聿來此山,益廣基構。制度無闕,標題載光。越二年,尉君白日登晨,舉邑咸覿。人民未改,飈欻載還,霓衣則殊,鶴貌如故。稅駕之地,甘棠永存,故今有尉駕池焉。而中山丹竈香鑪,松壇石室,儼然奇迹,若奉宴居,歷代嚴恭,有如旦暮。唐狄梁公〔二〕,履虎不咥,絃歌此邦,企仰仙游,重加崇飾。又塑高宗大帝聖像,以伸送往之誠,朔望朝拜,不失常禮。復以錢五十萬,爲致田園,厨廩所資,至今猶賴。季唐之世,臨川宋震來爲宰邑[②]，掘地得藥鼎、藥合，因見尉真人之室于東序[③]，設象以奉之。秩滿還鄉，遂入麻姑山爲道士[④]。是以清心冥契，玄鑑孔昭，青天白日，孰云其遠？道士謝又能，早参真籙，夙負時名，閑館靈場，備嘗踐歷，空談秘訣，悉詣精微，克享修齡，言歸廬岳。郡侯敦請，付以修山。闡教之心，勤行匪懈。棟宇之制，日以增嚴。端闈屹其穹隆，周廡粉其回合[⑤]。焕然藻繪，藹爾重深。清澄之氣攸充，汗漫之游斯在。戊寅歲，謝君解化，弟子王省昂，繼之方行[⑥]，才亦世出。金石之刻，僉曰其宜。鉉也欽羨真猷，因爲之頌。其詞曰：

大道混成，修之乃真。必有勝境，以居異人。南楚之域，玄風所臻。邈哉修山，棲靈降神。陶令高名，尉師仙卿，狄公元臣，矯矯三賢，千祀齊聲。是相是宅，載經載營。疏此翠巘，列爲殊庭。響像玄圃[⑦]〔三〕，規模赤城〔四〕。瞻之者肅，處之者寧。心之所至，道豈虚行。刊名翠琰，永告諸生。

【校記】

①屺：四庫本作“壑”。

②宋：四庫本作“朱”。李校：諸本多作“朱”。　宰邑：四庫本作“邑宰”。李校：應從一本作“邑宰”。

③見：四庫本、李刊本作“建”。

④遂：原作“逐”，據四庫本、黄校本、李刊本改。

⑤粉：四庫本、李刊本作“紛”。

⑥方：李校：一本作“力”。

⑦響：四庫本、李刊本作“想”。

【箋注】

〔一〕作於宋太平興國三年（九七八）或稍後一年。據文意，戊寅（九七八）歲謝君卒，弟子王省昂請徐鉉作文頌美。

〔二〕唐狄梁公：狄仁傑字懷英，并州太原（今山西太原市）人。唐武后時著名宰相。曾爲來俊臣所誣,貶彭澤令。睿宗復位,追封梁國公。見新唐書卷一一五本傳。

〔三〕玄圃:文選卷三張衡東京賦:“左瞰暘谷,右睨玄圃。”李善注:“淮南子曰:‘……懸圃在崑崙閶闔之中。’‘玄’與‘懸’古字通。”

〔四〕赤城:傳説中的仙境。庾信奉答賜酒:“仙童下赤城,仙酒餉王平。”倪璠注引神仙傳:“茅蒙,字初成,乃於華山之中乘雲駕龍,向日昇天,歌曰:‘神仙得者茅初成,駕龍上昇入泰清,時下玄洲戲赤城。’”

徐鉉集校注卷二六　碑銘

楊府新建崇道宫碑銘 并序[①][一]

有天地然後有萬物，有萬物然後有君臣，有君臣然後有教化。教之大者，當由其本，則大道是已。夫道積乎中，動合於真，故能舉堯、舜、周、孔之法，奮禮樂刑政之用。若道不在焉，而守其籧廬，則莊周於是糠秕仁義[二]，輪扁於是糟粕古書矣[三]。夫孝本因心[②]，而宗廟簠簋所以致孝也；道本勤行，而宫館壇墠所以尊道也。爲政者有能原聖人之旨以垂憲，崇列真之宇以薦誠，其殆庶乎！廣陵大藩，四海都會，制度之盛，雄視諸侯。土德既微，三災斯構[③]，井邑屢變，城郭僅存。皇宋膺圖，更造區夏，雖天實輔德，亦世而後仁。今上嗣位之六年，詔太常博士孫君邁佐理斯郡。君復膺古訓[④]，得意玄關，以爲教之不興，民之安仰？於是相爽塏之地，即清曠之墟，創朝修之宫，奉玄元之御。當崇墉之左次，俯合瀆之東涯，出俸錢以易置[⑤]，運心匠以經度[⑥]。班倕方集，畚鍤既興，未及僝功，移典秋浦。同聲之應，千里非遥，太子右贊善大夫潘君若沖，負儒雅之才，韞恬淡之量，允膺朝選，代撫斯民。庶政交修，能事畢舉。惟兹靈宇，既有成規，於是揆日庀徒，克終懿績。

若乃殿堂陛楯之制⑦，閈閎罘罳之列，或躊躇以閑宴，或窈窕而曼延。睟容肅穆，仗衛紛繹，摇太霄之佩，植紫旄之節。拊洞陰之磬⑧〔四〕，扣豐山之鍾〔五〕，欻若經閬風而歷琳房〔六〕，飄如排玄雲而揖丹露。風亭月觀之地，紫氣浮空；歌臺舞閣之基，芝英擢秀。學者假筌蹄而有得，游者甘樂餌而斯留⑨，靄然福鄉，丕變浮俗。既畢雲構，乃楊王庭，有詔賜名曰崇道⑩。大矣哉！聖人在上，墜典咸修，自成㟪嵔之區，何假崆峒之問〔七〕！是宜刻於樂石，紀在方書。某也素爲道民，嘗學史氏，以文見屬，所不獲辭⑪。銘曰：

大哉道原，湛然常在。其質無象，其功不宰。君子得之，勤行不怠。勤行伊何？啓焕靈場。乃闢隙荒，乃築宫牆。峩峩高門，屹屹崇堂。祀事孔明，玄儀載光。淮海惟楊〔八〕，九州之奥。厥民伊何？富庶而教。夫仰靈構⑫，人知至道。咨爾三方，是則是效。崑岡北峙，邗水南通⑬〔九〕。聖日麗天，真氣盤空。煒煒煌煌，魂魂熊熊。道民作頌，永播皇風。

【校記】

①楊府：四庫本作“揚州府”。　府：李刊本作“州”。

②因心：四庫本作“恩養”。

③構：四庫本作“戾”。

④復：四庫本、李刊本作“服”。

⑤易：四庫本作“圖”。

⑥度：黄校本作“營”。

⑦陛：四庫本、李刊本作“階”。

⑧洞陰：四庫本作“泗濱”。　洞：李校：一本作“桐”。

⑨樂餌：四庫本、黄校本、李刊本作“藥餌”。

⑩曰：原誤作“白”，據四庫本、黄校本、李刊本、徐校改。

⑪獲：黄校本作“復”。

⑫構：四庫本作“衹”。

⑬邗：原作“刊”，據四庫本、李刊本、徐校改。

【箋注】

〔一〕作於宋太平興國六年（九八一）。據文意，知宋太宗嗣位之六年，孫邁建崇道宫而未畢，潘若沖繼而功成。

〔二〕"莊周於是穅秕仁義"句：莊子外篇駢拇痛斥仁義之弊，而歸重於道德（率真任性的自然之道）之途。

〔三〕"輪扁於是糟粕古書"句：莊子外篇天道："桓公讀書於堂上，輪扁斲輪於堂下，釋椎鑿而上，問桓公曰：'敢問公之所讀爲何言邪？'公曰：'聖人之言也。'曰：'聖人在乎？'公曰：'已死矣。'曰：'然則君之所讀者，古人之糟粕已夫！'"

〔四〕洞陰之磬：梁簡文帝箏賦："洞陰之石，范女有游仙之磬。"

〔五〕豐山之鍾：山海經卷五中山經："（豐山）有九鍾焉，是知霜鳴。"郭璞注："霜降則鍾鳴，故言知也。"元和郡縣志卷二三山南道一鄧州新野縣："豐山，在縣南三十二里。有九鐘，霜降則鳴。"（中華書局點校本元和郡縣圖志該卷原闕，此用四庫本）

〔六〕閬風：楚辭章句卷一離騷："朝吾將濟於白水兮，登閬風而緤馬。"王逸注："閬風，山名，在崑崙之上。"

〔七〕崆峒之問：莊子外篇在宥："黄帝立爲天子，十九年，令行天下，聞廣成子在於空同之上，故往見之，曰：'我聞吾子達於至道，敢問至道之精。'"崆峒，山名，亦稱空同、空桐。在今甘肅平涼市西。

〔八〕淮海惟楊：尚書正義卷六禹貢："淮海惟揚州。"

〔九〕"崑岡北峙，邗水南通"句：崑岡，蜀岡異名。在今江蘇揚州市江都區西北，廣陵古城所在地。鮑照蕪城賦："柂以漕渠，軸以崑崗。"邗水，古水名。亦稱邗江、邗溝。即今江蘇境内自揚州市西北至淮安市北入淮的運河。左傳哀公九年："吴城邗溝通江、淮。"杜預注："於邗江築城穿溝，東北通射陽湖，西北至末口入淮，通糧道也，今廣陵韓江是。"

洪州奉新縣重建閶業觀碑銘　并序〔一〕

道之爲體也大，大則衆無不容；道之爲用也柔，柔則物莫與校。南方之强也，故沖氣之所萃，異人之所生，壇館之所宅，景福之所興，相乎域中，南楚爲盛。先聖之論，豈誣也哉？洪州奉新縣闓業觀者，案方志，西晉邑人劉真君之故居也。真君名道誠，以經明行修，仕至刺史、郡守。金行不競，仁獸非時。知幾之賢，有道之士，卷懷而退，修之於鄉，玄德陰功，昭受靈貺。故真君辭張邴之禄〔二〕，追茅許之風〔三〕，單車還家，勤行不息，以永嘉二年八月十五日，舉族上升。藹爾福鄉，依然舊址，錦帷乍降，玉舄長留①。後學瞻望，若仲尼之闕里〔四〕；遺民思慕②，如召伯之甘棠〔五〕。梁大同元年，乃建爲觀。爾其豫章垂蔭，洪井儲靈〔六〕，華林蒼翠當其陽〔七〕，馮水清泠環其域〔八〕。煙霞韜映，竹樹青葱，居然人境之間，自是仙游之地。載祀四百，朝市三移，封域之間，英靈不泯。鹿巾霞帔之士，往往冥升；縉紳逢掖之流，時時傑出。存諸舊史，是號名區。土德既微，群方構難，城有復隍之患，室多撓棟之凶。乃眷殊庭，俄悲闃户。而瓊蘊之所秘，霜鍾之所懸〔九〕，屹爾麗譙，儼然對峙。有道門都監余守徽者，翦除宿莽，草創精廬，苦節忘形，五十餘載。修心以化俗，傳法以度人。入室弟子龔紹元、吴紹甄，皆能肅奏真科③，祗稟遺訓。惟鄉人之善者，知歲計之有餘。高士胡君名仲堯，延慶簪纓，息機丘壑，師黄老之術以虚方寸，躬曾閔之行以睦閨門〔一〇〕，博施濟衆斯謂智④。以爲集靈之館，祈福之場，陋而不度，民將安仰？於是揆時屬役，即舊謀新，詢謀僉同，贍信咸萃。增湫下爲爽塏，易卑室爲崇構⑤。棟宇之設。則因夫故基；制度之中，則考於經法。凡殿堂門闕，居室厨廩，延袤周徧，殆且百區。三尊衆真〔一一〕，羽儀侍衛，精嚴肅穆，不可爲狀。履端闈，進廣庭，怳然如從汗漫之游⑥〔一二〕；即瑶階，瞻玉座，竦然若奉武夷之會〔一三〕。既而息徒已事，日吉辰良，明祀以告成功，精意以答真祐。舉紫旄之節〔一四〕，摇太霄之佩〔一五〕；然九華之燭〔一六〕,奏空洞之章〔一七〕。星斗迴光,煙雲改色,青天白日,夫豈遠哉?于時胡君以姻睦之行,慈惠之澤,里閭稱舉⑦,郡國升聞。詔書褒美,特加旌表,揭以雙闕,蠲其追胥。江楚之間,以爲盛事。是知玄風之被俗,聖政之化人,變魯至道,見於今矣。夫如是,則可以傳芳金石,垂裕昆雲,俾乎好道之徒,益勵齊賢之志云爾。其銘曰:

大道無名,得之爲真。矯矯劉君,知幾其神。遜爾侯社,上爲帝賓。維梓之地,甘棠之人。峙此仙祠,章江之濱。華表未歸,桑田已改。舊井誰渫,高臺尚在。不見芝英,猶芳蘭茝。佳氣鬱葱,如將有待。彼美胡君,州閭之英。世味道腴,家傳義聲。歸誠玉闕,奉贊金籙。易此積構,化爲殊庭。乃眷福鄉,寔惟南楚。閑館相望,飇輪交午。真圖秘籙,唯仁是與。刻頌貞珉,永歸終古。

【校記】

①長:翁鈔本作"常"。

②慕:原作"暮",據四庫本、黄校本、李刊本、徐校改。

③奏:黄校本作"奉"。

④斯謂智:黄校本"謂"下空一字,翁鈔本"智"下空一字;李校、徐校:"謂"下有脱文;四庫本"謂"下有"仁"字。

⑤構:四庫本作"宫"。

⑥悦:原作"悦",據四庫本、黄校本、李刊本改。

⑦里閭:四庫本作"閭里"。

【箋注】

〔一〕作於宋雍熙二年(九八五)。據文意,知胡仲堯以姻睦之行受皇帝褒揚。按:宋史卷四五六胡仲堯傳:"胡仲堯,洪州奉新人,累世聚居至數百口。……雍熙二年,詔旌其門閭。"據以繫於此。洪州奉新縣今爲江西宜春市轄縣。

〔二〕"真君辭張邴之禄"句:謂如漢張良與邴漢一樣辭去俸禄而歸隱。張邴爲張良和邴漢的並稱。二人後來均棄官歸隱。謝靈運還舊園作見顏范二中書:“偶與張邴合,久欲還東山。”

〔三〕茅許:見卷四宿茅山寄舍弟注〔二〕。

〔四〕闕里:見卷一〇武成王廟碑注〔一九〕。

〔五〕召伯之甘棠:見卷四文獻太子挽歌詞五首注〔一九〕。

〔六〕洪井:見卷四送陳先生之洪井寄蕭少卿注〔一〕。

〔七〕華林:即華林山。太平寰宇記卷一〇六江南西道四洪州奉新縣:“華林山,在縣西南五十里。昔浮丘公隱居之所。……高險危秀,周迴百里。”

〔八〕馮水:太平寰宇記卷一〇六江南西道四洪州奉新縣:“馮水,漢因遷江東馮氏之族於海昏西里,賜之田,曰馮田,水因名之。”

〔九〕霜鍾:見本卷楊府新建崇道宫碑銘注〔五〕。

〔一〇〕曾閔:曾參與閔損並稱。二人皆孔子弟子,以有孝行著稱。見史記卷六七仲尼弟子列傳。

〔一一〕三尊:道教用語。指元始天尊、靈寶天尊、道德天尊。

〔一二〕汗漫之游:世外之游。淮南鴻烈卷一二道應訓:“吾與汗漫期於九垓之外。”杜甫奉送王信州崟北歸:“復見陶唐理,甘爲汗漫游。”

〔一三〕武夷之會:即同亭會。見卷四送禮部潘尚書致仕還建安注〔六〕。

〔一四〕紫旄之節:仙人所執之節。陶弘景真誥卷二:“一人執紫旄節。”

〔一五〕太霄之佩:顧況金璫玉珮歌:“贈君金璫太霄之玉珮。”雲笈七籤卷九三洞經教部釋洞真玉佩金璫太極金書上經:“玉佩者,九天魂精。”

〔一六〕九華之燭:見卷二二觀燈玉臺體十首注〔一七〕。

〔一七〕空洞之章:謂道教經書。空洞,道教用語。謂太虚之境。

洪州西山重建應聖宫碑銘 并序〔一〕

先儒有言曰:“山者宣也,宣氣生萬物者也。”〔二〕然則崇岳巨鎮,蓋氣之雄者也。其間靈峰奇岫,又氣之粹者也。是故帝以會昌,神以建福,感而生聖賢,宅而爲洞天,奇怪恍惚,非尋常所能測已。西山者,作鎮荆楚,雄視衡巫,勢靡迤而崇高,氣清虚而和暢①。動植滋茂，樵隱閑安②。物軌之洪崖先生所居於此③〔三〕。洪井之右，澗水之濱，喬木森羅，古壇猶在。長阜回抱，是謂鸞岡。北隅特高，仍有伏龍之號④。唐乾元初，山人申太芝上言，其地有異氣。詔於此立應聖之宫，抗玄元正殿於其前，塑肅宗聖容於其上。繚垣觀闕，仰法於紫宫；路門納陛⑤，取規於丹禁。光靈焕爛，薦獻精嚴。上士勤行，守臣涖職⑥，秩祀之盛⑦，莫之與京。廣明已還，三災在運，望拜之地，闕而莫修。遼東之鶴徒還〔四〕，絳縣之人已老〔五〕。甲辰歲，有道士王守玄者，緱山仙裔〔六〕，茅嶺名流〔七〕，受命藩侯，來膺道任。翦荆棘於高閎之址，構茅茨於隆棟之基，不出焦先之廬⑧〔八〕，自化庚桑之俗〔九〕。善言彌遠，馴致其功。二十許年⑨，克甄舊制⑩。入室弟子劉德淳，氣沖貌肅，節苦行高，恪恭以居次，謙和以接物。既嗣其業，遂成厥終。又十餘年，締構云畢。凡内外殿宇百有餘區。材用善良，工藝堅密。其藻飾也，不踰奢儉之節；其廣袤也，足展朝修之儀。秘殿深嚴，靈壇博敞，睟容穆若，列侍參然⑪。鍾磬在懸，苾芬具薦。燦旭景於軒檻，延夕月於甍題。蕭寥空洞之音，希夷飈欻之御。邈哉真境，無得而名。鉉爰在弱齡，服膺至道。先君頃參戎乘⑫，嘗涖斯邦〔一〇〕。依然棠樹之人，自是桐鄉之邑〔一一〕。乃以庚申歲還奉松檟〔一二〕，卜兆於鸞岡之陽。敢言折臂之祥〔一三〕？願占維桑之地〔一四〕。明年復以王事，再至山中〔一五〕。祠虚皇於游帷之宫⑬，投龍簡於天寶之洞。所經靈迹，實契幽尋⑭。又，是山有寶光，初至之夕，即見於中峰之上，下至山麓，倏忽聚散，狀如野燎，而精明眩目，不可正視。澗中有盤石，石有三藥臼⑮，歲端午日未曙前，常有擣藥之迹，餘滓在焉。水流至此，甘香如蜜，取以灌漱，心府瑩然。斯皆載於舊經，親所覆視者也。此山登晨之士接武，而洪崖爲之冠；列仙之墟連屬，而洪井爲之宗。然則閬風玄圃之在人間

者也〔一六〕。宜其篆刻金石,永齊穹壤。鄙儒不佞,敢作銘曰:

江之右,楚之區[16],峙靈岳,爲仙都。洪井濱,鸞岡隅,建清宫,應真符。廢而興,神之扶,宫既成,道既行。校三官,朝百靈,集景福,薦皇明。復淳化,遂嘉生,億萬年,流頌聲。

【校記】

①勢靡迆而崇高氣清虚而和暢:四庫本作"勢靡迆而和暢動清虚而巍峨"。

②閑安:全唐文作"安閑"。

③物軌之:四庫本作"維昔日之";全唐文、李刊本作"昔邑人"。 所:四庫本作"實"。

④是謂鸞岡北隅特高仍:全唐文作"滄波縈帶奇峰横翠如虎踞之形"。李校:"迴抱"下"是謂鸞岡北隅特高仍",案此九字,諸本皆同,惟全唐文……無"是謂"以下九字,文氣較爲完美。 謂:四庫本作"續"。

⑤陛:四庫本、全唐文、李刊本作"階"。

⑥守臣涖職:"涖"下黄校本空一字,並校:影宋本不空,按文義當脱一字。翁鈔本"職"下空一字。

⑦祀:原脱,據四庫本、全唐文、李刊本補。

⑧焦先:原作"焦光",據全唐文改。詳見注〔八〕。

⑨許:全唐文作"餘"。

⑩制:全唐文作"址"。

⑪參:李校:一本作"森"。

⑫戎:四庫本作"郡"。

⑬游:四庫本作"緇"。

⑭契:四庫本、全唐文作"與"。

⑮白:原作"曰",據四庫本、黄校本、全唐文、李刊本改。

⑯區:全唐文作"墟"。

【箋注】

〔一〕作於宋太平興國三年(九七八)前後。據文意,甲辰歲(九四四)王守玄重建,應聖宫歷二十年許,僅復舊制;又十餘年,其弟子劉德淳竣工是宫。姑繫於是年前後。　西山：見卷三寄蕭給事注〔三〕。

〔二〕“山者宣也，宣氣生萬物者也”句：吴淑事類賦卷七山：“夫山者，宣也，宣氣生萬物者也。”注云：“出説苑。”按：説苑，又名新苑，劉向撰。原二十卷，後散失爲五卷。後經曾鞏搜輯復爲二十卷。

〔三〕物軌：衆人榜樣。晉書卷九二李充傳：“聖人之在世，吐言則爲訓辭，莅事則爲物軌。”　洪崖先生：見卷二送應之道人歸江西注〔二〕“洪涯”注。

〔四〕遼東之鶴：見卷一贈王貞素先生注〔五〕。

〔五〕絳縣之人：左傳襄公三十年：“二月癸未，晉悼夫人食輿人之城杞者，絳縣人或年長矣，無子，而往與於食。有與疑年，使之年。曰：‘臣小人也，不知紀年。臣生之歲，正月甲子朔，四百有四十五甲子矣，其季於今三之一也。’吏走問諸朝。師曠曰：‘魯叔仲惠伯會郤成子於承匡之歲也。是歲也，狄伐魯，叔孫莊叔於是乎敗狄於鹹，獲長狄僑如及虺也、豹也，而皆以名其子，七十三年矣。’史趙曰：‘亥有二首六身，下二如身，是其日數也。’士文伯曰：‘然則二萬二千六百有六旬也。’”絳縣，今屬山西運城市轄縣。

〔六〕緱山：即緱氏山、緱嶺。見卷四文獻太子挽歌詞五首注〔六〕。

〔七〕茅嶺：即茅山。三茅得道之所。見張員外好茅山風景求爲句容令作此送注〔一〕。

〔八〕焦先：字孝然，漢末隱士。見漢室衰，遂不語。露首赤足，結草爲裳，見婦人即避去。平時不踐邪徑，不取大穗，數日一食。或謂曾結廬於鎮江譙山（即今焦山）。傳説死時百餘歲。見皇甫謐高士傳卷下、葛洪神仙傳卷六。

〔九〕庚桑：即庚桑楚。得老聃之道，居畏壘山。三年而其地豐收。見莊子雜篇庚桑楚。

〔一〇〕“先君頃參戎乘，嘗涖斯邦”：徐鉉父徐延休曾依鍾傳於洪州。見十國春秋卷一一徐延休傳。

〔一一〕“依然棠樹之人，自是桐鄉之邑”句：謂其父在任行惠政、有遺愛。棠樹，見卷四文獻太子挽歌詞五首注〔一九〕。　桐鄉，古地名。在今安徽桐城市北。漢書卷八九朱邑傳：“少時爲舒桐鄉嗇夫，廉平不苛，以愛利爲行，未嘗笞辱人，存問耆老孤寡，遇之有恩，所部吏民愛敬焉。……及死，其子葬之桐鄉西郭外，民果共爲邑起冢立祠，歲時祠祭。”

〔一二〕松櫝：松樹與櫝樹。常植墓前，因代稱墓地。庚申歲爲宋建隆元年九六〇年。其遷墓事，徐鉉有改卜合葬烈考太夫人於洪州西山墓誌。見徐公行狀。該墓誌已佚。

〔一三〕折臂之祥：世説新語卷下術解："人有相羊祜父墓，後應出受命君。祜惡其言，遂掘斷墓後以壞其勢。相者立視之，曰：'猶應出折臂三公。'俄而祜墜馬折臂，位果至公。"

〔一四〕維桑：故鄉。詩經小雅小弁："維桑與梓，必恭敬止。"毛傳："父之所樹，已尚不敢不恭敬。"

〔一五〕"明年復以王事，再至山中"句：指徐鉉於建隆二年（九六一）扈從元宗南遷。

〔一六〕閬風：見本卷楊府新建崇道宫碑銘注〔六〕。　玄圃：見卷二五江州彭澤縣修山觀碑注〔三〕。

驪山靈泉觀碑①〔一〕

蓋聞遂古洪荒，既表大庭之庫②〔二〕；皇猷炳焕，亦尊軒后之臺〔三〕。是知聖哲相因，比千年於旦暮；質文迭用，歷三正以循環〔四〕。斯之謂至公，斯之謂不朽。頌聲所作，册府存焉。若乃天地絪緼，陰陽孕毓，神皋天府，奠爲王者之居③，靈液甘泉，出奉聖人之用。丹甑不炊而自熟，温谷不爨而自然。神妙無方，所以存而勿論④；蕩衮難老⑤，所以酌而不竭。矧夫西都舊國，東井垂芒〔五〕，終南、太一寓其精〔六〕，洪河、清渭均其潤〔七〕。湛然神井，冠此崇山⑥。據九州之膏腴，備萬乘之湯沐。固可以蹄筌衆壑⑦，眣澮百川，猗歟，無得而稱已！在昔唐之方有德也，稟金壺之道訓⑧〔八〕，受羊角之禎符〔九〕，奄四海而爲家，綿六葉而愈盛。教宗玄默，心寄窈冥。卷領結繩〔一〇〕，幾致華胥之俗〔一一〕；鳴鑾弭節，常從汗漫之期。輿馬之音，朝行而夕至；玉帛之會，天動而雲臻。孝惟奉先，仁不忘本。乃於山之北趾，建華清之宫。玄元之御〔一二〕,當陽而玉瑩;五聖之象〔一三〕,列侍而星環。别館離宫〔一四〕,連甍接棟,朝元長生紀其號〔一五〕,霓裳羽衣播其聲〔一六〕。至誠所通,純嘏來應〔一七〕。太平之運,五十斯年。三代已還,未始有也。及夏庭兆釁〔一八〕,戲水挻災〔一九〕,因室之亂雖平,厭世之游遂往。金莖露掌〔二〇〕,但有餘基;樂水雲謡,聊無嗣響〔二一〕。而巋然真宇,儼若清都。同光中,初殄國讎〔二二〕,永懷舊物,載賡成制,肅奉玄科,因改命曰靈泉之觀〔九〕。芝泥龍簡,時修精禱之儀;雲錦鳳羅[10],歲度勤行之士。是知豐功盛業,將歷運以有遷;道捷玄關[11],與虚元而共久。累朝寅奉,五紀于兹。素雲紫氣以常霏,白鶴青牛而狎至〔二三〕。國家朱光繼統,緑字膺圖〔二四〕,受白環於龜山〔二五〕,得玄珠於赤水〔二六〕雖三秦父老,猶牽望幸之心;而九服蒸黎,重覩開元之日。信皇天之輔德,諒百禄之咸宜。道士武又玄,沖氣内充,仙才外挺,紀綱道任,啓焕靈場。薦享惟嚴,羽儀若舊。琳房浴殿,如清蹕之時巡;絳節珠旛[12],想舟輿之下降。幢幢御路,弈弈宫牆。或乘軺建節之賓,或觀藝探書之客。陟瑶壇而增肅,瞻玉坐以長懷。蓋仁風之所被者深,故遺德之所加者遠。是宜播爲雅頌,告於神明。敢摛紫素之文,恭鏤苕華之玉。其辭曰:

天地之氣,宜以名山。陰陽之英,融爲温泉。聖人用之,益壽延年。同出於道,同謂之玄。逖矣伊唐,蒸哉六葉。河圖帝籙,鴻勳大業。天秩孔明[13],真符屢接。雲蓋亭亭,芝房煒煒[14]。歸功聖祖,過享清宫[15]。周垣繚野,反宇凌空。孝思不匱,道德惟公,希夷有象,肸蠁宜通[16]。數有推移,世分今昔。屹爾雲構,依然聖迹。藹藹脩林,湯湯神液。備物莊嚴,百祥繁錫。至哉坎德,效此坤珍。配靈上藥,薦祉真人。冥升自遠,遺烈長新[17]。思玄之老,頌德之臣,冥懷靡所,用勒貞珉。

【校記】

①碑:四庫本作"碑銘"。

②庫:原作"車",據黄校本、李刊本改。

③奠:原作"莫",據四庫本、黄校本、李刊本改。

④勿:李校:一本作"不"。

⑤蕩衮:四庫本作"蕩潏"。今按:"蕩潏"爲奔騰起伏之意,似更佳。

⑥山:四庫本作"址"。

⑦蹄筌:四庫本作"筌蹄"。李校:一本作"筌蹄",一本作"荃題"。

⑧金:四庫本作"包"。

⑨命:李校:一本作"名"。

⑩鳳:李校:一本作"凰"。

⑪捷:李刊本作"揵"。　關:李校:一本作"門"。

⑫珠:李校:一本作"朱"。

⑬天秩孔明:李刊本作"天叙天秩祀事孔明"。

⑭燁燁:四庫本作"熠熠"。

⑮過享清宫:四庫本作"建此閟宫"。

⑯宜通:李刊本作"宣通"。

⑰長:李校:一本作"常"。

【箋注】

〔一〕作於宋太平興國八年(九八一)。文云同光(九二三)改元,於今五紀。據以繫此。　靈泉觀:始名華清宫,後晉天福四年五月(九三九)改名。見五代會要卷五華清宫。按:關於改靈泉觀之時間,徐鉉云在同光改元後,然五代會要卷五、舊五代史卷七八晉高祖本紀、册府元龜卷五四、長安志卷一五、陜西通志卷二八、清一統志卷一八〇均言晉天福中改名。若云天福四年改名,據文中所言改名至今五紀,則是咸平二年(九九九),其時徐鉉已卒七年。故不從它書而從徐鉉所記。

〔二〕大庭之庫:左傳昭公十八年:"宋、衛、陳、鄭皆火,梓慎登大庭氏之庫以望之。"杜預注:"大庭氏,古國名,在魯城内。魯於其處作庫,高顯,故登以望氣。"太平寰宇記卷二一河南道二一兗州曲阜縣:"大庭氏庫,高二丈,在魯城内,縣東一百五十步。"

〔三〕軒后之臺:軒后即黄帝軒轅氏,軒后之臺即軒臺。見卷一〇蔣莊武帝新廟碑銘注〔四五〕。

〔四〕三正:尚書正義卷七甘誓:"有扈氏威侮五行,怠棄三正。"孔安國傳:"怠惰棄廢天地人之正道。"也稱三統。史記卷四周本紀:"今殷王紂乃用其婦人之言,自絶於天,毁壞其三正。"張守節正義:"按:三正,三統也。周以建子爲天統,殷以建丑爲地統,夏以建寅爲人統也。"

〔五〕東井:星宿名。即井宿。因在玉井之東,故稱。禮記正義卷一六月令:"仲夏之月,日在東井。"史記卷八九張耳陳餘列傳:"甘公曰:'漢王之入關,五星聚東井。東井者,秦分也,先至必霸。"

〔六〕終南、太一:即終南山、太一峰。終南山,秦嶺主峰之一,在今陝西西安市南,一稱南山。太一,山名。文選卷二張衡西京賦:"於前則終南太一。"李善注:"漢書曰:'太一山,古文以爲終南。'五經要義曰:'太一,一名終南山,在扶風武功縣。'此云終南太一,不得爲一山明矣。蓋終南,南山之總名,太一,一山之别號耳。"按:漢書卷二八上地理志:"太一山,古文以爲終南。"

〔七〕洪河、清渭:即黄河、渭水。班固西都賦:"右界褒斜、隴首之險,帶以洪河、涇渭之川,衆流之限,汧湧其西。"

〔八〕稟金壺之道訓:謂愛惜民力,疏遠小人。晏子春秋卷五雜上:"公游於紀,得金壺。發視之,中有月書曰:'食魚無反,勿乘駑馬。'公曰:'善哉知苦! 言食魚無反,則惡其鱢也;勿乘駑馬,惡其取道不遠也。'晏子對曰:'不然,食魚無反,毋盡民力乎? 勿乘駑馬,則無置不肖於側乎?'公曰:'紀有書,何以亡也?'晏子對曰:'有以亡也。嬰聞之:君子有道,懸之閭。紀有此言,注之壺,不亡何待乎?'"

〔九〕受羊角之禎符:太平廣記卷一三五唐高祖引録異記:"唐高祖武德三年,老君見於羊角山,秦王令吉善行入奏。善行告老君云:'入京甚難,無物爲驗。'老君曰:'汝到京日,有獻石似龜者,可爲驗。'既至,朝門果有邵州獻石,似龜,下有六字:曰'天下安千萬日。'"

〔一〇〕卷領結繩:領翻於外,結繩記事。比喻原始狀態。文子卷下上禮:"老子曰:'古者被髮而無卷領,以王天下。'"左思魏都賦:"追亘卷領與結繩,睠留重華而比蹤。”

〔一一〕華胥之俗:安樂和平之境。列子卷二黄帝:“夢游於華胥氏之國。……其國無帥長,自然而已;其民無嗜欲,自然而已。”

〔一二〕玄元:指老子。乾封元年(六六六),追號老子爲太上玄元皇帝。見舊唐書卷五高宗本紀下。

〔一三〕五聖:指唐高祖、太宗、高宗、中宗、睿宗。杜甫冬日洛城北謁玄元皇帝廟:“五聖聯龍衮,千官列雁行。”

〔一四〕離宫:漢書卷五一賈山傳:“秦非徒如此也,起咸陽而西至雍,離宫三百,鐘鼓帷帳,不移而具。”顔師古注:“凡言離宫者,皆謂於别處置之,非常所居也。”

〔一五〕朝元:即朝元閣。李商隱華清宫:“朝元閣迥羽衣新,首按昭陽第一人。”程大昌雍録卷四於朝元閣自注云:“天寶七載,玄元皇帝見於朝元閣,即改名降聖閣。” 長生:即長生殿。

〔一六〕霓裳羽衣:見卷五又聽霓裳羽衣曲送陳君注〔一〕。

〔一七〕純嘏:大福。詩經小雅賓之初筵:“錫爾純嘏,子孫其湛。”朱熹集傳:“嘏,福。”

〔一八〕夏庭兆釁:謂唐朝内亂。夏庭即夏之王庭。此比唐朝廷。班固幽通賦:“震鱗漦於夏庭,匝三正而滅姬。”

〔一九〕戲水:見卷一一劉公神道碑注〔九〕。

〔二〇〕金莖:用以擎承露盤的銅柱。文選卷一班固西都賦:“抗仙掌以承露,擢雙立之金莖。”李善注:“金莖,銅柱也。” 露掌:即承露盘。漢武帝迷信神仙,於建章宫築神明臺,立銅仙人舒掌捧銅盤承接甘露,冀飲以延年。史記卷一二孝武本紀:“其後則又作柏梁、銅柱、承露仙人掌之屬矣。”

〔二一〕樂水雲謡:用周穆王與西王母觴於瑶池之上,西王母爲謡“白雲在天,山陵自出”等句。見郭璞穆天子傳卷三。此比唐玄宗與楊貴妃常於華清宫教習梨園弟子。

〔二二〕“同光中,初殄國讎”句:指李存勗滅梁建唐,改元同光。按:因徐鉉忠唐特深,始終不以梁爲正統。參後附補遺所録乞聖宋永爲火德奏。

〔二三〕白鶴青牛:謂仙人仙迹。仙人垂釣,白鶴集屋。參卷四題白鶴廟注

〔四〕。老子乘青牛而過函關。参卷一〇筠州清江縣重修三清觀記注〔五〕。

〔二四〕緑字膺圖：墨子卷五非攻下："河出緑圖，地出乘黄。"孫詒讓間詁："北堂書鈔地部引隨巢子云：'姬氏之興，河出緑圖。'"晉書卷一四地理志序："大禹觀於濁河，而受緑字，寰瀛之内可得而言也。"

〔二五〕受白環於龜山：白環，竹書紀年卷上："六年，西王母之來朝，獻白環、玉玦。"後漢書卷六〇上馬融傳："納僬僥之珍羽，受王母之白環。"李賢注引帝王紀曰："西王母慕舜之德來獻白環也。"越州山陰縣有龜山。見太平寰宇記卷九六江南東道八。按：此當指吴越太平興國三年（九七八）五月納土歸降。見吴越備史卷四、續長編卷一九。

〔二六〕得玄珠於赤水：莊子外篇天地："黄帝游乎赤水之北，登乎崑崙之丘而南望，還歸，遺其玄珠。"此比喻賢才。北齊書卷四五文苑傳序："辭人才子，波駭雲屬。……人謂得玄珠於赤水，策奔電於崑丘。"

洪州延慶寺碑銘〔一〕

若夫名區勝境，真靈之所徘徊；通都大邑，游居之所走望。故其府朝之制度，里閈之延袤，宫廟墠壇之肅①，禋祀薦享之嚴，無不及焉，必可觀也。豫章古郡，通楚要津，萬靈所宗，百寶攸集。龍劍之氣，炳耀於列星〔二〕；金冶之精，騰光於峻岊。飛錦帷於仙館，植鐵柱於重陰。方志所傳，奇蹤可見。而故老復言，晉元帝即位之歲，郡人有耕於東湖之艮隅者，獲璃像焉。其高三尺，其狀殊異。守臣上啓，詔立寺以處之②。歲紀迭更③，薦奉無絶。至唐太和三年，文宗皇帝以夢寐通感④，特詔修崇。有僧普願者，率勵衆力，創造飛閣。極高明之制，盡臨觀之室。瞻仰之徒，勝賞仍在。會昌汰沙，旋更殄夷〔三〕。時有寺主僧神確，躬奉瑞容，瘞于堂下。大中改制，將復修完，像遂堙沈，求不可得。而靈迹所在，群心未忘。咸通二年，連帥嚴譔表請重建，因紀誕聖之節，署爲延慶之寺，子來之力，雲構如初。廣明中，巢寇亂常〔四〕，群盗蜂起，三災所及,寺復焚如。光啓二年,廉使王師甫,即其故基,又加營繕。自時厥後,百載于兹。市朝屢更,興廢不及,名人上士,增飾相因。國家奄有寰區,普恢教法,人識修心之旨,家懷祈福之誠。此邦之人,素多尚信。千里之地,頻致豐穰。户有餘貲,居多暇日。監寺僧智清,勤行其道,時省其庸,推誠以化人,節用以成務。峻其卑庳,緝其傾頹,改作正殿及廊廡共七間。疏楹廣厦,雕甍藻棁。瑣牕洞户,珠網金鋪。蹇産鴻紛,深沈焕爛。闕政備矣,能事畢矣。觀其康莊旁達,閭伍綺分。西則崇山隱天,煙霞韜映乎其上[⑤];前則平湖彌望,魚鳥翔泳乎其中。雖復闤雉接連,車馬回合,蕭然人外,自遠世紛。信乎棲息之場,習静之地也。僧契緣攝贊其事,不朽是圖。伐石爲碑,以文求我[⑥]。銘曰:

至哉玄貺,邈矣坤珍。凝爲異像,以祐斯民。靈心所格,精舍攸因。其神或隱,其迹寧淪?廢興在運,啓焕由人。有美清師,勤行其道。彼都人士,服義承教。率是衆力,完斯廟貌。秘殿穹隆,層軒窈窱。勝事精嚴,丹誠至到。名山雄雄,大江溶溶。五侯之國,千里之封。靈場隱軫,道氣明融。神明所相,有感必通。刊名法宇,永播無窮。

【校記】

①墠壇:四庫本、黄校本作"壇墠"。 肅:黄校本作"嚴"。

②寺:原作"等",據四庫本、黄校本、李刊本改。

③迭:四庫本作"遞"。

④通感:李校:一本作"交感",一本作"感通"。

⑤霞:李校:一本作"雲"。

⑥文:李校:一本作"銘"。

【箋注】

〔一〕作於宋雍熙三年(九八六)前後。文曰:"光啓二年,廉使王師甫,即其故基,又加營繕。自時厥後,百載于兹。"按:光啓二年爲八八六年,云至今百載,姑繫於是年前後。　延慶寺:江西通志卷一一一南昌府:"延慶寺,在省城順化門内。晉建武元年得琉璃佛像,詔建寺,奉之名琉璃寺;一云劉宋時建。唐咸通二年觀察使嚴譔表請重建,因延慶節奏上改名延慶。"

〔二〕"龍劍之氣,炳耀於列星"句:指龍泉、太阿之精氣現於豐城。見卷一四劍池頌注〔一三〕。

〔三〕"會昌汰沙,旋更殄夷"句:指會昌五年(八四五)七月,唐武宗毁寺。見舊唐書卷一八上武宗本紀。

〔四〕巢寇亂常:指黄巢起義。

徐鉉集校注卷二七　碑銘

洪州西山翠巖廣化院故澄源禪師碑銘〔一〕

聖人設教①，賢者學之，有能極深研幾，剖疑析滯，不背本以矯激，不沿波而流宕，世人宗仰，時君褒異，斯可以爲君子矣。禪師名無殷，姓吴氏，連江人也②。昔泰伯獲讓〔二〕，肇啓南藩，至德所及，流光百代，子孫蕃衍，吴越爲多，至今爲著姓焉。累世隱德，鄉曲推重，道氣鍾粹，而生禪師。幼異常童，不染俗態，年七歲，從晉安雪峰真覺禪師出家，二十詣開元寺受度。真覺之道，見重于時。禪師默識微言，盡得要旨。而復博考往行，幽尋勝迹，江浙諸郡，靡不經游。先達推稱，後生請益，結轍連袂，虚往實歸。禪師以道貴沖用，性復虚静，所止之處，學徒俯千人，輒復捨去。晚歲止廬陵之禾山，其名益彰。季唐先主召見之，特加禮遇，俾居廣陵之祥光院。嗣君踐阼，優禮有加，賜號澄源禪師，命移處豫章之上藍西山之翠巖院。是皆都邑之勝概③，高人之游集，自非密行淳德，不能鎮服群情。我迭居之，綽有餘裕。雖身在巖谷，而恩注帷扆，存省問遺，使者相望。享壽七十有七，建隆元年春二月五日，終于翠巖院。甘露被樹,數日不晞;皓鶴盤空,三周而去。門弟子用西域之禮,葬于院之巽隅,封于其上。恩旨褒飾,名其丘曰"大醫"。道俗孺慕,會其葬者萬數。鉉也趣捨異術,聲塵致睽。于時釋氏方盛,師門互啓,嘗侍嗣君宴語,從容上言曰:"古稱千里一賢猶比肩也,今號長老者十數,無乃多乎?"嗣君深以爲言④,因曰:"惟澄源禪師其殆庶矣乎?"無何⑤,以家門情禮,請告至山,會師已没,瞻仰遺像,參迹行事,乃信名不虚得,亦表君之知臣。今來京都,復與師弟子鑒琮相遇。琮師志性端慤,修習精勤,肅奉成規,博總衆藝,慈惠救物,時人稱之。明詔賜號慧覺大師,錫以紫服,朝恩浹于累世,實教門之榮觀也。于時禪師委順三十年矣。琮也思廣銘頌,庶永遺風⑥,以鉉嘗學舊史,見求直筆。若夫褒善稱伐,翰墨攸先,載瞻西山,實寄松檟〔三〕。敢抽秘思,以告九原。銘曰⑦:

芃芃東越,武夷之區。時生異人,與古爲徒。禪師出焉,俊邁且都。顯顯南楚,西山作鎮。真靈所宅,教法斯振。禪師居之,允矣令問。道無不在,法非可名。理超言象,俗仰風聲。豐碑載勒,勝氣長生。猗嗟來者,用此爲程。

【校記】

①教:翁鈔本作"法"。

②連:其上四庫本、李刊本有"閩"字。

③都:四庫本作"郡"。

④言:翁鈔本、李刊本作"然";黄校本作"善"。

⑤無何:原作"無幾何"。幾,原衍,據徐校删。

⑥庶:李校:一本作"以"。

⑦銘曰:四庫本作"其銘曰"。

【箋注】

〔一〕作於宋淳化元年(九九〇)。據文意,澄源禪師卒於建隆元年(九六〇)二月,至今已三十年。故繫於此。　澄源禪師:名無殷,吴姓,連江(今福建連江縣)人。禪林僧寶傳卷五、五燈會元卷六、十國春秋卷三三、江西通志卷一〇四有傳。

〔二〕泰伯獲讓:即吴太伯讓位於三弟季歷,出逃至荆蠻,號勾吴。見史記卷三一吴太伯世家。

〔三〕松槚:見卷一七唐故鍾氏太夫人太原縣太君王氏墓銘注〔一〇〕。

大宋舒州龍門山乾明禪院碑銘 并序〔一〕

山岳極天,莫雄於灊霍;川瀆紀地,莫靈於江淮。盤薄縈帶,中晝郡國,幅員數千里,舒皖居其陽,真聖之所躔次,景福之所興作。必有高士,來闢妙門,以導精粹之氣,以恢淳和之俗,則龍門山乾明禪院所以建也。是山東去郡九十里,蓋灊岳之一峰。山有龍井,郡人雩禜之所,靈應昭晢,因以名焉。深巖洞岫,風雲之所蓄泄;湧泉清池,璿碧之所隱見。涼颸爽氣①,五月可以披裘;脩竹茂林,四時未嘗易葉。游方之士,至輒忘歸。有曉遵禪師者,家本宜春,幼捐俗累,從師訪道,歷抵湘沅②。探幽洞微,得聖人之宗旨;清心鍊行,踵前作之風聲。向道之徒,靡不宗仰。乾德五載,始來此山,顧瞻林泉,有懷棲息。邑人宋仁瑗,輟其隴畝,以奉宴居。面壑臨流,誅茅穿徑,遠擬關令草樓之觀③〔二〕,近同焦先蝸牛之廬④〔三〕。歲計有餘,善言來應。廬江人侯霸,大施資賄,以奉經營。數年之間,蔚然崇構。複廟重屋,瑣牕洞户,藻以丹雘,駢以璧璫,所以重威神也。饗堂講肆,疏楹高坐,皓壁月皎,層軒霞舒,所以敷道義也。前則端闈瞰野,旁則脩廊納陛⑤。厨廪充牣,居室閑安⑥,閟經籍於巖房,息徒侶於奥寢。棟宇延袤,凡二百區。蓋精誠之所憑,寔邑里之勝概也。今上嗣統,像法大興。禪師徒步神京⑦,對揚雲陛。恩旨嘉賞,賜號曰乾明禪院。華題鳳篆,降自慶霄;聖日天光,焕乎幽谷。夫道之行也,時與地并。斯郡山水奇絶,動植茂遂,民情淳朴,聖迹回環。非明主至仁,不能恢清浄之教;非禪師密行,不能化峎嵓之人〔四〕。示之以精修,祐之以戩穀,變魯至道,夫何遠哉!鉉頃歲謫居此地,思過三載〔五〕,閭里之見待也厚,風物之愜志也深,冥得喪之懷,無憔悴之色,及今三紀,未嘗忘諸。會禪師狀肇興之由,圖不朽之作,受簡秉筆,欣然紀焉。銘曰:

教必有象,待時而行。道無不在,因地而靈。灊岳穹崇,皖川清泠。鬱鬱佳氣,宜爲福庭。有美遵師,爲人由己。人應物感,風行艮止。闢此叢薄,化爲金地。雲構中開,靈光四起。君恩啓焕,真聖回翔。劉雷永遠,接軫齊芳。玄符靡測,福應無方。刊茲樂石,用配無疆。

【校記】

①颸:四庫本作"颸"。

②沅:原作"沆",據四庫本、黄校本、李刊本、徐校改。

③樓:四庫本、黄校本作"棲"。李校:應從一本作"棲"。今按:作"棲"誤。詳見卷一○筠州清江縣重修三清觀記注〔六〕。

④焦先:原作"焦光",據皇甫謐高士傳卷下、葛洪神仙傳卷六改。參卷二六洪州西山重建應聖宫碑銘注〔八〕。

⑤陛:四庫本作"階"。

⑥居:四庫本作"屋"。　閑安:四庫本作"安閑"。

⑦京:原作"景",據四庫本、黄校本、李刊本改。

【箋注】

〔一〕作於宋端拱二年(九八九)前後。文曰"鉉頃歲謫居此地……及今三紀"。按徐鉉於南唐保大十一年(九五三)貶舒州,三紀爲三十六年。

〔二〕闢令草樓之觀:見卷一○筠州清江縣重修三清觀記注〔六〕。

〔三〕焦先蝸牛之廬:見卷二六洪州西山重建應聖宫碑銘注〔八〕。

〔四〕化㟪𡾰之人：莊子雜篇庚桑楚："老聃之役有庚桑楚者，偏得老聃之道，以北居畏壘之山。其臣之畫然知者去之，其妾之絜然仁者遠之。擁腫之與居，鞅掌之爲使，居三年，畏壘大穰。"㟪𡾰：同"畏壘"。

〔五〕"鉉頃歲謫居此地，思過三載"：徐鉉自保大十一年（九五三）十二月至保大十四年（九五六）三月於舒州貶所。

大宋故天雄軍節度行軍司馬易府君神道碑 并序〔一〕

府君諱文贇，字廣美，豫章高安人也。在昔有晉，春陵令雄①〔二〕，位不充量，忠以亡身。祚流子孫②，繁衍荆楚。其世禄種德，則故老家諜詳焉。曾祖暇、祖崇，皆不仕。妣鄒氏，追封范陽縣太君，從子貴也。君符彩爽邁，質性深沈。少遭時亂③，静守家法。剛而無犯，勇而有節。鄉曲之譽，藹然於時。有吴功臣劉公信④，節制豫章，訓兵選士，聞君名而召之。君謂所親曰："大丈夫當立功立事，以大家門。吾聞劉公剛毅倜儻，有英雄之量，必能申吾用也。"⑤乃杖策從之，甚見器重。委以禦侮，授之親兵。出爲爪牙，入參侍直。外捍封略，中清寇攘。十年之間，遂升右職。劉公物故，唐室中興。君於是策名周行，入典離衛。于時戎事俯定，國容載穆。君止於拊循士衆⑥，恭守官常。時其寒燠，均其勞逸，勤恖儌道，廉察何留。不矜出位之思，甚得爲將之體。自宣威軍裨將累至左右天威軍都虞候⑦，自檢校右常侍至檢校太保。及淮甸俶擾⑧，都邑震驚，以君爲雄州刺史，充建武軍使。其理所即廣陵之天長縣也。據衝要之地，有士民之衆，綏懷訓練，其俗用和。會周世宗親總六師，志平江右，於是濠、泗攜叛，楊、楚摧陷。君城小援絶，堅守累旬。世宗使降將郭廷謂臨城招諭，君曰："棄命以苟生，不義；勦民以全名，不仁。吾處中道而已。"⑨乃間道表於本朝，備陳形勢，且論遠慮，還旨嘉納，諭以割地之謀。君即開城請罪，世宗慰勞數四，錫賚加等，即授衡州刺史，封太原縣子，充天雄軍節度行軍司馬。皇宋啓運，優獎有加，改道州刺史，進爵爲侯。君以俯絳老之年⑩〔三〕，有郤克之疾〔四〕，表求致仕，優詔不許。勤懇固請，聽歸臨淮郡私第。春秋七十有五，開寶元年秋七月考終命。三年九月，葬于盱眙縣義和鄉西嵩里北團山，禮也。夫人會稽縣君謝氏，亦江左之冠族。作合君子，克昭令儀。箴管之勤，夙彰於婦德；湯沐之邑，晚從於夫貴。訓導諸子，備全義方。鍾蓬首之痛〔五〕，哀而知禮；受高堂之養，嚴而有慈。春秋七十有六，太平興國二年秋七月，終于臨淮私第。某年月日合祔焉，禮也。有子五人，曰延貴、延祚、延壽、延義，並克荷先業，勤修令名，或參藩郡，或幹内職，皆先夫人而没。唯第四子延慶獨禀粹和，服膺儒教，孝悌之至，稱於州閭。承顔先意，侔曾閔之行〔六〕；居喪過哀，有二連之風〔七〕。廬墓絶漿，義感生植，嘉木連理⑪，玉芝成叢。遠近聞之，莫不驚歎。由是自前臨淮令拜大理丞。及夫人卜葬，違制臨赴，爲有司所劾。有詔勿問，聽解秩家居。惟府君之生也，臨戎以恩信，理民以慈惠，事君全其節，處身由其道。故垂此家法，推爲慶門，是生孝子，以永世祀。美矣哉！鉉聞風而悦之，故勒銘於神道。其辭曰：

於惟易氏，忠義之門。德厚流光，顯于後昆。後昆之賢，生我府君。體道自居，壯圖不群。輟耕永歎，負羽從軍。赳赳和門，勇爵斯設。静則嚴重，動則奮發。臨難忘私，處危全節。名遂身泰，考終無闕。芃芃泗川，永閟佳城〔八〕。哀哀孝子，載感坤靈⑫。君恩賁寵，樂石刊銘。百代之下，常流淑聲。

【校記】

①春陵：原作"舂陵"，據四庫本、李刊本、徐校改。

②祚：原作"作"，據四庫本、李刊本、徐校改。

③少遭時亂：四庫本作"少時遭亂"。　亂：李校：一本作"變"。

④有吴:李刊本作“吴有”。

⑤吾:黄校本作“我”。

⑥衆:李校:一本作“庶”。

⑦累:原作“異”,據四庫本、黄校本、李刊本、徐校改。

⑧俶擾:原作“俶優”,據黄校本、李刊本、徐校改。

⑨中:原作“申”,據四庫本、黄校本、李刊本、徐校改。

⑩俯:四庫本作“及”。

⑪木:李校:一本作“禾”。

⑫載感坤靈:李校:一本作“感戴神靈”。今按:“載”、“戴”,古通。

【箋注】

〔一〕作於宋太平興國二年(九七七)七月稍後。據碑所具易文贇與夫人合祔日期而繫。誌主易文贇,史書無傳。

〔二〕春陵令雄:易雄字興長,長沙瀏陽(今湖南瀏陽縣)人。曾作春陵令。以忠義著稱。見晉書卷八九易雄傳。

〔三〕絳老之年:見卷二六洪州西山重建應聖宫碑銘注〔五〕。

〔四〕郤克之疾:謂腿腳有病。按:郤克在齊、晉鞌之戰中腿部中箭。見左傳成公二年。

〔五〕蓬首之痛:見卷一七唐故太原府君夫人彭城劉氏墓銘注〔五〕。

〔六〕曾閔:見卷二六洪州奉新縣重建闓業觀碑銘注〔一○〕。

〔七〕二連之風:指大連、少連居喪極孝。禮記正義卷四二雜記下:“孔子曰:‘少連、大連善居喪,三日不怠,三月不解。’”

〔八〕佳城:指墓地。見卷一四文獻太子哀册文注〔一八〕。

故唐大理司直鄂州漢陽令贈衛尉少卿樊公神道碑①〔一〕

公諱潛,字仲明,京兆萬年人也。昔者虞仲垂孫謀之慶,肇啓我封;山甫昭補職之勤,實大吾族〔二〕。或則游聖門而稱達者〔三〕,或則冠仙籍而號真人②〔四〕。豐沛功臣,經營於大業〔五〕;南陽外戚,佐佑於中興〔六〕。傳祀百世③,流光萬國。而我之占籍,世茂西京〔七〕。樊川之居〔八〕,抗衡韋杜〔九〕。曾祖澄,以七世同爨,孝德升聞,大中制恩,特加旌表,峩峩石闕,至今存焉。祖偁,濮州司户參軍。考諭,光化中補池州至德令,時天下已亂,因家池陽,終潤州金壇令。公中和禀粹,形器夙成。好學之勤,本由天賦;至孝之性,不墜家聲。始及弱冠,併違怙恃。絶漿泣血,哀感州閭;負土成墳,終喪廬墓。言子道者,以爲美談。于時唐祚淪胥,宗室稱制,江淮之地,不失舊章。公以射策高等,補潤州丹陽尉。試吏之課,書考爲優。廬陵之民,古稱多訟,加以畝籍違制,亂獄滋豐。守臣上言,求拯其弊。有命擇堪其事者,聞公之能,因而命之。公既至,乃相五土之沃瘠,察夫家之衆寡,采古之制,酌今之宜,創爲新規,衆皆悦服。而復出械繫之者④,窮兩造之辭⑤,雪當死者數十人。使還議賞,增秩進等,遷壽州壽春縣主簿。既而廬陵之政日理,南楚之人聳觀。久之,以公爲光州光山縣令,加大理評事,猶以前效也。于時南北分裂,縣臨敵境,有争桑之女,多探丸之吏⑥〔一〇〕,比閭之衆,罕嘗寧居。公於是糾集義勇,分守要害⑦,推以恩信,濟之彊明。三載之中,一邑用乂,遷池州石埭令。縣有大姓,侵撓細民,歲比不登,俗乃重困。公繩之以法,董之以威,豪右震悚,相與逃匿。於是啓請出官粟以賑乏絶,省力役以濟農功。慈撫仁薰,視之如子,歲豐俗阜,政用大成。就加大理司直,旌能政也。秩滿,遷鄂州漢陽令。未幾,遇疾,壬子歲某月日,終于縣之正寢,享年五十有七。以丙辰歲某月日,葬于池州貴池縣永泰鄉保静里之原,禮也。夫人王氏,鴻臚卿滔之女。軒冕之族,閨房之秀,室家垂訓,惠問風行。長子若訥,不事王侯,自全高尚。次子知古,才藝畢給,際會昌朝⑧,踐歷臺省,交修繁劇,今爲右諫議大夫、河北轉運使。揚名之業方茂,顯親之數遂優。公累贈秘書丞、户部員外郎、衛尉少卿。夫人封琅耶縣太君。惟公生而岐嶷,長而學問，窮九經之奥旨，綜百氏之微言。率是古道，施於爲政，行之以直，守之以廉，事親以孝，飾躬以禮。士元之器，命屈於生前〔一一〕；臧孫之忠，慶貽於身後〔一二〕。君恩飾壤，世禄傳家，咸京之舊表未堙，秋浦之豐碑復立〔一三〕。俗有遺愛，吾無愧辭。其銘曰：

南山崇崇，樊川溶溶。翦商之烈，補衮之功〔一四〕。百代之後，流光不窮。爰有孝德，克生我公。猗歟我公，顯允君子。投此利刃，行于百里。有惠於民，何必貴仕。垂慶於後，何必在己。慶霄之澤，自葉流根。殁垂中佃⑨，生駕魚軒。二子殊志，俱大吾門。僾僾愚谷⑩，英英諫垣。九峰之下，貴池之口。覆斧馬鬣，金雞玉狗。民即桐鄉〔一五〕，碑如峴首〔一六〕。江水長流，令名同久。

【校記】

①公：四庫本作“君”。

②仙：原作“先”，據翁鈔本、李刊本、徐校改。

③祀：原作“杞”，據四庫本、黄校本、李刊本、徐校改。

④者：四庫本作“囚”。

⑤辭：原作“亂”，據四庫本、黄校本、李刊本改。

⑥丸：原作“九”，據四庫本、李刊本、徐校改。

⑦分：四庫本作“扼”。

⑧昌朝：李刊本作“昌期”。

⑨殁垂中佃：李校：“中佃”，未詳，或有誤字。徐校：“殁垂中佃”，疑當作“殁乘衷佃”。左傳哀公十七年注：衷甸，一轅卿車，“甸”一作“佃”。

⑩僾僾：徐校：一本作“優優”。

【箋注】

〔一〕作於宋端拱元年（九八八）。據碑文知碑主爲樊潛，其此子爲樊知古。按宋史卷二七六樊知古傳：“端拱初，遷右諫議大夫，河北東西轉運使。二年，詔加河北西路招置營田使。”據此，知端拱元年樊知古爲右諫議大夫、河北轉運使，端拱二年已加河北西路招置營田使。碑文只言其爲右諫議大夫、河北轉運使,而不言端拱二年所加官職,則知文當作於元年。

〔二〕“虞仲垂孫謀之慶”至“實大吾族”數句:元和姓纂卷四:“樊,周太王之子虞仲支孫爲周卿士,食采於樊,因命氏,今河内陽樊是也。周有樊穆仲,字山甫。樊仲皮、樊齊,並其後。”

〔三〕游聖門而稱達者:樊須字子遲,孔子弟子,見史記卷六七仲尼弟子列傳。元和姓纂卷四:“仲尼弟子遲,魯人,盖其後。”

〔四〕冠仙籍而號真人:葛洪神仙傳卷六樊夫人載:樊夫人爲劉綱之妻,兩人皆有有道術,而以樊夫人爲優。後一起昇天而去。

〔五〕“豐沛功臣,經營於大業”句:指漢初將領樊噲,輔助劉邦打下江山。見史記卷九五本傳。劉邦,沛豐邑(今江蘇豐縣)人,因以豐沛代其故鄉。

〔六〕“南陽外戚,佐佑於中興”句:指後漢樊宏。爲世祖光武帝之舅。後漢書卷三二樊宏傳:“樊宏字靡卿,南陽陽湖人,爲世祖之舅。”

〔七〕西京:指長安。

〔八〕樊川:水名。在今西安市長安區南。其地本杜縣的樊鄉。漢樊噲食邑於此,川因以得名。

〔九〕韋杜:唐代韋氏、杜氏並稱。韋氏居韋曲,杜氏居杜曲,皆在長安城南,世爲望族。

〔一〇〕探丸:謂殺人報仇。漢書卷九〇尹賞:“長安中姦猾浸多,閭里少年群輩殺吏,受賕報仇,相與探丸爲彈,得赤丸者斫武吏,得黑丸者斫文吏,白者主治喪。”

〔一一〕“士元之器,命屈於生前”句:龐統字士元,人稱“鳳雛”,有經緯之才,然未遂其志而卒。三國志卷三七蜀書七有傳。

〔一二〕“臧孫之忠,慶貽於身後”句:臧武仲名紇,輔助魯成公、魯襄公。不容於權臣,出逃齊國。見左傳襄公二十三年。其有名言云:“聖人有明德者,若不當世,其後必有達人。”見左傳昭公七年。

〔一三〕“咸京之舊表未堙,秋浦之豐碑復立”句:謂其先祖發達於長安,而今樊潛復立神道碑於池州秋浦。

〔一四〕“翦商之烈,補衮之功”句:謂翦滅商紂,剿滅無道,建立王業。詩經魯頌閟宫:“后稷之孫,實維大王,居岐之陽,實始翦商。”按:此指樊噲助劉伐秦無道，建立漢朝。

〔一五〕桐鄉：見卷二六洪州西山重建應聖宮碑銘注〔一一〕。

〔一六〕峴首：見卷一一馬匡公神道碑銘注〔二四〕。

洪州豐城縣李司空廟碑文〔一〕

先王之制，以勞定國，以死勤事，皆得祀之。然則非通幽洞靈之士，有驚愚顯俗之迹，亦不能臻此也。李君諱承鼐，字大用，其先隴西人，中葉因官，遂家上黨。先君諱神福，避亂擇主，來適維楊。于時唐室崩離，諸侯角逐。吴武王奮桓文之舉〔二〕，我先君效關張之用，摧兇略地，所向無前，功加于時，慶鍾于後，終淮南節度副使、鄂岳招討使①。君即招討長子也。幼而爽俊，長而雄勇。年始志學，即從義旗，善撫士卒，生知韜略。厲若鷹隼，疾如風電。時稱虎子，敵畏馬兒。以功累加檢校左僕射，爲横衝裨將。天祐丙寅歲，從招討使秦裴平豫章〔三〕，叙功爲最。新附之地，屬郡未賓。明年，命君領偏師平餘盜。戈船先進，群帥後期，山越霧集〔四〕，漢矢且盡，同玄冥之没〔五〕，若杜畿之沉②〔六〕，享年二十有三。諸將嗣事，逋穢克清，迎君之喪，窆于洪州豐城縣楊子洲。惟君夙齡挺秀，盡忠死節，識與不識，雜然推奇，而英靈肸蠁，若在左右。如鄭人之驚伯有〔七〕，類吴俗之畏子文〔八〕。於是耆艾相率，啓求立祠於墓側。公議僉允，因贈司空。水旱禱祈，無不即應。鄉邑之際③，頻歲豐穰，湍瀨無虞，疾癘不作④。而君之家門，亦康寧蕃衍焉，及今七十年矣。雖神道恍惚，不可備論，而忠誠報應，良足爲勸。猶恐年世綿邈⑤，流俗失傳，或見猱於越巫，將受譏於淫祀。嫡孫仁昭，願以事實勒於貞珉。鉉素與君諸子游，復連姻戚，披文相質，所不獲辭。初，君之長弟諱承鼎，爲吴王之愛壻，故國人咸謂君爲伯氏，而忘其官稱焉，今用明白之。銘曰：

嗚呼李君，勇且有仁。生徇國難，没爲明神。南楚之郊，章江之濱。祠堂弈弈，像設侁侁。薦信以時，降祐於民。龍泉、太阿，校靈比珍。衝斗之氣，終天不淪。

【校記】

①鄂岳：四庫本作"鄂郡"。

②杜畿：四庫本、李刊本作"桂畿"，誤。　畿：李校：一本作"圻"。今按：作畿，是。詳見注〔六〕。

③鄉邑之際：四庫本作"州境"。

④不作：四庫本下有"鄉祚"二字；李校："不作"下一本有"興鄉人既受其庇"七字。

⑤世：翁鈔本作"歲"。

【箋注】

〔一〕作於宋太平興國二年（九七七）。據文知碑主爲李承鼐，卒於天祐四年，時過七十年，徐鉉撰是碑。

〔二〕吴武王：指徐温，卒謚忠武，徐知誥（李昪）尊爲太祖武王。見十國春秋卷一三徐温傳。　桓文：春秋五霸中齊桓公與晉文公的並稱。孟子卷一梁惠王上："仲尼之徒，無道桓文之事者，是以後世無傳焉。"

〔三〕"天祐丙寅歲，從招討使秦裴平豫章"句：新五代史卷六一吴世家："天祐三年二月，劉存取岳州。四月，江西鍾傳卒，其子匡時代立，傳養子延規怨不得立，以兵攻匡時。渥遣秦裴率兵攻之，九月克洪州，執匡時及其司馬陳象以歸。"

〔四〕山越：古代對南方山區少數民族的通稱。王鳴盛十七史商榷三國志四山越："山越者，自周、秦以來，南蠻總稱百越，伏處深山，故名山越。"

〔五〕玄冥：左傳昭公十八年："禳火於玄冥、回禄。"杜預注："玄冥，水神。"

〔六〕杜畿：杜畿在陶河試航而被淹死。曹丕追贈其爲太僕，謚戴侯。見三國志卷一六魏書一六杜畿傳。

〔七〕鄭人之驚伯有：春秋時鄭大夫良霄字伯有，主持國政時，和貴族駟帶發生爭執，被殺於羊肆。傳説他死後變爲厲鬼作祟，鄭人互相驚擾，以爲"伯有至矣"！見左傳襄公三十年、昭公七年。

〔八〕吴俗之畏子文：蔣子文，漢末爲秣陵尉，逐賊至鍾山下，爲賊所傷而死。後屢爲神異，災厲不止，吴人大恐。孫權爲立廟堂，災厲止息。見搜神記卷五。

洪州道正倪君碣〔一〕

君諱少通，字子明，其先千乘人也〔二〕。末葉避地，徙居巴陵〔三〕。濯洞庭之餘波，襲九嶷之秀氣，儒風繼世，貞節自持，垂慶炳靈，仙才是出①。君風骨秀整，襟懷坦夷。幼挺高情，即依道楗〔四〕；弱冠遐舉，來游九江。悦廬阜之名區，得董君之故静〔五〕。種杏之地，榛莽森如，慨然永懷，誓復靈構。誅茅築室，練行修身，闇然而彰，千里斯應。于時唐運告謝，宗室代興，江左被玄元之風，二葉恢清浄之教。君以清心苦節，升聞于朝。癸丑歲，賜錢三百萬，即所居建太一之觀。於是疏鑿舊址，草創新規，悦以子來，成之勿亟，十有餘歲，清宫焕然。凡建四殿五堂，重門兩序，内外棟宇，總百三十區。像設儀衛，莫不稱是。力闢汙萊爲良田者五百畝，而飯賢之費有餘；手植杉松成茂林者千餘根②，而甘露之祥再降③。繇是牧守嘉尚，道俗依憑④，爲本州道正，乃知太一觀事⑤。享壽九十有一，體力康壯，淳化元年秋八月八日子時，怡然而化，容貌如生。初，君自擇葬地於蓮花峰下，即以二年春正月窆焉。君性質沖淡，不耀其光，表率教門，正身而已。嘉賦詠⑥，善鼓琴。龍鳳之形，皆由手製；山水之操，自洽天和。所居之觀，俯邇城郭。登山之客，必先造焉。君將迎接待，高卑如一。絶迹朝市，成樂林泉，六十餘年，慎終如始。門人弟子，先以慈孝爲訓，有若李延照、蔣守龍等近四十餘人，皆以孝行爲時所稱。親弟德規、同學弟謝又能等，叶力同心，共復靈迹，並先早世。今謝君弟子王省昂，嗣膺道任。師孫錢知素，繼知太一觀事，師門之盛，論者美之。鉉頃歲扈從南巡〔六〕，與師款接旬日，傾蓋之分，有如素交。錢君以論譔見求，不當爲讓。其銘曰：

太一董君，上帝之賓。遺方眇邈，奮迹荆榛。倪師慷慨，復來清塵。種杏之地，林光再新。異世神交，豈其後身。冥升自遠，代劍非淪。瞻言華表，誰見千春。刊銘翠琰，道契攸親。

【校記】

①仙：原作“先”，據翁鈔本、李刊本、徐校改。

②根：李校：一本作“株”。

③露：原作“靈”，據四庫本、李刊本、徐校改。

④憑：四庫本作“歸”。

⑤乃：李刊本作“仍”。

⑥嘉：四庫本、李刊本作“喜”。徐校：當作“喜”。

【箋注】

〔一〕作於宋淳化元年（九九〇）八月至二年正月間。據文知碑主爲倪少通，卒於淳化元年，次年正月葬。故繫於此。　倪少通撰有碑記，寶刻叢編一五引復齋碑録云：“南唐太乙觀董真人殿碑，道士倪少通撰、道士鍾德載正書並篆額，保大十一年十一月。”六藝之一録卷一〇三：“祥符觀真人廟記，保大二年南岳秣陵道士倪少通撰。”

〔二〕千乘：青州屬縣。見宋史卷八五地理志一京東路。即今山東博興縣。

〔三〕巴陵：岳州屬縣。見宋史卷八八地理志四荆湖北路。即今湖南岳陽市。

〔四〕道楗：道門。楗，關門的木門。

〔五〕董君：董奉字君異，東漢末人。少年學醫，信奉道教。醫術高明，治病不取錢物，使重病愈者栽杏五株，輕者一株，數年間得十萬餘株，鬱然成林。晚年隱居廬山。見葛洪神仙傳卷一〇。

〔六〕鉉頃歲扈從南巡：即建隆二年二月（九六一）徐鉉隨元宗南遷。見後附年譜。

徐鉉集校注卷二八　記

泗州重修文宣王廟記〔一〕

昔我先聖,有周公之才,無文王之時,故憲章其道,以垂萬世,精神冥契,夕則夢之。是知千載旦暮,蓋其道同也。自時以降[①],鴻儒碩生[②],敷暢微言,佐佑大化,專一之志,通于神明,咸夢宣尼[③]〔二〕,以著名實,斯文間作,來者不誣。國家彰灼神功,在宥天下。禮樂刑政,舉百王之中;典謨訓誥,用三代之式。文學之士,靡然向風。臨淮徐君名某,字某,弱而好學,壯而有立,行敦乎族黨,名聞於州間。脩辭立誠,躬儒者之業;博施濟衆,秉義士之規。隨計春官,再不中選。會長子宗孟,郡亦舉秀才,君以爲名不可多取,即欲退而求志。無何,夢游淮上,倏有淪胥之厄〔三〕。衆君子拯之,而置于宣聖之堂,儼然逢掖之容,若奉緇帷之會。寤而神聳,益用兢懷,聞者奇之,勉以西上。明年春,冕旒臨御,親較群才,崇朝之間,父子俱捷。蓋古今未之有也。君歎曰:"天子廣孤平之路[④],杜請謁之門,先聖知之,是有敦勉[⑤]。斯實至德感兆[⑥],鄙何有焉?"思欲昭答靈心,丕顯玄貺。惟兹泗上,雄視百城,學校之制,我在不後⑦。王業伊始,天下初平,舟車輻湊之都,郵傳旁午之地,邦君丞掾,日不暇給,弦誦之所,窺户闃然。君白于公府,願補闕政。於是出家積,鳩國工,即舊謀新,瞻星揆日,乃建路寢,乃立應門。闢講論之堂,設東西之序。廣袤合度,奢儉中規。像設增嚴⑧,繪素加焕。凡祭器制度,皆圖於垣墉。俾夫觀藝之徒,横經之侣⑨,居今識古,虚往實歸。三代之風,由斯而致也。録事參軍張君濬,綱紀之任,夙夜惟寅,嘗與同僚及斯而歎曰:"振舉廢闕,公力未遑,當屬於好事君子,非徐君不能也。"⑩及兹締構,如宿契焉。是知善人之言,罔弗響答⑪。夫聖人之教也,與天地常在,將陰陽並運,恍惚玄應,昧者不知。今徐君服之而成大名,感之而臻介福。咨爾後學,可不勉歟! 金石之銘,其無愧已。于時歲次乙酉雍熙二年秋七月記。

【校記】

①時:翁鈔本作"是"。

②生:李校:一本作"士"。

③咸:李校、徐校:一本作"感"。

④孤平:四庫本作"登進"。

⑤是有:李校:一本作"是以"。

⑥兆:黄校本作"召"。

⑦我:四庫本作"義"。

⑧增:李校:一本作"尊"。

⑨横:翁鈔本作"廣"。

⑩君:四庫本作"公"。

⑪響答:李校:一本作"響應",一本作"嚮應"。

【箋注】

〔一〕作於宋雍熙二年(九八五)七月。據文末所署年月而繫。

〔二〕宣尼:指孔子。漢平帝元始元年追謚孔子爲褒成宣尼公,故稱。見漢書卷一二平帝紀。

〔三〕淪胥：無罪而受牽連。詩經小雅雨無正："若此無罪，淪胥以鋪。"此指夢中溺水。

邢州紫極宮老君殿記〔一〕

昔者老君伯陽〔二〕，憫大道之既隱，傷周室之既微，以爲清浄無爲，道之本也，非建言不能盡其意；安上治民，道之用也，非設教不能永其成。乃著書於函關〔三〕，以明清心之要；授禮於仲尼〔四〕，以開垂世之統。繇是教義之被於民，如造化之漸於物，賢者識其大，不賢者識其小。出入戰國，經歷薄俗，君君臣臣，父父子子，民到于今受其賜，則二聖人是賴焉。故並享明祀，格于寓縣，雖百世不能易也。邢州紫極宮者，唐開元中所立，老君像則琢玉石以爲之。真靈所憑，功用殊絶，睟容奇表，儼然若存，瞻仰之徒，莫不增肅。王室剥亂，郡國崩離，三晉之郊，戎馬孔棘。崇堂隳落，乃移像於北極殿之西偏，數十年之間，不絶如綫。皇宋膺運，百度惟貞，道風載陽，真侶咸萃。女道士陳體元，江左右族，夙挺玄符①，不從象服之華②，自結鳳羅之誓，勤行匪懈，真氣日滋。乙亥歲，伯氏從宦，將之俱至。峴嵓知化，汗漫與期，郡守賢之，授以宫任。亦既涖止，慨然永懷，嗟崇構之傾頽，歎尊位之蹂雜③，程工度費④，即舊謀新。知州事段公思恭，仙派分源，諫垣舊德，嘉其偉志，助以俸金，郡僚而下，歡然風靡。即宫之西序，建老君殿三間。材用必良，工藝必精，廣袤中規，奢儉合度。旭景昇而丹彩焕，清風襲而爽氣生。肅然仙都，復覩靈境。粤某年月，奉玉像而處焉。霓衣致虔，羽蓋成列，几筵嚴肅，香燭苾芬，鍾磬咸和，煙雲改色。非至誠感召，孰能臻此者乎？練師之家，弈葉從公，清白垂訓。仲兄前鹿邑令省躬，秉直忤俗，退而居貞⑤；季兄邢州書記長參，學古入官,和以接物。積善之報⑥,宜生仙才。鉉知二君歲久,故美其事而紀于於石。某年十二月二日記。

【校記】

①挺:四庫本作"佩"。

②從:四庫本作"隨"。

③蹂:李校:應作"糅"。

④工:四庫本作"功"。

⑤居貞:四庫本作"貞居"。

⑥報:黄校本作"家"。

【箋注】

〔一〕作於宋太平興國六年(九八一)前後十二月二日。文中所記段思恭,宋史卷二七〇本傳云:"太宗即位,遷將作監,知秦州。坐擅借官庫銀造器,又妄以貢奉爲名,賤市狨毛虎皮爲馬飾,爲通判王廷範所發,降授少府少監,知邢州。太平興國六年,遷少府監。雍熙元年,南郊畢,表乞復舊官,再爲右諫議大夫。"據此,知段思恭于太平興國六年,遷少府監,仍知邢州,雍熙元年(九八四)離任。又,續長編卷二〇載:太平興國四年八月,"將作監段思恭責授少府少監。思恭前知秦州,擅借官錢造器用,又妄以貢奉爲名,賤市狨毛虎皮爲馬飾,爲通判王延範所發。"據此,知段思恭知邢州時間在太平興國四年(九七九)。建老君殿當在其至邢州之後不久。故繫於此。

〔二〕老君伯陽:老子字伯陽。見史記卷六三老子韓非列傳張守節正義。

〔三〕著書於函關:史記卷六三老子韓非列傳:"居周久之,見周之衰,迺遂去,至關,關令尹喜曰:'子將隱矣,彊爲我著書。'於是老子迺著書上、下篇,言道德之意五千言而去,莫知其所終。"

〔四〕授禮於仲尼:史記卷六三老子韓非列傳:"孔子適周,將問禮於老子。"

洪州華山胡氏書堂記〔一〕

士君子承積善之慶,服聖人之道。治身修心,義之本也;風行於家，德之充也；教被於俗，仁之周也①。疇克具舉，吾其與之。豫章屬邑，世雲舊里②，山水特秀，英靈所躔，安定胡君籍於是。君名仲堯，字光輔。弈葉儒學，蟬聯簪紱。曾門摽舉〔二〕，煥列宿之華③；祖德韜映，戢少微之耀〔三〕。至于我先人，少好左氏春秋之學，研幾索隱，儒者宗焉。及君之長，克揚其業，言斯出矣，身則踐之。揖讓周旋之儀，孝友姻睦之行，修乎閨門之内，形于群從之間。少長有禮，絲麻同爨④〔四〕，鄉黨率義，人無間然。君以爲上古之風，可以馴致，由六經之旨，可以化成也。乃即别墅華林山陽玄秀峰下〔五〕，構書堂焉。築室百區，聚書五千卷。子弟及遠方之士，肄學者常數十人⑤。歲時討論，講席無絶⑥。又以爲學者當存神閑曠之地⑦，游目清虚之境，然後粹和内充，道德來應。於是列植松竹，間以葩華。涌泉清池，環流于其間；虚亭菌閣，鼎峙于其上。處者無斁，游者忘歸。蘭亭石室，不能加也。又按圖諜云，昔陶丘公、李八百皆修道於此〔六〕。是知人境相得，其道乃光，勤而行之，古猶今也。鉉欽羡其事，道阻且躋，故述斯文，以垂不朽。年月日記。

【校記】

①仁：原作“人”，據黄校本、李校改。

②雲：四庫本作“云”。

③煥：李校：一本作“揚”。

④絲麻：李刊本作“緦麻”。

⑤肄：四庫本作“從”。　十：四庫本作“千”。

⑥席：四庫本作“習”。

⑦當：四庫本、黄校本、李刊本作“常”。

【箋注】

〔一〕作於宋雍熙二年（九八五）。奉新縣志卷一二有華林書院記，内容與洪州華山胡氏書堂記略同，其文曰：“國博仲堯，積功累德，儒者共推。……御札賜書，日星並曜，宸章聖藻，金石同輝。"據此，知兩文爲同時所寫。胡仲堯建華林書院，爲一時書林盛事，曾受皇帝旌揚。宋史卷四五六胡仲堯傳："胡仲堯，洪州奉新人，累世聚居，至數百口。構學舍于華林山别墅，聚書萬卷。大設廚廩，以延四方之士。……雍熙二年，詔旌其門閭。仲堯詣闕謝恩，賜白金器二百兩。"據此，知胡仲堯建書堂及受皇帝旌揚在雍熙二年。

〔二〕曾門：即曾祖。新唐書卷一九五程袁師傳："改葬曾門以來，閲二十年乃畢。"

〔三〕少微：星座名。史記卷二七天官書："廷藩西有隋星五，曰少微，士大夫。"張守節正義："少微四星，在太微西，南北列：第一星，處士也；第二星，議士也；第三星，博士也；第四星，士大夫也。"

〔四〕緦麻同爨：謂五世之人不分家吃飯。緦麻，即緦麻。喪服名。孝服用細麻布製成，服期三月。

〔五〕華林山：太平寰宇記卷一〇六江南西道四洪州奉新縣："華林山，在縣西南五十里。昔浮丘公隱居之所。今南峰號爲浮丘嶺。"

〔六〕李八百：蜀人，莫知其名。歷世見之，時人計其年八百歲，因以爲號。見太平廣記卷五引神仙傳。葛洪抱朴子内篇卷二道意謂李八百爲李寬。奉新縣南三十里有李八百洞，見太平寰宇記卷一〇六江南西道四洪州奉新縣。陶丘公：當爲道教人物。具體未詳。按：陶丘公或是浮丘公之誤。浮丘公曾隱居華林山，見注〔五〕。華林書院記作陶安公。

洪州新建尚書白公祠堂之記〔一〕

大丈夫處厚居實，據德依仁，豈徒潔身，將以濟世。故著於事業，發於文詞，而後功績宣焉，聲名立焉。蓋有其實者，必有其名，是以君子恥没世而名不聞也。若乃格于穹壤，漸于蠻夷，大則藏於金匱石室之書，細則誦於婦女稚孺之口，則古今已來，彰灼悠久，未有如白樂天者，不其異乎！故神明相之，攸居不傾；黎甿懷之[①]，餘風不泯。士大夫神交道親，若旦暮焉。尋陽古郡，昔公謫宧之所[2]，綿祀二百，市朝屢變，而司馬聽事之室，巋然獨存[3]，斯益異矣。聖運光啓，崇古尚文，三代之風，傳遠萬里。禮部郎中、江南轉運使張去華，述職按部，聿來是邦，弭節城闉，攝齊堂奥。以爲先賢所舍，邑里具瞻，與夫元規之樓〔二〕、惠遠之社〔三〕，崇飾祇薦，我何後焉？太子中允、知州事梁君翊，贊善大夫、通判州事羅君彧，皆叶規同心，相視莫逆。政有餘裕，府多羨財，即舊謀新，創爲祠宇。傳寫廬山之遺像，寘于北墉。棟宇深嚴，門序奥秘，肅然廟貌，想見其人。凡游居之徒，仰高山，聆遺韻，薦誠觀藝，結轍於斯。禮不云乎：禱祠古之卿士有益於人者[4]。觀樂天之文，主諷刺，垂教化，窮理本，達物情，後之學者，服膺研精，則去聖何遠？其爲益也，不亦多乎？尸而祝之，固其宜矣。某昔游廬岳，獲拜儀形；今塵騎省[5]，遥聞締構。喜儒宗之不墜，嘉使者之得人，故作斯文，勒于貞石。年月日某記[6]。

【校記】

①甿：李校：一本作"民"。

②宧：李校：一本作"官"。

③巋：李校：一本作"巍"。

④祠：四庫本作"祀"。

⑤塵：四庫本作"居"。

⑥日：原脱，據四庫本補。

【箋注】

〔一〕作於宋雍熙四年（九八七）。文曰"今塵騎省，遥聞締構"，按：續長編卷二四載：太平興國八年六月己酉，"右散騎常侍判尚書都省徐鉉言：'都坐議事……'"後注云："鉉以八年六月一日罷直學士院，爲右散騎常侍，受詔判督省。"據此，知太平興國八年（九八三）徐鉉始任職騎省。又文曰"江南轉運使張去華，述職按部。……贊善大夫、通判州事羅君彧，皆叶規同心"。據福建通志卷四八羅彧傳："羅彧字仲文……雍熙後歷知惠、筠、成三州。"雍熙改元在九八四年,據羅彧仕歷,其知筠州(原屬洪州)當在九八七至九九〇年之間。又據宋史卷三〇六張去華傳載雍熙中張去華去江南轉運使一職。雍熙共四年(九八四—九八七)。綜上,取其交集,該文當作於九八七年。

〔二〕元規之樓:分別見卷二送歐陽大監游廬山注〔六〕、卷四送龔員外赴江州幕注〔四〕。

〔三〕惠遠之社:惠遠即慧遠,東晉高僧,俗姓賈,卜居廬山三十餘年,創立浄土宗,亦稱蓮宗。見高僧傳卷六慧遠傳。

洪州始豐山興玄觀記〔一〕

聖人之言,道無不在。若乃域中歸其大,萬物恃之生,鴻化玄造,無德而稱已。至於顯神道之教,挺方外之朝①,反之於身,以固其本,清心鍊氣,保精嗇神。飡霞茹芝,修用者殊軌;御風乘景,游集者無方。蓋真階仙品之有差,故洞天福地而區別,奇篇所紀②,靈境可尋。豫章始豐山者,案圖諜,第三十七之福地也。爾其穹窿蹇産,干霄蔽日,凌空瞰野之勢;嶔崟窈窕,蒸雲泄雨,儲神宅怪之奇。陰林脩幹,材用之所生也周;飛湍激流,利澤之所及者遠。紫煙白霧,隱映而紛霏;靈風爽氣,蕭寥而披靡。醮享之數,歷代相因。爰有興玄之觀,是爲薦誠之地。土德云季,三災迭興③,市朝貿遷,堂構隳頓。幾歎遼城之鶴〔二〕,常栖楚幕之烏〔三〕。若夫真氣所憑,神靈攸相,物無終否,道不遠人。道士聶紫庭,襲玉笥之地英,追九仙之夙契,以勤行爲志業,以訪古爲師資④。歲在玄枵〔四〕,來游此觀,顧瞻祠宇,慷慨傷懷,徒侶敦請,遂膺其任。積行所應,至誠易通,游居之人,莫不信奉。以爲興作者古人之所慎,因循者前哲之所宗,足備制度,何必侈大?於是補其闕而葺其壞,窒其隙而扶其傾。集瓴甋塼埴之工,加杇鏝丹雘之飾。瑣窗鏤檻,朱户金鋪,深沈靡迤,虚明藻麗。百年舊製,一旦惟新,日就厥功，十稔而已，己不病於費，人不知其勞，用此修真，真其焉往？又以方志漏略，碑頌堙沈，使夫來者，何所宗仰？謂余爲好道者，故求我以文，是用直書，以觀成績。淳化元年夏六月記。

【校記】

①朝：四庫本作"衛"。

②篇：李校：一本作"編"。

③迭：四庫本作"遞"。

④訪：四庫本作"倣"，李刊本作"放"。

【箋注】

〔一〕作於宋淳化元年（九九〇）六月。據文末所署年月而繫。

〔二〕遼城之鶴：見卷一贈王貞素先生注〔五〕。

〔三〕楚幕之烏：久無人居住，烏鴉棲止其中。左傳莊公二十八年："諸侯救鄭，楚師夜遁。鄭人將奔桐丘，諜告曰：'楚幕有烏。'乃止。"

〔四〕歲在玄枵：文選卷一〇潘岳西征賦："歲次玄枵，月旅蕤賓。丙丁統日，乙未御辰。"李善注："岳傷弱子序曰：'元康元年五月，余之長安。'以歷推之，元康二年，歲在壬子，乙未，五月十八日也。"

金陵寂樂塔院故玄寂禪師影堂記〔一〕

士有切問强記以修其内，和光退節以晦其外，而人自仰之，名自歸之，不知所以然而然，見之於玄寂禪師矣。師名澄玘，姓陳氏，番禺人。既生而孤，天骨奇秀，岐嶷之態，有異常童。常端居静念，如學道者。七歲，復失所恃，母臨終以託其姑曰："此兒幼有奇應，法當出家，儻果斯願，吾無恨矣。"年十一歲，遂詣本郡從師，十七歲，韶州南華寺正度。於是造詣先達，請益質疑，歷游名山，無遠弗届，不違類於顔子〔二〕，起予同於卜商〔三〕。丁未歲〔四〕，來止舒州山谷寺，徧閲經論，師門之學，無所不通，然未嘗爲人言也。是時季唐二葉，像法大興，凡聚徒講學者①，所在奉之，以爲長老。禪師徇狎鷗之志〔五〕，慕争席之風〔六〕，雖衆人與居，而群望自集，道俗敦請，抗志不從。郡守周公〔七〕，因人之心，封章上啓，嗣君嘉賞，以詔書命之。周公延至郡齋，親爲致禮。師不得已，乃攝齊即坐，音詞宣朗②，寮吏屬目，士庶咸歡。還處精廬，宴居如故。丁巳歲〔八〕，避難南渡，止于廬山。嗣君召致建康，累徵乃至。迭處名寺③，咸敷講席，恩禮優渥，賜號玄寂禪師。時之名流，無不景仰。至於誘進後學，開導真筌，激厲憤悱，皆得所欲。乾德五年冬十一月④，終于建康龍光禪院，春秋六十有一。後主遣中使護葬，贈送甚優，葬于都城東南隅鳳臺鄉。門人弟子廬於墓次，誅茅構宇，遂成道場，儼設靈儀⑤，式觀遺愛。鉉頃自禁掖，放逐舒庸〔九〕，閉關却掃，不豫人事，時游灊岳，因獲覯止。容貌閑暇，議論平淡，言意相得，有若舊交。雖慙方外之期，自叶忘形之契，一生一死，已隔於當年，谷變陵遷⑥，復悲於陳迹。弟子嗣昭等，永懷遺範，願勒貞珉，因述斯文，庶申夙分。年月日記⑦。

【校記】

①凡：李校："凡"下一本有"有"字。

②宣：四庫本作"爽"。

③迭：四庫本作"遍"。

④五：李校：一本作"二"。

⑤設：四庫本作"然"。

⑥谷變陵遷：李校：一本作"陵變谷遷"。

⑦年：四庫本作"某年"。

【箋注】

〔一〕作於宋開寶元年（九六八）或稍後。據文意，玄寂禪師卒於乾德五年（九六七）十一月，弟子爲建影堂當在其卒後不久。

〔二〕不違類於顏子：顏子即顏回，字子淵，孔子弟子。論語爲政："子曰：

‘吾與回言終日，不違，如愚。’”何晏集解引孔安國曰：“不違者，無所怪問，於孔子之言，默而識之，如愚。”

〔三〕丁未歲：即南唐保大五年（九四七）。

〔四〕起予同於卜商：卜商字子夏，孔子弟子。論語八佾：“子曰：‘起予者，商也，始可與言詩已矣。’”何晏集解引包咸曰：“孔子言子夏能發明我意，可與共言詩。”

〔五〕狎鷗之志：謂有隱逸之志。見卷二二送樂學士知舒州注〔四〕。

〔六〕争席：争席而坐，謂融洽無間，不拘禮節。莊子雜篇寓言：“其往也，舍者迎將其家，公執席，妻執巾櫛，舍者避席，煬者避竈。其反也，舍者與之争席矣。”郭象注：“去其誇矜故也。”成玄英疏：“除其容飾，遣其矜誇，混迹同塵，和光順俗，於是舍息之人與争席而坐矣。”

〔七〕郡守周公：指周宏祚，保大時爲舒州刺史。見十國春秋卷二七本傳。

〔八〕“丁巳歲，避難南渡”句：指保大十五年（九五七），南唐與後周交兵。

〔九〕舒庸：指舒州。詳見卷一木蘭賦注〔三〕。

撫州永安禪院記〔一〕

教之大者其行遠，利之博者其報豐①。自三代已還，百家並騖；炎靈之後，釋氏特隆。經法之盛，參乎先聖；祠宇之設，廣於虞庠。不知所以然而然，非言象所及已。撫州郡署之左一里而近，有禪院焉，乾符中署曰寶國，天祐中改名永安。方志失傳，莫知肇興之始；高人迭處②，咸爲宴坐之場。夫經像之所居，苾馨之所薦③，必將據郡國之形勝，襲川原之氣象。斯郡也，揔楚越之都會；斯院也，浸章汝之清流。逸少、康樂〔二〕，江左名士，而墨池、經臺介乎比閭；麻姑、南真〔三〕，丹臺上列④，而仙壇、閑館峙乎封域。閈閎相望⑤，鍾磬交音，神靈之所依憑⑥，煙霞之所韜映。爾其棟宇之狀也，則赫赫乎顯敞，眈眈乎深嚴。黼藻成文，磨礱盡妙。層樓對峙，脩廊四通，列講肆於崇堂，安衆士於奥室。動有擊蒙之益〔四〕,静有寧體之娱。儲峙必豐,器用必給,四方學者,至輒如歸。考績程功,則住持禪師義韜之力也。韜公道學精詣,慧心朗悟⑦,以濟衆爲務,以興教爲懷。少游名都,歷訪先達;晚棲臨汝,自闢師門。甲申歲,來詣京華,褐衣請見,對揚玉扆,躬奉天言,論難所及,辭義響答。聖恩嘉矚⑧,賜以紫衣⑨,登門之徒,莫不增肅。韜公以斯院制度崇麗,修奉精嚴,金石闕如,何以示後? 惠然見顧,求我以文。辭讓不獲,因爲之記。年月日記。

【校記】

①利:李刊本作"澤"。

②迭:四庫本作"遞"。

③馨:翁鈔本作"芬"。李校:一本作"芬"。

④丹臺:李校:一本作"丹池"。

⑤閒:原作"閑",據四庫本、黄校本、李刊本、備要本改。

⑥依慿:李校:一本作"凭依"。

⑦朗:四庫本作"明"。

⑧嘉:四庫本作"加"。

⑨賜:黄校本作"贈"。

【箋注】

〔一〕作於宋太平興國九年暨雍熙元年(九八四)。據文知作於甲申歲,甲申即九八四年。

〔二〕逸少、康樂:王羲之字逸少,謝靈運襲封康樂公。

〔三〕麻姑:神話中仙女名。傳説漢桓帝時曾應仙人王遠(字方平)召,降於蔡經家。見葛洪神仙傳卷三王遠傳。 南真:即南极老人,主宰人壽命長短。

〔四〕擊蒙:發蒙,啓蒙。周易正義卷一蒙:"上九,擊蒙。不利爲寇,利御寇。"王弼注:"擊去童蒙,以發其昧。"

潤州甘露寺新建舍利塔記〔一〕

維皇宋二葉,改元五祀,潤州丹徒縣令王紀改築縣牆,掘地得石函,驗其刻文,梁大同五年,道人法序瘞真身舍利於此。函中銅龕一,龕中銀合一,合中銀瓶二,舍利七粒存焉。而銅龕復有刻文,則唐貞觀十二年再加營奉。掌役者張遇獲之以獻。遇也感貞應之在己,念妙道之可修,因投郡之慈雲寺,削髪爲沙門,易名閨真。精心苦行,誓復前迹①,廣募衆施,疇咨協心。數年之間,克果其願,即以端拱元年夏四月八日,遷致于郡之甘露寺東隅②,建浮屠焉。獻狀而來,求志其績。粤聖人在上,欽若靈心,政無不修,神靡不舉。玄貺交感,坤元效珍。用能使幽瘞之質,焕然景彰;騫崩之迹,蔚然雲構。然則澤及微隱,福被含生,其可知也。是郡也,楊州之都會,京口之重鎮。六代之風流人物,綜萃於斯;三吴之山川林泉,肇發於此。高深自改,氣象常存。是寺也,北固山之陰崖,贊皇公之遺迹。崢嶸飛閣,迴矙滄江,邐迤巖房,周行數里。植之作③,遠邇雲臻。故真師因人之心,相地之勝,獲此空隙,建兹崇封。材用工役,必求善良;規模制度,必據經法。其高七十尺,其周二十步,八隅瑩玉,五盞凌霄。冠星珠於觚稜,海日先照④;圖雲氣於棼橑⑤,宿霧常棲。中嚴睟容,肅然月滿,旁繢靈變⑥,焕若霞舒。游居之徒,莫不稱歎。愚嘗見釋氏子爲此役者多矣,如真師者,其涉道也淺,其居處也卑,上無許史之託〔二〕,下無猗陶之助〔三〕,苦節以感物,績微而著功。不慁民,不愆素,而能事以立,亦可尚也。故嘉而志之。端拱二年二月一日記。

【校記】

①誓:李校:一本作“思”。

②致:翁鈔本作“置”。

③植之作:翁鈔本、黄校本“植”下空一字。黄校:影宋本不空,按文義有脱字。李刊本“植”上空一字,並校:各本空格,疑是“動”字。四庫本作“浮屠之作”。

④海:四庫本作“旭”。

⑤橑:原作“撩”,據四庫本、李刊本改。

⑥繢:原作“績”,據四庫本、李刊本改。

【箋注】

〔一〕作於宋端拱二年(九八九)二月一日。據文末所署時日而繫。

〔二〕許史:漢宣帝時外戚許伯和史高的並稱。借指權門貴戚。漢書卷七七蓋寬饒傳:“上無許史之屬,下無金張之託。”顔師古注引應劭曰:“許伯,宣帝皇后父。史高,宣帝外家也。”

〔三〕猗陶:春秋戰國時大富商陶朱公(范蠡)和猗頓的並稱。代指富豪。賈誼過秦論上:“非有仲尼、墨翟之賢,陶朱、猗頓之富。”

重建宓子賤碑陰記〔一〕

單父縣宓子賤舊碑,賈至文,梁耿書,天寶十年四月四日柳載建①。始致於故縣北隅琴堂之上。光化二年,以縣爲郡署,縣令李知傑移理於今所,碑亦隨徙。措置不謹,風雨所摧,因折爲數段,扶置垣牆之間,及今八十年矣。皇宋撫運②,書軌大同〔二〕,人文化成,清静爲理③。縣令毛君名庶幾,越自江左,來撫斯民,見賢思齊,好古博雅。以爲宓子之化,人猶不忘;賈君之文,世共稱賞④。若棄之而不修,非所以訓民事神也。於是再建隆碣,重書舊詞。以鉉嘗學篆籀,見求運筆。梁氏之迹,本自非工,仍爲倒薤之勢,非八書之正也,而又字體譌俗,文詞舛誤⑤。今以賈氏集校而正之,遠擬秦李斯,改爲玉箸〔三〕,立於宓君之祠庭,事之宜也。以改作之意附于碑陰云。太平興國五年正月二十日記。

【校記】

①十:李校:"十"下諸本有"四"字。

②撫:李刊本作"膺"。

③清静爲理:四庫本作"清和咸理"。

④世:黄校本作"人"。

⑤文:原作"大",據四庫本、黄校本、李刊本、徐校改。

【箋注】

〔一〕作於宋太平興國五年(九八〇)二月一日。據文末所署年月而繫。宓子賤:見卷二五巫馬大夫碑銘注〔二〕。

〔二〕書軌大同:見卷八虞部員外郎史館修撰韓熙載可太常博士注〔二〕。

〔三〕玉箸:即玉筯。書體名。指李斯所創之小篆。李綽尚書故實引張懷瓘書斷曰:"如科斗、玉筯、偃波之類,諸家共五十二般。"齊己謝西川曇域大師玉箸篆書:"玉箸真文久不興,李斯傳到李陽冰。"

邠州定平縣傳燈禪院記〔一〕

乾維巨屏,寔曰邠郊。其地險固,其氣剛勁,被宗周信厚之澤,詠王業艱難之風。是故人知徼福之方,俗嚴慈氏之教,精廬静宇,隱轔相望。定平縣傳燈禪院者,帶位署之左方,據郭邑之勝勢,四面環其趾①,涇水盪其胸②。却倚崇岡,爰摽龍尾之號,上寫寒澗,仍有天河之稱。藹爾鮮原,鬱然佳氣。昔居唐室之季,四海崩離。中和四年,有禪師從一者,挺秀宗門,從師臨海,避難高舉,擇地遐征,萬里而來,税駕於此,相其爽塏,有志盤桓。群心翕然,助成其事,買地築室者咸集,横經跪履者亦臻。十年之間,百堵斯建。守官嘉尚,請命于朝。景福二年,詔賜題署,天光所及,道譽彌高。一公化去,弟子佐範,克嗣其業。範之弟子知信,復繼其任。守之以恪,加之以勤,感召益多,法事增廣。殿堂像設,靡不莊嚴;儲峙器用,無乏供億。而經典猶闕,講誦弗聞,以爲居今識古者存乎書,觀象得意者存乎言。金匱石室之宏規,名山京師之故事,此而不務,何以爲能?乾德四年秋,肇啓精誠,指期繕寫。邑人石遷等,聞風而悦,叶比其謀,日就月將,惟力是視。卷以緗帙③,貯之琅函。邑人高玘,奉其家山,以備構室。采伐未備④,夫役未充。俄而暴雨猥至,山溜奔激,屹然巨石,自至院前。取以給用,宛契心匠。雖廬岳神運之殿,石頭後渚之梁,感通冥符,無以過也。既而信公復没,以屬弟子令熙,熙也遵行,弗敢失墜。而民非兆萬,俗空猗陶〔二〕,漸以化之,静以俟之,二十許年⑤,猶未訖事。會中使王君名素,分摧筦之職〔三〕,督關梁之征,歸餘於終,率籲衆力,於是簡牘几閣,即日僝工,俾下帷鑿壁者得肆其勤,研精索隱者不愆其義。真風無泯⑥,介福來臻。繄高士四世之勤,垂本宗百代之憲,宜其篆刻金石,永示方來。知余有好善之心,專舊史之學,求我以文⑦,是用直書。于時歲次壬辰淳化三年春三月記。

【校記】

①四面:李刊本空二字。並校:諸本有"四面"二字,不可通,今姑空二格。徐校:"四面"二字似誤。

②湮:四庫本作"煙"。

③帙:原作"秩",據四庫本、李刊本、徐校改。

④未備:原作"之備",據李校改。四庫本作"之用"。

⑤許:李刊本作"餘"。

⑥無:翁鈔本作"不"。

⑦以文:原脱,據李校、徐校補。

【箋注】

〔一〕作於宋淳化三年(九八〇)三月。據文末所署年月而繫。

〔二〕猗陶:見本卷潤州甘露寺新建舍利塔記注〔三〕。

〔三〕榷筦:謂對鹽鐵等物實行專管專賣。漢書卷六六車千秋傳:"桑弘羊爲御史大夫八年，自以爲國家興榷筦之利。”顔師古注：“榷謂專其利使入官也，筦即管字也。”

〔四〕關梁之征：在關口和橋梁處設卡征税。

徐鉉集校注卷二九　墓誌

大宋左千牛衛上將軍追封吴王隴西公墓志銘 并序〔一〕

盛德百世，善繼者所以主其祀；聖人無外，善守者不能固其存。蓋運曆之所推，亦古今之一貫。其有享蕃錫之寵，保克終之美，殊恩飾壤，懿範流光，傳之金石，斯不誣矣。王諱煜，字重光，隴西人也。昔庭堅贊九德〔二〕，伯陽恢至道〔三〕。皇天眷祐，錫祚于唐，祖文宗武①，世有顯德。載祀三百，龜玉淪胥，宗子維城，蕃衍萬國。江淮之地，獨奉長安，故我顯祖，用膺推戴。淳耀之烈，載光舊吴，二世承基，克廣其業。皇宋將啓，玄貺冥符。有周開先，太祖歷試。威德所及，寰宇將同。故我舊邦，祇畏天命，貶大號以禀朔，獻地圖以請吏。故得義動元后〔四〕，風行域中，恩禮有加，綏懷不世。魯用天王之禮，自越常鈞〔五〕；鄭存紀侯之國〔六〕，曾何足貴？王以世嫡嗣服，以古道馭民，欽若彝倫，率循先志。奉烝嘗、恭色養必以孝，賓大臣、事耇老必以禮，居處服御必以節，言動施舍必以時。至於荷全濟之恩②，謹藩國之度，勤修九貢，府無虚月，祇奉百役，知無不爲。十五年間，天眷彌渥。然而果於自信，怠於周防。西隣起釁，南箕構禍〔七〕。投杼致慈親之惑〔八〕，乞火無里婦之辭〔九〕。始勞因壘之師，終後塗山之會〔一〇〕。太祖至仁之舉，大賚爲懷，録勤王之前效，恢焚謗之廣度，位以上將，爵爲通侯〔一一〕，待遇如初，寵錫斯厚。今上宣猷大麓，敷惠萬方，每侍論思，常存開釋。及飛天在運，麗澤推恩，擢進上公之封，仍加掌武之秩〔一二〕。侍從親禮，勉諭優容。方將度越等彝，登崇名數。嗚呼！閲川無捨，景命不融，太平興國三年秋七月八日遘疾，薨于京師里之第③，享年四十有二。皇上撫几興悼，投瓜軫悲〔一三〕，痛生之不逮，俾殁而加飾，特詔輟朝三日，贈太師，追封吴王。命中使涖葬，凡喪祭所須，皆從官給。即其年冬十月日，葬于河南府某縣某鄉某里，禮也。夫人鄭國夫人周氏，勳舊之族，是生邦媛，肅雍之美，流詠國風，才實女師，言成閫則。子左千牛衛大將軍某④，襟神俊茂，識度淹通，孝悌自表於天資，才略靡由於師訓，日出之學〔一四〕，未易可量。惟王天骨秀異⑤，神氣清粹。言動有則，容止可觀。精究六經，旁綜百氏⑥。常以爲周孔之道⑦，不可暫離，經國化民，發號施令，造次於是，始終不渝⑧。酷好文辭，多所述作。一游一豫，必以頌宣⑨；載笑載言，不忘經義。洞曉音律，精别雅鄭。窮先王制作之意，審風俗淳薄之原，爲文論之，以續樂記。所著文集三十卷，雜説百篇，味其文知其道矣。至於弧矢之善，筆札之工，天縱多能，必造精絶。本以惻隱之性，仍好竺乾之教，草木不殺，禽魚咸遂。賞人之善，常若不及⑩；掩人之過，唯恐其聞。以至法不勝姦，威不克愛，以厭兵之俗，當用武之世。孔明罕應變之略，不成近功〔一五〕；偃王躬仁義之行，終於亡國〔一六〕。道有所在，復何愧歟？嗚呼哀哉！二室南峙，三川東注。瞻上陽之宫闕，望北邙之靈樹⑪，旁寂寂兮迥野，下冥冥兮長暮。寄不朽於金石，庶有傳於竹素。其銘曰：

天鑒九德[12]，錫我唐祚。綿綿瓜瓞，茫茫商土。裔孫有慶，舊物重覩[13]。開國承家[14]，彊吳跨楚[15]。喪亂孔棘，我恤疇依。聖人既作，我知所歸。終日靡俟，先天不違。惟藩惟輔，永言固之。道或汙隆，時有險易。蠅止于棘，虎游於市。明明大君，寬仁以濟。嘉爾前哲，釋兹後至。亦構亦見，乃侯乃公。沐浴玄澤，徊翔景風。如松之茂，如山之崇。奈何不淑，運極化窮。舊國疏封，新阡啓室。人諗之謀，卜云其吉。龍章驥德，蘭言玉質。邈爾何往，此焉終畢。儼青蓋兮裶裶，驅素虬兮遲遲。即隧路兮徒返，望君門兮永辭。庶九原之可作，與緱嶺兮相期。垂斯文於億載，將樂石兮無虧。

【校記】

①祖文宗武：四庫本作“祖宗神武”。

②恩：四庫本作“功”。

③京師里之第：宋文鑒作“京師里第”，全宋文從之。李校、徐校：“師”下似有脱字。

④衛：原脱，據宋文鑒、李刊本、徐校補。

⑤異：李校：一本作“穎”。

⑥綜：李校：一本作“參”。

⑦爲：李校：“爲”字衍。

⑧始終：李刊本作“終始”。

⑨必以頌宣：宋文鑒、李刊本作“必頌宣尼”。　必：四庫本作“心”。李校：必頌宣尼，諸本均作“必以頌宣”。朱君因原鈔本“必”作“心”，遂改從宋文鑒。

⑩若：李校：一本作“如”。

⑪靈：李刊本作“雲”。

⑫鑒：李校：一本作“眷”。

⑬舊：四庫本作“萬”。

⑭家：四庫本作“疆”。

⑮疆:四庫本作“距”。

【箋注】

〔一〕作於宋太平興國三年(九七八)十月。據誌主葬期而繫。誌主爲李煜,史稱南唐後主。新五代史卷六二南唐世家、宋史卷四七八南唐世家、馬令南唐書卷五後主書、陸游南唐書卷三後主本紀、十國春秋卷一七後主本紀有傳。

〔二〕庭堅:高陽氏八個有才德的人之一。左傳文公十八年:“昔高陽氏有才子八人:蒼舒、隤敳、檮戭、大臨、尨降、庭堅、仲容、叔達,齊聖廣淵,明允篤誠,天下之民謂之‘八愷’。”

〔三〕伯陽:老子字伯陽。見史記卷六三老子韓非列傳張守節正義。

〔四〕元后:謂天子。見卷一八御製雜説序注〔一五〕。

〔五〕“魯用天王之禮,自越常鈞”句:史記卷三三魯周公世家:“成王乃命魯得郊,祭文王。魯有天子禮樂者,以褒周公之德也。”裴駰集解:“禮記曰:‘魯君祀帝于郊,配以后稷,天子之禮。’”“禮記曰:‘諸侯不得祖天子。’鄭玄曰:‘魯以周公之故,立文王之廟也。’”

〔六〕酅存紀侯之國:左傳莊公三年:“秋,紀季以酅入于齊。”杜預注:“季,紀侯弟。酅,紀邑,在齊國東安平縣。齊欲滅紀,故季以邑入齊爲附庸,先祀不廢,社稷有奉。”

〔七〕南箕:星名。二星爲踵,二星爲舌。夏秋之間見於南方。古人認爲箕星主口舌,多以比喻讒佞。詩經小雅巷伯:“哆兮侈兮,成是南箕。彼譖人者,誰適與謀?”鄭玄箋:“箕星哆然,踵狹而舌廣。今讒人之因寺人之近嫌而成言其罪,猶因箕星之哆而侈大之。”

〔八〕投杼致慈親之惑:謂謡言衆多,動摇了最親近者的信心。戰國策卷四秦策二:“昔者曾子處費,費人有曾參者,與曾子同名族者而殺人,人告曾子之母曰:‘曾參殺人。’曾子之母曰:‘吾子不殺人。’織自若。有頃焉,人又曰:‘曾參殺人。’其母尚織自若也。頃之,一人又告之曰:‘曾參殺人。’其母懼,投杼踰牆而走。”

〔九〕乞火無里婦之辭:謂無人爲之説情。漢書卷四五蒯通傳:“臣之里婦,與里之諸母相善也。里婦夜亡肉,姑以爲盜,怒而逐之。婦晨去,過所善諸母，語以事而謝之。里母曰：'女安行，我今令而家追女矣。'即束緼請火於亡肉家，曰：'昨暮夜，犬得肉，争鬬相殺，請火治之。'亡肉家遽追呼其婦。"

〔一〇〕終後塗山之會：此指開寶七年，宋太祖諭李煜入朝，李煜辭以疾。見新五代史卷六二南唐世家。塗山之會，左傳哀公七年："禹合諸侯於塗山，執玉帛者萬國。"

〔一一〕"位以上將，爵爲通侯"句：李煜歸宋，宋太祖封之違命侯，拜左千牛衛將軍。見新五代史卷六二南唐世家。

〔一二〕"擢進上公之封，仍加掌武之秩"句：太宗即位，加李煜特進，改封隴西公。見陸游南唐書卷三後主本紀。

〔一三〕投瓜軫悲：見卷一一劉公神道碑注〔三六〕。

〔一四〕日出之學：劉向説苑卷三建本："少而好學，如日出之陽。"

〔一五〕"孔明罕應變之略，不成近功"句：三國志卷三五蜀書五諸葛亮傳評："可謂識治之良才，管、蕭之亞匹矣。然連年動衆，未能成功，蓋應變將略，非其所長歟！"

〔一六〕"偃王躬仁義之行，終於亡國"句：見卷一〇武成王廟碑注〔一一〕。

大宋右千牛衛上將軍隴西郡公李公墓誌銘〔一〕

公諱從善，字子師，隴西成紀人。唐室之諸孫，元和之近屬，譜諜詳悉，此不具陳。若夫天祚之德，大運有時而極；積慶之祀，百世無得而踰[①]。必生克肖之賢，以承有後之應。保姓受氏，公實宜之。昔者土德既微，群雄角立，維我顯祖，奄宅舊吴，延祚四紀，傳國三世。公以天屬之愛，膺寶玉之封，始在膠庠，已有名望。姿儀秀出，文學生知。仁孝極於事君，謙撝形於下士[②]。中外之論，翕然稱之。由是受任六官，交修庶職，彌綸舊典，諮訪老成，恪居無違，所至皆理。于時聖人出於中土，正朔及於四方。維我先君，祇畏天命，受盟請吏，息民弭兵，玉帛交馳，冠蓋相望。公親則介弟，位則中台，獨奉絲綸〔二〕，留參槐棘〔三〕。元戎駟牡，分建節之權；玄冕九章，奉侍祠之列。朝獎既厚，臣誠益恭。後凋之葉無渝③，萬頃之陂自若。故得全名節於危疑之際，保恩顧於終始之間。環衛迭遷，寄任增重，盤根必解，師律以真④，十有餘年，其志如一。嗚呼！脩塗方騁，景命不融，春秋四十有八，雍熙四年秋九月九日，薨于通許護軍之廨〔四〕。詔輟朝一日，賻絹百匹。即其年冬十月十三日，葬于開封府開封縣吹臺鄉蘇里，祔太夫人凌氏之塋，禮也。前夫人徐氏、繼室周氏，並早卒。皆有肅雍之德，窈窕之華，宜家治内盡其規，魚軒象服昭其盛〔五〕。子十四人：仲顗、仲翊、仲衍、仲華、仲雅、仲穎⑤、仲寧、仲簡、仲彬、仲文、仲猷、仲玄、仲羲⑥、仲端。女十四人：慕英、懿卿、奉蘋、蘊蘭、正容、茂節、穉仙、惠昭、如賓、道崇、鳳兆、幼貞、閨秀、季真。或嬪于盛族，或待禮未行。惟公生于深宫，特稟異氣，謙而得禮，和而執中。容納直言，賓延素士。經歷夷險，雅度不渝。大年未登，終古同歎。鉉登門斯久，辱顧殊深，永惟知己之恩，願表爲陵之谷。其銘曰：

真源引派〔六〕，仙李垂芳。寔生我公，金玉其相。非禮勿動，出言有章。忠信以濟，終然允臧。三代之姓，倏焉爲庶。九萬之程，溘然中路。吹臺北峙，浚川東注。不植刺草，長瞻宰樹〔七〕。大雅君子，隴西公之墓。

【校記】

①踰：四庫本"踈"。

②揖：四庫本、黄校本、李刊本作"抑"。

③葉：李刊本作"節"。

④真：黄校本、李刊本作"貞"。

⑤穎：四庫本、李刊本作"隸"。

⑥羲：黄校本、李刊本作"義"。

【箋注】

〔一〕作於宋雍熙四年（九八七）十月初。據誌主葬期而繫。誌主爲李從善，李璟子、李煜弟。

〔二〕絲綸：見卷一一劉公神道碑注〔四七〕。

〔三〕槐棘：即三槐九棘。爲三公九卿之代稱。周禮注疏卷三五朝士："朝士掌建邦外朝之法。左九棘，孤卿大夫位焉，群士在其後；右九棘，公侯伯子男位焉，群吏在其後；面三槐，三公位焉，州長衆庶在其後。"鄭玄注："樹棘以爲位者，取其赤心而外刺，象以赤心三刺也。槐之言懷也，懷來人於此，欲與之謀。"葛洪抱朴子外篇卷二審舉："上自槐棘，降逮皂隸，論道經國，莫不任職。"

〔四〕通許：即咸平縣。隸開封府。見宋史卷八五地理一京畿路。今河南通許縣。

〔五〕魚軒：見卷一一馬匡公神道碑銘注〔二一〕。　象服：古代后妃、貴夫人所穿禮服，繪有各種物象作爲裝飾。詩經鄘風君子偕老："象服是宜。"毛傳："象服，尊者所以爲飾。"陳奂傳疏："象服，未聞，疑此即褘衣也。象，古襐字，説文：'襐，飾也。'象服猶襐飾，服之以畫繪爲飾者。"

〔六〕真源引派：謂其先祖爲老子。老子爲真源（今河南鹿邑縣）人。

〔七〕宰樹：墳墓上的樹木。王僧孺從子永寧令誄："宿草行没，宰樹方攢。"

大宋故處士贈太子少師李公墓誌銘 并序〔一〕

道之泰也，賢人振衣而濟物；時之否也，君子括囊以獨善。其有修之家而孚教於俗，無其位而博施於人，角立傑出，蓋亦難矣。公諱某，字某。庭堅邁德〔二〕，百世流光①，源長派遠，蕃衍郡國，今爲常山真定人也〔三〕。祖某，贈太子少保。考某，贈太子少傅，公即少傅第三子也。幼而岐嶷，長而純孝，承顔先意，實禀生知。七歲丁太夫人之憂，泣血絶漿，殆於毁滅，宗族驚異，謂之神童。事兄弟，人莫能間。先是，唐之叔世，燕、趙多虞，故我先人，累世貞遯。公亦奉家法，咸樂丘園，躬稼敦本，儉以足用。百年之業，是享素封。既而天下兵興，生民益否，公盡出私積，以均有無。爲食以救饑歉,微嗟來之誚〔四〕;焚券以賙乏絶,非市義之求〔五〕。遠邇之人,全濟甚衆。懷仁向義者,撫之既無矜色;背惠棄信者,接之亦無愠容。襟懷曠然,莫窺其際。慈愛惻隱,視人如傷。昆虫草木,無所夭閼。故閭里率化,風俗以和。崇儒尊道,墳籍未嘗釋手;喜酒好客,醒醉必與之同。常以爲芳華易凋,光陰不駐,發於吟咏,以寄其情。藜杖角巾,所至皆適。是非擾擾,若蚊虻之過前〔六〕;愚智憧憧,若蜾蠃之在側②〔七〕。至矣哉,古之達者也!開運末,有晉失御,獫狁孔棘〔八〕。公挈家南度,居于胙城〔九〕。伯氏飛龍,府君時在滎陽,召公同處。廣順三年夏六月日,終于鄭州私第,享年四十有三。夫人清和郡太夫人張氏,以謝女之淑德〔一〇〕,徇萊妻之高節〔一一〕,宜家理内,令問藹然。威姑性嚴,諸婦皆聳。夫人順而得禮,勤而無怨,晨夕參侍,獨被深慈。凡飲食藥餌,須經夫人之手,然後即御。長姒亦頗嚴厲,夫人事之如姑。或被誚責,怡聲致拜③。由是閨門之内,不肅而成。及罹恭姜之哀〔一二〕,更全孟母之訓。諸孤稍長,教以學文,爲之擇師友,爲之致經籍。凡學舍賓館之所須者,輟衣食、捐簪珥以奉之。躬截髮之惠,俾其親仁;引斷織之言,誡其中廢。故諸子皆立,門户如初。越建隆二年秋七月十日,終于鄭州私第,享年四十有五。長子格,大理評事④。次子至,吏部侍郎兼秘書監。吏部以文學冠時,擢高第於聖鑒;以才業膺世,參大政於中樞。以疾告罷,復爲少宰。天子秘御書于中禁,命我專掌。式恢文教,時人榮之。先是少師之葬也,世猶多故,禮或有闕;及夫人祔也,塋地逼隘,介于群冢之間。君子曰:非安神之宅也。即以端拱元年冬十二月十三日,改卜于鄭州管城縣某鄉里原,禮也。鉉鄉里遼敻,聲塵致睽,竭來京師,獲與吏部游處。覩于公高門之盛,知臧孫有後之由〔一三〕。公之行實,皆聞於輿論,或得於家老,梗概而已,不能備舉也。金石之紀,宜在鴻儒。惠然見顧,辭不獲命。謹爲銘曰:

天生賢人，以佑生民。生民數奇，賢人隱淪。修之於家，富以其隣。里閭率化，宗族歸仁。樂天知命，全和保真。鳳皇于飛⑤，以況嘉耦。伯鸞之妻〔一四〕，士行之母。婉淑宜家，嚴慈啓後。金鈎鵲印〔一五〕，魚軒紫綬〔一六〕。令問無已，流光不朽。刻此貞珉，高深共久。

【校記】

①光：李校：一本作“芳”。

②臝：四庫本、李刊本作“羸”。

③聲：翁鈔本作“然”。

④大理評事：四庫本作“大理寺評事”。李校：“理”下一本有“寺”字。

⑤皇：四庫本、黄校本作“凰”。

【箋注】

〔一〕作於宋端拱元年（九八八）十二月初。據誌主改葬日期而繫。誌主爲李至父。

〔二〕庭堅：見本卷吴王隴西公墓志銘注〔二〕。

〔三〕常山真定：常山即常山郡，原爲恒山郡，爲避漢文帝劉恒而改。之後歷代稱謂有同異。宋改真定府，真定爲其屬縣。見宋史卷八六地理志二河北西路。

〔四〕嗟來之誚：謂帶有侮辱性的施舍。禮記正義卷一〇檀弓下：“齊大饑，黔敖爲食於路，以待餓者而食之。有餓者蒙袂輯屨，貿貿然來。黔敖左奉食，右執飲，曰：‘嗟！來食。’揚其目而視之，曰：‘予唯不食嗟來之食，以至於斯也！’從而謝焉，終不食而死。”

〔五〕“焚券以賙乏絶，非市義之求”句：戰國策卷一一齊策四載：馮諼願爲孟嘗君收債於薛，問：“責畢收，以何市而反？”孟嘗君曰：“視吾家所寡有者。”馮諼至薛，召民合券，悉焚之，民皆感戴。回去後告孟嘗君曰：“君家所寡有者以義耳，竊以爲君市義。”

〔六〕若蚊虻之過前：後漢書卷七〇孔融傳：“性既遲緩，與人無傷，雖出胯下之負，榆次之辱，不知貶毁之於己，猶蚊虻之一過也。”

〔七〕若蜾蠃之在側：文選卷四七劉伶酒德頌："二豪侍側，焉如蜾蠃之與螟蛉。"蜾蠃，即蜾蠃。

〔八〕獫狁：我國古代北方少數民族名。史記卷一一〇匈奴列傳："匈奴，其先祖夏后氏之苗裔也，曰淳維。唐虞以上有山戎、獫狁、葷粥，居於北蠻，隨畜牧而轉移。"

〔九〕胙城：在今河南延津縣北。左傳僖公二十四年："凡、蔣、邢、茅、胙、祭，周公之胤也。"

〔一〇〕謝女：指晉女詩人謝道韞。

〔一一〕萊妻：見卷一六唐故常州團練判官檢校尚書左僕射劉君墓誌注〔一一〕。

〔一二〕恭姜：春秋衛世子恭伯（一作共伯）之妻。世子早死，恭妻不再嫁。詩經鄘風柏舟序："柏舟，共姜自誓也，衛世子共伯蚤死，其妻守義，父母欲奪而嫁之，誓而弗許，作是詩以絶之。"

〔一三〕臧孫：見卷二七樊公神道碑注〔一二〕。

〔一四〕伯鸞：見卷一六唐故常州團練判官檢校尚書左僕射劉君墓誌注〔一二〕。

〔一五〕金鉤鵲印：謂喜兆。金鉤，干寶搜神記卷九："京兆長安，有張氏，獨處一室。有鳩自外入，止於牀。張氏祝曰：'鳩來，爲我禍也，飛上承塵；爲我福也，即入我懷。'鳩飛入懷，以手探之，則不知鳩之所在，而得一金鉤。遂寶之。"鵲印，張顥得山鵲所化金印，官至太尉。亦見干寶搜神記卷九。

〔一六〕魚軒：見卷一一馬匡公神道碑銘注〔二一〕。

大宋故尚書户部郎中王君墓誌銘〔一〕

公諱克貞，字守節，其先太原人也。緱山之胄〔二〕，本固源長①；淮水既微，枝分派别。所居占籍，吴、楚爲多，今爲廬陵人矣。曾祖某，不仕。祖某，贈吉州别駕。考某，屯田郎中。君弱不好弄，幼善屬文，風骨峻整，器度閑雅，年未及冠，名聞於時。自唐室之季，詞場道喪，江左延祚，復覩舊章。翰林學士江君文蔚，典司春官,詳求藝實,取人至寡,較文尤精。君一舉擢第,首冠諸子,時人以爲追蹤元和之際矣。明年以秘書省正字釋褐,寓直樞近,專掌文翰之任,措詞典雅,叙事詳審,守位以慎,當官以勤。由是二十餘年,累遷至中書舍人、樞密副使,未嘗佗任。求之前載,亦爲異矣。及末葉多故,時政浸衰,唯吾守道中立,不涉浮議。及宗國淪喪,策名天朝,自太子中允,歷户部、兵部二員外郎,禮部、户部二郎中,典漢、滑、襄、梓四州事。皆以寬簡爲務,仁愛推誠,當時之不名臣僕〔三〕,長孺之擇任丞史〔四〕,是故民以之睦,政以之修。端拱二年秋,自梓潼還至京②,九月十八日遘疾,終于興州之傳舍,享年六十。明年某月日,葬于楊州某縣鄉里,禮也。夫人隴西縣君李氏,早亡。無子,女一人,許適鹽鐵使諫議陳某。惟君有文雅之用,有周慎之誠,言行相顧,光塵不異。奉職無廢舉,在私無惰容,歷夷險而不回,保始終而無吝③。初,君始從鄉薦,余已典論誥,謬爲先達,屢辱請益。及余消長在運,而君金石不渝,古人之風,於是在矣。已悲深谷,更閲逝川,發爲哀詞,識彼泉户。銘曰:

猗嗟夫君,心冥氣純。英英造士④,亹亹詞臣。不忝於位,有惠於民。無悔無咎⑤,不緇不磷〔五〕。吉往凶歸,道悠運促。旋自九折〔六〕,復于左轂〔七〕。駟馬悲鳴,市人行哭。邈矣彼蒼,云何不淑。悠悠邗水⑥,隱隱崑岡〔八〕。慈親臨奠,令季持喪。旁羅宰樹〔九〕,下閟玄堂。郊原掩靄,雲日冥茫。痛光塵兮永已,念蘭菊兮徒芳。

【校記】

①長:四庫本作"深"。

②至:全宋文校:疑衍。

③始終:翁鈔本作"終始"。

④造:四庫本、黄校本、李刊本作"達"。

⑤昝:李校:一本作“㕘”。

⑥邘:原作“邦”,據四庫本、李刊本、徐校改。

【箋注】

〔一〕作於宋淳化元年(九九〇)初。據誌主葬期而繫。誌主爲王克貞,江文蔚門生。明一統志卷五六、江西通志卷七五、萬姓統譜卷四四有傳。

〔二〕緱山之冑:謂爲王子晉後裔。見卷一五太原王君墓誌銘注〔四〕。

〔三〕當時之不名臣僕:鄭當時禮賢下士,不呼吏名。史記卷一二〇汲鄭列傳:“其推轂士及官屬丞史,誠有味其言之也,常引以爲賢於己。未嘗名吏,與官屬言,若恐傷之。”

〔四〕長孺之擇任丞史:汲黯字長孺。史記卷一二〇汲鄭列傳:“黯學黄老之言,治官理民,好清静,擇丞史而任之。”

〔五〕不緇不磷:謂操守堅貞。論語陽貨:“不曰堅乎?磨而不磷;不曰白乎?涅而不緇。”何晏集解:“孔曰:磷,薄也;涅,可以染皂。言至堅者,磨之而不薄;至白者,染之於涅而不黑。喻君子雖在濁亂,濁亂不能汙。”

〔六〕九折:即九折阪。漢書卷七六王尊傳:“琅邪王陽爲益州刺史,行部至邛郲九折阪,歎曰:‘奉先人遺體,奈何數乘此險!’”王克貞自梓州還京。梓州屬蜀郡,故云。

〔七〕復于左轂:謂官吏卒於途中。禮記正義卷四〇雜記上:“諸侯行而死於館,則其復如於其國;如於道,則升其乘車之左轂。”權德輿司空李揆謚議:“使受命即路,視險若夷,貞厲盡瘁,復于左轂。”

〔八〕“悠悠邘水,隱隱崑岡”句:邘水、崑岡,俱見卷二六楊府新建崇道宫碑銘注〔九〕。

〔九〕宰樹:見本卷大宋右千牛衛上將軍隴西郡公李公墓誌銘注〔七〕。

大宋故尚書兵部員外郎江君墓誌銘〔一〕

君諱直木,字子建,尋陽人也。廬九之地,時生俊才;忠壯之族,世著南國。末葉堙替,與時汙隆,儒墨退讓,垂爲家法。曾祖晁,祖蠙,考隅,皆不仕。伯父夢孫,與先君同隱廬山,以經學大義自娱。伯父後膺宰府之辟[1]，自求弦歌之任，報政罷去，復隱舊山，孝友貞清，鄉里推服。先妣李氏方娠，夢神人授以直木一本，寤而生君，故取名焉。幼而穎悟，生知經義，七歲以神童擢第。未幾，丁先君憂[2]，至性孺慕，宗族稱歎，孜孜色養，無復宦情。學古屬文，惟日不足，爰及弱冠，遂以詞藝知名。其爲文清淡簡約，自爲品格，尤長於古風詩。家居凡二十五年，親友敦喻，乃從常調，釋褐太常寺奉禮郎，轉江都縣主簿。直以事上，不失其恭；勤以率下，畢舉其職。民從其化，吏服其能。府尹陳玄藻、縣令路儀，皆恃才傲物，獨推重於君，以爲不如也。改江夏令，其理如初。鄂帥何洙，武勳致位，性復暴桀，亦加優禮，異於餘人。嘗視君舉止迂緩，車服朴野，輒怡然而笑，每責諸寮屬曰："君輩稱爲儒生，不學江令也！"[3]秩滿，改蘄州黄梅令，議者以爲屈，君以鄉曲俯接，欣然而往。踰歲，遷歙州黟縣令。會宗屬封建[4]，妙選府寮，授君記室之任。處平臺複道之地，列瑇簪珠履之間，清節素風，凛然不改，正詞直道，動必盡規，府公甚重之[5]。十有餘年，累遷至水部員外郎，賜緋，而記室如故。庚午歲，府公奉使天朝[6]，留鎮兖海，授君泰寧節度判官、檢校金部員外郎〔二〕。數年，遷司門員外郎，判刑部。今上元年，加朝奉郎，先君贈大理司直[7]，先妣追封隴西縣太君。視事三載，求外任以自效。上以君恭勤詳慎，宜久其職，拜兵部員外郎，仍兼刑部。享年六十有四。居常康寧，微病數日，奄從物故，時太平興國五年冬十二月二十八日也。即明年二月十日，葬于開封縣汴陽鄉豐臺里，禮也。前夫人封氏，今夫人太原縣君王氏，皆有窈窕之質，幽閑之操，叶此貞節，蔚其門風。長子敞，京兆府醴泉縣主簿。次曰用成、用明、用澄、用康、用平、用文、用寧。女二人，曰慕昭、用貞。君生於季俗，世全素業，性純貌古，行潔文高，守道安貧，非禮不動，未嘗忤物[8]，亦不隨流，真所謂鞠躬君子者矣。夙惠之性,禀於天資⑨。年十餘歲,侍伯父食,不過園蔬而已。伯父戲之曰:“啜白薤之羹,淡而無味。”君應聲對曰⑩:“齧紫茄之蒂,鏗爾有聲。”人知其當大成也。余始聞其名,晚乃識面,察言觀行,重其爲人。藩房見選,余所薦也。亦既稱職,頗嘗自多⑪。丙寅歲,與君俱年五十,歲日會飲酒,相與賦詩。君先就,曰:“學易寧無道,知非素有心。”余遂不復作也。君有文集二十卷。嗚呼!契濶夷險,咨嗟年鬢,一生一死,孰克忘情!聊存挂劍之期〔三〕,故有刊銘之作。其詞曰:

嗚呼江君,世濟其名。生今之俗,爲古之人。閨門侃侃,鄉里恂恂。其實如秋,其華如春。握蘭有裕,伏閤惟勤。考終歸全,邈焉清塵。葬於所没,古稱達者。浚水長源,夷門迥野。徒挂寶劍,空馳白馬〔四〕。勝氣如存,逝川不捨。勒石垂芳,千載之下。

【校記】

①辭:李刊本作“辟”。

②君:四庫本作“公”。

③責:四庫本作“謂”。

④屬:李校:一本作“室”。

⑤公:四庫本作“君”。

⑥公:四庫本作“君”。

⑦理:李校:“理”下一本有“寺”字。

⑧物:翁鈔本作“俗”。

⑨禀:李校:一本作“本”。

⑩對:黄校本作“答”。

⑪嘗:翁鈔本作“常”。

【箋注】

〔一〕作於宋太平興國六年(九八一)二月初。據誌主葬期而繫。誌主爲江直木,史書無傳。

〔二〕"庚午歲，府公奉使天朝，留鎮兖海，授君泰寧節度判官、檢校金部員外郎"句：府公爲李從善。宋史卷四七八南唐世家從善傳："太祖平劉鋹，將召煜入朝，故授從善節制。……煜手疏求遣從善歸國，優詔不許。七年推恩將佐，以掌書記江直木爲司門員外郎同判兖州。"李從善使宋時間，徐鉉云在庚午歲即開寶三年（九七〇），而史書所載歧異：續長編卷一二載於開寶四年十一月；陸游南唐書卷三載於開寶四年十月；宋史卷四七八南唐世家載於開寶四年春。

〔三〕挂劍之期：見卷一五唐故泰州刺史陶公墓誌注〔一五〕。

〔四〕白馬：即白馬素車。凶喪輿服。史記卷六秦始皇本紀："楚將沛公破秦軍入武關，遂至霸上，使人約降子嬰。子嬰即係頸以組，白馬素車，奉天子璽符，降軹道旁。沛公遂入咸陽。"裴駰集解引應劭曰："素車白馬，喪人之服也。"

大宋故陳留縣主簿贈太子中允李府君墓誌銘 并序〔一〕

府君諱某，字廣途，其先隴西狄道人〔二〕。仙源帝系，蕃衍萬邦，隴西一族，獨爲鼎甲。中葉從宦①，因家雍丘〔三〕，今爲縣人。曾祖巢，祖禮，皆不仕。考洪，蔡州長史。府君清明稟氣，才智夙成，幼而屬文，已洽時譽。既志學，通左氏春秋。未冠，即爲講説，横經請益，虚往實歸，微言奥義，别爲編録。年二十三，舉進士，再不中第。後唐天成初，宗人璩爲大宗正，見而器之，曰："王室多故，吾道未光，得禄而已，何必是也！"乃表爲屬吏，委以牋奏。丞相鄭公珏②，奇君之能，特除蔡州汝陽主簿。奏課連最，改冀州南宫主簿。于時期運告謝③，河朔多虞，君内撫疲羸④，外給軍旅，民安事集，郡國稱之。澤潞節度、侍中馬公存節聞其名，辟爲管記⑤。薦章連上，制命弗臨。君知命之不遭，乃謝病而退，閉門却掃，以名教自娱。漢氏初基，群心改屬。親友敦喻，復詣京師。直道而行，焉往無吝。又爲興平、河東二主簿。秩滿，以常調當遷望令。時皇運肇啓，多士徇名，君之次子巨源，已從鄉薦，獲知於尚書陶公〔二〕。公時典選事，謂曰："丈人才高運否，邅迴下位，區區一宰，未足爲光，孰若復佐近畿，以便吾子之舉事，不亦可乎？"乃除陳留主簿。乾德六年春三月四日⑥，終于縣署，享年六十有八。夫人追封琅耶郡太君王氏，緱山仙派，河洲懿德。婦道以順，家人用嚴。睦族惟和，訓子由義。以乾德三年月日先逝，俱權殯于縣之乾明寺。至雍熙五年二月日，合葬于開封府開封縣吹臺鄉蘇村，禮也。子五人：長巨舟，早亡。次巨源，擢進士第，今爲都官郎中、鹽鐵副使。次巨載，以疾家居。次巨川、巨卿及二女⑦，皆早夭。惟君懷恬淡之性，秉貞介之規，孝於奉親，仁以睦族。雅志宗道，餘力攻文。有孔、墨之志，無管、樂之遇。淹翔末路，從容自若。所至之處，輒構茅齋，延高士，談宴終日，曾無倦容⑧。嘗謂諸子曰："吾志在大名，非欲夸世，欲行吾道爾。時命不偶，古則皆然，汝輩宜勉成吾志也。"而巨源果能奮奇藻，捷高科，際會聖明，騫翔臺閣，長才利刃，應用忘疲。追遠之澤漏于泉，卜宅之儀由乎禮，積善之家斯在，大名之應何慙？仁人孝子，正當如是。鉉嚮風斯久，傾蓋甚歡，不朽之文，惠然見託。賢賢善善，翰墨之任也。故采家諜，勒于貞珉。其詞曰：

才高位下，古實有焉。積善餘慶，神寧捨旃？邈哉李君，一時之賢。其身則屈，其道斯全。餘慶伊何？寔有令子。奉之以孝，葬之以禮。蜃輅同載〔五〕，佳城雙啓〔六〕。九原與歸，三廟而祀。遺愛被俗，没而不亡⑨。貞珉頌美，久而彌芳。阡如京兆，地即桐鄉〔七〕。綿綿瓜瓞，永永流光。

【校記】

①宦：四庫本作"官"。

②公：翁鈔本作"君"。

③期：四庫本作"朝"。

④羸:原作"嬴",據四庫本、黄校本、李刊本改。

⑤辭:四庫本、李刊本作"辟"。

⑥乾德:李校:一本作"建隆"。今按:作建隆誤。建隆共四年,在乾德前。下文言其夫人乾德三年先逝,亦證其誤。乾德六年(九六八)十一月改元開寶。

⑦巨:原脱,據四庫本、李刊本補。

⑧曾:原作"會",據四庫本、李刊本改。

⑨亡:四庫本、李刊本作"忘"。

【箋注】

〔一〕作於宋端拱元年(九八八)二月。據誌主葬期而繫。誌主李廣途,史書無傳。

〔二〕逖道:熙州屬縣。見宋史卷八七地理志三秦鳳路。今甘肅臨洮縣。

〔三〕雍丘:開封府屬縣。見宋史卷八五地理志一京畿路。今河南杞縣。

〔四〕尚書陶公:指禮部尚書陶穀。歷仕晉、漢、周、宋四朝。宋史卷二六九有傳。

〔五〕蜃輅:即蜃車。載棺的喪車。周禮注疏卷一五遂師:"大喪,使帥其屬以幄帟先,道野役及窆,抱磨,共丘籠及蜃車之役。"鄭玄注:"蜃車,柩路也,柩路載柳,四輪迫地而行,有似於蜃,因取名焉。"

〔六〕佳城:指墓地。見卷一四文獻太子哀册文注〔一八〕。

〔七〕桐鄉:見卷二六洪州西山重建應聖宫碑銘注〔一一〕。

徐鉉集校注卷三〇　墓誌

故唐慧悟大禪師墓誌銘 并序〔一〕

士有佩服聖道，闡揚師訓，進不累於軒冕，退不滯於丘樊，務勤身於濟衆[①]，不養高以絶俗，其唯仁人矣[②]。大禪師名沖煦，字大明，姓和氏。昔者，帝堯光宅天下，我祖世掌天官，保姓受氏，冠冕百代。在漢則調鼎之重[③]〔二〕，在晉則專車之賢〔三〕。末葉湮沈，徙居固始。先君從郡豪王氏，南據閩方，今爲晉安人也。大禪師生稟異氣[④]，幼挺玄機，年十有五，詣鼓山興聖國師出家，即具戒品。博覽經史，雅好文詞。郡多俊秀，咸見推仰。證無爲之理，演不言之教，綽爲先達，端然妙門。居城北之昇山。于時王氏衰淪，亂臣專恣，淫刑飛語，虐及善人，大禪師杖策去之，適臨川郡。中書令宋公齊丘，作鎮南楚，頗尚空玄，聞師之來，遠加延納。言意不合，拂衣而行。下至池陽，郡守王公繼勳，鄉國之舊，賓禮甚渥。時季唐二葉，像教方興，嗣君聞其名，召與之語，移晷而罷，眷矚殊優。命居光睦禪院，復遷長慶道場，俾與儲貳游處，實羽翼也。後主即位，恩旨加隆，特賜法智禪師之號。廬山開先禪院者，嗣君所創，真容在焉，命大禪師居之。精嚴修奉之儀，以申罔極之感。居數年,召還建康,止報恩禪院,加號慧悟大禪師,名其所化曰智度堂。精廬櫛比,選勝而處,禮秩之數,有踰於前。出則居奉先道場,入則居淨德内寺。開寶七載夏六月寢疾,旬餘[⑤],乃大衆與論生死之理[⑥]。十九日清旦,上疏告辭,後主遣使問之,至則化矣。享年五十有九,住法四十四年。即其月二十五日從西域之禮,收靈骨葬于鍾山之陽。禮物官給,中使監護。至某年月日,弟子省才遷于廬山某所,遵理命也。大禪師風骨秀整,機神穎悟,博該衆藝[⑦],綜以玄談,王公大人咸所欽尚。鉉非學釋氏者,不能言其道業,徒以傾蓋之分,久要不忘。今京師復與才公胥會,才公以文藝精敏見重於時,永惟嚴師之義,願刊不朽之迹。嘉其偉志,爲作斯銘。銘曰:

慧悟禪師,釋雄之奇。有文飾己,有道膺時。生延世寵,没有遺思。歸舟翩翩,九江之湄。鑪峰勝境,蓮社餘基。門人稟訓,遷神于兹。衰翁懷舊,勒銘誌之。蘭菊無絶,高深與期。

【校記】

①務:四庫本作"惟"。

②唯:四庫本作"真"。

③調:李校:"調"上一本有"有"字。

④氣:四庫本作"秀"。

⑤餘:李校:一本作"日"。

⑥乃大衆與論:四庫本作"乃與大衆論"。李校、徐校:"乃"下脱"集"字。

⑦該:李刊本作"綜"。

【箋注】

〔一〕作年未詳。誌主爲慧悟禪師沖煦,五燈會元卷八有傳。

〔二〕在漢則調鼎之重:元和姓纂卷五"和姓"(岑仲勉補)云漢有和武。其人未詳。

〔三〕在晉則專車之賢:指西晉和嶠與弟和郁。汝南西平(今河南西平縣)

人。和嶠字長輿,有盛名。歷中書令、太子少傅等職。和郁字仲輿,歷尚書左右僕射、中書令、尚書令。見晉書卷四五本傳。

故唐衛尉卿保定郡公徐公墓誌銘〔一〕

公諱迪,字昭用,東海人也。仁義之胄,繁衍萬邦。別族於太史者十家,因封而占籍者四郡,而有郯之邑〔二〕,鉅人實多,著於簡編,可以揚搉。唐室云季,天下崩離,江淮之間,獨爲漢守。惟我大父〔三〕,首從義兵。受遺戡難①,同伊尹之相太甲〔四〕;字孤立後,如有虞之保少康〔五〕。故得勳銘鼎鍾,世享茅土,連姻合族,與國存亡。考諱知詢,爲江西節度使。公生於郡廨,方孩而孤。四歲免喪,即加五品之服;幼學就傅,遂疏百里之封。立朝侍祠,恩禮優渥。自太子中允,累遷至衛尉卿。天姿嚴肅,常持謙下之禮;世禄隆盛,每存恭儉之規。不讀非聖人之書②,自爲保家之主。思不出位,時無間言③。始終一心,出入三紀。嗚呼!星迴日薄,棟折榱崩,命有所懸,義無苟免。享年四十有六,開寶八年冬十有一月二十有八日没於難。明年春三月權窆于大塋之側,至某年月始備大葬之禮④,卜祔焉。夫人王氏、張氏、劉氏,皆早世。並南朝之名族,享小君之命數。壼儀婦順〔六〕,彤史存焉。子太素、太初、太沖等,皆修令名,不墜前訓,故能以淪胥之後,具飾終之禮。奉先之孝,時以爲難,宗人永懷,是有紀述。辭曰:

於惟我宗,昭時顯庸。積德垂範,爰生我公。出孝入悌,夷心直躬。生能業官⑤,没不忘忠。是有慶靈,鍾於令子。不墜其訓,葬之以禮。謀卜謀筮,維桑維梓。神道永謐,流光不已。來者難誣,斯文用紀。

【校記】

①戡難:四庫本作"輔政"。

②人:李校、徐校:"人"當從一本衍。

③時:李校:一本作"人"。

④月:李校:"月"下有"日"字。

⑤業:李刊本作"棄"。

【箋注】

〔一〕作於宋太平興國元年(九七六)之後,具體未詳。據墓誌云:開寶八年(九七五)十一月二十八日南唐滅亡時遇難,次年三月,權窆於大塋之側。至某年月,始備大葬之禮而葬。誌主爲徐迪,史書無傳。據墓誌知爲徐温孫,徐知詢子。徐温爲南唐先主李昪養父。

〔二〕有郯:即古郯國。故地在今山東郯城一帶。左傳宣公四年:"公及齊侯平莒及郯。"漢書卷二八上地理志上:"東海郡……縣三十八:郯,故國,少昊後,盈姓。"

〔三〕惟我大父:指其祖父徐温。

〔四〕伊尹之相太甲:詳見卷二四伊尹論。

〔五〕有虞之保少康:少康爲夏中興之主,帝相之子。寒浞使子澆殺相篡位。相后緡方娠,逃歸有仍,生少康。少康長大,逃奔有虞,虞君妻以二女。夏舊臣靡收集舊部,滅寒浞而立少康。少康又滅澆。見左傳襄公四年、哀公元年。

〔六〕壼儀:婦女楷模、儀範。壼,婦女居住的内室。詩經大雅既醉:"其類維何,室家之壼。"朱熹注:"壼,宫中之巷也。言深遠而嚴肅也。"

故唐朝散大夫尚書水部郎中崔君墓誌銘 并序〔一〕

公諱致堯,字用之,其先清河人也〔二〕。周室大風,肇洪源於公望〔三〕;漢庭明月,抗忠節於季珪〔四〕。德厚流光,謀孫翼子,冠蓋之盛,莫之與京。我高祖翼亮,有唐四至丞相。曾祖蠡,不仕。祖潯,吏部員外郎。考億,建州建陽令。值天下亂,因而家焉,今爲建安人也。君少而不羈,長而好學,介然如石,非禮不行。鄉曲之名，藉甚於世。季唐嗣業，博采時才，君以卿族之秀，獻書求試，補江州彭澤、滁州清流二主簿，改建州浦城軍判官。所至有聲，應用不暇，再爲建州將樂令。其地巖儉①，其民獷悍，寇攘亡匿，率以爲常。君厲以嚴明，信其刑賞，汙俗咸革，比户安居。遂獲貞幹之稱，又遷紀綱之任，改常州録事參軍。連考善最，擢拜殿中丞，遷虞部員外郎。郡國之政，多使案治，忘身徇節，綽有能名。無何，都下受兵，群師入援，以君爲水部郎中，實掌軍饋。既而時運告謝，宗社淪胥，諸侯之師，莫不卷甲，君與其部將南趣建安，中塗衆潰，遂没於難，春秋若干。嗚呼！興亡之數，聖賢安能免？忠義之節，顛沛必於是。不然，何以見伯夷首陽之風〔五〕，王蠋布衣之操也〔六〕？夫人吴氏，克有婦德，能緝素風，藐是流離，不墜門閥。子憲、寔、定等，皆禀庭訓，咸修詞業。憲在舊國以進士擢第，入朝爲潁州沈丘尉。復從州里之舉，皇上臨軒親試，又擢高科，爲隨州觀察推官。所謂善人必有餘慶，某年月日，憲等始備大葬之禮，號奉靈柩，窆于某州縣鄉里之原，禮也。鉉素熟君行學，因銘墓焉。銘曰：

嗚呼崔君，百世清芬。忘身徇國②，斯爲貞臣。種德垂訓，斯爲慶門。芃芃故園③，峩峩高墳。没而不朽，用勒斯文。

【校記】

①儉：四庫本、李刊本作"險"。徐校：當作"險"。今按："儉"與"險"古字通。

②忘身徇國：四庫本作"徇國忘身"。

③芃芃：原作"芁芁"，全宋文校：疑當作"芃芃"，説文：芃，草盛貌。今按：所説甚是，徐鉉文當祖詩經曹風下泉："芃芃黍苗"。據改。

【箋注】

〔一〕作於宋太平興國五年（九八〇）前後。據墓誌知誌主崔致堯子崔憲於南唐及第，入宋爲沈丘尉；後又科舉及第，爲隨州觀察推官。其遷父墓當在是年前後。

〔二〕清河：恩州屬縣。見宋史卷八六地理志二河北路。今河北清河縣。

〔三〕"周室大風，肇洪源於公望"句：謂崔姓爲姜尚（太公望）之後。元和姓纂卷三崔："姜姓。齊太公生丁公伋，生叔乙，讓國居崔邑，因氏焉。"

〔四〕"漢庭明月，抗忠節於季珪"句：崔琰字季珪，清河人。始從袁紹，後歸曹操。曹操加魏王，以爲琰意指不遜，罰爲隸，後賜死。見三國志卷一二魏書一二崔琰傳。

〔五〕伯夷首陽之風：伯夷不食周粟，餓死首陽山。見史記卷六一伯夷列傳。

〔六〕王蠋布衣之操：史記卷八二田單列傳："燕之初入齊，聞畫邑人王蠋賢，令軍中曰'環畫邑三十里無入'，以王蠋之故。已而使人謂蠋曰：'齊人多高子之義，吾以子爲將，封子萬家。'蠋固謝。燕人曰：'子不聽，吾引三軍而屠畫邑。'王蠋曰：'忠臣不事二君，貞女不更二夫。齊王不聽吾諫，故退而耕於野。國既破亡，吾不能存；今又劫之以兵爲君將，是助桀爲暴也。與其生而無義，固不如烹！'遂經其頸於樹枝，自奮絶脰而死。齊亡大夫聞之，曰：'王蠋，布衣也，義不北面於燕，況在位食禄者乎！'"

故汝南縣太君周氏夫人墓誌銘 并序〔一〕

夫人諱某，字某，廬江舒人，三國時吴將公瑾之後〔二〕。公瑾葬于舒之宿松，今裔孫奉祀者百餘家，雖降存畎畝①，而時生間傑。烈考諱本，幼而遇亂，自奮從軍。吴王創基，功冠諸將。季唐建業，位列宗臣，官至中書令，封西平王。夫人即王之弟某女也②。天姿玉瑩，淑性川渟，孝德内融，柔儀外映。既笄，歸于徐氏。府君諱某，即唐相司徒公玠之弟某子也。于時江左方盛，二族齊榮，婚姻之貴，雄視王謝。而夫人雅性謙謹，率由禮經，至於蘋藻之嚴〔三〕，佩環之節，澣濯之儉，織紝之勤，必以身先，罔弗由道。宗族親睦，人無間言。府君仕爲閤門副使、殿中少監③，早卒。四子皆幼,夫人提携教訓[④],親授經書,及其出就外傅,已通孝經、論語矣。性曉音律,而尚雅聲,善絲竹而精琴瑟,習孝經而宗玄言,齋居諷誦,未嘗懈怠。雖閨門之内,常以慈撫;而家人之節,有若嚴君。故其門風肅然,先業不隕。豈非天和充己而道氣感物者歟?春秋四十八,開寶九年正月二十一日,終于建康瑞里官舍。其年二月,葬于江寧縣鳳臺鄉婁侯里。長子某,亦爲諸司副使;及入朝,爲京兆府醴泉令、陝州録事參軍;公府交薦,遂升閨籍,太子右贊善大夫[⑤]。夫人始以子貴,授汝南縣太君,至是朝命復追榮焉。次子繼宏,舉進士。次繼宇,次繼宗。初,夫人之亡,會宗國淪覆,窆穸之事,不暇如儀。至太平興國某年月日,繼崇等始改窆于某所,祔大塋焉,禮也。鉉與西平諸子辱爲交游,及相府宗黨復敦事舊,故得以門内之理爲隧道之銘。傳于無窮,斯爲實録。銘曰:

侯藩之子,相門之嬪。道高萊婦[四],德劭陶親[五]。猗歟彤管[六],永世芳塵。生榮歿哀,何必眉壽?粉田啓邑[七],斯爲不朽。令子承家,斯爲有後。狐、郤降替[八],二族依然。谷陵遷貿,松楸附焉。謂天蓋高,福善胡愆?勒銘泉户,蘭菊綿綿。

【校記】

①存:黄校本、李刊本作"在"。

②弟:四庫本、黄校本作"第"。全宋文校:原訛作"弟",據黄校本改。今按:説文:"弟,韋束之次第也。"二字古通。下文"唐相司徒公玠之弟某子也"之"弟"同。

③仕:李刊本作"任"。

④訓:四庫本"誨"。

⑤太子右贊善大夫:今按:諸本皆同,上疑脱"爲"字。

【箋注】

〔一〕作於宋太平興國中。具體未詳。誌主周氏,據墓誌知爲吴大臣周本女。

〔二〕吴將公瑾:見卷一一舒州周將軍廟碑銘。

〔三〕"蘋藻之嚴"句:蘋、藻皆水草名。此借指婦女的美德。詩經召南采蘋:"于以采蘋?南澗之濱;于以采藻?于彼行潦。"鄭玄箋:"古者婦人先嫁三月,祖廟未毁,教于公宫,祖廟既毁,教于宗室。教以婦德、婦言、婦容、婦功。教成之祭,牲用魚,芼用蘋藻,所以成婦順也。"采蘋序:"采蘋,大夫妻能循法度也。能循法度,則可以承先祖共祭祀矣。"

〔四〕萊婦:即萊妻。見卷一六唐故常州團練判官檢校尚書左僕射劉君墓誌注〔一一〕。

〔五〕"德劭陶親"句:用陶侃母湛氏之典。晉書卷九六陶侃母湛氏:"陶侃母湛氏,每紡績資給之,使交結勝己;侃少爲尋陽縣吏,嘗監魚梁,以一蚶鮓遺母。湛氏封鮓及書,責侃曰:'爾爲吏,以官物遺我,非惟不能益吾,乃以增吾憂矣。'鄱陽孝廉范逵寓宿於侃,時大雪,湛氏乃徹所卧新薦,自剉給其馬,又密截髮賣與鄰人,供肴饌。逵聞之,歎息曰:'非此母不生此子!'侃竟以功名顯。"

〔六〕彤管:指女子文墨之事。詩經邶風静女:"静女其孌,貽我彤管。"毛傳:"古者后夫人必有女史彤管之法,史不記過,其罪殺之。"鄭玄箋:"彤管,筆赤管也。"

〔七〕粉田:見卷一七故昭容吉氏墓誌注〔七〕。

〔八〕狐、郤:指春秋時晉國貴族狐偃與郤克。狐偃爲晉文公重耳舅父,在城濮之戰中戰勝楚軍,使晉文公成爲霸主。見左傳僖公二十八年。郤克在晉齊鞌之戰中取得勝利。見左傳成公二年。

大宋故亳州蒙城縣令賜緋魚袋曾君墓誌銘〔一〕

君諱文照,字知章,其先魯人。百行之先,垂爲家法,子孫蕃衍,不隕其聲①。末葉因官,徙居南楚,今爲廬陵新淦人也。祖朴,考福,皆不仕。君生稟異氣,卓然老成,六經之旨②,有若夙習。于時江表之地,唐室猶興,憲章文物,不失舊典。君年七歲,應州里之舉,以神童擢第,選滿,補江州東流尉,遷靖安、句容二尉。皆以清白敏惠，承上率下，和而有正，能不自矜，連考殊尤，擢爲吉州太和令。桑梓之地，瓜李多嫌〔二〕，君閨門之行素脩，童艾之情已信，而復臨事能斷，盡公無私，由是朞年政成，就賜朱紱。會宗國淪覆，舉族入朝，授亳州永城令。舟車輻湊之地，郵傳旁午之塗，盤根錯節，發硎靡滯，事無愆素，民不告勞。上疏論以一邑之衆，供列郡之賦，指引利害，較然可分。詔特許免其縣挽船夫，歲省萬計。改蒙城令，其理益精。頃之，河南大蝗，獨不入蒙城之境，於是吏民相率詣闕借留，優詔褒美，許留三載。會王師北討，君督本縣運輸，深入虜庭，危而後濟[③]。既還，遇疾，以雍熙三年四月日，終于永城傳舍，享年若干。初，君之赴選也，余遇之於建康，察言觀行，知爲良士，因以表甥女姜氏妻之。有子六人，女八人。君之從仕[④]，世塗多故，王事靡盬〔三〕，不遑顧私，雅志未申，中路早世。唯第三子乾度，再舉進士，名聞場中，有後之慶，當在於此。即以某年月，號奉靈柩，歸葬于某鄉里，祔大塋焉，禮也。嗚呼！姻舊之故，豈無佗人？援毫濡涕，識彼陵谷。其銘曰：

有惠於民，死事以勤。嗚呼曾君，永世清芬。仙山之陰，章江之濱。考終歸全，下從先人。刻兹琬琰，垂示後昆。

【校記】

①隕：四庫本作“墜”。

②之：四庫本作“蘊”，李刊本作“奥”。

③後：四庫本作“復”。

④仕：原作“士”，據四庫本、黄校本、李刊本、徐校改。

【箋注】

〔一〕作於宋淳化三年（九九二）三月至八月之間。據墓誌，知曾乾度及第後，將其父靈柩歸葬鄉里。按：萬姓統譜卷五七曾乾度傳：“曾乾度字順承，文照子。淳化三年進士。”據此，知曾乾度在淳化三年春及第。又，徐鉉是年八月二十六卒於邠州。故繫於此。誌主曾父照，據墓誌知爲曾乾度父。

〔二〕瓜李多嫌:漢樂府古辭君子行:“瓜田不納履,李下不正冠。”

〔三〕王事靡盬:謂辛勤王事。詩經唐風鴇羽:“王事靡盬,不能蓺黍稷。”

故唐内客省使知忠義軍檢校太傅尚公羨道銘〔一〕

公諱全恭,字子初①,其先清河人也。粤若天監代商,文王受命,渭濱卜獵,尚父膺期〔二〕,實始華宗,誕彰餘慶。在漢則丘園之盛德〔三〕,在唐則藩屏之名臣〔四〕,蕃衍孫謀,著之家諜。祖慤,潤州館驛巡官,因家焉。考公廼,爲昇州牙將,爲郡守馮鐸使于淮甸,與吴武王議疆事〔五〕,抗詞奮勵,誓不辱命。明年而馮氏兵敗,悉衆歸于廣陵,吴王得之甚喜,曰:“汝爲馮公詬我,真義士也。今事我,無易爾心!”即以右職處之,賜與甚厚。由是感激知己,竟死事于鄱陽。以故,三子皆獲叙録,累贈右千牛將軍。公即第三子。質性端慤,容貌矜嚴,吉人寡詞,非禮不動。季唐有國,公仕爲客省丞旨②。先主器之,特加任使。凡所授職,皆與先達長者侔。勤以繼之,所至皆理,累遷至館驛副使。嗣君即位,轉閤門副使,遷客省引進使。凡時務制獄,多命公與焉。循理持平,甚獲時譽。宣布詔命,出納必信;監護師旅,威惠得中。不從諛以取容,不矯激以忤旨。故考績無玷,而主恩益深,累遷内客省使。後主即位,兼領閤門使,遥領婺州刺史。初,國之戈船,皆屯于石頭城之後盧龍鎮下,命曰龍安,軍旅之重任也,於是復兼龍安軍使。明年改潤州監軍使,權領州事。善於爲政,大洽民謡。逾歲徵還,遥領饒州觀察使,兼左龍衛神武護軍。公固辭兵柄。閩嶺之地,巖險遼遠,鎮守之寄,常以爲難。又命公知忠義軍,兼建州事。涖政三載,建人安之。會都下受兵,羽檄相望,公調發軍實,應接舟師,奔命之衆,道路相望,猶以不獲身先,憂憤成疾。朝廷方命公爲節度觀察等使留後、檢校太尉,使者未至,甲戌歲冬十一月二十五日，卒于公署，享年七十。以十二月二十三日，葬于建安縣某鄉某里。前夫人蘇氏，繼室安樂縣君孫氏，皆早卒。子三人：審元，審庸，審能。公以忠烈之風，處親近之職，守以周固，齊以法度，身貴而志遜，禄厚而持廉。凡同列者，使于諸侯，率多貪求，浸以成俗，公獨淡然無取，出入垂橐，士君子以此重之。及邦國淪胥，豪右降替，向之聚斂者，翦焉無餘，唯公令嗣克家，門族如故，識者知有天道矣③。鉉少參近密，與公常接笑言④，道義相期，有若寮舊。聲塵永已，慷慨長悲，惜其風猷，思有論譔。昔裴子野之卒〔六〕，湘東王爲誌矣〔七〕，而邵陵王又銘於羨道〔八〕。羨道有銘，自此始也。故仰前躅，追而銘云⑤：

表海之慶，世載厥聲。展矣君子，心純道貞。恭職軒陛⑥〔六〕，申威禁營。將命四方，宣風百城。哀哉不淑，永矣忠誠。舊國禾黍，交情死生。濡毫頌美，愴愴霑纓。

【校記】

①初：李校：一本作“和”。

②丞：四庫本、李刊本作“承”。

③矣：李校：一本作“焉”。

④笑言：四庫本作“言笑”。

⑤云：李校：一本作“曰”。

⑥陛：四庫本作“階”。

【箋注】

〔一〕作於宋開寶九年暨太平興國元年（九七六）十二月。據誌主葬期而繫。誌主尚全恭，史書無傳。

〔二〕尚父：指太公望吕尚。周武王即位，稱之師尚父。見史記卷三二齊太公世家。

〔三〕在漢則丘園之盛德：指後漢向平，一作尚平。隱居不仕。見後漢書卷八三向平傳。

〔四〕在唐則藩屏之名臣：指唐尚可孤。初事安禄山，後事史思明。肅宗時降唐，封爲神策大將。平叛有攻，累官至檢校尚書右僕射，封馮翊君王。見舊唐書卷一四四尚可孤傳。

〔五〕吴武王：指徐温。其卒謚忠武，徐知誥（李昇）尊爲太祖武王。見十國春秋卷一三徐温傳。

〔六〕裴子野：其字幾原，河東聞喜（今山西聞喜縣）人。仕齊、梁兩朝，著名史學家、文學家。梁書卷三〇有傳。

〔七〕"湘東王爲誌"句：湘東王爲梁元帝蕭繹，初封湘東王。見梁書卷五梁元帝本紀。藝文類聚卷四八録其散騎常侍裴子野墓誌銘。

〔八〕邵陵王：邵陵王爲蕭綸，字世調，梁武帝蕭衍第六子，天監十三年（五一四），封邵陵郡王。見梁書卷二九邵陵王綸傳。

故鄉貢進士劉君墓誌銘〔一〕

君諱鶚，字仲翔，其先彭城人也。炎靈之裔，繁衍萬邦，占籍廬陵，蓋重世矣。高祖滉，祖珍，皆不仕。父雄，嘗從九江辟司兵掾，自免去職。閨門之教，不肅而成。有三子，君其仲也。質性純素，智識聰敏，年十有五則知屬文①，未及弱冠馳名矣。至於事親孝，事長悌，與朋友信，接鄉黨讓，動不違禮，居常慎獨，故州里耆耋與時之名輩推重焉。郡舉茂才，擢升上第。明年而宗國淪覆，君慨然知時人不利也②，於是閉門却掃，爲學益勤。以爲今之文人，率以詞賦取高，先王之教化，蓋蔑如也。乃摭天下之務，論古今之變③，著法語八十一篇〔二〕，大抵宗尚周孔，以質百氏之惑④，視其書⑤，知其人矣。皇宋二聖，崇古尚文，郡國考秀⑥，親臨考覆。君以詞場舊望，復爲本郡升聞。余與翰林學士賈公，承詔先考第于南宫〔三〕，賈公重君之文，以爲古人之俊也，乃第爲高等。而君徇難進易退之節，稟内敏外愚之容⑦，及其歇庭，復不中選，退還鄉里，篤行如初。雍熙三年九月卒于家，享年四十有三。嗚呼！有才有時，命不我與，自古同歎，可勝道哉[8]！遺文累哀，不朽之謂也。即某年月，葬于本縣化龍鄉折桂里之原，禮也。君娶郭氏，先十日而亡。子師望、文綺，皆得父風，其有後矣。二女：長適太原郭方，次適隴西李某。師望以余爲父之知己也[9]，故千里號訴，求誌其墓云。詞曰[10]：

嗚呼劉生[11]，江楚之英。才識兼茂[12]，時命難并。没于白屋，閟此泉扃。立言可法，何必浮榮。刻兹貞石，永爾高名。

【校記】

①則：黄校本作“即”。

②人：四庫本、黄校本、李刊本作“之”。徐校：當作“之”。

③之：原脱，據黄校本、李刊本、徐校補。

④氏：李刊本作“代”。

⑤視：李校：一本作“觀”。

⑥考：黄校本作“孝”。

⑦内敏外愚：原作“外敏内愚”，據四庫本、李校改。

⑧可：原作“何”，據黄校本、李刊本、徐校改。

⑨余：四庫本作“鉉”。

⑩詞：黄校本作“銘”。

⑪生：翁鈔本作“君”。

⑫兼：李校：一本作“並”。

【箋注】

〔一〕作於宋雍熙三年（九八六）九月稍後。據誌主卒日及葬期而繫。誌主劉鶚，史書無傳。

〔二〕法語：郡齋讀書志後志卷二：“法語二十卷。右南唐劉鶚撰。鶚甲戌歲擢南唐進士第，實開寶七年也。著書凡八十一篇，言治國立身之道，徐鉉爲之序。”按：晁氏所云徐鉉所序法語，今佚。

〔三〕“余與翰林學士賈公，承詔先考第于南宫”句：賈公即賈黄中。宋史卷二六五本傳：“賈黄中，字媧民，滄州南皮人。……八年與宋白、吕蒙正等同知貢舉。……雍熙二年,又知貢舉。"宋會要輯稿選舉一之二載:雍熙二年正月,賈黄中權知貢舉,徐鉉、趙昌言、韓丕、蘇易簡、宋準、張洎、范杲、宋湜、戴貽慶等同知貢舉。

徐鉉集校注補遺一

君臣論[一]

君人者,推赤心以接下者也;臣人者,推赤心以事上者也。上下交感,政是以和。故大易之義[二],在上者其道下降,在下者其道上行,則曰:"天地交,泰。"上者自居其上,下者自居其下,則曰:"天地不交,否。"然則爲上而下降甚易,爲下而上達甚難。何者?君人者,其勢足以行人之道,其貴足以顯人之德,其富足以聚人,其義足以感人,賢人君子望景而歸之,理自然也。苟不逆之可矣,又況於禮致之者哉!故齊桓之德薄也,猶能使管仲受執,寧戚扣角[三],況聖君乎!此易之效也。人臣者,在貧賤之中,處疎遠之地,有上下之隔,有左右之蔽,自媒則有暗投之患,因人則無苟合之譽,禮秩之不足,則不肯進也,況不禮之哉!故以仲尼之聖,懷救世之心,歷聘七十而不一遇,況常人乎!此難之效也。然則士之失君,所喪者富貴耳,莊老吏隱,於陵躬耕[四],商皓采芝,君平賣卜[五],未失其所以爲士也。君之失士,或喪既安之業,或敗垂成之功。紂踣於京,厲流於彘[六],魯哀奔吴[七],項羽屠裂,則失其所以爲君也。聖帝明王鑒其若此,故屈己以下士,推誠以接物,軒轅問道於下風〔八〕,唐堯求賢於側陋〔九〕,周公吐餐於白屋〔一〇〕,漢祖輟洗於布衣〔一一〕,況朝廷之臣乎！夫朝廷之臣,位有前後,任有小大,至於君臣之分,誠信所感,其揆一也。詩曰:"嗟我懷人,寘彼周行。"〔一二〕卿士大夫各居其位,所謂周行也,言周行之中皆所懷之人也。書曰:"汝則有大疑,謀及乃心,謀及卿士,謀及庶民。"〔一三〕大疑,大政也,庶民猶與焉,況群臣乎？此治世之主至公之義也。世之衰也,疎公卿而親近習,憚君子而狎佞人。親而狎之也,以爲腹心;疎而憚之也,以爲仇敵。於是政出於群小,而責及於大臣。如此而不亂,未之有也。君子之事上也,近之不敢佞,遠之不敢怨,受命無二慮,臨難無苟免。小人之事上也,遠之則憾,近之則比,受命則顧望,臨難則幸生。人君不能熟察也,以爲我之所親,彼亦盡忠;我之所疎,彼亦懷二。於是聽鑒惑於外,精神汩於中。及亂之來也,小人無忘生之節,君子非死難之所,楚靈殞於乾谿〔一四〕,二世弑於望夷〔一五〕,而莫之救也。其所由者,自私與自勝也。自私故慙與君子言,自勝故憚與君子言,此小人所以易見親,君子所以易見疎也。夫亡國非無賢臣,亂主非獨坐於堂上也,用心不一也。書曰:"一哉王心。"〔一六〕詩曰:"淑人君子,其儀一兮。"〔一七〕人君用心一,則賢臣知所從矣。(徐乃昌影刻徐公文集補遺録自宋文鑒卷九三,又見齊賞齋古文彙編卷一八六、文章辨體彙選卷四一三、經濟類編卷八一)

【箋注】

〔一〕作年未詳。

〔二〕大易:即周易。左思魏都賦:"覽大易與春秋,判殊隱而一致。"文選卷三六王融永明九年策秀才文:"議獄緩死,大易深規。"李善注:"周易曰:'君子以議獄緩死。'"

〔三〕寧戚扣角:見卷一木蘭賦注〔一五〕"商歌"注。

〔四〕於陵躬耕:見卷二四出處論注〔三〕。

〔五〕君平賣卜：嚴遵字君平。隱居不仕，曾賣卜于成都。見漢書卷七二王貢兩龔鮑傳序。

〔六〕"紂踣於京，厲流於彘"句：國語卷四魯語上："桀奔南巢，紂踣於京，厲流於彘，幽滅於戲。"

〔七〕魯哀奔吴：史記卷三三魯周公世家："八月，哀公如陘氏。三桓攻公，公奔于衛，去如鄒，遂如越。"

〔八〕軒轅問道於下風：見卷一二茅山紫陽觀碑銘注〔一二〕。

〔九〕唐堯求賢於側陋：尚書正義卷二堯典："明明，揚側陋。"孔安國傳："堯知子不肖，有禪位之志，故明舉明人在側陋者，廣求賢也。"

〔一〇〕周公吐餐於白屋：韓詩外傳卷三："吾於天下亦不輕矣，然一沐三握髮，一飯三吐哺，猶恐失天下之士。"荀悦漢紀卷一七宣帝紀一："將軍輔翼幼君，將流大化，是以天下之士延頸企踵，争願自效。今士見者皆露索、挾持，恐非周公輔相成王之禮，致白屋之意也。"

〔一一〕漢祖輟洗於布衣：史記卷八高祖本紀："（酈食其）乃求見説沛公，沛公方踞牀使兩女子洗足。酈生不拜，長揖曰：'足下必欲誅無道秦，不宜踞見長者。'於是沛公起，攝衣謝之，延上坐。"

〔一二〕"嗟我懷人，寘彼周行"句：見詩經周南卷耳。

〔一三〕"汝則有大疑，謀及乃心，謀及卿士，謀及庶民"句：見尚書正義卷一二洪範。

〔一四〕楚靈殞於乾谿：吴王伐楚，與楚靈王遇於乾谿，靈王隨從皆去之而歸。靈王自縊。見左傳昭公十三年。

〔一五〕二世弑於望夷：趙高殺秦二世於望夷宫。見史記卷六秦始皇本紀。焦贛焦氏易林卷一乾之大壯："高弑望夷，胡亥以斃。"

〔一六〕"一哉王心"句：見尚書正義卷八咸有一德。

〔一七〕"淑人君子，其儀一兮"句：見詩經曹風鳲鳩。

持權論〔一〕

天下所以奉者君也，君之所以尊者權也。權者非他也，賞罰而已矣。賞公則當善,而爲善者進矣;罰公則當惡,而爲惡者退矣。若然,則君子在位,小人在野,而權不在公室者,未之有也。中才之君,知賞罰之權不可失,而不知所以守之之道。欲人之懷己也,則必賞自我出;欲人之畏己也,則必罰自我行,此亂之本也。老子曰:"爲者敗之,執者失之。"賞罰者,受之於先王,行之於有司,人君正其本,遏其淫而已。苟自爲之而自執之,其與幾何?尚書數堯之德曰"聰明文思"〔二〕,及其舉舜也,則四岳師錫。堯曰:"予聞如何","朕其試哉!"〔三〕夫堯既聞舜之行賢,猶待四岳舉,然後登用,此則賞不必己出也。周公作萬代之典,設三聽之法,衆聽則殺之,衆疑則赦之〔四〕。此則罰不必己出也。漢高祖氣吞群雄,威振海外,然而不敢以私忿誅季布,不敢以私惠賞丁公〔五〕。秦始皇親治庶務,以衡石自程〔六〕,群臣莫得專任。而秦漢之成敗,豈不明哉!然則賞罰在於公,不在於自執,必矣。魏晉已降,創業之君,才略冠世,功勳震主,既當失政之代,遂踐數終之運。後世人君懲其若是,故憎疾勝己,誅鋤高名,所謂同歸於亂者也。昔楚莊王謀事而當,群臣莫能及,退而有憂色,曰:楚國之大,而群臣莫吾及,吾國其亡乎〔七〕!此所以飲馬於河也。漢高祖自謂不如三傑,而能用之〔八〕,所以有天下也。梁武在雍州時,破魏將王肅,得其巾箱書,見魏帝手敕曰:"吾聞蕭衍善用兵,勿與鬭。"〔九〕其威名如此。及其爲帝也,乃用臨川王宏、貞陽侯淵明爲將。在竟陵府時,與謝朓、王融之儔齊名,及其爲帝也,乃用陸驗、石珍爲心膂〔一〇〕。何者?患其失權,貪其易制,曾不知亡國之釁始基於此也。夫權者,非謂其强臣專政,王命不行,前邀九錫,后徵殊禮也。蓋人君有偏聽焉,有偏好焉。偏聽則朋黨有所附矣,偏好則奸邪有所入矣。朋黨勢固,姦邪在側,人主以不聞過爲賢,不違命爲治。如是,則賞罰者朋黨之所爲,而假手於人主矣。當時之人知其如此,亦且棄正義而事朋黨,背公室而向私門,非徒競利,且以避害,然則權安在哉?後魏孝明時,衛士數千人焚領軍張彝宅,殺其父子,朝廷懼以爲亂也,止誅八人,餘並釋之〔一一〕。高歡時在民間,聞而歎曰:“亂之始也。”乃散家財招集亡命,卒移魏祚〔一二〕。魏人不知失權之始在乎孝明,及高氏執政,方云禄去公室,不亦晚乎?誠令人君用法公共,接下均一,善善而能用之,惡惡而能去之,不以己之私,妨天下之義,雖復體非聖賢,蓋亦思過半矣。嗚呼!斯道也,甚易知,甚易行,甚易效,而鮮能行者,蓋夫疑信之際,貪旦夕之便,因循僶俛,以至政隳勢敗,而自不之知也。傳曰:“失之毫釐,差以千里。”豈虚言哉!(徐乃昌影刻徐公文集補遺録自宋文鑑卷九三,又見齊賞齋古文彙編卷一八六、文章辨體彙選卷四一三、經濟類編卷一二)

【箋注】

〔一〕作年未詳。

〔二〕“尚書數堯之德曰‘聰明文思’”句:尚書正義卷二堯典:“昔在帝堯,聰明文思,光宅天下。”

〔三〕“予聞如何”,“朕其試哉”句:見尚書正義卷二堯典。按:尚書原作“我其試哉”。

〔四〕“周公作萬代之典”至“衆疑則赦之”數句:禮記正義卷一三王制:“凡制五刑,必即天論。……疑獄,氾與衆共之;衆疑,赦之。必察小大之比以成之。成獄辭,史以獄成告於正,正聽之。正以獄成告于大司寇,大司寇聽之棘木之下。大司寇以獄之成告于王,王命三公參聽之。三公以獄之成告于王,王三又,然後制刑。”

〔五〕“漢高祖……不敢以私忿誅季布,不敢以私惠賞丁公”句:季布爲項羽數窘劉邦,及項氏滅,而不誅之。季布母弟丁公爲楚將,追趕劉邦,義而放之,及項王滅,劉邦誅之。見史記卷一〇〇季布欒布列傳。

〔六〕衡石:史記卷六秦始皇本紀:“天下事無小大,皆決於上。上至以衡石量書,日夜有呈,不中呈,不得休息,貪於權勢至如此。”

〔七〕“楚國之大”至“吾國其亡乎”句:荀子卷二〇堯問:“楚莊王謀事而

當，群臣莫逮，退朝而有憂色。……曰：'不穀謀事而當，群臣莫能逮，是以憂也。……今以不穀之不肖而群臣莫吾逮，吾國幾於亡乎！'"

〔八〕"漢高祖自謂不如三傑，而能用之"句：史記卷八高祖本紀："夫運籌策帷帳之中，決勝於千里之外，吾不如子房。鎮國家，撫百姓，給餽饟，不絶糧道，吾不如蕭何。連百萬之軍，戰必勝，攻必取，吾不如韓信。此三人皆人傑也，吾能用之，此吾所以取天下也。"

〔九〕"梁武在雍州時"至"勿與鬬"數句：南史卷六梁本紀上："（武帝）得肅、昶巾箱中魏帝敕曰：'聞蕭衍善用兵，勿與争鋒，待吾至，若能禽此人，則江東吾有也。'"

〔一〇〕"用臨川王宏"至"石珍爲心膂"數句：見梁書卷一武帝本紀上、卷二武帝本紀中。

〔一一〕"後魏孝明時"至"餘並釋之"句：見魏書卷六四張彝傳。

〔一二〕"高歡時在民間"至"卒移魏祚"數句：北齊書卷一神武本紀上："及自洛陽還，傾産以結客。親故怪問之，答曰：'吾至洛陽，宿衛羽林相率焚領軍張彝宅，朝廷懼其亂而不問，爲政若此，事可知也。財物豈可常守邪？'自是乃有澄清天下之志。"

師臣論〔一〕

至大者天，必配以地；至明者日，必配以月；至剛者陽，必配以陰；至尊者君，必配以臣。君臣之義，與天地並者也。君之有臣也，所以教其不知，匡其不逮，扶危持顛，獻可替否，其任大矣。故君失之，臣得之，臣失之，君得之。上下相維，乃無敗事，非徒承其使令，供其喜怒而已。故曰師臣者王，友臣者霸。書曰："能自得師者王，謂人莫己若者亡。"〔二〕自三皇以來，莫不由斯而致者也。衰世之君，闇於大道，嘉言美事掠歸於己，諛臣佞妾從而成其過，曰：生殺廢置，國之利器，必出自一人，不當爲人臣所教。嗚呼！斯甚不然也。夫往古之事不可言已，其世近而昭然者，請以漢祖明之。高祖奮布衣,取天下,功侔三代,享祚四百,可謂盛矣。其舉事之始,駐軍於陳留,則酈食其之謀;破武關、入咸陽,則張良之策;還定三秦,則韓信之計;爲義帝縞素,則董公之説;出兵宛、葉,則鄭忠之畫;破垓下,則三王之力。及其成功,則高祖享帝王之業,數子獲人臣之禄,豈爲人臣所教者不能爲帝王乎?故高祖曰:“吾不如三傑,而能用之,所以得天下也。”〔三〕及太宗文皇帝力行王道,天下已平,喟然歎曰:“魏徵教我功業如此!”夫二帝者,皆用忠賢之謀,以建三五之業,歸公臣下而其道愈光。老子曰:“功成而不居,夫唯不居,是以不去。”此之謂也。昔魏武帝使夏侯淵守漢中,蜀先主用法正之計,破漢中,殺淵等。魏武聞之曰:“吾知玄德不辦此,必爲人之所教。”〔四〕斯言之失也,史論備矣。魏武雄傑之主,猶有斯論,況常人哉!夫爲國譬用兵焉,大將將十萬之衆,舉千乘之國,有坐籌制勝者,有摧鋒殺敵者,有先登陷壘者,及其成功,則元帥之功也。今使元帥兼此數者而獨論功,可乎?夫君人出令,臣下唯知奉行,則役夫豎子可爲卿相,何必勞於求賢哉!嗚呼!斯道之不明也久矣,明達君子可無思乎!可無思乎!

(徐乃昌影刻徐公文集補遺録自宋文鑒卷九三,又見齊賞齋古文彙編卷一八六、文章辨體彙選卷四一三、經濟類編卷一二)

【箋注】

〔一〕作年未詳。

〔二〕“能自得師者王,謂人莫己若者亡”句:見尚書正義卷八仲虺之誥。

〔三〕“吾不如三傑,而能用之,所以得天下也”句:見本卷持權論注〔八〕。

〔四〕“魏武帝使夏侯淵守漢中……必爲人之所教”句:見三國志卷三七蜀書七法正傳。

述祖先生墓誌序〔一〕

門生彭汭,江夏人,既登第還鄉,明年補本郡司倉掾。嘗豫社祭,宿齋於郡之延慶院,獨處一室。既寢而精爽不寧,展轉至四更,乃得寐。夢一白衣書生入户,謂汭曰:"某嘗述少文詞在此室中,司倉當見之邪?"汭辭以未見。書生曰:"試爲讀之。"言訖而去。及寤,猶四更也。因呼僕秉燭,周視牆壁間,意有留題者,而都無所見。惟户扇下有石,方尺有咫,泥上覆之。就視,仿佛有"賀監"字,乃知此是也。祀事既罷,移置階前,以水滌之,文字依然,即進士許鼎所撰祖先生墓銘也。問其人,云:"十年前,院側數十步,官置瓦窑,掘地得之。而掌役者軍吏也,不能周知,但見其有文,因惜不毁,而置於是。"按賀監以天寶二年始得還鄉〔二〕,既而天下多事,遂與世絶,至於吴越,故老亦不能知其所終。微彭子之夢,則賀監輕舉之迹與祖君高尚之節,皆湮没矣。夫史臣不書神仙之事,先聖亦不以此爲教,然其清心鍊氣,全神保精,冥然與天地合德。聖人出於自然,賢人可以積習,老氏之玄旨不可誣也。真靈之意,欲使殆庶之士自强不息,故必存不朽之迹,以示於世,此許生所以見夢也。彭子性恬淡寡辭,安貧好學,故能自奮於白屋之下,而神交於古人,亦可尚也。愚甚奇其事,因爲之序。

(徐乃昌影刻徐公文集補遺録自會稽掇英總集卷一七,又見嘉泰會稽志卷一九、全唐文拾遺卷四七)

【箋注】

〔一〕作年未詳。

〔二〕賀監以天寶二年始得還鄉:見舊唐書卷一九〇中賀知章傳、新唐書卷一九六賀知章傳。按:舊唐書云賀監還鄉在天寶三年,新唐書云天寶初。

和送鄧王二十六弟牧宣城詩序〔一〕

夫政成調鼎,寄重于蕃。蓋欲聖主之恩均於遠邇,賢人之業浹於中外。故所以命丞相鄧王從鎰,佩相印,被公衮,擁雙旌,統千騎，揚帆江寧之浦，弭節敬亭之區。若乃割友悌之懷，輟股肱之侍，所以示天下之至公也。夙駕已嚴，前騶將引。既辭復召，重賜餞筵。所以極大君之恩也。敦睦之義，於斯有光。申詔侍臣，述叙賦詩云爾。（徐乃昌影刻徐公文集補遺録自全唐文卷八八二）

【箋注】

〔一〕作於宋開寶三年（九七〇）秋。鄧王爲李從鎰，或作李從益，馬令南唐書卷七、陸游南唐書卷一六、十國春秋卷一九有傳。按：全唐文卷一二八録李煜送鄧王二十六弟牧宣城序："方今涼秋八月，鳴棖長川。愛君此行，高興可盡。況彼敬亭、溪山，暢乎遐覽，正此時也。"續長編卷一〇"開寶二年正月條"注："按後主集，三年秋送鄧王牧宣城。"據此，知鄧王出牧宣城在開寶三年八月。

廬山九天使者廟張靈官記〔一〕

開元中，尊崇至道，伸嚴祀典，詔置九天使者廟於匡廬之山。真靈咸秩，率由科教，應門左右，圖五百靈官之像焉。天祐初，江西連帥南平王鍾公〔二〕，遣道士沈太虚設醮於廟。太虚醮罷，怳然若夢，見圖像一人前揖太虚曰："我張懷武也，嘗爲軍將，有微功及物，帝命爲靈官。"既寤，訪懷武之名，無能知者。歸以語進士沈彬。彬後二十年游醴陵，邑令陸生客之。方食，有軍吏許某後至，話及張懷武，彬因問之。許曰："懷武者，蔡之裨將，某之長吏也。頃甲辰歲大饑，聞豫章獨稔，即與一他將各率其屬奔焉。既即路，兩軍稍不相見。進至武昌，釁隙大構。剋日將決戰，禁之不可。懷武乃攜劍上戍樓，去梯，謂其徒曰：'吾與汝今日之行，非有他圖，直救性命耳。奈何不忍小忿，而相攻戰哉？夫戰必强者傷而弱者亡，如是何爲去父母之國，而死於道路耶？凡兩軍所以致戰者，以有懷武故也。今我爲汝等死，兩軍爲一，無構難矣。'

遂自刭。於是士衆皆慟哭,乃與和親。比及豫章,無逃亡者。"許某但懷其舊恩,不知靈官之事。沈君好道者也,常以此語人。鉉始在膠庠,預聞斯論。辛酉歲,扈從南幸〔三〕,獲謁祠宫。道士童處明出沈君所述傳,求潤色之,以刊貞石。嗚呼!古之君子,體至公,綜萬殊,虚心存誠,事至而應。道苟行矣,何必在己。物既濟焉,何必享利。故有歸全以爲孝,殺身以成仁。此兩者同出而異名,同謂之玄,非清貞之氣不能衛其義,非靈仙之位不足寧其神。昭報動乎上,肸蠁應乎下。然則天之愛民甚矣。咨爾百代,高山仰之。於是歲次癸酉上元日記。(徐乃昌影刻徐公文集補遺録自全唐文卷八八三,又見永樂大典卷六六九八)

【箋注】

〔一〕作於宋開寶六年(九七三)正月十五日。文末署曰:"歲次癸酉上元日記。"又,廬山記卷二:"張靈官記,靈官名懷武,蔡之裨將,嘗有陰功及物,帝命爲靈官。……癸酉歲開寶六年上元日,御史大夫徐鉉撰,右内史舍人、集賢學士徐鍇書。"

〔二〕江西連帥南平王鍾公:指鍾傳。十國春秋卷八鍾匡時傳:"父傳,爲鎮南軍節度使。……傳居江西三十餘年,累官至太保、中書令,封南平王。"

〔三〕"辛酉歲,扈從南幸"句:指徐鉉於建隆二年(九六一)扈從元宗南遷南昌。

徐鉉集校注補遺二

吴王挽詞〔一〕

倏忽千齡盡，冥茫萬事空。青松洛陽陌，荒草建康宫。道德遺文在，興衰自古同。受恩無補報，反袂泣途窮。

土德承餘烈〔二〕，江南廣舊恩。一朝人事變，千古信書存。哀挽周原道〔三〕，銘旌鄭國門〔四〕。此生雖未死，寂寞已銷魂。（全宋詩卷一〇録宋魏泰東軒筆録卷一，又見宋江少虞宋朝事類苑卷三六、清厲鶚宋詩紀事卷三。今按：原本三首，僅存兩首）

【箋注】

〔一〕作於宋太平興國三年（九七八）十月。魏泰東軒筆録卷一載：宋太宗稱歎徐鉉所作吴王隴西公墓誌銘，接云："異日復得鉉所撰吴王挽詞三首，尤加歎賞，每對宰臣稱鉉之忠義。吴王挽詞今記者二首。"挽歌爲安葬時所歌，李煜卒於太平興國三年七月八日，十月安葬。

〔二〕土德：史記卷一五帝本紀："（軒轅）有土德之瑞，故號黄帝。"司馬貞索隱："炎帝火，黄帝以土代之。"按：唐爲土德。張説聖德頌："稽諸瑞典，昔祚軒皇；而今表聖，土德以昌。"南唐爲唐續，故云"承餘烈"。

〔三〕"哀挽周原道"句：李煜葬洛陽北邙山，洛陽爲周都城。故云。

〔四〕“銘旌鄭國門”句:李煜擬葬洛陽北邙山,自京師汴梁送葬至洛陽經過古鄭國都門(今河南鄭州市)。參卷二二太師相公挽歌詞二首注〔一〇〕。

和元宗元日大雪登樓〔一〕

一宿東林正氣和,便隨仙仗放春華。散飄白絮惟分影,輕綴青旗始見花。落砌更依宫舞轉,入樓偏向御衣斜。嚴徐共待金門詔〔二〕,願布堯言賀萬家。(全宋詩卷一〇録清顧嗣立詩林韶濩卷一一)

【箋注】

〔一〕作於南唐保大五年(九四七)正月一日。詳見卷一八御製春雪詩序。

〔二〕嚴徐:嚴安、徐樂的並稱。漢武帝時二人上書言事,皆拜郎中。見史記卷一一二平津侯主父列傳。　金門:見卷二張員外好茅山風景求爲句容令作此送注〔六〕。

句

一夜黄星照官渡,本初何面見田豐〔一〕。(全宋詩卷一〇録徐公文集附徐公行狀)

井泉分地脈,砧杵共秋聲〔二〕。(全宋詩卷一〇録宋魏泰臨漢隱居詩話)

鍾山祠畔宿煙晴,玉澗橋邊碧樹春〔三〕。(全宋詩卷一〇録宋周應合景定建康志卷一八)

【箋注】

〔一〕作於南唐保大十四年(九五六)三月。徐公行狀云:“及量移饒州,未登途而周世宗之師過淮,取舒、蘄。公遽攜家榜小舟由皖口歸昇州。公賦詩,末云‘一夜黄星照官渡,本初何面見田豐’。”田豐諫阻袁紹(字本初)南攻曹操,被拘入獄。袁紹敗於官渡,羞見田豐而殺之。見三國志卷六魏書六董二袁劉傳。

〔二〕作年未詳。

〔三〕作年未詳。鍾山祠,在鍾山,具體未詳。鍾山即蔣山。見卷一從駕東幸呈諸公注〔六〕。太平御覽卷五二六禮儀部五祭禮下引十洲記曰:"昔禹治洪水,既畢,乃乘橋車到鍾山祠上帝於北河,歸大功於九河也。" 玉澗橋:清一統志卷二四二廣信府:"玉澗橋,在廣豐縣東杉溪上。"

華林書院記〔一〕

士君子承先世之澤,服聖賢之教。脩身治心,行之本也;睦親敦倫,孝之大也;化民成俗,仁之至也。豫章屬邑,華林世家,山水特秀,英靈所鍾,國博仲堯〔二〕,積功累德,儒者共推。寺丞仲容〔三〕,抗疏獻規,天子所籍。文學蟬聯,簪纓奕葉。一科五第,天開列宿之文;七世同居,星戢少微之曜〔四〕。至我先公,尤精左氏,惟君兄弟,忝在同盟。言斯出矣,身則行之。孝友媚睦之行,周旋揖遜之儀,内修于閨閫,外達于里閭,賢士大夫向其風,哲人君子論其世,近古以來,未之有也。又思上古之隆,何由馴致,詎以六經之學,可以化成。迺即華林之陽,獨開玄秀之墅〔五〕。祖孫一德,洙泗同風〔六〕。傳經者已數代,肄業者常千人。神存昭曠之原,目寓清虚之境。青山擁翠,緑野浮青。飛瀑散讀書之聲,虚亭動人文之色。何誇二酉之藏,富在穴中〔七〕;不數三花之盛,秘之石室也〔八〕。按圖經,李八百、陶安公皆修真此山〔九〕。足知人境相忘,靈光有待,天之所開,良不偶爾,豈直豫章之間氣,以占皇宋之文運矣!鉉與弟鍇〔一〇〕,義在通家,心同仰止,瞻依萬里,聊述片言。嗚乎!御札賜書,日星並曜,宸章聖藻,金石同輝,期有光于前人,不無望于奕世。爲胡氏之後者,庶幾勉之!時名公鉅卿聊叙其事者:王冀公欽若、王内翰禹偁、孫諫議瑾、李待制虚己。冀公常發迹其地,不十年遂參大政。(全宋文卷二三録乾隆奉新縣志卷一

二）

【箋注】

〔一〕作於宋雍熙二年（九八五）。見卷二八洪州華山胡氏書堂記注〔一〕。明一統志卷四九："華林書院，在華林山。宋雍熙中光禄寺丞胡仲堯建。"江西通志卷二一"南昌府書院"："華林書院，在奉新縣浮雲山，宋雍熙中邑人胡仲堯家塾，徐鉉有記。"按：據文中所記，寺丞爲胡仲堯弟胡仲容。

〔二〕國博仲堯：宋史卷四五六胡仲堯傳："胡仲堯，洪州奉新人。累世聚居，至數百口。構學舍于華林山别墅，聚書萬卷，大設厨廩，以延四方游學之士。南唐李煜時嘗授寺丞。雍熙二年，詔旌其門閭。"

〔三〕寺丞仲容：胡仲容爲胡仲堯弟。宋史卷四五六胡仲容傳："仲容字咸和，咸平三年，復至闕貢土物，改大理評事，屢被賜賚。仲容建本縣孔子廟，頗爲宏敞。"

〔四〕少微：見卷二八洪州華山胡氏書堂記注〔三〕。

〔五〕玄秀：即玄秀峰。見卷二八洪州華山胡氏書堂記中所記。

〔六〕洙泗：代稱孔子及儒家。見卷二五大宋重修峨眉山普賢寺碑銘注〔二〕。

〔七〕"二酉之藏，富在穴中"句：二酉指大酉、小酉二山。在今湖南沅陵縣西北。相傳小酉山洞中有書千卷，秦人曾隱學於此。見太平御覽卷四九引荆州記。

〔八〕"三花之盛，秘之石室"句：賈思勰嵩山記："嵩寺中忽有思惟樹，即貝多也。有人坐貝多樹下思惟，因以名焉。漢道士從外國來，將子於山西脚下種，極高大，今有四樹，一年三花。"道教以三花指人的精、氣、神。精爲玉花，氣爲金花，神爲九花。

〔九〕李八百：見卷二八洪州華山胡氏書堂記注〔六〕。　陶安公：干寶搜神記卷一："陶安公者，六安鑄冶師也。數行火，火一朝散，上紫色，衝天公。伏冶下求哀，須臾，朱雀止冶上，曰：'安公！安公！冶與天通。七月七日，迎汝以赤龍。'至時安公騎之，從東南去。城邑數萬人豫祖，安送之，皆辭訣。"按：洪州華山胡氏書堂記作陶丘公。

〔一〇〕弟欽：當是"鍇"之誤。未聞徐鉉有弟名徐欽者。

上説文解字表〔一〕

銀青光禄大夫、守右散騎常侍、上柱國、東海縣開國子、食邑五百户臣徐鉉等，伏奉聖旨，校定許慎説文解字一部。伏以振發人文，興崇古道，考遺編於魯壁〔二〕，緝蠹簡於羽陵〔三〕，載穆皇風，允符昌運。伏惟應運統天睿文英武大聖至明廣孝皇帝陛下，凝神繫表，降鑒機先，聖靡不通，思無不及。以爲經籍既正，憲章具明，非文字無以見聖人之心，非篆籀無以究文字之義。眷兹譌俗，深惻皇慈。爰命討論，以垂程式，將懲宿弊，宜屬通儒。臣等寔愧謏聞，猥承乏使，徒窮懵學，豈副宸謨！塵瀆冕旒，冰炭交集。其書十五卷，以編袟繁重，每卷各分上下，共三十卷。謹詣東上閤門進上。謹進。雍熙三年十一月日，翰林書學臣王惟恭、臣葛湍等狀進。奉直郎、守秘書省著作郎、直史館臣句中正，銀青光禄大夫、守右散騎常侍、上柱國、東海縣開國子、食邑五百户臣徐鉉。（全宋文卷一七録中華書局一九六三年影印陳昌治同治刻本説文解字卷一五下，又見乾隆鄢城縣志卷七、小學考卷一一）

【箋注】

〔一〕作於宋雍熙三年（九八六）十一月。據文末所署年月而繫。題從全宋文擬。

〔二〕魯壁：指古代文化典籍。尚書序：“至魯共王好治宫室，壞孔子舊宅，以廣其居，於壁中得先人所藏古文虞、夏、商、周之書及傳、論語、孝經，皆科斗文字。”

〔三〕羽陵：指貯藏古代秘笈之處。穆天子傳卷五：“仲秋甲戌，天子東游，次於雀梁，□蠹書於羽陵。”郭璞注：“謂暴書中蠹蟲，因云蠹書也。”

都坐議事文案宜先經翰林臺省看詳奏〔一〕

右散騎常侍判尚書都省徐鉉言：都坐議事，其所議文案，自來俟群臣坐定,止令一吏立讀訖,取官最高者一人先署名,衆人皆即隨署,殊不詳其事理。望自今議事,合歷翰林及臺省者,先以所議文案送翰林及兩省官看詳三日,送御史臺、尚書省各三日,令各爲議。俟都坐會議日,更相詰難。既議定,乃赴禮部郎官集成議狀以聞。(全宋文卷一七録續資治通鑑長編卷二四)

【箋注】

〔一〕作於宋太平興國八年(九八三)六月二十五日。續長編卷二四載:太平興國八年己酉,"右散騎常侍判尚書都省徐鉉言:'都坐議事,所議文案……'從之。"按:六月己酉爲六月二十五日。題從全宋文擬。

上太宗論麟〔一〕

臣等按春秋傳云:"麕身而有角者麟。"瑞應圖云:"麟者,仁獸也。"又云:"麟,王者之嘉瑞。"春秋感精符云:"麟一角者,明海内共一主也。"伏以陛下道冠百王,慶延萬世,睿智順陰陽之變,聖文昭日月之光。尚從欲以推恩,每好生而布令。帝功潛運,天意著明,果錫神休,以彰至德,表皇家之大慶,垂青史之鴻猷。而復道在謙光,義形好問,俯從輿議,俾考前經。諭旨曰:"朕素不崇重符瑞之事。"此又見大君去華務實之意也。上天以符瑞彰聖功,聖人以增修答天貺,上下交感,用臻太和。斯實蒼生無疆之福也。臣等不勝大慶。(全宋文卷一七録宋名臣奏議卷三六)

【箋注】

〔一〕作於宋太平興國九年暨雍熙元年(九八四)十月。宋名臣奏議卷三六天道門祥瑞上太宗論麟:"臣等按春秋傳云:'麕身而有角者麟……'"後注云:"太平興國九年十月,嵐州獻牡獸,一角,似鹿,無斑,角端有肉,性馴善。人不能辨,示群臣參驗以聞。鉉爲右散騎常侍同右諫議大夫滕中正、中書舍人王祐上此奏。"據此而繫。題從全宋文擬。

乞聖宋永爲火德奏〔一〕

五運相承，國家大事，著於前載，具有明文。頃以唐末喪亂，朱梁篡弑，莊宗早編屬籍，親雪國讎，天下稱慶，即比梁室于羿、浞、王莽之徒，不可以爲正統也。莊宗中興唐祚，重新土運，自後數姓相傳，晉以金，漢以水，周以木。天造有宋，運膺火德。況國初便祀火帝爲感生帝，于今二十五年，而又圜丘展祀，已經六祭。自是日盛一日，年穀豐登，干戈偃戢。若于聖統未合天心，焉有太平得如今日？此皆上天降祐，清廟垂休，致成恢復一統之運也。豈可輒因獻議，便從改易？恐違眷命，深所未安。梁至周不合迭居五運，欲我朝上繼唐統，宜爲金德，且後唐已下，奄宅中區，合該正統，今便廢絶，理實無謂。且五運代遷，皆親承授，質文相次，間不容髮，豈可越數姓之上，繼百年之運？此不可之甚也。按唐書，天寶九載崔昌獻議："魏、晉至周、隋，皆不得爲正統。"欲唐遠繼漢統，立周、漢子孫爲王者後，備三恪之禮。是時朝議是非相半，集賢學士衛包扶同李林甫，遂行其事。至十二載林甫卒後，復以魏、周、隋之後依舊爲三恪，崔昌、衛包並皆遠貶。此又前載之甚明也。今國家封禪有日，宜從定制，上答天休，伏乞聖宋永爲火德。（全宋文卷一七録續資治通鑑長編卷二五。又見太宗皇帝實録卷二九、宋史卷七〇律曆三、資治通鑑長編紀事本末卷一四、明楊士奇等歷代名臣奏議卷二八〇、明唐順之稗編卷六〇，文字稍異。）

【箋注】

〔一〕作於宋太平興國九年暨雍熙元年（九八四）四月二十四日。續長編卷二五載：太平興國九年四月，"甲辰……右散騎常侍徐鉉等奏曰：'五運相承……伏乞聖宋永爲火德。'從之。"四月甲辰爲四月二十四日。題從全宋文擬。

安崇緒訟母案議〔一〕

伏詳安崇緒詞理雖繁,今但當定其母馮與父曾離與不離。如已離異,即須令馮歸宗;如不曾離,即崇緒准法訴母處死。今詳案內,不曾離異。其證有四:崇緒所執父書只言遂州公論後,母馮自歸本家,便爲離異,固非事實。又知逸在京,阿馮却來知逸之家,數年後知逸方死,豈可並無論訴遣斥?其證一也。本軍初勘,有族人安景泛證云"已曾離異,諸親具知",及欲追尋諸親,景泛便自引退。其證二也。知逸有三處莊田,馮却後來自占兩處,小妻高占一處。高來取馮莊課,曾經論訟,高即自引退。不曾離,其證三也。本軍曾收崇緒所生母蒲勘問,亦稱不知離絶。其證四也。又自知逸入京之後,阿馮却歸以來,凡經三度官司勘鞫,並無離異狀。況不孝之刑,教之大者,崇緒請依刑部、大理寺元斷處死。(全宋文卷一七録文獻通考卷一七〇)

又:安崇緒訟母案議

今第明其母馮嘗離,即須歸宗,否即崇緒準法處死。今詳案內不曾離異,其證有四。況不孝之刑,教之大者,宜依刑部、大理寺斷。(宋史卷二〇一刑法三。今按:此與上同而稍異,故附於此。又見明楊士奇等歷代名臣奏議卷二一〇、明唐順之稗編卷一一九)

【箋注】

〔一〕作於宋端拱元年(九八八)。文獻通考卷一七〇:"端拱元年,廣安軍民安崇緒録禁軍,訴繼母馮嘗與父知逸離,今來占奪父貲産欲與己子。大理定崇緒訟母罪死。太宗疑之,判大理寺張佖固執前斷,遂下臺省集議。徐鉉議曰……"據此,故繫於是年。題從全宋文擬。

與韓熙載請誅陳覺等批答謝表〔一〕

伏讀批答,曰"卿等憂國情深,除奸意切",是陛下知其奸也。又曰"永從流放,與死何殊",知陛下必不用也。既知而棄,雖在何爲?(全宋文卷一七録徐公文集附徐公行狀)

【箋注】

〔一〕作於南唐保大五年(九四七)四月。通鑑卷二八六載:保大五年四月,"知制誥會稽徐鉉、史館修撰韓熙載上疏曰:'覺、延魯罪不容誅,但齊丘、延巳爲之陳請,故陛下赦之。擅興者不罪,則疆埸有生事者矣;喪師者或存,則行陣無效死者矣。請行顯戮以重軍威。'不從。"據此,故繫於是年四月。題從全宋文擬。

請誅陳覺馮延魯疏〔一〕

覺、延魯罪不容誅,但齊丘、延巳爲之陳請,故陛下赦之。擅興者不罪,則疆埸有生事者矣;喪師者獲存,則行陣無效死者矣。請行顯戮,以重軍威。(全唐文補編卷一一二録資治通鑑卷二八六)

【箋注】

〔一〕作於南唐保大五年(九四七)四月。見上注。題從全唐文補編擬。今按:此爲徐鉉與韓熙載共同上疏。又,徐公行狀云:"公與韓公議:'赦此二人,則萬姓謗讟之,怨歸於上,二使首領之惠,在於齊丘辱國容奸,斯爲巨蠹。'遂同上疏。"

私誠帖〔一〕

鉉今有私誠,特茲拜託。爲先有祗承人劉氏,其骨肉元在貴藩醴陵門裏居住。所有劉氏先已嫁事,得衡州茶陵縣大户張八郎,見在本處居住。今有信物并書,都作一角封訖,全託新都監何舍人附去。轉拜託吾兄郎中,候到,望差人於醴陵門裏面勾唤姓劉人,當面問當。却令寄信與茶陵縣張八郎者,令到貴藩取領上件書信,所貴不至失墜,及得的達也。儻遂所託,惟深銘荷,虔切虔切。專具片簡咨聞。不宣。□再拜。(全唐文補編卷一一二録石渠寶笈初編卷一,並參徐邦達古書畫過眼要録。)

【箋注】

〔一〕作年未詳。題從全唐文補編擬。

與胡克順書〔一〕

僕必死于邠,君有力,他日可能致我完軀,轉海歸葬故國,侍先子于泉下,即故人厚恩也。(全宋文卷一八録玉壺清話卷一〇)

【箋注】

〔一〕作於宋淳化三年(九九二)八月稍前。徐鉉卒於淳化三年八月二十六日。此當作卒前不久。題從全宋文擬。玉壺清話卷一〇:"徐常侍得罪竄邠,平日嘗走書託洪州永新都官胡克順曰……"全唐文補編據以題擬與洪州永新都官胡克順書。今按:據卷二八洪州華山胡氏書堂記、補遺二華林書院記及宋史卷四五六胡仲堯傳,知胡克順爲奉新縣(今屬江西宜春市)人,玉壺清話誤作永新縣(今屬江西吉安市)。"致我完軀",玉壺清話校:一云"致吾冤軀"。

稽神録序〔一〕

自乙未歲至乙卯,凡二十年,僅得百五十事。(全唐文補編卷一一二録郡齋讀書志卷一三)

【箋注】

〔一〕作於南唐保大十三年（九五五）。乙卯爲保大十三年。題從全唐文補編擬。

古鉦銘碑叙〔一〕

建陽有越王餘城，城臨建谿。村人於谿中獲一器，狀如鐘，長八寸，經（守山閣叢書本籀史作"徑"。）六寸，柄一尺；柄端有雙角相向箝，重十斤，銘四十八字。獻之刺史王延政。有摹其字以示余者，惟"連鉦"二字可識，上有真字黑印云。（又，守山閣叢書本籀史下有：江南書開寶九年五月敕送史館卷末有史館印識右刻之首題曰䊷𠅤篆。）（全唐文補編卷一一二録宋翟耆年籀史）

【箋注】

〔一〕作年未詳。題從全唐文補編擬。

宓子賤冢碑〔一〕

子賤爲魯使吴，死於道，因葬焉。（全唐文補編卷一一二録安徽金石略卷七引壽州志）

【箋注】

〔一〕作年未詳。題從全唐文補編擬。

存目

改卜合葬烈考太夫人於洪州西山墓誌〔一〕

幼女十七娘墓誌〔二〕

法語序〔三〕

【箋注】

〔一〕作年未詳。題從徐公行狀。徐公行狀云:“故自烈考已上,皆生於會稽,公所撰改卜合葬烈考太夫人於洪州西山墓誌詳矣。”

〔二〕作年未詳。題爲筆者擬。李昉徐公墓誌銘:“幼女十七娘,才淑過人,未及笄年而夭,自爲誌,文辭甚悽楚。”

〔三〕作年未詳。題爲筆者擬。郡齋讀書志後志卷二:“法語二十卷,右南唐劉鶚撰。鶚甲戌歲擢南唐進士第,實開寶七年也。著書凡八十一篇,言治國立身之道,徐鉉爲之序。”

附　徐鍇集

徐鍇(九二〇—九七四),字楚金,與兄徐鉉齊名,號"二徐"。事南唐嗣主爲秘書郎,授右拾遺、集賢殿直學士。忤權要,以秘書郎分司東都,復召爲虞部員外郎。後主立,遷屯田郎、知制誥、集賢殿學士。及貶制度,改拜右内史舍人兼兵吏部選事。開寶七年卒,年五十五,贈禮部侍郎,謚曰文。

崇文書目卷五録徐鍇集十卷(宋史卷二〇八藝文志云十五卷),直齋書録解題卷三録其説文解字系傳四十卷、説文韻譜十卷。宋史藝文志録其登科記十五卷、方輿記一百三十卷、歲時廣記一百二十卷、射書十五卷、賦苑二百卷。十國春秋卷二八本傳稱其另有説文隱音四卷、歷代年譜二卷(當是宋秘書省續修到四庫闕目録卷一所録歷代□文一卷),補五代史藝文志補其古今國典一百卷、閆政先生聶君傳一卷。今存説文解字繫傳四十卷,説文解字韻譜五卷(一作説文解字篆韻譜)。另存説文解字部叙。餘著均佚。全唐詩卷七五七存詩五首,全唐文卷八八八存文六篇,全唐文補編補文三篇。今將其現存詩文附於此,文字擇善而從。

詩

奉送德林郎中學士得遠山

瓜步妖氛滅，昆岡草樹清。終朝空極望，今日送君行。報政秋雲静，微吟曉月生。樓中長可見，持用減離情。（徐公文集卷四、全唐詩卷七五七。今按：題目據徐公文集，全唐詩題作送程德琳學郎中學士得遠山，誤。）

太傅相公以東觀庭梅西垣舊植昔陪盛賞今獨家兄唱和之餘俾令攀和輒依本韻伏愧斐然

静對含章樹漢有含章簷下樹，閑思共有時。香隨荀令在，根異武昌移。物性雖摇落，人心豈變衰。唱酬勝笛曲，來往韻朱絲。（徐公文集卷五、全唐詩卷七五七）

太傅相公與家兄梅花酬唱許綴末篇再賜新詩俯光拙句謹奉清韻用感鈞私伏惟采覽

重歎梅花落，非關塞笛悲。論文叨接萼，末曲愧吹篪毛詩云仲氏吹篪。枝逐清風動，香因白雪知。陶鈞敷友悌，更賦邵公詩。（徐公文集卷五、全唐詩卷七五七）（按：以上三首詩徐鉉集有附）

同家兄哭喬侍郎

諸公長者鄭當時，事事無心性坦夷。但是登臨皆有作，未嘗相見不伸眉。生前適意無過酒，身後遺言只要詩。三日笑談成理命，一篇投弔尚應知。（徐公文集卷一六唐故朝請大夫守尚書刑部侍郎柱國賜紫金魚袋喬公墓誌銘、全唐詩卷七五七）

秋詞

井梧紛墮砌，寒雁遠横空。雨久莓苔紫，霜濃薜荔紅。（清鄭方坤五代詩話卷三引詩史、全唐詩卷七五七）

文

奉和送鄧王二十六弟牧宣城詩序

敦牂御歲，蓐收宰時。鄧王受詔，鎮於宣城之地。離宴既畢，推轂將行。時也宵露未晞，涼月幾望，苑柳殘暑，宫槐半晴。滄波起乎掖池，零雨被於秋草。皇上以敦睦之至，聽政之餘，逍遥大庭，顧望川陸。理化風物，詠謝安高興之詩；登山臨水，嗟騷人送歸之景。暫軔征軸，宴於西清。蓋所以申"棣萼"之至恩，徵文章之盛會也。絲簧輟奏，惟擲地之鏘然；組繡不陳，見麗天之焕若。將使宗英臨務，知理俗之以文；朝宰承恩，識太平之多暇。然則明明作則，敦叙之德無疆；濟濟維藩，夾輔之功何已。有詔在席，進叙及詩。下臣不敏，職當奉詔。謹賦詩如左。（全唐文卷八八八）

曲臺奏議集序

三代之文既遠，兩漢之風不振。懷芬敷者聯袂，韻音響者比肩。子虚文麗用寡，而末世學者以爲稱首；兩京文過其心，後之才士企而望之。嗟夫！爲文而造情，汙準而粉纇。若夫有斐君子，含章可正，和順積中，而英華發外。周旋俯仰，金石之度彰；擿簡下筆，鸞鳳之文奮。必有其質，乃爲之文。其積習歟？何其寡也？

有能一日用其本者,文遠乎哉!我欲仁,斯仁至矣。潁川陳表用,今爲晉安人也。徧讀七經,尤明三禮。蟠極造化之説,升降損益之文。徙之不煩於輜車,蓄之殫盈於腹笥。發爲詞令,文之本歟?昔之自遠而至者,陸機以詞章言,譙秀以隱論顯。况以禮律者動足之蹊徑,幹局者爲政之權衡。自入朝爲太常博士八年,動而不阿,静以有守。議之所及,書辭無頗。禮者所疑,援經以對。酌於古而無悖,施於今而易行。君雖急賢,位未充量。道有悠久,豈終否哉!觀其條奏簡墨之文,探索比詳之説,證古者不訐,救時者不諛。簡而周,約而舉。信守官之善作,伸道之名言。知余直筆,訪余爲序。保大丙辰歲六月一日於集賢序之。屯田郎中知制誥徐鍇述。(全唐文卷八八八)

陳氏書堂記

古之學者,家有塾,黨有庠,術有序,國有學。此繫乎人者也。聖王之處士也,就閑燕;孟母之訓子也,擇鄰居。玄豹隱南山而成文章,成連適東海而移情性。此繫乎地者也。然則稽合同異、别是與非者,地不如人;陶鈞氣質、漸潤心靈者,人不若地。學者察此,可以有意於居矣。潯陽廬山之陽,有陳氏書樓。其先蓋陳宜都王叔明之後曰兼,爲秘書少監;生京,給事中,以從子褒爲嗣,至鹽官令;生瓘,至高安縣丞;其孫避難於泉州之仙游,生伯宣,著史記,今行於世。昔馬總嘗左遷泉州,與之友善。總移南康,伯宣因來居廬山,遂占籍於德安之太平鄉常樂里。合族同處,迨今千人。室無私財,廚無異爨,長幼男女,以屬會食。日出從事,不畜僕夫隸馬。大順中,崇爲江州長史。乾寧中,崇弟勛爲蒲圻令。次弟玫,本縣令。能嗣其業,如是百年。勛從子衮,本州曹掾。我唐烈祖中興之際,詔復除而表揭之,旌其義也。衮以爲族既庶矣,居既睦矣，當禮樂以固之，詩書以文之。遂於居之左二十里曰東佳，因勝據奇，是卜是築，爲書樓堂廡數十間，聚書數千卷。田二十頃，以爲游學之資。子弟之秀者，弱冠以上，皆就學焉。自龍紀以降，崇之子蜕、從子渤、族子乘，登進士第，近有蔚文尤出焉，曰遜曰範，皆隨計矣。四方游學者，自是宦成而名立，蓋有之。於戲！文如麻菽，求焉斯至；道如江海，酌焉滿腹。學如不及，仁遠乎哉？昔北海有邴鄭之風，離騷有江山之助者，皆古也。門生前進士章谷，嘗所肄業，筆而見告，思爲之碣。會陳氏之令子曰恭，自南昌掾入仕至都下，因來告别，援翰以授之。時太歲己巳十一月九日記。（全唐文卷八八八）

先聖廟記

昔夫子稟天地之靈，膺期運之數，體山岳之成形，合堯禹之宏度，跨三五以傑出，邈千載而高步，豈惟民哉！泰山之於邱垤，鳳凰之於飛鳥也。然而日月有薄蝕之運，生民有淪胥之期。老聃已逝，蹈流沙而不返；文王既没，顧天下而誰宗。是以則天以化民，屈己以濟物。使夫子志在於爲君也，則當假道百里，因基一成，受禄以有民，逆取而順守。然後革命創物，錫土苴茅，布子姓於九州，班正朔於四裔，因王法以行禮，假號令以濟人。然而不屑意者，以爲堯湯既遠，武有慚德。樂則有司失其傳，禮則孟孫病其儀。風俗崩弛，皇綱解散。是以周流天下，遑遑列國，一車二豎（原注：疑），訪萇弘而觀周廟；四科十哲，昭日月而播微言。假陪臣以尊周公，修春秋而正王室。匡輔元精，陶冶情性。因國風而正樂，順人情而定禮。萬物既治，我無位焉。此則夫子所受老子之玄言，老子所以釋負而去之之義也。至夫載贄諸境，濡足當時，止璠璵而救季孫，斬侏儒而存魯國。故令君臣懸解，井樹不刊，而地靡立錐，權輕飛羽。諭醯雞於道室，譬喪狗於東門。野餔弗糁，門徒菜色。坐席不煖，炊突不黔。其利物也甚豐，其爲己也至約。是以子貢有言："夫子賢於堯舜遠矣。"豈不謂然乎？夫近道者道亦近之，遠道者道亦遠之。是以七國冰解，嬴秦灰滅。所以夫子欲見於衛妃，諸生發憤於陳涉，有由然矣。漢高甚武，心涵帝度，爲舊君而袒哭，望魯國而輟攻。受天明命，將半周室。其遺言祠祀也，則自闕里而徧寰區，出壁中而寶東序。蓋帝王之崛起，大數之中興焉。夫子非求祀於人，而人皆祀之。非衒書於人，而人爭售之。自非大庇生民，其孰能至於此？聖歷中否，群雄大馳。衣冠禮樂，不絶如綫。聖皇紹祚，文思累洽。掃大學之煨燼，編羽陵之蠹簡。濟濟焉，煌煌焉。民德歸厚矣，猶慮限隅未潤，蓬艾未光。慎彼觀風，敬兹有土。保大壬子歲，以樞密院副使兼尚書吏部郎中李君徵古有幃幄之效，克定之謀，俾守於袁。下車視事，解甲息兵。巡省農功，周行廬室。以爲導化有本，振葉由枝。而孔廟頽替，誦堂風雨。顧禮器而裛悳，振儒衣而淒泫。於是考圖牒，徵碑版。蓋天寶中太守房公琯始立廟於州城北門之外五十步，乾元中太守鄭公審始移之，會昌中又遷於州東，大中中復於房公之卜，不常厥所，於今四遷。乃永奠陔次，大興力役。糞牆俱墁，非宰我之難杇；壞屋可炊，知顏生之不惑。迴廊月照，接武雲征。洞户静深，重簷奄靄。徵兩楹而正坐，儼四科而列侍。如嘗不寢，似欲無言。植以美材，綷以藻泳。靈衣兮披披，華蘂兮蘘蘘。黍稷令芳，籩豆普淖。解危冠於季路，見繪事於卜商。足以目擊而道存，不言而心喻矣。昔魯恭壞宅於舊國，廬陵伐木於孔門。金石爲鳴，父老歎息。然則夫子之道，得其人而後行；文翁之風，感於心而自化。是以袁江之上，袁山之阿，朝爲崆峒，夕成洙泗，用此道也。若夫敷孔業而無祠宇，是猶棄筌蹄而待貌，叩寂寞而求音；盛趨翔而無至心，是猶依猨狙爲周公，假詩禮而發冢也。是以李君炳筠川之靈,錫鍾陵之秀,行出鄉里,名聞京師。題橋以起途,懷綬而返國。昔之去國而衣錦者,蘇秦無守土之實,終軍無表里之名。君之兼總,其稽古之謂。故分符之際,勑改君筠州萬載縣,所居高侯鄉高城里曰懷舊鄉孕秀里。君又以私財百萬,代其鄉輸税,增閭里之氣,爲儒者之華。功成不居,無待刊紀。而庠序之作,所以聳善懲惡。托予叙述吾師也,故爲之記。至其遏寇虐,浚溝湟,則有底績之司,書勳之府焉。唐保大癸丑歲正月二十日廟成之日也。(全唐文卷八八八)

義興周將軍廟記

君字子隱,義興陽羨人。晉鄱陽太守魴之子。少而跅弛,任俠自處,不護細行,鄉人以爲暴焉。嘗感父老之言,以南山之虎,長橋之蛟,並己爲三害。於是入山殺獸,既而搏蛟,浮沈三日,竟斷之而出。初,里人以爲君之没也,室家相慶。既出,始知人患己之深也。乃入吴,尋"二陸"而師之。學成義立,以忠烈自處,朞年而州府交辟。嗟夫！觀過知仁,則向之所爲,非巨惡矣。吴末爲無難督。及王渾平吴,置酒高會,調吴人曰:"諸君亡國之餘,得無戚乎?"君曰:"漢室分崩,三方鼎足。魏滅於前,吴亡於後。亡國之戚,豈獨一人。"渾有慚色,荆楚之烈,氣淩太原。兵滅之餘,折而不撓。及爲廣平太守,積紀滯訟,決之一朝。君之果也,於從政乎何有,以母疾罷歸,爲楚内史,徵拜散騎常侍。君曰:"古人辭大不辭小。"乃先之楚,化行俗易,然後從徵。及居近侍,多所規諷。遷御史中丞,糾劾不避寵戚。梁王肜違法,君深文按之。齊萬年反,權臣惡君之强直,以君討之。移孝於忠,有死無二。賊策之曰:"周君才兼文武,若專斷而來,不可當也。如受制於人,此成擒耳。"嗚乎！盜有道焉,其知之矣。及六陌之役,梁王爲帥,軍人未食,彤促令進,而絶其後繼。君自知必敗,賦詩曰:"去去世事已,策馬觀西戎。藜藿甘粱黍,期之克令終。"言畢而戰。自旦至暮,斬首萬計。弦絶矢盡,而援不至。左右勸之退,君以爲鑿門而出,義不旋踵,遂歿焉。夫梁王以宗戚之貴,義兼家邦,非不知良材爲國之所憑,蓋利欲之誘深,而愛國之情淺也。而況悠悠群品,安足言哉!由是而言,君之所按,非深文也。夫奸臣之與直士,其不合有三:佞直不同,嗜好亦異,一也;邪正相形,才望相絶,雖欲企尚,不能效之,撫心内愧,遂成讎惡,二也;以小人之性度君子之心,以爲善人之進,必來排己,三也。有此三者,至於反兵。賢人既殞,遂及於國。夫剖巢破卵,鳳凰不翔。殺犨損犢,聖人亦逝。將軍既歿,此西晉之所以淪胥也。二子繼德,此東晉之所以光啓也。君既除害,鄉里稱之。又嘗著陽羨風土記,則精靈所留,游盼有在矣。鍇以癸亥奉詔爲祠官,東禱山嶽。歷將軍之廟貌,想先賢之高風。周旋徜徉,欲去不忍。惟君之見危授命,當官必理,雖百代之王者,願以爲臣焉。郡縣既以時致祀,敢即其圖像而爲頌曰:

深山大澤,實生龍蛇。左湖右瀆,君子之家。烈烈周君,國之爪牙。梁摧國圮,命也如何!越在童齔,所游非類。見善則遷,過而無遂。眈眈白額,擇肉朱殷。矯矯長蛟,噴沫飛涎。摧斑碎掌,潤草丹川。無文曷行,不學將落。裹足時彦,見機而作。學成德備,歘我王庭。所居成政,所歷傳名。敏而應敵,正以持傾。亦既霜臺,糾斯强禦。自親及疎,何吐何茹。翩彼權倖,假國之威。妒賢醜正,言遂其私。取彼賢人,委之豺虎。君實致身,曾無二慮。恭聞仙誥,惟忠是與。仰料將軍,解形而去。遼東千歲,歸鶴來翔。威加四海,魂魄還鄉。矧兹蘋藻,在渚之陽。斯文曷補,實德無疆。(全唐文卷八八八)

茅山道門威儀鄧先生碑

原夫性與天道，夫子秘而不言；神之格恩，詩人謂之難度。況乎窮幽極奥，鍊氣陶形，而庸庸之徒，交臂於遺金，爽口於緣鵠，塗窮於缺甃，智極於轉丸，奔馳莫逢，視聽莫見，真人隱而下士笑者，又焉足怪乎？弘之在人，可得而言矣。故茅山道門威儀鄧君啓霞，字雲叟，其先南陽人，今爲丹陽金壇人也。開元時有鄧天師者，道簡上聖，屈乎下風，光國垂勛，隱景遁化。君即其後也。祖諱文，考諱章，皆不仕。君性理和敬，神識宏深。咸通元年，始詣茅山太平觀柏尊師道泉爲弟子。方羈丱，六年乃披度爲道士。十二年詣龍虎山十九代天師，參授都功正一法籙。乾符三年，詣本觀三洞法師何先生玄通，進授中盟上清法籙。何即桃源黄先生洞玄之弟子也，與瞿仙童爲同學之友焉。其源流隱顯，著自前聞，固非末學所能談悉。天祐四年，吴太祖旌别玄異，始加簡署。尋爲本山道副，九年爲山門威儀，再賜紫服。華陽洞天，仙聖游集。太平觀，即太宗文皇帝爲昇真先生之所立也。雖神真所處，杳以静深。而外迹繫時，與之崇替。中和之際，寇盗星馳。人力所爲，翦焉將燼。世之後學，無所式瞻。君誓高日月，誠貫金石。周流勸諭，力與志并。人物感其精誠，神明助其尋度。荆棘隕擇，並爲芝丹。鴟梟革音，復見鸞鶴。像設嚴崧，垣楹輪奂。其所經始，三百餘間。山樓所須，田疇帑庾、什器等率皆稱是。夫紫蓋兆於建業，茅山連於金陵。君之纘修，靈境光復。而有唐中興之業，亦自此而基。神理幽通，不期而會者矣。義祖武皇帝作鎮江表，特加禮異。至誠所啓，罔有不從。是以力役復蠲，樵蘇有禁。梁懷王藩屏澍右，親圖寫其像焉。君既拱此玄珠，輕其尺璧。内以弘道，外以成人。貞素先生王君，理解清深，牆宇高嶷，未嘗不攝齊捧袂，虛往實歸。舒其憤悱，致於夷曠，偏得其道，以居京師。君於世學，多所精詣，體此敏博，沖而用之。既居其實而去其華，養其内而遺其外，故不復爲稱矣。夫流光迅馳，道俗同在。若並轡半嶺，而升降則殊。及夫百齡有窮，萬物將蜕，衆自此淪厭，君自此躋升。真俗之間，由是而判。幽冥恍惚，昧者不知。春秋八十有五，太和四年歲在壬辰，解化於山門。君所傳經籙，昭顯於時，則故玄博大師真素先生王君棲霞、惠和大師康君可久、茅山威儀王君敬真、麻姑山威儀王君體仁、表歎大德賜紫安君光美、左街焚修大德張混成、廬山道副重安寂，並被國寵，翊於道風，入室弟子故太平觀都監陳修一、陳守一，今茅山都監主教門事表歎大德鄧棲一、監觀倪宏一等，並隨其性習，間參道要。山門教宇，棲一有其勞。君遺世雖遥，貞石猶缺。真迹未勒，門人懼焉。鍇之蒙淺，雖晚聞道，昔嘗逮奉貞素伏申之敬，貞素之上清門人今右街章表大德劉君德光，爲啓霞之友，鄧君棲一因而見托，故鍇不爲讓焉。其銘曰：

大道汎兮，物無不在。人代有敝，真風無改。於鑠鄧君，情遺所宰。惟道是求，惟道是采。脱落畎畝，超登雲海。天作茅峰，人作崐崙。君始從師，逸而功倍。教法遥邈，君能復之。一匡輪迹，允洽昌期。君既往矣，誰能嗣之。弟子棲一，承兹道基。敬仰高風，刻石爲碑。俾爾後學，高山仰之。（全唐文卷八八八）

送謝員外往灊山序

淮南有灊霍者，古之南岳也。天柱高山，無物不有於此。藏精降神，觸石吐雲。九光五德，固元聖之所游化焉；浸靈儲慶，亦天帝之所會昌焉。熊熊魂魂，建福上國。秩在祀典，祠官職之。獻歲發春，虹光照渚。帝出於震，肇紀元辰。男邦趣玉帛之程，戚里盛絲囊之會。康衢昧者，常歌不識之力；華封逸人，猶祝千年之壽。況乎英王密戚，體國朝端，薦祉邀祥。既歸靈岳，投金奠玉，允屬元僚。有若記室儀曹郎以風流儒雅之懷，祇莊雍穆之操，抽毫進簡，初起右筵，志慕沖虚，願循長道。軺軒鳳舉，別蓋雲巡。青山萬重，飛雪千里。岡巒迴互，寒暑閟虧。非北渚之秋風，即西山之爽氣。流盼之賞，不其猗歟？而青山之陽，翰林之廬室；敬亭之麓，吏部之溝池。才運不齊，心迹若是。長想之際，獨無情哉！下官名與實乖，心爲形累，簪筆無南山之彩，秉耒乏南岡之坡。進辱府庭，退負丘壑。嗟乎！此獨何心，聞飛蓋之往，森然若面林麓之賞矣。登高能賦，方仰矚於行軒。送人以言，敢自誣於薄技。敬賦詩一篇，以爲餞別云。（全唐文補編卷一一二録古今圖書集成山川典卷八五潛山部）

前虔州雩都縣令包府君墓誌銘

懿哉華族，鴻臚有聞。家餘厥慶，世濟其文。祉祚鍾積，實生我君。惟君之生，資性天成。清譚變馬，寶思凌雲。道光表式，才中銓衡。爰職縣符，政閑務舉。旋綏二邑，梟飛鸞舞。天亦難諶，俄悲物故。驚波易逸，陽露難收。荒郊落日，宿莽窮秋。銘兹幽壤，永樹芳猷。（全唐文補編卷一一二録徐公文集卷一六。今按：徐公文集卷一六該文題後自注：“鉉序鍇銘。”）

碑

梁有王八百於此山修道也。

唐太宗時，有棄官服道，結廬於山側，茹之絶粒，三十許年。晨昏諷誦，輒有白蛇白兔，循伏如聽。州里捕獵，則逸豺猛噬，投避焉依。有越太守趙需者,目其廬曰黄寒室,留詩贈茅山道館。有“廣寒蕭閑火浣”之號,需於中取名焉。

晉將軍曹横所葬,因曰横山。

横山本名芳茂山,晉時嘗有紫氣。

(全唐文補編卷一一二録輿地紀勝卷六。陳尚君於碑按云:“以上文字,紀勝謹云爲‘碑’,疑即寶刻叢編卷一四所載南唐義興縣道觀北極殿碑中文字。”)

方輿記

梁松征蠻,死於此,遂爲其神。(全唐文補編卷一一二録輿地紀勝卷六八常德府)

附録一　碑誌傳記

宋金紫光禄大夫左散騎常侍上柱國東海縣開國伯食邑七百户責授静難軍節度行軍司馬徐公年七十六行狀

公諱鉉，字鼎臣，其先東海郯人也。周德之衰，偃王以仁義所歸者七十余國，乃遜于江淮之南會稽太末里，有廟存焉。積慶所鍾，令嗣蕃衍，故自烈考已上皆生于會稽。公所譔改卜合葬烈考太夫人於洪州西山墓誌詳矣。公與弟鍇，屬烈考即世，年皆幼稚，太夫人撫育教導，資以生而知之，咸以雄文奥學克振令譽。公未弱冠，以蔭釋褐，爲校書郎，直宣徽北院，機命文翰，實専司之，以慎密見稱。先主即位，以本官直門下省，賜緋，試知制誥。辭達典雅，智效勤恪。嗣主初，拜祠部員外郎、知制誥。後覩受命草詔者無所經據，不根事實，繇是駮議忤旨，左遷泰州幕職。途中詩云："浮名浮利信悠悠，四海干戈痛主憂。三諫不從爲逐客，一身無累似虚舟。滿朝權貴皆曾忤，繞郭林泉已遍游。唯有戀恩心不改，半程猶自望城樓。"謫居三年，嗣主知其無罪，徵復本官，仍知制誥。公餘力攻篆書，度越陽冰，而與李斯爲等夷。著質論十四篇，極刑政之要，盡君臣之際，並傳於世，斯爲不朽矣。文章議論，與故贈揆相韓公同志齊名，時人謂之“韓徐”。及江淮之平建州也，而福州與越人拒命不服，使陳覺、馮延魯招撫之，未報，遂擅興兵攻取。時軍帥不一聽而無上，又出不以律衆，敗績而退，乃歸罪二使，將誅之。時陳覺之使，國老宋公之所舉也。於是上表待罪，蓋欲救解之，遂械二使以歸聽命。公與韓公議：赦此二人，則萬姓謗讟之，怨歸於上，二使首領之惠，在於齊丘辱國容奸，斯爲巨蠹。遂同上疏，極言其罪，追正刑書，克協衆心，式沮狂計。嗣主親批答，疏略曰：“昨陳覺之行，實太傅舉之矣。及師敗之後，事下有司。太傅無救拔之詞，有自訟之表，以是之故，得不再思，何者？先朝舊臣，國家元老，不唯舉人偶失，可得興言，直是謀之不臧，亦未有加罪之理。昔魏武帝乘降劉琮之勢，將兼并吴國，張昭時居朝右，爲吴老臣，一旦勸請，其君臣妾於魏，此謀不以爲拙，曷以爲拙乎？賴周瑜輩力争而止之。及魏師之敗，昭亦晏然自處，吴大帝亦不之見責。彼二子，孤若懷憤悱之意，戮之久矣。此際長流遠郡，斥爲庶人，五木被身，一家狼籍，永從流放，與死何殊？卿等憂國情深，除奸意切，諸所徵引，批答未殫。”公與韓公同表謝，略曰：“伏讀批答，曰‘卿等憂國情深，除奸意切’是陛下知其奸也；又曰‘永從流放，與死何殊？’知陛下必不用也。既知而棄，雖在何爲？”公事君匪躬，嫉惡好直，危言危行，始終不變，率此類也。尋征拜中書舍人。公嘗誘掖後進，苟有一善，必延譽之。潔己請益者，亦誨導之不懈。壬子歲，翰林學士江公知貢舉，始以進士王克貞等三人及第，盡復舉場之故事，獨由左右贊成之。江公即長興三年盧華下及第，嗣主因問北朝取人何如卿此來，江公對以北朝公薦私囑相半，若此來唯以公道選材，實無有此事。嗣主甚善之。中書舍人張緯聞之，以爲皆大朝及第，不本江公之意，甚銜之。時宰執皆非名第，同力欲罷此科，遂下制輟應舉焉。明年，公兼判文理院，遂首言此事纔復，不可遽止。乃以進士張□仲尼□鳳賦、朱觀老子猶龍賦、郭賁無聲樂賦、印葵石城虎踞賦，寫之以進。遂下制云："去歲所司上言暫罷貢舉，本難久廢，況以經年，其諸色舉人並宜依舊解送。"自此不復廢矣。公之爲文，長於典雅，直而不迂，以理勝爲貴。其武成王廟碑序末云："微臣學愧常師，用慙兼備。承明再入，故無經國之材；宣室徵還，幸對受釐之問。將使延州聽樂，長聞雅正之聲；圯上授書，世出帝王之佐。"蔣莊武帝廟碑序末云："微臣潤色無功，討論奚取。思問神於先聖，姑欲事君；苟獲罪於玄穹，曷容媚竈。唯於舊史，想見英風。適當罷役之初，爰奉屬辭之詔。西州作頌，誠慙邑子見稱；南國刊銘，或望至尊所改。"又銘末云："謝傅長逝，王公不作。獨我莊武，先迂睿略。"斯皆披文相質，立言邁俗，豈惟情見乎詞而已矣！時江南久興建屯田，楚州、常州尤甚。聚斂掊克之輩，侵奪射利，民不聊生。言事者累諫弗聽，洎國老宋公上疏，主者堅執不易。於是命公往察訪，一如親行，可行可廢，悉以便宜從事後奏。公既行，而群黨已切齒矣。楚州應非理遷入屯田之産業，盡還本户。百姓讙譁感泣，如釋狴犴。次至常州，亦如楚州處置。協比衆惡之徒，構以擅作威福，徵還私第待罪。蒼蠅貝錦，膠固組織，詰難問狀，不容自理。鍛鍊深刻，將置大辟。其貶制乃張緯所草，末云："尚以年齡方壯，文學甚優，特屈彝章，宜從流放。"於是長流舒州。時弟鍇任右拾遺、集賢殿直學士，亦貶秘書郎，分司東都。公前左遷泰州，弟亦貶烏江尉。及流舒州，親友臨江相送。韓相有詩云："昔年悽斷此江湄，風滿征帆淚滿衣。今日重憐鶺鴒羽，不堪波上又分飛。"在同城三年，唯游覽勝境，披翫典籍。尤攻吟詠情性，未嘗以得喪蔕芥于方寸。譔周將軍廟碑銘、文宣王廟碑序、喬公亭記、九疊松贊，皆足志之文，刻于貞石。及量移饒州，未登途而周世宗之師過淮取舒、蘄。公遽攜家榜小舟，由皖口歸昇州。公賦詩,末云:"一夜黄星照官渡,本初何面見田豐。"其情發於中,不顧言之太直如此。明年,授太子左諭德,未幾,復知制誥,拜中書舍人,通署中書省事。時周世宗弭兵脩好,待嗣君以優禮異數。凡章表往復,討論潤色,多公所爲。及世宗崩,祭文寔公視草,嗣主嘉賞,時人傳寫,爲之紙貴。侍嗣主殂于豫章,護喪歸建業。後主即位,官職如故,而訪聞詢謀,無改嗣主之道。其知舉也,不獨考其文章,必先察其德行,故難於得人,出群拔萃者,最稱吴淑,復以子妻之。其所問策五道,盡時務政理之要。後主並親答焉,仍俾詞臣悉對之。後主以尚書省綱條馳紊,官司怠棄,積習已久,思公正之人,以糾劾提振之,徙公爲尚書左丞,逾月而罷。以尚書右僕射游公判六司,拜公爲工部侍郎、知制誥、翰林學士。尋以憲署曠職,法吏侮文,非委直清,不能嚴肅,拜公御史大夫。而佞用讒勝,吾道不行,於是奉身而退,拜兵部尚書、知制誥、翰林學士。以先奉命脩嗣主實録,乃專以屬辭比事爲務。後主每有著述,必令公兄弟視草,而後編録。故雜説公爲之序,文集弟集賢舍人爲之序。彼昔之"二龍""兩驥",烏足以方兹令名焉。王師之伐金陵也,公急病讓夷,請使於天朝,以釋後主之前事。辯疑分謗,且服罪降名。以鄽入爲請,庶不隳奕世之國祀。已行,遂拜右僕射、同參左右内史事。及覲太祖,敷奏忠慤,執議誠信。雖不得請,太祖亦甚嘉歎,美其秉節無撓。既復命,自以不能副後主之望,雪泣固讓,不受其新命焉。尋從後主歸朝,授太子率更令。皇上登極,素知公之文學優贍,久司教令,特授直翰林學士院,拜給事中。侍從鑾輿,下并、汾襲僞之地,巡狩魏、博,逐入寇之虜。申威耀德,因壘懷來。告至策勳,詔示填委,雖翰林諸公,盡熙帝之載,而公亦有豫力焉。數年,拜右散騎常侍,慶恩升左散騎常侍。末年公著就静齋自箴,篆書刊石,寘于座右,曰:"爰有愚叟,栖此陋室。風雨可蔽,户庭不出。知足爲富,娛老以逸。貂冠蟬冕,虎皮羊質。

處之勿疑，永爾終吉。”後之君子觀之，有以見公名重益謙，德成藏密，與其一無所鑒，而窺冀所不休者，是天之戮民，不可同年而語矣。惟公未冠筮仕，名稱藉甚。日彰夙習，非聚學辯問之所克也。稟心忠正，治身儉約。公家之事，知無不爲。自幼至老，惡其聚斂貪冒，未嘗微寘於懷。俸禄所入，不問多少，隨時供億而已。居處求安，不務顯敞，但聊以蔽其風雨。量家所受，餘分貸親故舊知寓止焉。與人交有始有卒，必誠必信，久要不替。雖中或不善，人無間然。初與禮部尚書常夢錫、給事中蕭儼之爲莫逆，蓋以二公常忿宋國老狃于締構之業，包藏凶慝，每章言其罪，公亦同力嫉惡。先主、嗣主因審度爲虞，故不任之以政。及宋國老暮年因陳覺、李徵古協謀不軌，貫盈事發，同時殛死。嗣主追念常、蕭與公疇昔敢言，果今日之速禍也。時常公已卒，因言曰：“夢錫常欲殺齊丘，恨其誅戮不見。”於是贈右僕射焉。適後主從容言及此事，公且曰：“夢錫先卒，不見齊丘之敗，嗣主已追贈矣。唯臣與蕭儼之目覩朝典，況臣塵忝官列八座矣。獨蕭儼之往爲理官，以赦前失入，貶黜吉州，以老告退。願以臣今所居官授儼之，旌其先見。”後主由是召蕭儼之至建業，以公所陳列慰勞，特授工部尚書，以年過懸車，致仕，居吉州，給俸禄終身焉。公於内外族，視無疏密，待之如一。其有孤嫠無告者，皆糾合收養。稱家之有無，隨事拯濟婚嫁，視之如家人子。雖讒口謗議，紛紜盈耳，公自信不疑，唯恤孤念舊是急，不知其它。及左遷邠岐，亦坐此獲遣矣。有子曰夷直，朗州桃源令，先公疾卒。女三人：長適左贊善大夫高慎交；次女適國子博士吴淑，先公卒；次女幼有才淑，未笄而卒。公享年七十六，某年月日以疾終于邠州。官舍恬然，神氣不亂。唯禁家人勿哭，以爲恒化，但囑以殯歸於洪州西山，祔葬於烈考、太夫人之墓。即以某年月日洪州胡某以舟至京，護載公之柩歸西山，從理命也。公業隆儒行，奉五常而不隳；志嚮道風，稟三寶而

無玷。故其立言藴德,久而彌芳,繕性觀妙,老而彌壯,實古之人歟？克播遺風,允資鴻筆。謹狀。(徐乃昌影刻本徐公文集附)

大宋故静難軍節度行軍司馬檢校工部尚書東海徐公墓誌銘

金紫光禄大夫尚書右僕射兼中書侍郎平章事
監修國史上柱國隴西郡開國公　李　昉撰

上即位之元年冬,以學士李昉獨直翰林,詔太子率更令徐鉉入院分直視草,是時昉與公以同道相知,論交契之始也。越四年春,天子率六師親征太原,并壘既平,遂北幸塞垣,耀兵盧龍。秋七月凱歌歸於京師。軍衛之中,書詔填委,公援筆馬上,應答如流。以扈蹕勞遷給事中,直學士院如故。又四年,授右散騎常侍,始罷文翰之職。端拱元年,帝親耕籍田,改左散騎常侍,積階至金紫光禄大夫,叙勳至上柱國,累封東海郡開國侯,食邑一千户。以淳化二年秋九月,檢校工部尚書出爲静難軍節度行軍司馬,明年八月二十六日晨時起,方冠帶,遽命筆硯,語左右曰:"吾疾作矣。"手疏一幅約束後事,又别署一幅:"道者,天地之母。"書訖而終,年七十六。陝西道轉運副使鄭適來邠州,遂出家財,竭力襄事,即以其年十月奉遷靈柩還京師,權厝於板橋東南之佛舍。愛婿國子博士吴淑、門生殿中丞杜鎬,時皆典治中秘書,遂以公凶訃聞。上覽表軫悼,出内府錢二十萬賜其家。明年七月,洪州奉新縣義門胡仲堯自豫章具舟楫迎公之喪,葬于洪州新建縣西上之鸞岡原,奉遺令從先塋也。公字鼎臣,其先會稽人,自言生於楊州。曾祖諱源,祖諱徽,皆隱德不仕。父諱延休,衛尉卿,贈左僕射,才高道直,有名於時。公幼孤,與弟鍇俱苦節自立。未弱冠,以文行稱於時。仕江南李氏,周旋三世,歷校書郎、直宣徽北院,尋直門下省，三知制誥，一遷司封郎中，兩拜中書舍人，再入翰林學士。自貶起爲太子右諭德，由尚書左丞爲兵部侍郎，爲御史大夫，由大夫爲吏部尚書，由尚書爲右僕射、同參左右内史事，堅讓不就。王師下金陵，隨後主歸朝，以太子率更令奉朝請。今諫議大夫張公佖説公在江南時奉太夫人慈訓，不妄游，下帷著書，雖親族罕見其面。年十六，遇李氏先主霸有南土，辟命累至，釋褐，連任書府。繇是經史百家，爛然於胸中矣。其典誥命也，落筆灑翰，應用無窮，皆混然而成，有雅正之體。當時名士，如韓熙載者無敵，尤長於制誥，公與之齊名。其豫機密也，居中守正，無所附會。雖在家宴居，如對君父，其恭慎也如此。當時用事臣有陳覺、魏岑者，樂禍好權，多撓時政，公嫉之如讎。其掌貢舉也，至公取人，不受私謁。先策問而後詞賦，進德行而黜浮華，當時舉場號爲得士。公弟内史舍人鍇，每主文柄，亦以直道自持，故江表後進力學未至者，聞“二徐”爲春官，多望風引退，其精鑒無私也如此。其持憲也，當官執法，無所屈撓，姦邪爲之側目，權貴因之斂手。當時言風憲者，惟公與故御史中丞江文蔚。王師之渡江也，公將本君之命，使於朝廷，且乞緩師，以奉祭祀。太祖引見，謂公曰：“汝主託疾不朝，乖事大之禮，況吾兵業已行，無中輟之理，歸報汝主，善爲之謀。”公慷慨鋪陳自古成敗之道，表明後主忠孝之節。太祖亦爲之動容，厚禮之，遣歸。初，大軍已圍建業，後主思命於交兵之間，左右咸有難色。公欣然請行，後主謂之曰：“爾既往，即當止上江救兵，勿令東下。”公曰：“是行非全策，今城中所恃者救兵，奈何以臣此行止之？”後主曰：“比以和解爲請，復用決戰，即是自相矛楯，於爾得不危乎？”公曰：“今豈以一介之微，而忘社稷之重？但置臣於度外耳。”後主撫之泣下，曰：“時危見節，汝有之矣！”及歸朝，太祖盛怒責之曰：“吾向與汝言，何謂弗達於汝主，且拒抗之罪，皆汝所爲！”公頓首謝曰：“臣爲江南大臣而其國滅亡,抵此死有餘罪,餘復何言?”太祖於是歎息曰:“忠於所事者乎?汝當事我如事李氏。”命坐,存撫甚厚。故相太子太師王公溥,一見如舊相識,每有經史異義,多質疑於公。繇是琴罇嘯歌,筆硯酬唱,無有虚日,相得甚歡。故工部尚書李公穆有清識,嘗語人曰:“吾觀江表冠蓋,若中立有道之士,惟徐公近之耳。”兵部侍郎王公祐,負才尚氣,未嘗輕許人,及見公,常言於朝曰:“文質彬彬,學問無窮,惟徐公耳。”公亦曰:“王公詞如江海,心無城府,真奇士也。”今吏部侍郎李公至、翰林學士承旨蘇公易簡,皆當世英俊,奉公以師友之禮。公仕朝廷將二十年,前後錫賜、所得俸禄,入備伏臘外,未嘗蓄聚一金。所居之地,僅庇風雨,惟古木數株。每夏秋之際,霖潦爲患,頽垣壞宇,人不堪其憂,而公處之晏如也。江南故人子弟暨親族之孤遺者,來投於公,歲無虚月,公分廩禄以卹之,虚館舍以安之,殆於終年,未有倦色。有布衣蒯亮者,老而多誕,游公之門,僅五十稔,年九十猶矍鑠不衰。每從江南來詣公,公置之道院,日與之碁,未嘗語及佗事,而待之如初。公嘗言:江南有處士朱貞白嘗語人曰:“今人或言,不欺神明也。吾嘗佩服斯言,不敢爲欺心之事。”有故人謝岳,嘗爲虢州盧氏令,刺史與之有隙,凡選舉之制,過七十即罷去,遂奏謝年過,不堪其任。時江東初下,仕人有可疑者,咸質於公。謝因私請,曰:“某之齒,公實知之,苟朝廷問公,不敢望公言未七十,但言不知其年,即幸矣。”公曰:“君之甲子,某具知之,而云不知,是欺天也。苟或見問,必以實對。”其至行無詐又如此。公爲文智思敏速,或求其文,不樂豫作,令其臨事見白,立爲草之。云速則意壯敏,緩則體勢疏慢。公愛婿吴淑言江南宰相馮延巳常語人曰:“凡人爲文,皆事奇語,不爾則不足觀,惟徐公不然,率意而成,自造精極。”時人以爲知言。所著文多遺落,今存者,編成三十卷;又擬徐幹中論,作質論數十篇;集耳目聞見之異,作稽神録二十卷,並行於世。

公文學之外，長於篆隸，其書札之妙，自成一家，當世士大夫有得其書者，無不寶之，以爲楷法。任常侍日，奉詔與直史館句中正等重修許慎説文，自撰韻譜一十卷。學者伏其精博。公嘗慕老子清浄之教、莊周齊物之理，故内不能以得喪動，外不能以榮辱干。然而爲學之心，老而彌篤。在邠州日，以時俗文字僞謬，乃親以隸字寫説文，字體纖細，正如蠅頭，過數萬言。年高目明，洞見毫末，其精力不怠如此。夫人太原王氏，子朗州桃源令夷直，並先公而卒；長女適吴氏，早亡；次女適左贊善大夫高慎交；幼女十七娘，才淑過人，未及笄年而夭，自爲誌，文辭甚悽楚。噫！孔門四科，德行文学，洪範五福，壽考康宁，在於古人鮮有兼美。惟公高才懿行，善始令终，所謂登孔門之二科，居洪範之三福也，語曰"善人吾不得見之矣"，惜哉！銘曰：

祖丘軻兮宗老莊，奉三寶兮師五常。生維楊兮仕建康，歸皇宋兮老大梁。歿豳土兮葬豫章，儒林文人兮今也則亡。嗚呼！

（徐乃昌影刻本徐公文集附）

祭文

維淳化三年、歲次壬辰十月辛酉朔十八日戊寅，銀青光禄大夫行尚書吏部侍郎兼秘書監上柱國李至、朝奉大夫左諫議大夫充史館修撰判館事上柱國賜紫金魚袋楊徽之、張洎等謹以清酌之奠致祭于故左省騎常侍徐公之靈：惟公博識宏才，懿文茂學，如金之渾，如玉之璞，天然混成，不加雕琢。頃在江左，已聞素履，及來天庭，孰不仰止。周旋清顯，殆將二紀。相如視草，隰朋近侍。篆籀稱絶，典謨得體。其馨如蘭，其直如矢。令問令望，之才之美。今也儒宗，古之君子。五百年來，一人而已。道屈於位，遇休明之世未盡伸；才困於命，當衰晚之年不得志。嗟乎！天地之間，人生如寄;自古迄今,其誰不死?矧素髮之垂領,復何悲乎已矣!可惜者,淪於遠郡,契闊千里。鵩鳥之賦未成,二豎之災奄至。淳于意兮止一女,鄧伯道兮終無子。此素友清交,門生故吏,可以失聲而長號,泦瀾而屑涕。以爲天道難忱,善人如是。至受教文字,執弟子之禮,徽之、洎,有舊瀟湘。敦故人之契,迎旅櫬於西郊,風切切兮雨蕭蕭,靈筵慘兮素帷動,疑肸蠁於寂寥。嗚呼!臨喪一奠,庶英魂之可招。尚享。(徐乃昌影刻本徐公文集附)

東海徐公挽歌詞

李　至

吾道亡宗匠,明時喪大儒。傳家無嗣子,封岳有遺書。命劣長沙賈,名齊鄴下徐。不知千古後,文行復誰如。

執友韓夫子,傳家弟楚金。人稱聯璧重,世慕"二龍"深。鮑謝須慙德,機雲亦醉心。可憐黄壤下,埋没此瑶琳。

海内才名重,儒中學問高。病猶不釋卷,老亦自揮毫。蠹簡披皆識,亡書誦豈勞。如能百身贖,争惜一鴻毛。

説文修古篆,質論著新詞。尚父鷹揚頌,周瑜水戰碑。家藏爲世寶,手寫作人師。惜不歸宣室,吾皇問受釐。

薄暮邠郊遠,何人不慘顔。無兒見星往,有妾護喪還。舊宅猶臨水,空車却度關。平生衣上淚,今日爲君班。(徐乃昌影刻本徐公文集附)

左散騎常侍東海徐公　此五君詠中之一

宋　庠

徐公真丈夫,不獨文章伯。江南兵未解,主憂臣慘戚。公願紓其難,苦求使上國。庶獲一言伸,少息苞茅責。其君驚且歎,執手涕沾臆。謂言知爾晚,何此忠義激。天子叱在庭,誚讓雷霆赫。公亦從容對,曾不渝神色。仁者必有勇,斯亦古遺直。書大略其小,我有春秋癖。所以此詩中,不言公翰墨。庶驚事君心,勉旃希令德。(徐乃昌影刻本徐公文集附)

南唐書本傳

徐鉉,字鼎臣。開寳末,王師圍金陵,後主命朱令贇盡括江西土客義師一十五萬,作巨筏沿江而下,以援金陵,未至而圍益急。後主選近臣入朝,且求緩師。鉉請行,後主曰:"卿之行也,當止上江救兵,勿令東下。"鉉曰:"今社稷所賴,惟此救兵,何可輒止?"後主曰:"既以和解爲名,而復徵兵入援,自成矛盾,于汝豈不危乎?"鉉曰:"臣此行未必能紓國難,但置之度外爾。"後主泣下,授鉉左僕射、參知左右内史事。鉉固辭,乃以隱士周惟簡假給事中爲鉉副。鉉等至京師,對于便殿。鉉愬述江南事大之禮甚恭,且無王祭不共之罪,徒以被病未任朝謁,非敢拒詔,乞緩兵以全一邦之命。其言甚切。太祖皇帝與語,反覆數四。鉉辭色愈壯,曰:"李煜無罪,陛下出師無名。"太祖大怒,請畢其説。鉉曰:"煜效貢賦二十餘年,以小事大,如子事父,未有過失,奈何見伐?"太祖曰:"爾謂父子者爲兩家可乎?"鉉等無以對而退。後仕皇朝,與湯悦同奉勑撰江南録,至于李氏亡國之際,不言其君之過,但以歷數存亡論之,君子有取焉。(宋馬令南唐書卷二三)

宋史本傳

徐鉉,字鼎臣,揚州廣陵人。十歲能屬文,不妄游處,與韓熙載齊名,江東謂之“韓徐”。仕吴爲校書郎,又仕南唐李昪父子,試知制誥。與宰相宋齊丘不協,時有得軍中書檄者,鉉及弟鍇評其援引不當,檄乃湯悦所作,悦與齊丘誣鉉、鍇洩機事,鉉坐貶泰州司户掾,鍇貶爲烏江尉。俄復舊官。

時景命内臣車延規、傅宏營屯田於常、楚州,處事苛細,人不堪命,致盜賊群起。命鉉乘傳巡撫。鉉至楚州,奏罷屯田,延規等懼,逃罪,鉉捕之急,權近側目。及捕得賊首,即斬之不俟報,坐專殺流舒州。周世宗南征,景徙鉉饒州,俄召爲太子右諭德,復知制誥,遷中書舍人。景死,事其子煜爲禮部侍郎,通署中書省事,歷尚書左丞、兵部侍郎、翰林學士、御史大夫、吏部尚書。

宋師圍金陵,煜遣鉉求緩兵。時煜将朱令贇将兵十餘萬自上江來援,煜以鉉既行,欲止令贇勿令東下。鉉曰:“此行未保必能濟難,江南所恃者援兵爾,奈何止之?”煜曰:“方求和解而復決戰,豈利於汝乎?”鉉曰:“要以社稷爲計,豈顧一介之使,置之度外可也。”煜泣而遣之。及至,雖不能緩兵,而入見辭歸,禮遇皆與常時同。及隨煜入覲,太祖責之,聲甚厲。鉉對曰:“臣爲江南大臣,國亡罪當死,不當問其他。”太祖歎曰:“忠臣也!事我當如李氏。”命爲太子率更令。

太平興國初,李昉獨直翰林,鉉直學士院。從征太原,軍中書詔填委,鉉援筆無滯,辭理精當,時論能之。師還,加給事中。八年出爲右散騎常侍,遷左常侍。淳化二年,廬州女僧道安誣鉉姦私事,道安坐不實抵罪,鉉亦貶静難行軍司馬。

初,鉉至京師,見被毛褐者輒哂之,邠州苦寒,終不御毛褐,致冷疾。一日晨起方冠帶,遽索筆手疏,約束後事,又别署曰:“道者,天地之母。”書訖而卒,年七十六。鉉無子,門人鄭文寶護其喪至汴,胡仲容歸其葬於南昌之西山。

鉉性簡淡寡欲,質直無矯飾,不喜釋氏而好神怪,有以此獻

者,所求必如其請。鉉精小學,好李斯小篆,臻其妙,隸書亦工。嘗受詔與句中正、葛湍、王惟恭等同校説文,序曰:

許慎説文十四篇,并序目一篇,凡萬六百餘字,聖人之旨蓋云備矣。夫八卦既畫,萬象既分,則文字爲之大輅,載籍爲之六轡,先王教化所以行於百代,及物之功與造化均不可忽也。雖五帝之後改易殊體,六國之世文字異形,然猶存篆籀之迹,不失形類之本。及暴秦苛政,散隸聿興,便於末俗,人競師法。古文既變,巧僞日滋。至漢宣帝時,始命諸儒修倉頡之法,亦不能復。至光武時,馬援上疏論文字之譌謬,其言詳矣。及和帝時,申命賈逵修理舊文,於是許慎采史籀、李斯、楊雄之書,博訪通人,考之於逵,作説文解字,至安帝十五年始奏上之。而隸書之行已久,加以行、草、八分紛然間出,反以篆籀爲奇怪之迹,不復經心。

至於六籍舊文,相承傳寫,多求便俗,漸失本原。爾雅所載草、木、魚、鳥之名,肆志增益,不可觀矣。諸儒傳釋,亦非精究小學之徒,莫能矯正。

唐大曆中,李陽冰篆迹殊絶,獨冠古今,於是刊定説文,修正筆法,學者師慕,篆籀中興。然頗排斥許氏,自爲臆説。夫以師心之獨見,破先儒之祖述,豈聖人之意乎?今之爲字學者,亦多陽冰之新義,所謂貴耳而賤目也。

自唐末喪亂,經籍道息。有宋膺運,人文國典,粲然復興,以爲文字者六藝之本,當由古法,乃詔取許慎説文解字,精加詳校,垂憲百代。臣等敢竭愚陋,備加詳考。有許慎注義、序例中所載而諸部不見者,審知漏落,悉從補録;復有經典相承傳寫及時俗要用而説文不載者,皆附益之,以廣篆籀之路。亦皆形聲相從、不違六書之義者。其間説文具有正體而時俗譌變者,則具於注中。其有義理乖舛、違戾六書者。

並列序於後,俾夫學者無或致疑。大抵此書務援古以正今,不徇今而違古。若乃高文大册,則宜以篆籀著之金石,至於常行簡牘,則草隸足矣。又許慎注解,詞簡義奥,不可周知。陽冰之後,諸儒箋述有可取者,亦從附益,猶有未盡,則臣等粗爲訓釋,以成一家之書。説文之時,未有反切,後人附益,互有異同。孫愐唐韻行之已久,今並以孫愐音切爲定,庶幾學者有所適從焉。

鍇亦善小學,嘗以許慎説文依四聲譜次爲十卷,目曰説文解字韻譜。鉉序之曰:

昔伏羲畫八卦而文字之端見矣,蒼頡模鳥迹而文字之形立矣。史籀作大篆以潤色之,李斯變小篆以簡易之,其美至矣。及程邈作隸而人競趣省,古法一變,字義浸譌。先儒許慎患其若此,故集倉、雅之學,研六書之旨,博訪通識,考於賈逵,作説文解字十五篇,凡萬六百字。字書精博,莫過於是,篆籀之體,極於斯焉。

其後賈魴以三倉之書皆爲隸字,隸字始廣而篆籀轉微。後漢及今千有餘歲,凡善書者皆草隸焉。又隸書之法有删繁補闕之論,則其譌僞斷可知矣。故今字書之數累倍於前。

夫聖人創制皆有依據,不知而作,君子慎之。及史闕文,格言斯在。若草、木、魚、鳥,形聲相從,觸類長之,良無窮極,苟不折之以古義,何足以觀?故叔重之後,玉篇、切韻所載,習俗雖久,要不可施之於篆文。往者,李陽冰天縱其能,中興斯學。贊明許氏,奂焉英發。然古法背俗,易爲堙微。

方今許、李之書僅存於世,學者殊寡,舊章罕存。秉筆操觚,要資校閲,而偏傍奥密,不可意知,尋求一字,往往終卷,力省功倍,思得其宜。舍弟鍇特善小學,因命取叔重所記,以切韻次之,聲韻區分,開卷可覩。鍇又集通釋四十篇,考先賢之微言，暢許氏之玄旨，正陽冰之新義，折流俗之異端，文字之學，善矣盡矣。今此書止欲便於檢討，無恤其他，故聊存詁訓，以爲別識。其餘敷演，有通釋五音凡十卷，貽諸同志云。鉉親爲之篆，鏤板以行于世。

鍇字楚金，四歲而孤，母方教鉉，未暇及鍇，能自知書。李景見其文，以爲秘書省正字，累官内史舍人，因鉉奉使入宋，憂懼而卒，年五十五。李穆使江南，見其兄弟文章，歎曰："二陸不能及也！"

鉉有文集三十卷，質疑論若干卷。所著稽神録，多出於其客蒯亮。鍇所著則有文集、家傳、方輿記、古今國典、賦苑、歲時廣記云。（元脱脱等撰宋史卷四四一）

十國春秋本傳

徐鉉字鼎臣，世爲會稽人。父延休，爲吴江都少尹，遂家廣陵。鉉十歲能屬文，長與韓熙載齊名江南，謂之韓徐。起家吴校書郎，已事烈祖父子，試知制誥。與宰相宋齊丘不協，時有得軍中書檄者，鉉與弟鍇評其援引不當。檄故殷崇義筆也，由是崇義與齊丘誣鉉、鍇洩機事，鉉坐貶泰州司户掾，鍇貶烏江尉。

俄遷祠部郎中，復知制誥。上言貢舉初設，不宜遽罷，元宗用其言，即令再行貢舉。未幾，元宗命内臣車延規、傅宏營屯田於楚州，人不堪其苦，群起爲盜，遣鉉乘傳巡撫。鉉至，輒奏罷屯田，切責内臣不少貸，又捕得賊首，即斬於軍前。坐專殺，流舒州。周師南侵，元宗徙鉉饒州；已召爲太子右諭德，復知制誥，遷中書舍人。後主時，除禮部侍郎，通署中書省事，歷尚書右丞、兵部侍郎、翰林學士、御史大夫、吏部尚書。

宋師圍金陵，後主遣鉉求援兵。時朱令贇將兵十餘萬自上江來援,後主以鉉既行,欲止令贇勿東下。鉉曰:"今社稷所賴,惟此援兵爾,奈何止之?"後主曰:"方求和解而復决戰,豈利于汝乎?"鉉曰:"臣此行未必能紓國難,置之度外可也。"宋史載鉉曰:"要以社稷爲計,豈顧一介之使。"云云。後主泣下,授鉉左僕射、參知左右内史事。鉉固辭,乃以隱士周惟簡假給事中爲鉉副。

鉉等至宋,宋太祖知鉉有口辯,不欲使炫其能,特以班行武弁之懵書者爲館伴。鉉詰論終日,卒無以對,未如之何。既入見便殿,鉉言江南事大禮甚恭,且無王祭不共之罪,徒以被病未任朝謁,非敢拒詔,乞緩兵以全一邦之命。宋太祖與語,反覆數四。鉉辭氣愈壯,曰:"李煜無罪,陛下出師無名。"宋太祖大怒,命畢其説。鉉曰:"陛下如天如父,天乃能蓋地,父乃能庇子。煜效賦二十餘年,以小事大,如子事父,未有過失,何以見伐?"宋太祖曰:"爾謂父子者爲兩家可乎?"鉉語塞。久之,復隨後主歸宋,宋太祖責之,聲甚厲。鉉對曰:"臣爲江南大臣,國亡,罪當死,不當問其他。"宋太祖歎曰:"忠臣也! 事我當如李氏。"命爲太子率更令,歷左散騎常侍。後奉勑與湯悦同撰江南録,至于南唐亡國之際,不言其過,但以歷數存亡論之,君子有取焉。

太平興國中,宋太宗問鉉:"卿見李煜否?"對曰:"臣安敢私謁。"宋太宗曰:"卿第往,且言朕有命可矣。"鉉遂徑詣,門者以朝禁拒之。鉉言:"我乃奉旨來,願見太尉。"門者爲通,使俟庭下。後主遽引其手以上。鉉固辭。後主曰:"今日豈有此禮。"因庭坐,鉉引席少偏處之。後主起,持鉉大笑,已而默不言,忽復長吁曰:"當時悔殺却潘佑!"鉉無語辭出。頃之,有旨詢後主何言。鉉具言其事,宋太宗銜之。又聞其"故國不堪回首"之詞,加怒焉。遂令秦王移具過飲,賜以牽機藥而没,蓋太宗於諸降王多不能相容,而後主之禍,則鉉一見啓之也。後主下世,宋太宗詔侍臣譔碑文。時有與鉉争名者,欲中傷之,因言知吴王事迹莫若徐鉉,太宗詔鉉爲之。鉉遽請對,泣曰:“臣舊事李煜,陛下容臣存故主之義,乃敢奉詔。”許之。鉉爲碑文,有云:“投杼致慈親之惑,乞火無里媪之談。始勞因壘之師,終後塗山之會。”太宗覽讀歎賞,每對宰臣稱鉉忠義。

居數歲,鉉貶静難軍行軍司馬。初,鉉至汴京,見被毛褐者輒哂之。至是邠州苦寒,終不御毛褐,致冷疾。一日晨起,方冠帶,遽索筆手疏約束後事,又别署曰:“道者,天地之母。”書訖卒,年七十六。

鉉簡淡寡欲,質直無矯飾。好李斯小篆,臻其妙,隸書亦工。南唐拾遺記云:鉉兄弟工翰染,崇飾書具,常出一月團墨,云值價三萬。入宋後,受詔與句中正、葛湍、王惟恭等校説文。有文集三十卷,質疑論若干卷。又吴録二十卷。所著稽神録多出于客蒯亮,非鉉作也。鉉不喜釋氏而好神怪,蒯亮尤夸誕,年逾九十,鉉延門下,談神異之事。鉉博學,能讀異書,常與弟鍇隸猫事,至七十餘條。又宋人剖象而亡其膽,咸以爲異,鉉云:“象膽在四足,今春時,當于前左足索之。”果如其言。(清吴任臣十國春秋卷二八)

附録二　序跋

進徐騎省文集表

[宋]胡克順

臣克順言:伏以德必有言,見稱於君子;文之行遠,用示於方來。矧逢熙盛之期,茂闡欽明之化,臣克順誠惶誠懼、頓首頓首,伏念臣本惟寒族,偶襲緒風,幼服佩於義方,長陶烝於孝治。築室百堵,介處於下鄉;教子一經,敢隳於素業?旌閭雖慙於往事,賜書寧謝於古人?家藏稍多,耳剽亦久,竊見故散騎常侍徐鉉,傑出江表,夙負重名,逮事天朝,荐升近列。特受先皇之顧遇,頗爲後進之宗師。文律高深,學術精博,辭惟尚要,思在無邪。克著一家之言,蓋處諸公之右。淳化之歲,被病考終。生嗟伯道之孤,殁慮若敖之餒。而臣頃在場屋,獲造門牆,情篤鄉關,禮鈞甥姪,永惟感舊。適值送終,臣家乃具扁舟,載其靈柩,直抵豫章之郡,卜葬西山之阿。一掩佳城,久荒宿草。雖歲時靡輟,爲修黄石之祠;而翰墨罕存,難訪茂陵之札。每思編緝,尤懼舛譌。數年前,故參知政事陳彭年因臣屢言,成臣夙志,假以全本,並兹冠篇,乃募工人,肇形鏤板。竹簡更寫,無愧於前修;綈几迴觀,願留於睿覽。伏望崇文廣武感天尊道應真佑德上聖欽明仁孝皇帝陛下，清衷軫念，鴻霈延慈，稍迴虞舜之聰，暫乙東方之牘。淪恩至厚，俾朽骨以重榮；垂範長新，耀遺編而增煥。豈惟疏賤，獨荷照臨。其新印徐鉉文集兩部，計六十卷，共一十二册，謹隨表上進。干冒宸嚴，臣無任戰汗激切屏營之至！臣克順誠惶誠懼、頓首頓首謹言。天禧元年十一月日，三司户部判官、朝散大夫、行尚書都官員外郎、上護軍臣胡克順上表。（徐乃昌影刻本徐公文集卷首）

批答

[宋]趙　恒

勅胡克順：省所上表，進新印徐鉉文集兩部，計六十卷共一十二册，事具悉。徐鉉生於江介，早著時名。歷事祖宗之朝，嘗居文翰之任。發揮誥命，有温雅之風；備預諮詢，見該通之學。矧惟素履，無謝古人。汝克慕前修，盡編遺札，俾之摹印，庶廣流傳。覩奏御之爰來，諒恪勤之斯至。覽觀之際，嘉歎良深，故兹獎諭，想宜知悉。五日。（徐乃昌影刻本徐公文集卷首）

故散騎常侍東海徐公文集序

[宋]陳彭年

昔姬昌既没，文不在於兹乎；韓起有言，禮盡見於魯矣。故尼丘降異，以産民宗；闕里垂言，用爲人極。自哲人一往，作者多歧。則有孟子制其横流，荀卿平其亂轍。戰國之際，百氏沸騰；嬴秦之餘，六經煨燼。菁華欲竭，俎豆無歸。故賈生談仁義於前，楊子宗詩書於後。魏、晉名士，咸重玄言，梁、隋諸公，始興宫體。兹風一扇，踰數百年。唐氏儁乂爲多，比百王而雖盛；文章所尚，方三古而終殊。於是韓吏部獨正其非，柳柳州輔成其事。千齡旦暮，斯其誣哉！俾大道之將行，故由天意；幸斯文之未喪，亦繫人謀。其有道冠人倫，才爲世表，令名不泯，百代攸宗，今復見之徐公矣。公諱鉉，字鼎臣，其先會稽人也。鄰幾之姿，生民之秀。滄溟沃日，流作言泉；建木干星，植爲行囿。英才茂德，光映於前修；懿範清規，儀刑於來者。弄璋之始，屬唐室之多虞；佩觿之初，值楊都之建號。公文辭濬發，不類幼童；識量淹通，已成大器。彈冠入仕，方居終、賈之年；佩玉登朝，即就嚴、徐之列。洎江東内禪，文物初興，廊廟之珍，獨當其任。搢紳之望，無出其先。漢之賢臣，蔡邕歷三臺之選；魏之俊士，索靖馳二妙之名。若乃毛玠之公清，汲黯之正直，王倫之知禮，張華之博物，鄭當時之下士，山巨源之薦賢，以公方之，綽有餘裕。故得觀孔光之樹，久奉樞機；寓荀勗之池，常參獻替。雖具瞻之重，猶未正名；而乃眷之殊，已同彼相。及樓船南伐，青蓋東來，遂於艱虞之辰，克盡始終之節。夫章臺之璧，早屬秦求，方城之材，果爲晉用。太祖讀豫州之檄，不責其非；今上聽上林之文，屢言其美。由是甘泉、柏殿，重奉宸游；瑣闥貂冠，更膺天獎。王公慕義，如見古人；名德在時，目爲耆老。李膺交友，不異神仙；許劭言談，是名月旦。雖來於江左，魯公於是贈詩；寓彼漢中，武侯以之下拜。無以踰也。及運逢消長，道或盈虚，辭通籍之簪纓，陪外藩之罇俎。語鬼神之事，歸宣室而未期；留封禪之書，卧茂陵而長往。嗚呼！惟公稟中和之氣，挺傑出之才，風雨而不迷，雪霜而不變。瞻其絜白，如珪如璋；聽其風聲，如蘭如蕙。自成人之始，至縱心之年，險阻艱難，所經多矣，功名富貴，皆自致之。至若平仲事君，一心無改；展禽秉直，三黜彌光。百行立身，世談其盡善；片言違道，人知其不爲。豈但王佐之才，獲稱於士季，公卿之量，見賞於林宗乎？其有立言之旨，學古之功，究乎天人，窮乎性理。文房逸勢，楚國之三休；筆陣雄風，宋人之九拒。昔者洞簫之賦,誦之者後宫;劍閣之銘,刊之者明詔。賈誼過秦之作,史臣置於篇中;王融曲水之辭,鄰使求於座上。蔡中郎之所自許,則有太丘之碑;潘黄門之所用工,獨是荆州之誄。公並窮其淵藪,仍在上游,掇其英華,更多餘力。雖絲篁金石,無以均其雅;黼黻玄黄,不足方其麗。草太玄之客,徒欲載金;述十意之人,自將焚藁。豈獨語其篇什,宜升洙泗之堂,畫彼形容,當在靈均之廟者哉!矧復六書之藝,少而留心;二篆之蹤,老而盡妙。研精不捨,常惜寸陰;尺牘所傳,有同珍寶。聖上方欲恢千年之洪業,答上帝之耿光,朝諸侯而東巡,祀介丘而降禪。若乃秦丞相之健筆,兼漢郎將之雄文,銘此成功,垂之不朽,求其輿議,公即其人。斯志未終,大年行盡,殲良之痛,其可已乎!公江南文藁,撰集未終,一經亂離,所存無幾,公自勒成二十卷;及歸中國,入直禁林,制詔表章,多不留草;其餘存者,子婿尚書水部員外郎吴君淑編成十卷,通成三十卷。所撰質論、稽神録,奉詔撰江南録,修許慎説文,並别爲一家,不列於此。彭年越在幼年,即承訓導。通家之舊,與文舉以攸同;入室之知,方子淵而豈異。感生平而永歎,報德無階;痛音問之長違,殞身莫贖。聊存摭實,用以冠篇。時淳化四年七月序。(徐乃昌影刻本徐公文集卷首)

後序

[宋]徐　琛

徐公既没,門人等論次其文爲三十卷,曩秘閣吴正儀、今翰林潁川公並爲之序,論之詳矣。都官員外郎胡君克順,通才博雅,樂善好賢,早游騎省之門,深蒙鄉里之眷,寶兹遺集,積有歲時,鏤板流行,庶傳悠永。因以丞相趙郡文貞公、鄧師隴西公所作墓誌、挽詠等,列於左次,用垂茂實,俾題于後,以記厥由。大中祥符九年

八月太常丞集賢校理晏殊序。（徐乃昌影刻本徐公文集附）

明州重刊徐騎省文集後序

［宋］徐　琛

騎省徐公文集三十卷，天禧間尚書都官員外郎胡君克順編録刊行，且奉表上進。章聖皇帝降詔獎諭，參知政事陳公彭年爲之序引，丞相晏元獻公復爲後序。騎省在江南有重名，仕天朝爲近侍，以文翰忠直，在當時諸公先。既歿，丞相趙郡李文正公實誌其墓，所以稱述推尊之者甚至，距今且二百年。其英名偉節，得以不泯而爲後學法，緊文集是賴。年世夐遠，兵火中厄，鮮有存者。偶得善本，使公庫鏤板以傳。紹興十九年十月十日，右朝議大夫、充敷文閣待制、知明州軍事、提舉學事、賜紫金魚袋徐琛跋。（徐乃昌影刻本徐公文集附）

吴門金高士鈔本跋

［清］金　侃

徐騎省文集，近世鮮有刻者。此本係虞山錢宗伯於崇禎間從史館印摹南宋本，字頗大。予縮以小字，鈔存之。集中今上御名者，高宗名構也。太祖諱匡胤，太祖之父仁祖諱殷弘，真宗諱恒，仁宗諱禎，英宗諱曙，故其字皆闕一筆。太宗諱炅，神宗諱頊，欽宗諱桓，如敬、鏡、竟、貞、徵、勗、署、完諸字，亦闕一筆者，蓋諱嫌也。今悉仍之，但原鈔非出通人，故舛譌甚多，惜無善本，校對録竟，爲之悵然。迂齋金侃識。（萬有文庫本徐騎省集附）

王漁洋山人蠶尾續集跋文

[清]王士禎

徐公文集三十卷,南唐徐鉉鼎臣著。五代時中原喪亂,文獻放闕,惟南唐文物甲于諸邦,而鉉、鍇兄弟與韓熙載爲之冠冕。常侍詩文都雅,有唐代承平之風。常侍入宋後,與湯悦即殷崇義奉詔撰江南録,至金陵亡國之際,不言其君之過,但以歷數爲言,誄後主文,尤極悱惻,讀者悲之。老學叢談記常侍入汴,市一宅居,後見宅主貧甚,曰:"得毋市宅虧價而至是邪?吾近撰碑文,得潤筆二百千,可以相濟。"其人堅辭,命左右輦致之。其厚德如此。集外又有稽神録若干卷,予家亦有寫本。

南唐二徐,鼎臣無子,楚金有後人,居攝山前,開茶肆,號徐十郎家。王銍性之嘗訪之,鉉、鍇告勑具在。又言嘗見鍇文集,有南唐宫人喬氏出家誥,今騎省集三十卷尚完好,楚金集則不傳矣。新城王士禎。(萬有文庫本徐騎省集附)

小山叢桂書齋藏朱竹垞檢討校本跋

[清]朱彝尊

騎省集六册,秀水朱太史故物,卷中丹黄,皆竹翁親自點勘,其手録半帙,書法古雅,較之陋版惡鈔,真同霄壤。後歸花山馬寒中先生。甲辰乙巳間,南樓圖籍,星離雲散,予乃得而有之。覽兹墨妙,不勝盛衰今昔之感。閑身猶作蠹書蟲人識。(萬有文庫本徐騎省集附)

翁栻跋

［清］翁　栻

徐騎省，南唐舊臣，入宋後於雍熙年間承詔校理許氏説文者。此則其詩文集十四卷也。世少刻本，近競相傳寫，余亦得抄之。余性好書，苦力不副，然苟可及之，則輒買一二，至於今無多也。有可抄者，或命子侄及孫，或自爲之，亦僅得十六種。此帙又屬手抄，始於去年而完於今者也。或曰："子已年愈耳順，猶兀兀事此，何爲耶？"余不覺自笑，曰："初無所計及，不過猶然適其性之所好，以寄事隙之心思，以運老年之手腕而已。"書成輒一喜，裝好更可愛，將來歸老家山，得時一展玩，或更精力可以讀之，是在天假以還其性，便成過望之樂矣。至於傳之子孫，有能愛而讀之，以慰及吾心者，乃拂雲蘭至千里名駒也。有以爲吾之手澤重而藏之者，亦可謂知禮守成之人。若或漫不知省，遣散出售，則自成不肖，吾何能責之？吾但爲前賢流傳，亦吾心性之一端也矣。康熙五十一年壬辰臘月望日。洞庭東山翁栻識于金閶鳳凰橋康熙字典書局中，時年六十有一。（翁栻鈔本徐公文集附）

丹丘子跋

［清］丹丘子

徐騎省在五季亦鐵中錚錚者，但其文詩佳者，已見宋文鑒、宋詩鈔。此集不過備插架而已，本不能索重價，況閱每卷之首題"徐公集"字樣，更俗不可耐，故此奉璧，請查收。（翁栻鈔本徐公文集附）

盧抱經學士校本跋

[清]盧文弨

徐公文集三十卷,南唐舊臣後入於宋東海徐鉉鼎臣之詩若文也。前二十卷在南唐所作,後十卷入宋後所作。詩致清婉,在崑體未興之前,故無豐縟之習。其文儷體爲多,亦雅淡有餘。爲組織之學者,見之或不盡喜。然沖瀜演迤,自能成家,不可得而廢也。李文正稱其爲文智思敏速,不樂豫作,臨事立揮草;云速則意思壯敏,緩則體勢疎慢。今觀集中之文,則其言也信。亦唯如是,故亦無瀠洄渟蓄之趣、崩雲裂石之勢。此殆由人之才力,各有所偏勝。雖使自知之,而固無能相易者耳。余從鮑氏借得此集,乃虞山馮已倉[蒼]舒手校本。余又爲正其所未盡者,録成,復請江陰趙敬夫曦明覆審,又得數十條。其本脱者,尚無從補正之。然此已可信爲善本矣。東里盧文弨。(萬有文庫本徐騎省集附)

黄丕烈跋

[清]黄丕烈

余向欲蓄徐騎省集,即新鈔本亦不可多得。既聞吴枚庵茂才貧而蓄書,遇善本多手抄者。訪之,已質他姓,多方往求,始得一見。末有跋語,是金侃亦陶者,云此書錢宗伯從宋大字本縮爲小字本録出,擬借抄,苦其多而未就,已置之矣。後從香嚴周氏談及是書,云有影宋大字本,遂丐歸展讀。適書友自錫山故家收得鈔本,較吴本頗舊,行款亦與影宋本大同小異。爰竭數日功,手校其誤,雖縮本仍然,而宋本面目約略可見。宋本亦有訛脱,抄本間有空格,當是按其文義以意存疑。此時悉據宋本校勘,不敢輕易。

佞宋之譏，識者諒之。宋本遇宋諱避之甚嚴，知宋本確然可信，而影寫者纖悉遵之，知非貿貿傳録之本矣。嘉慶庚申七月白露節後七日書於聯吟西館，黄丕烈。（四部叢刊本徐公文集附）

李宗煝序

［清］李宗煝

余獲舊鈔本徐騎省集，寶愛甚至，鏤版既成，吮毫作序。悼南唐末造之衰，思東海躬逢之厄，憮然有感，唏矣其言。夫其效命偏隅，歷踐清要，攀龍一鱗，吐鳳五采。濰州夫子，聯李、杜之名；集賢學士，馳機、雲之譽。可謂弁冕英雋，黼黻巖廊者矣。洎乎國步既訖，大命有歸，走青蓋于江東，侍白衣於樓下。身蒙特宥，迹寄中朝。則又"麥秀"之詠，無以喻其哀思；"竹素"之詞，不能寫其隱痛者焉。或謂禽喜受命，遂却敵師，珉雋捐軀，實因主辱。以斯二者，疑愧前賢。不知南都播越之餘，開寶式微之際，衲衣僧帽，叢姦濫於佛門；春水小樓，效都俞於詞律。軍驅白甲，水縮黄花，已失佑於天人，冀圖存於旦夕。秦宓文辨，任專對而有餘；張儼高才，緣通好以相屈。渾、濬之師已逼，儀、秦之舌奚裨？而公聞命慷慨，秉義堅貞，匆顧一介之使，而止上江之援，乞緩無名之師，以全一邦之命。喙奮風雨，心甘雪旌。蓋不爲馮謐之得歸，直將繼孫晟而抗節矣。天威方霽，卒貸行人；運祚俄移，仍隨國主。勾踐入吴，則范蠡從侍；安樂降晉，則郤正拜官。然而免爲俘虜之悲，恨不與楚金同死，江南大臣之對，未聞向藝祖求生。公之心豈爲開國千户侯，而負永陵一培土乎？或又謂藥賜牽機，禍階私謁，一將朝命，遂洩狂言。背曹髦而馳語，何異王沈；察昌邑而奏言，不如張敞。此尤事乖實録，語涉不經。夫以重光之孱昏，遇太宗之英武，勢非建德就擒之比。時無唐莊内亂之憂，亦既名改侯封，錢增月奉。似劉鋹執梃,已長降王;擬叔寶工文,祇堪學士。本不關其後慮,亦安用其雄猜?況乎悔已殺之諫臣,吟東流之江水。闇君常態,詞客遥情。公縱不壅於上聞,帝豈肯援爲罪案?是以文寶拾遺之記,但述淒傷;李燾通鑑之編,全删疑誤。有悖史爲左證,杜後人之詆誣。觀於隴西撰碑,便殿請對,楊武陽昭烈之贊,並述休風;魏文貞李密之銘,義存故主。歎息動夫九陛,忠義章於一時。益可知文字之禁,早與蠲除;明聖之君,必無忌克已!方其浮湛僞朝,遠避榮利,朋黨不入於韓、宋,衡軸無競於張、陳。抵觸内臣,識元節之壯志;專誅賊首,有廣漢之嚴威。緬厥廉貞,允爲卓絶。既歸皇宋,終作詞臣。王仲宣之侍華轂,擬其賢勞;蔡中郎之趣飲章,同其傷陷。半臂弗御,嬰子京之寒疾;華髮滿領,嗟樂天之無兒。命途永乖,時論所嗤。而冰、斯之筆,空爛於當年;燕、許之文,獲編於身後。流傳未廣,揮發有待。幸拂拭於千古,得揚搉於片言。思鏡湖賀監之答,猶慨慕其風標;披南閣祭酒之書,並垂光於天壤。光緒十六年歲次庚寅冬十一月,黟縣李宗煝謹序。

(萬有文庫本徐騎省集卷首)

重校徐騎省集後序

[清]李宗煝

先大夫晚年,尤好流傳古書。庚寅秋,假得南陵徐氏新得舊鈔本徐騎省集三十卷,念宋、元以來未見傳本,乃付梓於金陵書局。時舊交長洲朱仲武、孝廉孔彰適館於彼,因浼就近爲之校勘。朱君以原鈔本脱譌頗多,又無别本參校,僅就己意及所見各書有關此集者,據以校正,凡二百餘事,各爲札記,附於本集之後。辛卯季夏,乃得完工。先大夫雖樂觀厥成,而終以不能精美爲憾,將欲廣覓舊槧,詳爲補校,務求盡善。未幾,先大夫於九月十三夜半後,無疾而終。今英元於讀禮之餘,檢點先大夫遺物及所刊諸書,列架與櫝,各爲分藏,乃取徐公文集初印本,細閲之,知脱譌之字,各篇皆有,乃徧作字告諸同志及江浙諸藏書家,先後假得桐城蕭氏文徵閣所藏吴門高氏金迂齋侃手鈔本,又藉諸暨孫問清太史廷翰假得江陰繆筱珊太史荃孫新得秀水朱竹垞先生手鈔本,又得烏程蔣氏維基所藏錢牧齋尚書影寫明内閣宋本,最後又假得會稽章小雅處士善慶傳鈔本,並歸安陸存齋觀察心源校宋本,瑞安孫仲容部郎詒讓舊鈔本,互爲對勘,正譌補脱。先後刊改三千餘條,仲容部郎又爲詳考舊籍,並據所見,又爲校定三十餘條,大致完美。頃閲盧抱經學士文集,有徐公文集跋文,知盧氏當日亦曾校此,據其所述,從鮑氏借得此集,乃虞山馮已倉(蒼)舒手校本,已又爲正其所未盡者,録成,復請江陰趙敬夫曦明覆審,又得十數條。其本脱者,尚無從補正之,然此已可信爲善本云云。英元念徐公文集初刊於北宋天禧間尚書都官員外郎胡公克順,再刊於南宋紹興間知明州軍州事提舉學事徐公琛。宋、元以來,並未聞有三刊之本。今各家舊鈔本,凡有宋高宗御名"構"字,均有小注"今上御名"四字,知各家傳鈔本,皆據紹興刊本,遞相傳録,以致互有譌脱。今抱經先生校本,已不可見,據其所述,其本脱者,尚無從補。今案盧公云脱,蓋即指卷十武烈帝廟碑銘中間所脱三百七十八字,筠州清江縣重修三清觀記末脱五十七字。卷十二唐故道門威儀玄博大師貞素先生王君之碑中間所脱四十二字。此三文所脱字句,各舊鈔本皆同,惟歸安陸氏舊鈔本獨爲完善,蓋諸家所鈔所影者,大抵皆據宋版最後所印,脱爛之本,陸氏舊鈔所據傳者,猶是宋版初印之本故耳。凡各本所脱譌之字,互有同異,總由傳鈔屢經數本,衆手不一,且脱譌字句,各本皆同,又知兩宋刊本亦固有之,不盡由傳鈔之謬。兹將新刊本誤字之顯見者,直就諸舊鈔本改刊之,不復一一詳注所出,其各本字句不同,可以兩通者,亦並標出，又脱落字句，不便挖版添補，則案各卷及前後行，悉爲札記，附於本集之後，讀者可以擇而取之。又全集尚有十數處，不能明通，參考無由，姑仍其舊。儻宇内藏書家有善本，及好古君子有曾校勘此集者，見此刊本，爲之補正，尤爲藝林大幸矣。光緒十八年秋七月黟縣李英元謹識。（萬有文庫本徐騎省集附）

徐騎省集補遺跋

［清］李宗煝

朱仲武孝廉既據吕東萊宋文鑒補鈔徐公論文三篇，爲徐集補遺一卷，余因校勘徐集，稍涉典籍，復於孔延之會稽掇英集及紹興府志、湖州陸氏鈔徐公文集并海昌陳均唐駢體文鈔等書，得序、記、銘凡四篇，補編朱君補遺之後。他日復有所見，仍當隨時甄録之。癸巳季春李英元記。（萬有文庫本徐騎省集補遺續編附。題目爲筆者所擬）

附録三　著録

崇文總目

[宋]王堯臣

徐鉉文集二十卷　稽神録十卷　質論一卷　棋圖義例一卷　江南録十卷(徐鉉、湯悦等撰)

郡齋讀書志

[宋]晁公武

徐鉉文集三十卷

右僞唐徐鉉字鼎臣,廣陵人。仕楊溥,爲秘書郎,直宣徽北院,掌文翰。李昪時,知制誥。璟、煜時,累遷翰林學士。歸朝,爲直學士院、給事中、散騎常侍。淳化初,坐累黜静難軍司馬。鉉初至京師,見御毛褐者,輒哂之。邠苦寒,竟以冷氣入腹而卒。鉉幼能屬文,尤精小學,嘗謂爲文速則意思雄壯,緩則體勢疏慢,故未嘗沉思。集有陳彭年序。

稽神録六卷

右南唐徐鉉撰,記怪神之事,序稱"自乙未歲至乙卯凡二十年,僅得百五十事",楊大年云:"江東布衣蒯亮好大言夸誕,鉉喜之,館于門下,稽神録中事,多亮所言。"

江南録十卷

右皇朝徐鉉等撰。鉉等自江南歸朝,奉詔撰集李氏時事。王介甫嘗謂:鉉書至江南亡國之際,不言其君之過,但以歷數存亡論之,其於春秋箕子之義爲得之也。雖然,潘佑以直見殺,而鉉書佑死以妖妄,殆與佑争名。且恥其善不及佑,故匿其忠,污之以罪耳。若然,豈惟厚誣忠臣,其欺吾君不亦甚乎? 世多以介甫之言爲然。獨劉道原得佑子華所上其父事迹,略與江南録所書同,乃知鉉等非欺誣也。

篆書千文一卷

右徐鉉篆周興嗣之韻也。希弁嘗考徽宗皇帝實録,政和三年四月辛卯,詔避廟諱,改"曰嚴與敬"爲"曰嚴與謹"、"勞謙謹勑"爲"勞謙兢勑"、"籍甚無竟"爲"籍甚無磬"、"璇璣懸斡"爲"璇璣遷斡"云。

遂初堂書目

[宋]尤　袤

徐鉉文集　稽神録

直齋書録解題

[宋]陳振孫

徐常侍集三十卷　左散騎常侍廣陵徐鉉鼎臣撰。其二十卷,仕江南所作;餘十卷,歸朝後所作也。所撰李煜墓銘,婉孌有體,文鑒取之。

稽神録一卷　南唐徐鉉撰。元本十卷。今無卷第,總作一卷,當是自他書中録出者。

江南録十卷　給事中廣陵徐鉉鼎臣、光禄卿池陽湯悦德川撰。

宋史藝文志

［元］脱脱等

徐鉉文集三十二卷　質論一卷　棋圖義例一卷　雜古文賦一卷　江南録十卷　徐鉉、湯悦　吴録二十卷　徐鉉、高遠、喬舜、潘佑等撰。

文獻通考

［元］馬端臨

徐常侍集三十卷　稽神録六卷

文淵閣書目

［明］楊士奇

徐騎省文集　一部十册完全

秘閣書目

［明］錢　溥

徐騎省集又:徐常侍集

汲古閣校刻書目

[明]毛　晉

稽神録六卷　拾遺一卷

菉竹堂書目

[明]葉　盛

徐騎省集　十册

世善堂藏書目録

[明]陳　第

徐常侍集　鉉南唐

江南録　徐鉉、汤悦等

趙定宇書目

[明]趙用賢

稽神録　一本

國史經籍志

[明]焦　竑

徐鉉騎省集三十卷

脈望館書目

［明］趙琦美

徐常侍集四本　一卷脱十九號至尾，十卷脱十四號又十九號至尾。

玄賞齋書目

［明］董其昌

徐鉉騎省文　稽神録

澹生堂藏書目

［明］祁承㸁

稽神録二卷

笠澤堂書目

［明］王道明

徐常侍集四本　徐鉉
稽神録　三册

徐氏家藏書目

［明］徐　𤊹

徐鉉騎省集三十卷

近古堂書目

［明］佚　名

騎省文集　徐鉉

秘書省續編到四庫缺書目

徐鼎臣集三十卷

質論一卷

絳雲樓書目

［清］錢謙益

徐鉉騎省集三十卷　稽神録六卷

揚州府志

［清］雷應元

徐常侍集三十卷　晁氏曰南唐徐鉉撰

江南録十卷　南唐徐鉉等撰

雜古文賦一卷　徐鉉撰，許洞編

翰林酬唱集一卷　徐鉉、湯悦等撰

季滄葦書目

[清]季振宜

宋徐常侍鉉集三十卷

繡谷亭薰習録

[清]吴　焯

徐常侍集三十卷。宋徐鉉鼎臣著,仕江南時所作凡二十卷,鉉自編也;歸朝後所作凡十卷,其女夫尚書水部員外郎吴淑編也。序則秘閣吴正儀、參政知事陳彭年也;後序則集賢晏殊、待制徐琛也;墓銘則尚書僕射李昉也;雕版於天禧朝,則尚書都官員外郎胡克順;重刻于紹興間即徐琛也。正儀即淑字,集中又稱秘閣,疑後歷之官也。

上善堂宋元版精抄舊抄書目

[清]孫從添

汲古閣鈔徐散騎文集一本　葉石君校正本

四庫全書總目

[清]紀昀等

騎省集三十卷　兩淮馬裕家藏本

宋徐鉉撰。鉉有稽神録,已著録。晁公武讀書志、陳振孫書録解題,並載鉉集三十卷,與今本同。陳氏稱其前二十卷仕南唐時作,後十卷皆歸宋後作。今勘集中所載年月事蹟,亦皆相符,蓋猶舊本也。集爲其婿吴淑所編。天禧中,都官員外郎胡克順得其本於陳彭年,刊刻表進,始行於世。鉉精于小學,所校許慎説文,至今爲六書矩矱。而文章淹雅,亦冠一時。讀書志稱"其文思敏速,凡有撰述,常不喜預作。有欲從其求文者,必戒臨事即來請。往往執筆立就,未嘗沉思。常曰文速則意思敏壯,緩則體勢踈慢"。故其詩流易有餘而深警不足。然如臨漢隱居詩話所稱喜李少保卜鄰詩"井泉分地脈,砧杵共秋聲"之句,亦未嘗不具有思致。蓋其才高而學博,故振筆而成,時出名雋也。當五季之末,古文未興,故其文沿溯"燕許",不能嗣"韓柳"之音;而就一時體格言之,則亦迥然孤秀。翟耆年籀史曰:"太平興國中,李煜薨,詔侍臣撰神道碑。有欲中傷鉉者,奏曰:'吴王事莫若徐鉉爲詳。'遂詔鉉撰。鉉請存故主之義,太宗許之。鉉但推言曆數有盡、天命有歸而已。其警句曰:'東鄰構禍,南箕扇疑,投杼致慈親之惑,乞火無鄰婦之詞,始勞因壘之師,終後塗山之會。'太宗覽之,稱歎不已"云云,後吕祖謙編文鑒,多不取儷偶之詞,而特録此碑,蓋亦賞其立言有體。以視楊維楨作明鼓吹曲,反顔而詆故主者,其心術相去遠矣。然則鉉之見重於世,又不徒以詞章也。

蕘圃藏書題識

[清]黄丕烈

稽神録六卷　補遺二卷　舊鈔本

蕘圃藏書題識補遺

［清］黄丕烈

徐騎省集　舊鈔本

蕘圃藏書題識續録

［清］黄丕烈

徐公文集三十卷　舊鈔本

鄭書堂讀書記

［清］周中孚

稽神録六卷　拾遺一卷

愛日精廬藏書志

［清］張金吾

徐公文集三十卷　舊抄校宋本　宋東海徐鉉撰

玉函山房藏書簿録

［清］馬國翰

稽神録六卷　拾遺一卷

宋散騎常侍廣陵徐鉉鼎臣撰。記唐末五代異聞。鉉與修太平廣記，而自以其書收入卷中，亦佳話也。

鐵琴銅劍樓藏宋元本書目

[清]瞿　鏞

徐公文集三十卷　校宋本　宋徐鉉撰

邑人李學正浩録本,嘗屬友人邵君恩多,以周香巖影鈔宋本,校誤補脱。惟武烈帝廟碑銘闕葉三,清觀記末葉周本亦無,莫由補全。宋本每半葉十行,行十字。有胡克順進書表,陳彭年、晏殊序,徐琛跋。

文選樓藏書記

[清]阮　元

徐公文集三十卷

宋散騎常侍徐鉉著,廣陵人。宋本徐公文集行十九字,三十卷。瞿氏書目。

增訂四庫簡明目録標注

[清]邵懿辰

騎省集三十卷

宋徐鉉撰,其婿吴淑編。宋天禧中尚書都官員外郎胡克順雕版,紹興中待制徐琛重刊。路有鈔本,昭文張氏有舊鈔本,題徐公文集;振綺堂有舊鈔本,題徐常侍集,内有朱筆校正;又一部題徐寓山集;盧抱經借鮑氏所藏馮己蒼校本精校,有跋,見抱經堂集。

結一廬藏宋元本書目

［清］朱學勤

徐常侍集三十卷　宋徐鉉撰　四册

皕宋樓藏書志

［清］陸心源

徐公文集三十卷　舊鈔宋校本　宋東海徐鉉撰

徐常侍集三十卷

善本書室藏書志

［清］丁　丙

徐公文集三十卷　依宋鈔本　王晚聞舊藏　東海徐鉉

徐騎省集三十卷　經鋤堂鈔本

又，徐公文集三十卷　知不足齋鈔本

又，徐公文集三十卷。校宋本。宋徐鉉撰，邑人李學正浩録本。嘗屬友人邵君恩多，以周香巖影抄宋本校誤補脱。惟武烈帝廟碑銘闕葉三，清觀記末葉，周本亦無，莫由補全。宋本每半葉十行，行十九字，有胡克順進書表，陳彭年、晏殊序，徐琛跋。

豐順丁氏持静齋宋元校抄本書目

［清］江　標

騎省集三十卷　毛晉舊抄精校足本，有“虞山汲古閣字子晉圖書”、“藝海樓顧沅收藏”諸印。

宋元本行格表

［清］江　標

景宋明州本騎省集　行十九字　卷三十

宋本徐公文集　行十九字　三十卷

萬卷精華藏書記

［清］耿文光

徐常侍集三十卷　鈔本　宋徐鉉撰

書目答問

［清］張之洞

徐騎省集三十卷

宋徐鉉。明有刻本，今不可見。在南唐以前所作，已收入全唐文，合入宋以後作者，止有傳鈔本。鉉爲北宋初文學之最，故舉其名。

藝風藏書續記

［清］繆荃孫

徐騎省三十卷　舊鈔本，宋徐鉉撰，有金侃跋。

抱經樓藏書志

[清]沈德壽

徐騎省集三十卷　黟南李氏刻本　宋東海徐鉉撰

稽神録六卷　補遺一卷

兩浙古刊本考

王國維

徐公文集三十卷　每半葉十行　行十九字

藏園群書經眼録

傅增湘

徐公文集三十卷　宋徐鉉撰。影寫宋刊本，十行十九字，版心有刊工姓名。此書影寫精美絶倫，當是清初人所寫，原徐氏積學齋藏書，今歸涵芬樓。

又，徐常侍集三十卷　宋徐鉉撰。舊寫本，十行二十字。有人據宋本以朱筆校過。

附録四　年譜

徐鉉，字鼎臣，其先會稽人，生於揚州。曾祖諱源，祖諱徽，父延休，母包氏，妻王畹，弟鍇。子夷直，女神華、林華、十七娘。

胡克順徐公行狀云："公諱鉉，字鼎臣，其先東海郯人也。周德之衰，偃王以仁義所歸者七十餘國，乃遜于江淮之南會稽太末里，有廟存焉。積慶所鍾，令嗣蕃衍，故自烈考以上皆生于會稽。"李昉徐公墓誌銘云："公字鼎臣，其先會稽人，自言生於楊州。曾祖諱源，祖諱徽，皆隱德不仕。父延休，衛尉卿，贈左僕射，才高道直，有名於時。公幼孤，與弟鍇俱苦節自立。"卷一七唐故文水縣君王氏夫人墓銘云："夫人諱畹，字國香，其先太原人。……有子曰夷直，女曰神華、林華。"徐公行狀及墓誌銘均言鉉女三人，幼女十七娘，早逝。鉉文不言三女，蓋其時已夭亡。

吴天祐十四年丁丑（九一七），一歲。生於揚州。

徐公墓誌銘云："以淳化二年秋九月，檢校工部尚書，出爲静難軍節度行軍司馬，明年八月二十六日晨時起，方冠帶，遽命筆硯，語左右曰：'吾疾作矣。'手疏一幅約束後事，又别署一幅：'道者，天地之母。'書訖而終，年七十六。"李至祭文云："維淳化三年、歲次壬辰十月辛酉朔十八日戊寅，銀青光禄大夫行尚書吏部侍郎兼秘書監上柱國李至……謹以清酌之奠致祭于故左省騎常侍徐公之靈。"卷二九大宋故尚書兵部員外郎江君墓誌銘云:"丙寅歲,與君俱年五十歲。"由淳化三年(九九二)上推七十六年,或由宋乾德四年丙寅歲(九六六)上推五十年,即是年。

徐公墓志銘云:"自言生于楊州。"

李昪即徐知誥(八八八—九四三),三十歲。陸游南唐書卷一烈祖本紀:"昪元七年……二月庚午,帝崩於昪元殿,年五十六。"據此而推。

李璟(九一六—九六一),二歲。陸游南唐書卷二元宗本紀:建隆二年(九六一)六月,"殂于長春殿,年四十六。"據此而推。

宋齊丘(八八七—九五九),三十一歲。十國春秋卷四本傳:"顯德五年,……明年春正月,自縊死。……年七十三。"顯德五年爲九五八年,明年即顯德六年。據此而推。

查文徽(八九一—九六〇),二十七歲。陸游南唐書卷二載:保大八年(九五〇)十月五月,吴越置毒酒後歸文徽於南唐;卷五本傳載:距遇毒之歲整十年而卒,年七十,據此而推。

常夢錫(八九八—九五八),二十歲。卷二〇常公行狀云:"常夢錫,字孟圖,年六十一。……戊午歲冬十一月,方與客談,奄然而逝。"戊午爲後周顯德五年(九五八),據此而推。

喬匡舜(八九八—九七二),二十歲。卷一六喬公墓誌銘云:"壬申歲九月二十有三日,卒于京師濱江里官舍,享年七十有五。"壬申爲宋開寶五年(九七二),據此而推。

江文蔚(九〇一—九五二),十七歲。卷一五江君墓誌銘云:"春秋五十有二,保大十年八月二日卒于京師官舍。"保大十年爲九五二年。據此而推。

韓熙載(九〇二—九七〇),十六歲。卷一六昌黎韓公墓誌銘:"春秋六十有九,庚午歲秋七月二十七日没於京鳳臺里之官舍。"庚午爲宋開寶三年(九七〇),據此而推。

馮延巳(九〇三—九六〇),十五歲。陸游南唐書卷一一本傳:"建隆元年五月乙丑卒,年五十八。"據此而推。

游簡言(九一三—九六九),五歲。陸游南唐書卷三後主本紀:"開寶二年春三月,以游簡言爲左僕射兼門下侍郎、同平章事。夏五月,簡言卒。"馬令南唐書卷一〇本傳:"及拜相而疾亟,卒,年五十七。"開寶二年爲九六九年。據此而推。

吴武義二年庚辰(九二〇),四歲。居揚州。

徐鍇生。馬令南唐書本傳云:"鍇以開寶八年卒於金陵圍城中,卒之逾月,南唐亡。"宋史卷四四一徐鉉傳云:"因鉉奉使入宋,憂懼而卒,年五十五。"據此上推。

吴順義元年辛巳(九二一),五歲。居揚州。

韓熙載約於是年前後隱居嵩山。江表志卷中:"前進士韓熙載行止狀云:'熙載本貫齊州,隱居嵩岳。'"清俞正燮癸巳類稿卷一五韓文靖公事輯:"熙載奔吴,時吴順義六年也。"

吴順義三年癸未(九二三),七歲。居揚州。

徐鍇四歲,已知書。陸游南唐書卷五徐鍇傳:"鍇四歲而孤,母方教鉉就學,未暇及鍇,鍇自能知書。"

王溥(九二三—九八二)生,溥字齊物,并州祁(今山西祁縣)人。宋史卷四九王溥傳謂其享年六十一。而余嘉錫疑年録稽疑以爲六十,今從之。

吴順義五年乙酉(九二五),九歲。居揚州。

李璟拜駕部郎中,累進諸衛大將軍。江南野史卷二:"年十歲,出爲郎。"陸游南唐書卷二:"起家駕部郎中,累進諸衛大將軍。"

李昉(九二五—九九六)生。昉字明遠,深州饒陽(今河北饒陽)人。李昉卒於至道二年(九九六),年七十二。見宋史卷二六五李昉傳。

吴順義六年丙戌（九二六），十歲。居揚州。

徐鉉幼孤，養於其舅包詠家，苦節力學，是歲已能屬文。卷一六前虔州雩都縣令包府君墓誌："君諱詠……鉉兄弟少孤，長於舅氏，親承撫恤，勉以進修，門構不傾，君之力也。"徐公墓誌銘："公幼孤，與弟鍇皆苦節自立。"宋史卷四四一本傳："十歲能屬文，不妄游處。"

韓熙載奔吴，宋齊丘（字子嵩）引薦之。釣磯立談："宋子嵩初佐烈祖，招徠俊傑，布在班行，如孫晟、韓熙載等，皆有特操，議論可聽。"

春，韓熙載登進士第。見登科記考卷二四。七月奔吴。見馬令南唐書卷一三本傳。

吴順義七年丁亥（九二七），十一歲。居揚州。

十月，吴丞相徐温卒。十一月，吴王楊溥即位。見通鑑卷二七六。

十月，徐温卒，徐知誥擢宋齊丘爲右司員外郎。孫晟自後唐奔吴。均見通鑑卷二七六。

吴大和元年己丑（九二九），十三歲。居揚州。

徐鍇十歲，有秋聲詩。玉壺清話卷八："徐騎省鉉……弟鍇詞藻尤贍。年十歲，群從燕集，令賦秋聲詩，頃刻而就，略云：'井梧分墮砌，塞雁遠横空。雨滴苔莓紫，風歸薜荔紅。'盡見秋聲之意。"

江文蔚自閩北上，游於李從榮河南府。見通鑑卷二七六及五代史補卷二。

梁周翰（九二九—一〇〇九）生。其字元褒，鄭州管城（今河南鄭州市管城區）人。見宋史卷四三九本傳。

吴大和二年庚寅（九三〇），十四歲。居揚州。

秋，江文蔚爲李從榮所薦應進士舉。見五代史補卷二"何仲舉及第條”。

是年或稍前，馮延巳仕吴爲秘書郎，從李璟游處。見馬令南唐書卷二一本傳及陸游南唐書卷一一本傳。

十月，李璟拜兵部尚書、參知政事。見通鑑卷二七七。

吴大和三年庚寅（九三一），十五歲。居揚州。

江文蔚登後唐進士第，除河南府館驛巡官。見馬令南唐書卷一三本傳。十國春秋卷二五本傳引偶雋云：“文蔚長興二年盧華榜下進士。”長興二年即吴大和三年。

十一月，徐知誥出鎮金陵，以李建勛爲副使。李璟爲司徒、同平章事。宋齊丘拜爲右僕射、同平章事。見馬令南唐書卷一〇李建勛傳及通鑑卷二七七。

吴大和四年壬辰（九三二），十六歲。居揚州，仕吴爲校書郎，直宣徽北院。

徐公墓誌銘云：“年十六，遇李氏先主霸有南土，辟命累至，釋褐連任書府。”徐公行狀云：“公年未弱冠，以蔭釋褐，爲校書郎，直宣徽北院。機命文翰，實專司之。”

吴大和五年癸巳（九三三），十七歲。居揚州，校書郎，直宣徽北院。

十一月，江文蔚奔吴，徐知誥厚禮之，授宣州觀察使，試秘書郎，見通鑑卷二七八及陸游南唐書卷一〇本傳。卷一五江君墓誌銘：“我烈祖孝高皇帝王業始於江東，……公杖策高蹈。……署州觀察官，試秘書郎”

宋齊丘勸李昪徙吴王，都金陵，徐知誥乃營宮城於金陵。見通鑑卷二七八。

孟賓于自連州北上赴舉。王禹偁孟水部詩集序：“後唐長興末，渡江赴舉。”長興末，即是年。

**吴大和六年甲午（九三四），十八歲。居揚州，校書郎，直宣

徽北院。

十一月,李璟被徐知誥召還金陵,爲鎮海軍、寧國軍節度副大使、諸道副都統。見通鑑卷二九七。

張洎(九三四—九九七)生。洎字師黯,後改字偕仁,滁州全椒(今安徽全椒縣)人。宋至道三年(九九七)卒。見宋史卷二六七、十國春秋卷三〇本傳。

吴天祚元年乙未(九三五),十九歲。居揚州,校書郎,直宣徽北院。

二月,李建勛、徐玠屢勸徐知誥傳禪。見通鑑卷二七九。

江文蔚約於本年自宣州觀察巡官遷水部員外郎。見卷一五江君墓誌銘。

殷崇義已仕吴,曾歷秘書省校書郎。玉壺清話卷九:"湯悦仕吴爲秘校。"按:湯悦本名殷崇義,字德川,入宋避諱改名湯悦。殷崇義明年已爲李昪元帥府内史舍人,則仕吴爲校書郎當在本年前。

吴天祚二年丙申(九三六),二十歲。居揚州,校書郎,直宣徽北院。

正月,江文蔚自水部員外郎遷比部員外郎、知制誥。卷一五江君墓誌銘:"王國初建,改比部員外郎,知制誥。"通鑑卷二八〇載,是年正月,"吴徐知誥始建大元帥府,以幕職分判吏、户、禮、兵、刑、工部及鹽鐵。"殷崇義仕吴,爲李昪元帥府内史舍人。十國春秋卷二一游簡言傳:"齊國建,職内史舍人,一時典册,皆出其手筆,事任與殷崇義等。"按:所謂齊國建,指徐知誥於昪元元年十月受吴主禪,國號大齊。見馬令南唐書卷一。

二月,宋齊丘爲徐知誥元帥府左司馬,十一月爲徐知誥齊王府左丞相。

馮延巳、馮延魯同事李昪於元帥府。見陸游南唐書卷一一馮延魯傳。

三月,李璟爲太尉、副元帥。見通鑑卷二八〇。

吴天祚三年丁酉(九三七),二十一歲。居揚州,仕吴爲校書郎。十月,居金陵,仕南唐先主爲校書郎,直門下省,試知制誥。

三月,徐知誥更名誥。十月,徐知誥受吴主禪讓,即皇帝位於金陵,國號唐,改元昇元。見通鑑卷二八一。

徐公行狀云:"先主即位,以本官直門下省,賜緋,試知制誥。"

李煜(九三七—九七八)生。陸游南唐書卷三後主本紀云:"太平興國三年七月辛卯殂,年四十二。"太平興國三年爲九七八年,據此而推。

十月,李昇受禪,李璟爲諸道副元帥、太尉尚書令,封吴王。見通鑑卷二八一。江文蔚遷主客員外郎、知制誥。見卷一五江君墓誌銘。

韓熙載爲秘書郎,掌東宫文翰。卷一六昌黎韓公墓誌銘:"中興受命,上嗣撫軍……征爲秘書郎,掌東宫文翰,元宗深器之。"馬令南唐書卷一三本傳:"烈祖受禪,除秘書郎,輔元宗於東宫。"

編年詩:仕吴有詩寒食宿陳公塘上、將去廣陵别史員外南齋、將過江題白沙館。仕南唐有詩送史館高員外使嶺南。

編年文:李匡明御史大夫制、李匡明舒州刺史制、趙丕御史中丞制、水部員外郎判刑部查文徽可侍御史知雜制、浙西判官高越可檢校水部郎中賜紫制、浙西判官高越可水部郎中制、權知江都令李潯正授制。

南唐昇元二年戊戌(九三八),二十二歲。居金陵。校書郎、試知制誥。

五月,李建勛爲充迎讓皇使。見通鑑卷二八一。

七月,宋齊丘同平章事。見陸游南唐書卷一。

十月,李璟徙封齊王。馮延巳以駕部郎中爲齊王元帥府掌書記。見通鑑卷二八一及馬令南唐書卷一。

江文蔚自主客郎中拜中書舍人。卷一五江君墓誌銘:"遷主客郎中,知制誥如故,俄而真拜。"

潘佑(九三八—九七五)生。佑,幽州(今北京)人,生於金陵。見馬令南唐書卷一九、陸游南唐書卷一三、十國春秋卷二七本傳。

編年詩:早春左省寓直、早春旬假獨直寄江舍人。

編年文:成氏詩集序。

南唐昇元三年己亥(九三九),二十三歲。居京口,任職未詳。

正月,宋齊丘、李建勛、徐知證等表請徐誥復李姓。二月與百官議徐、李二姓合祚之禮。見陸游南唐書卷一及通鑑卷二八二。

二月,烈祖更名李昪。見陸游南唐書卷一。

四月,李璟爲諸道兵馬大元帥。見通鑑卷二八二。

是年至下年,徐鉉宦游京口。史書及墓誌銘、行狀于此均闕載,歷來研究者亦未提及。按:徐公文集卷一登甘露寺北望、山路花、京口江際弄水三首詩依次排列,均寫春景。京口江際弄水云:"退公求静獨臨川,楊子江南二月天。百尺翠屏甘露閣,數帆晴日海門船。"甘露閣居京口,詩云"退公",言下班,此或指旬日休沐。按當時的交通工具,若任職金陵,下班或休沐日則無法至京口游賞;又,從駕東幸呈諸公云:"宦游京口無高興,習隱鍾山限俗塵。"送郝郎中爲浙西判官云:"恐君到即忘歸日,憶我游曾曆二年。"亦可證知徐鉉曾有宦游京口的經歷。

編年文:前虔州雩都縣令包府君墓誌。

南唐昇元四年庚子(九四〇),二十四歲。居京口,任職

未詳。

十月，烈祖幸東都廣陵，命齊王李璟監國，十二月還金陵。見陸游南唐書卷一。

本年前後，李建勛加左僕射、監修國史，領滑州節度使。見陸游南唐書卷九本傳。

本年前後，馮延巳兼起居郎。卷七有駕部郎中馮延巳兼起居郎屯田郎中閻居常兼起居舍人制。

編年文：水部郎中判刑部蕭儼可祠部郎中賜紫制、侍御史王仲連可起居舍人監察米崇楷可右補闕制。

編年詩（按：作於昇元二年至昇元四年某年春）：登甘露寺北望、山路花、京口江際弄水、從駕東幸呈諸公、重游木蘭亭。

南唐昇元五年辛丑（九四一），二十五歲。居金陵，秘書郎。

四月，馮延巳倡議伐閩、楚、吴越。李昪未允。見釣礬立談、通鑑卷二八二。

七月，李建勛爲唐主所忌，罷相，未幾復之。見通鑑卷二八二及陸游南唐書卷九本傳。

是年或稍前，徐鉉自京口歸京後，任秘書郎職。卷二〇祭王郎中文云："維年月日，朝議郎、行秘書省秘書郎、直門下徐鉉……。"徐鉉岳父卒于昇元六年六月，見卷一五太原王君墓誌銘。

編年文：撫州刺史周弘祚可池州刺史制（作於是年或稍前）。

南唐昇元六年壬寅（九四二），二十六歲。居金陵，秘書郎、知制誥。

二月，宋齊丘知尚書省。七月，出爲鎮南軍節度使。分别見陸游南唐書卷一、馬令南唐書卷一。

馬仁裕卒。徐鉉爲作墓銘。

編年文：宋齊丘知尚書省制、唐故德勝軍節度使檢校太保同中書門下平章事扶風馬匡公神道碑銘、祭王郎中文、陳褒制。

編年詩：中書相公谿亭閑宴依韻。

南唐保大元年癸卯（九四三），二十七歲。居金陵，祠部員外郎、知制誥。

二月，李昪卒。三月，李璟繼位，改元保大。見通鑑卷二八三。

三月，徐鉉拜祠部員外郎、知制誥。徐公行狀云："嗣主初，拜祠部員外郎、知制誥。"江文蔚徙給事中，判太常卿事，與韓熙載、蕭儼共議先主廟號葬禮。見卷一五江君墓誌銘。馮延巳拜諫議大夫、翰林學士。見馬令南唐書卷二一。

三月，宋齊丘被召爲太保兼中書令。十二月歸九華山。見通鑑卷二八三。

四月，李建勛被罷爲昭武節度使，鎮撫州。見通鑑卷二八三。

徐鍇二十四歲，春，常夢錫薦其文於先主，未及用而先主殂。中主嗣位，起家秘書省正字。見陸游南唐書卷五本傳、宋史卷四四一徐鉉傳附。

編年文：虞部員外郎史館修撰韓熙載可太常博士制、左司郎中陳繼善可工部侍郎制、劉崇俊起復制、杜昌業江州制、王崇文劉仁贍張鈞並本州觀察使制、王彦儔加階制、高逸休壽州司馬制、大理卿判户部刁紹可工部尚書制、兵部侍郎張義方可左常侍制、左常侍張義方可勤政殿學士制、太常少卿李貽業可宗正卿制、外祖母追封某國夫人制、虞部員外郎史館修撰張緯可句容令制、前舒州刺史李匡明可中書侍郎制、江州判官趙丕可司農卿制、安陸郡公景逵檢校司空太府少卿制、保定郡公景迪可朝散大夫檢校左僕射賜紫制、和州司馬潘處常可金部郎中制、禮部員外郎馮延魯可中書舍人勤政殿學士制、南昌王制、浙西判官艾筠可江都少尹制、水部郎中方訥可主客郎中東都留守判官制、秘書郎田霖可東都留守巡官制、左司郎中高弼可元帥府書記制、封保寧王册、保寧王制、招討妖賊制、吉州判官鮑濤可虔州判官制、知雜御史查文徽可起居郎樞密副使制、洪州判官袁特可浙西判官、洪州掌書記喬匡舜可浙西掌書記賜紫制、潤州丹徒令顧彦回可浙西推官制、魏王宣州大都督制、故平昌郡君孟氏墓銘。

編年詩：張員外好茅山風景求爲句容令作此送之、歐陽大監雨中視決堤因墮水明日見於省中因戲之、題殷舍人宅木芙蓉、寄饒州王郎中效李白體。

南唐保大二年甲辰（九四四），二十八歲。居金陵，祠部員外郎、知制誥。

正月，馮延巳諫元宗委政齊王李景遂。十二月，遷户部侍郎、翰林學士承旨。馮延魯爲中書舍人。見陸游南唐書卷一一本傳及馬令南唐書卷一先主紀。

江文蔚是年冬拜御史中丞，殷崇義、游簡言入翰林，徐鉉有詩賀之。

陳致雍仕閩景宗爲太常卿，三月，景宗遇弒，致雍歸南唐。見十國春秋卷九七本傳。

是年，孟賓于、李昉登進士第。見徐松登科記考卷二六。

編年文：張居詠制、給事中閻居常可金紫檢校司空充廬州節度副使制。

編年詩：宿蔣帝廟明日游山南諸寺、春日紫岩山期客不至、愛敬寺有老僧嘗游長安言秦雍間事歷歷可聽因贈此詩兼示同行客、游蔣山題辛夷花寄陳奉禮（按：以上作於保大二年或稍前春三月）、和元帥書記蕭郎中觀習水師、九月十一日寄陳郎中、賦得擣衣、九月三十夜雨寄故人、賀殷游二舍人入翰林江給事拜仲丞、除夜。

南唐保大三年乙巳（九四五），二十九歲。居金陵，祠部員外郎、知制誥。

湯悦仍爲中書舍人、翰林學士，三月，攜妓月真訪徐鉉，徐鉉以詩酒酬之。

馮延巳進中書侍郎。見陸游南唐書卷一一本傳。

十二月，唐主使齊王景達至九華山召宋齊丘。見通鑑卷二八五。

是年二月，南唐伐閩。八月，王延政出降，閩亡。見通鑑卷二八五。

編年文：追封許國太妃册、故昭容吉氏墓誌、蔣莊武帝册、蔣莊武帝新廟碑銘。

編年詩：正初答鍾郎中見招、聞雁寄故人、寒食日作、月真歌、送勳道人之建安、走筆送義興令趙宣輔、天闕山絶句、附池州薛郎中書因寄歙州張員外、秋日雨中與蕭贊善訪殷舍人于翰林座中作。

南唐保大四年丙午（九四六），三十歲。居金陵，主客員外郎、知制誥。

正月，拜宋齊丘爲太傅兼中書令，封衛國公，賜號"國老"。但奉朝請，不預政事。見陸游南唐書卷五本傳。馮延巳以中書侍郎同平章事、集賢殿大學士。見陸游南唐書卷一一本傳。徐鉉御製春雪詩序作于保大五年（九四七）正月二日，于時徐鉉稱主客員外郎，則其任是職當在是年。

八月，陳覺發兵赴福州，爲節度使李弘義所敗。十月，李弘義求援於吴越。唐與吴越戰於福州城外。見通鑑卷二八五。

張洎十三歲。是年始收集張籍詩。全唐文卷八七二張洎張司業詩集序："予自丙午歲迨乙丑歲，相次緝綴。"

編年文：唐故朝議大夫行尚書禮部郎中柱國賜紫金魚袋太原王君墓誌銘、大唐故匡時啓運功臣清淮軍節度壽州觀察處置等使特進檢校太傅持節都督壽州諸軍事壽州刺史御史大夫上柱國彭城威侯贈太尉劉公神道碑。

編年詩：寄撫州鍾郎中、送吴郎中爲宣州推官知涇縣。

南唐保大五年丁未（九四七），三十一歲。居金陵，主客員外郎、知制誥。

元日，徐鉉、李建勳、張義方聚會谿亭，中主賜春雪詩，並召入宫宴集。見江表志卷中、江南余載卷下、圖畫見聞志卷六等。

陳覺矯詔興兵攻福州，馮延魯與吴越戰於福州白蝦浦，大敗。見通鑑卷二八六。

四月，江文蔚對仗彈劾馮延巳、魏岑，言辭激烈。元宗怒，貶文蔚江州司士參軍。朝野傳寫其彈文。見通鑑卷二八六及卷一五江君墓誌銘。

五月，徐鉉與韓熙載同上疏彈宋齊丘、馮延巳。見卷一六昌黎韓公墓誌銘。九月，熙載爲齊丘所誣，貶和州司士參軍。

徐鍇爲齊王景達記室。景達好神仙，鍇獻述仙賦以諷。見陸游南唐書卷五本傳、馬令南唐書卷七景達傳。

吴淑（九四七——〇〇二）生。淑，字正儀，潤州丹陽（今屬江蘇）人。見宋史卷四四一本傳。

柳開（九四七——〇〇〇）生。開字仲塗，大名（今屬河北）人。見宋史卷四四〇本傳。

編年文：御製春雪詩序、後序、左監門將軍趙仁澤可寧國軍都虞侯制、送謝仲宣員外使北蕃序、與韓熙載請誅陳覺等批答謝表、左領軍將軍孔昌祚可泗州刺史制、左領軍將軍孔昌祚可泗州刺史制、泉州留從效檢校太師制、宣州涇縣文宣王廟記。

編年詩：和元宗元日大雪登樓、進雪詩、謝文静幕下作、柳枝辭十二首、送郝郎中爲浙西判官。

南唐保大六年戊申（九四八），三十二歲。居金陵，主客員外郎、知制誥。

正月，馮延巳以太弟太保出爲昭武軍（撫州）節度使。見馬令南唐書卷三。

陳致雍爲南唐太常博士。徐鍇曲臺奏議集序："自入朝爲太常博士八年。……保大丙辰歲六月一日於集賢序之。"丙辰爲保大十四（九五六）年，上推八年即是年。

江文蔚是年春居江州貶所，有詩與徐鉉唱和。尋被召回，見卷一五江君墓誌銘。

韓熙載居和州貶所，徐鉉有詩寄之。

李至（九四八—一〇〇一）生。其字言幾，真定（今河北正定）人。見宋史卷二六六本傳。

編年詩：和江州江中丞見寄、江舍人筵上有妓唱和州韓舍人歌辭因以寄、寄蘄州高郎中、寄和州韓舍人。

南唐保大七年己酉（九四九），三十三歲。居金陵、泰州，主客員外郎、知制誥、泰州司户掾。

是年初任主客員外郎、知制誥。三月，因言殷崇義檄文援引不當，爲崇義及宋齊丘所誣，貶泰州司户掾，鍇貶烏江尉。

江文蔚拜右諫議大夫，充翰林學士。見卷一五江君墓誌銘。

李建勛拜司空，以疾辭，以司徒致仕。賜號鍾山公。見玉壺清話卷一〇及馬令南唐書卷一〇本傳。

編年詩：游方山宿李道士房、病題二首、寄江州蕭給事、貶官泰州出城作、過江、經東都太子橋、贈維楊故人、泰州道中却寄東京故人、贈陶使君求梨、陳覺放還至泰州以詩見寄作此答之。

南唐保大八年庚戌（九五〇），三十四歲。居泰州，泰州司户掾。

徐鉉有詩與喬匡舜、陳喬、鍾謨、陳覺、陶敬宣、蒯亮酬答。

是年三月後，徐鍇被召還爲右拾遺、集賢殿直學士。見陸游南唐書卷五本傳。

韓熙載復虞部郎中、史館修撰，遷中書舍人。見卷一六昌黎韓公墓誌銘。

編年詩：亞元舍人不替深知猥貽佳作三篇清絶不敢輕酬因爲長歌聊以爲報未竟復得子喬校書示問故兼寄陳君庶資一笑耳、王三十七自京垂訪作此送之、雪中作、賦得風光草際浮、寒食成判官垂訪因贈、附書與鍾郎中因寄京妓越賓、送客至城西望圖山因寄浙西府中、送寫真成處士入京、九日雨中、寄外甥苗武仲、寄從兄憲兼示二弟、送蒯司録歸京、得浙西郝判官書未及報聞燕王移鎮京口因寄此詩問方判官田書記消息。

南唐保大九年辛亥（九五一），三十五歲。居泰州、金陵，泰州司户掾、主客員外郎、兵部員外郎、知制誥。

是年初，徐鉉爲泰州司户掾，春，被召還復主客員外郎、知制誥，見徐公行狀；八月既任兵部員外郎，見卷一三攝山棲霞寺新路之記。

正月，中書舍人韓熙載上疏反對北伐。見陸游南唐書卷一二本傳。

李建勛閑居鍾山，十月，反對南唐平湖南。通鑑卷二九〇載：南唐平湖南，百官皆賀，建勛曰："禍其始於此乎。"

馮延巳以繼母憂去撫州，起復冠軍大將軍，召爲太弟太保，領潞州節度使。見陸游南唐書卷一一本傳。

宋齊丘仍爲鎮南節度使，十二月，加太傅。見通鑑卷二九〇。

編年文：唐故泰州刺史陶公墓誌銘、唐故檢校司徒苗公墓誌銘、爲蕭給事與楚王書、又代蕭給事與楚王書、攝山棲霞寺新路之記、太弟太保馮延巳落起復加特進制、撫州節度使馬希崇除舒州節度使制。

編年詩：陶使君挽歌二首、還過東都留守周公筵上贈座客、送高舍人使嶺南、贈泰州掾令狐克己、送荻栽與秀才朱觀、賦石奉送德林少尹員外、宣威苗將軍貶官後重經故宅。

南唐保大十年壬子(九五二),三十六歲。居金陵,兵部員外郎、祠部郎中、知制誥。

至是年五月,徐鉉已爲祠部郎中,卷一九游衛氏林亭序云:“壬辰歲夏五月,祠部郎中、知制誥徐鉉躊躇慨歎之所作也。”

二月,江文蔚知貢舉;三月,馮延巳以左僕射拜相。五月,李建勳卒;見通鑑卷二九〇。

八月,江文蔚卒,見卷一五江君墓誌銘。陳致雍有江文蔚謚議。見全唐文卷八七五諫議大夫江文蔚謚議。

十一月,馮延巳以盡失湖湘,自劾,罷爲左僕射。見通鑑卷二九〇。

編年文:游衛氏林亭序、唐故道門威儀玄博太師貞素先生王君之碑、與中書官員祭江學士文、唐故左諫議大夫翰林學士江君墓誌銘、翰林學士江簡公集序。

編年詩:寄蕭給事、贈王貞素先生、送楊郎中唐員外奉使湖南。

南唐保大十一年癸丑(九五三),三十七歲。居金陵、舒州,祠部郎中、知制誥。

夏,徐鉉奉詔察訪屯田;十二月,復奏貢舉,乃復行之,見通鑑卷二九一。

徐鉉察訪屯田,籍官吏所奪民田,悉歸其主,或譖其擅作威福,中主怒,十二月,流舒州。見徐公行狀。徐鍇以彈奏馮延魯,貶校書郎,分司東都。見通鑑卷二九一及徐公行狀。

韓熙載有詩送鉉、鍇兄弟,見徐公行狀。

鄭文寶(九五三—一〇一三)生。文寶,字仲賢,福州(今屬福建)人。見宋史卷二七七本傳。

編年文:武成王廟碑、馮延魯江都少尹制、賀德音表。

編年詩:使浙西先寄獻燕王侍中、驛中七夕、常州驛中喜雨、贈浙西顧判官、贈浙西妓亞仙、回至瓜洲獻侍中、邵伯埭下寄高郵陳郎中。

南唐保大十二年甲寅(九五四),三十八歲。居舒州,任職未詳。

徐鉉與鍾蒨過往,有詩酬韓熙載、高越、張佖、印崇粲等。

徐鍇仍爲校書郎,分司東都,撰説文解字繫傳。復召爲虞部員外郎。

春,韓熙載使周,至秋作感懷詩二首,遂得還南唐。見玉壺清話卷九。釣磯立談:"熙載曾將命大朝,留不得遣,有詩題館中曰……"全唐詩卷七三八録韓熙載感懷詩二章。

李煜納大周后。馬令南唐書卷六昭惠皇后傳云其十九歲歸於王宫,乾德二年(九六四)十一月卒,享年二十九歲。上推本年十九歲。

是年,王禹偁(九五四—一〇〇一)生。禹偁字元之,濟州鉅野(今山东巨野)人。見宋史卷二九三本傳。

編年文:木蘭賦。

編年詩:印秀才至舒州見尋别後寄詩依韻和、謫居舒州累得韓高二舍人書作此送之、和印先輩及第後獻座主朱舍人郊居之作。

南唐保大十三年乙卯(九五五),三十九歲。居舒州,任職未詳。

稽神録六卷成於是年。郡齋讀書志卷一三:"稽神録六卷,右南唐徐鉉撰,記神怪之事,序稱自乙未歲至乙卯,凡二十年,僅百五十事。"

十一月,宋齊丘被召入朝議國事。見陸游南唐書卷五本傳。殷崇義爲吏部尚書、知樞密院。見通鑑卷二九二。

編年文：喬公亭記、舒州周將軍廟碑銘、九疊松贊、野老行歌贊、四皓畫贊。

編年詩：行園樹、題雷公井、送彭秀才、和張先輩見寄二首、和明上人除夜見寄、送彭秀才南游。

南唐保大十四年丙辰（九五六），四十歲。居舒州、池州、金陵，任職未詳。

初春，徐鉉居舒州，三月，量移饒州，未行而周師侵舒，遂避難池州。尋返金陵。見徐公行狀。

三月，李德明勸唐主割地與周，宋齊丘反對。唐主斬德明。見通鑑卷二九三。唐主命李景達將兵拒周，以陳覺爲監軍使。韓熙載勸諫勿使之監軍。見通鑑卷二九三。

徐鍇已任屯田郎中、知制誥、集賢殿學士。六月，爲陳致雍曲臺奏議集作序。全唐文卷八八八曲臺奏議集序："保大丙寅歲六月一日於集賢序之。屯田郎中、知制誥徐鍇述。"

編年文：舒州新建文宣王廟碑序、武烈帝廟碑銘、唐故印府君墓誌、謝賜莊田表、送德林郎中學士赴東府詩序。

編年詩：正初和鄂州邊郎中、移饒州别周使君、避難東歸依韻和黄秀才見寄、和方泰州見寄、和表弟包穎見寄、送黄秀才姑熟辟命、送王四十五歸東都、酬郭先輩、題伏龜山北隅、送薛少卿赴青陽、和蕭郎中午日見寄、和蕭少卿見慶新居、送劉山陽、和集賢鍾郎中、送德林郎中學士赴東府得酒、送黄梅江明府，詩句"一夜黄星照官渡，本初何由見田豐"。

南唐保大十五年丁巳（九五七），四十一歲。居金陵，太子左諭德、知制誥、中書舍人。

徐公行狀述鉉避難歸京後，接云："明年，授太子左諭德。未幾，復知制誥，拜中書舍人，通署中書省事。"

二月，王溥從周世宗平壽州。十月，周世宗南征，李昉從至高鄄。分别見宋史卷二四九、二六五本傳。

張泊約於是年赴進士舉,爲燕王弘冀所薦,謁韓熙載,韓甚賞之。見南唐近事。

本年或稍後,許堅歸隱,寄詩於徐鉉。詩話總龜前集卷四六引雅言雜載云:"許堅,江左人。……以時事干江南李氏,……莫與之禮。以一絶上舍人徐鉉云:'幾宵煙日鎖樓臺,欲寄侯門薦禰才。滿面塵埃人不識,謾隨流水出山來。'因拂衣歸隱。"按鉉本年始任中書舍人。

編年文:送張佖郭貢二先輩序、楞嚴院新作經堂記。

編年詩:和鍾郎中送朱先輩還京垂寄、詠梅子真送郭先輩、和太常蕭少卿近郊馬上偶吟、又和、再領制誥和王明府見賀、和王明府見寄、嚴相公宅牡丹。

南唐中興元年/交泰元年/周顯德五年戊午(九五八),四十二歲。居金陵,太子左諭德、中書舍人。

正月,改元中興;三月,改元交泰,立燕王弘冀爲太子,遣陳覺奉表貢方物於周。五月下令去帝號,稱國主,去交泰年號,稱顯德五年。見通鑑卷二九四、馬令南唐書卷四、陸游南唐書卷二、十國春秋卷一六。

李昉從周世宗南征,見宋史卷二六五本傳。

三月,馮延巳、田霖使周犒軍,至揚州見周世宗。四月,還金陵。見舊五代史卷一一八及周世宗實録。

十二月,唐主暴宋齊丘罪,放歸九華山歸隱。見通鑑卷二九四。是月,周陶穀來使。見南唐近事。

韓熙載約於是年知貢舉,擢張泊登第。

編年文:蕭庶子詩序、唐故銀青光禄大夫檢校國子祭酒御史中丞包君墓誌、唐故鍾氏太夫人太原縣太君王氏墓銘、林仁肇浙西節度使制、復方訥書、送贊善大夫陳翊致仕還鄉詩序、唐故太原府君夫人彭城劉氏墓銘、宣州開元觀重建中三門記、故朝散大夫守禮部尚書柱國河内縣開國男食邑三百户賜紫金魚袋常公行狀、齊王贈太弟哀册文、頌德賦。

編年詩：送從兄赴臨川幕、送朱先輩尉廬陵、和陳洗馬山莊新泉、和江西蕭少卿見寄、送龔員外赴江州幕、池州陳使君見示游齊山詩因寄、和陳贊善致仕還京口、奉和七夕應令、又和八日（上二首作於是年或下年）、和尉遲贊善秋暮僻居、和尉遲贊善病中見寄（上二首作於是年或下年秋）、京使迴自臨川得從兄書寄詩依韻和、送陳先生之洪並寄蕭少卿。

周顯德六年己未（九五九），四十三歲。居金陵，太子左諭德、中書舍人、知制誥。

正月，宋齊丘於九華山自縊死，謚醜繆。見通鑑卷二九四。

六月，周世宗卒，徐鉉作祭世宗皇帝文，時人傳寫，爲之紙貴。見徐公行狀。

九月，太子弘冀卒。張洎議太子謚合旨，擢上元尉。李煜自鄭王徙吴王，以尚書令知政事，居東宮。見通鑑卷二九四。潘佑直崇文館，輔東宮。見馬令南唐書卷一九潘佑傳。

十一月，元宗建南都於南昌，以上見通鑑卷二九四。

編年文：文獻太子詩集序、祭世宗皇帝文、復三茅禁山記、文獻太子哀册文、祭文獻太子文、送武進龔明府之官序、茅山紫陽觀碑銘。

編年詩：和蕭郎中小雪日作（作於是年或上年小雪日）、文獻太子挽歌詞五首、送高起居之涇縣。

宋建隆元年庚申（九六〇），四十四歲。居金陵，中書舍人、知制誥。

正月，趙匡胤以契丹入侵，率兵出征，至陳橋驛，發動兵變，即皇帝位，建國宋，改元建隆。見續長編卷一。

二月,擢韓熙載爲户部侍郎,充鑄錢使。見卷一六昌黎韓公墓銘及續長編卷五。

五月,馮延巳卒。陸游南唐書卷一一本傳。

徐鍇仍屯田郎中、知制誥、集賢殿學士有茅山題名,稱弟子。見寶刻類編卷一五。

編年文:筠州刺史林廷皓責授制、答左偃處士書。

編年詩:許真人井銘、宿茅山寄舍弟、晚憩白鶴廟寄句容張少府、題紫陽觀、題奚道士、題碧岩亭贈孫尊師、題白鶴廟、步虚詞五首、留題、送禮部潘尚書致仕還建安。

宋建隆二年辛酉(九六一),四十五歲。居金陵,中書舍人、知制誥。

二月,元宗南遷,六月殂,李煜即位,是爲後主。

徐鉉從駕南都。七月,護元宗喪歸金陵。十一月,奉使嶺南,一路有詩。見徐公行狀及卷一四劍池頌。

七月,韓熙載改吏部侍郎,兼修國史。見卷一六昌黎韓公墓銘。殷崇義拜右僕射、樞密使。見續長編卷二。張洎進工部員外郎,試知制誥。見宋史卷二六七本傳。潘佑進虞部員外郎、史館修撰。見馬令南唐書卷一九本傳。

編年文:紀國公封鄧王加司空制、池州重建紫極宫碑銘、上太后尊號制、百官奏請行聖尊后册禮表、信王改封江王加中書令制、右揆嚴續除司空兼門下侍郎平章事制、朱匡業加中書令宣州節度使制、追封豐王册、衛王劉仁贍改封越王册、慶王進封陳王贈太尉册、追贈留從效父册、鄭王加元帥江寧尹制、太子少傅徐運授太子太保制、謝匡策加特進階增食邑制、馬在貴加官制、閻度可江寧府參軍制、毗陵郡公南原亭館記、劍池頌、告天地文、謝詔撰元宗實録表。

編年詩:奉命南使經彭澤、閣皂山、玉笥山留題、廬陵别朱觀先輩、奉使九華山中途遇青陽薛郎中。

宋建隆三年壬戌(九六二),四十六歲。居金陵,中書舍人、知制誥。

三月,徐鉉自嶺南回金陵。

三月,李煜遣馮延魯貢宋,見陸游南唐書卷三。七月,張洎爲禮部員外郎、知制誥。

編年文:唐故奉化軍節度判官通判吉州軍州事朝議大夫檢校尚書主客郎中驍騎尉賜紫金魚袋趙君墓誌銘、朱業宣州節度使制、朱業江州節度使制。

編年詩:文彧少卿文山郎中交好深至二紀已餘睽别數年二子長逝奉使嶺表途次南康弔孫氏之孤于家睹文彧手書於僧室慷慨悲歎留題此詩、朱處士相與有山水之願見送至南康作此以别之、南都遇前嘉魚劉令言游閩嶺作此送之、清明日清遠峽作、迴至南康題紫極宫裒道士房、和歙州陳使君見寄。

宋建隆四年/乾德元年癸亥(九六三),四十七歲。居金陵,中書舍人、知制誥。

十一月,宋改元乾德。

十二月,李煜上表於宋,乞罷詔書不名之禮,不從。見陸游南唐書卷三後主本紀。是月,吴越錢昱奉使入宋,還,改台州刺史。見宋史卷四八〇本傳。

徐鉉評大周后霓裳羽衣曲曲終太急。見馬令南唐書卷六昭惠周后傳。

徐鍇仍爲屯田郎中、知制誥、集賢殿学士,奉詔爲祠官。有義興周將軍廟記。見全唐文卷八八八。

編年文:送劉生序。

高侍郎畫象贊。

宋乾德二年甲子(九六四),四十八歲。居金陵,中書舍人、

知制誥。

三月，韓熙載知貢舉，放進士王崇古等九人。詔命徐鉉復試進士。舒雅、馮僎等五人被黜。見陸游南唐書卷三後主本紀。六月，韓熙載拜兵部尚書、勤政殿學士，見昌黎韓公墓銘。

十月，李煜子仲宣卒；十一月，周后卒，宋魏丕來弔喪。徐鉉爲作墓銘和謚議。見陸游南唐書卷一六仲宣傳、宋史卷二七〇魏丕傳。

編年文：岐王墓誌銘、昭惠後謚議。

宋乾德三年乙丑（九六五），四十九歲。居金陵，中書舍人、知制誥。

二月，錢昱再使宋賀平蜀，十一月，還領德化軍節度使、本路安撫使，尋改静海軍節度使、温州刺史。見吴越備史卷四、十國春秋卷八三錢昱傳。

冬，葬光穆皇后於順陵，見十國春秋卷一七。徐鉉爲作挽歌。

是年，張洎編成張司業詩集。見全唐文卷八七二張司業詩集序。

編年文：重修徐孺亭記、光穆皇后謚册。

編年詩：奉和右省僕射西亭高卧作、光穆皇后挽歌三首。

宋乾德四年丙寅（九六六），五十歲。居金陵，中書舍人、知制誥。

是年，方訥、劉鄗卒，徐鉉爲作墓誌和祭文。

是年，司空嚴續卒，見十國春秋卷一七後主本紀。

編年文：唐故金紫光禄大夫檢校司徒行少府監河南方公墓誌銘、唐故常州團練判官檢校尚書左僕射劉君墓誌、祭劉司空文。

宋乾德五年丁卯（九六七），五十一歲。居金陵，中書舍人、知制誥。

春，李煜，命兩省侍郎、諫議大夫、給事中、中書舍人、集賢勤政殿學士，分夕於光政殿宿直，與劇談，夜分乃罷。見陸游南唐書卷三後主本紀。

韓熙載謫太子右庶子，分司南都，尋復爲兵部尚書，學士承旨。見卷一六昌黎韓公墓誌銘。是年，韓熙載著格言五卷。見宋史卷四七八本傳。張洎已任中書舍人。見續長編卷八。

編年文：唐故客省使壽昌殿承宣金紫光禄大夫檢校太保使持節筠州諸軍事筠州刺使本州團練使汝南縣開國男周君墓誌銘、紫極宫新建司命真君殿記。

編年詩：右省僕射後湖亭閑宴鉉以宿直先歸賦詩留獻。

宋開寶元年戊辰（九六八），五十二歲。居金陵，中書舍人、知制誥。

三月，殷崇義拜左僕射、兼門下侍郎、平章事。見續長編卷九。

五月，韓熙載上皇極要覽，指陳時弊，又上格言五卷，後主嘉納，拜中書侍郎、百勝軍節度使，兼中書令、充光政殿學士承旨。見卷一六昌黎韓公墓銘、續長編卷九、馬令南唐書卷一三本傳。

十一月，後主納小周后，徐鉉與韓熙載等獻詩以諷。見馬令南唐書卷六周后傳。潘佑時已爲知制誥，參議納小周后婚禮。見馬令南唐書卷一九本傳。

徐鍇仍爲屯田郎中、知制誥、集賢殿學士。寶刻叢編卷一四引復齋碑録："南唐義興縣道觀北極殿碑，徐鍇撰並八分書，徐鉉篆額，戊辰歲建。"

本年或稍前，徐鉉知貢舉，吴淑及第，以女妻之。見徐公行狀。

編年文：唐故文水縣君王氏夫人墓銘、金陵寂樂塔院故玄寂禪師影堂記。

編年詩：和門下殷侍郎新茶二十韻、納后夕侍宴、又三絶。

宋開寶二年己巳（九六九），五十三歲。居金陵，尚書左丞、工部侍郎、知制誥、翰林學士。

春，徐鉉拜尚書左丞，逾月，改工部侍郎、知制誥、翰林學士。徐公行狀云："後主以尚書省綱常馳紊，官司怠棄，積習已久，思公正之人以糾劾提振之。徙公爲尚書左丞，逾月而罷。以尚書右僕射游公判六司，拜公爲工部侍郎，知制誥、翰林學士。"按：游簡言判六司在是年三月，五月即卒，見續長編卷一〇，行狀云拜工部侍郎，李昉徐公墓誌銘及宋史云拜兵部侍郎，而陳致雍雅樂奏中又稱禮部侍郎徐鉉。所載歧異如是。兹從行狀。

正月，殷崇義罷爲鎮海節度使，尋改授太子太傅、監修國史。見續長編卷一〇。二月，後主與群臣游北苑，宴飲賦詩。命徐鉉及湯悦作北苑侍宴詩序。

徐鍇仍爲屯田郎中、知制誥、集賢殿學士。十一月有陳氏書堂記，見全唐文卷八八八。

編年文：游簡言左僕射平章事制、北苑侍宴詩序、薦處士陳禹狀。

編年詩：北苑侍宴雜詠詩、柳枝詞十首、觀吉王花燭、奉和宫傅相公懷舊見寄四十韻、相公垂覽和詩復貽長句輒次來韻、茱萸詩、奉和御製茱萸、蒙恩賜酒奉旨令醉進詩以謝、秋日泛舟賦蘋花。

宋開寶三年庚午（九七〇），五十四歲。居金陵，工部侍郎、知制誥、翰林學士。

春，徐鍇知貢舉。是年，鍇進中書舍人。陸游南唐書卷五本傳："鍇凡四貢舉，號得人。"按徐鍇是年始進中書舍人，開寶七年（九七四）七月卒，又，後年張佖知貢舉，則鍇四知貢舉當在開寶三年、四年、六年、七年。七月，韓熙載卒，見卷一六昌黎韓公墓誌銘。八月，後主餞送鄧王從益出鎮宣州。作詩及序，詔群臣和之。

鉉、鍇及殷崇義皆有作。

八月，潘佑奉詔作書與南漢，遷中書舍人。見陸游南唐書卷一三本傳。

是年或下年，李煜作雜説，徐鉉作序。

是年，張洎奉使宋都，舍於懷信驛，宋以賈黄中爲館伴，相與談論。洎録爲賈氏談録。見張洎賈氏談録序。

編年文：御製雜説序（作於是年或下年）、常州義興縣重建長橋記、和送鄧王二十六弟牧宣城詩序、新月賦、唐故中書侍郎光政殿學士承旨昌黎韓公墓誌銘、祭韓侍郎文。

編年詩：史館庭梅見其毫末曆載三十今已半枯同僚諸公唯相公與鉉在耳睹物興感率成短篇謹書獻上伏惟垂覽、太傅相公深感庭梅再成絶唱曲垂借示倍認知憐謹用舊韻攀和、太傅相公以庭梅二篇許舍弟同賦再迂藻思曲有虚稱謹依韻奉和庶申感謝、依韻和令公大王薔薇詩（作於上年或是年春）、御筵送鄧王、九日落星山登高、十日和張少監、和張少監舟中望蔣山、和張少監晚菊、和鍾大監泛舟同游見示、又和游光睦院。

宋開寶四年辛未（九七一），五十五歲。居金陵，工部侍郎、知制誥、翰林學士。

春，徐鍇知貢舉。説見上年。

十月，後主聞宋滅南漢，遣弟鄭王從善朝貢，去國號，稱江南國主。見陸游南唐書卷三。

殷崇義以太子太傅、兼修國史爲司空、判三司、尚書都省。見續長編卷一二。

編年詩：送馮侍郎、又絶句寄題毗陵驛。

宋開寶五年壬申（九七二），五十六歲。居金陵，工部侍郎、修文館學士。

正月，下令貶損制度，見十國春秋卷一七後主本紀。徐鍇爲右内史舍人、直光政殿、知兵部選事。二月，張洎知貢舉。見陸游南唐書卷三。閏二月，李煜命馮延魯赴宋謝李從善爵命。時宋祖已於汴京造禮賢館，待後主降。見馬令南唐書卷五、玉壺清話卷一。

九月，喬匡舜卒，十月，鉉、鍇爲作墓銘。

是年前，徐鉉、高遠、潘佑、喬匡舜共成吴録三十卷。見陸游南唐書卷一三潘佑傳。

是年前，鄭文寶授奉禮郎，掌後主子清源公仲寓書籍。見宋史卷二七七本傳。

編年文：唐故左右静江軍都軍使忠義軍節度建州觀察處置等使留後光禄大夫檢校太尉右威衛大將軍臨潁縣開國子食邑五百户陳公墓誌銘。

編年詩：送蕭尚書致仕歸廬陵、送孟賓于員外還新淦、孟君别後相續寄書作此酬之、憶新淦觴池寄孟賓于員外、陳侍郎宅觀花燭（上五首作於是年前後）、哭刑部侍郎喬公詩。

宋開寶六年癸酉（九七三），五十七歲。居金陵，御史大夫、修文館學士、知制誥。

正月，徐鉉已爲御史大夫。廬山記卷二："張靈官記，御史大夫徐鉉撰，右内史舍人集賢殿學士徐鍇書並篆額，歲癸酉上元日。"

四月，宋盧多遜來聘，求江南圖經。宋祖盡得江南虚實，遂有用兵之意。李煜聞宋欲興師，表請愿受封册，不許。見續長編卷一四、陸游南唐書卷三。

春，徐鍇知貢舉。説見開寶三年。夏，殷崇義拜司空、知左右内史事。見續長編卷一四。

孟賓于爲水部郎中，分司南都。八月，編李中詩爲碧雲集，並爲撰序。見王禹偁孟水部詩集序、碧雲集序。

十月,潘佑以直諫被誅。見續長編卷一四。

編年文:廬山九天使者廟張靈官記、袁州宜春縣重造紫微觀碑文。

編年詩:送陳秘監歸泉州(作於是年前後)、送察院李侍御使廬陵因寄孟員外。

宋開寶七年甲戌(九七四),五十八歲。居金陵,兵部尚書、知制誥、修文館學士承旨。

七月,宋使梁迥來諭後主入朝,九月,宋復遣李穆來諭,後主辭之。十月,後主遣弟從益、龔慎入貢,不報。宋將曹彬發兵赴金陵。十一月,至金陵。十二月,金陵戒嚴,去開寶年號,稱甲戌歲。見續長編卷一五。

春,徐鍇知貢舉,七月卒。見陸游南唐書卷五本傳。

十月,宋伐江南,以錢昱爲東面水陸行營應援使。見宋史卷四八〇本傳。閏十月,宋師南下,後主以機事委陳喬及張洎。見十國春秋卷一七。

是年,徐鉉自御使大夫改爲兵部尚書、知制誥、修文館學士承旨。見徐公行狀。

編年文:重修筠州祈仙觀記、筠州清江縣重修三清觀記、筠州三清觀逍遥亭銘。

宋開寶八年乙亥(九七五),五十九歲。居金陵,右僕射、同參左右内史事。

十月、十一月徐鉉與周惟簡兩度使宋求緩師,並不許。見續長編卷一六。出使之前,後主拜爲右僕射,同參左右内史事。見徐公行狀。

十一月二十七日,宋師攻破金陵,後主出降,南唐滅亡。陳喬死難。徐鉉、殷崇義、張洎等,隨後主入汴京。見續長編卷一六。

編年詩:題梁王舊園、北使還襄邑道中作。

開寶九年/太平興國元年丙子(九七六),六十歲。居汴京,太子率更令、直翰林學士院。

正月,徐鉉隨後主歸宋,任太子率更令;十一月,宋太宗即位,改元太平興國元年,鉉直翰林學士院,見續長編卷一七。

是年,錢易生。易字希白,吴越王錢俶之侄。

編年文:故唐内客使知忠義軍檢校太傅尚公羨道碑銘、玉芝贊。

編年詩:送陳秘監歸泉州、又聽霓裳羽衣曲送陳君、又題白鷺洲江鷗送陳君、和翰長聞西樞副翰鄰居夜宴、送湯舍人之陳州、和陳處士在雍丘見寄。

太平興國二年丁丑(九七七),六十一歲。居汴京,太子率更令、直翰林學士院。

三月,徐鉉參編太平御覽、太平廣記。見玉海卷五四。

是年,命太子中允直舍人院張洎等試進士。李至及第。見續長編卷二〇、卷二一。

王禹偁在濮陽應邀參加部分新進士宴會。見小畜集卷一一將巡堤堰先寄高郵蔣知軍。

是年前後,江南進士馮伉歸宋,任盧氏尉。見小畜集卷九和仲咸詩六首之四注。

編年文:送刁桐廬序、大宋推誠宣力翊戴功臣金紫光禄大夫檢校司徒使持節齊州諸軍事齊州刺史充本州防禦使河堤等使關南兵馬都監兼御史大夫上柱國隴西郡開國侯食邑一千九百户李公德政碑銘、洪州豐城縣李司空廟碑文、大宋故天雄軍節度行軍司馬易府君神道碑、故唐衛尉卿保定郡公徐公墓誌銘、故汝南縣太君周氏夫人墓誌銘。

編年詩:和白州錢使君上元夜侍宴、和金州錢太保春雨、送宣州張員外(作於是年或下年)、送周郎中還司(是年前後)

太平興國三年戊寅(九七八),六十二歲。居汴京,太子率更令、直翰林學士院。

正月,徐鉉、李昉、扈蒙、李穆等同修太祖實録;湯悦、王克貞、張洎等同修江表事迹。見太宗實録卷七六、宋會要輯稿運曆一之二九、續資治通鑑卷九。

三月,吴越國王錢俶入朝。見宋史卷四太宗本紀。徐鉉、湯悦、王克貞、張洎參編江南録。見王應麟玉海卷一五。

七月,李煜卒,徐鉉爲作墓誌及挽詩。

編年文:大宋左千牛衛上將軍追封吴王隴西公墓誌銘、洪州西山重建應聖宫碑銘、江州彭澤縣修山觀碑。

編年詩:吴王挽詞三首。

太平興國四年己卯(九七九),六十三歲。居汴京,給事中、直翰林學士院。

三月,徐鉉隨太宗征北漢。五月,北漢平。七月返,遷給事中。見續長編卷二〇、徐公墓誌銘。

編年詩:和旻道人見寄、鄴都行在和刁秘書見寄。

太平興國五年庚辰(九八〇),六十四歲。居汴京,給事中、直翰林學士院。

正月,以文明殿學士程羽權知貢舉,蘇易簡、張詠、李沆、寇準、謝泌等及第。見宋會要輯稿選舉一之二。

三月,太宗與群臣唱和,徐鉉與焉。

編年文:重建宓子賤碑陰記、大宋鳳翔府新建上清太平宫碑銘、送汪遜序、故唐朝散大夫尚書水部郎中崔君墓誌銘、大宋重修蛾眉山普賢寺碑銘。

編年詩:奉和御製打毬、又五言、奉和御製春雨、送蘇州梁補闕、送張學士赴西川。

太平興國六年辛巳(九八一),六十五歲。居汴京,給事中、

直翰林學士院。

三月,詔權停貢舉。見宋會要輯稿選舉一之二。

編年文:大宋故尚書兵部員外郎江君墓誌銘、張氏子集序、楊府新建崇道宫碑銘、邢州紫極宫老君殿記。

太平興國七年壬午(九八二),六十六歲。居汴京,給事中、直翰林學士院。

徐鉉參編文苑英華。玉海卷五四:"太平興國七年九月,帝以諸家文集其數至繁,各擅所長,蓁蕪相間,乃命翰林學士承旨李昉、學士扈蒙、直院徐鉉、中書舍人宋白、知制誥賈黄中吕蒙正李至、司封員外郎李穆、庫部員外郎楊徽之、監察御史李範、秘書監丞楊礪、著作佐郎吴淑吕文仲胡汀戴貽慶、國子監丞杜鎬、將作監丞舒雅,閲前代文章,撮其精要,以類分之爲千卷,目録五十卷,雍熙三年十二月壬寅書成,號曰文苑英華。"

是年,徐鉉奉使汝陰,泣觀李煜手筆。元袁桷清容居士集卷四六有跋李後主詩稿,注云:"右散騎常侍徐鉉奉使汝陰,泣觀故國主詩筆。太平興國壬午歲前十二月十六日,西湖北臺記。

王溥卒,徐鉉爲作挽歌。

編年詩:太師相公挽歌二首。

太平興國八年癸未(九八三),六十七歲。居汴京,右散騎常侍、判尚書都省。

六月,徐鉉任右散騎常侍。見徐公墓志銘、宋史卷四四一本傳、續長編卷二四。

是年,王禹偁、鄭文寶、馮伉、李虚己、曾致堯等進士及第。見續長編卷二四、宋會要輯稿選舉一之二。

編年文:驪山靈泉觀碑、送高紳之官序、都坐議事文案宜先經翰林臺省看詳奏。

編年詩:送贊寧道人歸浙中、送鄭先輩及第西歸、送李秀才歸建安。

太平興國九年/雍熙元年甲申(九八四),六十八歲。居汴京,右散騎常侍、判尚書都省。

四月,徐鉉與扈蒙、賈黄中等同詳定封禪儀;五月,論宋爲火德;十月,句中正、王祐上奏論麟。徐鉉與之等援引圖史以爲祥麟。均見續長編卷二五。

四月,湯悦卒,見太宗皇帝實録卷二九。

十一月改元雍熙。

十二月,以淮海國王錢俶爲漢南國王。見太宗實録卷三一。

編年文:乞聖宋永爲火德奏、上太宗論麟、撫州永安禪院記、參知政事李公至字言幾年三十八真贊。

雍熙二年乙酉(九八五),六十九歲。居汴京,右散騎常侍、判尚書都省。

正月,翰林學士賈黄中權知貢舉,徐鉉、蘇易簡、張泊、寇準等同權同知貢舉。見宋會要輯稿選舉一之二。

是年,陳彭年中進士。見宋史卷二八七本傳。

編年文:泗州重修文宣王廟記、洪州華山胡氏書堂記、華林書院記、洪州奉新縣重建閶業觀碑銘、送潘湖州序。

編年詩:和錢秘監與邊諫議南宫同直贈答、錢秘監旅居秋懷二首、送錢先輩之虔州。

雍熙三年丙戌(九八六),七十歲。居汴京,右散騎常侍、判尚書都省。

九月,徐鉉爲蘇易簡文房四譜作序。十一月,與句中正、葛湍、王惟恭等校定説文解字。見續長編卷二七。十二月,宋白等上文苑英華一千卷。該書乃太平天國七年九月下詔編修,參與者有徐鉉、李昉、扈蒙、李至、吴淑等。見續長編卷二七。

是年,曾文照、劉鎬卒,徐鉉爲作墓銘。

編年文：文房四譜序、故鄉貢進士劉君墓誌銘、重修説文序、上説文解字表、洪州延慶寺碑銘。

編年詩：奉和御製寒食十韻、奉和御製雪、代書寄宋州錢大監、和復州李太保酬筆、和清源太保寄湖州潘郎中。

雍熙四年丁亥（九八七），七十一歲。居汴京，右散騎常侍、判尚書都省。

九月，李從善卒，徐鉉爲作墓銘。

十一月，兵部侍郎王祐卒。見太宗實録卷四二。

是年，徐鉉校定中庸書目。清倪濤六藝之一録卷一六九："中庸書目十五卷，雍熙四年徐鉉校定。"

編年文：韻譜前序、韻譜後序、大宋右千牛衛上將軍隴西郡公李公墓誌銘、洪州新建尚書白公祠堂之記。

編年詩：奉和御製歲日二首、應製賞花（或端拱元年）、奉和御製殿前松兼以書事、奉和製制烟、送慎大卿解官侍親、送脩武鄭主簿糾郡梓潼兼寄王舍人八韻。

端拱元年戊子（九八八），七十二歲。居汴京，左散騎常侍、判尚書都省。

是年，徐鉉任左散騎常侍。李昉徐公墓志銘："端拱元年，帝親耕籍田，改左散騎常侍。"

五月，詔置秘閣於崇文院中堂。李至兼秘書監，宋泌兼直秘閣，杜鎬兼校理。見宋史卷一六一職官一。

徐鉉議安崇緒訴母案，被奪一月俸。見文獻通考卷一七〇。

李至父卒，徐鉉爲撰墓銘。

是年，李昉子李宗諤中進士。見王禹偁小畜集卷七賀李宗諤先輩除校書郎。

編年文：大宋故陳留縣主簿贈太子中允李府君墓誌銘、進士廖生集序、鄧生詩序、大宋故處士贈太子少師李公墓誌銘、故唐大理司直鄂州漢陽令贈衛尉少卿樊公神道碑、安崇緒訟母案議。

編年詩:應制賞花(或雍熙四年)、送陳使君之同州。

端拱二年己丑(九八九),七十三歲。居汴京,左散騎常侍、通判尚書都省。

是年,徐鉉與王禹偁、孔承恭刊正道書三洞瓊綱。見續長編卷八六。王克貞卒,明年,徐鉉爲撰墓銘。

宋僧志磐佛祖統記卷四三:"敕内侍謝保意領將匠,賜黄金三百兩,往峨眉飾普賢像,再修寺宇。並賜御製文集,令直院徐鉉撰記。"

是年,范仲淹(九八九—一〇五二)生。其字希文,祖籍邠州(今陜西彬縣),後遷居蘇州吴縣(今江蘇吴縣)。見宋史卷三一四。

編年文:潤州甘露寺新建舍利塔記、送葉元輔秀才序、故兵部侍郎王公集序、大宋舒州龍門山乾明禪院碑銘。

編年詩:送曾直馆歸宁泉州、送乐学士知舒州、寄舒州乐学士。

淳化元年庚寅(九九〇),七十四歲。居汴京,左散騎常侍、通判尚書都省。

八月,徐鉉與李至、李昉、宋琪等入秘閣觀書。見續長編卷三一。

是年,張先(九九〇—一〇七八)生。見夏承燾唐宋詞人年譜張子野年譜。張先字子野,烏程(今浙江吴興)人。見宋史翼卷二六。

編年文:大宋故尚書户部郎中王君墓誌銘、洪州始豐山興玄觀記、洪州西山翠巖廣化院故澄源禪師碑銘。

編年詩:代書寄泗州錢侍郎、送秘閣朱員外知復州(或下年九月前)、送冯中允使蜀。

淳化二年辛卯（九九一），七十五歲。居汴京、邠州，左散騎常侍、判尚書都省、静難軍行軍司馬。

九月，因廬州尼道安案，徐鉉被誣貶静難軍行軍司馬。東都事略卷三八："（淳化）二年，以廬州尼道安，訟其弟與婦姜氏不養姑母。姜氏，鉉妻之甥。且誣鉉與姜姦。鉉坐貶静難軍行軍司馬，道安亦坐告姦不實抵罪。"

王禹偁因抗疏救徐鉉，貶商州。宋史卷二九三王禹偁傳："廬州妖尼道安誣訟徐鉉，道安當反坐，有詔勿治。禹偁抗疏雪鉉，主論道安罪，坐貶商州團練副使。"

是年，晏殊（九九一—一〇五五）生。見夏承燾晏同叔年譜。殊字同叔，臨川（今江西撫州）人。見宋史卷三一一本傳。

編年文：洪州道正倪君碣、感舊賦。

編年詩：奉和武功學士舍人紀贈文懿大師浄公、送文懿大師浄公西游。

淳化三年壬辰（九九二），七十六歲。居邠州，静難軍行軍司馬。

柳開亂法，徐鉉救之。蔡絛鐵圍山叢談卷三載："江南徐鉉歸朝，後坐事出陝右。柳開時爲州刺史，開性豪横，稍不禮鉉。一日，太宗聞開喜生膾人肝，且多不法，謂尚仍五季亂習，怒甚，命鄭文寶將漕陝部，因以治開罪。得此大懼，知文寶素師事徐鉉也，迨文寶垂至，遂求於鉉焉。鉉曰：'彼昔爲鉉門弟子，然時異事背，不能必其心，如何敢力辭也？'而開再拜曰：'先生但賜之一言足矣，毋恤其聽。'鉉始諾之。頃，文寶以其徒持獄具來，首不見開，即屏從者，步趨入巷詣鉉居，以來覲鉉，立於庭下。鉉徐出座上，文寶拜竟，升至西階，通温凊，復降，鉉乃邀文寶上，立談道舊者久之，且戒文寶以持節之重，而鉉閑慢廢，後勿復來也，文寶力詢其所欲，鉉但曰：'柳開甚相畏爾。'文寶默出，則其事立散。"

八月二十六日晨，徐鉉卒。其婿吴淑、門生杜鎬以凶訃聞，門生鄭文寶護喪歸京，胡克順兄弟歸其柩於洪州，葬於西山鸞岡。胡克順爲作行狀（按，行狀不具撰者，然據文獻知爲胡氏作），李昉爲作墓銘、李至作祭文、

編年文：大宋故亳州蒙城縣令賜緋魚袋曾君墓誌銘、邠州定平縣傳燈禪院記、與胡克順書、静齋自箴。

參考書目

周易正義，王弼注，孔穎達疏，阮元校刻十三經注疏本，中華書局，二〇〇九年。

尚書正義，孔穎達疏，十三經注疏本。

毛詩正義，鄭玄箋，孔穎達疏，十三經注疏本。

周禮注疏，鄭玄注，賈公彦疏，十三經注疏本。

儀禮注疏，鄭玄注，賈公彦疏，十三經注疏本。

禮記正義，鄭玄注，孔穎達疏，十三經注疏本。

春秋左傳正義，杜預注，孔穎達疏，十三經注疏本。

春秋公羊傳注疏，何休注，徐彦疏，十三經注疏本。

論語注疏，何晏注，邢昺疏，十三經注疏本。

孝經注疏，李隆基注，邢昺疏，十三經注疏本。

爾雅注疏，郭璞注，邢昺疏，十三經注疏本。

孟子注疏，趙岐注，孫奭疏，十三經注疏本。

論語譯注，楊伯峻譯注，中華書局，一九八〇年。

孟子譯注，楊伯峻譯注，中華書局，一九六〇年。

春秋左傳注，楊伯峻編著，中華書局，一九八一年。

四書章句集注，朱熹注，十三經注疏本。

説文解字，許慎撰，上海古籍出版社，二〇〇七年。

駢雅,朱謀㙔撰,文淵閣四庫全書本。
韓詩外傳,韓嬰撰,許維遹集釋,中華書局,一九八〇年。
埤雅,陸佃撰,浙江大學出版社,二〇〇八年。
禹貢指南,毛晃撰,叢書集成初編本。
書經集傳,蔡沉撰,文淵閣四庫全書本。
陳氏禮記集説,陳澔撰,文淵閣四庫全書本。
尚書大傳,孫之騄輯,萬有文庫本。
詩經今注,高亨注,上海古籍出版社,一九八〇年。

國語,韋昭注,上海古籍出版社,二〇〇八年。
戰國策,劉向集録,上海古籍出版社,一九九八年。
列女傳,劉向撰,文淵閣四庫全書本。
吴越春秋,趙曄撰,四部叢刊本。
越絕書,袁康撰,四部備要本。
史記,司馬遷撰,中華書局,一九五九年。
漢書,班固撰,中華書局,一九六二年。
後漢書,范曄撰,中華書局,一九六五年。
三國志,陳壽撰,中華書局,一九五九年。
晉書,房玄齡等撰,中華書局,一九七四年。
宋書,沈約撰,中華書局,一九七四年。
南齊書,蕭子顯撰,中華書局,一九七二年。
梁書,姚思廉撰,中華書局,一九七三年。
陳書,姚思廉撰,中華書局,一九七二年。
魏書,魏收撰,中華書局,一九七四年。
北齊書,李百藥撰,中華書局,一九七二年。
周書,令狐德棻等撰,中華書局,一九七一年。
南史,李延壽撰,中華書局,一九七五年。

北史,李延壽撰,中華書局,一九七四年。

隋書,魏徵撰,中華書局,一九七三年。

舊唐書,劉昫等撰,中華書局,一九七五年。

新唐書,歐陽修、宋祁撰,中華書局,一九七五年。

舊五代史,薛居正等撰,中華書局,一九七六年。

新五代史,歐陽修撰,中華書局,一九七四年。

宋史,脱脱等撰,中華書局,一九八五年。

漢官舊儀,衛宏撰,叢書集成初編本。

東觀漢記校注,劉珍等撰,吴樹平校注,中華書局,二〇〇八年。

後漢紀,袁宏撰,文淵閣四庫全書本。

高士傳,皇甫謐撰,叢書集成初編本。

華陽國志,常璩撰,上海古籍出版社,一九八七年。

洛陽伽藍記,楊衒之撰,中華書局,二〇一二年。

逸周書彙校集注,佚名撰,黄懷信等校注,上海古籍出版社,二〇〇七。

唐六典,李林甫等撰,陳仲夫點校,中華書局,一九九二年。

貞觀政要集注,吴兢撰,謝保成集校,中華書局,二〇〇三年。

史通,劉知幾撰,上海古籍出版社,二〇一五年。

唐國史補,李肇撰,上海古籍出版社,一九七九年。

通典,杜佑撰,中華書局,一九八八年。

唐會要,王溥撰,上海古籍出版社,二〇〇六年。

五代會要,王溥撰,上海古籍出版社,二〇〇六年。

唐大詔令集,宋敏求編,中華書局,二〇〇八年。

資治通鑑,司馬光等撰,中華書局,一九七六年。

續資治通鑑長編,李燾撰,中華書局,一九九二年。

三輔黄圖校釋,何清谷校釋,中華書局,二〇〇五年。

水經注，酈道元撰，上海古籍出版社，一九九〇年。

元和郡縣圖志，李吉甫撰，中華書局，一九八三年。

荊楚歲時記，宗懍撰，山西人民出版社，一九八七年。

釣磯立談，史虛白撰，五代史書彙編本，杭州出版社，二〇〇四年。

南唐近事，鄭文寶撰，五代史書彙編本。

江南餘載，鄭文寶撰，五代史書彙編本。

江表志，鄭文寶撰，五代史書彙編本。

江南別録，陳彭年撰，五代史書彙編本。

江南野史，龍衮撰，五代史書彙編本。

五代史補，陶岳撰，五代史書彙編本。

補五代史藝文志，宋祖駿撰，五代史書彙編本。

吴越備史，錢儼撰，五代史書彙編本。

五國故事，佚名撰，五代史書彙編本。

南唐書，馬令撰，五代史書彙編本。

南唐書，陸游撰，五代史書彙編本。

入蜀記，陸游撰，知不足齋叢書本。

太平寰宇記，樂史撰，中華書局，二〇〇七年。

長安志，宋敏求撰，中華書局，一九九一年。

通志，鄭樵撰，中華書局，一九九五年。

翰苑群書，洪遵撰，中華書局，一九九一年。

隆平集，曾鞏撰，王瑞來校證，中華書局，二〇一二年。

景定建康志，周應合撰，宋元方志叢刊本，中華書局，一九九〇年。

東都事略，王稱撰，齊魯書社，二〇〇年。

宋朝事實類苑，江少虞撰，上海古籍出版社，一九八一年。

雍録，程大昌撰，中華書局，二〇〇二年。

六朝事迹編類,张敦頤撰,南京出版社,二〇〇七年。

宋名臣奏議,趙汝愚撰,上海古籍出版社,一九九九年。

吴郡志,范成大撰,江蘇古籍出版社,一九八六年。

方輿勝覽,祝穆撰,中華書局,二〇〇三年。

赤城志,陳耆卿撰,文淵閣四庫全書本。

輿地碑記目,王象之撰,中華書局,一九八五年。

武林舊事,周密撰,學苑出版社,二〇〇一年。

會稽志,施宿等撰,宋元浙江方志集成本,杭州出版社,二〇〇九年。

茅山志,劉大彬撰,續修四庫全書本,上海古籍出版社,二〇〇二年。

至大金陵新志,文淵閣四庫全書本。

明一統志,李賢等撰,文淵閣四庫全書本。

蜀中廣記,曹學佺撰,上海古籍出版社,一九九三年。

武林梵志,吴之鯨撰,上海古籍出版社,一九九三年。

御定月令輯要,愛新覺羅·玄燁撰,文淵閣四庫全書本。

十國春秋,吴任臣撰,中華書局,一九八三年。

揚州府志,雷應元纂修,稀見中國地方志彙刊本,中國書店,一九九二年。

丹徒縣志,鮑天鍾纂修,文淵閣四庫全書本。

江南通志,黄之雋等纂修,廣陵書社,二〇一〇年。

江西通志,謝旻等纂修,文淵閣四庫全書本。

福建通志,郝玉麟等纂修,文淵閣四庫全書本。

十七史商榷,王鳴盛撰,上海古籍出版社,二〇〇五年。

登科記考補正,徐松撰,孟二冬補正,北京燕山出版社,二〇〇三年。

清一統志,穆彰阿等纂修,上海古籍出版社,二〇〇八年。

崇文總目，王堯臣撰，中華書局，一九八五年。

郡齋讀書志，晁公武撰，上海古籍出版社，二〇〇五年。

遂初堂書目，尤袤撰，許逸民等編中國歷代書目叢刊本，現代出版社，一九八七年。

直齋書録解題，陳振孫撰，上海古籍出版社，一九八七年。

文獻通考，馬端臨撰，中華書局，一九八六年。

文淵閣書目，楊士奇撰，馮惠民等編明代書目題跋叢刊本，書目文獻出版社，一九九四年。

秘閣書目，錢溥撰，宋元明清書目題跋叢刊本，中華書局，二〇〇六年。

汲古閣校刻書目，宋元明清書目題跋叢刊本。

菉竹堂書目，葉盛撰，明代書目題跋叢刊本。

世善堂藏書目録，陳第撰，明代書目題跋叢刊本。

趙定宇書目，趙用賢撰，宋元明清書目題跋叢刊本。

國史經籍志，焦竑撰，宋元明清書目題跋叢刊本。

脈望館書目，趙琦美撰，宋元明清書目題跋叢刊本。

玄賞齋書目，董其昌撰，宋元明清書目題跋叢刊本。

澹生堂藏書目，祁承㸁撰，宋元明清書目題跋叢刊本。

笠澤堂書目，王道明撰，宋元明清書目題跋叢刊本。

徐氏家藏書目，徐𤊹撰，宋元明清書目題跋叢刊本。

近古堂書目，佚名撰，明代書目題跋叢刊本。

秘書省續編到四庫缺書目，宋紹興中改定，葉德輝考證，宋元明清書目題跋叢刊本。

絳雲樓書目，錢謙益撰，宋元明清書目題跋叢刊本。

季滄葦書目，季振宜撰，宋元版書目題跋輯刊本。

繡谷亭薰習録，吴焯撰，宋元明清書目題跋叢刊本。

上善堂宋元版精抄舊抄書目，孫從添撰，宋元版書目題跋輯刊本。

四庫全書總目，永瑢等撰，中華書局，一九六五年。

四庫全書考證，王太岳等撰，中華書局，一九八五年。

黄丕烈書目題跋七種，黄丕烈撰，宋元明清書目題跋叢刊本。

鄭書堂讀書記，周中孚撰，宋元明清書目題跋叢刊本。

愛日精廬藏書志，張金吾撰，宋元明清書目題跋叢刊本。

玉函山房藏書簿録，馬國翰撰，宋元明清書目題跋叢刊本。

鐵琴銅劍樓藏宋元本書目，瞿鏞撰，清人書目題跋叢刊本，中華書局，一九九〇年。

文選樓藏書記，阮元撰，中國歷代書目叢刊本。

增訂四庫簡明目録標注，邵懿辰撰，上海古籍出版社，一九七九年。

結一廬藏宋元本書目，朱學勤撰，宋元版書目題跋輯刊本。

皕宋樓藏書志，陸心源撰，清人書目題跋叢刊本。

善本書室藏書志，丁丙撰，清人書目題跋叢刊本。

豐順丁氏持静齋宋元校抄本書目，江標撰，宋元版書目題跋輯刊本。

萬卷精華藏書記，耿文光撰，清人書目題跋叢刊本。

藝風藏書續記，繆荃孫撰，清人書目題跋叢刊本。

抱經樓藏書志，沈德壽撰，清人書目題跋叢刊本。

兩浙古刊本考，王國維撰，宋元版書目題跋輯刊本。

藏園群書經眼録，傅增湘撰，中華書局，二〇〇九年。

管子校注，黎翔鳳撰，中華書局新編諸子集成本。

老子校釋，朱謙之撰，新編諸子集成本。

墨子間詁，孫詒讓撰，新編諸子集成本。

莊子集釋，郭慶藩撰，新編諸子集成本。

荀子集解,王先謙撰,新編諸子集成本。

荀子,楊倞注,上海古籍出版社四部精要本。

韓非子集解,王先慎撰,新編諸子集成本。

公孫龍子,公孫龍撰,新編諸子集成本。

孔子家語疏證,陳士珂撰,萬有文庫本。

抱朴子内篇校釋,王明撰,新編諸子集成本。

晏子春秋集釋,吴則虞撰,新編諸子集成本。

淮南子集釋,何寧撰,新編諸子集成本。

吕氏春秋集釋,許維遹撰,新編諸子集成本。

列子集釋,楊伯峻撰,新編諸子集成本。

法言義疏,揚雄撰,汪榮寶疏,新編諸子集成本。

鹽鐵論,桓寬撰,新編諸子集成本。

顔氏家訓集解,顔之推撰,王利器集解,新編諸子集成本。

鶡冠子彙校集注,佚名撰,黄懷信注,中華書局,二〇〇四年。

淮南子,劉安撰,高誘注,上海古籍出版社四部精要本。

海内十洲記,舊題東方朔撰,文淵閣四庫全書本。

列仙傳校箋,舊題劉向撰,王叔岷校箋,中華書局,二〇〇七年。

漢武故事,舊題班固撰,叢書集成初編本。

漢武帝内傳,班固撰,叢書集成初編本。

白虎通義,班固撰,萬有文庫本。

穆天子傳,郭璞注,廣文書局,一九八一年。

洞冥記,郭憲撰,叢書集成初編本。

西京雜記,劉歆撰,上海古籍出版社,一九九一年。

新序校釋,劉向撰,石光瑛校釋,中華書局,二〇〇九年。

説苑校證,劉向撰,向宗魯校證,中華書局,一九八七年。

漢官儀,應劭撰,叢書集成初編本。

風俗通，應劭撰，吴樹平校釋，天津人民出版社，一九八〇年。
焦氏易林，焦贛撰，文淵閣四庫全書本。
論衡，王充撰，上海古籍出版社四部精要本。
山海經校注，袁珂校注，北京聯合出版公司，二〇一四年。
拾遺記，王嘉撰，中華書局，一九八一年。
古今注，崔豹撰，商務印書館，一九五六年。
博物志校證，張華撰，范寧校證，中華書局，一九八〇年。
搜神後記，陶潛撰，中華書局，一九八一年。
世説新語，劉義慶撰，徐震堮校箋，中華書局，一九八四年。
真誥，陶弘景撰，中華書局，二〇一一年。
續齊諧記，吴均撰，文淵閣四庫全書本。
高僧傳，釋慧皎撰，中華書局，一九九二年。
初學記，徐堅等撰，中國書店出版社，二〇一二年。
藝文類聚，歐陽詢撰，汪紹楹校，上海古籍出版社，一九八二年。
封氏聞見記，封演撰，中華書局，二〇〇五年。
書斷，張懷瓘撰，文淵閣四庫全書本。
隋唐嘉話，劉餗撰，中華書局，一九七九年。
尚書故實，李綽撰，叢書集成初編本。
白孔六帖，白居易撰，上海古籍出版社，一九九二年。
元和姓纂，林寶撰，中華書局，一九九四年。
酉陽雜俎，段成式撰，中華書局，一九八三年。
仙苑編珠，王松年撰，中國書店，一九九〇年。
歷代名畫記，張彦遠撰，叢書集成初編本。
唐摭言，王定保撰，上海古籍出版社，一九七八年。
北夢瑣言，孫光憲撰，中華書局，二〇〇二年。
中華古今注，馬縞撰，商務印書館，一九五六年。

宋高僧傳，釋贊寧撰，中華書局，一九八七年。

太平御覽，李昉等撰，中華書局，一九六〇年。

太平廣記，李昉等撰，中華書局，一九六一年。

稽神録，徐鉉撰，中華書局，一九九六年。

玉壺清話，文瑩撰，中華書局，一九八四年。

江淮異人録，吴淑撰，上海古籍出版社，二〇一二年。

事類賦注，吴淑撰，中華書局，一九八九年。

唐語林，王讜撰，上海古籍出版社，一九七八年。

册府元龜，王欽若等撰，中華書局，一九六〇年。

夢溪筆談校證，沈括撰，胡道静校證，上海古籍出版社，一九八七年。

東軒筆記，魏泰撰，中華書局，二〇〇六年。

圖畫見聞志，郭若虚撰，叢書集成初編本。

雲笈七籤，張君房撰，齊魯書社，一九八八年。

禪林僧寶傳，釋惠洪撰，中州古籍出版社，二〇一四年。

釋氏要覽校注，釋道誠撰，富世平校注，中華書局，二〇一四年。

賓賓録，馬永易撰，文淵閣四庫全書本。

海録碎事，葉廷珪撰，中華書局，二〇〇二年。

容齋隨筆，洪邁撰，上海古籍出版社，一九七八年。

雲麓漫鈔，趙彦衛撰，中華書局，一九八五年。

能改齋漫録，吴曾撰，中華書局，一九六〇年。

玉海，王應麟撰，上海古籍出版社，一九九〇年。

朝野類要，趙升撰，中華書局，一九八五年。

寶刻叢編，陳思撰，叢書集成初編本。

黄氏日抄，黄震撰，叢書集成初編本。

説郛，陶宗儀撰，上海古籍出版社，一九八八年。

天中記,陳耀文撰,上海古籍出版社,一九九一年。

玉芝堂談薈,徐應秋撰,上海古籍出版社,一九九三年。

山堂肆考,彭大翼撰,上海古籍出版社,一九九二年。

萬姓統譜,凌迪知撰,上海古籍出版社,一九九四年。

六藝之一録,倪濤撰,上海古籍出版社,一九九〇年。

全上古三代秦漢三國六朝文,嚴可均輯,中華書局,一九五八年。

先秦漢魏晉南北朝詩,逯欽立輯,中華書局,一九八三年。

楚辭章句,王逸撰,叢書集成初編本。

楚辭集注,朱熹撰,上海古籍出版社,一九七九年。

楚辭注補,洪興祖撰,中華書局,一九八三年。

古文苑,佚名撰,章樵注,中華書局,一九八五年。

文選,蕭統編,李善注,上海古籍出版社,一九八六年。

文選,蕭統編,六臣注,中華書局,二〇一二年。

玉臺新詠,徐陵編,上海古籍出版社,二〇一三年。

樂府詩集,郭茂倩編,中華書局,一九七九年。

文苑英華,李昉等編,中華書局,一九六六年。

宋文鑒,吕祖謙編,中華書局,一九九二年。

宋詩鈔,吴之振等編,中華書局,一九八六年。

石倉歷代詩選,曹學佺編,上海古籍出版社,一九八七年。

全唐詩,彭定求等編,中華書局,一九六〇年。

全唐文,董誥等編,中華書局,一九八三年。

全宋詩,傅璇琮等編,北京大學出版社,一九九一年。

全宋文,曾棗莊等編,巴蜀書社、上海辭書出版社、安徽教育出版社,一九八八年、二〇〇六年。

全唐詩補編,陳尚君輯校,中華書局,一九九二年。

全唐文補編,陳尚君輯校,中華書局,二〇〇五年。

張衡詩文集校注,張衡撰,張震澤校注,上海古籍出版社,二〇〇九年。

蔡邕集編年校注,蔡邕撰,鄧安生校注,河北教育出版社,二〇〇二年。

曹丕集校注,曹丕撰,夏傳才等校注,一九九二年。

曹植集校注,曹植撰,趙幼文校注,人民文學出版社,一九八四年。

阮籍集校注,阮籍撰,陳伯君校注,中華書局,一九八七年。

潘岳集校注,潘岳撰,董志廣校注,天津古籍出版社,二〇〇五年。

陸機集,陸機撰,金濤聲點校,中華書局,一九八三年。

陶淵明集箋注,陶淵明撰,袁行霈箋注,中華書局,二〇〇三年。

謝靈運集校注,謝靈運撰,顧紹柏校注,上海古籍出版社,一九八七年。

鮑參軍集注,鮑照撰,錢仲聯注,上海古籍出版社,二〇〇五年。

何遜集校注,何遜撰,李柏齊校注,中華書局,二〇一二年。

謝宣城集校注,謝朓撰,曹融南注,上海古籍出版社,一九九一年。

陶弘景集校注,陶弘景撰,王京州校注,上海古籍出版社,二〇〇九年。

庾子山集注,庾信撰,倪璠注,中華書局,二〇〇六年。

王子安集注,王勃撰,蔣清翊注,上海古籍出版社,一九九五年。

楊炯集,楊炯撰,徐明霞點校,中華書局,一九八〇年。

盧照鄰集校注，盧照鄰撰，李雲逸校注，中華書局，一九九八年。

駱臨海集箋注，駱賓王撰，陳熙晉箋注，上海古籍出版社，一九八五年。

李嶠詩注，李嶠撰，徐定祥注，上海古籍出版社，一九九五年。

蘇味道詩注，蘇味道撰，徐定祥注，上海古籍出版社，一九九五年。

沈佺期宋之問集校注，沈佺期、宋之問撰，陶敏、易淑瓊校注，中華書局，二〇〇一年。

陳子昂集，陳子昂撰，徐鵬校點，上海古籍出版社，二〇一三年。

寒山詩注，寒山撰，項楚注，中華書局，二〇〇〇年。

蘇頲詩文集編年考校，蘇頲撰，陳鈞校，山西古籍出版社，二〇〇一年。

張説集校注，張説撰，熊飛校注，中華書局，二〇一三年。

張九齡集校注，張九齡撰，熊飛校注，中華書局，二〇〇八年。

孟浩然詩集箋注，佟培基箋注，上海古籍出版社，二〇〇〇年。

王昌齡集編年校注，王昌齡撰，胡嗣坤、羅琴校注，巴蜀書社，二〇〇〇年。

李太白全集，李白撰，王琦注，中華書局，一九七七年。

王維集校注，王維撰，陳鐵民校注，中華書局，一九九七年。

高適詩集編年箋注，高適撰，劉開揚箋注，中華書局，一九八一年。

岑參集校注，岑參撰，陳鐵民、侯忠義校注，上海古籍出版社，二〇〇四年。

杜詩詳注，杜甫撰，仇兆鰲注，中華書局，一九七九年。

韓昌黎詩集編年箋注，韓愈撰，方世舉箋注，中華書局，二〇一二年。

柳宗元詩箋釋，柳宗元撰，王國安箋釋，上海古籍出版社，一九九三年。

柳宗元全集，柳宗元撰，曹明綱標點，上海古籍出版社，一九九七年。

劉禹錫集箋證，劉禹錫撰，瞿蛻園箋證，上海古籍出版社，一九八九年。

劉長卿詩編年箋注，劉長卿撰，儲仲君箋注，中華書局，一九九六年。

錢起詩集校注，錢起撰，王定璋校注，浙江古籍出版社，一九九二年。

戴叔倫詩集校注，戴叔倫撰，蔣寅校注，上海古籍出版社，二〇一〇年。

陸贄集，陸贄撰，中華書局，二〇一〇年。

顧況詩注，顧況撰，王啟興、張虹注，上海古籍出版社，一九九四年。

韋應物集校注，韋應物撰，陶敏、王友勝校注，上海古籍出版社，一九九八年。

戎昱詩注，戎昱撰，臧維熙注，上海古籍出版社，一九八二年。

權德輿詩文集，權德輿撰，郭廣偉校點，上海古籍出版社，二〇〇八年。

張籍詩集，張籍撰，中華書局，一九六五年。

元稹集編年箋注，元稹撰，楊軍箋注，三秦出版社，二〇〇二年。

白居易集箋校，白居易撰，朱金成箋注，上海古籍出版社，一九八八年。

李紳集校注,李紳撰,盧燕平校注,中華書局,二〇〇九年。

李德裕文集校箋,李德裕撰,傅璇琮、周建國校箋,河北教育出版社,二〇〇〇年。

李長吉詩歌編年箋注,李賀撰,吴企明箋注,中華書局,二〇一二年。

杜牧集繫年校注,杜牧撰,吴在慶校注,中華書局,二〇〇八年。

温飛卿詩集箋注,温飛卿撰,曾益等箋注,上海古籍出版社,一九九八年。

李商隱詩歌集解(增訂重排本),李商隱撰,劉學鍇、余恕誠集解,中華書局,二〇一一年。

賈島集校注,賈島撰,齊文榜校注,人民文學出版社,二〇〇一年。

丁卯集箋證,許渾撰,羅時進箋證,中華書局,二〇一二年。

韋莊集箋注,韋莊撰,聶安福箋注,上海古籍出版社,二〇〇二年。

皮子文藪,皮日休撰,上海古籍出版社,一九八一年。

陸龜蒙全集校注,陸龜蒙撰,何錫光校注,鳳凰出版社,二〇一五年。

羅隱集繫年校箋,羅隱撰,李定廣校箋,人民文學出版社,二〇一三年。

鄭谷詩集箋注,鄭谷撰,趙昌平等箋注,上海古籍出版社,二〇〇九年。

韓偓詩注,韓偓撰,陳繼龍注,學苑出版社,二〇〇一年。

南唐二主詞箋注,李璟、李煜撰,陳書良等箋注,中華書局,二〇一三年。

徐公文集,徐鉉撰,徐乃昌影宋本。

徐公文集，徐鉉撰，四部叢刊初編本。

徐公文集，徐鉉撰，四部備要本。

徐騎省集，徐鉉撰，萬有文庫本。

騎省集，徐鉉撰，文淵閣四庫全書本。

小畜集，王禹偁撰，四部叢刊初編本。

徂徠石先生文集，石介撰，中華書局，一九八四年。

文心雕龍，劉勰撰，范文瀾注，人民文學出版社，一九五八年。

詩品，鍾嶸撰，歷代詩話本，中華書局，一九八一年。

樂府古題要解，吴兢撰，中華書局歷代詩話續編本。

萬首唐人絕句，洪邁編，文學古籍刊行社，一九五五年。

滄浪詩話，嚴羽撰，歷代詩話本。

誠齋詩話，楊萬里撰，歷代詩話續編本，中華書局，一九八一年。

浩然齋雅談，周密撰，中華書局，二〇一〇年。

詩話總龜，阮閱撰，周本淳校點，人民文學出版社，一九八七年。

宋詩紀事，厲鶚撰，上海古籍出版社，一九八三年。

唐聲詩，任半塘著，上海古籍出版社，二〇〇六年。

王禹偁事迹著作編年，徐規著，商務印書館，二〇〇三年。

唐五代文學編年史，傅璇琮主編，遼海出版社，一九九八年。